"十二五"国家重点图书出版规划项目

上海文化发展基金会图书出版专项基金资助项目

国家社会科学基金项目（14BSH083）

教育部人文社会科学研究基金项目（13YJA190017）

中国应用心理学思想史研究丛书

燕国材 主编

中国文艺心理学思想史

燕良轼 著

上海教育出版社

图书在版编目(CIP)数据

中国文艺心理学思想史 / 燕良轼著. —上海：
上海教育出版社，2017.12
ISBN 978-7-5444-8020-8

Ⅰ.①中… Ⅱ.①燕… Ⅲ.①文艺心理学-思想史-
中国 Ⅳ.①I0-05

中国版本图书馆 CIP 数据核字(2017)第 311772 号

责任编辑　王　蕾　谢冬华
书籍设计　陆　弦

中国应用心理学思想史研究丛书
燕国材　主编
中国文艺心理学思想史
Zhongguo Wenyi Xinlixue Sixiangshi

燕良轼 著

出版发行　上海教育出版社有限公司
官　　网　www.seph.com.cn
地　　址　上海永福路 123 号
邮　　编　200031
印　　刷　山东鸿君杰文化发展有限公司
开　　本　700×1000　1/16　印张 41.75　插页 5
字　　数　700 千字
版　　次　2019 年 11 月第 1 版
印　　次　2019 年 11 月第 1 次印刷
书　　号　ISBN 978-7-5444-8020-8/B·0135
定　　价　138.00 元

如发现质量问题，读者可向本社调换　　电话：021-64377165

世界古代文化有四大发源地,即古巴比伦、古印度、中国与古希腊。前三者都在东方,只有古希腊位于西方。仅从这一点来看,东方古代文化对世界古代文化的贡献,是可以且应当大书而特书的。

现仅就中国而言,她有着五千多年的悠久历史,诸子百家,源远流长;经史子集,汗牛充栋。其灿烂辉煌的文化,包括心理学思想在内,不只是震撼着古代,而且辉映于后世。仅以心理学思想来说,在近代英国思想家洛克提出"白板说"的两千多年前,中国古代思想家、教育家墨子就提出了"素丝说";又在现代美国心理学家桑代克提出所谓练习律的两千多年前,中国古代伟大的思想家、教育家孔子就提出了"学而时习之"的命题。

桑代克的练习律是根据猫踏杠杆的实验而作出的结论,"学而时习之"的命题则是孔子根据自己讲学、治学以及学生学习的经验概括出来的。我们对这两人根据不同事实而归纳出来的结论,都抱着十分尊重的态度。但令人费解的是,有些学者却只是一味地吹捧桑代克提出的练习律,而对孔子概括的"学而时习之"的命题不屑一顾,这不是有"大长他人志气,徒灭自己威风"之嫌吗?

中国古代的心理学思想也确实丰富多彩。就以现代心理学的纲目来看,不只是有着丰富的理论心理学思想、基础心理学思想,而且还拥有多种多样的应用心理学思想,如认知心理、意向心理、心理状态、性习心理、教育心理、学习心理、管理心理等。如中国古代的《易经》中提出的"一阴一阳谓之道"的阴阳律,就应是一条"放之四海而皆准"的真理。有学者曾提出,中国多种多样的文化都可以且应当归结于一个源,这就是《易经》,而且我以为,世界文化也可以且应当归结到《易经》这个唯一的根源上。这不是我个人的观点,而是我从德国哲学家莱布尼茨那里学习得来的。

正是从这个观点出发,我以为,作为炎黄子孙,我们固然要研究西方心理学史,但更应当尽心尽力地研究中国心理学史。不仅要研究中国古代心理学思想史,还应当研究中国的近现代心理学史。基于这种认识与想法,我主持编写了"中国应用心理学思想史研究丛书",并撰写了其中的《中国教育心理学思想史》一书。

我从对中国心理学史的学习中体会到,现代西方心理学史中包括的大纲细目,在中国古代心理学史中都可以找出其相应项。拿西方心理学史中的心理测验这个似乎为其所独有的项目来说,其实早在两千多年前的先秦时期,中国就有了较为完备的测验心理思想及其测验项目。这在魏晋南北朝时期更是得到了颇为充分的发展。当时有不少学者倡导才性研究,并出现了"才性同异"的四种派别。特别是大学者刘劭出版的《人物志》一书,对当时的才性研究及其成果作出了系统的归纳与总结。

丛书的几位作者都曾是我的弟子。他们从我这儿不一定学习到了什么东西,但他们研究中国心理学史的兴趣与恒心,肯定是从我的治学态度中得来的。仅有此一点,我自会感到满足与自豪。荀子曾说:"青,取之于蓝,而青于蓝;冰,水为之,而寒于水。"诚不诬也。

丛书收录的几部著作,虽不能算成熟之作,但各位作者的点滴心得体会,对读者肯定是能够有所启发的。我愿与各位作者以及广大读者一起,共同为繁荣中国心理学史研究这块园地作出应有的努力!

燕国材

2019 年 9 月 18 日

第十章 中国戏剧心理思想

第十一章 中国小说心理思想

第一章

中国文艺心理思想概说

艺术与人的心理

文艺的心理功能

在中华五千年的文明史上,艺术是中华文明不可或缺的内容和重要标志,从某种意义上说,没有中国的艺术,就没有中华文明。可以说,中华文明的历史就是一部艺术创造的历史。文艺是一种独特的文化存在,也是一种独特的心理存在。艺术是一个最能表现心灵、抒发心灵,实现心灵与心灵相互理解、沟通、融合的庞大领域。要了解一个民族的文明史、文化史和心理成长史,就不能不了解一个民族的艺术史和艺术心理的发展轨迹。要了解中华民族的文明史、文化史以及中国人的心理成长历程,就不能不了解中华民族的艺术史和艺术心理的成长轨迹。文化是一个民族的生活或生存方式,这些生活或生存方式每每通过或借助艺术的形式表现出来。艺术是认识一个民族生存方式,走进一个民族心灵深处的一条重要通道。因此,要了解中国人的生存方式,要理解中国人的心理生活,探索中国人的心灵世界,就不能忽视中国人在艺术领域的活动,尤其不能忽视中国人在艺术活动中的心理活动。

第一节 艺术与人的心理

艺术是一种独立存在的生命形式。艺术既是一种文化的存在,也是一种心理的存在。它是在一定的文化生态中,用特定语言或符号表征人类个体与群体心理审美的文本。它既可以表现为书面的形式,也可以表现为口头的形式,还可以表现为器物的形式。通过这些形式记载人们的认知、情感、态度和社会心理。艺术可以超越作者和作品本身而存在。

作为一种独特的生命形式,艺术是靠心灵的灌注给它生气,"只有从心灵发生的,仍继续在心灵土壤中长着的,受过心灵洗礼的东西,只有符合心灵的创作品,才是艺术作品"。① 现代情感符号学派的代表人物、美国学者苏珊·朗格(Susanne Langer)在《生命的形式》中写道:"说一件作品'包含着情感',恰恰就是说这件作品是一件'活生生'的事物,也就是说它具有艺术的活力或展现出一种'生命的形式'。"

中国的艺术就是中国人独特的生命形式,是从中国人的心灵生长出来的,是在数千年的文化传承中,用一代又一代中国人的心灵浇灌出来的,是几千年来中国人在独特的经历中用心灵孕育和洗礼出来的成果。中国人在自己独特的文化土壤中,以自己独特的生活方式进行数千年的艺术创作、艺术欣赏和艺

---

① 黑格尔.美学(第一卷)[M].北京:商务印书馆,1979:198.

术理论探索,对艺术有许多独特的理解,对艺术与人心理的关系也形成许多独特的观点。按照现代作家林语堂的观点:"中国的艺术是太阳神的艺术,而西方的艺术是酒神的艺术。""中国艺术作品展现出一种精美和谐的情调,中国艺术作品鹤立于人类最佳精神产品之林。"①

按照德国哲学家尼采(Friedrich Nietzsche)的观点,艺术不仅是一种生命形式,而且能给生命以新的形式。尼采认为,艺术创造力能给生命一种新的形式。艺术还能够使我们抵御不健康的心理。中国人在数千年的栉风沐雨历程中,正是凭借艺术获得许许多多生命的新形式,也正是依靠这些生命的新形式,中国人才能不断实现着生命超越生命,生命比生命更多。

艺术是人性化的最高表现。德国建筑学派创始人格罗培斯(Walter Gropius)说,艺术是人性化的最高体现。在中国数千年的文明中产生了众多的艺术品种,早在远古时期,我们的祖先就有了彩陶、青铜器、音乐、舞蹈、绘画、书法、建筑等艺术形式。林语堂说:"中国人心灵深处隐藏的东西,只有通过它们在艺术中的反照才能被认识。"从古到今,我们无法准确统计,在中华大地五十六个民族的大家庭中,有过多少种艺术种类和艺术活动,而无论哪一种艺术种类或艺术活动,本质上都是艺术家的心理活动,与人类一切活动一样,艺术活动与人的心理活动是密不可分的。

艺术能帮助人们求解人生,甚至能帮助人们在更高的层次上求解人生,不断获得人生的新价值、新意义,从而使人在人生的各个阶段都能寻找到"智慧"和"美德"。②

艺术比科学更能走进生命的深处。如果人类没有艺术,只有科学,那么人类就只能在生命的表面徘徊,永远不能走进生命的深处。德国生命哲学家齐美尔(Georg Simmel)认为,艺术是生命的内在形式,而科学仅仅是生命的外在形式,仅仅是生命的"海上遗弃物"。德国哲学家海德格尔(Martin Heidegger)认为,一切艺术"本质上都是诗"。③"正是由于艺术这一诗的本质,艺术才在众在者中间打开那敞开之境,在此一敞开中,一切事物都非同寻常地存在。"④正是因为有了艺术,人类才能"诗意地安居在这块大地上"。⑤

————————

① 林语堂.中国人(全译本)[M].上海:学林出版社,1994:282.
② 燕良轼.教学的生命视野[M].长沙:湖南师范大学出版社,2010:186-187.
③⑤ 海德格尔.人,诗意地安居:海德格尔语要[M].郜元宝,译.上海:上海远东出版社,2004:99.
④ 同上:111.

艺术比科学更具有人性。德国哲学家雅斯贝尔斯(Karl Jaspers)认为,精神财富的诱惑力在于它"以相互理解的满足去取代自身存在的实现"。为什么艺术能使人达到相互理解呢? 雅斯贝尔斯的见解是,艺术欣赏的最大特征是"将自己投入其中,把演出所展示的知识作为自己一起参与创造的"。①

艺术可以使真理得到保护。海德格尔认为,艺术与真理并不矛盾,非但不矛盾,而且具有本质上的联系。他说:"艺术的本质就是,存在者的真理自行置入作品。"②"艺术品以它自己的存在开启了存在者的存在。""美是无蔽真理的一种存在方式。"③艺术以自己的方式敞开了存在者的存在。一双普普通通的农鞋经凡·高(Vincent van Gogh)艺术加工后,居然可以置入生成那么多的真理,真理的确在艺术中得到保护和发展。具体地说,就是真理在直觉、隐喻、象征、联想与想象中得到保护和发展。④

著名文化人辜鸿铭在其名著《中国人的精神》(又名《春秋大义》)中不厌其详反反复复地证明他的一个假设:"中国人过着一种心灵生活。"中国人靠什么过上这种心灵生活? 就是中国人的艺术。他说:"中国人最美妙的特质是,作为一个有着悠久历史的民族,它既有着成年人的智慧,又能过着孩子般的生活——心灵生活。"正因为如此,"中国人的精神是一种永葆青春的精神"。⑤德国作家歌德(Johann Wolfgang von Goethe)说:"谁拥有了艺术,谁就拥有了宗教。"中国人就是将艺术当作宗教来经营的,而且这种经营的历史长达几千年。人类到20世纪,德国哲学家才喊出"诗意地安居"的口号,而在中国,这种"诗意地安居"对于士阶层来说,早在两千年前就已经是现实,比如中国的书法、诗词、绘画、弹琴、音乐,都是古代知识分子必备的修养。最典型的是毛笔字,凡读书人都具备这种素养,所以辜鸿铭说:"中国的毛笔或许可以被视作中国人精神的象征。用毛笔书写、绘画都非常困难,好像也难以精确,但是一旦掌握了它,你就能够得心应手,创造出美妙的书画来,而用西方坚硬的钢笔是无法获得这种效果的。"⑥按照辜鸿铭的观点,"平静与和谐是中国艺术的特征,它们源于中国艺术家的心灵。中国艺术家是这样一些人:他们与自然和睦相处,不受社会枷锁束缚和金钱的诱惑,他们的精神深深地沉浸在山水和其他自然物象之中。尤

---

①　雅斯贝尔斯.什么是教育[M].邹进,译.北京:三联书店,1991:128.

②③　海德格尔.人,诗意地安居:海德格尔语要[M].郜元宝,译.上海:上海远东出版社,2004:99.

④　燕良轼.教学的生命视野[M].长沙:湖南师范大学出版社,2010:198-199.

⑤　辜鸿铭.中国人的精神[M].海口:海南出版社,1996:38.

⑥　同上:36.

为要者,他们必须胸襟坦荡,绝无丝毫邪念。因为我们坚信,一个优秀的艺术家一定得是一个好人。他必须首先'坚其心智'或'廓其胸襟',这主要是通过游历名山大川,凝神观照,沉思冥想而达到的。这是中国画家必须经历的严格训练。……文徵明说过:'人品不高,用墨无法。'"①

林语堂说:"中国艺术家如此隐逸山林,是有其重要原因的。首先,艺术家必须观察自然变化万端的形象,包括昆虫、草木、云彩和瀑布,使之融入自己的脑海。艺术家要画它们,首先必须喜爱它们,与它们的精神息息相关,融为一体。他必须明了并熟悉自然界的万端变化,必须明白同一棵树在早晨与夜晚,明朗的白天与迷雾的清晨,影子和色彩是怎样地不同。他要用自己的眼睛观察山上的云彩是如何'盘岩绕峰'的。但是,比冷静客观的观察更重要的是置身大自然的精神洗礼。"②

林语堂先生引用了明代戏曲、散曲作家李日华的一段话来说明一位画家是如何通过大自然来洗礼自己的精神的:"黄子久终日在荒山乱石丛木深筱中坐,意态忽忽,人不测其为何。又每往泖中通海处,看激流轰浪,虽风雨骤至,水怪悲沱不顾。噫,此大痴之笔,所以沉郁变化,几与造物争神奇哉!"③

隐逸山林旨在寻求自然的壮观之景。中国画家相信:"精神的升华总是伴随着人们身体所处位置的提高而来。而从五千英尺的高度上看到的生活总是如此不同。爱好骑马的人常说他们一旦骑到马背之上,就会用一种不同的眼光来看世界,我想可能确实如此。因此,隐逸山林同时也意味着道德上的升华。这是游历最终和最重要的一个目的。"④

中国艺术的最高目的和最高理想不是追求形似,而是追求精神气韵,所以中国的艺术家"每隔一段时间就去拜访名山,在山林空气中更新自己的精神,净化积聚在自己胸中的都市思想和市郊热情的灰尘。他登上最高峰去获得道德和精神的升华,栉风沐雨,倾听大海的涛声。他一连几天坐在荒山野石之间,乱枝杂草之间,隐于竹林之中,以期吸收自然的精神和活力。他在与自然的交流后,又应将其所获转达给我们。他在与自然的神韵沟通之时,也使我们的心灵与事物的神韵相沟通。"⑤

本书不奢求全面系统地梳理和回顾中国艺术发展的历史,而主要梳理和探

①② 　林语堂.中国人(全译本)[M].上海:学林出版社,1994:282-283.

③ 　同上:283.

④ 　同上:283-284.

⑤ 　同上:300.

索中国人在数千年文艺创作和鉴赏实践中产生的一些重要的、具有历史价值和现实借鉴意义的观点，以及在音乐、绘画、书法、诗歌、戏剧、小说等领域的心理思想，以期引导读者从一个新的视角来解读中国文艺发展的历史。

第二节　文艺的心理功能

一、文艺是民心、民情的晴雨表

中国人的管理说到底是"心治"，即对人心的治理。如此，文艺就显得十分重要，因为历代统治者和思想家几乎都有一个共识：文艺既是民心、民情的载体和外化形式，也是考察民心、民情的镜鉴，同时又可以用来引导和教化民心、民情。正如孔子在《论语·泰伯》中所说："兴于诗，立于礼，成于乐。"孔子曰："诗可以兴，可以观，可以群，可以怨。"这都说明诗歌具有的教化作用。现代西方一些学者也认为，戏剧、小说、短篇故事和电影等文艺作品可以"使人们变得更善解人意"，可以"帮助人们改变自己的个性"。[1]

汉代学者毛苌在为《诗经》撰写的序文（即《毛诗序》）中有这样一段话："诗者，志之所之也，在心为志，发言为诗，……情发于声，声成文谓之音。治世之音安以乐，其政和；乱世之音怨以怒，其政乖；亡国之音哀以思，其民困。故正得失，动天地，感鬼神，莫近于诗。先王以是经夫妇，成孝敬，厚人伦，美教化，移风俗。"[2]

文艺是民心、民情的晴雨表。《诗经》中的《硕鼠》《伐檀》，汉乐府诗《东门行》都表现了那个时代下层人民对上层社会的愤懑与抗争。保留在明代小说中的宋代民歌《赤日歌》："赤日炎炎似火烧，野田禾稻半枯焦，农夫心内如汤煮，公子王孙把扇摇。"流传在明朝的民歌："知县是扫帚，太守是簸斗，布政是叉袋口，都将去京城里抖。"这些无不表现了当时民众对官府的怨恨之心。

二、文艺的心理治疗功能

当代美国批评家特里林（Lionel Trilling）曾经记述，当著名心理学家弗洛

---

[1]　Jan E. Edindhoven & W. Edgar Vinacke. Creative Processes in Painting. *Journal of General Psychology*, 1952, 47(2), 139 - 164.

[2]　郭绍虞. 中国历代文论选（上册）[M]. 北京：中华书局，1962：36.

伊德(Sigmund Freud)在他70岁诞辰庆祝会上被誉为"潜意识的发现者"时,他没有接受这个称誉,认为无论自己对系统理解潜意识理论作过怎样的贡献,荣誉都应该归功于那些文学大师。[①] 无论是弗洛伊德还是荣格,他们在建立自己的心理治疗理论和临床治疗的过程中,都曾经得到过文艺的帮助。

文艺对个体心理可以起到放松、疏导、移情、排遣、镇静、消解、娱乐等作用,进而促进人体在生理机能上进一步受益。中国学者叶舒宪从文学的角度来谈艺术的治疗作用。他认为,文学的治疗作用是从远古的巫医术发展而来的:"到了文明社会之中,仪式表演转化为戏剧艺术,仪式的叙述模拟转化为神话程式,仪式歌辞转化为诗赋,巫者特有的治疗功能也自然遗传给了后世的文学艺术家。在梅乘作《七发》为楚太子治好病的著名情节中,可以清楚地看到这种历史转换的完成之际,文学家得自巫医的虚构致幻技术如何发挥着强有力的精神医学作用。"[②]

文艺不仅对作者具有心理治疗的作用,对读者也同样具有心理治疗的作用。人们可以通过文艺作品的阅读、欣赏达到自我治疗的功效。阅读疗法就是得到广泛承认的心理治疗学技术。艺术具有净化灵魂的作用,这是自古希腊以来艺术一直受到人们重视的一个重要原因。古希腊人从戏剧中发现了净化说。比如亚里士多德(Aristotle)就认为,悲剧的功用在于引起观众的恐惧和怜悯的感情,从而使人的心灵得到净化。德国剧作家莱辛(Gotthold Ephraim Lessing)则认为,观众的怜悯和恐惧可以转化为崇高的道德能力。诠释心理学认为,净化说的核心是使观众淤积的感情得到排遣和宣泄。净化说比较接近医学上对精神病人采用的休克疗法,这种疗法试图通过惊吓来治病。[③] 的确,许多人因为阅读了某些文学作品而给自己悲观绝望的人生洒下甘露,重新找到生活的信念,鼓起生活的勇气,这样的事例不胜枚举。据说,一位受尽丈夫凌辱、准备一死了之的日本妇女在读了中国民间文学《灯花》之后,重新鼓起生活的勇气,靠自己的双手开辟出一块新的生活天地。这曾成为中日文化交流的美谈。

同样,任何事物都有两面性。也有一些人因为读了某些作品或看了某些影视作品,而发生了错误的移情,导致某种心理疾病,甚至自杀或杀人。在这个问题上,有很大的个体差异。有人因为读了《少年维特之烦恼》,感情得到净化,灵

① 叶舒宪.文学与治疗[M].北京:社会科学文献出版社,1999:284.也见:钱谷融,鲁枢元.文学心理学[M].上海:华东师范大学出版社,2003:447.
② 叶舒宪.文学与治疗[J].中国比较文学,1998,2.
③ 钱谷融,鲁枢元.文学心理学[M].上海:华东师范大学出版社,2003:458.

魂得到升华;也有人因为读了这本书而自杀。鲁迅在《中国小说的历史的变迁》中也曾说有些青年看《红楼梦》,"便以宝玉、黛玉自居"。现在的许多恐怖片、暴力片常常引起人们的恐惧、震惊、冲动,甚至精神疾病。

心理疗慰是艺术的一种既新兴又古老的功能。新兴表现在对该功能存在的自觉认识,不过百余年时间。古老表现在该功能的发挥与艺术起源同步。在疗慰实践发生方面,艺术萌芽期诗、舞、乐与医、巫活动浑然一体。艺术以巫术的形式发挥心理疗慰作用。独立的艺术诞生后,它通过修复心理结构,维护人们的心理健康。从戏剧、文学到电影,每个历史时期,各有心理疗慰的主导样式。艺术对创作者同样有疗慰作用。在理论研究方面,古希腊先哲已开始对艺术疗慰发问。19世纪,艺术治疗的课题得以确立,尼采、弗洛伊德、弗洛姆、海德格尔、哈贝马斯对该课题作出过贡献。目前,艺术治疗研究已步入细致化、系统化的阶段。艺术治疗也被心理医生自觉运用于临床实践。从生理学上说,电视剧心理疗慰功能发生的原因在于刺激A10神经(即快感神经),引起利导思维。从心理学上说,原因在于电视剧的快乐生产机制,这一机制包括表现形态的梦幻性、文本的现实指向性和人文意向的宗教性三个方面。近年来心理学的研究表明,艺术为老年性痴呆患者提供了一条改善和提高他们认知能力的出路。由于老年性痴呆严重阻碍了他们的语言技能,绘画等非语言治疗方法可以让老年性痴呆患者以非语言的方式表达自己。[①] 马斯洛(Abraham Maslow)的人本心理学认为,基本需要与心理疾病构成因果关系。

鲁迅走上文学创作之路就是期待疗治中国的精神。鲁迅最初是因为父亲得病没有得到中医很好的治疗,"日重一日亡故"等系列原因,而"渐渐悟得中医不过是有意的或无意的骗子",然后到日本仙台医学专门学校学习西医,准备将来回国后救治像他父亲那样被耽误的病人,战争时便可以当军医。结果在一次课间看幻灯片时,"我竟在画片上忽然看到我久违的中国人了,一个绑在中间,许多站在左右,一样是强壮的体格,而显出麻木的神情。据解说,这绑着的是替俄国做了军事上的侦探,正要被日本军砍下头颅来示众,而围着的便是来赏鉴这示众的盛举的人们"。"因为从那一回以后,我便觉得医学并非是一件紧要的事,凡是愚弱的国民,即使体格如何健全,如何茁壮,也只能做毫无意义的示众的材料和看客,病死多少是不必以为不幸的。所以我们的第一要著,是在改变

---

① Forsythe, A., Williams, T., & Reilly, R. G. What paint can tell us: A fractal analysis of neurological changes in seven artists. *Neuropsychology*, 2017, 31(1), 1-10.

他们的精神,而善于改变精神的是,我那时以为当然要推文艺,于是想提倡文艺运动了。"①鲁迅从一开始从事文学活动,就不是"为艺术而艺术",而是为揭出国民心态的疾病而加以疗治。他在《我怎么做起小说来》中说:"我的取材,多采自病态社会的不幸的人们中,意思是在揭出病苦,引起疗救的注意。"②

三、文艺的欲望满足功能

精神分析学家弗洛伊德认为,艺术就是欲望在想象中得到满足。内心的憧憬可以通过想象得到补偿。

法国哲学家利科(Paul Ricœur)在其《弗洛伊德与哲学》一书中认为,文学创作家就像一个游戏的儿童,他创造了一个想象的世界,他以非常认真的态度对待这个世界,把大量的情感投入其中,并且把它与现实明确区分开来。成年人就这样以创造幻想取代了游戏,这些幻想以它们取代游戏的功能来说,正是一些白日梦和空中楼阁。在弗洛伊德看来,梦与诗歌是同一命运,即一个忧伤而不满足的愿望。每一个独特的幻想都是一个愿望的满足,是对不能满足的现实的一种校正。弗洛伊德认为,文艺通过幻想暂时抵消人们的痛苦。他说:"幻想带来的快乐首先是对艺术的享受。"他认为,即使那些没有创造力的人,也可以通过自己的幻想来享受艺术带来的快乐。但是他同时指出,我们也不能将艺术的感染力估计过高。"艺术在我们身上引起的温和的麻醉,可以暂时抵消加在生活需求上的压抑,但是他的力量决不能强到可以使我们忘记现实的痛苦……"③埃伦·辛克曼在她的《美的心理学:创造一个美丽的自我》一书中也指出:"对美丽的幻想和想要改变的愿望往往是治疗的核心。"④

艺术的美不仅可以使人类缓解、防范和抵消心灵上的痛苦,而且可以使人类享受幸福。对此,弗洛伊德有一段十分精彩的论述。"生活中的幸福主要来自对美的享受,我们的感觉和判断究竟在哪里发现了美呢?——人类形体的和运动的美,自然对象的美,风景的美,艺术的美,甚至科学创造物的美。为了生活目的,审美态度稍许防卫了痛苦的威胁,它提供了大量的补偿。美的享受具

中国文艺心理学思想史

① 朱德发,韩之友,选注.鲁迅选集·杂文卷[M].济南:山东文艺出版社,1990:47.
② 同上:312.
③ 弗洛伊德.弗洛伊德论美文选[M].北京:知识出版社,1987:170-172.
④ Ellen Sinkman. *The Psychology of Beauty: Creation of a Beautiful Self*. Lanham, MD: Rowman & Littlefield Publishers, 2014, 174.

有一种感情的、特殊的、温和的陶醉性质。美没有明显的用处,也不需要刻意的修养。但文明不能没有它。"[1]

中国的文学艺术家为了达到在想象中满足某种愿望的目的,常常借助梦境这种形式实现。梦以它特有的魅力受到古往今来思想家、艺术家的青睐。尤其是文学家对梦更是情有独钟,借助梦境表达思想抒发情怀的文学作品真可谓汗牛充栋。人们熟知的唐代大诗人李白的《梦游天姥吟留别》、李贺的《梦天》,白居易在《长恨歌》中也借助梦境将唐明皇和杨贵妃的爱情表达得淋漓尽致。

在故事或小说中对梦的描写在唐代以后不胜枚举。人们熟知的《枕中记》就是在《幽明录》这则故事基础上由唐代传奇作家沈既济编写而成。此外,还有《樱桃青衣》《南柯梦》以及蒲松龄《聊斋志异》中的《续黄粱》,最著名是《红楼梦》。在古代中国,梦与传统中国人的生活密切相关。

以上比较笼统地探讨了中国文艺与心理的关系,以及中国的文艺对于中国人心理生活的价值。而中国的文艺心理思想更多展现在具体的书法、绘画、小说、戏剧、诗歌、音乐的艺术领域之中。在这些具体领域千姿百态,妖艳动人,不胜枚举!

本章小结

中华文明的历史就是一部艺术创造的历史,文艺是一种独特的文化存在,也是一种独特的心理存在。可以说,艺术是一个最能表现心灵、抒发心灵,实现心灵与心灵相互理解、沟通、融合的庞大领域。要了解一个民族的文明史、文化史和心理成长史,就不能不了解一个民族的艺术史和艺术心理的发展轨迹。在中国的文艺家看来,文艺具有以下功能。

1. 文艺是民心、民情的晴雨表。在中国,历代统治者和思想家都有一个共识:文艺既是民心、民情的载体和外化形式,也是考察民心、民情的镜鉴,同时又可以利用文艺来引导和教化民心、民情。

2. 文艺具有心理治疗的功能。文艺对个体心理可以起到放松、疏导、移情、排遣、镇静、消解、娱乐等作用,进而促进人体在生理机能上进一步受益。这一观点也被我国许多文艺理论家认识到。我国学者叶舒宪从文学的角度来谈艺术的治疗作用。他认为,文学的治疗作用是从远古的巫医术发展而来的,到

① 弗洛伊德.弗洛伊德论美文选[M].北京:知识出版社,1987:170-172.

了文明社会之中,仪式表演转化为戏剧艺术,仪式的叙述模拟转化为神话程式,仪式歌辞转化为诗赋,巫者特有的治疗功能也自然遗传给了后世的文学艺术家。鲁迅从一开始从事文学活动,就不是"为艺术而艺术",而是为揭出国民心态的疾病而加以疗治。

3. 文艺可以使人们在想象中满足某些欲望。中国的文学艺术家为了达到在想象中满足某种愿望的目的,常常借助梦境这种形式实现。梦以它特有的魅力受到古往今来思想家、艺术家的青睐。尤其是文学家,对梦更是情有独钟,借助梦境表达思想抒发情怀的文学作品真可谓汗牛充栋。

第二章

中国文艺创作的心态与动力论

文艺创作与欣赏都是在某种心态和动力驱使下实现或完成的。随着现代科学越来越成功地渗透到至今仍难以捉摸的人类心灵反应的过程中,文学与创作过程的研究变得更加系统化。与人类其他一切活动一样,文艺活动也需要在某种特定的心态和动力推动下才能获得应有的效果。中国古代艺术家通过自己艺术创作和艺术鉴赏活动的亲身感受来探讨创作的心态与动力问题。在中国文艺发展史上,有许多人既是文学艺术家又是文艺理论家,他们在两千余年的实践与探索中,深刻地揭示了人类艺术创作与鉴赏的基本心理状态和心理动力,留下了许多独到而深刻的见解和观点,这些见解和观点即使在今天仍然有着强大的艺术生命力,具有应用与借鉴的价值。

第一节　虚静心态：艺术创作与鉴赏的共识

“虚静”一语最早出现在《道德经》：“致虚极,守静笃。”但老子自己当时大概也想不到他的“虚静”说被许多中国思想家继承,并对后世中国人的精神世界产生了极其深远的影响。老子的虚静意味着“无为自化,清净自正”。庄子继承了老子的虚静观,认为虚静可以“彻志之勃,解心之谬,去德之累,达道之塞”。老庄把虚静理解为一种绝圣弃智、无知无欲的混沌境界,并将虚静作为养生的最高目标。① 战国的荀子、韩非,汉代的《淮南子》、王充,唐代的李翱,宋代的朱熹,清代的王夫之等思想家和著作都对虚静思想进行过阐发。尤其是荀子在老子虚静概念的基础上,提出了“虚壹而静”的思想。

荀子的所谓“虚”即虚其心意。他说：“心未尝不臧也,然而有所谓虚……人生而有知,知而有志;志也者,臧也;然而有所谓虚,不以所已臧害所将受谓之虚。”②也就是说,人认识客观事物就会有所储藏——即记忆,但已有的记忆内容又常常会形成偏见或定势,从而妨碍和干扰新的认识。他的所谓“虚”,就是主张使已记住的东西不能干扰和妨碍将要接受的新知识,即所谓“不以所臧害所将受”。

荀子的所谓“壹”即专心之意。他说：“心未尝不满(当作两)也,然而有所谓一……心生而有知,知而有异;异也者,同时兼知之;同时兼知之,两也;然而有所谓一,不以夫一害此一谓之壹。”③也就是说,人的认识要专一、专心,但并不

第二章　中国文艺创作的心态与动力论

15

①　王元化.读文心雕龙[M].北京：新星出版社,2007：114.
②③　张觉,校注.荀子校注[M].长沙：岳麓书社,2006：268.

排斥注意的分配，即"同时兼知之"。人同时可以兼知两种或多种事物，这就是所谓"两"，而这种同时兼知必须以"不以夫一害此一"为基本前提。只有在这种情况下才能达到"壹"的境界。如果出现"夫一害此一"的现象，那就是注意的分散，用荀子的话说，就是"心枝则无知"。他认为，人应当将自己的注意力专注于"道"，这样就可以兼知万物。他说："'壹于道'以赞稽之，万物可兼知也。"① 显然，荀子力图将"一"与"两"即注意的集中性和分配性统一起来。

荀子所谓"静"即冷静、宁静的意思。他说："心未尝不动也；然而有所谓静。""心，卧则梦，偷则自行，使之则谋，故心未尝不动也；然而有所谓静，不以梦剧乱知谓之静。"② 荀子从动静的辩证关系中考察静。他认为心不可能是不动的，但不可能说有心的活动就不存在静；心动并不妨碍静的产生。在他看来，只要不以梦或各种空想扰乱人的认识，这种状态就叫作静，即所谓"不以梦剧乱知谓之静"。静是相对的，不动就不能进行思维，但要正常思维就必须排除各种杂念、空想，使心静下来。

荀子认为，"虚壹而静"这三种心理条件的结合与统一，乃是一种高度清醒的心理状态，他在《荀子·解蔽》中称之为"大清明"的境界。在这种"大清明"的境界中，人们的思维就能"坐于室而见四海，处于今而论久远，疏观万物而知其情，参稽治乱而通其度，经天纬地而材官万物，制割大理而宇宙里矣"。③《淮南子·精神训》也有："使耳目精明玄达而无诱慕，气志虚静恬愉而省嗜欲，五脏定宁充盈而不泄，精神内守形骸而不外越。"④ 此后唐代的李翱、南宋的朱熹都对虚静的思想进行过论述。

关于虚静论在文艺创作与鉴赏中的重要作用，汉代文艺理论家陆机在《文赋》中就认识到："伫中区以玄览……罄澄心以凝思。"在陆机看来，创作必须做到"玄览""凝思"，即集中精力，全身心投入，要达到这样的境界首先必须有澄澈虚静之心态，所谓"伫中区""罄澄心"。也就是使整个心态完全处于平静状态，这样才能进入"笼天地于形内，挫万物于笔端"的创作境界。虚静状态是一种什么状态？这种状态就如国学大师王国维在《文学小言》所说的"胸中洞然无物"状态。所谓"洞然无物"无非就是心中没有定势、没有成见、没用功利之心。他认为，一个人只有处在一种"胸中洞然无物"状态时，才能做到对事物观察深刻、体验真切。如果说王国维的"胸中洞然无物"是文学创作的虚静心态，那么明代

① 张觉，校注. 荀子校注[M]. 长沙：岳麓书社，2006：270.
②③ 同上：268 - 269.
④ 顾迁，译注. 淮南子[M]. 北京：中华书局，2009：112.

中国文艺心理学思想史

李日华的"胸中廓然无一物"则是论作画时的虚静心态。李日华在《御定佩文奇书画普》卷十六《论画六·明李日华论画》中说:"乃知点墨落纸,大非细事,必须胸中廓然无一物,然后烟云秀色,与天地生生之气,自然凑泊,笔下幻出奇诡。若是营营世念,澡雪未尽,即日对丘壑,日摹妙迹,到头只与糅采坊塌之工,争巧拙之毫厘也。"李日华所说的"胸中廓然无一物"的心态最重要的就是不"营营世念",只有这样的心态才能最大程度地发挥人的创造力,"笔下幻出奇诡"。如果在作画时总是"营营世念,澡雪未尽",即使"日对丘壑,日摹妙迹",那也不过做泥瓦工匠一类的事,只能在技艺上争那么毫厘的高低,不会取得创造性成果。

南朝齐梁时期的刘勰也在《文心雕龙·神思》中提出虚静在构思写作过程中的重要价值。虚静在文艺创作中为什么如此重要?为什么在中国历史上有那么多文论家都不厌其烦地提到它?我们认为,宋代理学家、诗人朱熹的观点能够比较好地回答这一问题。

朱熹在《御纂朱子全书》卷六十五中说:"今人所以事事做得不好者,缘不识故。只如个诗,举世之人尽命去奔做,只是无一个人做得成诗,他是不识,好底将做不好底,不好底将做好底,这个只是心里闹不虚静之故。不虚不静,故不明,不明,故不识,若虚静而明,便识好物事。虽百工技艺,做得精者,也就是他心虚理明,所以做得来精。"朱熹认为,一个人要做好任何事情,特别是做那些有创建的事情,都必须依赖"识",也就是"见识""卓识",那么这种"识"在"心里闹"的心境中是产生不出来的,所谓"心里闹"就是心理有杂质、受干扰、有定势。不仅作诗作文,"百工技艺"要做到精处,都需要虚静的心态。从上述引文看,朱熹认为,创作过程应当是虚——静——明——识——理。虚者,虚其心意,"不以所藏害所将受";静,心理沉静澄澈,心灵像沉静的湖面,广大清明,清澈见底,一尘不染,什么都看得清清楚楚;明,朱熹是指"理明",获得人生之至理。对于虚静,我们古人用了很多的表述方式。清代的徐增用"心闲""心细气静"来表达这种心态。他说,"作诗第一要心细气静",又说"作诗必须心闲,故心闲未进乎道者有之,进乎道者,于其中之所有,无不尽知尽见"。徐增的见解与朱熹有异曲同工之妙,认为"心闲"也就是虚静,是"进乎道者"必须具备的心态。如果一个文艺创作者或"百工技艺"之人,一旦"进乎道"了,那就会"尽知尽见",还怕创作不出好诗好文好画,即创造出好的艺术作品吗?

我们古人为了使自己在创作时能进入虚静状态,采取了很多措施。东汉文学家、书法家蔡邕(133—192),在书法创作前先要默坐静思、调节气息。"夫书,先默坐静思,随意所适,言不出口,气不盈息,沉密神采,如对至尊,则无不善矣。"蔡邕是如此小心翼翼地将自己的创作心态调整到虚静状态。中国历史上著名楷书四大家之一的唐代书法家欧阳询(557—641)和唐太宗李世民(599—649)也都强调书法创作前先要"凝神静虑"。李世民曾说:"夫欲书之时,当收视反听,绝虑凝神,心正气和,则契于玄妙。心神不正,字则欹斜;志气不和,书必颠覆。"《新唐书》卷一百六十三《柳公权》记载:"帝问公权用笔法,对曰:'心正则笔正,笔正乃可法矣。'时帝荒纵,故公权及之。帝改容,悟其笔谏也。"苏轼在《苏东坡全集》卷九十三评价这段话时说:"其言'心正则笔正'者,非独讽谏,理固然也。"唐太宗大约是在书法家柳公权的笔谏之下,改变了自己的"荒纵"之心,认识到虚静之心对书法创作的重要性,而且采取"收视反听,绝虑凝神,心正气和"等调节方式达到"心正则笔正"的境界。有趣的是,苏轼这个宋代的文坛领袖也表示赞同,可见虚静在文艺创作中是一种公认的心态。同样,唐代画论家张彦远认为在作画时获得虚静心态的方式是"意不在画",即不要老是想着自己要作画或在作画,要将自己的意识转移到作画之外,这样才能处于放松状态,反而能够创造出优秀的作品。他说:"夫运思挥毫,以为画,则愈失于画矣;运思挥毫,意不在于画,故得于画矣。"

第二节 创作:对愤懑的宣泄

创作是对愤懑的宣泄这一观念最早可以追溯到孔子。孔子在《论语·阳货》中曾说过诗"可以怨",当然,孔子也说过"诗可以兴,可以观,可以群"。真正在创作中体现这一思想的是战国时代楚国诗人屈原。屈原在《楚辞·九章·惜诵》中有:"惜诵以致愍兮,发愤以抒情。"屈原的这句诗被认为是"发愤著书思想"的先河。[①]

最著名的抒愤说的论述者是西汉历史学家、文学家司马迁。司马迁以切身经历结合历史上许多作品,在《史记·太史公自序》和《报任安书》中反复表达了这样的观点:"昔西伯拘羑里,演《周易》;孔子厄陈、蔡,作《春秋》;屈原放逐,著《离骚》;左丘失明,厥有《国语》;孙子膑脚,而论兵法;不韦迁蜀,世传《吕览》;韩非囚秦,《说难》《孤愤》;《诗》三百篇,大抵贤圣发愤之所作也。此人皆意有所郁结,不得通其道也,故述往事,思来者。"司马迁以大量历史上已有确证的事实,说明《周易》《春秋》《离骚》《国语》《孙膑兵法》《吕览》《说难》《孤愤》《诗经》等传

---

①   汪凤炎.中国心理学思想史[M].上海:上海教育出版社,2008:499.

世名作都是作家们"意有所郁结,不得通其道"所采取的一种宣泄方式。以《离骚》为例,司马迁写道:"屈平疾王之听之不聪也,谗谄之蔽明也,邪曲之害公也;方正之不容也,故忧愁怨思而作《离骚》。""夫天者,人之始也;父母者,人之本也。人穷则反本,故劳苦倦极,未尝不呼天也;疾痛惨怛,未尝不呼父母也。屈平正道直行,竭忠尽智以事其君,谗人间之,可谓穷矣。信而见疑,忠而被谤,能无怨乎?屈平之作《离骚》,盖自怨生矣。"(《史记·屈原传》)司马迁本人又何尝不是如此呢?他的《史记》就是在他因李陵事件而银铛入狱,受到当时最羞辱的腐刑后,准备"自裁"(自杀)的"肠一日而九回"的心理煎熬中写出的"究天人之际,通古今之变,成一家之言",拟"藏之名山"的"故述往事,思来者"的杰作。

到魏晋时代,在建安年间(196—220)出现一个由名士组成的文学团体,历史上"建安七子"(孔融、陈琳、王粲、徐干、阮瑀、应场、刘桢)。魏正始年间(240—249),又出现一个文学团体——"竹林七贤"(嵇康、阮籍、山涛、向秀、刘伶、王戎、阮咸)。"竹林七贤"的作品基本上继承了建安文学的精神,但由于当时的血腥统治,作家不能直抒胸臆,所以不得不采用比兴、象征、神话等手法,隐晦曲折地表达自己的思想感情。其中特别需要提到的是嵇康。嵇康的文学创作,主要是诗歌和散文。他的诗今存 50 余首,以四言律诗为多,占一半以上。嵇康通晓音律,尤其喜爱弹琴,著有音乐理论著作《琴赋》《声无哀乐论》。他主张声音的本质是"和",合于天地是音乐的最高境界,认为喜怒哀乐从本质上讲并不是音乐的感情而是人的情感。但是由于他个人的痛苦经历,他对诗歌和音乐创作的抒愤思想有相当的认同。对于诗,他因受到钟会陷害入狱后写了《忧愤诗》。对于音乐创作,他也留下了一段"忧愤"著乐的文字。他在《嵇中散集》卷五《声无哀乐论》中说:"夫内有悲痛之心,则激切哀言。言比成诗,声比成音。杂而咏之,聚而听之。心动于和声,情感于苦言。嗟叹未绝,而泣涕流连矣。夫哀心藏于苦心内,遇和声而后发;和声无象,而哀心有主。夫以有主之哀心,因乎无象之和声,其所觉悟,唯哀而已。"音乐是怎么产生的?在嵇康看来,是"哀心藏于苦心内,遇和声而后发"的声音。显然,悲愤著乐只是创作音乐的一种动机,事实表明,并非所有音乐都是哀心与苦心的和鸣,除了哀心和苦心外,人类也有其他的情感需要通过音乐来表达。《毛诗序》云:"言之不足,故嗟叹之,嗟叹之不足,故咏歌之,咏歌之不足,不知手之舞之、足之蹈之也。"

被宋代文坛领袖苏轼称为"文起八代之衰"的唐代文学家、诗人韩愈(768—824),也是一个抒愤说的倡导者。他认为,作家之所以要创作,就是因为他心目中不平需要鸣放,所谓"不平则鸣"。对此,他有两段被后代学者广泛引用的语言："大凡物不平则鸣，草木之无声，风挠之鸣。水之无声，风荡之鸣。其跃也，或激之；其趋也，或梗之；其沸也，或炙之。金石之无声，或击之鸣。人之于言也亦然。有不得已者而后言，其歌也有思，其哭也有怀。凡出乎口而为声者，其皆有弗平者乎！乐也者，郁于中而泄于外者，择其善鸣者而假之鸣。"（《东雅堂昌黎集注》卷十九《送孟东野序》）"夫和平之音淡薄，愁思之音要妙；欢愉之词难工，而穷苦之言易好也。是故文章之作，恒发于羁旅草野。至若王公贵人，气满志得，非性能而好之，则不暇以为。"（《东雅堂昌黎集注》卷二十《荆潭唱和诗序》）

这两段引文告诉我们：第一，"不平则鸣"是自然界和人类社会的普遍现象。自然界的草木、水波、金石本来都是无声的，但因受到"风挠""风荡""击之"而出现声音。文学创作也是一样，"凡出乎口而为声者，其皆有弗平者"，因此，才会"其歌也有思，其哭也有怀"。第二，文学创作常常是心中郁闷的情绪宣泄的产物。韩愈"郁中外泄"的思想，可以说就是中国古代的情绪宣泄说。第三，韩愈并不是把"郁于中而泄于外者"看成唯一的创作动机与创作方式，他认为"和平之音""欢愉之词"也是存在的，但同时也认为，文学作品要做到真正感人肺腑，震撼人心就是要作家心有郁积、愁思。所谓："夫和平之音淡薄，愁思之音要妙；欢愉之词难工，而穷苦之言易好也。"

唐代另一文学家、思想家柳宗元（773—819），韩愈的挚友，因为有着与韩愈相同的遭贬斥的经历，所以柳宗元也认为创作是一个抒愤的过程。柳宗元曾说："君子遭世之理，则呻呼踊跃以求知于世，而遁隐之志息焉。于是感激愤悱，思奋其志，略以效于当世，故形于文字，伸于歌咏，是有其具而未得行其道者之为之也。"（《柳河东集》卷二十四《娄二十四秀才花下对酒唱和诗序》）

在柳宗元看来，当君子将宇宙人生的道理，所谓"世之理"吟咏出来期望被社会接受，为社会所认可，以便对人们的生活发生作用时，遭受到挫折，就会"感激愤悱，思奋其志，略以效于当世"，于是形成文字，变成歌咏，这就是文艺创作。

北宋欧阳修（1007—1073），字永叔，号醉翁，又号六一居士，也是一个抒愤论者。因为他也是一个怀才不遇的文人。他曾说："予闻世谓诗人少达而多穷。夫岂然哉！盖世所传诗者，多出于古穷人之辞也。凡士之蕴其所有而不得施于世者，多喜自放于山巅水涯，外见虫鱼草木、风云鸟兽之状类，往往探其奇怪，内有忧思感愤之郁积，其兴于怨刺，以道羁臣寡妇之所叹，而写人情之难言，盖愈穷则愈工。然则非诗之能穷人，殆穷者而后工也。"（《文忠集》卷四十二《梅圣俞诗集序》）

欧阳修认为,历史上的那些传世诗作"多出于古穷人之辞也"。为什么那些"古穷人之辞"能够得以传世呢? 因为他们更了解人情世故,他们的才华不能"施于世者",因此也不被世俗束缚,他们常常忘情于山水,"多喜自放于山巅水涯,外见虫鱼草木、风云鸟兽之状类",对大自然的奇妙有更多探索的机会,同时对社会底层生活有充分的了解和同情,"内有忧思感愤之郁积,其兴于怨刺,以道羁臣寡妇之所叹",对于那些难言的人情世故烂熟于心,结果就是"愈穷则愈工""穷者而后工",写出一般人写不出的传世诗篇。也就是说,在欧阳修看来,那些处于穷苦、困顿中的人之所以能够写出传世名篇,就在于:一方面,他们的经历使他们有机会对自然山水、社会百态"探其奇怪",出奇才能制胜嘛;另一方面,他们"内有忧思感愤之郁积",有表达的愿望,这两个方面的结合,使他们能够写出传世名作。

明代思想家、文学家、泰州学派的一代宗师李贽(1527—1602),字宏甫,号卓吾,也是一个响当当的抒愤说的支持者。他对此也有一段话:"且夫世之真能文者,比其初皆非有意于为文也。其胸中有如许无状可怪之事,其喉间有如许欲吐而不敢吐之物,其口头又时时有许多欲语而莫可所以告语之处,蓄极积久,势不能遏。一旦见景生情,触目兴叹;夺他人之酒杯,浇自己之垒块;诉心中之不平,感数奇于千载。既已喷玉唾珠,昭回云汉,为章于天矣,遂亦自负,发狂大叫,流涕恸哭,不能自止。宁使见者闻者切齿咬牙,欲杀欲割,而终不忍藏于名山,投之水火。"(《焚书》卷三《杂述·杂说》)

李贽是以自己的切身经历感悟到,历史上那些真正能进行文学创作的人,最初并不是有意为文,而是心中有很多不平需要诉说,"胸中有如许无状可怪之事,其喉间有如许欲吐而不敢吐之物,其口头又时时有许多欲语而莫可所以告语之处"。那些"蓄极积久,势不能遏"的"无状可怪之事""欲吐而不敢吐之物""欲语而莫可所以告语",在当前景物或事物的触发下"不能自止",就会产生艺术创作。

第三节　创作:对性灵的书写

在中国乃至世界文艺思想史上,有许多作家将创作看作是一种独抒性灵的活动。他们认为,创作是作家、艺术家性情的自然流露。在中国文艺理论界,最早意识到这一问题的是1 500年前的南北朝著名文艺理论家刘勰(约465—约532)。刘勰在《文心雕龙》中就明确提出:"吐纳精华,莫非性情"。他还说:"才有庸俊,气有刚柔,学有浅深,习有雅正,并性情所铄,陶染所凝。""各师成心,各异若面。"明代文论家袁宏道(1568—1610,字中郎,又字无学,号石公,又号六休)应当是"独抒性灵"说的提出者。他认为,作家所写的东西不是从自己的胸臆中自然流出时不应该下笔,只有从自己性灵中流出的东西,才会不落俗套,富有个性,才能文如其人。清代著名诗人、画家袁枚(1716—1797,字子才,号简斋,晚年自号仓山居士、随园主人、随园老人)在《随园诗话》卷七中也说:"作诗,不可以无我,无我,则剿袭敷衍之弊大,韩昌黎所谓'唯古于词必己出'也。"也就是说,艺术创作实际上就是自我的展示。由此可见,早在唐代的韩愈已经认识到这一点,到明清时代,作家、艺术家自我意识觉醒的程度又达到新的高度。这与俄国文学评论家别林斯基把"按自己的个性和精神的独创性的印记"看成是作家"直接的天赋才能"有异曲同工之妙。俄国作家列夫·托尔斯泰通过自己的文学创作也阐释了这一观点。他说:"我得知,任何人永远也说不出我要说出的东西,这不是由于我说的东西非常重要,而是因为生活的某些方面,对于旁人是微不足道的,只有我一个人由于自己的经历和性格特点,觉得十分重要。"①当代美学家朱光潜先生也说:"一个人的心理习惯如果老是倾向这种'套版反应',他就根本与艺术创作无缘。"②

　　什么是好作品?艺术家的标准虽然没有艺术作品那样多,但却派别林立,五光十色,分歧多于一致。不过,在千百年的实践与探索中也形成了许多共识,简单地说,好作品就是充满生命活力的书写灵性的作品。这是一种很高的标准,这种标准并不是将作者的具体的创作技能排斥在艺术鉴赏之外,而是在创作技能技巧十分娴熟的基础上来谈论作品的艺术标准。也就是说,真正优秀的艺术作品仅仅凭技艺是不够的,它是比技能更高的"道"的体现。它是艺术家和鉴赏家生命境界和格调的体现。我们的古人是在这样的层面进行艺术创作,也是在这样的层面完成艺术鉴赏。既然具有生命活力的作品才是优秀的艺术作品,那么什么样的作品才是充满生命活力的作品呢?

　　书写灵性的作品是从心灵发生,受过心灵洗礼的作品。因为艺术是"靠心灵的灌注给它的生气……只有从心灵发生的,仍继续在心灵土壤中长着的,受过心灵洗礼的东西,只有符合心灵的创作品,才是艺术作品"。③ 现代情感符号学派的代表人物,美国学者苏珊·朗格在《生命的形式》中写道:"说一件作品'包含着情感',恰恰就是说这件作品是一件'活生生'的事物,也就是说它具有艺术的活力或

①　列夫·托尔斯泰.论创作[M].合肥:安徽人民出版社,1982:202.
②　朱光潜.艺术杂谈[M].合肥:安徽人民出版社,1982:37.
③　黑格尔.美学(第一卷)[M].北京:商务印书馆,1979:198.

展现出一种'生命的形式'。"那些无病呻吟、矫揉造作的作品肯定不是好的作品。

书写灵性的作品才有"生气"。中国古代文论家非常注重"生气"。三国曹丕的《典论·论文》中所说的"文以气为主"就是这个意思。古人认识到,艺术家的创作与一般工匠的创作的不同就在于艺术家的作品充满生气,充满灵动。清代学者方东树曾说:"诗文者,生气也;若满纸如剪彩雕刻,无生气,乃应试馆阁体耳,与作家无分。"可见,生气的最大特征就是不同于机械制作,它应当充满生机与活力,使欣赏者能够感受到生命的真实存在。例如,我们可以从文天祥"人生自古谁无死,留取丹青照汗青"中体验到这位伟大的民族英雄面对死亡威胁时表现出的生命律动和气节;我们可以从朱自清的散文《春》中看到洋溢的青春气息,领悟到昆德拉的"生命不能承受之轻"。

书写灵性的作品是充满能动性的作品。生命本身就是能动的,生命不是一潭死水,而是一条奔腾不息的河流。生命的能动性就要求表现生命活动的艺术作品具有能动性。所以,古往今来,只有那些充满能动性的艺术作品才能焕发生命的活力,点燃生命的火把,使读者能够从作品中感受到生命的跃动,并且能够体现某种群体文化心理。

书写灵性的作品是"浑然天成"的作品。一部优秀的艺术作品,就像一个生命一样是浑然天成的,绝没有斧凿雕琢之痕。对此,宋代的学者阮阅在其《诗话总龟前集》中曾说:"天然浑成,乃可言诗。"南宋著名诗论家、诗人严羽(生卒年不详,字丹丘,一字仪卿,自号沧浪逋客,世称严沧浪)是这样评价《胡笳十八拍》这首长达一千二百九十七字的骚体叙事诗的:"《胡笳十八拍》浑然天成,绝无痕迹"。将"浑然天成"看成艺术作品具有生命活力的重要标准,是古今中外许多艺术家的标准。被誉为"俄罗斯文学两大柱石之一"的列夫·托尔斯泰就曾在《艺术论》中表达过同样的思想。他说:"在真正的艺术作品——诗、戏剧、图画、歌曲、交响乐里,我们不可能从一个位置上抽出一句诗、一场戏、一个图形、一小音节音乐,把它放在另一个位置上,而不致损害整个作品的意义;正像我们不可能从生物的某一部位取出某一个器官来放在另一个部位而不致毁灭该生物的生命一样。"[①]从这些论述中可以看出,优秀的艺术作品,虽然出自"人工",但却犹如自然,也就是说,一部优秀的艺术作品人工的水平已经达到天然的程度,人工达到"巧夺天工"境界的作品才是优秀的作品。在这样的作品中,一点不多,一点不少,增一分则多,减一分则少。这样的作品一旦创作出来,它就是一种生

① 列夫·托尔斯泰.艺术论[M].北京:人民文学出版社,1958:128.

命的存在,任何变动都会破坏其生命的存在。比如阿Q,本来世界上没有这个人,也没有这个名字,可是鲁迅将其创作出来,我们似乎感到阿Q真的存在,"未庄"本来是没有的村庄,可是当我们读了《阿Q正传》之后,我们就能感受到"未庄"真的存在。这样的作品,这样的人物,这样的环境描写就真正达到"浑然天成"的境界。

诗歌如此,小说如此,其他艺术作品也是如此。比如绘画,唐代画家吴道子(约680—759)的《钟馗捉鬼图》,笔力遒劲,栩栩如生。五代时蜀主十分喜爱此画,却认为画中的钟馗用右手食指掐鬼的眼睛,不如用大拇指更有力,于是画家令黄荃(?—965)修改。黄荃琢磨了好几天,觉得无法在原作上修改,只好重画一幅,并向蜀主解释道:"吴道子所画钟馗,一身之力,气色眼貌俱在二指,不在拇指,以故不敢辄改之。"(郭若虚《图画见闻志》卷六)①黄荃自己就是一个著名画家,因此他深知浑然天成的作品具有不可破坏性。所以,优秀的艺术作品是一种天人合一的作品。

书写灵性的作品是有格调与韵味的作品。艺术的生命不应当是庸俗卑劣的生命,而应当是有品位有格调的生命。中国艺术家正是站在这样的高度来看待艺术创作和艺术欣赏,中国艺术家将艺术活动看成是一种高雅的生命活动,因此十分重视"气韵"和"风骨"的追求,主张作品要有高格调、高品位,要有风度韵味,有艺术的生命之美。对此,宋代文论家李廌提出文艺作品应当是"体、志、气、韵"层次递进合一的观点:

> 文章之无体,譬之无耳目口鼻,不能成人。文章之无志,譬之虽有耳目口鼻,而不知视听臭味之所能,若土木偶人,形质皆具而无所用之。文章之无气,虽知视听臭味,而血气不充于内,手足不卫于外,若奄奄病人,支离憔悴,生意消削。文章之无韵,譬之壮夫,其躯干枵然,骨强气盛,而神色昏瞢,言动凡浊,则庸俗鄙人而已。有体、有志、有气、有韵,夫是谓成全。(李廌:《济南集》卷八《答赵士舞德茂宣义论弘词书》)②

这里的"体"为"形体","志"相当于生灵,"气"指活力,"韵"指文品风度。无"体"则残缺,无"志"则如木偶,无"气"则如病人,无"韵"则无品位。能体现格调与品

---

①　钱谷融,鲁枢元.文学心理学[M].上海:华东师范大学出版社,2003:289-290.
②　同上:290.

位的"韵"被视为艺术的最高标准。

第四节　创作：一种人生的游戏

将创作看作是一种人生的游戏这种观点,早在陆机的《文赋》中就已经初露端倪。陆机虽然没有像王国维那样直接论及游戏与创作的关系,但他看到兴趣在创作中的动力价值。他说:"伊兹事(指创作——引者注)之可乐,固圣贤之所钦,课虚无以责有,叩寂寞而求音;函绵邈于尺素,吐滂沛乎寸心。言恢之而弥广,思按之而愈深,播芳蕤之馥馥,发青条之森森。"在陆机看来,文艺创作是连圣贤都钦佩的一种美妙的游戏活动。……无论是陆机还是王国维,他们都是朱光潜前代的人物,可见他们都没有受到弗洛伊德理论的影响,也可见,在中国应当早就有"人生的游戏"这一文艺理论。

艺术创作起源于游戏的观念是奥地利心理学家弗洛伊德对文学艺术创作的一种观点。这一观点也随着弗洛伊德精神分析学说介绍到我国而进入到我国的艺术领域,被我国许多文艺创作者接纳。中国文艺界最早关注这一学说的是我国现代文艺理论家、美学家朱光潜(1897—1986)先生,应该说他是我国最早撰写《文艺心理学》的学者。早在 20 世纪 20—30 年代,朱光潜先生一边在国外留学一边撰写《文艺心理学》,介绍了弗洛伊德对于文学创作的观点。在晚年所著《谈美书简》中也对此观点作了介绍。此后这一观点以各种方式进入中国人的视野,并得到许多文艺创作研究者的青睐。

作家的创作不是什么神秘的事情,但却是一种复杂的心理活动。其复杂性在于,许多作家虽然已经创作很优秀的文学作品,可是他们自己也说不清自己创作过程中的心理活动。作家都有很强的文字表达能力,可是他们对自己如何取材,如何加工所选取的素材使读者产生强烈深刻的印象,如何激发起读者的想象与情感,自己常常也说不清楚。对于作家自己来说,创作过程中的心理活动常常是一种"日用而不知"的"缄默知识"。弗洛伊德从精神分析的视角发现了这一点:

25

我们这些门外汉总是急切地想要知道——正如那位向阿里奥斯托提出类似问题的红衣主教一样——不可思议的作家从什么源头提取创作素材,他如何用这些素材使我们产生了如此强烈的印象,在我们心中激起我们自己根本无法想象的情感。如果我们问作家本人,他也给不出令人满意的解释,这个事实只会使我们的兴趣愈发高涨。①

大概就是凭借着这种"愈发高涨"的兴趣,弗洛伊德对作家创作的心理过程进行了分析与思考。也正因为如此,弗洛伊德将其精神分析理论运用到文学创作心理研究中。他提出的"白日梦",就是文学与艺术创作的重要观点之一。

按照弗洛伊德的观点,一切创造活动,自然也包括作家、文艺家的创作,都源自童年时期的玩耍和游戏。"孩子构造出属于他自己的世界,或者,更进一步,他以自己高兴的崭新方式重新安置他的世界中的事物……"弗洛伊德认为,这种处于玩耍和游戏中的孩子就以"类似于作家的方式行动"。②他进一步说道:

> 作家与玩耍中的孩子做着同样的事情。他构造了一个幻想的世界,对此他是如此严肃对待——即他在这个幻想的世界上付出了极大的热情——同时他又将其与现实严格地加以区分。语言保留了孩子的玩耍和诗歌创作之间的这种关系。它将想象的创作形式命名为"游戏",这些创作形式需要与可触知的事物相联系,它们富有表现的能力。③

弗洛伊德运用他自己创造的理论,在孩子的玩耍和游戏中发现了作家创作的源头和雏形。在弗洛伊德看来,"愉快的游戏"是"喜剧"的源头和雏形,"悲伤的游戏"是"悲剧"的源头和雏形。弗洛伊德认为,"虚构的游戏"比真实的现实更能够给人们带来乐趣,更能够制造出感人的事情。

按照弗洛伊德的观点,到成年以后,从表面看人们放弃了游戏,而"实际上,我们根本不能放弃任何事情",特别是那些曾经体验过的快乐的事情,只是这种游戏转换成另外一种方式,即以幻想的形式出现在成人的世界。游戏是满足儿童愿望的形式,幻想则是满足成人愿望的形式。不同的是,儿童的愿望比较简单、单一,他们唯一的愿望就是期望长大成人,所以他们总是扮作"成人"的样子,在游戏中模仿自己所知道的年长者的生活。而成人的愿望则复杂得多,因而其幻想也就愈加复杂。再有,儿童不会也不需要掩饰自己的愿望,而成人则因为现实的需要,特别是羞耻感的介入常常掩饰自己的愿望。这就为我们了解

①②③　西格蒙德·弗洛伊德.论文学与艺术[M].常宏,等,译.北京:国际文化出版公司,2001:98.

作家的创作增加了难度。

弗洛伊德将这种来自成人的幻想称作"白日梦"。作家通过幻想,也就是通过白日梦来满足自己的愿望。从这里可以看出,幻想是与指向未来的愿望相联系的。所以,弗洛伊德说:"心理活动创造出一种与未来相联系的情境,它代表着愿望的满足,心理活动如此创造出来的东西就是白日梦或幻想,它带着从激发它的情境和记忆中而来的踪迹。这样,过去、现在和将来便被串在一起,正如愿望贯穿之线。"①他举例说:

> 让我们以一个贫穷的男孤儿为例,你给了他某位雇主的地址,在那儿他或许可以找到一份工作。在路上,他可能陷入白日梦之中,这个白日梦适应于产生它的情境。他幻想的内容或许是这样一类事情:他找到了工作,得到雇主的赞许,他在行业界占据了不可或缺的位置,他被雇主的家庭接纳,与主人美艳的女儿结了婚,然后他成了行业的董事,开始时是雇主的合伙人,后来便成了继承者。在这个幻想中,做梦者重新获得了他在幸福的童年期所拥有的东西——保护他的家庭,热爱他的父母和他最初钟爱的对象。从这个例子中你可以看出,愿望如何利用现在的情境,以过去的模式建构出未来的图画。②

以弗洛伊德的眼光看,创作可以简单地概括为,利用现在的情境,以过去的模式建构出未来的图画,所以创作离不开作家的幻想,也就是离不开白日梦。创作过程就是幻想的过程,也就是白日梦的过程。这种幻想或白日梦是受愿望驱使,要利用现实情境和过去的记忆。创作需要幻想,但是弗洛伊德认为:"如果幻想变得过于丰富,过于有力,神经症和精神病发作的条件便具备了。而且,幻想是我们的患者所抱怨的痛苦症状的直接心理征兆。"③这就是凡事都有利有弊吧。

在中国,艺术家和文论家持抒愤说的人居多,这是因为在中国古代,艺术家往往处在社会的底层,他们想进入上流社会的道路十分艰难和坎坷,内心积压的心灵创伤需要寻找一个出口来宣泄,于是,这种愤懑的情绪不仅成为他们艺术创作的动力,甚至贯穿艺术作品创作的全过程。正如刘勰在《文心雕龙》中所

---

①②③　西格蒙德·弗洛伊德. 论文学与艺术[M]. 常宏,等,译. 北京:国际文化出版公司,2001:103.

说:"情者,文之经也。"但在中国也有一些艺术家,他们并非心中有块垒需要宣泄,而是因为游戏心理需要表达,因此也产生了游戏说和剩余精力说。中国古代的文艺创作的确有游戏的成分,因为"乐嬉游憛拘谨"是人的天性,但作为一种创作理念往往是以缄默知识和内隐知识的方式存在于文艺家的头脑中,以作品的方式外显出来。但是由于统治者对文艺的控制极其严密,这种艺术创作理念始终没有成为文艺创作的主流。因此,对这一观念的论述就更少了。对这种观念真正加以关注的是近代国学大师王国维。王国维在1906年所作的《文学小言》中对此有一段精彩的论述:

> 文学者,游戏的事业也。人之努力,用于生存竞争而有余,于是发而为游戏,婉娈之儿,有父母以衣食之,以卵翼之,无所谓争存之事也。其势力无所发泄,于是作种种之游戏。逮生存之事亟,而游戏之道息矣。惟精神上之势力独优,而又不必以生事为急者,然后终身得保其游戏之性质。而成人以后,又不能以小儿游戏为满足,于是对其自己之感情及所观察之事物而摹写之,咏叹之,以发泄储蓄之势力。[①]

其实这种观点早在陆机的《文赋》中就已经初露端倪。陆机虽然没有像王国维那样直接论及游戏与创作的关系,但他看到兴趣在创作中的动力价值。他说:"伊兹事(指创作——引者注)之可乐,固圣贤之所钦,课虚无以责有,叩寂寞而求音;函绵邈于尺素,吐滂沛乎寸心。言恢之而弥广,思按之而愈深,播芳蕤之馥馥,发青条之森森。"在陆机看来,文艺创作是连圣贤都钦佩的一种美妙的游戏活动。从没有形象的"虚无"中,生发出新的形象;从没有声音的乐器中居然可以弹奏出美妙的音乐;从刚刚还是一点墨迹都没有的白绢上,一下子出现有意义的美妙文章;方寸之心却可以吐出充沛的文思。这些令人赏心悦目的美妙文章居然可以传播草木花香浓郁的芬芳,发出林木茂盛的绿枝,从日丽风和到狂风骤起,一切美丽的景色,就如流云舒卷,这些都是美妙的笔触生出的光辉啊!显然,陆机在此所说的创作动机和创作结果并非作家要排遣心中的郁闷和创伤,而是一种幸福的游戏活动。

　　利科说,一部艺术作品的最宽泛的目的在于使我们可以尽情享受自己的幻

---

① 彭玉平,王国维.文学小言研究[J].河南师范大学学报(哲学社会科学版),2011(1):160-165.

想而不必感到羞耻或羞愧。怎样完成这种意图或愿望呢？利科认为，创作家需要适当改变或伪装，减弱白日梦的自我中心色彩，创造出一种依附于他的幻觉表象的纯粹形式的快感并以此来贿赂和诱惑我们。我们给这类快感起了个名字叫"额外刺激"或"直观快感"，向我们提供这种快感是为了有可能从更深的精神源泉中释放出更大的快感。[①]

本章小结

　　文艺创作与欣赏都是在某种心态和动力驱使下实现或完成的。中国的艺术家和文艺理论家在自身实践与理论的探索中归纳、提炼和接受了如下四种见解或观点，或者说他们主要认可这四种见解或观点，即虚静之心、愤懑之心、性灵表达之心以及游戏与白日梦心态，这四者是艺术家在创作与鉴赏中经常表现出的心态。同时也表明：第一，艺术家创作的心态与动力并不完全一致，而是丰富多彩的，这就充分显示出艺术创作与鉴赏在艺术家身上体现出的个别差异；第二，艺术家在自己的艺术创作中持有的某种心态抑或在某种动力推动下完成自己的作品，是与作家、艺术家各自独特的人生经历密切相关的。事实表明，在艺术家创作和鉴赏的过程中，心态也处在不断调整中，在某一阶段可能某种心态占优势，在另一阶段可能另一种心态占优势，或者在某一年龄阶段某种心态占优势，而在另一年龄阶段则是另外一种心态占优势。

---

① 　钱谷融，鲁枢元．文学心理学［M］．上海：华东师范大学出版社，2003：450．

第三章

中国文艺创作心理要素论

文艺创作是一个复杂的心理活动过程，需要各种心理成分的参与。艺术创作不是运用概念推理进行思考，而是要表达情感和形象。因此，文艺创作要涉及情感、语言、联想、想象、灵感等心理要素，涉及才性与学问、言与意、情与理的关系问题以及创作者的气势、识度、情韵、趣味等问题。

第一节　情经辞纬说

《礼记·乐记》中就有"凡音之起，由人心生也。人心之动，物使之然也。感于物而动，故形于声"，同时又说，"情动于中，故形于声。声成文，谓之音"，说明作者已经充分认识到情感对音乐创作的作用。汉代所作的《毛诗序》中说道："情动于中而形于言，言之不足故嗟叹之，嗟叹之不足故咏歌之，咏歌之不足，不知手之舞之，足之蹈之也。"

东汉思想家王充在《论衡·超奇》中写道："精诚由中，故其文语感人深。是故鲁连飞书，燕将自杀；邹阳上疏，梁孝开牢。书疏文义，夺于肝心，非徒博览者所能造，习俗者所能为也。"王充是一个思想家，他不是严格意义上的文学艺术家，但是他对文学创作的理解却是真知灼见。在他看来，文学创作真情实感是至关重要的，发自作者内心的，能够感人至深的情感是不可或缺的，缺少这种真实的情感即使是博览群书的人，也写不出"夺于肝心"的好文章。也就是说，对于文学艺术来说，情感比知识的丰富程度更为重要。

南北朝时期文艺理论家刘勰在《文心雕龙·知音》中说："夫缀文者情动而辞发，观文者披文以入情，沿波讨源，虽幽必显。世远莫见其面，觇文辄见其心。"[1]刘勰从"缀文者"和"观文者"两个角度，分别论述了情感在创作和欣赏中的作用。刘勰还在《文心雕龙·情采》中说："昔《诗》人（指《诗经》的作者）什篇，为情而造文；辞人（汉代辞赋家）赋颂，为文而造情。何以明其然？盖《风》《雅》之兴，志思蓄愤，而吟咏情性，以讽其上，此为情而造文也；诸子之徒，心非郁陶，苟驰夸饰，鬻声钓世，此为文而造情也。故为情者要约而写真，为文者淫丽而烦滥。而后之作者，采滥忽真，远弃《风》《雅》，近师辞赋，故体情之制日疏，逐文之篇愈盛。"[2]

诗人白居易说："感人心者，莫先乎情，莫始乎言，莫切乎声，莫深乎义。诗

① 刘勰. 文心雕龙[M]. 王志彬，译注. 北京：中华书局，2012：555.
② 同上：369.

者,根情,苗言,华声,实义。上自圣贤,下至愚騃,微及豚鱼,幽及鬼神,群分而气同,形异而情一,未有声入而不应,情交而不感者。"白居易认为,在感动人的事物中,作者把情感放在优先的地位;在组成诗歌的诸因素中,白居易把情与言的关系比作根与苗的关系,这都充分强调了情感的作用。但是白居易没有把情感孤立起来,他认为诗是情、言、声(诗的音乐性)、义的有机结合,看法比较全面。①

刘勰深谙情感在创作中的作用,在中国文艺史上首次将情感看成文章之经,是"立文之本源"之一。我国当代学者王元化曾这样评价刘勰的情感论:"刘勰曾从各方面论述了'情'在文学创作中的作用。《文心雕龙》几乎没有一篇不涉及'情'的概念。据《文心雕龙新书通检》载,'情'见于《文心雕龙》全书达一百处以上。"他随手举例说:"《神思篇》:'神用象通,情变所孕。'这是'情'作为唤起并指引想象活动的媒介而说的。《体性篇》:'夫情动而言形,理发而文见。'这是就'情'作为决定文学形式的内在因素而说的。《指瑕篇》:'情不待根,其固非难。'这就是'情'作为构成文学功能的感染力而说的。《总术篇》:'按部整伍,以待情会。'这是就'情'作为贯穿全局的引线而说的。"王元化说:"照刘勰看来,作家的创作活动随时随地都取决于'情',随时随地都需要'情'的参与,因此,他在《情采篇》中提出一句总括的话说:'情者文之经。'"②刘勰的原话是:

> 故情者文之经,辞者理之纬;经正而后纬成,理定而后辞畅。此立文之本源也。③

在刘勰看来,创作要本于情性,如《诗经》的《风》《雅》就是"志思蓄愤,而吟咏情性";文学作品又可以陶冶和改变人的情性。所谓:"诗者,持也,持人性情;三百之蔽,义归无邪,持之为训,有符焉尔。"总之,他认为,作家在创作过程中,情感自始至终起着重要的作用。

在刘勰看来,在文学创作中"情"是"文之经","辞"自然是"文之纬",但二者比较起来,他更看重"经",也就是情的作用。由"经"决定"纬",用他的话说就是"经正而后纬成"。按照刘勰的观点,我们可以认为,无情无理不可为文,写不出文章的人,常常是因为心中缺少情理。因此,要想写出优秀的艺术作品,首要的

① 金开诚.文艺心理学论稿[M].北京:北京大学出版社,1982:94-95.
② 王元化.文心雕龙创作论[M].上海:上海古籍出版社,1959:173.
③ 刘勰.文心雕龙[M].王志彬,译注.北京:中华书局,2012:368.

任务是在心中蓄情孕理。情理丰富，文辞自然会流畅。情感能够唤起思维或认知，这已经被心理学证实。人的思维独到，常常是因为人的情感体验独到。

为什么说"情"是文学创作之"经"呢？刘勰和许多前人都认为，"情"是人性的表现，在刘勰看来，文学创作是经天纬地的事业，因此他一定要表达人性、张扬人性。这也就是许多文论家常常将"情性"二字连起来使用的原因。我国从先秦伊始就有情和性禀天而成的观点，认为情和性是与生俱来的，静态为性，动态为情。刘勰也继承了这一观点。所以他在《明诗》篇说道："人禀七情，应物斯感，感物吟志，莫非自然。"还说"民生而志，咏歌所含。"①其意是说，人与生俱来就有情志，受到外物的刺激和激发而成为歌咏的内容。

如前所述，情性虽然是与生俱来的，但也要外物的激发才能成为诗词歌咏的内容，这就涉及情与物的关系问题。也就是，人与生俱来的情感是如何被外物激发而形成文学创作的问题。刘勰对此有过一段非常形象生动富有诗意的话：

> 春秋代序，阴阳惨舒，物色之动，心亦摇焉。……岁有其物，物有其容；情以物迁，辞以情发。一叶且或迎意，虫声有足引心，况清风与明月同夜，白日与春林共朝哉！②

人天生具有产生情感的资质，有产生喜、怒、哀、乐、爱、恶、欲（一说喜、怒、哀、乐、忧、恐、惊）的资质，但这只是一种潜质，要变成实际的、有社会内容的情感还需要外物的触发。从这个意义上说，世界上绝没有无缘无故的爱，也没有无缘无故的恨。也正是这种有社会意义、有社会价值的情感才是文学创作所要表达的情感。也正是这种情感才能唤起人类对人性的深度挖掘。刘勰已经发现，这种情感的产生和变化都离不开外物的激发。用刘勰的概念就是"物色"的激发，所谓"物色之动，心亦摇焉"。不过，刘勰的"物色"似乎更偏重自然现象，如春秋、阴阳、树叶、虫声、清风、明月、白日、春林，等等，而没有更多阐述属于社会现象的"物色"对文学创作的影响。但是，刘勰毕竟提出"情以物迁，辞以情发"这样一个光辉的命题，这是从文艺心理视角对人的一次发现。

刘勰不仅发现"情以物迁""情以物兴"，而且提出"物以情睹"的命题。他在

---

① 刘勰. 文心雕龙[M]. 王志彬，译注. 北京：中华书局，2012：58 - 69.
② 同上：519.

《诠赋第八》中说：

> 原夫"登高"之旨，盖睹物兴情。情以物兴，故义必明雅；物以情睹，故辞必巧丽。①

如果说"情以物迁""情以物兴"只是继承先秦《礼记·乐记》中"人心之动，物使之然也。感于物而动，故形于声"的思想的话，那么"物以情睹"则完全是刘勰的独立发现。这个观点告诉我们，文学家必须带着强烈情感的眼光去看待事物，才能进入创作状态，作家也只有使外物涂上强烈的情感色彩，才能获得文字表现巧丽的词句和文采。站在现代视野来看，这正是艺术家与科学家的根本差别之所在：科学家从事研究时，不能将自己的情感色彩掺杂其中，不能将自己的主观价值植入其中，这样才能保持客观的态度对待所研究的对象，从而获得科学可信的结果；而艺术家则恰恰需要将自己的情感和价值植入外界对象之中，让所接触到的事物都染上作家自身的情感色彩，没有情感参与或情感参与缺乏的作品都不可能成为优秀的作品。刘勰的这一见解道出文学以及所有艺术创作的关键。

此外，刘勰还论述了情感与思想的关系。他认为，在创作中，情感和思想是密不可分、融为一体的，认为创作"必以情志为神明"，此处的"情"指情感，此处的"志"指思想。事实也是这样，情感与思想很难泾渭分明地分离出来。同时，他又看到情感和思想还是有区别的，情感不能代替思想，思想也不能代替情感。仅仅有思想而没有情感的文章不能称为艺术，仅仅有情感而没有思想的文章也很难达到艺术的境界。因此，只有二者相互补充才能进入艺术的殿堂。刘勰意识到情感和思想的相互补充关系，他所言"率志以方竭情"（《养气第四十二》），②"志足而言文，情信而辞巧"（《征圣第二》）③等都是强调二者相互补充的关系。

刘勰对情感与创作之关系的论述还表现在他对创作过程的论述当中。他在《熔裁》篇中专门探讨了创作过程的问题，他将文学创作过程划分为三个阶段，其中第一个阶段就是"设情"，认为文学创作是从"情动"开始的，同时还要贯穿到创作的各个阶段。对于创作过程，我们在后面的创作构思与过程部分再加详论，此不赘述。

① 刘勰. 文心雕龙[M]. 王志彬，译注. 北京：中华书局，2012：92.
② 同上：472.
③ 同上：14.

宋代文学家苏洵(1009—1066),字明允,自号老泉,眉州眉山即今属四川眉山人。苏洵对于文章的写作有这样一段精美的议论。他在《嘉祐集》卷十四《仲兄字文甫说》中说:

> 风行水上涣,此天下之至文也。然而此二物者,岂有求乎文哉。无意乎相求,不期而相遭,而文生焉。是其为文也,非水之文也,非风之文也;二物者,非能为文,而不能不为文也。物之相使,而文出于期间也。此天下之至文也。①

苏洵认为,"天下之至文"如风行水上,可遇而不可求的,是作者"无意乎相求,不期而相遭"的。仅仅有风不能为文(纹),仅仅有水也不能为文(纹),只有风水"相遭"才能出现波纹。文章也是一样,仅有外物不能成文章,仅有情感也不能成文章,只有当外物为情感所使时才能"文出于其间也"。这样产生的文章才是"天下之至文也"。这样的天下至文完全出乎自然,不是有意所能为之。

苏轼从小受到父亲苏洵的教诲,深得其要旨,并结合自己的创作体验在《江行唱和集叙》中发挥和丰富了苏洵的思想:

> 夫昔之为文者,非能为之为工也,乃不能不为之为工也。山川之有云雾,草木之有华实,充满勃郁而见于外,夫虽欲无有,其可得耶?自少闻家君之论文,以为古之圣人,有所不能自已而作者,故轼与弟辙为文至多,而未尝有作文之意。……与凡耳目之所接者,杂然有触于中,而发于咏叹。……而非勉强所为之文也。②

苏轼的表述更明确,那就是艺术创作不是靠"勉强"所为,是作家将平日耳目所闻见的事物在心中"杂然有触","有所不能自已"所发出的"咏叹"!

情感与意象密切相关。人的情感是生生不息的,人的意象也是生生不息的。换一种情感就是换一种意象,换一种意象就是换一种境界。同时,二者又是互生关系,即景可以生情,情亦可以生景。所以诗是做不尽的,艺术是不会有穷尽的。"有人说,风花雪月等等都已经被前人说烂了,所有的诗都被前人做尽了,诗是没有未来的了。这般人不但不知诗为何物,也不知生命为何物。诗是

---

①② 徐中玉.论苏轼的创作经验[M].上海:华东师范大学出版社,1981:8.

生命的表现,生命像柏格森所说的,时时在变化中,即时时在创造中。说诗已经做穷了,就不啻说生命已到了末日。"①

　　情感与意象的关系,还可以表现在情感对意象的整合方面。有许多诗词每一个字都是一个精彩的意象,一幅精彩的画面,它们的每一个句子都可以叫作"警句"。但是这些画面因贯穿着某种情感而构成一幅完整的画。也有些诗词,单单一句一句看都很平常,很散漫,似乎与主题无关,但是将其整合在一起就是一幅完整的或系列的图画,而将其整合的经线就是情感。如古诗《江南》:"江南可采莲,莲叶何田田!鱼戏莲叶东,鱼戏莲叶南,鱼戏莲叶西,鱼戏莲叶北。"这里单看每一句都再平常不过了,这一幅幅平常不过的意象,在情感的整合下看上去却是一幅优美的采莲意境,充分表达了采莲人悠闲快乐的生活。这样的诗词在古代诗词中不可胜数。如陈子昂《登幽州台》:"前不见古人,后不见来者,念天地之悠悠,独怆然而涕下。"作者登上幽州台体验到的孤独、寂寞和凄凉的情感活灵活现地表达出来了。

　　情感与意象的关系还表现在作者常常依据情感来选择意象。如前所述,人们换一种情感就是换一种意象。这就是"为情造文"。如钱起的《湘灵鼓瑟》中最后两句"曲终人不散,江上数峰青"。曲终人散与不散,与江上峰青与不青没有必然的联系,但因这两个意象都表现出一种凄凉的情感,也就是作者感受到的凄凉情感将这两个毫不相干的意象联系起来了。再如秦少游的《踏莎行》的上阕:"雾失楼台,月迷津渡,桃源望断无寻处。可堪孤馆闭春寒,杜鹃声里斜阳暮。"其中的自然描写从表面看上去与人事本无关系,但在情感层面上却是紧密相连的。

第二节　突破时空界限:联想与想象

一、联想论

　　联想最早可以追溯到古希腊哲学家亚里士多德,他提出接近联想、相似联想和因果联想三种类型。所谓联想,就是把两个或两个以上的表象或观念联系在一起的心理活动。在文艺创作中运用最多的是接近联想和相似联想。所谓接近联想就是在时间上或空间上越接近的事物越容易形成联想。由春天想到

①　朱光潜.朱光潜美学文集(第一卷)[M].上海:上海文艺出版社,1982:509.

桃花，由冬天想到梅花；刘禹锡的诗句"沉舟侧畔千帆过，病树前头万木春"，这是由空间接近而产生的联想。相似联想是由事物之间在形态和性质上有某种相似点而产生的联想。杜甫诗："天上浮云如白衣，斯须变幻为苍狗。"就是一个典型的相似联想。

联想是知觉、概念、记忆、思考、想象等心理活动的基础，意识在活动时就是联想在进行。[①]

联想可以分为有意联想和无意联想。艺术创作是一种意识活动，因此更多使用的是有意联想。联想虽然可以形成系列，可以叫作系列联想，由甲想到乙，由乙想到丙，由丙再想到丁，但是却充满偶然性。我们可以在某个时刻由菊花想到陶渊明，由梅花想到陆游，但是换一个环境所产生的联想可能就完全不同，我们可以由这两种花想到许多其他事物。

联想是有偏好的。民族、年龄、性别、环境、教育等不同，联想的偏好也是不同的。有人偏好红色，是因为红是火和血的颜色，所以看到红色会使人联想到温暖和热情，看到绿色使人联想到生机和安谧，等等。

即使对于音乐，更多的人不是关注它的旋律和节奏的和谐，而是关注由旋律和节奏唤起的视觉意象，产生许多对视觉意象的联想。

中国有许多描写音乐形象的诗词，或者说诗人从音乐中听出自己的形象，又用语言将这种形象传达给其他人。如李颀的《听董大弹胡笳》："空山百鸟散还合，万里浮云阴且晴。嘶酸雏雁失群夜，断绝胡儿恋母声……幽音变调忽飘洒，长风吹林雨坠瓦。迸泉飒飒飞木末，野鹿呦呦走堂下。"李颀从董大所弹胡笳中听出了一个又一个的意象：像各种鸟类在寂静的山谷中聚散离合；像万里浮云在天空中的阴晴变化；像失群的雏雁在黑夜中酸楚的嘶鸣；胡笳中断的一刻则像胡儿恋母时发出的声响……胡笳改变声调时飘忽潇洒，像大风吹动林木，像屋上的瓦片坠落地上。妙曼的音乐像飒飒飞迸的泉水和飘飞的木屑，又像呦呦走进厅堂的野鹿。在此时，我们与其说是欣赏音乐，毋宁说是在欣赏一幅幅优美意象巧妙组合起来的图画。再有韩愈的《听颖师弹琴》："昵昵儿女语，恩怨相尔汝。划然变轩昂，勇士赴敌场。浮云柳絮无根蒂，天地远阔随飞扬。喧啾白鸟群，忽见孤凤凰。跻攀分寸不可上，失势一落千丈强。"韩愈将颖师所弹的琴声转化为"昵昵儿女语""勇士赴敌场"以及没有根蒂的"浮云柳絮"和喧叫的"百鸟群"，等等。最脍炙人口的是，白居易在《琵琶行》中对琵琶弹奏时的

---

① 朱光潜.朱光潜美学文集(第一卷)[M].上海：上海文艺出版社，1982：85.

描写："大弦嘈嘈如急雨,小弦切切如私语,嘈嘈切切错杂弹,大珠小珠落玉盘。间关莺语花底滑,幽咽泉流水下滩。"白居易将琵琶弹奏发出的声音转换成"急雨""私语",将节奏的变化错落发出的声音转化成落向玉盘的大珠小珠,将美妙的琵琶声转换为花间莺语、水下幽泉。由此可见,艺术,即使不依赖文字的管弦音乐,在欣赏中也不能缺少联想和想象。

  在美学界有一种观点认为,联想会破坏美感。为什么说联想会破坏美感呢？原因就是联想是与实用性和功利性联系在一起的,无论在创作和欣赏中,只要一有功利性和实用性的参与,美感就会消失得无影无踪。这个观点来源于康德,康德提出著名的美学判断四命题:即从质、量、关系和方式(模态)进行美学判断。其中"审美无利害"命题是美学判断的核心。① 一些当代美学家将"审美无利害"的命题当作传统美学与现代美学的分水岭。康德把"利害关系"定义为:"凡是我们把它和一个对象存在的表象结合起来的快感,谓之利害关系。"② 康德对美感(审美愉快)和一般快感(感官快适)和善感(善的愉快)区别开来。康德认为,一般快感是因为事物满足了人们的某种欲望和需要而引起的,因此它有利害性。善感也是与利益兴趣结合在一起的。审美愉快只与事物的形象有关,而与其存在无关。而善的愉快的产生却与对象的存在符合目的性有关。审美对象具有普遍性是因为它不涉及利害,是自由的。审美的普遍性并不依靠对象,而是在于主体主观的感觉。③

  康德将美划分为"纯粹美"(pure beauty)和"依赖美"(dependent beauty)。"纯粹美",也叫"自由美",是指不涉及概念和利害计较,无目的而又符合目的的美。"依赖美",也叫"附庸美",是指涉及概念和利害关系,涉及对象的内容和目的的美。康德对"纯粹美"的要求是非常严格的,任何依存于感官吸引力和主体情绪,或沾染了目的性的美,都绝对不能划归到"纯粹美"的范围。就连被英国文艺批评家佩特(Walter Pater)称为最高艺术形式的音乐,在康德那里也未必就符合"纯粹美"。在康德看来,只有无主题的幻想曲和不与歌词结合的乐曲属于"纯粹美",其余的音乐都只能属于"依赖美"的范畴。按照这样的观点,中国古代的乐器演奏属于"纯粹美"的范畴,可是诗人在听的过程中运用联想和想象将其转化为具体意象,则属于"依赖美"或"附庸美"了。整个造型艺术、文学艺术,因为各有主题,各有意义,因此也只能属于"依赖美"或"附庸美"了。这里就

①③ 陈如.试析康德"美的分析"四命题的独创性[J].湛江师范学院学报,2008,29(5):16-19.

② 康德.判断力批判[M].宗白华,译.北京:商务印书馆,1996:40.

提出一个问题,那就是作为音乐的创作者,他可能处于"纯粹美"的境界,因为他可能不带任何目的,不带任何功利,但是欣赏者根据自己的经历进行联想和想象就与一定的利害联系在一起了,因此欣赏者欣赏到的美就是"依赖美"了。在康德看来,不仅艺术中"纯粹美"少之又少,而且所有的文学都属于"依赖美"的范畴。在自然美中,属于"纯粹美"的也只有"花、自由的素描、无任何意图相互缠绕着的被人称做簇叶饰的纹线。"①

康德所说的"纯粹美"或"自由美"是形式美,是以理性为依据的,他所说的"依赖美"或"附庸美"是内容美,是经验为依据的。但是康德虽然偏重"纯粹美"或"形式美",但是他并不曾将"纯粹美"看作是理想的美。他明确表示:"审美的快感和理智的快感二者的结合对于审美趣味却有益处。"②事实上,多数学者都倾向"内容成分"或"联想成分"和"形式成分"或"直接成分"的结合。佩特之所以将音乐看作是一切艺术的最高旨归,就在于在音乐中形式与内容常常能够结合到浑然天成的程度。

联想的确可以使人产生实用和功利,但并不必然产生功利。比如"记得绿罗裙,处处怜芳草",作者和欣赏者由碧绿的芳草联想到美人,如果由美人想到自己的恋人,由此产生性幻想,则是进入了功利性层面。这时,联想的确会导致精力涣散,注意力不集中,使作者或欣赏者的心思转移到其他事物上去,从而失去美感。这确如康德所说,"依赖美"是形象本身联想到它的价值效用所见到的美。凡是通过联想获得的美都属于"依赖美"的范畴。但是康德所说的"纯粹美"实在是少之又少,我们在日常生活,甚至艺术活动中更多的是通过联想获得的"依赖美"。这也就是联想的意义之所在。按照康德的观点,中国艺术中更多是"依赖美",但艺术家们更强调内容与形式的结合。中国的艺术家相信,艺术本来就是用形式表现内容,如果没有内容,仅有形式,艺术就成为空泛和不可捉摸的东西了。音乐似乎可以没有内容,其实并非没有内容,不需要联想,而是它的内容作者没有明确表达,给欣赏者预留出自由联想的广阔空间,让欣赏者根据自己的经历或经验去填充和联想。

在近代最初的实验美学有一种否定联想的倾向。这种观点认为,联想越丰富欣赏能力就越低,尤其是在音乐方面,他们认为有音乐修养的人大都只关注声音节奏和韵律的起承转合,不会想到意义,因此不需要联想和想象。这种观

① 康德.判断力批判[M].宗白华,译.北京:商务印书馆,1996:44.
② 同上:59.

点也许在解释"纯粹美"或"形式美"方面具有一定的道理,但是无法解释"依赖美"或"内容美",也不能解释形式与内容相结合的美。从这个意义上,我们可以大胆地说,否定联想就是否定艺术。因为一切知觉和想象都是以联想为基础的,不论是创作还是欣赏,知觉和想象总是必需的。诗人作诗时就是进入了一种梦境,在这种梦境中,诗人愈信任联想,则想象就愈自由、愈丰富。诗人不但自己在创作时过着一种梦境的生活,还要设法使读者进入梦境,所谓"催眠"读者。①

音乐常常被公认为最高境界的艺术,原因是它更注重节奏和旋律的和谐,而不设定意义与内容。笔者认为,音乐之所以能够被公认为最高境界的艺术,恰恰是因为它能够通过旋律和节奏唤起欣赏者更为自由的联想。音乐通过旋律和节奏为欣赏者留有更多自由联想的空间。音乐家通过节奏和旋律将自己的情思以模态或不确定的方式表达出来,以此去调动欣赏者任意发挥自己的联想与想象去填补意义和生成意义。这正是音乐作为最高境界艺术之所在。联想与意象是什么关系?简单地说,意象是借助联想产生的,联想是基础,没有联想,一切意象就成了无源之水、无本之木。

二、想象论

想象是批判现实和超越现实的手段和方法,所以它是艺术创作和艺术欣赏的认识活动和审美活动必不可少的,但它并不局限于艺术活动,而是表现在一切实际活动和创造活动中。想象能把人们所希望的美好事物变为现实的事物,使人们从文化发展水平的高度观察世界、思考世界。

想象通过对现实世界的否定和虚无化而建立起来的意识世界是自在与自为统一的世界,即美和艺术的世界。想象的意识是非现实化的、虚无化的,是脱离了实在性束缚的意识,因而想象是自由的,不受时空限制。它可以"精骛八极,心游万仞""观古今于须臾,抚四海于一瞬"(陆机语),"思接千载""视通万里"(刘勰语)。

由于只存在一个真实的世界,并总是在想象中被非实在化,所以不在场预示着在场,非实在化暗示了实在化。想象在对现实的否定中包含它构造和超越现实的意义。

①　朱光潜. 朱光潜美学文集(第一卷)[M]. 上海:上海文艺出版社,1982:92.

黑格尔曾说,"最杰出的艺术本领就是想象""真正的创造就是艺术家的想象活动"。在中国,最早提到"想""象"二字的是战国时楚国著名诗人屈原,他的"思旧故而想象兮,长太息以掩涕"(《远游》),是我们现在能查到的最早将"想"与"象"二字联系在一起的资料。其次是三国时的曹植,他曾说,"遗情想象,顾望怀愁"(《洛神赋》),他是继屈原之后又一位提到"想象"一词的古代文学家。而对想象作出理论探讨的古代文艺理论家主要有:陆机(261—303),字士衡,吴郡华亭,即今上海市松江县人;刘勰,字彦和,原籍东莞莒县(今属山东),据范文澜《文心雕龙注》考证,他生于465年左右,卒于520或521年,生活在南北朝齐梁之际;严羽(生卒年不详),字仪卿,又字丹立,号沧浪逋客,邵武人,即今福建人,南宋文学批评家;叶燮(1627—1703),字星期,号已畦,学者称横山先生,是我国著名文学家和文学理论家。刘勰在《文心雕龙》这部文艺理论著作中,有"神思篇"专门讨论想象与灵感的问题。刘勰将想象看成是"驭文之首术,谋篇之大端"。根据这些古代文论家的言论,我们可以将中国古代想象论大致概括为以下六个具体的观点。

(一)想象是一种形心相远的心理体验

刘勰在《文心雕龙·神思》中首先从形与心的关系来解读想象。在刘勰的视界中,处在想象中的个体或文学创作者,与日常处于非想象状态的个体相比,能够体验到形神或形心相远的特征,即处于想象状态的文学创作者,能够产生一种精神远离形体的体验:

> 古人云:"形在江海之上,心存魏阙之下"。神思之谓也。文之思也,其神远矣。故寂然凝虑,思接千载;悄焉动容,视通万里;吟咏之间,吐纳珠玉之声;眉睫之前,卷舒风云之色:其思理之致乎?①

在刘勰看来,想象的过程是一个形神或形心远离的过程,准确地说,个体或文学创作者产生一种身心远离的体验。他借用魏中山公子牟的"形在江海之上,心存魏阙之下"的典故,极其形象地阐明自己的观点。形体还在江海上,心却已经到魏阙之下。这难道还不能说是一种身心远离的感受吗?用他的话说,就是"文之思也,其神远矣",也就是说,一个人一旦进入创作构思状态,他就必然会产生精神远离形体的体验。按照刘勰的理解,这种精神远离形体的体验从两个

---

① 刘勰. 文心雕龙[M]. 王志彬,译注. 北京:中华书局,2012:320.

方面体现出来：一是时间维度,所谓"寂然凝虑,思接千载",即想象可以超越时间的限制。比刘勰早生 200 余年,生活于三国吴与西晋之间的著名文艺理论批评家陆机就已经认识到这一点,所谓"观古今于须臾""通亿载而为津"等。二是空间维度,所谓"悄焉动容,视通万里"。陆机也有同样的观点,所谓"抚四海于一瞬""恢万里而无阂"等。明清时代的文艺理论家叶燮也认为,诗人通过想象可以写尽天下万物"先后万有不齐"的种种生动情状,甚至"一日可永(咏)千古,一室可尽大地""世间无事不可默""睥睨今昔数真赏"。① 但是必须指出,这里所说的精神远离并不是实际的形神分离,而是在心理上体验到的一种对时空的超越,这时精神仍然依赖于形体的活动。

突破时空的限制,这是艺术想象得以尽情发挥的条件,也是艺术想象的结果。陶渊明的《桃花源记》中就记载了晋代渔人误入桃花源,竟然与"不知有汉,无论魏晋"的秦人后裔相遇。通过想象或幻想,人们可以把不同时空的事情放在一起,使人产生惊异和震撼。唐代诗人刘禹锡的《浪淘沙》写道:"九曲黄河万里沙,浪淘风簸自天涯。如今直上银河去,同到牵牛织女家。"刘禹锡通过想象将地上的黄河以及黄河之沙与天上的银河、月宫联系在一起,建立起任意联系,由此突破了时空的限制。

艺术作品既要反映现实,也要表达作者和读者的愿望,因此它需要情感和想象。比如中国明代戏曲家、文学家汤显祖(1550—1616,字义仍,号海若、若士、清远道人,汉族,江西临川人,万历十一年中进士,任太常寺博)在《牡丹亭》中写青春觉醒的杜丽娘在花园一梦中接受了柳梦梅的爱情。回到现实后,梦中爱情幻灭使她感到空虚和悲哀。她为此忧闷而死,死后,她的游魂与柳梦梅相会,要求柳梦梅为她掘墓开棺,使之复生。最终杜丽娘由阴还阳,与柳梦梅终成眷属。杜丽娘真可谓因情致病,因情而死,因情复生。汤显祖在《牡丹亭记·题词》中写道:

> 如丽娘者,乃可谓之有情人耳。情不知所起,一往而深。生者可以死,死可以生。生而不可与死,死而不可复生者,皆非情之至也。②

情到深处的艺术,可以突破生死的界限,可以出生入死,可以起死回生,这恐怕

---

① 叶德辉.郋园全书.己畦诗集[M].湘潭叶氏自印(2),1935：3.
② 汤显祖.牡丹亭[M].邹自振,董瑞兰,评注.南昌：百花洲文艺出版社,2014,总序：1-2.

是上帝给予艺术家的独特权利。原因就在于艺术不仅反映现实,而且可以反映愿望。艺术不仅来源于既已存在的现实,而且来源于现实还不存在但人们希望它存在的愿望。在中国古典民歌中,汉乐府民歌是一支重要的力量。在汉乐府民歌中,《孔雀东南飞》是脍炙人口的代表作之一。这首诗写的是刘兰芝与焦仲卿夫妇因遭婆婆反对被迫分手,分手时立誓互不相负;刘兰芝回家后不久,家兄逼其嫁人,刘、焦已约定"黄泉下相见"。就在迎亲之夕,两人一个"举身赴清池",一个"自挂东南枝"。诗的结尾处,焦仲卿与刘兰芝合葬,墓上松柏梧桐覆盖,他们的精魂化为一对鸳鸯,相和而鸣。在现实中无法做到的事情,在艺术的想象中,在人们的愿望和期待中实现了。

对于想象的过程,陆机在《文赋》中有着更确切、更精彩的论述:

> 其始也,皆收视反听,耽思傍讯,精骛八极,心游万仞。其致也,情瞳昽而弥鲜,物昭晰而互进;倾群言之沥液;漱六艺之芳润;浮天渊以安流,濯下泉而潜浸。于是沈辞怫悦,若游鱼衔钩,而出重渊之深;浮藻联翩,若翰鸟缨缴,而坠曾(通"层")云之峻。收百世之阙文,采千载之遗韵,谢朝华于已披,启夕秀于未振。观古今于须臾,抚四海于一瞬。①

陆机将想象过程分为"始"与"致"两个阶段。在构思开始时,想象与物发生关系:作家不视不听,保持一种心灵的虚静状态,完全沉浸在想象之中;傍求博采,精神远弛于八极之外;心灵翱翔于万仞之上。在文思到来之时,想象与文发生关系:作家内在的朦胧逐渐明朗清晰,而外在的生动物象也会纷至沓来;诸子百家中最精美的词语就会如倾而至,五经六艺中最芳润的文辞也会任其驱遣;广阔天地都可概括进创造的形象,纷纭万象都可以描绘在生花的笔下,即"笼天地于形内,挫万物于笔端"。②

(二) 想象是一种神与物游的直觉活动

在刘勰的想象观中,想象不仅是一种形神相远的体验,同时也是一种神与物游的活动。站在现代视野来看待神与物游,它是一种直觉活动过程,而不是一种概念操作过程。想象的一个重要特征就是它不是用概念思维,而是用形象思维,即运用表象进行联想。我国现代著名学者黄侃在《札记》中的解释最能体

① 张怀瑾.文赋译注[M].北京:北京出版社,1984:12.
② 燕国材.汉魏六朝心理思想研究[M].长沙:湖南人民出版社,1983:163.

现"神与物游"的真谛。他说"此言内心与外境相接也。内心与外境,非能一往相符会,当其窒塞,则耳目之近,神有不周;及其怡怪,则八极之外,理无不浃。然则以心求境,境足以役心;取境赴心,心难于照境。必令心境相得,见相交融,斯则成连所以移情,庖丁所以满志也。"黄侃认为,只有处于"心境相得,见相交融"的状态才是最佳的境界,否则,"以心求境"或"取境赴心"都无法使作者达到"移情"的状态。叔本华认为,"一切不朽的思想和真正的艺术品"都"在于直观的理解中",相反,"从概念产生出来的东西,只能算'干才'的作品,只不过是理性的思想和模仿,或者是以当前人们的需要为目标"。① 刘勰认为思考、构思的美妙境界就是"神与物游"的境界,所谓"思理之妙,神与物游"。②神与物游的最高境界就是"物我同一"与"物我两忘"。

将想象看成非理性直觉活动的还有明清时代的文艺理论家叶燮。叶燮在继承前人想象论的基础上,认为想象是非理性的直觉思维,而不是理性的逻辑思维。

首先,叶燮从他的诗论中认识到想象是一种非理性活动:

> 诗之至处,妙在含蓄无垠,思致微渺,其寄托在可言不可言之间,其指归在可解不可解之会,言在此而意在彼,泯端倪而离形象,绝议论而穷思维,引人于冥漠恍惚之境,所以为至也。若一切以理概之,理者,一定之衡,则能实而不能虚,为执而不为化,非板则腐。如学究之说书,同师之读律,又如禅家之参死句,不参活句,窃恐有乖风人之旨。③

这种非理性活动表现在诗的创作中的特征就是"含蓄""微妙",是对物的"可言与不可言""可解不可解"。而这种包含艺术形象的作品,会把读者引入"冥漠恍惚"的艺术境界。显然,叶燮将想象看成是非逻辑思维。他认为,那种理性化的逻辑思维在诗歌创作中"能实而不能虚,为执而不为化,非板则腐"。在他看来,在诗歌创作中"一切以理概之",就会扼杀艺术想象力和创造力。甚至可以说,理性是想象力和创造力的最根本的障碍。叶燮认为,现实中许多"不可名言之理,不可施见之事,不可径达之情",只有"想象以为事",才能将"理、事、情"反映到诗歌中来。

① 叔本华.叔本华文集[M].钟鸣,等,译.北京:中国言实出版社,1996:455.
② 刘勰.文心雕龙[M].王志彬,译注.北京:中华书局,2012:320.
③ 叶燮.原诗·一瓢诗话·说诗晬语[M].霍松林,校注.北京:人民文学出版社,2005:35.

其次,叶燮从他的诗论中认识到想象是一种直觉活动。此处仅引述叶燮对杜甫《玄元皇帝妙作》诗句"碧瓦初寒外"的分析为例。叶燮认为,"初寒"(天气刚刚寒冷)是"无象无形"的,而"碧瓦"确实"有物有质"的,作者为什么能够将"无象无形"的"初寒"与"有物有质"的"碧瓦"情景交融地结合在一起呢? 叶燮说:

> 然设身而处当时之境会,觉此五字之情景(指杜甫"碧瓦初寒外"五字——引者注)恍如天造地设,呈于象,感于目,会于心。意中之言,而口不能言;口能言之,而意又不可解。划然示我以默会想象之表,竟若有内有外,有寒有初寒,特借碧瓦一实相发之。有中间,有边际,虚实相成,有无互立,取之当前而自得,其理昭然,其事的然也。[1]

叶燮认为,文艺创作的过程是一个驱遣"万象"的过程,用他的话说就是"柔毫三寸赢,能驱万象用。"[2]"三寸管落天地小,但见五岳奔如飞。"[3]怎样才能达到这种"虚实相成,有无互立"的境界呢? 在叶燮看来,关键在于"设身而处当时之境会",用现代语言诠释就是要摆脱因果律的束缚进入直觉状态。直觉是一个什么样的状态呢? 用生命哲学家柏格森(Henri Bergson)的话说,直觉就是直接意识,是把自己置于对象之内,以便与其独特的、无法表达的东西相符合。[4] 雅斯贝尔斯在谈到艺术欣赏时也认为,艺术的最大特征就是"将自己投入其中,把演出所展示的知识作为自己一起参与创造的。"西方著名的四大文艺批评家克罗齐(Bendetto Croce)说:"如果我深入到但丁诗章最深层的含义处,我就是但丁了。"叔本华(Arthur Schopenhauer)认为,"天才"与"干才"的区别就在于前者用直观或直觉理解事物,而后者是用概念理解事物。叔本华认为"所有深刻的认识",其"根柢"都"在直观的理解中"。他进一步说:"一切不朽的思想和真正的艺术品,是其生命的火花产生出来的过程,也是在于直观的理解之中。相反的,从概念产生出来的东西,只能算是'干才'的作品,只不过是理性的思想和模仿,或者是以当前人们的需要为目标。"[5]由此可见,叶燮的"设身而处当时之

① 叶燮.原诗·一瓢诗话·说诗晬语[M].霍松林,校注.北京:人民文学出版社,2005:30-31.
② 叶德辉.郋园全书[M].己畦诗集(湘潭叶氏自印)(5),1935:2.
③ 同上:14.
④ 亨利·柏格森.创造进化论[M].北京:华夏出版社,1999:37.
⑤ 叔本华.叔本华文集[M].钟鸣,等,译.北京:中国言实出版社,1996:455.

境会"不正是柏格森所说的"把自己置于对象之内"吗？不就是雅斯贝尔斯所说的"将自己投入其中"吗？也不就是克罗齐所说的"我就是但丁"吗？"设身而处当时之境会"不就是"神与物游"吗？可以说"设身而处当时之境会"是中国古代文人公认的创作方式，而这种方式不是逻辑的，而是直觉的。

（三）想象是一种联类不穷的心理操作

想象是一种神与物游的活动，但怎样实现这种"神与物游"呢？刘勰认为主要是通过联想，即他所说的"联类"实现的。对此，他在《文心雕龙·物色》篇中有一段话充分表达了这一观点：

> 是以《诗》人感物，联类不穷；流连万象之际，沉吟视听之区。写气图貌，既随物以婉转；属采附声，亦与心而徘徊。故"灼灼"状桃花之鲜，"依依"尽杨柳之貌，"杲杲"为出日之容，"瀌瀌"拟雨雪之状，"喈喈"逐黄鸟之声，"喓喓"学草虫之韵。"皎日""嘒星"，一言穷理，"参差""沃若"，两字连形：并以少总多，情貌无遗矣。虽复思经千载，将何易夺？[①]

这段话有这样两方面的含义。其一，想象来源于客观现实，是诗人感物的结果。没有感物，也就没有"联类"，诗人"联类不穷"是不断感物的结果，感物是联类的源泉。所谓"写气图貌，既随物以宛转"便是。其二，处在想象状态的诗人，虽然其"联类不穷"，是因感物而来，但是"联类"一旦产生又能够驾驭外物，则人的精神便有了自己的独立性。所谓"属采附声，亦与心而徘徊"。想象的一个重要特征是既依赖于现实又能超越现实，它以现实为原型，为依据，但又不拘泥于现实，不被现实事物束缚，从这个意义上说，想象活动又是一种摆脱现实的活动，是一种对现实，对时空的超越活动。刘勰对这一点认识得非常清楚，所以尽管人们在某一特定时间里接触的现实是有限的，但"联类"却是可以"不穷"的。"联类不穷"四个字非常准确地表达出想象的特征。可以说，没有"联类"就没有想象。再有，"联类"这个概念本身就明确告诉我们想象活动与纯粹的判断、推理等思维活动是不同的，想象是一种联想活动。有趣的是，刘勰还形象具体地列举实例论证这种诗人的"联类"活动。所谓"故'灼灼'状桃花之鲜，'依依'尽杨柳之貌，'杲杲'为出日之容，'瀌瀌'拟雨雪之状，'喈喈'逐黄鸟之声，'喓喓'学草虫之韵"云云。

---

① 刘勰. 文心雕龙[M]. 王志彬，译注. 北京：中华书局，2012：520.

中国文艺心理学思想史

48

明清时代的文艺理论家叶燮曾以杜甫《船下夔州郭宿，雨湿不得上岸，别王十二判官》"晨钟云外湿"句，形象生动地解读了联想在诗歌创作中的作用。按照常理，"钟声"和"湿"是无论如何也联系不到一起，因为"声无形，焉能湿？"然而杜甫却能不拘事理，别出心裁地将两个似乎不相关的事物巧妙地联系在一起。这就是联想的功劳。叶燮认为，按照常理，只能写出"晨钟云外度"或"晨钟云外发"，绝对写不出"晨钟云外湿"这样的佳句。但是，杜甫充分运用联想能力，"妙悟天开，从至理事实中领悟，乃得此境界也。"[①]有学者评价道："因下雨，诗人有了无法离州登岸与朋友叙别的苦衷，对于雨的'湿'感到苦恼，这时恰巧晨钟从半天传来，触动了神经中枢的敏感点，于是乎联想到钟声和自己一样，也有被雨淋湿的苦恼，由此产生了声'湿'而人的心更'湿'的特殊艺术效果。一个'湿'字，确是无法替代的诗眼，它把无生命的钟声给写活了。杜甫就是这样妙悟天开，抓住了形象思维的特殊逻辑，'隔云见钟，声中闻湿'，即兴吟出了'晨钟云外湿'的名句。"[②]

（四）想象与情志、气质、语言密切相关

我国古代思想家认识到，想象并不是一种独立的心理活动，它与一个人的情志、气质、语言密切相关。刘勰在《神思》篇中就说道：

> 故思理为妙，神与物游。神居胸臆，而志气统其关键；物沿耳目，而辞令管其枢机。枢机方通，则物无隐貌；关键将塞，则神有遁心。[③]

这段话清楚地告诉我们，想象受情志、气质的支配，也受语言的调节。想象受情志、气质的支配这个观点，几乎是中国古代文论家或作家公认的观点。如曹丕在《典论·论文》中就明确提出"文以气为主"。一个作家的情志、气质对其想象力的发挥有重要影响。中国古代那些气势豪放、想象恢宏的作品往往与作家本人具有的气度、情志分不开。苏轼脍炙人口的《大江东去》、李白的"黄河之水天上来"不都是来自两位作家不同凡俗的气度和情志吗？再有，想象还要受到语言的调节。刘勰认为，语言辞令是调节想象的"枢机"，这一"枢机"主要控制想象的表达部分。一个人的语言修养水平高，就能将事物的形象准确无误地表达出来，所谓"枢机方通，则物无隐貌"；反之，一个人的语言修养水平不够，就无法

---

①　叶燮.原诗·一瓢诗话·说诗晬语[M].霍松林，校注.北京：人民文学出版社，2005：32.
②　蒋凡.叶燮和原诗[M].上海：上海古籍出版社，1985：98.
③　刘勰.文心雕龙[M].王志彬，译注.北京：中华书局，2012：320.

将心中的形象准确无误地描述出来，所谓"关键将塞，则神有遁心"便是。但在实际的创作中，艺术想象与艺术表现常常难以一致，存在距离。用两句话概括就是，在成篇之前是"气倍辞前"，成篇之后则是"半折心始"。刘勰在《神思》篇指出：

> 夫神思方运，万涂竞萌，规矩虚位，刻镂无形。登山则情满于山，观海则意溢于海，我才之多少，将与风云而并驱矣。方其搦翰，气倍辞前；暨乎篇成，半折心始。何则？意翻空而易奇，言征实而难巧也。是以意授于思，言授于意，密则无际，疏则千里。或理在方寸，而求之域表；或义在咫尺，而思隔山河。是以养心秉术，无务苦虑；含章司契，不必劳情也。[①]

这段话的意思是说，想象在开始活动时，各种念头千头万绪，纷纷涌现，好像立刻就能孕育出丰富的内容，刻镂成生动的形象。简直是，一想到登山，情思里就充满登山的景色；一想到观海，头脑中便腾涌起海的风光。这时，作者的才力似乎可以同风云一起奔驰而无法计算。刚拿起笔时，气势比措辞还要旺盛一倍，然而等到完成时，与开始想象的相比却打了一个对折。我们认为，文学创作中这种构思时"气倍辞前"，写作时"半折心始"的矛盾心态是经常出现的。原因何在？刘勰用这样一句话进行回答——"意翻空而易奇，言征实而难巧也"。其意是说，头脑中的形象是凭空想象的，不受任何约束，容易设想得很奇特，而表达想象的语言因需要征实而难以尽如人意，难以将想象出来的情境完全表达出来。言不能尽意在文学创作中是经常发生的，构思的形象与语言表达出来的形象是有距离的。当然，这种距离的大小要取决于作家的语言修养。语言修养高的人，能够在思想转化为意象、意象转化为语言时贴切得天衣无缝，语言修养差的人在这两个转化中便相差千里。显然，刘勰早在一千五百年前已将思想、意象、语言表达三者的关系认识得非常清楚，难怪与他同时代的著名文学家沈约读了《文心雕龙》的文稿后，高度评价他"深得文理"。

（五）想象是"悟"与"妙悟"达到的境界

严羽的《沧浪诗话》是宋代一部重要的文艺理论著作，是宋代诗歌理论中的一颗明珠。它在力挽宋代诗歌议论和散文的颓风、追求唐诗劲骨雄风方面的贡献，是学术界一致公认的。当代学者蓝增华认为："南宋严羽的《沧浪诗话》是一

---

① 刘勰. 文心雕龙[M]. 王志彬，译注. 北京：中华书局，2012：322.

部贯穿着形象思维理论的著作。在诗歌创作中,形象思维的作用是形成意境。"①想象属于形象思维。与从前的文艺理论家有所不同的是,严羽借助禅道之悟来解释想象,在他看来,想象的过程就是就是"悟"的过程,创造想象就是进入"妙悟"的境界。他说:

> 然悟有浅深,有分限,有透彻之悟,有但得一知半解之悟。汉魏尚矣,不假悟也。谢灵运至盛唐诸公,透彻之悟也;他虽有悟者,皆非第一义也。②

严羽认识到,虽然人人都能"悟",但这种"悟"人与人是有差异的。有人是"一知半解"的"悟",有人是"透彻之悟"。事实上,也有人在这一件事上是"一知半解"的"悟",而在另一件事上却是"透彻之悟"。还有人在此时是"一知半解"的"悟",而在彼时却是"透彻之悟"。据此,严羽将"悟"划分为两种水平或两个阶段,即"悟"与"妙悟"。

"悟"是想象的第一阶段,也是初级或低级阶段。在此阶段,各种形象千头万绪,纷纷涌现,不知如何捕捉、如何表达方好。这是文艺创作(当然包括诗歌创作)开始阶段出现的一种特殊心理状态。这种心态就是刘勰在《文心雕龙·神思》所说的"神思方运,万涂竞萌……方其搦翰,气倍辞前,暨乎成篇,半折心始。"唐代诗人王昌龄在《诗格·论意》中也说:"境象,虚实难明,有可睹而不可取,景也;可闻而不得见,风也;虽系我形而妙用无体,心也;义贯意象而无定质。"在这一阶段的"悟",实际上是心灵中一个不可言说的、与特殊形象显现结合在一起的、尚未定型的模糊形象。

"妙悟"才是想象的高级阶段,我国当代学者王达津认为"妙悟便等于智慧很高的想象力与判断力"。其实,这就是创造想象。这位学者还说:"诗能通过形象写出它的意蕴和境界的就是妙悟。"③严羽认为:

> 大抵禅道惟在妙悟,诗道亦在妙悟。且孟襄阳学力下韩退之远甚,而其诗独出退之之上者,一味妙悟而已。惟悟乃为当行,乃为本色。④

① 燕国材.唐宋心理思想研究[M].长沙:湖南人民出版社,1987:407.
②④ 郭绍虞.沧浪诗话校释[M].北京:人民文学出版社,1983:12.
③ 王达津.古代文学理论研究论文集[M].天津:南开大学出版社,1985:181.

严羽将孟浩然与韩愈的诗文相比较，认为论学问，孟浩然远不及韩愈，但在诗的创作方面孟浩然却在韩愈之上，其原因就是在"妙悟"，即在创造想象方面孟浩然略胜韩愈一筹。因为作诗的关键在于形象思维，在于创造想象，而与学识的关系却没有那么大。我国当代学者王达津对妙悟有十分精彩的评价。他认为，严羽所说的"妙悟"，"有极高明的想象力，有移情入景，即景生情的本领，能令心物交融，形成难以言语讲述的境界"。①达到"妙悟"境界的特征是："羚羊挂角，无迹可求。故其妙处透彻玲珑，不可凑泊，如空中之音，相中之色，水中之月，镜中之象，言有尽而意无穷。"②我国著名文学家、学者钱钟书先生不仅对严羽的"妙悟"感同身受，而且有所发展。他说："夫悟而曰妙，未必一蹴即至也。乃博采而有所通，力索而有所入也。学道学诗，非悟不进。"然后，他引用陆桴亭《思辨录辑要》中的话说："人性中皆有悟，必工夫不断，悟头始出，如石中皆有火，必敲击不已，火光始现。然得火不难，得火之后，须承之以艾，继之以油，然后火可不灭。故亦必继之以躬行力学。罕譬而喻，可以通之说诗。"③钱钟书与严羽的观点是一致的，他们都认为，由悟进入妙悟不是"一蹴即至"的，必须经过"博采力索"才能逐步形成。钱钟书比严羽略胜一筹的地方在于，他看到在妙悟形成之后还必须"躬行力学"。

（六）想象产生的条件

想象在文学创作中是"驭文之首术"，那么想象产生的条件是什么？对此，陆机和刘勰都有所涉猎：

> 伫中区以玄览，颐情志于典坟。遵四时以叹逝，瞻万物而思纷。悲落叶于劲秋，喜柔条于芳春。④

> 是以陶钧文思，贵在虚静，疏瀹五脏，澡雪精神。积学以储宝，酌理以富才，研阅以穷照，驯致以绎辞，然后使玄解之宰，寻声律而定墨；独照之匠，窥意象而运斤：此盖驭文之首术，谋篇之大端。（《神思》）⑤

综合陆机与刘勰的话，可以将产生想象的条件概括为四条：一是保持虚静的心

① 王达津. 古代文学理论研究论文集[M]. 天津：南开大学出版社，1985：181.
② 郭绍虞. 沧浪诗话校释[M]. 北京：人民文学出版社，1983：26.
③ 同上：24.
④ 张少康. 文赋集释[M]. 上海：上海古籍出版社，1984：14.
⑤ 刘勰. 文心雕龙[M]. 王志彬，译注. 北京：中华书局，2012：320.

态。刘勰认为,虚静之心是想象产生的重要条件,"淡泊以明志,宁静以致远"(诸葛亮)。想象活动本身就是一种心灵的远游活动,是一种"思接千载"("观古今于须臾")、"心游万仞"("抚四海于一瞬")的活动,因此格外需要宁静恬淡的心态。刘勰认为,这种宁静恬淡心态的保持是靠不断清除内心的成见,保持精神的洁净实现的。所谓"疏瀹五脏,澡雪精神"。显然,刘勰继承了先秦荀子"虚壹而静"的思想,或者说刘勰将荀子的虚静思想看成想象必备的心理条件。二是积学富才。想象固然需要具有虚静的心态,但是仅仅有虚静的心态并不必然会产生想象,想象的产生还需要学识和才能。因此,积累学识、丰富才干也是想象产生的一个重要条件。在刘勰看来,积累学识如储存珍宝,明辨事理以丰富才干,没有学识才干,想象就成了无米之炊、无本之木。学识与才能是想象最核心的支撑条件。三是对事物的敏锐观察与感悟。在现实中,许多知识丰富的人并不见得是想象丰富的人,知识的储存也并不必然就能产生想象。因此,除了上面两个条件之外,还需要第三个条件:对事物的敏锐观察与感悟。凡是想象丰富的人,不仅研习了许多文化典籍,储存了许多知识,而且还对当前事物有敏锐的观察和感悟能力。要敏感于四时的变迁,洞察于万物的盛衰。用陆机的原话就是"遵四时以叹逝,瞻万物而思纷;悲落叶于劲秋,喜柔条于芳春"。人的想象本身就是一种"联类不穷"的心理活动,这种"联类"往往是由当前事物的触发而引起,如果对当前或周围的事物变化缺乏敏感的观察与洞见,就很难迅速进入形象的境界。"一叶且或迎意,虫声有足引心"[1]"物色相召,人谁获安?"[2]一个人只有对周围事物保持高度的敏感性才能充分展开想象的翅膀。四是语言修养。满足了上述三个条件,一般说来就可以产生丰富的想象了。但是,这时产生的想象还只是头脑中的想象,要想将头脑中的想象表达出来,还要一个条件,即驾驭语言的能力。陆机认为,要研读古籍,加强语言修养,即"颐情志于典坟"。刘勰在肯定陆机的观点的基础上,进一步指出,要通过研读经典以提高对事理的洞察能力,通过不断磨炼来提高驾驭文辞的水平,这样不仅能够产生有独到见解的想象,而且能够巧妙自如地运用自己的语言对产生于头脑中的想象加以表达。用刘勰自己的话说,就是"研阅以穷照,驯致以绎辞,然后使玄解之宰,寻声律而定墨;独照之匠,窥意象而运斤"。

除上述论述外,还有想象与灵感、想象与情感、想象与个性等,它们的关系都十分密切,对此笔者将专门论述,就不在此赘述。总之,中国古代的想象论主要集中在文论家的言论中,有丰富的内涵,是中国古代思想家在对中国古代文

53

---

①② 刘勰. 文心雕龙[M]. 王志彬,译注.北京:中华书局,2012:519.

学创作实践的基础上总结和提炼出来的,中国古代的文学创作实践是中国古代想象论产生的基础,所以说,中国古代的想象论是中国古代文学家和文论家共同留给我们的一份珍贵遗产,应当得到诊视。

第三节　灵感:可遇不可求

灵感问题是任何创造活动(包括文学创作在内)中的一个理论问题,也是一个实践问题。古今中外有很多思想家、科学家和文学家注重这一问题。例如,古希腊三哲之一的苏格拉底(Socrates)就说过,诗人是凭"天才和灵感"写作的,黑格尔(Georg Wilhelm Friedrich Hegel)的《美学》中有一节专门讨论灵感起源的问题。在我国古代文论中,虽然没有灵感这一术语,但许多作家在自己的创作实践中都认识和体会到灵感的存在。中国古代表达灵感的词汇有很多,如"情会""适会"(刘勰)、"兴会"(颜之推)、"天机"(沈约)、"灵气"(汤显祖)、"神理"(王夫之),等等,显然都是指灵感。而从文艺理论上探讨灵感并贡献最大的是魏晋时代的陆机(262—303)、南北朝的刘勰(约465—520)和明末清初的文艺理论怪杰金圣叹(1608—1661)。下面依次分析这三位对灵感的贡献。

一、陆机的灵感状态论

生活在魏晋时代的陆机可以说是中国古代灵感论的一位开创者。他在《文赋》中说:

> 若夫应感之会,通塞之纪,来不可遏,去不可止,藏若景灭,行犹响起。方天机之骏利,夫何纷而不理? 思风发于胸臆,言泉流于唇齿;纷葳蕤以驲遝,唯豪素之所拟;文徽徽以溢目,音泠泠而盈耳。及其六情底滞,志往神留,兀若枯木,豁若涸流;揽营魂以探赜,顿精爽于自求;理翳翳而愈伏,思轧轧其若抽。是以或竭情而多悔,或率意而寡尤。虽兹物之在我,非余力之所戮。故时抚空怀而自惋,吾未识夫开塞之所由。①

① 张怀瑾. 文赋译注[M]. 北京:北京出版社,1984:46.

陆机将今人所说的灵感称作"应感"。在这段描写"应感"的文字中,它不仅描述到灵感到来时(即所谓"开")的创作情况,也描述了灵感离开后(即所谓"塞"的心理状态)。

先说"应感"之"开"。陆机认为,当灵感到来时,作家的创造活动会处于一种积极紧张、文思澎湃的状态。这时,思如风发,言如泉流,摇笔挥洒,骏利无状。于是写出来的东西,也就会文采徽徽,目悦心旷;音韵泠泠,耳悦神怡。真是妙不可言。再说"应感"之"塞"。在陆机看来,当灵感一旦消逝,作家的创作活动便会立即处于一种文思枯竭、苦索难求的状态。这时,"六情底滞,志在神留,兀若枯木,豁若涸流"。虽然凝聚全神,极力探求,但结果依旧是道理隐晦,文思难出;虽然竭尽才情,反复琢磨,但结果仍然是文思停滞,心绪不快。真是吃力不讨好,事倍而功半。

由上可知,陆机对"应感之会,通塞之纪",即灵感到来时与灵感消失后两种状态的描述可谓淋漓尽致、入木三分,但为什么会出现这种状态呢?作家为什么会出现这种妙不可言的灵感?陆机并没有弄清楚。他甚至认为这种现象很难理解,作家本人对此也无能为力。陆机曾感叹地说:"虽兹物之在我,非余力所勠。故时抚空怀而自惋,吾未识乎开塞之所由也。"可以说,对于灵感的来去问题及其原因,别说陆机无能为力,就是现代心理学也没有完全弄清楚。灵感问题直到今天仍然是人类心灵之谜。

陆机之后,在我国古代的确有人思考和探索过灵感产生的原因问题。例如,清代的袁守定在《占毕丛谈》中曾写道:"文章之道,遭际兴会,擢发性灵,生于临文之倾者也。然须平日餐经馈史,豁然有怀,对景感物,旷然有会,尝有欲吐之言,难遏之意,然后沾题泚笔,忽忽相遭,得之在俄顷,积之在平日,昌黎所谓有诸其中是也。舍是剜精竭虑,不能益其胸中之所本无,犹谈珠于渊而渊本无珠,采玉于山而山本无玉,虽竭渊夷山以求之,无益也。"袁守定的这段话与心理学的观点不谋而合。心理学认为,创作过程中的灵感活动是不神秘的,灵感是作家艰苦劳动、长期积累的结果。

陆机在《文赋》中不仅描述了灵感"开"与"塞"两种状态,证明了在创作过程中灵感的确实存在,而且还探讨了想象与灵感的关系,把想象与灵感结合起来作了论述。

　　　　或苕发颖竖,离众绝致;形不可逐,响难为系。块孤立而特峙,非常音之所纬;心牢落而无偶,意徘徊而不能掉。石韫玉而山辉,水怀珠而川媚;

彼榛苦之勿翦，亦蒙荣于集翠。缀《下里》于《白雪》，吾亦济夫所伟。①

在这里，陆机以离众特出的草禾萌发来形容想象过程中突然涌现出来的一种美妙意象，即产生的灵感现象。他认为，应抓住这个时机，积极进行写作，因为机不可失，时不易来，妙词佳句，难于再造。在他看来，作家一旦把握住了灵感之机，那他写出来的孤立独特的词句，点缀在全篇作品之中，就会像石中积藏的美玉可以使整座山峦发出光辉，似河川中蕴含的明珠可以使整条江河显得妩媚。但他也认为，作家在创作过程中，不宜过分刻意雕琢，以免损害自然生机，而应当使"榛苦"与珠玉并存，"下里"和"白雪"共缀。只有这样，才能赋予作品以一种自然雄浑的气派。

二、刘勰的灵感情会论

南朝时期的刘勰讲灵感偏重于情感方面。我们认为，《文心雕龙》的《总术》和《养气》篇中提到的"情会"和"适会"，都是指灵感现象，或者说是灵感的别名。刘勰在《总术》篇中说：

> 若夫善弈之文，则术有恒数，按部整伍，以待情会，因时顺机，动不失正。数逢其极，机入其巧，则义味腾跃而生，辞气丛杂而至。视之则锦绘，听之则丝簧，味之则甘腴，佩之则芬芳：断章之功，于斯盛矣。②

这段话把"情会"之机描绘得淋漓尽致。只要作家善于"因时顺机"，抓住"情会"的一瞬间，那么，意义和情味就会"腾跃而生"，辞采和气势也会蜂拥而至；这样写出来的作品，看上去文采像织锦彩绘，听上去音节像合奏丝簧，品评起来事义所呈现的滋味会甘美丰润，欣赏起来情志所发出的气味会芬芳馨香。请看，这与我们现在所描绘的灵感现象——在这一瞬间，思想豁然开朗，想象分外活跃，无数生动的形象，万途竞萌，无数华丽的词句流于笔端——不是基本一致吗？

不仅如此，更加难能可贵的是，刘勰很好地论述了保持怎样的心情才有利于灵感的出现。刘勰在《养气》篇中说：

---

① 张怀瑾. 文赋译注[M]. 北京：北京出版社，1984：46.
② 刘勰. 文心雕龙[M]. 王志彬，译注. 北京：中华书局，2012：491.

率志委和，则理融而情畅；钻砺过分，则神疲而气衰。[①]

是以吐纳文艺，务在节宣，清和其心，调畅其气，烦而即舍，勿使壅滞；意得则抒怀以命笔，理伏则投笔以卷怀，逍遥以针劳，谈笑以药倦；常弄闲于才锋，贾余于文勇，使刃发如新，腠理无滞；虽非胎息之万术，斯亦卫气之一方也。[②]

第一，要便于灵感出现，就要"率志委和"，也就是保持从容不迫的自然心态，以便思理明白，心情舒畅。第二，心情不好或无情可抒时不要硬写，要"烦而即舍"，"钻砺过分"非但没有灵感出现，还会"神疲而气衰"。第三，逍遥自得地消除疲劳，谈笑风生地赶走倦怠，以保持旺盛的写作精力，这倒不失为培养灵感的好方法。

三、金圣叹的灵感机遇论

著名的文学家、文学批评家金圣叹（1608—1661），名采，字若采，明亡后改名人瑞，字圣叹，别号鲲鹏散士，自称泐庵法师，明末清初苏州吴县人，我国 17 世纪的点评大家。金圣叹以聪慧的艺术眼光、高度的艺术敏感性和丰厚的学识，探讨了灵感问题。金圣叹认为灵感是人类一种普遍的心理现象，所谓灵感的普遍性有两层意思：一是指灵感人人都有，并非只有圣人、天才才有灵感，"人家子弟"皆有；二是指灵感在个体身上不是一次出现而是多次出现。"知他有何限妙文，已被觑见。"这打破了灵感的神圣性、神秘性。

要获得灵感却需要机遇，并不是随时随地都可以获得。他在《金圣叹评〈西厢记〉》中指出："细思万千年以来，知他有何限妙文，已被觑见，却不曾捉得住，遂总付之泥牛入海，永无消息。""仆今言灵眼觑见，灵手捉住，却思人家子弟何曾不觑见，只是不捉住。"

显然，灵感的机遇需要两个条件：一是"灵眼觑见"；一是"灵手捉住"。首先是"灵眼觑见"。所谓"灵眼"，并不是指人的生理视觉，而是指心理视觉，即通过审美主体的想象"觑见"。"灵眼觑见"是"灵手捉住"的前提。缺乏"灵眼"，就无法"觑见"灵感的到来，因此也就不存在"灵手捉住"的可能。同样，"灵眼觑

57

---

① 刘勰. 文心雕龙[M]. 王志彬，译注. 北京：中华书局，2012：472.
② 同上：475.

见"了，却未被"灵手捉住"，那么这种灵感也不能产生个人和社会价值。他说，《西厢记》是由于"灵眼忽然觑见，便疾然捉住，因而直传到如今"。如果捉不住，"遂总付之泥牛入海，永无消息"。对于文学创作来说就丧失了机遇，机遇一旦丧失就不可挽回。正如金圣叹在《读第六才子书〈西厢记〉法》里所说："文章最妙，是此一刻被灵眼觑见，便于此一刻被灵手捉住。盖于略前一刻亦不见，略后一刻亦不见，恰恰不知何故，却于此一刻忽然觑见，若不捉住，便更寻不出。"为什么灵感一旦丧失"便更寻不出"呢？依心理学来看，灵感大半是由于在潜意识中酝酿成的东西猛然涌现于意识。灵感与潜意识密切相关。金圣叹虽然不可能认识到潜意识的作用，但他对灵感出现状态的描述已经隐含了潜意识的内涵。

灵感的机遇虽然是可遇不可求的，"盖于略前一刻亦不见，略后一刻亦不见"，但是人们仍然可以主动培植和创造机遇。他说，灵感"捉住须人工也"。需要什么样的"人工"呢？"古人著书，每每若干年布想，若干年储材"(第五才子书楔子回首总评)。"若干年储材"才能获得大量的信息、表象；"若干年布想"，就是要进行艰苦的构思，甚至要达到"心绝气尽，面犹死人"(金圣叹语)的地步，只有这样"十年格物"(主体认识客体的过程)，才能达到"物格"(认识的质变)，灵感才能降临。他在第四十一回开头总评中用游山作喻，说明创作思维就像上山一样，它需要有一个艰苦的过程，要达到气尽力绝，须断、聪冥，这时候，灵感就来了。鬼神来助，而风云忽通，于是作者就能写出穷奇尽变、出神入化之文了。灵感的这种质的飞跃就像王国维在《人间词话》中所讲的三种境界一样。这三种境界是一个艺术创造的全过程，它必须经过长期积累，艰苦的思索、寻觅、酝酿，最终灵感突然涌现。

灵感的出现不仅具有突发性、易逝性，而且具有不可重复性。金圣叹以云作比喻，认为灵感的独特性就像天上的云一样，天上每天都有云，但没有一天的云和另一天的云完全相同。他说："天无日无云，然决无今日云与某日云曾同之事。何知，云只是山川所出之气，升到空中，却遭微风，荡成缕缕。既是风无成心，便是云无定规，都是互不相知，便乃偶尔如此。"灵感也是如此，一位作家此一时的灵感与彼一时的灵感内容绝不会完全相同，就像"决无今日云与某日云曾同之事"一样。用心理学术语解释，这是因为储存在潜意识里各种各样的记忆，以及作家头脑中各种各样的表象，由于暂时神经的激活，而产生最佳组合或最佳选择，如果是另外一位作家或同一作家在另一时间，或许是另外一种最佳组合或最佳选择。金圣叹认为："《西厢记》若便异时更作，亦不妨另自有其妙绝。然而无奈此番已是妙绝也,不必云异时不能更妙于此,然不必云异时尚将更妙于此也。"他还进一步指出:"然既是别一刻所觑见,便用别样捉住,便是别样文心,别样手法,便别是一本,不复是此一本也。"这充分说明灵感的个别性、特殊性与不可重复性,简言之,灵感的独创性。作为灵感结晶的艺术作品,也就必然具有独特的个性,而绝不会雷同。

从以上论述可以看出,中国传统文化中的灵感论主要集中在古代文论之中,虽然内容不多却十分深刻,这些观点不仅对丰富心理学的创造论与灵感论有价值,而且也颇有实践意义。

第四节　才性与学问的关系

我国古代思想家、艺术家已经认识到,在文学艺术创作中,才性和学问这两个要素不可缺少。那么才性与学问究竟哪一个更为重要呢?也就是在艺术创作中才性和学问哪一个权重更大一些呢?哪一个更能起到决定性的作用呢?对此,他们结合自己的创作实践发表了许多真知灼见。明代文艺理论家严羽在《沧浪诗话》中提出"诗有别才,非关学也,诗有别趣,非关理也"。别才是什么?明末清初学者薛雪(1661—1750,字生白,号一瓢,又号槐云道人、磨剑道人、牧牛老朽,江苏吴县人)认为,"别才"即"别裁"之误,"才"即为体裁(见《一瓢诗话》)。后代学者张友历的解释是:"才"为"才性"。什么是才性呢?严羽说:"得之于天者为之才性也,得之于后天者,学力也;非才无以广学,非学无以运才。"(《诗问》)这段话将才性与学问的关系说得十分清楚明白。也就是说,张友历将来自先天的部分叫作"才性",将后天的功夫叫作"学力"。

王士祯(1634—1711,字子真,号阮亭,别号渔阳山人,清初诗坛盟主)也认可这种观点,只是他将"才性"称为"兴会"。他在《渔洋女》中说:

> 夫诗之道,有根柢焉,有兴会焉,二者率不可得兼。镜中之象,水中之月,相中之色,羚羊挂角,无迹可求,此兴会也。本之风雅以导其源,溯之楚骚,汉魏乐府诗以达其流,博之九经、三史、诸子以穷其变,此根柢也。根柢原于学问,兴会发于性情。于斯二者兼之,又斡以风骨,润以丹青,谐以金石,故能御华佩实,大放厥词,自名一家。[1]

---

[1]　袁晓薇. 神韵说与王维诗歌的阐释[J]. 合肥:合肥师范学院学报,2009(2):22-26.

王士禛认为,作诗之道,无非取决于两个方面:一是"根柢",一是"兴会"。一是"根柢"。"根柢"是什么? 根柢是学问,是长期学习积累起来的学问,是创作的基础。是《诗》《骚》、乐府、九经、三史、诸子百家,"根柢源于学问";另一就是"兴会"。"兴会"是什么? 兴会是对知识的运用与发挥,甚至就是灵感,"兴会发于性情"。能否将所学九经、三史、朱子百家知识运用得天衣无缝,浑然天成,如"镜中之象,水中之月,相中之色,羚羊挂角,无迹可求"的自然状态,并不取决于学问本身,而是看"兴会"之才。王士禛认为,对于一个文学创作个体,"根柢"与"兴会"不能得兼,总有某种侧重,形成作家的风骨与风格。这就是严羽所说的"诗有别才,非关学也",但又不可能完全与学问无关。王士禛也认识到,"兴会"虽然重要,但也不能没有"根柢",也就是后天的学力。

王士禛的这段话较为集中地阐明了他的文艺观点,着重说明性情与学问,"根柢"与"兴会"之间的相互关系。

第一,"根柢原于学问"。"根柢"指学力,是创作的基础。它是通过诗人长期刻苦学习积累起来的。学习的内容包括古代范诗的学习,如《诗》《骚》乐府的学习和经、史、子等历史著作以及理论著作的学习。他所说的学习内容,比严羽只强调学习盛唐以前的诗作广泛。

第二,"兴会发于性情"。什么是"兴会"? 从王士禛的论述中,不难看出,所谓"兴会"就是创作的形象或灵感一类东西,也就是说,"镜中之象,水中之月,相中之色"的产生与获得能够如"羚羊挂角,无迹可求"的天然程度,依赖的是"性情",而"性情"更多取决于先天,王士禛虽然没有直接论及这一点,但从文中可以体会出来。在论断其具体含义如何时,他说,"肖子显云:'登高极目,临水送归,早雁初莺,花开叶落,有来斯应,每不能已,须一其自来,不以力构。王士禛序孟浩然诗云:'每有制作,伫兴而就'。余平生服膺此言。"可见,"兴会"是指客观景象触动主观世界,激发了主体有关的记忆表象,通过联想和想象,形成了鲜明形象,伴随着相应的主体感受,产生了强烈的创作冲动,因而情不自已地形诸笔墨。这种诗作并不是"力构"——长期艰苦构思的结果,只是诗人"伫兴"——一时感兴的抒发。这种触景生情、情不自已的作品往往是诗人"情性"的自然流露,可以脱口而出,无须刻意雕琢,具有鲜明的个性特征、个人色彩。这种自然流露的真挚感受又往往具有稍纵即逝(有如镜中花,水中月),瞬间闪现,易于消失的特点。因其来去无踪,无法预期与控制,严羽乃以"羚羊挂角,无踪可求"形容之。可见,伫兴之作主要诉诸灵感兴会,而非出乎"力构"刻意经营。

第三,才性与学问的关系。至于性情与学问的关系,王士禛说:"司空表圣云:'不著一字,尽得风流',此性情之说也;杨子云云:'读千赋则能赋',学问之说也。若无性情而侈言学问,则昔人有讥点鬼簿,獭祭鱼者矣。学力深始能见性情,此一语是造微破的之说。"《诗问》意谓:(1)"不著一字,尽得风流",也就是"羚羊挂角,无迹可求",其义相同,都是比喻直抒性情、情感真挚的抒情作品的艺术效果。对于兴会之作来说,诗人感受是否深刻确切,情感是否真挚,对诗的艺术效果是起决定作用的。因此,王士禛反对酬酢、唱和诗文,也反对"掉书袋"。他认为,如果流入一意搬弄学问,如宋人论诗事事必有典故,字字必有出处,抄录死人语言,那就成了点鬼簿;如果无病呻吟,为诗造情,那也是老鼠哭猫,干号无泪,难以感人。(2)严羽曾对孟浩然和韩愈两人进行比较,认为论学问是韩远胜孟,论诗才则又孟优于韩,强调才与学的不尽一致,但他也不废学。王士禛也有类似观点,他肯定了"学力深始见性情"这个看法,认为这是"一箭破的"。但从他的思想倾向看,所谓学力,盖指"吟咏性情"的表现能力,不过他肯定这是习得的。

清代桐城古文的中兴大将曾国藩(1811—1872),初名子城,字伯涵,号涤生,曾子七十世孙。他似乎更为强调学问、根柢在文艺创作中的作用。他认为,一个作家、一个诗人,要创作出好的作品,很重要的一点是作家或诗人要有真知灼见,有真知灼见才能有气度。用他的话说就是"有识才有度"。这种真知灼见决定作家创作的规模和法度。他认为,一个作家缺少见识,就如"河伯之观海,如井蛙之窥天"。曾国藩认为,作家、艺术家的见识或真知灼见常常是由作品中的"义理"加以体现的。而"义理"又是靠平日长期积累获得的。曾国藩在此所说的"义理"就是作家、艺术家的见识、见解。在曾国藩看来,一个作家只有"平日积理既富",创作时才会"不假思索、左右逢原",真正表达"胸中至真至正之情"。反之,如果一个作家"平日酝酿不深",见解未到,胸中"义理贫乏",即使"有真情欲吐"也不可能写出好作品。他认为,那些靠"临时寻思义理","义理不足以适之",则"求工于字句",靠"雕饰字句""巧言取悦"是不可能写出好作品的。他认为,这样的作品"不如不作",勉强为之只能是哗众取宠、巧伪媚人。正因为如此,曾国藩极力主张"诗文以积久勃发为佳",力诫"强索"。曾国藩的这个观点与南北朝文艺理论家刘勰"积学以储宝,酌理以富才"的思想一脉相承。

那么,作家平日应当怎样积累"义理",增长见识呢?自然要下苦功。曾国藩认为,"古人成一小枝,皆当有庖丁解牛,蚹蜉承蜩之意。况古文之道,至大且精,岂可以浅尝薄涉而冀其有成者!"具体地说,要从两方面下功夫:一是读书;二是广见闻。曾国藩认为,创作首先要有"读书积理之功"。他认为一个作家在创作过程中"无镌刻字句之苦",在创作完成后又"与郁塞不吐之情",此"皆平日读书积理之功也"。曾国藩还认为,一个作家的真知灼见,仅仅靠读书是不够的,还必须在诗文之外下功夫。他说:"古之善为诗古文者,其工夫皆在诗古文之外。若寻行数墨,以求之索之,愈迫,则去之愈远矣。"那么,作家诗古文之外的功夫是什么呢?那就是增加见闻,见多才能识广。曾国藩认为:"若见闻太寡,蕴蓄太浅,譬犹一勺之水,断无转相灌注,润泽丰美之象。"总而言之,曾国藩认为,只有当学者之识达到"瑰玮俊迈,恢诡恣肆"的境界,创作才能"以期日进于高明"。①

第五节　言与意的关系

德国哲学家海德格尔(Martin Heidegger)说:"语言是人口中开出的花朵。在语言中,大地对着天空绽放。"②语言打破了生命的寂静,"语言是寂静中的轰鸣"。③ 海德格尔还说:"人这个在者正是以说话的方式揭示世界也揭示自己。"④文学艺术是用语言表达思想,那么语言与思想是什么关系呢? 语言与思想是完全一致的吗? 语言能在多大程度上表达作者的思想? 这就是言与意的关系问题。中国古代从先秦时代起就出现言意之辨。先秦时期的经典著作《周易》《墨子》《庄子》,到汉魏六朝达到鼎盛时期。对中国人意象思维最早进行概括的是《易传》,《易传》的主要美学内容之一就是"观物取象",中国人对形象思维的关注由此发轫。

按照《易传》的观点,"立象以尽意",而立言却不可以尽意。由此可见,象比言更具有生命意义。"言"是抽象普遍的东西,"象"则是个别的,却又是内容具体而丰富的。通过形象可以充分表达深远的旨意,这就有了美。"立象以尽意",可以说把美学上的"模仿说"发展到"象征说"。"立象以尽意"的命题,为中国传统美学所讲的以显露之象表现幽隐之意的"隐秀说"奠定了理论基础。在中国古代思想家看来,既可以得意忘言也可以得意忘象。所以,语言不是生命的边界,意象或形象也不是生命的边界,人类生命的边界是"道"或"意"。语言也好,形象也好,最终都是为了表达"道"或"意",只要获得了"道"或"意",语言、形象皆可抛弃。

①　燕良轼.试论曾国藩的文艺创作心理思想[J].船山学刊,1996(1):206-215.
②　海德格尔.人,诗意地安居:海德格尔语要[M].郜元宝,译.上海:上海远东出版社,2004:68.
③④　同上:69.

此后，关于言与意的关系，文学家给予了更多关注，在争辩中形成了四种观点，即言不尽意论、言尽意论、得意忘言论和言有尽意无穷论。

一、言不尽意论

　　言不尽意论是指人们的言语不能完全表达人们思想、情感——"意"。因此，在人们的生活和文艺创作中言语的作用是有限的。这种言不尽意论的观点最早可以追溯到《周易》和《庄子》。先请读《周易·系辞上》有关的一段话：

　　　　子曰："书不尽言，言不尽意。"然则圣人之意，其不可见乎？子曰：圣人立象以尽意，设卦以尽情伪，系辞焉以尽其言……①

这里所说的"言不尽意"，并不是指语言本身不具备完全表达思想的功能，而是在于使用语言的人是否修炼到能够将思想完全用语言表达的程度或境界。所以他认为，只是一般人的言语不能完全表达事物的根本道理（意），而圣人却可以用特殊的"言语"将事物的根本道理表达出来。

　　《庄子·天道》篇也提出与《周易》类似的观点。其言曰：

　　　　世之所贵道者，书也。书不过语，语有贵也。语之所贵者，意也，意有所随。意之所随者，不可以言传也，而世因贵言传书……悲夫，世人以形色名声为足以得彼之情。夫形色名声果不足以得彼之情，则知者不言，言者不知，而世岂识之哉？②

在这段话中，庄子认为，言语是珍贵的，因为它能表达思想："语之所贵者意也，意有所随。"同时他又认识到，言语并不能完全表达复杂的思想内容，所谓"意之所随者，不可以言传也"。庄子的这一思想是深刻的，他不仅认识到言语可以表达思维，而且认识到言语在表达思维时有局限性。这一观点与心理语言学的研究观点是吻合的，即言语是表达思维最重要的工具，但不是唯一的工具。他似

---

①　黄寿祺，张善文，撰.周易译注[M].上海：上海古籍出版社，2007：396.
②　王先谦，集解.庄子[M].方勇，校点.上海：上海古籍出版社，2013：160-161.

乎过分夸大思维与言语的不一致性或分离性，而忽视了思维与言语的一致性，对后世产生了消极影响。

加达默尔（Hans-Georg Gadamer）认为，人类的理解分为两个维度：一种理解是意识层面的理解。这主要是指判断推理层面的理解，它需要语言提供基本的工具，概念、命题以及各种逻辑规则等。另一种理解则是心灵层面的理解。所谓"心领神会"，所谓"只可意会不可言传"都是这一类的理解。也就是说，心灵层面的理解是非语言的理解。这种理解依靠人的内在直觉或心灵感悟来把握外在的事件或事物的特性。按照弗洛伊德的观点，非语言层面的理解就是非意识层面或潜意识层面的理解。中国古代的《周易》和《庄子》也发现"言不尽意"这样一种心理现象，但由于受到历史条件的限制，他们不可能将这种"只可意会不可言传"的现象与意识和潜意识的关系表达清楚。

先秦时期的言不尽意论在汉魏六朝时期又一次得到关注，并在学者中展开了激烈的辩论。在汉代言不尽意论最早体现在董仲舒的言论中，然后在魏晋时期玄学家那里发扬光大。董仲舒似乎继承了先秦庄子的言意心理思想。他一方面主张应当不断推敲、锤炼自己的语言，使之能精确地表达思维内容，即所谓"寡而足、约而喻、简而达、省而具"（《春秋繁露·必仁且智》）；另一方面他认为思维的内容不可能完全用言语表达出来。他写道，"辞不能及，皆在于指"（旨意），"见其指者，不任其辞，然后可与适道矣"（《春秋繁露·竹林》）。董仲舒认为，只要领会了思维结果的精神实质，就不必拘泥于语言文字。显然他的观点与庄子的"得意忘言"是一致的。

汉魏时期的言不尽意论的基本思想，就是认为天道、性命等宇宙、人生问题属于"理之微者"，非象言所能尽意，只能在象言之外去予以体悟和把握。如魏荀粲说："盖理之微者，非物象之所举也。今称立象以尽意，此非通于意外者也；系辞焉以尽其言，此非言乎系表者也。斯则象外之意，系表达之言，固蕴而不出矣。"（《三国志·魏志》卷十《荀彧传》，注引何劭《荀粲传》）张韩的《不用舌论》也明确地说出了这种思想："余以留意于言，不如留意于不言；徒知无舌之通心，未尽有舌之必通心也。""普天地之与人物，亦何屑于有言哉？"所谓"不用舌"，就是主张不用言语，因为性与天道等"至精"之理，是不能用言语表达出来的。

南北朝时期著名的文艺理论家刘勰从文艺创作的角度探讨了言与意的关系。根据他的言论，我们可以将他的言意心理思想概括为言难尽意论。它实际上属于言不尽意论范畴，只是认为言辞表达意思并不是轻而易举的事。如在构思和写作过程中的情况常常是：

意翻空而易奇，言征实而难巧也。是以意授于思，言授于意，密则无际，疏则千里。或理在方寸，而求之域表；或义在咫尺，而思隔山河。(《文心雕龙·神思》)①

首先，刘勰认为，在言与意的关系中，意是主动者，较容易翻新，而言语则是对意的落实，这种落实是被动的、难为的。正所谓"意翻空而易奇，言征实而难巧也"。其次，刘勰认为，言与意既可以统一又可以分离，即所谓"密则无际，疏则千里"云云。他似乎更关注言与意的可分离性，如"拙辞或孕于巧义，庸事或萌于新意"。在他看来，一个作家一方面要努力做到"文外曲致，言所不追"，即达到言有尽而意无穷的境界；另一方面又要不断提高文学修养，从而尽善尽美地表达自己的思想，即所谓"至精而后阐其妙，至变而后通其数"云云。刘勰的这个观点与西方许多哲学家的观点不同。在西方一些哲学家看来，在言与意的关系中，言才是主动者，言语决定思想。例如，伽达默尔认为，人的理解，是在人占有了语言才开始的，是语言塑造了人的理解力。没有语言给思维提供的范畴、概念，没有语词也就没有理解的发生，即便是非语言的理解，或直觉性理解，也是由于人有了语言及语言形成的心理文化基础才能得以发生。非语言的理解是通过语言理解塑造的理解力而实现的。许多只可意会不可言传的理解都是在我们拥有语言的前提下才有可能。

语言的变化就是我们世界的变化，并显现我们这个世界的生成与变化。在语言的变化轨迹中，是我们的经验和结构本身不断变化与形成。语言的轨迹就是我们的经验和结构有限性的轨迹。在伽达默尔看来，语言不仅是存在之家，而且就是我们本身的活动。是语言活动标明了我们的存在，标明了我们同世界的关系，或者说，在语言中有我们同世界的关系，或者说，在语言中有我们的全部的世界经验。

人的确因为有了语言才拥有世界，但语言中并不具有我们的全部世界经验。按照生命哲学家的理解，语言之外还有着十分丰富的世界经验，语言只能承载生命的部分经验。况且人类个体的许多经验是语言无法显示的。一方面要充分发挥语言的显示功能，发挥语言在理解中的重要作用，另一方面又要看到语言的局限性，特别要达到深层理解，仅凭语言是不够的，还必须发挥直觉与体验的作用。务必要避免语言遮蔽生命。

---

① 刘勰. 文心雕龙[M]. 王志彬，译注. 北京：中华书局，2012：322.

语言只是生命的一个狭小的部分，语言的视界并不是人的视界。不仅如此，语言还常常遮蔽人类的生命。按照尼采的理解，语言只是生命的一个狭小的部分，保留适当的地位未尝不可，也是生命本身的需要。

柏格森也认为心灵与语言之间没有共同的尺度。因为语言总是要把事物作为间断的、可分割的东西来表达，而且总是用同一个概念来称呼许多心理状态。譬如，每一个人都是在具体的场合、遭遇之下产生自己特殊的爱和恨，你的爱不同于我的爱，你的恨也不同于我的恨，但是语言在各种不同的情况下都用同样的一些字眼表示这些心理状态。小说家常以细腻而生动的语言来描写刻画一个个栩栩如生的人物，但是，他们也绝不可能成功地描绘出灵魂中的真正感受。"心灵和语言之间没有任何共同的尺度。"①

语言会掩盖意识和灵感。雅斯贝尔斯认为，柏拉图之所以对文字传达评价不高，就是因为"文字恰恰不能传达出真理在相互思想的现实交往中于一瞬间突然亮相的事实"。②也就是说，语言不能表达由灵感闪现的事实。胡塞尔认为："文字会掩盖意识的功劳，在这个意义上他是轻视文字的，所以他对生活世界的经验的语言性作出了消极的判断。"③

在中国的《易经》和《老子》看来，语言不是生命的边界，"道"或"意"才是生命的边界。语言和图像都是用来表达"道"或"意"的，但"道"或"意"又不是柏拉图的"理念"或基督教的"神意"，而是一种天人合一、无我部分的境界，这种境界不能靠理性来认识，而是要靠内在体验才能悟到。所谓"只可意会，不可言传"。④

二、言尽意论

言尽意论的观点也肇始于先秦时代，最早出现在墨子的言论中，体现在他的"执所言意得见"之中。《墨经》写道：

言，口之利也。（《经上》）

① 柏格森.时间与自由意志[M].吴士栋,译.北京：商务印书馆,2002：112.
② 雅斯贝尔斯.什么是教育[M].邹进,译.北京：三联书店,1991：18.
③ 费迪南·费尔曼.生命哲学[M].李健鸣,译.北京：华夏出版社,2000：187.
④ 张世英.中西文化与自我[M].北京：人民出版社,2011：116.

执所言意得见,心之辩也。(《经说上》))①

著名学者谭戒甫对上面两段话所作的解释是:"能言者口也,所言者辞也。执辞而意得见,以心之辩。辩亦能察之义。心能明察,故口利也。"②合起来看,起核心作用的短语是:"执言(辞)见意。"它表明,言辞能够表达意义,否则,就不可能"执所言而意得见"。而且还肯定,人们之所以能通过言辞获得意义,在于其思维是清晰的。也就是说,"心能明察",故而言语表达就会流畅。

在另一处,《墨经》进一步认为,意在言中并通过言来表达,如说:"言,出故也。"(《经上》)"故也者,诸口能之出名者也。"(《经说上》)这里的"故"是理由、根据;"口能"即口才。意思是说,言辞可以表达理由、根据,而必须有利口之才方能"出故"。可见,"出故"之"说"(推理)是由言辞来表达的。

墨子还认识到言与意具有一致性。《墨经·经上》说:"信,言合于意也。"又云:"不以其言之当也。使之视城,得金。"对此谭戒甫解释道:"意,臆之省文,料度也。度之事,固未必验;但若其言与所料度者相合,即谓之信。"③总之,墨子强调,言语的表达和思维的推论一致,这样的推论才是确实可靠的。为了使言语与思维(意)一致,言语的表达必须有一定的要求,即言必立仪。这就是他著名的"三表",即"上本之于古者圣王之事""下原察百姓耳目之实""观其中国百姓人民之利"(《墨子·非命上》)。墨子认为,只有以"三表"为行动准则,才能正确地思维,并与思维达到完全同步。

与言不尽意论一样,言尽意论在汉魏六朝时期也得到关注。首先要提到的是玄学家王弼。历代不少思想家(包括近现代的许多著名学者)都把王弼作为言不尽意论的代表。我们却认为,他应当属于言尽意论一派。请读他所写的如下一段话:

夫象者,出意者也。言者,明象者也。尽意莫若象,尽象莫若言。言生于象,故可寻言以观象;象生于意,故可寻象以观意。意以象尽,象以言著。④

① 谭戒甫,编著.墨经分类译注[M].北京:中华书局,1981:127.
② 谭戒甫.墨辩发微[M].北京:科学出版社,1958:115.
③ 同上:61.
④ 王弼.王弼集校释(上下)[M].楼宇烈,校释.北京:中华书局,1980:609.

67

很明显,王弼的言尽意论反映在"尽意莫若象,尽象莫若言"中。就是说,象可以尽意,言又可以尽象,归根到底,言可以尽意,只不过是言非直接尽意,而是通过象去尽意。为什么要如此呢? 他紧接着还申述了其理由,即因为"言生于象","象生于意",所以象就成为言尽意的中介:言—象—意。总之,从上面引用的这段话来看,无论如何得不出王弼是言不尽意论者。这里还应指出的是,王弼根据《周易》"圣人立象以观意",在"言"与"意"的关系中夹进了一个"象",即头脑中事物的形象——表象。那就是说他已经认识到思维、表象与言语的关系。这是一个非常有意义的发现。心理学认为,表象是从感知到思维的中介环节,王弼似乎对此有所认识。再有,发现了表象就等于发现了形象思维。无论从哪个角度评价,"象"这一概念的输入都是对中国古代心理学思想的一个贡献。

魏晋时期明确提出言尽意论的是玄学家欧阳建,他撰写了一篇只有268个字的同名文章。下面摘引一段:

> 有雷同君子问于违众(欧阳建自称)先生曰:"世之论者,以为言不尽意,由来尚矣。至乎通才达识,咸以为然。若夫蒋公之论眸子,钟傅之言才性,莫不引此为谈证。而先生以为不然,何哉?"先生曰:"夫天不言,而四时行焉;圣人不言,而鉴识存焉。形不待名,而方圆已著;色不俟称,而黑白以彰。然则名之于物,无施者也,言之于理,无为者也。而古今务于正名,圣贤不能去言,其故何也? 诚以理得于心,非言不畅;物定于彼,非名不辨。言不畅志,则无以相接;名不辨物,则鉴识不显。鉴识显而名品殊,言称接而情志畅。原其所以,本其所由,非物有自然之名,理有必定之称也。欲辨其实,则殊其名;欲宣其志,则立其称。名逐物而迁,言因理而变,此犹声发响应,形存影附,不得相与为二矣。苟其不二,则言无不尽矣。吾故以为尽矣。"[①]

当有一些人云亦云的人问欧阳建,世之论者认为言不尽意由来已久了,那些通才达识者都持这种观点,如蒋济论观眸以知人、钟会论才性莫不以此为依据,为什么先生独不然呢? 欧阳建针对这一设问进行了系统阐述。

据楼宇烈教授的意见,欧阳建的这段话可以分为两部分:从"夫天不言,而四时行焉",至"而古今务于正名,圣贤不能出言,其故何也",为前一部分,系征

---

① 燕国材,主编.中国心理学史资料选编(第二卷)[M].北京:人民教育出版社,1990:270.

引论敌之说，此乃当时那些主张言不尽意者的论据。从"诚以理得于心，非言不畅"至"吾故以为尽矣"为后一部分，系他对所征引之言不尽意论据的批驳。[①]其要义有如下三点。

第一，欧阳建认为，客观存在的含义和内容不能得到表达，客观存在的意义就不能被彰显。在他看来，圣贤都不能去言的原因，就在于"理得于心，非言不畅；物定于彼，非名不辨。言不畅志，则无以相接；名不辨物，则鉴识不显。"即得之于心的理，必须用言语才能顺畅表达；客观存在的物只有通过概念、名称才能有效辨别。他认为，言语不能顺畅地表达思想、情志则无法反映客观事物；不能用概念、名称标定事物，则人对于世事人心的明晰观察就难以得到彰显。

第二，欧阳建认为，人只能通过"殊其名"而"辨其事"，"立其称"而"宣其志"。即通过不同概念去分辨事实，运用名称表达情志。

第三，欧阳建认为，言语依据客观存在的变化而变化，二者完全具有同步性和一致性。所谓"名逐物而迁，言因理而变，此犹声发响应，形存影附，不得相与为二矣。苟其不二，则言无不尽矣。吾故以为尽矣。"在欧阳建看来，意与言的关系如形与影的关系，"形存影附"不得为二，据此，他得出言尽意的结论。

欧阳建充分认识到言语在表达思维中的作用，这值得肯定，但他片面地将言语看成是表达思维的唯一工具。如前所述，心理语言学认为，言语是表达思维最重要的工具，但不是唯一工具。再有，言与意，具体地说是言与理、名与物并非是如影随形那样一一对应的关系。人们可以用不同的言语表达同一思维内容，也可以用同一言语表达不同的思维内容；同样，人们可以用不同的概念、名称标定同一事物，也可以用同一概念、名称标定不同的事物。也就是说，言与意的关系既有统一性又有可分离性，对于这点欧阳建是无法认识到的。

关于言尽意论，北齐刘昼《刘子新论》讲得相当透辟。现将与言尽意论有关的两段话引述如下：

> 言以绎理，理以言本；名以订实，实为名源。有理无言，则理不可明；有实无名，则实不可辨。理由言明，而言非理也；实由名辨，而名非实也。今信言以弃理，实非得理者也；信名而略实，非得实也。故明者，课言以寻理，不遗理以著言；执名以责实，不弃实而存名。然则，言理兼通，而名实俱正。

---

① 楼宇烈.欧阳建〈言尽意论〉正读[N].市政协报，1997-02-16.

（《审名》）①

　　至道无言，非立言无以明其理；大象无形，非立象无以测其奥。道象之妙，非言不津；津言之妙，非学不传。未有不因学而鉴道，不假学以光身者也。（《崇学》）②

　　刘昼明确地肯定了言与理（思维）之间相互依存的辩证关系。一方面，事物的道理由言语而彰明，不凭借言语就难以明晓事物的道理，即所谓"言以绎理"，"理由言明"，"非立言无以明其理"，"有理无言，则理不可明"；另一方面，言语又必须以事物的道理为根本或内容，不表达道理的言语就会言之无物而不可信，即所谓"理以言本"，"不遗理而著言"，"信言以弃理，实非得理者也"。我们认为，刘昼的这一分析，在汉魏六朝时期的言意之辩中应视为不刊之论，值得赞扬和珍惜。

　　关于言尽意论，可以从西方哲学家的言论中得到验证。哲学家维特根斯坦（Ludwig Wittgenstein）说："我的语言界限意味着我的世界界限。"③卡西尔（Ernst Cassirer）也说："语言是生命的边界。"伽达默尔将语言看成是人在世界上存在的本原方式。语言的视界就是人的视界，也就是世界的"地平线"。雅斯贝尔斯认为："通过语言传承而成为人。""要成为人，须靠语言的传承方能达到，因为精神遗产只有通过语言才能传给我们。未受过教育的聋哑人，只能停留在痴呆状态，而受过教育的聋哑人则证实了可把部分发生语言之内容转换成其他感官形式的沟通。""学习语言可以在无形中扩大个人的精神财富。俗话说得好：语言替我而思。因此为了我们精神性的不断完善，通过学习富有创造力的思想家和诗人的作品，以掌握丰富的语言是理所当然的。""但要增广我们的精神领域，就必须研读独具创见的思想家所呕心沥血写成的充满智慧火花的著作。"④"每个人都必须学习语言，但重要的是语言的间接学习，即要熟悉书本上所描写的事物。"⑤"通过语言人可以创造一个世界，因此在人与周围的存在之间增加了一个由语言所独创的世界。"但语言的缺陷也是明显的，每一种语言都具有精神的界限。语言这种精神限制性来源于"语言具有人为的选择性"。许

中国文艺心理学思想史

①　燕国材，主编．中国心理学史资料选编（第二卷）[M]．北京：人民教育出版社，1990：366．
②　燕国材，主编．心理学思想史（中国卷）[M]．长沙：湖南教育出版社，2004：334．
③　维特根斯坦．逻辑哲学论[M]．北京：商务印书馆，1996：85．
④　同上：84．
⑤　同上：86－87．

多人认为,克服语言的精神限制性的方法是学习多种语言。试图通过多种语言的学习来展示生命的多元存在。正如查理大帝(Charles the Great)所说:"我掌握多少种语言,我就可以成为多少种人。"①

三、得意忘言论

"得意忘言"说的观点肇始于先秦时期《庄子·外物》篇的一段话:

> 荃(筌,捕鱼器具)者所以在鱼,得鱼而忘荃;蹄(捕小动物的兽网)者所以在兔,得兔而忘蹄;言者所以在意,得意而忘言。吾安得忘言之人而与之言哉?②

"得意而忘言"是以承认言语能够表达意为前提的,但它却强调言语只是得意的一种工具,得意才是目的。在一定的意义上,言语和思维是可以分离的。

嗣后,《吕氏春秋》继承墨子与庄子的有关观点,也发表了同样的看法。《审应览·离谓》中说:"夫辞者意之表也:鉴其表而弃其意,悖。故古之人得其意则舍其言矣。听言者以言观意也。听言而意不可知,其与桥言('桥'通'矫',矫言指曲折难晓的言辞)无择。"意思是说,言辞是意义的表征,但不能根据言辞的外表而抛弃它表征的意义("弃其意");意义是言辞表征的内容,但通过言辞获得相关意义之后却可以把言辞忘掉("舍其言")。这实际上是一种重内容(意义)轻形式(言语)的思想,与内容和形式的辩证统一观是相悖的。

先秦时期的这种观点得到魏晋思想家王弼的发扬光大。王弼在主张言尽意论的基础上,又强调"得意在忘象,得象在忘言"。这是对庄子相关思想的继承与发挥。他写道:

> 故言者所以明象,得象而忘言;象者,所以存意,得意而忘象。犹蹄者所以在兔,得兔而忘蹄;筌者所以在鱼,得鱼而忘筌也。然则,言者,象之蹄也;象者,意之筌也。是故,存言者,非得象者也;存象者,非得意者也。象生于意而存象焉,则所存者乃非其象也;言生于象而存言焉,则所存者乃非

---

①　维特根斯坦.逻辑哲学论[M].北京:商务印书馆,1996:86-87.
②　王先谦,集解.庄子[M].方勇,校点.上海:上海古籍出版社,2013:334.

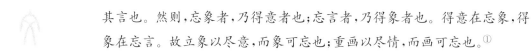

其言也。然则,忘象者,乃得意者也;忘言者,乃得象者也。得意在忘象,得象在忘言。故立象以尽意,而象可忘也;重画以尽情,而画可忘也。①

在王弼看来,言、意、象三者不能并存,得此必然失彼。他认为"象"能够"存意",但得意必然忘象;"言"能够"明象",但"得象"必然"忘言"。总而言之,"存言者,非得象者;存象者,非得意者"。倒过来说就是:"忘象者,乃得意者也;忘言者,乃得象者也。得意在忘象,得象在忘言。"从心理学视角审视,王弼得此忘彼的观点是不正确的。信息加工心理学认为,具有多重编码(言、意、象三重编码)的信息比只有单一编码的信息更容易回忆出来,因为在提取时,该信息比仅有一种形式编码的信息具有更多的提取线索。但也应当看到,王弼在注重直觉与形象思维方面达到了无以复加的境地。在他看来,"意"即思想、情感、形象永远是第一位的,言语不过是得"意"的工具,工具用完了就可以丢弃,但是"意"即思想是不能丢弃的。

生命哲学家施本格勒(Oswald Spengler)所主张的图像的不可放弃性,与王弼的"意"的不可丢失性有异曲同工之妙。施本格勒认为,当某些东西看不清的时候就需要图像。他认为,为了了解一个场面,我们需要图像。在他看来,如果某些东西从内在性的意义上来看,原则上就是我们所看不见的东西的话,就更不能放弃图像了。②"我们同自己交往也是通过我们为自己制作的图像。是的,说穿了我们就是我们的图像……在图像中保留了感性的瞬间,但又不会变成物。"所以,就连一贯坚持语言是世界边界的维特根斯坦也不否认图像的价值。他说:"人的身体是人的灵魂的最好图像。"维特根斯坦在别处把图像理解为是显示一个故事:"我们只有认识了故事,才知道图像应该是什么样的。""这一点适用于别人的故事,也适用于我们自己的故事。"③图像之所以有认同能力是因为我们自己拥有我们的图像。哪些经验可以进入我们的自我图像,哪些不可以进入我们的图像都取决于我们自己。从不同学派哲学家对图像的肯定论述中可以看出语言并不能达到生命的边界。④

先秦至汉魏六朝时期言意心理思想的这种言意之辩对后代产生了一定影响。如唐代的李翱、宋代的二程、陆九渊等都对言与意有所论述。李翱强调

① 王弼.王弼集校释(上下)[M].楼宇烈,校释.北京:中华书局,1980:609.
② 费迪南·费尔曼.生命哲学[M].李健鸣,译.北京:华夏出版社,2000:202.
③ 同上:202-203.
④ 燕良轼.教学的生命视野[M].长沙:湖南师范大学出版社,2010:166-176.

"意"对"辞"的决定作用。他说:"故义深则意远,意远则理辨,理辨则气直,气直则辞盛,辞盛则文工。"(《李文公集·答朱载言书》)这里的"意"对"辞"的决定作用是通过理、气的中介实现的。宋代二程可以说是持言不尽意论者。如说:"大率言语须是含蓄而有余意,所谓'书不尽言,言不尽意也'。"(《遗书》卷十八)陆九渊似乎属于一个言尽意论者,因为他说过这样一句话:"必使其人本旨明白,言足以尽其意,然后与之论是非。"(《陆九渊集·与郑溥之》)清代学者王夫之只涉及意与象的问题,而没有言意关系的明确言论。这便是中国古代言意心理思想的基本概况。

四、言有尽意无穷论

中国古代文学艺术家大都相信言不尽意论,但同时又力图通过自己的言语修炼,最大限度地、完整准确地表达"意"的内容,因此在文艺创作领域就逐渐形成了"言有尽而意无穷"的共识,也造就了许多刻苦修炼语言的大师。如被后世誉为"诗圣"的唐代大诗人杜甫,在语言修炼方面就留下许多脍炙人口并被后世奉为楷模的名句,如"吟安一个字,捻断数茎须","为人性僻耽佳句,语不惊人死不休"等,其目的都是通过锤炼,选择合适的语言、词汇,将心中"意",包括思想、形象、情境、情感准确地表达出来,尽最大可能达到言能尽意。我国古代文学家、诗人非常重视语言的锤炼、推敲。关于"推敲"二字,在我国文学史上还有一个著名的典故:

> (贾)岛初赴举京师,一日,于驴上得句云:"鸟宿池边树,僧推月下门。"始欲着"推"字,又欲着"敲"字,练之未定,遂于驴上吟哦,时时引手作推敲之势。时韩愈吏部权京兆,岛不觉冲至第三节,左右拥至尹前,岛具对所得诗句云云。韩立马良久,谓岛曰:"作敲字佳矣。"(《苕溪渔隐丛话·前集》引《刘公嘉话》)①

贾岛最终采纳了韩愈的意见,将其改为"鸟宿池边树,僧敲月下门"。这是中国文学史上对语言推敲非常感人的故事。宋代词人姜夔说:"语贵含蓄,东坡云言有尽而意无穷者,天下之至言也。……若句中无余字,篇中无长语,非善之善者

---

① 金开诚.文艺心理学论稿[M].北京:北京大学出版社,1982:74.

也。"(《白石道人诗说》)①司空图的"不着一字,尽得风流"也表达了这样的观点。

宋代王安石名句"春风又绿江南岸,明月何时照我还"中的"绿"字就是几经修改得到的。最初是"春风又到江南岸",王安石觉得没有将心中之"意"完全准确地表达出来,旋即改为"过",又改为"入",再改为"满",王安石还是觉得未能表达出心中的意象,最后终于选择到这个"绿"字才将王安石心中之"意"淋漓尽致地表达出来。由此可见,我们的古人为了语言能够充分生动地表情达意是多么肯下功夫,愿下功夫,而且真正下了功夫。这与文章在我们古人心目中至高至上的地位是分不开的。《文心雕龙》的开篇《原道》就向人们阐释了文章具有"与天地并生"的价值,"心生而立言,立言而文明,自然之道也"。②

王国维在《人间词话》中指出:"'红杏枝头春意闹',著一'闹'字,而境界全出。'云破月来花弄影',著一'弄'字,而境界全出矣。"通过动词巧用不仅营造出生动的画面,达到"诗中有画,画中有诗"的效果,许多时候还起到移情的效果。

无论怎样注意锤炼语言,艺术家们还是将"意"即思想放在第一位。苏轼将"有意而言"看作"作文之要"。他说:"臣闻有意而言,意尽而言止者,天下之至言也。盖有以一言而兴邦,不以少而加之毫毛;三日言而不辍,不以为多而损之一辞。古之言者,尽意而不求于言,信己而不役乎人。"(《策总叙》)他认为:"不得意,不可以用事,此作文之要也。"(葛立方《韵语阳秋》卷三)所谓"有意而言",就是文章首先要有思想内容,这是最根本的一条。文章不是辞藻的堆砌,而是要"言之有物",要解决实际问题。简单地说,就是写出的文章要能"救时"和"济世"。苏轼:"早岁便怀齐物志,微官敢有济时心。"(《和柳子玉过绝粮》)他说:"有意乎济世之实用。此正平生所望于朋友与凡学道之君子也。"(《答俞括书》)他认为"文章以华采为末,而以体用为本",而反对"浮巧轻媚""丛错采绣""迂奇怪僻"的文风。③ 苏轼以"有意而言"教人,也以"有意而言"自乐。他曾这样告诉刘景文:"某平生无快意事,惟作文章:意之所到,则笔力曲折,无不尽意。自谓世间乐事无逾此者。"(何薳《春渚纪闻》卷六引其语)④苏轼之所以如此重视"有意而言",是与其父亲苏洵的教诲分不开的。苏洵也是"唐宋八大家"

74

---

① 金开诚.文艺心理学论稿[M].北京:北京大学出版社,1982:76.
② 刘勰.文心雕龙[M].王志彬,译注.北京:中华书局,2012:3.
③④ 徐中玉.论苏轼的创作经验[M].上海:华东师范大学出版社,1981:2-3.

之一，苏洵、苏轼、苏辙被誉为文学史上的"三苏"。苏洵一次在京师与卿士大夫同游，这次游玩使苏洵对文章有新的领悟，归来后便将所获感悟与苏轼交流。他发现这些士大夫文章的弊病的征兆在于"慕远而忽近，贵华而贱实"，他认为自己从此发现了"文章日工"的诀窍。然后拿出鲁人兔绎先生十余篇文章向苏轼展示，并向苏轼说道："小子识之，后数十年，天下无复为斯文者也。"兔绎先生的文章究竟怎样呢？苏轼评价道："先生之诗文，皆有为而作，精悍确苦，言必中当世之过，凿凿乎如五谷必可以疗饥，断断乎如药石必可以伐病。"(《兔绎先生诗集叙》)[1]诗歌、文章不是用来装饰的，而是为了解决现实问题的，"皆有为而作"，因此所发之言，必能中"当世之过"，疗当世之饥，伐当世之病。这样的诗文才能称得上"有意而言"。

第六节　情与理的关系

艺术的特征就在于它用直觉思维，而不是用理性思维。余秋雨说："艺术形式，从一个角度看，是一种以感性直觉为基础的构成形态。"[2]理性思维就是分析思维，是一种逻辑的智慧，它是运用概念、判断、推理的形式实现的。理性思维以因果律为追求目标。理性或理智同人类认识环境、适应环境和改造环境的需要分不开，它可以为满足人们的实际利益服务。应当说，理性和以理智为基础的科学对于满足人们的实际生活是有用的，是人们生活中不可缺少的。柏格森认为，理性的认识"纯粹是为了使用实在"，"使一个概念适应于一个对象，不外就是问我们能做些什么以及对象能为我们做些什么。在一个对象上标上一个确定的概念，就是以精确的名词表明对象使我们想到的行动和态度。"理性、理智对人的实用性和科学性行为是有益的，但是与艺术和美感却格格不入。黑格尔说："知性不能把握美。"艺术需要直觉。"直觉除形象之外别无所见，形象除直觉之外也别无其他心理活动可见。有形象必有直觉，有直觉也必有形象。"[3]按照柏格森(Henri Bergson)的说法，直觉是指一种挣脱了理性分析而能直捷、整体、本能地把握世界精神和人类意识的能力。[1]那种纯逻辑分析推理，不但不利于艺术的创作和欣赏，相反会破坏艺术的审美能力和创造能力。许多学富五车的学者，满腹经纶，却一生都不能创作出一篇好的艺术作品，自然有很

①　徐中玉.论苏轼的创作经验[M].上海：华东师范大学出版社，1981：5.
②④　余秋雨.艺术创造论[M].上海：上海教育出版社，2003：114.
③　朱光潜.朱光潜美学文集(第一卷)[M].上海：上海文艺出版社，1982：19.

多原因,其中一个至关重要的原因就是他们的直觉能力受到理智或理性的遮蔽。这正应了老子那句话:"为学日益,为道日损。"过于强大的理性必定会遮蔽艺术的直觉,这已为无数古今中外的艺术创作与鉴赏的实践所证明。

直觉思维则是非逻辑的生命智慧。有哲学家说,直觉是生命的本质,它是心灵对心灵的直接注视。联想、想象、类比、移植、猜测、体验都属于直觉的范围。直觉的第一个明显特征就是意象或形象。意象或形象的获得不是用逻辑推理的方式,而是将自己置于认识对象之内,使认识者与认识对象达到物我两忘、物我同一的境界。这才是艺术的境界,这才是审美的境界。柏格森认为,不能对直觉下一个单一的几何学式的定义。在他看来,直觉这个词的意思是不能用数学的或逻辑学的方法从另一个词里演绎出来的。直觉这个词的多义性就像斯宾诺莎的"本质",亚里士多德的"形式",各人有各人的理解。叔本华的"直觉"与谢林的"直觉"就不一样,柏格森自己的直觉就更不一样。但是在柏格森看来,直觉有一个基本的意思:直觉地思维是在绵延中思维,理智从静止不动之物开始思维,尽可能地并列地以不动性来重新构造运动。直觉从运动开始思维,像实在自身那样来安排和想象它。"在直觉中,我将不再从我们所处的外部来了解运动,而是从运动所在的地方,从内部,事实上就是从运动本身来了解运动。"直觉就是直接意识,是把自己置于对象之内,它是心灵对心灵的直接注视,用柏格森的话说,就是在心灵与心灵之间不需要插入"棱镜"进行"折射"。换句话说,直觉是心灵与心灵的直接交流,或者说交流者将自己对象化到交流对象中去,是一种"物我同一"或"物我两忘"的状态。

创造力与直觉的关系十分密切。直觉的价值还在于它能够把握语言无法把握的东西。生命哲学家柏格森认为,语言是理性的产物,语言只能表达浮在意识层面上的东西,所以对非理性的生命内容或意识层面以下的生命内容,语言是无能为力的。因此,卡西尔在《人论》中说:"有些事物由于他们的微妙性和无限多样性,使得对之进行逻辑分析的一切尝试都会落空。……这种东西就是人的心灵。人之为人的特性就在于他的本性的丰富性、微妙性、多样性和多面性。"这些只能依赖直觉才能把握。

直觉在创造活动中的可贵性早已被许多科学家、艺术家认识到。许多科学家、艺术家都从自己的创造或创作生活中体验到直觉的价值。著名科学家凯利洛夫就指出,直觉是"创造思维的一个重要组成部分","没有任何一个创造行为能离开直觉活动"。著名物理学家波恩认为:"实验物理的全部伟大发现都来源于一些人的直觉。"爱因斯坦也曾说:"我相信直觉和灵感。"被誉为文学上拿破仑的法国著名作家巴尔扎克曾以自己创作的亲身经历意识到直觉的重要。他说:"在真正是思想家的诗人或作家身上出现一种不可解释的、非常的、连科学也难以明辨的精神现象。这是一种透视力,它帮助他们在任何可能出现的情况下测知真相;或者说得更确切些,是一种难以明言的,将他们送到应去或想去的地方的力量。"总之,理性只能把握外在的、静态的、凝固的、确定的事物,直觉才能把握内在的、动态的、流变的、不确定的事物。

生命哲学家认为,理性的抽象性和固定性与它借助语言来活动有关。柏格森认为,我们的语言用同一个词来称呼许多不同的东西,这是语言的一大缺陷,不仅每个人的心理状态是不同的,而且世间每一样事物都是彼此不同的。但是经过语言的处理,理智抹杀了事物的个体性,它从来看不透个别事物的内部本质,只是外在地比较它们的异同,通过归纳上升到概念、范畴。总之,理性越强,距离艺术就越远。不仅如此,只有直觉才能摆脱功利性,进入艺术的境界。生命哲学家认为,认识外在的世界和外在的自我,我们只要服从理智的思维习惯,按照分析与综合、抽象与概括的方法就可以了,但要进入艺术的境界,认识真正的自我,则必须摆脱理性思维的习惯,走一条相反的路,即直觉之路。

叔本华认为,天才与干才的区别,就在于天才是用直观或直觉理解事物,而干才是用概念理解事物。"所有深刻的认识",其"根柢"都"在直观的理解中"。他认为:"一切不朽的思想和真正的艺术品,是其生命的火花产生出来的过程,也是在于直观的理解之中。相反,从概念产生出来的东西,只能算是'干才'的作品,只不过是理性的思想和模仿,或者是以当前人们的需要为目标。"[1]所以,"对艺术创造者来说,应该理直气壮地尊重自己的艺术直觉,这实际上也是对欣赏者艺术直觉的尊重"。[2]

从上述论述中可见,直觉在文艺创作和鉴赏中是至关重要的。中国人的直觉思维具有得天独厚的优势。我国现代作家林语堂先生早在20世纪30年代就认识到了。

中国人的头脑羞于抽象的辞藻,喜欢妇女的语言。中国人的思维方式是综合的、具体的。他们对谚语很感兴趣,它像妇女的交谈。他们从来没有过自己的高等数学,很少越过算术的水平,就像许多妇女一样。……中

---

① 燕良轼.生命之智——中国传统智力观的现代诠释[M].济南:山东教育出版社,2011:367-278.
② 余秋雨.艺术创造论[M].上海:上海教育出版社,2003:127.

国人在很大程度上依靠直觉去揭开自然界之谜；是同样的"直觉"，或称"第六感觉"，使许多妇女相信某件事情之所以如此是因为它就是如此。……中国人思维的优点是擅长形象思维，而拙于抽象思维。这一特点导致中国人抽象名词的缺乏，即使中国人在抽象名词的表达中也离不开形象思维，将许多抽象的道理转化为形象，所以在中国文化的表达中，多使用比喻和谚语。一个抽象的概念往往由两个具体概念构成。比如"大小"表示"体积"，"长短"表示长度，"宽窄"表示"宽度"等。像"-ness"（表示"性质、状态、程度"等，附在形容词词尾构成抽象名词）这样的词尾，中文里一概没有。中国人只是简单地像孟子那样说："白马之白犹白玉之白欤。"这与中国人的思维不善于分析有关。中国人因为对抽象名词怀有一种厌恶的情素，正是这种情素导致中国人的思想总是停留在有形世界的外围。这使得中国人能对事实更有感受，而这又是经验与智慧的基础。这种"意象名词丰富而抽象名词缺乏"的特点，对中国人的写作风格产生了深远影响。一方面，它使语言生动形象；另一方面，又很容易使语言趋向空洞无物、华而不实，结果成为很多时期中国文学的弊端。可是从另外的角度讲也防止了类似美国大学里曾经盛行的由学术名词造成的陷阱。①

在林语堂先生看来，将英语科学论文翻译成汉语是最难的，因为中国人缺少抽象思维，导致缺乏抽象名词，所以西方心理学和社会学中经常使用的那些"因素""过程""个性化""部门化""愤怒标准化"以及"幸福的相关系数"等概念无法翻译成中文。同样，将汉语的诗歌、优美的散文翻译成英语也是最难的，因为中国人文章中的每一个名词都是一个意象。②

　　文艺创造，特别是文学创造是不可能离开语言的，不管直觉创造出多少美妙的形象，最终都要通过语言表达出来，所以中国文人也非常关注语言的修炼，使语言尽可能准确地表达出心中的思想（"意"），同时语言修炼也能够促进意象或形象的完整和准确。也就是说，文艺创作是以直觉为主，但也不能完全离开理性。一个好的创作应当是直觉与理性完美的结合。

　　艺术能真正摆脱因果律的束缚。西方四大文艺批评家之一的克罗齐认为，艺术既非科学，又非哲学。艺术不是理性的知识，它不提供观念和一般概念。

————————
①② 　林语堂. 中国人（全译本）[M]. 上海：学林出版社，1994：90 - 95.

他认为:"开始科学地进行思考的人,早已停止了美学沉思。"①按照克罗奇的理解,只要从事艺术性活动,进入"美学沉思"的境界,就不可能容纳因果律。克罗齐还说:"如果我深入到但丁诗章最深层的含义处,我就是但丁了。"②克罗齐把艺术看成一种历史事实,正如他认为精神活动中发生的一切都是历史一样。但是艺术作品是纪念碑,不是文件,因此才能直接沟通精神活动。③ 所以他认为,对于艺术家,唯一要紧的事就是直觉。克罗齐在《美学原理》说:"心灵只有借造作、赋形、表现才能直觉。"

雅斯贝尔斯说:"艺术可以帮助纯粹观照的内容成为形象,欣赏艺术作品可以带来震颤、神驰、愉快和慰藉,这是理性所根本不能望其项背的。"④朱光潜先生认为:"艺术不同于哲学,它最忌讳抽象。抽象的概念在艺术家的脑里都要先翻译成具体的意象,然后才表现于作品。具体的意象才能引起深切的情感。比如说'贫富不均'一句话入耳时只是一笔冷冰冰的总账,杜工部的'朱门酒肉臭,路有冻死骨'才是一幅惊心动魄的图画。思想家往往不是艺术家,就因为不能把抽象的概念翻译为具体的意象。"⑤

总之,我们可以用我国学者余秋雨的一段话对直觉在艺术中的作用加以总结,那就是:"艺术形式,是对艺术直觉的提炼,也是对艺术直觉的允诺;是对艺术直觉的耗用,也是对艺术直觉的保存。"⑥

第七节　创作四要素论

曾国藩(1811—1872)在政治上的千秋功罪,自有评说,此处不论。单就文艺创作来说,他是一位"桐城古文的中兴大将"(胡适语),一位颇有造诣的文学家、书法家。曾国藩极为称颂古人的"立德""立功""立言"的所谓"三不朽"。正因为如此,他"虽万事匆忙,亦不废正业",认真读书,勤奋笔耕,在短短61年的时间里,为后人留下了数千万言的著述。不仅如此,曾国藩还结合自己的创作实践,对文艺创作心理的一些问题进行过颇为深入的探讨,留下了一些独到而

① 雷纳·威莱克.西方四大批评家[M].林骧华,译.上海:复旦大学出版社,1983:14.
② 同上:23.
③ 燕良轼.教学的生命视野[M].长沙:湖南师范大学出版社,2010:183.
④ 雅斯贝尔斯.什么是教育[M].邹进,译.北京:三联书店,1991:94.
⑤ 朱光潜.朱光潜美学文集(第一卷)[M].上海:上海文艺出版社,1982:504.
⑥ 余秋雨.艺术创造论[M].上海:上海教育出版社,2003:133.

深刻的见解。创作四要素论就是其中之一。曾国藩将创作的四个要素称为"四象"。曾国藩文艺创作心理思想集中体现在他的"四象"说中,可以说把握了"四象"说就把握了曾国藩文艺创作心理思想的精髓。何谓"四象"?所谓"四象"是指作家和文艺作品的气势、识度、情韵、趣味。曾国藩认为:"有气则有势,有识则有度,有情则有韵,有趣则有味,古人绝好文字,大约于此四者之中必有一长。"这里的"气""识""情""趣"都是指文艺创作者的心理状态或特性。其中"气"指文艺创作者的气质,"识"指文艺创作者的见识,"情"指文艺创作者的情感,"趣"指文艺创作者的兴趣。而"势""度""韵""味"则是作品的外在体现。其中"势"是文艺作品的体势,"度"指文艺作品的法度,"韵"指文艺作品的音韵,"味"指文艺作品的含蓄蕴藉。显然,曾国藩认为,文艺作品的"势""度""韵""味"是由文艺创作者内在的"气""识""情""趣"等心理特性决定的。曾国藩认为,好的文艺作品"于四者中必有一长"。正是这"一长"形成艺术家或文艺作品不同的风格和个性。他说:"凡大家名家之作,必有一种面貌,一种神态,与他人迥不相同……其面貌既截然不同,其神气亦全无似处。"他认为,只有"貌异神异,乃可推为大家"。"若非其貌其神迥绝伦不足以当大家之目。"曾国藩据此将古代优秀作品总结为八字诀:"曰雄、直、怪、丽、淡、远、茹、雅",后又将"茹"(含蓄柔软)改为"和"字,即和谐。不仅如此,在深入研究的基础上,曾国藩还对古代作家的具体人物和作品的个性进行了概括:"《诗经》之节,《尚书》之括,孟之烈,韩之越,马之咽,庄之跌,陶之洁,杜之拙。"这些都是历史上具有鲜明个性的作家的作品。这些作家或作品鲜明个性的形成,无非是四象比重不同而已,即四者之中"必有一长"而已。①

　　曾国藩十分欣赏桐城三祖之一姚姬传先生将文艺作品划分为"阳刚之美"和"阴柔之美"两种类型。曾国藩还据此将古代作家及作品进行了划分。他认为,属于阳刚之美的作家的典型代表是庄子、扬雄、韩愈、柳宗元;属于阴柔之美的作家的典型代表是司马迁、刘向、欧阳修、曾巩。曾国藩认为,在书法中也同样存在着"阳刚之美"和"阴柔之美"。他曾在一篇日记中写道:"是日悟作书之道,亦分阳刚之美、阴柔之美两端,偏于阳者取势宜俊迈,偏于阴者取势亦和缓。"曾国藩同时认为,对于某一作家,很难同时兼具"阳刚之美"和"阴柔之美"。"韩无阴柔之美,欧无阳刚之美,况于他人,而能兼之。凡言兼众长者,皆其一无所长者也。"对于书法创作,曾国藩虽然提倡在具体书写中"刚健、婀娜二者缺一

---

①　燕良轼.试论曾国藩的文艺创作心理思想[J].船山学刊,1996(1):206 - 215.

不可""有着力取险劲之势,有不着力而得自然之味",但在总体风格上,曾国藩同样认为二者不可兼顾,"二者兼并鹜,则两失矣"。当然无论追求阳刚之美还是追求阴柔之美都不会影响艺术上的成就,"六弟一信文笔拗而劲,九弟文笔婉而达,将来皆必有成"。曾国藩所论及的阳刚之美和阴柔之美不仅涉及作家或作品的气势,而且涉及识度、情韵和趣味。也就是说,阳刚之美和阴柔之美是由"四象"决定的:"大抵阳刚者,气势浩瀚;阴柔者,韵味深美。"由于四象中,气、识、情、趣不同,两种美的表现形式也不同:"浩瀚者,喷薄出之;深美者,吞吐出之。"尤其可贵的是,曾国藩不仅认识到不同文体的作品对作家的气、识、情、趣有不同要求,而且认识到即使同一文体对作家的气质、情感、见识、兴趣的要求也有细微的差别。

　　由此可见,曾国藩的文艺创作的心理思想主要集中在他的"四象"说之中。为了使"四象"说建立在可靠的基础上,曾国藩借用古代阴阳学说对"四象"进行解释。"所谓四象者:识度即太阴之属,气势则太阳之属,情韵少阴之属,趣味少阳之属。"这一解释颇有点探讨"四象"生理机制的味道。①

一、气势论

　　气质是心理学中一个概念,即指人心理活动的强度、速度、稳定性和灵活性等动力特征。我国古代思想家对气质有很深刻的认识,如《黄帝内经·灵枢·寿夭刚柔》中就有"人之生也,有刚有柔,有弱有强,有短有长"之说,其中的刚柔、强弱、短长就是指气质而言的。对于气质与文艺创作的关系,魏晋时期的曹丕《典论·论文》就有"文以气为主,气之清浊有体,不可力强而致"的见解。沈约《宋书谢灵运传论》云:"子建、仲宣以气质为体。"刘勰《文心雕龙·体性》云:"才有庸俊,气有刚柔"等都是对气质与文艺创作关系的论述。曾国藩对此亦有许多独立见解。他认为:"行气为文章第一义。"他说:"大抵作字或作诗古文,胸中须有一段奇气盘结于中。"在曾国藩看来,"四象表中惟气势之属太阳者难能而可贵"。他认为,文艺作品只有"气势展得开,笔仗使得强",才"不至于束缚拘滞、愈紧愈呆"。曾国藩十分推崇贾谊的《治安策》,认为"千古奏议推此篇为绝唱",就是因为《治安策》"气势最盛事理最显者"。曾国藩认为,一个人从少年时代起就应努力追求文字的"气象峥嵘",即"东坡所谓蓬蓬勃勃,如釜上气"。所

① 燕良轼.试论曾国藩的文艺创作心理思想[J].船山学刊,1996(1):206-215.

以当他发现自己的儿子曾纪泽写字"天分甚高,但缺少刚劲之气"时,便不厌其烦地叮嘱他要在"气质上用功",甚至"痛下功夫"。

曾国藩如此重视气质在创作中的作用,从总的方面来说就是气质对文艺创作个性和风格的影响。具体可以概括为三点:其一,"气不能举其体,则谓不成文"。即是说作家的气质对文艺作品的体势结构有重要影响。因为在曾国藩看来,为文之道,"谋篇布势是一段最大功夫"。如果缺少"气",而"为文者,或无所专注,无所归宿,漫衍而不知所裁"。曾国藩以自己书法创作为例来说明气势对书法体势结构的重要影响。他认为自己的书法虽"渐有长进",但因"不甚贯气",结果"结体之际不能字字一律。如或上松下紧,或上紧下松,或左大右小,或右大左小"。在曾国藩看来,写字"均须始终一律,乃成体段"。曾国藩还由此"推之作古文辞,亦自有体势,须篇篇一律,乃为成章"。如果气不贯通,"载沉载浮",则"终无所成"。其二,"气能挟理以行"。曾国藩虽然认为文艺作品应当气盛理显,但在二者的关系中,曾国藩认为"气"在创作中具有支配、主导的地位。他说:"大抵凡事皆宜以气为主,气能挟理以行,而后虽言理而不厌,否则气既衰苶,说理虽精,未有不可厌者。犹之作字者,气不关注,虽笔笔有法,不足观也。"他甚至认为,只要气势昌盛,不必拘泥理法。他说:"文家之有气势,亦犹书家有黄山谷、赵松雪辈,凌空而行,不必尽合于理法,但求气之昌耳。"他认为南宋以后的许多文人"气皆不盛",他们往往重"义理"而轻气势,这是本末倒置。其三,"雄奇以气为上,造句次之"。如前所述,在义理与气质的关系中,曾国藩认为气质具有支配主导作用。在气质与遣词造句的关系中也同样如此。当儿子曾纪泽向曾国藩请教为文的雄奇之道时,曾国藩很干脆答道:"雄奇以气为上,造句次之,选字又次之。"他进一步解释道:"是文章之雄奇,其精处在行气,其粗处全在造句选字也。"[①]

从曾国藩的言论上看,他十分重视"光明俊伟之气"与"倔强不驯之气"在文艺创作中的作用。

一曰"光明俊伟之气"。曾国藩说:"文章之道,以气象光明俊伟为最难可贵。"那么,什么是"光明俊伟"之气呢?曾国藩没有从概念上作出解释,而是形象比喻道:"如久雨初晴,登高山而望旷野。如楼俯大江,独坐明窗净几下,而可以远眺。如英雄侠士,褐裘而来,绝无龌龊猥鄙之态。此三者,皆光明俊伟之象。"如果我们将曾国藩的这段话与其他言论联系起来看,所谓"光明俊伟"之

① 燕良轼.试论曾国藩的文艺创作心理思想[J].船山学刊,1996(1):206-215.

气,无非是心胸阔大、旷逸潇洒、豪放脱俗。他认为:"凡诗文欲求雄奇矫变,总须用意有超群离俗之想,乃能脱去恒蹊。"曾国藩十分欣赏诸葛亮的《出师表》,认为三代以下陈奏君上之文,当以此篇为冠。此文"渊懿笃厚,直与六经同风"。他认为,如此"不朽之文,必自襟度大、思微始也"。曾国藩在认真研究古代作家及作品的基础上,认为孟子、韩愈、贾谊、陆游、苏轼、王阳明等得此"光明俊伟之象"。他说:"细玩孟子光明俊伟之气,惟庄子与韩退之得其仿佛,近世如王阳明亦殊磊落,但文辞不如三子者之跌宕耳。"他还说:"放翁胸次广大,盖与陶渊明、白乐天、邵尧夫、苏子瞻等同其旷逸。"曾国藩不仅对古代作家的"光明俊伟之象"了如指掌,而且经常用古代作家的心胸与自己进行对比,进行自我反省。例如他在咸丰九年四月十七日一个炎热的中午,吃过午饭后,展读苏轼、陆放翁、杜甫的诗后发出感叹道:"念古人胸次潇洒旷远,毫无渣滓,何其大也!余饱历世故,而心中犹不免计较将迎,又何其小也!"曾国藩还由文学创作的"光明俊伟"之气领悟到书法创作中的"光明俊伟"之气,真可谓举一反三、触类旁通。他"因读李太白、杜子美各六篇,悟作书之道亦须先有惊心动魄之处,乃能渐入正果,若一向由录妙处着意,终不免描头画角伎俩"。即是说书法与文学创作一样,要"先有惊心动魄之处",否则功夫再大也不过是雕虫小技,难登大雅之堂,难步大家之列。[①]

二曰"倔强不驯之气"。曾国藩不仅提倡作家要具备"光明俊伟之气",而且也应具备"倔强不驯之气"。他说:"予论古文,总须有倔强不驯之气,愈拗愈深之意。"在他看来,无论作诗论字,都要"取傲兀不群者"。他盛赞韩愈文章中表现出的这种"倔强不驯之气":"昌黎之倔强,尤为行气不易之法。"他说:"读《原毁》《伯夷颂》《获麟解》《龙杂说》诸篇,岸然想见古人独立千古,确乎不拔之象。"他还说:"故知文章须得偏鸷不平之气,乃是佳耳。"曾国藩对韩愈的评价其实是很符合韩愈本人意愿的。韩愈在《送孟东野序》云:"大凡物不得其平则鸣,……人之于言也亦然。有不得已者而后言,其歌也有思,其哭也有怀。"在《荆谭倡和诗序》又云:"夫和平之音淡薄,而愁思之声要妙,欢愉之辞难工,而穷苦之言易好也。"在曾国藩看来,古代的大作家,大多"例有傲骨",常常"刚介倔强,与世龃龉"。所以,当他发现一位朋友具有"傲骨嶙峋"的气质时,曾国藩认为这位朋友"文质恰与古人相合"。正因为"倔强不驯之气"在文艺创作中如此重要,所以他告诫家人要自觉培养这种气质。他说:"古来豪杰,吾家祖父教人,以懦弱无刚

---

① 燕良轼.试论曾国藩的文艺创作心理思想[J].船山学刊,1996(1):206-215.

四字为大耻。故男儿自立,必须有倔强之气。"曾国藩不仅自己对韩愈的倔强之气顶礼膜拜,而且教导自己的儿子"宜先于韩公倔强处揣摩一翻"。

曾国藩还认为,人的气质"大抵得于天授,不尽关乎学术"。他主张学习创作的人,首先应该选择与自己气质相近的作家或作品进行学习。当他发现儿子纪泽的才思,"能古雅而不能雄骏"时,劝其"大约宜作五言,而不宜作七言"。他认为学习诗文之道,"各人门径不同,难执一己之成见以概论",但有一点却是相同的,那就是选择与自己气质相近的作家或作品学习。"吾前教四弟学袁简斋,以四弟笔情与袁相近也。今观九弟笔情,则与元遗山相近。"因此,劝他们选择与自己气质相近作家的作品专集钻研。曾国藩本人也是这样身体力行的。"(他)于五七古学杜韩,五七律学杜,此二家无一字不细看。外此则古诗学苏黄,律诗学义山,此三家亦无一字不看。五家之外,则用功浅矣。"总之,是要"随人性之所近而为之可耳"。此外,曾国藩也认为,气质具有一定的可塑性。他认为,通过读书养气可以使人原有的气质发生某些改变。他说:"杜诗韩文所以能百世不朽者,彼自有知言,养气工夫。"他认为:"人之气质,由于天生,本难改变,惟读书可以变化气质。"他还认为:"欲求文气之原",必读书修养,"酝酿日久,则不期厚而自厚矣"。①

二、识度论

曾国藩说:"有识才有度。"其意是说,作家、艺术家必须有"见识",即"真知灼见"。这种真知灼见决定作家创作的规模和法度。他认为,一个作家缺少见识,就如"河伯之观海,如井蛙之窥天"。曾国藩认为,作家、艺术家的见识或真知灼见常常是由作品中的"义理"加以体现的。而"义理"又是靠平日长期积累获得的。曾国藩在此所说的"义理"就是作家、艺术家的见识、见解。在曾国藩看来,一个作家只有"平日积理既富",创作时才会"不假思索、左右逢原",真正表达"胸中至真至正之情"。反之,如果一个作家"平日酝酿不深"见解未到,胸中"义理贫乏",即使"有真情欲吐"也不可能写出好作品。他认为,那些靠"临时寻思义理",且"义理不足以适之"者,则"求工于字句",而靠"雕饰字句""巧言取悦"是不可能写出好作品的。他认为,这样的作品"不如不作",勉强为之只能是哗众取宠、巧伪媚人。正因为如此,曾国藩极力主张"诗文以积久勃发为佳",力

① 燕良轼.试论曾国藩的文艺创作心理思想[J].船山学刊,1996(1):206-215.

诚"强索"。曾国藩的这个观点与南北朝文艺理论家刘勰"积学以储宝，酌理以富才"的思想一脉相承。①

那么，作家平日应当怎样积累"义理"，增长见识呢？自然要下苦功。曾国藩认为："因思古人成一小技，皆当有庖丁解牛、蛱蝶承蜩之意。况古文之道，至大且精，岂可以浅尝薄涉而冀其有成者！"具体地说，要从两方面下功夫：一是读书；二是广见闻。曾国藩认为，创作首先要有"读书积理之功"。一个作家在创作过程中"无镌刻字句之苦"，在创作完成后又"无郁塞不吐之情"，此"皆平日读书积理之功也"。其次，一个作家的真知灼见，仅仅靠读书是不够的，还必须在诗文之外下功夫。他说："古之善为诗古文者，其工夫皆在诗古文之外。若寻行数墨，以求之索之，愈迫，则去之愈远矣。"那么，作家诗古文之外的功夫是什么呢？那就是增加见闻，见多才能识广。曾国藩认为："若见闻太寡，蕴蓄太浅，譬犹一勺之水，断无转相灌注，润泽丰美之象。"总而言之，曾国藩认为，只有当学者之识达到"瑰玮俊迈，恢诡恣肆"的境界，创作才能"以期日进于高明"。②

三、情韵论

曾国藩说"有情才有韵"。重视情感在文艺创作中的作用，是我国古代文学家的共同见解。如刘勰就曾说："情者文之经，辞者理之纬；经定而后纬成，情定而后辞畅，此立文之本源也。"陆机也曾说"诗缘情而绮靡"，即艺术作品只有富于情感，才能达到形式上的美丽。唐代大诗人白居易以自身的创作实践体会到"感人心者，莫先乎情"。曾国藩也继承了前人的这一思想，主张文章应"议论郁勃，声情激越"。对此，他颇有见解。

首先，曾国藩不仅认识到情感与文艺欣赏和创作的一般关系，而且认识到情感在创作意境中的重要作用。他将"情韵不匮，声调铿锵"作为文章的"第一妙境"。众所周知，意境，亦称境界，原出于佛家典籍，后来移植到美学和文艺理论中。唐人王昌龄的《诗格》已提出"物境""情境""意境"。明代和清代的王世贞、金圣叹和叶燮已运用过这一概念。清代王国维是对意境或境界说贡献最大的学者。他认为，意境是由二原质构成的："曰景，曰情。前者以描写自然及人生事实为主，后者则吾人对此种事实之精神的态度也。故前者是客观的，后者是主观的也；前者知识的，后者感情的也。"何谓之有意境？"曰：写情则沁人心

①② 燕良轼.试论曾国藩的文艺创作心理思想[J].船山学刊，1996(1)：206－215.

牌,写景则在人耳目,述事则如其口出是也。"王国维进一步将意境划分为"有我之境"和"无我之境"。"有我之境,物皆着我之色彩。无我之境,不知何者为我,何者为物。"一句话,所谓意境不过是"情景交融"的产物。曾国藩对意境的认识当然没有王国维认识得那样系统、深刻。但早在王国维出生前(曾国藩长王国维66岁,即曾国藩去世5年后,王国维才出生),曾国藩就已认识到"情韵"是构成意境的重要成分,实属难能而可贵。既然"情韵不匮,声调铿锵"为文章"第一妙境",曾国藩就主张通过把握文章的声调来把握情感和意境。他认为,"凡作诗最宜讲究声调"。好的诗文"声调皆极铿锵,耐人百读不厌"。学习创作诗文也应当从把握声调入手,如熟读古诗时"先之以高声朗读以昌其气,继之以密咏恬吟以玩气味,二者并进,使古人之声调拂拂然,若与我之喉舌相习,则下笔为诗时,必有句调赴腕下"。曾国藩十分赞赏古人"新诗改罢自长吟"或"锻诗来就且长吟"的作法,认为这种在声调上的惨淡经营才可使诗文进入佳境。第二,曾国藩揭示了"情""境"互生的心理过程——"情以生文,文亦足在生情;文以引声,声亦足以引文。循环互发,油然不能自已,庶渐渐可入佳境。"可见,曾国藩已觉悟到意境的不同层次。意境层次不断提高的过程就是情文"循环互发"的过程。在曾国藩看来,作家、艺术家一旦进入某种佳境,"字里行间别有一种意态,如美人之眉目可画者也,其精神意态不可画也",即人们常说的"只可意会,不可言传"之效。①

四、趣味论

清代学者袁宏道有"世人所难者趣也"。他在《叙陈正甫会心集》认为,"趣"只能意会,难以言传,"虽善说者不能下一语,惟会心者知之",并认为"趣得之自然者深,得之学问者浅"。② 曾国藩说:"有趣才有味。"这就道出了兴趣与创作的关系。曾国藩将作家、艺术家的兴趣归结为两类:一是"诙诡之趣",亦称"奇横之趣";二是"闲适之趣",亦称"冲淡之趣"。

在曾国藩看来,有一类作家的兴趣"诙诡""奇横",写出的作品亦有雄奇之味。庄子、苏轼、黄山谷的诗文具备典型的"恢诡之趣"。曾国藩认为,那些不足以发挥"奇趣"的作品不可能成为好作品。他说:"念古文之道,亦须有奇横之

① 燕良轼.试论曾国藩的文艺创作心理思想[J].船山学刊,1996(1):206-215.
② 庄锡华.袁宏道说情趣[M].北京:生活·读书·新知三联书店,2014:99-102.

趣、自然之致，二者并进，乃为成体之文。"也就是说，曾国藩要求作家、艺术家在追求"恢诡""奇横"的同时，也要与自然保持一致，不可为"恢诡"而"恢诡"，为"奇横"而"奇横"，即所谓"奇横之趣与自然之致，缺一不可"。

在曾国藩看来，有一类作家则具有"闲适之趣"，即"冲淡之趣"。他认为，柳宗元、陶渊明是属于典型的"闲适之趣"或"冲淡之趣"的作家。他在一篇日记中曾写道："柳子厚山水记，似有得于陶渊明冲淡之趣，文境最高，不易及。"他认为学五言诗，"若能学到陶潜、谢朓一种冲淡之味和谐之音，亦天下之至乐，人间之奇福也"。在曾国藩看来，作家要获得"闲适之趣"或"冲淡之趣"必须"襟怀澹宕"，古代所谓"冰雪文"都是出自具有"淡定之怀"作家的手笔。

必须指出的是，曾国藩虽然将作家划分为"诙诡之趣"与"闲适之趣"，但同时他又认为这两种兴趣完全可以统一在某一作家的身上，即所谓"若能合雄奇于淡远之中，尤为可贵"。

曾国藩文艺创作心理思想主要体现在"四象"说中，但并非"四象"说包括曾国藩文艺创作心理思想的全部内容。也就是说，曾国藩在"四象"说之外，还有一些文艺创作心理思想，由于篇幅所限，此处就不予阐述了。[1]

本章小结

本章探讨了中国文艺创作心理要素论。具体内容有以下七个方面。

其一，情经辞纬说，主要阐释情感和语言在文艺创作中的地位与关系，用刘勰的话概括，就是"情者文之经，辞者理之纬；经正而后纬成，理定而后辞畅"。

其二，联想和想象在文学艺术创作中的作用与价值。联想最早可以追溯到古希腊哲学家亚里士多德，联想就是把两个或两个以上的表象或观念联系在一起的心理活动。在文艺创作中运用最多的是接近联想和相似联想。联想是想象的基础。想象是一种形心相远的心理体验，即处于想象状态的文学创作者，能够产生一种精神远离形体的体验。想象也是一种神与物游的直觉活动。想象是一种直觉活动过程，而不是一种概念操作过程。想象的一个重要特征就是它不是用概念思维，而是运用形象思维，即运用表象进行联想。想象是一种联类不穷的心理操作，想象是通过大量的表象联想而实现的，所谓"联类不穷"的心理运作。想象与情志、气质、语言密切相关，想象还是"悟"与"妙悟"达到的

---

① 燕良轼.试论曾国藩的文艺创作心理思想[J].船山学刊，1996(1)：206-215.

境界。

其三，探讨了灵感问题。灵感是创作可遇不可求的状态，分别阐述了陆机的灵感状态论、刘勰的灵感情会论、金圣叹的灵感机遇论，这三种富有代表性的理论各有偏重。

其四，探讨了才性与学问的关系。

其五，探讨了言与意的关系，即语言与思想、情感的关系。介绍和阐释了言不尽意论（指人们的言语不能完全表达人们思想、情感——"意"）、言尽意论、得意忘言论、言有尽意无穷论。

其六，探讨了情与理的关系。

其七，探讨了曾国藩的创作四要素论，曾国藩将创作四个要素称为"四象"，即气势、识度、情韵、趣味。这一见解很独到。

第四章

创作心理历程及其他

文艺创作是一种心理历程，文学艺术家在创作活动中会经历哪些心理历程呢？文艺创作中涉及哪些心理因素？

第一节　创作必经的心理阶段

　　文艺创作活动一定要经历一个心理过程。文艺创作要经历怎样的心理历程？这是文艺心理学一直在探索的一个问题。我们的古代文论家已经开始探讨这个问题了。在这探索的历程中，有一些文艺理论家取得了里程碑式的成果。尤其值得称颂的是南北朝文艺理论家刘勰，他的划时代文艺理论巨著《文心雕龙》的《熔裁》篇第一次系统概括了文艺创作的三个阶段——"设情""酌事""撮辞"，并称其为"三准"。其原文是：

　　　　凡思绪初发，辞采苦杂，心非权衡，势必轻重。是以草创鸿笔，先标三准：履端于始，则设情以位体；举正于中，则酌事以取类；归余于终，则撮辞以举要。然后舒华布实，献替节文，绳墨之外，美材既斫，故能首尾圆合，条贯统序。若术不素定，而委心逐辞，异端丛至，骈赘必多。①

　　刘勰认为，作家在开始构思的时候，苦于头绪繁多、辞采杂乱，内心不像天平那样可以准确衡量，常常犯或轻或重的毛病。为了避免这些毛病，先要定出三个准则，也就是写作应当遵循的三个步骤。刘勰借用《左传·文公元年》中讲历法的概念，所谓"履端""举正""归余"。在当时的历法中，开始要推步，即测星象，称"履端"；其次定月份，称"举正"；最后把多余的日子置于闰月，称"归余"。刘勰以此为参照探索创作过程。

　　下面我们以此为线索将我国历代文论家的观点结合起来加以阐述。

一、"设情"——创作开始阶段

　　创作的心理运作从什么地方开始？许多学者都认为从构思，也就是刘勰所说的"酌事"阶段开始，而刘勰则认为创作始于"设情"。在刘勰看来，文艺创作首先要调动作家的情感。用他的话说，就是"设情以位体"。请特别注意，刘勰

---

① 刘勰. 文心雕龙［M］. 王志彬，译注. 北京：中华书局，2012：377.

所说"设情",即包括情感,也包括情理。在《熔裁》篇一开头,他就说到"情理设位,文采行乎其中"。① 文章在创作之初就必须考虑情理的位置问题,或激昂或沉郁,或喜悦或悲伤以及其中要表达的思想。也就是说,文章创作之初,作者首先要关注的就是自己要表达什么样的情感和思想。情感、气质的刚柔是文章的根本:

> 情理设位,文采行乎其中。刚柔以立本,变通以趋时。立本有体,意或偏长;趋时无方,辞或繁杂。蹊要所司,职在熔裁。櫽括情理,矫揉文采也。规范本体谓之熔,剪裁浮词谓之裁。裁则芜秽不生,熔则纲领昭畅,譬绳墨之审分,斧斤之研削矣。骈拇枝指,由侈于性;附赘悬疣,实侈于形。一意两出,义之骈枝也;同辞重句,文之疣赘也。②

这段话论述了情理与文采的关系、刚柔与变通的关系。情理、气质是立文之根本。文采、变通都要服从作家的情理与气质。在刘勰看来,一个文学家在文学创作中首先要做的事就是考虑自己要表达怎样的思想和情感,而运用什么材料、实际构思要在其后。一个作家确立了自己要表达的情感(情)和思想(理),也就确立了文章的根本("立本")。只有情理确立之后,才能为文章体裁的选择、命意偏差的纠正、文辞繁简的矫正提供"绳墨"。在"设情"阶段,最关键的事情是"熔意裁辞",要纠正情理上的缺点,改正文辞上的毛病。"规范本体谓之熔,剪裁浮词谓之裁",意即根据情理、气质选择体裁,使内容合于规范,叫熔意,删去浮词剩句叫裁辞。经过裁辞,文辞不再拖沓冗长;经过熔意,全篇的纲领明白晓畅,好比在木材上用墨线来审度曲直,再用斧子砍削一样。如此这样按照绳墨的裁剪,就像去除了人形体上多余的赘肉,前后重复多余的内容与词句被修剪掉一样。

二、"酌事"——创作构思阶段

创作构思是文学家、文论家最为关注的。在这部分,我们要结合众多古代思想家、文论家的观点加以阐述。

构思是艺术创作的重要组成部分,构思的成败直接关系到作品的成败。可

①② 刘勰. 文心雕龙[M]. 王志彬,译注. 北京:中华书局,2012:376.

是,构思又是作家的一种内在心理活动,很难通过外显行为来把握,好在有许多自身有创作经验的作家、诗人为我们留下许多自身创作的构思体验。再就是古代一些文艺理论思想家多年精心研读经典作家的作品,体验作家的创作情怀,以天才的洞察力走进了经典作家的内心世界,取得了相当可观的成果,为我们留下了弥足珍惜的见解。中国最早对创作构思心理过程作出探索的当属陆机(261—303)的《文赋》。陆机的《文赋》将文学家的文艺创作分为构思和写作两个阶段。

> 伫中区以玄览,颐情志于典坟。遵四时以叹逝,瞻万物而思纷;悲落叶于劲秋,喜柔条于芳春。心懔懔以怀霜,志眇眇而临云。咏世德之骏烈,诵先人之清芬。游文章之林府,嘉丽藻之彬彬。慨投篇而援笔,聊宣之乎斯文。
>
> 其始也,皆收视反听,耽思傍讯,精骛八极,心游万仞。其致也,情曈昽而弥鲜,物昭晰而互进;倾群言之沥液,漱六艺之芳润;浮天渊以安流,濯下泉而潜浸。于是沉辞怫悦,若游鱼衔钩而出重渊之深;浮藻联翩,若翰鸟缨缴而坠曾云之峻。收百世之阙文,采千载之遗韵;谢朝华于已披,启夕秀于未振;观古今于须臾,抚四海于一瞬。
>
> 然后选义按部,考辞就班;抱景者咸叩,怀响者毕弹。或因枝以振叶,或沿波而讨源;或本隐以之显,或求易而得难;或虎变而兽扰,或龙见而鸟澜;或妥帖而易施,或岨峿而不安。罄澄心以凝思,眇众虑而为言;笼天地于形内,挫万物于笔端。始踯躅于燥吻,终流离于濡翰。理扶质以立干,文垂条而结繁。信情貌之不差,故每变而在颜;思涉乐其必笑,方言哀而已叹。或操觚以率尔,或含毫而邈然。[①]

其意是:久立天地之间,深入观察万物;博览三坟五典(三坟,指伏羲、神农、黄帝的书;五典,指少昊、颛顼、高辛、唐、虞的书),以此陶冶性灵。随四季变化感叹光阴易逝,目睹万物盛衰引起思绪纷纷。临肃秋因草木凋零而伤悲,处芳春因杨柳依依而欢欣。心意肃然如胸怀霜雪,情志高远似上青云。歌颂前贤的丰功伟业,赞咏古圣的嘉行。漫步书林欣赏文质并茂的佳作,慨然有感投书提笔写成诗文。

---

① 张怀瑾.文赋译注[M].北京:北京出版社,1984:20-25.

开始创作,精心构思。潜心思索,旁搜博寻。神飞八极之外,心游万仞高空。文思到来,如日初升,开始朦胧,逐渐鲜明。此时物象,清晰互涌。子史精华,奔注如倾。六艺辞采,荟萃笔锋。驰骋想象,上下翻腾。忽而漂浮天池之上,忽而潜入地泉之中。有时吐辞艰涩,如衔钩之鱼从渊钓出;有时出语轻快,似中箭之鸟坠于高空。博取百代未述之意,广采千载不用之辞。前人已用辞意,如早晨绽开的花朵谢而去之;前人未用辞意,像傍晚含苞的蓓蕾启而开之。整个构思过程,想象贯穿始终。片刻之间通观古今,眨眼之时天下巡行。

完成构思,布局谋篇。选辞精当,事理井然,有形之物尽绘其形,含声之物尽现其声。有时层层阐述,由隐至显或者步步深入,从易到难;有时纲举目张,如猛虎在山百兽驯伏;有时偶遇奇句,似蛟龙出水海鸟惊散;有时信手拈来辞意贴切,有时煞费苦心辞意不合。这时要排除杂念专心思考,整理思绪诉诸语言,将天地概括为形象,把万物融会于笔端,开始好像话在干唇难以出口,最后酣畅淋漓泻于文翰。事理如树木的主体,要突出使之成为骨干,文辞像树木的枝条,干壮才能枝繁叶茂。情貌的确非常一致,情绪变化貌有表现。内心喜悦面露笑容,说到感伤不禁长吁短叹。有时提笔一挥而就,有时握笔心中感到茫然。写作充满着乐趣,一向为圣贤们推尊。它在虚无中搜求形象,在无声中寻找声音。有限篇幅容纳无限事理,宏大思想出自小小寸心。言中之意愈扩愈广,所含内容越挖越深,像花朵芳香四溢,像柳条郁郁成荫。光灿灿如旋风拔地而起,沉甸甸如积支笔下生文。

陆机《文赋》中说:"伫中区以玄览。"何为"玄览"? 就是静观的意思,游心于"虚静"。"玄"是玄学最重要的字眼之一。王弼注《老子》,首先将"玄"释为"虚静"——"玄者,冥也,默然无有也。""故常无欲空虚,可以观其始物之妙。"(《老子注》第一章)陆机在这里运用玄学术语,说明作家创作前须以"虚静"胸怀去体察万物,由物动而思动,思动而文生。

魏晋玄学主张以"无"为本,认为世间万物均由"无"而生。何晏说:"天地万物皆以无为本。"(《晋书·王衍传》)王弼也说:"天下万物,皆以有为生;有之为始,以无为本;将欲全有,必反于无。"(《老子注》第二十五章)宇宙万物之所以能够生成、存在,是因为它们有"无"作为本体依据,因此要全面深刻地把握"有",就必须把握作为本体的"无"。

"无"是从本体的实有方面而言,若从其存在状态而言,则叫"静",若从其涵容方面而言,则叫"虚",所以"虚静"在玄学哲学中也是本体"无"或"道"的别名。《庄子·天道》篇云:"夫虚静恬淡寂寞无为者,万物之本也。"王弼更将虚静视作本体:"凡有起于虚,动起于静,故万物虽并动作,卒复归于虚静。"(《老子注》第十六章)有从虚中来,动由静间发,万物虽然运动变化,但最终都将复归于本体虚静。

虚静又指人澄澈朗照的精神状态。魏晋玄学中人崇尚体道。道体虚静,因此人只有保持极虚静的精神状态,才能体认本体,只有以虚静的心灵去观照虚静的本体,才能执著大象,得其精髓;如果以动观静,以实求虚,则只能适得其反。守虚静,抱元一,便成为玄学思想的一个根本特征。

玄学论者多继承发扬老庄崇尚虚静的观点。嵇康说:"夫气静神虚者,心不存乎矜尚;体亮心达者,情不系于所欲。矜尚不存乎心,故能越名教而任自然;情不系于所欲,故能审贵贱而通物情。"(《释私论》)"气静神虚""体亮心达",就不会矜尚夸耀、追求物欲;一旦如此便可超越一切名利是非、道德准则、行为规范,纯任个性精神的自由舒展,由凡俗生活上升至审美境界。相反,"心疲体解,或牵于外物,或累于内欲,若不堪近患、不忍小情,则议于去就;议于去就,则二心交争;二心交争,则向所以见役之情胜矣。"(《家诫》)不过,精神之虚静,并不意味着精神空无寂灭、凝然不动,相反是要以静制动、以虚制实,让主体精神不为外物所干扰,在役使天地间万物的同时保持独立自足、主动洒脱。因此,虚静状态下的主体精神反而享有极大的能动性、自由性和超时空性。如果说嵇康主要论述了由虚静无欲通向精神自由解放的道路,那么阮籍则阐述了精神虚静无欲能动地遨游于超时空之域的特征。其《大人先生传》直接继承庄子"休心乎均天"、自由逍遥的精神,表现了大人先生"超世而绝群,遗欲而独往,登乎太始之前,览乎忽谟之初,虑周流于无外,志浩荡而自舒,飘摇乎四运,翩翱翔乎八隅",超时空而达到绝对自由的逍遥神游。

玄学所论虚静状态下纯粹精神的神游,从本质上讲就是创作中的想象活动。其中包含的去欲、自由、能动、超时空四个特点,正揭示了艺术审美想象的本质特征。因为以虚静之心观物本身就是一种审美观照,以虚静之心观物,即成为由实用与知识中摆脱出来的美的观照。所以澄怀味象,则所味之对象,即进入美的观照之中,而成为美的对象。而自己的精神,即融入美的对象之中,得到自由解放。

刘勰最早用"虚静"一词来论说创作。《文心雕龙·神思》曰:

> 是以陶钧文思,贵在虚静,疏瀹五脏,澡雪精神。积学以储宝,酌理以富才,研阅以穷照,驯致以绎辞。然后使玄解之宰,寻声律而定墨;独照之

匠，窥意象而运斤：此盖驭文之首术，谋篇之大端。①

陶钧文思就是培养和酝酿文思的意思。刘勰认为，培养和酝酿文思（或神思）有两个前提条件：一是"疏瀹五脏，澡雪精神"；二是"积学以储宝，酌理以富才，研阅以穷照，驯致以绎辞"。作为前提条件之一的"贵在虚静"之说，指出虚静是一个人从非创作状态进入创作状态并维持、延续创作状态的关键要素。

刘勰对"虚静"的直接解释是"疏瀹五脏，澡雪精神"这八个字。"疏瀹五脏，澡雪精神"语出《庄子·知北游》，意思是疏导五脏使它们畅通无阻，洗涤精神使它们一尘不染。在实际上，"疏瀹五脏，澡雪精神"作为对"虚静"的解释，始终与神思有关。虚静作为神思产生的条件，是对"神"或"心"提出的一种要求，具有为在创作时神思或兴会到来作心理准备之功能。培养和酝酿文思，一个非常重要的条件是使心神达到"虚"和"静"的状态。

为什么要保持"虚静"？因为艺术想象活动需要人的生理方面和心理方面的全部力量的支持，也就是说，需要"气"的支持。只有保持"虚静""澡雪精神"，才能使自身的"气"调顺通畅。刘勰虽把"虚静"二字铸为一词，内涵仍包含"虚"——"疏瀹五脏"（生理方面）和"静"——"澡雪精神"（精神方面）两个方面。排除内心的一切杂念和欲求，以腾出足够的心理空间去容纳神思的活动，此乃"虚"；心绪宁静，精神恬淡，不受外界干扰，此乃"静"。"澡雪精神"不仅有集中精神的意思，而且还有使人的精神状态新鲜饱满等含义。只有在精神集中、精力充沛的情形下，作家才能够调动思维中所储存的学识，精心研阅而得到满意的构思。他在《养气》篇中又说："纷哉万象，劳矣千想。玄神宜宝，素气资养。水停以鉴，火静而朗。无扰文虑，郁此清爽。"②心理学认为，大脑皮层的基本神经过程就是兴奋和抑制的统一，以"动"为特征的兴奋与以"静"为特征的抑制共同构成人的大脑皮层的正常机能，缺一不可，刘勰"虚静"说暗合了科学道理。一般而言，动而趋静，静而趋动，一静一动，自动调节和维护大脑的健康运转。作者用水清火静的比喻说明在创作中主体思维应该清爽明净、摒除纷乱、澄观一心，而后才能腾踔万象、情致渐进、意象天成。黄侃《文心雕龙札记》可谓深得此意："文章之事，形态繁变，条理纷纭，如令心无天游，适令万物相攘。故为文之术，首在治心，迟速纵殊，而心未尝不静，大小或异，而气未尝不虚。执旋玑以

① 刘勰. 文心雕龙[M]. 王志彬，译注. 北京：中华书局，2012：320.
② 同上：476.

运大象，处户牖而得天倪，惟虚与静之故也。"有了虚与静，心神才能发动起来，运行无阻，从而才能有神思的出现。作家创作前的"虚静"蓄养正好为动的神思到来提供了心理准备。这是一个由静入动、以虚生实的创作思维的辩证法。

魏晋六朝的"虚静"说在中国古代诗学史上起到继往开来的作用，它把先秦时尚处于哲学领域的"虚静"说与审美和艺术理论融为一体，开创了谨慎严密的理论体系。自此开始，"虚静"作为创作者和欣赏者在审美活动中应该具有的一种虚空澄明的心态，便几乎成了共识。

中国文艺理论家对于构思有两句成语：一是"意在笔先"；二是"成竹在胸"。"成竹在胸"最早的出处应该是《庄子·达生篇》中的一段话：

> 梓庆削木为鐻。鐻成，见者惊犹鬼神。鲁侯见而问焉，曰："子何术以为焉？"对曰："臣，工人，何术之有！虽然，有一焉。臣将为鐻，未尝敢以耗气也，必齐以静心。齐三日，而不敢怀庆赏爵禄；齐五日，不敢怀非誉巧拙；齐七日，辄然忘吾有四枝形体也。当是时也，无公朝，其巧专而外骨消。然后入山林，观天性，形躯至矣，然后成；见鐻，然后加手焉；不然则已，则以天合天，器之所以凝神者，其是与！"[1]

鐻，是古代一种像钟一样的乐器。这段话说的是，古代有一个工匠梓庆削木创制"鐻"的过程。在梓庆的心目中，创制"鐻"的过程最主要的不是手上的"术"，而在于先要"胸有成鐻"。也就是先要对"鐻"的形状有成熟的构想，在文学艺术创作中就是构思。怎样才能获得这种成熟的构想呢？庄子借梓庆之口回答得似乎很神秘，但透过这些神秘的面纱我们完全能够理解庄子的观点，那就是"必齐以静心"，凝神贯注。也就是说，一个能工巧匠要制造一种"惊犹鬼神"的乐器，必须在一段时间内调整和保持内心的宁静，不被外界任何杂事干扰，心中完全忘掉"庆赏爵禄""非誉巧拙""四枝形体"。庄子认为，只有达到这样一种心理状态或境界，才能"胸有成鐻"，创制者在"胸有成鐻"的时候，才能开始动手制作。这样做才是"以天合天"，也是"天人合一"呀！制造一件乐器是如此，文艺创作又何尝不是如此呢？况且庄子将一切有形的事物称为"器"，文学、艺术在庄子那里也是一种"器"。所以，我们可以引申为，人们要制作任何"器"，包括文学艺术作品，必须首先做到"胸中有器"，即先要有良好的构思，技术倒在其次。

---

① 王先谦，集解.庄子[M].方勇，校点.上海：上海古籍出版社，2013：219.

如果说庄子主要是针对"器"的制作过程而发的议论,那么三国曹魏时期的文学家杨修(175—219)写给著名文学家、建安文学代表人物曹植(192—232)的信中则明确提出"成诵在心"的创作观点。杨修说:"尝亲见执事握牍持笔,有所造作,若成诵在心,即书于手,曾不斯须少留思虑,仲尼日月,无得逾焉。"(《文选·答临淄侯笺》)杨修是曹植的老师,他曾教导曹植赋诗为文之法,其核心无非就是"成诵在心",即在动手写作之前,应当在心中写好该篇文章了。据《梁书·裴子野传》记载,南朝宋的裴子野(469—530),写文章非常快,当有人问他有何方法时,他的回答是:"人皆成于手,我独成于心。虽有见否之异,其于刊改一也。"

"成诵在心"也好,"独成于心"也好,说的就是我们今天所说的动笔之前要打"腹稿"。其实"腹稿"一词在《新唐书·王勃传》就已出现:"勃属文初不精思,先磨墨数升,则酣饮引被覆面卧。及寤,援笔成篇,不易一字。时人谓勃为腹稿。"唐宋八大家的苏辙(1039—1112)也曾说:"范蜀公少年仪矩任真,为文善腹稿。作赋场屋中,默坐至日晏无一语。及下笔,顷刻而就。"(《栾城先生遗言》)王勃的"引被覆面卧",范蜀公"默坐至日晏无一语"均为构思或打"腹稿"。

宋代文学家、艺术家苏轼非常赞赏同时代的画家文与可关于"画竹必先得成竹于胸中"的观点:

> 竹之始生,一寸之萌耳,而节叶具焉。自蜩腹蛇蚹,以至于剑拔十寻者,生而有之也。今画者乃节节而为之,叶叶而累之,岂复有竹乎?故画竹必先得成竹于胸中,执笔熟视,乃见其所欲画者。急起从之,振笔直遂,以追其所见,如兔起鹘落,少纵则逝矣。(《文与可画筼谷偃竹记》)①

在苏轼、文与可的创作理念中,要画竹一定在画竹之前已有成竹在胸,而不是到画时一节一叶地拼凑。这是有无构思的关键,成竹在胸时所画的竹子与一节一叶拼凑出来的竹子在精神气质上是不一样的。作者在执笔之前,所画的形象在头脑中已经形成"熟视"画面才能下笔,所谓"执笔熟视,乃见其所欲画者"。苏轼、文与可认为,当一个画家一旦构思成熟之后,就要立即动手将心中的形象画出来,否则就可能一去不复返,所谓"及起从之,阵笔直遂,以追其所见,如兔起

① 徐中玉.论苏轼的创作经验[M].上海:华东师范大学出版社,1981:63.

鹊落,少纵则逝矣"。也就是说,胸中之竹并不是一成不变的,当形象成熟之后,没有立即动手捕捉到,就会很快消失掉。这就涉及灵感问题。对此,在灵感论一节有专门的阐述。

怎样才能做到"成竹在胸"呢?除上文所说的"必齐以静心",凝神贯注的心态之外,还需要有三个方面的条件:一是对所写所画内容的喜爱;二是勤奋和努力;三是丰富深入的观察。对此,与苏轼、文与可(1018—1079)同时代的画家郭熙(1023—约 1085)在《林泉高致集·山水训》中的一段话可以作为很好的答案:

> 皆天下名山巨镇,天地宝藏所出,先圣窟宅所隐,奇崛神秀,莫可穷其妙。欲夺其造化,则莫神于好,莫精于勤,莫大于饱游饫看,历历罗列于胸中,而目不见绢素,手不知笔墨,磊磊落落,杳杳漠漠,莫非吾画。此怀素夜闻嘉陵江水声而草圣益佳,张颠见公孙大娘舞剑器,而笔势益俊者也。今执笔者,所养之不扩充,所揽之不淳熟,所经之不众多,所取之不精粹,而得纸拂壁,水墨遽下,不知何以摄景于烟霞之表,发兴于溪山之颠哉?[①]

郭熙绘画的要求是很高的,他的理想是显名山巨镇之奇崛神秀,穷天地宝藏、圣窟宅所之奥妙,巧夺天地造化之鬼斧神工。要达到这样的境界就必须在绘画之前将所画形象"历历罗列于胸中"。怎样才能使所画形象"历历罗列于胸中"呢?他认为,需要从"莫神于好,莫精于勤,莫大于饱游饫看"三个方面下功夫。在郭熙看来,"神于好"就会揽之淳熟;"精于勤"就会经之众多;"饱游饫看"就会为取之精粹创造了条件。他认为,在这些方面,唐代领一代风骚的书法家怀素(725—785,字藏真,僧名怀素,俗姓钱)和唐代著名狂草书法家张旭(675—750?,字伯高,一字季明)可以起到典范作用。

"莫神于好"——所画的一定是画家自己的所爱。画竹的人一定是喜欢竹子的人,画马的人也一定是喜欢马的人。同样,画其他内容也是一样。如果缺乏"神于好",那么"所揽之"就不会"淳熟"。让我们来看一看画竹大师文与可对"竹"之爱有多深:

> 嗜竹种复画,浑如王橡居。高堂倚空岩,素壁交扶疏。山影覆秋静,月

---

① 熊志庭,刘城淮,金五德,译注.宋人画论[M].长沙:湖南美术出版社,2000:17.

色澄夜虚。萧爽只自适,谁能爱吾庐。(《丹渊集·墨君堂》)

泽师种竹三十年,竹成满院生绿烟。……古人亦有爱竹者,岂得似师心意专。我亦平生苦若此,兼解略把笔墨传。(《丹渊集·寄题阆州开元寺泽师竹轩》)

心虚异众草,节劲逾凡木。……若论檀栾之操无敌于君,欲图潇洒之姿莫贤于仆。(《丹渊集·咏竹一字至十字成章》)①

通过以上文字,我们仿佛看到一个生活在竹林环绕的空岩旁边的简陋居室里的画家,三十年如一日,在绿烟缭绕的竹林小院中,过着自己种竹又画竹的生活。在竹林中看山影月色,欣赏着竹子"心虚异众草,节劲逾凡木"的品格,过着潇洒自适的生活。可以说,文与可已经爱竹到如醉如痴的程度。各种姿态、各种形状,一句话,各种"常形"与"变形"的竹子以及竹子具有的精神气韵("心虚""节劲")早已了然于胸。

苏轼曾有多首诗对文与可爱竹子之痴进行赞赏,例如:

晚节先生道转孤,岁寒惟有竹相娱。粗才杜牧真堪笑,唤作军中十万夫。(《竹坞·和与可洋川园池之一》)

汉川修竹贱如蓬,斤斧何曾赦箨龙。料得清贫馋太守,渭滨千亩在胸中。(《箦筜谷》)

风梢雨箨,上傲冰雹。霜根雪节,下贯金铁。谁为此君,与可姓文。惟其有之,是以好之。(《戒坛院与可画墨竹赞》)②

在苏轼看来,竹与文与可已经无法分开,是竹伴随他自娱自乐,竹已经成为他生命中的伙伴。"岁寒惟有竹相娱","惟其有之,是以好之",竹已经成为他生命的组成部分。一个画家爱竹已经爱到这样的程度,又怎么不会对之"精于勤","饱游饫看"呢?

文与可的"饱游饫看"的"勤"与"专"在苏辙的《墨竹赋》中有这样的记载:

始予隐乎崇山之阳,庐乎修竹之林,视听漠然无概乎予心。朝与竹乎

---

① 徐中玉.论苏轼的创作经验[M].上海:华东师范大学出版社,1981:68.
② 同上:69-71.

为游，暮与竹乎为朋，饮食乎竹间，偃息乎竹阴，观竹之变也多矣。……始也，予见而悦之，今也悦之而不自知也。忽乎忘笔之在手与纸之在前，勃然而兴，而修竹森然，虽天造之无朕，亦何以异于兹焉。①

按照苏辙的记载，文与可视听、饮食、朝游、暮宿、小憩都与竹为伴，与竹为友，竹的各种变化他都有全面细致反复的观察，已经了然于胸，因此画出的竹子也有如天造。

苏辙的兄长苏轼还有专门的诗记载文与可对竹的"饱游饫看"的"勤"与"专"。诗曰：

> 与可画竹时，见竹不见人。岂徒不见人，嗒然遗其身。其身与竹化，无穷出清新。庄周世无有，谁知此凝神。（《书晁补之所藏与可画竹三首》）②

苏轼真可以说是文与可的知己，他是最懂文与可的人。只有他才能体验到文与可对待竹子已经凝神结想到庄周化蝶的境界。"其身与竹化，无穷出清新。"在苏轼的眼界中，文与可已经是"竹""我"同一了，见竹如见人，见人如见竹。竹便是文与可，文与可便是"竹"。当画家竹我俱忘，与竹融化为一，多变的对象与画家高洁的情操联结在一起，"无穷出清新"乃是自然的结果。③

元代肖像画家王绎（生卒年不详）也曾就自己的创作构思说道："彼方叫啸谈话之间，本真性情发见，我则静而求之，默识于心。闭目如在目前，放笔如在笔底。"（《写像秘诀》）"闭目如在目前，放笔如在笔底"，这是构思成熟时的心理状态，但是这种心理状态是"静而求之，默识于心"获得的。清代学者沈德潜也继承苏轼"成竹在胸"的思想。他说："写竹者必有成竹在胸，谓意在笔先，然后着墨也。倘意旨间架，茫然无措，临文敷衍，支支节节而成之，岂所语于得心应手之技乎？"（《说诗晬语》）

王国维从诗词创作的角度将构思过程概括为"入乎其内"与"出乎其外"。他在《人间词话》中说：

> 诗人对宇宙人生，须入乎其内，又须出乎其外。入乎其内，故能写之；

101

---

①② 徐中玉．论苏轼的创作经验[M]．上海：华东师范大学出版社，1981：69-71．
③ 同上：71．

出乎其外,故能观之。入乎其内,故有生气;出乎其外,故有高致。①

"入乎其内",广泛而深刻地认识"宇宙人生",取得丰富的创作素材,占有丰富的素材才能进行创作;"出乎其外"就是不被原始素材束缚,能够超越素材提供的给定信息。也就是鲁迅先生《我怎么做起小说来》一文所说的:"所写的事迹,大抵有一点见过或听到过的缘由,但决不会全用这事实,只是采取一端,加以改造,或生发开去,到足以几乎完全发表我的意思为止。人物的模特儿也一样,没有专用过一个人,往往嘴在浙江,脸在北京,衣服在山西,是一个拼凑起来的脚色。"②

清代王士禛曾说:"世谓王右丞画雪中芭蕉,其诗亦然。如九江枫树几回青,一片扬州五湖白,下连用兰陵镇、富春郭、石头城诸地名,皆寥远不相属。大抵古人诗画,只取兴会神到,若刻舟缘木求之,失其指矣。"(《带经堂诗画》卷三)王士禛在此对抒情诗创作进行了艺术概括。在抒情诗主题的统率下,抒情诗形象的组织与发展可以超脱表面的逻辑关系而达到艺术上的内在完整。对于抒情诗的艺术创作,王士禛用"兴会神到"来解释,未免流于玄妙,茫无法则可循;远不如王国维的"入乎其内""出乎其外"更能揭示问题的真相。③ 王国维还补充说道:"诗之《三百篇》《十九首》,词之五代、北宋,皆无题也。非无题也,诗词中之意,不能以题尽之也。……如观一幅佳山水,而即曰此某山某河,可乎?"(《人间词话》)就如同画家所谓"搜尽奇峰打草稿",实是对"入乎其内""出乎其外"的极好补充。④

三、"撮辞"——创作表达阶段

文学创作离不开语言,而且必须通过语言对情感和思想的显现,才能收到实际效果,发挥文学的感染力与社会作用。所谓"撮辞"就是选择文辞,显示要义。怎样撮辞,才能准确生动形象地显示要义呢?

(一) 运用夸张的手法

刘勰《文心雕龙》中专门设《夸饰》篇来讨论这个问题。《夸饰》开篇就写道:

① 彭玉平,编著.人间词话[M].北京:中华书局,2010:97.
② 朱德发,韩之友,选注.鲁迅选集·杂文卷[M].济南:山东文艺出版社,1990:311-314.
③④ 金开诚.文艺心理学论稿[M].北京:北京大学出版社,1982:241.

夫形而上者谓之道,形而下者谓之器。神道难摹,精言不能追其极;形器易写,壮辞可得喻其真;才非短长,理自难易耳。故自天地以降,豫入声貌,文辞所披,夸饰恒存。①

刘勰认为自有天地以来,牵涉到声音形貌,牵涉到用文辞表现之处,夸饰就长期被运用着。他认为,超乎形象而抽象的叫作道理,有形象而具体的叫作器物。神妙的道理难以描摹,用精美的语言也不能写出它的极妙处;具体的器物容易描绘,有力的文辞就可以显示它的真相;这不是作者才华的高低,而是自有难易的区别。刘勰认为,就是《诗经》《书经》那些用来教化世俗、训导世人的著述,所用的事例也应该广博,文辞也要求有夸饰。因此,说高便说"山高碰着天"("峻则嵩高极天"),说狭便说"黄河里放不下一条小船"("论狭则河不能容舠"),说多便说"子孙成千个亿"("说多则子孙千亿"),说少便说"人民没有一个留下来"("称少则'民靡孑遗'")……但是夸张的原则是不能损害思想的表达。正如孟子所说:"说《诗》者不以文害辞,不以辞害志也。"②

为什么要运用夸张呢?夸张能达到怎样的心理效果呢?第一,刘勰认为,运用夸张的手法可以把难以显现的情感,难以言状的事物表达和描摹出来,从而收到用简练的语言达到激动人心的效果,即收到"因夸以成状,沿饰而得奇"的效果。第二,夸张可以展露内心的奥秘,使郁积的情感腾飞起来,从而收到用概括的语言达到振聋发聩的功效,所谓"谈欢则字与笑并,论戚则声共泣偕,信可以发蕴而飞滞,批瞽而骇聋矣"。③

(二)运用比兴的手法

刘勰《文心雕龙》中专门设《比兴》篇来讨论这个问题。《比兴》中写道:"故'比'者,附也;'兴'者,起也。"④其意是说,"比"是比附,"兴"是兴起。比附事理是用打比方说明事物,托物起兴,依照含义隐微的事物来寄托情意。所谓"附理者切类以指事,起情者依微以拟议"。因为要触物以生情,所以要用"兴"的手法,因为要比附事理,所以要用比喻的手法。比喻是怀着激愤的心情来指斥,起兴是用委婉的譬喻来寄托用意。⑤

(三)发挥章句的作用

刘勰《文心雕龙》中专门设《章句》篇来讨论这个问题。他在《章句》篇中说:

---

①② 刘勰. 文心雕龙[M]. 王志彬,译注. 北京:中华书局,2012:419.
③ 同上:423.
④⑤ 同上:411-417.

夫设情有宅,置言有位;宅情曰章,位言曰句。故章者,明也;句者,局也。局言者,联字以分疆;明情者,总义以包体,区畛相异,而衢路变通矣。夫人之立言,因字而生句,积句而成章,积章而成篇。篇之彪炳,章无疵也;章之明靡,句无玷也;句之清英,字不妄也。振本而末从,知一而万毕矣。①

这段文字的意思是,创作,一要安顿情意,所谓"夫设情有宅",即把情意调整到合适的状态,也就是说要明确一篇文章究竟要表达怎样的思想和感情。安顿情意的过程就是分章的过程,因此章的意思就是清楚明白。二是安排语言,所谓"置言有位",即把语言摆在适宜的位置。句是分界的意思,把语言安排好就是造句。把语言分界,就是把一个个字联起来构成各自分别的单位;把情意叙述明白,就是总括所要叙述的意义,把它含蕴在选定的体裁里。三是二者彼此相通。章与句虽然彼此的范围大小不同,但是彼此是相通的。人们写作,用词造句,积句成章,积章成篇。全篇写得有光彩,是由于各章节没有瑕疵;每章写得明白细致,是由于句子没有瑕疵;句子写得清晰挺拔,是由于每个字没有妄用。这好比摇动根干,枝叶也跟着动摇,懂得基本的道理,各种事例就都可以概括进去。

(四) 注重文辞的修饰

刘勰在《文心雕龙》中专门设《丽辞》篇来讨论文辞的修饰问题。刘勰根据自然界生命的对称性,认为文章也要符合自然的原理,重视对偶句在文辞修饰和提高文采方面的价值。他说:"造化赋形,支体必双。神理为用,事不孤立。夫心生文辞,运裁百虑,高下相须,自然成对。"②其意是说,自然所赋予的形体,上下肢一定成双,这是造化的作用,显得事物不是孤立的。创作文辞,运思谋篇也要多方考虑,高低上下互相配合,自然构成对偶。

刘勰认为,《易经》中的《文言》《系辞》是圣人精思的表现。他以阐述《乾卦》为例加以说明。他认为阐述《乾卦》的四种德性,便句句相对;讲到同类的互相感应,像云龙风虎,字字相对;讲到天地的道理平易简要,便婉转地互相承接;讲到日月往来,寒暑变化,便隔句相对。虽则句子的字数不一,可是用意构成的对偶是一致的。至于《诗经》中连贯的辞令,有单句也有偶句,都适应内容的变化,不劳费力安排。自从在扬雄、司马相如、张衡、蔡邕等人的推崇下,对偶句大量

① 刘勰. 文心雕龙[M]. 王志彬,译注. 北京: 中华书局,2012: 392 - 393.
② 同上: 402 - 403.

运用。对偶句和丰富的文采一起流传，并立的意思和高超的情韵一齐显耀。到魏晋时期许多作者的造句更加精密，文字的对偶，情趣的配合，辨析毫厘。当然用得合适才巧妙，浮泛造作是不会收到好效果的。

刘勰还指出，对偶有四种，即言对与事对，正对与反对。刘勰认为，言对——两对并列而不用事例。司马相如《上林赋》中"修容乎礼园，翱翔乎书圃"即为言对。事对——举出两件人事做比较验证。宋玉《神女赋》中"毛嫱鄣袂，不足程式，西施掩面，比之无色"便是事对。正对——事件不同意义相结合。张载（晋朝）《七哀诗》中"汉祖想枌榆，光武思白水"便是正对。反对——事理相反旨趣相合的对偶句。王粲《登楼赋》中"钟仪幽而楚奏，庄舄显而越吟"便是反对。刘勰认为，言对比事对相对容易一些。他还说："是以言对为美，贵在精巧；事对所先，务在允当。"[①]他认为，在事对中被选择的两件事要相称，如果不相称，就会像千里马和驽马同驾一辆车一样不协调。如果没有可以配对的，那就像古代传说中的动物夔一样只有一只脚，跳着走路。可见，刘勰相当重视对偶句在修辞中的作用。但是他同时认为，如果意气没有独创，文辞缺乏文采，平庸无奇的对偶也会使读者昏昏欲睡。用他的原话说，就是"若气无奇类，文乏异采，碌碌丽词，则昏睡耳目"。[②]因此，他提出，一定要使对偶句子理论圆转，用事贴切，像一对碧玉那样呈现文采。再加上交错地运用单句和偶句，像各种佩玉来调节，这才是可贵的。所谓："必使理圆事密，联璧其章。迭用奇偶，节以杂佩，乃其贵耳。"[③]

黑格尔说，艺术的难点就在于"使外在现象成为心灵的表现"。[④] 在上述三个过程完成后，就应进行润色删削，首尾衔接，所谓"舒华布实，献替节文；绳墨以外，美材既斫，故能首尾圆合，条贯统序"。刘勰认为，"故三准既定，次讨字句"。如果句子有可删之处，说明文辞还比较粗疏（"句有可删，足见其疏"）；直到文字不能增减，才算文辞严密（"字不得减，乃知其密"）。议论精当，语言扼要，是极简练的风格（"精论要语，极略之体"）；思想奔放，字句铺张，是极繁复的风格（"游心窜句，极繁之体"）；繁复或简练，要适应不同的个性和爱好（"谓繁与略，随分所好"）。如果将言语加以引申，两句可以扩充成一章（"引而申之，则两句敷为一章"）；如果将言语加以简化，一章可以简化成两句（"约以贯之，则一章删成两句"）。所谓文思丰富的善于扩充，才思简练的善于简化（"思赡者善

①②③　刘勰. 文心雕龙［M］.王志彬，译注.北京：中华书局，2012：407.
④　　余秋雨.艺术创造论［M］.上海：上海教育出版社，2005：3.

敷，才核者善删"），善于简化的减少了文字却没有减少意思，善于扩充的增加了文辞用意更加明显（"善删者字去而意留，善敷者辞殊而意显"）。要是简化了而意思残缺不全，那是短缺而不是核要（"自删而意缺，则短乏而非核"），要是扩充了而言语重复，那是芜杂而不是丰富（"辞敷而言重，则芜秽而非赡"）。可见，刘勰对创作思考得多么细密深刻！

第二节　艺术创作中的形似与神似

艺术创作中的形似与神似从根本上说是艺术创作的虚实问题。在西方写实派的法国画家米勒（Jean-François Millet）和库尔贝（Gustave Courbet）之注重形似，印象派法国画家莫奈（Claude Monet）和马奈（Édouard Manet）之重"光"和"色"，其共同点都是采取科学的态度，忠实于客观现实（"形""光""色"都是客观现实）的描绘。米勒的名作《拾穗者》和库尔贝的名作《碎石工》都是对平民现实生活的如实描写。印象派更是对自然现实物和光与色进行科学分析，着重从视觉中得到的光与色的印象来描绘外物，以致画面上尽是光和色，而难以分辨其所画为何物。① 表现主义重视神似而轻视形似，形体是用来表现主体的，客体的形是用来表达主体的神的。宋代的苏轼反对院体画之重形似而要重神似，主张作画要"寓意于物"（《宝绘堂记》），与西方表现主义之重自我表现，似乎在语言表达上也有相同之处。清初石涛说："我之为我，自有我在。"（《画语录》）西方理想主义重主体而轻客体，往往脱离实际，陷入空想，写实派与印象派则重客体而轻主体，过分重视物而轻视自我，注重形似而轻视神似。中国画无论是重形似还是重神似，都缺少科学成分，所谓追求形似，也只是直观上追求与物相似，而不存在对光与色的科学分析。中国所谓重神似还不能算真正独立意义上的自我表现，他们不过是"天人合一"意义下的"道"与"意"的表达。就是"吾画乃自画，吾书乃自书""我之为我，自有我在"等观点都还不能理解为真正意义上的自我表达。

对虚实问题的讨论肇始于庄子，庄子对虚实问题的讨论可以参阅第十一章"中国小说心理思想"。汉代的《淮南子》已经将庄子讨论的虚实思想具体转变为形神问题，提出在艺术中要"以形写神""神主宰形"的思想。如庄子在《德充符》中说："所爱其母者，非爱其形也，爱使其形者也。"其中"使其形者"是指主宰

---

① 张世英.中西文化与自我［M］.北京：人民出版社，2011：130-132.

中国文艺心理学思想史

形的精神,认为如果没有主宰形之神,就不会有真正的美。《淮南子·说山训》中就继承了这个观点:"画西施之面,美而不可说;规孟贲之目,大而不可畏,君形者亡焉。"认为真正的美是神主宰形,如果是形主宰神就不可能达到真正的美。不仅绘画如此,音乐也如此,无君形之神,"虽中节,而不可听"。《淮南子》的这一思想成为魏晋南北朝时期以形写神,重在传神美学思想的重要来源。①

《淮南子》超越老庄的地方则在于,它虽然也主张艺术创作中虚实结合,因为只有通过虚才能超越现实、超越自我,但不是要"物我两忘",自我("人")与外物("天")皆虚,而是提倡自我表现力和自我创造力的发挥,主张自然美与人为美的结合,形式美与内容美的统一。《淮南子》认为,西施虽美,亦需要"施芳泽,正蛾眉"等一系列人为修饰,才能让人欣赏其美。强调人为美的好处是彰显人的自我表现与自我创造之美。尽管《淮南子》在这方面只是略有涉及,但已是中国美学思想的一个进步。②

我国艺术家强调诗文、绘画创作中,既要忠于生活真实,又要充分表达创作者的情思与理想。因此,他们要求写人状物既要形似又要神似,所谓形神兼备。西晋文学家、书法家陆机的《文赋》和南北朝时期文学理论家刘勰的《文心雕龙·物色》篇,对此进行了探讨。

陆机在《文赋》中说:"其为物也多姿,其为体也屡迁。""虽离方而遁员,期穷形而尽相。"陆机认为,事物是多姿多彩的,形态是不断迁变的,艺术家的本领就在于能够将这些多姿多彩、不断变化的事物逼真地、惟妙惟肖地状写出来,所谓"穷形尽相"。

刘勰则在《文心雕龙·物色》篇继续发挥道:"体物为妙,功在密附。""写气图貌,既随物以宛转,属采附声,亦与心而徘徊。"刘勰的高明之处在于他认识到,文艺创作不仅要"图貌",而且要"写气",即不仅要写"形",而且要写"神",并将"写气"置于"图貌"之前,真是"深得文理"。

形似是前提,是基础,没有形似也就不可能有所谓的神似。苏轼对此认识得十分清楚。苏轼使用"随物赋形"的命题。这个命题将形似与神似的关系讲得非常清楚,可以说是刘勰的"写气图貌,既随物以宛转"的继承与发挥。苏轼所说的形似包括常形与变形,常形与变形都属于外部形态,可以简称为"外形";苏轼所说的神似是指内部形态,所谓"生气""意气"等,可以将其称为"内形"。

---

① 张世英.中西文化与自我[M].北京:人民出版社,2011:130-132.
② 同上:117-118.

"随物赋形"不仅要赋予事物"外形",即描绘刻画出事物外在的常形与变形,同时还要能够体现出事物内在的精神、气质,所谓神似就是"内形"。形似与神似的关系如图4-1所示。

$$
\left\{
\begin{array}{l}
\text{形似——外部形象(外形)} \left\{
\begin{array}{l}
\text{常形} \\
\text{变形}
\end{array}
\right. \\
\text{神似——外部形象(内形)}
\end{array}
\right.
$$

图4-1 形似与神似的关系

形似,即外部形象逼真。苏轼认为,诗文和绘画创作,首先要重视形似。对此,他在《书鄢陵王主簿所画折枝二首》中就涉及形似问题:"论画以形似,见与儿童邻。赋诗必此诗,定非知诗人。"[①]其意是,评论画得好不好,以形似为标准,这样的见识跟小孩子差不多。作诗作得像本诗一样,一看就不是诗人。苏轼对王主簿批评可谓非常直率,不留情面。在苏轼看来,一幅画连形似的标准都达不到,还怎么可以谈论绘画呢;一首诗连最基本的要求都不能符合,又怎么可以称为诗人呢!在苏轼的心目中,诗歌、绘画创作首先要做到形似,这是最基本的要求,连形似都做不到就没有权利妄谈艺术创作。可是,苏轼的这个观点被他同时代并与之熟悉的晁以道误解了,晁以道补充道:"画写物外形,要物形不改。诗传画外意,贵有画中态。"(《和苏翰林题李甲画雁》)[②]晁以道的补充被后世许多人称道,明代的博学之士杨慎甚至称赞他"其论始为定"。(《诗画论》)晁以道诗中所说的"物外形""画外意"显然是指神似。晁以道误以为苏轼仅仅关注形似而忽视神似。其实,苏轼的本意是文艺创作首先要做到形似,形似做不到的人根本就无法做到神似。形似的基本意思就是客观事物本来是什么样子,就应该将它写成什么样子,不同的事物就该有不同的样子。

形似包括常形与变形两种:

> 余尝论画,以为人禽、宫室、器用皆有常形,至于山石、竹木、水波、烟云,虽无常形,而有常理。常形之失,人皆知之,常理之不当,虽晓画者有不知,故凡可以欺世而取名者,必托于无常形者也。虽然,常形之失,止于所失,而不能病其全,若常理之不当,则举废之矣。以其形之无常,是以其理不可不谨也。世之工人,或能曲尽其形,至于其理,非高人逸才不能辨。

①②　徐中玉.论苏轼的创作经验[M].上海:华东师范大学出版社,1981:18.

（《净因院画记》）

　　　　吾文如万斛泉源，不择地皆可出。在平地滔滔汩汩，虽一日千里无难，及其与山石曲折，随物赋形，而不可知也。（《自评文》）

　　　　孙位始出新意，画奔湍巨浪，与山石曲折，随物赋形，尽水其变，号称神逸。（《书蒲永升画后》）[1]

　　在苏轼的美学视界中，有些事物有常形，有些无常形，无常形的事物却有常理，也就是变形的事物也有常理。他认为，在绘画创作中常形出现错误，很容易被人们发现，而不合常理（规律），就是创作者也未必能够觉察到。在绘画中，如果常形绘制失误了，只限于常形本身，不会影响整体；如果"常理之不当"，则会破坏整体形象，所以对待常理要极为慎重。

　　苏轼认为，常形是一般画师都可以做到的，但是对于常理则非"高人逸才"所不能为也。这从苏轼对文与可的称赞中可以略见一斑。

　　　　世之工人，或能曲尽其形，而至于其理，非高人逸才不能辨。与可之于竹石枯木，真可谓得其理者矣。如是而生，如是而死，如是而挛拳瘠蹙，如是而条达遂茂，根茎节叶、牙角脉缕，千变万化，未始相袭，而各当其处，合于天造，厌于人意。（《净因院画记》）[2]

　　苏轼认为，在绘画中对于常形，做到"曲尽其形"比较容易，而对于常理则"非高人逸才不能辨"，但是文与可却能够做到"千变万化，未始相袭，而各当其处，合于天造"。

　　苏轼认为，对于文章也是一样，文章"如万斛泉源"涌出，再"在平地滔滔汩汩"，即使一日千里也并不难，而难就难在文思能像泉水一样随着山石的曲折变化而变化其形状。对于绘画也一样，画出的"奔湍巨浪"要能"与山石曲折"，能够"尽水之变"才有可能达到神似，也就是他所称的"神逸"。他认为，一个作家或画家不仅要能够写出或画出事物的常形，而且要能穷尽事物的各种变化形态。一个作家或画家能够做到"随物赋形"就达到创作高度自由。到这种境界，写起文章或作起画来就会如行云流水，自然流淌，而不是勉强为之。

109

---

[1]　徐中玉.论苏轼的创作经验[M].上海：华东师范大学出版社，1981：22-31.
[2]　同上：18-31.

"随物赋形"的核心思想之一就是艺术家描绘的形象要随着事物的变化而变化,即"尽物之变",用刘勰的话说就是"随物以宛转"。一个文学艺术家把同一事物,不管时间、地点、条件的差别,都写成或画成一个样子或差不多的样子就会僵化或模式化。艺术家的关键在于能随着事物的变化而描绘和刻画出事物的形象。他认为,艺术家应该具有"水"的本领,"不自为形,而因物以赋形":

　　　　江河之大,与海之深,而可以意揣,唯其不自为形,而因物以赋形,是故千变万化,而有必然之理。(《滟滪堆赋》)

　　　　万物皆有常形,惟水不然,因物以为形而已。(《苏氏易传》卷三)①

苏轼认为,"随物赋形"就是要"尽万物之态",一个艺术家的水平常常就在于他能够将同一事物的千姿百态惟妙惟肖地刻画出来:

　　　　美哉多乎;其尽万物之态也! 霏霏乎其若轻云之蔽月,翻翻乎其若长风之卷旆也。猗猗乎其若游丝之萦柳絮,袅袅乎其若流水之舞荇带也。(《文与可飞白赞》)②

苏轼是北宋著名的文坛领袖,他在艺术的多个领域都作出了杰出贡献。他是诗词豪放派的领军人物,但是他的豪放并非脱离形似。恰恰相反,他不但不赞成脱离形似谈艺术,而且他对形似的要求几乎近于苛刻。他认为,一个真正的画家应当形似到能够用真实的事物加以验证。在他看来,所画图画不能违背真实生活。他以黄荃的画为例,论证了这一观点。他说:"黄荃画飞鸟,颈足皆展。或曰:'飞鸟缩颈则展足,缩足则展颈,无两展者',验之,信然。"(《书黄荃画雀》)这句话说的是五代十国西蜀画家黄荃(约903—965)的一幅飞鸟画,颈足都伸展开来,有人指出,这不符合生活现实,因为现实中,鸟在缩颈部时,足才会伸展;缩足时,颈部才会伸展,不可能足颈同时伸展。黄荃到生活中去验证,果然如此。这种事情之所以会发生,苏轼认为,这是"观物之不审"的缘故。无独有偶,苏轼还举了一个例子:在蜀中有一位杜处士,十分喜爱书画,收藏有数百幅书画。尤其喜爱唐代画家戴嵩(生卒年不详)的一轴画牛图,经常随身携带赏玩。一天,这幅画被一个牧童看到,牧童立刻发现了画中错误,拊掌大笑道:"此

①②　徐中玉.论苏轼的创作经验[M].上海:华东师范大学出版社,1981:18-31.

画斗牛也,斗牛力在角,尾搐于两股间,今乃掉尾而斗,谬矣!"杜处士觉得牧童说的有道理。苏轼引用一段古语评价道:"耕当问奴,织当问婢,不可改也。"(《书戴嵩画牛》)苏轼认为,形似问题是可以通过"务学好问"加以解决。① 由此可见,形似问题处理不好,艺术家常常会犯常识性错误,导致所写、所画贻笑大方。

形似要贴切到不可变动,甚至达到数量化的程度。苏轼认为,林逋的"疏影横斜水清浅,暗香浮动月黄昏"与梅花极其形似,而与桃李就不形似,因此这明显是梅花诗。因为桃李缺乏"暗香",也不成"疏影"。陆龟蒙的"无情有恨何人觉,月晓风清欲堕时"句与梅花绝无形似之处,与白莲花极为形似,因此这是一首白莲诗。苏轼十分推崇吴道子的绘画,认为"画至于吴道子,而古今之变,天下之能事毕矣",就因为吴道子的画已经形似到"如灯取影"的程度:"道子画人物,如以灯取影,逆来顺受,旁见侧出,横斜平直,各相乘除,得自然之数,不差毫末。"(《书吴道子画后》)在苏轼看来,追求形似有利于创新。他认为,吴道子的画就是"出新意于法度之中,寄妙理于豪放之外!"苏轼追求形似甚至到数量化的程度。他认为:"其所以美者⋯⋯未尝遗数也。能者,即数以得其妙,不能者,循数以得其略。其出一也,有能有不能,而精粗见焉。"他认为,那种"略其分齐,舍其度数,以为不在是也,而一以意造"(《盐官大悲观记》)的作品不被人们抛弃的是很少的。我国学者徐中玉教授这样理解苏轼的这段话,他说:"不能'求精于数外',不能'弃迹以逐妙'。'数'不能完全包括'精',同样掌握到'数'的,结果还有精粗之不同,但'数'毕竟是'求精'的基础。'迹'不等于'妙',但完全抛弃了'迹',也就不能有'妙'。回到形似的问题上来,便是不能忽视形似,更不能抛弃形似。""离开形似,就谈不上美了。美当然是离不开真的,虽然仅仅形似决不能表现美的全部,美的真髓。"②

仁者乐山,智者乐水,苏轼在艺术领域是中国历史上少有的智者,他在诗词歌赋、音乐、书法、绘画等各个领域都达到当时的高峰。他对水也情有独钟。他关于常形与变形的关系的理论灵感就是受到水的启发。他说:

世有以常形者为信,而无常形者为不信。然而方者可斫以为圆,曲者可矫以为直,常形之不可恃以为信也如此。今夫水虽无常形,而因物以为

---

① 徐中玉.论苏轼的创作经验[M].上海:华东师范大学出版社,1981:20.
② 同上:21-22.

形者，可以前定也。……天下之信，未有若者也。(《苏氏易传》卷三)①

在苏轼看来，水是最能体现常形与变形的事物。它虽无常形，却能"因物以为形"。他认为，唐代画家孙位(生卒年不详，初名位，后传说遇异人，而改名遇，一作异)、五代著名的绘画艺术大师并对中国绘画在唐宋之际的重大转变过程产生巨大影响的黄荃(约903—965)以及与苏轼同时代的孙知微(976—1022)画水之妙，就在于他们能够画"活水"，而不是画"死水"。活水才能"随物赋形"。他说：

> 古今画水多作平远细皱，其善者不过能为波头起伏，使人至以手扪之，谓有洼隆，以为至妙矣，然其品格，特与印板水纸争工拙于毫厘间耳。唐广明中，处士孙位始出新意，画奔湍巨浪，与山石曲折，随物赋形，尽水之变，号称神逸。其后蜀人黄荃，孙知微，皆得笔法。始知微欲于大慈寺寿宁院壁，作湖滩水石，四堵营度，经岁终，不肯下笔。一日仓皇入寺，索笔墨甚急，奋袂如风，须臾而成。作输泻跳蹙之势，汹汹欲崩屋也。知微既死，笔法中绝五十余年。近岁成都人蒲永升，嗜酒放浪，性与画会，始作活水，得二孙本意。自黄居采兄弟、李怀衮之流，皆不及也。(《书蒲永升画后》)
>
> 予于中山后圃，得黑石白脉，如蜀孙位、孙知微所画石涧奔流，尽水之变。(《雪浪斋铭并引》)②

苏轼认为，自古以来，人们画水的常形，不过都是"平远细皱"，稍微有点变化的也不过是增加一点"波头起伏"而已，使人用手去摸时认为有点凹凸的感觉，这已经是"至妙"的作品了。其实这种品格的绘画，与印板印出来的也差不多，根本谈不上什么高妙的艺术。这种状况一直到唐代画家孙位、五代画家黄荃和宋代画家孙知微等才发生改变。他们别出新意，画奔湍巨浪，与山石曲折，随物赋形，尽水之变。他们不仅画出了水的静态，而且画出了水的动态；不仅画出了水的外在形态，而且画出了水的内在形态，也就是水的生机与气势，所谓"输泻跳蹙之势，汹汹欲崩屋也"。可是，自孙知微去世后，这种形神兼备的画法竟然中断了五十余年。直到画家蒲永升的出现，才"始作活水"，也就是说，在苏轼看来，画"死水"是常态，画"活水"乃是变形。

①②　徐中玉.论苏轼的创作经验[M].上海：华东师范大学出版社，1981：23-24.

创造就在于变化，"随物赋形"就是"尽物之性""尽水之变"。苏轼的思想在清代文艺理论家叶燮那里得到充分发挥。叶燮说：

　　天地之大文，风云雨雷是也。风云雨雷变化不测，不可端倪，天地之至神也，即至文也。试以一端论：泰山之云，起于肤寸，不崇朝而遍天下。吾尝居泰山之下者半载，熟悉云之情状。或起于肤寸，弥沦六合；或诸峰竞出，升顶即灭；或连阴数月，或食时即散；或黑如漆，或白如雪；或大如鹏翼，或乱如散鬈；或块然垂天，后无继者；或联绵纤微，相继不绝；又或而黑云兴；土人以法占之曰将雨，竟不雨；又晴云出，法占者曰将晴，乃竟雨。云之态以万计，无一同也。以至云之色相，云之性情，无一同也。云或有时归，或竟有时一去不归，或有时全归，或有时半归，无一同也。此天地自然之文，至工也。若以法绳天地之文，则泰山之将出云也，必先聚云族而谋之曰：吾将出云，而为天地之文矣；先之以某云，继之以某云，以某云为起，以某云为伏，以某云为照应，为波澜，以某云为逆入，以某云为空翻，以某云为开，以某云为阖，以某云为掉尾。如是以出之，如是以归之，一一使无爽，而天地之文成焉。无乃天地之劳于有泰山？泰山却劳于有云？而出云亦无日矣！苏轼有言：我文如万斛源泉，随地而出。亦可与此相发明也。（《原诗》卷一）①

清代学者刘熙载(1813—1881，字伯简，号融斋，晚号寤崖子)，也发挥了苏轼"随物赋形"的思想：

　　赋取穷物之变。如山川草木，虽各具本等意志，而随时异观，则存乎阴阳、晦明、风雨也。
　　赋家之心，其小无内，其大无垠。故能随其所值，赋象班形，所谓"惟其有之，是以似之"也。（《艺概·赋概》）②

从陆机、刘勰、孙位、黄荃、孙知微、蒲永升到苏轼、叶燮、刘熙载等一系列的文艺理论家和艺术家，都把"尽万物之变"或"取穷物之变"看成艺术创作，特别是诗歌和绘画创作获得"形似"不可缺少的技术。但仅仅写了变形还不够，因为写不

113

①② 徐中玉.论苏轼的创作经验[M].上海：华东师范大学出版社，1981：26.

出气势、神态，也不能触发、激起和感染人们的情绪，即使作者"形似"的技术再高，写出的作品的品格也不过"印板水纸争工拙于毫厘间"而已，并不能高超到哪里去。所以，苏轼强调，仅有外部形态相似还是不够的，还需要内部形态的相似，这就是神似。

再看神似。如前所述，神似是指内部形态的相似，就是要有生气、要传神。苏轼追求形似不是最终目的，他是通过追求形似达到神似的境界。他使用的是"十分形神"命题。他说：

> 写真奇绝，见者皆言十分形神，甚夺真也。非故人倍常用意，何以及此，感服之至。《与何浩然》①

苏轼的美学理想是"十分形神"。也就是，写形要达到十分逼真的程度，即达到"不差毫末"之"数"的程度，写"神"要达到极其"精妙"的境地，这种形神兼备的境界才是"十分形神"的境界，到了这种境界，作品就不只是逼真，而是达到"夺真"的境地。这才是苏轼花大量篇幅不厌其烦地论述形似，论述"随物赋形"的真正目的。

怎样才能做到有生气，做到传神呢？从苏轼对画家韩干的绘画评价中可见一斑。苏轼十分推崇韩干的绘画，他为韩干的画写过许多首诗，其中有这样的诗句："韩干画马真是马，苏子作诗如见画。"我们在此选择《韩干三马》这首诗来分析说明苏轼的神似观点。该诗写道：

> 老马侧立鬃尾垂，御者高拱抹青丝，心知后马有争意，两耳微起如立锥。中马直视翘右足，眼光已动心先驰，仆夫旋作奔佚想，右手还控黄金羁。雄姿俊发最后马，回身奋鬣真权奇。围人顿辔屹山立，未听决骤争雄雌。物生先后亦偶尔，有心何者能忘之，画师韩干岂知道，画马不独画马皮。画出三马腹中事，似欲讥世人莫知。伯时一见笑不语，告我韩干非画师。②

韩干作为一个画家的高明之处就在于他不仅能够画出马的外形，"画马不独画

---

① 徐中玉.论苏轼的创作经验[M].上海：华东师范大学出版社，1981：22.
② 同上：27.

马皮",不仅能画出马的常形与变形,三匹马各自不同的形态,而且能够"画出三马腹中事"。韩干所画的三匹马各有什么"腹中事"呢?老马"心知后马有争意",所以"两耳微起如立锥";中间的马因为打算争到前面去,"中马直视翘右足,眼光已动心先驰";后面的马也不甘落后,一心想冲到前面去,"雄姿俊发最后马,回身奋鬣真权奇"。韩干不仅画出了马的常形与变形,而且画出了马的"心事",马的生气。有些画家甚至还能借写马的"腹中事"而表达出"讥世"的用意,那就更高明了。① 苏轼的诗对此的记述也非常生动,真正体现出"韩干画马真是马,苏子作诗如见画"。

苏轼认为,士人画与画工画的一个重要区别,就在于士人画不仅能够画出事物的外部形态,而且能够画出事物的精神气质,而画工画仅仅止于外部形态。他有话云:

> 观士人画,如阅天下马,取其意气所到。乃若画工,往往只取鞭策、皮毛、槽枥、刍秣,无一点俊发,看数尺许便倦,汉杰真士人画也。(《又跋汉杰画山》)②

画马不仅要画出逼真的外形,更要画出马的"意气",即马的精神气质。那么画人又如何呢?苏轼对此也有自己的论述:

> 何处访吴画,普门与开元。……道子实雄放,浩如海波翻,当其下手风雨快,笔所未到气已吞。亭亭双林间,彩晕扶桑暾,中有至人谈寂灭,悟者悲涕迷者手自扪。蛮君鬼门千千万,相排竞进头如鼋。(《王维吴道子画》)③

苏轼从鉴赏吴道子的画中体会到,吴道子的画非常"雄放",就像江海之上波浪翻滚,原因就在他"笔所未到气已吞"。所以,在苏轼看来,画人关键在传神。苏轼发现画人物传神的秘密在于对眼睛或眼神的刻画。他说:

> 传神之难,在于目。顾虎头云:"传神写照,都在阿堵中,其次在颧颊"。

①② 徐中玉.论苏轼的创作经验[M].上海:华东师范大学出版社,1981:28.
③ 同上:29.

吾尝于灯下顾见颊影，使人就壁画之，不作眉目，见者皆失笑，知其为吾也。目与颧颊似，余无不似者。眉与鼻、口，盖可增减取似也。传神与相一道，欲得其人之天，法当于众中阴察其举止。今乃使具衣冠坐，注视一物，彼敛容自持，岂复见其天乎？凡人意思，各有所在，或在眉目，或在鼻口。虎头云："颊上加三毛，觉精彩殊胜"，则此人意思，盖在须颊间也。优孟学孙叔敖，抵掌谈笑，至使人谓死者复生，此岂能举体皆似耶？亦得其意思所在而已。使画者悟此理，则人人可谓顾、陆。①

顾、陆，即指东晋画家顾恺之和与南朝宋画家陆探微的合称。苏轼的意思是说，如果画人物懂得了"传神"的道理并能够付诸实践，人人都可以成为顾恺之和陆探微那样的大画家。那么"传神"的道理是什么呢？

第一，人物传神的关键是画好眼睛。而画好眼睛又恰恰是人物画最难的，所谓"传神之难，在于目"。苏轼引用顾恺之的话说"传神写照，都在阿堵中"。苏轼的观点也与南北朝时期张僧繇"画龙点睛"的观点一脉相承。

唐代张彦远《历代名画记》："金陵安乐寺四白龙，不点眼睛。每云：'点睛即飞去。'"说的是南北朝时期画家张僧繇。他画龙已达到出神入化的地步。传说，有一次，张僧繇在金陵安乐寺的墙上画了四条白龙，但令人不解的是，这四条白龙都没有点上眼睛。有很多人问他："先生为何不点上眼睛呢？"张僧繇回答说："点上眼睛很容易，但一点上，恐怕龙就会破壁腾空而去。"人们不相信这一说法，都要他点上眼睛，看看龙到底会不会飞走。在众人执意要求下，画龙点睛的主人公张僧繇只得提起笔来给龙点睛。他刚点了两条龙的眼睛，忽然雷雨大作，接着，只听得"轰"的一声巨响，墙壁开裂。人们仔细一看，原来墙上的那两条画了眼睛的白龙已经腾云驾雾，飞到天上去了。而那两条没有点睛的白龙，仍然留在墙壁上。人们这才相信了张僧繇所说的话。眼睛最为传神的观点从东晋顾恺之提出后，被历代文人奉为圭臬。我国现代作家鲁迅就非常赞赏顾恺之的这个观点。他说："总之是，要极省俭的画出一个人物的特点，最好是画他的眼睛。我以为这话是极对的，倘若画了全副的头发，即使细得逼真，也毫无意思。"②

第二，在"颧颊"相似。苏轼认为，"目与颧颊似"，其余的地方则无不相似

①　徐中玉.论苏轼的创作经验[M].上海：华东师范大学出版社，1981：29.
②　朱德发，韩之友，选注.鲁迅选集·杂文卷[M].济南：山东文艺出版社，1990：313.

中国文艺心理学思想史

116

了。为此苏轼还亲自做实验,让人将自己在灯光照在墙壁上的面颊的影子的轮廓画下来,不画眉目,结果是"见者皆失笑,知其为吾也"。苏轼的这一做法,真可以看成是中国艺术史上最早的实验美学。

第三,要仔细观察人的举止特点。苏轼认为,要了解一个人与生俱来的自然特点,就要"阴察其举止"。他认为,人的神情表现或表达是有差异的,"凡人意思,各有所在。或在眉目,或在鼻口",画家要"传神",就要观察出这种特点。他认为,人的神情往往在"须颊间"表现出来,绘画时应当予以关注。他也引用顾恺之的话说,"颊上加三毛,觉精彩殊胜"。总之,在苏轼的心目中,掌握了上述方法就能达到画人物"传神"的目的。

形似的问题解决了,神似的方法也找到了,这样就不愁创作不出"形神兼备"的作品了。

我国著名哲学家张世英认为,西方现代画派的表现主义重在表现自我,这与中国古代画论中"重神"派颇有相通之处。他认为,中国古代画家之重形似者,主要是凭直观以求画之与物之相似,而非如西方印象派之对光与色进行科学的分析,以求画之逼真;再有,西方现代主义画作表现的自我,主要是个人的情绪、个性,而中国古画表现的"神""我",归根结底,主要是"天人合一"意义下的道或意境,而不是主客关系中具有独立意义的自我。[①] 这不失为对形似与神似的独到见解。

第三节 艺术创作中的创造性

一、创作:"意新""语新""字句新"

唐宋八大家之一的韩愈就非常重视创造性。他要求人们勤与思、博与专的最终目的,就是要达到"抒意立言,自成一家新语"(《进学解》)。他鼓励学习者不要蹈常习故,"与世沉浮",而要"深探力取""能自树立",打破老框框,发扬革故创新的精神。他特别反对"踵常途之促促,窥陈编以盗窃"[②]那种钻在故纸堆里拾人牙慧的人。韩愈自己在这方面起到表率作用。他吸收了《春秋》内容的严谨、《左传》的文辞华美、《易经》的奇变有法、《诗经》的理纯文丽等各尽奇妙的

① 张晶.世纪的哲思——读张世英新著《中西文化与自我》[J].读书,2012(9):86-92.
② 韩愈.韩昌黎文集校注[M].马其昶,校注.上海:上海古籍出版社,2014:54.

方法,从而写出内容精深博大、文辞波澜壮阔的文章,成为"文起八代之衰"的一代巨匠。① 当代学者、散文家余秋雨说:"艺术创造永远需要向人们已经习惯了的审美感知系统挑战,而不应仅仅在同一系统之内作数量上的加添。""这是艺术大师与普通艺术家的分水岭,甚至是艺术家与艺匠的分界线。"人类的文明史,"永远是创造者的业绩,历史只记载首先创造了一种新的心理适应的人"。②

诗歌是中国最古老,也是贯穿中国历朝历代的艺术。中国古代常常将即席赋诗、联句步韵作为衡量一个人才气的标准。因为诗词字数相对较少,又意境深远,语言精练,便于记忆和吟唱,所以作诗的人就相对较多,因此求新、求奇的追求和要求也就更高。中国古代对待诗文求新、求奇的精神是十分令人感动的。刘勰在《文心雕龙》中有"相如含笔而腐毫,扬雄辍翰而惊梦,桓谭疾感于苦思,王充气竭于思虑,张衡研《京》以十年,左思练《都》以一纪。虽有巨文,亦思之缓也。淮南崇朝而赋《骚》,枚皋应诏而成赋,子建援牍如口诵,仲宣举笔似宿构,阮瑀据鞍而制书,祢衡当食而草奏,虽有短篇,亦思之速也。"③中国诗文对于新奇的追求主要体现为"三新",即"意新""语新""字句新"。这些追求自古就存在并在作品中加以体现,但明确提出"三新"的是清代文论家李渔(1611—1680)。且看他的两段话:

> 文字莫不贵新,而词为尤甚。不新可以不作。意新为上,语新次之,字句之新又次之。所谓意新者,非于寻常闻见之外,别有所闻所见而后谓之新也。即在饮食居处之内,布帛菽粟之间,尽有事之极奇,情之极艳,询诸耳目,则为习见习闻,考诸诗词,实为罕听罕睹;以此为新,方是词内之新。(《李渔全集》卷二《窥词管见·第五则》)

> 意新语新,而又字句皆新,是谓诸美皆备,由《武》而进于《韶》矣。(《李渔全集》卷二《窥词管见·第六则》)④

李渔关于诗词创作与欣赏的核心理念就是"三新",即"意新""语新""字句新",但三者在创作和欣赏中的地位是不同的,那就是他所说的"意新为上,语新次之,字句之新又次之"。从论述中不难看出,在他的心理辞典中,"意新"具有至

① 韩愈.韩昌黎文集校注[M].马其昶,校注.上海:上海古籍出版社,2014:54.
② 余秋雨.艺术创造论[M].上海:上海教育出版社,2003:211-212.
③ 刘勰.文心雕龙[M].王志彬,译注.北京:中华书局,2012:323.
④ 黄雅莉.李渔《窥词管见》浅析[J].新竹教育大学语文学报,2005(12):57-85.

高至上的地位，所以他解释得也最为详尽。在李渔看来，"意新"一定是非平常见闻，而一定是"别有所闻所见""罕听罕睹"，主张作者要善于在"习见习闻"的日常生活中发现"极奇"之事，"极艳"之情，才能创"词内之新"。李渔认为，只有做到意新、语新、字句新，"三新"俱备，才能"诸美皆备"，要与音乐一样，"由《武》而进于《韶》矣"。《武》乐与《韶》乐是周代的两种音乐。孔子在《论语·八佾》中说："谓《韶》，'尽美矣，又尽善也。'谓《武》，'尽美矣，未尽善也'。"李渔在此处借用在诗词创作中，认为诗词创作如果能够做到意新、语新、字句新，就真正达到尽善尽美的艺术境界了。

二、创作技巧：心手相应

艺术创作不能永远停留在构思阶段，不能永远停留在"胸有成竹"或"成竹在胸"的阶段。艺术家如何将构思的结果变成现实的作品，这中间还有很长一段心路历程。概括地说，就是如何做到"心手相应"的问题。按苏轼和文与可的观点就是如何将"胸中之竹"转化为"手中之竹"的问题，即艺术家如何将内心酝酿成熟的形象转化为具体的作品的问题。对这个问题，苏轼与文与可的观点也是一致的。苏轼非常赞成文与可向他讲述的观点并加以发挥。他说：

> 与可之教予如此，余不能然也，而心识其所以然。夫既心识其所以然，而不能然者，内外不一，心手不相应，不学之过也。故凡有见于中，而操之不熟者，平居自视了然，而临事忽焉丧之，岂独竹乎？（《文与可画筼筜谷偃竹记》）①

苏轼以自己向文与可学习绘画的实际体验认识到，在绘画以及其他艺术创作中存在着"心识其所以然，而不能然者"的"内外不一""心手不相应"的现象。他认为，这种现象的出现应归因于学习与练习的缺乏，是"不学之过"，是"操之不熟"的缘故。

三、模仿与艺术创作

亚里士多德所谓的模仿并不是要求艺术照搬生活，他曾申述过艺术要比生

119

---

① 徐中玉.论苏轼的创作经验[M].上海：华东师范大学出版社，1981：71-72.

活和历史更具有普遍性、更有哲学意味的原理，但这主要是指内容上的差别。亚里士多德没有在感知特点上把生活与艺术区别开来，这就给了他的不高明的后继者以曲解的缝隙。艺术创作最初都来源于模仿。就拿书法艺术来说，儿童学习写字，最初是描红，其次是写印本，再次是临帖。这也就是心理学家所说的榜样学习。从前的古文家最重视朗读或出声诵读。中国古代学者所说的熟读更多指的是朗读，即出声地读。白居易的"昼课赋，夜课一书，间又课诗，不逞寝息矣，以至于口舌成疮，手肘成胝……"（白居易《与元九书》）试想如果白居易所说的是默读，怎么会"口舌成疮"？韩愈"口不绝吟于六艺之文，手不停批于百家之编"（《韩昌黎集·进学解》）说的都是朗读。[①] 清代政治家、军事家、文学家、书法家，被胡适称为"桐城古文的中兴大将"的曾国藩在其《家训》中有过这样一段话，很值得我们玩味：

> 凡作诗，最宜讲究声调，须熟读古人佳篇。先之以高声朗诵，以昌其气；继之以密咏恬吟，以玩其味。二者并进，使古人之声调，拂拂然若与我喉舌相习，则下笔为诗时，必有句调赴腕下，诗成自读之，亦自觉琅琅可诵，引出一种兴会来。

在我们的古人看来，写文章必须"昌其气"。曹丕在《典论·论文》当中，首要强调的就是"文以气为主"。"气"与声调有关，而声调又与喉舌运动有关。韩昌黎也说过："气盛则言之短长与声之高下皆宜。"声本于气，所以想得古人之气，不得不求之于声。求之于声，即不能不朗诵。朱晦庵曾经说过："韩昌黎、苏明允作文，敝一生之精力，皆从古人声响学。"所以，从前古文家教人作文最重朗诵。

姚姬传与陈硕士书说："大抵学古文者，必须放声疾读，又缓读，只久之悟。若但能默看，即终身外行也。"朗诵记久，则古人之声就可以在我的喉舌筋骨上留下痕迹，"拂拂然若与我喉舌相习"，到我下笔时，喉舌也自然顺这个痕迹活动，所谓"必有句调赴腕下"。要看自己的诗文的气是否顺畅，也要吟哦才行，因为吟哦时候舌间所习得的习惯动作就可以再现出来。[②]

从心理学视角看，中国古代这种熟读成诵的思想至少有以下三方面的心理学蕴意。

---

① 韩愈.韩昌黎文集校注[M].马其昶,校注.上海：上海古籍出版社,2014：51.
② 朱光潜.朱光潜美学文集（第一卷）[M].上海：上海文艺出版社,1982：522-523.

第一，按照大脑皮层机能定位进行理解，人的言语中枢由言语视觉中枢（枕叶——读）、言语听觉中枢（颞叶威尔尼克区——听）和言语运动中枢（额叶布罗卡区——说）以及书写性言语中枢（额叶——写）四部分构成。学外语的人听说读写都要得到训练，才能真正学好一门外语。如果采用中国古代熟读成诵的方法至少能成功地将前三个机能区整合起来收到事半功倍的效果。因为在朗读时既可以使学习者的听觉中枢（听、说、读）得到训练，也可以使人的视觉中枢受到训练，还可以使言语运动中枢受到训练。这三个中枢的训练又可促进书写性言语中枢。这一观点告诉我们在语文与外语教学中朗读具有重要价值，应当将更多的分析型课堂教学让位给学生朗读。所谓"书读百遍，其义自见"就是这个道理，所谓"熟读唐诗三百首，不会作诗也会吟"也是这个道理。[①]

第二，按照苏联心理学家加里培林心智技能形成的观点，人的心智技能是通过五个阶段实现的：（1）定向活动阶段；（2）物质与物质化活动阶段；（3）出声的外部言语活动阶段（智力活动转化的开始，是智力技能形成的一种质变，开始摆脱实物和实物的替代物）；（4）无声的外部言语活动阶段；（5）内部言语活动阶段（智力活动省略、压缩和自动化）。由此可见，按照加里培林的观点，朗读是智力技能形成的重要阶段，这一外部言语阶段没有得到有效开发或开发得不够充分，就很难形成高水平的智力技能。也就是说，熟读可以促进精思。同样，缜密的思考也能促进熟读。熟读是心智技能发展必经的阶段。对于语言类的学习内容，只有将熟读与精思有机结合起来，才能真正收到好的学习效果。[②]

第三，熟读精思是一种体验性学习。我们的古人不提倡所谓的文章分析，而是在熟读的过程中体验作者的生命存在，学习者是在一遍又一遍的朗读中、吟咏中走进作者的生命，拉近与原作者的生命距离，所以这种反复不是简单的重复，而是学习者一次又一次对原作者的生命进行体验的过程。北京大学教授钱理群先生多年来一直致力于鲁迅的研究，并且在北大为学生开选修课。他以自己的切身体验说："鲁迅的作品不能只是默看，非得朗读不可。他作品里的那种韵味，那种浓烈而又千旋万转的情感，里面那种可以意会不能言传的东西，都需要朗读来触动你的心灵。这已经是我的一个经验：讲鲁迅的作品，最主要的是读，靠读来进入情境，靠读来捕捉感觉，产生感悟，这是接近鲁迅内心世界和

①② 燕良轼，曾练平.现代视野中的中国古代若干学习策略[J].湖南师范大学教育科学学报，2012(7)：113 - 128.

他的艺术的'入门的通道'。"[1]翻译家朱生豪先生翻译莎士比亚作品的过程也体现出这一学习策略的价值。早在二十岁之前，朱生豪先生就选择了莎士比亚，为此他放弃写诗，写文章，潜心学习，用他的话说："余笃嗜莎剧，尝首尾研诵全集十余遍，于原作精神自觉颇有会心。"这是一段令人肃然起敬的阅读莎士比亚戏剧的心得，"研诵"两个字尤其值得玩味。按词典解释，研：① 细碾，细磨；② 深入探讨。诵：① 念，读出声来；② 背诵；③ 述说。这是朱生豪和莎士比亚沟通的特殊方法。在世界范围内的汉语界，除了他，别说把莎士比亚全部剧本阅读十几遍，就是仅仅把一个剧本阅读十遍（哪怕是《哈姆雷特》），如今恐怕没有一个莎士比亚学者做得到，包括《哈姆雷特》诸多译本的译家们！[2]

模仿与创造并不矛盾。模仿是人的天性，创造也是一种天性，所以模仿与创造都属于生命固有的本性，它们也并不是对立的。它们是一个问题的两个端点，从模仿到创造没有不可逾越的鸿沟，它们是一个连续体。学会创造常常是从学会模仿开始的。一个人要进行创造常常甚至必须从模仿开始。从这个意义上说，模仿是创造之母。模仿可以将人带进创造过程。模仿是创造的起始阶段，而现代许多人都把模仿看成创造的对立面，看成是水火不相容的两个方面，这是一种很严重的误解。一生没有创造的人是很多的，但一生没有模仿的人几乎没有。小到生活起居、语言行为，大到科学创新，模仿比比皆是。德国著名哲学家、哲学史家恩斯特·卡西尔在《论人——人类文化哲学导论》一书第九章《艺术》篇中对模仿的价值有精彩论述。他说："语言发生于对声音的模仿，艺术则源于对外在事物的模仿。模仿是人性的一个根本本能，一个不可约去的事实。亚里士多德说：'从孩提时起，模仿对人而言就是自然的，和较低等的动物相较，他所具有的一个利益在此，他是世界上最善模仿的动物，并且最初是通过模仿而学习。'而且同时模仿也是一种不可穷尽的欢愉之源……"[3]亚里士多德还说："既然诗人和画家或其他形象的制作者一样，是个模仿者，那么在任何时候，他都必须从如下三者中选取模仿对象：（一）过去或当今的事；（二）传说或设想中的事；（三）应该是这样或那样的事。"[4]照事物本来的样子去模仿，就是

中国文艺心理学思想史

① 钱理群.与鲁迅相遇：北大演讲录[M].北京：生活·读书·新知三联书店，2003：320.
② 燕良轼，曾练平.现代视野中的中国古代若干学习策略[J].湖南师范大学教育科学学报，2012(7)：113-128.
③ 恩斯特·卡西尔.论人——人类文化哲学导论[M].刘述先，译.桂林：广西师范大学出版社，2006：197.
④ 亚里士多德.诗学[M].陈中梅，译注.北京：商务印书馆，1996：177.

真实地模仿出事物的本来状貌,但不是最好的创造艺术的方法,因为自然的东西往往是不尽完备的,不能充分表达人的愿望,因此艺术家要体现创造性,仅仅照事物的本来样子去模仿是远远不够的,还必须照事物应有的样子去模仿,这种模仿本身就是创造。

当然,这里存在一个问题:为什么模仿的人多而创造的人却很少呢?我们以为就是多数人在模仿中缺少一种超越的意识,模仿的不断超越,或者说模仿超越模仿就是创造。什么叫模仿超越模仿呢?那就是人是一个活生生的生命体,人不应该固着某种模仿对象,以某种已经形成的模仿定势为满足,甚至将其当成生存的目的,以为模仿得越像越好,只要模仿得逼真就满足了。正是这种观念束缚了我们的创造。而模仿超越模仿就是应该不断将自己的模仿迁移扩展到不同的领域、不同的范围,所谓"他山之石可以攻玉"就是这个道理。其实模仿到逼真程度之后,再向前走一步就进入了创造的境地,可是许多人到此就止步不前,永远停留在模仿阶段。如果在模仿的过程中置入一种创造的冲动,置入一种超越的意识,那么随着模仿进程的深入,创造的成分就会进入模仿者的意识,当模仿行为已经全部占有被模仿信息的时候,再向前就是创造了。再有,模仿能使学习者迅速站到前人或他人甚至巨人的肩膀上,只有首先站到前人或他人甚至巨人的肩膀上,才有可能超越前人或他人甚至巨人。

为什么许多人一旦走进模仿的范式就再也走不出来了?为什么许多人在模仿的角落里徘徊一生而无法进入创造的殿堂?这与中国传统文化有莫大的关系。中国传统文化总是教导人们按部就班,不越雷池,导致中国人缺少创新需要,知足常乐。周作人先生 1918 年在《北京大学日刊》所发表的《日本近三十年小说之发达》一文中就明确了这一观点,在当时对中国文学界起到振聋发聩的效应。周作人的一个基本观点就是,中国小说不发达的原因就是中国人"不肯模仿",因此就创造不出有价值的小说供国人享用。在他看来,日本近三十年来小说发达的原因就是因为善于模仿。我们不妨将周先生的这段话引述如下:

中国讲新小说也二十年了,算起来却毫无成绩,这是什么理由呢?据我说来,就只在中国人不肯模仿不会模仿。因为这个缘故,所以旧派小说还出几种,新文学的小说就一本也没有,创作一面不论也罢,即如翻译,也是如此……我们想救这弊病,须得摆脱历史的因袭思想,真心先去模仿别人。随后自能从模仿中脱化独创的文学来,日本就是个榜样。

周作人只是理论上认识，而真正通过自己的作品实现这种模仿与创造的恰恰是他的兄长鲁迅。中国第一篇白话小说《狂人日记》就明显地模仿了果戈理和安特莱夫的某些篇章。鲁迅是直接实现了从模仿到创造的作家。所以严家炎说，现代中国小说，从鲁迅那里开始，也从鲁迅那里成熟。

许多人一说到模仿就立刻警觉到与创造的对立，所以许多本可以迅速学会或消化的东西也没有学会或消化。人类恰恰因为会模仿而获得了许多认识的捷径。人类因为模仿鱼类而发明了轮船和潜水艇，因为模仿鸟类而发明飞机等各种飞行器。冯特因为模仿了自然科学方法，具体说是模仿物理学和生物学的研究方法而建立了心理学这门科学。斯金纳因为模仿巴甫洛夫的经典条件反射研究而创立了操作性条件反射理论。正是操作性条件反射理论的创立及应用使他成为 20 世纪影响最大的心理学家。信息加工心理学、人工智能不就是模仿了电子计算机吗？而计算机又反过来模仿人脑，如神经计算机、生物计算机等。现在已经进入到人机相互模仿的时代。正是这种人机的相互模仿创造出人类的信息化时代。

问题在于怎样对待模仿。我们认为模仿是创造的起始，从这个意义上说，没有模仿就没有创造，创造始于模仿。再有，模仿者不能将模仿看成目的，而应看成手段。如果将模仿看成目的，模仿就会成为创造的障碍，如果将模仿仅仅看成手段，时刻怀有一颗超越的心态，那迟早都会走上独立创造之路。模仿是走上创造之路的拐杖。模仿的目的是超越模仿。怎样才能从模仿较快地走上创造之路呢？"面壁十年图破壁"，为什么有人面壁终身也不能破壁呢？为什么有人面壁三年就能破壁呢？也就是说，怎样才能较迅速地完成从模仿到创造的过程呢？

第一，选择什么样的模仿对象。选择什么样的模仿对象才有利于较快达到创造的境界呢？那就是要选择那些有模仿价值或有创造价值的范型进行模仿。在可能的条件下要尽可能选择人类最先进、最前沿的思想成果和科技成果或方法进行模仿，因为这样的模仿可以使模仿者迅速站到科学的前沿，迅速站到巨人的肩膀上，获得超越前人的基础，少走弯路。要尽可能模仿一流的作品而不要去模仿二流或三流的作品。一部《红楼梦》产生后，有多少人争相模仿，也因此产生多少著名作家！鲁迅的小说或杂文哺育了多少青年作家！科学迅速发展的一个重要特征就是，无论是哪一门科学产生了一个标志性成果或方法，其他领域的科学家都争相模仿借鉴。心理学家赫尔模仿几何学的方法创立了心理学的假设—演绎体系；心理学统计方法中的结构方程和多元线性回归等方法就是在纯粹的数学领域也是比较前沿的方法,一旦产生,心理学家就迅速将其运用到心理学研究中。这是其一。其二,模仿的范型距离研究的学科越远,其创造程度可能越高。所谓"他山之石,可以攻玉"就是这个道理。世界上的很多创造常常是模仿似乎毫不相干的学科或领域实现的。所以,在模仿中要尽量突破知识或学科壁垒,到其他领域去寻找灵感,这是一条从模仿到创造的捷径。其三,模仿可以使模仿者迅速接近被模仿者的水平,特别是学到被模仿者的思维方式,那些具有划时代意义的创造成果或作品,其中往往蕴涵着独特的思维方式,我们可以通过模仿迅速与原创者的生命展开对话和沟通,从而迅速拉近与原创者的心理距离,缩短与原创者的思维差距,学会原创者的思维方式。这种思维方式的获得必然为模仿者的独立创造提供帮助。

第二,在模仿的过程中,要不断对模仿对象进行缺点列举或反思,以便发现被模仿范型的缺点和问题,从而找到问题的突破点,走上创造的道路。为什么熟能生巧?因为一旦对某个范型熟悉了,就会发现问题或缺点所在,从而提出改进措施。中国传统文化的一个缺点就是对模仿对象崇拜尊敬多于缺点列举或反思,所以就无法发现问题所在。所以,在模仿的过程中一定要伴有问题意识。所谓问题意识就是对问题的敏感性。问题意识有好奇心和善于质疑两个来源。

问题起源于好奇心,强烈的好奇心会增强人们对外界信息的敏感性,对新出现的情况和新发生的变化及时作出反应,发现问题,并追根寻源。缺乏好奇心,必然会对外界的信息反应迟钝,诸多有意义、有价值的现象都无法感受到,这也就不可能发现问题,更遑论创造发明了。爱因斯坦说:"我并没有什么特殊的才能,我只不过是喜欢寻根问底地追究问题罢了。"

质疑产生问题,质疑激发智慧。质疑的最大优点就是能够使我们克服心理定势或先入之见。创造力是人的本质,创造力不是外在培养出来的,而是与生俱来的。既然创造力是人与生俱来的,为什么我们会丧失创造力呢?一个非常重要的原因就是创造力被我们在生活中形成的心理定势、先入之见遮蔽住了。如果我们的学习者敢于并善于质疑,就能很好地克服这些心理定势或先入之见,使人生命固有的创造力彰显出来。对此,我国古代思想家、教育家早已经发现了。宋代哲学家、教育家张载就说:"在可疑则不可疑者,不曾学,学则须疑。"他还进一步指出,不仅在可疑处有疑,还必须在看似无疑处求疑,"于无疑处有疑,方是进矣"。陆九渊也十分强调质疑的重要性。"为学患无疑,疑则有进。"吕祖谦则认为质疑可以克服心理定势,克服先入之见("成心")而获得进步。他说："学者不进则已，欲进之则不可有成心，有成心则不可进乎道矣。故成心存则自处以不疑，成心亡，然后知所疑。小疑必小进，大疑必大进。"

如果我们能够充分信任自己的好奇心、保护好自己的好奇心，同时对事物，对权威，对已有定论的问题敢于质疑，我们的问题意识就会大大加强。

最后，一定要有超越意识，模仿的最终目的不仅在于占有给定信息，而且在于超越给定信息。创造的实质就是要超越给定信息。

朱光潜先生在他的《美学文集》当中，对模仿与创造有十分深刻的见解。他说：

> 古今大艺术家在少年时所做的功夫研究大半都偏在模仿。米开朗琪罗费过半生的功夫研究希腊罗马的雕刻，莎士比亚也费过半生的功夫模仿和改作前人的剧本，这是最显著的例子。中国诗人中最不像用过功夫的莫过于李太白，但是他的集中模拟古人的作品极多，只略看看他的诗题就可以见出。杜工部说过："李侯有佳句，往往似阴铿。"他自己也说过："解道长江静如练，令人长忆谢玄晖。"他对于过去诗人的关系可以想见了。
>
> 艺术家从模仿入手，正如小儿学语言，打网球者学姿势，跳舞者学步法一样，并没有什么玄妙，也没有什么荒唐。不过这步功夫只是创造的始基。没有做到这步功夫和做到这步功夫就止步，都不足以言创造。……创造是旧经验的新综合。旧经验大半得诸模仿，新综合则必自出心裁。
>
> 凡是艺术家都须有一半是诗人，一半是匠人。他要有诗人的妙悟，要有匠人的手腕，只有匠人的手腕而没有诗人的妙悟，固不能有创作；只有诗人的妙悟而没有匠人的手腕，即创作亦难尽善尽美。妙悟来自性灵，手腕可得于模仿。匠人虽比诗人的身份低，但亦决不可少。青年作家往往忽略这一点。[1]

朱光潜说："学一门艺术，就要学该门艺术特有的学问和技巧。这种学习就是利用过去经验，就是吸收已有文化，也就是模仿的一端。"[2]

朱光潜先生引用顾亭林《日知录》中一段话：

① 朱光潜. 朱光潜美学文集（第一卷）[M]. 上海：上海文艺出版社，1982：524.
② 同上：525.

诗文之所以代变,有不得不然者。一代之文,沿袭已久,不容人人皆道此语。今且千数百年矣,而犹取古人之陈言一一而模仿之,以是为是诗乎?故不似则失其所以为诗,似则失其所以为我。[1]

显然,顾亭林认为,诗是随时代变化的,每一个时代都要自己的创造,不能一味模仿古人。一味模仿古人不足以为诗,见不到古人也不足以为诗。

英国诗人雪莱、苏联作家高尔基和中国作家鲁迅,也对模仿与创造的关系发表过见解。

诗是一种模仿的艺术。它创造,但是它在组合和再现中来创造。诗作的美和新,并不是因为它所赖以制成的素材事先在人类的心灵或大自然中从不存在,而是因为它把集合来的材料所制成的整个的东西,同那些情感和思想的本身,以及它们目前的情况,有许多相似之处。(雪莱《解放了的普罗米修斯,邵洵美译》)

假如作家能从二十个到五十个,以至从几百个小店铺老板、官吏、工人中每个人的身上,把他们最有代表性的阶级特点、习惯、嗜好、姿势、信仰和谈吐等等抽取出来,再把它们综合在一个小店铺老板、官吏、工人的身上,那么这个作家就能用这种手法创造出"典型"来——而这才是艺术。(高尔基《谈谈我怎样学习写作》,见《古典文艺论丛》第 11 辑)

人物的模特儿也一样,没有专用一个人,往往嘴在浙江,脸在北京,衣服在山西,是一个拼凑起来的叫脚色。(鲁迅《南腔北调集·我怎么做起小说来》)[2]

第四节 创作个性与风格

南北朝杰出文艺理论家刘勰在《文心雕龙》中首次全面系统地从理论层面探讨了艺术家的特性对创作风格的影响。刘勰认识到,文艺创作有不同的风格。因为风格的不同导致某位或某些艺术家的作品在整体面貌上不同于其他

① 朱光潜. 朱光潜美学文集(第一卷)[M]. 上海:上海文艺出版社,1982:525.
② 金开诚. 文艺心理学论稿[M]. 北京:北京大学出版社,1982:33.

艺术家。艺术家为什么会有不同的风格？风格的形成与哪些因素有关？这是一个饶有兴趣的问题。事实上，艺术风格的形成与许多因素有关，从心理学的角度说，最重要的是与艺术家的个性有关。可以说，风格是艺术家的外现，而个性才是风格的内在心理依据。正如海涅在评价莱辛时所说："他的文体完全像他的性格。真实、坚定、质朴、优美，由于内在的力量，给人深刻印象。他的风格完全是罗马建筑的风格：极坚定而极其朴素。"①刘勰将个性与创作风格的关系称作性情与体貌的关系。《文心雕龙》的《明诗》《体性》《风骨》《通变》《定势》《时序》等篇都有所涉及，其中以《体性》篇最为丰富。

一、个性的构成要素及其关系

个性是一个人整体的心理面貌，每个人的个性都不同，这就像人的面貌不同一样，"各师其心，其异如面"。心理学对个性做了许多研究，但是其观点也很不相同。一般认为，个性包括人的能力、气质与性格。刘勰从文艺创作的角度意识到人的个性与创作风格的关系，他探讨的个性主要是作家在创作中表现出来的个性。

> 夫情动而言形，理发而文见，盖沿隐以至显，因内而符外者也。然才有庸俊，气有刚柔，学有浅深，习有雅郑，并性情所铄，陶染所凝，是笔区云谲，文苑波诡者矣。故辞理庸俊，莫能翻其才；风趣刚柔，宁或其气；事义浅深，未闻乖其学；体式雅郑，鲜有反其习；各师成心，其异如面。②

在刘勰的视野中，作家的个性由才、气、学、习四个要素构成。这四个要素又可分为先天与后天两个方面：才有庸有俊，气有刚有柔，学有浅有深，习有雅有正。

其中，才主要取决于先天资质。所谓"才由天资"，"能在天资"。刘勰所说的"才"就是心理学所说的才能、能力。刘勰发现创作风格与作家的"才"密切相关，所以提倡作家要"因性以练才"及"酌理以富才"。

其中，气也主要取决于天资。刘勰所说的"气"与我们今天所说的气质的概

① 海涅. 论德国[M]. 北京：商务印书馆，1980：285.
② 刘勰. 文心雕龙[M]. 王志彬，译注. 北京：中华书局，2012：330.

念比较接近。就作品的风格表现来说，"气"相当于气韵或语气，与音乐中的格调和音色比较相似。语气、格调、音色是作家气质在创作对象上的情绪投影，他是作家、艺术家独有特征的自然流露。[1] 他非常赞赏曹丕的"文以气为主，气之清浊有体，不可力强而致。"其意是，人的气质属于天资禀赋，不是勉强可以达到的。刘勰在《文心雕龙·体性》篇中称魏之三祖为"气爽才丽"，《杂文篇》则称《对问》"放怀寥廓，气实使之"，《才略篇》或称"才颖"，或称"气盛"，或称"力缓"，或称"情高"，用字虽杂，但都可以归入才性或才气的范围。[2] 他说："嵇康师心以遣论，阮籍使气以命诗。"明代著名思想家、文学家、泰州学派的一代宗师李贽也说："声色之来，发乎情性，由乎自然。"他在《读律肤说》中也以音乐为例来说明创作个性所形成的不同风格："性格清彻者音调自然宣畅，性格舒徐者音调自然舒缓，旷达者自然浩荡，雄迈者自然壮烈，沉郁者自然悲酸，古怪者自然奇绝。有是格，便有是调，皆性情自然之谓也。"[3] 这种说法与刘勰的"各师成心，其异如面"以及"吐纳英华，莫非性情"类似。

刘勰常常是才气并用。《文心雕龙·体性》篇："触类以推，表里必符，岂非自然之恒姿，才气之大略哉！"[4]

学是学识，习是习染。"性情所铄"，属于先天因素，指的是先天的才与气；"陶染所凝"指的是后天因素，即学与习。总之，刘勰所说的个性是才、气、学、习的完整结合。只有先天与后天的结合才能创作出好的作品。

刘勰不仅认识到作家的个性是由才、气、学、习构成的，而且探讨了四者的关系。"夫姜桂因地，辛在本性；文章由学，能在天资。故才自内发，学以外成，有学饱而才馁，有才富而学贫。……才为盟主，学为辅佐，主佐合德，文采必霸，才学褊狭，虽美少功。"[5] 其意思是说，写作需要学问，才能在于天资，才能从本性出发，学问靠外吸取；有的人学富五车，却缺少才能；有的人才华横溢，却缺少学问。那么在才华与学问之间哪一个更为重要呢？在刘勰看来，是才华或才能。他认为，才能是主宰，学问是辅助，只有才能与学问结合起来，才会写出具有文采而称雄一时的作品。这是才与学的关系。那么才与气的关系又怎样呢？刘勰说："气爽才清""才力居中，肇自血气。"可见，才是由气决定的。刘勰的观点显然受到东汉思想家王充气禀论的影响。王充（27—约97）在《论衡》一书中

---

①③　王元化.读文心雕龙[M].北京：新星出版社，2007：122.

②　同上：120.

④　刘勰.文心雕龙[M].王志彬，译注.北京：中华书局，2012：333.

⑤　同上：430.

认为"人禀元气于天",从而把气视为先天禀赋的基因,构成个性的根本要素。在《论衡·无形篇》中,王充说:"人禀气于天,气成而形立,则命相须以至,终死形不可变化,年亦不可增加。"从这段话可以看出,王充理解的气不仅来自先天,而且不能变化。王充的这个观点对后世有很大影响,在遗传基因理论传入中国之前,它几乎成了中国解释人性先天因素的不可替代的理论。所以后代(魏晋)的任嘏在《道论》中就发挥道:"木气人勇,金气人刚,火气人强而燥,土气人智而宽,水气人急而贼。"三国时代的刘劭在《人物志》中也阐述了"人禀气生,性分各殊"之理。刘劭在《人物志·九征篇》中说道:"夫容之动作,发乎心气。心气之征,则声变是也。夫气合成声,声应律吕,有和平之声,有清畅之声,有回衍之声。夫声畅于气,则实存貌色。"刘昞对此注释道:"心气于内,容见于外。"又曰:"非气无以成声,声成则貌应。"三国时期的曹丕首次将气引入到文学领域。他在《典论·论文》中将气作为文章的主体,决定着文章好坏,而气来自先天,不可通过后天努力获得:"文以气为主,气之清浊有体,不可力强而致。"他评价当时的文人孔融是"体气高妙",徐幹是"时有齐气"。所谓"齐气",就是王充所说的齐国"舒缓"之气。曹丕认为,人所禀之气不仅有差异,而且父亲也不能转移到儿子身上,哥哥的气质也不能移植到弟弟身上,所谓"引气不同,巧拙有素,虽在父兄,不能移子弟"。曹丕充分肯定了气是作家个性的基本元素。[①] 他还以音乐为例来证明自己的观点,同是一首音乐,用同一种乐器演奏,但因演唱者引气各殊,演奏仍然会表现出不同风格。刘勰非常赞赏曹丕的观点,他在《文心雕龙·总术篇》中写道:"魏文比篇章于音乐,盖有征矣。"

所以四者的关系是,气的清浊决定才的庸俊,才在文艺创作中起主导作用,学问和习染起辅助作用。有的人才能多于学问,有的人学问胜于才能。所以刘勰所说的四种关系,其实就是先天与后天两种关系。刘勰有句话叫作"并性情所铄,陶然所凝",是说来自天资的才气要经过陶然之功,才能构成作家的创作个性。当然后天的学、习要以先天的才、气为基础,为前提。对此,刘勰有一系列的表述。如《体性篇》中有"摹体以定习,因性以练才",还有"才由天资,学慎始习;斫梓染丝,功在初化;器成彩定,难可翻移",《神思篇》有"积学以储宝,酌理以富才",《事类篇》有"才自内发,学以外成"等,都是对这种关系的表述。

---

① 王元化.读文心雕龙[M].北京:新星出版社,2007:121-122.

二、个性与创作风格

刘勰深刻地认识到作家个性有不同的差异,这些差异是由才、气、学、习在每个人身上所占比例不同造成的,正是这些差异导致"笔区云谲,文苑波诡"的不同风格。因为人的能力、才能的平庸与杰出,会影响到文辞和理论的平庸或特出;由于气质、性格有刚烈和柔和,就影响到风格和趣味的刚健和柔婉;由于学问有浅薄和渊深,就影响到用事述义的浅薄与深刻;由于习染有雅正和浮靡,就影响到体制形式的高雅与庸俗。刘勰从多个角度比较全面地分析了创作风格的形成。他认为,一个作家或艺术家创作风格要受历史因素、时代因素、内容与体裁因素等影响,但最令我们感兴趣的是他详尽论述了心理因素尤其是个性对创作风格的影响。刘勰论述最成功的是气质、性格对创作风格的影响:

> 若夫八体屡迁,功以学成,才力居中,肇自血气;气以实志,志以定言,吐纳英华,莫非情性。是以贾生骏发,故文洁而体清;长卿傲诞,故理侈而辞溢;子云沉寂,故志隐而味深;子政简易,故趣昭而事博;孟坚雅懿,故裁密而思靡;平子淹通,故虑周而藻密;仲宣躁竞,故颖出而才果;公幹气褊,故言壮而情骇;嗣宗俶傥,故响逸而调远;叔夜俊侠,故兴高而采烈;安仁轻敏,故锋发而韵流;士衡矜重,故情繁而辞隐。触类以推,表里必符,岂非自然之恒资,才气之大略哉![①]

刘勰通过对文学史上大量作家作品长期系统的研究认为,文学作品的风格主要有八种:"一曰典雅,二曰远奥,三曰精约,四曰显附,五曰繁缛,六曰壮丽,七曰新奇,八曰轻靡。"[②]刘勰的聪明智慧之处在于他不是机械地套用这八种文风到每一个作家头上,而是认为这八种文风落实到具体作家身上也是有变化的。也就是说,这八种基本的风格也会随着具体作家的个性不同而发生变化,所谓"八体屡迁"。这种变化是因每个作家的学功、才力、血气、志趣不同而有所不同。刘勰列举了历史上十二个经典作家不同个性体现出的不同风格(见表4-1)。

131

---

① 刘勰.文心雕龙[M].王志彬,译注.北京:中华书局,2012:333.
② 同上:331.

表 4 - 1　作家个性与创作风格对应表

作家的个性特征	作 品 的 风 格	代表人物
俊发(才华英发)	文洁而体清(文辞洁净而风格清新)	贾生(贾　谊)
傲诞(狂放不羁)	理侈而辞益(文理虚夸而文辞夸饰)	长卿(司马相如)
沉寂(沉郁安静)	志隐而味深(含意隐晦而意味深沉)	子云(扬　雄)
简易(平易近人)	趣昭而事博(志趣明白而事例广博)	子政(刘　向)
雅懿(文雅深细)	裁密而思靡(体裁绵密而思想细致)	孟坚(班　固)
淹通(周密细致)	虑周而藻密(思虑周密而文辞细致)	平子(张　衡)
躁锐(急躁猛锐)	颖出而才果(锋芒突出而果敢有力)	仲宣(王　粲)
气偏(性情偏激)	言壮而情骇(言辞雄壮而情思惊人)	公幹(刘　桢)
倜傥(胸怀豁达)	响逸而调远(音节高超而声调卓越)	嗣宗(阮　籍)
俊侠(豪爽狭义)	兴高而采烈(兴趣高超而文采壮丽)	叔夜(嵇　康)
轻敏(轻快敏捷)	锋发而韵流(锋芒毕露而音韵流动)	安仁(潘　岳)
矜重(端庄稳重)	情繁而辞隐(情事繁复而辞义含蓄)	士衡(陆　机)

　　坦率地说,刘勰关于作家个性与创作风格的对应关系是否科学准确是可以讨论的,但是刘勰关于艺术创作过程中作家个性与创作风格对应关系的发现,却颇有历史价值和艺术价值。可以说,无论在中国还是在世界古代艺术史上,像刘勰这样对历代作家创作个性与创作风格进行如此系统研究的人,不能说绝无仅有,也实属罕见。这是中国古代文艺理论家留给我们的一份珍贵的文化遗产。

　　刘勰还认识到,因为作家有不同的个性与风格,因此他提出要"因性以练才",即根据自己的个性锻炼自己的才能,不能不顾及自己的个性盲目模仿他人,也不能要求所有作家都有相同或相似的风格。作家只能按照自己的个性、风格布局谋篇、选择体裁。他清醒地认识到,有的作家写文章简约,有的作家写文章繁复,但如果让简约风格的作家将文章写得繁复一些,让繁复风格的作家将文章写得简约一些是很困难的,所以就应该"谓繁与略,随分所好",不能强人所难,应任其个性的发挥。

　　在文学批评中,也应该是这样,不要因为别人的风格不符合自己的评价标准就心存偏见。所谓"东面而望,不见西墙也"。他批评现实中那些"知多偏好,人莫圆该"。其意是说,在现实中人有许多偏好,因此不能全面地看问题。性格慷慨的人往往赞扬高昂激越的声调,有涵养的人向往细致含蓄的内容,喜欢浮华的人看到绮丽的文采就动心,爱好新奇的人听到新奇的东西就耸听。刘勰认为,这作为个人欣赏兴趣是无可厚非的,但将这种个人爱好和偏见带入到文学批评中就会扼杀和贬低许多好的文艺作品。

刘勰的深邃还在于他不仅认识到作家的个性决定作家的风格，而且还认识到作家的创作风格受到时代的影响，一个时代有一个时代的文风。换句话说，时代的需要和要求也会影响作家的个性，从而影响到文学创作。刘勰在《时序篇》中专门论述了这一问题。在这篇文章中，刘勰阐述了自上古至两晋的文风流变——"文变染乎世情，兴废系乎时序"，剖析了"蔚映十代，辞采九变"[1]的风格变迁，指出"歌谣文理，与世推移，风动于上，而波震于下"，[2]也就是社会变迁对文学风格的影响。这其实就是社会习染对作家创作风格及文学风格的影响。隋唐时期，产生了普野的民谣；有虞继作，政阜民暇，心乐声泰，因此文有雍容之美。禹汤文王德盛，则歌功颂德之作。幽厉昏暴，于是出现《板》《荡》之类的怒诗。平王式微，于是出现《黍离》这样的哀诗。这些都是人类历史早期风格的变迁。

唐代韩愈认为，文学创作不是简单地模仿已有的文学作品，而是要"抒意立言，自成一家新语"。他鼓励学习者不要蹈常习故，"与世沉浮"，而要"深探力取"，"能自树立"，打破老框框，发扬革故创新的精神。他特别反对"踵常途之促促，窥陈编以盗窃"那种钻在故纸堆里拾人牙慧的人。韩愈自己在这方面起到表率作用。他吸收了《春秋》内容的严谨、《左传》的文辞华美、《易经》的奇变有法、《诗经》的理纯文丽等各尽奇妙的方法，从而写出内容精深博大、文辞波澜壮阔的文章，成为"文起八代之衰"的一代巨匠。

宋代苏轼是一个有意经营一家之言的著名文学家。他对当时流行的柳永词那种仅仅将内容限定在缠绵悱恻的男女之情愁别绪感到不满。尽管当时"凡有井水处即能歌柳词"，可是在苏轼看来，柳永的词只是"喁喁儿女私情"，虽然也是一种风格，但其内容狭隘，格调和境界都不高。特别是所有的文人都流行这种风格就值得深思了。苏轼改变这种局面，为此他进行了大量的尝试，终于在熙宁八年，也就是1075年10月，他在写了《祭常山回小猎》后几天再写下了《江城子·密州出猎》：

老夫聊发少年狂，左牵黄，右擎苍，锦帽貂裘，千骑卷平冈。为报倾城随太守，亲射虎，看孙郎。酒酣胸胆尚开张，鬓微霜，又何妨！持节云中，何

① 刘勰.文心雕龙[M].王志彬,译注.北京：中华书局,2012：511.
② 同上,496.

日遣冯唐？会挽雕弓如满月，西北望，射天狼。①

苏轼似乎将这首词看成是他一家之言形成的标志，因为写了这首词的几天以后，苏轼在《与鲜于子骏》的信里明确表达了这样的观点：

> 近却颇作小词，虽无柳七郎风味，亦自是一家，呵呵！数日前猎于郊外，所获颇多，作得一阕，令东州壮士抵掌顿足而歌之，吹笛击鼓以为节，颇壮观也。写呈取笑。②

苏轼这段话近似一个宣言，宣布自己"自是一家"，这一家不同于柳永的缠绵悱恻，不同于清切宛丽的所谓正声，而发出了与传统不一样的声音，这是一种豪迈雄壮的声音，也就是豪放派的声音。苏轼公然与柳永的词进行比较，以确立自己"自是一家"的地位：

> 东坡在玉堂，有幕士善讴。因问："我词比柳词何如？"对曰："柳郎中词，只如十七八岁女孩儿，执红牙拍板，唱'杨柳外晓风残月'；学士词须关西大汉、执铁板，唱'大江东去'。"公为之绝倒。（俞文豹《吹剑续录》）
>
> 秦少游自会稽入京见东坡，坡云："久别当作文甚胜，都下盛唱公'山抹微云'之词。"秦逊谢。坡遽云："不意别后公却学柳七！"秦答曰："某虽无识，亦不至是。先生之言，无乃过乎？"坡云："'消魂当此际'，非柳词句法乎？"秦惭服。（彭孙遹《词藻》卷一）③

这两段引文表明，苏轼豪放雄壮的风格迥异于柳永清切宛丽的风格。无论是内容、意境还是音律，二者都有明显不同。柳永词"只如十七八岁女孩儿"，只能唱些"杨柳岸晓风残月"之类与社会现实没有直接关系的"艳科情词"；而苏轼词则如"关西大汉"，能唱出"大江东去"那样豪迈的气魄。从苏轼及豪放派的诗词的内容上看，豪放派已不限于吟花颂月，男女情怀，一切社会生活事件，大到历史、政治、经济、军事事件，小到生活琐事等一切题材都可写入诗词中。豪放派在题材上大大拓展了。从意境上看，苏轼的诗词意境高远，超凡脱俗。这是柳永词

134

①② 徐中玉.论苏轼的创作经验[M].上海：华东师范大学出版社，1981：92-94.
③ 彭孙遹.词藻[M].北京：中华书局，1985：7.

无法比拟的。从上述的引文以及苏轼一系列的言谈中，可以看出他对柳永的词风持一种轻蔑的态度。更为有力的是，他用自己的作品，"使人登高望远，举手高歌，逸怀浩气，超乎尘垢之外"（胡寅《酒边词序》），以其"寄慨无端，别有天地"（陈廷焯《白羽斋词序》），以其"指出向上一路，新天下耳目"（王灼《碧鸡漫志》卷二）。在音律上，柳永的词受音律束缚比较厉害，往往只能作为乐曲的歌词而存在，适合青年姑娘们歌唱。苏轼的词雄壮豪放，可以"抵掌顿足"地大声唱出来，比之柳永词的曲折和歌妓声色，的确是一种空前的壮观。① 豪放派另一个代表，北宋诗人、词人、书法家，盛极一时的江西诗派开山之祖黄庭坚（1045—1105，字鲁直，自号山谷道人，晚号涪翁，又称豫章黄先生）也有所谓"横放杰出，自是曲子缚不住者"（《侯鲭录》卷八）；南宋诗人陆游（1125—1210，字务观，号放翁）也有所谓"豪放不喜剪裁"（《老学庵笔记》），强调他的诗词不顾虑"入腔"或"就声律"的问题，不愿让规定的腔调、声律束缚住自己想要表达的思想感情。

苏轼追求的"自是一家"既豪放又清新。他曾说："诗画本一律，天工与清新"（《书鄢陵王主簿所画折枝二首》）。苏轼是主张诗词豪放的，但是所有诗人或词人都是千篇一律、千人一面雷同式的豪放也会走入程式化的死胡同，所以都是豪放也有一个创新的问题。他"天工与清新"，就是一个诗词作者一定要发挥自己的自然优势，写出"清新"的作品来，这种作品既不与自己从前的作品雷同，也不与他人的作品雷同，更不能要求他人与自己雷同。他认为王安石（1021—1086，字介甫，号半山，谥文，封荆国公，世人又称"王荆公"）就有"患在于使人同己"的毛病。他自己的文章虽然"未必不善也"，但是他喜欢要求别人也像他那样写诗作文。苏轼认为，这是自孔子以来就没有做到的事情："自孔子不能使同，颜渊之仁，子路之勇，不能相移"，而王安石却"欲以其学问同天下"（《答张文潜书》），这是苏轼坚决反对的。

苏轼认为，要"自是一家"，应当从两个方面下功夫：一是不被习惯思维束缚，不落俗套；二是通过变化获得新意。这从他对绘画的论述中可见一斑：

> 古今画水，多作平远细皱。其善者，不过能为波头起伏，使人至以手扪之，谓有洼隆，以为至妙矣。然其品格，特与印板水纸争工拙于毫厘间耳。唐广明中，处士孙位，始出新意，画奔湍巨浪，与山石曲折，随物赋形，尽水之变，号称神逸。（《书蒲永升画后》）②

135

---

① 徐中玉.论苏轼的创作经验[M].上海：华东师范大学出版社，1981：93-94.
② 同上：96-97.

首先,苏轼以画水为例说明古今那些被习惯思维束缚而落入俗套者所画之水多平远细皱,即使能够波头起伏,相当工巧,但因无所开拓而落入千篇一律的俗套,与印板水纸比较也高明不了多少。其次,通过变化而获得新意。苏轼认为,在绘画创作领域,在北宋之前的中国历史上,画水有过两种变化,从"平远细皱"到"奔湍巨浪",是一种变化,从"波头起伏"到"与山石曲折,随物赋形,尽水之变"又是一种变化。其实所谓"新意",不过是画家着重画了人们过去没有发现或没有细致观察到的事物在特定情境中的某些表现罢了。[①] 他非常赞赏吴道子的画是"出新意于法度之中,寄妙理于豪放之外"(《书吴道子画后》)。

苏轼的"自是一家"不仅是自己有意为之,而且得到后世的公认。清代诗论家叶燮(1627—1703,清初诗论家,字星期,号己畦,因晚年定居江苏吴江之横山,世称横山先生)是不轻易赞许人的,但对苏轼富有创造性一家之言则给予了充分的肯定。他说:"杜甫之诗,独冠今古,此外上下千余年,作者代有,惟韩愈、苏轼,其才力能与甫抗衡,鼎立为三。"(《原诗》卷三)叶燮认为,苏轼能够与韩愈、杜甫鼎足为三是因为他在以下三个方面都能"自是一家":一是思维高远活跃:"举苏轼之一篇一句,无处不见起凌空如天马,游戏如飞仙,风流儒雅,无入不得,好善而乐与,嬉笑怒骂,四时之气皆备,此苏轼之面目也。"(《原诗》卷三)二是艺术境界独辟:"如苏轼之诗,其境界皆开辟古今之所未有,天地万物,嬉笑怒骂,无不鼓舞于笔端,而适如其意之所欲出。"(《原诗》卷一)三是内容包罗万象视野开阔:"苏诗包罗万象,鄙谚小说,无不可用,譬之铜铁铅锡,一经其陶铸,皆成精金,庸夫俗子,安能窥其涯涘。"如果苏轼当时在世的话,一定会将叶燮视为知音。

怎样才能达到"自是一家"呢?

第一,不迷信古人,不迷信权威。苏轼认为,要成就一家之言,就不能迷信古人和权威。苏轼在《跋山谷草书》记载:有一次,有一个叫昙秀的人来见苏轼时,出示了黔安居士的一轴草书,问苏轼:"此书如何?"苏轼引用了一个叫张融的话作答:"不恨臣无二王法,恨二王无臣法。"这里的二王是指王羲之和王献之。由此可见,苏轼并不迷信二王的书法。

据陆游的笔记记载,苏轼参加省试时文章是《刑赏忠厚之至论》,在这篇文章中,苏轼杜撰了这样一个故事:"当尧之时,皋陶为士,将杀人。皋陶曰'杀之',三。尧曰'宥之',三。"其意是说,当(贤明的)尧治理天下的时候,皋陶(被

---

① 徐中玉.论苏轼的创作经验[M].上海:华东师范大学出版社,1981:96-97.

任命)为法官。有一次,他要以死刑处罚那些犯了罪的人。(在朝堂上)皋陶说,应该杀了他们,他多次(坚持)自己的观点。然而尧却说应该宽宥他们,同样,尧也多次(坚持)自己的观点。副考官梅圣俞看到这篇文章后,便出示给了大主考官欧阳修看,欧阳修看到这段文字后便说:"此出何书?"梅圣俞答道:"何须出处!"欧阳修以为自己和梅圣俞大概都记不得了,于是对这篇文章大加赞赏,最初将此文评为第一名,后又觉得这样做不妥。等到揭榜之后见到此文为苏轼所作,欧阳修便对梅圣俞说:"此郎必有所据,更恨吾辈不能记耳。"然后前去拜谒并向苏轼询问此典故的出处。苏轼的回答是:"何须出处!"与前面梅圣俞所答完全符合。欧阳修对其豪迈极为赞赏,叹息不已。[①] 可见,苏轼对于古人,对权威没有任何迷信的心态。难怪明代启蒙主义思想家李贽曾这样称赞他:"苏长公片言只字与金玉同声,虽千古未见其比。则以其胸中绝无俗气,下笔不做寻常语,不步人脚故尔。"(《焚书·增补一·又与从吾》)

第二,不媚俗学,推陈出新。苏轼认为,要"自是一家",就必须摆脱"俗学"的束缚,敢于推陈出新。他说:

> 士之不能自成,患在于俗学。俗学之患,枉人之材,室人之耳目。诵其师传传造字之语,从俗之文才数万言,其为士之业尽此矣。夫学以明理,文以述志,思以通其学,气以达其文。古之人,道其聪明,广其闻见,所以学也;正志完气,所以言也。(《送人序》)[②]

所谓"俗学"就是那些见识浅陋、人云亦云之学。苏轼认为,一个艺术家之所以不能创新,不能自成一家,往往就因为被俗学束缚。因为受到俗学的束缚,导致人耳目窒息,人材枉费。苏轼认为,文章是用来表达个人志向的,思维是用来通畅学问的,气质是用来表达文采的。要成一家,必须拓广见闻,增加学识,正志完气。一句话,就是摆脱俗学的束缚,敢于推陈出新。

第三,继承和吸收前人的精华。如前所述,苏轼是反对迷信古人、迷信权威的人,但是苏轼并不反对对前人艺术精华的继承和吸收。他认为,艺术家应当有一种兼收并蓄的胸怀,不断吸收古人的一切精华。因为他深知,艺术创造并不是一代人可以完成的,常常需要几代人的努力,才能达到一个高峰。对此,他在元丰八年即 1085 年 11 月 7 日在《书吴道子画后》中有过这样一段话:

---

①② 徐中玉.论苏轼的创作经验[M].上海:华东师范大学出版社,1981:99.

> 知者创物，能者述焉，非一人而成也。君子之于学，百工之于技，自三
> 代历汉至唐而备矣。故诗至于杜子美，文至于韩退之，书至于颜鲁公，画至
> 于吴道子，而古今之变，天下之能事毕矣。[①]

苏轼认识到，艺术创作离不开对传统的继承。这种传统是许多代人集体的智慧，这种传统和智慧"非一人而成也"。在百工技艺中就存在这种继承传统的智慧。苏轼认为，在中国古代的艺术领域，杜甫的诗歌，韩愈的散文，颜真卿的书法，吴道子的绘画之所以能成为创造性大家，就是因为他们继承了传统中优秀的成分，并结合当前的实际发扬光大。

第五节　结局的"大团圆"情结

"情结"（complex，旧称"情意结""情意综"）这一心理学术语是由齐恩（Theodor Ziehen）于1898年所创，指的是一群重要的潜意识组合，或是一种潜藏在一个人或一群人心理状态中强烈而无意识的冲动。这个概念由弗洛伊德与荣格在合作的时期发扬光大，是精神分析学派的一个主要概念。荣格最早使用情结的概念，他认为情结是有关观念、情感、意象的综合体。他还将"情结"形容为"潜意识之中的一个结"。可以将情结理解为一群潜意识感觉与信念形成的结。这个结可以间接侦测，而表现的行为则很难理解。荣格在职业生涯早期就找到证明情结存在的证据。1910年，他在词语联想测验中注意到受试者的行为模式暗示着此人的潜意识感觉与信念。后来被弗洛伊德采纳，他认为情结是一种受意识压抑而持续在潜意识中活动的，以本能冲动为核心的欲望。

情结作为一个心理学术语，尽管各个心理学家的解释有所不同，但不论是弗洛伊德体系还是荣格体系的理论都公认情结是非常重要的概念，是探索心理的一种方法，也是重要的理论工具。

在中国，无论诗歌、戏剧还是小说，无论过程多么悲苦、惨痛，结局总是圆满的。"大团圆"是中国人的一种情结，一个民族的心理偏好。"大团圆"是中国人的一种"潜意识的感觉与信念"。最早发现"大团圆"这种"潜意识的感觉与信念"的，是国学大师王国维。他在1904年发表的《红楼梦评论》中写道："吾国人之精神，世间的也，乐天的也。故代表其精神之戏曲、小说，无往而不著此乐天

---

① 徐中玉.论苏轼的创作经验[M].上海：华东师范大学出版社，1981：101.

之色彩：始于悲者终于欢，始于离者终于合，始于困者终于亨；非是而欲餍阅者之心，难矣。若牡丹亭之返魂，《长生殿》之重圆，其最著之一例也。《西厢记》之以惊梦终也，未成之作也，此书若成，吾乌知其不为《续西厢》之浅陋也？"①有学者研究，中国的戏剧和小说主要有三种模式：一是富家妙龄女以身相许穷书生，穷书生不负知遇之恩勤奋努力，最终金榜题名中状元，回乡迎娶，有情人成眷属，中国戏剧多属此类；二是有情人生前恋情坎坷跌宕，未成眷属，死后象征性团圆，如《梁山伯与祝英台》以双双化蝶的形式团圆，《孔雀东南飞》《长生殿》以比翼鸟、连理枝的方式团圆等；三是生前备受冤屈，死后正义得到伸张的团圆模式，如《窦娥冤》即属此类。

鲁迅在中国小说史著作和杂文、书信中指出，许多地方批评我国古典小说中的"大团圆"思想，鲁迅认为，"团圆主义"是把小说当作某种"教义"宣传的所谓"教训小说"或小说中的"教训"的意味。因为在鲁迅看来，"团圆主义"导致文艺创作的公式化，而"教训小说"则把小说引入概念化。"大团圆"是我国古典小说、戏剧中的一个传统。鲁迅关于"大团圆"的分析批判，吸取了同时代人的思想养料，并加以发展、深化。在20世纪初，我国学术界、文艺界不少学者关注到中国古典小说里的"大团圆"的问题。蔡元培1916年就从中外文学比较中发现：西人重悲剧，我国重"团圆"。如《续西厢记》之述张生及第归来"与莺莺团圆"之类，他认为这是国民性的弱点："盖我国人之思想，事事必求其圆满。"(《在北京通俗教育研究会演说词》)第二年蔡元培在一次演讲中，则从正面打破"团圆主义"。他说，如果《西厢记》的崔张终于"团圆"则平淡无奇。《石头记》若"如《红楼后梦》等，必使宝黛成婚，则此书可以不作"(《以美育代宗教说》)。这些问题的提出，在当时是很有意义的。

鲁迅对"大团圆"一类套子不很满意，他认为中国文人"对社会现象，向来就多没有正视的勇气"，因而在他们笔下，"凡事总要团圆"才美，所以他曾对明末清初"才子佳人"小说所形成的"才子及第，奉旨成婚"之类掩盖矛盾、粉饰太平的公式化、概念化倾向提出尖锐的批评。而对《红楼梦》后四十回的悲剧结构，鲁迅却极为赏识，指出：

139

　　在我的眼下的宝玉，却看见他看见许多死亡；证成多所爱者，当大苦恼，因为世上，不幸人多。惟憎人者，幸灾乐祸，于一生中，得小欢喜，少有

① 姚淦铭，等.王国维文集(第一卷)[M].北京：中国文史出版社，1997：10.

挂碍；然而憎人却不过是爱人者的败亡的逃路，与宝玉之终于出家，同一小器。但在作《红楼梦》时的思想，大约也只能如此；即使出于续作，想来未必与作者本意大相悬殊。惟披了大红猩猩毡斗篷来拜他的父亲，却令人觉得诧异。（《集外集拾遗·〈绛洞花主〉小引》，1927 年）①

在中国文学史上，悲剧结局的作品本来就不多，而《红楼梦》后四十回却以它独到的思想艺术成就，把中国的悲剧文学一举推向难以逾越的最高峰，迫使千百万读者为之肠断心摧，这不能不说是一个奇迹。因此，《红楼梦》后四十回的悲剧结局受到鲁迅的推崇，实在是理所当然的。他还说：

> 《红楼梦》中的小悲剧，是社会上常有的事，作者又是比较敢于实写的，而那结果也并不坏。无论贾氏家业再振，兰桂齐芳，即宝玉自己，也成了个披大红猩猩毡斗篷的和尚。和尚多矣，但披这样阔斗篷的能有几个，已经是"入圣超凡"无疑了。至于别的人们，则早在册子里——注定，末路不过是一个归结；是问题的结束，不是问题的开头。读者即小有不安，也终于奈何不得。然而后来或续或改，非借尸还魂，即冥中另配，必令"生旦当场团圆"，才肯放手者，乃是自欺欺人的瘾太大，所以看了小小骗局，还不甘心，定须闭眼胡说一通而后快。赫克尔（E. Haeckel）说过：人和人之差，有时比类人猿和猿人之差还远。我们将《红楼梦》的续作者和原作者一比较，就会承认这话大概是确实的。（《坟·论睁了眼看》，1925 年）②

鲁迅自己的小说也常常是大团圆的归宿。他的《阿Q正传》也是以"大团圆"收笔的，但是鲁迅的"大团圆"却是悲剧的"大团圆"。且看他的原话：

> 《阿Q正传》大约做了两个月，我实在很想收束了，但我已经记不大清楚，似乎伏园不赞成，或者是我疑心倘一收束，他会来抗议，所以将"大团圆"藏在心里，而阿Q却已经渐渐向死路上走。到最末的一章，伏园倘在，也许会压下，而要求阿Q多活几个星期的罢。但是"会逢其适"，他回去了，代庖的是何作霖君，于阿Q素无爱憎，我便将"大团圆"送去，他便登出

① 鲁迅.鲁迅杂文全集[M].郑州：河南人民出版社，1997：884.
② 同上：65-66.

中国文艺心理学思想史

来。待到伏园回京,阿Q已经枪毙一个多月了。①

鲁迅认为,其实,"大团圆"并不是"随意"给阿Q加上的,连最初鲁迅自己也未料到。鲁迅在《再论雷峰塔的倒掉》一文中对悲剧喜剧有着极其深刻的理解,他说:"悲剧将人生有价值的东西毁灭给人看,喜剧将那无价值的撕破给人看。""大团圆"的结局恰恰是,在人们最有希望看到"人生最有价值的东西"的时刻,让人们去撕破"那无价值"的东西。

如前所述,情结是一群潜意识感觉与信念。是哪些"潜意识的感觉和信念"形成了中国艺术中"大团圆"情结呢? 或者说,中国人的"大团圆"中包含哪些"潜意识的感觉与信念"呢? 我们认为,这与中国人的文化观和道德观有密切的关系。

第一,阴阳五行观已经深入到中国人生活的方方面面,成为人们的集体潜意识。人们相信阴阳变化周而复始,五行相生相克,物极必反,否极泰来。悲到极点就会转化为喜,恶到极端就会有善到来,离的极点就是合。再有,中国人长期受传统文化尤其是儒家文化的熏陶,以阴阳平和、平衡为最高境界,所以无论是作者还是读者,在潜意识中都不愿意破坏这种平衡。有人说,中国没有真正的悲剧,原因也就在此。这种思维就是在最富反传统精神的现代作家鲁迅的作品中也依然有所继承。鲁迅写的《〈自选集〉自序》中曾说:"为达到这希望(治疗旧社会病根——引者注)计,是必须与前驱者取同一步调的,我于是删削些黑暗,装点些欢容,使作品比较的显出若干亮色。"②早在《〈呐喊〉自序》中他就说道:"所以我往往不恤用了曲笔,在《药》的瑜儿的坟上平空添上一个花环,在《明天》里也不叙单四嫂子竟没有做到看见儿子的梦,因为那时的主将是不主张消极的。至于自己,却也并不愿将自以为苦的寂寞,再来传染给也如我那年青时候似的正做着好梦的青年。"③

第二,受因果报应信念的影响。在中国人的集体潜意识中,因果报应信念根深蒂固。人们相信好人终究会有好报,恶人终究会受到惩处。因此,在艺术创作中将这种因果报应的观念自觉不自觉地体现在作品中,对于读者来说,一个恶人到作品的最后都没有受到惩罚,一个好人到最终都没有得到好的结局,

---

① 朱德发,韩之友,选注.鲁迅选集·杂文卷[M].济南:山东文艺出版社,1990:144.
② 同上:291.
③ 同上:49-50.

会令人们大失所望，从而丧失对作品的兴趣。为了满足读者的这种期待，作者也要安排一个"大团圆"的结尾。

第三，受中国传统艺术教化观的影响。受儒家思想的影响，艺术的教化作用在中国人的潜意识中深深扎根。孔子就认为，诗歌、音乐都是用来教化民众的，"诗可以怨，可以兴，可以群"。用"大团圆"的方式，可以表达正义最终会战胜邪恶，美好一定会战胜丑陋，有情男女终归会成眷属，即使在现实中未能成眷属，死后也要成为双飞蝶、连理枝。

按照弗洛伊德的观点，诗歌、戏剧和小说艺术，是用"白日梦"的形式达成在现实中无法达成的愿望，满足人们对美好生活的期待，这对于常年生活在穷困和痛苦中的下层民众无疑是一种心理安慰剂，起到缓解悲伤情怀，获得某种心理平衡和心理保健的作用。但也应当看到，"大团圆"情结也是精神麻醉剂，它令下层百姓安于现状，听天由命，相信因果报应，对残酷的社会现实不加反抗，对邪恶事件不加抗争，消极等待因果报应。这是我们当代艺术创作一定要警醒的。

本章小结

本章主要探讨文艺创作过程中的一系列问题，主要有创作的阶段问题、形似与神似的问题、创作中的创造性问题（包括创作技巧问题、模仿与创新的关系问题）、创作个性与风格问题以及结局的"大团圆"情结等。

1. 文学艺术创作过程的三个阶段，以南北朝文艺理论家刘勰的基本观点为线索，结合魏晋王弼和何晏、宋代苏轼、清时代王士禛和王国维等作家及文艺理论家的观点，揭示创作经历的三个阶段："设情"——创作开始阶段；"酌事"——创作构思阶段；"撮辞"——创作表达阶段。

2. 艺术创作中的形似与神似问题。形似与神似的问题从根本上说是艺术创作的虚实问题。要求写人状物既要形似又要神似，所谓形神兼备。形似，即外部形象的逼真。形似是前提，是基础，没有形似也就不可能有所谓神似。在苏轼的心目中，诗歌、绘画创作首先要做到形似，这是最基本的要求，连形似都做不到就没有权利妄谈艺术创作。苏轼所说的形似包括常形与变形。常形与变形都属于外部形态，我们可以简称"外形"；苏轼所说的神似是指内部形态，所谓"生气""意气"等，我们可以将其称为"内形"。"随物赋形"不仅要赋予事物以"外形"，即描绘刻画出事物外在的常形与变形；同时还要能够体现出事物内在的精神、气质，所谓神似就是"内形"。

3. 创作中的"意新""语新""字句新"、创作技巧，以及模仿与艺术创作。苏轼以自己向文与可学习绘画的实际体验认识到，在绘画以及其他艺术创作中存在"心识其所以然，而不能然者"的"内外不一""心手不相应"的现象。他认为，这种现象的出现归因于学习与练习的缺乏，是"不学之过"，是"操之不熟"的缘故。艺术创作最初都来源于模仿。周作人认为，中国小说不发达的原因就是中国人"不肯模仿"，进而创造不出有价值的小说供国人享用。在他看来，日本近三十年来小说发达的原因就是因为善于模仿。鲁迅的小说《狂人日记》就明显地模仿了果戈理和安特莱夫的某些篇章。鲁迅是直接实现了从模仿到创造的作家。朱光潜说："学一门艺术，就要学该门艺术特有的学问和技巧。这种学习就是利用过去经验，就是吸收已有文化，也就是模仿的一端。"古今中外许多艺术家都认识到，模仿不是目的，只是手段，模仿是学习创作的起始阶段，创作的最终结果是对模仿的超越。模仿的目的是超越模仿。

4. 创作个性与风格。南北朝时期著名文艺理论家刘勰对个性与作家的创作风格进行了理论上的探讨。在刘勰的视野中，作家的个性由才、气、学、习四个要素构成。这四个要素又可分为两个方面：才有庸有俊，气有刚有柔，学有浅有深，习有雅有正。由于才、气、学、习在每个人身上所占比例不同造成了创作者的不同差异，正是这些差异导致"笔区云谲，文苑波诡"的不同风格。刘勰将作家的个性特征及其创作风格分为十二种：俊发（才华英发）的个性特征——对应的创作风格为文洁而体清（文辞洁净而风格清新），其代表作家是著名文学家贾谊；傲诞（狂放不羁）的个性特征——对应的创作风格为理侈而辞溢（文理虚夸而文辞夸饰），其代表作家是司马相如；沉寂（沉郁安静）的个性特征——对应的创作风格为志隐而味深（含意隐晦而意味深沉），其代表作家是扬雄；简易（平易近人）的个性特征——对应的创作风格为趣昭而事博（志趣明白而事例广博），其代表作家是刘向；雅懿（文雅深细）的个性特征——对应的创作风格为裁密而思靡（体裁绵密而思想细致），其代表作家是班固；淹通（周密细致）的个性特征——对应的创作风格为虑周而藻密（思虑周密而文辞细致），其代表作家是张衡；躁锐（急躁猛锐）的个性特征——对应的创作风格为颖出而才果（锋芒突出而果敢有力），其代表作家是王璨；气偏（性情偏激）的个性特征——对应的创作风格为言壮而情骇（言辞雄壮而情思惊人），其代表作家是刘桢；倜傥（胸怀豁达）的个性特征——对应的创作风格为响逸而调远（音节高超而声调卓越），其代表作家是阮籍；俊侠（豪爽狭义）的个性特征——对应的创作风格为兴高而采烈(兴趣高超而文采壮丽),其代表作家是嵇康;轻敏(轻快敏捷)的个性特征——对应的创作风格为锋发而韵流(锋芒毕露而音韵流动),其代表作家是潘岳;矜重(端庄稳重)的个性特征——对应的创作风格为情繁而辞隐(情事繁复而辞义含蓄),其代表作家是陆机。

艺术创作是艺术家个性与风格的展示,要求创作者要形成自成一家的风格。如果说刘勰的《文心雕龙》主要从理论层面全面系统地论述作家的个性特征与创作风格的关系的话,那么苏轼则是从理论与创作实践的结合上丰富了作家的个性与创作风格的关系。他明确提出创作要"自是一家"。"自是一家"这个概念最早是苏轼提出的。苏轼这一家不同于柳永的缠绵悱恻,不同于清切宛丽的所谓正声,而发出了与传统不一样的声音,这是一种豪迈雄壮的声音,也就是豪放派的声音。苏轼公然与柳永的词进行比较,以确立自己"自是一家"的地位。苏轼追求的"自是一家"的风格是豪放与清新。苏轼认为,要"自是一家"应当从两个方面下功夫:一是不被习惯思维束缚,不落俗套;二是通过变化获得新意。苏轼认为,要自成一家:第一,不迷信古人,不迷信权威;第二,不媚俗学,推陈出新;第三,继承和吸收前人的精华。

5. 结局的"大团圆"情结。在中国,无论是诗歌、戏剧还是小说,无论过程多么悲苦、惨痛,结局总是圆满的。"大团圆"是中国人的一种情结,一个民族的心理偏好。"大团圆"是中国人的一种"潜意识的感觉与信念"。最早发现"大团圆"这种"潜意识的感觉与信念"的,是国学大师王国维。

第五章

中国文艺鉴赏心理论

文艺心理从总的方面说,包括两大部分:一是创作心理;二是接受与鉴赏心理。创作心理是探讨创作人员在创作过程中的心理要素和心理历程,接受与鉴赏心理则是从接受者的角度探讨其中的心理问题。前一个问题在前面的章节中已经论述,本章拟谈谈接受与鉴赏方面的心理问题。

第一节　心理距离论

心理距离(psychical distance)是英国心理学家布洛(Edward Bullough)在研究艺术创作和鉴赏基础上推演出的一条原则。我国当代美学家朱光潜先生将心理距离这个原则介绍到中国来。

什么是心理距离? 就是我们在欣赏艺术时一定要超越事物的实用性和功利性,也就是当我们的心灵与事物的实用性和功利性保持在一个合理的距离时,才能产生美感,既不能太近,也不能太远。朱光潜先生曾举过一个生动的例子来说明心理距离。他说:

> 比如说海上的雾。乘船的人们在海上遇着大雾,是一件最不畅快的事。呼吸不灵便,路程被耽搁,固不用说;听到若远若近的邻船的警钟,水手们手慌脚乱地走动,以及船上的乘客们的喧嚷,时时令人觉得仿佛有大难临头似的,尤其使人心焦气闷。船像不死不活地在驶行,茫无边际的世界中没有一块可以暂时避难的干土,一切都任不可知的命运去摆布,在这种情境中最有修养的人也只能做到镇定的程度。但是换一个观点来看,海雾却是一种绝美的景致。你暂且不去想到它耽误了程期,不去想到实际上的不舒畅和危险,你姑且聚精会神地去看它这种现象,看这幅轻烟似的薄纱,笼罩着这平谧如镜的海水,许多远山和飞鸟被它盖上一层面网,都现出梦境的依稀隐约,它把天和海联成一气,你仿佛伸一只手就可握住在天上浮游的仙子。你的四围全是广阔、沉寂、秘奥和雄伟,你见不到人世的鸡犬和烟火,你究竟在人间还是在天上,也有些犹豫不易决定。这不是一种极愉快的经验吗?①

这里涉及两种经验:一种是实用经验,"它和你的知觉、情感、希望以及一切实

---

① 朱光潜.朱光潜美学文集(第一卷)[M].上海:上海文艺出版社,1982:21.

际生活需要"密切联系在一起,成为你的工具和障碍。人们想到的是如何面对危险,如何求得平安,如何不延误行期。切近实用的关系导致观赏者与海雾处于零距离或距离太近。后一种经验是美感经验,这是一种超越实用性和功利性的经验,从而使人能够与实际生活保持一种适当的"距离",用一种超然物外的态度欣赏的经验。

所以,心理距离的一个重要特征就是"超脱"实用。那种"形为物役""凝滞于物""名缰利锁",都是将事物的利害看得太"切身",未能很好地在"我"和"物"中间留出距离来。人们常常用"潇洒出尘""超然物外""脱尽人间烟火气"等形容诗人,就有意无意地道出了诗人能够将事物摆在某种"距离"之外去观赏。因为人都是生活在现实之中的,"所以美感上的'距离'往往极难维持"。① 人们往往是暂时摆脱实用的束缚,将事物摆在适当的"距离"之外去观赏。朱光潜先生举例说:在旅游中,"东方人陡然站在西方的环境中,或西方人陡然站在东方的环境中,都觉得面前事物光怪陆离,别有一种美妙的风味。这就因为那个新环境还没有变成实用的工具,一条街还没有使你一眼看到就想起银行在哪里,面包店在哪里;一棵不认得的树还没有使你知道它是结果的还是造屋的,所以你能够只观照它们形象本身,这就是说,它们和你的欲念和希冀之中还存有一种适当的'距离'"。② "艺术家和诗人的长处就在能够把事物摆在某种'距离'以外去看。""在艺术家心目中,这个世界只是许多颜色、许多线形和许多声音所纵横组合而成的形象。"③

但是,艺术家的"超脱"与科学家的"超脱"不同。科学家的"超脱"是纯客观的、"不切身的"(impersonal)超脱,而艺术家的"超脱"是主观的、"切身的"超脱,因为艺术不能脱离情感,情感是"切身的"。所谓心理距离,是与实用相分离、相隔绝,而与情感密不可分、相重叠。艺术能超脱实用目的,却不能超脱情感和经验。"艺术家尽管自己不落到人情世故的圈套里,可是从来没有一个真正的大艺术家不了解人情世故;艺术尽管和实用世界隔着一种距离,可是从来也没有一个真正的大艺术作品不是人生的返照。"④在艺术欣赏和创作中,一方面要"有我",即用自己的经验验证作品;另一方面也要"忘我",即从实际生活中跳出来。这就是布洛所说的"距离的矛盾"(antinomy of distance)。创作和欣赏是否能够成功,取决于对"距离的矛盾"的安排是否妥当。"距离"太远了,结

---

① 朱光潜.朱光潜美学文集(第一卷)[M].上海:上海文艺出版社,1982:22.
②③ 同上:23.
④ 同上:25.

果是不可了解;"距离"太近了,结果又不免让实用的动机压倒美感。最合适的"距离"是"不即不离",即作者和欣赏者一方面要远离实用,远离功利,另一方面要切近情感。概括地说,离实用越远,离情感越近的"距离",才是合理的或理想的心理距离。朱光潜先生举了这样一个例子:一个观剧者看见演曹操的戏,看到曹操老奸巨猾的样子,不觉义愤填膺,提起刀走上台去把那位扮演曹操的演员杀了。这位观戏者就没有能够处理好"距离的矛盾",以致在不自觉中从美感世界回到实用世界。① 据此,朱光潜先生认为,艺术家与普通人不同的地方就在于,艺术家能够在他自己和自己的情感中留出"距离"来,能站在客观的地位去观照自己的生活。"凡艺术家都必须从切身的利害跳出来,把它当作一幅画或是一幕戏来悠游赏玩。这本来要有很高的修养才能办到。"②朱光潜认为,偏重形式的艺术,不免与人生的"距离"太远;弗洛伊德派的错处在于把艺术和本能情感的"距离"缩得太小。他认为,无论是创作者,还是欣赏者,都一定要站在客位把这种情感当作一幅图画去观赏,这样才能保持适当的距离。

朱光潜先生运用心理距离的原理对近代文艺运动中的写实主义和理想主义进行了分析。写实主义偏重模仿自然,要在实际生活中寻求材料,用客观的方法表现出来。它最忌讳掺杂主观的情感和想象。理想主义以为艺术和自然是相对的,它认为,创造虽拿自然做材料,却须凭主观的情感和想象加以选择配合;艺术要把自然加以理想化,不能像照相那样呆板。朱光潜先生认为,写实家的弊病在于将"距离"拉得太近,甚至失去"距离"。比如现在网上流行的某些网络文学或网络小说,许多都是对所经历的事件、人物的照相式描写,这就失去了"距离"感,从而也就缺少美感。缺少"距离"感是当前快餐文化中一个特别应当警惕的问题。写实派将"距离"摆得太近,就会因"实用的牵绊太多"而容易使人对实际生活发生联想,从而扰乱美感。当然,同一幅作品对于不同的欣赏者来说心理距离也是不同的。比如,一幅描写西湖或黄山的风景画,对于从未到过西湖或黄山的人来说就不会受到现实生活的"牵绊"或"扰乱",也就是说他们的美感更多一些;而对于生活在西湖或黄山的人来说,他们就很容易受到实用的"牵绊"或"扰乱"而降低美感。与写实派相反,理想派的弊病又在"距离"太过。因为缺少现实,其结果流于空泛或荒渺无稽,因此不能引起人们的兴趣,打动人们的情感。"心理距离"的提出者布洛使用"普泛化"(generalisation)和"抽象

149

---

① 朱光潜.朱光潜美学文集(第一卷)[M].上海:上海文艺出版社,1982:26-27.
② 同上:28.

化"（abstraction）两个概念指出了理想主义的弊病。他认为："普泛化和抽象化的作品缺点在应用的范围太空泛，不能引起人们的切身的情趣；它太少个别事物的具体性，应用到一切人都没有什么差别。它想取悦于一切人，结果却是不能取悦任何人。"①

"太过"与"不及"都不是合理的心理距离，所以朱光潜认为："凡是艺术都要有几分近情理，却也都要有几分不近情理。它要有几分近情理，'距离'才不至于过远，才能使人了解欣赏；要有几分不近情理，'距离'才不至于过近，才不至使人由美感世界回到实用世界去。"②《西厢记》的作者就是一个善于把握心理距离的大师。他将张生初和莺莺定情时的情景用"软玉温香抱满怀，春至人间花弄色，露滴牡丹开"这样词句来描写，将两性之事迹写进幽美的意象里，再以音调和谐的词句表现出来，从而使欣赏者的意识被美妙的形象和声音占据，不会与现实联系起来动其淫欲之念。

从作品的类型来说，心理距离最远的是韵文，其次是散文，最近的是戏剧。戏剧是用极具体的方法将人情世故表现在眼前，因此也最容易使人离开美感世界而回到实用世界。为了防止心理距离过近干扰美感效果，戏剧家想出很多办法拉开与现实的距离。古希腊和中国传统戏剧是通过戴面具和穿高跟鞋，表演时使用不同于平常说话和歌唱的唱腔和声调，以及运用舞台来拉开与观众的距离。在造型艺术中，雕刻与观众的距离最近，因为它表现立体，和实物几乎没有分别。为了克服这种距离过近的弊病，雕刻往往对人体加以抽象化，一半只以静态的方式表现，即使表现动态，雕刻家和画家仍然主张将运动的暗示减少到最低限度。要么将雕像的体积大于实物，要么将雕像的体积小于实物，一个基本的办法就是将雕像安排在一个台座上。绘画因为在平面上表现，所以"距离"相对较大。中国绘画追求的"似"与"不似"其实就是试图保持这种心理距离。

相较于韵文（诗、词、赋），散文与读者的心理距离显然比韵文近。一些淫秽的事件或悲惨的事情通过韵文加以表现，就比散文显得"雅驯"和平和。所谓"关雎乐而不淫，哀而不伤"，就是这个道理。《西厢记》因为韵文成分多一些，所以它比《水浒》中潘金莲和西门庆的故事以及《红楼梦》秦钟与智能、宝玉和袭人、贾琏与包二家的一类故事更加不露痕迹。

心理距离与时间性和空间性也有密切的关系。为什么越是一些年代久远的作品更容易引起美感？因为它们与现实拉开了距离。比如汉代的司马相如

①②　朱光潜.朱光潜美学文集（第一卷）[M].上海：上海文艺出版社，1982：31.

与卓文君私奔，唐明皇与杨贵妃的恋情，在当时的人们看来都是丑行，因为人们受到现实的"牵绊"，受到社会习俗和利害观念的影响。而到后世，因为时代久远，实际的"牵绊"已经渐渐被人遗忘，于是就剩下一幅浪漫主义的图画。所以朱光潜说："文艺好比老酒，年代愈久，味道愈醇。但是时空的'距离'如果太远，我们缺乏了解所必需的经验和知识，也就无从欣赏。"[1]当然，对于同一作品，从内容来说，当时人和本国人欣赏较易；就实际的牵绊容易压倒美感态度说，当时人和本国人却也比后世人和外国人欣赏较难。[2]

第二节　移情作用论

移情作用最早是德国美学家费肖尔（Robert Vischer）提出的，移情的德文是 Einfiilung，英国心理学家铁钦纳（Edward Titchener）将其译为 empathy。照字面看，它的意义是"情感到里面去"，就是说，"把我的情感移注到物里去分享生命"。到利普斯（Theodor Lipps）手里，移情变成美学上一条最基本的原理。移情是将自己的情感外射到外物上，使外物也带有某种情感色彩，当这种外射的情感色彩能使人达到物我同一的境界时，就是移情。第一，移情是一种情感的外射作用。移情一定是一种外射作用，但外射作用并不都是移情。在知觉范围内的外射并不是移情。如我看到花红，红虽然是我的知觉，我将知觉外射为花的属性，但我未能将我和花分别忘却。我仍然是我，花仍然是花，这种"物我两分"的知觉并不是移情。移情的发生一定是"物我同一"的状态。移情状态的物与我是分不清的，物就是我，我就是物。第二，外射作用是单向的由我及物，而移情作用不仅是由我及物，而且可以由物及我，是"我的情趣与物的情趣的往复回流"。例如，陆游的词《卜算子·咏梅》："驿外断桥边，寂寞开无主。已是黄昏独自愁，更著风和雨。无意苦争春，一任群芳妒。零落成泥碾作尘，只有香如故。"在这里，梅花与诗人已经完全融为一体，我们简直无法区分出诗人哪一句是写梅花，哪一句是写诗人自己。梅花的经历和品格就是作者的经历和品格。在这里，梅花就是"我"，"我"就是梅花。这就是真正的移情。诗人和艺术家看世界，常把在我的外射为在物的，结果是死物的生命化，无情事物的有情化。[3]

151

---

①②　朱光潜．朱光潜美学文集（第一卷）[M]．上海：上海文艺出版社，1982：33.
③　同上：39.

当一个人处在移情状态,他会认为物也会像自己一样有情感,有生命,有动作,所谓"云飞泉跃""山鸣谷应"。如杜甫的诗句"感时花溅泪,恨别鸟惊心",花如何会溅泪?鸟如何会惊心?分明是作者将自己的情感投射到花和鸟上,所以看上去似乎花在"溅泪",鸟在"惊心"。

所以,移情作用又被一些学者称为"拟人作用"(anthropomorphism)。把人的生命移注于外物,使物理的东西具有人情,使无生气的东西有生气,因此法国心理学家德拉库瓦(Eugène Delacroix)教授把移情称为"宇宙的生命化"(animation de I'univers)。如果没有移情的作用,"世界便如一块顽石,人也只是一套死板的机器,人便无所谓情趣,不但艺术难产生,即宗教亦无由出现"。①

正是因为有移情的作用,创作者和欣赏者才能将自己的情趣和性格灌注到字里行间,比如在书法和绘画中,可以在一片墨涂的痕迹中注入所谓"骨力、姿态、神韵、气魄"。康有为在《广艺舟双楫》中说,字有十美:"一曰魄力雄强,二曰气象浑穆,三曰笔法跳越,四曰点画峻厚,五曰意态奇逸,六曰精神飞动,七曰兴趣酣足,八曰骨法洞达,九曰结构天成,十曰血肉丰美。"朱光潜先生认为,这十美除第九以外大半都是移情作用的结果,都是把墨涂的痕迹看作有生气有性格的东西。因为作者的情趣与性格不同,在书法中灌注的情趣与性格也就不同,所以颜鲁公的字就像颜鲁公,赵孟頫的字就像赵孟頫。因为人的情趣是会变化,同一个人在不同的情境中会表现出不同的情趣和意态,因此在书法中也会表现出来。"同是一个书法家,在正襟危坐时写的字是一种意态,在酒酣耳热时写的字又是一种意态;在风日清和时写的字是一种意态,在风号雨啸时写的字又是一种意态。某境界的某种心情都由腕传到笔端上去,所以一点一画变成性格和情趣的象征,使观者觉得生气蓬勃。作者把性格和情趣贯注到字里去,我们看字时也不知不觉地吸收这种性格和情趣,使在物的变成在我的。例如看颜鲁公的字那样劲拔,我们便不由自主地耸肩聚眉,全身的肌肉都紧张起来,模仿它的严肃;看赵孟頫的字那样秀媚,我们也不由自主地展颐扬眉,全身筋肉都弛懈起来,模仿它袅娜的姿态。"②

是不是所有的创作者和欣赏者都一定会移情呢?对此有两种观点,德国美学家佛拉因斐尔斯(Müller Freienfels)划分出分享者(德文 Mitspieler,英文 participant)与旁观者(德文 Zuschauer,英文 contemplator)。只有分享者才会发生移情作用,分享者能够把我投入到所表达的对象或所扮演的角色之中,设

①②　朱光潜.朱光潜美学文集(第一卷)[M].上海:上海文艺出版社,1982:45.

身处地地分享表达对象的活动和生命。分享者在创作和鉴赏中就是设法失去"自我",将自己的情感完全投入到角色之中。以演戏为例,在进入角色后,演员把自己的性格完全脱掉,穿上角色的性格,在角色的梦境中往复周旋,把一切忘却。演员的悲痛、哭泣、哀求、呼号,这一切都是真的。这时,创作者不仅忘记了自己,也忘记了读者和观众。分享者看小说和戏剧如看实际的人生,看到兴会淋漓时,自己同情某个人物,便把自己当成那个人物,人物成功时陪着欢喜,人物失败时陪着懊丧。比如看《哈姆雷特》,男子往往把自己看成哈姆雷特,女子往往把自己看成皇后或奥菲丽亚。也有人同时分享几个人物的情感,在看哈姆雷特时,无论是男是女,随着剧情的变化,一会儿变成哈姆雷特,一会儿变成奥菲丽亚。有些观赏者,虽然没有充当某个角色,却直接闯入剧情:"一位英国老太婆看《哈姆雷特》到最后决斗的一幕,大声警告哈姆雷特说:'当心呀,那把剑是上过毒药的!'"①分享者看戏时没有与实际生活拉开"心理距离",因此,他们是用实用的或伦理的眼光来观赏艺术,能最大限度地获得快感,却不是美感。

旁观者则不具备这种移情作用。他们能够分清物是物,我是我,能够静观形象而觉其美。旁观者时时明白自己是在演戏,表情尽管非常生动自然,而一举一动、一言一笑却都是用心揣摩出来的,在表情动作上尽管慷慨淋漓,内心却非常冷静。中国古代的戏曲演出大半如此,扮演的角色是经过长期训练的,怎样笑、怎样哭、怎样缕胡须,都有固定的套路。真正能够欣赏戏剧的人多数是冷静的旁观者,看一部戏和看一幅画一样,能总观全局,细察各部,衡量各部的关联,分析人物的情理。这种活动当然仍然是科学的而不是美感的。但是经过这番分析以后,整个作品所现的形象才愈加明显,美者愈见其美,所得的美感愈加浓厚。②

这两种人谁更有审美力呢？英国学者罗斯金(John Ruskin)认为,第一流的诗人都看清事物的本来面目,其实就是所谓"旁观者",第二流诗人具有"情感的误置",也就是移情或分享。18世纪法国哲学家狄德罗(Denis Diderot)在《演员的矛盾》(Paradoxe sur le Comédien)中竭力主张演员要能很冷静地控制自己,时时听着自己的声音,瞟着自己的动作,切忌分享所扮演人物的情感。这个主张被称为"不动情感"(Komisarjevsky)主义,对后世影响颇大。也有人为"分享者"的演法辩护。事实上,上述两派都有极为成功的代表,两种演法各有所长,也各有所短,扮演者要根据自己的性情加以选择,不能勉强。但有一点是

153

---

①②　朱光潜.朱光潜美学文集(第一卷)[M].上海:上海文艺出版社,1982:55.

明显的,那就是在舞台创造中移情并不是必要条件,而冷静的揣摩却是必需的。

移情能使艺术家设身处地领会所描绘和欣赏的对象。艺术家最需要"设身处地"和"体物入微"的本领。他们在描写一个人或一个器物时,就能刹那间变成那个人或那个器物,能够感受到这个人或器物的情感和生命的存在。比如,唐朝著名诗人王昌龄的《闺怨》:"闺中少妇不知愁,春日凝妆上翠楼。忽见陌头杨柳色,悔教夫婿觅封侯。"王昌龄并不是"闺中少妇",他却能如此真切地体会到"闺中少妇"的情感,并且能够感动天下的"闺中少妇"和同情"闺中少妇"的无数读者,就在于诗人具有超乎寻常人的"设身处地"的体悟能力。

移情是心理学中的一个词汇,中国古典文论中是没有移情这一概念的,但是关于移情现象的描述和实践确实存在。所谓移情,就是作者在凝神观照、全神贯注的审美状态下,将自己的情感投射到所要描述的事物之中,使所描述的事物似乎也带上这种情感色彩。在《庄子·秋水》中,庄子与惠子在濠梁上的一段对话,从文艺心理学的角度看就具有移情价值。其文曰:

> 庄子与惠子游于濠梁之上。庄子曰:"儵鱼出游从容,是鱼之乐也。"惠子曰:"子非鱼,安知鱼之乐?"庄子曰:"子非我,安知我不知鱼之乐?"惠子曰:"我非子,固不知子矣;子固非鱼矣,子之不知鱼之乐,全矣。"庄子曰:"请循其本。子曰'汝安知鱼乐'云者,既已知吾知之而问我,我知之濠上也。"[1]

宣颖注说:"我游濠上而乐,则知鱼游濠下亦乐也。"在惠子看来,庄子是将自己的快乐"投射"到鱼的身上,心乐与鱼乐合二为一,从而产生一种审美意境。

唐代诗人杜甫在听到折磨百姓八年的"安史之乱"被平定后,欣喜若狂,禁不住吟出"癫狂柳树随风舞,轻薄桃花逐水流",在思国怀乡、感叹身世时吟诵出"感时花溅泪,恨别鸟惊心"。柳树如何会癫狂,桃花如何会轻薄?分明是作者杜甫的情感癫狂了、轻薄了。花如何会溅泪,鸟如何会惊心?分明是作者的心在溅泪,在惊心。对此,宋代郭熙将这种移情现象称为"神会"。他说:

> 真山水之云气,四时不同:春融怡,夏蓊郁,秋疏薄,冬黯淡;画尽见其大象,而不为斩刻之形,则云气之态度活矣。真山水之烟岚,四时不同:春

154

山澹冶而如笑，夏山苍翠而如滴，秋山明净而如妆，冬山惨淡而如睡；画见其大意，而不为刻画之迹，则烟岚之景象正矣。[①]

显然郭熙认为，要达到"云气之态度活"和"烟岚之景象正"，主要不在于刻画是否符合客观之真实，而在于画家能否将自己的情感投射到所画对象，使所画对象具有某种情感色彩，作者与所画景物之间是否能够"神会"，如果画家与所画对象能够达到某种"神会"，就会使所画对象具有人的情感特征，这就是所谓"拟人化"。春夏秋冬四时的山脉分别"如笑""如滴""如妆"和"如睡"。画家一旦进入这种移情状态，在创作中只追求其神似（"画见其大意"）而不在意形似（"不为刻画之迹"），就能得"烟岚之景象正矣"！

江少虞认为，不仅创作画需要"神会"，欣赏绘画也需要"神会"。他认为，欣赏者只有获得画中的意趣才能算欣赏。他说："书画之妙，当以神会，难可以形器求也。世之观画者，多能指摘其间形象、位置、彩色瑕疵而已，至于奥理冥造者，罕见其人……又欧阳文忠公《盘车图诗》云：'古画画意不画形，梅诗咏物无隐情。忘形得意知者寡，不若见诗如见画。'此真为识画也。"

其实，早在宋代，著名画家米芾、苏轼就体会到了"神似"或"意似"的价值。米芾、苏轼是从禅道走进这一境界的。禅道以"立无念为宗"。强调清净自性。米芾、苏轼深受这种思想的影响，因此也身体力行地将这种思想体现在自己的书法与绘画之中。米芾就说自己作山水画是"因信笔作之，多烟云掩映，树石不取细，意似而已"（《画史》）。苏轼很赞成米芾的观点。他在谈到绘画得神、传神时说道："此岂能举体皆似耶，亦得其意思所在而已，使画者悟此理，则人人可以为顾陆。"（《论传神》）米、苏氏的"意似而已""得其意思"就是以意取理、以意造神。苏轼在《净因院画记》一文中："至于山石树木，水波烟云，虽无常形，而有常理。""观士人画，如阅天下马，取其意气所到。乃若画工，往往只取鞭策皮毛，槽枥刍秣，无一点俊发，看数尺许便倦。"（《跋范汉杰画山》）

第三节　知音论

155

艺术欣赏是读者走进创作者心理世界的过程，是读者走进创作者生命的过程。我国当代著名美学家宗白华 1920 年初在《时事新报》副刊《学灯》做编辑，

---

① 熊志庭，刘城淮，金五德，译注. 宋人画论[M]. 长沙：湖南美术出版社，2004：13.

看到郭沫若的新诗后曾写信给郭沫若说："你诗中的境界是我心中的境界。我每读一首，就得到一回安慰。因我心中常常也有这同等的意境。"①然而这并不是轻而易举能够做到的。由于作者的兴趣、需要、性格偏好与读者并非都能很好地吻合，因此文人们常常发出"知音难觅"的感叹。"知音"一词，最早出现在《吕氏春秋·本味》中：

> 伯牙鼓琴，钟子期听之。方鼓琴而志在太山，钟子期曰："善哉乎鼓琴，巍巍乎若太山。"少选之间，而志在流水，钟子期又曰："善哉乎鼓琴，汤汤乎若流水。"钟子期死，伯牙破琴绝弦，终身不复鼓琴，以为世无足复为鼓琴者。②

伯牙是一位有名的琴师，他的琴术很高明，钟子期则善于欣赏音乐。伯牙弹琴的时候，想着在登高山。钟子期高兴说："弹得真好啊！我仿佛看见了一座巍峨的大山！"伯牙又想着流水，钟子期又说："弹得真好啊！我仿佛看到浩浩荡荡的江海！"伯牙每次想到什么，钟子期都能从琴声中领会到伯牙所想。所以钟子期死后，伯牙就"破琴绝铉，终身不复鼓琴"，认为世界上再也没有像钟子期那样能够理解自己琴声的知音了。

《列子·汤问》篇也记载了这个故事：

> 伯牙游于泰山之阴，卒逢暴雨，止于岩下，心悲，乃援琴而鼓之。初为霖雨之操，更造崩山之音，曲每奏，钟子期辄穷其趣。伯牙乃舍琴而叹曰："善哉，善哉，子之听夫！志想象犹吾心也，吾于何逃声哉？"③

有一次，他们两人一起去泰山的北面游玩，游兴正浓的时候，突然天空下起了暴雨，于是他们来到一块大岩石下面避雨，伯牙心里突然感到很悲伤，于是就拿出随身携带的琴弹起来。开始弹绵绵细雨的声音，后来又弹大山崩裂的声音。每次弹的时候，钟子期都能听出琴声中表达的含义。伯牙于是放下琴感叹地说："好啊，好啊，你能想象出我弹琴时所想的意境，我的琴声无论如何也逃不掉你的听力！"这就是"知音难觅"的最早记载。此后被历代文人屡屡引用。

① 郭沫若.女神[M].南京：南京大学出版社,2009,前言：1.
② 陈其猷,校注.吕氏春秋(上、下)[M].上海：学林出版社,1984：740.
③ 陈明,校点.列子[M].上海：上海古籍出版社,2014：156.

南北朝刘勰《文心雕龙·知音》从音乐欣赏中的知音说到文学欣赏中的知音。《知音》是《文心雕龙》的重要篇章之一，许多学者把《知音》作为"文学批评"或"文学鉴赏"专论来研究。

> 知音其难哉！音实难知，知实难逢，逢其知音，千载其一乎！
>
> 夫篇章杂沓，质文交加，知多偏好，人莫圆该。慷慨者逆声而击节，酝藉者见密而高蹈，浮慧者观绮而跃心，爱奇者闻诡而惊听。会己则嗟讽，异我则沮弃，各执一隅之解，欲拟万端之变，所谓"东向而望，不见西墙"也。①

刘勰也与伯牙一样认为，文学上的知音难逢，甚至把遇到知音看成是千载难逢的事，原因首先是"音实难知"。"音"为什么那么难知呢？因为"夫篇章杂沓，质文交加，知多偏好，人莫圆该"。首先是文章风格差异很大，质朴与华丽交叠在一起。刘勰在《文心雕龙·知音》中曾形象地说道：麒麟凤凰和麏鹿野鸡，其形象可谓相差甚远，珠宝与石子完全不同，明亮的阳光把它们的样子照得很清楚，明亮的眼睛也会把它们的形状辨别得很清晰。然而鲁臣把麒麟当作麏鹿，楚人把野鸡当作凤凰，魏人把夜光璧当作怪石，宋人把燕国的石子当作宝珠。具体有形的很容易考察，尚且发生这样的谬误，更何况用文字表达的情感呢？②

其次是欣赏者的认知与个性偏好各不相同。性情慷慨的欣赏者碰到激昂的声调会击节赞赏；有涵养的欣赏者读到细致含蓄的文章就会兴高采烈；喜欢浮华的欣赏者读到辞藻华丽的文章会心跃澎湃；爱好新奇的人阅读到诡谲风格的文章就会震撼动心。合乎自己兴趣者就会赞叹欣赏，与自己兴趣相悖者就会抛弃。人们在文艺鉴赏中最容易出现"各执一隅之解"，这就像人们向东面张望，自然看不到西面的墙壁。除此之外，刘勰认为，在文艺鉴赏中，知音难觅还因为时人存在另外两种偏见：一种是人们"多贱同而思古"，就是人们多看轻同时代的人而怀念古人。所谓"日进前而不御，遥闻声而相思"。刘勰举例说，从前韩非的《内外储说》开始传播，司马相如的《子虚赋》方才作成，秦始皇、汉武帝看到，怨恨不能与作者同时；后来知道是同时代的人了，结果韩非被囚禁，司马相如遭到轻视。另一种是"文人相轻"。班固与傅毅，本来文章不相上下，可是班固却讥讽傅毅"下笔不能自休"。曹植也极力贬低陈琳的文才。

对于《文心雕龙·知音》篇，有学者认为它是一篇"鉴赏论"。周振甫指出：

---

①② 刘勰. 文心雕龙[M]. 王志彬，译注. 北京：中华书局，2012：548－553.

"《知音》是讲鉴赏的,是鉴赏论。"刘文忠也持同样的观点:"《知音》篇就其主导倾向来说,是偏重于鉴赏的。"有学者认为它是文学"批评论"。缪俊杰就认为:"整部《文心雕龙》都贯串着他对文学批评的见解和对作家作品的评论,但比较集中地谈到文学批评的专篇有《知音》。"还有认为它是"鉴赏—批评论"。王运熙在《〈知音〉题解》中明确指出:"本篇论述文学鉴赏和批评。"詹锳也认为:"《知音》篇是专门讲文学鉴赏和批评的。"笔者更赞成将《知音》看成"教人如何成为作者的知音"的观点。刘勰阐述"知音难逢"不是要人们不要去寻找知音,而恰恰是欲"教人如何成为作者的知音"。

作为欣赏者,如何才能成为作者的知音呢? 刘勰用如下一段话表达了自己的观点:

> 凡操千曲而后晓声,观千剑而后识器;故圆照之象,务先博观。阅乔岳以形培塿,酌沧波以喻畎浍。无私于轻重,不偏于憎爱,然后能平理若衡,照辞如镜矣。是以将阅文情,先标六观:一观位体,二观置辞,三观通变,四观奇正,五观事义,六观宫商。斯术既形,则优劣见矣。①

从文艺心理学的角度看,刘勰指出,鉴赏者走进创作者心理世界的办法和途径:一是"务先博观"。要鉴别作品的优劣,就必须广浏博览,见识多了自然就会获得全面的观察与鉴别能力。所谓"凡操千曲而后晓声,观千剑而后识器"。二是鉴赏者要不存私心和偏见。私心和偏见影响公平、公正,是鉴赏文学艺术的错误心态,只有不在鉴赏之先就心存私心爱憎,才"能平理若衡,照辞如镜"。三是掌握六种鉴赏技巧。所谓"先观六标"(位体、置辞、通变、奇正、事义、宫商)。第一看体制安排,第二看文辞布置,第三看继承变化,第四看或奇或正的表现手法,第五看运用事类,第六看声律。如果一个鉴赏者能够熟练地运用这六种方法,文章的优劣自然就鉴别出来了。四是心灵敏锐。刘勰说:"故心之照理,譬目之照形,目瞭则形无不分,心敏则理无不达。"只有心灵敏锐的鉴赏者,才容易走进作者的心灵世界,理解作者心灵的深浅,成为作者的知音,而不会出现"深废浅售",像庄周讥笑人们爱听《折杨》歌,像宋玉感叹《白雪》不被理解一样。五是能够发现作家异彩之处。所谓"见异唯知音耳"。屈原就曾说:"文质疏内,众不知余之异彩。"扬雄也自称:"心好沉博绝丽之文。"只有那些"深识见奥"之人

---

① 刘勰. 文心雕龙[M]. 王志彬,译注. 北京:中华书局,2012:554-556.

才能成为"知音君子"。①

刘勰发现了创作者与鉴赏者的根本差别,所以鉴赏者要成为创作者的"知音"就必须认清这种差别,并自觉从这种差别入手,才能真正走进创作者的心理世界。那么,这种差别是什么呢? 刘勰说"夫作文者情动而辞发,观文者披文以入情",也就是说,创作者是先有情思,由情思而发为文辞;读者则是从文辞入手而了解作者的情思。所以,读者需要"沿波讨源",是作者隐幽的情感显露出来,所谓"其幽必显",能够成为"知音"。

第四节　境界论

先秦时期儒家提倡的内圣外王就是对人生境界的追求,"天人合一"就是人们追寻的最高境界。儒家认为人生有不同的境界,从小人到圣人;道家追求至人、神人的境界。因此,追求精神境界一直是自先秦以来中国知识分子的一种生存方式。这也是中国古代"天人合一"思想在现实生活的体现。讲究物我同一、物我两忘、情境交融,人的精神世界与大自然融为一体,不分彼此。但"境界"作为概念来自佛教。据历史学家考察,佛教最早是在东汉明帝时,也就是公元一世纪传入中国,因此"境界""意境"的概念在中国的使用是在佛教传入之后。如三国时翻译的《无量寿经》卷上说:"比丘白佛,斯义弘深,非我境界。"南北朝时翻译的《入楞伽经》卷九说:"我弃内证智,妄觉非境界"。佛教或佛经所指的"境界",本来是指禅义或禅法达到的深度。佛教徒参禅悟道到一定阶段,便会产生彻悟的感觉,这种感觉是一种很难用言语加以表述的心理状态。②"境界"这个概念在文学家、文论家、艺术家那里常常被称为"意境",也就是说"意境"是由"境界"演化而来,而且即使在文艺理论中也常常作为同义词使用。"意境"逐渐成为文学创作与欣赏中一个不可或缺的概念,不断得到历代诗论家、书法家、画家等的丰富,不断赋予其新的含义,最终成为中国古代文艺理论中一个独特的、颇有意味的理论范畴。它是在中国古代文学艺术长期发展的实践过程中,汲取、融合儒释道等各种哲学思想和美学思想,继承传统的审美趣味而逐渐形成、完善起来的,是我国古代文艺审美理想和审美心理的集中体现。

汉魏六朝的境界论。最早关注这一问题的是东汉时期的古文字学家许慎

① 刘勰. 文心雕龙[M].王志彬,译注. 北京:中华书局,2012:555－556.
② 金开诚.文艺心理学论稿[M].北京:北京大学出版社,1982:236.

和文学家、书法家蔡邕。许慎用文学的"味"来表达意境，为历代文学家开了先例。蔡邕则明确提出"妙境"的概念。他是从书法创作九种基本技能中发现，妙境是可以创造的思想。

唐宋时期的境界论。"境界"或"意境"到唐宋时代成了文学艺术家的普遍共识。唐代的意境论主要有：王昌龄的意境观，认为从"立意"到"境生"是一个过程，突出"我"在诗中的非"共相"性，把有"我"之"内识"，即"意"看作诗的灵魂。王昌龄提出三境观，即物境—情境—意境。物境，以写物见长，故得其形似；情境，以表达情感见长，与读者产生情感上的共鸣，以情动人，感染力强；意境，则触及审美主体即诗人的联想及想象，审美之维已延伸到实境之外，是最高的境界。唐代诗人刘禹锡提出"境生于象外"的观点，认为意境产生于意象又超越意象之外。意境是融入情感因素之象，是虚境与实境的统一。晚唐诗人、诗论家司空图虽然没有使用"境界"或"意境"的词汇，但他的"象外之象、景外之景、韵外之致、味外之旨"就是对"意境"具体描绘。

宋代的意境论。宋代的欧阳修、苏轼、严羽、杨万里等都对意境有过论述。欧阳修引梅尧臣的话说："必能状难写之景如在目前，含不尽之意见于言外，然后为至矣。"苏轼《题渊明饮酒诗后》中说："'采菊东篱下，悠然见南山'。因采菊而见山，境与意会，词句最有妙处。"南宋诗论家、诗人严羽将意境描述为"如空中之音，相中之色，水中之月，镜中之像，言有尽而意无穷"。南宋诗人杨万里以"饴"之"酸""茶"之"甘"喻诗之"味外味"。北宋画家、绘画理论家郭熙从绘画视角提出"三远"说，即"高远、深远、平远"，这既是绘画中的三种透视效果，也是绘画追求的三种境界。

元明清时期的境界论。元初诗人、诗论家方回在《心境记》中提出"心即境"的观点。他认为，诗人在日常生活中有什么心情就有什么意境，意境不需要刻意去追求，普通平常人的"人境"就是诗境。所不同的是，诗人的主观感受与一般人不同。明代布衣诗人谢榛"景乃诗之媒，情乃诗之胚"，诗是诗人"情景相触"的结果。明末清初文学家、戏曲家及学者李渔认为，无情无景根本谈不上意境，有情无景也谈不上意境，有景无情更谈不上意境；意境一定是情与景的水乳交融，但情景在构成意境时的地位是不同的，情为主，景为客。王夫之提出"景以情合，情以景生"的观点，认为情景相生、情景不离。清代学者蔡小石将读书分为"始读、再读、卒读"，不同的读书阶段或读书方式获得不同的意境。王士禛欣赏"不着一字，尽得风流"的观点。乔亿"景中断须有意，无意便是死景"的观点。龚自珍关于出境与入境的观点：一个作家既要"善入"又要"善出"，应当二者兼备。所谓"善入"，就是作者需要静观默察，钻到所描写的对象中去，仔细揣摩，使之烂熟于心，达到如数家珍的境地。所谓"善出"，就是指作者钻到对象中去之后还要跳出来，表现为自己对对象的态度、看法和评价。叶燮以诗句为例分析了象外之境。曾国藩认为，古代优秀作品可以分为两种境界：一是阳刚之美的文境；二是阴柔之美的文境。属于阳刚之美的文境，又可分为雄、直、怪、丽四种风格，每一种风格可以用十六个字加以概括。此外还有唐志契以"藏"和"露"论虚实、祈彪佳"境以幻为实"、周亮工的"虚实"论、陈廷焯"以实写虚，化情思为意象"的观点；杨廷芝的"妙境不自寻"论、王骥德的"是相非相"论、贺裳的"实中带虚"论、笪重光"虚实相生"论、况周颐"意境缔构子吾想望之中"等。

近现代的境界论。国学大师王国维对意境进行最为全面系统的论述，提出境界是诗词创作与欣赏的最高品格的观点，奠定了境界在文学艺术创作与鉴赏中的审美价值。王国维将境界看成是艺术质量至高的甚至是唯一的标准。"有境界自成高格，自有名句。"王国维认为，"一切景语皆情语""喜怒哀乐亦人心中之一境界。故能写真景物真感情者，谓之有境界，否则谓之无境界。"境界有大小，境界可创造，王国维认为，要创造美好的意境：一要见之真，知之深，要有真情实感；二要巧用动词。"造境"与"写境"，"造境"是自然中没有，作家在头脑中想象出的情景交融之境，"写境"是对自然实际存在之物的描述，由此分出理想派与写实派。但是，究竟是"造境"还是"写境"在大诗人身上是难以区分的，因为他们的"造境"已经与自然无分轩轾，他们的"写境"也能充分表达理想。他认为，"造境"与"写境"或写实家与理想家是完全可以统一的。"有我之境"与"无我之境"，"有我之境"指的是以我观物的理想派，"无我之境"指的是以物观物的写实派。王国维还将"境界"分为"诗人之境界"与"常人之境界"。常人的境界也是诗人的境界，因为"一切境界，无不为诗人设，世无诗人，即无此种境界"。在王国维看来，诗人与常人都能"感之"，所不同的是诗人"能写之"，具有非凡的表达能力，而常人不具备，由此他将诗人分为客观之诗人与主观之诗人。客观之诗人必须深谙世事，阅历越丰富越深厚，写出的作品越形象生动，真实可见。而主观之诗人则不需要涉世太深，也不需要阅历太丰富，要保持"赤子之心"才能写出好的作品。王国维还认为境界可出可入。所谓"入"是说我入物内，以物为主，故我为被动。所谓"出"是说我出物外，以我为主，故我为主动。

近代学者梁启超认为："境者，心造也。一切物镜皆虚幻，惟心所造之境为真实。"现当代学者宗白华认为，意境是情景互生，不断深入的过程。

第五节　心物交融论

前文已经提到,进入直觉状态的艺术创作者和艺术欣赏者一定是处在物我两忘与物我同一的状态。进入直觉状态或美感状态的人因为"用志不纷,乃凝于神"的缘故,已经完全摆脱、忘记实用世界,沉浸在单纯的意象世界里。当然意象虽然也是实用世界的反映,但却没有了实用世界的牵绊。意象是把事物悬在心眼里,当作一幅图画来观照。朱光潜先生认为:"无论是艺术或自然,如果一件事物叫你觉得美,它一定能在你的心眼中现出一种具体境界,或是一幅新鲜的图画,而这种境界或图画必定在霎时中霸占住你的意识全部,使你聚精会神地观赏它,领略它,以至于把它以外的一切事物都暂时忘去。"他还说:"把事物摆在心目中当作一幅画去玩索……不去盘问效用,所以心中没有意志和欲念;也不像科学家,不去寻求事物的关系条理,所以心中没有概念和思考。他只是在观赏事物的形象。"[1]他举例说:"比如一个画家在聚精会神地欣赏一棵古松,那棵古松对于他便成为一个独立自足的世界。在观赏的一刹那中,他忘却这棵古松之外还另有一个世界。目前意象世界仿佛是一种梦境,如果另外世界的事物闯进意识中来,便不免使他从梦境中惊醒了。"[2]由此可见,美感的状态,就是意识完全被意象占据的状态,是一种聚精会神的观照状态,处在这种状态的观赏者或创作者完全忘记实用,忘记科学,忘记真假,忘记虚实,忘记时间,忘记自己的存在。这就是所谓的"物我两忘"。这也就是有学者所说的,"艺术要摆脱一切然后才能获得一切"。叔本华认为,人因为有我而成为意志的奴隶,因而生出许多烦恼。但在文艺欣赏中,因为暂时忘去自我,摆脱意志的束缚,由意志世界转移到意象世界,所以艺术是对人生的解脱。[3]

"物我两忘"的结果是"物我同一"。对此,朱光潜先生有一段精彩形象的论述:"观赏者在兴高采烈之际,无暇区别物我,于是我的生命和物的生命往复交流,在无意之中我以我的性格灌输到物,同时也把物的姿态吸收于我。比如观赏一棵古松,玩味到聚精会神的时候,我们常不知不觉地把自己心中的清风亮节的气概移注到松,同时又把松的苍劲的姿态吸收于我,于是古松俨然变成一

①　朱光潜.朱光潜美学文集(第一卷)[M].上海:上海文艺出版社,1982:13-15.
②③　同上:16.

中国文艺心理学思想史

个人,人也俨然变成一棵古松。"①一句话,在艺术的境界中,物与我的经验完全消灭。比如王昌龄的《长信怨》:"奉帚平明金殿开,且将团扇共徘徊。玉颜不及寒鸦色,犹带昭阳日影来。"此诗是一首宫怨诗,被誉为最出色的宫怨诗。诗中的主人公是班婕妤。她失宠于成帝之后,谪居长信宫侍奉太后。诗人借汉代班婕妤失宠典故抒发唐代宫女失宠之怨。诗的意思是,清晨金殿门开,失宠的宫妇就拿着扫帚清扫殿堂。(此句以虚写、叙述的表现手法,表达了失宠的宫女辛苦的宫廷生活。)姑且手执团扇,徘徊度日,打发时光。(此句以细节描写的表现手法,表达了失宠宫女孤独寂寞的生活。)即使容貌美丽,但失宠后的宫女还不如丑陋的寒鸦,寒鸦它还能带有昭阳殿(汉成帝和赵飞燕居住的地方)帝王的日影飞来。(此句以借代——玉颜借失宠宫女、借喻——日影喻帝王的宠爱的修饰手法和对比——玉颜与寒鸦的表现手法,表达了失宠的宫女的无限愁怨。)王昌龄是一位唐朝的男子,写的却是一位汉朝女子,他作这首诗时一定要设身处地地想象班婕妤谪居长信宫的种种意象,自己就像班婕妤一样,想象到聚精会神时,就达到"物我同一"的境界,在创作时诗人的心境就变成班婕妤的心境了。冯友兰先生认为,要能创造出"风流"的作品,就非具有"物我无别,物我同等的感觉"不可,他说:"这种感觉也是最本质的东西。要成为艺术家,这种感觉也是本质的东西。真正的艺术家一定能够把他自己的感情投射到他所描绘的对象上,然后通过他的工具媒介把它表现出来。"②

本章小结

本章从文艺鉴赏角度探讨了心理距离论、移情作用论、知音论、境界论和心物交融论五种观点。

1. 心理距离论。心理距离是英国心理学家布洛在研究艺术创作和鉴赏基础上推演出的一条原则。我国当代美学家朱光潜先生将其介绍到中国来。所谓心理距离就是我们在欣赏艺术时一定要超越事物的实用性和功利性,也就是当我们的心灵与事物的实用性和功利性保持在一个合理的距离时,才能产生美感。心理距离的一个重要特征就是"超脱"实用。朱光潜认为:"凡艺术都要有几分近情理,却也都要有几分不近情理。"

① 朱光潜.朱光潜美学文集(第一卷)[M].上海:上海文艺出版社,1982:18.
② 冯友兰.中国哲学简史[M].北京:北京大学出版社,1996:203.

2. 移情作用论。移情作用最早是德国美学家费肖尔提出的，移情的德文为 Einfülung，英国心理学家铁钦纳将其译为 empathy。照字面看，它的意义是"情感到里面去"，就是说，"把我的情感移注到物里去分享生命"。到利普斯手里，移情变成美学上一条最基本的原理，也是由朱光潜先生最早介绍到中国来。移情是将自己的情感外射到外物上，使外物也带有某种情感色彩，当这种外射的情感色彩使人达到物我同一的境界时，就是移情。第一，移情是一种情感的外射作用。第二，外射作用是单向的由我及物，而移情作用不仅是由我及物，而且可以由物及我，是"我的情趣与物的情趣的往复回流"。正是因为有移情的作用，创作者和欣赏者可以在一片墨涂的痕迹中注入所谓"骨力、姿态、神韵、气魄"。当然不是每个欣赏者都有移情作用，有人将欣赏者分为分享者与旁观者。只有分享者能够把我投入到所表达的对象或所扮演的角色之中，设身处地地分享表达对象的活动和生命。分享者在创作和鉴赏中就是设法失去"自我"，将自己的情感完全投入到角色之中，产生移情作用。旁观者则不具备这种移情作用。他们能够分清物和我，物是物，我是我，能够静观形象而觉其美。旁观者时时明白自己是在演戏，表情尽管非常生动自然，而一举一动、一言一笑却都是用心揣摩出来的，在表情动作上尽管慷慨淋漓，内心却非常冷静。移情是心理学中的一个词汇，在中国古典文论中是没有移情这一概念的，但是关于移情现象的描述和实践确实存在。所谓移情就是作者在凝神观照、全神贯注的审美状态下，将自己的情感投射到所要描述的事物之中，使所描述的事物似乎也带上这种情感色彩。杜甫、江少虞等人的古典诗词中都明显地体现了这种移情作用。

3. 知音论。"知音"一词，最早出现在《吕氏春秋·本味》中。"伯牙鼓琴，钟子期听之"，这是最早的知音难觅的故事。《列子·汤问》篇也记载了这个著名的故事。南北朝刘勰《文心雕龙·知音》从音乐欣赏中的知音说到文学欣赏上的知音。刘勰也与伯牙一样认为，文学上的知音难逢，甚至把遇到知音看成是千载难逢的事，原因首先是"音实难知"；其次是欣赏者的认知与个性偏好各不相同。刘勰指出，鉴赏者走进创作者心理世界的办法和途径：一是"务先博观"。要鉴别作品的优劣，就必须广浏博览，见识多了自然就会获得全面的观察与鉴别能力；二是鉴赏者要不存私心和偏见；三是掌握六种鉴赏技巧（位体、置辞、通变、奇正、事义、宫商）；四是心灵敏锐。

4. 境界论。"境界、意境"作为概念来自佛教，但很受文学家的青睐，逐渐成为文学艺术创作与欣赏中一个不可或缺的概念，不断得到历代诗论家、书法家、画家等的丰富，不断对其赋予新的含义。关于境界，从文艺欣赏与创作的角度看主要有如下一些观点：（1）妙境说，早在东汉时期，文学家、书法家蔡邕就提出"妙境"的概念，后为许多文人所使用。（2）三境说。盛唐时期著名边塞诗人，有"七绝圣手""诗家天子"之称的王昌龄认为诗人有物境、情境、意境三境。（3）晚唐诗人、诗论家司空图将"意境"具体表述为"象外之象、景外之景、韵外之致、味外之旨"。（4）三远说。宋代著名画论家郭熙在长期的山水游历和实践中总结出"三远"论，认为山水画要追求"高远、深远、平远"三种境界。（5）情与景的交融说。清代学者李渔认为，意境无非就是由情与景两个要素构成的，意境的层次和水平就是看作者对情与景关系的处理功夫。李渔抓住了境界的实质。王夫之提出"景以情合，情以景生"的观点，认为情景相生、情景不离。（6）出境与入境说。出境与入境的观点最早见于清代诗人龚自珍的《尊史篇》。龚自珍认为，一个作家既要"善入"又要"善出"，应当二者兼备。所谓"善入"，就是作者需要静观默察，钻进所描写的对象中去，仔细揣摩，使之烂熟于心，达到如数家珍的境地。所谓"善出"，就是指作者钻进对象之后还要跳出来，表现为自己对对象的态度、看法和评价。（7）境界大小说。这是近代国学大师王国维的观点。他认为："言气质，言神韵，不如言境界，有境界，本也；气质神韵，末也。有境界而二者随之矣。""词以境界为最上，有境界则自成高格，自有名句。"他认为，"境界有大小，不以是而分优劣"。（8）"造境"与"写境"说。王国维将"造境"与"写境"即理想派与现实派统一起来。"造境"是"有我之境"，"写境"是"无我之境"。在王国维的境界说中，"有我之境"指的是以我观物的理想派，"无我之境"指的是以物观物的写实派。王国维还据此提出客观之诗人和主观之诗人。王国维还将"境界"分为"诗人之境界"与"常人之境界"。此外，王国维主张诗人要"入乎其内，又须出乎其外"的观点也是出境与入境说的表达。

5. 心物交融论。它是指进入直觉状态的艺术创作者和艺术欣赏者一定是处在物我两忘与物我同一的状态。进入直觉状态或美感状态的人因为"用志不纷，乃凝于神"的缘故，已经完全摆脱、忘记实用世界，沉浸在单纯的意象世界里。美感的状态，就是意识完全被意象占据的状态，是一种聚精会神的观照状态，处在这种状态的观赏者或创作者完全忘记实用，忘记科学，忘记真假，忘记虚实，忘记时间，忘记自己的存在。无论是欣赏者还是创作者既忘记了物的存在也忘记了我的存在，物与我已经融为一体，物就是我，我也就是物，物与我完全无法区分了，这就是"物我两忘"与"物我同一"。这是艺术欣赏与创作所应达到的状态。

第六章

中国音乐心理思想

中国传统音乐的源流与构成

先秦时期的音乐心理思想

秦汉之后的音乐心理思想

音乐是将人类能够发出的乐音组织起来塑造艺术形象、表达人们思想感情、反映人类社会生活的一种艺术。那么什么是乐音呢？所谓乐音，是物体按某种规则振动发出的声音。音乐是人类最古老、最基础和最社会化的认知领域之一。音乐与语言和数字并称为人类最重要的三大符号系统。维特根斯坦(Ludwig Josef Johann Wittgenstein)说："从某种意义上说，音乐是最深奥微妙的艺术。"①音乐的三大系统是人类智慧的源泉，是人类文明的开始，是人类区别于其他动物的三大杰出能力。在英语中，"音乐"一词写作"music"，是由拉丁语"musica"演化而来的，最早源于古希腊语"motlsike"一词(张洪岛，1983)。

音乐的基本要素包括音的高低、长短、强弱和音色。由节奏、曲调、和声、力度、速度这些基本要素以及调式、曲式、织体等"形式要素"构成，其中最基本的要素是节奏与旋律。

比起音乐的产生时间，音乐心理学的诞生要到19世纪中叶。可是，在音乐心理学作为一门专门的学问诞生前，数千年的文化积淀中就已经有丰富的音乐心理学思想。孔子就曾数次拜苌弘和师襄子为师专门研习音乐，中国古老的文化典籍《礼记》中就专门有一章《乐记》，先秦思想家孔子、孟子、荀子、墨子、韩非子等都对音乐有过论述，司马迁在他"究天人之际，通古今之变，成一家之言"的《史记》中也有专论《乐》。用今天的眼光审视，在这些论述中包含许多音乐心理学的思想。19世纪心理学诞生后，心理学家对语言和数字的加工机制给予了极大关注，而音乐一直以来都是艺术和哲学领域的研究课题。随着认知科学的发展，尤其是近年来认知神经科学的发展，引发了心理学对音乐认知加工机制研究的兴趣。②

在所有的艺术形式中，音乐在传达和表现情感上是其他艺术形式无法比拟的。音乐是声音的艺术、时间的艺术、情感的艺术，它最擅长借助声音这个媒介来真实地传达和表现审美情感。这或许是人们创作音乐和欣赏音乐的主要原因。③

音乐是最高的艺术，音乐是一种形式美的艺术，它可以没有歌词，只有旋律、节奏。林语堂说："一切艺术问题都是韵律问题。所以，要弄懂中国的艺术，

---

① ［英国］维特根斯坦.文化和价值［M］.黄正东，唐少杰，译.南京：译林出版社，2014：11.
② 蔡黎曼.音乐意义的加工：来自事件相关电位的证据［D］.广州：华南师范大学，2013：6-7.
③ 同上：7.

我们必须从中国人的韵律和艺术灵感的来源谈起。"①

中国是一个历史悠久的文明古国,从先秦时代到当代中国,中国人为人类留下了十分丰富并富有特色的音乐资源。在这些宝贵的音乐资源中,不仅有各种音乐曲目、各种演奏的乐器,而且有十分丰富的音乐理论,音乐心理思想就是众多音乐理论中的一部分内容。音乐是所有艺术中形式感最强的,是沿着时间而逐渐展开的潮水,是能够发放光芒照亮心灵的声音,她是人类在这个世界上创造出的最好的翅膀。②

英国文艺批评家佩特(Walter Pater)说过,一切艺术到了精微境界都求逼近音乐;因为音乐能泯灭实质与形式的分别,而达到这种天衣无缝境界的只有音乐。这个道理是一般美学家公认的。叔本华把音乐看成最高的艺术,因为其他艺术只能表现意象世界,而音乐则为意志的外射。图画不能描绘的,语言不能传达的,音乐往往能曲尽其蕴。它节奏的起伏,音调的宏纤,往往恰合人心的精微变化。个人的性格、民族的特征以及时代的精神都可以从音乐中窥见到。中国古时掌管政教的人往往从音乐歌谣中观民风国俗,就是这个道理。音乐不但最能表现心灵,它也最能感动心灵。③ 音乐为什么会有如此效果呢? 除了前面说的,它能表现其他艺术无法表现、不能传达的特点之外,还因为,音乐能最大程度地降低理智的成分,"直接引起心弦的共鸣"。"音乐所表现的往往是超乎理智所能分析的。在诸艺术之中,音乐大概是最原始的,不但蒙昧民族已能欣赏音乐,即飞禽走兽也有音乐的嗜好。"④

音乐是最高的艺术,也是最难的艺术。它感动人心的力量大多数人都能体验到,但是对于为什么音乐会有如此大的力量,大多数人也都难以说清。一曲乐调演奏完毕,全场的听众都会如醉如痴地陶醉其中,但对于为什么如此陶醉的理由却千差万别。甲可能说唤起了他对许多良辰美景的联想,乙可能说引起了他缠绵悱恻的情感,丙则有可能赞扬它抑扬顿挫的旋律与节奏,等等。

本章试图探讨中国音乐理论中蕴含的心理思想,不奢望对中国音乐进行全面系统的阐述,但为了研究的方便起见,也拟先阐述一下中国传统音乐的源流与概况。

① 林语堂.中国人(全译本)[M].上海:学林出版社,1994:284.
② 朱文信.昆德拉与上帝的笑声[J].读书,2013(4):15-20.
③ 朱光潜.朱光潜美学文集(第一卷)[M].上海:上海文艺出版社,1982:308.
④ 同上:309.

第一节　中国传统音乐的源流与构成

一、中国传统音乐的源流

中国传统音乐大约形成于公元前 21 世纪至公元 3 世纪,也就是从夏、商、周直到春秋、战国、秦汉两代,经历了由原始舞蹈到宫廷乐舞的演化。《吕氏春秋·古乐篇》记载:"昔葛天氏之乐,三人操牛尾,投足以歌八阕。"哪八阕呢?"一曰载民,二曰玄鸟,三曰遂草木,四曰兴五谷,五曰敬天常,六曰建帝功,七曰依地德,八曰总禽兽之极。"其形式为诗、歌、舞的结合,其内容为畜牧、种植生活的反应。到周代出现宫廷舞乐,同时也表现出明显的等级化特点。《谷梁传·隐公五年》记载:"舞《夏》,天子八佾,诸公六佾,诸侯四佾。"《左传》也有:"天子用八,诸侯用六,大夫四,士二。"也就是说,在春秋之前,只有天子才能使用"八佾",即八八行列的舞队(六十四人),诸侯应该使用六六行列的舞队(三十六人),大夫的舞队只能是四四行列(十六人),至于一般士阶层的舞队只能是"二二行"(四人)。难怪当年孔子听到鲁国大夫季孙氏"八佾舞于庭"时,曾愤怒地斥责为"是可忍,孰不可忍"。[1]《礼记》中也有:"大夫无故不用彻悬,士无故不彻琴瑟。"也就是说,当时把使用乐器或奏乐看成是很神圣的事情。《周礼》中有:"凡射,王以驺虞为节,诸侯以狸首为节,大夫以采苹为节,士以采蘩为节。"周代的乐舞包括"六代乐舞、小舞、散乐、四夷之乐"和宗教性乐舞。其中"六代舞"包括黄帝、唐尧、虞舜、夏禹、商汤以及周朝的宫廷音乐。黄帝时代的代表乐舞是《云门大卷》,唐尧时代的乐舞代表是《大咸》,虞舜时代是《大磬》,夏禹时代是《大夏》,商汤时代是《大护》,周代是《大武》。"小舞",即帔舞、羽舞、皇舞、旄舞、干舞、人舞。"散乐"即民间乐舞。"四夷之乐",指其他民族或部落的音乐。最典型的还是"六代乐舞"典礼音乐的代表,乃综合了诗、歌、舞、乐而成,动作缓慢,声调平静如畅。正如《乐记》所言,"乐由中出,礼自外作。乐由中出故静,礼自外作故文。大乐必易,大礼必简",以"宣邕和平之德"为主旨,而达"君臣和教,长幼和顺,父子兄弟和亲"的目的。[2]

就来源来说,中国传统音乐是在以黄河流域为中心的中原音乐和四域音乐

171

---

[1]　金良年,撰. 论语译注[M]. 上海:上海古籍出版社,2004:19.

[2]　同上:30 - 31.

以及外国音乐的交流融合之中形成发展起来的。《吕氏春秋·季夏纪·音初》将音乐分为东方音乐、西方音乐、南方音乐和北方音乐,并分别记载了关于它们起源或由来的传说。

有关东方音乐的起源,《吕氏春秋·季夏纪·音初》这样记载:

> 夏后氏孔甲田于东阳萯山。天大风,晦盲,孔甲迷惑,入于民室。主人方乳,或曰:"后来,是良日也,之子必大吉。"或曰:"不胜也,子之是必有殃。"后乃取其子以归,曰:"以为余子,谁敢殃之?"子长成人,幕动坼橑,斧斫斩其足,遂为守门者。孔甲曰:"呜呼!有疾,命矣夫!"乃作为"破斧"之歌,实始为东音。①

其意思是,夏君孔甲在东阳萯山打猎,天刮起大风,天色昏暗,孔甲迷失了方向,走进一家老百姓的屋子。这家人正生孩子,有人说:"君主到来,这是好日子啊,这个孩子一定大吉大利。"有人说:"怕享受不了这个福分啊,这个孩子一定会遭受灾难。"夏君就把这个孩子带了回去,说:"让他做我的儿子,谁敢害他?"孩子长大成人了,一次帐幕掀动,屋椽裂开,斧子掉下来砍断了他的脚,于是只好做了守门之官。孔甲叹息道:"哎!发生了这种灾难,是命里注定吧!"于是创作出"破斧"之歌。这是最早的东方音乐。

有关南方音乐的起源,《吕氏春秋·季夏纪·音初》这样记载:

> 禹行功,见涂山之女。禹未之遇而巡省南土。涂山氏之女乃令其妾候禹于涂山之阳。女乃作歌,歌曰"候人兮猗",实始作南音。周公及召公取风焉,以为"周南""召南"。②

这段话的意思是,禹巡视治水之事,途中娶涂山氏之女。禹没有来得及与她举行婚礼就到南方巡视去了。涂山氏之女就叫她的侍女在涂山南面迎候禹。她自己于是作了一首歌,歌中唱道"候望人啊",这是最早的南方音乐。周公和召公后来在那里采风,就把它叫作"周南""召南"。

有关西方(秦音)音乐的起源,《吕氏春秋·季夏纪·音初》这样记载:

① 张双棣,张万彬,殷国光,陈涛,译注.吕氏春秋季夏纪·音初[M].北京:中华书局,207:62-63.
② 同上:63-64.

周昭王亲将征荆。辛馀靡长且多力，为王右。还反涉汉，梁败，王及蔡公扰于汉中。辛馀靡振王北济，又反振蔡公。周公乃侯之于西翟，实为长公。殷整甲徙宅西河，犹思故处，实始作为西音。长公继是音以处西山，秦缪公取风焉，实始作秦音。

这段话的意思是，周昭王亲自率领军队征伐荆国。辛馀靡身高力大，做昭王的车右。军队返回，渡汉江，这时桥坏了，昭王和蔡公坠落到汉水中。辛馀靡把昭公救到北岸，又返回救了蔡公。周公于是封他在西方为诸侯，做一方诸侯之长。当初，殷整甲迁徙到西河居住，但还思念故土，于是最早创作了西方音乐。辛馀靡封侯后住在西翟之山，继承了这一音乐，秦穆公时曾在那里采风，开始把它作为秦国的音乐。

有关北方音乐的起源，《吕氏春秋·季夏纪·音初》这样记载：

有娀氏有二佚女，为之九成之台，饮食必以鼓。帝令燕往视之，鸣若谥隘。二女爱而争搏之，覆以玉筐。少选，发而视之，燕遗二卵，北飞，遂不反。二女作歌，一终曰："燕燕往飞"，实始作北音。

这段话的意思是，有娀氏有两位美貌的女子，给他们造起了九层高台，饮食一定用鼓乐陪伴。天帝让燕子去看她们，燕子去了，叫声谥隘。那两位女子很喜爱燕子，争着扑住它，用玉筐罩住，过一会儿，揭开筐看它，燕子留下两个蛋，向北飞去，不再回来。那两位女子作了一首歌，歌中唱道："燕子燕子展翅飞"，这是最早的北方音乐。

（一）中原音乐

中华民族又叫华夏民族，华夏又称诸夏。"华"，《说文·华部》解释为"荣"之意；"夏"，《说文·文部》解释为"中国之人"。"中国"含有居住地域居中的意思，也就是"中原"之意。什么地域居中呢？我们的古人认为就是黄河流域。所谓中原音乐也就是以黄河流域为中心发展起来的音乐。《尚书·梓材篇》《诗·大雅·荡篇》称商王国为中国。《诗·大雅·民劳篇》称宗周和遵守周礼的诸侯国为中国。东周时期，北方诸侯自称中国。我们的古人常常将自己政治文化所在地看成是居中的地区，因此常将此称为中国，其实是国之中心。当时中国西部地区称为夏。东方齐、鲁、卫等大国本从西方迁来，因之东方诸国称东夏，东西通称诸夏。凡遵守周礼的人和族，华人或华族，通称为诸华。诸华与中国境内的各个诸侯因利益与文化不同,经常发生冲突与战争,结果,华夏文化得到扩展,中国的地域也得到扩展,到东周末年,许多接受华夏文化的各族,基本上融合成一个民族——中华民族。

与此同时,出现汉字文化圈及其音乐文化,为中国古代文明奠定了基石。最能代表中原音乐特色与水平的是殷商和西周音乐文化。

《吕氏春秋·古乐篇》记载:汤曾命伊尹作"大护",歌"晨露",修"九招""六列"等乐章。《史记·殷本纪》也说,纣使师涓作"新淫声"等所谓"靡靡之音"。此外,从甲骨卜辞用舞祭媚神求雨的记载,可以推知商代统治者有酷爱乐舞的嗜好。殷商出土的文物中就有磬、鼓、埙(陶土制成的吹奏乐器,多为上小下大的鸡蛋形,有一至十几个音孔)、钟等多种乐器。

周代的音乐更具有中原音乐的代表性:完成了对六代乐舞的整理;设置了大司乐机构,将礼乐制度等级化;三分损益律的运用;最重要的是,"八音"乐器分类中丝类的"琴"(又称七弦琴,今又称古琴)及其音乐的出现,奠定了中国传统乐器与器乐的基本模式。[①] 中国古琴音乐又奠定了中国传统音乐与文学的密切关系的基础。

(二) 四域音乐

中原音乐文化以外的中华音乐文化,从地域上说就是黄河流域以外的中华各个民族的音乐文化,包括长江流域楚文化中的音乐文化,珠江流域的音乐文化,西南少数民族的音乐文化,西北古丝绸之路沿途的多种音乐文化,以及东北各少数民族的音乐文化。《吕氏春秋·古乐篇·仲夏纪》载:"昔黄帝令伶伦作为律。伶伦自大夏之西,乃之阮隃之阴,取竹于嶰溪之谷,以生空窍厚钧者,断两节间,其长三寸九分而吹之,以为黄钟之宫,吹曰:'舍少'。次制十二筒,以之阮隃之下,听凤凰之鸣,以别十二律。"[②]这虽然是一种传说,但从此可以知道,早在黄帝所在的原始社会时期,中原音乐与四域音乐就开始了交流。黄帝的乐官伶伦就到"阮隃之阴",即今天的新疆一带"取竹",制作十二根律管。

到夏代,这种交流更加频繁,每当有皇位继承等大典庆贺,都有中原以外的少数民族前来献歌献舞。例如,公元前 2015 年少康继位,周围的少数民族都来献上乐舞。所谓"少康继位,方夷来宾,献其乐舞"。公元前 1774 年夏朝的后发继位,"诸夷宾于王门。冉保庸会于上池,诸夷入舞"。

---

① 王耀华,杜亚雄.中国传统音乐概论[M].福州:福建教育出版社,1999:21-23.
② 高诱,注.吕氏春秋[M].毕沅,校.徐小蛮,标点.上海:上海古籍出版社,2014:102.

到周代则更进一步发展,有了专门掌管少数民族音乐的官吏。据《周礼·春官·大司乐》记载,当时就有鞮师、旄人、鞮鞻氏分别掌管不同少数民族的音乐。其中"鞮师,掌教《鞮乐》。祭祀则帅其属而舞之,大飨亦如之。""旄人,掌教舞散乐、舞夷乐。……凡祭祀宾客,舞其燕乐。""鞮鞻氏,掌四夷之乐与其声歌。祭祀则歈而歌之,燕亦如之。"①也由此可知,当时中原音乐与少数民族音乐的交流与融合的基本状况。

汉代以后,西南少数民族的《巴渝舞》开始在中原流行。《巴渝舞》的来历,据《后汉书·南蛮·西南夷列传》记载,这与汉高祖刘邦的提倡有密切关系。"阆中有渝水,其人多居水左右,天性劲勇。初为汉前锋,数陷阵,俗喜歌舞,高祖观之曰:此武王伐纣之歌也。乃命乐人习之,所谓《巴渝舞》也。"在汉代乐府之中,表演《巴渝舞》的专业艺人就有 36 人。该歌舞从汉代乐府一直流传到魏晋南北朝、隋、唐,达近千年之久。②此外,北方游牧民族鼓吹形式的音乐受到中原音乐家的重视,《鼓角横吹曲》就是中原音乐家根据西域音乐改编而成。此后鼓吹音乐在中原地区得到更大发展和广泛应用。

魏晋南北朝时期,是我国各民族大融合的时代。人口的大量迁徙,给文化带来了繁荣,这时龟兹乐、疏勒乐、西凉乐、高昌乐等少数民族的音乐大量在中原流行。到隋唐时期,这些音乐都成了七部乐、九部乐、十部乐的重要组成部分。隋唐时期在中原地区聚集了许多少数民族的音乐家。有作曲家、琵琶演奏家、笙演奏家和歌唱家等,为隋唐音乐的发展作出了历史性贡献。

到唐代,在我国东北地区有一个少数民族——奚(南北朝时称为库莫奚,隋唐时称为奚,五代十国时融于契丹),生产出一种琴,叫奚琴。"奚琴本胡乐也,出于弦鼗而形亦类焉,奚部所好之乐也,盖其制,两弦间以竹片轧之,至今民间用焉。"(《乐书·卷一二八》)宋代流入中原后又称为嵇琴。沈括《梦溪笔谈》记载:"熙宁中,宫宴,教坊伶人衍奏嵇琴,方进酒而一弦绝,衍更不易琴,只有一弦终其曲。"可以说,宋代是一个各种琴音汇聚的时代,除奚琴或嵇琴外,还出现马尾胡琴。《梦溪笔谈》中有"马尾胡琴随汉车,曲声犹自怨单于"的记载。这种乐器及演奏的音乐不仅在民间的房间瓦舍普遍流行,就是在宫廷宴乐中也颇有地位。此后胡琴类乐器出现许多不同的变体,如京胡、板胡(河北)、坠胡(河南)、粤胡(广东)、椰胡(福建)、马骨胡(广西)、马头琴(蒙古族)、牛腿琴等,对中国传

---

① 王耀华,杜亚雄.中国传统音乐概论[M].福州:福建教育出版社,1999:24-25.

② 同上:25.

统音乐的繁荣和发展起到巨大作用。

（三）外国音乐

关于外国音乐如何融入中国传统音乐，成为中国传统音乐的组成部分，也有很久远的传说。据《穆天子传》记载，早在西周初年，周穆王带领大规模的乐舞队到西方各国旅游演出。据说在"玄池"岸边就举行过盛大的歌舞演唱会，演唱会持续三天；后在"漯国"为祭一只死去的白鹿，举行了大规模的演出。在归国途中还得到一名叫"偃师"的能够制作木偶的外国工匠，其制造的木偶能够"歌合律，舞应节"。

当然，外国音乐大规模传入中原还是在张骞出使西域之后。崔豹《古今注》记载："张博望入西域，传其法于西京，唯得摩诃、兜勒二曲。李延年因胡曲更造新声二十八解。"其中最不能忽视的是佛教音乐和《天竺乐》的引入。

佛教音乐传入中原是中国音乐史上的大事件。公元 382 年，前秦苻坚命吕光发动对龟兹的战争，其目的是赢取佛教文化，抢夺高僧鸠摩罗什。鸠摩罗什的到来，不仅为中原带来了他翻译的佛教经典，而且还带来了他创作的十首佛曲，使"众心惬服，莫不欣赏"。从此，龟兹成为佛教音乐进入中原的中转站，大量的佛教音乐从这里源源不断地传入中原。到南北朝时期，外来的佛教音乐开始了本土化的进程，许多佛教音乐在自身发展的同时，也开始与中国固有音乐相融合，逐渐形成能够表达中国佛教徒思想、理念、情感的佛曲，也产生了一批以宗教为职业的音乐家，其中少康、文淑、段善本等都是杰出代表。

《天竺乐》传入我国是在东晋时期。《隋书·音乐志》有这样的记载："天竺者，起自张重华（349—353）据有凉州，重四译来贡男伎。天竺即其乐焉。歌曲有沙石疆，舞曲有天曲。乐器有凤首箜篌、琵琶、五弦、笛、铜鼓、毛员鼓、都昙鼓、铜钹、贝九种，为一部。二十二人。"在隋唐时代，在宫廷音乐中，已经将许多来自外国的音乐收入中国音乐演奏中来。《天竺乐》《高丽乐》《扶南乐》《悦般乐》《安国乐》都作为隋唐七部乐、九部乐、十部乐的组成部分。

二、中国传统音乐的构成

中国传统音乐由民间音乐、文人音乐、宫廷音乐和宗教音乐四个部分组成。

（一）民间音乐

民间音乐是指由民众集体创作的，真实反映他们实际生活情景、生动表达他们感情的音乐作品。民间音乐的特征是集体创作、口头传播，因时间、地区、演奏者的不同而有一定的变化性。民间音乐包括民间歌曲（劳动号子、山歌、小调、长歌等）、歌舞音乐、说唱音乐（鼓词类、弹词类、渔鼓类、牌子曲类、琴书类、杂曲类、走唱类、板诵类等）、戏曲音乐和综合性乐种。

（二）文人音乐

文人音乐是指由历代具有一定文化修养的知识阶层人士创作和参与创作的传统音乐。文人音乐主要包括琴乐（古琴音乐）和词调音乐。古琴音乐是琴（古琴）演奏（含独奏、伴奏、重奏）的音乐。词调音乐是配合着词而歌唱的一种音乐体裁形式。中国的传统音乐，一般按照宫廷音乐、宗教音乐、民间音乐、文人音乐来进行区分，而文人音乐是中国特有的一种音乐形态，最能代表中国传统音乐的审美风格。中国的所谓文人音乐实际上就是士大夫阶层之修养观念、道德情操于音乐上的反映，其中渗透着演奏者对人生的反思，带有文人自身自尊自清的人格要求和道德理念。

（三）宫廷音乐

宫廷音乐，顾名思义就是在宫廷内部或朝廷仪式上为统治者所演奏的音乐。在中国，自公元前21世纪进入奴隶社会后，就出现宫廷音乐。《尚书》《易经》《墨子》中记载的《舞雩》《大濩》以及夏、商歌舞活动的情况，都反映了当时宫廷音乐的特点。《舞雩》是用来强化神权的统治，《大濩》用来夸耀商汤伐纣的功勋。还有统治者将音乐作为享乐的工具。《墨子·非乐》就有批评启将音乐作为享乐工具的记载："启乃淫佚康乐，野于饮食，将将锽锽，管磬以力。"《尚书·五子之歌》也抨击宫廷音乐"内作色荒，外作禽荒，甘酒嗜音，峻宇雕墙"。《管子·轻重》中也描述了夏桀时奢靡的乐舞生活："昔者桀之时，女乐三万人，晨噪于端门，乐闻于三衢。"《诗经》中的雅、颂部分就反映了当时宫廷宴饮、祭祀的音乐盛况。

到周代就出现专门管理音乐事务的机构，叫大司乐，有1 463人，包括乐师、大胥、大师、小师、瞽矇、典同、磬师、笙师、镈师、舞人、徒役等。周代的宫廷音乐包括六代之乐、房中乐、诗乐。六代之乐是《云门》《大咸》《大韶》《大夏》《大濩》《大武》，是规模宏大的典礼音乐，诗、歌、舞、乐综合在一起。其内容有祭祀天地山川，有跨越政治修明隆盛。房中乐是宫廷内部所演唱的歌曲，只用琴瑟伴奏，由后妃从民间采集来的诗篇中选择，以侍奉君王。诗乐是由太师到各地采集的民间歌谣，经加工修饰而作为与典礼配合的诗篇。

秦代因为存在的时间比较短，只是沿用了周代"六代之乐"中的《韶》《武》，并将《武》改为《五行》。汉代于公元前112年设立"乐府"作为音乐的专门管理机构。在当时著名音乐家李延年的领导下，有890人为乐府工作，为宫廷收集民间音乐，创作和填写歌词，创作和改变曲调，编配乐器，进行演唱演奏。

隋唐的宫廷音乐既继承了传统雅乐，又吸收了四方民族和外国的音乐，先后组成了七部乐、九部乐、十部乐、坐部乐和立部乐，出现大曲、法曲等音乐形式。特别是唐代因为经济文化的繁荣，音乐机构也十分发达完备，有大乐署（兼管雅乐和燕乐）、鼓吹署（专管仪仗中鼓吹音乐）、教坊和梨园（二者专为皇帝娱乐）。这些音乐机构内部有严格的专业训练，有绩效考核，有等级区别。《新唐书·礼乐制》记载："唐之盛时，凡乐人、音声人、太常杂户子弟，隶太常及鼓吹署，皆番上，总号音声人，至数万人。"

宋代的宫廷音乐主要有雅乐、鼓吹乐和宴享之乐三个种类。宫廷雅乐是用来在祭祀、朝会和上皇帝皇后尊号、册立皇后、册封皇太子、鹿鸣宴等典礼时使用的音乐。宫廷鼓吹乐，既是皇朝的军乐，也是朝会音乐的一部分。宫廷的宴享之乐，包括杂剧、歌唱、舞蹈、器乐独奏合奏等，其机构有教坊、云韶部、钧容直、东西班等。北宋教坊分为大曲部、法曲部、龟兹部、鼓吹部四部。南宋教坊，设而复废，名存实亡。

明清两代的宫廷音乐与历代基本相同。

中国古代的宫廷音乐按照演出的场合，可以分为外朝音乐和内廷音乐。外朝音乐是指群臣朝会、办事场所演奏的音乐。内廷音乐是指在皇帝、后妃等生活起居地演奏的音乐。

中国古代的宫廷音乐按照其功能性质，又可分为典制性音乐和娱乐性音乐。典制性音乐主要用来显示典礼的隆重和皇帝的威严，包括祭祀乐、朝会乐、卤簿乐等。娱乐性音乐主要是用来娱乐，供人欣赏、愉悦身心，包括筵宴乐、行幸乐、吹打乐等。

凡宫廷音乐都有明显的功利性、礼仪性、旋律节奏雅化等特点。[1]

（四）宗教音乐

宗教音乐是指由宗教信仰者演奏或为宗教信仰目的而演奏的音乐。中国因为地域广阔、人口众多，宗教信仰也多种多样。中华民族的信仰主要有佛教、道教、伊斯兰教（回教）、基督教等，因此就有佛教音乐、道教音乐、伊斯兰教音乐和基督教音乐等。

本章重点不是要全面系统地阐述中国音乐史，而是就中国历史上涉及的音

① 王耀华，杜亚雄．中国传统音乐概论［M］．福州：福建教育出版社，1999：120-121．

乐心理思想诸问题进行梳理分析。

第二节　先秦时期的音乐心理思想

一、《左传》的音乐心理思想

《左传》全称《春秋左氏传》，儒家十三经之一，是中国第一部以叙事为主的编年史、古代汉族史学名著和文学名著。相传《左传》是春秋末年鲁国史官左丘明根据鲁国国史《春秋》编成，记叙范围起自鲁隐公元年（前722年），迄于鲁哀公二十七年（前468年）。在《左传·昭公二十年》中就记载了春秋时期的思想家晏婴与齐侯有关音乐的对话：

> 公曰："唯据（人名，即果梁丘据）与我和夫？"晏子对曰："据亦同也，焉得为和？"公曰："和与同异乎？"对曰："异。和如羹焉，水火醯醢盐梅以烹鱼肉，燀之以薪。宰夫和之，齐之以味，济其不及，以泄其过。君子食之，以平其心。……声亦如味，一气，二体，三类，四物，五声，六律，七音，八风，九歌，以相成也。清浊、大小、短长、疾徐、哀乐、刚柔、迟速、高下、出入、周疏，以相济也。君子听之，以平其心。……若琴瑟之专一，谁能听之，同之不可也如是。"[①]

从晏婴与齐侯关于"和与同异"的对话中可以看出，乐音不是某种单一的声音，而是"清浊、大小、短长、疾徐、哀乐、刚柔、迟速、高下、出入、周疏"等对立声音有规律、有节奏的和谐统一，这就大大地丰富和发展了"声一无听"的音乐审美思想，同时指出这些对立的声音是相辅相成、相互补充的。这种和谐好像做羹汤，用水、火、醯、醢、盐、梅来烹调鱼和肉，用柴禾烧煮，员工加以调和，要"济其不及，以泄其过"，味道太淡就增加调料，味道太浓就加水冲淡，使之浓淡"适度""适中"，如此，"君子食之"，才能"以平其心"。晏子强调的是，只有和谐的声音才能"以平其心"。音乐具有平和人心，使人心平静下来的功能。

《左传》中关于襄公二十九年（前544年）季札观乐的记载也含有音乐心理思想。季札请观周乐时"为之歌《颂》，曰：'至矣哉！直而不倨，曲而不屈，迩而

[①]　左丘明.左传[M].长春：吉林大学出版社，2011：263.

不逼,远而不携,迁而不淫,复而不厌,哀而不愁,乐而不荒,用而不匮,广而不宣,施而不费,取而不贪,处而不底,行而不流,五声和,八风平,节有度,守有序,盛德之所同也。'"①这就把《雅》《颂》之声说成是"中和"的典范。它之所以能"五声和,八风平",就在于情感受到理智的克制与约束,达到无过无不及的程度。

在古代诗、乐、舞三位是一体的,而音乐则是三者的核心,诗需要唱,舞需要配乐,所以"音乐"一词在古代实际上是文艺的一种总称。音乐之所以受到如此重视,就在于它对社会群体心理的"和同"有不可替代的作用,文艺"可以兴,可以观,可以群,可以怨",其"入人也深,其化人也速""可以化下""可以刺上"。

古往今来,为什么历朝历代都那样重视音乐呢? 为什么在古代那样艰苦的生活条件下,人们还那样离不开音乐呢? 音乐究竟与人的心理是什么关系呢?《左传·昭公二十五年》就有:"则天之明,因地之性,生其六气,用其五行,气为五味,发为五色,章为五声。"在《左传》看来,音乐是人性不可或缺的部分,音乐是人性的表达。

二、《国语》的音乐心理思想

《国语》是中国最早的一部国别体史书著作。传说是春秋末期鲁国人左丘明所作,近代学者研究认为可能是春秋时由盲史官所记。全书二十一卷,记录了周朝王室和鲁国、齐国、晋国、郑国、楚国、吴国、越国八国的历史、人物、事迹、言论的国别史杂记,也叫《春秋外传》,偏重于记述历史人物的言论,反映了春秋时期的社会状况。上起周穆王十二年(前990年)西征犬戎(约前947年),下至周贞定王十六年(前453年)智伯被灭,包括各国贵族间朝聘、宴飨、讽谏、辩说、应对之辞以及部分历史事件与传说。按照一定顺序分国别排列,在内容上偏重于记述历史人物的言论,这是国别体体例上的最大特点。

《国语·周语》记载了公元前6世纪单穆公对周景王论乐时对"和心"与"和政"密切关系的探讨:"夫乐不过以听耳,而美不过以观目。若听乐而震,观美而眩,患莫甚焉。夫耳目,心之枢机也,故必听和而视正。"《国语·周语》记载了公元前6世纪单穆公论乐时论及的"和心"与"和正"的关系:

夫耳目,心之枢机也,故必听和而视正。听和则聪,视正则明。聪则言

中国文艺心理学思想史

---

① 左丘明.左传[M].长春:吉林大学出版社,2011:200.

听,明则德昭。听言昭德,则能思虑纯固。以言德于民,民歆而德之,则归心焉。上得民心,以殖义方,是以作无不济,求无不获,然则能乐。夫耳内和声,而口出美言,以为宪令,而布储民,正之以度量,民以心力,从之不倦。成事不贰,乐之至也。①

音乐与歌舞是连在一起的,是一种视听合一的艺术,视听的生理器官是耳目,而耳目是"心之枢机",因此对心灵影响是很大的,事实上,人们的认知活动都要首先依赖耳目。"夫耳目,心之枢机也,故必听和而视正。"和听视正,就可听言昭德,思虑纯固。百姓如果都能欣然接受统治者的道德规范,就能归心于上;统治者如果得到百姓的信任,义道立,就能"作无不济,求无不获"。反之,作为国家的君主,"若视听不和,而有震眩,则味入不精,不精则气佚,气佚则不和。于是乎有狂悖之言,有眩惑之明,有转易之名,有过慝之度",其结果则"出令不信,刑政放纷,动不顺时,民无据依,不知所力,各有离心"。这样,国家就不可能安宁。这就是说,心的和谐、中正与否,对国家统治者的心理直至政治的好坏,都具有直接的决定性影响。

三、《周礼》的音乐心理思想

《周礼》是中国古代关于政治经济制度的一部著作,是古代儒家主要经典之一。包括天官、地官、春官、夏官、秋官、冬官六篇,故本名《周官》,又称《周官经》。西汉成帝时,刘歆校理秘府所藏书籍。王莽建立新朝,始改《周官》为《周礼》,并宣称这是周公居摄时制定的典章制度。自郑玄作注后,与《仪礼》《礼记》并列为《三礼》。宋代列入《十三经》,遂成为中国古代法典。关于《周礼》成书的时间,至少形成了西周说(认为此书系西周时期政治家、思想家、文学家、军事家周公旦所著)、春秋说、战国说、秦汉之际说、汉初说、王莽伪作说六种说法。《周礼》的成书年代问题至今没有定论。《周礼·春官》强调音乐舞蹈应严格按照社会等级、社会秩序享用才符合礼仪,也才能起到安定社会与民心的作用。《周礼·春官》云:

> 正乐悬之位。王,宫悬四面;诸侯,轩悬;卿大夫,判悬;士,特悬。宋人

---

① 胡文波,校点.国语[M].上海:上海古籍出版社,2015:82.

陈畅解释说:"宫悬四面,像宫室,王以四方为家故也。轩悬,缺其南,避王南面故也。判悬,东西之像卿大夫左右王也。特悬,则一肆而已,像士之特立独行也。"(陈畅《乐书》卷四十五)

其意是说,王的乐器,四面陈列;诸侯,三面陈列;卿大夫,两面陈列;士,一面陈列。等级森严。至于舞蹈,同样如此。孔子曾抨击大夫季氏说:"八佾舞于庭,是可忍也,孰不可忍也?"(《论语·八佾》)古代舞蹈奏乐,八个人为一行,这一行叫一佾。八佾为八行,八八六十四人。按周代的礼制,只有天子才能有这样规模的歌舞队伍。诸侯只能有六佾,大夫为四佾。季氏身为大夫,居然"八佾舞于庭"。孔子认为,这样越礼的事,他都忍心去做,那还有什么坏事做不出来呢?[1]

四、《礼记·乐记》的音乐心理思想

《礼记》是研究中国古代社会情况、典章制度和儒家思想的重要著作。十三经之一。它阐述的思想包括社会、政治、伦理、哲学、宗教等各个方面,其中《大学》《中庸》《礼运》等篇有较丰富的哲学思想。孔子死后,门徒"七十子"散居各诸侯国,他们的学生又各传其师说,所传讲礼的文章流传至汉已有百数十篇,相当繁复,西汉宣帝(刘询,前91—前49)时戴德选85篇为《大戴礼记》(今残),戴圣又选49篇为《小戴礼记》,即今本《礼记》。东汉末年,著名学者郑玄为《小戴礼记》作了出色的注解,后来这个本子便盛行不衰。《礼记》中有一篇《乐记》是专论音乐的,其中也包含某些音乐心理思想。

(一)音乐的是人心感于物的产物

音乐在个体身上是如何产生的?培根说"艺术是人与自然相乘",这被艺术家看成是"不朽的培根公式"。凡·高说:"艺术,是人加入自然,并解放自然。"[2]这一观点在《礼记·乐记》得到证实:

> 凡音之起,由人心生也。人心之动,物使之然也。感于物而动,故形于声。声相应,故生变;变成方,谓之音。比音而乐之,及干、戚、羽、旄,谓之乐。[3]

① 朱恩彬,周波,主编.中国古代文艺心理学[M].济南:山东文艺出版社,1997:35-36.

② 余秋雨.艺术创造论[M].上海:上海教育出版社,2005:2.

③ 陈戍国,撰.礼记校注[M].长沙:岳麓书社,2004:271.

《乐记》的作者告诉我们,音乐是人心感于外物而产生的。人心受到外物的作用或刺激,便能够发出声音,因对外物刺激的反应不同,发出的声音也不同。不同声响相应和,就生出许多变化。将这些变化列成一定的节奏,则成为歌声。比照歌声配合以乐器演奏之,再加上跳舞用的道具就是"乐"。在人类社会,音乐绝不仅仅是有感于自然而产生,也可以有感于社会生活而产生。

这是对中国音乐最早也是最权威的记载。这段文字记载,不仅使我们明白了"声""音""乐"三者的关系,更使我们认识到"凡音之起,由人心生也"的见解。但是,《乐记》由于受到当时历史条件的限制,没能告诉我们,人心为什么能够发出声音,也就是人类发声的生理机制是什么。当然,我们不能用两千多年后的眼光去苛求我们的古人。

(二) 人的心境与音乐

1. 不同的心境产生不同的音乐

音乐是人心感于物的产物,因而人的心情不同,产生的音乐也不相同,也就是说,不同的心境产生不同的音乐:

> 乐者,音之所由生也,其本在人心之感于物也。是故,其哀心感者,其声噍以杀;其乐心感者,其声啴以缓;其喜心感者,其声发以散;其怒心感者,其声粗以厉;其敬心感者,其声直以廉;其爱心感者,其声和以柔。六者非性也,感于物而后动,是故先王慎所以感之者。故礼以道其志,乐以和其声,政以一其行,刑以防其奸:礼乐刑政,其极一也,所以同民心而出治道也。[①]

在《乐记》的作者看来,悲哀的心情,则发出焦急低沉的声音;快乐的心情,则发出宽舒徐缓的声音;喜悦的心情,则发出兴奋爽快的声音;愤怒的心情,则发出粗野凄厉的声音;恭敬的心情,则发出虔诚而清纯的声音;处在恋爱心境中,则发出体贴温柔的声音。这六种心情不是人之天性不同,而是由不同的刺激引起的,因此古代圣王非常重视人心所受的"刺激"。要用礼诱导人心,用乐调和人声,用政令统一人的行为,用刑罚防止社会的邪恶。礼、乐、刑、政,其终极目的是相同的,都是要齐一人心而实现政治清平的理想。

2. 不同的音乐表达不同的情感

不同的声音或音乐表达和体现人们的不同情感。也就是说,情感是随着外

---

① 陈戍国,撰.礼记校注[M].长沙:岳麓书社,2004:271-272.

界刺激的变化而变化的：

> 夫民有血气心知之性，而无哀乐喜怒之常；应感起物而动，然后心术形焉。是故志微噍杀之音作，而民思忧。啴谐、慢易、繁文、简节之音作，而民康乐；粗厉、猛起、奋末、广贲之音作，而民刚毅；廉直、劲正、庄诚之音作，而民肃敬；宽裕、肉好、顺成、和动之音作，而民慈爱；流辟、邪散、狄成、涤滥之音作，而民淫乱。①

人皆有血气心知的本性，但哀乐喜怒的心情则随情境变化而变化。人们因感外物的不同，形成的情感或思想也不同。所谓"应感起物而动，然后心术形焉"。低沉的声音引起民众感伤忧愁，倦怠平易而音调慢长的声音使民众宁静喜悦，强而有力、猛壮而昂奋的声音能使民众产生刚强坚毅之心，清纯正直而庄严诚恳的声音能令民众肃穆而虔敬，宽舒清润平静的声音能唤起民众的慈爱之心，淫荡刺激的声音可以使民众心情邪乱而悖德。

（三）音乐与人性、道德

1. 音乐可以调节性情，节制欲望

音乐可以调节人的性情。《礼记·乐记》云："礼以导其志，乐以和其声。""声"，据郭沫若考证，应改为"性"。就是用"礼"引导人们的意志，用"乐"调和人们的性情。又云："致乐以治心，则易直子谅之心油然生矣。易直子谅之心生则乐，乐则安，安则久，久则天，天则神，天则不言而信，神则不怒而威：致乐以治心者也。"②意思是说，"乐"，用它来提高内心的修养，那么平易、正直、慈爱、体谅的心情就自然产生了。平易、正直、慈爱、体谅的心情产生了就能心情愉快，心情愉快就能使内心平静，内心平静就能稳定不变，稳定不变就能通达"天"的道理，通达了"天"的道理就能通达"神"的道理。关于这句话，《礼记·集解》引真德秀的话解释说："礼之治躬，止于威严；不若乐之至于天且神者，何也？乐之于人，能变化其气质，消融其渣滓。故礼以顺之于外，而乐以和之于中。此表里交养之功，而养于中者实为之主。"这就是说，礼治身限于外表，而乐是治人心的，它可改变人的气质性情，使人自然而心气和平，和谐而又和顺，对培养人的品德有极为重要的意义。音乐可以节制人的欲望。《礼记·乐记》认为，音乐具

① 陈戍国，撰. 礼记校注[M]. 长沙：岳麓书社，2004：279 - 280.
② 同上：289.

有抑制人"情欲"的作用。"反情以和其志。"所谓"反",就是"抑止",就是"返回",即抑制人的不适当的"情欲",使其返回到最初的本性——"静"的状况中,以达到心志平和的境地。

在《乐记》的作者看来,"禽兽"是只有"声"而不知"音",更不可能知"乐";"庶众"知"声",也知"音",但不知"乐";唯有君子才知"声"、知"音"、知"乐"。可见,知"乐"是音乐中的最高境界,是区别君子与"庶众"的基本标准。唯有君子能懂音乐,所以他们认为音乐则通于人伦物理。因此,从分辨声而懂得音,从分辨音而懂得音乐的道理,从分辨音乐的道理而懂得政治的道理,这才会有全盘治国的计划。不知声的人,不可和他讨论"音",不知音的人,不可和他讨论"乐"。如果懂得乐的功能,大概也懂得礼的意义了。若深通礼和乐,就可称为有德之君。德就是心得。

2. 音乐可以使人分辨爱憎,恢复人纯真天性

音乐可以使人分辨爱憎、恢复人纯真天性。《乐记》中也有一段话:

> 是故乐之隆,非极音也。食飨之礼,非致味也。《清庙》之瑟,朱弦而疏越,壹倡而三叹,有遗音者矣。大飨之礼尚玄酒而俎腥鱼。大羹不和,有遗味者矣。是故先王之制礼乐也,非以极口腹耳目之欲也,将以教民平好恶,而反人道之正也。(《乐记》)[1]

《乐记》告诉我们,千万不要把音乐当成满足人们"口腹耳目之欲"的东西,音乐的根本宗旨是"教民平好恶,而反人道之正"。在《乐记》看来,这是评价音乐的一个重要标准。千万不能以音乐的简单与繁复作为衡量标准,所以最精美的音乐不见得就是最复杂的音乐,最盛大的宴席不见得就是最讲究的酒席。譬如周代大祭,伴奏《清庙》乐章所奏的乐器瑟,只有朱红的弦和稀疏的底孔,一人唱诗,三人和声,所弹所唱甚为简单,其目的不在于美好的音乐。大祭享之礼,水首要,而盘里只是生肉生鱼,羹汤也没调味,可知其目的不在于口味了。因此,可知先王制订礼乐,不在于满足人口腹耳目之欲。恰恰相反,其宗旨是用礼乐教导人民,使人分辨爱与憎以恢复纯真的天性。

3. 乐是德之光华

德是人性的基本,乐是德的光华,所以一个人要形成良好的道德品质离开音乐是不行的。也就是说,人们形成良好的道德品质必须有纯正美好的音乐

185

---

① 杨天宇.撰.礼仪译注(下)[M].上海:上海古籍出版社,2004:470.

参与。

> 德者,性之端也。乐者,德之华也。金石丝竹,乐之器也。诗言其志也,歌咏其声也,舞动其容也,三者本于心,然后乐器从之。是故情深而文明,气盛而化神。和顺积中,而英华发外,唯乐不可以为伪。(《乐记》)①

其意是说,德是人性的基本,乐是德的光华。诗抒发心思,歌表现人的声音,舞则表现人的动作。诗、歌、舞,三者都是本于人心,而佐以乐器。因此,乐表达的心志虽然幽深,而形象却是明白,气氛使人兴奋,感化效用却有力量。精神的和谐来自心灵而表现于音乐,所以在音乐上不可以作伪,作伪就会导致道德败坏。

《乐记》借魏文侯与子夏的对话说明"古乐"与"新乐"的根本差别就在于古乐全都是关于修身齐家安定社会的事,而今乐则是舞与弯腰屈脊、淫声浪语、无限诱惑的内容。请看他们的对话:

> 魏文侯问于子夏曰:"吾端冕而听古乐。则惟恐卧。听郑、卫之音,则不知倦。敢问:古乐之如彼,何也? 新乐之如此,何也?"
>
> 子夏对曰:"今夫古乐,进旅退旅,和正以广;弦匏笙簧,会守拊鼓;始奏以文,复乱以武;治乱以相,讯疾以雅;君子于是语,于是道古,修身及家,平均天下。此古乐之发也。今夫新乐,进俯退俯,奸声以滥,溺而不止;及优侏儒,糅杂子女,不知父子。乐终不可以语,不可以道古。此新乐之发也。今君之所问者乐也,所好者音也。夫乐者,与音相近而不同。"②

魏文侯向子夏问道:"我穿着官服衣冠整齐听古典音乐时,就一直想睡觉;但是,听到郑卫的音乐时,却精神振奋。请问:'古乐为什么会使人那样,而新乐又为什么会使人这样呢?'"子夏回答道:"所谓古乐,是大众共同动作,或进或退,步调整齐划一,配以平和纯正而舒缓的乐声。弦乐管乐,都按'拊'与'鼓'的节拍演奏。开始时击鼓,收场时鸣钟。用'相'调节收场,用'雅'调节快速动作,表演完毕,由君子解说叙述,全是关于修身齐家安定天下的道理。古乐的表演是如此。至于新乐,舞时弯腰屈脊,淫声浪语,无限诱惑。还有俳优丑角,男女混杂,

① 杨天宇,撰.礼仪译注(下)[M].上海:上海古籍出版社,2004:487.
② 陈戍国,撰.礼记校注[M].长沙:岳麓书社,2004:284.

父子不分，歌舞终了仍不知内容为何，更无古事古训。这就是新乐的演奏。现在大人问的是乐，但大人爱好的却是音。乐虽也有音，彼此相近，但实际却是两件事。"

4. "德音"与"德性"

魏文侯在与子夏的对话中提出"德音"与"德性"的关系：

> 文侯曰："敢问何如？"
> 子夏对曰："夫古者，天地顺而四时当，民有德而五谷昌，疾疢不作而无妖祥，此之谓大当。然后圣人作，为父子君臣，以为纪纲。纪纲既正，天下大定。天下大定，然后正六律，和五声，弦歌《诗》颂。此之谓德音。德音之谓乐。《诗》云：'莫其德音。其德克明，克明克类，克长克君。王此大邦，克顺克俾，俾于文王。其德靡悔，既受帝祉，施于孙子。'此之谓也。今君之所好者，其溺音乎！"①

"德音"与"德性"是什么关系呢？德音是社会安定之后产生的音乐演奏："天下大定，然后正六律，和五声，弦歌《诗》颂。此之谓德音。德音之谓乐。"至于"德音"与"德性"的关系，作者引述《诗经》的观点，认为德音虽静，德性却表现得明白，而且合乎德性。适于做领袖，做君主，为大国的国王。这才是德音的真义。德音与靡靡之音是完全对立的。

刘师培在《典礼为一切政治学术总称考》一文中说："三代以前，做学合一，学即所用，用即所学，而典礼又为一切政治学术之总称……《乐记》一篇，附入载记，虽因乐经失传之故，然古乐之用，析为乐歌乐舞，咸辅五礼而行，而载氏合乐记于礼记之中，则乐教近于礼教矣。"这清楚地说明音乐与奴隶主贵族的典章制度的关系。"乐歌乐舞，咸辅五礼而行"，说明音乐舞蹈都是为奴隶主贵族的典礼服务的。

（四）音乐与民心、民情

1. 审音而知政：以音乐观民心、察民情

我国古代学者已经学会从音乐中测试和了解民心、民情。也就是说，我们要想知道人民的心态、心情，只要听一听他们唱些什么样的歌就能知道了：

---

① 陈戍国，撰. 礼记校注［M］. 长沙：岳麓书社，2004：284.

凡音者，生人心者也。情动于中，故形于声。声成文，谓之音。是故治世之音安，以乐其政和。乱世之音怨，以怒其政乖。亡国之音哀，以思其民困。声音之道与政通矣。宫为君，商为臣，角为民，徵为事，羽为物，五者不乱，则无怗懘之音矣。宫乱则荒，其君骄。商乱则陂，其官坏。角乱则忧，其民怨。徵乱则哀，其事勤。羽乱则危，其财匮。五者皆乱，迭相陵，谓之慢。如此，则国之灭亡无日矣。郑卫之音，乱世之音也，比于慢矣。桑间濮上之音，亡国之音也，其政散，其民流，诬上行私而不可止也。①

　　土敝则草木不长，水烦则鱼鳖不大，气衰则生物不遂，世乱则礼慝而乐淫。是故其声哀而不庄，乐而不安，慢易以犯节，流湎以忘本，广则容奸，狭则思欲，感条畅之气，而灭平和之德，是以君子贱之也。②

这两段引文告诉我们，如果人们处在政治清平的太平盛世，那么它的音乐一定安详而愉快。如果处在政治昏聩的乱世，那么它的音乐也会使人怨恨而愤怒。如果处在人民流离困苦衰败之亡国，它的音乐也会呈现出悲哀和愁思。《乐记》的作者认为，音乐与政治是密切相关的。若以五音之宫为君，商为臣，角为民，徵为事，羽为物，此五音协调不乱，就不会有不和谐的声音。宫音乱时，显得慌乱，有如国君骄恣而贤者去位。商音乱则显得倾颓，有如官场败坏而国事阽危。角音乱则显得忧愁，有如人民愁想而隐忧四伏。徵音乱则显得悲哀，有如百事须苦而勤劳无功。羽音乱则显得危迫，有如物资匮乏而民用匮乏。若五音全乱而交相侵犯，国家也就行将灭亡了。古代郑、卫地方的音乐，是乱世的音乐，几乎完全错乱。师涓从濮水上听到的音乐，就是殷纣亡国之音乐。当时政事荒废，人民流离，不知爱国家，只图私欲，败坏无度。正因为这样，儒家认为"音和"是关系着国家命运的。《礼记·乐记》云："宫为君，商为臣，角为民，徵为事，羽为物，五者不乱，则无怗懘之音矣。宫乱则荒，其君骄；商乱则陂，其宫坏；角乱则忧，其民怨；徵乱则哀，其事勤；羽乱则危，其财匮。五者皆乱，迭相陵，谓之慢。如此，则国之灭亡无日矣。""治世之音安"，"安"是和的表现，而"荒""陂""忧""哀""危"，即声音"散慢""偏激""忧愁""悲哀""危急"，这些都是音"乱"——是"不和"的结果。

　　2."礼节民心，乐和民声"

　　在中国传统文化中，音乐从来不只是供人们消遣娱乐的，它也是用来配合

①　杨天宇,撰.礼仪译注（下）[M].上海：上海古籍出版社,2004：468－470.
②　同上：484.

"礼"来调节民心的,所以《礼记·乐记》重视将制礼作乐并提:

> 是故先王之制礼乐,人为之节。衰麻哭泣,所以节丧纪也。钟鼓干戚,所以和安乐也。婚姻冠笄,所以别男女也。射乡食飨,所以正交接也。礼节民心,乐和民声,政以行之,刑以防之。礼、乐、刑、政,四达而不悖,则王道备矣。①

中国传统文化中将"礼、乐、刑、政"四方面相互补充作为为政之道,所谓"四达而不悖,则王道备矣"。用礼调节人的性情,用乐调和人的声音,用政令实行,用刑罚防治违法。先王创作礼乐,是使人有所节制,比如披麻戴孝时的哀哭,是使人节哀,钟鼓干戚之设,用以庆祝安乐;婚姻冠笄之事,用以区别男女;射乡食飨之礼,用以纠正社交礼俗。

在中国传统文化中,礼与乐在调节民心方面有着不同的分工与责任。礼是用来区别众人的,这种区别能够使人相互敬重,通过礼仪来区别身份与贵贱。所谓"礼义立,则贵贱等矣"。乐是用来使人亲近结合的,因为乐才能使人际关系亲近,所谓"乐文同,则上下和矣":

> 乐者为同,礼者为异。同则相亲,异则相敬。乐胜则流,礼胜则离。合情饰貌者,礼乐之事也。礼义立,则贵贱等矣。乐文同,则上下和矣。好恶著,则贤不肖别矣。刑禁暴,爵举贤,则政均矣。仁以爱之,义以正之,如此,则民治行矣。②

《乐记》告诉我们,作为一个统治者,要想有效地节民心,和民声,就必须有礼乐的适度结合。所谓适度就是不能过度,也不能不及。如果过分讲究礼,会使人隔阂而不亲;如果过分重视乐,容易使人变得松弛。所以有一定的礼仪,就会显出贤能者贵,不贤能者贱的等级;有相同的音乐,居上位者与在下位者情感即可交流;有好坏的标准,才会显出谁贤谁不贤。不贤的禁之以刑,贤能的举之爵位,政治自然修明了。以仁心爱民,以正义治之,民治的理想即可实现了。

我们的古人认为,礼乐具有治理天下的作用。"乐著大始,而礼居成物。著

---

① 杨天宇,撰.礼仪译注(下)[M].上海:上海古籍出版社,2004:472.
② 同上:473.

不息者天也,著不动者地也。一动一静者,天地之间也。故圣人曰礼乐云。"尽管人们认为治国理政需要"礼、乐、刑、政"四个方面的相辅相成,但是他们同时认为,如果礼乐运用得当可以省却兵戈刑法:

> 乐由中出,礼自外作。乐由中出故静,礼自外作故文。大乐必易,大礼必简。乐至则无怨,礼至则不争。揖让而治天下者,礼乐之谓也。暴民不作,诸侯宾服,兵革不试,五刑不用,百姓无患,天子不怒,如此,则乐达矣。合父子之亲,明长幼之序,以敬四海之内。天子如此,则礼行矣。①

"乐由中出,礼自外作。"乐是发自内心的,是自然而然的,而礼则是外在的规定,具有强制性。"乐"动之以情,使人情感上得到和谐平静,而"礼"则偏于理智的节制,强制人的行为服从社会等级。乐发自内心,礼来自外部。乐使人安宁平静,礼使人高贵文明。"大乐必易,大礼必简。"音乐可以使人驱除心中的怨恨,所谓"乐至则无怨";礼能使人减少争斗,所谓"礼至则不争"。民众无怨不争,则暴民就会减少,诸侯就会宾服,兵戈就不需动用,刑法就不必使用。百姓无患,天子不怒,是"乐"的达成;"合父子之亲,明长幼之序,以敬四海之内"是"礼"的达成。二者能如此有机结合,天下哪里会有不治的道理呢?

3. 音乐能够使天下人敬爱

音乐的作用是什么呢?《乐记》认为,音乐的作用在于配合礼以及鬼神使天下人敬爱:

> 大乐与天地同和,大礼与天地同节。和,故百物不失,节,故祀天祭地。明则有礼乐,幽则有鬼神。如此,则四海之内合敬同爱矣。礼者殊事,合敬者也。乐者异文,合爱者也。礼乐之情同,故明王以相沿也。故事与时并,名与功偕。②

音乐为什么能够使天下人敬爱呢?因为雄伟的音乐是与自然和谐的,再加上与自然节奏相吻合的礼仪,就会体现万事万物的根本。它认为,如果能够明处用礼乐,暗处用鬼神,就会使天下人皆相敬相爱。具体地说,礼的宗旨是使人与人相敬,乐的宗旨是使人与人相爱。因为礼乐使人相敬相爱,故历代英明之主一

①② 杨天宇,撰. 礼仪译注(下)[M]. 上海:上海古籍出版社,2004:474 - 475.

贯以礼乐施政。政事历代不同，礼乐也因君王成就之庆典而异。

> 乐者，天地之和也；礼者，天地之序也。和，故百物皆化；序，故群物皆
> 别。乐由天作，礼以地制。过制则乱，过作则暴。明于天地，然后能兴礼
> 乐也。①

乐，表现宇宙的和谐；礼，表现宇宙的秩序。因和谐故能化生万物；因秩序故能显出品级。乐由自然而来，礼因社会的生活而作。礼逾越了秩序则乱，乐逾越了和谐则暴。"天尊地卑，君臣定矣。卑高已陈，贵贱位矣。动静有常，小大殊矣。方以类聚，物以群分，则性命不同矣。在天成象，在地成形；如此，则礼者天地之别也。地气上齐，天气下降，阴阳相摩，天地相荡，鼓之以雷霆，奋之以风雨，动之以四时，暖之以日月，而百化兴焉。如此，则乐者天地之和也。"②其意是说，天尊而在上，地卑而在下，正似君之与臣。高低分列，贵贱则各有其位了。动静各有定律，大小随以分别。万物以类而分，动物亦各自成群。在天为星球，在地成山河。而礼亦依据差别而定。地气上升，天气下降，天地阴阳互相摩荡，雷霆鼓动，风雨滋润，四时周流，日月照耀，而万物化育生长。所以乐是与宇宙自然之理并行不悖的。知道天地的关系，而后才能创制礼乐。"故圣人作乐以应天，制礼以配地。礼乐明备，天地官矣。"

五、孔子及《论语》的音乐心理思想

孔子(前551—前479)，名丘，字仲尼，春秋末期鲁国陬邑(今山东曲阜市东南)人。《论语》是我国先秦时期一部语录体散文集，主要记载孔子及其弟子的言行，是由孔子弟子及再传弟子记录编纂而成。全书二十篇。四百九十二章(也有说是五百一十二章，划分不同)。首创语录之体，其书比较忠实地记述了孔子及其弟子的言行，也比较集中地反映了孔子的思想。

现代作家林语堂先生曾说："孔子过的日子里，那充实的欢乐，完全是合乎人性，合乎人的感情，完全充满艺术的高雅。因为孔子具有深厚的感情，敏锐的感性，高度的优美。"③我们赞同林语堂先生对孔子的评价，但同时认为，孔子高

① 杨天宇，撰.礼仪译注(下)[M].上海：上海古籍出版社，2004：476.
② 同上：478.
③ 林语堂.孔子的智慧[M].黄嘉德，译.南京：江苏文艺出版社，2009：22.

素质、高品位的生活与他高深的音乐修养分不开。孔子酷爱音乐，据记载："由于孔子有深厚的艺术气质，他才说人的教育应当以学诗开其端，继之以敦品励行，最后'成于乐'。"又据记载："孔子如果听人唱歌而自己也喜欢时，他总是请人再唱一次，而且自己也在重叠唱词之处参加歌唱。由于孔子具有此等艺术气质，他对饮食也很挑剔。……他对饮食如此挑剔，可能就是他妻子弃他而去的原因。比如说，菜的季节不对，那种菜孔子不吃；烹调的方法不对，孔子不吃；用的作料不对，孔子也不吃。而且席位不正他还不肯坐。穿的衣裳怎样配颜色，他也很有眼光。现代的女裁缝很容易了解为什么孔子要用黑羔羊皮袍子配黑面子、白羊皮袍子配白面子，而狐皮则配黄面子。孔子在衣裳上，也小有发明之才。他盖的被子超过他本人的身长一半，这样好免得脚冷。为了做事方便，他要右袖子比左袖子短，他也难得想到这样的妙主意，但这个妙主意可能惹他夫人生气，而气跑了。"①

孔子这个人，能歌唱，能演奏乐器，如琴瑟等，并且把《诗经》重编，再配上音乐，他当然是艺术家。林语堂曾指出，孔子是个爱好礼乐的人。……孔子具有基督教圣公会教士那样宗教家的气质，雅爱礼仪音乐；但和耶稣对于律法、先知及宗教中的礼仪之不甚措意，不那么喜爱，则正好是个鲜明的对比。②

孔子之所以有那样高的音乐素养，与他的人生理想和刻苦努力是分不开的。孔子虽然出身贫寒，后又成为孤儿，但是他一心想做一位君子。而当时的所谓君子都要精通礼乐，因此孔子在音乐方面下过很大功夫。为了精通"礼"，孔子曾多次向老子请教；为了学好"乐"，孔子专门拜当时有名的音乐家苌弘（前582？—前492）为师，多次前去研习请教。苌弘，字叔，四川资阳忠义镇苌弘村高岩山人，中国南派天文学巴蜀代表人物，春秋时代音乐大师，东周阴阳家，周景王的王畿大夫和敬王时内史大夫，接替刘文公处理国事，致力于周室富强统一，终生不渝，深受后世景仰。苌弘通晓天地之气、日月之行、风雨之变、历律之数、谶纬之学，还擅长音律。孔子曾两次向他求教：第一次求教是前518年，孔子前往成周访问他，向他学习音乐理论和天文知识，并对音乐曲式结构作深入探讨，充分估计音乐在政治、军事、文化和人类社会生活中的作用。第二次是前495年，罢官后孔子为了学术文献大业，又到成周拜访苌弘，学习音乐理论。在向苌弘请教的过程中，孔子和苌弘的一些对话体现出他们的音乐心理思想。音

---

① 林语堂.孔子的智慧[M].黄嘉德，译.南京：江苏文艺出版社，2009：19.
② 同上：18.

乐演奏要体现创作者的心情。孔子问："周舞《武乐》演奏前，击鼓警示众乐手，以便各有表情。可为什么准备那么久呢？"苌弘答："那是武王讨伐纣王，担忧战士不齐心，所以先击鼓诱发斗志，待到士气旺盛了才出征。现在表演这首战争舞曲，停顿很久才开演，就为了体现武王当年的心情。"从孔子和苌弘的这段对话中，不难看出，孔子的音乐老师苌弘认为演奏音乐、欣赏音乐，绝不仅仅是声音的简单模仿、形式上的相似，而是要设法走进创作者的心理状态、情感体验。孔子显然也接受了这一思想。因为是《武乐》，所以主要是唤起对战场情境的回忆或再现。如再问："长吟慢叹，表现何意？"答："战士们企盼武王早下命令，生怕贻误了战机，所以形诸咏叹调。"

　　对于舞蹈也是如此，舞蹈表演的过程就是对战场情境再现的过程。又问："起舞时挥袖飞扬，踏地顿足，脸色威严，忽生开战模样。这种乐舞怎么理解？"答："那是姜太公的志趣。他辅佐武王伐纣，惟愿速胜，所以奋发勇猛来助战。"又问："舞人一会儿右膝跪地、左膝离地，为什么？"答："伐纣时队伍有乱列，周公召公申明法度，让士兵右膝跪地致敬，悬左膝以待纠偏。所以今天的《八佾》舞表现了战斗时乱挨相正的样式，都跪下去又站起来，排列整齐，再现周召二公的故事，并不是《武乐》舞中有跪姿啊！"从上述对话可以看出，苌弘向孔子传授的或孔子从苌弘那里接受的观念是，音乐舞蹈要通过声音和动作重现现实中真实的重大生活事件，具体到《武乐》中就是再现武王伐纣的历史场景。也可以看出，我们古人最初的音乐舞蹈都是为某一具体的历史事件而创作。用现代美学观点来看，属于写实的手法。写实的手法与实际的状况越贴近越好，缺点是，因不能与现实保持"距离"而影响到它的美学价值。孔子发现，同样是一首《武乐》，因为演奏者不同或由于演奏时间和地点不同，就有深沉和贪鄙的不同，并就此问学于苌弘。孔子问道："乐声深沉到贪鄙的商音，怎么理解？"苌弘回答说："武王为天下除暴，哪有贪商之声？乐师传承过程中，曲调走样，才让人有这感觉吧。如果不是乐师典范失传，那就是武王年老智昏，才有了贪商的曲式。再说起舞时武王孟津阅兵，北对朝歌方向；再奏时已消灭殷商；三奏时已诛纣王凯旋南下，班师镐京，创建周朝；四奏时天下太平，南方荆蛮都来归服，为周朝疆界；五奏时东西中三队分为左右二部，体现国家太平岁月，分陕地东西而治，周召职任左右二伯；六奏颂扬国王盛德，象征回朝整顿军队，舞人归位停步，以示尊崇天子。武王和大将军在队伍中摇铃振奋士气，演奏时也两人提铃，夹列按照节拍，讨伐纣王及其四方附逆诸侯，显示中国的盛大威风。分部前进，想早成大业。久驻雄兵，等待诸侯增援。胜利后停战兴利，抚恤功臣，发展生产，振兴文教,减轻赋税,教民孝佛。于是周朝王道四方响应,礼乐交通,那《武乐》迟缓久待,不也对么?"从苌弘的这段回答中不难看出,苌弘认为,贪鄙之声绝不是武王伐纣的事实造成的,主要是由于演奏者在不同时间、不同地点以及不同情境表现出对《武乐》不同感受、不同理解造成的。他认为六次奏乐的情景都是不同的:首次演奏时,武王正带领军队向朝歌进军,演奏的心境格外不同;再奏时,殷商已被消灭,又是另一番心情;三奏时武王已率军南下,班师镐京;四奏时天下已经太平,南方蛮夷都来归附;五奏、六奏时就更加不同,因此音乐也随着演奏的时间、地点、情境的变化而变化。当然,将《武乐》与《韶乐》(虞舜时歌谣)进行比较时,苌弘更喜欢《韶乐》。所以当孔子问:"《韶乐》《武乐》谁优谁劣?"答:"《韶乐》是虞舜时歌谣,《武乐》为周武王曲调。如果论功勋,舜继尧业天下大治,武王伐纣解救万民,都是功高与日月争光,不分高下。然而就乐论乐,《韶乐》声容宏盛,字义尽美;《武乐》声容虽美,曲调却晦涩隐含,稍为逊色。所以《武乐》尽美而不尽善,惟有《韶乐》可算尽善尽美了!"因为苌弘推崇原始社会的禅让制,所以认定《韶乐》无可挑剔;他维护奴隶主周天子的统治,又嫌暴力革命要流血,不免对《武乐》略有微词,这是他的时代局限和阶级偏见,并导致孔子"乐以发和"思想,主张温柔敦厚,希望和平、协调,反对狂躁激进。这种保守哲学,中和理论,影响了中国社会几千年。孔子是在三十五岁时接触到《韶乐》的,其原因是季平子和郈昭伯比赛斗鸡结怨的事得罪了鲁昭公,昭公带了军队来打平子。于是平子就联合了孟孙氏,三家一起围攻昭公,昭公兵败了,逃到齐国,齐国把昭公安置在乾侯(今河北成安县)这个地方。过了不多久,鲁国发生了乱事,孔子来到齐国,做了高昭子的家臣,想借着昭子的关系去接近景公。孔子和齐国的荣宫长讨论音乐,听到舜时韶乐,专心地把它学起来,三个月里,连吃饭时的肉味都觉不出来了,齐人都很称道这件事。①

后来,苌弘对刘文公之子刘定公说:"仲尼言必称先王,廉洁谦让,见多识广,记忆力强,大概是圣人又产生了。"有一次,宾牟贾论述商音,孔子点头叹道:"我听苌弘讲过,和你说的一致。"孔子与苌弘的会晤,对他删《乐经》、著《春秋》帮助很大。

一天孔子击着磬,有个担着草制盛土器经过门前的人听见了,说道:"真是有心啊,这个击磬的人,叮叮当当地直敲着。既然世上没有人赏识自己,那就算了罢!"

① 林语堂.孔子的智慧[M].黄嘉德,译.南京:江苏文艺出版社,2009:42.

孔子向鲁国的乐师师襄子学弹琴，一连十天都没有进展。师襄子说："可以进学一层了。"孔子说："我已经学会了乐曲的形式，但节奏内容还不了解。"过了些时候，师襄子又说："你已学得了曲子的节奏内容，可以进学一层了。"孔子说："我还没有领会乐曲的情感意蕴。"过了一些时候，师襄子又说："你已经领会了乐曲的情感意蕴，可以进学一层了。"孔子说："乐曲中那个人我还体认不出呢！"再过一段时间，孔子一副安详虔敬有所深思的样子，随又欣喜陶然，像是视野情志正与高远的目标相遇似的。最后说道："我体认出曲中的这个人啦！他的样子黑黑的，个子高高的，眼光是那样地明亮远大。像是统治四方诸侯的王者，这不是文王又是谁能如此呢！"师襄子离开座位很恭敬地说："我就说过这是文王的琴曲啊！"①

古代流传下来的《诗》原有三千多篇，到孔子，把重选的去掉，选取可以用来配合礼义教化的部分。所取诗篇，最早的是追述殷始祖契、周始祖后稷的诗，其次是歌颂殷、周两代盛世的诗，再次是讽刺周幽王、周厉王政治缺失的诗，而一切都要以男女夫妇的家庭伦常为点，所以说：《关雎》这一乐章是《国风》的第一篇；《鹿鸣》是《小雅》的第一篇；《文王》是《大雅》的第一篇；《清庙》是《颂诗》的第一篇。三百零五篇诗，孔子都把它入乐歌唱，以求合乎古代《韶乐》（虞舜乐）、《武乐》（武王乐）以及朝廷雅乐、庙堂颂乐的声情精神。先王礼乐教化的遗规，到此才稍复旧观而有可称述。王道完备了，六艺也齐全了。②

孔子一方面推崇能够"和心"的《韶乐》与《武乐》，一方面又反对给人心带来不和谐的郑卫之声。荀子也说"郑卫之音使人心淫"，汉代司马迁也承袭了先秦的观点，也说"郑卫之曲动而心淫"。"淫"者，乱也，不和谐也。③

孔子认为，礼与乐都是通过人来克服人的情欲的："人而不仁，如礼何？人而不仁，如乐何？"（《论语·八佾》）宋代朱熹在《答程允夫》发挥道："仁者，天理也。理之所发，莫不有自然之节。中其节，则有自然之和，此礼乐之所自然也。人而不仁，灭天理，夫何有于礼乐！"（《朱子大全集》卷四十一）

六、荀子及《乐论》的音乐心理思想

荀子（约前313—前238），名况，字卿，华夏族（汉族），战国末期赵国人。

①　林语堂.孔子的智慧[M].黄嘉德，译.南京：江苏文艺出版社，2009：58.

②　同上：66.

③　朱恩彬，周波，主编.中国古代文艺心理学[M].济南：山东文艺出版社，1997：38-39.

（一）音乐是"人情所必不免"

战国时期的荀子就已经将音乐看成是人生所必需的,高瞻远瞩地提出"人不能无乐",音乐是"人情所必不免"的。荀子说:

> 夫乐者,乐也,人情所必不免也。故人不能无乐;乐则必发于声音,形于动静;而人之道——声音、动静、性术之变,尽是矣。故人不能不乐,乐则不能无形,形而不为道,则不能无乱。先王恶其乱也,故制《雅》《颂》之声以道之,使其声足以乐而不流,使其文足以辨而不諰(邪恶),使其曲直、繁省、廉肉、节奏,足以感动人之善心,使夫邪污之气无由接焉。(《乐论》)①

荀子的这段话很好地回答了在古代社会,人们为什么那样离不开音乐的问题。因为音乐可以给人带来快乐,而快乐是人性不可缺少的。所谓"夫乐者,乐也,人情所必不免也",其中第一个乐字是名词,指音乐、舞蹈等,后一个乐字是形容词,是快乐的意思,人天性中就有追求快乐的资质,这是人情所不能避免的。

现代认知神经科学和脑科学研究还表明,愉快的音乐或和谐的旋律与不愉快的音乐或不和谐的旋律所激发的脑的部位是不同的。愉快的旋律、和谐的音乐可以激活与奖励和愉快经历有关的大脑结构,特别是脑腹侧纹状体。研究表明,当被试听到愉快的音乐或和谐的旋律时,脑腹侧纹状体和前岛叶血氧水平依赖(BOLD)的信号增加。当听到和谐或不和谐的音乐时,杏仁核活动信号发生变化。杏仁核基底外侧核中血氧水平依赖上升,杏仁核上区域信号指标降低。当恐惧或悲伤的照片与恐惧或悲伤的音乐同时呈现时,杏仁核的活动更强烈。与中性的音乐比较,听到悲伤的音乐时,杏仁核的神经活动产生了变化。②

人之所以不能没有音乐,在荀子看来还与人的社会心理需要密切相关。荀子认为,君臣上下、父子兄弟和族里长少的和谐、和睦、和顺相处都离不开音乐:

> 故乐在宗庙之中,君臣上下同听之,则莫不和敬;闺门之内,父子兄弟同听之,则莫不和亲;乡里族长之中,长少同听之,则莫不和顺。故乐者,审一以和者也,比物以饰节者也,合奏以成文者也;足以率一道,足以治万变。

---

① 荀况.荀子校注[M].张觉,校注.长沙:岳麓书社,2006:252.
② 蔡黎曼.音乐意义的加工:来自事件相关电位的证据[D].广州:华南师范大学博士学位论文,2013:8.

（《乐论》）①

音乐是君臣上下"和敬"、父子兄弟"和亲"、族里长少"和顺"不可或缺的，也就是说音乐是调节社会、家庭、家族、邻里各种关系都不可少的工具。荀子相信人们能够在共同欣赏音乐和舞蹈的过程中改善或建立良好、和谐、亲善的人际关系。这又何乐而不为呢？

> 故听其《雅》《颂》之声，而志意广大焉；执其干戚，习其俯仰屈伸，而容貌得庄焉；行其缀兆，要其节奏，而行列得正焉，进退得齐焉。故乐者，出所以征诛也，入所以揖让也。征诛揖让，其义一也。出所以征诛，则莫不听从；入所以揖让，则莫不从服。故乐者，天下之大齐也，中和之纪也，人情之所必不免也。（《乐论》）②

听《雅》《颂》之声，可以使人心胸广大；执干戚而舞，而可以使人容貌庄重；有节奏的舞蹈，能使行列进退整齐；音乐能使民众相互"揖让"，"莫不从服"，达到齐天下、纪中的目的。正常的人们谁不希望天下太平，人际关系和睦？所以这是"人情之所必不免也"。

荀子反对墨家的"非乐"，认为音乐是社会不可缺少的，因为古代君王用音乐来表达喜悦，用军队武器来呈现愤怒。无论是君王表达喜悦，还是呈现愤怒，都是治国平天下的需要。喜能令天下和睦，怒能令天下畏惧。所以，制礼作乐是先王的治国之道。于是他批判墨家"非乐"思想犹如盲人不辨黑白，犹如聋人分辨不出声音的清浊，犹如一个人准备向南行到楚国去，结果他却向北方行走。且看原文：

> 且乐者，先王之所以饰喜也；军旅铁钺者，先王之所以饰怒也。先王喜怒皆得其齐焉。是故喜而天下和之，怒而暴乱畏之。先王之道，礼乐正其盛者也，而墨子非之。故曰：墨子之于道也，犹瞽之于白黑也，犹聋之于清浊也，犹欲之楚而北求也。（《乐论》）③

① 荀况.荀子校注[M].张觉,校注.长沙：岳麓书社,2006：253.
② 同上：254.
③ 同上：255.

将音乐与治国之道联系在一起,这是中国传统音乐的一个特点。音乐是一种软实力,它究竟对国家治理有多大的作用是很难用一个确切的数字和量化标准来衡量的,但是用当下的话语说,音乐对于社会精神文明建设确实具有不能忽视的价值,这一点我们越来越感觉得到。

在荀子看来,礼乐的根本是"管乎人心","乐合同,礼别异"。

> 且乐也者,和之不可变者也;礼也者,理之不可易者也。乐合同,礼别异。礼乐之统,管乎人心矣。穷本极变,乐之情也;著诚去伪,礼之经也。墨子非之,几遇刑也。明王已没,莫之正也。愚者学之,危其身也。君子明乐,乃其德也。乱世恶善,不此听也,於乎哀哉!不得成也。弟子免学,无所营也。(《乐论》)[1]

在荀子看来,礼与乐都具有"管乎人心"的效用,这是没有异议的,但在如何"管乎人心"这点上,二者却负有不同的责任:"乐合同,礼别异。"要深入人心,使人心按照统治者的意愿发生根本改变,能够相互亲和、亲善,那是"乐"的责任;要在人心中种植诚实去掉伪善,那是"礼"的责任。只有二者分工与合作,才能收到"管乎人心"的应有效果。荀子认为墨子就不懂得这个道理,总是强调刑法的作用。在荀子的心目中,在他生活的战国时代,礼乐已经受到严重破坏,所谓"明王已没,莫之正也"。荀子显然对他看到的社会现实不满意,认为愚蠢的人学习墨家那一套一定很危险。君子还是要"明乐""君子明乐,乃其德也"。这才是正道,可是现实中人们却听不进他的话。"乱世恶善,不此听也,於乎哀哉!不得成也。"在教育中学生也不学音乐,结果是无所事事。

(二)音乐能够移风易俗

为什么古代君王都将音乐作为治国之道呢?因为音乐最能深入人心,音乐具有快速转化人的思想、移风易俗的功能:

> 夫声乐之入人也深,其化人也速,故先王谨为之文。乐中平,则民和而不流;乐肃庄,则民齐而不乱。……乐姚冶以险,则民流僈鄙贱矣。流僈则乱,鄙贱则争。……故礼乐废而邪音起者,危削侮辱之本也。故先王贵礼

① 荀况.荀子校注[M].张觉,校注.长沙:岳麓书社,2006:258.

乐而贱邪音。(《乐论》)①

在荀子看来,中平的音乐能使"民和而不流",肃庄的音乐能使人"齐而不乱",同样,妖冶的音乐能使"民流僈则乱,鄙贱则争"。一旦废弃礼乐就会邪音四起,社会昏乱。正因为如此,所以古代君王都"贵礼乐而贱邪音"。再继续看荀子的观点:

> 墨子曰:"乐者,圣王所非也,而儒者为之,过也。"君子以为不然。乐者,圣人之所乐也,而可以善民心,其感人深,其移风易俗易,故先王导之礼乐而民和睦。夫民有好恶之情无喜怒之应,则乱。先王恶其乱也,故修其行,正其乐,而天下顺焉。故齐衰之服,哭泣之声,使人之心悲;带甲婴轴,歌于行伍,使人心伤;姚冶之容,郑、卫之音,使人心淫;绅、端、章甫,舞《韶》歌《武》,使人心庄。故君子耳不听淫声,目不视女色,口不出恶言,此三者,君子慎之。凡奸声感人而逆气应之,逆气成象而治生焉。正声感人而顺气应之,顺气成象而治生焉。唱和有应,善恶相象,故君子慎其所去就也。(《乐论》)②

音乐可以善民心,感人深,能够移风易俗。进一步强调,先王制礼作乐的目的就是防止天下昏乱。"夫民有好恶之情无喜怒之应,则乱。"先王为避免天下昏乱,而提倡纯正的音乐,而使"天下顺焉"。那些不纯正的淫声、奸声或使人心悲,或使人心伤,或使人心淫。只有那些纯正的绅、端、章甫,舞《韶》歌《武》,才能使人产生庄重之心(心庄)。同时,对音乐的选择也是君子的重要素养。君子要做到三慎:"耳不听淫声,目不视女色,口不出恶言。"

(三) 君子之乐与小人之乐的区别

荀子认为,禽兽、众庶和君子的一个重要差别就在于君子具有音乐修养,而禽兽、众庶不具备音乐修养。他说:

> 凡音者,生于人心者也。乐者,通伦理者也。是故,知声而不知音者,禽兽是也。知音而不知乐者,众庶是也。唯君子为能知乐。是故,审声以

---

① 荀况.荀子校注[M].张觉,校注.长沙:岳麓书社,2006:255.
② 同上:256-257.

知音，审音以知乐，审乐以知政，而治道备矣。是故，不知声者不可与言音，不知音者不可与言乐。知乐，则几于知礼矣。礼乐皆得，谓之有德。德者，得也。①

荀子区别了君子之乐与小人之乐：

> 君子以钟鼓道志，以琴瑟乐心。……故乐行而志清，礼修而行成。耳目聪明，血气和平，移风易俗，天下皆宁，莫善于乐。故曰：乐者，乐也。君子乐得其道，小人乐得其欲。以道制欲，则乐而不乱；以欲忘道，则惑而不乐。故乐者，所以道乐也。金石丝竹，所以道德也。乐行而民向方矣。故乐者，治人之盛者也，而墨子非之。（《乐论》）②

"乐"就是快乐的意思，同样是追求"乐"，君子之乐与小人之乐是不同的。"君子乐得其道，小人乐得其欲。""乐道"与"乐欲"具有天壤之别。当一个社会，"乐道"的人多，并成为主流文化时，就会"以道制欲"，天下就会"乐而不乱"；反之，一个社会"乐欲"的人多了，并成为社会的主流时，就会"以欲忘道"，天下就会"惑而不乐"。所以，荀子号召人们应当以道为乐，这样社会才能形成良好的道德风尚，民风才能淳朴。在荀子看来，音乐是"治人之盛者也"，他认为，墨子就不懂这个道理。

七、《吕氏春秋》的音乐心理思想

《吕氏春秋》是秦国丞相吕不韦主持，集合门客编撰的一部黄老道家名著。成书于秦始皇统一中国前夕（前 239 年左右）。以道家思想为主体，兼采阴阳、儒墨、名法、兵农、阴阳诸家学说而贯通完成的一部著作。《吕氏春秋》分为十二纪、八览、六论，注重博采众家学说，所以《汉书·艺文志》等将其列入杂家。全书共分二十六卷，一百六十篇，二十余万字。

（一）音乐是对天地和谐、阴阳调和的反应

音乐是如何产生的？《吕氏春秋·仲夏季·大乐》说：

①② 荀况.荀子校注[M].张觉,校注.长沙：岳麓书社,2006：256－257.

凡乐，天地之和、阴阳之调也。始生人者天也，人无事焉。天使人有欲，人弗得不求；天使人有恶，人弗得不辟。欲与恶，所受于天也，人不得兴焉，不可变，不可易。世之学者，有非乐者矣，安由出哉？①

音乐是哪里来的，在《吕氏春秋》看来，音乐是天地和谐、阴阳调和的产物。因此，它像人的欲望、憎恶的情感一样都是自然（"天"）形成的，是"所受于天也"，不能由自己做主。音乐也是如此，也是受之于天的产物，是不可改变，不可移易。也就是说，音乐不是主观决定的，而是天地自然的产物。因此，世界上那些"非乐者"是没有根据的。

《吕氏春秋·仲夏季·大乐》认为，声音产生于度量，也就是自然界的和谐、节奏。

音乐之所由来者远矣。生于度量，本于太一。太一出两仪，两仪出阴阳。阴阳变化，一上一下，合而成章。浑浑沌沌，离则复合，合则复离，是谓天常。天地车轮，终则复始，极则复反，莫不咸当。日月星辰，或疾或徐，日月不同，以尽其行。四时代兴，或暑或寒，或短或长，或柔或刚。万物所出，造于太一，化于阴阳。萌芽始震，凝寒以形。形体有处，莫不有声。声出于和，和出于适。和适先王定乐，由此而生。②

在《吕氏春秋》看来，声音的起源是非常久远的事情，是与天地宇宙同一的事情，所谓"生于度量，本于太一"。这里所谓的本于"太一"，其实涉及宇宙的起源。

《吕氏春秋·仲夏季·大乐》认为，欢乐而完美的音乐（"大乐"）是"道"或"以太"的体现。

大乐，君臣、父子、长少之所以欢欣而说也。欢欣生于平，平生于道。道也者，视之不见，听之不闻，不可为状。有知不见之见、不闻之闻、无状之状者，则几于知之矣。道也者，至精也，不可为形，不可为名，强为之，谓之太一。③

201

① 高诱，注.吕氏春秋[M].毕沅，校.徐小蛮，标点.上海：上海古籍出版社，2014：93.
② 同上：91-92.
③ 同上：94.

这里的"度量"其实就是大自然运行的规律、节奏。阴阳变化,一上一下,合而成章;日月星辰的运行,或疾或徐,四时更替,或寒或暑,或短或长,或刚或柔。这些变化都是合乎度量的。凡是有形之物存在的地方就会发出声音,也就是说,声音是与物质存在同时出现的,所以声音的由来十分久远。声音产生于和谐,和谐来源于和度,就是符合大自然运行的法度。换句话说,声音是大自然运行规律的反应。

(二) 心适与音适:音乐要满足人的正常需要

《吕氏春秋·仲夏纪·适音》探讨了"和乐"的思想。"和乐"有两个方面的内容:一是"心适";二是"音适"。什么叫"心适"?《吕氏春秋·仲夏纪·适音》写道:

> 夫乐有适,心亦有适。人之情:欲寿而恶夭,欲安恶危,欲荣而恶辱,欲逸而恶劳。四欲得,四恶除,则心适矣。四欲得也,在于胜理。胜理以治身,则生全;以生全则寿长矣。胜理以治国,则法立;法立则天下服矣。故适心之务在于胜理。①

显然,所谓"心适"包括正反两个方面:一是"四欲得",即长寿、安全、荣誉、安逸的愿望得以满足或实现;二是"四恶除",即夭折、危险、耻辱、烦劳得到克服与清除。如果一个人真的做到四欲得,四恶除,则心适矣。所谓"心适"就是长寿、安全、荣誉、安逸的正当需要得到满足,而夭折、危险、耻辱、烦劳则违背人的需要。只有符合人身心需要的音乐才是好的音乐,才能"适音"。

什么叫"音适"呢?《吕氏春秋·仲夏纪·适音》写道:

> 夫音亦有适。太巨则志荡,以荡听巨则耳不容,不容则横塞,横塞则振;太小则志嫌,以嫌听小则耳不充,不充则不詹,不詹则窕。太清则志危,以危听清则耳谿极,谿极则不鉴,不鉴则竭。太浊则志下,以下听浊则耳不收,不收则不抟,不抟则怒。故太巨、太小、太清、太浊,皆非适也。何为适?衷,音之适也。何为衷? 大不出钧,重不过石,大小轻重之衷也。黄钟之宫,音之本也,清浊之衷也。衷也者,适也。以适听适则和矣。乐无太,平

① 高诱,注.吕氏春秋[M].毕沅,校.徐小蛮,标点.上海:上海古籍出版社,2014:98.

和者是也。①

《吕氏春秋·仲夏纪·适音》认为，"音适"要做到"衷"，即声音的大小、清浊要适中，这样"以适听适"即以畅快的心情听适中的音乐，就达到"和"的境界。也就是说，音乐声音的大小、清浊有助于满足人长寿、安全、荣誉、安逸的需要，这就是所谓的"和乐"，即和谐的音乐是"心适"与"音适"统一。乐器的大小、声音的巨细必须以欣赏者主体的生理感官能力为限。"耳之察，和也，在清浊之间；其察清浊也，不过一人之所胜。"耳朵能接受的是和谐的声音，分辨声音清浊的魄力取决于耳朵的感觉。这已涉及现代心理学所说的听觉的感觉阈限或听觉感受性的问题了。声音的大小如果超越耳朵感受能力的限度，那么这种乐声就失去了音乐的意义。"钟声不可以知和"是"无益于乐"的；对人来说，也就不称其为音乐了。美色可以悦目，和谐的声音可以悦耳。要是超过一定的限度，使"听乐震耳，观美而眩"，那就不但不能给人一种美的享受，反而有害于人的身心健康，"思莫甚焉"。"故乐之务，在于和心。"乐声的不适衷，会使人的感情与生理感官机能产生矛盾，影响感官的感受。耳不适，心不适，则不和。如果艺术的表现形式不"适度"，过分地夸大或缩小，也会使美转化为丑。强调艺术表现的情感中正、适度，并非从孔子始，实际是儒家对传统思想的一种继承。

（三）音乐与情感

1. 不同的音乐表达不同的情感

《吕氏春秋》认为，"凡音者，产乎人心者也"，人心具体说就是人的情感状态，人心不同，音乐也不同。因此，国家的兴衰、政治的清浊，就会有不同的民心，也就会有不同的音乐。《吕氏春秋·仲夏纪·适音》写道：

> 故治世之音安以乐，其政平也；乱世之音怨以怒，其政乖也；亡国之音悲以哀，其政险也。凡音乐，通乎政而移风平俗者也。俗定而音乐化之矣。故有道之世，观其音而知其俗矣，观其政而知其主矣。故先王必托于音乐以论其教。《清庙》之瑟，朱弦而疏越，一唱而三叹，有进乎音者矣。大飨之礼，上玄尊而俎生鱼，大羹不和，有进乎味者也。故先王之治礼乐也，非特以欢耳目，极口腹之欲也，将以教民平好恶、行礼义也。②

①　高诱，注.吕氏春秋[M].毕沅，校.徐小蛮，标点.上海：上海古籍出版社，2014：99－100.
②　同上：100.

其意是说,太平盛世的音乐安宁而快乐,是由于它的政治安定;动乱时代的音乐怨恨而愤怒,是由于它的政治乖谬;濒临灭亡的国家的音乐悲痛而哀愁,是由于它的政治险恶。大凡音乐都与政治相通,并具有移风易俗的作用。风俗的形成是音乐潜移默化的结果。所以,政治清明的时代,考察它的音乐就可以知道它的风俗,考察它的风俗就可以知道它的政治,考察它的政治就可以知道它的君主。因此,先王一定要通过音乐来教化他们的百姓。总之,先王制定礼乐的目的,不仅仅是用来使耳目欢愉,尽力满足口腹的欲望,而是要教导人们端正好恶,实施理义。这是我国最早提出的美学上的主客观关系的音乐理论。

由此可见,在中国传统文化中,音乐从诞生伊始,就没有脱离过政治、民生。它是民众心理的晴雨表。

2. 情感在音乐欣赏中具有决定作用

维特根斯坦说:"情感按照伴随人们生活的方式伴随着我们对音乐作品的领悟。"①早在2 000多年前,《吕氏春秋》就看到情感在音乐欣赏中的决定作用。这种决定作用是如何发生的?《吕氏春秋·仲夏纪·适音》认为,情感通过影响感官的嗜欲进而影响音乐欣赏的效果。

> 耳之情欲声,心不乐,五音在前弗听;目之情欲色,心弗乐,五色在前弗视;鼻之情欲芬香,心弗乐,芬香在前弗嗅;口之情欲滋味,心弗乐,五味在前弗食。欲之者,耳目鼻口也;乐之弗乐者,心也。心必和平,然后乐;心必乐,然后耳目鼻口有以欲之。故乐之务在于和心,和心在于行适。②

在《吕氏春秋·仲夏纪·适音》看来,是人的情感(心情)决定人的耳朵能不能听,眼睛能不能看,鼻子能不能嗅,嘴能不能吃。如果心情不愉快,即使音乐在耳边也不能欣赏,即使色彩在眼前也不会去看,即使香气在身边也不会去嗅,即使美味在口边也不会去品尝。总之,人各种来自感官的欲望是由来自内心的情感决定的。显然,《吕氏春秋》不仅将情感与欲望区分开来,同时还将"情"与"欲"的关系表达得十分清楚。因为人的感官欲望是由内心的情感决定,所以情感的愉快与不愉快对于音乐欣赏就十分重要了。良好的音乐欣赏与良好的音乐创作一样,一定要有一种平和之心或保持平和之心,只有保持平和的心态,心情才能愉快,然后才能使人的各种感官产生欣赏的欲望。而愉快的关键是使心

中国文艺心理学思想史

---

① 维特根斯坦.文化和价值[M].黄正东,唐少杰,译.南京:译林出版社,2014:14.
② 高诱,注.吕氏春秋[M].毕沅,校.徐小蛮,标点.上海:上海古籍出版社,2014:98.

情平和,使心情平和的关键在于行为适中。

《吕氏春秋》的音乐心理思想应该归结为儒家音乐心理思想,是针对墨家"非乐"说而提出的,所谓"世之学者有非乐者矣,安由出哉"。

(四) 音乐对人的性情、欲望具有调节功能

《吕氏春秋·适音》云:"故乐之务,在于和心。"而"和心",实际上就是以平淡简易的古乐来陶冶人的性情。

人性的根本是静,因感于外物而动,在感于外物的过程中就会产生欲望。如果这种欲望没有得到有效节制,就会使大道迷乱、人性丧失,因此,音乐具有节制人欲望的作用。《礼记·乐记》对此有深刻的认识。

> 人生而静,天之性也。感于物而动,性之欲也。物至知知,然后好恶形焉。好恶无节于内,知诱于外,不能反躬,天理灭矣。夫物之感人无穷,而人之好恶无节,则是物至而人化物也。人化物也者,灭天理而穷人欲者也。于是有悖逆诈伪之心,有淫泆作乱之事。是故,强者胁弱,众者暴寡,知者诈愚,勇者苦怯,疾病不养,老幼孤独不得其所,此大乱之道也。[①]

人们在"感于物"的过程中,会产生爱好或厌恶两种欲念。这两种欲念都需要节制,如果产生于心中好恶的欲念没有节制,面对外部诱惑又不能反省,不能用良知抑制冲动,那么"天理"就要毁灭了。外界不断刺激人,人若随其刺激而生好恶的反应,不以理性制裁,那就是"人化物也"。"人化物也者"就是灭绝理性而追随人欲。于是便生有悖道诈伪之心,做出淫泆乱法的事,终致强者胁迫弱者、多数欺压少数,智者诈骗愚者,勇者欺负懦怯者,有病者无人照顾,老幼孤独者流离失所,这就天下大乱了。《吕氏春秋》主张用古乐来陶冶人的性情,使那些"人化物也"的事件不发生或得到制止。

(五) 音乐能够移风易俗

音乐是人内心感受的外在表现,因此通过音乐可以考察人们的风俗、志趣和德行。《吕氏春秋·仲夏纪·音初》写道:

> 凡音者,产乎人心者也。感于心则荡乎音,音成于外而化乎内。是故闻其声而知其风,察其风而知其志,观其志而知其德。盛衰、贤不肖、君子

---

① 杨天宇,撰. 礼仪译注(下)[M]. 上海:上海古籍出版社,2004:471-472.

小人皆形于乐,不可隐匿。故曰:乐之为观也,深矣。①

在《吕氏春秋》看来,音乐不仅是一种用耳朵来听的对象,而且是一种观察的对象,因为音乐是产生于人心的东西,是人心灵感受的产物。音乐是人心灵感受的外在表现。通过观察音乐的外在表现形式可以了解人的内心活动,可以考察到一个地方人们的风俗、志趣、道德以及国家的盛衰,可以区分君子与小人,贤良与不肖。

(六) 音乐创作的内外条件

1. 良好的外部环境

音乐创作是有条件的。《吕氏春秋》认为,健康的能给人带来欢乐、怡悦的音乐创作需要两个基本条件:一是良好的外部环境;二是创作者的心理条件。《吕氏春秋·仲夏季·大乐》写道:

> 天下太平,万物安宁,皆化其上,乐乃可成。成乐有具,必节嗜欲。嗜欲不辟,乐乃可务。务乐有术,必由平出。平出于公,公出于道。故惟得道之人,其可与言乐乎!②

在《吕氏春秋》看来,欢乐、怡悦的音乐创作在外在环境上的要求是,天下太平、万物安宁,一切都顺应正道,音乐才可以制成。欢乐、怡悦的音乐创作对创作者心理上的要求是,必须节制嗜欲,只有嗜欲不放纵,才可以专心从事音乐。一切欢乐的音乐创作都必须具备这样两个条件,如果丧失了其中一个条件,虽然也可以创作音乐,但绝对创作不出令人欢乐愉悦的音乐来。《吕氏春秋·仲夏季·大乐》说:

> 亡国戮民,非无乐也,其乐不乐。溺者非不笑也,罪人非不歌也,狂者非不武也,乱世之乐有似于此。君臣失位,父子失处,夫妇失宜,民人呻吟,其以为乐,若之何哉?③

这段话的意思是说,被灭亡的国家,遭受屠戮的人民,不是没有音乐,只是他们

---

① 高诱,注.吕氏春秋[M].毕沅,校.徐小蛮,标点.上海:上海古籍出版社,2014:122.
②③ 同上:92-93.

的音乐并不表达欢乐。即将淹死的人不是不笑，即将处死的人不是不唱，精神狂乱的人不是不手舞足蹈，但是他们的笑，他们的唱，他们的舞蹈没有丝毫的欢乐，乱世的音乐与此相似。君臣地位颠倒，父子本分沦丧，夫妇关系失当，人民痛苦呻吟，以此制乐，是不会有什么欢乐愉悦可言的。这段话从另外一个角度告诉我们：从一个国家、民族的音乐是欢乐还是悲伤可以了解这个国家、民族的人民的心态是健康还是病态。大概正因为如此，我国古代思想家、政治家才如此重视音乐在治理国家、教化人民中的作用。

2. 修炼道德，端正自己的品德

《吕氏春秋》认为，要创作出和谐的音乐，音乐创作者必须从根本上修炼道德，端正自己的品德。它写道：

> 土弊则草木不长，水烦则鱼鳖不大，世浊则礼烦而乐淫。郑卫之声、桑间之音，此乱国之所好，衰德之所说。流辟、誂越、慆滥之音出，则滔荡之气、邪慢之心感矣，感则百奸众辟从此产矣。故君子反道以修德，正德以出乐，和乐以成顺。乐和而民乡方矣。[①]

礼乐的好坏与社会的治乱密切相关，社会浑浊糜烂，就会"礼烦而乐淫"，此时社会就会出现道德衰败，《吕氏春秋》称之为"衰德"，在一个道德衰败的社会里，就会出现"滔荡之气、邪慢之心"，所以《吕氏春秋》提倡君子要"反道以修德"，只有端正自己的道德品质，才能创造出真正意义上的音乐，所谓"和乐"，即"正德以出乐，和乐以成顺"。

阅读材料

音乐疗法的神奇妙用

1. 用音乐驱走不良情绪

早在远古时期，勤劳勇敢的中国人就已经意识到音乐对健康的作用。楚国时期有位太子因"宅居"深宫太久，患上了抑郁症，于是请御医用音乐

---

① 高诱，注.吕氏春秋[M].毕沅，校.徐小蛮，标点.上海：上海古籍出版社，2014：122.

配合针灸疗法求得健康。在埃及，人们把音乐称作"灵魂的医学"，传说中，所罗门王患上神经衰弱，不是请名医开药，而是坐下来听宫廷乐师的竖琴声。

在希腊神话中，缪斯（英文 music 即来源于此）是九位古老的女神，它们代表通过传统的音乐和流传的歌所表达出来的传说。这九位女神不仅精通音乐，还会给人治病。这些古老的传说正是人类对音乐疗法的意识体现。

2.音乐疗法的治疗原理

很多人也许不相信，音乐对我们的健康真的那么重要吗？它为什么能舒缓情绪，治疗疾病呢？

在音乐世界中，每一段旋律都不是简单的音乐堆积，而是在表达创作者的一种情绪，或喜悦或哀伤，或激情或沉默。事实上，真正好的音乐都是从情绪中来，这种情绪可以影响听音乐的人。

有专家观察并证实，音乐声波的频率和声压会引起生理上的反应。音乐的频率、节奏和有规律的声波振动，是一种物理能量，而适度的物理能量会引起人体组织细胞发生和谐共振现象，能使颅腔、胸腔或某一组织产生共振，这种声波引起的共振现象，会直接影响到人的脑电波、心率、呼吸节奏等。

优美悦耳的音乐环境，可以改善神经系统、心血管系统、内分泌系统和消化系统的功能，促使人体分泌一种有利于健康的活性物质，调节体内血管的流量和神经传导。此外，良性的音乐可以提高大脑皮层的兴奋性，可以改善人的情绪，激发人们的感情，振奋人们的精神，同时还可以消除心理、社会因素所造成的紧张、焦虑、忧郁、恐怖等不良心理状态，提高应急能力。

3.给自己的音乐疗法清单

用音乐调节心理也需要对症下药。以下是相关专家针对不同人群的性格特点，设计推出的几款音乐疗法。

安神镇静疗法：应选择节奏轻柔，有舒缓、低慢、宛转、优雅等特点的乐曲，来达到安神定志、镇静安眠等效果。具有代表性的音乐有古筝独奏《春江花月夜》、高胡独奏《南渡江》、二胡独奏《月夜》以及《渔光曲》《催眠曲》《病中吟》，等等。

养心益智疗法：这套疗法着重于养心，故乐曲的选择上，以选听古典音乐为主，常用的乐曲如《阳关三叠》《春江花月夜》《江南丝竹》《空山鸟语》等。也可适当选听一些流行乐曲，但应力避那些令人意志消沉的"靡靡之音"。

兴奋开郁疗法：应选择节奏明快、旋律流畅、音色优美的乐曲，以振奋精神、愉悦心情。通常使用民族乐曲如《流水》《喜相逢》《赛马》《光明行》《喜洋洋》《假日的海滩》《百鸟朝凤》《八哥洗澡》等。

娱神益寿疗法：这套音乐疗法重点在于使人养成高雅的情操，豁达的胸襟，开朗的性格，此乃防病抗衰、延年益寿之根本。常用的乐曲有《潇湘水云》《高山流水》《醉翁吟》《颐真》《良宵》《梅花三弄》《平沙落雁》等，另外可配合一些反映天地人间、生机盎然的自然音乐，如《百鸟行》《空山鸟语》《荫中鸟》等。

资料来源：新周报，2010，196(39)：10.

第三节　秦汉之后的音乐心理思想

一、唐代白居易："移风俗，莫上于乐"

唐代三大诗人之一白居易（772—846），字乐天，号香山居士，又号醉吟先生，祖籍太原，到其曾祖父时迁居下邽，生于河南新郑。白居易不仅在诗歌创作方面取得巨大成就，而且对礼乐也很有研究。《白氏长庆集》卷四十八《议礼乐》关于礼乐有这样一段话：

> 序人伦，安国家，莫先于礼；和人神，移风俗，莫上于乐。二者所以并天地，参阴阳，废一不可也。何则？礼者，纳人于别而不能和也；乐者，致人和而不能别也。必待礼以济乐，乐以济礼，然后和而无怨，别而不争。是以先王并建而用之，故理天下如指诸掌耳。[①]

209

---

① 喻岳衡，点校.白居易集[M].长沙：岳麓书社，1992：720.

白居易认为，"礼"的作用在于规范人伦，安定国家，所谓"序人伦，安国家，莫先于礼"。"乐"的作用是调和人的精神，移风易俗，所谓"和人神，移风俗，莫上于乐"。二者缺一不可，不可偏废。因为它们各有各的作用，不能相互代替。"礼"能别而不能和，"乐"能和而不能别，所以必须礼乐相济，才能安定社会、调和民心："必待礼以济乐，乐以济礼，然后和而无怨，别而不争。"从调和人心，移风易俗的角度看，没有比"乐"更合适的，所以他说："和人神，移风俗，莫上于乐。"白居易实际上是对《礼记》思想的继承与发挥。

二、宋代周敦颐：音乐可以"平天下之情"

周敦颐(1017—1073)，又名周元皓，原名周敦实，字茂叔，谥号元公，北宋道州营道楼田堡，即今湖南省道县人，因定居庐山时为纪念家乡而给住所旁的一条溪水命名为濂溪，并给自己的书屋命名为濂溪书堂并终老于庐山濂溪，所以号濂溪先生。关于音乐对人的心理价值，周敦颐说：

> 古者圣王制礼法，修教化，三纲正，九畴叙，百姓大和，万物咸若。乃作乐以宣八风之气，以平天下之情。故乐声淡而不伤，和而不淫。入其耳，感其心，莫不淡且和焉。淡则欲心平，和则躁心释。优柔平中，德之盛也。……呜呼！乐者古以平心，今以助欲；古以宣化，今以长怨。不复古礼，不变今乐，而欲至治者，远哉！(《周予通书·乐》第十七)[1]

在周敦颐看来，音乐具有"宣八风之气"，"以平天下之情"的功能。要达到此目的，音乐就应该"淡而不伤，和而不淫"，具有感人心、平定欲望、释放浮躁的价值与功用。

三、宋代江少虞："移风俗，莫上于乐"

中国古代学者深谙音乐的真谛，他们认识到，音乐是通过形式来表达情志的。他们认为，不仅"诗言志"，音乐也可以独特的形式表达情志。或者说，音乐可以自己独特的形式表达诗歌中的情志。因为唐宋以后，诗词都可以依韵吟

---

[1]　周敦颐，撰.周敦颐集[M].梁绍辉，徐莉铭，等，点校.长沙：岳麓书社，2007：74-75.

唱。对此,宋代的江少虞(约 1131 年前后在世,生卒年均不详,字虞仲,常山人)在《宋朝事实类苑》中引沈括的话说:

> 古诗皆咏之,然后以声依咏而成曲,谓之"协律"。其志安和,则以安和之心咏之;其志怨思,则以怨思之声咏之。故治世之音安以乐,则诗与志,声与曲,莫不安且乐;乱世之音怨与怒,则诗与志,声与曲,莫不怨且怒。此所以审音而知政也。[①]

江少虞非常赞赏沈括的观点并认为,诗词中的"志"安静和顺,那么就以安静和顺的声律吟唱;诗词中的"志"怨恨忧愁,那么就以怨恨忧愁的声调吟唱。所以,安定有序的社会,音乐也安静和乐;反之,充满怨恨愤怒的社会,"诗与志,声与曲"也都充满怨恨愤怒。可见,音乐表达人的思想感情受诗词影响。这就是古代著名的"移风俗,莫上于乐"的思想,声之志,乐之容来源于诗词本身,因为诗词本身都是有志(思想感情)有容(形象)的。

再有,中国古代学者认为音乐能够反映出一个时代的社会心理。所谓"治世之音安以乐","乱世之声怨与怒"便是。因此,我们能够通过"审音而知政也"。江少虞认为,古代乐师与现代乐师的差别就在于前者"通天下之志",而后者心中无志,仅为一种技艺活动:

> ……[乐]师之志,主于中节奏,谐音律而已。古人乐师,皆(于)[能]通天下之志,故其哀乐成于心,然后(宜)[宣]于声,则必有形容以表之。故乐有志,声有容。其所以感人深者,不独出于器而已。[②]

其意是说,好的音乐是有志有容的音乐。在江少虞看来,古今乐师的差别就在于古代乐师有志有容,而后世乐师有容无志,甚至无志无容,仅仅是一点节奏、音律的和谐而已。在他看来,只有"通天下之志"的乐师,才能将酝酿在心中的喜怒哀乐的情感通过音乐形象表现出来,收到感人肺腑、沁人心脾的效果。这里的关键不是乐器,而是人的心态与素质。

何谓音乐有志有容呢? 就是说,音乐能够表达人的情志、信念,音乐不是抽

211

① 沈括. 梦溪笔谈[M]. 侯真平,校点. 长沙:岳麓书社,1998:33 - 34.
② 同上:35 - 36.

象地表达,而是通过形象加以表达。在唐宋以后,诗词都可以依韵律吟唱,诗词对音乐的影响不断增大,诗词是用形象思维的,人们也将其迁移到对音乐的认识方面,所以"音有志,乐有容"的观点也就应运而生,人们开始专注用生动的音乐形象来表达人们的思想感情。

四、宋代真德秀:"乐之于人,能变化其气质"

南宋学者真德秀(1178—1235,始字实夫,后更字景元,又更字希元,号西山,本姓慎,因避孝宗讳改姓真。福建浦城即今浦城县仙阳镇人)首先阐明礼乐相济的道理:"礼乐之不可阙一,如阴阳之不可偏胜。礼胜则离,以太严而不通人情,故离而难合;乐胜则流,以其太和而无所限节,则流荡忘返。所以有礼须用有乐,有乐需有礼。……礼中有乐,乐中有礼,朱文公谓严而泰,和而节。"(《真西山文集》卷三十《问礼乐》)①在"礼乐相济","礼中有乐,乐中有礼"的基础上,进一步阐明乐的心理学价值,提出著名的"乐之于人,能变化其气质"的观点。

这一观点被清代乾隆年间学者孙希旦(1736—1784,字绍周,号敬轩,浙江瑞安集善乡昭德里人)在《礼记集解》中引用:"礼之治躬,止于威严,不若乐之至于天且神者,何也? 乐之于人,能变化其气质,消融其渣滓。故礼以顺之于外,而乐以和之于中。此表里交养之功,而养于中者实之主。"这就是说,礼治限于外表,而乐则可治人心,乐可以改变人的气质性情,使人自然而心气平和,和谐而又和顺,对培养人的品德有极为重要的意义。②

五、元代方回:"琴者,养心修身化民育物之工具"

中国音乐人伦教化功能的增强始于宋代。宋代是封建社会由鼎盛走向衰落的时期,此时音乐也随着时代的变迁而变化,音乐教化人伦的功能被弱化,而娱乐的功能被加强。"人们开始意识到音乐仅仅是音乐,是文化艺术中的一种形式,称为艺人小技,供人欣赏娱乐。"音乐家们看到音乐的功能的多样性。人们开始从人的角度来考察音乐的功能,他们发现音乐的作用与功能并不取决于音乐,而是取决于演奏音乐的人本身。也就是说,音乐的功效会因人的情志不同而不同。

①② 朱恩彬,周波,主编.中国古代文艺心理学[M].济南:山东文艺出版社,1997:40.

中国文艺心理学思想史

212

这在元代方回(1227—1305,字万里,元朝诗人、诗论家)的《叶君爱琴诗序》中得到典型的反应:"琴者,古圣贤养心修身化民育物之具,而后世以为一艺。予尝谓琴得其人,钟子期死而伯牙破而绝其弦,嵇康与广陵散俱绝不恨也。琴非其人,司马相如以挑文君,董兰以误房官,是故琴不在琴而在人。"同样喜爱演奏音乐,钟子期、伯牙、嵇康却可以修心养性、化民育礼;而司马相如、董兰则用音乐来挑逗女性,误人子弟。这是音乐本身的缘故吗? 显然是音乐人的缘故。元代艺术家赵孟頫(1254—1322)也认为,是世道沧桑导致音乐的社会功能下降。他认为,音乐本来可以"动天地,感鬼神,移风易俗者,不可毫厘差也",但却因"世衰道微流为贱工之事,为士者亦耻之"。

六、明代庄元臣:"乐治人之性情"

明人庄元臣在《叔苴子·内篇》说:"乐治人之性情,礼治人之筋骨。性情条畅,则筋骨舒和,故乐可兼礼。若筋骨束缚,而性格不治,譬犹衣猿猱以周公服也。故礼不可兼乐。"①

庄元臣的观点超出以往的礼乐观。首先,他认为乐比礼的地位更高,乐可以"治人之性情",礼仅仅治"人之筋骨",筋骨是受性情调节和支配的,因此乐的地位高于礼。其次,自《礼记》之后,大多思想家一般都认为,礼与乐不能相兼,要兼也是用礼兼乐,可是庄元臣的观点却相反,他认为"乐可兼礼",但"礼不可兼乐",他把乐以及乐对人心理(性情)的影响提高到前所未有的高度。

七、明代邱浚:"审吾之乐者,得吾之政"

明代学者邱浚认为,音乐是民心与政治的中介。民众的社会心理可以通过音乐折射出来,因此,通过观察一个民族或国家的音乐可以了解这个民族或国家的政治面貌。他在《大学衍义补》卷四十二说:

> 声音之道,与政相通。古之善观人国者,不观其政治,而观其声音。其音安以乐者,其政必和。其音怨与怒者,其政必乖。其音哀以思者,其民必困。政之和者,治国也。政之乖者,乱国也。民之困者,将亡之国也。国之

① 朱恩彬,周波,主编.中国古代文艺心理学[M].济南:山东文艺出版社,1997:40.

将亡，其政必散，其民必流，政散则诬罔其上，罔上则民无诚心矣。民流则肆行其私，行私则无公心矣。如此行之不已，靡靡之乐，所由作焉。是以自古人君，必致谨礼乐行政之施，以为感化斯人之本，恒使吾之政，咸和而不乖。吾之民，咸安而不困。采民之歌诗，顺民之性情，协比以成文，播奏以为乐，使天下之人，闻吾之声者，知吾之德，聆吾之音者，感吾之志；审吾之乐者，得吾之政。①

这段话表明了这样两层意思：一是通过考察一个国家的音乐可以了解该国社会的政治民情。如果一个国家的音乐安静和乐，那么它的政治也必然和顺；如果一个国家的音乐哀怨而且愤怒，那么它的政治也一定乖劣；如果一个国家的音乐哀伤并且忧愁，那它的百姓也必然处在困惑之中。二是管理者可以通过创制健康优美的音乐，即安静和乐的音乐治理国家，引导人性。所以，邱濬主张从民间采集诗词歌曲，编成文，谱成曲，使国家的人民都能听到快乐的音乐，从而了解政治的清明，了解品德的崇高，感受志向的伟大。通过审查我们的音乐，了解我们治国安邦的状况。

本章小结

在所有的艺术形式中，音乐在传达和表现情感上是其他艺术形式无法比拟的。音乐是最高的艺术，是一种形式美的艺术，它可以没有歌词，只有旋律、节奏。林语堂说："一切艺术问题都是韵律问题。所以，要弄懂中国的艺术，我们必须从中国人的韵律和艺术灵感的来源谈起。"

中国传统音乐大约形成于公元前 21 世纪至公元 3 世纪，也就是从夏、商、周直到春秋、战国、秦汉两代，经历了由原始舞蹈到宫廷乐舞的演化。中国音乐可以分为两部分：一部分是指中国古代传承下来的音乐；另一部分则是指中国人借鉴西方音乐理论创作和改编的音乐。中国音乐有中原音乐、四域音乐和外国音乐三个来源。中国传统音乐是由民间音乐、文人音乐、宫廷音乐和宗教音乐四个部分组成。音乐心理思想是中国音乐理论中的一部分内容。本章根据掌握的资料将中国古代的音乐心理思想分为两部分：一是先秦时期的音乐心理思想；二是秦汉之后的音乐心理思想。

① 邱濬. 大学衍义补[M]. 林冠群，周济夫，校点. 北京：京华出版社，1999：369.

先秦时期的音乐心理思想：一是《左传》的音乐心理思想。通过昭公二十年(前522)晏婴与齐侯的对话,强调只有和谐的声音才能"以平其心"。音乐具有平和人心,使人心平静下来的功能。还通过襄公二十九年(前544年)季札观乐的记载,阐述了音乐对社会群体心理的"和同",音乐是人性不可或缺的,音乐是人性的表达的观点。二是《国语》的音乐心理思想。《国语·周语》记载了公元前6世纪单穆公对周景王论乐时所论及的"和心"与"和正"的关系。心的和谐、中正与否,对国家统治者的心理直至政治的好坏,都具有直接的决定性影响。三是《周礼》的音乐心理思想。《周礼·春官》强调音乐舞蹈应严格按照社会等级、社会秩序享用才符合礼仪,也才能起到安定社会,安定民心的作用。四是《礼记·乐记》的音乐心理思想。强调音乐是人心感于物的产物。人的心境与音乐创作和鉴赏密切相关。人的不同心境产生不同的音乐;不同的音乐表达不同的情感。音乐可以调节性情,节制欲望;音乐可以帮助人分辨爱憎,恢复人天性真纯。德是人性的基本,乐是德的光华,倡导"德音"与"德性"的相互配合。音乐与民心、民情密切相关。审音而知政:以音乐观民心、察民情。"礼节民心,乐和民声"。音乐能够使天下人敬爱。五是孔子及《论语》的音乐心理思想。孔子具有高深的音乐素养,并认为礼与乐都是通过人来克服人的情欲的。六是荀子及《乐论》的音乐心理思想。荀子认为,音乐是"人情所必不免"的,音乐具有快速转化人的思想、移风易俗的功能。荀子认为,禽兽、众庶和君子的一个重要差别就在于君子具有音乐修养。"君子乐得其道,小人乐得其欲。"当一个社会,"乐道"的人多,就会"以道制欲",天下就会"乐而不乱";反之,一个社会"乐欲"的人多了,成为社会的主流,就会"以欲忘道",天下就会"惑而不乐",所以荀子号召人们应当以道为乐,这样,社会才能形成良好的道德风尚,民风才能淳朴。七是《吕氏春秋》的音乐心理思想。《吕氏春秋》认为,音乐是对天地和谐、阴阳调和的反应;音乐要满足人的正常需要,提倡"适心"与"适音";在音乐与情感的问题上,认为不同的音乐表达不同的情感,情感在音乐欣赏中具有决定作用;音乐对人的性情、欲望具有调节功能;音乐能够移风易俗。《吕氏春秋》认为,音乐创作是有条件的:一是良好的外部环境;二是创作者的心理条件,即良好的道德修炼。

秦汉之后的音乐心理思想。唐代白居易"移风俗,莫上于乐"的观点,强调"礼"的作用在于规范人伦,安定国家,"乐"的作用在于调和人的精神,移风易俗,不可偏废。宋代周敦颐认为,音乐可以"平天下之情"。音乐就应该"淡而不伤,和而不淫",具有感人心、平定欲望、释放浮躁的价值与功用。宋代江少虞认

215

为，"移风俗，莫上于乐"。他认为，安定有序的社会，音乐也安静和乐；反之，充满怨恨愤怒的社会，音乐也充满怨恨愤怒。宋代真德秀认为，"乐之于人，能变化其气质"。礼治限于外表，而乐则可治人心，它可以改变人的气质性情，使人自然而心气平和，和谐而又和顺，对培养人的品德有极为重要的意义。元代学者方回认为，"琴是养心修身化民育物之工具"。明代庄元臣提出"乐治人之性情"的主张，并认为"乐可兼礼"，但"礼不可兼乐"。他把乐及其对人心理（性情）的影响提高到前所未有的高度。明代学者邱浚认为，音乐是民心与政治的中介，提出"审吾之乐者，得吾之政"的观点。

第七章
中国绘画心理思想

先秦时期的绘画心理思想萌芽

汉魏六朝时期的绘画心理思想

隋唐五代时期的绘画心理思想

宋元时期的绘画心理思想

明清时期的绘画心理思想

现当代的绘画心理思想

林语堂先生说："中国绘画乃中国文化之花。"①

《周易·系辞下》："古者包牺氏之王天下也,仰则观象于天,俯则观法于地,观鸟兽之文与地之宜,近取诸身,远取诸物,于是始作八卦,以通神明之德,以类万物之情。"②这段话通常被视为中国绘画起源的最权威表述,被后世画论家反复引用。这段文字表明,绘画起源于对自然界的观察与反映,也说明绘画从发端伊始就肩负着社会教化功能。③

南朝宋文学家颜延之(384—456,字延年)说："图载的意思有三点:一曰图理,也就是卦象;二曰图识,也就是字学;三曰图形,也就是绘画。"此外《周礼》中的六书,第三称为"象形",也就是图画的意思。《广雅》说："画也,类也。"《尔雅》说："画,形也。"《说文》说："画,畛也,像田畛畔,所以画也。"《释名》说："画,挂。以彩色挂物象也。"在西方,一些学者认为,绘画是包含有限叙事手段的、静态的二维图像。④ 在中国,绘画是比书法出现更早的一门艺术,因此这朵"中国文化之花"对中国人心灵的表达,对中国人心灵的影响也是十分巨大的。

第一节　先秦时期的绘画心理思想萌芽

先秦时代泛指秦朝以前的历史时代,起自远古人类产生时期,至公元前221年,秦始皇灭六国为止。先秦时代经历了传说中的五帝、夏、商、西周,以及春秋、战国等历史阶段,但一般是指夏朝开始至秦朝统一六国,即公元前21世纪至公元前221年这一历史时段。由于当时生产力低下,科技不发达、信息不畅通,这个时代就显得遥远而漫长。在这段遥远而漫长的时间里,我们的祖先或因劳动闲暇,或因生产生活的需要,在甲骨上、青铜器上、石头上以及木器上开始早期的绘画创作,充分表达他们对于艺术美的追求。在中国,绘画的起源比文字的起源还要早,中国文字的产生始于绘画,它构成了中国传统文化的一项重要内容。北宋山水画家、画论家韩拙(字纯全,生卒年不详)曾就中国绘画的起源进行了探讨。在韩拙看来,中国的绘画起源于伏羲画卦象,自此以后,绘画就被用来"以通天地之德,以类万物之情"。⑤ 到黄帝时代,出现史皇、仓颉

---

① 林语堂.中国人(全译本)[M].上海:学林出版社,1994:290.
② 周振甫,译注.周易译注[M].北京:中华书局,1991:257.
③ 贾涛.中国画论论纲[M].北京:文化艺术出版社,2005:26.
④ Vladimir J. Konečni. Emotion in Painting and Art Installations. *The American Journal of Psychology*,2015,128(3),305 - 322.
⑤ 熊志庭,刘城淮,金五德,译注.宋人画论[M].长沙:湖南美术出版社,2004:63.

等：史皇描绘鱼龙、龟、鸟的形状，仓颉因而发明了文字。正是绘画与文字的相互继承发展，才产生了典籍。在韩拙看来，文字本源于绘画，图画的产生先于文字，所谓："书本画也，画先而书次之。"①韩拙赞成《周易》的观点：其一，图画与文字是本体异名，相互补充。文字能叙述事情却不能表达事物的形貌，图画可以描绘事物的形貌却不能记载言辞，所以要保存事物的形貌没有比图画更好，要记载言辞没有比文字更强的。其二，图画与《诗》《书》《礼》《春秋》具有同等功用，都可以完成教育感化、维系伦理、预测幽深精微事物的功能。其三，绘画还具有弥补大自然不足的功用。他认为，古人之所以作画，"盖以穷天地之不至，显日月之不照。挥纤毫之笔，则万类由心；展方寸之能，则千里在掌：岂不为笔补造化者哉！"②

元代艺术家盛熙明（生卒年不详），是西域龟兹人，以博学多才闻名，工于书法，精通梵、蒙、汉、龟兹等六种书法。他生活在元顺帝时代，通过博采精研汇编了《书法考》《图画考》两部专集，他认为绘画与书法本是一家，是同时产生的："是时书画同体而未分，象制肇创而犹略。无以传其意，故有书；无以传其形，故有画。"③上古年间，书画本是一家，因为无从表达其意思于是有了书法，无从表达其形象于是有了绘画。

殷商绘画主要是装饰性绘画，如雕刻在大石磬上的虎形装饰，甲骨上的动物形象。据考古学研究，在商代已经有彩绘布帛和漆画。西周、春秋时代的绘画仍处于发展的初创阶段。绘画应用的范围主要是壁画、章服以及青铜器、玉器、牙骨雕刻、漆木器等的纹饰。早期基本上是装饰性图案，到西周以后，开始有以表现人物活动为主的纪事性绘画作品，最早的实物遗存见于春秋晚期的青铜器刻纹与镶嵌图像纹饰。绘画的作者是百工。战国时期，中国从奴隶社会进入封建社会，伴随着社会分工的扩大，手工业得到高度发展，出现"青铜文明"。春秋战国时期，壁画创作尤盛，楚国屈原的著名作品《天问》就是在观看了楚先王庙堂的壁画后有感而作。

在整个先秦时代，因为绘画、书法都处于草创时期，因此对绘画理论的探讨相对较少，几乎没有留下有价值的绘画心理思想。但这是一个必经阶段，只有经历这一阶段酝酿后，才迎来汉魏六朝以后绘画创作和绘画理论的繁荣。本章无意对绘画的历史进行全面系统的考证，而是就历代画家和画论家涉及的有关绘画心理的问题进行探讨。

①② 熊志庭，刘城淮，金五德，译注．宋人画论［M］．长沙：湖南美术出版社，2004：63.
③ 潘运告．元代书画论［M］．长沙：湖南美术出版社，1997：411.

第二节　汉魏六朝时期的绘画心理思想

无论是书法还是绘画,到汉魏六朝时期都有了飞跃式发展。在中国,书法理论始盛于魏晋时代,绘画创作与理论探索在这一时期也得到前所未有的发展。那时涌现了一大批全身心投入绘画创作的画家,他们对自己的创作进行理论的提炼与升华,对绘画理论问题进行思考,产生了属于那个时代的绘画理论。在这些绘画理论中,也涉及许多绘画心理思想。

一、关于绘画的形象思维

(一)"以形写神"

在汉代最早意识到绘画需要形象思维的是王延寿。王延寿(生活在150年前后),字文考,又字子山,东汉辞赋家,南郡宜城(今属湖北)人,文学家王逸之子。据《后汉书·王逸传》记载,王逸之子王延寿是一个少年奇才。我们熟知,唐代大诗人李白曾经登临黄鹤楼,本欲题诗以作纪念,结果看到壁上提有崔颢《黄鹤楼》诗,"遂翰而止"。青年才俊王延寿也有这样的记录:一次到鲁地(今山东曲阜)旅游,来到灵光殿,便作一篇《灵光殿赋》,结果令当时正在作此辞赋的东汉最负盛名的辞赋家蔡邕"遂翰而止"。只可惜他才二十出头便英年早逝。

王延寿对绘画的论述就是《灵光殿赋》中的一段话。对于这段话,后人将其命名为《文考赋画》。在这段话中,他强调图画是通过塑造各种形象来达到"恶以诫世,善以示后"的作用。王延寿可以被看作是中国绘画史上最早意识到形象思维作用的画论家。

真正阐释"以形写神"观点并付诸实践的是东晋大画家顾恺之。顾恺之(345—407),字长康,是东晋最著名的画家。年轻时曾在大将军桓温和名臣殷仲堪麾下参军,后又任过直散骑常侍。唐代书画家张彦远在《历代名画记》中赞许:"顾恺之之迹,紧劲联绵,循环超忽,调格逸易,风趋电疾,意存笔先,画尽意在,所以全神气也。""多才艺,尤工丹青,传写形势,莫不妙绝。"将他的画列为上品上。①

① 潘运告,编著.汉魏六朝书画论[M].长沙:湖南美术出版社,1997:264.

据南朝宋刘义庆（403—444）的《世说新语》记载，东晋著名政治家、军事家、文学家谢安对顾恺之极为推崇，认为他的画作是"人生以来未有也"，称赞他"画妙神通，变化飞去，犹人之登仙也"。当时的人们称顾恺之有三绝，即画绝、才绝、痴绝。

顾恺之不仅在绘画创作方面取得巨大成就，而且还留下一些画论。主要有《论画》《魏晋胜流画赞》《画云台山记》以及《世说新语》《历代名画记》《太平御览》所记载的一些论断。[①] 从心理学视角来看，顾恺之以下两个观点是非常有价值的。

一是他的"以形写神"的观点。在顾恺之看来，人物画的关键，不是形状的描摹是否与真实的人物相近，而是通过人物的形象或形状的描摹展示人的精神气度，是通过人物的形象或形状的描摹展示人的精神风貌。最能传达人精神风貌的是人的眼睛，所以要准确、生动、逼真地传达人物的精神风貌就要画好眼睛。在《世说新语·巧艺》中就有这样一段话：

> 顾长康画人，或数年不点目精，人问其故，顾曰："四体妍蚩，本无关妙处；传神写照，正在阿堵中。"[②]

二是他提出的"迁想妙得"的观点。这个观点是其"以形写神"观点的进一步发展。他认为，画家在绘画中一定不能拘泥于形，必须从形迁移开去，运用大胆的想象与联想，达到妙得其神的境界。

（二）心灵随形象感动变化

南朝宋画家王微在阐释山水画时表达了这一思想。王微（415—443），字景玄，山东临沂人，南朝宋画家，多才多艺。《宋书》本传评价他："少好学，无不通览。善属文，能书画，兼解音律、医方、阴阳、术数。"据《历代名画记》卷六记载，他"尝居一屋，读书玩古，不出十年"。他自信自己对画山水有一种特殊的敏感性。他在《与友人何偃书》中写道："吾性知画，盖鸣鹄识夜之机。盘纡纠纷，咸纪心目。故山水之好，一往迹求，皆得仿佛。"对形象敏锐的感受力与记忆力的确是绘画的天资。可是，张彦远在《历代名画记》中却将王微的作品列为下品，这有很多原因，其中一个重要原因大概是他英年早逝，他只活了29岁，他的画还没有达到成熟阶段，他便去世了。比起宗炳的69岁，他少活了40年。但是

①② 潘运告，编著. 汉魏六朝书画论[M]. 长沙：湖南美术出版社，1997：265.

中国文艺心理学思想史

王微对后世的影响却很大,在画界常将他与宗炳相提并论。这主要得益于他在绘画理论方面留下了一篇《叙画》。张彦远在《历代名画记》中称赞王微这篇《叙画》"意远迹高",并说"不知画者,难可以论"。① 那么,这篇几百字的《叙画》究竟提出什么高明的见解,使他"意远迹高"呢?

从心理学角度看,这篇短文主要论述了山水画的欣赏和创作与观看一般地图(地舆图)不同。他认为,地舆图虽然也是图形,但是它不具备山水的灵性。山水画与《山海经》中描绘的地舆图的根本不同就在于:山水画中的自然形象包含道,包含神灵,包含绘画者旨趣,而地舆图则是自然的简单描摹,没有人的情趣、道义和神灵涵盖其中。山水画之所以能打动人心,其原因在于人的心灵能够伴随融道通灵的山水形象而感动变化。正如《叙画》所说:"望秋云,神飞扬;临春风,思浩荡。"而地舆图没有这样的效果。王微还进一步指出,"虽有金石之乐,珪璋之琛",也不能与观山水画相"仿佛"。②

二、关于绘画的心理功能

宗炳(375—443),字少文,南朝涅阳即今河南镇平人,佛教学者,晋代山水画家。张彦远将其作品归为画中品中。《历代名画记》卷六介绍他,曾有友人将其介绍给宰相,当为官诏书下达后,他竟然不去。宗炳"善琴书,好山水",喜欢游历。"(他)西陟荆巫,南登衡岳,因结宇衡山,怀尚平之志。""凡所游历,皆图于壁。坐卧向之。高情如此。年六十九。"③

汉末魏晋是一个社会大动荡的时代,以道家思想为核心的玄学在知识分子中十分盛行,他们继承了老庄回归自然的思想,在自然中感受到对人世间烦恼和痛苦的超脱,获得心灵的自由。这与儒家的"比德说"相比,更多的是对自然的感受。汉末魏晋动荡的社会局面造就了一批崇尚清谈的名士。面对社会的动荡,名士们将目光投向了大自然,借此摆脱社会动荡带来的烦恼和痛苦,求得心灵的自由。有名的"竹林七贤"④和陶渊明的"田园诗"以及顾恺之将谢幼舆画在岩石里,都是这个时代追求与大自然融合的产物。宗炳关于山水自然和山

---

① 潘运告,编著. 汉魏六朝书画论[M]. 长沙:湖南美术出版社,1997:293.

② 同上:294.

③ 同上:286.

④ "竹林七贤":据《魏氏春秋》记载,嵇康"与陈留阮籍、河内山涛、河南向秀、籍兄子咸、琅琊王戎、沛人刘伶相友善,游于竹林,号为七贤"。

水画的美学心理情趣恰恰体现这个时代的美学特点。

在绘画理论方面,宗炳的《画山水序》是一篇颇有理论价值的文章。从心理学视角来看,这篇文章主要涉及山水画与心理的关系。

第一,宗炳认为山水画具有澄清心怀、摆脱物欲的功能。在文章一开头,他就说道:"圣者含道映物,贤者澄怀味像。"其意是说,圣人运用道应对事物,贤者以高洁的情怀玩味物象。这后一句中的"澄怀味像"四字最能体现宗炳的美学心理思想。这里的"澄怀",指澄清心怀,即情怀高洁,不以世俗外物缠心。这里的"味像",指品味、玩味物像。不为世俗杂念所累,他主张要用超越功利的心态去欣赏和玩味山水的感性形象:无须关注功利,用高洁的情怀品味、玩味物像,这就是宗炳山水画心理思想的精髓。

第二,山水画是通过可感的形象激发人的"趣灵"。宗炳认为,山水画不像儒家所说的,是人道德精神的象征。所谓"知者乐水,仁者乐山。知者动,仁者静。知者乐,仁者寿"(《论语·雍也》)。山水和山水画首先能够激发人的趣味与灵性。所谓"山水质有而趣灵"。其意是说,山水能够激发人们灵妙的意趣。宗炳的这个观点显然是对儒家审美观念的突破,他的观点更接近道家的审美情趣。

第三,山水画通过可感的形象体现"道"。山水画不是要抛弃"道",而是用形象来体现"道"。也就是说,道在山清水秀之中。只须"应目会心"或"应会感神",就能"神超理得"。也就是,只要眼应心会就会感发神思,而神思超逸就能得到其中的神理。在他看来,神明是无形的却能寄托在有形的物像之中,感生万事万物,理也入于有形可见的事物,如果能够妙写就真能穷尽山水的神理。这里宗炳所说的形象完全是一种现实主义的形象:"身所盘桓,目所绸缪,以形写形,以色貌色也。"[1]

第四,艺术的作用在于"畅神而已"。所谓"畅神"就是使人精神超脱而愉悦。他认为,处于"畅神"状态,神思就能融进万物之中,所谓"万趣融于神思"。怎样才能使自己的精神畅快呢?宗炳经常独居一室,调理精力和情绪,敲击酒器,拨响琴弦,展开画幅,静静观赏,静坐在那里目极远方,体味那种静无人迹的山野意趣。高峻的峰峦,无边的林木,与天边的云霞交合在一起的境界。处在这种境界的画家能不忘记世俗的繁杂与功名利禄的诱惑吗?在宗炳看来,艺术不是为表现政治主张,也不是为象征道德精神,而是为了愉悦精神,所以宗炳的

① 潘运告,编著.汉魏六朝书画论[M].长沙:湖南美术出版社,1997:288.

观点可以归结为"为艺术而艺术"一派。

第五,绘画重在表现自我。晋代书论家王廙对此有较详细论述。王廙(276—322),字世将,琅琊临沂人(今山东人),晋代书画家,对于诗词、音律都有很深的造诣。晋元帝时为左卫将军,封武康侯,后又任平南将军、荆州刺史、护南蛮校尉等职。四十七岁那年,王廙成为晋明帝的老师,当时,王羲之已是晋明帝的书法老师。从《与羲之论学画》一文中的"余兄子羲之,幼而歧嶷,必将隆余堂构"句,可以看出,王廙是王羲之的叔叔。从这篇文章中也可以看出,王廙也是王羲之的书画启蒙老师之一,他十分欣赏王羲之从小就"书画过目便能"的资质,并亲画《孔子十弟子图》对他进行鼓励。叔侄二人同为帝师,这种现象在中国历史上是不多见的。也正是在这篇《与羲之论学画》的文章中,王廙提出书画重在表现自我的美学心理标准。他认为:"画乃吾自画,书乃吾自书。"这也是他向王羲之传授的作书作画之法。

三、绘画创作的立意与创新

(一)"设奇巧之体势,写山水之纵横"

这是梁武帝之子萧绎关于绘画创作的基本观点。萧绎(508—554),字世诚,小字七符,梁武帝萧衍第七个儿子,梁简文帝萧纲之弟。萧绎最初为湘东王,后来因为侯景之乱,侯景俘虏了梁武帝萧衍,又废了梁简文帝,萧绎自立即位于江陵(今湖北荆州),出兵讨伐侯景,平息叛乱。后因京城被西魏攻陷而被害,时年47岁。后被追封为梁元帝。萧绎聪慧俊秀,天才英发,博览群书,下笔成文,出言为论,才思敏捷,冠绝一时。萧绎著有多部著作和绘画。仅著作就有《孝德传》《忠臣传》《注汉书》《周易讲疏》《老子讲疏》等四百余卷,并多流传于世。

萧绎在绘画方面也天分极高,尤工人物。据张彦远《历代名画记》记载,萧绎的画有《番客入朝图》《游春苑图》《鹿图》《师利图》《鹡鸰陂泽图》《芙蓉湖醮鼎图》,《南史》载有《宣尼像》,《金楼子》载有《职贡图》。南朝陈的画家姚最在《续画品》中称他为:"天挺命世,幼禀生知,学穷性表,心师造化,非复景行所能希涉。画有六法,真仙为难,王于象人,特尽神妙,心敏手运,不加点治。"[1]

不难看出,萧绎是一个天资颇高、造诣颇深,才气纵横的一个多产作家和画

---

[1] 潘运告,编著.汉魏六朝书画论[M].长沙:湖南美术出版社,1997:314.

家。在绘画理论上，署名萧绎的一篇画论叫《山水松石格》。但此文究竟是不是萧绎的作品，后人多有怀疑，认为是伪托，因为萧绎擅长的是人物画，写山水松石之论似乎不合情理。但因文章本身"文多精义，尚不能废"，被后代《画论丛刊》和《画论类编》收录进来。

从绘画心理学角度看，此文有两个主张弥足珍惜：一是文章主张绘画要追求体势奇巧创新；二是主张绘画作者要神思纵横飘逸，并且他主张将二者结合起来。用他的原话就是："设奇巧之体势，写山水之纵横。或格高而思逸，信笔妙而墨精。"①完整的理解应当是，要"设奇巧"而"写山水"，强调山水画要有创意，但是"奇巧"不是低级庸俗，所以他特别强调高雅的格调与纵横飘逸的神思相结合。

（二）"学穷性表"与"心师造化"

南朝梁绘画理论家姚最（生卒年不详，一说生于536年，卒于603年），吴兴（今浙江省）人，约活动于6世纪中期，是一位由梁入陈时代的人。在绘画理论方面，他留给后世的《续画品》是继谢赫的《画品》之后又一篇画论文字，他评论了谢赫之后的二十位画家，阐发了他对绘画创作、鉴赏等方面的一些见解。

从文艺心理学视角看，姚最的绘画创作理念有以下四点。

一是他重视先天资质与后天学习对绘画创作的影响。在姚最看来，这两方面都很重要。

二是强调绘画要"师心造化"，强调向大自然学习。这两个观点在他对梁元帝萧绎的评价中画龙点睛般涉及了。他称萧绎："天挺命世，幼禀生知，学穷性表，心师造化，非复景行所能希涉。画有六法，真仙为难，王于象人，特尽神妙，心敏手运，不加点治。"这段话中"幼禀生知，学穷性表，心师造化"精确表述了上述两个观点，是他文艺心理思想的核心理念。从中我们可以看出，他似乎更强调天资在绘画中的作用。

三是主张画家要多经历多体验。他认为："岂可曾未涉川，遽云越海；俄睹鱼鳖，谓察蛟龙。凡厥等曹，未足以言画矣。"②

四是他意识到绘画创作中的个性问题。提出"性尚分流，事难兼善"。他认为，文学写作与绘画创作是两个不同的文艺门类，它们对创作的个性要求也不尽相同。作家并不一定能够同时为画家，反之亦然。他说："陈思王云：传出文

---

① 潘运告，编著. 汉魏六朝书画论[M]. 长沙：湖南美术出版社，1997：316.
② 同上：322-323.

士,图生巧夫。性尚分流,事难兼善。蹑方趾之迹易,不知圆行之步难;遇象谷之风翔,莫测吕梁之水蹈。"这里的"文士",可解释为作家,这里的"巧夫"则指画家。作家与画家是两种职业,因而也需要不同的性情,二者可以彼此不知,但不应彼此轻视。同时他也认识到,语言与绘画在表达方面是有区别的,所谓"丹青妙极,未易言尽"。①

四、绘画创作与欣赏的情感共鸣

三国著名才子曹植(192—232)对绘画创作与欣赏的情感共鸣有自己独到的见解。曹植,三国魏沛国谯(今安徽亳县)人,魏武帝曹操之子,魏文帝曹丕之弟。封陈王,死谥思,后世称陈思王。十岁善属文,援笔立就,甚得操爱,因而为其兄丕所忌,几为所杀。植文采富艳,冠绝一时,是当时著名文学家。谢灵运曾说:"天下文章只一石,子建独得八斗。"

曹植有《画赞》与《画说》两篇论述绘画的文章。清代学者严可均认为两篇均为《画赞序》文。② 这种为画作赞起于汉代。官府为表彰功臣、烈女,宣扬儒学,常在宫观庙宇壁上绘像,在像旁书以赞词。

曹植的这篇《画赞序》虽然不长,却是我国绘画史上流传下来的第一篇专论绘画的文章。可以说,汉魏时期文艺思想史上有三篇划时代的文章:一是《毛诗序》,《毛诗序》是我国历史上第一篇专论诗歌的文章,阐释了诗歌伦理的教化作用;二是曹丕《典论·论文》,《典论·论文》是文艺自觉的先声;三是曹植的《画赞序》,《画赞序》阐释了绘画的伦理教化作用。从心理学视角来看,《画赞序》涉及绘画创作者与欣赏者的情感共鸣问题。

> 观画者见三皇五帝,莫不仰戴;见三季暴主,莫不悲惋;见篡臣贼嗣,莫不切齿;见高节妙士,莫不忘食;见忠节死难,莫不抗首;见放臣斥子,莫不叹息;见淫夫妒妇,莫不侧目;见令妃顺后,莫不嘉贵。是知存乎鉴戒者,图画也。(《陈思王集》题为《画说》)③

227

为什么看到三皇五帝的画像就"仰戴",见到三季暴主就"悲惋",见到篡臣贼嗣

① 潘运告,编著.汉魏六朝书画论[M].长沙:湖南美术出版社,1997:321.
② 同上:255.
③ 同上:257.

就"切齿"……？就是欣赏者与创作者具有情感上的共鸣。欣赏者能够随着创作者的情感变化而变化。因此，作为欣赏者，要真正欣赏原作者的创作，就必须走进原作者的生命深处，这样喜怒哀乐才会随创作者变化而变化。与创作者产生情感上的共鸣，是绘画欣赏以及整个艺术欣赏中最基本的要求。

此外，上文提到的姚最也意识到在绘画鉴赏中要克服情绪偏见。姚最认为，人在绘画鉴赏中常常会被"情所抑扬"，形成偏见。这一方面是因为人的审美意识不断变化，另一方面鉴赏者的学识和情趣也会产生偏好，这些都会给鉴赏者带来偏见。他直言不讳地表达了谢赫将顾恺之画评价为三品的不满。如前所述，谢赫在《古画品录》中将顾恺之的画列为三品，对此姚最是万不能接受的，姚最对顾恺之的评价是："至如长康之美，擅高往策，矫然独步，终始无双。有若神明，非庸识之所能效；如复日月，岂末学之所能窥！"[1]姚最将谢赫对顾恺之的偏见归因"庸识"与"末学"，即缺少见识和学问，不能欣赏顾恺之绘画的博大精深。历史证明，姚最的观点是正确的。但是，姚最对谢赫的"绘画六法"还是给予充分肯定的。

五、绘画的创作技能与技巧

谢赫(生卒年不详)，因正史画史对他均无记载，有研究者根据零星资料判断他是由齐入梁的人。姚最在《继画品》中对谢赫有很高的评价，说他："点刷精研，意存形似。写貌人物，不俟对看，所须一览，便工操笔，目想毫发，皆无遗失。丽服靓妆，随时变改。直眉曲鬟，与时竞新。别体细微，多从赫始……至于气韵精灵，未穷生动之致。"[2]他是一位很有才气的人物写生画家，传世之作有《安世先生图》。

谢赫在画界博得名声，主要得益于他的《古画品录》。这篇作品的特色是对绘画创作方法进行总结，使之理论化与系统化。这就是他著名的"绘画六法"。"绘画六法"对后世画家产生了广泛而深远的影响。《古画品录》是我国绘画史上第一次以系统的绘画理论原则品评画家创作的作品，为后世的画品开创了良好的先例。他说：

---

① 潘运告，编著.汉魏六朝书画论[M].长沙：湖南美术出版社，1997：321.
② 同上：299.

六法者何？一、气韵生动是也，二、骨法用笔是也，三、应物象形是
也，四、随类赋彩是也，五、经营位置是也，六、传移摹写是也。①

关于"绘画六法"还有一种断句方法：

六法者何？一气韵，生动是也；二骨法，用笔是也；三应物，象形是也；
四随类，赋彩是也；五经营，位置是也；六传移，摹写是也。②

无论哪一种断句方法，其大意都是明确的：气韵生动，就是对绘画对象的精神
气度表现要生动，或生动地表现精神气度。"气韵"之"气"，既是对描摹对象精
神状态的展示，也是对作品生命力的表达。将谢赫的其他言论结合起来看，他
所说的"气"具体包括"壮气""气力""生气"等。他所说的"韵"，主要是体现精神
状态，他用"神"定性于"韵"就说明这一点。早在谢赫之前，魏晋时期的曹丕在
《典论·论文》中曾提出过"文以气为主"，南朝梁的刘勰也阐发过"重气之旨"，
顾恺之评《小列女》中也有"刻削为容仪，不尽生气"等。"气韵"直到今天还是艺
术欣赏与创作的重要概念，但很少有人知道最早提出这一概念的是在绘画上并
不十分有名的谢赫。此后萧子显在《南齐书·文学传论》中也谈到"气韵"。他
说："文章者，盖性情之风标，神明之律吕也。运思含毫，游心内蕴，放言落纸，气
韵天成。"足见"韵"除了表现对象的生气、气力、性情、精神外，还包含对形式美
的追求。总之，气韵生动就是要生动活泼、活灵活现、如临其境、如见其人地表
现所画的对象。神骨法用笔，即用笔有力地描绘对象的骨体相貌。骨法，含有
骨力和描绘对象骨相两层意思。刘勰在《文心雕龙·风骨》中的一段话有助于
我们理解谢赫的"骨法"。刘勰说："是以怊怅述情，必始乎风；沉吟铺辞，莫先于
骨。故辞之待骨，如体质树骸；情之含风，犹形之包气。结言端直，则文骨成焉；
意气骏爽，则文风生焉。"③意即语言要端直准确，犹如人有健骨，能立得起来；
语言所述内容意气骏爽，如风能动人。此便谓之"风骨"。用到绘画上，就是指
健笔有力，所画对象立得起来；同时还要生动感人。④ 应物象形，指顺应对象的
特征，形象地描绘对象。随类赋彩，指随应不同类型的事物，赋予不同的色彩。
经营位置，指画面的结构布局，安排描绘对象各个部分的位置。传移摹写，指摹

229

①② 潘运告，编著.汉魏六朝书画论[M].长沙：湖南美术出版社，1997：301－302.
③ 刘勰.文心雕龙[M].王志彬，译注.北京：中华书局，2012：339.
④ 潘运告，编著.汉魏六朝书画论[M].长沙：湖南美术出版社，1997：299.

写名画名作。

谢赫认为，在绘画史上将"绘画六法"运用和掌握得非常纯熟的画家很少，"唯陆探微、卫协备该之矣"。① 他推崇的陆探微，是南朝宋画家，吴(今江苏苏州)人，擅长画肖像、人物，兼工禅雀、马匹、木屋，亦写山水。卫协，晋画家，工画释道人物，时称"画圣"。② 遗憾的是，谢赫按照"绘画六法"的标准，对当代人心目中非常有名的画家顾恺之的评价却很低，他竟将顾恺之的画列为三品："格体精微，笔无妄下；但迹不逮意，声过其实。"③这是一个值得研究的问题。

第三节　隋唐五代时期的绘画心理思想

隋唐五代，尤其是唐代绘画不仅名家辈出，而且在题材内容、作画技法方面都有很大进步。初唐绘画，以宗教佛像和贵族人物画为主。名家有阎立德、阎立本兄弟等，现存的《太宗步辇图》和《历代帝王图》就是阎立本的杰作。盛唐以后，随着庶族地主经济的发展，题材大大开阔，画法也有新的创造，人物画开始以世俗生活为内容，山水画也日益兴盛起来。最有成就的画家是吴道玄(又名吴道子)，他是画工出身，人物画和山水画都有很高的造诣，有"画圣"之称，现存的《送子天王图》，据说就是他的作品。在画法技巧上，吴道玄在传统的兰叶描和西域的铁线描之外，创造出一种莼菜条的笔法。他还发展了梁朝张僧繇用的晕染法(即凹凸法)，于焦墨痕中，别施彩色，微分深浅，使画富有立体感。李思训、李昭道父子以画金碧山水著名，设色绚丽，描绘工细，景物逼真，是山水画北派之祖。诗人王维首创水墨山水画，他的山水画精炼、淡雅，富有诗意，为山水画南派之祖，对后世影响很大。

唐代尚书右丞王维，诗文盖世，绘画的技艺超越古今，曾自题诗说："宿世谬词客，前身应画师。"④《名画记》云："自俄汉始有佛，至逵始大备也。"也就是说，《历代名画记》说："自汉朝起才开始有佛画，到戴逵佛画才完备起来。"(《画史》)⑤

禅宗提倡以体验和内省自我观照的方式，泯灭时空界限，物我两执，达到心与物合，心与道合，佛我合一的至高境界。禅宗的这种直觉体验，去其神秘色

① 潘运告，编著.汉魏六朝书画论[M].长沙：湖南美术出版社，1997：301.
② 同上：277.
③ 同上：307.
④ 熊志庭，刘城淮，金五德，译注.宋人画论[M].长沙：湖南美术出版社，2004：63.
⑤ 同上：138-139.

彩,与绘画"凝想形物"的艺术构思确实不相扞格,因而受到北宋文人画家的青睐和推崇。苏轼"欲令诗语妙,无厌空且静。静故了群动,空故纳万境"一诗(《送参寥师》),就直接采用禅宗的思维方式表达了这种空心静虑的静观默照,乃是诗歌以至书画艺术所共通的妙谛。如李成画山水"忽乎忘四肢形体,则举天机而见者,皆山也"(董逌《广川画跋》)。黄庭坚在题李公麟画作时说道"李侯画骨亦画肉,下笔生马如破竹"(罗大经《鹤林王露》)。苏轼自谓"枯肠得酒芒角出,肺肝槎牙生竹石"(《郭祥正家醉画竹石壁上郭作诗为谢且遗古铜剑》)。还有更为人熟知的文同(1018—1079)画竹题跋:"与可画竹时,见竹不见人。岂独不见人,嗒然遗其身。其身与竹化,无穷出清新。庄周世无有,谁知此凝神。"(《书晁补之所藏文与可画竹三首》)上述画例为数不少,说明北宋文人画重在直觉体验的做法在当时似已形成风气。造成这样的局面,自然有北宋文人画家出于审美方面考虑的原因。因为在他们看来,凭借类似于禅宗心灵观照式的直觉体验,一方面能神与万物交,天机之所合,犹如造化生万物一样,物化一切绘画对象,使之达到"合乎天造,厌于人意,净因院画记"的妙境;另一方面,"凝神不释,身与物化",艺术物象的构成过程自然而然地成为作者人品、胸襟、气质以至人格等的自我写照。北宋文人画家常常喜欢挂在嘴边的"天趣""意趣""妙造自然"之类的审美语词指的不外乎上述所说的观点。黄庭坚曾坦率地承认:"余初未尝识画,然参禅而知无功之功,学道而知至道不烦。于是观图画悉知巧拙功俗,造微入妙。"(《题赵公祐画》)此番话道破天机,诚可信矣。

绘画要达到物我两忘的境界。进入这样的境界,就是进入身心一体、物我为一的境界。这也是艺术家追求的极佳境界,难得的境界。

一、唐惊的"心灵自悟"与"动笔含真"思想

唐惊(生卒年不详),唐代画家,唐太宗时代的僧人,故又署释彦惊、沙门彦惊。曾担任帝京寺录,因此有机会观看历代名画真迹。在绘画论方面,著有《后画录》,对二十七人的作品进行品评。唐代张彦远在《历代名画录》中对唐惊的《后画录》评价很低,认为"僧惊之评,最为谬误",但是在这些品评言论中,他的"心灵自悟"和"挥毫造化,动笔含真"[1]的观点还是具有书法心理思想价值的。唐惊认为,绘画创作,一方面师化自然,反映和描摹自然的真实存在,又要超越

---

① 何志明,潘运告,编著.唐五代画论[M].长沙:湖南美术出版社,1997:1.

自然存在,发挥心灵的主观能动性,获得自己的感悟。

二、裴孝源的"心存懿迹,默匠仪形"思想

裴孝源(生卒年不详),唐代画论家。著有《贞观公私画史》一卷,卷首有贞观十三年八月自序一篇,自题中书舍人。《唐书·艺文志》记有《画品录》一卷,注亦称中书舍人,可见他是贞观时期的人。唐张彦远在《历代名画记》中对裴孝源的画论评价不高,说:"昔裴孝源都不知画,妄定品第,大不足观。"但裴孝源的《贞观公私画史并序》却不失为考据"隋代以前古画名目之祖本,弥足珍贵"。①在这篇序文中,裴孝源还提出"随物成形","含运覃思,六法具全","心存懿迹,默匠仪形"等富有心理学价值的观点。

首先,绘画的人心目中要形成美好形象,有了美好形象后,再用画笔巧妙地描绘出它们的美好形象。他说:"乃心存懿迹,默匠仪形。其余风化幽微,感而遂至,飞游腾骞,验之目前,皆可图画。"②"心存懿迹"是前提,是构思活动,是意在笔先的活动,"默匠仪形"是技巧,是心手相应的活动。在裴孝源看来,只要是视觉能够感受到的形象,就都能被画出来。

其次,他认为,绘画过程要经历三个步骤:

> 且夫艺有精深,学有疏密,前贤品录,益多其流。大唐汉王元昌,天植其材,心专物表;含运覃思,六法具全,随物成形,万类无失。③

在裴孝源看来,绘画的第一步"心专物表",人们从事绘画的第一步就是要将自己的注意力集中在事物的形象上;第二步"含运覃思",对事物深思熟虑;第三步"六法具全",完美地掌握绘画"六法",再根据事物的本来面目描绘其形态,就无论画什么都不失其本来面目。裴孝源的观点至少可备一说。

三、窦蒙《画拾遗》中的绘画心理思想

窦蒙(生卒年不详),字子全,唐代书法家,官至试国子司业兼太原县令。他

① 何志明,潘运告,编著.唐五代画论[M].长沙:湖南美术出版社,1997:9.
②③ 同上:9-10.

弟弟窦臮在《述书赋》中赞赏他："吾兄书包杂体，首冠众贤，手倦日瞀，瞬息弥年，比夫得道家之深旨，习阆风而欲仙。"他的某些零散的绘画心理思想观点主要记载在《画拾遗》中。此文在《新唐书·艺文志》中有记载，只有几百字，主要是对前代书法家的简短评论。从这些简短评论中约略可以看出窦蒙的绘画心理态度。从对北周人冯提伽的评价中可以看出，他赞赏"风格精密，动若神契"。从对隋朝董伯仁的评价中可以看出，他欣赏"变化万殊"的书法作品。在评价唐代著名画家阎立本（约601—673）的绘画时，他认为阎立本的绘画是"直自师心，意存功外"，①即直接以心为师，立意在功夫之外。那就是主张画家要按照自己的性情进行创作，绘画是一种直抒胸臆的活动。在评价梁武帝时期的著名画家张僧繇（生卒年不详）时，窦蒙肯定张僧繇的画是"迹简而粗，物情皆备"，②显然他是强调所画之物要与画家的情感融为一体。在评价唐代王陀子的绘画时，他强调"山水独运，别是一家"，显然他重视绘画独特的风格与创造。独特的风格本身就是创造。

四、李嗣真《画后品》中的绘画心理思想

李嗣真（约650—696），字承胄，唐代书画家。一说他是唐朝初年邢州柏仁（今河北隆尧县西部）人，一说他是河南滑州（今滑县）匡城人。武则天永昌中任御史中丞，知大夫事，后因来俊臣构陷，发配岭南，死在召回的途中。

李嗣真博闻强记，善画佛道鬼神，通晓音律，兼善阴阳推算之术，因此被《旧唐书》列为方伎家。李嗣真的著作有五十六卷之多，其中有关书画的理论作品主要有《书后品》和《画后品》。《书后品》还完整地保留在唐张彦远的《书法要录》中，而《画后品》则早已失散，只有部分条目还保留在张彦远所著的《历代名画记》当中。从这些仅有的条目中可以看出，李嗣真是一位具有独立见解的画论家。他十分推崇顾恺之、张僧繇、郑法士、董伯仁、阎立本等画家，因此从对他们的评价中可以看出李嗣真独特的美学思想和美学心理思想。他认为，顾恺之是一个富有才华、杰出不群、卓然独立的画家，"思侔造化，得妙物于神会"，③可见他认为天分和个性是绘画创作的重要条件。对于张僧繇，他的评价是："骨气奇伟，师模宏远，岂惟六法精备，实亦万类皆妙。千变万化，诡状殊形，经诸掌，

---

①② 何志明，潘运告，编著.唐五代画论［M］.长沙：湖南美术出版社，1997：23 - 24.
③ 同上：29.

得之心，应之手，意者天降圣人为后生则。"①其意是说，张僧繇笔力气势奇特壮观，师模造化宏阔深远，不仅精确掌握绘画的六种方法，而且对所绘各种题材的画均能得其妙旨。千变万化、奇形妙态的世界，经过他眼中的观察，命笔挥毫，心中有所得，手下便能完美表现。这大概是上天降下的圣人，使他成为后代画人的楷模吧。他在评价郑法士的绘画时，认为郑法士是以张僧繇为师，是张的得意弟子，所谓"伏道张门，谓之高足"，因此他的画"气韵标举，风格遒俊"，非常重视气韵与风格在绘画创作中的价值。而郑法士的弟弟郑法轮则"属意温雅，用笔调润；精密有余，高奇不足；舆马之际，难以比肩"。郑法士之子德文则"笔迹纤懦，英灵消歇"，即笔迹纤细无力，英灵之气消散殆尽。可见李嗣真对书法气势、骨力的推崇。在评价董伯仁和展子虔的绘画时，李嗣真说："皆天王纵任，无所祖述。动笔形似，画外有情。"②他们二位天生放纵任性，但是他们的绘画却能在随意之间达到形神兼备的境界。

五、张怀瓘《画断》中的绘画心理思想

张怀瓘（生卒年不详），海陵（今江苏泰州）人，活动于开元年间（713—741），官翰林供奉、右率府兵曹参军。南宋陈思《书小史》称其善正、行、草书。对自己书法十分骄矜，自称"正、行可比虞（世南）、褚（遂良），草欲独步于数百年间"，手迹无存。张怀瓘对书法的论述颇为丰富，而对于绘画仅有《画断》一篇传至宋代，在宋代郭若虚的《图画见闻志》中，还有对《画断》保存，后亡佚。现在只能在唐张彦远《历代名画记》中还能看到四条遗文。我们也只能从这四条遗文略窥其绘画心理思想。这四条遗文分别对顾恺之、陆探微、张僧繇和吴道玄（吴道子）进行评鉴，因为评价精当而成为历史定论。他认为，顾恺之的画"运思精微，襟灵莫测。虽寄迹翰墨，其神奇飘然在烟霄之上，不可以图画间求"。陆探微的画"参灵卓妙，动与神会。笔迹劲力，如锥刀焉。秀骨清像，似觉生动，令人懔懔若对神明。虽妙极象中，而思不融乎墨外"。张僧繇的画则是"思若泉涌，取资天造。笔才一二，而像已应焉。周材取之，今古独立"。吴道玄（吴道子）的画"下笔有神，是张僧繇后身也"。但是比较而言，对于人物画，张僧繇"得其肉"，

---

① 何志明，潘运告，编著.唐五代画论[M].长沙：湖南美术出版社，1997：29.
② 同上：31.

陆探微"得其骨",而顾恺之则"得其神"。他还说："神妙亡方,以顾为最。"①张怀瓘认为,从书法造诣和书法风格上看,顾恺之、陆探微等同于书法界的钟繇、张芝,张僧繇等同于王羲之,他们都是古今无与伦比的艺术家,他们之间各有千秋,是无法对其排列等级品次的。

六、李白题画诗中的绘画心理思想

李白(701—762),字太白,号青莲居士,唐朝浪漫主义诗人,被后人誉为"诗仙"。祖籍陇西成纪,出生于碎叶城(当时属唐朝领土,今属吉尔吉斯共和国),四岁再随父迁至剑南道绵州。李白存世诗文千余篇,有《李太白集》传世。其诗高妙清逸,名冠天下。李白本不是画家,却是一个绘画欣赏高手,写了许多题画诗,首首都清新真切,如见其画。实际上,李白是用诗歌这个载体实现了对画的再创造。从李白的题画诗可以看出,他对画的欣赏至少体现了以下两个美学心理原则。

一是"宛相似"。这种"宛相似"告诉人们,绘画一定要与实际存在的事物十分相似,使看画的人感到自己就在真实的事物之前,历历在目,栩栩如生;同时还包括对现实事物的超越。这在李白《观元丹丘坐巫山屏风》的题画诗中得到表达。诗云:

> 昔游三峡见巫山,见画巫山宛相似。疑是天边十二峰,飞入君家彩屏里。寒松萧飒如有声,阳台微茫如有情。锦衾瑶席何寂寂,楚王神女徒盈盈。高咫尺,如千里,翠屏丹崖灿如绮。苍苍远树围荆门,历历行舟泛巴水。水石潺湲万壑分,烟光草色俱氤氲。溪花笑日何年发?江客听猿几岁闻?使人对此心缅邈,疑入高丘梦彩云。②

显然这种"宛相似"以真实的巫山"十二峰""寒松""荆门""巴水"等为基础,使人观后如临其境,同时画家也进行了大胆想象,所谓"溪花笑日何年发","江客听猿几岁闻"等都有虚构的成分。在李白的题画诗中,这样的"宛相似"诗句还有很多,如《莹禅师房观山海图》中:"丹崖森在目,清昼如卷幔";《观博平王志

235

---

① 何志明,潘运告,编著.唐五代画论[M].长沙:湖南美术出版社,1997:42-43.
② 同上:47-48.

安少府山水粉图》中："游云不知归，日见白鸥在"；《求崔山人百步崖瀑布图》中："龙潭中喷射，昼夜生风雷"等。

二是倡导闲散舒适。这在《莹禅师房观山海图》题画诗中得到表达。诗云：

> 真僧闭精宇，灭迹含达观。列障图云山，攒峰入霄汉。丹崖森在目，清昼如卷幔。蓬壶来轩窗，瀛海入几案。烟涛争喷薄，岛屿相凌乱。征帆飘空中，瀑水洒天半。峥嵘若可陟，想象徒可叹。杳与真心冥，遂谐静者玩。如登赤城里，揭涉沧州畔。即事能娱人，从兹得萧散。①

鲁迅在论及《红楼梦》时曾说："单是命意，就因读者的眼光而有种种：经学家看见《易》，道学家看见淫，才子看见缠绵，革命家看见排满，流言家看见宫闱秘事。"这话也同样适应李白对《莹禅师房观山海图》的形象性评价。李白从这幅观山海图中看出"达观""想象"、杳冥与真心、"谐静"与"娱人"，一句话，他看到的是闲散与舒适！

七、杜甫题画诗中的绘画心理思想

杜甫（712—770），字子美，自号少陵野老，世称杜工部、杜少陵等，唐朝河南巩县即今河南郑州巩义市人，唐代伟大的现实主义诗人，被世人尊为"诗圣"，其诗被称为"诗史"。杜甫与李白合称"李杜"，为了跟另外两位诗人李商隐与杜牧即"小李杜"区别开来，杜甫与李白又合称"大李杜"。杜甫有1 400余首诗被保留下来，集为《杜工部集》。杜甫诗艺精湛，在中国古典诗歌中备受推崇，影响深远。与李白一样，杜甫虽然不是以绘画见长，但他却是一个欣赏绘画的高手，并经常将其欣赏的心得写进自己的诗中，成为诗歌创作的一个组成部分，即他的题画诗，他的许多美学和美学心理思想，也正是通过这些诗的创作加以表现的。

杜甫题画诗的诗句中主要体现如下三方面绘画心理思想。

第一，绘画创作需闲散的心境。绘画不能在急迫、催逼的情境中完成，要在从从容容的气氛中才能获得好的效果。所谓："能事不能相推迫，王宰始肯留真迹。"提倡要"十日画一水，五日画一山"（《戏题王宰画山水图歌》）。②其中的王

①② 何志明，潘运告，编著.唐五代画论[M].长沙：湖南美术出版社，1997：50-51.

宰,其生平事迹无从考证。据唐张彦远《历代名画记》记载,他是蜀中人,"多画蜀山,玲珑窊窆,巉差巧峭"。①

第二,绘画是用有限的物质时空表现无限的心理时空。"尤工远势古莫比,咫尺应须论万里。"②杜甫认为,王宰尤其擅长画远物的气势姿态,古来无比,能在咫尺之间展示万里之遥的时空景象。

第三,倡导超凡脱俗的创造。杜甫在他的《丹青引赠曹将军霸》中就有"斯须九重真龙出,一洗万古凡马空"。③《画鹰》中有"素练风霜起,苍鹰画作殊"。④《奉先刘少府新山水障歌》中有"画师亦无数,好手不可遇"。⑤《画鹘行》中有"乃知画师妙,巧刮造化窟"。⑥其中"一洗万古凡马空""苍鹰画作殊""好手不可遇""巧刮造化窟"等句都是强调绘画中创造的价值,其中"洗""殊""不可遇""妙""巧刮"等关键词最能体现他对绘画创造性的独特理解。

八、符载《观张员外画松石图》中的绘画心理思想

符载(生卒年不详),又名苻载,字厚之,唐代文学家,武都(今四川绵竹县西北)人,建中初(780年),与杨衡、李群等隐居庐山,号"山中四友"。贞元五年(789年),李巽为江西观察使,荐其材,授奉礼郎,为南昌军副使。后为四川节度使韦皋掌书记。韦皋卒,刘辟据蜀作乱,载亦在幕中。刘辟败,载以曾劝刘行仁义,遂得免祸。后为江陵赵宗儒记室,官终监察御史。元和(806—820)中卒。卒后,段文昌为撰墓志。

符载《观张员外画松石图》一文,备记陆侍御宅宴集观看著名画家张璪画松石图始末:

> 秋七月,深源陈宴宇下,华轩沉沉,樽俎静嘉,庭篁霁景,疏爽可爱。公天纵之姿,嫩有所诣,暴请霜素,愿扨奇踪。主人奋裾,鸣呼相贺。是时座客声闻士凡二十四人,在其左右,皆岑立注视而观之。员外居中,其坐鼓气,神机始发。其骇人也,若流电激空,惊飙戾天。摧挫斡擢,扨霍瞥列。毫飞墨

237

①② 何志明,潘运告,编著.唐五代画论[M].长沙:湖南美术出版社,1997:53-54.
③ 同上:57.
④ 同上:60.
⑤ 同上:61.
⑥ 同上:64.

喷,捽掌如裂,离合惝恍,忽生怪状。及其终也,则松鳞皴,石巉岩,水湛湛,云窈眇。投笔而起,为之四顾,若雷雨之澄霁,见万物之情性。观夫张公之艺,非画也,真道也。当其有事,已知夫遗去机巧,意冥元化,而万物在灵府,不在耳目。故得于心,应于手,孤姿绝状,触毫而出,气交冲漠,与神为徒。①

上文是对张璪一次绘画过程的记录,也是对其绘画的高度评价。在符载的心目中,张璪的绘画创作是"抱不世绝俦之妙,则天地之秀"。② 在符载的心里,张璪"道精艺极,当得之于元悟,不得之于糟粕。众君子以为是事也,是会也,虽兰亭金谷,不能尚此"。③

张璪为什么会有如此才能,如此成就呢? 符载认为,这得益于以下三点。

第一,绘画创作者要有"天纵之姿"。什么是天纵之姿呢? 姿,资质、才干。《汉书·谷永传》有"疏通聪敏,上主之姿也"。颜师古注:"姿,材也。"④

第二,绘画创作要激发灵感。所谓"其坐鼓气,神机始发"。这里的"神机"即神奇的灵感。当灵感到来时,笔势如空中的闪电,如天上的狂风暴戾,挫折空引,奔放迅疾、笔飞墨喷。画好之后,松皮有鳞片一样的裂痕,石头像险峻的山岩,流水清明澄澈。云彩幽远无迹。张璪掷笔而起,环视四周,像雷雨之后天色清朗,现出万物的情形特征。

第三,绘画要"外师造化,中得心源"。这是张璪自己说的两句名言。"外师造化"即使"物在灵府",这样才能"万物在灵府,不在耳目。故得于心,应于手,孤姿绝状,触毫而出"。"中得心源",要求作画时要有恬静的审美心境,这就是所谓"气交冲漠,与神为徒"。"外师造化"就是学习大自然,以大自然为师。然而,艺术除了"外师造化"外,还必须"中得心源"。"中得心源"是把大自然的美与自己的内在生命合二为一。⑤

九、朱景玄《唐朝名画录》中的绘画心理思想

朱景玄(841—846),唐朝武宗会昌时人,吴郡(今江苏苏州)人,元和初应进

① 何志明,潘运告,编著.唐五代画论[M].长沙:湖南美术出版社,1997:70.
② 同上:68-69.
③ 同上:72-73.
④ 同上:71.
⑤ 蒋勋.艺术概论(第二版)[M].北京:生活·读书·新知三联书店,2015:73.

士举,曾任咨议,历翰林学士,官至太子谕德。诗一卷,今存十五首。编撰有《唐朝名画录》,又称《唐画断》,是一部以分品列传体编写的断代画史,开创历代画史编写的先河,对后代产生了深远影响。这本《唐朝名画录》共收录唐初以来两百年间画家126人,朱景玄对其中的97人,依据自己亲身看到过的作品进行评价,定为"神、妙、能、逸"四品。在前三品中又分别分为上中下三等。其中逸品则不再分,以示最尊。

在《唐朝名画录》序言中,下面这段话最能代表朱景玄的绘画心理思想:

> 伏闻古人云:画者圣也。盖以穷天地之不至,显日月之不照。挥纤毫之笔,则万类由心;展方寸之能,而千里在掌。至于移情定质,轻墨落素,有象因之以立,无形因之以生。其丽也,西子不能掩其妍;其正也,嫫姆不能易其丑。①

什么是天地都不能到达的地方? 什么是日月都不能找到的东西? 那就是人的思维与想象,人的心理活动,是天地所不至、日月所不照的。外在的、有形的事物都是天地之间日月所能照到的,只有内在的心理是天地无法到达、日月无法照耀的,而绘画要表达的正是绘画者的内心世界,内心的感受、情感、想象、观点等。所以,他主张"挥纤毫之笔,则万类由心",而不是万类由物。心是主动的,一切有形的"万类"都要服从心的安排。心能在方寸之间而掌握千里之外,这是因为心具有想象的功能。所谓"移情定质",就是用一定的形状将绘画对象的神情、神态和内在意蕴表现出来。具体说,绘画是画家用自己的心灵不断创造出天地间尚未有的事物,显现日月未曾照亮的东西。挥动纤细的毫末之笔,心中便产生万事万物的形象,在方寸大小的纸张上,便可以掌握千里江山。至于移写生动的神情,确定物体的性质,将墨轻轻涂在纸上,有形的形象便得以确立,无形的神态和情趣也通过绘画表现出来。画出的美女,即使现实中的西施也不能超过她的妍丽;画出的贤妇,即使丑如嫫姆也不能轻视其美德。所以,绘画之灵妙,可以使人进入尽美之境,可以与圣人相通,所谓"妙将入神,灵则通圣"。②

---

① 何志明,潘运告,编著.唐五代画论[M].长沙:湖南美术出版社,1997:75-76.
② 同上:76.

十、《山水诀》和《山水论》中的绘画心理思想

《山水诀》和《山水论》相传是唐代著名诗人、画家王维（701—761，一说699—761，字摩诘，河东蒲州即今山西运城人，祖籍山西祁县）所作。但是在王维的弟弟王缙（700—781）所编辑的《王维集》中并没有见到这两篇文章，因此人们常常认为是后人伪托。最早辑录这两篇文章的是元末明初学者陶宗仪的《说郛》，在此书中将两文合为一篇，名曰《画学秘诀》，明代学者焦竑在《国史经籍志》也有辑录，名为《山水论》。清代赵殿成《王右丞集笺注》也以两篇合一的《画学秘诀》面世。这两篇文章究竟是不是王维的文章还有待进一步考证。另据《旧唐书·王维列传》所引王缙语："臣兄开元中诗百千余篇，天宝事后，十不存一，比于中外亲故间，相互编缀，都得四百余篇。"足见王维失散之多，所以在《王维集》中未收入也不能证明不是王维的文章。《王维集》可能是后人根据王维散佚的文字充实整理而成。

但无论如何，王维都是中国绘画史上一个具有里程碑价值的人物。这从俞剑华所著《中国画论类编》的评价中可见一斑："王维以前之画论多论人物，故多注重气韵生动。王维以后至宋初之画论多论山水，故多注重于经营位置。苏轼以后，始推阐画理，元人注重画意。元明以来始在山水画上讲气韵生动，不再注意构图之位置向背。"[①]

山水画与人物画的不同，就在于它要将自然界更大的、立体的画面展示在咫尺平面上，将自然界的山川河流、鸟兽鱼虫及人物等广大空间出现的多种事物同时展示在咫尺、有限的平面上，画山水画时，绘画的视觉透视问题比单纯画人物画重要，因此画山水画的画家就必须解决透视效果的问题。如何能实现或达到透视的效果呢？我们的古人从自己或他人的亲身实践中摸索出一些规律，形成了一些行之有效的策略。用心理学的话说，就是充分利用错觉实现透视的效果。在《山水诀》和《山水论》中，虽然没有心理学中错觉、透视一类的概念，但从其论述中可以看出，文中已经意识到这个问题。所谓透视，无非是在咫尺的平面上向人们展示出景物、事物、人物的远近、大小、高低、疏密、错落，使欣赏者能够产生如临其境、栩栩如生的心理感受。《山水诀》和《山水论》中对此有非常深刻的见解，并形成许多可操作的技巧。

---

① 何志明，潘运告，编著.唐五代画论[M].长沙：湖南美术出版社，1997：116.

第一，通过水墨浓淡造成错觉而达到透视效果。"夫画道之中，水墨最为上。肇自然之性，成造化之功。或咫尺之图，写千里之景。东西南北，宛在目前；春夏秋冬，生于笔下。"①通过水墨浓淡的运用，实现"咫尺之图，写千里之景。东西南北，宛在目前；春夏秋冬，生于笔下"的效果。例如，"远景烟笼，深崖云锁。酒旗当路高悬，客帆遇水低挂。远山需要低排，近树唯一拔进。"要在平面上画出"远景"，可以利用烟雾笼罩造成的错觉实现；要画"深崖"，可以通过云雾缭绕造成的朦胧感实现。

第二，通过对比反衬来达到透视效果。(1)远近对比与反衬。画"远山"就要将其排列得低一些，要画"近树"就要将其画得高挺唯一。②"远山不得连近山，远水不得连近水""凡画林木，远者疏平，近者高密""凡画山水，意在笔先。丈山尺树，寸马分人。远人无目，远树无枝。远山无石，隐隐如眉；远水无波，高与云齐。此是诀也。"③(2)主次对比与反衬。画主峰和客山，"主峰最宜高耸，客山须是奔趋"；画僧舍人家，"回抱处僧舍可安，水陆边人家可置"；画村庄，"村庄著数树以成林，枝须抱体"；画山崖瀑布，"山崖合一水而瀑泻，泉不乱流"；画渡口以及舟子渔人，"渡口只宜寂寂，人行须是疏疏"。(3)高低对比与反衬。"泛舟楫之桥梁，且宜高耸；著渔人之钓艇，低乃无妨。"画遥天远岫："远岫与云容交接，遥天共水色交光。"画塔，"塔顶参天，不须见殿，似有似无，或上或下"；画闲云松柏，"闲云切忌芝草样，人物不过一寸许，松柏上现二尺长"。(4)奇险的对比与反衬。画悬崖峭壁，"悬崖险峻之间，好安怪木；峭壁巉岩之处，莫可通途"；画溪流栈道，"山钩锁处，沿流最出其中；路接危时，栈道可安于此"。④(5)通过遮掩形成对比与反衬。"平地楼台，偏宜高柳映人家；名山寺观，雅称奇杉衬楼阁。"⑤"山腰云塞，石壁泉塞，道路人塞。石看三面，路看两头，树看顶端，水看风脚。此是法也。""山腰远抱，寺舍可安；断岸坂堤，小桥小置。有路处则林木，岸绝处则古渡，水断处则烟树，水阔处则征帆，林密处则居舍。林崖古木，根断而缠藤；临流石岸，欹奇而水痕。"⑥"凡画林木，远者疏平。近者高密，有叶者枝嫩柔，无叶者枝硬劲。"⑦

如果《山水诀》和《山水论》果真为王维所作，那可以说，王维将山水画最核心的创作观念和技巧——视觉透视效果阐释得十分全面而具体。

需要指出的是，《山水论》与五代后梁画家荆浩(约850—?，字浩然，号洪谷

241

①　何志明，潘运告，编著.唐五代画论[M].长沙：湖南美术出版社，1997：117.
②④⑤　同上：117-118.
③⑥⑦　同上：120-121.

子,山西沁水人)的一篇《山水赋》大致相同,这可能由伪托者改窜而来。①

十一、白居易一文一诗中的绘画心理思想

白居易(772—846),字乐天,号香山居士,又号醉吟先生,河南新郑即今河南郑州新郑市人,唐代伟大的现实主义诗人,唐代三大诗人之一。白居易的诗歌题材广泛,形式多样,语言平易通俗,有"诗魔"和"诗王"之称。官至翰林学士、左赞善大夫,后贬为江州司马,著有《白氏长庆集》传世,代表诗作有《长恨歌》《卖炭翁》《琵琶行》等。在绘画方面,他有一文《画记》,一诗《画竹歌》,可以代表他的绘画心理思想。

《画记》是白居易对一位张姓画家所做的评价,而《画竹歌》则是白居易对唐代中期著名画家萧悦(生卒年不详,兰陵即今山东苍山县兰陵镇人)竹画的诗评。从白居易这一诗一文中可以看出,白居易认为绘画的关键和宗旨就是要收到生动逼真的效果。要获得这样的效果,艺术家就要做到:(1)天分与积累相结合。他在《画记》一开头就写道:"张氏子得天之和,心之术,积为行,发为艺。"②(2)要"画无常工,以似为工;学无常师,以真为师"。(3)要有巧妙的构思与灵感。"故其措一意,状一物,往往运思,中与神会,仿佛焉,若驱与役灵于其间者。"(4)要手脑结合。所谓"得于心,传于手,亦不自其然而然也"。③

他的《画竹歌》正是对萧悦竹画生动逼真的高度赞赏:

> 植物之中竹难写,古今虽画无似者。萧郎下笔独逼真,丹青以来惟一人。人画竹身肥臃肿,萧画茎瘦节节竦。人画竹梢死羸垂,萧画枝活叶叶动。不根而生从意生,不笋而成由笔成。野塘水边欹岸侧,森森两丛十五茎。婵娟不失筠粉态,萧飒尽得风烟情。举头忽看不似画,低耳静听疑有声。西丛七茎劲而健,省向天竺寺前石上见。东丛八茎疏且寒,忆曾湘妃庙里雨中看。幽姿远思少人别,与君相顾空长叹。萧郎萧郎老可惜,手颤眼昏头雪白。自言便是绝笔时,从今此竹尤难得。④

① 何志明,潘运告,编著.唐五代画论[M].长沙:湖南美术出版社,1997:117.
②③ 同上:128-129.
④ 同上:126-127.

白居易的这首《画竹歌》是用诗的形式对萧悦竹画的评价，在这一评价中体现出他的审美心理。其核心观点是强调"逼真"。这种"逼真"是通过这样一些特点体现出来的：骨力劲健——所画之竹"萧画茎瘦节节竦""西丛七茎劲而健，省向天竺寺前石上见"；动感——所画之竹"萧画枝活叶叶动"；拟人含情——"婵娟不失筠粉态，萧飒尽得风烟情"；在似与不似之间——"举头忽看不似画，低耳静听疑有声"，等等。绘画可以逼真到乱真的程度。透过白居易的《画竹歌》，我们不仅明了在绘画中什么是艺术的"逼真"，而且懂得如何去营造"逼真"。

十二、元稹《画松》中的绘画心理思想

唐代文学家元稹(779—831)，字微之，别字威明，河南即今河南洛阳人，贞元九年(793 年)明经及第，官至同中书下平章事，后借重宦官排挤名相裴度，以暴疾卒于武昌军节度使任所。元稹的创作，以诗成就最大，与白居易齐名，并称"元白"，同为新乐府运动倡导者。在元稹众多诗作中，也有四首在内容上对画家进行评价的诗。一首诗是对著名画家张璪画古松的赞赏，名曰《画松》，另外三首是对画家杨子华画的称赞。有某种心理学价值的则是《画松》：

> 张璪画古松，往往得神骨。翠帚扫春风，枯龙夏寒月，流传画师辈，奇态尽埋没。纤枝无潇洒，顽蚪空突兀。乃悟尘埃心，难状烟霄质。我去渐阳山，深山看真物。①

元稹注意到，张璪画的古松与一般画师画的不同之处，就在于他有"神骨"，即神韵风骨。宋代画家米芾在《画史·唐画》中也有："江州张氏收李重光道装像，神骨俱全"的评价。元稹为什么说，张璪画的古松有"神骨"呢？下面两句诗进一步申说。古松翠绿松针像扫帚一样在春风中直挺，枝干像龙的躯体敲击着清寒的月色，所谓"翠帚扫春风，枯龙夏寒月"。而这种"神骨"在普通的画师那里就被埋没了。他们画的古松，枝条细小呆板不自然，树干突兀，缺乏神气。在元稹看来，这不仅仅是技能技巧的问题，而是画家或画师的心灵境界高下与元稹不同，所谓"乃悟埃尘心，难状烟霄质"。

243

---

① 何志明，潘运告，编著.唐五代画论[M].长沙：湖南美术出版社，1997：132.

十三、张彦远与《历代名画记》

唐代画家、绘画理论家张彦远(815—907),字爱宾,蒲州猗氏即今山西临猗人,出身宰相世家,曾任舒州刺史、左仆射补阙、祠部员外郎、大理寺卿。家藏书法名画甚丰,精于鉴赏,擅长书画,无作品传世。著《历代名画记》《法书要录》《彩笺诗集》等。我国当代著名美学家宗白华曾说《历代名画记》堪称"亘古不朽的著作"。①

《历代名画录》共十卷,结构恢宏,内容博大精详。卷一至卷三,共计15篇,其中10篇为主题论文,另5篇为记述古代"能画人名""跋尾押署""公私印记""两京州寺观画壁""秘画珍图"的文章。卷四至卷十,为历代画家小传和品评,包括自轩辕至唐代会昌年间三百七十二名画家。系中国绘画史论性质,不仅记述了画家的生平、艺术成就、艺术风格和作品,而且引述和评论唐以前一些重要画家包括顾恺之、谢赫、姚最、窦蒙、张怀瓘、孙畅之、李嗣真、裴孝源、朱景玄等画论和关于古代画家的品评。

张彦远的艺术观点具有以下七个显著特征。

第一,肯定绘画的社会价值和道德功能。"夫画者,成教化、助人伦。""图画者,有国之鸿宝,理乱之纲纪。"②

第二,书画是传情传形的重要工具。"造化不能藏其秘,故天雨粟;灵怪不能遁其形,故鬼夜哭。是时也,书画同体而未分,像制肇创而犹略。无以传其意,故有书;无以传其形,故有画。"③

第三,张彦远强调绘画需要天才,贵乎创造,贵乎写实,贵乎气韵,贵乎自然,反对谨细刻板,外露巧密的死画。张彦远几乎遍观魏晋以来传世的各种名画。"魏晋以降,名迹在人间者,皆见之矣。"④他认为,绘画的要诀是画家要能展示自己的特长,而不墨守成规,所谓"古人之意,专在显其所长,而不守于俗变也"。所谓"不守于俗变"不就是主张要变化创新吗?张彦远认为,吴道子的壁画"天付劲毫,幼抱神奥",是最早画出"山水之变"的画家。画家要通过"耳剽心晤"画出"奇状","得意深奇之作"。他认为,吴道子(吴道玄)的画就"古今独步,前不见顾陆,后无来者"。⑤

① 何志明,潘运告,编著.唐五代画论[M].长沙:湖南美术出版社,1997:137.
②③ 同上:138.
④⑤ 同上:162.

第四，立意与用笔："本于立意而归于用笔。"在他的《论画六法》中对此有精彩论述：

  昔谢赫云：画有六法，一曰气韵生动，二曰骨法用笔，三曰应物象形，四曰随类赋形，五曰经营位置，六曰传模移写。自古画人罕能兼之。

  彦远试论之曰：古之画，或遗其形似而尚其骨气，以形似之外求其画，此难与俗人道也；今之画，纵得形似而气韵不生，以气韵求其画，则形似在其间矣。①

按照张彦远的解读，谢赫的绘画六法的根本精神就是"形似"与"骨气"的关系，其实就是形似与神似的关系。在张彦远看来，充满"骨气"的绘画，气韵生动的绘画，一定有形似在其中，也就是说神似的作品一定形似，但形似的作品却未必神似。这是非常有见地的。他看到形似与神似的统一，气韵与形似的统一。张彦远还说："夫象物必在于形似，形似须全骨气，骨气、形似，皆本于立意而归乎用笔，故工画者多善书。……故古画非独变态，有奇意也，抑亦物象殊也。"② 也就是说，无论是"形似"还是"骨气"或"气韵"，其根本目的还是要表现"奇意"。

张彦远虽然认为绘画要讲"骨气""气韵"，认为神似胜过形似，神似中一定包含形似，但是他又认为，这些"骨气""气韵"只有画"鬼神人物"一类的画才存在，而画景物画时就没有生动性可言。他说，"至于台阁树石、车舆器物"等则"无生动之可拟，无气韵之可侔，直要位置向背而已"。"至于鬼神人物，有生动之可状，须神韵而后全，若气韵不周，空陈形似，笔力未遒，空善赋彩，谓非妙也。"③ 这一论断显然有失偏颇，人物画固然需要"骨气""气韵"等，但"骨气""气韵"等绝不是人物画的专利，画景物、器物也同样需要"骨气""气韵"，因为绘画者要表达的是作者的思想和情感。

张彦远对谢赫绘画六法评价极高，认为"六法俱全，万象毕尽，神人假手，穷极造化也"。④ 而在绘画六法中，最重要的是"气韵"。所谓"气韵雄状，几不容于缣素；笔迹磊落，遂恣意于墙壁，其细画又甚稠密，此神异也"。⑤ 具体的画技则是画家之"末事"，仅能得其"形似"而不能得其"气韵"，所谓"传模移写，乃画

---

①② 何志明，潘运告，编著. 唐五代画论[M]. 长沙：湖南美术出版社，1997：158.
③ 同上：158 - 159.
④⑤ 同上：159.

家末事"。①张彦远认为,要得其"气韵",或已经得其"气韵"的画家,其心灵必须有崇高的境界,而那些鄙贱之人在绘画中是无法做到气韵生动的。

第五,人格与境界。张彦远最早强调绘画是有教养、有学问、有独立人格的读书人的事业。他在评论顾骏之时说:"举结构高楼,以为画所。每登楼去梯,家人罕见,若时景融朗,然后含毫,无地阴惨,则不操笔。今之画人,笔墨混于尘埃,丹青和其泥滓,徒污绢素,岂曰绘画? 自古善画者,莫匪衣冠贵胄,逸士高人,振妙一时,佳芳千祀,非闾阎鄙贱之所能为也。"②

第六,"意在笔先,画尽意在"。张彦远还强调无论做什么事情,都要守神专一,守神专一才能进入佳境,合造化之功。"守其神,专其一,合造化之功,假吴生之笔,向所谓意存笔先,画尽意在也。凡事臻妙者皆如是乎,岂止画也。"③他认为,守神专一才能获得"真画",仅仅靠外在工具只能画出"死画"。所谓"夫用界笔直尺,是死画也,守其神,专其一,是真画也"。"真画一划,见其生气。夫运思挥毫,则自以为画,则欲失于画矣。"真正的好画是在"意不在画"的心境下,在"不滞于手,不凝于心,不知然而然"④的心境下获得的。

张彦远认为,真正懂得画道的人,一定是"神迈、识高、情超、心慧者"。他以自然为标准划分画的等级:"失于自然而后神,失于神而后妙,失于妙而后精,精之为病也,而成谨细。自然者为上品之上,神者为上品之中,妙者为上品之下,精者为中品之上,谨而细者为中品之中。"⑤他非常推崇顾恺之的画,认为从顾恺之的画中可以体会出画道:"遍观众画,唯顾生画古贤得其妙理,对之令人终日不倦;凝神遐想,妙悟自然,物我两忘,离形去智,身固可使如槁木,心固可使为死灰,不亦臻于妙理哉,所谓画之道也。"⑥

第七,绘画具有时代心理特征。张彦远说:"上古之画,迹简意淡而雅正,顾、陆之流是也;中古之画细密精致而臻丽,展、郑之流是也;近代之画,焕烂而求备;今人之画,错乱而无旨,众工之迹是也。"⑦他还引用陆士衡与曹植的话说:"丹青之兴,比雅颂之述作,美大业之馨香。宣物莫大于言,存形莫善于画。"此之谓也……曹植有言曰:"画者,见三皇五帝,莫不仰戴;见三季异主,莫不悲

①② 何志明,潘运告,编著.唐五代画论[M].长沙:湖南美术出版社,1997:159.
③ 同上:174.
④ 同上:173-174.
⑤ 同上:178.
⑥ 同上:179.
⑦ 同上:139.

惋;见篡臣贼嗣,莫不切齿;见高节妙士,莫不忘食;见忠臣死难,莫不抗节;见放臣逐子,莫不叹息;见淫夫妒妇,莫不侧目;见令妃顺后,莫不嘉贵;是知存乎鉴戒者,图画也。"①张彦远显然赞赏陆士衡和曹植的观点,即绘画通过激发人的道德情感而激发道德行为。张彦远和陆士衡相信,绘画中不同的内容能够唤起人们不同的道德情感。那些古代圣贤明君即使已经远离了现在的人们,但是只要看到他们的画像,人们就可以产生敬仰拥戴的情感和行为;看到夏桀王、商纣王、周幽王三个亡国之君的画像,人们就会产生悲怆惋惜之情;看到那些篡臣贼嗣的画像,人们就会产生切齿痛恨之情;见到忠贞高节之士的画像,人们没有不忘掉饮食的;见到忠臣死于国难的画像,人们没有不坚持高尚志节的;看到被放逐的臣子的画像,人们没有不为之叹息的;看到淫夫妒妇的画像,没有人不侧目鄙视的;看到美丽温顺的后妃画像,没有人不嘉奖敬重的。因此,在他们看来,绘画具有现实的鉴戒作用。

张彦远也因此痛恨汉代思想家王充(27—约97)不懂绘画之道的言论。王充认为:"人观图画上所画古人也,视画古人如视死人,见其面而不若观其言行;古贤之道,竹帛之所载灿然矣,岂徒墙壁之画哉!"②王充是一个在历史上以"唯实为验"的著名思想家,因为过于崇实,导致他不能理解艺术中虚实相得益彰的道理。因此,张彦远认为与王充论画简直是对牛弹琴。

第四节　宋元时期的绘画心理思想

一、宋代的绘画心理思想

宋代是中国传统绘画发展的一个高峰期,特别是绘画理论到宋代以后越来越丰富,越来越成熟。宋代为什么出现前所未有的书画实践和书画理论? 这自然与宋代的社会发展有密切关系。究竟有何密切的关系,还有待进一步的研究和探讨。宋代以后,学者们的思维转向深沉、细腻,书画家们热衷于表现空灵、淡泊的情感,同时也注重对现实的追求。

在北宋年间出现宫廷画与文人画的分野。宫廷画的出现始于北宋年间,朝廷向各地征集绘画作品,尤其是在评定西蜀和南唐之后,将两处丰富的画藏悉

---

①　何志明,潘运告,编著.唐五代画论[M].长沙:湖南美术出版社,1997:140.
②　同上:141.

数收归朝廷。宋太宗雍熙年间(984—987),中国绘画史上一个重要事件就是在朝廷设置翰林图画院,专门集中一些画家进行创作,这无疑对宋代绘画的发展起到一定的推动作用。这种作用主要以注重花鸟画和道释人物画的方式表现出来。宫廷画之所以重视花鸟,是因为花鸟画可以用来装饰宫廷,使宫廷变得富丽堂皇;宫廷画之所以重视道释人物,是因为他们崇拜宗教。不过,宫廷画院在绘画史上也起到许多负面作用,甚至从某种意义上讲,其负面作用比正面作用还要大。因为它只重视画花鸟和道释人物,从而阻碍了山水画及其他画的发展。不仅如此,画院派所谓重视花鸟画,也有明显的选择性,它也只重视来自西蜀黄筌父子一派,而来自南唐的徐熙就受到冷遇,以致有"皇家富贵,徐熙野逸"的谚语在当时流行。这使得继承徐熙画风的徐崇嗣不得不改变画风,专习黄氏体制。当时中原地区李成、范宽以及南唐董源、巨然这样颇有成就的大山水画家都被排斥在图画院之外。

也正是画院派这种审美情趣的偏狭性和形式主义画风,导致北宋中期文人画的兴起。文人画继承了唐五代的画风,并将其发扬光大,将宋代的艺术真正推向高峰。文人画以苏轼、文同、米芾等为代表,追求绘画中独立的人格精神,追求抒发自己的理想情趣。正如苏轼对朱象先所赞扬的:"能文而不求举,能画而不求售,曰'文以达吾心,画以似吾意而已'。"[1]苏轼在《题王逸少帖》诗中说:"谢家夫人澹丰容,萧然自有林下风。天门荡荡惊跳龙,出林飞鸟一扫空。为君草书续其终,待我他日不匆匆。"在这里,苏轼借批评张旭、怀素书法的恶俗表达了对钟、王高超书艺的仰慕。可意会而不可言传的禅机之妙需在寂然凝虑中体味,而诗书画等正需在微妙难测的审美静观中体察艺术的旨意。[2]

具体说,文人画派与画院画派的审美意识与审美情趣区别在于:画院派看重形似,文人画重视神似;画院派重视工笔精丽,文人画注重快意淋漓的写意;画院派重视富贵气象,而文人画重视野逸之趣;画院派重视人伦教化,而文人画重视人格精神的表现与抒发。总之,两个画派迥异其趣。

(一) 郭熙的绘画心理思想

北宋画家、绘画理论家郭熙(约1000—约1080),字淳夫,河阳温县即今河南温县人,官至翰林待诏直长。擅长画山水,师五代李成,自成一家,深得神宗恩宠,有"评为天下第一"之说。郭思,为郭熙之子,字得之。神宗元丰五年

① 云告,译注. 宋人画评[M]. 长沙:湖南美术出版社,1999:2.
② 陈俊堂. 禅宗与北宋艺术精神[J]. 山西大同大学学报(社会科学版),2009(1):98-100.

(1082年)进士。官至徽猷阁待制,也很得徽宗赏识。在画论方面,郭氏父子留下了一部著作《林泉高致》,又称《林泉高致集》,是郭思根据郭熙的墨迹整理而成,共有《山水训》《画意》《画诀》《画格拾遗》《画题》和《画记》六篇文章。其中《画格拾遗》为郭思所作。

1. "林泉之心"说

《画格拾遗》是中国绘画理论史上,特别是山水绘画史上很有价值的著作,是一部比较全面地论述山水画创作、鉴赏理论、技法的著作。该书内容也涉及一些文艺心理思想,其宗旨是体现他的"林泉之心"。

宋代文艺心理思想家认为,绘画最需要的不是站在客观的立场去描绘山川河流,而是画家要将自己投入到自己所要绘制对象的原型中去,与画家所要表达的山川河流融为一体,分不出彼此,这样山水的意蕴情趣就会自然流露出来,就不会牵强附会,矫揉造作。宋代郭熙就认为:"盖身即山川而取之,则山水之意度见矣。"①也就是,画家只有与山川河流融为一体,才能真正度见"山水之意",站在局外是无法获得山水的意蕴的。郭熙虽然没有明确说出直觉的概念,但是他主张画家将自己对象化到认识对象中去的做法就是非常宝贵的直觉。他进一步说:"画山水有体,铺舒为宏图而无余,消缩为小图而不少。看山水亦有体:以林泉之心临之则价高,以骄侈之目临之则价低。"②也就是说,在绘画创作中无论是"铺舒"还是"消缩"都要有超功利之心境,不能被功利左右,才能真正进入美的境界。用郭熙的话说,画家要画山水,就要有"林泉之心",而不能"以骄侈之目临之"。郭熙还说道:

> 人须养得胸中宽快,意思悦适,如所谓易直子谅油然之心生,则人之笑啼情状,物之尖斜偃侧,自然布列于心中,不觉见之于笔下……不然,则志意已抑郁沉滞,局在一曲,如何得写貌物情,摅发人思哉?③

这段话的意思是说,"林泉之心"并不是到了绘画的时刻才去寻找的心境,而是在平时就要注意修养这种超脱功利、清心寡欲、和易正直、慈爱诚信的愉快心境。有了这种心境就会使"人之笑啼情状""物之尖斜偃侧"自然地酝酿于胸中,情不自禁地流露于笔端,有了这种心境画家就可以随时随地、随心所欲地进行

---

① 熊志庭,刘城淮,金五德,译注.宋人画论[M].长沙:湖南美术出版社,2000:13.
② 同上:6.
③ 同上:27.

绘画创作。

2. 精神专注与神闲气定说

文艺创作是一种精神活动,创作者在创作过程中所处的精神状态至关重要。绘画创作也是如此。郭熙也特别强调这一点。在他看来,在山水画的创作中,创作者一方面要保持创作过程高度专注,另一方面又要神闲意定。

首先要精神专注。郭熙认为,绘画创作,具体说是山水画的创作,必须聚精会神,注意集中,态度严肃。他说:

> 凡一景之画,不以大小多少,必须注精以一之,不精则神不专;必神与俱成之,神不与俱成,则精不明;必严重以肃之,不严则思不深;必恪勤以周之,不恪则景不完。①

郭熙认为,精力专注要贯穿于整个创作过程,绘画创作者的精神要自始至终与绘画活动保持一致,直到作品完成。如果在绘画过程中精力分散,不能与绘画活动保持一致,那么画出来的作品就不能体现作画者的意旨;如果在绘画过程中态度不严肃、不庄重,那么思维就不能深入。他认为,内心怠惰而勉强作画,笔迹就会软懦而不果断;内心混杂而胡乱作画,画出来的图像便黯淡猥琐而不清爽;用漫不经心的轻视态度作画,画出来的作品其形态就散漫而不周到;用骄矜轻蔑的态度去作画,画出来的作品其风格就粗疏而不统一。所以,在郭熙父子看来,精神专注要始终如一地贯穿于创作全过程。

其次要意定神闲。郭熙认为,绘画创作一定是精神处于高度专注状态,但这不意味着创作者要处于精神的高度紧张状态,相反创作者要保持一种闲适放松的状态,用郭熙的话说就是"意定神闲"状态。他说:"人须养得胸中宽快,意思悦适,如所谓易直子谅油然之心生,则人之笑啼情状,物之尖斜偃侧,自然布列于心中,不觉见之于笔下。"②郭熙十分推崇晋代画家顾恺之,顾恺之不愧为古代的旷达之士,他专门修筑楼房作为自己作画的场所,以确保自己绘画时处在一种轻松愉悦、心情畅快的状态之中。为了制造出这种"意定神闲"的氛围,郭熙在每次作画前,一定要擦亮窗户,抹净桌儿,在旁边点燃香料,准备好笔墨,洗净手和砚,好似接待高贵的宾客。"凡落笔之日,必明窗净儿,焚香左右,精笔

---

① 熊志庭,刘城淮,金五德,译注.宋人画论[M].长沙:湖南美术出版社,2004:10.
② 同上:27.

妙墨,盥手涤砚,如迓大宾。"①由此可见,郭熙父子强调的精神专注与意定神闲是相辅相成的。宋代罗大经在《鹤林玉露》中讲李公麟画马时说:"李伯时工画马……大概画马者必有全马在心中,若能积精储神,赏其神骏,久久则胸中有全马矣。信意落笔,自然超妙,所谓用意不分乃凝于神者也。"②

郭熙父子与许多画家一样,认为作画与作诗都需要形象思维,都要有创造意境,他们坚信前人所说:"诗是无形画,画是有形诗。"他在闲暇的时候阅览晋唐古今诗篇:"其中佳句有道尽人腹中之事,有状出人目前之景;然不因静居燕坐,明窗净几,一炷炉香,万虑消沉,则佳句好意亦看不出,幽情美趣亦想不成。"③也就是说,画家与诗人一样要感受佳句好意、幽情美趣宁静安适的环境,将心中的杂念消除净尽,才能进入佳句和美妙的境界。当境界烂熟于心,心手又达到相应的地步,这时才能纵横合度,左右逢源。他批评一些当朝画作者,"率意触情,草草便得"④的人是不可能进入真正绘画的幽情美趣境界的。郭熙在《画意》中对此有一段十分精彩的概括:"画之志思,须百虑不干,神盘意豁。"⑤就是说,绘画时的志意思绪,必须不受各种杂念的干扰,精神凝聚、意态轩豁。他还引用杜甫的诗说"五日画一水,十日画一石",只有在这种轻松自如,"能事不相受促逼"⑥中,才能留下有价值的真迹。

3. 创作要注重亲身感受

郭熙父子明确意识到,绘画与作画者的素养关系至为密切。他们说:

> 欲夺其造化,则莫神于好,莫精于勤,莫大于饱游饫看,历历罗列于胸中,而目不见绢素,手不知笔墨,磊磊落落,杳杳漠漠,莫非吾画。
>
> 今执笔者,所养之不扩充,所览之不淳熟,所经之不众多,所取之不精粹,而得纸拂壁,水墨遽下,不知何以摄景于烟霞之表,发兴于溪山之巅哉?⑦

怎样才能扩充自己的素养呢? 首先,"神于好",培养兴趣爱好。郭熙将其列在最前面,所谓"欲夺其造化,则莫神于好"。最神的是兴趣爱好。其次,"精于

251

---

① 　熊志庭,刘城淮,金五德,译注. 宋人画论[M]. 长沙:湖南美术出版社,2004:12.
② 　朱恩彬,周波,主编. 中国古代文艺心理学[M]. 济南:山东文艺出版社,1997:360.
③④ 　熊志庭,刘城淮,金五德,译注. 宋人画论[M]. 长沙:湖南美术出版社,2004:27.
⑤⑥ 　同上:36.
⑦ 　同上:17.

第七章
中国绘画心理思想

勤”。这里与其说“勤”,倒不如说全身心的沉浸更为合适。作者不只是关在房间里勤于练习,尤其强调要到大自然的山水中游历,从而获得亲身感受,要“饱游饫看”达到将山川景物“历历罗列于胸中”。只有亲身前往观察,才能获得山水的意蕴神态。同时他还告诫绘画者,要学会从不同角度观察同一景物。他以自己的亲身体验感受到对山水川谷的观察,从远处观察可以得其深邃;从近处观察可以得出浅近;对山水岩石的观察,从远处观察可以得其气势;从近处观察可以得其形质;对山水云气的观察,四季不同:春天融合,夏天葱郁,秋天疏薄,冬天黯淡;对山水烟雾的观察,四季也不同:春山恬淡鲜艳好像含笑的样子,夏天苍翠好像绿色流动的样子,秋山明净好像装扮过的样子,冬山凄清好像人入睡的样子。郭熙从亲身观察中感悟道:看山,近看一个样,远数里看又一个样,远十几里看又是一个样,观察随着距离的变化,所获得形象也在变化,他将其概括为“山形步步移”。看山,正面看一个样,侧面看一个样,背面看又是一个样;春夏看一个样,秋冬看一个样;早晨看一个样,晚夕看又是一个样;晴朗天气一个样,阴雨天又是一个样,等等。总之,山的形象随着观察的视角变化、时空变化,观察到的形象也在变化,他将其称作“山形面面看”。

什么叫素养欲扩充呢?郭熙看到当时的画家所画《仁者乐山图》,画一老者以手撑托脸颊站在山边;《智者乐水图》则画一老叟在岩石前侧耳倾听的样子。在郭熙看来,这就是素养没有得到扩充的弊病。在他看来,画仁者乐山,就应该像白居易的《草堂图》那样,要将山居的意趣充分表现出来;画智者乐水,就应该像王维的《辋川图》那样,将水中的快乐之意淋漓尽致地展示出来。

什么叫览欲淳熟呢?郭熙认为,在山水画中能否将山水丰富的自然形态充分表达出来是判断所览是否成熟的一个重要标志。比如画山,就要画出高山低谷、大山小山,背面与正面的洋溢与润泽,山巅的相对与相望;画水,就要画出水的漩涡、水的流动不息、水的飞激翻卷、水的绵延舒展等,这样才能充分表现山水画的丰富美好的意趣。可是,他发现当时一些画家,画山就画上三五个山峰,画水就画上三五个波澜,在他看来,这显然是所览不够淳熟的弊病。

什么叫所经之不众多呢?就是阅历不够丰富,眼界比较狭隘。郭熙提倡要广泛阅览,这里的“所览之不淳熟”应当理解为既包括对大自然的“淳熟”阅览,也包括对前人名画和文化典籍的“淳熟”阅览。郭熙父子对“所览之不淳熟”所持的批评态度恰恰证明他们是强调阅览淳熟的。他批评当时的一些画家,生活在吴越之地的人只会画东南山水的耸峙瘦削,居住在咸秦之地的人只会画关陇山野的壮阔雄浑,学习范宽的人缺少李成的秀美,师法王维的人缺少关仝的风骨。这都是经历不多的缘故啊！郭熙父子对"所经之不众多"也是持批评态度，这也从反面证明，他们重视丰富的经历在山水画中的价值。

什么叫取之不精粹呢？郭熙认为，对材料的选取也是绘画者的一个重要素养。他认为，千里之山，不能都奇，万里之水，不能都美。如果一概都画上，那与地图有什么区别呢？因此，他强调要对"饱游饫看，历历罗列于胸中"的山水表象有所取舍，有所选择，要截取典型材料和最能体现山水意蕴的典型特点入画。

4. 郭熙的景外意与意外妙

郭熙很好地论述了画景与画意的关系，提出"画之景外意"与"画之意外妙"的论断。

什么叫"画之景外意"呢？就是画家在画中所画的同一景物，所画的季节不同对于欣赏者情感思绪的影响就会不同，也就是说，欣赏者的情绪会随着作者所画的同一景物的季节变化而变化。所谓："春山烟云连绵人欣欣，夏山嘉木繁荫人坦坦，秋山明净摇落人肃肃，冬山昏霾翳塞人寂寂；看此画令人生此意，如真在此山中，此画之景外意也。"[①]

什么是"画之意外妙"呢？就是画家在画中所画的不同景物会对欣赏情感思绪有不同影响。所谓："见青烟白道而思行，见平川落照而思望，见幽人山客而思居，见岩扃泉石而思游；看此画令人起此心，如将真即其处，此画之意外妙也。"[②]

总之，真正好山水画营造的意境能够唤起欣赏者的情感共鸣，特定的景色可以唤起人们特定的情思与情趣，山水画具有移情的作用。

5. 构图要留有适当空白

绘画无论对于创作者还是鉴赏者来说，最终都要获得视觉效果，视觉效果的取得与构思和技巧都有密切的关系。郭熙认为，要获得良好的视觉效果首先就要注意构图中要留有适度的空白，不要将色彩涂抹过满，这样反而会影响视觉效果。郭熙深知此理。他说：

> 凡经营下笔，必全天地。何谓天地？谓如一尺半幅之上，上留天之地位，下留地之地位，中间方立意定景。见世之初学，遽把笔下去，率尔立意触情，涂抹满幅，看之填塞人目，已令人意不快，哪得取赏于潇洒，见情于高

---

①② 熊志庭，刘城淮，金五德，译注. 宋人画论[M]. 长沙：湖南美术出版社，2004：14.

大哉？①

在郭熙看来，凡构思作画，在构图上一定要有天有地，切莫"顶天立地"。就是在一尺半幅的画面上，上面要留出天的位置，下面要留出地的位置，中间部分才是画家立意定景的位置，不可画满。他发现初学绘画的人往往不懂得这一点，结果显得杂乱，不能收到良好的视觉效果，因此也无法表达高远的意境。我们认为，郭熙的这个观点是非常可取的，因为在画面上留下适当的空白不仅能够克服杂乱的感觉，还可以给欣赏者留下想象的空间。但是我们认为，郭熙的这个观点还是不够全面的，绘画中的空白不应只限于画面的上下，其构图中间及左右也可以根据绘画具体内容的需要适度留有一定的空白。

6. 视觉透视与对比度问题

西方绘画中的透视是"焦点透视"。所谓"焦点透视"，是指视点、视向是固定的，因此受到的视点、视向制约的视域也是固定的。"立体派以前的画作都是从一个固定的视点去表象一个形体，因而只显露形体面对视觉的这一面，却不能现出形体的其他各个侧面，这就意味着把从不同视点（上、下、正、侧）看到的形体都同时显现在画面上，简言之，就是把三度空间的画面归结成平面，在平面上画出三度空间。"②作品中的人物、景物只能限制在这一固定的范围之内，画面上呈现的是一个锥形的立体空间。而中国的画大都采用"散点透视"，所谓"散点透视"的视点、视向和视域都不是固定的，画面呈现的俯仰自由，回旋往复，阴阳开阖，高下起伏，虚灵变幻的时空格局。散点透视的应用，为中国画家理解宇宙人生提供了一个独特自由而广阔的空间。这也是中国古代画家在"天人合一"思想影响下产生的独特创造。唐代诗人、画家王维就意识到这种"散点透视"的原理。他说过一段十分著名的画论："远人无目，远树无枝，远山无石，隐隐若眉；远水无波，高与云齐，此是诀也。山腰云塞，石壁泉塞，楼台树塞，道路人塞，石看三面，路看两头……此是法也。"（《御定佩文斋书画谱》卷五《唐虞世南笔髓论·指意》）从王维的论述中，可以看出所谓"散点透视"就是画面的上下左右中间以及大小、颜色的处理等多个点位都能体现出透视效果。郭熙继承了王维"散点透视"的思想，充分认识到绘画中要提高视觉效果就必须注意构图中的透视效果和视觉对比度的问题。

① 熊志庭，刘城淮，金五德，译注. 宋人画论［M］. 长沙：湖南美术出版社，2004：33.
② 张世英. 中西文化与自我［M］. 北京：人民出版社，2011：140.

郭熙已经意识到,要在一幅平面的画幅上画出山高水远的视觉效果,就要有意识地利用人的视错觉。他说:

> 山欲高,尽出之则不高,烟霞锁其腰,则高矣。水欲远,尽出之则不远,掩映断其派,则远矣。山因藏其腰则高,水因断其派则远,盖山尽出不惟无秀拔之高,兼何异画碓石嘴? 水尽出不惟无盘折直远,何异画蚯蚓?
>
> 远山无皴,近水无波,远人无目——非无也,如无耳。①

在郭熙的语汇中不可能有今天所说的视错觉、"透视效果"这类心理学词汇,但他从绘画的实践探索中已经充分意识这一问题。我国古代画界一直流传的"近山浓抹,远树轻描"的画技就是利用色彩的浓淡来表达透视关系的经典写照。宋代的郭熙对此就认识得具体而充分。他认为,要画山高,用"烟霞锁其腰"的方式比直接将山全部画出的视觉效果上更能显其高;要画水远,用"掩映断其派"的方式比将水全部画出在其视觉效果更能显其远。他还认为,要画远山,就要使其"无皴",要画近水,就要使其"无波",要画远人(远处的人形),就要使其"无目"。

7. 郭熙的"三远"说

郭熙从在长期对山水游历和实践中总结出"三远"说。"三远"说更典型地反映出透视效果与视觉对比理论。

所谓"三远"说,即指"高远""深远""平远",这主要就画山与画中人物而言。他说:

> 山有三远:自山下而仰山巅谓之高远,自山前而窥山后谓之深远,自近山而望远山而谓之平远;高远之色清明,深远之色重晦,平远之色有明有晦;高远之势突兀,深远之意重叠,平远之意冲融而缥缥缈缈。其人物之在三远也,高远者明了,深远者细碎,平远者冲淡;明了者不短,细碎者不长,冲淡者不大。此三远也。②

255

郭熙认为,在绘画中要表现出山的"高远",就要用"自山下而仰山巅"的变现手法;若要画出"深远",就要用"自山前而窥山后"的手法;要画出"平远",就要用

---

①② 熊志庭,刘城淮,金五德,译注.宋人画论[M].长沙:湖南美术出版社,2004:24-25.

"自近山而望远山"的手法。从色彩上看,"高远"的色彩清明,"深远"色彩重晦;"平远"的色彩有明有晦。处在"三远"中人物形象应当是什么样子呢?"高远者明了,深远者细碎,平远者冲淡。"

所谓"三大",是论说绘画中比例的搭配。所谓"三大"指的是在绘画中,山、木、人三者的比例安排。他说:

> 山有三大:山大于木,木大于人。山不数十重如木之大,则山不大;木不数十重如人之大,则木不大。木之所以比夫人者,先自其叶;而人之所以比夫木者,先自其头。木叶若干可以敌人之头,人之头自若干叶而成之,则人之大小,木之大小,山之大小,自此而皆中程度。此三大也。①

郭熙从自己游历的多视角观察认识到,在绘画中必须注意山、木、人三者的比例安排。其基本原则是"山大于木,木大于人"。

如前所述,西方绘画中的最大困扰就是透视问题,而中国的画家则很好地解决了这个问题。不仅如此,中国绘画的透视效果还对中国的诗歌产生了重大影响,因为在中国,诗人兼画家和画家兼诗人的情形远比西方多。因此,诗人的眼睛也就是画家的眼睛,反过来,画家的眼睛也就是诗人的眼睛。林语堂先生说:"中国绘画应该看作是在高山顶上完成的。从高处(比如离地6千英尺的飞机上)俯瞰地面的事物,其透视效果必然与寻常的不同。"②

早在郭熙之前,南朝宋山水画家宗炳(375—443)就论述了这种透视原理。宗炳《画山水序》记载:

> 且夫昆仑山之大,瞳子之小,迫目以寸,则其形莫睹;迥以数里,则可围于寸眸。诚由去之稍阔,则其见弥小。今张绢素以映,则昆阆之形可围于方寸之内。竖划三寸,当千仞之高;横墨数尺,体百里之迥。是以观画图者,使患类之不朽,不以制小而累其似,此自然之势。如是,则嵩、华之秀,玄牝之灵,皆可得之于一图矣。③

宗炳在此已经发现,绘画中"近大远小"和"近阔远狭"的原理。人们眼睛小小的

---

① 熊志庭,刘城淮,金五德,译注.宋人画论[M].长沙:湖南美术出版社,2004:24-25.
② 林语堂.中国人(全译本)[M].上海:学林出版社,1994:298.
③ 潘运告,编著.汉魏六朝书画论[M].长沙:湖南美术出版社,1997:288.

瞳孔无法看到处于眼前的高大的昆仑山的整体轮廓，所谓"迫目以寸，则其形莫睹"，但是我们在数里之外反而可以目睹其整体面貌，所谓"迥以数里，则可围于寸眸"。正是因为人们具有视觉透视能力，才能从事绘画活动，因为绘画的造型本身就是一种视觉透视现象。绘画就是要将昆山阆水这样巨大的景观按比例"围于方寸之内"，也要通过寸尺笔墨获得千仞百里的视觉效果，所谓"竖划三寸，当千仞之高；横墨数尺，体百里之迥"，这样"嵩、华之秀，玄牝之灵"都可以在一张绘画中得以表现。

"散点透视"以"缄默知识"（画家能够意识到但不能用言语表达的知识）或"内隐知识"（没有意识到也不能用言语表达，但在绘画实践中能够表现出来的知识）的方式普遍存在于我国古代画家的绘画实践之中。如唐代李思训《江帆楼阁图》的构图：山下桃红丛绿，士人闲游；山腰碧殿朱廊，松竹掩映；山顶古树苍枝，巨松盘结；山后江天浩渺，风帆溯流。山顶山脚，山腰山后，不同时空中的景物在画面中都获得完整而细致的展现，内容丰富，境界开阔，大有纵目千里的感受。这正是采用散点透视体现的艺术效果。再如宋代张择端的《清明上河图》更是一幅场面广阔宏伟、内容丰富真实的伟大现实主义风俗画杰作。张择端随着时空的流动转换，从北宋汴京城外阡陌纵横、人群稀疏、市面冷落的郊野，经东南城郊虹桥附近汴河两岸的闹市，一直描绘到无限繁华的城里街市，城里城外、桥上桥下、屋里屋外等物象都描绘得精细入微。这一艺术效果，正是作者采用"散点透视"的结果。①

（二）韩拙的绘画心理思想

韩拙（生卒年不详），字纯全。我们今天所知，他是南阳（今河南）人，据后人张怀瓘《后序》介绍，他字纯全，号琴堂，名宦之后，善画山石，曾在宋哲宗绍圣年间（1094—1097），经王晋卿推荐在翰林院书艺局做官。在绘画理论方面，他著有《山水纯全集》，有九篇收入到《四库全书》中，可是在其序文中却称十篇，后据俞剑华《中国画论类编》考证，确为十篇，只是其中一篇没有与其他九篇在一起。② 在韩拙的绘画理论中具有心理学价值的观点主要体现在两个方面：一是逸情远致的思想；二是布局构思的思想。

1. 绘画可以通天地之德，类万物之情

在韩拙看来，自从伏羲画出卦象之后，绘画就被用来"以通天地之德，以类

257

① 顾建华.中国传统艺术[M].长沙：中南工业大学出版社，1998：87－88.
② 熊志庭，刘城淮，金五德，译注.宋人画论[M].长沙：湖南美术出版社，2004：62.

万物之情"。① 到黄帝时,史皇、仓颉进一步发展:史皇描绘鱼、龙、龟、鸟的形状,仓颉因而发明了文字,这样相互继承发展,典籍就产生了。文字本源于绘画,图画的产生先于文字,所谓"书本画也,画先而书次之"。② 他赞成《周易》的观点:其一,图画与文字是本体异名,相互补充。文字能叙述事情却不能表达事物的形貌,图画可以描绘事物的形貌却不能表现言辞,所以要保存事物的形貌没有比图画更好的,要记载言辞没有比文字更强的。其二,图画与《诗》《书》《礼》《春秋》具有同等功用,都可以弥补大自然的不足,都具有完成教育感化、维系伦理、预测幽深精微事物的功能。其三,韩拙认为,绘画还具有弥补大自然不足的功用。他认为,古人之所以作画,"盖以穷天地之不至,显日月之不照,挥纤毫之笔,则万类由心;展方寸之能,则千里在掌:岂不为笔补造化者哉!"③

2. 韩拙的新"三远"说

韩拙继承了郭熙的"三远"说的透视理论与视觉对比的观点并作了补充,提出新"三远"说:

> 郭氏曰:"山有三远:自山下而仰山上,背后有淡山者,谓之高远;自山前而窥山后者,谓之深远;自近山边低坦之山,谓之平远。"愚又论三远者:有近岸广水、旷阔遥山者,谓之阔远;有烟雾溟溟、野水隔而仿佛不见者,谓之迷远;景物至绝而微茫飘缈者,谓之幽远。(《论山》)④

韩拙在继承郭熙"高远""深远""平远"之三远说的基础上提出"阔远""迷远""悠远"的观点,这是对郭熙三远说的补充和完善。尤其对于"幽远"的境界,韩拙似乎更是情有独钟,不厌其烦地阐述。他认为,要在咫尺的篇幅中显示幽深的境界,由近及远,或者由下到上,层层叠叠,分布相辅,从低到高,各有顺序;但又不可太实,要用雾气掩映、树木遮藏;不可裸露出山的表层,那就像人没有穿衣服一样,是贫瘠的山。况且山以树为衣服,以草为毛发,以烟霞为神采,以景物为装饰,以流水为血脉,以雾气为景象。韩拙的这段论述可谓字字珠玑,妙理至深。如果我们将郭熙的"三远"与韩拙的新"三远"结合起来就是"六远"。可以说,这"六远"说已经将中国古代山水画的透视效果与视觉对比理论发展到一个前所未有的高峰。这应当被看作是中国绘画心理思想发展的一个重要的里

①②③　熊志庭,刘城淮,金五德,译注.宋人画论[M].长沙:湖南美术出版社,2004:63.
④　同上:67-68.

程碑。

韩拙将鉴赏绘画与伯乐相马、卞和识玉相类比，认为没有伯乐就无法识别良马与驽马，没有卞和就无法识别美玉与顽石，因为这需要高贵的心灵境界以及精深的专业知识与眼光。同样道理，韩拙认为，绘画隐含着大自然的真实情况，探求古往今来的行迹与深奥的道理，展现天地的形态容颜，蕴藏圣贤的技艺、事业，因此这不是卑贱、庸俗的人能够轻易看出眉目的。它需要鉴赏者具有"不测之神思，难名之妙意，寓于其间矣"（《论观画识别》）①，用现在的白话文说就是绘画鉴赏者需要难以观测的神奇想象和难以说明的精妙心意才能胜任这项工作。在韩拙看来，鉴赏绘画必须具备三种素质：能将鉴赏的作品融入鉴赏者的心灵；鉴赏者自己要擅长作画、精通技法；鉴赏者要有博览各家的经验。用韩拙的原话就是："观画之理，非融心神，善缣素、精通博览者，不能达其理也。"②

3. 韩拙的笔法四势说

韩拙很重视绘画用笔的技能技法。他引用一个叫洪谷子的人的观点说：

> 洪谷子诀曰："笔有四势者，筋、骨、皮、肉是也。"笔绝而不断谓之筋，缠转随骨谓之皮，笔迹刚正而露节谓之骨，伏起圆混而肥谓之肉，尤宜骨肉相辅也。肉多者肥而软浊也，苟媚者无骨也；骨多者刚而如薪也，劲死者无肉也；迹断者无筋也。（《论林木》）③

洪谷子的意思是，所谓用笔有四势，即筋、骨、皮、肉。笔像断却没断叫作筋，跟着骨缠绕旋转叫作皮，笔迹刚正却露出枝节叫作骨，起伏浑圆而肥大叫作肉。韩拙在认可洪谷子观点的基础上进一步认为，骨与肉要相辅相成。肉多则肥大而柔软、浑浊、随便、柔媚的没有骨；骨多则刚硬像柴一样，强劲、死板、没有肉，笔迹中断没有筋。

在绘画与书法中追求笔法，是为了更好地获得意境与视觉效果，提高精神品位和审美价值。正因为如此，中国古代画家、书法家都特别强调笔法，从用笔、用墨、用纸等多个方面进行研究，都是为了提高绘画和书法的质量与效果，但是大多论述都比较模糊，操作性不强，而这段话对于用笔的技能与技巧的阐

---

① 熊志庭，刘城淮，金五德，译注. 宋人画论[M]. 长沙：湖南美术出版社，2004：91－94.
② 同上：92.
③ 同上：74－75.

述却具有较强的操作性,把筋、骨、皮、肉四势讲得很清楚,使学习者可以师法。

韩拙很强调笔法的运用,但他更看重绘画中的气韵,各种笔法的运用也都是为造就气韵服务。他在《论石》篇中就指出,画石头要"贵气韵而不贵枯燥也,画之者不可失此论也"。① 他在《论笔墨格法气韵之病》中对此论述最为详细。他说:

> 凡用笔,先求气韵,次采体要,然后精思。若形势未备,使用巧密精思,必失其气韵也。以气韵求其画,则形似自得于其间矣。②

韩拙认为,在作画中存在很多弊病导致绘画气韵的丧失,但"惟俗病最大"。这是由于画者知识浅陋,沿袭卑下的格调,对规格法则不明确,胡乱用笔以求放纵,过分追求古奥、平淡造成枯燥无味,随意地效法工巧缜密而受到限制等。韩拙认为,绘画气韵丧失或缺少的原因是绘画中的笔法造成的,他在肯定古人"三病"的基础上又提出"礭病",构成了"四病说":

> 古云:用笔有三病:一曰版,二曰刻,三曰结。何为版病? 腕弱笔痴,取与全亏状物,平扁不能圆混者版也。刻病者,笔迹显露,用笔中凝,勾画之次妄生圭角者刻也。结病者,欲行不行,当散不散,似物凝碍,不能流畅者结也。愚又论一病,谓之礭病:笔路谨细而痴拘,全无变通,笔墨虽行,类同死物,状如雕切之迹者礭也。③

在韩拙看来,由于胸中缺少"气韵"就会导致用笔的"版、刻、结、礭"四病,反过来笔法不当的"版、刻、结、礭"四病而导致作出来的画没有气韵。他还认为,用笔的粗细、均匀、轻重不合理会影响布局透视的远近效果,从而影响绘画的气韵表达。"若行笔或粗或细,或挥或勾,或重或轻,不可一一分明以布远近,似气弱而无画也。其笔太粗,则寡其理趣;其笔太细,则绝乎气韵。一皴一点,一勾一斫,皆有意法存焉。"④韩拙认为,不继承古代画家的画法,就不能达到分布远近的透视效果,这与平常的绘制地图就没有什么差别了,因此也不可能获得绘画的"气韵"。

① 熊志庭,刘城淮,金五德,译注.宋人画论[M].长沙:湖南美术出版社,2004:79.
②③④ 同上:87-88.

为此,他提出绘画要有八种格调。"凡画有八格:石老而润,水净而明,山要崔嵬,泉宜洒落,云烟出没,野径迂回,松偃龙蛇,竹藏风雨也。"①用现在的话说,作山水画要有八种格调:画石头,要画得苍老而滋润,画水就要画得洁净而明亮,画山就要表现出高大耸立,画泉水,就应该画出它的洒落,画云烟就应该表现出其出没,画山野小径就要表现出迂回曲折,画松树就要画得像龙蛇一样俯伏,画竹子就应画出蕴藏风雨的气势。

4. 韩拙对绘画鉴赏心理的论述

韩拙认为,鉴赏作品要融入鉴赏者的心灵。只有将作品融入鉴赏者的心灵之中,鉴赏者才能分辨出绘画的不同风格、气势、气派、韵味、规格、法度的高低,才能充分发挥想象力,体验到绘画者的不同意境,辨别出绘画的不同风格。他认为:"画有纯质而清淡者,僻浅而古拙者,轻清而简妙者,放肆而飘逸者,野逸而生动者,幽旷而深远者,昏暝而意存者,真率而闲雅者,冗细而不乱者,厚重而不浊者:此皆三古之迹。达之名品,参乎神妙,各适于理者然矣。"②要能够清晰鉴赏辨别这些不同风格的作品,必须有高品位的鉴赏力,要能够将作品融入自己的心灵中去,同时也需要鉴赏者具有博览各家的经验。韩拙批评当时的作画者,要么"多执好一家之学,不通诸名流之迹者众矣",要么"虽博究诸家之能,精于一家者寡矣"。③其意是说,有些画家只执着于一家学习,而对其他众多名画家的作品一点都不了解;有些画家虽对众多名家作品都有所涉猎,可是对其中任何一家都没有精专的研究。换句话说,有的人的绘画知识或经验专而不博,有的人则博而不专。像这样的作品就神思混杂、规格紊乱,很难识别。所以,韩拙倡导鉴赏者要有广博的绘画知识,又有专精的各家经验,这样才能区分是上品之作还是下品之作。

鉴赏者自己还要擅长作画、精通技法。韩拙认为,鉴赏者要有自己作画的本领,尤其要掌握古人作画的六个要领,并加以实践。他说:

> 昔人有云,画有六要:一曰气,气者随形运笔,取象无惑;二曰韵,韵者隐露立形,备仪不俗;三曰思,思者顿挫取要,凝想物宜;四曰景,景者制度时用,搜妙创奇;五曰笔,笔者虽依法则,运用变通,不质不华,如飞如动;六曰墨,墨者高低晕淡,品别浅深,文采自然,似非用笔。有此法者,神之又神

---

① 熊志庭,刘城淮,金五德,译注.宋人画论[M].长沙:湖南美术出版社,2004:87-88.
②③ 同上:92.

也。若之法未备,但有一长,亦不可不采览焉。①

我们认为,韩拙列举的古代画家作画的六条要领非常有心理学价值:第一是"气",有了"气",有助于塑造事物的形象,"气"可以使作画者摄取物象时不疑惑;第二是"韵",是或隐或显地表现事物的形象,因为有"韵"可以使画者表现的形象脱离庸俗;第三是"思",通过凝神结思获得相宜的形象;第四是"景",要求绘画者要搜寻奥妙,创造新奇;第五是"笔",要在不失法度的情况下富于变化,让形象具有动态感;第六是"墨",墨的使用要显出高低黯淡,区别深浅,实际上蕴含着绘画中通过墨的深浅、浓淡获得的视觉上的透视效果。韩拙认为,掌握了这六种要领就是神奇中最神奇的了。掌握了这六种要领,既能成为一名高明的画家,又能成为一名高水平的绘画鉴赏家。他认为,那些格调清新、立意古朴,用墨巧妙,运笔精到,景物幽静、闲淡,思想悠远,道理深邃,气象潇洒脱俗的作品才是优秀之作。用他的原话就是:"格清意古,墨妙笔精,景物幽闲,思远理深,气象脱洒者为佳。"(《论观画别识》)②

韩拙有一位师友叫王晋卿,是一位高雅人士,"耕猎于文史,放思于图书",每有闲暇,也作些小画。在韩拙看来,此人是一个很有鉴赏力的文人。他每次观赏绘画时,都要邀约韩拙同去。有一次,在赐书堂,东边壁上挂着的是李成的画,西边壁上挂着的是范宽的画,这是两位在当时都很有名气的画家的画。王晋卿先看李成的画,评价道:"墨润而笔精,烟岚轻动,如面对千里,秀气可掬。"再看范宽的画,评价道:"如面前真列峰峦,深厚气壮雄逸,笔力老健。"然后继续评价道:"此二画迹,真一文一武也。"(《论观画别识》)③"一文一武"用后代人的话说就是李成的画具有阴柔之美,而范宽的画具有阳刚之美。

(三) 苏轼的绘画心理思想

苏轼(1037—1101),字子瞻,号东坡居士,官至吏部尚书,仕途坎坷,屡屡遭贬谪,是中国历史上少有的一位多才多艺的文学艺术家,诗词、散文、书画等无不所好,并成绩卓著。其诗,在宋代与黄庭坚的诗共称为"苏黄体";其词,开创了豪放派的写作风格;在散文方面,苏轼被后世列为"唐宋八大家"之一;在书法方面,苏轼与蔡襄、黄庭坚、米芾并称"宋四大家";在绘画方面,苏轼与表兄文同、挚友米芾等创北宋文人画派,与院体画迥异其趣。从院体派重视形似、工笔清丽,重富贵气象变为重视神似,重视快意淋漓的写意与野逸之趣;从历来重视

①②③　熊志庭,刘城淮,金五德,译注.宋人画论[M].长沙:湖南美术出版社,2004:92-93.

"助人伦，成教化"到重理想品格的抒发和表现，同时注重将诗、书、画融为一体。苏轼的绘画理论主张，表现在他的画记、赞颂和题跋之中，有多篇流传于世，大多见于《苏东坡全集》，此外还有见于《东坡题跋》。

苏轼认为，绘画可以宣泄不良情绪。他在《文与可墨竹》一文中介绍并认同文同（1018—1079，字与可，号笑笑居士，北宋著名画家）通过绘画创作宣泄不良情绪的思想。文与可认为，他自己作画是因为"意有不适而无遣之，故一发于墨竹"。① 苏轼也认同文与可的观点。

苏轼还认为，绘画还有一个重要功能就是传达人物的精神，所谓"贵在传神"。他有一篇《传神记》专论，主要是针对人物画而论。他认为，画人物最重要的是"传神"。所谓"传神"就是人物精神、性情的表达。人物的精神各有所在，有的在"眉目"，有的在"口鼻"。他引用顾虎头（东晋顾恺之，小字虎头）的话说："颊上三根毛，觉精彩殊胜。"这就是此人的神情"盖在须间也"。在苏轼看来，描绘传神最有效，也最困难的是对眼睛的刻画。苏轼赞同顾虎头说的"传神写影，都在阿睹中"，②其次是面部轮廓容颜。苏轼还饶有兴趣地以自己做实验：使人描绘出他在灯下独自看面颊的影子，自然没有眉目，结果看见这幅影子画的人都会失笑。他认为，在人物画中，只要眼睛与面目轮廓相似，其余就无不类似了。眉与口鼻可以增减以求得类似。同时苏轼告诫人们，一个画家要想将一个人天然的神情画出来，就必须在众人中暗暗地观察他，经过反复观察就可以得到该人物的神情。苏轼认为，如果作画的人都能领悟"传神"的道理，那就人人都可以成为顾恺之和陆探微（？—约485，南北朝画家）那样的大画家。③

1. 苏轼的"达心适意"说

在苏轼的心目中，绘画不是要取得功名，不是要得到他人的赞赏，而是一种对自我性情的表达。他说："文以达吾心，画以适吾意而已。"绘画、书法、诗词以及弹琴鼓瑟等一切艺术都应该是超越功名利禄的，没有贵贱之分。他认为，画家阎立本曾以文章博学入仕做官，结果蒙受画师的羞辱。他认为，王子敬（献之）比阎立本高明的地方就是他没有受到功利的左右。他还列举阮千里弹琴，无贵贱老幼都为之弹，神情冲淡平和，不知面对的是什么人，也不知是在什么处所。其妻兄潘岳使唤他弹琴，终日达夜没有怨怒之色，有见识的人知道他不在乎荣誉与耻辱。苏轼认为，假使阎立本能像阮千里那样旷达，那谁能以画师羞

---

① 云告，译注. 宋人画评[M]. 长沙：湖南美术出版社，1999：238.
②③ 同上：223－224.

辱于他？苏轼十分赞赏当时一位朱姓画家那种"无求于世"的超功利境界。他在一篇《跋文与可墨竹》中记载，文与可画墨竹，见到纯洁的好纸就"奋笔挥洒不能自已"。到家里来的客人争相拿去，文与可也不甚可惜。后来有人陈列笔墨等要他作画，他却拖延回避，人家即时乞求，终岁不能得到。有人问他原因，他说："吾乃者学道未至，意有所不适而无可遣之，故一发于墨竹。是病也，今吾病良已，可若何？"①可见，文与可也是追求绘画的达心适意，而非功利。苏轼对文与可是非常赞赏的。

2. 苏轼论"常形"与"常理"

苏轼画论的一个最大特点，就是他不是就画论画，而是从绘画这种貌似形而下的技艺背后看到了哲理。绘画不仅要画出看得见的"形"，而且要画出看不见的"理"。这是苏轼超出以往画论的地方。这一见解体现在他的《净因画院记》中。在苏轼看来，绘画中会遇到两类事物：一种是"有常形"的事物，如人禽、宫室及日常用品都是有固定形状的事物；另一种是"无常形"的事物，如水波烟云等是没有固定形状的事物。但是没有固定形状的事物与有固定形状的事物在一点上是相同的，那就是它们都"有常理"，也就是说它们都遵循一般规律。绘画中描绘"常形"失误，这是稍有常识的人都可以识别的，而"常理"不当却往往连许多专业的画家也难以觉察到。所谓："常形之失，人皆知之；常理不当，虽晓画者有不知。"他认为，那些欺世盗名的画者"必托于无常形者也"。② 苏轼甚至认为画工或画匠与高明画家的差别就在于前者只能"曲尽其形"，而不能把握"常理"，后者的高明恰恰在于在绘画中能把握其"常理"，用他的话说"而至于常理，非高人逸才不能辨"。③

苏轼认为，要提高绘画的层次与水平，需要通过观察描绘那些"无常形"的竹石枯木，才能体悟到"常理"，即事物的规律。了解其生与死、卷曲与茂盛、根茎叶节、锋芒端绪、千变万化，"未始相袭而各当其处，合于天造，厌于人意"。

林语堂说，西方艺术的灵感来源于人体，尤其来源于女性的身体，而中国艺术的灵感来源于大自然，来自大自然的山水。我们从苏轼的论述中进一步体会到，来源于人体的艺术是"有常形"的艺术，因此它的"常理"容易把握得多，而"无常形"的不断变化的自然山水的"常理"却相对难以把握，但也正是通过对无固定形状的自然景物"常理"的把握，中国绘画，特别是中国的山水画远远胜过

① 云告，译注. 宋人画评［M］. 长沙：湖南美术出版社，1999：238.
②③ 同上：213.

西方。中国画家的"未始相袭"的创造力在文人画中达到前所未有的高度。

3. 苏轼论"物"与"意"

苏轼在《宝绘堂记》中专门论述了绘画中"物"与"意"的关系。他说：

> 君子可以寓意于物，而不可留意于物。寓意于物，虽微物足以为乐，虽尤物不足以为病。留意于物，虽微物足以为病，虽尤物不足以为乐。《老子》曰："五色令人目盲，五音令人耳聋，五味令人口爽，驰骋田猎令人心发狂。"然圣人未曾废此四者，亦聊以寓意焉耳。[①]

在苏轼看来，绘画不是简单地描绘出物体的形态或形状，而是要在所画的物象中寄托绘画者的思想观念和情感，就是寄意于所画之物。无论所画之物是一件微不足道的东西，还是珍奇之物，只要物中寄托绘画者的情思就可以使人快乐，而不会给人带来灾祸。因为画者不过是利用物来表达心意而已，这种对物的态度是超功利的。他认为，圣人也不能离开人们生活中具体的事物，所谓"五色""五音""五味""驰骋田猎"这四样事物，但不是使人沉溺于这些物欲，而是"聊以寓意焉耳"。但苏轼同时指出，不能"留意"于物，就是在生活和绘画中不能对"物"产生功利之心，既要利用"物"寄托自己的心意，又要与物保持距离，这实际上就是西方美学家克罗齐的艺术创作与欣赏中心理距离的思想。这也是中国许多文人的一个重要特征。他们生存在入世与出世之间：一方面追求功名，追求建功立业；另一方面又向往自然山水，对功名利禄不执着、不留意。他们常常利用世俗的功利之形，功利之物，寄托超世俗、超功利之的思想和情怀（"意"）。他说：

> 凡物之可喜，足以悦人而不足以移人者，莫若书与画；然至其留意而不释，则其祸不可胜言者。[②]

在苏轼看来，书、画具有愉悦人心灵的价值，但是如果人们对其过分溺爱，带有占有的欲望那就会成为"不可胜言"的祸害。他认为，三国魏国书法家钟繇为了得到蔡邕的书法竟急得吐血以致盗窃别人的坟墓，南朝宋孝武刘骏、南朝宋齐书法家王僧虔竟至因此相互嫉妒，东晋安帝时之长国政后称帝改元的桓玄在被刘裕追杀逃命都来不及的行速如飞的船上还带着二王书迹，唐代官员王涯因爱

---

①② 云告，译注. 宋人画评[M]. 长沙：湖南美术出版社，1999：215.

好名书画而将其藏在夹墙之中。他认为，这些都是"以儿戏害其国，凶其身"，是"留意之祸也"。苏轼认为，自己年少时，也像他们一样，过分沉溺于画作并带有功利色彩。"始吾少时，尝好此二者，家之所有，唯恐其失之；人之所有，唯恐其不吾予也。"成年后终于认识到这种"轻生死而重画"做法是"颠倒错谬"的，是"失其本心"①的行为。

4. 苏轼论诗境与画境的关系

苏轼在绘画中高超的水平得力于他对前人绘画的研究，从他《书摩诘蓝田烟雨图》对王维诗画的评价中，我们就可以清晰领会到，苏轼不仅学习古人的绘画技巧，而且深究古代画家心灵境界。苏轼用自己的心灵，设身处地地解读王维的心灵，走进王维的心灵意境，所以他才能对王维有自己独特的发现。他发现："味摩诘之诗，诗中有画；观摩诘之画，画中有诗。"②这可谓王维在艺术上的知音，对王维诗画的评价一语中的，具有一句定乾坤之效。这是对王维诗画最富逼真度的评价，可见东坡居士对王维心灵知之之深透。苏轼点破了中国诗歌和绘画中最重要的特征，诗的意境和画的意境在王维的绘画中是合一的，在诗歌创作中要有绘画的境界，同样在绘画中也要追求诗歌的境界。因为在中国本来诗歌绘画就是同源的。这是苏轼从王维的诗画中体悟出来的，显然也是苏轼追求的境界或意境。这就告诉我们作诗就是以语言为工具将心目中的图画描摹出来，绘画就是将心中意境用图形表达出来，只是表达的方式不同，他们在创作者心目中的意境是一样的。懂得这个道理既抓住了诗歌创作的关键之所在，也抓住了绘画的关键之所在。同时又可以二者相互促进，相得益彰。苏轼在《跋蒲传正燕公山水》进一步谈到绘画要追求体现诗境。他说："画以人物为神，花竹禽鱼为妙，宫室器用为巧，山水为胜。而山水以清雄奇富，变化无穷为难。燕公（燕文贵）之笔，浑然天成，已离画工之度数，而得诗人之清丽也。"③可见，苏轼已将画工与画家区分开来的，画家与画工的区别就在于画家的画中具有诗人的意境，而画工则没有或缺乏这种"度数"。这种诗境与画境合一，相得益彰的观点对中国画来说是一种具有革命性的理念，对后代诗、画的发展产生了极大影响，被历代诗人和画家所承传和发展。

5. 苏轼论创新与法度

绘画须追求创新，追求新意，但新意是否就是随心所欲、恣意而为呢？在苏

①　云告，译注.宋人画评[M].长沙：湖南美术出版社，1999：215.

②　同上：225.

③　同上：236.

轼看来,并非如此,创新是要遵守一定的规则、规矩。这一观点在其《书吴道子画后》文中得到充分表达。如对王维知之深切一样,苏轼对吴道子的画亦欣赏备至,推崇有加。他认为,论做学问,百工技艺,从遥远古代经历汉到唐代已经完备了,诗到杜子美(杜甫),文到韩退之(韩愈),书(法)到颜鲁公(颜真卿),画到吴道子,天下能做的事都做完了。^① 可见,他对吴道子之画评价之高。他说:

> 道子画人物,如以灯取影,逆来顺往,旁见侧出。横斜平直,各相乘除,得自然之数,不差毫末。出新意与法度之中,寄妙理于豪放之外,所谓游刃余地,运斤成风,盖古今一人而已。^②

苏轼认为,吴道子的画之所以能够取得"古今一人"的地位,最关键的就是他能"出新意与法度之中,寄妙理于豪放之外"。苏轼这里所说的法度即规矩,就是绘画虽系人为,却完全"如以灯取影""得自然之数,不差毫末"。也就是,这种人为技艺已经达到与自然完全吻合的程度,像庖丁解牛那样天人合一、那样游刃有余、运斤成风。因此,他的法度,就是不能违背自然规律。我们可以说,知王维之深者,莫过东坡也,我们也可以说,知吴道子之深者亦莫过于东坡也。苏轼自豪地说,对于别人的画,他或许不能断定作者的姓名,而对于吴道子,他可以做到一望而知其真伪。^③ 可见,他对吴道子的绘画研究之深。

6. 苏轼论心手相应

苏轼在《文与可画筼筜谷偃竹记》中以画竹为例生动地表达了绘画中"心手相应"的观点。对此,他有一段非常著名的话:

> 故画竹必先得成于胸中,执笔熟视,乃见其所欲画者,急起从之,振笔直遂,以追其所见如兔起鹘落,少纵则逝矣。与可之教予如此,予不能然也,而心识其所以然。夫既心识其所以然而不能然者,内外不一,心手不相应,不学之过也。^④

苏轼认为,在执笔画竹之前,必须"成竹在胸"才能下笔,不能看着竹子一节一节地描摹。"心识"在前,而"手应"在后。能够"心识"而不能"手应",即"内外不

① 云告,译注. 宋人画评[M]. 长沙:湖南美术出版社,1999:225-227.
②③ 同上:226.
④ 同上:218-219.

一，心手不相应"是因为学养不够的缘故。同时在此，苏轼也涉及绘画中的灵感问题。当画家有了"心识"即"成竹在胸"之后，要及时地变成绘画的行动，"急起从之，振笔直遂"，否则就会"少纵则逝矣"。

据苏轼记载，当时有人说：龙眠居士作《山庄图》，使后来进山的人，信步而行自然有道路，如梦所见，如悟前世。看见山中的泉石草木，不问而知道他们的名称；遇见山中的渔樵隐居之士，无名而认识他们是什么人，苏轼认为，这不是"强记不忘"的结果，而是"天机之所合，不强而自记也"，是"其神与万物交，其智与百工通"的结果，是道与艺高度结合的结果。"有道有艺，有道而不艺，则物虽形于心，不形于手。"①

7. 苏轼论书画中的气韵

苏轼在《书黄鲁直画跋后》一文中，谈到当年在京师居留期间，驸马都尉王晋卿经常送来自己的书画向苏轼求题跋，苏轼常常将其品评得一钱不值，王晋卿颇为不快。苏轼非常赞赏并引用黄庭坚的观点："书画以韵为主，足下囊中之物，非不以千钱购取，所病在韵耳。"也就是说，书画的关键在于"气韵"。"气韵"是金钱购买不到的。书画都是书写和绘制在平面上的，每一笔画一旦落到纸上或绢上就静止不动了，可是书画家的高明之处就在于能够用这些平面上静止不动的笔画表现出立体的、动态的心灵意境，使所画内容能"达吾心""适吾意"，能将书画家的性情、品格蕴含其中。对此苏轼在《书蒲永昇画后》一文中，具体论述了画"水"的气韵问题。苏轼认为，古今画水多作平远细皱，所谓好的水画也不过增加一点波头起伏，使人用手抚扪，有凹凸之感，便以为是"至妙"的作品了。其实只不过与印版水纸有毫厘差别而已。直到唐代广明年间，处士孙位始出新意，"画奔湍巨浪与山石曲折，随物赋形，尽水之变，号称神逸"。后来有蜀人黄荃、孙知微得其笔法。据苏轼介绍，孙知微当年想在大慈寺寿宁院壁作湖滩水石四堵，"经营经岁，终不肯下笔。一日仓皇入寺，索笔墨甚急，奋袂如风，须臾而成"。结果，画出的水具有流泻奔腾之势，"汹汹欲崩屋也"。② 苏轼认为，孙知微去世后，这种有气韵的笔法中断五十余年，才有成都人蒲永昇的"活水"③画出现。苏轼认为，观士人画"如阅天下马"，关键是要看其气势、气韵或意气如何，所谓"取其意气所到"。苏轼认为，这种"意气"才能调动观画者的动机，提高绘画对观者的吸引力，如果画马，不能将马的挺拔风发的"意气"画出

① 云告，译注. 宋人画评[M]. 长沙：湖南美术出版社，1999：235.

② 同上：233.

③ 同上：233－235.

来,即使将"鞭策皮毛槽枥刍秣"画得再工也会使欣赏者产生厌倦。①

(四) 沈括的绘画心理思想

沈括(1031—1095),字存中,号梦溪丈人,浙江杭州钱塘县人,北宋政治家、科学家。沈括出身仕宦之家,幼年随父宦游各地。嘉祐八年(1063年),进士及第,授扬州司理参军。神宗时参与熙宁变法,受王安石器重,历任太子中允、检正中书刑房、提举司天监、史馆检讨、三司使等职。元丰三年(1080年),沈括出知延州,兼任鄜延路经略安抚使,驻守边境,抵御西夏,后因永乐城之战牵连被贬。晚年移居润州,隐居梦溪园。绍圣二年(1095年),因病辞世,享年六十五岁。沈括一生致力于科学研究,在众多学科领域都有很深的造诣和卓越的成就。沈括的《梦溪笔谈》被英国剑桥大学李约瑟博士称为"中国科学史上的坐标",而沈括本人则被誉为"中国整部科学史中最卓越的人物",《梦溪笔谈》内容丰富,集前代科学成就之大成,在世界文化史上有着重要的地位。

沈括并不是一个画家,但他对画的鉴赏具有真知灼见,甚至超越前人。

1. "得心应手,意到便成"

> 书画之妙,当以神会,难可以形器求也。世之观画者,多能指摘其间形象位置、彩色瑕疵而已;至于奥理冥造者,罕见其人。如彦远《画评》言:"王维画物,多不问四时。如画花,往往以桃、杏、芙蓉、莲花同画一景。"予家所藏摩诘画《袁安卧雪图》,有雪中芭蕉。此乃得心应手,意到便成,故造理入神,迥得天意,此难可与俗人论也。谢赫云:"卫协之画,虽不该备形妙,而有气韵,凌跨群雄,旷代绝笔。"又欧文忠《盘车图》诗云:"古画画意不画形,梅诗咏物无隐情。忘形得意知者寡,不若见诗如见画。"此真为识画也。(《穷理论》,选自沈括《梦溪笔谈》卷一七《书画》篇)②

在沈括看来,绘画创作并不是不需要形象,而是要超越形象,形象要听从心意的驱使,而不是为形象而形象。其中的"得心应手,意到便成,故造理入神,迥得天意"可谓点睛之笔。在他看来,真正高明的画家要能做到像王维、卫协那样,意到笔到,随意运笔都能浑然天成,不仅如此,绘制的形象中还能蕴含着深刻的哲理。这的确不是一般人能够做到的,这个观点也的确不是俗人可以理解的。沈

① 云告.译注.宋人画评[M].长沙:湖南美术出版社,1999:237.
② 熊志庭,刘城淮,金五德.译注.宋人画论[M].长沙:湖南美术出版社,2004:230-231.

括在此不是否定绘画中的形象思维，而是更进一步追究形象后面隐含的理趣，这种理趣还是浑然天成的，不露任何人工痕迹，所谓"造理入神，迴得天意"。的确，绘画到了出神入化的高妙境界，就是欧文忠所说的"画意不画形"，得意而忘形，但是在画界真正能够做到"忘形得意知者寡"也。

沈括认为，要想在绘画上达到"得心应手，意到便成，故造理入神，迴得天意"的境界，就必须长久观察自然，凝目注视，用心思索，深思遐想，最后才能达到一切都清晰地浮现在眼前，所谓历历在目，然后随着自己的心意用笔，默默地用心领会，自然而然境界就像天然生成，不像人工画成，只有经过这种"心存目想"与"神领意造"的过程，绘画者才能获得"活笔"。[1]

2. 散点透视的观点

沈括充分认识到，能够在咫尺之内画出万里之势，所谓"以大观小"。他说："盖以大观小，如人观假山耳。若同真山之法，以下望上，只合见一重山，岂可重重悉见？"[2]沈括的这种"以大观小"的观点，最典型地表达了中国画"散点透视"的原理，而与西方画的"焦点透视"截然不同。

（五）米芾的绘画心理思想

米芾(1051—1107)，初名黻，字元章，字号鹿门居士，海岳外史，襄阳漫仕，无碍居士等。官至礼部员外郎知淮南军，人称南官。因举止"癫狂"，又称"米颠"。行为怪癖，衣着效法唐代人，好洁成癖。能诗文，擅书画，精鉴别。在书法方面，他与蔡襄、苏轼、黄庭坚合称"宋四家"。《四库全书》说："史称其妙于翰墨，绘画自命一家，尤精鉴裁。"

在绘画理论方面，米芾著有《画史》一书，主要记载他收藏和闻见的晋唐五朝与宋代的作品，也涉及他交游的论画见解与创作风格。《四库全书》评价道："此书皆举其生平所见名画，品题真伪，或间及装裱收藏及考订伪缪，历代赏鉴之家奉为圭臬。"[3]

从心理学角度看，《画史》并没有为我们提供多少具有心理学价值的内容，所能列入绘画心理思想的，一是他对鉴赏家的心理素质的要求，二是他强调绘画创作的个性。对前者，他说："鉴赏家谓其笃好，遍阅记录，又负心得，或自能画，故所收皆精品。近世或有赀力，元非酷好，意作摽韵，至假耳目于人，此谓之

① 熊志庭，刘城淮，金五德，译注. 宋人画论[M]. 长沙：湖南美术出版社，2004：230 - 237.
② 同上：232.
③ 同上：112.

好事者。"①也就是说，要成为一名绘画鉴赏家，必须具备几个条件，对绘画与鉴赏的爱好；广博地阅览过各家名画的记录；对绘画有自己独到的体会，或自己本身就会作画。他把当代那些为了获得利益，并非真正对绘画有爱好的伪鉴赏家称为"好事者"。

米芾追求绘画的境界与风格。他在《画史》中曾引用唐代张彦远的《历代名画记》中赞扬王维的《小辋川图》的评价说："《小辋川图》的风格像吴道子的画"，又说："云峰石色，绝迹天机，笔思纵横，参与造化。"只有孙载道的《雪图》稍有这种境界，其余的作品都没有意趣。② 他十分推崇五代南唐人善画山水石龙的董源（一作"元"，字叔达，与巨然、关仝、荆浩并称"四大家"），欣赏的"平淡天真"或"平淡趣高"。他甚至认为，整个唐代都没有这样的作品，他的作品是"近世神品，格高无与比也"。③ 为什么说董源的作品是"神品"呢？为什么说他的格调之高无与伦比呢？米芾说董源的画："峰峦出没，云雾显晦，不装巧趣，皆得天真；岚色郁苍，枝干劲挺，咸有生意；溪桥鱼浦，洲渚掩映，一片江南也。"（《画史》）④

他认为，山水画尤其需要创造，不能依赖模拟。他认为，画牛马、人物，一效仿别人的便相似，但画山水画不同，"山水心匠自得处高也"。⑤也就是说，画山水画要精心构思自己的心得体会才能达到高妙的境界。

米芾作为绘画鉴赏家称赞许多画家的作品时用过"神品""入神"之类的评价词汇，那么他的所谓"神品""入神"是什么含义呢？据笔者的分析就是自然脱俗。比如他称赞当时一位叫赵仲爰收藏的一幅唐画《陶渊明归去来》，"其作庐山，有趣不俗"，而一个叫许道宁的人物画，认为没有收藏价值，"模人画太俗也"。⑥ 他对同时代画家孙知微所作的星辰图大加褒奖，说此人此画"多奇异，不类人间所传，信异人也"，⑦称他的画格调超逸，平淡生动，清雅脱俗，笔法不凡，学习他的人没有谁能像他，他自有一种奇伟、高古、圆劲的气象。他画的龙也有神采，不俗气。可见，米芾非常看重绘画的自然脱俗。他对气格高调，富有生气的画情有独钟。他经常批评古今画家的山水画，相互效仿，很少超凡脱俗的，所谓"山水古今相师，少有尖格者"。⑧ 他认为，关仝的画是学习李成的，结

---

① 熊志庭，刘城淮，金五德，译注. 宋人画论[M]. 长沙：湖南美术出版社，2004：164.
② 同上：123 - 124.
③④ 同上：130 - 131.
⑤ 同上：132.
⑥ 同上：136 - 137.
⑦ 同上：154 - 155.
⑧ 同上：157.

果"无一笔李成,关全俗气"。可见,米芾最不能容忍的就是俗气。

米芾特别看重境界,有一次,他帮助别人鉴别一幅画《雪猎图》,时人认为是唐代著名画家王维所作。米芾经过鉴定之后得出结论,《雪猎图》中的雪山的确画得精妙,是唐人所作,但不是王维的作品,因为它没有达到王维的境界。①

米芾认为,绘画特别是山水画是画家性情的表达。米芾与当时宋代大文豪苏轼是有过交往的,米芾有一次从湖南出发路过黄州,曾专门探访过苏轼,二人饮酒论文论书论画,惺惺相惜,颇为相知。米芾认为,苏轼的画就表达了他胸中郁结的情感。他说:"子瞻作枯木,枝干虬屈无端;石皴硬亦怪怪奇奇无端,如胸中盘郁也。"②

(六)刘道醇对画家个别差异的探讨

刘道醇(生卒年不详),宋大梁人,著有《宋朝名画评》(又名《圣朝名画评》)和《五代名画补遗》。在《宋朝名画评》中他提出三个"六",两个"三"的审美观点。所谓三个"六":一是"六要",气韵兼力、格制俱老、变异合理、彩绘有泽、去来自然、师学舍短。二是"六长",粗卤求笔、僻涩求才、细巧求力、狂怪求理、无墨求染、平画求长,可见他的"六长"也可称作"六求"。三是"六门",也就是将绘画分为六个门类,即人物、山水林木、畜兽、花竹翎毛、鬼神、屋木。所谓两个"三":一是"三品",即每门被分为神、妙、能三个品级;二是"三等",即人物门被分为上、中、下三等。全书涉及对九十多名画作者的记录与评价;《五代名画补遗》约成书于《宋朝名画评》之后,录画家二十三人。将绘画分为七个门类,也将画作者的作品分为三品级。总之,刘道醇是中国古代运用类型法全面品评画家并对画家作品及个别差异进行详尽探讨的画评理论家。不过,他的评价标准和给画家确定的等级是可以商榷的。

1. 刘道醇关于人物画的三个品级

如上所述,刘道醇将画家的作品分为神品、妙品和能品三个品级,三个品级中又分为上、中、下三个等级。而他的神品、妙品、能品又分人物画与山水画两个方面。其中许多人物都是重复的,也就是说,他们既是人物画家,也是山水画家,可是他们在人物画中品级与在山水画中的品级并不是完全相同的,有的在人物画方面品级很高,而在山水画方面品级却并不高,而有的则相反。对于人物画的品级划分主要集中在《宋朝名画评》文中的《人物门第一》中,被列入神

①　熊志庭,刘城淮,金五德,译注.宋人画论[M].长沙:湖南美术出版社,2004:152.
②　同上:161-162.

品、妙品和能品三个品级的有四十人。对于山水画品级划分主要集中在《宋朝名画评》文中的《山水林木门第二》，被列入神品、妙品和能品三个品级的共有十八人。

刘道醇分别对人物画和山水画的画家及作品的等级进行评定，也就是说，无论人物画和山水画，在刘道醇看来都可以划分为神品、妙品和能品三个品级，但是二者的标准却是不同的。有的画家在人物画中品级很高，但在山水画方面则可能很低，反之亦然。我们认为，刘道醇的评价标准具有一定的心理学意义。

刘道醇对人物画家的三个品级划分。刘道醇根据作品的水平将人物画划分为神品、妙品和能品，不仅如此，他还对每一品级划分为上、中、下。

其一，神品的三个等级。（1）神品上。他评价当朝画家王瓘的画："本朝以丹青名者不可胜计，惟瓘为第一。何哉？观其意思纵横，往来不滞，废古人之短，成后世之长，不拘一守，奋笔皆妙，所谓前无吴生矣。故居神品上。"（《宋朝名画评》）[1]（2）神品中。王霭的作品"意思婉约，笔法豪迈，皆不下王瓘，但气焰稍劣耳"。刘道醇认为，凡画人物，"全其气宇"，但王霭能妥当取像，周旋变通，"可列神品中"。（《宋朝名画评》）[2]从上可以看出，神品上与神品中的唯一差别是"气焰稍劣耳"，也就是气势和力量稍微逊色而已。还有一位叫孙梦卿的画家，刘道醇认为他的画比起王瓘、王霭的画又略逊一筹，刘道醇认为，孙梦卿的画具有二者的许多优点，但"瓘、霭能变法取工"，而孙梦卿"则拘于模范""不能自发新意"，因此"可列神品中"。[3]（3）神品下。据刘道醇《宋朝名画评》记载，宋太宗时，有位图画院的学生叫赵光辅，没有仕途进取之意，所以暗自逃离图画院。他长于画人物、番马之类的作品。他画的五百高僧形貌风度各异其趣，坐立视听，皆得其妙。貌似慈悲先觉，因而打动观者。刘道醇评价道："光辅之画也，放而逸，约而正，形气清楚，骨骼厚重。可列神品下。"[4]他在评价当时一位于宋太祖时期从契丹涿郡逃至中原的名叫高益的画家的画时说："观益之画，色轻而墨重，变通应手，不拘一态……可列神品下。"[5]他在评价当时一位出生于河南的名叫武宗元的画家时认为，他学到前代画家吴生的画法，得到他的"闲丽之态"，但他的画没有达到高益的品第，"气格不群"，也可列入优秀画家的品第，

① 云告.译注.宋人画评[M].长沙：湖南美术出版社，1999：6.
② 同上：9.
③④ 同上：10-11.
⑤ 同上：13-14.

273

"亦列神品下"。①

其二，妙品的三个等级。（1）妙品上。他将当时的画家王士元、侯翼、王齐翰并列为妙品上。原因是士元"通于微妙，物物称绝"，齐翰"自成一家，其形势超逸，近世无有"，侯翼则是"墨路深细，笔力刚健，富于气焰"。②（2）妙品中。他将黄筌、黄居寀父子、蒲思训、孟显、周文矩并列为妙品中。理由是黄筌"凡欲挥洒，必澄思虑，故其彩绘精致，形物伟廓"。蒲思训"笔法虽细，其势极壮"。其子黄居寀继承了父亲风格。孟显"能作猛风之势，瘦形圆面"。周文矩则"用意深远，于繁富则尤工"。③（3）妙品下。他将张昉、王端、历昭庆、王兼济等列为妙品下。原因是：张昉"用意敏速，变态皆善"。王端"写人形表，尤见所长。勾龙爽笔飘逸，多从质野"。陈用志"虽至小僻，曲尽其妙"。历昭庆"居必幽静，故其澄虑设色，久而愈新"。王兼济"尝从武宗元分画大像，虽不能及，亦可以接其步武矣"。④

其三，能品的三个等级。（1）能品上。他将杨斐、高文进、赵元长、高元亨四位画家并列为能品上。理由是：杨斐"深有才思，用亦宏博"；高文进"笔力快健，施色鲜润"；赵元长"妙于形似"；高元亨能"尽事物之情"。⑤（2）能品中。他将孙怀说、南简、王道真、牟古、僧人元霭、尹质并列为能品中。其风格特点是：孙怀说"气格清峭，理智深远"；南简"意不在近，格亦至僻"；王道真"淳厚宁妥，可谓能矣"；牟古、元霭、尹质"长于写貌，笔能夺真"。⑥（3）能品下。他将石恪、陈士元、王拙、王居正、叶进程、燕文贵、叶仁遇、毛文昌列为能品下。风格特点是：石恪"笔法颇劲，长于鬼怪"；陈士元师法王士元并与之接近，但"求其器岸体骨则难矣"；王拙善画佛像"虽放纵矜逸，往往失于卑懦"；王居正画士女"尽其闲冶之态，盖虑精意密，动切形似"；叶进成"江左敏手，设色清润"；燕文贵"于人物自有佳处"；叶仁遇"好写流俗，能剽真意"；毛文昌"得其村野之趣，甚有可观"。⑦

2. 刘道醇关于山水画的三个品级

刘道醇对山水画家的三个品级划分。与人物画划分的不同在于，刘道醇对

① 云告，译注.宋人画评［M］.长沙：湖南美术出版社，1999：15－18.
② 同上：18－22.
③ 同上：23－28.
④ 同上：29－33.
⑤ 同上：34－37.
⑥ 同上：39－46.
⑦ 同上：47－53.

山水画家的划分没有再在各品级之间划出上、中、下。

其一，神品。刘道醇将李成、范宽的山水作品列为神品。缘由是：李成"自幼属文，能画山水树石，当时称为第一"。他评价说，"李成命笔唯意所到，宗师造化，自创景物，皆合其妙"，"然后知咫尺之间夺千里之趣"。对于李成，他还有一段更为详细的评价："成之于画，精通造化，笔尽意在，扫千里于咫尺，写万趣于指下。峰峦重叠，间露祠墅，此为最佳。至于林木稠薄，泉流深浅，如就真景，思清格老，古无其人。"范宽的山水画"为天下所重。真石老树，挺生笔下，求其气韵，出于物表，而又不资华饰。在古无法，创意自我，功期造化"。不足之处是所画"树根浮浅，平远多峻"，但"此皆小疵，不害精致"，仍然可以列为神品。①

其二，妙品。刘道醇将高克明、王士元、王端、商训、燕文贵、许道宁等列为山水画的妙品。高克明"铺陈景物，自成一家，当代少有"。王士元"善画树石云水，俱师关仝"，但"求其景趣则高于关仝，笔力则老于商训"。王端也师承关仝，"所画其烟峦云峰之势，皆得其势"。商训"学关仝山水颇切近。观其笔势，勾斫山石小皴，殆不及仝"。燕文贵"尤精山水，凡所命意，不师古人，自成一家，而景物万变，观者如真临焉。画留至今称曰'燕家景'，致无能及之者"。"尤善其景随目可爱。"许道宁"所长者三：一林木，二平远，三野水，俱造其妙。而又命笔狂逸，自成一家，颇有气焰，所得于李成者也"。他的画"既有师法，又有变通"。这些都是山水画的妙品。②

其三，能品。刘道醇将陈用志、黄怀玉、黄筌、翟院深、刘永亦、僧人巨然、赵干、李隐、庞崇穆、曹仁希等列为山水画的能品。陈用志"笔虽旷放，每得自然之意"，他作画的速度很快，他的《出云山水》壁画，仅一个早晨就能使人感到雨水满天下了，所谓"不崇朝而雨天下之意"。黄怀玉的山水画"势多刚峭"，他画的《秋山图》："意思孤悴，得其岩峭之骨。树木皴剥，人物清洒，有范生之风。"黄筌"失于粗暴，尤为蜀中之最"。翟院深深得李成之风韵。刘永亦"学关氏（仝），远有所到"。巨然"好写景趣，殊为精绝"。赵干"穷江行之思，观者如涉"。善于画山水、布景的李隐"状千里之山，不出所顾"。"隐所画山，其势超峻，截空而立，复有平远之趣。至于飞泉曲水，周流左右，皆不逾尺。止以焦墨皴淡，全无勾斫，其巧妙如此。"庞崇穆画林峦、草竹、溪谷、登山的小路，"莫不精备"，画空穴间"游云直上之状，为风所驾，卷舒聚散，其势不拘"。曹仁希之画水，"浅深怒恬

① 云告，译注.宋人画评[M].长沙：湖南美术出版社,1999：54-55.

② 同上：59-61.

一笔而已"。"(他)善画水,无与敌者。凡为惊涛怒浪,万流曲折,以至轻波细溜,于一笔中自分浅深之势,此为佳耳。"这些作品是山水画中的能品。①

3. 刘道醇关于蕃马走兽类画的三个品级

刘道醇对蕃马走兽画家的神品、妙品、能品三个品级划分。被列入三个品级的共十九人。

其一,神品。刘道醇认为,赵光辅因画马而列入神品。他认为,马画得好与坏,关键在于对马"精神筋力"的表现,他认为马的气势、力量都是通过"精神筋力"得以表现的,所谓"精神完则意出,筋力劲则势生"。② 这些"精神筋力"是本于口眼鼻耳蹄腕加以表现的。在他看来,赵光辅所画的马达到这一状态,甚至他画的马一鬃一毛都无可非议,因此将其列为神品。

其二,妙品。刘道醇认为赵邈卓,以画虎见长,因所画之虎"非世俗常见","多气韵,具形似"。裴文睍(《四库全书》本作文显,河南开封人),以画水牛见长,所画水牛"浑夺生意"。杨晖(今江苏无锡人)、袁㠖(河南登封人),二人皆以画鱼见长,二人所画的鱼"不务末节",自得其体。龙章,字公绚,京兆人,善画虎兔,"岂常人之可及",亦工佛道及冕服等,尤长于装染。何尊师(江南人),"善画猫儿,罕见其比"。③ 所以,这些人并列为妙品。

其三,能品。刘道醇认为,当时的画家陈志用、冯清、王士元、高益、李用及、张钤等都是因"各从师法,更生己意"而列为能品。陈志用从胡瓖学习画蕃马,"略得其奥,而多出己意,自至奇怪"。还有荀信、吴怀、董羽等人也列为能品画家。当然他们之间也有细微的等次区分。冯清所画虎"皆与逼真",而荀信、吴怀、董羽只"可谓能其事矣"。冯进成所画犬兔,"深造其妙",但因"气韵轻薄"等因素,就只能列为能品之列。④

4. 刘道醇关于花卉翎毛类画的三个品级

刘道醇对花卉翎毛门的神品、妙品、能品三个品级划分。被列入三个品级的共二十二人。

其一,神品。在刘道醇看来,能在花卉翎毛门列为神品的有徐熙、黄筌、黄居寀等。刘道醇认为,在这些被列为花卉翎毛门神品的画家中,徐熙"宜为天下之冠也"。因为刘道醇认为,在这些画家中只有徐熙能够达到"神妙俱完",而黄筌的画是"神而不妙",赵昌的画是"妙而不神"。与徐熙的花卉翎毛画比较,其

中国文艺心理学思想史

---

① 云告,译注.宋人画评[M].长沙:湖南美术出版社,1999:63-67.

② 同上:69-70.

③④ 同上:75-79.

他人更多是"以取形似",但在气韵方面显得不足,而徐熙则"气格前就,态度弥茂,与造化不甚远,宜乎为天下冠也,故列为神品"。①

在刘道醇看来,与徐熙可以比肩的是嘉兴人唐希雅,曾祖以上曾定居河北,因五代离乱而迁居江东,他常常学习南唐后主李煜的画。他画竹树及花卉翎毛能"极乎神而尽乎微,资于假而逼于真,象生意端,形造笔下",所以他将徐熙与唐希雅并列,称此二人为当时的"江南绝笔"。黄筌花卉翎毛被列为神品的理由是他"老于丹青之学,命笔皆妙"。② 黄居寀为黄筌之子,之所以列为神品在于其气势情趣多得父风,其中有些优美作品与黄筌的作品分辨不出高下,所以也被列为神品。

其二,妙品。在刘道醇看来,能在花卉翎毛门列为妙品的有赵昌、陶裔、徐崇嗣、徐崇勋(二人为徐熙之孙)、梅思行、谢处中(江南人),他们善画雪竹,"有冒寒之意,其间多作禽鸟,或群聚或孤立,如畏凛冽,足有客观"。王晓(泗水人),"善画翎毛,酷好郭乾晖鹞子,卒至于妙,而精神筋骨犹近于郭"。毋咸之(江南人),善画鸡。"其毛色明润,瞻视清爽,大有生意。"傅文用(京师人),"每见禽鸟飞立,必凝神详视,都望他好,遂精于画"。刘道醇认为,陶裔的写生,赵昌的设色,徐崇嗣、徐崇勋等人的作品皆与"形似无愧矣"。③ 故列为妙品。

其三,能品。刘道醇将唐宿、唐中祚(二人为唐希雅之孙)、夏侯延佑(字景休,蜀人,师承黄筌)、刘文思、王友(字仲益,部落人,师赵昌,画花不用笔墨,专尚设色,得其芳艳之态。……目为赵昌,以其亲切,所以难辨)、道士牛戬、阎士安(宛丘人)、王端(画墨竹)、刘梦松(江南人,善画水墨翎毛及草木花竹,曾有《花竹图》,"花得洛阳之盛,竹有江上之意")④等为能品。

5. 刘道醇关于鬼神类画的三个品级

刘道醇对鬼神门的神品、妙品、能品三个品级划分。被列入三个品级的共四人。

鬼神本来是没有形象的,鬼神之状只能凭画家想象,"鬼神之状虽不可穷,大约不远于人"。刘道醇认为,按照这样的标准,北海人李雄画的鬼神能够列入神品。能够达到鬼神画神品境界的画有什么特点呢? 那就是鬼神的"筋力""精神"和"威怒"。他说鬼神画"必求诸筋力,以考其精神,究其威怒,三者俱备,惟

277

① 云告,译注. 宋人画评[M]. 长沙:湖南美术出版社,1999:80.
② 同上:81-82.
③ 同上:90.
④ 同上:93-94.

雄而已。笔势高迈,生于自然。故列神品"。①

高益的鬼神作品"意思深远,千形万状,卒不相类,其功可较,故列妙品"。②

李及用、石恪的画被列为能品。李及用的鬼神画之所以能列为能品,主要是他在效法吴道子的画方面颇有成效。石恪则因"多用己意,喜作诡怪而自擅逸笔,于筋力能备,不可易得",③所以列为能品。

6. 刘道醇关于屋木门类画的三个品级

刘道醇对屋木门的神品、妙品、能品三个品级划分。被列入三个品级的共七人。

刘道醇认为,画木屋能列为神品的绘画家有郭忠恕和王士元。郭忠恕(有文辞,善篆隶书。后周时为国子学博士,兼宗正丞。宋太祖时因违逆圣旨,被放逐岭南,死在路上)善画丹青,"为木屋楼观,一时之绝也"。所画木屋特点是"上折下算,一斜百随""其气势高爽,户牖深密"尽合唐人风格,非常可观。王士元擅长画屋木台殿,所画《古时宫殿》《绿珠坠楼图》,"时人称绝"。他的画"命笔造微,事物皆备。虽片瓦茎木亦取于象,所以过人无限,故列神品"。④

燕文贵、蔡润均善画舟船等,二人的社会地位很低下,"二人皆江海微贱",但他们的画却能为"天子所知",他们的才艺却超过同辈,"故列妙品"。⑤

屋木画列为能品有三人:吕拙(京师人,亦为楼观之画)、刘文通(京师人,善画楼台木屋)、王道真(亦善画盘车)。刘道醇评价道:"吕拙、刘文通于宫殿木屋最为留意,虽匠氏亦从其法度焉,可谓至矣。""王道真之水入能品,人物、畜兽、屋木其艺固不在后人矣。"⑥

(七)黄休复:逸、神、妙、能四格论

黄休复,字归本,生卒年不详,北宋江夏人。著有《益州名画录》(又名《成都名画记》)。这是一部非常有名的画评之作。书中记载了从唐乾元初年到北宋乾德年间,作者在益州所见蜀地画家五十八人,并为每个人写了小传。对于画迹的存亡也有记录。为什么黄休复要专门记录和评价蜀地画家呢?据同代人李畋为此书所写的序文记载,这一时期蜀地的名画比中原地区还要多,这是因为此时是唐二帝逃往蜀地及掌握军政大权的地方官在此镇守一方的时期,这时

①②③　云告,译注. 宋人画评[M]. 长沙:湖南美术出版社,1999:96.
④　同上:98-100.
⑤　同上:101.
⑥　同上:102.

许多杰出的画家也相随从游来到蜀地。"故其标格楷模无处不有。"①

据李畋的序文记载,黄休复具有很高文化与艺术素养。他懂得《春秋》,考订过《左传》《公羊》《穀梁》等书,搜集百家之说,潜心研究过顾恺之、陆探微的画,深得他们的旨趣。他平时收藏许多不可多得的魏晋、隋唐的名画,不但自己进行品评和甄别,还与前来叩门求见的博雅之士共同鉴赏,成年累月乐此不疲。

《益州名画录》的突出特点也是,他将绘画和画家划分为不同品第。与刘道醇不同的是,黄休复将画家及绘画分为四个品第,即逸、神、妙、能四格。逸格置于四格之首,其中的妙、能二格又分为上、中、下三品。在此之前,对于逸、神、妙、能的含义或定义都是较为模糊或存在争议的,自黄休复所论定的逸格及神、妙、能各格的内涵或定义始,"此后遂无人异议,允为定论"。②

1. 逸格

"逸"的概念最早出自唐代李嗣真对书法的评价。他在南唐梁庾肩吾《书品》九品评书之后,于《书后品》加一"逸品",冠于九品之上。后来,张怀瓘在《书断》中用神、妙、能三品评论书法,也在《画断》中运用这三品做标准来评论绘画。此后就是朱景玄在《唐朝名画录》中在神、妙、能三品之上加上一个"逸品"。但是"逸品"究竟是什么? 有哪些特点? 朱景玄却语焉不详,仅仅指出"不拘常法",所以没能明确其品位。从这个意义上说,黄休复以"逸格"评画,并冠神、妙、能之上,尚属首次。③

关于逸格,黄休复在《品目》篇中写道:

> 画之逸格,最难其俦。拙规矩于方圆,鄙精研于彩绘,笔简形具,得之自然,莫可楷模,出于意表,故目之曰逸格尔。④

显然,逸格有几个明显的特点:一是远离规矩方圆;二是用笔简约而形态完备;三是浑然自然,无法仿效,总能出人意料之外。黄休复认为,在当时能够达到逸格等第的画家仅孙位一人。孙位,今浙江绍兴东南地方的人,因此其号为"会稽山人"。此人"性情疏野,襟抱超然,虽好饮酒,未曾沉酩。禅僧道士常与往还,豪贵相请,礼有少慢,纵赠千金,难留一笔,唯好事者得其画焉"。光启年间

---

① 云告.译注.宋人画评[M].长沙:湖南美术出版社,1999:116-117.
②③ 同上:114.
④ 同上:120.

(885—887),应天寺无智禅师,昭觉寺梦休长老都曾请孙位作画(笔画):"两寺天王部众,人鬼相杂,矛戟鼓吹,纵横驰突,交加戛击,欲有声响。鹰犬之类皆三五笔而成,弓弦斧柄之属并掇笔而描,如从绳而正矣。其有龙拿水汹,千状万态,势欲飞动;松石墨竹笔精墨妙,雄壮气象莫可记述:非天纵其能,情高格逸,其孰能与于此邪?"①

2. 神格

关于神格,黄休复在《品目》篇中写道:

> 大凡画艺,应物象形,其天机迥高,思与神合。创意立体,妙合化权,非谓开厨已走,拔壁而飞,故目之曰神格尔。②

神格的特征是什么呢? 一是应物象形;二是天赋高超;三是心中所思与所画的对象神情完全吻合;四是自创新意与体制;五是奥妙符合万物之权变。黄休复认为,达到这一品格的画家当时有两位:一是赵公祐(系长安人,唐敬宗宝历年间,侨居蜀地,即今之成都),二是范琼(不知何处人,开成年间侨居蜀城)。其中对赵公祐的评价更具有代表性。赵公祐攻画人物,又善画佛像、天王、神鬼。黄休复对赵公祐绘画的评价是:"公祐天资神用,笔夺化权,应变无涯,罔象莫测,名高当代,时无等伦。数仞之墙,用笔最尚风神骨气,唯公祐得之,六法全矣。"③

3. 妙格

关于妙格,黄休复在《品目》篇中写道:

> 画之于人,各有本性,笔精墨妙,不知所然。若投刃于解牛,类运斤于斫鼻,自心付手,曲尽玄微,故目之曰妙格尔。④

什么是妙格呢? 画人物要个性鲜明;笔墨精微奥妙;运笔自如,如庖丁解牛,匠人运斤,心手相应,意境深远微妙。妙格又可分为上、中、下三品。

妙格上品。被黄休复列为妙格上品的画家有六人。陈皓、彭坚、范琼的画以符合六法为特色:"画之六法,一曰气韵生动是也,二曰骨法用笔是也,三曰应

① 云告,译注.宋人画评[M].长沙:湖南美术出版社,1999:122.
②④ 同上:120.
③ 同上:124-125.

物象形是也,四曰随类赋采是也,五曰经营位置是也,六曰转移模写是也。斯之六法,名辈少该,此三人俱尽其美矣。"①此外还有张腾(黄休复亦不知为何许人也。大和末年留住蜀地,在各寺庙墙壁绘画很多)、赵温奇(赵公佑之子,幼而聪明秀异,长有父风,也是善于画佛像)、赵德奇(又是赵温奇之子,能够继承祖业)、卢楞伽(京兆人,字卜入蜀,名声远播于蜀地,当代名流都佩服他的妙迹,至德二年修建大圣慈寺,乾元初年于殿东西廊下画行道高僧数堵,颜真卿题署,时称"二绝"②)。被列为妙格上品的还有道士张素卿,简州人。画有《老子过流沙图》《五岳朝真图》《九皇图》《五星图》《老人星图》《二十四化真人像》《太无先生像》等。"素卿于诸图画能敏速,落锥之后下笔如神,自始及终更无改正。"③可见,达到妙格上品水平的绘画,其主要特点是构图迅速、落笔传神、无需更改、一气呵成。

妙格中品。被黄休复列为妙格中品的画家有十人。这十人是辛澄(生卒年和出生地均不详,建中元年大圣慈悲寺南侧建造僧伽和尚堂,曾请他作画)、洪度(生卒年不详,蜀地人,元和年间府主相国武公元衡请于大圣慈寺东廊下维摩诘堂内绘画),所画"梵王两堵,笙竽鼓吹,天人姿态,笔踪妍丽,时之妙手莫能偕焉"。④ 左权(生卒年不详,蜀地人,世代相传绘画,画迹依据名家,宝历年间名声远播京城)、张南本(生卒年、出生地均不详,中和年间留住蜀城,攻画佛像、人物、龙王、鬼神。有《金谷园图》《堪书图》《诗会图》《白居易叩齿图》《高丽王行香图》)、高道兴(生卒年不详,成都人,攻杂画,尤善佛像高僧)、房从真,成都人,攻画甲马、人物、鬼神,冠绝当时。有《宁王猎射图》《羌人移居图》《陈登斫鲙图》《冷朝阳王昌龄常建冒雪入京图》等、赵德玄(生卒年不详,雍京人,天福年间入蜀,攻画车马人物,佛像鬼神,画无特长,接触相类事物皆擅长,川中独一无二,著名高手),其中楼殿台阁,向背低昂,世上无比。有《朱陈村图》《丰稔图》《汉祖归丰沛图》《盘车图》《台阁祥》。常粲,雍京人,咸通年间路侍中岩统治蜀之日,自京入蜀。他善画像、杂画,有《七贤像》《六逸像》《女娲伏羲神农像》称之为《三皇图》,设置《释迦像》《五天胡僧像》《孔子西周问礼像》《名医下蛊像》《樗蒲图》《龙树验丹图》《先贤卷轴》等,成为后世学习的典范。⑤ 常重胤,为常粲之子,宋

---

① 云告,译注.宋人画评[M].长沙:湖南美术出版社,1999:128.
② 同上:135.
③ 同上:131.
④ 同上:136.
⑤ 同上:145-146.

僖宗巡视蜀地回京之际,蜀地民众奏请皇帝允许画御容画留在大圣慈寺,被允许后,跟随皇帝左右的画师纷纷执笔,结果都不能将天子的神态容颜惟妙惟肖地表现出来。这时府主陈太师推荐了常重胤,结果常重胤只用了很短的时间很轻松地将宋僖宗御容惟妙惟肖地画出来了,"御容一写而成,内外官属无不叹骇,谓为僧繇之后身矣"。[①]一位叫王宗裕的官员想为自己的宠妾画像,可是又生性猜忌,唯恐画师观看自己的宠妾时间过久,要求常重胤只稍稍看片刻就立刻退去,结果常重胤第二天交出这幅宠妾的画像,无不毕肖,容貌、姿容的各部分细节没有毫发遗漏。[②]

黄荃,成都人,自幼就有绘画的爱好,成年后具有绘画的特殊才能。曾跟随刁处士学习画竹石花鸟,又跟随孙位学习画龙水、松石、墨竹,还跟随李昇画山水竹树,皆曲尽其妙。黄荃师承三位老师,获得了渊博的绘画知识和技巧,可是又不是简单师法,而是对其进行增减改造,使其新意别出。黄荃绘画的最大特点就是能够达到以假乱真的程度。一次蜀主命黄荃在偏殿的墙壁上画一幅鹤画,黄荃遵命画了六只神采各异的鹤在墙壁上,结果常常招来许多真(生)鹤来到画侧。蜀主非常欣赏,将其殿名改为六鹤殿了。黄荃也因此得到提升。在黄荃画鹤之前,另一位画家薛少保曾以画鹤闻名,自从黄荃画鹤之后,贵族豪家竞相携礼品,请他作画,而薛少保的名声却逐渐降低了。后来蜀主新建八卦殿,又命黄荃画四时花竹、兔雉、鸟雀之类的画于四壁。结果那一年冬天,专门为皇帝饲养猎鹰猎犬的五坊宫苑使在殿前向蜀主奉献一只从北方军队获得的白色羽毛的鹰,此白鹰居然以为墙上所画的野鸡是真的,竟多次展翅欲捉拿。蜀主多次赞叹,诧异多时,最后命翰林学士欧阳炯专门撰写一篇《壁画奇异记》以表彰此事。由上可见,达到妙格中品水平的绘画特点是:生动形象,所画图像栩栩如生,可以乱真。

妙格下品。被黄休复列为妙格下品的画家有十一人。这十一人是:李昇,成都人,志趣演习山水,立意画蜀境的山川平远,心思造化,意趣高出先贤。数年之中创作成一家风格,皆尽山水之妙。其新颖之处在于每含笔于口中在绢帛上作画,因此所做之画,自有新颖独特之处。所做绢帛画有《桃源洞图》《武陵溪图》《青城山图》《峨眉山图》《二十四化山图》等;壁画有《三峡图》《雾中山图》《汉州三学山图》《彭州至德山图》等。张玄,简州金水石城山人,专心研习画人物,

① 云告,译注.宋人画评[M].长沙:湖南美术出版社,1999:146-147.
② 同上:148.

尤擅画罗汉,时人称为"张罗汉"。所画罗汉以衣文简略著称。[1] 杜觐龟,其先世为秦人,因避禄山之乱拘留蜀中。觐龟少时博学,涉猎经史,专学常粲的写真和杂画,善于画佛像罗汉。刁光胤,雍京人,天复年间入蜀,专心研习画湖石、花竹、猫兔、鸟雀等,刁公居蜀地三十余年,笔无暂时闲暇,非病不能休,不老不止息,终老时八十有余。蒲师训,蜀人,善画鬼神、庙宇、番汉人物、旗帜兵仗、公王车马、礼服仪式,纵横广播、莫不备至。赵忠义,德玄之子,德玄自雍京用襁褓背负入蜀,到长成,熟悉父亲的技艺,宛如不待学而知。孟氏明德年间,他与父一起画福庆禅院《东流传变相》一十三堵,位置铺陈展现,楼殿台阁、山水竹树、番汉服饰、佛像僧道、车马鬼神、王公冠冕、旌旗法物,皆尽其中之妙,冠绝当时。蜀主说:"师训力在拇指,忠义力在第二指,二人笔力相敌,难论高低与优劣。"当时大圣慈寺正门北墙上《西域记》、石经院后殿的《天王变相》、中寺六祖院旁的《药师变相》皆忠义作品。黄居宝,字辞玉,黄筌次子,绘画性情最高,风度仪态英俊清朗。其特点是在画石和松竹花雀时善于变化往昔法度。比如前辈画家在画太湖石的时候,都以浅深黑淡玲珑着色,而黄居宝则用笔端抢擦,文理纵横夹杂砂石,棱角硬如龙虎将腾跃,其形状别具一格。可惜英年早逝。黄居寀,字伯鸾,黄筌最小的儿子,画艺敏捷而丰富,不亚于其父。居寀父子入朝供奉近四十年,殿庭墙壁,门纬屏障,绘画的数量不可记录。当时蜀主与淮南王交好,常有来往,淮南王常有礼品赠送到蜀,为答谢淮南王,居寀与父亲黄筌共同绘制《四时花雀图》《青城山图》《峨眉山图》《秋山图》等作品作为送给淮南王的礼物。居寀个人所画作品也有《四时野景图》《湖滩水石图》《春天放牧图》等;壁画有《理毛啄苔鹤》《水石》《龙门图》《龙水》等。在当时卿相王公以及绘画爱好者,视居寀父子的绘画为稀世贵重之物,纷纷珍藏。李文才,华阳人,潜心研习人物、屋木、山水,擅长画人的真容,一时少有人能比。阮知诲,成都人,潜心研习画女郎,笔迹美丽,善画人物容貌。张玫,成都人,其父授蜀翰林写貌待诏。张玫的绘画技艺超过父亲,尤其精研写生和画夫人,容貌姿态,富有无限的妍美。[2]

　　此外,黄休复能格上品十五人、能格中品五人、能格下品七人,因其心理学意义不大,区分的标准不够明确,故不一一阐释。

① 云告,译注.宋人画评[M].长沙:湖南美术出版社,1999:160.
② 同上:158-177.

《清明上河图》真迹的命运

《清明上河图》是北宋著名画家张择端（1085—1145，字正道）创作的，这已经成为家喻户晓的常识。其实张择端在画《清明上河图》之前只是一个来自山东诸城居住在汴京（即今河南开封）相国寺里一位靠给寺院绘画谋生的民间画师。

改变张择端命运的是宋徽宗赵佶，赵佶有一天在声势浩大的皇家卫队的护送下到相国寺降香，听说寺内有一位才华横溢的青年画师自称能够将首都汴京的繁华景象搬到画上来，便命宰相蔡京将其召进翰林画院，命其将汴京的繁华景象画出来。

张择端提出的条件是，不在翰林院作画，要到农舍去画，宋徽宗同意了张择端的请求。于是，一幅千古绝作就这样诞生了。

画好之后，宋徽宗十分珍爱，用瘦金御笔亲书"清明上河图"几个字，并钤上双龙小印加以收藏，成为《清明上河图》的命名者和第一个收藏者。

可是好景不长，靖康元年（1126年），金兵直逼汴京。1126年金兵破城，徽、钦宗二帝被金人俘虏，宫中金银珠宝等名贵文物大部分被掠走，可是因为金人不识《清明上河图》的价值，因而没有掠走，从而流落民间。

到元代，《清明上河图》又被收入宫中，但元代统治者也不了解这幅画的艺术价值。可是当朝的翰林学士赵孟頫本是著名书画家，他当然知道此画的价值，于是将《清明上河图》真迹从藏阁中取出，秘密送往潮州老家（今浙江吴兴），然后用赝品归入藏阁充数。

到明代，《清明上河图》落入大理寺卿朱鹤年之手，朱鹤年精于雕刻又识古画，他珍藏数年后，又被名士徐博以重金买走。数年后，徐博因病陷入弥留状态，便将此画赠予好友李东阳。后《清明上河图》又几易其主，流落到苏州，被明代学士王忬购得。

到明嘉靖年间，喜爱书画的一代奸相严嵩得知《清明上河图》的下落后，向王忬索要，王忬便将一幅赝品献给了严嵩，结果被严嵩指定的精于裱糊的工匠识破。在严嵩的严密追查下，王忬不得已将真品献上。可是，王忬却遭到严嵩的陷害。后来因严嵩失宠，其子也被处斩，严府被查抄，《清明上河图》第三次回到宫中。

到明隆庆年间，《清明上河图》落入嗜画成癖的成国公朱希忠之手，后又辗转易主。最后被一内臣偷去，藏在御沟石缝之内。结果天降暴雨，沟内水涨淹没石缝，这幅钤有宋徽宗双龙小印并被宋徽宗视若珍宝的第一幅《清明上河图》就这样在世间消失。

可是，这期间在民间还流传着另一幅《清明上河图》真迹，也就是现在收藏在故宫博物院的那幅《清明上河图》。这幅《清明上河图》是张择端在北宋汴京陷落南渡后，因思乡心切又绘制的一幅《清明上河图》。这幅《清明上河图》的命运也同样悲惨。它最初被安徽人陆费墀收藏，后被湖广总督毕沅买到。后湖广人民反清，清廷认为是毕沅失察，不但将其本人严惩，而且杀妻家人百余口，家产全部被抄入宫，这幅在民间流传的《清明上河图》就这样进入了宫廷。

进入清宫的《清明上河图》也随着清朝的命运而变化。《清明上河图》收入清宫后，嘉庆皇帝格外珍爱。嘉庆之后将其封藏于建福宫内的库房。奇怪的是，它居然侥幸躲过 1860 年英法联军和 1900 年八国联军两度侵略北京后对宫廷的洗劫。

1921 年，宣统皇帝溥仪虽然作为皇帝已经退位（1911 年辛亥革命后退位，不废帝号），但仍居禁宫，当是溥仪只有十五岁，玩心正盛，一天让太监打开了建福宫内的库房，见满屋子都是大箱子，都贴着嘉庆年间的封条。他让太监打开其中一个箱子，见里面摆满了古画珍玩，他毫不客气地取走了很多他喜欢的东西。这件事溥仪很快就淡忘了。

可是此时有一些皇室成员再三叮嘱他筹措资金，以便东山再起，这使溥仪又想起了建福宫的珍宝。在一些皇室成员的协助下，溥仪在天津买下一栋楼，从 1922 年开始，他每天都以"赏赐"其弟溥杰的名义不断将这些古画珍玩以化整为零的方式转移出皇宫。

1924 年，冯玉祥发动北京政变，废除帝号，溥仪也被冯玉祥的部将鹿钟麟赶出北京。1925 年 2 月 24 日，溥仪来到天津张园。这期间他打扮成商人，在日本人的护送下，又将许多字画、古玩以"赏赐"其弟溥杰的名义转移到天津。就这样《清明上河图》在天津存放了 7 年多。

1932 年 3 月，在日本人的扶持下，伪满洲国在长春成立。同年 3 月 8 日，溥仪在日军的护送下，带着家眷和约 100 箱 2 000 件珍宝字画来到长春伪满洲国帝宫,其中就有《清明上河图》。这些珍宝字画被封存在帝宫后面的书画楼(又叫小白楼)里达 13 年之久。只有少数几个贴身随从知道这个秘密。

可是好景不长,1945 年,第二次世界大战接近尾声,日本人的末日也近在咫尺了。1945 年 8 月 10 日,日本关东军司令山田乙三通知溥仪"迁都"通化(实际是逃往)。

匆忙中,溥仪让其随从从小白楼中精选了一批珍宝古画带往通化大栗子沟,其余的因失火而毁,一片狼藉,此时看守小白楼的士兵趁火抢劫,由于这些兵痞大都没有文化,他们是先强金银珠玉,再抢古画,因此各种古籍善本被践踏无数,被抢走的许多珍宝字画流落东北民间,有的被毁掉。

溥仪及其家眷在通化大栗子沟也只停留了三天,又急匆匆赶往沈阳,准备从沈阳乘飞机逃往日本。所以再一次对带到大栗子沟的珍宝进行甄选,最后只选了少量的字画与其弟溥杰和两个妹夫、三个侄子和一名医生、一名侍奉逃往沈阳。大部分家眷与珍宝字画都被遗弃在大栗子沟。后来这些被遗弃的珍宝字画有的被瓜分,有的被烧毁,剩下的部分被解放军收缴。

溥仪到达沈阳后,非但没有去成日本,反而在 1945 年 8 月 19 日被苏联红军截获,先被送往苏联赤塔,后被送往伯力,他身边的古玩字画也跟随他辗转到了苏联。5 年以后溥仪被遣送回国,他身上的珍玩字画也随之回国。到此时《清明上河图》已经下落不明。

《清明上河图》再次出现在世人面前是在 1946 年,一个叫张克威的解放军干部,通过长春当地干部收集到一批皇宫流出去的珍贵字画十余卷,其中就有《清明上河图》。1947 年张克威因调转工作,将这十余幅卷轴交给了东北根据地的创立者和主要负责人之一的林枫。

1950 年,东北文化局开始清理解放战争以来留下的文化遗产,负责清理字画的研究员就是后来成为古字画鉴定专家的杨仁恺,从堆积如山的字画中发现几幅《清明上河图》(明清年间有苏州片作坊和清宫画师制作的摹仿本),所以杨仁恺并未特别在意。《清明上河图》有多种摹本,仅清代皇宫所藏就有 12 幅。据统计,目前国内外所藏《清明上河图》有 30

幅,中国藏 19 幅(其中台湾藏 9 幅),美国藏 5 幅,法国藏 4 幅,日本和英国各藏 1 幅。而流传到民间的《清明上河图》究竟有多少,这可能是一个永远的谜。

结果当这幅长卷绢画(《清明上河图》为绢本,淡褐色,画幅宽 24.8 厘米,长 527.8 厘米,描绘各类人物 1 643 人,其中有形人物 587 人,动物 13 种 308 头,植物 9 种,大小船 20 多艘,楼层农舍 30 余幢,推车乘轿 20 多件。画中人物大小不足 3 厘米,小者如豆粒,仔细品察,各个形神必备,毫纤俱现,极富情趣。)逐渐展开时,杨仁恺被眼前的画幅惊呆了。画面呈现出古色古香的淡褐色,画中描写人物、街景的方法,都体现着独特古老的绘画方式,画幅气势恢宏、笔法细腻,人物、景物栩栩如生,与各种摹本有天壤之别。画上虽没有作者的签名和画的题目,然而历代名人的题跋丰富、翔实,历代收藏的印章纷繁复杂,仅末代皇帝溥仪的印章就有 3 枚之多。到此,杨仁恺初步断定这幅画就是自宋代后历代都有著录,但从未识其庐山真面目的宋人张择端的《清明上河图》真迹。

1950 年,杨仁恺将这幅《清明上河图》与另外两幅也叫《清明上河图》的画幅送进了东北博物馆(辽宁博物馆的前身),并将这幅《清明上河图》的照片登载到东北博物馆的《国宝沉浮录》上,立即引起了国内外专家的高度关注。当时任国家文物局局长的郑振铎将这幅画调到北京,经多名专家的进一步考证、坚定,终于确认这就是千百年闻名遐迩的《清明上河图》真迹。

1952 年,遗失多年的稀世珍宝《清明上河图》第五次进宫,入藏北京博物院。《清明上河图》可谓历尽世事沧桑,见证了自宋徽宗以来的中国历史的变迁,一幅画的命运就是中国历史的命运。

资料来源:新周报,2011,239(31):25.

二、元代的绘画心理思想

(一) 饶自然的绘画心理思想

1. 神闲意定论

宋元年间的绘画理论家饶自然(1312—1365,字太虚,号玉笥山人,江西人,生平未见著录)也强调精神专注与神闲气定。在绘画理论方面,饶自然著有《山水家法》,又称《绘宗十二忌》。他总结前人绘画经验,将山水画创作中存在的问题概括为十二个方面,就是所谓"十二忌"。这十二个方面分别是:一曰布置迫塞,二曰远近不分,三曰山无气脉,四曰水无源流,五曰境无夷险,六曰路无出入,七曰石止一面,八曰树少四枝,九曰人物伛偻,十曰楼阁错杂,十一曰瀜淡失宜,十二曰点染无法。可以说,饶自然的这篇文章详细总结了中国古代山水画的经验与教训。从心理学视角来看,这十二个方面也给我们留下了一些颇有心理学价值的观点。饶自然说:"凡画山水,必先置绢素于明净之室,伺神闲意定然后入思。"①也就是说,在绘画创作构思之前,作画者首先要将自己的心态调节到"神闲意定"的状态,这种调节不是可有可无的,是一定需要的,这一点已经受到许多画家和绘画理论家的重视。饶自然认为,无论是作小画还是大画,都要随着自己的心意去构图。

2. 意境创造论

绘画的创造首先在于对景物的安排与布局,而景物的安排最先要注意的就是讲究画面的上下空阔,四周畅通,这样才能达到潇洒的境界。如果所画景物充满天地,整幅画都满了,便无风格韵味。其次就是注重透视与对比。这是历代山水画家都十分注重的问题。

第一,所画物体远近。饶自然认为,画山水一定要区分远近,使高低、大小安排得当。他明确表示,画近景,山坡、岩石、树木就应当画得高大,房屋、人物与之相称;画远景就不可以画人物了,因为这样才能充分表达幽远的意境。在用墨方面,远景要淡,近景要浓,愈是远景用墨愈要淡。"墨则远淡近浓,愈远愈淡。不易之论也。"②他认为,不能按照一般人设定的"丈山尺树,寸马分人"比例,即山高一丈、树高一尺、马高一寸、人高一分的比例安排山水,因为这种不分远近的高低比例分配不能很好地体现山水画的透视效果。

第二,画山的意境。作为一个画作者,怎样营造山的意境呢? 怎样安排山的布局呢? 饶自然说:"画山于一幅之中,先作定一山为主,却从主山分布起伏,余皆气脉连接,形势映带。"③在他看来,画山一定要确定一座山为主体,然后从主山出发安排山势的起伏,其他的山都跟主山气脉相连,形势上跟它互相衬托映带。切忌山顶峰峦重叠,山脚却没有表现出这种重叠的层次。这样的山在比

①②③　熊志庭,刘城淮,金五德,译注. 宋人画论[M]. 长沙:湖南美术出版社,2004:223 - 224.

例布局上是立不住的。他批评当时的一些画者往往出现这样的问题。

第三，画水的意境。饶自然批评当时的一些画者，画水画一座折叠的山，再画一道泉水，看上去就像挂着的一条毛巾一样，哪里还谈得上意境呢？他认为，画泉水一定要让它从山峡中流出，上面该有几重山，这样泉的源头就显得高远。画平坦的溪流与小涧，定要有出水口；画寒天的沙滩与浅浅的水濑，一定要画出跳动的浪花，这样才是活水，才能表现水的动态感。

第四，造境要立意在先，避免平淡无奇。山有高峻的，有平原的，有盘旋往复的，有空旷辽阔的，有众多林木亭馆的，或是有众多人物船只的。"每遇一图，必立一意"，①也就是需要根据作画者所立之意加以安排搭配，特别是对于那些巨幅画卷更应如此。

第五，塑造含意不尽的境界。如何能够在山水画中塑造出画有尽而意无穷的境界呢？饶自然认为，道路的画法可以造成这样的效果，路径分明可以贯通远近。路径显隐，或是从树林下透露出来，或被巨石遮蔽割断，或从山坳渐渐露出，或隐没于丘陵，或画些人物点明，或靠近房屋、竹树隐蔽它，这样就可以创造出画有尽而意无穷的效果。

第六，注重差异性与多样性。在饶自然的心目中，绘画还要注重差异性与多样性。都是画石，各家所画所用的皴法不同；同样是画树，有长在悬崖峭壁上的，有长在丘陵上的，有长在水边的。长在悬崖峭壁上的多半有缠绕交错的树枝；长在丘陵上的，多半高大挺拔，直入云霄；长在水边的，往往多根，枝干茂盛。同时还随四季的变化而不同。画人物，有走路的、有瞭望的、有肩挑背负的、有扬鞭赶马的，且不可都画成脊背弯曲的形状。因此，作画者应当注意这种差异性和丰富性。②

3. 构图要意在笔先

饶自然认为，许多山水画家在绘画中之所以能够"肆意挥洒，无不得宜"，就是"意在笔先"。小幅的画轴容易把握，容易做到随意经营，而大幅的画，如"壁过十丈"的巨型画就先勾勒出草图，在反复修改定型后才能纵情任意挥洒。

4. 色彩的衬托与对比

饶自然和许多画论家一样，很看重色彩的衬托与对比。他认为，在绘画中无论是用墨还是用其他颜料都要浓淡适宜、深浅得当，才能获得好的视觉效果。

---

① 熊志庭，刘城淮，金五德，译注. 宋人画论[M]. 长沙：湖南美术出版社，2004：223-226.
② 同上：223-229.

同时他尤其注重通过衬托获得对比效果。如他认为,轻的画山用螺青,画树石用合绿染,这时画人物就不要用白粉衬托;重的画山用石青绿,并点缀树石,这时画人物就要用白粉衬托,才能收到好的视觉效果。①

(二)倪瓒:绘画创作是抒发"胸中逸气"

人们为什么要绘画?绘画要表现人怎样的心理?元代画家、诗人倪瓒(1301—1374)对这一问题进行回答,这个回答简单地说就是"聊以写胸中逸气耳"。倪瓒,清高孤傲,洁身自好,不问政治,不愿管理生产,自称"懒瓒",亦号"倪迂",常年浸习于诗文诗画之中。擅长水墨山水画,师从董源,他认为做山水画"若有得于中",作画才能"写其胸次之磊落",画山水画要自有一种风格。孤僻狷介的性格,超脱尘世逃避现实的思想,也反映到他的画上,他的作品呈现出苍凉古朴、静穆萧疏的意向,擅长山水、竹石、枯木。

倪瓒论画主张抒发主观情感,认为绘画应表现作者的"胸中逸气",不求形似,"仆之所谓画者,不过逸笔草草,不求形似,聊以自娱耳"。② 倪瓒提出"逸气"说,体现了其作画注重主观精神的表现,以情构境、托物言志,由此使作品中呈现出一种情景交融、虚实相生、犹如生命律动的韵味,意境无穷。画家将主客观世界有机结合,"外师造化,中得心源",实现情与景汇,意与象通的境界。"余之竹聊以写胸中逸气耳。"③

在先秦时代,中国古典美学已经研究了心与物的关系,认识到人的情感是由外物触动的结果。魏晋南北朝时期,在进一步探讨形象思维规律的基础上,充分讨论了艺术创造中情景统一的问题,"以形写神",做到"气韵生动",注重对审美对象内在特征的把握,自觉追求艺术的"滋味"。

"本朝画山水林石:高尚书之气韵闲远,赵荣禄之笔墨峻拔,黄之久之逸迈不群,王叔明之秀雅清新。"房山高尚书"其政事文章之余,用以作画,亦以写其胸次之磊落者欤!"④

(三)夏文彦论绘画创作的观点

元代鉴赏家和史论家夏文彦,元吴兴(今浙江湖州)人,著名的绘画鉴赏家和史论家,其名作《图画宝鉴》收录三国吴至金、元及外国画家上千余人的作品,是研究画史的重要资料。在画学上,集中论述了作画的六要、三品、三病、六长。

中国文艺心理学思想史

---

① 熊志庭,刘城准,金五德,译注.宋人画论[M].长沙:湖南美术出版社,2004:223-229.
② 云告,译注.元代书画论[M].长沙:湖南美术出版社,1997:429.
③④ 同上:430.

先看六要。夏文彦非常赞赏前人谢赫的"画有六法",即气韵生动、骨法用笔、应物写形、随类傅彩、经营位置、传模移写。在此基础上,他又提出作画"六要":"气韵兼力,一也;格致俱老,二也;变异合理,三也;彩绘有泽,四也;去来自然,五也;师学舍短,六也。"显然,夏文考的"六要"是对谢赫绘画六法的进一步发挥。夏文彦认为,气韵"必在生知,固不可以巧密得,复不可以岁月到,默契神会,不知然而然也"。①

再看三品。"故'气韵生动'出于天成,人莫窥其巧者,谓之神品;笔墨超绝,傅染得宜,意趣有余者,谓之妙品;得其形似而不失规矩者,谓之能品。"②最佳的作品气韵生动,浑然天成,由天赋异禀的人创作,是无法通过学习达到的;次之为笔墨超群,着色渲染尽善尽美,且画意尽显于画中者;再次之为形似而合于法度者。在此,他论述了先天与后天的关系。先天指天赋,与生俱来的对作画对象的感知能力;后天指通过后天学习而获得的绘画技能。他认为,气韵是天生的、与生俱来的对事物的感知能力,既无法通过后天的锻炼得到提高,也无法随着阅历的增进而通灵。

三看三病。夏文彦,依据作画是否心手相通,笔法流畅,将画作定为三病:板、刻、结。"板者宛若笔痴,全亏取与,物状褊平,不能圆混也。刻者运笔中疑,心手相戾,勾画之际妄生圭角也。结者欲行不行,当散不散,似物凝碍,不能流畅也。"③板者笔法呆滞,欠缺收受和抒发,所摹形象扁平,不浑圆;刻者运笔心中迟疑,心手相违背,勾画之际妄生棱角;结者用笔欲行不行,当散不散,由于阻塞不通缺乏流畅之感。

四看六长,即六种主要的创作风格。夏文彦以自己的研究和经历,认为绘画有六种主要风格,即"六长":粗卤求笔、僻涩求才、细功求力、狂怪求理、无墨求染、平画求长。绘画在笔墨纵横挥洒中不失骨力,粗放纵横的风格中有笔法可寻求;画家在开拓新的画境中要求有变通险阻的途径和方法;画风要纤细而不萎靡,画工精巧而不柔弱;状物造形恣肆奇特而不悖情理;无笔墨处见画意;平淡的画作中有悠长的情韵。"释像有善巧方便之颜,道流具修真度世之范,帝王崇天日龙凤之表,外夷有慕华钦顺之情,儒贤见忠信礼仪之风,武士多勇悍英烈之貌,隐逸识高士之节,贵戚尚奢靡之容,天帝明威福严重之仪,鬼神作丑魏

---

①　云告,译注. 元代书画论[M]. 长沙:湖南美术出版社,1997:397-399.
②　同上:397.
③　同上:399.

驰趑之状,仕女宜秀色婑婧之态,田家有醇甿朴野之真。"①

(四) 黄公望先立意后落笔的观点

中国的诗歌、绘画中有个基本的准则"意在笔先,画尽意在"。"意"即艺术家心灵中的观念、思想。中国传统绘画讲究"笔意",就是毛笔运用的节奏。这种节奏不完全是随着客观事物的本来面目在运作,而是随着艺术家心中的观念、情感在运作。林语堂说:"创作一幅中国画就是'抒发自己的观念'——'写意'。艺术家在毛笔触及纸张之前,心中已经有了明确的想法。他的所谓作画,就是一步步地用笔划将心中的想法画出来。他不能容忍不相关的东西来破坏他完整的思维。""他抒发完内心的基本观念之后,就算大功告成了。因此这幅画便具有了生命力,因为他表达的观念具有生命力。"②

"意在笔先"是一个古老的艺术心理命题,到元代画家、书法家又增加了独特的个人体验。黄公望(1269—1354),元代画家、书法家,江苏常熟人,擅长山水画,师承董源、巨然,画法风格自成一家,笔墨简远逸迈,风格苍劲高旷,气势雄秀。与吴镇、倪瓒、王蒙合称"元四家"(其中一种说法)。《写山水诀》既是黄公望对前人画山水的总结,也是自己对山水画感悟的写照,对明清山水画的影响深远。创作风格上主张学习前人,见到好山好水随时写生,不被动绘画创作,关注纯真的绘画语言,为艺术而艺术。"古人作画胸次宽阔,布景自然,合古人意趣,画法尽矣。"③

黄公望的作品得之于心,运之于笔,朝暮变幻的奇丽景色跃然纸上,整个画面,似融有一种仙风道骨之神韵。"众峰如相揖逊,万树相从如大军领卒,森然有不可犯之色,此写真山之形也。"④众山峰如相互揖让,万树相随犹如万军进发,严整与不可侵犯之势,此山一出生气尽显。

作画先立意。"或画山水一幅,先立题目,然后著笔。若无题目,便不成画。"⑤"山水之法在乎随机应变,先记皴法不杂,布置远近相映,大概写字一般,以熟为妙。"⑥

画工"若画得纯熟,自然笔法出现"。⑦ 画风"画一窠一石,当逸墨撇脱,有

① 云告,译注.元代书画论[M].长沙:湖南美术出版社,1997:401.
② 林语堂.中国人(全译本)[M].上海:学林出版社,1994:297.
③ 云告,译注.元代书画论[M].长沙:湖南美术出版社,1997:426.
④ 同上:422-423.
⑤ 同上:423.
⑥ 同上:425-426.
⑦ 同上:420.

士人（文人）家风，才多便入画工之流矣"。① 画境"春则万物发生，夏则树木繁冗，秋则万象肃杀，冬则烟云黯淡"。② 画意"吴妆容易入眼，使墨土（文人）气"。③ 吴道子人物画突出线条造型，表现一种着色清淡的风格，使画作看起来有一种文人气。

（五）王绎论画肖像："闭目如在目前，放笔如在笔底"

画肖像画"闭目如在目前，放笔如在笔底"的观点，是元代画家和理论家王绎提出的。王绎，生于元顺帝时期，严州（今浙江建德）人，元末著名肖像画家，曾得到顾逵指授。擅长人物肖像画，多线条素描，少颜色晕染，所作之画，精细逼真，达到"非惟貌人之形似，抑且得人之神气"之境界。著有《写像秘诀》，为其画肖像的经验之谈，其中《彩绘法》《写真古诀》《收放用九宫格法》等内容，为现存较古之画像著述，作品《杨竹西小像图》卷是仅存于世的作品。

王绎指出作肖像画之要领："凡写像须通晓相法。善人之面貌部位与夫五岳四渎，各各不侔，自有相对照处，而四时气色亦异。"④画人物肖像需要通达明晓观察人物面相体态的方法，了解人物的特性，以发展的观点看待作画对象，不能像画山水画一样静止地看待作画对象。"明其大局，好定分寸"，整体构思，按照脸部结构作画，"必宜如此，一一对去，庶几无纤毫遗失"。⑤ 这里值得肯定的是，王绎认识到作人物画和山水画有观察与技巧上的差别，但他认为的画山水画是静止地看待对象的观点值得商榷。

作画之方法："彼方叫啸谈话之间，本真性情发现，我则静而求之。点识于心，闭目如在目前，放笔如在笔底。"⑥王绎认为，作肖像画只有在谈话之间，才能发现作画对象的"真性情"，作画者需细心冷静地观察谈话者的神情姿态，默记其音容情态，待胸有成竹，方才落笔描写，而不是去临摹静止端坐的画像对象。正因为王绎在人物肖像画上有如此之灼见，并亲自实践，才能创作出形神兼备的肖像画，所画既能貌似，亦复传神。

王绎作品多线条素描，少颜色渲染，但其对面部及服饰的着色易自成一格，对各种肤色特征和部位应如何调配色彩论述详尽。强调各个部位一一调色，一一着色，才能使画作表现的人物与真实人物之间相差不远，然所着之色又应"已

————————

①②　云告，译注. 元代书画论［M］. 长沙：湖南美术出版社，1997：423.

③　同上：422.

④　同上：259－260.

⑤⑥　同上：260.

上看色清浊加减用，又不可执一也"。① 懂得变通之道，视时视情况而定，才能深得其妙。

在论述如何使用九宫格作画时，体现了王绎对作画基础知识和基本功的重视。"九宫格收放法，只能画后用之，若初学当熟习起手诀，目力方准。"②九宫格是书法上用于临写碑帖的一种界格纸，九宫格缩小放大法，只能画后采用，如果是初学，应当先学习动手的诀窍，观察事物的能力才能精准。

（六）李衎："画竹者必先得成竹于胸中"

"画竹者必先得成竹于胸中"的观点，是自宋代文与可、苏轼后，元代李衎（1245—1320，蓟丘即今北京市人）又一次提出的。李衎皇庆元年为吏部尚书，拜集贤殿大学士，追封蓟国公，谥文简。其人生性淡泊，对竹情有独钟，走遍东南山川，所到之处细究当地竹子的形、色、状、荣枯、老幼，曾深入竹乡交趾深入研究详细考察，作画不仅具有深厚的功力，而且注重作画手法的浑然天成，崇尚师法自然。《竹谱》一书是他生平画竹经验的总结，书中详尽阐述了不同地区各类竹子的形色情状，对各个品种竹子的画法也进行了详细的论述，包含作者书画心理的种种观点。

其一，强调画竹的基本功的重要性。李衎认为，初学画竹者必先遵循法度，经常不知疲倦的练习，直到学习圆满不需要再练习，自信胸中已有竹子的形象，这时候挥笔就容易达到作画的水准和境界。"故当一节一叶，措意于法度之中，时习不倦，真积力久，至于无学，自信胸中真有成竹，而后可以振笔直遂，以追其所见。""故学者必自法度中来始得之。"③用现代的眼光看待这个问题，体现了技能学习过程中练习的重要性，通过反复的练习，自然可以使画技进入潜意识的状态，达到随性即发的境界。应用规则的变式练习，使知识由陈述性向程序性的形式转化。程序性知识发展的最高阶段，人的行为完全受规则支配，技能达到相对自动化。应用有关策略的练习，使有关学习、记忆或思维的规则支配自己的认知行为；最后能在变化的条件下顺利应用有关规则支配和调节自己的认知行为，达到学会学习的目的。

其二，画竹必须先胸中有竹子的形象，神情专注。画竹之前，不仅要了解竹子的各种性状，还需在胸中有竹子的完整形象，再动笔作画。"故画竹必先得成

① 云告，译注. 元代书画论[M]. 长沙：湖南美术出版社，1997：262.
② 同上：268.
③ 同上：286.

竹于胸中,执笔熟视,乃见其所欲画者,急起从之,振笔直遂,以追其所见,如兔起鹘落,少纵则逝矣。"①在胸中有竹子的形象后,还需注目细看,才能了解其所要画的,如果心急作画,直接拿笔挥洒一通,就像兔子一出窝鹘即降落追捕,鹘稍微一放松兔子就跑掉了。这体现了学习理论中对理论知识的基础性和重要性的重视。

其三,作画要神形兼备,意在画中。神是指画作投射出来的精神特质,形是外在的形象。李衎认为,二者都要兼顾,古人好的作品都形神兼备,又合于法度。"须一笔笔有生意,一面面得自然,四向团栾,枝叶活动,方为成竹。"②须一笔笔有意态,一面面得自然,四向秀美,枝叶活动,才是成功的画竹。

其四,以形神兼备作标准进行评画。"黄氏神而不似,崔吴似而不神;惟李颇形神兼足,法度该备(合于法度),所谓悬衡众表,龟鉴将来者也。"③李衎认为,黄氏的画作神似而形不像,崔吴所画形备而神不似,只有李颇的作品形神兼备又合于法度,可以为将来者学习和借鉴。评文湖州(文与可)之作,"浓淡相依,枝叶间错,折旋向背,各具姿态,曲尽生意,如坐渭川淇水间"。④ 浓淡相互依连,枝叶相间交错,曲折回旋向背,各具姿态,曲尽生意,面对画作如坐渭川淇水之间。可见,他都是以形神兼备的标准来品评鉴赏绘画的。

其五,心中的形象是如何来的。李衎认为,人只知画竹不在一节一节而制作,一叶一叶而堆积,却不想胸中的竹子形象从何而来,向往远方贪图高处,不按次序,放纵性情,东涂西抹,便以为脱去笔墨路子,得于自然。"人徒知画竹者不在节节而为,叶叶而累,抑不思胸中成竹从何而来?慕远贪高,逾级躐等(越级不按次序),放驰性情,东抹西涂,便为脱去翰墨蹊径(笔墨门路),得乎自然。"⑤

其六,作画的心态和构思布局。李衎认为,作画需要宁心静气,思想和神情专注,落笔才能出佳作。"提笔时澄心静虑,意在笔先,神思专一,不杂不乱,然后落笔。"⑥画家章法布局算是最难,因为大凡人情好恶各不相同,即使父子至亲也无法授予与接受,何况文章和言语,"然画家自来位置(章法布局)为最难,

---

① 云告,译注.元代书画论[M].长沙:湖南美术出版社,1997:285.
② 同上:297.
③ 同上:280.
④ 同上:277.
⑤ 同上:286.
⑥ 同上:292.

盖凡人情好尚才品各各不同，所以父子至亲亦不能授受，况笔舌之间岂能尽之。"①

（七）汤垕关于绘画的创作与评价的观点

无论绘画创作还是绘画鉴赏和评价，最先考虑的不是形似，而是气韵或神韵，也就是绘画的生动性、传神性，这是元代美术鉴赏家汤垕的观点，也是历代绘画家和鉴赏家的共识。汤垕，山阳（今江苏淮安）人，专论鉴藏名画的方法与得失，且多从画法立论，其幼承家学，十七八岁更是对名家画作爱不释手，访遍天下名迹，参阅众多古籍，对鉴赏书画形成了自己独到的见解和感悟，是元代著名的美术鉴赏家。著作《画论》和《古今画论》流传至今，为其生平鉴赏画作的经验之谈。

首先，创作是画家情感、神韵、观念、笔墨、笔意、功力的综合体现。汤垕认为，作画要"以意写之""自出新意"，注重画作的气韵、神采、风神、天真、笔意、笔法，尤重神韵，散发出无穷的诗意感。"盖拘于形似位置，则失神韵气象"②，"盖花卉之至清，画者当以意写之"③。画中对象应有主次之分，宾客不应压过主人的气势，"画有宾主，不可使宾胜主"。④

其次，讲究观画之法。"观画之法，先观气韵，次观笔意、骨法、位置、傅染，然后形似。"⑤观画的方法，先观气韵，次观笔意、骨法、位置、傅染，再观形。汤垕认为，今人看画多以形似而评，却不体会画中的神情气韵之余味。"今人看画多取形似，不知古人最以形似为末节。"⑥

再次，画者与观画者时空相隔，所存之佳作均有不言之妙匿于画中，今人需要具备一定的眼力才能尽得其妙。"画之为物，有不言之妙，古人命意如此，须有具眼辨之，方得其理。"⑦只因看画者也带有个人的思想和情感，复而今人看画也只取合其心意和情趣的，只有合其意者方认为佳作，究其缘由亦不知画作之真正美妙动人之处。"今人看画，不经师授，不阅记录，但合其意者为佳，不合其意者为不佳，及问其如何是佳，则茫然失对。"⑧然看画本是大夫遣兴寄托心意而已，"看画本士大夫适兴寄意而已"。⑨二者都需要形象和想象才能感悟

① 云告，译注. 元代书画论[M]. 长沙：湖南美术出版社，1997：290.
② 同上：319.
③④ 同上：327.
⑤⑦ 同上：330.
⑥ 同上：324.
⑧ 同上：318.
⑨ 同上：321.

到，画作打破了特定时空中客观物象的局限，给欣赏者提供了广阔的艺术想象空间，使作品蕴含无限的大千世界和丰富的思想内容。

看画如看美人，看的是其神志形体呈现肌肤之外的风骨神韵。"看画如看美人，其风神骨相有肌肤之外者。"①

古人作画，都有深意，用意下笔，莫不各有自己的独到之处，融合了作画者自己的经历、情感和寄托。"古人作画，皆有深意，运思落笔，莫不各有所主。"②顾恺之画作"如春蚕吐丝，初见甚平易，且形似有时有失，细视之，六法兼备，有不可以语言文字形容者"。③"其笔意如春云浮空，流水行地，皆出自然。"④戴嵩画"若其笔意清润，开卷古意勃然，有田家原野气象，余于嵩有取焉"。⑤"尝见孙位《水宫》，画鱼龙出没于海涛，神鬼变灭于云汉，览之凛凛然。"⑥

（八）赵孟頫："画人物以得其性情为妙"

"画人物以得其性情为妙"，是元代著名书画家赵孟頫的观点。赵孟頫（1254—1322，字子昂，号松雪、松雪道人，吴兴即今浙江湖州人）是宋朝宗室后裔，宋灭亡后，归故乡闲居，元至元二十三年（1286 年），元世祖忽必烈召见，官拜翰林学士，封魏国公，谥文敏。博学多才，以诗文、音乐、书画见长。其诗文深邃奇逸；书法样样精通，尤以楷书著称，与欧阳询、颜真卿、柳公权并称为楷书四大家之一；在绘画上，山水、木石、花竹、人、马无所不能，开创元代新画风，被称为"元人冠冕"。著有《尚书》《琴原》《乐原》《松雪斋集》等，其论画言论主要收录于《松雪论画》，其中体现以下三点重要的心理学思想。

首先，赵孟頫批评"近世"，倡导"古意"，然其"复古"是为创新，倡导画意应有自己独特的风格，确立了元代书画艺术思维的审美标准。"作画贵有古意，若无古意，虽工无益。"⑦作画贵有古人的风范，如果没有古人的风范，就算很工整，符合作画的法则，也是没有多大意义，是其在所处时代背景下思想的重要体现。

其次，赵孟頫认为作画贵在生动活泼，人物性情、情境、意境跃然纸上为上。"画人物以得其性情为妙"⑧，品评元代画家钱选的画作，"舜举作著色花，妙处

---

① 云告，译注.元代书画论[M].长沙：湖南美术出版社，1997：327.

② 同上：318.

③④ 同上：337.

⑤ 同上：347.

⑥ 同上：353.

⑦ 同上：255.

⑧ 同上：256.

正在生意浮动耳",①也体现了其对画作表达的生动性和情感的重视。

最后,画作要有独特的风格。赵孟頫认为,"书画本来同",书画本相通,通过笔墨情趣,抒发胸中的闲事安乐,自娱自乐,作品蕴藏着作家的思想情趣和风范,张扬着各自独特的风韵。以书法入画,使绘画的文人气质更为浓烈,韵味变化增强;以画寄意,使绘画的内在韵味得到深化,涵盖更为广泛。同时认为,要获得创作的独特风格就必须有写实基本功与实践技巧,他说:"盖业有专工,而吾意所欲,辄欲写其似",②"余尝见卢楞伽罗汉像,最得西域人情态,故优入圣域",③均反映了赵孟頫对作画的实际功力的重视,并认为作画需对其所作对象进行深入了解才能尽得其妙。

(九)杨维桢论绘画的天赋与学习、画品与人品的关系

在我国传统书画理论中,非常注重书画境界与书画家人品的关系,元代杨维桢对此进行了探讨。杨维桢(1296—1370),元末明初山阴人,著名文学家、书画家。杨维桢为人宽厚,与人交,远近的人都称他是一个忠厚长者。杨维桢性格狷直,行为放达,肯定人性的"自然",被誉为元代诗坛领袖,因"诗名擅一时,号铁崖体",在元文坛独领风骚40余年。其诗文清秀俊逸,别具一格,长于乐府。

书画一体的思想。"书盛于晋,画盛于唐宋,书与画一耳,士大夫工画者必工书,其画法即书法所在"。④

天赋与后天的关系。"书画之积习虽有谱格,而神妙之品出于天质者,殆不可以谱极而得也。"⑤书画长期形成的习惯虽然有高下,但精妙的作品是出于天赋,这不是可以由长期的练习而能达到的。

画品与人品的关系,"故画品优劣关乎人品之高下"。⑥画之神、形、气韵兼备才能生动,"故论画之高下者,有传形,有传神,有神者气韵生动是也"。⑦这些观点前人都已经备述,因此不再赘述。

第五节 明清时期的绘画心理思想

一、明代的绘画心理思想

(一)王履:"外师造化,中得心源"

王履(生卒年不详),明初画家、医学家。工绘事,尤其擅长山水画,行笔遒

①③ 云告,译注.元代书画论[M].长沙:湖南美术出版社,1997:256.
② 同上:255.
④⑤⑥⑦ 同上:434.

劲有力,挺拔峻险。著有《医经溯洄集》《百病钩玄》等医术数种,传世的画作有《华山图》册页,并且作有《华山图序》。

画有多种,而王履尤为喜欢山水之作;名画家有多人,而他尤为珍惜马远、马逵、马麟及二夏的作品。王履曾说:

> 以言山水欤,则天文、地理、人事与夫禽虫、草木、器用之属之不能无形者,皆于此乎具,以此视诸画风,斯在下矣。以言五子之作欤,则粗也不失于俗,细也而不流于媚,有清旷超凡之远韵,无猥暗蒙尘之鄙格,图不盈尺而穷幽极遐之胜,已充然矣。[①]

意思是说,山水画所画无非是天文、地理、人事与禽虫、草木、器用之类的有形之物,而上述五位画家所画的这些有形之物,粗疏而不平庸,精致却又不谀媚,有清朗开阔超越凡俗的高远风韵,没有杂滥阴暗蒙履灰尘的粗俗格调,画虽不满一尺之多,却承载了盛大的幽深、邃远、僻静的美好境界。从王履的这些思想中,我们可以看到中国古代书画中天、地、人和谐统一的心理学思想,以及艺术家对悠远的人生境界和心理境界的追求。

那么,画家怎样才能获得这种悠远的人生境界和心理境界呢?王履在《华山图序》中阐述了自己的观点。他承传了张璪的"外师造化,中得心源"的理论主张,认为画物须像物,不可不识其面貌。他对前人的技法处在"尊崇"与"不尊崇"之间,既不拘泥于专门的坚持,又不远离前人的途径,一切跟随物之原形而变。就拿山来说,常见的山当中,有高大挺拔的,那是崇;有小而高耸的,那是岑;有狭长而挺立的,那是峦;有延绵起伏的,那是崮;有锐利而高挺的,那是峤;有小而群集的,那是岿;行如房屋的是密;两山相向的是钦。然而还有很多不常见,变幻莫测的,不纯粹是崇,不纯粹是岑,不纯粹是峦,不纯粹是崮,不纯粹是峤,不纯粹是岿,不纯粹是密,也不纯粹是钦。这些变化一概不能用名称表达,这些山形既然出于变化,又岂能用平常的技法对待呢?因此,他提出"吾师心,心师目,目师华山"[②]的论断,意思是"我学心,心学目,目学华山"。

(二)李开先:形象评画法

李开先(1502—1568),汉族,山东章丘人,明代文学家、戏曲作家。嘉靖初

---

① 云告,译注.明代画论[M].长沙:湖南美术出版社,2002:2.
② 同上:6.

年,李开先与王慎中、唐顺之、赵时春、陈束、熊过、任翰、吕高并称"嘉靖八才子"。李开先的文学主张和唐宋派接近。他推崇与正统诗文异趣的戏曲小说,主张戏曲语言"俗雅俱备""明白而不难知"。

李开先在当时众人推崇吴门画派之时,力排众议,著《中麓画品》一卷,仿谢赫、姚最之体系,品析了明代画家,并将其分为五品,每品优劣并陈。这体现了李开先不人云亦云,独树一帜的创新个性。另外,他用自然物的形象来评论作画的技法。在《中麓画品》的第二篇中,他设六要,辨四病,搜集各家之所长,同时指出并摘录所短。其中,画有六要是指,神笔法(即笔墨雄健奔放,事理精细入微)、清笔法(即简练俊美)、老笔法(如苍雄的古藤古柏,布满斑驳裂纹的玉器)、劲笔法(如强劲的弩)、活笔法(即笔速飞走,刚缓又疾)、润笔法(即生气旺盛、蕴蓄光彩);画有四病分别指,僵(即笔没法度,不能循环运行)、枯(即笔法如憔悴的竹子,枯槁的林木)、浊(即模糊浑浊)、弱(即运笔没有骨力,单薄脆弱)。[1] 这种形象评论的方法是中国古代画论的一个典型特点,普遍存在于中国古代的书论、音乐赏析中。它的优点是能够调动欣赏者的主观能动性,任其充分发挥自己的想象,从而达到领会艺术深邃意趣的目的,缺点是含义不确定,领会的程度和标准存在较大的个体差异。

(三)王世贞:作画时"旁若无人,专神贯注"

王世贞(1526—1590),文学家、史学家,江苏太仓人。倡导文学复古运动,认为"文必秦汉、诗必盛唐",在当时有一定影响。其著作文学方面有《弇山堂别集》《嘉靖以来首辅传》《觚不觚录》《弇州山人四部稿》等。王世贞著的《艺苑卮言》,论书亦论画。在这篇著作中,王世贞阐述了自己对学习作画的观点。

在作画态度上,王世贞认为:"书道成后,挥洒时入心不过秒忽;画学成后,盘礴时不能丝毫。"[2]这句话的意思是:在书法创作的过程中,挥毫洒墨时,心中不可通过秒忽的东西;在绘画的过程中,恣意作画时,心中不可承受丝毫的事物。说的是书与画是相通的,作画时应心无杂念,专心致志。

王世贞重视作画时"旁若无人,专神贯注""不用心而意自足"[3]地进行创作。

在作画技法上,王世贞主张形模与气韵兼备。"人物以形模为先,气韵超乎其表;山水以气韵为主,形寓乎其中,乃为合作。若形似无生气,神彩至脱格,则

① 云告,译注.明代画论[M].长沙:湖南美术出版社,2002:63-64.
② 同上:87.
③ 同上:88.

病也。"①

（四）何良俊：将画家分为四类

何良俊（1506--1573），中国明代戏曲理论家，华亭（今上海松江）人，著有《柘湖集》《何氏语林》《四友斋丛说》《书画铭心录》。何良俊的戏曲理论主张有二：一是提倡用本色语言编写剧本，剧本应"靓妆素服，天然妙丽"，不应"施朱傅粉，刻画太过"，而且就此对《西厢记》《琵琶记》提出大胆批评；二是宁可语句欠通，也要恪守格律。他的主张未免偏颇。他的戏曲理论对万历年间以沈璟为首的吴江派甚有影响。

他在著作《四友斋画论》中将画家分为"正统""院体""行家""利家"四类，"正统"即正派、正宗。"院体"是绘画流派之一，形式工整、细致，但往往缺乏生气。"行家"是精通绘事的画家，有精湛熟练的表面技巧，却缺乏高尚人品和优雅气质。"利家"指"画山水亦好"，然只是游戏，未必精致。他推崇关全、荆浩、李成、范宽、董北苑的山水画作，将他们归为"正统"画家，认为其画作"笔力神韵俱备"。何良俊评论南宋的马远、夏珪也是高手，马远的人物最美好，"其行笔遒劲"，夏珪善用焦墨，是画家中特有的，但他们还只是"院体"。何良俊将戴进、吴伟、杜古狂等人归为"行家"，认为他们的画作有精巧的技法，但缺乏灵气。何良俊将朱孟辩、张以文归为"利家"，认为他们的画作不够精致。② 由上可见，何俊良的划分标准有两个：一是形似；二是神似。这两个标准是古今中外所有画家评判画作的指标，可以说是美术界的审美标准，只是在不同时代不同文化背景下，这两个标准所占的权重有所差异罢了。这两个标准的关系好似我国古代书法家王僧虔说的骨肉，"骨丰肉润，入妙通灵"。③ 形似难，而神似更难。

（五）孙鑛：论书画艺术与天分、心境、性情的关系

孙鑛（1543—1613），明朝大臣、学者，浙江余姚人。历仕文选郎中、兵部侍郎、加右都御史，代顾养谦经略朝鲜，还迁南兵部尚书，加封太子少保、参赞机务，人称其"手持书卷，坐大司马堂"。孙鑛早年为张居正所抑，然却少有怨望，曾称张居正为"宰相中射雕手"。孙鑛无嗣，曾自嘲云："释迦不以罗睺传，仲尼不以伯鱼传。"孙鑛一生著作宏富，著作多达四十余种七百余卷。在孙鑛的著作《高克明雪霁溪山图》和《石田画隆池阡》中，他提到的与心理学有关的思想主要

---

① 云告，译注.明代画论［M］.长沙：湖南美术出版社，2002：88.

② 同上：11 - 33.

③ 潘运告，编著.汉魏六朝书画论［M］.长沙：湖南美术出版社，1997：171.

有如下两方面。

其一,孙鑛论述了天分与努力在绘画创作中的关系。原文是:

> "先生易于文而不易于画",良然哉! 凡能事皆无出之易者。不游域外,不入秒忽,决无以发其天机。骤雨盈沟浍,湿不及寸,欲速则不达,何事不尔?①

这段话的意思是,有人曾经说孙鑛"易于文而不易于画",孙鑛觉得确实如此。他认为,大凡一个人擅长的事都没有出于容易的。不遨游于宽广的天地,不深入细微之处,绝对无法表达天意。骤雨盈满水道,湿不到一寸,欲速则不达,什么事不是这样呢? 这段话说明,孙鑛认为,一个人的成就与他的天赋有关,但更重要的是他后天孜孜不倦的努力,想凭借天赋一蹴而就是不可能的。

其二,孙鑛阐述了书画艺术与心境、性情的关系。他曾说:"夫留心图绘,研究其趣,此岂徒无妨于治,当更有益于陶性情也。"②这句话说的是,留心绘画,研究绘画意趣,不仅仅是为了有利于统治,更有益于陶冶性情。由此可见,书画艺术与心境的关系非同一般。

宋仁宗皇帝时,有位画家叫高克明,此人正直进取、谨慎谦逊,获取山水的意趣,箕踞终日,有钱有势的人即使以势力逼迫,用钱财购买他的画,他也不卖。高克明以艺进图书院,当时仁宗见了他的画,暗暗说到"此其人品固以超绝",从而委以重任。宋徽宗时设立博士科考绘画进画院,来应考的人数近百,然而当时的通判邓椿在看过众人画作后感慨道,由于人品所限,所作的画大多拘泥规矩,未脱掉平庸。这两个例子既说明第一点中的书画作品与作者的性情相关,又生动地展示了赏析者根据作品评论人品的场景。

(六) 顾凝远:"惟不欲求工而自出新意"

顾凝远,号青霞,晚明吴县人。少负惊才,长而好学,博览群书,精于画理。著有《画引》一卷,分七则。

在《画引》中,顾凝远从作画的技法影射到处世哲学,语言简略,然简而不俗,言之有物。在谈到绘事的"生拙"时,顾凝远说:"惟不欲求工而自出新意,则虽拙亦工,虽工亦拙也。"③这说的是,作画只有不苟求工巧,自出新意,才能做

---

① 云告,译注.明代画论[M].长沙:湖南美术出版社,2002:105-106.
② 同上:97.
③ 同上:112.

到稚拙又工巧，工巧又稚拙。接下来，顾凝远又说道："元人用笔生，用意拙，有深意焉。善藏其器，惟恐以画名不免于当世。"①元人用笔生辣，用意稚拙，这是有深刻含意的。善于隐藏他们的才能，担心因画的名声而显赫于当世。这就从作画的生拙，引申到处世的圆滑与生辣。作画只有不想要求圆熟工巧，才能做到将稚拙与工巧结合。有些人虽看上去稚拙生辣，似乎没有特殊的才能和本事，殊不知这正是他们的圆熟之处，隐藏自己的才能只求安稳生活，这是大智若愚的处世之道呢！

（七）莫是龙："以画为寄，以画为乐者也"

莫是龙（生卒年不详），十岁能文，长善书画。传记作品《为石秀写浅绛山水》轴，现藏故宫博物院。嘉靖四十五年（1566年）作《山水图》轴藏于辽宁省博物馆；《仿米氏云山图》卷后自题一诗云："老龙昨夜排天门，云怪兴没仪曜昏，此时群峰自历乱，银海森茫湿雨痕。"该图录于《中国绘画史图录》下册。《溪雨初霁图》流入海外。著有诗集《石秀斋集》十卷，《四库总目》又著《画说》，并传于世。

莫是龙在《画说》中提到的治学作画之道饱含了学习心理学的思想。一是认为画家在潜意识中对气韵的学习比意识状态下的学习更能影响其画作的表现力。画家赵大年的画作美轮美奂，莫是龙对此进行了如下分析：

> 昔人评大年画谓得胸中千卷书更奇古。又大年以宋宗室不得远游，每朝陵回，得写胸中丘壑。不行万里路，不读万卷书，欲作画祖，其可得乎？②

意思是，古人说，看赵大年的画作比胸中读千卷书更奇特古朴；又说赵大年每次为先帝扫墓祭拜归来，都会用画作抒写胸中深远意境。因此莫是龙总结说，不读万卷书，不行万里路，就想要做画祖，怎么可能呢？这段话说明，莫是龙认为治学作画不仅要动手、动眼，更要有"胸中丘壑"，这是行万里路、读万卷书的结果。而后，他又解释说，气韵是在灵魂深处习得和产生的。那么，这种潜移默化的影响用心理学理论来解释，就是潜意识学习的结果。

此外，他还认为，作画贵在模仿，不仅是要"以古为师"，更当"以天地为师"。每天早晨看变幻莫测的云气，极似画中山。在山中行走遇到奇特的古树时，应

① 云告，译注.明代画论[M].长沙：湖南美术出版社，2002：112－113.
② 同上：119.

该全面观察以得其特点。"树有左看不入画而右看入画者,前后亦尔",只要你看得熟了就自然能传神,传神者必能做到形似,形与心手和谐统一而彼此相忘,从而上升为精神上的寄托。

莫是龙还将绘画提升到自我实现的高度。他认为,对一个画家而言,宇宙就在手中,眼里看见的是生命力,笔下表现的也是生命力,故这样的人往往高寿,因为他们是"以画为寄,以画为乐者也"。

(八) 屠隆:"以天生活泼为法"

屠隆(1543—1605),字长卿,一字纬真,号赤水、鸿苞居士,明代文学家、戏曲家,浙江鄞县人。万历五年进士,曾任史部主事、郎中等官职,后罢官回乡。屠隆是个怪才,好游历,有博学之名,尤其精通曲艺。

屠隆推崇文人的画,主张绘画要以写生为主,"以天生活泼为法",不然一味临摹古人,"徒窃纸上形似,终为俗品"。

在作画技法上,屠隆强调神韵。他认为,唐画意趣生于笔前,韵味充足,典雅端重,因"不求工巧,而自多妙处"。后人苛求工巧,虽然有形似的意趣,但缺乏天然的风致。在评论元画时,他精辟地概括道:"画品全法气韵生动,以得天趣为高。"[①]这说的是元代画的风格、情调、境界清新自然,所有的法则都是气韵生动,以获得天然雅致为最高标准。他们作画叫写不叫画,这是画家本身的学问、风格与传统绘画模式的结合,对传统模式既坚守又创新的结果。

在临摹古画方面,屠隆依然强调神韵,他指出:"今人临画,惟求影响,多用己意,随手苟简。虽极精工,先乏天趣,妙者亦板。"[②]说的是,今人在临摹古画的时候,往往只求表象,多用自己的笔意,随手画来,简略而草率,没有领会前人的用意,未得古画之奥妙。这样的画作,虽然精致,但缺乏天然的雅趣,就算有妙作,也很呆板。

对于如何品画,他倡导"设身处地",从对方的角度品画。他说品画如品字,要着眼于灵活变通,不要预设己见,应细看古人命笔立意,这才是作画的原委与美妙之所在呢! 其原文是:"须着眼圆活,勿偏己见,细看古人命笔立意,委曲妙处方是。"[③]

他认为学画,要"以画寓意"。反对"徒窃纸上形似",主张"以天生活泼为法",并要由眼前可见之景展开合理想象。窗明几净,描画景物,或观山看水,胸

① 云告,译注.明代画论[M].长沙:湖南美术出版社,2002:134.
② 同上:138.
③ 同上:142.

中国文艺心理学思想史

中便生景象。或赏妖娆名花,联想其风姿绰约、妩媚柔嫩、枝条转折、向日舒展娇颜、随风轻轻摇曳曼妙身姿、含烟弄雨、初开残落……自然笔下生辉,这种天然的雅致是一种乐趣。

(九) 董其昌:"胸中脱去尘浊,自然丘壑内营"

董其昌(1555—1636),字玄宰,号思白、香光,华亭(今上海闵行区)马桥镇人。"华亭派"的主要代表。明万历十六年(1588年)进士,官至礼部尚书,卒谥文敏。

董其昌精于书画鉴赏,收藏很多名家作品,在书画理论方面论著颇多,其"南北宗"的画论对晚明以后的画坛影响深远。工书法,对后世书法影响很大。其书画创作讲求追摹古人,但并不泥古不化,在笔墨的运用上追求先熟后生的效果,拙中带秀,体现出文人创作中平淡天真的个性,加之他当时显赫的政治地位,其书画风格名重当世,并成为明代艺坛的主流。著有《画禅室随笔》《容台集》《画旨》等文集。

自古代起,我国就有关于智力的先天论与后天论之争。在艺术界,不少古人认为,画家的气韵乃是"自然天授,不可学",然董其昌却说,气韵亦由学得出,"读万卷书,行万里路,胸中脱去尘浊,自然丘壑内营",反之"看不懂读诗,画道亦尔"。由此可看出,董其昌主张绘画智力后天论。

在作画的策略方面,董其昌认为,要根据画的不同类别观察不同的重点。"画人物须顾盼语言;花果迎风带露;禽飞兽走,精神脱真;山水林泉,清闲幽旷;屋庐深邃;桥渡往来;山脚入水澄明;水源来历分晓。"①意思是说,画人物要展现他们说话的神貌;画花果就要迎风招展、带露含羞;画禽类要展现它们飞翔的姿态,画猛兽就要描绘其奔跑的样子,这样才有生气,才活灵活现;山水林泉,要有清闲幽深旷远的感觉;画茅屋,要给人幽深的立体感;桥梁渡口有人往来;山脚入水清明;水源要来历分明。

此外,董其昌还认为书画是相通的,"善书必能善画,善画必能善书"。此正是心理学所指的触类旁通,学习的迁移呵!

(十) 陈继儒:论绘画的精神胆识

陈继儒(1558—1639),字仲醇,号眉公、麋公,明代文学家、书画家,华亭(今上海松江)人。工诗善文,兼能绘事和书法。擅墨梅、山水,画梅多册页小幅,自然随意,意态萧疏。论画倡导文人画,持南北宗论,重视画家的修养,赞同书画

---

① 云告,译注.明代画论[M].长沙:湖南美术出版社,2002:178.

同源。有《梅花册》《云山卷》等传世。著有《妮古录》《陈眉公全集》《小窗幽记》。

在著作《妮古录》里,陈继儒谈论书画,评论赏鉴,颇有深致。更难能可贵的是,他较为完整地提出画家素质的内容,认为画家的素质是其特定人品、胸怀和胆识、才力和学识以及气质的自然表露。原文说的是:"世人爱书画……力乎巧乎?神乎胆乎?学乎识乎?尽在此矣。"①意思是说,世人都爱书画,作画是能力技巧吗?是精神胆识吗?是学问见识吗?这些都需要。

虽然前人也有在著作中论及这些方面,但都不如陈继儒完善,大多只是提到以上内容的某些方面。在《妮古录》中,陈继儒并没有系统地对画家素质的这些方面进行阐释,但是他的观点还是给了后人深刻的启示。

(十一)文徵明:绘画创作要"得天然之趣"

文徵明(1470—1559),原名壁,字徵明,四十二岁起以字行,更字征仲。因先世衡山人,故号衡山居士,世称"文衡山"。明代中期最著名的画家、大书法家,官至翰林待诏,私谥贞献先生。"吴门画派"创始人之一。与唐伯虎、祝枝山、徐祯卿并称"江南四大才子"("吴中四才子")。与沈周共创"吴派",与沈周、唐伯虎、仇英合称"明四家"("吴门四家")。

仔细研读文徵明的著作,其绘画心理主要有以下三点。

其一,画作要想有创意,就要舍弃画家苛求的工巧与精心构思,重回生活,重归自然,才能"得天然之趣",否则"使入庸匠"。对此,文徵明举了一系列的例子加以说明:"画家宫室最难为工,谓须折算无差,乃为合作。盖束于绳矩,笔墨不可以逞,稍涉畦畛,便入庸匠。""独郭忠恕以俊伟奇特之气,辅以博文强学之资,游规矩准绳中而不为所窘,论者以为古今绝艺。"②其意是,画家画宫室是最难得工巧的,以为要换算无误才算是合乎法度。正因为拘泥于规矩,笔墨便不能自由施展,稍涉及格式,便沦为平庸的工匠。然而,只有郭忠恕以自己杰出的气派,加之勤勉学习通晓古文,在作画时不受规矩的约束,才造就了他古今卓绝的技艺。此外,文徵明独喜米芾及其子米友仁的画能"脱略画家意匠,得天然之趣"。文徵明还以人物画为例,说明不拘泥于绳墨的重要性。"画人物者不难于工致,而难于古雅,盖画至人物辄欲穷似,则笔法不暇计也。"③其意是说,画人物要想做到工巧精致不难,难的是古朴雅致,因为画人物时往往想着要相像,所以笔法来不及顾虑了。就拿《题唐寅右军换鹅图卷》来说吧,图画中可见右军

① 云告,译注.明代画论[M].长沙:湖南美术出版社,2002:214.
② 同上:36-37.
③ 同上:48.

（王羲之）与道士见面交谈的情形，两人各有一种气度，变化多种多样，也不知是右军与道士会面谈话之奇，还是画家用笔之奇。

其二，绘画作品是一个画家自身才能、人品、学问和见识的综合体现。文徵明评析李伯时的画作高雅古朴、秀丽泽润，有论者说伯时的画出于顾、陆、张、吴，集众家之长为自己所有，又能自己确立作品的主题，不完全遵循前人，只是暗中效法重要之处，有染色精致处也有草率平易处，一般的人都很难学习。这说的是李伯时天资聪颖，性格独立，不墨守成规。关于李伯时高洁的人品，文徵明举例说，伯时在京师做官时，从不登权贵之门，在阳光灿烂的日子里，他就载酒出游，坐在清流旁的石头上，终日无拘无束。他的风流文雅不在古人之下，这点在他的画里得到了体现。

其三，古人常寄情于画。古代清高洒脱不追名求利的人，往往喜欢作山水画自娱自乐，然而常作雪景图的人，是想借画寄托自己在逆境中坚贞不屈的高洁品质。在赵松雪的《卧雪图》中，老屋疏林，一派萧然景象，然而袁子敬认为这幅画由于未画芭蕉有点遗憾。于是文徵明在临摹此画时，于墙角处添凋残的芭蕉，虽被风雪压顶，枝腰弯折，却依然绿意盎然，透着生意。又增添了崇山峻岭，劲松茂林，以此烘托出高洁超凡的深意。

（十二）李日华的绘画心理思想

李日华（1565—1635），字实甫，明代戏曲、散曲作家，江苏吴县人，约生活于正德、嘉靖前后，以剧作《南西厢记》闻名。

其一，论画重视画家的人品。李日华赞成文徵明的观点"人品不高，用墨无法"，强调作画时应"胸中廓然无一物""性灵廓彻""绘事必以微落惨淡为妙境"，认为只有这样，画家画的秀色云烟才能与天地之间繁衍不息的气息自然融合，从而笔下才能变幻出百般诡异。若心中往来盘旋着悠悠尘念，洗涤不尽，那即是面对着秀美山水，每日临摹美丽景象，到头来也不过是在与粉刷墙壁的工匠争巧罢了。

李日华还提出："学画必在能书，方知用笔。其学书又须胸中先有古今。欲博古今作淹通之儒，非忠信笃敬，植立根本，则枝叶不附。"[1]其意是说，学画必须先能作书，然后才知道如何用笔。而学习书法又须胸中有古今。要想博通古今，非忠诚信实笃厚敬肃不可，这是根本，否则枝叶不附。李日华的这个观点用心理学的话语表达就是说，绘画是动作技能、知识才能以及高尚人品的综合。

①　云告.译注.明代画论[M].长沙：湖南美术出版社，2002：230.

其中，"学画必在能书"指的是动作技能，而"胸中先有古今"讲的是画家的博学多才，这一切的根本在于画家本人应"忠信笃敬"，这说的是品性。

其二，作画可以略于形似求神似。李日华认为，神似是绘画追求的高格，且神似要有"天然之致"。古人画树木山石必分背面正斜，没有一笔是随便下手的。重叠的林木，迂回的山路，山脚林木的简单与繁复，都是借云气的开启和遮掩来表达的；沙水的曲折，表现为浅水沙石的远近。境界越稳定，产生的意趣越是自然流露，多不至于阻塞，寡不至于稀疏，浓不至于污浊，淡不至于虚幻。这种飘忽空灵就是微妙。假如要求一叶一叶的刻画，一物一物的模画，那么与油漆工又有什么区别呢？

其三，画家应以造化为师。比如说写石应该"片石坐对久，窍穴悉自知"。他重视的不仅仅是对石头的临摹，更是对石头在不同情形下不同形态的观察，并且只有观察还不够，还应上升到精神层面去体会大自然的奥妙。也就是说，绘画不仅需要操作技能和认知活动的参与，也需要情感的投入。

李日华将画分为三种情形，代表三种境界，体现了不同心理活动的变换。一是"身之所容"，说的是身处幽境，开阔明朗，多种景致汇合便是。二是"目之所瞩"，说的是眼睛之所见，或景象美好，或水流旷远，作画时用泉水溅落，云气生发，船帆远行来表达就是。三是"意之所游"，说的是虽然看到的景物有限，但可作无限表达。比如画一石一树，必辅以草草点染以取得其大概面貌，而非所有景物都精雕细琢。画人物肖像，有时虽不见其面貌，却能由其姿态动作，脑中浮现其神情，从而想象出人物的面目神貌。在这里，"身之所容""目之所瞩"主要是观察，"意之所游"由观察上升到想象层面，将观察和想象融合在一起。

（十三）茅一相："自然天授，不可待学"

茅一相（生卒年不详），明代画家，在《绘妙》（明万历八年刻本）中论及的画理、画法等方面的内容，虽多前人之论，但亦有自己的体会。

关于绘画气韵的先天论——"自然天授，不可待学"，与后天论——"亦有学得处"，这两种截然相反的观点，茅一相赞成前者，认为："如其'气韵'，必在生知。固不可以巧密得，复不可以岁月到，默契神会，不知然而然也。"[1]其意是，气韵是不可待学的，不可以用巧密的心思得到，也不可因岁月的累积而得到，心领神会，不知如此便如此了。

在画理上，茅一相论及"六要"："气韵兼力一也，格制俱老二也，变异合理三

① 云告，译注. 明代画论[M]. 长沙：湖南美术出版社，2002：322.

也,彩绘有泽四也,去来自然五也,师学舍短六也。"①此六要最早见于宋刘道醇编写的著作《圣朝名画译》,分别是指:气韵有力度,格调体制圆熟,变化合乎礼法,彩色描绘有光泽,构图的来龙去脉和上下左右自然,向老师学习要取长舍短。尤其需要指出的是最后一点"师学舍短",这对我们当今的学习与教育也是大有裨益的,只有这样我们的教育才能不断进步。

(十四) 唐志契的绘画心理思想

唐志契(1579—1651),字玄生,又字敷五,江苏扬州人。一作海陵(今泰州)人。精绘事,常游名山大川,经月坐卧其下,故画笔清远,有元人风。著《绘事微言》。其著作主要还有《明画录》《无声诗史》《画史会要》《图绘宝鉴续纂》《扬州画舫录》。

研读唐志契的著作,可以发现以下几点与心理学有关的内容。

1. "名师指点"与"各成一家"

唐志契认为:

> 凡画入门必须名师指点,令理路大通,然后不妨各成一家,甚而青出于蓝未可知者。若非名家指点,须不惜重资,大积古今名画,朝夕探求,下笔乃能精妙过人。苟仅师庸流笔法,笔下定是庸俗,终不能超迈矣。②

这段话说的是,绘画入门,必须请名家指点,才能令绘画的道理通畅,在此之后学生不妨发挥自己的优势,自成一家,说不定能胜过老师。倘若没有名师的指点,那么就要不惜重金,搜集古今的名画,每天探索,下笔才能精妙过人。如果仅仅是学习平庸的笔法,那么学习者的笔下必定平庸,终究不能高超卓越。从这段话中,我们可以了解这样几点:

首先,绘画入门必须请名师指点,或是参摹古今名画。这是我们平常所说的"名师出高徒"吧,任何一门知识或技艺的学习都是如此,如果初学入门时就偏离了正道,很难会有卓越的成就,可见启蒙教育中教师的作用是多么重要呵!其次有好的教师还不够,所谓"师傅领进门,修行在个人",教师传道授业解惑之后,学生应自行刻苦练习,才能自成一家。从以上种种可看出,唐志契认为,教师是引导者的角色,没有好的引导,学生难成大器;同时,学生是学习的主体,要

① 云告,译注.明代画论[M].长沙:湖南美术出版社,2002:323.
② 同上:243.

刻苦练习才能胜过老师。接下来,作者举例证明了自己的观点,关仝学习荆浩而超过他,李龙眠集顾、陆、张、吴的画法而自辟门径,他们的画都是相当精美的,确实是向名师学习而又自成一家的结果呀!此外,作画还要拜山水为师。凡作山水画的,都应看真山真水,只有这样才能脱掉作画的固定格式,不会用笔拘泥于绳墨而使画面流露恶俗之气。

2. 地域是造成绘画差异的一个原因

造成绘画差异的客观因素除了老师传授的学问和技法不同外,地域差异也是一个重要原因。譬如说,宋二水、范中立的画中有秣陵景象,因为他们的家在建康;米海岳曾经在京口做官,所以画中多有镇江的景色;黄公望隐居在虞山,下笔便常是熟悉的山水景色。

3. 天资是造成画作品优劣的主观因素

"盖天资与画近",决定绘画作品优劣的主观因素,包括个体的天生才智、思考和规划能力、态度、学问、品质以及情感。

关于个体的天生才智,唐志契认为,这是天分带来的。"聪明近庄重便不佻,聪明近磊落便不俗,聪明近空旷便不拘,聪明近秀媚便不粗,盖天资与画近,自然嗜好亦与画近。"①说的是,聪明接近端重便不轻佻,聪明接近光明磊落便不庸俗,聪明接近胸怀阔达便不拘泥,聪明接近秀丽妩媚便不粗陋,因为天赋与画的本性接近,自然而然爱好也会与画接近。

4. "画必须静坐凝神"

唐志契指出:"画必须静坐凝神,存想何处是山,何处是水,何处是楼阁寺观、村庄篱落,何处是桥梁、人物、舟车,然后下笔,则丘壑才新。"②

5. 作画的态度非常重要

唐志契认为,作画的态度不可草率。宋元人的画,越观赏越觉得美好,难道今人就比不上宋元吗?这正是因为宋元人作画虽情闲意定不拘于形态,任意挥毫作画,然下笔之处,没有一处是散漫的。如果像今人这样多以画作糊口,早上才开始作画,晚上就想完成,那么即使画的规格相像,然含蓄的韵味都消散了。

6. 绘画要读书

赵大年读书万卷,且常聚四方宾客纵谈名山大川,并以此为乐,所以凡能下笔处他都能通过想象画出来。正是由于他胸中富于见闻,学识渊博,才能拥有

①　云告,译注.明代画论[M].长沙:湖南美术出版社,2002:260.
②　同上:251.

深远的境界,最终成为一代名画家。

7."写画须要自己高旷"

关于画家的品质。作者曾说:"写画须要自己高旷。"①说的便是,画家需要有高远旷达的胸怀。绘画时须悠闲舒缓不慌不忙,适意时相对明窗,与高雅的人为友,才能描画出心中一点洒脱空灵不拘礼法的妙处。

8."山性即我性,水情即我情"

"山性即我性,水情即我情。"绘画还要求画家有山水性情,即投入自己的感情,将山水拟人化,以得其性情。"得其性情,山便得环抱起伏之势,如跳如坐,如俯仰,如挂脚,自然山性即我性,山情即我情,而落笔不生软矣。水便得涛浪潆洄之势,如绮如云,如奔如怒,如鬼面,自然水性即我性,水情即我情,而落笔不板呆矣。"②山水画要以写性情、情趣为主。山水画与草书、行书相同,都是不拘泥使用功力的事情,都是风流洒脱的事情。如果山水画也需要精雕细琢,那就没有一丝一毫的情趣可言了。

9.以"藏"和"露"论虚实

唐志契还主张"藏"多于"露":"善藏者未始不露,善露者未始不藏。藏得妙时,便使观者不知山前山后,山左山右,有多少地步""画叠嶂层崖,其路径村落寺宇,能分得隐见明白,不但远近之理了然,且趣味无尽矣。更能藏处多于露处,而趣味亦无尽矣。"(《绘事微言》)藏而不露,是虚;露而不藏,是实。露于实而藏于虚,绘画有能画处,有不能画处,不能画处便需以虚笔传其神,能画处则以实笔绘其形,虚实相映,象外生境。藏处多于露处,愈藏愈显,愈实愈虚。所画之景愈藏愈深,画面的审美艺术空间就愈远愈阔,象外之境就越具吸引力和感染力。"入画山水亭屋,未画山水主人,然知亭屋之中必有主人也。"(孙联奎《诗品臆品》)

10."精品最妙的是逸品"

古人多将画分为三品:最高境界是神品,此画作既有规格,更有神韵;其次是妙品,其作规格圆熟,但韵致欠佳;再者是能品,其规格和神韵皆又下一个层次。然唐志契认为,画中的精品最妙的是逸品。为什么这样说呢? 作者解释道:"山水之妙,苍古奇峭,圆浑韵动则易知,唯逸之一字最难分解。盖逸有清逸,有雅逸,有隐逸,有沉逸。逸纵不同,从未有逸而浊,逸而俗,逸而模棱卑鄙

① 云告,译注.明代画论[M].长沙:湖南美术出版社,2002:251.
② 同上:260.

者。以此想之,则逸之变态尽矣。"①其意是说,山水的奥妙,苍劲古朴奇特峻峭,圆满浑厚气韵生动容易认识,只有"逸"这个字最难解释。因为逸有清新俊逸、风雅飘逸、超群拔逸、隐遁放逸、潜伏闲逸。纵使逸有千万般不同,但从未有逸而浑浊的、逸而庸俗的、逸而态度含糊的。这样想来,逸的变化形态穷尽了。总之,无论属于哪一种"逸"都是脱俗的。

在他看来,绘画要达到神品、逸品的境界,必须处理好法度与运笔的关系。根据这一审美标准,他认为当时流行的苏州画派和松江画派都有失偏颇,因而都不可能创作出高层次的绘画作品。他认为,苏州派作画时论理,松江派作画时论笔。什么是理呢？比如说高低要适宜,向背不能安置有误,就是说重视作画的法度。什么是笔呢？比如说风神秀美洒脱不流于俗,韵致清新美好,这是文人画的意趣。然而用理的过失是呆板不灵活,易重叠堆积,拘泥于规矩,使得画无生气。用笔的过失在于易落入放荡不羁的歧途,易失去款式,易稀少冷清,树石单薄。然而两个派别各以此标榜,不详细甄别,怎能发挥理与笔的所长呢？理不成理,笔不成笔,其品位不就低下了吗!

(十五) 沈颢论神韵与灵感

沈颢(1586—1661),字朗倩,号石天,吴县即今江苏苏州人,补博士弟子员。性豪放好奇,工诗文,书法真、草、隶、篆,无所不能。山水近沈周,晚年笔意挺秀,点色清妍,深于画理。顺治十八年(1661 年)题陈元素墨兰图,时年七十六,图藏故宫博物院。其著作《画麈》一卷凡十三目,其中提出的观点论述颇有价值。

沈颢认为,南北宗画风不同与地域差异有很大关系。他曾这样概括南北宗的画风:

> 南则王摩诘裁构淳秀,出韵幽澹,为文人开山……北则李思训风骨奇峭,挥扫躁硬,为行家建幢。②

意思是说,南宗王摩诘(王维)的画作体裁构思质朴纯秀,幽静而恬淡,是文人画的始祖;北宗李思训画的风格雄健不同流俗,挥毫洒墨,急切坚硬,为行家建立了标榜。其后,沈颢又分析原因说,这是因为南北的地域不同,画家们所选的景

① 云告,译注.明代画论[M].长沙:湖南美术出版社,2002:255.
② 同上:333.

物不同,此外,地域差异还会导致人们的性格迥异。总体而言,北方人性格更豪爽,南方人心思细腻,并且性格的差异也会表现在行事风格上。

与前人一样,沈颢同样重视画的神韵、气势,他曾说一幅佳作是"挹之有神,摸之有骨,玩之有声",①又说"画中有物,物中有声"②他的意思是,画作要推崇其神韵,揣摩其风骨,玩味其声势,仿佛画中有物,物中有声势一般。对此,沈颢还用联觉形象地加以说明:"层峦叠翠,如歌行长篇;远山疏麓,如五七言绝。"③说的是,那画中重重叠叠的青翠山峰好似歌行长篇,那远处山脚下稀稀疏疏的林木就像是五七言绝句。

沈颢还提出临摹古人的画,不在于对着画临摹,而是要心领神会,仔细观察画的建构。

此外,他还指出,创造画作须随性,说的正是心理学中的灵感。"了事汉意到笔随,渍墨扫纸,便是拈花击竹。"④也就是说,聪明的人意到随即动笔,濡墨写纸,便是拈出花草敲击翠竹,这是比喻下笔有物。作者还举例说,有一个画师,日间作画,晚上做梦就进入自己的画中,早上起来又继续描画梦境。每每技艺达到神妙的境界,于是有误点墨以为是苍蝇飞落屏风,画水能作响,画鱼能跃水,堪称生命之作。正是由于作画到了如痴如醉的地步,灵感才如清凉的泉水般不断涌现。

(十六)汪砢玉:绘画可以修养人的精神

汪砢玉(1587—?),字玉水,号乐卿,自号乐闲外史,明藏书家、书画家。秀水(今浙江嘉兴)人。一说为徽州(今安徽歙县一带)人,寄居秀水。崇祯中,官山东盐运使判官。父爱荆,与项元汴极友善,建"凝霞阁",藏贮古籍、字画。收藏富于一时。他又广为搜罗,别置"莲登草堂""韵石阁"等,并就其所藏及闻见所及,撰《珊瑚网》。崇祯间成书,收录并评记所见书画之得失,朱彝尊称其堪与《清河书画舫》《真迹日录》并驾。

汪砢玉对画的术道颇有自己的见解。他曾说:"图山林岩壑,则使人忘嚣尘,志淡薄;图川泽河海,则使人心胆疏通,神气圆畅;图宫室则能营计毫厘,布指高下,使人身如可居,状如可入。"⑤其意思是说,画山林岩石丘壑,能使人忘记纷扰的尘嚣,淡泊名利;画山川河海,能使人心旷神怡,精神饱满圆畅;画宫室

①② 云告,译注. 明代画论[M]. 长沙:湖南美术出版社,2002:333.
③ 同上:334.
④ 同上:347.
⑤ 同上:357.

能使人精于思考计算毫厘,伸手指出高下,使观画之人身临其境,形状像可以进入。显然,这段话表明作画的过程是将画作与作者的心境结合在一起的过程。

阅读材料

"八大山人"书画之谜

　　"八大山人"是明清之际著名书画家朱耷,又名朱由桵的名号。朱耷出生在明天启六年(1626年),卒于清康熙四十四年(1705年),出生后父母发现他耳朵特别大,遂取名为朱耷。清顺治五年(1648年)出家为僧,法名传綮,字刃庵。康熙五年,他给自己取了第一个别号:雪个。此后他先后使用过多个别号,如个山、驴、屋驴、人屋等奇怪的别号,直到康熙二十三年(1684年)也就是在他五十八岁那年,他给自己起了最后一个别号"八大山人",从此其他别号都不再使用了。有意思的是,他在自己的画上落款时总是竖笔连写"八大山人"几个字。所以看起来像"哭之",又是像"笑之",似乎可以表达他当时作画的心情。

　　八大山人与石涛、石溪、弘仁合称"清初四大画僧",并且居四僧之首。

　　一、他是朱元璋的后代

　　八大山人多才多艺,在诗、书、画方面都造诣颇深,可谁也想不到他竟然与读书很少的一代帝王朱元璋联系在一起。八大山人的先祖是朱元璋的儿子朱权(1378—1848),距离八大山人出生200多年。朱权年轻时自称为"大明骑士",洪武二十四年(1391年)被封到今内蒙古自治区赤峰市宁城县,被称宁王。燕王朱棣起兵胁迫朱权相助。朱棣即位后,将朱权从内蒙古调到南昌,削去兵权,保留封号。

　　朱权与朱元璋不同,他在经史、医学、释道,甚至茶道方面都颇有造诣。仅就艺术方面说,他精通音律,擅长鼓琴,创作杂剧12种之多,流传下来的有《卓文君私奔相如》等。他撰写的《太和正音谱》是一部重要的喜剧理论著作。

　　朱权获得的宁王封号向下传了四代,传到朱权的玄孙朱宸濠时出现变故。朱宸濠是弘治十二年(1499年)承袭宁王称号的,但他不甘只做个王爷,于正德十四年(1515年),以皇帝荒淫无道为名,从南昌起兵讨伐,企图夺得皇位。结果 43 天后朱宸濠就被俘，次年被杀。宁王的番号被取消。但朱权的后代一直生活的南昌，所以八大山人是南昌人。

二、22 岁遁入空门

八大山人从出生到青年时代都生活在平静的、充满文化艺术氛围的家庭中。祖父、父亲都擅长书画。作为贵族子弟的八大山人，从小就接受着良好的教育，再加他天资聪慧，所以他在 8 岁时就能写诗，能悬腕写北宋书法家米芾的小楷，11 岁能画山水画，显示出非凡的艺术才能。

和许多封建文人一样，八大山人早年醉心于科举，因为到他这一代已经享受不到藩国封王的名号了，只能靠自己努力。为了考科举，八大山人熟读了儒家经典，在十几岁时便轻松考中秀才。正当他准备像许多当代士阶层一样，沿着科举之路一直走下去的时候，巨大的变故在他 18 岁那年突然发生了。就在那年的 3 月 19 日崇祯皇帝自缢，延续了 276 年的大明王朝就此终结，改朝换代的历史变局出现。由于与朱家特殊的血缘关系，他比传统文人又多了一份心灵创伤。

更大的打击接踵而至，就在明朝灭亡的第二年，八大山人的父亲去世，后来八大山人的妻儿也在兵荒马乱中死去。至此，八大山人青年时代的梦想彻底破灭了。他看破了红尘，在清顺治五年（1648 年），22 岁的八大山人在江西奉新的耕香院落发为僧，在山里一住就是数十年。

三、有时疯时哑的家族遗传病

八大山人才华过人，但据史书记载，他却时而癫狂，时而哑不能语。许多人都认为他是由于国破家亡而装出来的，事实上这是他家族遗传的疾病。八大山人遗传了他的祖父和父亲癫狂的基因。他的祖父就有着狂狷的性格，才华超群，但行为却异乎常人。只要心有所触、心有所感，便当众歌唱或哭泣，常常令在场的人莫名其妙。

八大山人的父亲是他祖父的第四个儿子（他祖父共有 5 个儿子），人长得非常帅气，且聪颖异常，但是个聋哑人。八大山人不像他父亲那样聋哑，但有"口疾"，常常说话不畅。有时与朋友见面，握手大笑，却用手语交谈；有时以书代口，用纸上写字的方式与朋友聊天。但他又不是全哑，有时又能说话。

八大山人"癫疾"最厉害的一次持续了几年时间。那是在康熙十八年

(1679年)应临川县令胡亦堂之邀前往临川衙府作客期间,胡亦堂陪同他游览临川的东湖寺和多宝寺的过程中,八大山人一直默默无语。回到住处与他说话,他也只是点头作答。腊月的一天下午,胡亦堂与八大山人下棋,到快决定胜负的时刻,八大山人突然开口说话了,胡亦堂不仅特别高兴而且还写了一首诗。

八大山人在临川近一年的时间里,他应邀作画、下棋、赏月、看花、赏雨、饮酒、外出游览等。这样的生活应该是很惬意的,可是不知为什么,他在某个时刻会忽而发狂大笑,忽而又终日痛哭。一天晚上甚至还扯破僧衣,将其烧毁。

康熙十九年(1680年)初春的一天,八大山人徒步从临川走到南昌,两地相距120多公里。到南昌后,他每日到市面游荡,由于衣服破烂,脚后跟都露在外边,一些孩子跟在他后面围观喧笑,他毫不在意。后来还是他一个侄儿认出了他,将其留住在自己家里,这样过了两三年,八大山人才恢复正常。

四、身在寺院心怀故国

晚年的八大山人先后居住在南昌附近的北栏寺、开元观等处。始终不改的是他对艺术的痴迷。常常兴之所至,泼墨挥毫。画出的画任人拿走,分文不取。

当时有位名叫程京萼的书画家,看见八大山人年纪大了,生活又没有着落,便让众人到八大山人那里买画,使他能够维持生计。嗣后,八大山人在北兰寺附近建了一间"寤歌草堂",仍是作画卖画,过着艰难凄凉的生活,79岁时,孤寂而亡。

从八大山人的行为举止来看,他似乎早已超然世外,其实在他的内心世界,从来都没有忘记明王朝的故国家园。有他自己的诗为证:"墨点无多泪点多,山河仍是旧山河,横流乱世杈椰树,留得文林细揣摩。"虽然他身在贫民,但他仍流着朱家龙血,所以他虽身在六根清净的寺院,仍然斩不断他对清王朝的愤恨,对明王朝的眷念。

五、书画风格孤傲不群

八大山人留下了许多书画作品,但比较起来,他的绘画优于书法。八大山人作品的题材非常丰富。花卉、果蔬、禽鸟、怪石、山水无不是他绘画的题材。他的书画虽然有许多已经散佚，但仍有许多精品传世，如《河上花并题图卷》《鱼鸭图卷》《鱼乐图卷》《杨柳浴禽图卷》《大石游鱼图卷》《古梅图轴》以及书法作品《临〈兰亭序〉轴》《临〈临河叙〉四屏》等，都珍藏在国内外博物馆内。

八大山人书画的独特风格就是他塑造了许多孤傲不群的形象。其中《孤禽图》最富代表性。这幅画的构图是在一张白纸下方的中间，勾勒一只黑色的鸟侧身独脚站立，弓背缩脖，眼睛上翻，一股冷漠倔强之气从黑鸟的身姿和眼神里透出，有种横眉冷对大千世界的气势。这样一幅着墨不多的画却透出了神奇的魔力。

类似的画还很多，有一幅画上仅有一条小鱼，《小鱼》现收藏在日本东京博物馆；有一幅画只画一只小鸡雏，《鸡雏图》现收藏在上海博物馆；还有一幅画只画一只孤独的猫，《猫》收藏于日本京都泉屋博物馆……画中形象、神态各种各样，但都投射出孤傲不群的特色。

资料来源：新周报，2011，240(32)：22.

二、清代的绘画心理思想

（一）绘画创作动机与目的

画家为什么作画？是什么心态和动力促使画家作画？这是自有绘画理论以来就一直探讨的问题，在清代也有许多画家和绘画理论家通过自己的创作和研究提出并回答了这一问题。

1. "画以达情"

清代画家王原祁（1624—1715），字茂京，号麓台，别号石师道人，江苏太仓人，康熙九年（1670年）中进士，后入仕供奉内廷，长期在宫廷作画，鉴定古字画，并主持编纂《佩文斋书画谱》，为康熙祝寿绘制《万寿盛典图》，深得清廷皇室宠幸。著有《雨窗漫笔》《麓台题画稿》等画学论述，对山水画的发展及娄东派的形成起了重要作用，深刻影响了几百年的清代画坛。《国朝画征录》评他的画是："熟不甜，生不涩，淡而厚，实而清，书卷之气盎然纸墨外。"

王原祁的绘画艺术继承了其祖父王时敏和董其昌的画法，后又学元四家，以黄公望为宗，晚年画风日益成熟，形成了苍蕴古澹、灵动秀雅的风貌，在绘画笔墨形式的探求上达到前所未有的高度。王原祁一生致力于山水,对古人师承不遗余力,致力于摹古,在摹古中又要求变化,着重笔墨本身。

从心理学的角度读《雨窗漫笔》和《麓台题画稿》,可以发现王原祁的画学观点,其中之一就是对创作心态与动机的论述。他主张"画以达情",极力批判"取媚世人""追逐名利"。或许这与他长期供奉内廷、迎合上意的绘画生涯的不自由有关。对于画以达情,他说:"笔墨一道,同乎性情,非高旷中有沉挚,则性情终不出也。"①"若毫无定见,利名心急,惟取悦人"②,便为俗笔。他认为绘画是用来表达绘画者情感或情思的,而不应当掺杂功利。

此外,他也论述了"意在笔先,为画中要诀"③的观点,以及"作画以理、气、趣兼到为重,非是三者,不入精、妙、神、逸之品"。④他还强调作画应有"言外之意",应"安闲恬适,扫尽俗肠"⑤等观点。

2. "画以慰天下劳人"

这是清代著名诗人、画家郑板桥(1693—1765,名燮,字克柔,号板桥,江苏兴化人)的创作动机。郑板桥幼年时家境贫寒,但是他喜欢读书,见多识广,博闻强记,应科举为康熙秀才、雍正举人、乾隆丙辰(1736年)进士,曾任山东范县、潍县知县,因得罪豪绅而罢官。"扬州八怪"的主要代表。工诗词,善书画,尤妙于兰竹,秀劲绝伦,书法隶楷参半,自称"门分半书"。他的一生可以分为"读书、教书"、卖画扬州、"中举人、进士"及宦游、作吏山东和再次卖画扬州五个阶段。郑板桥一生清廉,很多关于他的趣闻轶事至今仍在坊间广为流传。先生论画,多见于《郑板桥集》,尤其是《板桥题画》。

就创作动机和目的方面而言,郑板桥明确宣称"画以慰天下劳人"。他在《题画》中指出:"凡吾画兰画竹画石,用以慰天下之劳人,非以供天下之安享人也。"⑥他这里的"劳人",主要并不是劳动人民,而是"劳苦贫病之人,忽得十日五日之暇,闭柴扉,扫竹径,对芳兰,啜苦茗"的如同作者这样的下层知识分子。也正是出于这样的创作目的,所以他人索画,他会因人而异,即"索我画,偏不画,不索我画,偏要画"。⑦也正是出于"以慰天下之劳人"的创作目的,先生对于兰、竹、石之类的绘画,特别注重给人以审美愉悦。

① 潘运告,编著.清人论画[M].长沙:湖南美术出版社,2004:94.
②③ 同上:75.
④⑤ 同上:74.
⑥ 同上:383.
⑦ 同上:382.

3. 在绘画中寄托自己的人格品性

郑板桥之所以以竹、兰、石为绘画对象,就是以竹、兰、石寄托对其自身人格、品质的自喻。郑板桥一生擅长竹、兰、石,也多画竹、兰、石。在他看来,四时不谢之兰,百节长青之竹,万古不移之石,千秋不变之人,写三物与大君子为四美也。因此在《题画》中,我们也可以阅读到,不少借兰、竹、石以言志的句子,如:"兰花本是山中草,还向山中种此花。尘世纷纷植盆盎,不如留与伴烟霞。"[①]"介于石,臭如兰,坚多节,皆《易》之理也,君子以之。"[②]

4. 用以修身养性

这是清代董棨(1772—1844,字汉符,号石农、乐闲,又号梅溪老农)的观点。董棨,秀水(今浙江嘉兴)人,师从方薰,中年之后见以己意,笔致清脱。无论山水、人物还是杂品,都具有前规,颇见功力。作曲水流觞长卷,乃中年时得意之作。同时又擅书法,楷书法颜真卿,行草宗董其昌。性格慷慨大方,一生所得润笔巨万,却自奉俭约,一大半都拿来接济世人。

他著有《养素居画学钩深》画论一卷,共二十三则。强调画家作画"内以乐志,外以养身"以"陶然自得";要求反映绘画对象的形神,同时表现画家的情思;提出"四不穷"说,即"笔不可穷,眼不可穷,耳不可穷,腹不可穷"。[③] 这对修身养性是很有价值的。

(二) 绘画创作的心理活动与过程

1. 画由心生

"清初六大家"之一的恽寿平(1633—1690),原名格,字寿平,别号南田,江苏武进人,是清代享有盛名的画家和画论家,他继承和发挥了北宋著名画家郭熙的观点。恽南田画作出众,风格独具,兼工诗书,题句清丽雅畅,诗风拔俗超逸,书法取褚、米之长,融会贯通,故时享"南田三绝"之誉。恽南田初习山水,与"四王"之一的王翚为至交,后自认为山水画不及王翚,耻为天下二,而舍山水而学花竹禽虫,以花鸟写生画名于当时。恽南田一生最精粹的画学思想,多体现在山水画跋中,以《南田画跋》为甚。

在论及郭熙先生时,恽寿平盛赞先生小心精密的作风,并极力推崇其画由心生之道,且借其言以勉后生:

① 潘运告,编著. 清人论画[M]. 长沙:湖南美术出版社,2004:370 - 371.
② 同上:379.
③ 云告,译注. 清代画论[M]. 长沙:湖南美术出版社,2003:220.

凡画积惰气而强之者,其迹软懦而不快,此不注精之病也。积昏气而
泪之者,其状黯猥而不爽,此神不与俱成之病也。以轻心挑之者,其形脱略
而不固,此不严重之弊也。以慢心忽之者,其体疏率而不齐,此不恪勤之
弊也。①

　　说的是,如若作画之人的懈怠情绪郁积于心勉强作之,那么其作品就会软弱不
畅,此乃用心不一所造成的毛病;如若作画之人迷乱不清而胡乱作画,则其画形
状昏暗,杂乱不清爽,此乃精神不与俱成的毛病;若作画之时,漫不经心,那么其
画的形象将轻慢不拒而不专一,此乃不严肃稳重的弊病;若作画时不经心轻忽,
那么其画体粗疏轻率不整齐,此乃不恭敬勤恳的弊病。

　　2. 画“自内而出”

　　郑绩(1813—1874),字纪常,号戆士,别署梦香园叟。他将作画与做学问同
等看待,认为“为学之道”应“自内而出”。这也是画由心生的一种表达。郑绩是
清嘉庆、道光年间广东新会人。自少攻读四书五经,多才善辩,能书工诗,擅绘
画兼习医术。年轻时代,屡试不第,遂绝意仕途,另谋出路。初业医,后放弃,转
而以卖字画为生。四处泛游,受到书坛画苑知名人士赏识,名声大噪。上自官
吏,下至平民,遇有喜庆屏寿幛,以得他的字画为荣。因而所到之处,前来求书
画的人,常挤满屋舍;而投赠报酬的钱银肉食,不可胜数。但是,他生性任侠,疏
财仗义,乐善好施,周济贫困,以至四壁萧条,家无积储。中年,又放弃卖字画生
涯,转而经营盐业。因他操纵有术,进出居奇,不出半载便获大利。贩盐三十余
年,全无拖欠应缴的盐饷,而自己盈利亦很可观。至晚年,他隐居广州越秀山南
麓自营的别墅,园曰梦香,居曰梦幻楼、梦寄。

　　他对“为学之道”,应该“自内而出”的观点有如下表述:

　　夫为学之道,自外而入者,见闻之学,非己有也;自内而出者,心性之
学,乃实得也。善学者重其内以轻其外,务心性而次见闻,庶学得其本而知
其要矣。故凡有所见闻也,必因其然而求所以然,执其端而扩充之,乃为己
有。苟以见闻取捷一时,究之于心固然未达,诚非己有也。②

①　潘运告,编著. 清人论画[M]. 长沙:湖南美术出版社,2004:163.
②　云告,译注. 清代画论[M]. 长沙:湖南美术出版社,2003:356.

也就是说，做学问之道，显然也包括他的绘画之道，凡从外面而入的，见闻之学，并不是自得之学；从内心而产生的，心性之学，才是实际成就。善于学习者重视其内心而轻视其外表，操劳心性而次之见闻，可学得其根本而知其梗要。所以大凡有多见闻者，必须因其如此而求其何以如此，执其一点而扩充之，才能成为自己所得。倘若仅以见闻求捷径以成功一时，真正考究于心却茫然不明白，实在不是自己所得。

"自内而出"的"心性之学"，即建构主义所说的主动建构的认知结构。郑绩强调"心性之学"，强调"实得""己有"正是强调学习应该是自我主动建构的。同时，他认为学习最重要的是"得其本而知其要"，这一点在学习理论中也有体现。布鲁纳的结构教学观即强调发现学习，强调在学科知识的教学过程中，促使学生掌握学科的基本结构的重要性。

3. "画从心而障自远"

石涛(1642—1707)，俗名朱若极，家后有僧名原济，字石涛，号苦瓜和尚、大绦子、清湘陈人、石道人、清湘老人等，清初画家和画论家。为明藩靖王后裔。早年曾游历名山大川，擅山水、花卉、人物，乃"清初四画僧"之一。著有《苦瓜和尚画语录》一书，以"一画"论为核心，贯穿始终，精辟地阐述老人绘画艺术同现实的审美关系，同时在继承与创新及山水画技等方面提出自己独特的见解。主张"法自我立"，提出"我之为我，自有我在"，强调"笔墨当随时代"，与清初花坛鼓吹的复摹之风迥异其趣。

深受佛家思想的影响，语录中处处体现出其大乘的禅宗大义，也体现了一定的心理学思想。画从心出的思想就是其中之一：

> 一画者，众有之本，万象之根，①人不见其画之成，画不违其心之用，盖自太朴散而一画立矣，一画之法立而万物著矣。②一画明，则障不在目……而画可从心，画从心而障自远矣。③画受墨，墨受笔，笔受腕，腕受心……④我则物随物蔽，尘随尘交，则心不劳，心不劳则有画矣。⑤

其意是说："一画"之法是万物的本源，是一切景象的根由；人不见其画的成就，

①② 潘运告，编著.清人论画[M].长沙：湖南美术出版社，2004：2.
③ 同上：5.
④ 同上：9.
⑤ 同上：31.

画不违其心的运用,因为自原始质朴的大道离散而一画的法则存在了,一画的存在而万物显著了;一画的道理明白了,眼前就不会有什么障碍了,从心而画,障碍自然就远了;画由墨成,墨随笔运,笔自腕动,腕则受心的控制;而对我而言,外物随外物壅蔽,世俗同世俗交往,所以我就心不操劳,心不操劳自然就有画了。

在石涛的画论思想里,始终贯穿着"一画"之法。而后人对于"一画"有着不同的解读,比较普遍的观点有两种:其一,认为"一画"就是作画的一根线条,是绘画的基本技法;其二,认为一画是"自我"与"本性""中得心源"的冥合状态,也就是个体对"自我"和"本性"的自知和理解。禅学思想认为,一切众生平等,人人皆有佛性,认为这个世界是因我们的感知和认识而存在的,"万法唯识、一切唯心"。由于石涛乃出家之人,深受佛学禅意的影响,所以学者们认为"一画"之法就是"从心"之法。画家们只有明白了"一画"之道理,充分尊重内心的感受,才能"障自远矣",同时石涛还强调要"远尘""脱俗"以保证心境的平静,作出上乘的好画。

4. 意在笔先

清代画家钱杜持此观点。钱杜(1764—1845),字叔美,号松壶、松壶公、松壶小隐,浙江仁和人,性格闲旷洒脱拔俗,好游历,足迹几乎遍布天下。擅画山水,尤得力于文徵明,但过于细弱,缺少魄力。水墨画细碎,青绿山水饶具装饰味。墨梅、人物、花卉也兼有所长。

钱杜著有《松壶画忆》二卷。上卷论画及谈画法,全无空虚玄妙之谈。下卷记其生平所见名迹,一一详其布置及作法,加以评论。提出"下笔须先定意见","心手并运",学古人应求得古人作品之"神意""神韵",不应一意求"取形似"。自称《画忆》者,取忆及平生作画经验及鉴赏之意。[1]

清代画家王原祁将意在笔先看作画中要诀。王原祁是一位非常重视绘画教育的画家,他刊行《雨窗漫笔》和《麓台题画稿》的基本用意就是推崇雅正画体以教育后学。他对学生的画学教育并未落实在技法的理解上,也没有落实在单纯地让弟子对他的画的临摹上,而是落实在"意在笔先,此乃画中要诀"上[2]。

清代画论家蒋和(生卒年不详),提出"未落笔时先须立意"的观点。蒋和字仲和、仲淑,号醉峰,江苏金坛人,移家无锡。系拙老人蒋衡之孙,故又自称江南

中国文艺心理学思想史

---

[1] 云告,译注.清代画论[M].长沙:湖南美术出版社,2003:268.

[2] 同上:75.

小拙。乾隆钦赐举人,官国子监学正。有《学画杂论》等书画论著。《杂论》一书共十六则,论述了绘画美学的一些见解,主张"画者,理也,意也"。他说:"未落笔时先须立意,一幅之中有气、有笔、有景,种种具于胸中,到笔着纸时,直追出心中之画。理法相生,气机流畅,自不与凡俗等。"①意在笔先,气韵、笔墨、景致种种具备于胸中,才能理法相生,气势流畅。

5. 形神并重

郑绩著有《梦幻居画学简明》,分山水、人物、花卉、翎毛、兽畜五卷。意旨精纯,所述画法,皆系经验之谈,不尚空论。主张形神并重,画山水,不能"忽略与形象";画人物,要"写其人不徒写其貌,并要肖其品";画花卉,要"合而观之,则一气呵成;深加细玩,复神理凑合";画禽兽,要"于形似中得筋力,于筋力中传精神"。其中提出师古人尤须造化,更为一般画论所不及。②

邹一桂强调"造型"与"师心"。学习造型应当从学习写生开始。邹一桂(1681—1772),字原褒,号小山,无锡人,其父邹熙森,工书画,家藏名画极富。雍正五年二甲一名进士,改庶吉士,授编修。曾任云南道监察御史、礼部给事中、太常寺少卿、礼部侍郎、内阁学士。乾隆二十三年(1758年)致士。著有《小山画谱》,专论述花卉技法、构图、笔墨、设色、烘染、树石、点苔、画家、画派、颜料、装裱及胶矾纸绢之类。

在《小山画谱》中,邹一桂阐述了自己对"造型"和"师心"的看法,一开篇他就提出学画应该写生,以万物为师,以生机为运。他说:"画以象形,取之造物,不假师传,自临摹家专事粉本,而生气索然矣。今以万物为师,以生机为运,见一花一萼,谛视熟察之,以得其所以然,则韵致丰采,自然生动,而造物在我矣。"因为在他看来,"未有形缺而神全者也",所以只有在"形"的问题上持有正见,才可能做到"移情格物,撼趣造境"。③

在注重写生,注重对自然深入观察方面,邹一桂也提出相应的方法——"四知",尤其是"知人"部分颇有特色。他说:"天地化育,人能赞之。凡花之入画者,皆剪裁培植而成者也。"④其意为,花草虽受天地之化育,但凡是能入画的,都经历过剪裁培植,所以他认为"欲使精神满足,当知培养功深"。人是绘画的主体,其精气神直接影响到作品的审美品位。什么样性情的人,培育出什么样

① 潘运告,译注. 清人论画[M]. 长沙:湖南美术出版社,2004:475.
② 云告,译注. 清代画论[M]. 长沙:湖南美术出版社,2003:356.
③ 潘运告,编著. 清人论画[M]. 长沙:湖南美术出版社,2004:432-433.
④ 同上:444-445.

的花,所谓知人就是知心、知性、知情,方能真正知花。

6. "理、气、趣"三到

清代的盛大士(1771—1836),字子履,号逸云,又号兰簃道人,又作兰畦道人,江苏镇洋即今太仓人。盛大士认为,绘画创作需要"理、气、趣"三到,三者缺一不可。盛大士,清朝画家、诗人,师从钱大昕,仁宗嘉庆五年(1800 年)举人。学问淹雅,诗画俱佳。夙好六法,至壮年开始学习皴染。其山水以娄东王氏为宗,又有所脱略,落落有大家风范,为娄东正派。所作《烟浔云峤图》,苍莽深秀;《灵芬馆图》,萧疏幽旷。

盛大士著作颇丰,如《蕴愫阁集》《琴竹山房乐府》《溪山卧游录》《泉史》等。其中尤以山水画论著《溪山卧游录》最为著名。《溪山卧游录》共四卷,前两卷多论画法,其中有抄录前人画论;三、四卷记其同时代画家和友人交游及题赠诸事。盛大士在书中有许多可取的言论,如提出画有"三到"——"理、气、趣","非是三者,不能入精、妙、神、逸之品"。提出绘画"七忌",强调画家主观情思抒发和寄托,反对"沉溺于利欲名场"。①

7. 酝酿与灵感

在清代,沈宗骞对绘画中的酝酿与灵感提出了自己的独到看法。沈宗骞(1736—1820)乾嘉时浙江乌程(今湖州)庠生(秀才)。字熙远,号芥舟,又号研湾老圃。擅长书画,书法上继承二王遗风,绘画上山水人物也无不传神,为当时的名公所推崇。其在绘画上的传世之作主要有《汉宫春晓图》和《万竿烟雨图》,被赏鉴家视为瑰宝。

在鉴赏书画方面,沈宗骞同样独具慧眼,并著有堪称画道指南的《芥舟学画编》。此书是他潜心画学三十年所得之研究成果,共四卷。卷一、二论山水,分宗派、用笔等十八篇;卷三论传神,分传神总论、取神等十篇;卷四为专论,分人物、笔墨绢素、设色"琐论"三篇。在书中,他痛斥俗学,阐扬正法,注重传统经验,堪称清代最重要的画论著作之一。②

《芥舟学画编》中沈宗骞论及以下几个学习绘画及绘画创作方面的心理问题。其中之一就是对酝酿与灵感的论述。他认为,作画是高创造性的艺术,沈宗骞在创造力方面强调灵感与酝酿并重。他注重灵感:

①　云告,译注.清代画论[M].长沙:湖南美术出版社,2003:233.
②　同上:1.

规矩尽而变化生，一旦机神凑会，发现于笔酣墨饱之余，非有时弗得也，过其时弗再也。一时之所会，即千古之奇迹也。①

就是说，新奇的变化产生于规矩穷尽之后，一旦机缘巧合又精神聚会，就会在笔墨酣畅表达之余发现，时机不到不能得到变化，时机一过也不能得到变化。一时的聚会，妙手偶得之，即千古奇迹。创造力的主要特征之一即新奇、罕见、首创性或独创性，沈宗骞认为"学者规矩而已"，能通过学习获得的只有规矩，要真正获得独创性，光靠学习是不够的，更多需要的是"变化"，而变化则产生于"规矩尽"，追求"机神凑会"。

同时，他又强调酝酿的重要性：

> 于是停笔静观，澄心抑志，细细斟酌，务使轻重浓淡、疏密虚实之间，无丝毫不惬。更思如何可得深厚，如何可得生动，如何可得古雅堪玩，如何可得意思不尽，如何可得上下照应，几此皆当反复推究而非欲速者所得与也。②

其大意是说，静观默察，使心情保持清静，细细斟酌，必须使轻重浓淡、疏密虚实之间，没有丝毫不妥。再思考如何可得深厚，如何可得生动，如何可得古雅，如何可得意境深远，如何可得上下关联，这些问题都必须反复推敲，又岂是追求速成者所能等待的？他说："吾所谓酝酿云者，敛蓄之谓也。意以敛而愈深，气以蓄而愈厚，神乃斯全。"③即强调收敛意境和积蓄气势。

同时，沈宗骞还注重灵感和酝酿的有机结合，以达到高创造力：

> 要之速以取者始之事也，缓以凝者终之事也。若既能速其所当速而复能缓其所当缓焉，安有不足观者乎？④

就是说，一件事，可以凭借灵感快速开始，但终结一件事需要缓慢凝练。如果能在应当急速的事情上急速，又能在应当缓慢的事情上缓慢，所作画作哪有不值得观赏之理？可以看出，沈宗骞强调在创造性的工作中，即使是由灵感而发，也

325

---

① 云告，译注. 清代画论[M]. 长沙：湖南美术出版社，2003：57.
②③ 同上：120.
④ 同上：121.

应在其基础之上充分酝酿，即"敛意蓄气"，这样才能算是真正的"足登鉴者之堂"。

8. "眼中之竹""胸中之竹""手中之笔"

清代书画家、文学家、诗人郑板桥（1693—1765），名燮，字克柔，江苏兴化人，一生主要客居扬州，以卖画为生，"扬州八怪"之一。其诗、书、画均旷世独立，世称"三绝"，擅画兰、竹、石、松、菊等植物，其中画竹五十余年，成就最为突出。他将对画竹的创作过程概括为"眼中之竹""胸中之竹""手中之笔"三个阶段。

在《竹》一篇中，板桥先生说：

> 江馆清秋，晨起看竹，烟光日影露气，皆浮动于疏枝密叶之间。胸中勃勃遂有画意。其实胸中之竹，并不是眼中之竹也。因而磨墨展纸，落笔倏作变相，手中之竹又不是胸中之竹也。总之，意在笔先者，定则也；趣在法外者，化机也。独画云乎哉？[①]

郑板桥以画竹为范例，将绘画创作分为三个阶段。第一阶段"眼中之竹"——创作对象的现实基础。从郑板桥的论述中，我们不难体会出，所谓眼中之竹就是对竹子进行大量仔细、多角度、多方位的观察。"于时一片竹影零乱，岂非天然图画乎！凡吾画竹，无所师承，多得于纸窗粉壁日光月影中耳。"第二阶段"胸中之竹"——将观察获得的竹子千姿百态的形象内化到自己心中，产生创作的"画意"。"文与可画竹，胸有成竹；郑板桥画竹，胸无成竹。浓淡疏密，短长肥瘦，随手写去，自尔成局，其神理具足也。藐兹后学，何敢妄拟前贤。然有成竹无成竹，其实只是一个道理。"第三阶段"手中之竹"——"磨墨展纸，落笔倏作变相"，即将胸中之竹通过绘画技能技巧转化为实际的绘画作品。在三个阶段的创作中，郑板桥始终没有忘记，也不可能忘记情与趣始终是贯穿始终的心理要素。所谓"意在笔先者，定则也；趣在法外者，化机也"。

（三）绘画技能的形成

1. 绘画学习的几个阶段

清代沈宗骞（1736—1820），字熙远，号芥舟，又号研湾老圃。沈宗骞认为，绘画是一门动作技能，沈宗骞对绘画艺术的学习有着十分丰富的论述，其中既涉及

① 潘运告，编著. 清人论画[M]. 长沙：湖南美术出版社，2004：360.

学习绘画的过程，又涉及学习绘画的策略，甚至涉及学习目标的制定等问题。

> 盖学画之道始于法度，使动合规矩以就模范；中则补救，使不流偏僻，以几大雅；终于温养，使神怡气静，以几入古。①

其意是说，大凡学习作画之道，皆开始于对法度的学习，即笔法、墨法等，力求符合规矩以趋向模范；至中间阶段，则应致力于补救各种不足与缺陷，使其不流于偏颇，以达到大雅；最后终结于温和涵养，使神怡气静，以进入古风。此论述与动作技能形成的三阶段，即认知阶段、联系形成阶段、自动化阶段有异曲同工之妙。

对于动作技能学习的最高境界——自动化，沈宗骞有一段关于笔法学习的论述十分精辟。他说：

> 其法始焉迟钝，后乃迅速，纯熟之极，无事思虑，而出之自然，而后可以敛之为尺幅，放之为巨嶂，纵则为狂逸，收则为细谨，不求如是而自无不是者，乃为得法。②

其大意为，笔法的运用开始时迟钝，而后越来越迅速，至纯熟到极点，则无需思虑，各种笔法都自然而然的使出。一旦达到这最高境界，无论所作篇幅是尺幅还是巨嶂，无论所作画风是狂逸还是细谨，皆可收放自如。不求如此而自然无不如此，无招胜有招，才算是真正笔法有成。

2. 练习和模仿

沈宗骞尤其强调了练习的重要性。他说：

> 工夫做一年自有一年光景，做十年自有十年光景。③
> 放凡一切法度皆可黾求而得，惟老到之境必视其工夫之久暂。④
> 所谓百炼刚化作绕指柔，其积功累力而至者，安能一旦而得之耶？⑤

其大意是说，功夫做一年自有一年的光景，做十年自有十年的光景；一切法度均

①　云告，译注.清代画论[M].长沙：湖南美术出版社，2003：2.
②　同上：9.
③④⑤　同上：60.

可以通过勉力求取而得,惟有功夫精深之境,必须看其所下功夫的长久与否;所谓百炼钢化作绕指柔,那是积聚功力而达到的,怎么可能一夜功成呢?

心理学认为,促进动作技能学习的外部条件中即包括必要而适当的练习,练习是形成各种操作技能所不可缺少的关键环节,通过应用不同形式的练习,才可以使个体掌握某种技能技巧。

沈宗骞还强调习画应该"循序顺进,勿忘勿助",即学习应该一步一步脚踏实地,不能忘记自己的学习目标,更不能揠苗助长、好高骛远的制定太高的学习目标。他说:

> 学画者最难恰好,其高瞻远瞩者,全未知规矩法度,已早讲性灵如何,气韵如何,任笔所之,无不自喜,到后来竟漫无所得,因而渐渐废弃,此过之病也。其甘于小就者,但解描摹形似,不问笔墨道理,少成片断足以应酬者,便自满愿。前迹之妙,束而不观,绪言之深,置而弗论,以至穷年莫得,皓首无闻,此不及之病也。①

也就是说,学习作画最难的就是(学习目标)恰巧合适,有些人好高骛远,全然不知基本的规矩法度,就开始讲究所谓性情如何,气韵如何,对自己的任意一笔都沾沾自喜,到后来竟空无所得,因而渐渐废弃了自己,这就是学习目标过高的错误。有些人满足于现有的小小成就,只明白描摹形似,完全不问笔墨道理,稍微有点应酬上的成就就自认为实现了夙愿。对前人画作的妙处束之高阁而不予关注,对前人的言论也置之不理,以至毕生无所得,穷其一生依然默默无闻,这就是学习目标太低的错误。

建构主义学习理论强调目标指引的学习,认为只有学习者清晰地意识到自己的目标并形成与所希望的成果相应的预期效果,学习才可能是成功的。如此一来,目标的制定对于能否成功地学习十分关键。在这一点上,沈宗骞的上述言论或多或少能给予今人一些启示。

清代另一位画家方薰则着重论述了模仿在绘画中的作用。方薰(1736—1799),清朝画家,字兰士,又字懒儒,号兰坻、兰如、兰生、长青、樗庵,别署语儿乡农,浙江石门(今属桐乡)布衣。性高逸狷介,朴野如山僧。诗、书、画并妙,擅画山水、人物、花鸟、草虫,写生尤工,画风清淡简雅。与钱塘奚冈(字铁生,西泠

① 云告,译注.清代画论[M].长沙:湖南美术出版社,2003:105.

八家之一)齐名,世称浙西两高士,称"方奚"。一时能手,无出二人之上。阮元评其画说:"深得宋元人秘法。"陈希濂则说:"兰士作画,繁不重,简不略,厚在神,秀在骨,高旷之气,突过时辈。"

方薰自幼聪慧,自小随父亲周游浙江全境,眼界开阔,又广学博取,得以成就其绘画的大业。他著有《山静居画论》二卷,纵论上自晋唐,下至清初各家各派的风格、技法、渊源。

方薰在《山静居画论》中有大量关于临摹前人作品的论述。方薰在文中强调临摹古画须"玩味思索","会得古人精神命脉处",而不是单纯模仿以求相似。绘画艺术作为一项富有创造性的动作技能,在学习过程中练习、模仿自不可少,但学习者的认知同样十分重要。他说:

> 临摹古画,先须会得古人精神命脉处,玩味思索,心有所得,落笔摹之,摹之再四,便见逐次改观之效。若徒仿佛为之,则掩卷辄忘,虽终日摹仿,与古人全无相涉。①

也就是说,临摹古画,首先必须懂得古人的精神命脉所在,研习体味思索,必有所领悟,落笔摹写,摹写多次,便能见到功效,水平就会逐渐提高。倘若只求大体相似,则掩卷即忘,纵使终日模仿,也与古人全无相关。前文中沈宗骞浓墨重彩地阐释了练习、模仿的重要性,方薰则着重强调了应在"玩味思索"的基础上进行练习和模仿,否则"掩卷辄忘",刚合上画卷就忘记了,"虽终日摹仿,与古人全无相涉"。

教育心理学强调,学习者在技能学习的起始阶段,首先要通过对示范动作的观察,对刺激情境的知觉,来形成一个内部的动作意向,以作为实际执行动作时的参照。要形成这样一个意象,则需要对线索和有关信息进行适当的编码。这个编码过程,即是方薰所说的"玩味思索""会得古人精神命脉处"。

晚清书画家松年(1837—1906)则对临摹的正确方式给予特殊关注。松年,姓鄂觉特氏,字小梦,号颐园,蒙古镶红旗人。先后任汶上知县、范县知事等官职。因为其性格不阿权贵,虽为官,但整日浸淫书画之间,无意仕途,故不久即罢官,旅居济南,以书画自娱,一时间从学者甚众。书画俱佳,书法上用鸡毫自成一家。绘画山水、人物、花卉、翎毛、兰竹,用笔好爽,喜画元书纸,最擅用水,

---

① 云告,译注.清代画论[M].长沙:湖南美术出版社,2003:140.

秀润可爱。

　　松年在济南从事艺术活动 20 多年,有大量的书画作品留在民间。光绪二十三年(1897 年)他自序著成《颐园论画》,虽是随手所录,欠缺系统,但是见解不俗。我国著名中国绘画史论家、中国画家、美术教育家俞剑华称:"(松年)书中所论以画才之独创一格,处处有我,最为正确而大胆,足破临摹家之惑。与石涛《画语录》之自己面貌,同为独到之见。其他所论,俱为甘苦有得,切于实用之言,尤以论皴法论用水,为最精。"①

　　在《颐园论画》中,松年谈及了临摹的正确方式,即"对临不如背临"。技能的学习过程中,练习和模仿是必需的。在练习和模仿过程中,认知的参与是很重要的。他说:

　　　　临摹古人之书,对临不如背临。将名帖时时研读,读后背临其字,默想其神,日久贯通,往往逼肖。临画亦然。愚谓若终日对临,固能肖其面目,但恐一日无帖,则茫无把握,反被古人法度所圈,不能摆脱窠臼,竟成苦境也。②

　　其大意是说,临摹古人的书法,对着临不如背着临。将古人名帖时刻研读,读后背着临摹古人的字,默想其神韵,时间久了,就能融会贯通,往往能够学得很像古人了。临摹画作也是如此。我(松年)认为倘若终日对临古人画作,纵然能画得很像古人,但唯恐有一天没有帖子了,就茫然毫无把握,反被古人法度所困,不能摆脱法度的窠臼,竟成了困境。

　　根据心理学的观点,技能的学习包括认知阶段、联系形成阶段和自动化阶段。前文中沈宗骞篇关于这些已有论述。松年从临摹的角度再次强调了认知在技能学习中的重要性,在此不予赘述。

　　在技能形成中,王学浩(1754—1831)则提出著名的"用墨五法"。王学浩,字孟养,号椒畦,江苏昆山人。乾隆五十一年(1786 年)举人。为人恬澹,绝意干禄。幼时与同邑李豫德,即王原祁外孙一同学画,故山水得原祁正传,结体精微,笔力苍古。蒋宝龄所著《墨林今话》称其山水得麓台司农正传且神识过人,学未久即有出蓝之目。

①　云告,译注.清代画论[M].长沙:湖南美术出版社,2003:425.
②　同上:440.

王学浩在阐发前人诸说的基础上辅以自身学画心得,著成《山南论画》一卷,仅八条。他强调"作画第一论笔墨",故《山南论画》中大多论及笔墨之法。例如,用笔之法,须"意外巧妙"。"用墨之法,忽干忽湿,忽浓忽淡,有特然一下处,有渐渐渍成处,有澹荡虚无处,有沉浸浓郁处,兼此五者,自然能具五色矣。""凡画初起时须论笔,收拾时须论墨,古人所谓大胆落笔,细心收拾也。""画中设色",非为写形传神,只是"补笔墨之不足,显笔墨之妙处"。[①]

前文所述方薰的《山静居画论》中也论及墨法:"墨法,浓淡精神,变化飞动而已。一图之间,青黄紫翠,蔼然气韵。昔人云'墨有五色'者也。"仅用一种颜色的浓淡变化即可使人们产生"青黄紫翠"的颜色知觉。王学浩关于墨法的论述更加具体,提出"用墨五法":

> 用墨之法,忽干忽湿,忽浓忽淡,有特然一下处,有渐渐渍成处,有淡荡虚无处,有沉浸浓郁处,兼此五者,自然能具五色矣。[②]

其大意是说,用墨的方法(在于),忽而干忽而湿,忽而浓忽而淡,有特地一下之处,也有渐渐濡染而成之处,有含糊虚无之处,也有浸渍浓郁处,(若能)同时兼此五法,自然"墨具五色"。

王学浩"用墨五法"相对于方薰的"浓淡精神,变化飞动"显然更为具体,也更有操作性。"用墨五法"阐述了如何利用干湿、浓淡等手段来制造明度对比,进而达到"墨具五色"的境界。至于为何"墨有五色",前文中方薰篇中已有论及,在此不予赘述。

唐岱(1673—1752)也论述了绘画中的笔墨技巧。唐岱,字毓东,号静岩,又号知生、爱庐、默庄,满洲正蓝旗人。承祖爵,任骁骑参领,官内务府总管,以画祗候内廷,为康、雍、乾三朝御用画师。山水画初从焦秉贞学,后与王敬铭、张宗苍同为王原祁弟子,名动京师。康熙帝非常欣赏其画作,常召其入宫作画,并赐其"画状元"称号,乾隆对他的画品题也比较多,曾感叹"我爱唐生画,屡索意未已"。唐岱的作品和画论在画院称誉于一时,著有《绘事发微》一书。其论点有很大一部分继承了其师王原祁的观点,主张"复古",但是他同时也强调"景革要新",提倡山水画之逸品者亦须多游。

从《绘事发微》可以看出,唐岱对山水画的认识具有相当的高度,画论从"画

---

①② 云告,译注.清代画论[M].长沙:湖南美术出版社,2003:214.

有正派,须得正传",讲求品味,直到具体的丘壑、山林、着色、皴法等笔墨技巧。对于勾、勒、皴、擦、点等用笔的方法和烘、染、破、泼、积等用墨的方法,都有比较详尽的阐述。

唐岱认为绘画学习是程序性知识的学习,因此绘画的学习要遵循程序性知识学习的规律。在画论的自序中,唐岱记载到"夫画一艺耳,苟学之有得,每不能自已,而积习在焉"。[①] 其意就是警示后人,绘画这项技能的学习,要在掌握基本的理论上不断练习,直至"不能自已",进而成为一种习惯,达到自动化的境地。因此,老师在传授画艺的时候也要注意"令学者得用笔用墨之法,然后视其笔性所近,引之入门",[②]这里的笔墨之法的传授,正是我们所说的程序性知识学习过程中陈述性知识的掌握。

张式(? —1850),字抱翁,又作抱生,号荔门,自号夫椒山人。江苏无锡人,隐居江阴。屡次被举荐为官,张式尽皆推辞,惟以笔墨自任。诗文古辞、书法、绘画俱佳。书法上能悬臂写蝇头小楷,绘画上画笔澹远苍秀。山水具元朝诸家体而能自展机轴。

张式著有《画谭》四千余言,共三十五则,阐尽笔墨之妙。他主张"画山水以气韵生动为主",画人物"下笔时要得其气象"。画乃"借笔墨以寄吾神耳"。强调书画相通,"学画又当学书""未有不能书字而能书画者"。要求学画"初以古人为师,后以造物为师""以古人入,从造物出"。提出"题画须有映带之致,题与画相发,方不为赘文,乃是画外之画,画外之意"。[③]

蒋骥,字赤霄,号勉斋。生卒年不详。江苏金坛人。著有《传神秘要》一卷,分为"传神以远取神法""点睛取神眼珠上下分寸""笑容部位不同""取笑法""神情""气色""用笔层次""设色层次""临幕"等共二十七目,具论人物肖像画作的各个方面。

据记载,蒋氏自小习画,专攻肖像,所以蒋骥对通过表情表达出来的情绪情感,很有研究。"所谓意思,青年者,在烘染;高年者,在绉纹。烘染得其深浅高下,绉纹得其长短轻重也。"[④]在他看来,青年小伙子和年长者表达情绪的方式是不同的,前者是烘染,而后者在于绉纹。另外,蒋骥对眼珠的上下分寸和笑容

① 潘运告,编著.清人论画[M].长沙:湖南美术出版社,2004:289.
② 同上:295.
③ 云告,译注.清代画论[M].长沙:湖南美术出版社,2003:292.
④ 潘运告,编著.清人论画[M].长沙:湖南美术出版社,2004:449.

部位所表现的内容也有深刻的体会。"人之瞳神有上视、平视、下视、怒视之别。"①"笑格每不同,大笑失部位,喜笑或眼合。取笑之法,当窥其人心中得意,而口尚未言,神有所注,而外貌微露。若徒有笑容,不能得两目之神,亦所不取。"②

(四)天资和学力

沈宗骞认为,除了技能之外,绘画还是画者天质、人品、学问和襟期的综合体现。沈宗骞对此也有十分丰富的论述:

> 至于局量气象,关乎天质,天质少亏,须凭识学以挽之……③

> 即如唐六如学于周东村,其本领魄力未尝过于东村,而品志乃不可以等量,况六如又未尝欲厕席南宗,而寸缣尺素宝过吉光。此殆当于襟期脱略神致潇洒间求之,又非天质、人品、学问所得而囿之者也。④

> 若夫正派,非人品、襟期、学问三者皆备不能传世,故为之者亦时有之,而卓然可传者,指不能数屈,则正派之足贵也明矣。⑤

其大意是说,虽然学习作画之道始于法度,中则补救,终于温雅,但是至于作画的器量气派,则关乎于天性,天性不足则须凭借学识以挽救它;然而也有天质、人品和学问局限之外的东西,就像唐六如(唐寅)师从周东村,他的本领魄力未必高于其师,两人品格也不相同,更何况唐六如又未曾想要在南院画宗占有一席之地,但是哪怕是他的小幅绢帛也比吉光神兽还要珍贵。这一切正来源于唐六如潇洒不羁的胸襟和神致,并不是天质、人品和学问能够局限得了的。正派画宗,非人品、襟期、学问三者兼备不足以传世,所以虽然经常有人学习各正派画宗,但其中真正卓越可得真传者却屈指可数,这也正是当今画宗正派可贵之处。

外在的行为和技能是各种素质的综合表现,沈宗骞关于作画的论述无疑是符合这一点的。他甚至在上述基础上提出一些类似于心理学中胜任力特征模型的论述,讲到一些画家的胜任特征:

---

① 潘运告,编著.清人论画[M].长沙:湖南美术出版社,2004:451.
② 同上:451-452.
③ 云告,译注.清代画论[M].长沙:湖南美术出版社,2003:2.
④⑤ 同上:7.

故惟能避俗者，而后可以就雅也。是以汩没天真者不可以作画，外慕纷华者不可以作画，驰逐声利者不可以作画，与世迎合者不可以作画，志气堕下者不可以作画：此数者盖皆沉没于俗而绝意于雅者也。作画宜癖，癖则与世俗相左而不得累其雅。作画宜痴，痴则与世俗相忘而不致伤其雅。作画宜贫，贫则每乖乎世俗而得以任其雅。作画宜迂，迂则自远于世俗而得以全其雅。①

其大意是说，只有能避免落入世俗的人才能达到大雅的境界，所以湮没天然纯真的人不可以作画，追慕繁华的人不可以作画，争名逐利的人不可以作画，志气懈怠卑下的人不可以作画。此数种人都沉沦于世俗而绝缘于大雅。作画者应该有特别癖好，这样就与世俗不同而不至于因世俗而连累到达雅境；作画者应该对绘画痴迷，这样就能忘记世俗牵绊而不至于被世俗伤害到其雅境；作画者应该贫穷，这样就可以背离世俗而任用其雅境；作画者应该不合时宜，这样就自然而然地远离世俗而保全其雅境。沈宗骞的这些论述指出了杰出画家应该具备的人格特质，即"癖""痴""贫""迂"，虽然不够完善，但无疑是杰出画家特征的一部分。

沈宗骞阐述了资与学的关系，进而论述了高尚人格的塑造。资即资性、资质、气质；学即学问、学识。沈宗骞认为，资性和学习应该是相辅相成的，二者是相互促进的关系。他说："盖始也量资以济学，继也因学而见资，所谓能济以优柔而尽刚德者也。"②其大意是说，沈石田（明代画家，吴门四家之首）天资刚健，开始的时候衡量自己刚健的资性以学问来补益，继而因自身学问的提高而展现其资性，这才造就了他最终既能补益以柔，又能竭尽自身刚健之德。

清朝画家方薰（1736—1799，字兰士，又字懒儒，号兰坻、兰如、兰生、长青、樗庵，别署语儿乡农，浙江石门即今属桐乡人）在《山静居画论》中也论述了天资与学力的关系。方薰布衣，性高逸狷介，朴野如山僧。诗、书、画并妙，擅画山水、人物、花鸟、草虫，写生尤工，画风清淡简雅。与钱塘奚冈（字铁生，西泠八家之一）齐名，世称浙西两高士，称"方奚"，一时能手，无出二人之上。阮元评其画说："深得宋元人秘法。"陈希濂则说："兰士作画，繁不重，简不略，厚在神，秀在骨，高旷之气，突过时辈。"

①　云告，译注. 清代画论[M]. 长沙：湖南美术出版社，2003：66.
②　同上：17.

方薰自幼聪慧,自小随父亲周游浙江全境,眼界开阔,又广学博取,得以成就其绘画的大业。他著有《山静居画论》二卷,纵论上自晋唐,下至清初各家各派的风格、技法、渊源。书中推崇文人画,重笔墨,以"古雅""士气"为高。强调"气韵生动",认为"气韵有笔墨间两种""墨中气韵,大多会得;笔端气韵,世所鲜知"。提出绘画"四忌",即"俗、腐、板、甜"四字。又提出绘画的四条基本要求:一是形似、合理;二是传神;三是遵守规矩、法度;四是机锋、趣味。[①]

　　方薰并不赞同古人的天赋决定论,强调后天的学习,强调"委心古人,学之而无外慕"。他说:

　　　　昔人谓气韵生动是天分,然思有利钝,觉有先后,未可概论之也。委心古人,学之而无外慕,悟后与生知者殊途同归。[②]

也就是说,古人说作画气韵生动靠的是天分,然而人的思想有敏锐和迟钝之分,觉悟有先后之分,不能一概而论。只要倾心古人,心无旁骛地学习古人,领悟之后与那些有天分的生而知之者实属殊途同归。

　　清代另一位书法家范玑也论述了天资与学力的关系。范玑,生卒年不详,字引泉,江苏常熟人。擅长山水画,笔墨潇洒。《墨林今话》中称其是在模仿王翚、吴历的基础上稍做变化,神韵益然。精于鉴别书、画、古物,入手即能辨其真伪。曾沿街设摊,卖书画、古玩奉养母亲。

　　范玑著有《过云庐画论》一卷,分三论:山水、花卉以及人物。其中论山水最为详尽,共有三十二则;论花卉、人物较为简短,分别为五、六则。范玑最为可贵之处在于《过云庐画论》中不抄袭陈词滥调,多为自己心得体会,原创性颇高。他提出"画有虚实处""六法甚难""临摹古迹""临与仿不同""画品有三"等,均值得重视。此外,还有许多甘苦心得之语,如认为"应物写形,果能曲体其情,盈天地间何物不可揽入笔端";肖像画要"逼肖卫极则";主张"整笔工细"是"纵笔写意"的基础,"无法"是"有法之极"等。[③]

　　范玑认为,天资固然重要,学力亦不可或缺,不能只重天资而忽视学力。他说:

①　云告,译注.清代画论[M].长沙:湖南美术出版社,2003:124.
②　同上:125.
③　同上:172.

更不可示于文人之不深画理者,以其能赏天资,不重学力。夫天资虽美,岂朝习执笔暮即可为名手乎? 无天资画诚不足赏,天资为学力所掩,又难辨别。至学力已化,天资复显,恐又与未学者混视矣。[①]

其大意是说,画作不可以拿给那些并不深知画理的文人鉴赏,因为他们只懂欣赏画家的天资,却不重视其后天的学力。天资再美,难道能早上刚刚学习如何执笔到晚上就能够成为绘画名手吗? 没有天资的画作诚不足欣赏,但倘若天资被学力掩盖,他们这些文人又难以辨别。到学力已臻化境,融入画作之中时,天资复又重新显现,恐怕这些文人又会将其与那些没有学力的人混为一谈。

可见,范玑和前文所述沈宗骞等一样强调后天学习的重要性。沈宗骞只论及"天质少亏,须凭识学以挽之",对天质上佳者是否还需要识学或者学力未加论述。这个问题在范玑这里得以阐明:"夫天资虽美,岂朝习执笔暮即可为名手乎?"纵使天纵其才,也须辅以后天的学力,才有可能成为真正的"名手"。

(五) 绘画的视觉效果

1. 绘画中的颜色明度对比

方薰在《山静居画论》中明确认识到绘画中颜色明度对比。他说:

> 墨法,浓淡精神,变化飞动而已。一图之间,青黄紫翠,蔼然气韵。昔人云"墨有五色"者也。[②]

其大意是说,墨法,不外乎浓淡精神,变化飞动而已。利用这浓淡变化,在一幅画之间,青黄紫翠等各种颜色,以及各种气韵都跃然于纸上。正如古人所说"墨有五色"。

这似乎有悖于人类的颜色恒常性。颜色恒常性是指同样的物体在不同光源或光线下颜色是恒定不变的。也就是说,物体的颜色不是由入射光决定的,而是由物体本身的反射属性决定的。只要用墨出自同一方砚,其反射属性应该是相同的,人们的颜色知觉也应该是相同的,即都是黑色。

究竟是什么使得"墨有五色"呢? 究其原因,先贤们利用的是明度对比。明

① 云告,译注. 清代画论[M]. 长沙:湖南美术出版社,2003:192.

② 同上:141.

度对比是指色彩的明暗程度对比，也称色彩的黑白度对比。它是色彩构成的最重要因素，色彩的层次与空间关系主要依靠色彩的明度对比来表现。只有色相的对比而无明度对比，图案的轮廓形状难以辨认；只有纯度的对比而无明度的对比，图案的轮廓形状更难辨认。所谓墨的"浓淡变化"其实就是因为单位面积上碳含量不同而造成的明度变化。中国水墨画竟然能利用这些颜色知觉的特性，仅用一种颜色就能给人造成五彩缤纷的颜色知觉，使得"一图之间，青黄紫翠，蔼然气韵"，其较西方油彩画自别有一番韵味。

张式也谈及"墨有五色"，即颜色明度对比问题，他以五行学说来解释这个问题。他说：

> 吐墨惜如金，施墨弃如泼。轻重浅深隐显之，则五采毕观矣。曰五采，阴阳起伏是也，其运用变化，正如五行之生克。①

也就是说，呈现墨气时要惜墨如金，铺陈墨色时要弃墨如泼。墨的轻重浅深隐没显现，则五彩就完全出现。说墨有五彩，即是阴面和阳面的盛衰，其阴阳起伏运用之道，正如五行的相生相克。

关于"墨有五色"背后的心理学思想——明度对比，前文中已有论述。张式的解释更加具体，直接谈到明度对比的问题，即"轻重浅深"，也即"阴阳起伏"。甚至用五行生克之说来解释这种明度对比的问题，不得不说是古人在有限科学水平中的一种睿智。

清代画家华琳，字梦石，天津人，擅画。著有《南宗抉秘》一卷，共三十则，专论南宗写山水之法，其中大多为探讨用笔用墨的方法，自身体验颇为细密。在《南宗抉秘》中，华琳提出绘画要"形活"与"笔活"兼备。主张学古人要兼重变化，尤其要重视"理"，其言有云："或夺胎古人，而欲变其面目；或自出炉冶，而欲写其性灵：必研精殚思，以求尽善。"最后为辨别旧谱，提出山有三远之说，尤为精辟。②

《南宗抉秘》中，华琳花了大量篇幅探讨笔法墨法，尤其对"墨有五色"作了大量阐释。他说：

---

① 云告，译注.清代画论[M].长沙：湖南美术出版社，2003：303 - 304.

② 同上：320.

> 墨有五色,黑、浓、湿、干、淡,五者缺一不可。五者备则纸上光怪陆离、斑斓夺目,较之著色画尤为奇恣。①

其大意是说,墨有五色,黑、浓、湿、干、淡,五者缺一不可。五者兼备则纸上斑斓错杂、灿烂夺目,较之着色画更加新奇恣肆。"墨有五色"中蕴含的明度对比的心理学思想在《南宗抉秘》中有大篇幅论述,在此不予赘述。

华琳对"墨有五色"问题的创新在于,他在五色的基础上加入"白",提出所谓"六彩",认为"白"也是明度对比的一个重要因素。他说:

> 黑、浓、湿、干、淡之外加一"白"字,便是六彩。白即纸素之白。凡山石之阳面处,石坡之平面处,及画外之水天空阔处,云物空明处,山足之杳冥处,树头之虚灵处,以之作天,作水,作烟断,作云断,作道路,作日光,皆是此白。夫此白本笔墨所不及,能令为画中之白,并非纸素之白,乃为有情,否则画无生趣矣。②

其大意是说,黑、浓、湿、干、淡之外加一"白"字,便是六彩。白就是纸张之白。凡山石的阳面处,石坡的平面处,及画外的水田空阔处,云物的空明处,山脚的渺茫处,树头的空灵处,以之作天,作水,作烟段,作云段,作道路,作日光,都是此白。此白原本是笔墨所不到之处,要使之成为画中之白,而非纸张之白,才能使之成为情趣,否则画便没有生活情趣了。

华琳对"五色"之外的"白"作了详细的阐发,不着笔墨的"白"在明度对比中也是很重要的一个因素,这一点在《南宗抉秘》中得到最好的诠释。

2. 绘画中的感觉对比

笪重光(1623—1692),江苏句容人,清朝早期的书画家和书画理论家。字在辛,号君宣,又号蟾光、逸叟、江上外史,自称郁冈扫叶道人,晚年居茅山学道,改名传光、蟾光,署逸光,号奉真、始青道人。顺治九年(1652年)进士,官御史,巡按江西,因劾明珠去官。罢官归乡,隐居茅山之麓,学导引,读丹书,潜心于道教。笪重光工书善画,与姜宸英、汪士铉、何焯被称为"四大家"。著有《检子阁集》《江上诗乘》等诗文集,以及《书筏》和《画筌》两部书画理论专著。笪氏精古

① 云告,译注.清代画论[M].长沙:湖南美术出版社,2003:329.
② 同上:336-337.

文辞,《画筌》用骈体文写成,辞藻华美,犹如歌诀。该画论全文虽只有短短四千六百余言,内容却相当丰富。

在论及山水画位置处理时,笪重光明确揭示了对立景物的相互制约、相互渗透的感觉对比原则,并肯定它给赏画者带来的感觉转化的效果。"近阜下以承上,有尊卑相顾之情;远山低以为高,有主客异形之象。"[①]"山本静水流则动,石本顽树活则灵。"[②]"山形欲转,逆其势而后旋;树影欲高,低其余而自耸。山面陡面斜,莫为两翼;树从高丛矮,少作并肩。"[③]"山浅莫为悬瀑,树大无作高山。"[④]这诸多实例都是利用事物感觉的对比来完善山水画。

王原祁也很看重感觉对比和知觉对象选择法则对画面效果产生的影响。在董其昌先生"以奇为正"的思想影响下,王原祁也认同"奇"的效应,但是他更在乎的是追求"平中生奇""虚实相生"的创作意境。《麓台题画录》记载曰:"笔不用烦,要取烦中之简。墨须用淡,要取淡中之浓。"[⑤]平原中突其凸峰,更能彰显其高峻;纷繁中寥寥几笔,更能衬托其简洁。

3. 绘画中的联觉或通感现象

联觉指的是各种感觉之间产生相互作用的心理现象,即对一种感官的刺激作用触发另一种感觉的现象。钱杜(1764—1845,初名榆,字叔枚,更名杜,字叔美,号松壶小隐,亦号松壶,亦称壶公,号居士,钱塘即今浙江杭州人)在《松壶画忆》中论及"渲染得宜"的重要性,认为只有"渲染得宜"才能"引人入胜"。而他对何为"引人入胜"的描述正体现了心理学中联觉或通感的思想。他说:

> 画中写月,最能引人入胜,全在渲染衬贴得神耳。如秋虫声何能绘写?只在空阶细草,风树疏篱,加以渲染得宜,则自然有月,自然有虫声盈耳也。他可类推,学者当深思之。[⑥]

其大意是说,画中写月最能吸引人,能否引人入胜全在于渲染衬托是否得其神韵。例如,秋夜虫鸣声怎么能绘写得出? 只有用空寂台阶前的细草,风吹树下稀疏的篱笆等,加以适当渲染,则自然有月,自然有虫声满耳了。其他方面也可

① 潘运告,编著. 清人论画[M]. 长沙:湖南美术出版社,2004:246.
② 同上:248.
③ 同上:249.
④ 同上:255.
⑤ 同上:114.
⑥ 云告,译注. 清代画论[M]. 长沙:湖南美术出版社,2003:283.

以此类推,学画者应当对这(渲染衬托之道)加以深思。

最常见的联觉是"色—听"联觉,即视器官对色彩的感知能引起相应的听觉,如"彩色音乐"就是这一原理的运用。钱杜所说的"自然有虫声盈耳也"即属于联觉的一种。如前文所述,中国水墨画大多只是利用墨这一种颜色的明暗对比使人产生"墨有五色"的颜色视觉,再加上所谓"渲染衬托"又可产生视听联觉,可谓妙不可言!

4. 绘画中的深度知觉线索

郑绩(1813—1874,字纪常,号憨士,别署梦香园叟,广东新会双水区桥美村人)在《梦幻居画学简明》中做了大量关于深度知觉线索的论述。他说:

> 夫近须浓,远须澹,浓当详,澹宜略。惟其略也,故远山无纹,远树无枝,远人无目,远水无波。以其详也,故山隙石凹,人物须眉,树叶波纹,瓦鳞几席,井然可数。而由近至远,由远而至至远,则微茫仿佛,难言其妙。①

其大意是说,近处(用墨)须浓,远处用墨须淡,浓处应当详细,淡处应该简略。正因为简略,所以远山没有皴纹,远树没有枝条,远人没有眼睛,远水没有波浪。又正因为详细,所以山的缝隙,石头的凹陷,人物的须眉,树的枝叶,水的波纹,瓦片的层次,茶几桌席,都整齐可数。而由近到远,由远到极远,就隐约模糊不甚真切,难言其妙。

他还说:

> 远山须用远树,远山无皴,有皴亦当从略;远树无枝,有枝亦宜从简。故写远树但一干直上,多加横点,以成树影,不分枝叶,此宜于远不宜于近也。②

也就是说,画远山要用远树,远山无皴,有皴也应当从简。所以写远树只一树干挺直而上,多加横点,以成树影,不分枝叶,此法适合远而不适合近。

此外,郑绩还谈到"界尺"即比例的重要性。他说:

---

① 云告,译注. 清代画论[M]. 长沙:湖南美术出版社,2003:363.
② 同上:401.

夫山石有山石之界尺，人物有人物之界尺。如山石在前，其山脚石脚应到某处，而在后之山石其脚应在某处。如树在石之前，则树头应在石前而石脚应在树后。如人坐石上，脚踏平坡，则人脚应与石脚齐。人坐亭宇，门檐可容出入。近人如此大，远人应如此小。推之楼阁、船车、几筵、器皿皆然，所谓界尺者此也。至云丈山尺树，寸马分人，亦界尺法，但非写一丈高山一尺高树、一寸大马一分大人也。盖山高盈丈，树宜数尺，不宜盈丈；马大成寸，人可几分，不可成寸云尔。[①]

其大意是说，凡山石有山石的比例，树木有树木的比例，人物有人物的比例。如果山石在前，其山脚石脚应到某处，而如果山石在后，其脚应在某处。如果树在石之前，则树头应在石前而石脚应在树后。如人坐石上，脚踏平坡，则人脚应与石脚平齐。人坐亭宇，门檐应可容出入。近人如此大，远人就应如此小。由此推之，楼阁、船车、几筵、器皿亦如此，这就是所谓的比例。至于说一丈的山一尺的树、一寸的马一分的人，也是比例。并不是说要画一丈高的山一尺高的树、一寸大的马一分大的人。而是说，山高盈丈，则树只当数尺却不该也盈丈；马大成寸，人只可几分却不可也成寸，如此而已。

郑绩的以上论述谈到很多深度线索，阐述了应该利用哪些线索来使人在平面的画作上产生远近、高低的立体知觉。心理学中将视空间知觉线索分为单眼线索和双眼线索。单眼线索指只凭一只眼睛就产生深度知觉的线索。绘画艺术中大多利用单眼线索。单眼线索包括对象的相对大小、遮挡、质地梯度、明亮和阴影、线条透视、空气透视、运动视差以及眼睛的调节等。前文中郑绩提到的"近须浓，远须淡，浓当详，淡宜略""远树但一干直上，多加横点，以成树影，不分枝叶"，即包含明亮和阴影、空气透视等线索；"界尺法"则包含对象的相对大小、遮挡、质地梯度、线条透视等线索。说《梦幻居画学简明》已经对深度知觉线索中的单眼线索有了一个详尽的总结和论述也毫不为过。

（六）书与画的相互迁移

清朝董棨（1772—1844，字石农，又号梅溪老农，秀水即今浙江嘉兴人）因自己在书画两方面都很有成就，所以以自己的切身体会认为"画即书之理，书即画之法"，故在《养素居画学钩深》中有很多以书论画之处。他说：

---

① 云告，译注.清代画论[M].长沙：湖南美术出版社，2003：407.

书成而学画，则变其体不易其法，盖画即是书之理，书即是画之法。如悬针垂露，奔雷坠石，鸿飞兽骇，鸾舞蛇惊，绝岸颓峰，临危据槁，种种奇异不测之法，书家无所不有，画家亦无所不有。然则画道得而可通于书，书道得而可通于画，殊途同归，书画无二。[①]

其大意是说，书法有成之后学习绘画，只需改变其样式而无需改变其方法，因为绘画之理就是书法之理，书法之法就是绘画之法。例如，悬针垂露、奔雷坠石、鸿飞兽骇、鸾舞蛇惊、绝岸颓峰、临危据槁等诸如此类的种种奇异之法，书法家无所不有，画家也无所不有。如此，画道通即可通达于书法，书道得也可通达于绘画，殊途同归，书画之道是一样的。

董棨的上述言论，阐述的就是心理学中所说的学习迁移。学习迁移是指一种学习对另一种学习的影响。书法学习所得能通达于绘画，绘画学习所悟也能通达于书法，"殊途同归"，正是学习迁移的表现。学习材料间的共同因素对学习迁移有很大的影响，董棨列举了许多书法画法之间的共同因素，论证了二者之间迁移的可能性和必要性，实属高屋建瓴之论。

钱杜也论及董棨所说的"书画无二"的思想。他说：

　　子昂尝谓钱舜举曰："如何为士夫画？"舜举曰："隶法耳。"隶者有异于描，故书画皆曰写，本无二也。[②]

其大意是说，子昂曾经对舜举说："如何为士大夫的画？"舜举说："隶书书法罢了。"隶书笔法不同于勾描，所以书画都叫作写，本来就没什么两样。钱杜与董棨持一样的观点，即"书画无二"。关于这一点，前文中董棨篇已有论及，故在此不予赘述。

张式(？—1850，字抱翁，一作抱生，号荔门，自号夫椒山人，江苏无锡人)也强调书画相通。他说：

　　学画又当先学书，未有不能书字而能书画者。昔人云："当以草隶奇字法为之。"故曰书画。今试以古人真迹拈笔脚细审之，其出笔行笔，沉著痛

①　云告，译注.清代画论[M].长沙：湖南美术出版社，2003：225.
②　同上：283－284.

快,无迹可寻,与书法用笔何异?若不谙此窍,虽日师古人,越工越远,犹临帖之刻画痕稜而不求用笔,依样画葫芦,终无益于书道。[①]

其大意是说,学画又应当先学书法,没有不能写字而能写画的。古人说:"应当用草隶奇字法作画。"所以将绘画称为写画。如今尝试以古人的真迹拈笔脚细细审查,其出笔行笔,沉着痛快,没有痕迹可以寻找,与书法用笔有什么区别?如果不知道这个诀窍,纵使天天学习古人,(却)越工巧精致越违背基本法则,如同临帖时只刻画痕迹棱角而不探求用笔,依样画葫芦,终究无益于书法技艺。

可见,张式与前文中董棨、钱杜持一样的观点,强调书画相通,强调二者之间的迁移对学习书法或绘画的促进作用。张式似乎更强调书法学习对学习绘画的促进作用,对绘画学习对学习书法的促进作用倒未加阐发。

(七) 绘画中的意境

石涛(1642—1708,清初画家,原姓朱,名若极,广西桂林人)认为画能体现人的精神面貌,画的灵气和声韵来自生活中的感悟。《题画诗跋与题记》中记载:"作书作画,无论老手后学,先以气胜得之者,精神灿烂出之纸上。意懒则浅薄无神,不能书画。"[②]意思是说作书或者作画,无论是老手还是新学,先以气势盛大成功者,精神灿烂出现在纸上。而情意懒散者则浅薄无神,是不能作画的。书中另说:墨非蒙养不灵,笔非生活不神[③]——人若没经历过潜心的修养,其墨迹也不会有灵气,如若不能对生活有所感悟,其画笔也就没有神韵。

笪重光强调所谓的"天怀意境之合"的"真境"。笪重光继承了"度物象而取其真"的观点,他笔下"实境"和"真境"阐述为"山下宛似经过,即为实境"。[④] 笪重光《画筌》中说过:"空本难图,实景清而空景现;神无可绘,真境逼而神境生。位置相戾,有画处多属赘疣,虚实相生,无画处皆成妙境。"[⑤]境之妙在虚实相生,正因虚实相生的动态过程,象外之境才充满了一种生命力。由此可见,在笪重光看来,山水绘画还是不能离开真的意境而凭空创造。"人不厌拙,只贵神清;景不嫌奇,必求境实。""从来笔墨之探奇,必系山川之写照。"[⑥]然而在强调"实境"的同时,笪重光非常重视人的情怀和自然景观的融合。他认为,"神境"

① 云告,译注.清代画论[M].长沙:湖南美术出版社,2003:298-299.
② 同上:44.
③ 同上:12.
④ 潘运告,编著.清人论画[M].长沙:湖南美术出版社,2004:270.
⑤ 同上:271.
⑥ 同上:266.

才是意境创造的最高境地，正所谓"抒高隐之幽情，发书卷之雅韵"。① 可见，他所谓的神，正是指构成意境的主观因素，是作者的情怀韵度。所以，在笪重光看来，要创"神境"，"立意"是必不可少的，他赞扬"前人有题后画，当未画而意先"，他批评"今人有画无题，即强题而意索"。"目中有山，始可作树；意中有水，方许作山"，②他反对盲目地无动于衷地为画山水而画山水，重视挥毫前的立意和画成后效果上的意兴充溢。他还主张"眼中景现要用急追，笔底意穷须从别引"，③看重在整个创作过程中"情"与"景"的密不可分。

清代著名画家恽寿平（1633—1690，初名格，字寿平，以字行，又字正叔，别号南田，江苏武进人）从主体精神的角度，提出画家的自由精神、独立个性的重要性，把"脱尽纵横习""无意为文""淡然天真"的高逸看作绘画美的最高境界。其论画以"高逸"为最高境界，提出"摄情"说，谓"笔墨本无情，不可使笔墨者无情；作画在于摄情，不可使鉴画者不生情"。④ 南田说："不落畦径，谓之士气；不入时趋，谓之逸格。""不落畦径"就是要排斥僵化的规范和成法，"不入时趋"就是不要盲从流行的风尚趣味，"拔俗奔放，不肯屑屑与时追趋"，这样的绘画才有"士气""逸格"。由此观之，"士气""逸格"便是指超越古人、法度、流行和世俗的束缚，解衣盘礴，一任我心的自由创造精神。正所谓："作画须有解衣盘礴，旁若无人意。然后化机在手，元气狼藉，不为先匠所拘，而游于法度之外矣。"⑤

《南田画跋》开篇就记载："逸品其意难言之矣，殆如卢敖之游太清，列子之御冷风也。其景则三闾大夫之江潭也，其笔墨如子龙之梨花枪，公孙大娘之《剑器》，人见其梨花龙翔，而不见其人与枪剑也。"⑥其意是说，所谓"逸品"，其意境就如卢敖之畅游太空、列子之乘御冷风；其情怀则有如三闾大夫（屈原）游江边；而其笔墨，就好比（赵）子龙的梨花枪或者是公孙大娘的《剑器》舞，旁人则只见梨花或剑舞，而看不到其人与枪剑的。

他认为，"高逸"固然与"简"有关，"画以简贵为尚，简之入微，则洗尽尘滓，独存孤迥，烟鬟翠黛，敛容而退矣"。⑦ 也就是，画以简傲高贵为上，简傲则可入微，就能洗尽污垢；独存孤立，鬟发黛眉装饰的女子，显出端庄的脸色而消失了。

① 潘运告，编著. 清人论画[M]. 长沙：湖南美术出版社，2004：282.
② 同上：259.
③ 同上：258.
④ 同上：136.
⑤ 同上：152-153.
⑥ 同上：138.
⑦ 同上：140.

"脱繁简之迹,出畦径之外,尽神明之运,发造化之秘,极淋漓飘缈而不可知之势。"①在南田看来,画家如果拘于繁简畦径之间,便不能"与古人相遇于精神寂寞之表",这样的艺术就缺乏真正的独创性。强调"倘能于笔墨不到处观古人用心,庶几拟议神明,进乎技已"。②

(八) 绘画的人品与风格

1. 绘画的笔格与人格

气质和性格都有一定的可塑性,沈宗骞"量资以学"的思想正源于此。他认为"笔格之高下亦如人品",③在"量资以学"的基础上进一步提出追求高尚笔格乃至高尚人格的方法。

> 夫求格之高,其道有四:一曰清心地以消俗虑,二曰善读书以明理境,三曰却早誉以几远到,四曰亲风雅以正体裁。④

其大意是说,凡求高尚的笔格乃至人格,其取道有四:一是清净心境以消除凡庸的思想感情;二是善于读书以明白通过叙事说理而体现的境界;三是拒绝早著声誉以期望日后能大成;四是亲近风流儒雅以端正风格。从情感、知识、道德乃至社会学习的角度阐释了人格的可塑性。

2. 绘画中"自有我在"

明清画家石涛认为,绘画就是作者自我的展现,画中"自有我在"。也正因为如此,画家的个性与风格才能鲜明地体现出来。所以我们说,绘画的过程是绘画者自我寻找与自我发现的过程。石涛十分生动地写道:

> 我之为我,自有我在。古之须眉,不能生在我之面目;古之肺腑,不能安入我之腹肠;我自发我之肺腑,揭我之须眉。纵有时触著某家,是某家就我也,非我故为某家也。⑤

石涛的这段话非常精彩,他道出了绘画的真谛,绘画的心理过程,是画家充分表现自我的过程,是一个"自有我在"的过程,绝不是将别人的"肺腑","安入我之

① 潘运告,编著. 清人论画[M]. 长沙:湖南美术出版社,2004:152.
② 同上:137.
③④ 云告,译注. 清代画论[M]. 长沙:湖南美术出版社,2003:101.
⑤ 潘运告,编著. 清人论画[M]. 长沙:湖南美术出版社,2004:7.

腹肠"的过程。石涛这段形象的话语,同时也揭示了画家创作风格形成的真谛,创作风格不是到别人的作品中去找,而是到自己的内在自我中去发现。石涛也并不排斥学习和吸收古人作品的精华,但是一定为我所用,作家追求的不是要成为历史上的某一家,而是要像文学家一样,自成一家。石涛认为在"古"与"我"之间,不是去迁就古人、模仿古人,而是要表现自我。他说:"在墨海中立定精神,笔锋下决出生活,尺幅上换去毛骨,混沌里放出光明。纵使笔不笔,墨不墨,画不画,自有我在。"①显然,石涛认为,绘画中"我在"远比笔墨的使用重要。1912 年为日本友人隅田吉卫作《二田画顾记》中,王国维以"有我"来强调主观感受的独特性:"夫绘画之可贵者,非以其所绘之物也,必有我焉以寄于物之中。故自其外而观之,则山水云树竹石花草,无往而非物也;自其内而观之,则子久也,中圭,元稹也,叔明也,吾见之于情而闻其謦颏矣。且子久不能为仲圭,仲圭不能为元稹,元稹、叔明不能为子久、仲圭,则以子久之我,非仲圭之我,而仲圭、元稹、叔明三人者亦自有其我故也。画之高下,视其我之高下;一人之画之高下,又视其一时之我之高下。"王国维的见解与石涛有异曲同工之妙。

尤为重要的是,石涛揭示的不仅是绘画创作的真谛,也不仅是文学创作的真谛,而且是人类创造心理活动的真谛! 事实上,任何创造活动都是创造者个性的自我展现,都是创造者对自我的寻找和发现,所以创造永远都是个性化的,永远不会重复。石涛从自己的绘画创作中体悟出的创造的大道理是弥足珍贵的。

石涛极力反对仿古,强调山水画"收尽奇峰打草稿",重视创作过程中凸显自我。他进一步说:"操夫笔,非笔操也;脱夫胎,非胎脱也。"②其意为,是我操纵笔,不是笔在操纵我,只是我在取法前人而化为己出,不是前人复现。

由此可见,石涛敢于舍弃成法,对自己有着充分的承当和认可。他的"活法"打破了明清以来画坛摹古主义的"师法"守旧艺术的传统,高举起"师心"的绘画旗帜,摒弃无我的死法,把"我自立我法"与"我自用我法"作为活法的两大根本艺术原则。

3. 人品与画品

同前面提到的一些画论家一样,笪重光也看重人品与艺术的关系。《画筌》开篇:"绘事之传尚矣,代有名家,格因品殊,考厥生平,率多高士……然人非其

---

① 潘运告,编著.清人论画[M].长沙:湖南美术出版社,2004:15.
② 同上:17.

人，画难为画。师心躐习，迄无得焉。"①说的就是，绘画之事流传久远，各朝各代名家辈出，纵观他们的作品，其风格如同作者的品性一样不尽相同，如若考察他们的生平，就不难发现，能影响至今的名家名匠们，都是些志行高洁之士；若不是其本人，要画出同样的画也难，就算你再怎么用心学习、模仿，也有可能没什么成就。在笪重光眼里，"人与画合""人品既高，画品不得不高"，人格的修养极为重要，一味的模仿学习"迄无得焉"。

唐岱将"人品"作为画家自身的修养，即学画者，先立"人品"，"人品"高则"画品"高。在论品质一篇中，唐岱说"古今画家，无论轩冕岩穴，其人之品质必高"，②"此皆志节高迈、放达不羁之士，故画入神品。尘容俗状，不得犯其笔端，职是故也"，③说的就是古今画家，无论显贵还是隐士，其人的品质必定高尚；志向节操超逸，放达不羁之士才能画出"神品"。此外，唐岱还提到"古人原以笔墨怡情养神，今人用之图利，岂能得画中之妙耶？"④因此我们不难将其笔下的"人品"的内涵归纳为：追求个性的自由、不为名利驱使以及注重文化修养等。

清代画家王昱(1662—1750，字日初，号东庄老人，又号云槎山人，江苏太仓人)从学习绘画的角度出发，强调学画要先立人品。王昱与清代画家王玖、王宸、王愫合称"小四王"。王昱师承娄东"四王"一脉，喜山水，其画淡而不薄，疏而有致，笔意在倪瓒、方从义之间。著有《东庄论画》一卷。

王昱的诸多观点深受王原祁的影响，重视画者的人品塑造。他认为："学画者先贵立品，立品之人，笔墨外自有一种正大光明之概；否则画虽可观，却有一种不正之气隐跃毫端。"⑤其次，王昱也较重视画前的"立意"——"未动笔前须兴高意远，已动笔后要静气凝神。"⑥王昱主张游览名山"更觉天然图画足以开拓心胸"，强调写实，所以他认为："未作画前全在养兴，或眺云泉，或观花鸟，或散步清吟，或焚香啜茗，俟胸中有得，技痒兴发，即伸纸舒毫，兴尽斯止。"⑦另外，王昱强调学画者须持以平等心，虚心探讨才能学业精进，他在文中写道："士人作画要平等心，弗因识者而加意揣摩，弗因不知者而随手敷衍。学业精进，全在乎此。"⑧

张庚(1685—1760，原名焘，字溥三，后改名庚，字浦山、公之干，自号瓜田逸

---

① 潘运告，编著.清人论画[M].长沙：湖南美术出版社，2004：245-246.
② 同上：296.
③④ 同上：297.
⑤⑥⑧ 同上：348.
⑦ 同上：351.

史、白苎村桑者等,浙江秀水即今嘉兴市人)也强调,绘画的气度就是绘画者品格的反映。张庚是画家、美术史家兼美术理论家,工诗画,精鉴赏,尤其擅长画山水、人物与花卉等,著有《浦山论画》一卷。全书共十一则,其中画论或论画包括总论、论笔、论墨、论品格、论气韵、论性情、论工夫、论入门和论取资。强调绘画要讲求气韵、笔墨情趣,重抒情等,对后世绘画创作产生过一定影响。

张庚在论品格一则说道:"古人有云'画要士夫气',此言品格也。"①何谓"士夫气"? 就是指绘画要有文人、士大夫的气息和气度,也就是绘画作品中要有品格或格调。同时张庚通过例举以青绿见长的王维(王右丞)、王诜(王都尉)、赵孟頫(赵承旨)等画家的实例,认为"品格之高下不在乎迹,在乎意。知其意者,虽青绿泥金亦未可侪之于院体,况可目之为匠耶? 不知其意,则虽出倪入黄犹然俗品。"②可见,他倡导的是"意"的品格观,即追求作品之"神韵"。

张庚还认识到画家的性情与其作品风格之间的关系,在前面各大画家的画论中或多或少都有提到,而且现在中外学者对此的研究从未间断。所谓:"言,心声也;书,心画也。声画形,君子小人见矣。声画者,君子小人之所以动情乎。"说的就是,画家性情对其艺术风格的影响。而张庚在《浦山论画·论性情》也指出:"扬子云曰:'书心画也,心画形而人之邪正分焉。'画与书一源,亦心画也。……尝观古人之画而有所疑,及论其世乃敢自信为非过,因益信扬子之说为不诬。"③

此外,张庚也很重视"气韵"。他认为:"气韵有发于墨者,有发于笔者,有发于意者,有发于无意者。发于无意者为上,发于意者次之,发于笔者又次之,发于墨者下矣。"④其中发于笔、墨者为初级阶段还未入境,发于意者,已进入意识阶段,而发于无意者已进入有意后注意的自动化境界。

阅读材料

毕加索与齐白石

毕加索是西班牙著名画家,齐白石是中国著名画家,二人本来没有什么关系,可是通过两个中国青年画家,即后来成为著名国画大师的张仃和张大千,毕加索看到了齐白石的画。

①②　潘运告,编著.清人论画[M].长沙:湖南美术出版社,2004:422.

③　同上:425.

④　同上:423.

张仃和张大千年轻时,远涉重洋到法国学画,他们和许多画界学子一样对西班牙著名画家毕加索格外崇拜,以有机会拜访这位大师为荣。张仃和张大千两个中国的青年才俊曾先后拜访过毕加索。也正是在二人拜访毕加索的过程中,在毕加索的评价中,他们才真正认识到中国画的博大精深,最终立志将全部精力投入到中国画的创作,终于成为我国近代著名的国画大师。

张仃是第一个拜访毕加索的中国青年画家。那是在 1956 年 8 月的一个下午,当时毕加索已是 75 岁高龄的老人,仍然孜孜不倦地进行绘画创作。张仃在与毕加索分手时,将一套水印的《齐白石画集》送给了毕加索,毕加索一看就被深深震撼了,中国画那种独有的悠远意境和水墨写意让毕加索如痴如醉,他执意将张仃留了下来,并虚心向他请教了中国画的技法和特点,他一边与张仃交谈,一边捧着那套水印的画集,爱不释手并啧啧称奇。

在张仃与毕加索见面后不久,张大千也前去拜访了毕加索。毕加索一见到中国客人立刻兴奋不已,他迫不及待地向张大千展示了自己临摹齐白石的习作,并问了一个影响张大千一生的问题:"我最不懂的就是你们中国人为什么要跑到巴黎来学习艺术?你们中国的画如此伟大,我是多么渴望向你们学习啊。"

张大千听到毕加索的话,如当头棒喝,在接下来与毕加索的深层次交谈中,他终于意识到,中国国画博大精深,自己所窥见不过十分之一,而这种舍近求远去追求西方现代绘画艺术的行为,更是对祖国国画艺术的不敬与背叛。

回国后,张大千将毕加索的疑问告诉了张仃,两人感叹之余,静下心来专攻国画,终于成为一代国画大师。

是齐白石的高超画技让毕加索看到中国画的博大精深,也是在与毕加索的会面之后,张仃和张大千才真正认识到中国画的价值,并为之终生奋斗。可以说,毕加索通过齐白石的画为我们培养了两位近代国画大师。大哉毕加索,大哉齐白石。

资料来源:新周报,2011(17):14.

第六节 现当代的绘画心理思想

一、林语堂的绘画心理思想

林语堂(1895—1976),原名和乐,后改玉堂,又改语堂,中国现代学者、文学家、语言学家。福建人,出生于福建省漳州市平和县坂仔镇的贫穷牧师家庭。早年留学国外,获美国哈佛大学文学硕士、德国莱比锡大学语言学博士,回国后在北京大学、厦门大学等大学任教,也曾任联合国教科文组织美术与文学主任、国际笔会副会长等职。林语堂于1940年和1950年两度获得诺贝尔文学奖的提名。曾创办《论语》《人间世》《宇宙风》等刊物,作品包括小说《京华烟云》《啼笑皆非》,散文和杂文文集《人生的盛宴》《生活的艺术》以及译著《东坡诗文选》《浮生六记》等。1966年定居台湾,1976年在香港逝世,享年82岁。

(一) 绘画的灵感来源

林语堂说:"一切艺术的问题都是韵律问题,所以要弄懂中国的艺术,我们必须从中国人的韵律和艺术灵感的来源谈起。"①

林语堂认为,中西方绘画的根本差别在于艺术灵感的来源不同。中国绘画的灵感来源于自然界,来源于对自然的崇拜。中国的书画家是从大自然中获得灵感。这毫无疑问与中国文化中天人合一的思想相吻合。一只蜻蜓、一只蚱蜢、一块嶙峋的怪石都可以成为他们的灵感源泉。林语堂说:"东方人的灵感来自自然本身,西方人的灵感则来自女性人体。"②林语堂认为,这种对人体美(尤其是对女性人体美)的崇拜是"西方艺术最卓越的特征"。③"一幅女性人体画被称作《沉思》,一个赤裸的浴女画被称作《九月的清晨》,没有比这更能震撼中国人的心灵了。"④中国的传统画中人物画相对落后,人体常常只是自然物的点缀。"顾恺之和仇十洲所画的仕女给人们的暗示,并不在于女性肉体的美,而在于随风飘荡的线条的美。"⑤同时林语堂也承认:"这种对人体的新发现是当今西方文化对中国最为有力的影响之一,因为它改变了艺术灵感的来源,从而改变了人们的整个世界观。归根结底,这还应该说是希腊的影响。文艺复兴带来

中国文艺心理学思想史

---

① 林语堂.中国人(全译本)[M].上海:学林出版社,1994:284.
②③④⑤ 同上:301.

了人体崇拜的复兴,带来了发自内心的宣言:生活是美的。"为什么人体崇拜会成为来自西方的最为有力的影响呢? 林语堂认为,因为它与"性"这个人类最强的本能之一联系在一起了。^① 由于受到天人合一、阴阳平衡等哲学观和文化观念的影响,中国人的艺术观念也追求与自然的和谐。因此,到大自然中去寻找和捕捉艺术灵感已经成为中国人的一种艺术自觉:"尤其是来自动物、植物——梅花的枝丫、摇曳着几片残叶的枯藤、斑豹的跳跃、猛虎的利爪、麋鹿的捷足、骏马的遒劲、熊罴的丛毛、白鹤的纤细,或者苍老多皱的松枝。于是,凡自然界的种种韵律,无一不被中国书法家所模仿,并直接或间接地形成了某种灵感,以造就某种'书体'。"^②

(二) 绘画的自然意象

中国的书法家将书法中的每一笔画赋予了自然界的意象。被誉为中国"书圣"的王羲之就是这样做的:

> 每作一横画,如列阵之排云;每作一戈,如百钧之弩发;每作一点,如高峰坠石;每作一折,如屈折钢钩;每作一牵,如万岁枯藤;每作一放纵,如足行之趋骤。^③

中国的书画不仅取自动植物的静态意象,还用于表现动态意象。无论是书法还是绘画都是在一个静止的平面上构图。艺术家的高超之处就是在静态的平面上表现出"动势"。一朵凋谢的梅花仍然可以表现出生的冲动,它仍然要生长、要拥抱阳光,也有抵御风暴的需要和保持自己生命的平衡。用书画来表达和解释自然界和谐的韵律、无穷无尽的变化,因为"自然界的美是动态的美,而非静态的美"。^④ "这种运动的美正是理解中国书法的钥匙。中国书法的美在动不在静,由于它表达了一种动态的美,它生存下来,并且也同样是千变万化,不可胜数的。"^⑤

艺术大约有两种形式:一种是以极力刺激人们的感官为目的的,另一种则是以抚慰人们的心灵为目的的。"对中国书法及其万物有灵原则的研究,归根结底

---

① 林语堂.中国人(全译本)[M].上海:学林出版社,1994:302.
②③ 同上:287.
④ 同上:288.
⑤ 同上:288 - 289.

也就是在万物有灵或韵律活力的原则指导下,对自然界的韵律进行的再研究,它会为现代艺术开辟广阔的前景。直线、平面和锥体的相互交错和反复运用,可以使我们激动不已,却不具备生动活泼的美。正是这些平面、锥体、直线和曲线,看来已经使现代艺术家的才智衰竭了。何不回归自然,向自然求救呢?"①林语堂说:"西方画家离开了一个裸露或近乎裸露的人体,就不可能发现其他任何东西。中国画以一只丰满漂亮的鹧鸪作为春天的象征,而西方画家则通过一位舞蹈着的仙女来象征春天,后面农牧之神紧紧相随。中国画家对蝉翼的纹路、蟋蟀发达的肢体、蚱蜢和青蛙极感兴趣,中国的文人学士每天对着墙上的这些绘画沉思……"②

应当承认对人体的发现是西方画家最重要的贡献,因为它改变了艺术灵感的来源,从而改变了人们的整个世界观。这种对人体的发现追根溯源还是受古希腊酒神精神的影响。文艺复兴引发了西方艺术家对人体的新发现,"带来了对人体崇拜的复兴,带来了发自内心的宣言:生活是美的"。③林语堂先生认为,对人体美(尤其是女性人体美)的崇拜"是西方艺术最卓越的特征"。在他看来,这是中西方艺术的最大差异。

中国的画家是善于表现现实的,但又不是对现实的简单移植,对现实的机械照相,而是一种印象中的现实。林语堂先生将"意在笔先"的理论看成中国的印象主义的基础。按照这个理论,"绘画的意义不在于物质现实,而在于艺术家对待现实的观念"。④

(三)中国绘画的暗示技巧

中国绘画中特别纯熟地使用暗示的技巧。最出色的观念常常是通过暗示的手法予以表达的,这种手法来源于诗歌。这是中国绘画一个明显特点。主题本身蕴含足够的诗意,因为我们的古人常常摘录某一富有意境的诗句作画。诗句本身就具有"言有尽,而意无穷"的意境。画家如不采用暗示技巧很难表达出诗句的意境。因此,我们的画家将暗示的技巧发挥到极致。暗示技巧的使用水平也直接决定了绘画水平的高低。宋徽宗赵佶作为一代帝王,他是一个亡国之君,但作为一个艺术家却是不可多得的。他在诗词、书画方面都堪称大家。在他执政时期,就曾有过用诗句作画的考试。一句诗为:"竹锁桥边卖酒家。"许多画家前来竞争,他们极尽绘画技巧,把酒家画得十分逼真细致,然而真正夺魁的

① 林语堂.中国人(全译本)[M].上海:学林出版社,1994:290.
②③ 同上:302.
④ 同上:298.

那幅画只是在画幅上画了一座桥,旁边一片竹林,竹林之中隐约可见一个招牌,上写一个"酒"字,画面上根本没有酒店出现,这幅画夺冠的原因就在于他将酒店隐藏在想象之中了。由此可见,暗示是最能调动欣赏者想象力的。

还有一句诗是韦应物的"野渡无人舟自横"。诗人已经使用了暗示的手法,通过一只被遗弃而随波漂浮的小船来暗示出寂静荒凉的气氛,但是画家却进一步运用了这种暗示手法。夺冠之作在小船上画一只栖息的小鸟,还有一只鸟正扑棱着翅膀飞向这只船。两只小鸟的姿态,清楚地暗示出周围杳无人迹。[1] 中国人是暗示的行家里手。

(四) 中国绘画的精神气韵

中国的绘画与诗歌、书法创作一样非常注重体现精神气韵。"气韵生动"是中国古代书法、诗歌、绘画以致建筑共同的艺术准则,也是"中国艺术的最高目的和最高理想"。[2] 自有书法、绘画和诗词以来,我国传统艺术一直在朝这个理想的目标努力。"气韵生动"作为一个词汇概括出来,却是在 1 400 年前由画论家谢赫完成的,其后得到许多艺术家的补充和发展。中国的书法也好,绘画也好,不是严格地追求"形似",而是更多地追求"神似"。比如,宋代苏轼就说过:"论画与形似,见与儿童邻。"在中国,艺术家为了保持和培育这种"气韵",常常每隔一段时间,就会去拜访名山大川,到山林泉水中更新自己的精神,"净化积聚在自己胸中的都市思想和市郊热情的灰尘"。许多艺术家一连几天坐在荒山野石乱枝杂草间,隐于竹林之中,以期吸收自然的精神和活力。他在与自然交流之后,又应将其所获传达给我们。在他的心灵与事物的神韵沟通之时,也使我们的心灵与事物的神韵相沟通。[3]

当一切细节被忘却之后,心中剩下的只是情绪。这就是"气韵生动"——中国艺术的最高理想,诗画又一次合一了。[4]

林语堂发现,中国画家为了追求气韵生动的效果往往通过一些特殊手法来实现。一是在画面上留白。因为要留空白,所以构图必须清晰,材料选取极为严格。通过留空白的方式将许多东西留给观众去想象,但又不是令人费解的几何图形。二是追求构图的和谐。在中国,绘画本身不是艺术家自我的强烈表现,而是与自然的极度和谐。

绘画作为一种艺术,它要关注客观现实,它要将现实的事物描绘到图纸之

---

① 林语堂. 中国人(全译本)[M]. 上海:学林出版社,1994:299.

②③④ 同上:300 - 301.

上，但是绘画又不是完全的写实，它要超越现实，它要抒发画家的情感和表达画家的观念。中国画家在公元8世纪就意识到绘画中必须面临的两个问题：一是不能将艺术家的笔束缚在所画客体上；二是不能用照相式的方式再现物质现实。

按照林语堂先生的观点，中国画家通过书法解决了第一个问题；通过诗歌解决了第二个问题。第一个问题是通过书法的"笔触"表达出来。笔触是每一个艺术家都不能回避的，它决定着整个作品的风格。如果线条机械地勾勒绘画对象，就是使画家失去了创作的自由。根据林语堂先生的评价，顾恺之（346—407）的画之所以显得刻板而缺乏独创性恰恰就是没有领会"笔触"的妙处，因此画出的画就像用钢笔画出来的线条。而真正最早领会"笔触"真谛的画家是吴道子（约700—760）。吴道子的画成功利用了笔触的曲折粗细变化，微妙无穷，达到笔画的自然流畅。吴道子的学生张旭正是从他老师的绘画中得到启发，创立书法中的狂草。王维（699—759，字摩诘）进一步改进了绘画中的笔触，成为南宗画派的鼻祖。①

（五）绘画中艺术家的情感与个性

按照林语堂先生的观点，艺术家是将自己的个性投射到作品之中，从而超越单纯的写真手法，而又不放弃真实与和谐。在绘画中艺术家如何将自己的情感和感受融入自己的作品而不是照相机式地显现物质现实呢？中国画家是借助诗歌的手法，因为在诗歌中这个问题早已解决了。在唐明皇时期，"宫墙上有两幅四川风景画，分别出自李思训（651—716）和吴道子之手。据说作为'北宗'大画家的李思训着色敷金，用了大约一个月的时间；而吴道子则泼墨如云，一天就完成了嘉陵江的全景，唐明皇赞曰：'李思训一月之功，吴道子一日之迹，各尽其妙。'"②

在林语堂看来，中国的艺术家在公元4、5、6世纪开始意识到自身的价值，也就是在艺术品中植入自己的主观色彩。其实这个时期也就是汉魏六朝时期，是中国历史上第二个百家争鸣的时期，也是中国文化艺术的自觉时期。这个时期也是文学、艺术批评产生并发展的时期。这个时期产生了一大批书法家，被后世誉为"书圣"的王羲之（321—379）就生长在这个时期。受到佛学的影响，出现大同和龙门石刻，也出现碑文拓片，到北魏时期在书法上就出现一种新的书体"魏碑"。魏碑是一种集美、力、工三者为一体的书法艺术。到公元8世纪，也

354

---

① ②　林语堂．中国人（全译本）［M］．上海：学林出版社，1994：293．

就是唐代,"人类心灵变得更自由,更具独创性了。这个世纪涌现了李白、杜甫等一大批第一流的诗人。绘画上有李思训、王维和吴道子,书法上有张旭和颜真卿,散文有韩愈。王维生于699年,吴道子约700年,李白701年,颜真卿708年,杜甫712年,韩愈768年,白居易772年,柳宗元773年——都是中国历史上第一流的名家。"[①]

对于绘画来说,这个时期最大的成就是以王维为始祖的南宗画派诞生。这是最具中国特色的画派,对后世影响非常大。王维著名的"诗中有画,画中有诗"典型地反映了这一画派的特点,并被后世画家与诗人广泛认同和接受。也就是说到此时,画家已经能够自觉地将自己的情感、感受和个性融入自己的绘画作品中。到11世纪,由于苏轼(1035—1101)、米芾(1050—1107)及其子米友仁(1086—1165)等宋代学者的影响,这种画变得更为简朴、主观性更为强烈。

中国的艺术家常常借助酒来赋诗作画。因为酒后的醉态能够使艺术家更加自由地表现自己的个性、情感,更能有效地克服被动的现实写真手法。王羲之的《兰亭序》就是醉态下一挥而就的,待到醒来后,他又重写过多次,但都没能达到那次的效果。李白更是"斗酒诗百篇"。苏轼作画的方式,也是先吃饱喝足,进入醉态,然后饱蘸墨汁,随性挥毫,或作书或画竹,或赋诗。有一次,他在这种状态下,信笔在邀请他的主人家壁上提了一绝:"空肠得酒芒角生,肝肺槎牙生竹石,森然欲作不可回,写向君家雪色壁。"吴道子经常在酒后或朋友舞剑之时产生灵感作画,并把舞剑的节奏融入作品之中。很明显,由于这种刺激转瞬即逝,故而需要在极短的时间内寥寥几笔挥就,否则一会儿酒精的效果就消失殆尽了。[②]

(六) 绘画中的"游戏精神"

中国的文人画(林语堂先生称为"士夫画")与宫廷画的一个最大不同就是它在最大程度上表现或展现了人性中的"游戏精神"。这种画在11世纪初露端倪,被称为"墨戏"。主张用娱乐消遣的心态和手法作画,绘画成为文人们有趣的生活调剂。最能表达这种游戏精神或游戏心态的一个词就是"逸"。对于这个"逸",林语堂先生认为最贴近英文的"fugitiveness",即"即兴""漂泊"之意,同时也具有"浪漫主义"和"退隐精神"等含义。在林语堂看来,绘画中这种"逸"的特质被誉为文人画或士夫画的最高标准。"它来自游戏精神。""它也是人类

---

① 林语堂.中国人(全译本)[M].上海:学林出版社,1994:294.
② 同上:294-295.

为逃避喧嚣尘世，获得心灵自由而作出的一种努力。"①在中国封建专制和道德约束极其严密的社会里，文人士大夫们通过绘画这条途径尽最大努力去恢复自己心灵的自由。宋代画家米芾在灵感和腕底的魔力到来之际可以随意拿起一卷纸、一块甘蔗茬或莲梗来代替画笔。只要能传达艺术的韵律，抒发心中"逸"气，手段和工具都在其次。元代画家倪云林（1301—1374）以画竹见长，更是直截了当地说道："余之竹，聊以写胸中逸气耳，岂复较其似与非，叶之繁与疏，枝之斜与直哉？"他还说："仆之所谓画者，不过逸笔草草，不求形似，聊以自娱耳。"②

（七）绘画中利用空白激发想象

利用空白激发想象也是中国画的一大特征。中国画与西方画的一个显著特征，就是中国画不像西方画画得那么满，常常留有空白让欣赏者自己去填补、想象。这是因为中国画受中国书法的影响。中国绘画中融入了大量的书法元素。在书法创作中有个曲线原则。王羲之在谈到书法时曾说："每作一笔波，须有三顿折。"我们在许多绘画中也都可以看到这种原则——一束松枝，一个树干都是在一笔三折中完成的。画家董其昌就说过，画树每个线条都要有波折。他还说："士人作画，当以草隶奇字之法为之。"同时书法中的"飞白"手法也被吸收到绘画艺术当中。"这种笔法是用余墨不多，较为干燥的毛笔作画，结果在线条的中央留有一些空白；我们在青藤缠绕的树枝上看到篆体的形状。这是赵孟𫖯透露给我们的秘诀。而且，空白地位的艺术性运用，也是书法的一条重要原理。正如包慎伯所言，合适的空白布置是书法的第一要旨。为求章法、空白等得当，宁可牺牲形式上的对称，像当代于右任的字一样。在中国书法中，均衡与否无伤大雅，但章法、空白布置有误则无可饶恕，因为这足以证明此人书艺尚未成熟。"③

二、徐悲鸿的绘画心理思想

徐悲鸿（1895—1953），现代画家、美术教育家。汉族，江苏宜兴人。曾留学法国学西画，归国后长期从事美术教育，先后任教于国立中央大学艺术系、北平大学艺术学院和北平艺专。1949 年后任中央美术学院院长。擅长人物、走兽、

① 林语堂.中国人（全译本）[M].上海：学林出版社，1994：295—296.

② 同上：296.

③ 同上：296-297.

花鸟，主张现实主义，于传统尤推崇任伯年，强调国画改革，融入西画技法，作画主张光线、造型，讲求对象的解剖结构、骨骼的准确把握，并强调作品的思想内涵，对当时中国画坛影响甚大。所作国画彩墨浑成，尤以奔马享名于世。早在1935 年，徐悲鸿在《对〈世界日报〉记者谈话》中就指出："自然科学与文学艺术都是为社会人民所需要的学科。"徐悲鸿认为，科学需要求真，艺术也需要求真，求真是科学与艺术的共同追求。在 1947 年，徐悲鸿在《当前中国之艺术问题》中指出："艺术家应与科学家一样有求真精神。研究科学，以数学为基础，研究艺术，以素描为基础。科学无国界，而艺术为天下公共语言。"他号召艺术家要在求真问题上向科学家学习。"吾国现在凡受过教育之人，未有不学数学的，却未听说学西洋数学，学素描亦同样情形，但数学中有严格的是与否，而素描到中国之有严格之是与否，却自我起。其历史只有二十来年，但它实在是世界性的。"

李可染(1907—1989)先生将素描看成是画家创造艺术形象必不可少的基础和手段。他认为，素描概括了绘画语言的基本法则，是研究形象的科学，素描的唯一目的就是准确地反映客观对象。形象描绘的准确性，以及体面、阴暗、光线的科学道理，对中国画的发展只有好处，并无坏处。但是他们均强调绘画来源于真实又超于真实，"不与照相机争功"。

1947 年，徐悲鸿为文金扬编著的《中学美术教材及教学法》的序中写道："故艺术的出发点，首在精密观察一切物像，求得其正，此其首要也。"他对当时的艺术青年懒于学习自然科学，缺乏数学、物理、化学、几何等基本知识，而改学美术的情况进行批评，强调学习科学的重要性。

1932 年，徐悲鸿为学艺青年所编教材《画苑》中写道："科学之天才在精确，艺术之天才亦然。艺术中的韵趣，一若科学中之推论，宜真理之微妙，但不精确，则情感浮泛，彼此无法沟通。"把科学中之推论形象地比作艺术中之韵趣，是徐悲鸿的首创与发现。艺术中的韵趣，近似气韵、风韵、气度、趣味，韵指和谐，又含气派、风度、神骏之意。气韵生动历来为品评艺术水准高低的重要标准之一。韵趣高雅者为神品，反之次之。韵趣内容丰富，与科学推理颇有异曲同工之妙。

三、齐白石的绘画心理思想

齐白石(1864—1957)，湖南湘潭人，20 世纪中国画艺术大师，20 世纪十大书法家之一,世界文化名人。齐白石1864年元旦(清同治二年癸亥十一月二十二日)出生于湘潭县白石铺杏子坞,1957年9月16日(丁酉年八月二十三日)病逝于北京,终年九十四岁。宗族派名纯芝,小名阿芝,名璜,字渭清,号兰亭、濒生,别号白石山人,遂以齐白石名行世,并有齐大、木人、木居士、红豆生、星塘老屋后人、借山翁、借山吟馆主者、寄园、萍翁、寄萍堂主人、龙山社长、三百石印富翁、百树梨花主人等大量笔名与自号。家道贫寒,只读过短暂的师塾,15岁起从师学木工而以雕花手艺闻名,26岁转从萧芗陔、文少可学画像,27岁始从胡沁园、陈少蕃习诗文书画,37岁拜硕儒王闿运为师,并先后与王仲言、黎松庵、杨度等结为师友。齐白石的绘画心理思想主要可以概括为以下四点。

(一)"妙在似与不似之间"

齐白石主张艺术"妙在似与不似之间"。他衰年变法,绘画师法徐渭、朱耷、石涛、吴昌硕等,形成独特的大写意国画风格,开红花墨叶一派,尤以瓜果菜蔬花鸟虫鱼为工绝,兼及人物、山水,名重一时,与吴昌硕共享"南吴北齐"之誉;以其纯朴的民间艺术风格与传统的文人画风相融合,达到中国现代花鸟画最高峰。篆刻初学丁敬、黄小松,后仿赵㧑叔,并取法汉印,见《祀三公山碑》《天发神谶碑》,篆法一变再变,印风雄奇恣肆,为近现代印风嬗变期代表人物。其书法广临碑帖,历宗何绍基、李北海、金冬心、郑板桥诸家,尤以篆、行书见长。诗不求工,无意唐宋,师法自然,书写性灵,别具一格。其画印书诗,人称四绝。一生勤奋,砚耕不辍,自食其力,品行高洁,尤具民族气节。留下画作三万余幅、诗词三千余首、自述及其他文稿并手迹多卷。其作品以多种形式一再印制行世。

(二)"学我者生、似我者死"

齐白石讲求绘画贵在创新。他对学生曾题词"学我者生、似我者死"。寥寥八字,尽传精神,提倡思考,提倡创新的殷殷之情洋溢于字里行间。从艺术的角度看,齐白石的精神给人启发:勤奋和创新是通向神圣艺术殿堂的必由之路,舍此绝无他途。他的创新思维来源于早年做木工的雕花艺术实践。做木匠的同时他兼雕花,雕花是"细作",技术含量高,他得到的报酬自然高些。由木匠而雕花这本身就进了一步,而他的雕花又与众不同。他在自传中谈到雕刻生涯时说:"那时雕花匠所雕的花样,差不多都是千篇一律。祖师传下来的一种花篮形式,更是陈陈相因,人家看得很熟。雕的人物,也无非是麒麟送子、状元及第等一类东西。我以为这些老一套的玩艺儿,雕来雕去,雕个没完,终究人要看得腻烦的,我就想法换个样子,在花篮上面加些葡萄石榴桃梅李杏等果子,或牡丹芍药梅兰竹菊等花木。人物像小说的插图里勾摹出来,都是些历史故事……我运用脑子里所想到的,造出许多新的花样,雕成之后,果然人人都夸奖说好。我高兴极了,益发大胆创造起来。"

(三)"花开花落皆为景,悲欢离合都是歌"

"花开花落皆为景,悲欢离合都是歌。"齐白石一生历经磨难,但由于他的内心充满了爱,充满了情,所以在他的人生旅途上没有跨不过的坎,没有翻不过的山。他的勤奋、多思,不断创新的艺术和纯真、朴实、豁达大度的人生,给社会、后人留下一笔宝贵的财富。人画合一,画如其人,我们既要传承这位"汗淋学士"的民族艺术,也要弘扬他的品格,让纯真朴实和百折不挠的精神发扬光大。笔者认为,这些都可以给人以深刻启迪。

(四)师法自然,书写性灵,别具一格

齐白石诗不求工,无意唐宋,师法自然,书写性灵,别具一格。因此,他的绘画取材非常广泛。瓜、果、菜、蔬、花、鸟、虫、鱼,只要是天上飞的,地上跑的,水里游的,老百姓司空见惯,耳熟能详的他都拿来入画,可以说是史无前例的艺术创举。对于古代那些只以松梅兰竹取材的画家而言,齐白石显然更具生活气息,画风热烈、积极、向上,可以说完全是属于人民的艺术。在绘画颜色当中,齐白石添加了红色!红色运用到中国绘画当中那是石破天惊的创举!因为古人,特别是文人推崇黑色,黑色代表高贵与优雅,是文人绘画的基本要素,运墨而五色具,墨的浓淡疏密就是绘画的颜色要素,文人画可以说就是水墨画!文人是反对用色的,而且特别反对用红色,因为红色是老百姓喜爱的颜色,喜庆但俗气,不入流,齐白石反传统而行之,结果收到意想不到的效果。

四、傅抱石的绘画心理思想

傅抱石(1904—1965),现代画家,原名长生、瑞麟,号抱石斋主人,江西新余人。1925 年著《国画源流概述》,1926 年毕业于江西省立第一师范艺术科,并留校任教。1929 年著《中国绘画变迁史纲》,1933 年在徐悲鸿帮助下赴日本留学。1934 年在东京举办个人画展。1935 年回国,在中央大学艺术系任教。抗日战争期间定居重庆,继续在中央大学任教。1946 年迁南京。1949 年后曾任南京师范学院美术系教授、江苏省国画院院长等职。擅画山水,中年创为"抱石皴",笔致放逸,气势豪放,尤擅作泉瀑雨雾之景。晚年多作大幅,气魄雄健,具有强烈的时代感。人物画多作仕女、高士,形象高古。著有《中国古代绘画之研究》《中国绘画变迁史纲》等。

1934 年 9 月,时在东京留学的傅抱石集采历代先贤名家关于中国绘画精辟论述之精华,间以导师金原省吾和日人东洋画学名家关于中国绘画之相关论述若干则编成《中国绘画理论》,凡三部三十六论三百余则:泛论之部分包括一般论、修养论、造意论、神韵论、俗病论;总论之部分包括造景论、布置论、笔墨论、设色论、临摹论、款题论;分论之部分包括林木论、山石论、皴擦论、点法论、装饰论。该著作以学术的眼光将古代画论择要编辑,并略加点评,实为不可多得的参考书,出版后立即引起广泛的关注,并在较短的时间内几度再版。在 20世纪 30 年代,这项带有一定研究意义的工作无疑也具开拓性,傅抱石也由此成为当年为数不多的中国古代画论美术史学者之一。更值得一提的是,该著虽为画论类编,但列有傅抱石自见若干,的确别开生面。当然,这一观点自然体现了青年傅抱石的绘画思想,对研究傅抱石早年的绘画创作无疑具有启发意义。

(一)对顾恺之"迁想妙得"的高度评价

傅抱石非常欣赏东晋顾恺之的"迁想妙得"一语,认为他是中国绘画理论最早的表现,是谢赫绘画六法之先河:"恺之'迁想妙得'一语,为中国绘画理论上最初有力之发示。足开谢赫六法之先河。其想不迁,其得决不妙。"绘画首先要善于"迁想",只有善于变化的思维与想象,才能获得奇思妙想的图画。观察获得的记忆表象都是"迁想"的条件,有了这些条件"迁想"才可能尽情发挥,获得意想不到的绚丽图画,再将心中这些绚丽图画通过画笔表现出来,完成绘画创作。

(二)对郭熙"林泉之心"赞赏

绘画要追求自然,以自然为最高鹄的,也是最基本的标准,这是中国历代画家都提倡的,傅抱石显然也坚持这种主张。"水墨渲染,造化自然。右丞一呼,中国绘画之基立矣。"因此他认为,无论是绘画创作还是绘画欣赏都要抱有"林泉之心"。"绘画原为胸中之事耳,故宏图可,小景亦可。看画则为感应之事也,必以林泉之心临之。"所谓林泉之心,就是心灵中没有杂念之心。故吴冠中认为,作画"第一须绝去一切杂欲"。"画人求名心急,最是大病,应力事修养泰然。画外一切,所不计及。"

(三)对张璪"外师造化,中得心源"的深刻理解

傅抱石引张璪的观点,张璪曰:"'外师造化,中得心源',造化一莫大之真景,'须去其繁章,采其大要'。余以一去一采大非易易!故胸中必先具最高标准,以测自然,合者采之,不合者去之。但此标准不尽人皆有,有亦不尽皆最高。是以首应娴诸景法运诸心胸,然后灵机一动,妙景即生,景外之意,不期而自至

也。意外之妙,不期而自生也。"他还引明唐志契曰:"'画必须静坐,凝神存想。'伸纸作画时,其造景当如此,所谓'好住手,便住手;不住手,又多一番蛇足。'意外之妙,即依此而得。"

(四)绘画贵在表现自我

绘画贵在表现自我,这也是中国历代文艺理论家提倡的。"吾国画人,狂称'仿古'。道济谨严其义曰:'识之具也。'而化在'我'。夫'我',任人而有,任人而不知。是以畅言'我之为我自有我在',只有古就'我',而'我'必须卓然入画。则此画面始有'我',始有生命。西哲画人之言'自我',即此义也。""画面一切,皆'我'之精神,'我'之生命,'我'之人品不高,欲求画格之高,其可得乎?吾人既明,画为'我'之画,则未画之前,'我'仍在也。既画之后,'我'亦在也。'我'之所以移于画面,及画面之所以容受'我',不能毫无觉动。设无此觉动,画面所容受必非具体,'我'之移于画面,亦必非痛快。故须'意'在笔先,始能具体而益痛快!所谓'意'即'我'之意,即'觉动'也。董宗伯云:右丞以后,作者各出'意'造。"绘画要出自内心。米友仁因子云而以"画之为说亦心画也"。道济则具体论之。六如则以为气韵之所从自。"画之为说亦心画也",就是说绘画最重要的不仅仅是手中的技能技巧,而是在心灵中构筑一幅美好的图画。

(五)追求笔力与技巧

在绘画技法的训练方面,傅抱石极力推崇清王概《学画浅说》中:"然欲无法,必先有法。欲易先难,欲练笔简净,必入手繁缛"的观点,认为"此论极是!可钦可敬!余尝谓画道之难,至今极矣!必从最繁而至最简,最似而至不似。"邹小山所谓:"形之不全,神将安附?"山水之远近曲折,花鸟之修短异同,必须考察精详,然后察其偃仰动静之态,风晴雨雪之变,一一熟谙于胸,则出笔不悖。元黄公望《写山水诀》云:"皮袋中置描笔。或于好景处,见树有怪异,便当模写记之。分外有发生之意。"此初学之初步功夫,究西画者,倡言"写生",谓此法中国不取,诬矣!子久为元代大师,极力主张"画不过意思而已"者,然此基本练习,犹以为不可废。盖树石最病雕琢,从来画人罔不注力于此。余谓可常携图纸铅笔,随时写作,久之自然生气激发,神韵悠然,只要有恒,裨益当不浅鲜也,西人所云"速写"(sketch)与此相仿。于自然,而能发抒己意。

傅抱石对笔力的追求,1947年10月26日老舍先生发表在上海《大公报》上的《傅抱石先生的画》一文对此有评价:

> 傅先生的画是属于哪一派系,我对国画比对书法更外行。可是,我真

爱傅先生的画！他的画硬得出奇……昔在伦敦,我看见过顾恺之的烈女图。这一套举世钦崇的杰作的好处,据我这外行人看就是画得硬,他的每一笔都像刀刻的。从中国画与中国字是同胞兄弟这一点上看,中国画理应最会用笔。失去了笔力便是失去了中国画的特点。从艺术的一般的道理上说,为文为画的雕刻也永远是精胜于繁,简劲胜于浮冗。顾恺之的画不仅是画,它也是艺术的一种根本的力量。我看傅先生所画的人物,便也有这种力量。他不仅仅要画出人物,而是要由这些人物表现出中国字与中国画的特殊的和艺术中一般的美的力量。他的画不是美的装饰,而是美的原动力。

傅抱石对技巧的追求,老舍先生在 1947 年 10 月 26 日上海《大公报》上发表的《傅抱石先生的画》一文也有评价:

> 傅先生不仅画人物,他也画山水,在山水画中,我最喜欢他的设色,他会只点了一个绿点,而使我们感到那个绿点是含满了水分要往下滴的露露! 他的"点",正如他的"线"是中国画特有的最好的技巧,把握住这点技巧,才能画出好的中国画,能画出好的,才能更进一步地改造中国画,我们不希望傅先生停留在已有的成功中,我们也不能因为他还没有画时装的仕女而忽视了他已有的成功。

(六) 绘画是不似——似——不似的过程

学习绘画的过程是一个不似——似——不似的过程。傅抱石说:"凡初学作画,不得随体而似也。然不可谓画之极境。渐进而似矣! 又渐进而不似矣。此不似,实似也。窃以如下图:不似——似——不似,入手——经过——最后士人作家,全以本人分其泾渭,人品崇高,胸襟开拓,虽工亦不板细;人品低下,胸襟狭隘,虽妙亦含死气。""初学作画,不能遗却客体。""传神者,必以形。""'以'字大要注意,所谓'转工转远'也!"明沈灏云:"一幅中有不紧不要处,特有深致。"释道济亦曰:"山水真趣,须是入野看山时见他,或真或幻,皆是我笔头灵气。下手时,他人寻起止不可得,此真大家也。不必论古今矣!"此二则,须有相当境界后,始能得之,若初学即讲"不紧不要",不用朽炭则殆矣。

(七) 绘画需要"悟"与"妙悟"

绘画需要"悟"与"妙悟"。这也是中国历代绘画理论家都提倡的。傅抱石说:"一勾一点中,自有烟云,董北苑最称擅长。此俗套之比比皆是也。精神团聚处,即近人所谓画面重心也。自然一大画本也。观者万千,而悟者不一二,至于'妙'悟,非物我两忘离形去智不办。修养之义大矣!"在傅抱石看来,"悟"与"妙悟"是绘画中最重要的修养。他说:"盖艺术完全为有妙觉而后发妙兴,而后有妙作。"

(八) 主张"天才学力,均应并有"

天才与学力。傅抱石认为,绘画创作是画家的天分与后天学力共同实现的。"天才学力,均应并有。所谓因其性之所悟,求其学之所资。多读书自有'文'。""太史公云:'走尽天下名山大川',余谓乃为画人说也。胸中富有丘壑者。确有'意所未设,笔为之开'之妙境。"

(九) 追求独特奇异,潇洒出尘

追求独特奇异,潇洒出尘,这是傅抱石通过阅读历代画人传记获得的体会。"每读历代大画人传记,均具独特奇异之行,潇洒出尘之想,绝无尘俗鄙夫而传世者。余欲敬愿凡学中国绘画者,充量摩味此等载籍,保证灵犀豁然,下笔超逸。虽笔墨有所不逮,而决有引人入胜之点。""千古画人,无一好名货殖之徒。"傅抱石"多出创见,能道人之所不敢道"的立意。"画须造'意',尤须造得'无意',又进一着矣。"傅抱石认为,绘画最大而难救者,莫如"心胸有尘俗之气"。

(十) 意在笔先

傅抱石很赞赏黄子久的笔意观,说:"黄子久又曰,'画不过意思而已'。中国绘画至此不但完全脱离政治礼教束缚,且进而为纯正艺术,子久之功宏矣!意固可造者也。此亦造意之一法。'有动于中,意在笔先矣。'只要有'意',青绿亦可,水墨亦可。若无'意',虽如倪迂之高简,大痴之苍穆,亦是俗品。故于有清一代,独骂王石谷,直是大大卓识,大大胆量。石谷清丽,而泰破碎,吾信此论。"

(十一) 追求神气气韵

傅抱石很赞赏顾恺之所论神气,他认为顾恺之仅仅论及画人物的神气,而傅抱石则将其推广到任何画都需要有神气的问题。"顾恺之《魏晋胜流画赞》曰:'有一毫小失,则神气与之俱变矣。'此论虽为人物而发,然全谓作画必须处处顾到,不可在偏僻处敷衍。例如作人物者,面目稍稍用心,衣衫陪衬,则草率不堪;作山水者,主峰主树,稍稍用心,屋木桥梁,则草率不堪。一毫之失,神气即变。"他认为,在绘画中,一点点失误就会导致神气的大变化。气韵非云烟雾霭,固也。然孔石村以为笔致缥缈,通幅皆有灵气。所谓天地真气,亦托笔墨以见。"余谓'墨中气韵'本易做到,但不可即此而止,盖初学所必经之过程也。"

"气韵必具骨法,骨法者,即前人所云'格法'也,即现今所谓轮廓也。""中国绘画,合之得骨法之精神,解之见用笔之情感。"

(十二）以情造景,以奇立境

以情造景,以奇立境。关于以情造景,傅抱石写道:"'以情造景',固画人造景之上上乘,但初学者游览既亏,练习复少,'情'尚不知,'景'凭何造? 及挥洒日久,各种单元(如树、木、山、石……)均应手可成,古人名本,寓目又多,然后即景生'情',即情造'景',非一蹴可几。"

关于以奇立境,傅抱石写道:"行笔布局之间,正画者尽思寄境之时,盖景生于情,托于手,授于纸绢。在此过程中,实态不厌'停笔'而'细商'之。每有因一树、一石、一人、一船、一坡、一桥之迁移加减,而顿使画面奇辟幽深者,设立境而后,即鲁莽挥毫,结果必不如意,慎之,慎之!"

(十三）讲究透视

傅抱石特别推崇南朝宋画家宗炳《画山水序》中所论透视之法。"宗炳《画山水序》,为吾国最古之透视画法,距今约千五百余年。其'去之稍阔,则其见弥小''竖画三寸,当千仞之高;横墨数尺,体百里之回'数语尤合科学,精绝莫京,惜国人不知研究耳。"

五、吴冠中"推翻成见,创造未知"的绘画心理思想

吴冠中(1919—2010),江苏宜兴人,当代著名画家、油画家、美术教育家。致力于油画民族化和中国画现代化的探索,形成了鲜明的艺术特色。油画代表作有《长江三峡》《北国风光》《小鸟天堂》《黄山松》《鲁迅的故乡》等。文学代表作有《古代英雄的石像》等。吴冠中与著名科学家李政道晚年共同探讨艺术与科学的关系,在这一过程中,他将自己的艺术思想进行了较为系统的梳理,其中也蕴含某些绘画心理学思想。

吴冠中晚年在与李政道共同探讨艺术与科学的关系的过程中曾以《推翻成见,创造未知》为题发表演讲,他说,曾有人认为艺术与科学是两种不同性质的活动,不必硬拉在一起,但是他认为二者虽然具体形式有别,但艺术思维和科学思维的根本是一致的,"都要探索,都要不断推翻成见、创造未知",可以相互影响、相互渗透。他还用自己画的"错字"给许多人造成错觉的例子说明艺术和科学世界的复杂性。

本章小结

中国的绘画比文字的起源还要早,中国文字的产生始于绘画,它构成了中国传统文化的一项重要内容。中国的绘画起源于伏羲画卦象,自此以后,绘画就被用来"以通天地之德,以类万物之情"。在整个先秦时代,因为绘画、书法都处于草创时期,因此对绘画理论的探讨也相对较少,几乎很少留下有价值的绘画心理思想。

1. 绘画到汉魏六朝时期有一个飞跃式发展。中国绘画创作与理论探索在这一时期得到前所未有的发展。那时涌现的一大批全身心地投入绘画创作的画家,他们对自己的创作进行理论的提炼与升华,对绘画理论问题进行思考,产生了属于那个时代的绘画理论。在这些绘画理论中,也涉及许多绘画心理思想。这一时期,从文艺心理学角度看,主要探讨了如下几个问题:(1)关于绘画的形象思维。包括汉代王延寿的"以形写神",南朝王微的"心灵随形象感动变化"的观点。(2)关于绘画的心理功能。南朝绘画理论家宗炳以山水画为依据阐述绘画的心理功能。他认为山水画具有澄清心怀、摆脱物欲、激发"趣灵"、体现"道"、畅神和表现自我等功能。(3)绘画创作的立意与创新。包括梁武帝之子萧绎的"设奇巧之体势,写山水之纵横",南朝梁姚最的"学穷性表"与"心师造化"等观点。(4)绘画创作与欣赏的情感共鸣。曹植在《画赞序》中认为,欣赏者与创作者要有情感上的共鸣,只有欣赏者能够随着创作者的情感变化而变化,才能达到好的欣赏效果。(5)绘画的创作技能与技巧。谢赫《古画品录》是我国绘画史上第一次以系统的绘画理论原则品评画家创作的著作,为后世的画品开创了良好的先例,并总结出著名的"绘画六法"。

2. 隋唐五代,尤其是唐朝绘画不仅名家辈出,而且在题材内容、作画技法等方面都有很大进步。初唐绘画,以宗教佛像和贵族人物画为主。其主要代表人物及观点如下:唐惊的"心灵自悟"与"动笔含真"思想;裴孝源的"心存懿迹,默匠仪形"思想;窦蒙、李嗣真、张怀瓘对阎立本、张僧繇、顾恺之、陆探微、吴道玄等评价中体现出的绘画心理思想;李白、杜甫的绘画心理思想;符载关于绘画创作者要有"天纵之姿",要激发灵感,特别是他的"外师造化,中得心源"的观点对后世影响颇大;朱景玄"挥纤毫之笔,则万类由心"的观点。王维是中国绘画史上一个具有里程碑价值的人物,他的《山水诀》《山水论》中的许多见解对山水画的创作具有重要的心理学价值。首先他主张通过水墨浓淡造成错觉而达到透视效果;其次他主张通过对比反衬来达到透视效果,包括远近、主次、高低、奇险、遮掩等。白居易的绘画心理思想主要记载在《画记》和《画竹歌》中,他认为绘画的关键和宗旨就是生动逼真。要获得这样的艺术效果就要做到:天分与积累相结合;要"画无常工,以似为工;学无常师,以真为师";要有巧妙的构思与灵感;要手脑结合。元稹则强调绘画中的神韵风骨。唐代最负盛名的绘画理论著作是张彦远的《历代名画记》,这部结构恢宏、内容博大精详的著作涉及绘画心理的多个方面:第一,肯定绘画的社会价值和道德功能;第二,将书画看成传情传形的重要工具;第三,强调天资与创新;第四,注重立意与用笔,"本于立意,而归于用笔";第五,强调人格与境界;第六,强调"意在笔先,画尽意在";第七,注重绘画的时代心理特征。

3. 宋代是中国传统绘画发展的一个高峰期,特别是绘画理论到宋代以后越来越丰富,越来越成熟。宋代以后,学者们的思维更加深沉、细腻,书画家们热衷于表现空灵、淡泊的情感,同时也注重对现实的追求。在北宋年间出现宫廷画与文人画的分野。文人画派与画院画派的审美意识与审美情趣的区别在于:画院派看重形似,文人画重视神似;画院派重视工笔精丽,文人画注重快意淋漓的写意;画院派重视富贵气象,文人画重视野逸之趣;画院派重视人伦教化,文人画重视人格精神的表现与抒发。总之,两个画派迥异其趣。其代表人物及绘画心理思想有:(1)郭熙的"林泉之心"说、精神专注与神闲气定说以及郭熙父子认为创作要注重亲身感受的观点。郭熙的绘画心理思想比较全面系统,他强调"画之景外意"与"画之意外妙"的形象思维,绘画构图要留有适当空白,从理论上意识到绘画的视觉透视与对比度问题。他在长期的山水游历和绘画实践中提炼出对后代画家影响巨大的著名的"高远""深远""平远"的"三远"说。(2)韩拙绘画心理思想。他认为绘画可以通天地之德,类万物之情,他在继承郭熙的"三远"说的透视理论与视觉对比的观点基础上提出新"三远"说:"阔远""迷远"和"悠远",对郭熙的观点进行有益的补充和完善。在绘画技能方面,他提倡笔法四势说,即筋、骨、皮、肉。韩拙还对绘画鉴赏心理进行阐释,他认为鉴赏者只有将作品融入鉴赏者的心灵之中,才能分辨出绘画的不同风格、气势、气派、韵味、规格、法度的高低,同时鉴赏者自己还要擅长作画、精通技法。(3)苏轼强调"达心适意"绘画的创作动机;绘画不仅要画出事物看得见的"形",而且要画出事物看不见的"理";绘画不是简单地描绘出物体的形态或形状,而是要在所画的物象中寄托绘画者的思想观念和情感,就是寄意于所画之物,要"物"中有"意";主张诗境与画境的结合,创新与法度的协调,心手相应,尤其看重书画创作与欣赏中的气韵。（4）沈括强调绘画要"得心应手,意到便成",并对绘画中"以大观小"的散点透视思想给予关注。（5）米芾为后代留下一部《画史》著作,其中涉及绘画心理思想的观点:一是他对鉴赏家的心理素质的要求;二是他强调绘画创作的个性。（6）刘道醇对画家个别差异的探讨。他的《宋朝名画评》（又名《圣朝名画评》）和《五代名画补遗》等著作,将绘画分为六个门类,即人物、山水林木、畜兽、花竹翎毛、鬼神、屋木。他将每门分为神、妙、能三个品级,在每一品级中又细分为上、中、下三等。全书涉及对九十多名画作者的记录与评价。刘道醇是中国古代运用类型法全面品评画家并对画家作品及个别差异进行详尽探讨的画评理论家。不过,他的评价标准和给画家确定的等级是可以商榷的。（7）黄休复的《益州名画录》（又名《成都名画记》）对益州当地五十八位画家作品与风格进行了分类,他按品级高低划分为逸、神、妙、能四格。

4. 元代的绘画心理思想。饶自然强调神闲意定论和意境创造论,主张画山、画水、造境都要"意在其中","意在笔先",同时他注重色彩的衬托与对比。倪瓒主张绘画创作是抒发"胸中逸气"。夏文彦提出六要、三品、三病、六长。六要:气韵兼力、格致俱老、变异合理、彩绘有泽、去来自然、师学舍短。三品:神品、妙品、能品。三病:板、刻、结,需要克服。六长:粗卤求笔、僻涩求才、细功求力、狂怪求理、无墨求染、平画求长。黄公望提出先立意后落笔的观点。王绎提出画肖像"闭目如在目前,放笔如在笔底"的观点。李衎提出"画竹者必先得成竹于胸中"的观点,他还论述了作画的心态和构思布局。汤垕认为创作是画家情感、神韵、观念、笔墨、笔意、功力的综合体现,作画要"以意写之","自出新意",注重画作的气韵、神采、风神、天真、笔意、笔法,尤重神韵。观赏鉴别也要先观气韵,次观笔意、骨法、位置、傅染,再观形。赵孟頫强调"画人物以得其性情为妙",倡导画意应有自己独特的风格,确立了元代书画艺术思维的审美标准。"作画贵有古意,若无古意,虽工无益。"同时赵孟頫认为,要获得创作的独特风格就必须有写实基本功与实践技巧。杨维桢论及绘画的天赋与学习、画品与人品的关系。

5. 明代的绘画心理思想。有王履的"外师造化,中得心源";李开先的形象评画法;王世贞的作画时"旁若无人,专神贯注";何良俊将画家分为四类;孙鑛论及书画艺术与天分、心境、性情的关系;顾凝远论及"惟不欲求工而自出新意";莫是龙强调"以画为寄,以画为乐者也";屠隆"以天生活泼为法";董其昌"胸中脱去尘浊,自然丘壑内营";陈继儒论绘画的精神胆识;文徵明主张绘画创作要"得天然之趣";李日华的绘画三境界心理思想,"身之所容""目之所瞩""意之所游";茅一相"自然天授,不可待学"的观点;唐志契的绘画心理思想;沈颢论神韵与灵感;汪砢玉认为绘画可以修养人的精神。

6. 清代的绘画心理思想。关于绘画的创作动机与目的,有王原祁的"画以达情",郑板桥的"画以慰天下劳人"以及绘画可以寄托自己的人格品性,董棨的绘画可用以修身养性。关于绘画创作的心理活动与过程,有恽寿平的"画由心生",郑绩的画"自内而出",石涛的"画从心而障自远",钱杜的"意在笔先",郑绩的形神并重,盛大士"理、气、趣"三到的思想,沈宗骞对绘画酝酿与灵感的独到见解,郑板桥的"眼中之竹""胸中之竹""手中之笔"。关于绘画技能的形成,沈宗骞对绘画学习阶段的论述,对练习和模仿的论述,对天资和学力的论述。关于绘画的视觉效果,有方薰关于绘画中的颜色明度对比,笪重光有关绘画中的感觉对比,钱杜关于绘画中联觉或通感现象的论述,郑绩对绘画中深度知觉线索的发现,董棨关于书与画相互迁移的论述,石涛关于绘画中意境的论述。关于绘画的人品与风格,有石涛的绘画中"自有我在",笪重光、唐岱、王昱、张庚等对人品与画品的论述。

7. 现当代的绘画心理思想。主要介绍林语堂的绘画心理思想,包括论绘画的灵感来源,论绘画的自然意象,论中国绘画的暗示技巧,论中国绘画的精神气韵,论绘画中艺术家的情感与个性,论绘画中"游戏精神",论绘画中利用空白激发想象等。徐悲鸿的绘画心理思想主张绘画中形象描绘的精确性,强调"科学之天才在精确,艺术之天才亦然",同时注重韵趣在绘画创作中的作用。齐白石的绘画心理思想主要有"妙在似与不似之间""学我者生、似我者死""花开花落皆为景,悲欢离合都是歌",师法自然、书写性灵,别具一格等观点与主张。傅抱石的绘画心理思想。他对顾恺之"迁想妙得"、郭熙"林泉之心"和董元"外师造化,中得心源"给予了高度的评价与赞赏,同时强调绘画贵在表现自我,追求笔力与技巧,绘画是一个不似——似——不似的过程,绘画需要"悟"与"妙悟",主张"天才学力,均应并有",追求独特奇异、潇洒出尘、意在笔先,追求神气气韵、以情造景、以奇立境,讲究透视。吴冠中"推翻成见,创造未知"的绘画心理思想。

中国文艺心理学思想史

第八章

中国书法心理思想

中国书法纯粹是土生土长的艺术，表现了地道的民族作风与民族魂魄。①中国书法艺术是一门博大精深的艺术，是凝聚炎黄子孙无穷智慧的古老艺术，也是中国文人身心修为不能缺少的艺术。② 自从有文字以来，就有书法，但书法作为一门自觉艺术，是从东汉开始的，至今有 2 000 多年的历史。③ 东汉后逐渐演变为我国古代最为普及、雅俗共赏的艺术。有关书论的论著也十分丰富。应当说，有关书论的论著在中国古代各类艺术论著中最丰富。在这些论著中涉及许多书法欣赏和创作心理等方面的问题，对这些观点进行总结、提炼，对于书法创作实践，以及提高书法学习者的心理健康水平都有帮助。

据东汉许慎《说文解字序》的观点，书法或书写来源于绘画。最早的绘画就是伏羲(又作庖羲)画八卦。伏羲"仰则观象于天，俯则观法于地，视鸟兽之文与地之宜，近取诸身，远取诸物"，然后用来垂示，法定的图像。待到神农时代，"结绳为治而统其事"，结果因为"庶业其繁"而"饰伪萌生"。皇帝的史官仓颉初创文字时，大致依照物类画成它们的形状，所以叫作"文"，后来形旁声旁相结合，就叫作"字"。"文"表示事物本来形状，"字"是派生出来而逐渐增多的文。写在竹简帛绢上的叫作"书"。"见鸟兽啼远之痕迹，知分理之相别异也，初造书契。"仓颉初创文字。"盖依类象形，故谓之文。其后形声相益，即谓之字。文者，物象之本；字者，言孳乳而浸多也。"字是本于物象而逐渐发展起来的。总之，文字同八卦一样，都有取"象"于物，"象形"于物的特点。④

中国几千年来真草隶篆四书并行。在魏晋南北朝时期，隶书风头最劲。进入近代以后，楷书最盛，流派也最多。颜柳欧赵，乃至褚遂良、虞世南、蔡襄、米芾、黄庭坚、智永等人的字帖流传久远、广阔。

小篆体现了"书同文"，具有一定的政治含义。隶书的流行则既与秦代是中国第一个郡县制大一统国家、中央集权和国土广阔，需要大量繁杂的行政文书有关，又与秦始皇废除学校、让百姓"以吏为师"关系匪浅。前者要求书写更快速、更便捷，而后者让适应上述要求的隶书很快在民间普及。由于隶书笔画波澜，速度仍然不够快，连笔书写的"章草"应运而生，并在日后成为草书和行书的源泉。

① 金开诚.文艺心理学论稿[M].北京：北京大学出版社，1982：252.
② 吴江涛，汪爱平.从文人书法禅宗的美学思想[J].赤峰学院学报(汉文哲学社会科学版)，2008(6)：85-86.
③ 林语堂.中国人(全译本)[M].上海：学林出版社，1994：286.
④ 潘运告，编著.汉魏六朝书画论[M].长沙：湖南美术出版社，1997：8.

楷书被认为奠基于钟繇、卫夫人,成熟于王羲之、王献之,楷书是对隶书的进一步简化。这种字体的流传与文化的进一步普及有关,因为民间需要更容易学习和识别的文字,隶书或草书在这方面都有所欠缺。

自隋唐开始,中国逐渐进入科举时代。为便于阅卷,不论是隋唐的自书、公卷,还是宋以后实行的誊录、弥封,由考生自己书写或官方誊写的试卷,全部以小楷书就。这种崇尚小楷的风气随之被科举出身的官员们带入官场,到明、清时,各级官员上行、下行的往来文书,几乎成了小楷的一统天下。小楷写得好,成为获取科举功名的基本功和漫长仕途的必备技能。正因为如此,练习楷书不仅是文化、时尚,更是一种求职技能、生存技巧。

随着文化逐渐普及,文字由纯粹实用工具,逐渐兼具欣赏功能和文化载体的含义,个性化的文字在非正式场合被推崇后,行书和草书也得到很大发展,并出现诸多分支。行草,尤其难以辨认、异体字甚多的狂草,其群体性远不及楷书。即使行草名家,如苏轼、黄庭坚等,也大多兼擅小楷,这当然也出于实用性的需要——吟诗题赠之类私人性、艺术性场合,草书固然相宜;科考、为官、写公函文牍,则还是需要小楷的硬功功夫。①

第一节　先秦时期的书法心理思想萌芽

中国书法的历史是从有文字开始的。传说中国最早的文字可以追溯至夏代,有据可考文字在商、周的甲骨文和金文中大量存在。有文字即有书法。在秦朝就有许多著名书法家,丞相李斯(前280—前208),以及扶苏和谋害秦二世的赵高(前258左右—前207),都是当时有名的书法家。李斯是小篆的创立者,中国历史上第一个臭名昭著的太监,那个指鹿为马的赵高也以书法见长。赵高,赵国后裔,秦昭王五十一年(258年)前后生于秦国首都咸阳。以赵高的出身与经历,他是很难步入上流社会的,因为他的家族虽然是赵国的贵族,但因祖上在秦国做人质(当时在所有的诸侯国中,秦与赵国的实力最大,自然相互间的威胁也最大)。为了获得对方的信任和相互牵制,两国不约而同地采取了两条策略:一是两国王室子女联姻;二是交换人质,在秦国娶妻生子。赵高的父亲因触犯秦国的刑律而获重罪,从监狱出来后就只能住在一个专门收容刑满释放者的地方叫"隐宫"。住在"隐宫"的人世世代代卑贱,很难有出头之日,况

---

① 刘葭. 中国书法楷书最盛[N]. 环球时报,2010－07－30:23.

且赵高又受父亲的株连,被处以宫刑。

赵高之所以能够出人头地全凭他的一大优势、两手绝活。一大优势是他身高力大。两手绝活是他擅长书法和精通法令。当年秦始皇大规模充实后宫,招募太监,被送进宫的赵高很快就脱颖而出,博得始皇帝的赏识和信任,担当了"中车府令",管理皇帝的车马和出行随驾,这个官职虽然不大,但非心腹不能承担。秦始皇(前259—前210,即嬴政)统一六国后,开始进行文字改革,统一文字。在秦始皇颁布的三种标准字书中有一部就是赵高写的《爰历》。①

在先秦时期,虽然已经有了书法,但还不能说有书法心理思想,书法心理思想还在孕育之中。近人沈尹默说:"我国文字是从象形的图画发展起来的。象形记事的图画文字即取法于星云、山川、草木、兽蹄、鸟迹各种形象而成的。因此,字的造型虽然是在纸上,而它的神情意趣,却与纸墨以外的自然环境中的一切动态,有自然相契合的妙用。"②林语堂认为,中国的书画家是从大自然中获得灵感。这毫无疑问是与中国文化中天人合一的思想相吻合。一只蜻蜓、一只蚱蜢、一块嶙峋的怪石都可以成为他们灵感的源泉。当人们书写时,特别是从事书法艺术创作时,事实上是在运用符号、线条与大自然沟通、对话。人在绢上或在纸上描绘大自然,欣赏大自然,回赠大自然,创造大自然。人们在有限的尺幅之间展示无限的自然想象,一部分是真实的符号线条的展示,一部分是调动读者的想象力或联想力,也就是创作者通过自己有限的展示激发读者或欣赏者无限遐想的能力,使他们能够超越有限的展示而获得更多的联想或想象。

第二节 汉魏六朝时期的书法心理思想

汉,指汉代,包括西汉和东汉(前202—220)。魏,指的是三国里的曹魏。由于曹丕强迫东汉汉献帝禅让汉室,在三国时代及后世被肯定为中原王朝,而蜀、吴两国为该时代的附属割据王国,所以魏为正统,可以称之为"魏朝"。而晋主要指的是三国灭亡后,由司马氏所建的西晋王朝与后来割据在南方的半壁江山——东晋王朝(此时北方是"五胡十六国"时代),南北朝则指晋朝正式灭亡后,南北对峙形成的几个朝代,南方包括宋、齐、梁、陈四朝,北方则有北魏、东魏、西魏、北齐、北周。581年,杨坚篡北周,建立隋朝,并于589年灭南朝陈,统

---

① 绝版太监:史上臭名昭著专权宦官赵高[N].新周报,2011,24:21.
② 金开诚.文艺心理学论稿[M].北京:北京大学出版社,1982:249-250.

一中国,魏晋南北朝时期结束,隋朝时期开始。自东汉灭亡后,长达近四百年的魏晋南北朝才算正式结束。

除了"魏晋南北朝"一词外,也有以"六朝"来指称这个时期的用法。六朝指的是孙吴、东晋、宋、齐、梁、陈,这几个朝代的时间基本上与魏晋南北朝相当,它的特点是这六个朝代都立国于江东地区,而且国都都在建康(或称建业、建邺,即南京)。

汉、魏晋南北朝时期为什么会出现中国历史上书法发展的第一个高峰?

首先,东汉末年及魏晋南北朝时期是一个社会充满战乱、动荡不安的时期,这种战乱和动荡也使得统治者对社会、对人们思想的控制变得相对薄弱、松弛,这给精神上追求自由解放,艺术上追求灵性抒发的艺术家们也提供了难得的机会。正统社会的许多禁锢都没有了,或没有那样强大有力了,艺术家们的个人情感和性情有自由抒发的机会和条件。因此,在这一历史时期出现一个文学艺术空前繁荣的时代。

其次,东汉在书法艺术方面有一个特别的变化是因为蔡伦发明了造纸术,用树皮、麻头、破布等造成的植物纤维纸,价廉质轻,使用方便。纸的制造技术进入成熟阶段,不仅能制造白纸、黄纸、青纸等,还能制造五色纸。纸张不仅质地优良,而且外表精美,成为达官贵人的馈赠佳品。因此,纸的发明与技术改进为书法艺术提供了轻便廉价的载体。纸的发明是中华民族对世界文明的一大贡献。最初,古代人书写用竹简,非常笨重,不利于文化艺术的传播和普及。后来,人们用缣帛书写,虽然轻巧,但太昂贵,这都限制了书法艺术的发展。

汉代王莽摄政时,派大司空甄酆等人校正文字。甄酆自以为奉命而作,对古文颇加改定。当时有六书:一叫古文,就是从孔子宅壁中得到的文字(汉武帝时鲁恭王拆孔子旧宅而得到《礼记》《尚书》《春秋》《论语》《孝经》);二叫奇字,就是古文的异体;三叫篆书,就是小篆;四叫佐书,就是秦时的隶书,秦始皇下令由程邈所作;五叫缪篆,就是用来摹刻印章的字体;六叫鸟虫书,就是用来书写旗帜和符节的。[①]

东汉初年,著名学者蔡邕是当时有名的书法家。魏晋南北朝时期的书法,继承了东汉书法遗风,隶书由汉代的高峰地位降落衍变出楷书,变隶书的波为撇、磔为捺,或横、或勾挑,圆转变为方折,笔画简便而趋于妍美,楷书遂成为主要书体。而且书体出现多样化,草书、行书相继出现,而今草书的出现又促进了

---

① 潘运告,编著.汉魏六朝书画论[M].长沙:湖南美术出版社,1997:19.

行书、楷书的迅猛发展。北朝时期的书法艺术独具风格，尤其是北碑书体，他继承了汉隶的笔法，结体严谨、笔姿厚重、沉稳大方、雄健挺拔，给人以粗悍之感，这是汉代书法的风神和遗韵所致。魏晋南北朝时，众多的书法家创造出风格多样的书法艺术。曹魏的钟繇开始把隶书转化为楷书。东晋大书法家王羲之被称为"书圣"，代表作是《兰亭序》等，其子王献之的书法成就也极高，被称为"二王"。东汉末，由于书法的大发展，出现赵壹《非草书》、蔡邕《九势》和《笔论》等论述书法的文章，卫恒的《四体书势》、索靖的《草书势》、卫夫人的《笔阵图》、传为王羲之的《书论》和《笔势论》等著作，有力地推动了书法的发展和繁荣。

魏晋南北朝时期是历史上第一个书法繁荣期，是中国书法发展的一个里程碑。书法家们从追求形体美到追求意境美、神韵美。在书法的意义、形象、性情、神采方面都有新的突破。生产力的发展，教育的普及，致力书法的人增多。总之，魏晋南北朝时期出现中国历史上书法发展的第一个高峰。

魏晋南北朝时期，儒释道三家开始碰撞融合，并逐步影响到社会文化的不同层面。书法艺术作为思想文化的一个侧面，在这个时期出现历史上的第一个高峰，钟繇、王羲之等书法大家，一改古质书风而流美妍媚，其背后的思想渊源与道家思想有直接的关系。士人崇道、谈玄是魏晋时期特有的社会现象，老庄思想成为上层知识分子行为的理论基石，而书法则成为他们自我陶冶的重要手段，道家思想促成了书法理论的嬗变，并影响到书法艺术风格的转变。魏晋南北朝时期，书法艺术的情感理论和体道理论都有了更加细致、明确的发展。书法艺术家们从艺术本质的角度来分析书法在形式构成上的美学特质，其中道家思想的影响极为明显。整个北朝，佛教大盛，并在社会生活中占有统治地位，进而定为国教，成为统治者的法律标志。随之而起的便是兴建寺庙，仅洛阳一地，寺庙达1 300多所。

也正是这个原因，随之产生了大量优秀的造像碑记。特别是洛阳龙门大量开凿石窟，造像祈福，造像总数超过万尊，造像题记2 000余块，而且内容及艺术风格迥异，使龙门石窟成为书法艺术的宝库。随着儒家思想的衰退，老庄哲学和佛学乘时而起，老庄思想突破了儒家正统思想的束缚，使人们的思想得到解放，这也为东晋书法的繁荣创造了有利条件。少数民族积极吸收汉族先进文化，推进了汉族文化与少数民族文化的大融合，不同民族的审美意识相互影响、相互渗透，少数民族豪放不羁、质朴清晰的气息揉进了汉族文化艺术中，同时，崇尚雄健强悍的审美心理也在传统运笔结构方面产生了积极作用。

玄学的兴起导致"尚韵"书法氛围的出现,佛教道教的广为传播不仅和玄学一起对书法理论产生影响,而且和诸多的物化过程如写经的兴盛,寺庙、道观以及石窟的林立一起,扩大了书法传播的范围。商品经济的进一步发展带来了书法收藏、品评之风,这在书法家与爱好者之间架起了一道桥梁,使书法的影响更加深入人心,最终带来中国书法史上第一次书法高潮。玄学骤然勃起,被压抑数百年的名、法、道诸家思想重新涌现在人们的思辨领域。由于国家处于分裂状态,政府不能执行思想文化专制政策,而是采取了一种兼容并包的宽容态度。而且魏晋人尚玄学,"魏晋风度特别重视从容镇定。喜怒不形于色,担当大事应有雍容气度的'雅量';重视对人物的德才、仪表等品评鉴定的'品目''品藻'"。这些反映到艺术上来,就是一种和恬怡美。在这种美学追求下,书法艺术出现神韵异常、风度翩翩的行书字体,出现王羲之这种人品字品高妙的书圣,使晋字具有与唐诗、宋词、元曲同等的地位。

综上所述,魏晋南北朝时期,由于生产力水平的不断提高,物质财富日益积聚扩大,教育逐步推广普及,中国的书法由极少数知识分子的专利品,开始变成被社会各阶层人士普遍喜好、有广泛群众基础的艺术形式。中国书法艺术在魏晋南北朝时期流行是由多种条件与原因促成的。造纸术的成熟为书法艺术提供轻便廉价的载体;玄学、道教与佛教的盛行,解放了人们的思想,为书法艺术注入了新活力;民族融合丰富了书法艺术的题材与风格;理论著作的涌现使书法创作进入自觉阶段;社会各阶层人民对书法艺术的喜爱,为它的繁荣培育了沃土。从帝王将相、士大夫阶层,到民间知识分子,学书善书者、欣赏收藏者层出不穷。随着篆刻、摹写、翻印等技术的出现,书法艺术在继承传统的基础上,有了日新月异的发展,涌现出色彩斑斓、异彩纷呈的艺术形式。书法艺术开始进入自觉的艺术实践阶段,人们不断把书法艺术升华到理论的高度来欣赏、创造。开始出现以王羲之、王献之父子为代表的书法世家,这一系列的原因促使了魏晋南北朝时期书法艺术的不断发展。

一、两汉时期的书法心理思想

(一)许慎论文字与形象思维

中国人的书法与中国的文字密切相连。东汉文字学家许慎认为,我们的古人在造字时就是依照物类画成它们的形状,所以叫作"文"。声旁后来与形旁相结合,就叫作"字"。"文"表示事物本来形状,"字"由"文"派生出来而逐渐增多。

写在竹简帛绢上的字叫作"书"。"书"是"似"的意思。① 所以中国的书法,从一开始就以形象思维的特点见之于世有其历史渊源。这种渊源在许慎的《说文解字序》中得以详细表述。

许慎(约58—约147,字叔重,东汉汝南召陵即现河南郾城县人),著有《说文解字》和《五经异义》等。他是东汉著名经学家和文字学家,同时也是一位书法家。唐人张怀瓘在《书断下》中评价他:"许慎少好古文学,喜正文字,尤善小篆,师模李斯,甚得其妙。"许慎撰写的《说文解字》是我国古代文字学的开山之作。全书共十五卷,收录九千三百余字,重文一千一百多,解字十三万八千四百余,是一部用形象语言方法解说形象文字的经典著作。《说文解字序》是许慎写在《说文解字》前面的一篇序文。这篇序文的中心思想就是告诫人们,无论文字怎样变化,都不要忘记古文,不要忘记文字的形象化特点。阐述汉代书体与古文的联系,文字与形象的联系。他认为,这样才能正确理解文字的内涵,懂得作书的意义。这对于书法来说,无疑是重要的。

《说文解字》认为,中国古代的"六书"是周至秦演变出来的,包括指事、象形、形声、会意、转注、假借等结体造字的形式。其中"象形"是最基本的、最基础的,其他五书都是以"象形"为其准则结体创造而成。"六书":一叫指事。所谓指事,就是一见就可以认识,仔细查看就能了解文意,"上下"二字就是这样。二叫象形。所谓象形,就是画成那个物形,随着物的形体而曲折,"日月"二字就是这样。三叫形声。所谓形声,就是根据事物造字,取一个近似的声符相配合而成,"江河"二字就是这样。四叫会意。所谓会意,就是连缀两个以上的字为一个字,表示新的意义,"武信"二字就是这样。五叫转注。所谓转注,就是造一类字要建立一个统一的部首,用一个同义字辗转注释,"考老"二字的关系就是这样。六叫假借。所谓假借,就是本无其字,借用一个同音字来表达这个意思,"令长"二字就是这样。②

这不仅反映了中国汉字的形象化思维特点,而且可以体现出中国人结体造字的才智与情意。这是先秦籀文、大篆、金文具有的审美价值所在。③

(二) 崔瑗"方不中矩,圆不中规"的草书形象论

中国历史上最早的书论是汉代书法家崔瑗(78—143)的《草书势》。崔瑗,字子玉,涿郡安平(今河北深州)人。其父崔骃,博学而有伟才。崔瑗也是一个

---

① 潘运告,编著.汉魏六朝书画论[M].长沙:湖南美术出版社,1997:12.
② 同上:16.
③ 同上:9.

锐意好学之人,与当时名士马融(79—66,字季长,右扶风茂陵,今陕西兴平东北人)和著名天文学家、文学家张衡(78—139,字平子,汉族,南阳西鄂,今河南南阳市石桥镇人,我国东汉时期伟大的天文学家、数学家、发明家、地理学家、制图学家、文学家、学者)相友善。崔瑗在仕途上屡遭挫折,四十岁时才做了一个郡吏。汉安帝初年,官至北相。崔瑗的书法是师承杜度而来,后来与杜度齐名,时称"崔杜"。其后的汉代著名书法家张芝就因取法崔、杜而书法大进,成为汉代草书之集大成者,被誉为"草圣"。但张芝却自认为:"上比崔杜不足。"三国时代魏人韦诞(179—251,字仲将,汉末三国京兆杜陵人,著名的书法家)评价崔瑗的草书说:"书体甚浓,结字工巧。"南朝梁袁昂(461—540,字千里,陈郡阳夏,今河南太康人)在《古今书评》中称:"崔子玉书如危峰阻日,孤松一支,有绝望之意。"意谓其书势奇险也。《草书势》可以说是崔瑗对自己作书实践的经验总结。[①]

《草书势》弥足珍惜之处在于:一是论述了书法的起源;二是重点论述了草书的起源;三是记录了崔瑗对草书艺术独特的审美感受。关于文字的起源,崔瑗也不过是重复民间的仓颉造字说而已。对于草书的产生,他的见解是:草书产生于政事繁迫,为了简易快速的需要而产生,也就是说草书产生于实用的需要。崔瑗认为,政治、官事需要抄写文章或文书,因此就出现比大小篆简略的"隶书"和辅佐书写的隶人。而"草书之法,盖又简略,应时谕指,用于卒迫,兼功并用,爱日省力"。显然,草书最初的出现就是为了提高书写的速度和功效,节省时间和精力。

《草书势》的心理学价值在于崔瑗对自己艺术感受的记录。在这短短的记录文字中,崔瑗从多个角度赋予了草书多重形象。

观其法象,俯仰有仪;方不中矩,圆不中规。抑左扬右,望之若欹。兽跂鸟跱,志在飞移;狡兔暴骇,将奔未驰。或黝点黵,状似连珠;绝而不离。畜怒怫郁,放逸生奇。或凌邃惴栗,若居高临危,旁点邪附,似螳螂而抱枝。绝笔收势,余绖纠结;若山峰施毒,看隙缘蛾;腾蛇赴穴,头没尾垂。是故远而望之,漼焉若注岸奔涯;就而察之,一画不可移。几微要妙,临时从宜。[②]

在这段文字中,崔瑗给我们提供了欣赏和创作草书的基本理念,那就是"法

①　潘运告,编著.汉魏六朝书画论[M].长沙:湖南美术出版社,1997:1.
②　同上:3.

象"。法象，本指人合乎礼仪规范的仪表举止，崔瑗将其借用到草书上，指其合乎法度而又独具风格的艺术形象。因此，"观其法象"，就是观赏草书中的艺术形象。草书要塑造的是怎样的艺术形象呢？

按照崔瑗的观点，草书基本的艺术形象就是"方不中矩，圆不中规"。如果在草书的书写中方中矩，圆中规，那就不是草书艺术形象了，中规中矩只能是实用的工笔字，而不是艺术字。艺术的价值就在这似与不似之间。

同时这种"方不中矩，圆不中规"草书形象还是一种动态形象，正斜相宜、动静相宜，才能造成一种独特的气势。所谓"抑左扬右，望之若欹"，笔画要左低右高，仰策取势。要营造出像兽踌起脚，鸟耸起身子，欲离未离，将飞未飞，像狡兔突然受惊，将奔未奔之形状。

崔瑗在《草书势》中，还告诉人们在具体的书写当中如何运用下点收笔来创造形象和气势：首先是草书下点的笔势。崔瑗认为，在草书中有的点，如"然""燕"之类的字，要形状似连珠，笔画完了而墨迹相连。将蓄积已久的抑郁不快放纵出来就会发生奇异的情景。有的笔画像迫近深邃而恐惧战栗，抵居高处而面临危险；有的旁点偏斜相符，像螳螂抱着枝条。收笔时，有的像将剩余的线缕缠绕起来；有的如山峰施放毒气，沿着那罅隙进行；有的像腾蛇入洞穴，头没尾垂。

再有，崔瑗还从远观与近察的角度来观赏草书。他认为，草书要能在远观时有波涛倾岸奔涯的形象与气势，在近察时则一画不可易移。它的要妙之处就在于当其时其事采用适宜的笔法。

在这短短几百字的《草书势》中，崔瑗为我们从多侧面多角度展示了一幅又一幅生动的草书艺术形象，我们仿佛不是欣赏草书书法，而是在脑海中跃动着一系列的野兽踌脚、飞鸟耸身、珍珠连缀、惊兔欲奔、螳螂抱枝、腾蛇入穴、波涛奔涯等呼之欲出的艺术形象。

（三）赵壹《非草书》的草书心理思想

汉代的赵壹（生卒年不详，字元叔，约生于汉顺帝永建年间，卒于汉灵帝中平年间，东汉辞赋家，汉阳西县，今甘肃天水南人）站在儒家正统派实用主义的立场上，再加上个人认识的倨傲与偏狭，对草书采取否定态度，专门写了一篇《非草书》。赵壹的这篇《非草书》从另外一个侧面或者说它以歪曲的形式道出了一些深刻的道理。

其一，从赵壹的批判文字中我们进一步确证，在汉代草书艺术已臻于成熟与完善。"龀齿从上，苟任涉学，皆废仓颉、史籀，竞以杜（度）、崔（瑗）为楷。"几童以上的书法学习者,都是以杜、崔为楷模。而且从赵壹的《非草书》中还可以看出,当时的学人已经对草书迷恋到如痴如醉的地步。"专用为务,钻坚仰高,忘其疲劳,夕惕不息,仄不暇食,十日一笔,月数丸墨。领袖如皂,唇齿常黑",甚至到"臂穿皮刮,指爪摧折,见腮出血,犹不休辍"的境地。①

其二,草书产生于实用,但绝不局限于实用。赵壹虽然认识到草书产生于秦末"官书烦冗,战攻并作,军书交驰,羽檄纷飞",是满足"趋急速"的需要。②但是这种草书发展到汉代早已成为一门艺术,而艺术是不可能用实用的观点来说明的,赵壹的错误就在于他恰恰仅仅停留在实用的视角上。

其三,赵壹从反对草书的角度窥探到书写者个性与才气的关系。他有一段十分精彩的论述:"凡人各殊气血,异筋骨。心有疏密,手有巧拙。书之好丑,在心与手,可强为哉?"③草书就像人颜面相貌一样,有美丑之分,丑人怎么可以通过学习而变美呢? 当年西施心痛,捧心皱眉,人们看了很美,许多愚蠢的人都效法西施的做法,结果不能增加这些愚人的美感,反倒增加了他们的丑态;古代赵国的女子美貌而善于跳舞,结果学习的人不但没有学到,反而连自己原来走路的样子也忘记了,只能爬行。赵壹想要说明的是,杜度、崔瑷、张芝"皆有超俗绝世之才",他们是在博学的余暇,信手而为,后世学习者不具备他们那样的才华,也要效法,是学不到的。赵壹主张的是书不可学论。

(四) 蔡邕的草书心理论

蔡邕(133—192),字伯喈,陈留圉人,即今河南杞县人,东汉著名文学家、书法家。在汉灵帝时他因批评朝政遭到诬陷而流放。汉献帝时,董卓(? —192,字仲颖,陇西临洮,今甘肃省岷县)专权,曾拜左中郎将,故后人也称他"蔡中郎"。董卓被诛杀后,被王允所捕,死于狱中。

汉灵帝(156—189),名刘宏,字大,东汉第十一位皇帝,168—189 年在位。熹平四年,蔡邕等正定儒家经本六经文字。蔡邕认为这些经籍中,由于俗儒穿凿附会,文字误谬甚多,为了不贻误后学,而奏请正定这些经文。诏允后,邕亲自书丹于碑,命工镌刻,立于太学门外,碑凡 46 块,这些碑称《鸿都石经》,亦称《熹平石经》。据说石经立后,每天观看及摹写人坐的车,有 1 000 多辆。

灵帝命工匠修理鸿都门(东汉时称皇家藏书之所为鸿都),工匠用扫白粉的帚在墙上写字,蔡邕从中受到启发而创造了"飞白书"。这种书体,笔画中丝丝

① 潘运告,编著.汉魏六朝书画论[M].长沙:湖南美术出版社,1997:25.
② 同上:28.
③ 同上:31.

中国文艺心理学思想史

露白,似用枯笔写成,为一种独特的书体,唐张怀瓘《书断》评论蔡邕飞白书时说"飞白妙有绝伦,动合神功"。蔡邕因负盛名,所以后世把一些碑刻和论著附合成蔡邕名义的伪作。据说其真迹在唐时已经罕见。

文学方面,蔡邕通经史、善辞赋,书法则精于篆、隶,尤以隶书造诣最深,名望最高,有"蔡邕书骨气洞达,爽爽有神力"的评价。不仅如此,蔡邕还留下了许多书论:《笔赋》(大部分内容为唐宋类书引用而得以保存,少有阙失)、《篆势》(为卫恒《四体书势》全文引录得以保存)、《笔论》和《九势》(两篇为宋代陈思《书苑菁华》所辑录,因此得以流传)。从文艺心理学视角审视蔡邕的这几篇书论,可以看出他的文艺心理学价值主要体现在以下三方面。

其一,蔡邕关注书法之前的心理准备和调适。他从自己书法创作中深切体悟到心态在书法创作中的重要性。在他看来,书法创作要有一个闲散平静的心情才能收到好的效果,如果迫于事物,急功近利,那就是有中山兔毫那样的好笔也写不出好的作品。用他的原话说就是:"书者,散也。欲书先散怀抱,任情恣性,然后书之。若迫于事,虽中山兔毫,不能佳也。"①也就是说,在从事书法创作之前,要有一个平和恬静的心态,要"先散怀抱",即对自己的心情进行调适,怎样调适呢? 蔡邕依据自己的经验和总结他人的实践提出:"先默坐静思,随意所适,言不出口,气不盈息,沉密神彩,如对至尊,则无不善矣。"②其意是说,在书法之前,先静坐默思,任情适意,不要与人交谈,心气平和,神情专注,如面对皇上,这样就无不善了。

其二,蔡邕深得形象思维之奥妙。他认为书法的基本要求不是追求横平竖直,而是要赋予文字以形象。用他的话说就是"象形"。"象形"可以说是中国书法艺术的一个传统,崔瑗在《草书势》中的"观其法象",许慎《说文解字序》中的"一类象形"都表达了这种观点。蔡邕将这种观点作了进一步发挥。他在《篆势》中指出篆书有六种体式③:"要妙入神"或象龟文,或比龙鳞,也就是说书法之美在于书写者为书写符号赋予一系列自然形象。书法艺术水平的高低取决于书写者所赋予的符号形象的生动性、清晰性。在《笔论》中,他进一步阐述了他的书法形象论:

---

①② 潘运告,编著.汉魏六朝书画论[M].长沙:湖南美术出版社,1997:43.
③ 篆书有六种体式,即六篆:一曰大篆,史籀文也;二曰小篆,大篆之略省改也;三曰刻符,刻于符信之体也;四曰鸟虫书,书写幡信之体也;五曰摹印,规模印章之体;六曰署书,封简题字,题榜皆曰署,题署之体也。

为书之体，须入其形，若坐若行，若飞若动，若往若来，若卧若起，若愁若喜，若虫食木叶，若利剑长戈，若强弓硬矢，若水火，若云雾，若日月，纵横有可象者，方得谓之书矣。①

显然，蔡邕所说的形象可以是人类的各种活动，也可以是动植物的各种姿态，还可以是日月、水火、云雾等各种自然现象。书法家的创造就体现在针对不同的书写内容选择不同的形象，也可以以某一形象为主兼及多种形象，构成形象中的形象。书法家书法风格的独特性往往与书法创作中形象选择或形象构造的独特性密切相关。林语堂先生认为，中国书法的艺术灵感来源于大自然，"尤其来自动物、植物——梅花的枝丫、摇曳着几片残叶的枯藤、斑豹的跳跃、猛虎的利爪、麋鹿的捷足、骏马的遒劲、熊罴的丛毛、白鹤的纤细，或者苍老多皱的松枝。于是，自然界种种韵律，无一不被中国书法家所模仿，并直接或间接地形成了某种灵感，以造就某种特殊的'书体'"。②

其三，蔡邕对书法技能的论述。关于书法技能，蔡邕在《九势》中作了较详细的论述。在《九势》中，蔡邕首先从总体上阐述书法的总体态势或笔势。蔡邕心目中书法的总体态势或笔势："夫书肇于自然，自然既立，阴阳生矣，阴阳既生，形势出矣。藏头护尾，力在其中，下笔用力，肌肤之丽。"总之，要做到"势来不可止，势去不可遏"。③ 此外还要注意，凡下笔结构字体，都要使上部覆盖下部，下部承接上部，使字体形势相照应关联，切莫使形势相背离。"凡落笔结字，上皆覆下，下以承上，使其形势递相映带，无使势背。"他具体论述了落笔结字的九种笔势：转笔——"宜左右回顾，无使节目孤露。"转笔即作书时笔毫左右圆转运行，在点画中行动时，应当一线连续又略有停顿，使断连之间似可分又不可分，这样可以使所书显现出浑然天成之妙。藏锋——"点画出入之迹，欲左先右，至回左亦尔。"在笔画的起笔和收笔的笔迹上，如果需要笔画向左运行，则要先向右，到笔画运行到左尽头则向右回笔。可谓逆出逆入，将锋藏起，用这种技法将力注入字中。藏头——"圆笔属纸，令笔芯常在点画中行。"笔毫逆落藏锋后顺势按捺下去，平铺纸上，令笔心常在点画中运行。护尾——"画点势尽，力收之。"画点笔势尽时，用力回收笔锋。疾势——"出于啄磔之中，又在竖笔趯之内。"掠笔——"在于趱锋峻趯用之。"涩势——"在于紧驶战行之法。"横鳞、竖勒

---

① 潘运告，编著.汉魏六朝书画论[M].长沙：湖南美术出版社，1997：43.
② 林语堂.中国人（全译本）[M].上海：学林出版社，1994：287.
③ 潘运告，编著.汉魏六朝书画论[M].长沙：湖南美术出版社，1997：45.

之规——横画不可一味齐平,要像鱼鳞一样,看似平而实不平;竖画不可一泻直下,须快中有慢,疾中有涩,如勒马缰,放松中又时时紧勒,这就是横画、竖画的规则。在蔡邕看来,作书者一旦熟练掌握了这九种运笔的方法,即使没有师友的传授,"亦能妙合古人",①创造出奇妙之境。

(五)蔡邕论书法中的"妙境"

蔡邕已明确提出"妙境"的概念。他是从书法创作九种基本技能即九势发现,妙境是可以创造的思想。他在《九势》中写道:"此名'九势'得之虽无师授,亦能妙合古人,须翰墨功多,即造妙境耳。"(《御定佩文斋书画谱》卷三《论书三·后汉蔡邕九势》)②蔡邕是集诗人、书法家、画家和鉴赏、评论家于一身的艺术家,其实在他看来,艺术就是为读者、欣赏者创造出一种美妙的境界,创造出现实中似乎有又似乎没有的"妙境"。从某种意义上说,艺术的基本活动就是为现实生活中创造出优美的、情景交融、主客融合、物我同一的、动人心魄的美妙境界。蔡邕的话真可谓"一语点醒梦中人"。这是我们现在可以看到文学家最早论述境界或意境的观点,弥足珍惜。南北朝的文艺理论家刘勰在《文心雕龙·物色》中也写道"春秋代序,阴阳惨舒,物色之动,心亦摇焉"也具有意境的味道,但并没有使用类似或相近的概念。

(六)钟繇的书法心理论

钟繇(151—230),字元常,颍川长社(今河南长葛)人。在汉明帝之前初任孝廉,历官侍尚书仆射,封东亭武侯。魏初,迁相,明帝即位后,迁太傅。钟繇是汉代,也是中国历史上著名的书法家。他曾师法过曹喜、蔡邕、刘德升等前辈书法家。钟繇善三种书体,其中以八分书体为最妙。钟繇的书法得到历史上许多著名书法家的高度评价。唐代书法家张怀瓘在《书断》中评价他:"真书绝世,刚柔备焉。点画之间,多有意趣,可谓幽深无际,古雅有余。秦汉以来一人而已。"梁武帝萧衍在《观钟繇书法十二意》中认为,在书法方面,王献之不如其父王羲之,王羲之又不如钟繇。当然这只是萧衍的个人观点。庾肩吾也认为:"钟天然第一,功夫次之,妙尽许昌之碑,穷尽邺下牍。"

钟繇得以流传下来的作品主要有《贺捷表》《荐季直表》《丙舍帖》等。对《贺捷表》这幅作品,《宣和书谱》曾有过这样的评价:"楷法,今之正书也。钟繇《贺捷表》,备尽法度,为正书之祖。"

钟繇对书法的论述,流传下来的却很少,现在能够见到的主要记载在宋陈

①② 潘运告,编著.汉魏六朝书画论[M].长沙:湖南美术出版社,1997:45.

思《书苑菁华》中的一篇《用笔法》中。在《用笔法》中，钟繇提出"用笔者天也，流美者地也"的观点，把书法同天地联系起来，以天比用笔，以地喻书法的流动之美。据《用笔法》记载，钟繇临死之前，才从盛物袋中取出用笔的资料传授给儿子钟会，说："我精心学习书法三十年，玩味其他方法总未能穷尽，后来才学习用笔。若与人相处，就在地上画字，至画满数步宽广；睡觉时在被子上画，把被子也画破了；去厕所，终日忘归。每见到各种事物，就把它画出来。"所谓："每见万类，皆画象之。"①钟繇书论的心理学意义就在于此，书法明明是符号的书写，而钟繇却将书法当作绘画，这恰恰是中国书法形象化思维之所在，也是中国书法的奥妙之所在。与其说钟繇三十年如一日，殚精竭虑地精研书法，还毋宁说他在精研绘画。他在自己的心目中不断练习、创造新形象。钟繇为自己追求的形象赋了这样的特点，那就是"多力丰筋"。在《用笔法》中讲了这样一个故事：钟繇年少时，随刘德升入抱犊山学习三年书法，归来后与魏太祖、邯郸淳、韦诞、孙子荆、关琵琶等人一起议论用笔方法。钟繇忽然看见蔡邕关于用笔法的论述放在韦诞的座位上，自此捶胸顿足三日，胸脯都青了，因而吐血。为太祖用五灵丹将他救活。钟繇苦求不能得到，待到韦诞死后，暗地里盗开他的坟墓，才得到它。因此，知道"多力丰筋者圣，无力无筋者病"，知晓这一点后，他的书法更趋美妙。"多力丰筋"的美学原则是东汉蔡邕提出的，认为书法创作有如一个人，骨骼要强健有力，又筋脉丰满，血气流通畅达，才能神采飞扬。蔡邕的这一思想得到后代许多书法家和书论家的继承与发展。除钟繇外，明丰坊（生卒年不详，字人叔，一字存礼，后更名道生，更字人翁，号南禺外史，鄞今浙江宁波人。嘉靖二年即1523年进士，除礼部主事）也阐释了这一思想："书有筋骨血肉。筋生于腕，腕能悬则筋脉相连而有势，指能实则古体坚定而不弱。"此后清代的朱履贞〔生卒年不详，清嘉庆年间（1796—1820年）书法家。字闲泉，号闲云，浙江秀水人〕在《书学捷要》中也有论述："书有筋骨血肉，前人之论备矣，抑更有说焉？盖分而为四，合则一焉，分而言之，则筋出臂腕，臂腕须悬，悬则筋生。血肉生于筋骨，筋骨不立，则血肉不能自荣。故书以筋骨为先。"这些论述似乎都是技能技巧的论述，其本质是为了塑造有血有肉的书法艺术形象。

正是知晓了蔡邕的这一思想后，钟繇的书法最终达到："点如山摧陷，摘（写钩）如雨骤；纤如丝毫，轻如云雾；去若鸣凤之游云汉，来若游女之入花林，灿灿

①　潘运告，编著.汉魏六朝书画论［M］.长沙：湖南美术出版社，1997：49-51.

分明,遥遥远映者矣。"①

二、魏晋南北朝时期的书法心理思想

(一) 卫恒与卫铄论形象思维及书法技能

卫恒(?—291),西晋书法家,字巨山,河东安邑(今山西夏县)人。官做到黄门侍郎,晋惠帝时为贾后及楚王司马玮所杀。卫恒的书法师承东汉著名书法家张芝(生年不详,约卒于汉献帝初平三年即192年,字伯英,敦煌酒泉,今甘肃安西县东人)。张芝善于作草、章草、隶书、散隶四种书体。南朝梁时的袁昂在《古今书评》中评价为"卫恒书如插画美女,舞笑镜台"。南朝梁的庾肩吾在《书品》中将其列为中品之作。唐李嗣真在《书后品》中则将其列为中品之上,唐张怀瓘在《书断》中将其古文、章草、草书列入妙品,而将其隶书列入能品。卫恒的父亲及四个弟弟都以书法闻名于世,可谓书法世家。

卫恒的书论流传下来的有《四体书势》一篇,全文辑录在《晋书·卫恒传》中。四体为古文、篆书、隶书、草书,各为叙其起源,兼及遗事,后系以赞。《四体书势》的突出价值就在于对仓颉创制文字到魏晋时期的文字发展史,以及各个时期最为通行的四种书体,作了很好的阐述和描述。

卫铄(242—349),字茂漪,河东安邑(今山西夏县)人,其父卫展,卫恒是其族弟。卫铄是汝阴太守李矩之妻,故世称卫夫人。卫铄是书法世家,其丈夫李矩也擅长隶书。卫铄师承著名书法家钟繇,又是王羲之的启蒙教师。对于卫铄在书法史上的地位,有几位书法家兼书论家的评论是可以说明问题的。庾肩吾在《书品》中将她的作品列为中之上品。李嗣真在《书后品》中将其列为上之下品。张怀瓘在《书断》中将其隶书列为妙品,并评价道:"碎玉壶之冰,烂瑶台之月,婉然芳树,穆若清风。"《唐人书评》中说:"卫夫人书如插花舞女,低昂美容;又如美女登台,仙娥弄影,红莲映水,碧沼浮霞。"这是对书法极高的评价。

在书论方面有一篇《笔阵图》,专论隶书笔势的,相传为卫夫人所作,但存在争论。唐人张彦远的《法书要录》载为卫夫人作;而孙过庭的《书谱》疑为王羲之所作。后蔡希综在《书法论》中也持王羲之所作的观点。看来《笔阵图》作者究竟是谁,很难下结论,但不可否认此文的价值。从心理学的角度来说,此文的真谛就是倡导书法中的图画思维,这是中国书法的真髓、要道。《笔阵图》,顾名思

① 潘运告,编著.汉魏六朝书画论[M].长沙:湖南美术出版社,1997:51.

义,就是用图画的方式思考书法、笔势:"每为一字,各象其形,斯造妙矣,书道毕矣。"蔡邕、钟繇都很强调这一点,《笔阵图》则具体落实到七种具体的笔画:

一,如千里阵云,隐隐然其实有形。

、,如高峰坠石,磕磕然实如崩也。

丿,陆断犀象。

乀,百均弩发。

丨,万岁枯藤。

乁,崩浪雷奔。

𠃌,劲弩筋节。

然后说"七条笔阵出入斩斫图",[1]简直就是七幅鲜明的图画。这些基本的图画又排列组合构成字的图画。在《笔阵图》和中国古代许多书法家看来,书法就是绘画,是图画中有图画。

《笔阵图》对书法心理的贡献还在于,它强调心手相应。它认为,有人"心急而执笔缓者",有人"心缓而执笔急者"。"若执笔近而不能紧者,心手不齐,意后笔前者败;若执笔远而急,意前笔后者胜。"[2]强调心手相应,意在笔前才是用笔的正确方法。

(二) 王羲之以"意"论书

王羲之(321—379 或 303—361),字逸少,东晋时代的书法家。原籍琅琊临沂(今山东)人,后迁居会稽山阴(今浙江绍兴)。官至右军将军、会稽内史,因此世人又常称其为"王右军"。王羲之早年跟随卫夫人学书,后变初学而博采众长,卓然自成一家。王羲之是开一代新风的书法大家,他一改汉魏以来凝重质朴的书风,而创流利遒劲的新体。王羲之的草书纤浓折中,正书势巧形密,形书遒媚劲健。张怀瓘在《书断》中评价王羲之的书法:"千变万化,得之神功,自非造化发灵,岂能登峰造极。"[3]

王羲之留传下来的书论,一般认为有六篇:《题卫夫人〈笔阵图〉后》《书论》《笔势十二论并序》《用笔赋》《自论书》《记白云先生书诀》等。其中只有《自书

① 潘运告,编著.汉魏六朝书画论[M].长沙:湖南美术出版社,1997:95.
② 同上:96.
③ 同上:102.

论》被肯定为王羲之所作,其余五篇尚有争论。①

王羲之在书法方面最有名的事是他在 353 年,也就是东晋永和九年的三月初三,一会儿就写好千古流芳的《兰亭序》,被后人誉为"天下第一行书"。围绕着《兰亭序》的创作及流传产生了许多传奇和故事。

阅读材料

"天下第一行书"《兰亭序》

353 年,即东晋永和九年的三月初三,时任绍兴内史的王羲之,邀请了 41 位东晋名士贵族来到绍兴之外的兰亭,其中包括谢安与孙绰等名人。41 名雅士按照事先的安排举行修禊仪式后,在兰亭下溪水两旁席地而坐。他们将酒杯放入溪水之中,酒杯顺流而下,遇到阻碍停留在谁的面前,谁就要写诗助兴,吟不出的就罚酒。

结果这次聚会为文坛留下了 37 首诗,可是最终使这次聚会名留千载的并不是文人们所写的诗,而是王羲之在微醉后,在众人的簇拥下提笔写下的墨宝《兰亭序》。他乘兴写道:"是日也,天朗气清,惠风和畅,仰观宇宙之大,俯察品类之盛,所以游牧骋怀,足以极视听之娱,信可乐也。"

《兰亭序》全文 28 行,324 字,笔法遒媚飘逸,浑然天成,全帖 20 个"之"字,8 个"以"字、7 个"不"字,反复出现,却各具奇妙,无一雷同,成为书法史上一绝。据说,王羲之后来重临此帖,均不如初作满意,遂感叹道:"此神助耳,吾何能力致。"

就在兰亭修禊两年后,王羲之因与扬州太守王述有矛盾,到父母墓前发誓辞官,从此隐退田园。他一生作品丰厚,而当年酒醉后写下的《兰亭序》却被后人奉为"登峰造极,风神盖代"的宝书。

《兰亭序》诞生后,不仅受到世人的喜爱,王羲之自己也十分珍爱,将其视作传家之宝。一直传到六世纪末第七代传人智永手中。智永生活在隋朝,少年出家,他继承先人遗风,也是一个著名书法家。智永临终时,将《兰亭序》墨迹托付给他的得意弟子辩才和尚(俗姓袁,是梁朝司空袁昂的

---

① 潘运告,编著.汉魏六朝书画论[M].长沙:湖南美术出版社,1997:102-103.

玄孙)收藏。辩才得到《兰亭序》后,十分珍惜,秘不示人,为了保管安全起见,他在房梁上凿了一个暗龛,将《兰亭序》保存其中。

辩才生活在唐李世民时代,李世民极为推崇王羲之的书法,曾号令天下,收集王羲之的所有书法作品,可就是这幅最有名的《兰亭序》始终未能得到。经过多方打探,最终确定《兰亭序》在辩才手中,于是三次召见辩才索取《兰亭序》,结果辩才矢口否认,谎称《兰亭序》已随智永死时亡佚。唐太宗无奈,最终设计取之。

于是李世民派遣了一名头脑机敏灵活具有很强交际能力,又有很深书法造诣的萧翼(南朝梁武帝的后裔)乔装成书生前往永欣寺。萧翼的真实身份是监察御史。萧翼果然不负重托,经过几个回合的交往就成为辩才的好朋友了。两人特别投机,因此辩才对他也就不设防了。一天,萧翼故意在辩才和尚面前展示从宫中带来诱骗辩才的王羲之的真迹,辩才果然上当,拿出了王羲之的《兰亭序》,萧翼看后故意说这是仿制品,不是真迹,检验辩才是否亮出底牌。萧翼确证《兰亭序》真迹果然在辩才处后,继续一如平常那样交往,一天趁辩才外出之后,萧翼谎称自己有东西遗忘在辩才屋内,其他人也没有防备,因为萧翼与辩才关系密切,可以自由出入寺院,便顺利窃取了《兰亭序》。辩才知道后,后悔不跌,但为时已晚。

唐太宗李世民得到真迹后爱不释手,将其收入内府,经常临摹,并要当时宫廷中的书法家临摹了几套,还摹刻在石头上。唐太宗在大限到来之前,躺在病榻上还念念不忘《兰亭序》,并向即将即位的太子李治提出要求,要李治将《兰亭序》真迹给他陪葬。原话是这样说的:"吾欲从汝求一物,汝诚孝也,岂能违吾心愿?"唐太宗驾崩后,时任中书令的褚遂良坚持执行遗诏,以《兰亭序》陪葬,从此《兰亭序》真迹在世上消失了。

此后,据史书记载,到唐末五代时,有一个任陕西关中北部节度使的军阀叫温韬,他曾率部大肆盗取唐帝陵墓,唐太宗之墓自然也不能幸免。可是在出土文物的清单上却没有《兰亭序》,有人推测,可能是因为温韬盗墓时匆忙草率,没有将其盗出,仍然藏于地下。也有人认为,李治也同样喜欢书法,没有将《兰亭序》真迹给唐太宗陪葬,随葬的只是摹本。李治暗中留下的《兰亭序》真迹,最后被武则天带入乾陵。《兰亭序》真迹究竟在何处?恐怕已是千古之谜。

因为真迹无处可寻，摹本、拓本又不尽相同，就有人开始怀疑《兰亭序》非王羲之所作。最大一场争论发生在解放以后的 1965 年。当时著名文人郭沫若在《光明日报》连载了《由王谢墓志的出土到兰亭的真伪》。文中涉及的"王谢"，其中的"王"指王羲之的堂兄弟王兴之；"谢"指晋朝宰相谢安的伯父谢鲲。二人的墓志都是用隶书写成的，而《兰亭序》则是用行书写成的，郭沫若据此断定在王羲之时代还没有成熟的楷书、行草。

再有，郭沫若经考证认为，《兰亭序》后半部分悲观论调，不符合王羲之的原文，他也以此断定《兰亭序》不是王羲之的笔迹，而是第七代孙智永和尚冒名顶替的伪作。

郭沫若的文章发表后引起了学术界的极大关注。南京文史馆馆员、著名书法家高二适写了一篇《〈兰亭序〉的真伪驳议》的文章，认为《兰亭序》为王羲之所作是"不可更易的铁案"。可是因为言轻，又反驳的居然是大名鼎鼎的郭沫若，各报刊均不敢刊载。

无奈之下，高二适将文章寄给了老师章士钊，希望得到章的帮助，尤其希望呈送毛泽东审阅。章士钊接到高二适的文章和附件，致信给毛泽东并附高文。

毛泽东接到信后，很快致函章士钊，并致信郭沫若，表示支持争鸣。高二适的文章送在《光明日报》发表。这一事件引起了康生的注意，他开始授意支持者写文章支持郭老。先后在《文物》《光明日报》等刊物发表了郭沫若、章士钊等人的文章，1977 年文物出版社将这些文章结集成册出版，题为《兰亭论辩》，上编 15 篇文章是郭沫若以及其支持者的文章，下编 3 篇为与郭老对立的文章。

元代著名书画家赵孟頫对《兰亭序》的书法也情有独钟。因为《兰亭序》真迹扑朔迷离，人们只能将注意力转向摹本。《兰亭序》的摹本很多，主要分为两大系列。

一为定武摹本，这是目前最早的摹本。相传是唐初著名书法家欧阳询摹勒上石。因北宋时发现于定武军(今河北定县)，故称为《定武兰亭》。

另一为唐人摹本。其实定武摹本也是唐人摹本，因其在唐初，又因到宋代才在定武发现，故被看作另一摹本。唐人摹本到清代乾隆年间全部被收入内府，并与乾隆十四年(1779 年)汇刻于御制《兰亭八柱贴》中。唐人摹本有几种：（1）唐虞世南临摹。因在帖末有"臣张金界奴上进本"，故又称"张金界奴本"，乾隆年间被刻于"兰亭八柱第一本"。（2）唐褚遂良临摹。帖前有"褚摹王羲之兰亭帖"题签，并有宋元明清名家题跋，也有人疑为宋米芾所临。乾隆年间被刻于"兰亭八柱第二本"。（3）唐冯承素摹本。因卷上有唐中宗神龙年号小印，故称"神龙本兰亭"。乾隆年间被刻于"兰亭八柱第三本"。

赵孟頫（1254—1322），字子昂，号松雪道人，是元代著名书法家。据《元史·赵孟頫本传》记载，他"撰、籀、分隶、真、行、草书无不冠绝古今"。赵孟頫在史书上有许多争议，主要因为他是南宋旧臣而又在元朝做官。他出生在南宋王朝大厦将倾之时，在坎坷忧患中度过了青少年时代，晚年被元仁宗晋升为翰林学士承旨，官居一品。因为这个缘故他和他的书画受到后人非难。

赵孟頫在书法上取得的成就，与《兰亭序》对他的影响密不可分。赵孟頫究竟临摹、题跋了多少《兰亭序》，现在已无从考证。元人仇远说，他见到的赵孟頫临摹的《兰亭序》，何止百本，无一不咄咄逼真。

赵孟頫之所以那样珍视《兰亭序》，反反复复地临摹、题跋和宣传《兰亭序》，首先是出于热爱、喜欢；其次也希望利用王羲之在书法史上的崇高地位来扭转宋末书坛上的恶劣风气。

资料来源：新周报，2011，231（23）：24.

王羲之书论的心理学价值在于他以"意"论书。这一观点恰恰记载在《自论书》中，所以可以肯定是王羲之的观点无疑。王羲之不仅开创了一代书风，而且也开创了一代书论之风。

其实，早在王羲之之前，在我国书法界就有"意在笔先"的思想，东汉的蔡邕在《笔论》中就有："夫书，先默坐静思，随意所适，言不出口，气不盈息，沉密神思"。王羲之继承了蔡邕的思想，在《题卫夫人〈笔阵图〉》中也说："夫欲书者，先干研墨，凝神静思……意在笔前，然后作字。"但在王羲之之前都是作为一种用笔之法而提出的，而没有成为一条独立的审美标准，王羲之将笔意独立为美学标准，这不能不说是一种创造。可以说，从王羲之开始，中国书法界才真正形成笔意、笔法和笔势三要素审美的格局。

王羲之将"意"提高到前所未有的高度。在他看来，一切书法不过是书写者对自己情意的表达。他强调在书写中要"点画之间皆有意"。他认为书法家之间的水平差异，往往不在笔法，而是"不足在意"。他在《自书论》中说："吾尽心精作亦久，寻诸旧书，惟钟、张故绝伦，其余为是小佳，不足在意。"①在他看来，大佳与小佳的差别往往不是技法上，而在"意"上。在他看来，钟繇、张芝的书法之所以能够达到美妙绝伦的程度，完全在于二人的"意"，其余的人只能达到小佳的程度，其根源在于"意"的不足。王羲之所说的"意"即笔意，就是书写者情意、意趣、气韵和风格。在《全晋文》中关于他对"意"的论述也有一些记载。如："复与君，斯真草所得，极为不少，而笔至恶，殊不称意。"（《全晋文》卷二十二）他把"称意"与否看作书法好坏的第一标准。再有："君学书有意，今相与草书一卷。"（《全晋文》卷二十三）还有："飞白不能乃佳，意乃笃好。此书至难，或作，复与卿。"②可见，王羲之真可谓达到谈书不离"意"的境地。"点画之间皆有意"，然而这个"意"又是言语无法表达的，所谓"言所不尽"。

在王羲之名下还列有一篇《题卫夫人〈笔阵图〉后》，不过此文受到许多后代书论家的质疑，疑本篇非出自王羲之之手，而是六朝人的伪托。理由有二：一是文中提到王洽是王羲之的哥哥，而实际的情况是王洽是王羲之的弟弟，如果此文确实是王羲之所作是不可能弄错的；二是文中对卫夫人有大不敬的言论："予少学卫夫人书，将谓大能；及渡江被游名山，见李斯、曹喜等书，又之许下，见钟繇、梁鸿书，又之洛下，见蔡邕《石经三体》，又与从兄洽处，见张昶《华岳碑》，始知学卫夫人书，徒费年月耳。遂改本师，仍于众碑学习焉。时年五十有三，恐风烛奄及，聊遗于子孙耳。可传之石室，勿传非其人也。"后代一些研究者认为，世上不可能有如此不通道义之人，后来学识大进了，就回头贬损早年的老师。这种情况不可能发生在王羲之的身上。③ 笔者认同该篇非王羲之所作，其理由见下文：

> 夫纸者阵也，笔者刀矟也，墨者鍪甲也，水砚者城池也，心意者将军也，本领者副将也，结构者谋略也，扬笔者吉凶也，出入者号令也，屈折者杀戮也。夫欲书者，先干研磨，凝神静思，预想字形大小、偃仰、平直、振动、令筋脉相连，意在笔前，然后作字。④

① 潘运告，编著.汉魏六朝书画论［M］.长沙：湖南美术出版社，1997：105.
② 同上：104.
③ 同上：102－103.
④ 同上：107.

这段话从表面上看与王羲之《自论书》中的观点是一致的，都强调书法创作中"意"的作用，而且将"意"比作战阵中的将军、统帅，但是仔细研究起来就会发现，该文强调的仍然是"意在笔前"，这与王羲之在《自书论》中的观点并不相同。王羲之不仅强调"意在笔前"，而且"意"在笔间，"点画之间皆有意"，在王羲之看来，作书不仅要意在笔前，而且要意在笔间，意是贯通到底的心理品质。如果仅仅强调"意在笔前"那还是停留在蔡邕、钟繇的审美水平，并没有超越。由此证明这不是王羲之所作，但此文对"意"的肯定，将"意"比作将军与统帅的观点仍然是弥足珍贵的。

同以往的书论家一样，《题卫夫人〈笔阵图〉后》也十分强调书法中的形象思维问题，这是古代书法理论中一个公认的理念。该文也认为，书法创作中，笔法平直、形如算子、上下方整、前后平直，那就不是书法，只有点画而已。文章举了一个叫宋翼的例子，宋翼是钟繇的弟子，就因为作书追求平直、方整而受到钟繇严厉批评，以致宋翼三年都不敢去见钟繇。后来专心改变心迹，终于悟到作书要用形象思维：每作一波，常常三过折笔；每作一点，常常藏锋而书写；每作一横画，像列阵的排云；每作一戈，像百钧之弩张箭发；每作一点，如高峰坠石；作屈折，如钢钩有力；每作一纵画，如万岁枯藤一样瘦劲；每作一趯笔，如足行一样趯骤势猛。宋翼原来的书法很丑陋，后来得到钟繇的《笔势论》后，依此学书法，名气大振。①

辑录在王羲之名下的还有一篇《书论》。《书论》这篇不足六百字的短文却对笔意、笔法、笔势都有精彩的论述。

对于笔意，《书论》不仅认识到"凡书贵乎沉静，令意在笔前，字居心后，未作之始，结思成矣"。② 像所有古代书法家一样，每书写一个字就是画出一幅形象："凡作一字……或如虫食木叶，或如水中科斗（蝌蚪）；或如壮士佩剑，或似妇女纤丽"，"若作一纸之书，须字字意别"。《书论》还提出一字数意的观点：

> 每作一字，须用数种意：或横画似八分，而发如篆籍；或竖牵如深林之乔木，而屈折如钢钩；或上尖如枯秆，或下细如针芒；或转侧之势似飞鸟空坠，或棱侧之形如流水激来。③

① 潘运告，编著.汉魏六朝书画论[M].长沙：湖南美术出版社，1997：110 - 111.
②③ 同上：112.

在我国古代书法家看来,汉字的每一笔画都是一个形象,一个字是多个笔画构成的,因此一个字就是由多个形象构成的,每一个形象又都是书法家"意"的体现,因此就出现一字"数种意",也就是一字数意或一字多意。《书论》中一字数意或一字多意还有进一层的意思,那就是在书写中某一笔画也可以有几种不同的形象,表达书法家不同的"意"或"意"的变化。比如:有的字上面竖画如深山中的乔木,下面的钩折却如钢钩;有的字上面大如枯杆,下面却细如针芒。梁武帝萧衍在《书评》中说王羲之"字势雄逸,如龙跳天门,虎卧凤阙",唐人书评中说他的字如"壮士拔剑,壅水绝流";明代书评说他的字"威凤翔霄,神骥追影"。[①]这些都是形容他的字形象生动。总之,一字数意的观点是对前人的一个创造性超越。

对于笔法,《书论》也作了很有价值的论述。笔法是古代书法家论述最多的一个问题,《书论》也多次论述了这个问题:

> 夫书,字贵平正安稳。先须用笔,有偃有仰,有敧有斜,或小或大,或长或短……
>
> 每作一点,必须悬手作之,或作一波,抑而后曳……作一字,横竖相向,作一行,明媚相承。第一须存筋藏锋,灭迹隐端。用尖笔须落锋混成,无使毫露浮怯;举新笔爽爽若神,即不求于点画瑕玷也……若书虚纸,用强笔;若书强纸,用弱笔:强弱不等,则蹉跌不入。[②]

在《书论》看来,书法作为艺术,要"不贵平正安稳",用笔的基本原则是要高低、正斜、大小、长短错落有致;然后具体到如何作一点、作一字,如何藏锋、落笔以及进行纸笔的匹配,等等。

对于笔势,《书论》也有自己的观点。《书论》中"转侧之势似飞鸟空坠","棱侧之形如流水激来"的句子就是对笔势的描绘。但如何获得这种笔势呢?《书论》中用笔的缓急来解决笔势问题。从心与笔的关系来看,应当是心急笔迟。为什么?在《书论》看来,"心是箭锋,箭不欲迟,迟则中物不入",而"笔是将军,故须迟重"。在具体书写中,每一个字的书写都有缓急在其中。比如,书写"乌"字,"下手一点,点须急,横直即须迟,欲'乌'之脚急,斯乃取形势也"。《书论》还

① 金开诚.文艺心理学论稿[M].北京:北京大学出版社,1982:249.
②③ 潘运告,编著.汉魏六朝书画论[M].长沙:湖南美术出版社,1997:112－113.

由此总结出：“每书欲十迟五急，十曲五直，十藏五出，十起五伏，方可谓书。”③

（三）羊欣、王僧虔的书法心理观

羊欣（320—442），字敬元，南朝宋泰山南城（今山东费城）人。官至中散大夫，义兴太守。书法见重一时。唐书论家张怀瓘在《书断中》引沈约的话评价他“尤善于隶书，子敬（王献之）之后，可以独步”。王僧虔也称他的书法“见重一时，行草尤善”。①

羊欣在书论方面留有一篇《采古来能书人名》一卷。此篇究竟是羊欣所作还是王僧虔所作，存在争论，在此我们采用唐张彦远的观点，认为是羊欣所作。羊欣这篇文章的重要价值不仅在于为我们了解东晋以前的书法发展提供了重要的史料与史实，更在于他首开评书法家之风，对上至秦代，下至东晋的四十余位书法家逐个评论。文字简练、重点突出。羊欣作为一名书法家，世人知之甚少，但他开创的评论书法家之风对后世却有较大影响。袁昂的《古今书评》和庾肩吾的《书品》都是这种形式。这也是一个时代的特征，因为在魏晋以后，儒家纲常名教思想逐渐淡漠，而人的意识开始觉醒，人的自我意识、自我价值受到关注，于是在艺术的各个领域都掀起品藻人物之风。比如，在文学领域出现《世说新语》一类的作品，在诗歌领域出现钟嵘的《诗品》，在绘画领域出现谢赫的《画品》和姚最的《续画品》等。

到晋宋时代，书论家的审美情趣发生了巨大变化，对书法家的评价标准也发生了变化。魏晋之前的书论家的情趣在质朴、力势，而到晋宋时代，书论家的情趣在“媚”“妍”。羊欣和王僧虔的情趣是“媚”，而虞和等的情趣则是“妍”，含义相似，都是指追求华丽、妩媚动人之美。虞和（生卒年不详，南宋朝泰始年间余姚，即今浙江人）说：“古质今妍，数之常也；爱妍而薄质，人之情也。”因为这个缘故，在书法界开始推崇二王（王羲之、王献之）之书，尤重小王。虞和引用羊欣的观点，认为张芝的字不如王羲之的字，王羲之的字又不如其子王献之的字。作出这种评价在当时并不是只有羊欣与虞和，而是晋宋时代相当普遍的审美情趣：推崇绮靡华丽。“绮靡”是陆机在《文赋》当中提出的概念，所谓“诗缘情而绮靡”。但是在陆机所生活的魏晋之际，“绮靡”还带着门阀士族的“雅”，而到晋宋之时，却开始走向“俗”了。为什么此时王献之（子敬）的字大出风头？正如张怀瓘在其《书议》中所评论的，这是因为他“才识高远”。他在“行草之外，更开一门。夫行书非草非真，离方遁圆……”“子敬之法，非草非行，流便于草，开张于

中国文艺心理学思想史

① 潘运告，编著.汉魏六朝书画论[M].长沙：湖南美术出版社，1997：118.

行,草又处期间,无籍因循,宁拘制则,挺然秀出,务于简易,情驰神纵,超逸优游,临事制宜,从意适便,有若风行雨散,润色开花,笔法体势中,最为风流者也。"①这种状况一直到袁昂、陶弘景和梁武帝萧衍才有改变。

王僧虔(419—503),南朝宋齐间琅琊临沂(今山东)人。最初在南朝宋做官至尚书令,后在南朝齐做侍郎,丹阳尹。他对文史、音律和书法都很有研究,其名声享誉当时。宋孝武帝也喜欢书法,而且喜欢与臣子赌书法。有一次孝武帝与朝中大臣比赛书法后问王僧虔"谁为第一"。僧虔答道:"臣书臣中第一,陛下书帝中第一。"孝武帝大笑说:"卿可谓善自为谋矣。"②

在书法理论方面,王僧虔流传下来的主要有《书赋》《书论》和《笔意赞》等文章。在这几篇文章中,王僧虔论及四个方面的书法心理问题。

第一,书法创作是书法家情感、想象、观念、手法、笔墨、功力的综合。他说:

> 情凭虚而测有,思沿想而图空。心经于则,目像其容;手以心麾,毫以手从;风摇挺气,妍靡深功。③

其意是说,情意无所依托而推测实有,思绪沿着想象而描绘各种物象。心中构思遵循于法则,眼前浮现出那物的形状。手依着心思而挥动,笔毫因手动而随从。笔势如疾风推动的气势,书的妍美出于深厚的功力。这里有两点需要特别指出:一是王僧虔第一次将情感和想象两个重要的心理成分增加到书法理论中来,这是他对书法心理的一个大发现,也是他对书法理论的一个大贡献;二是书法创作是内在的心理与外在的操作协同活动(即心手相应)的结果。

王僧虔认为,只有这样创作出来的隶书才能至微至妙,独步群芳:明快敏捷如婉曲的尺蠖,文采鲜艳地前行;铺陈的色彩如错杂的锦褥,寄托的情韵如吹笙箫一样声调悠扬;像春色一样温润,美丽的景色充满阳光,深沉如云一样郁勃而蕴含深厚,流变如禅联一样连续绵延。稠密固乃鲜明萃汇,疏朗形态实如刀割而方折笔力壮。有的具备美质于独妙,有的笔势双趋两雄强;形体绵延靡丽多姿多态,气势凌厉如刀锋芒箭。总之,书迹依规矩才会恣意发挥笔势,情思遵行法度才能充分开放。

第二,论述了书法创作中"天然"与"功夫"的关系。"天然",即天赋,指生来

---

① 潘运告,编著.汉魏六朝书画论[M].长沙:湖南美术出版社,1997:133-134.
② 同上:155.
③ 同上:157.

就有的聪明才气;"功夫",犹人为,指后天通过学习获得的才能。也就是,书法创作究竟依赖创作者的天资还是后天的努力。王僧虔明确认识到,书法是依赖"天然"与"功夫"的结合完成的。他在《书论》说:"宋文帝书,自谓不减王子敬。时议者云:'天然胜羊欣,功夫不及欣'。"①王僧虔认为,二者对于书法创作都很重要,但他更偏重"天然"。

第三,论述了"力"与"媚"的关系。王僧虔在《书论》中将"力"与"媚"作为一对美学概念相提并论。他认为,张芝、索靖、韦诞、钟会等人"惟见笔力惊艳尔"。郗超"紧媚过其父,骨力不足也"。孔琳之"天然绝逸,极有笔力,规矩恐在羊欣后"。《书论》还评论萧思"全法羊欣,风流趣好,殆当不减,而笔力很弱"。评价谢综"书法有力,恨少媚好"。② 力是书法艺术的内在生命,媚是书法艺术的外在感性形式,二者都是不可或缺的。

第四,提出书法艺术"神采"与"形质"的美学概念。在《笔意赞》中说:"书之妙道,神采为上,形质次之,兼之者方可绍于古人。"神是指书法投射出来的精神特质,形质是外在的形象。王僧虔认为,二者都要兼顾,不能顾此舍彼,他认为古人好的作品都是形神兼备的,这是基本前提。如果二者比较则是"神上形次"。王僧虔形神兼备的美学观念对后世影响非常大。唐张怀瓘的《文字论》就继承了这一思想:"深识书者,惟观神采,不见字形。"我们认为,"神采"与"形质"这对美学概念的提出将"笔力"与"妍媚"统一起来,主张书法一方面要追求笔力,同时也要追求妍媚,只有二者兼顾才是好的作品。用王僧虔的话说就是"骨丰肉润,入妙通灵",从而使卫夫人在《笔阵图》中提出的骨肉概念,更加明确完善。③

(四) 袁昂开创形象评书之先河

袁昂(401—540),南朝梁时河南(陈郡夏阳)人。袁昂在书论方面留下一篇《古今书评》开创了形象评书的先河。这篇书评是袁昂奉梁武帝萧衍之诏而撰写的,但袁昂在书评中并没有遵从梁武帝的旨意,而是阐释了自己的独立见解。我们知道梁武帝萧衍的书法是师承钟繇(元常)和张芝,而袁昂却将二王与钟繇和张芝并列,提出"四贤共类"的观点。梁武帝一直是尊钟、张而抑二王的,袁昂却无视梁武帝的存在而论道:"张芝惊奇,钟繇特绝,逸少鼎能,献之冠世,四贤共类,洪芳不灭。"这大约是书法史上最早将二王的书法与钟、张的书法并列的

① 潘运告,编著.汉魏六朝书画论[M].长沙:湖南美术出版社,1997:161.
② 同上:160-162.
③ 同上:171-172.

书论家,而且将王羲之看成是四贤之首,其才能无与伦比。^① 不仅如此,袁昂在《古今书评》中开创了形象评书法:一是用自然事物的形象评论书法。如:"萧子云书如上林春花,远近展望,无处不发。""崔子玉书如危峰阻日,孤松一枝,有绝望之意。"二是用人物形象评论书法。如:"王右军书如谢家子弟,纵复不端正者,爽爽有一种风气。""羊欣书如大家婢为夫人,虽处其位,而举止羞涩,终不似真。"袁昂还有以音乐感受评论书法的"皇家书如歌声绕梁,琴人舍徽"。^② 这种形象评书的方法是中国书论乃至整个中国文学理论的一个典型特点。它的优点是能够充分发挥欣赏者的想象力去领会艺术深奥精微的旨趣,其缺点是含义的不确定性,可以这样领会,也可以那样领会。

(五) 萧衍论审美情趣与用笔技法

萧衍(464—549,即梁武帝,字叔达,小字练儿,南兰陵即今江苏常州西北人),梁朝的建立者。萧衍虽身为帝王,却是一个文人,善文学、通音律、精书法,对梁朝文学艺术的发展起到重要作用。

在书论方面,萧衍流传下来四篇文章,即《观钟繇书法十二意》《草书状》《答陶隐居书论》《古今书人优劣评》。萧衍在《观钟繇书法十二意》中将钟繇、张芝的艺术地位置于二王之上,主张尊钟、张而抑二王,改变了宋齐以来人们认为二王高于众书法家的看法。他说,王献之的书法不如其父王羲之,而王羲之又不如钟繇。"子敬(王献之)不迨逸少(王羲之),犹逸少不迨元常(钟繇)。学子敬者如画虎也,学元常者如画龙也。"^③萧衍的观点为什么不同于宋齐以来"众人"的观点? 关键在于人们对于"肥瘦"的理解与情趣不同。宋齐以来的文人认为,钟繇的字属于"古肥",而二王,特别是王献之的字属于"今瘦",所谓"元常谓之古肥,子敬谓之今瘦"。^④ 萧衍明确表示,他不同意这种"古肥今瘦"说,提出每个时代人们的审美情趣不同:"今古既殊,肥瘦颇反,如自省览,有异众说。"^⑤他认为:"张芝、钟繇,巧趣精细,殆同机神。肥瘦古今,岂易致意!"^⑥在他看来,古今的肥瘦观是不同的,书法鉴赏与评价不能以今天的肥瘦观去衡量古人的肥瘦观,因为古今书法家及时人的审美情趣不同,即不同时代有不同时代的审美情趣。

在《草书状》中,萧衍对草书的起源,草书书体与情趣,书写过程中疾迟、缓

397

---

① 潘运告,编著.汉魏六朝书画论[M].长沙:湖南美术出版社,1997:201.

② 同上:202.

③ 同上:214.

④⑤⑥ 同上:213.

急、笔画以及草书完成后形状、气势进行了不厌其烦的阐述。

萧衍与许多书法家一样，认为草书是先秦时代，诸侯争霸，文书相传，望烽火走驿站，篆书与隶书难写不能救急，于是草书应运而生。

萧衍认为，草书有不同篆书与隶书的书体与情趣。草书要疏密有致，情趣要卓异不凡。所谓"体有疏密，意有倜傥"。要表现出"惊悚峭绝之气""滔滔闲雅之容""卓荦调宕之志"，强调草书书写形状的多彩多姿，"百体千形，巧媚争呈"不能一概而论。①

书法创作过程要做到：需要快的地方若惊蛇迷失道路，需要迟的地方若清水之往返回旋。缓的地方如乌鸦飞行，急的时候如喜鹊疾飞；抽笔如雄鸡啄食，写点如山兔跃腾。忽稍停顿忽隐笔，要任由笔意所为。哪里该粗哪里该细，要依据形状出奇笔。气势要像云集水散，像风回旋电闪驰。

书法创作完成之后呈现出的形象是：笔画结实而有筋力，有如葡萄一样蔓延，像菟丝一样繁荣一样缠绕，泽蛟一样相互缠绞，山熊一样相峙对争；像飞鸟展翅而未飞，欲走又停，形状如云山之有黑玉，河汉之有众星。它的体势难以写尽，因为它多姿多颜：轻盈柔美如瘦削的弱柳，耸拔而修长如长松，婆娑如飞舞的凤鸟，宛转盘曲如起蟠龙。纵横如联结，联绵如捆缚，流利似锦绣，圆转如奔驰。光焰瑰丽，美盛飘逸，或卧又似倾倒，或立而似颠伏，斜而又正，断而复连。像清水中游群鱼，茂林中悬挂腾猿；形状似众兽驰原野，飞鸟戏晴天；像乌云笼罩恒岳，紫雾升起衡山。险峻若山岭，血脉相连若山泉，文采不逊于波澜，意义蕴含不愧于深渊。②

就是这样的形容之后，萧衍还认为这只是"盖略言其梗概""未足称其妙焉"。③

在《答陶隐居论书》中，萧衍对用笔技法进行了阐发：

> 夫运笔邪则无芒角，执笔宽则书复弱；点掣短则法臃肿，点掣长则法离澌；画促则字势横，画疏则字形慢；拘则乏势，放则少则；纯骨无媚，纯肉无力；少墨浮涩，多墨笨钝；比并皆然。任意所之，自然之理也。④

萧衍根据儒家中和审美艺术标准提出用笔技法。用笔的正斜——斜则"无芒

① 潘运告，编著.汉魏六朝书画论[M].长沙：湖南美术出版社，1997：216.
②③ 同上：216－219.
④ 同上：219.

角"(笔锋);宽窄——(过)宽则书无力;下笔牵掣时间短长——下笔时间过短则笔法臃肿,下笔时间过长则离散无生气;促迫——笔画促迫则字势横暴;笔画过于舒缓则字形松散;拘放——笔画拘谨则缺乏气势,笔画放纵则缺少法度;骨肉——纯骨则无妍媚,纯肉则无气力;少墨与多墨——着墨过少浮浅无光泽,着墨过多又笨重迟钝,比较而言,莫不如此。

可以看出,萧衍的这段话是从反面谈论书法技法的问题,告诉人们哪些是不正确,不符合儒家中和审美标准的错误用笔的方法。那么,符合儒家中和审美艺术标准的用笔的技法又是怎样的呢?他又说了下面一段话:

> 若抑扬得所,趣舍无违;值笔连断,触势峰郁;扬波折节,中规合矩;分间下注,浓纤有方;肥瘦相和,骨力相称。①

这段话与其说是书法技法,不如说是萧衍提出的审美标准。他提倡书法技法应当体现抑与扬、肥与瘦、质与妍、骨与肉对立面的中和,"中规合矩",不偏不倚,同时要富于"适眼合心""常有生气"的感性形象。②

萧衍的书评也与袁昂相似,大多采用形象评书法。在《古今书人优劣评》中即可见一斑:钟繇的书法"云鹄游天,群鸿戏海";王羲之的书法"字势雄逸,如龙跳天门,虎卧凤阙";韦诞的书法"如龙威虎振,剑拔弩张";张芝的书法"如汉武爱道,凭虚欲仙";萧子云的书法"危峰阻日,孤松一枝,荆轲负剑,壮士弯弓,雄人猎虎,心胸猛烈,锋刀难当";羊欣的书法"如婢作夫人,不堪位置,而举止羞涩,终不似真";李镇东的书法"如出水芙蓉,文采镂金";王献之的书法"绝众超群,无人可拟,如河朔少年,皆悉充悦,举体沓拖而不可耐",③等等。鸿、鹄、龙、虎、孤松、危锋、花卉(芙蓉)、人物(汉武帝、河朔少年、婢女、谢家子弟)等形象都用在书法的评论中,十分形象生动,但也令人扑朔迷离,摸不着边际。

(六)庾肩吾书法创作与书法评论

庾肩吾(487—551),字子慎,南朝梁南阳新野即今河南人,最初做晋安王萧纲的常侍,后来萧纲被封为太子后,庾肩吾又兼任东宫通事舍人。等到萧纲当上皇帝后,庾氏又当上了支尚书。庾肩吾擅长诗赋,是萧纲宫体派文学的重要人物,又工书法,这在袁昂的《古今书评》和萧衍的《古今书人优劣评》中都有记

---

① 潘运告,编著.汉魏六朝书画论[M].长沙:湖南美术出版社,1997:219.
② 同上:219-222.
③ 同上:222-224.

载。张怀瓘在《书断》中对庾肩吾的评价是"才华既秀，草隶兼善，累纪专精，遍探名法"。①

有关书论的著述，庾肩吾流传下来的有一篇《书品》，品评汉代至齐梁草书作者123人。从书法心理角度看，《书品》主要有以下四点贡献。

第一，书法创作的先天与后天的关系。庾肩吾注意到，书法创作与作者本人的天赋和后天努力密切相关，应当是二者的统一。庾肩吾把先天与后天的关系称作"天然"与"功夫"。在他看来，书法家创作第一位的是"天然"，其次才是"功夫"。他以此来品评书法：

> 张功夫第一，天然次之，衣帛先书，成为草圣。钟天然第一，功夫次之，妙尽许昌之碑，穷极邺下之牍。王功夫不及张，天然过之，天然不及钟，功夫过之。②

这里的"张"是指著名草书家张芝，"钟"是指"钟繇"，"王"是指王羲之。在庾肩吾看来，论天资，在三位书法家中当属钟繇，论功夫，即后天付出的努力则属草书家张芝，而王羲之则在天赋方面胜于张芝，而逊于钟繇，在功夫方面胜过钟繇而逊于张芝。

书法创作，"天资"与"努力"都很重要。没有"功夫"，"天然"无法表现；没有"天然"，仅靠"功夫"，不能臻于书法艺术的巅峰。但庾肩吾更加看重"天然"禀赋在三位书法艺术成就中的作用。他说："若探妙测深，尽形得势；烟花落纸，将动风彩。带字欲飞，疑神化之所为，非世人之所学，惟张有道、钟元常、王右军其人也。"③

第二，书法创作三种水平与境界。庾肩吾根据书法创作者的"天然"与"功夫"在不同书法家身上所占比例，将书法作品分三种水平或境界。他认为，像钟繇、王羲之、张芝这样天然与功夫都得到充分发展的书法家，这种"疑神化之所为，非世人之所学"的作品是"神品"。次一等的作品被称为"妙品"。对于妙品，庾肩吾除了提到张、钟、王的作品"殆善射之不注，妙斫轮之不传"外，还论及王献之（字子敬），他说："子敬泥帚，早验天骨，兼以掣笔，复失人工，一字不遗，两叶传妙。"再就是"能品"，那就是"天然"有所欠缺，主要依赖"功夫"，即通过后天的苦练，达到能书的境界。《书品》中一再提到"师宜官鸿都为最，能大能小""导

①② 潘运告，编著.汉魏六朝书画论［M］.长沙：湖南美术出版社，1997：229.
③ 同上：230.

则列圣推能"。①《书品》中对后来发展出来的神妙能三种境界的书法作品都有提到。

第三，主张书法创作的变革图新。在庾肩吾看来，书法创作不能因循守旧，应当是一个"变通不极，日用不穷，与圣同功，参神并用"的发展过程，各种书体都是在变革图新中发展起来的。"鸟迹孕于古文，壁书存于科斗。"这是讲古文大篆，而隶书是由程邈增损大篆而来的，"以奏事繁多，篆字难制，遂作此法，故曰隶书，今曰正书是也"。草书则是"解散隶法，用以赴急，本因草创之义，故曰草书"。这些书体，如"詹隐端策，故以迷其变化"。②

第四，注重书评的通感特征。庾肩吾在品论各家书法时，特别专注书法对欣赏者各种感官调动的品评。如评杨经等十五人时说道："虽未穷字奥，书尚文情，披其丛薄，非无香草；视其崖岸，时有润珠。"评卫宣等二十三人时又说道："皆五味一和，五色一彩。视其雕文，非特刻鹄，观其下笔，宁止追响。遗迹见珍，馀芳可折。"③可以说，这里声色味俱有。

第三节　唐五代时期的书法心理思想

唐代是继魏晋六朝之后中国书法史上又一个重要时期。唐代书法上承魏晋，下启宋元明清，在书法艺术的各个领域都有重大的开拓与创新。经过魏晋时期个体人格高扬的洗礼，书法艺术的发展至唐五代时更出现丰富多彩的面貌。唐人以恢宏的审美气度，对前代的书法艺术和理论成果兼收并蓄，唐代在书法方面有着创造性的发展并臻于极致，其多元对峙而又相互交融甚至融为一体的格局，构成了中国文化史上的奇特景观。魏晋的王羲之在唐代被拥为"书圣"。同时又产生出能够体现儒家至大至刚精神新书风的颜真卿，彰显具有酒神浪漫主义风格的张旭等。

唐代在书法美学上的建树是惊人的。这同样表现为气度豪迈。可以说，这一时期的书论是对前人的全面继承发展，其典型代表人物有孙过庭与张怀瓘。他们的书论内容之深广，是前无古人的，并且在书法史上起到承前启后的巨大作用。他们提出的许多书法美学命题，时至今日仍然闪耀着灿烂的思想光辉。④

① 潘运告，编著.汉魏六朝书画论[M].长沙：湖南美术出版社，1997：230.

② 同上：230－231.

③ 同上：231.

④ 萧元，编著.初唐书论[M].长沙：湖南美术出版社，1997：1.

唐代书法家蔡希综,天宝年间曲阿(今江苏丹阳)人,东汉著名文学家、书法家蔡邕的第十九代孙。其家族历代皆传儒学,尤其爱好书法,其十九世祖东汉左中郎蔡邕善篆书、籀书等八体书,六世祖南朝陈侍中蔡景历,五世伯祖隋朝蜀王府记室蔡君知,都善楷隶,都为当时所重;堂叔父右卫率府兵曹参军蔡有邻,继续为八体书迹;第四兄缑氏县主簿希逸,第七兄洛阳尉希寂,同深善草隶,颇为当今所称许。① 蔡氏家族可以说是持续十几代的书法世家。

　　蔡希综曾写过一篇《书法论》,该文从心理学的视角来看似乎意义并不大,但是该文回顾了唐以前的书法历史,梳理了从周代到他生活的时代的书法。他认为,从周宣王的史官史籀作大篆开始,经历秦始皇时程邈增损大篆而隶书,始皇善之,公为御史。到东汉王次仲(张怀瓘《书断上》定为秦时人)将隶书改为楷书,王次仲又借鉴楷书之法创造出八分书,这种书迹到东汉的蔡邕(字伯喈)到达最高峰,元常(钟繇)得其次。草圣始于楚国的屈原。元郑杓《衍极》卷二《书要篇》刘有定注:“稿草,或云起于屈原,楚怀王令条国典,因为稿草,故取名耳。”章草,相传汉章帝喜好齐相杜度的草书,遂诏使杜度草书上事,因此而名“章草”。② 比较有名的楷隶书法家有东汉的曹喜(汉章帝时为秘书郎)、师宜官、梁鹄、杜度、罗景、赵嗣(为罗叔景,赵嗣疑为东汉罗书景、赵元嗣的误写);三国吴人皇象、三国魏人邯郸淳、胡昭等。深入探求草书之法的是东汉的崔瑗、崔寔、张之、张昶;晋人索靖、卫瓘、卫恒、王羲之、王献之。南朝齐宋之间的王僧虔、羊欣、李镇东、萧子云、萧思话(南朝宋人)、陶隐居(即陶弘景,南朝梁人)、永禅师(南朝陈人);唐初的房乔、杜如晦、杨师道、裴行俭、高士廉、欧阳询、虞世南、陆柬之、褚遂良、薛稷,还有琅琊王绍宗、范阳张庭珪等都是名重一时的书法家。在这些书法家中,还不乏父子兄弟:东汉的崔瑗及子崔寔,弘农张芝与弟张昶,河东卫瓘及子卫恒,颍川钟繇及子钟会,琅琊王羲之及子王献之,兰陵萧诚及弟萧谅等。③

　　一、虞世南的书法心理论

　　唐人虞世南(558—638),字伯施,越州余姚即今属浙江人,初仕陈、隋,终入唐,太宗因为秦王参军,官至秘书监,封永兴县子,故后人又称虞秘监或虞永兴。

① 潘运告,编著.中晚唐五代书论[M].长沙:湖南美术出版社,1997:154.
② 同上:156.
③ 同上:157.

虞世南为人清净寡欲,唐太宗每称其有五绝:一曰德行,二曰忠直,三曰博学,四曰文词,五曰书翰。史称世南书亲承王羲之七世孙僧智永传授,妙得其体。《宣和书谱》认为世南晚年正书与王羲之相后先,评价可谓高矣。相传虞世南勤于学书,卧时常在被中划腹练字,作字不择纸笔,尽能如志。世以其与欧阳询并称为"欧虞",后曾与欧阳询、褚遂良、薛稷并称为初唐四大家,但认为虞世南的书法成就在欧阳询之上的亦不乏其人,如《宣和书谱》就以欧、虞相论曰:"虞则内含刚柔,欧则外露筋骨。君子藏器,以虞为优。"①虞世南的书法体现了一种外柔内刚的风格,与道家尚柔的思想相一致。董其昌《画禅室随笔卷一·跋自书》:"虞永兴尝自谓于'道'学有悟,盖于书发笔处出锋如抽刀断水,正与颜太师锥画沙、屋漏痕同趣。"董其昌拈出一个"道"字,道出了虞世南书法的妙处,也无意中道中了虞世南书论的实质。②

(一)"心正气和,则契于妙"

虞世南书法美学思想的实质或精华就是体现了《老子》清静无为的思想。这一思想最集中体现在他的《笔髓论·契妙》中。所谓"契妙"妙在无为。"心正气和,则契于妙。"强调一个"和"字。和也者,中也,"其道同鲁庙之器,虚则欹,满则覆,中则正,正者冲和之谓也",冲和之谓道。唐代的虞世南在《笔髓论》中也说:"欲书之时,当收视反听、绝虑凝神,心正气和,则契于妙。"③

(二)"达性通变,其常不主"

创造在于变化,虞世南深谙此理。虞世南深得"易文化"的精髓,即崇尚变化的思想。他说"字虽有质,迹本无为",书法表达要"达性通变,其常不主",深得书法妙处。

虞世南在《笔髓论》中花了大量篇幅大谈特谈"用笔之妙"。不仅论及用笔的一般规则,而且对行、草的用笔分别作了详细论述。虞世南不愧是智永的传人,建立在"尚法"基础上的对笔的研究,在虞世南的书论中已经发展到博大精深的程度。就用笔的种类而言,有拂、掠、波、撇、钩、裁;用笔的方式则有横毫、直锋、侧管、竖管之分;至于用笔的表现技巧与方法,更是五花八门,令人目不暇接:按转、覆婉上抢、掠毫下开、牵撇拨趯、锋转、钩距转腕、顿挫、按锋直引、内旋外拓、旋毫、内转锋、掉笔联毫、接锋、撅锋……虞世南与众不同的是,他认为一切体现"用笔之妙"的技能技法莫不是"心正气和"之道的表现。也正是根据

①② 萧元,编著.初唐书论[M].长沙:湖南美术出版社,1997:52.
③ 同上:53-54.

这个原理,虞世南高度评价了蔡邕、张、索、钟繇、卫、王,认为他们达到"造意精微,自悟其旨"的境界。

虞世南在"心悟"与"目取"的比较中,终于抛弃一切陈规陋法,大彻大悟,认识到"妙非毫端之妙",而"必在澄心运思至微妙之间,神应思彻。又同鼓瑟纶音,妙想随意而生;握管使锋,逸态随毫而应。学者心悟于至道,则书契于无为。"①书法之"契妙"也者,契于无为也。

显然,虞世南的境界与凡·高的"创造一个世界"的观点是一致的。他追求的不是重复一个别人已经创造的世界,而是独立创造一个世界,是进入到一个陌生化的过程中进行建构。这一观点早在东汉文学家、书法家蔡邕的"解衣盘礴"的画论中已经体现出来。蔡邕就有"欲书先散怀抱"的思想,也就是一个人在书法创作之前,一定要摆脱一切束缚,抛弃一切已有的先入之见,不管这些先入之见有多么权威,必须将其从怀抱中散发出来,这样的创作才是个性化的、挣脱一切束缚的创作。

在虞世南这位沉静寡欲的大师心目中,创造就是善于求变,他最初从草书入手,最后成为书法美学的重要思想家。在《笔髓论·释草》中,他提出"字无常体""字无常定"的观点。这个观点实际上体现的是他秉承的传统哲学对人与自然和社会的理解,是对天人合一境界的追求与实践。在他看来,自然界水火是无定势,社会中军事作战时兵无常阵,因此书法创作中也应是"字无常体""字无常定"的。在他看来,水是最善于通变的,没有常形,能够随方就圆。虞世南据此认为,字体(形)的无常定就像盛水的器皿可方可圆,用笔就应当像水一样随方就圆,这样才能"合于妙",达到"质"与"迹"的统一,合乎"禀阴阳而动静,体万物以成形"的规律。②

总之,虞世南的书法理论深度远远超过前人,清代文学家刘熙载(1813—1881,字伯简,号融斋,晚号寤崖子)将草书特征概括为"草书无定质"显然是从虞世南"字无常定"的思想演绎而来。

(三)"心为君""手为辅"

书法、绘画都是一种心手相应的活动,但是心与手在书法创作中究竟如何发挥作用呢? 虞世南提出心君手臣说。在他看来,心是人的主宰,好比国君,运用起来,奥妙无穷。手起辅助作用,好比君王的丞相,应当竭尽全力辅佐君王,

① 萧元,编著.初唐书论[M].长沙:湖南美术出版社,1997:53-54.
② 同上:55.

所以称之为臣。"心为君,妙用无穷,故为君也。手为辅,承命竭股肱之用故也。"(《笔髓论·辨应》)①如果心手得到很好配合,那么力量、笔管、笔毫这些将军、士兵都会发挥应有的作用,就会顺利攻克字这座城池。

在书法创作当中,一定要先解书意,然后再下笔,也就是要意在笔先,切忌笔在意先。如果没有书意做统领,只在一点一画中求象本,这样反而自取其拙。如果缺少书意在先引导,动作技能的发挥就会受到阻碍。"太缓而无筋,太急而无骨",用竖笔则毫端太直,写出来的字显得干枯,露出骨来。只有先解书意,才可以做到笔画虽粗却能锋颖锐利,"粗而能锐";笔画虽细却能强壮有力,"细而能壮";长的时候也不觉它是多余的,"长而不为有余";短的时候也不嫌它有什么不足之处,"短而不为不足"。②

(四)"得之于心,应之于手"

书法创作的理想状态是得心应手。虞世南在《笔髓论·释真》中说:

> 笔长不过六寸,捉管不过三寸,真一、行二、草三。指实掌虚。右军云:书弱纸强笔,强纸弱笔;强者弱之,弱者强之。迟速虚实,若轮扁斲轮,不疾不徐,得之于心,应之于手,口所不能言也。拂掠轻重,若浮云蔽于天;波撇勾截,若微风摇于碧海。气如奔马,亦如朵钩,轻重出于心,而妙用应乎手。然则体若八分,势同章草,而各有趣,无问巨细,皆有虚散,其锋圆毫蔽,按转易也。岂真书一体,篆、草、章、行八分等,当覆腕上抢,掠毫下开,牵撇拨趯,锋转,行草稍助指端钩距转腕之状矣。③

这段话讲了很丰富的内容,包括握笔的姿势与动作,力量的均匀,握笔时手掌的虚实,腕部运笔的技法,用笔的迟速或虚实以及真书、篆书、草书、章草、行书握笔、运笔、圆转等方面的不同,但是这段话最有心理学意义的是"得之于心,应之于手"的观点。在虞世南看来,这些动作与技巧的变化取决于书写者心灵的变化。轻重、迟速、虚实的变化在于心的运用,巧妙则在于手腕的适应。也就是说,书法是心手相应、心手协调的活动。虞世南对得心应手的理解还不止于此,在他看来,心的运用不仅是空洞的意在笔先,还在于这个心是一个充满想象之心,笔触落在纸上,其轻其重依据的是心灵中想象的浮云遮蔽在晴朗的天空;在

405

---

① 萧元,编著.初唐书论[M].长沙:湖南美术出版社,1997:68.
② 同上:69.
③ 同上:69-70.

书写波撇勾截之先，心灵中要想象出轻微的海风摇荡在碧波之上，气势如奔腾的骏马。

（五）"形书之体，略同于真"

书法艺术是怎样体现的？在艺术家看来，书法艺术就是将那些抽象的笔画赋予形象，使这些不同的形象有节奏地起伏变化，并将这些形象的起伏变化通过动作技能落实到纸上。这种起伏变化也是有形象的。在虞世南看来，不同类型的书法需要书写者在下笔之前先构造不同的形象。同一个书法家在书写真书与草书时，在头脑中构造的形象是不同的，同样在书写草书、真书、行书时，构造的形象也不同。书写者就是在下笔之前头脑中所构造的形象的引导下，以形似的方式落实到笔墨之上。

在虞世南看来，行书与真书的形象比较接近，"形书之体，略同于真"，但是，在运用顿笔和挫笔时，在作者心目中呈现的形象不同于真书。作行书时在处理顿笔和挫笔时，要在头脑中呈现雄伟的气势，要呈现凶猛野兽搏击吞噬的气势；执笔运笔的进退要呈现秋天老鹰攫取食物迅速出击的形象。用他的话说就是"至于顿挫磅礴，若秋鹰之迅击"。掉笔联毫，就像玉石存在裂纹和斑点，其纹理出自天然，"加以掉笔联毫，若石罅玉瑕"。也像游丝在天空宽松自如、起伏行进，又像蛛网黏附在墙角，它是有劲的，又是悬空的，所谓"亦如长空游丝，容曳而来往；又以虫网络壁，劲而复虚"。这实际上是继承了王羲之"游丝断而能续，皆契以天真，同于轮扁"①的观点。

在虞世南的书法理论中，与真书、行书相比，草书的创作要求作者更要放纵心意，任其奔放，用笔的动作、姿势也不同，覆腕旋转收蹙，笔管要旋起来，笔锋要合拢，用柔软的长毫表现出笔意开展的效果：左为外，右为内，有起有伏，连绵纡卷、收揽作吞吐归纳之状，运笔时笔锋藏在点画中不外露。此时心中呈现的是：既要像舞蹈家那样挥动长袖，任其飘拂盘旋；又要像悬崖峭壁上垂挂的藤条那样，弯弯曲曲盘旋不已；运笔旋转收蹙时，要像山间跳跃的猿猴，从这棵树跳跃到那棵树上；像有角的龙在水里游动；像战场上的勇士追赶逃敌；像烈火燃烧在广袤的原野，有时体势雄强不可压抑，有时笔势奔腾不可停止，总之要狂逸奔放，又不违反笔意。这与王羲之的嵩华之喻、逾悬壑之喻、兔丝萦结、蛇形兵阵之喻是一脉相承、异曲同工的，都是强调书法创作中要用形象思维说话。②

① 萧元，编著.初唐书论[M].长沙：湖南美术出版社，1997：72-74.

② 同上：74-77.

（六）"心悟非心，合于妙也"

虞世南的《契妙》一文就是专论心悟的。其原文是：

> 字虽有质，迹本无为，禀阴阳而动静，体万物以成形，达性通变，其常不主。故知书道玄妙，必资神遇，不可以力求也。技巧必须心悟，不可以目取也。字形者，如目之视也。为目有止限，由执字体既有质滞，为目所视远近不同，如水在方圆，岂由乎水？且笔妙喻水，方圆喻字，所视则同，远近则异，故明执字体也。字有态度，心之辅也；心悟非心，合于妙也。且如铸铜为镜，非匠者之明；假笔转心，非毫端之妙。必在澄心运思至微至妙之间，神应思彻。又同鼓瑟轮音，妙响随意而生；握管使锋，逸态逐毫而应。学者心悟于至道，则书契于无为，苟涉浮华，终懵于斯理也。①

可以说，这段《契妙》是专讲心悟之道的。虞世南认为，书法的终极妙道是"迹本无为"状态，最好的书法就是与阴阳动静变化相契合，但是这种状态"必资神遇，不可力求也"。神遇得机巧于"心悟"，所谓"机巧必须心悟，不可以目取也"。在此，虞世南提出"心悟"与"目取"的差别。因为"目有止限"，所以写出的字体就会"质滞"。字的姿态是由心悟决定的，"字有态度，心之辅也"。什么是心悟呢？虞世南的回答是"心悟非心，合于妙也"。什么是"合于妙"呢？虞世南认为，就是合于自然之道。自然之道是什么？就是"无为"。比如，铸铜做成镜子，镜子的明亮不等于铸工的视力；通过书法来表达感情，书法的美妙不等于是毛笔的美妙。必须使心澄清安定，构思才能达到至微至妙的境界。灵感来了，思维才能无所不通。"假笔转心，非毫端之妙。必在澄心运思至微至妙之间，神应思彻。"在虞世南看来，学习书法的人，内心的领悟达到最高深的境地，那么在书法创作上就进入自由创造的"无为"境界。②

二、李世民的书法心理论

一代明君李世民（599—649）非常热爱书法，尤喜王羲之书，甚至不遗余力地为王羲之争取书圣的地位。因为王羲之、王献之的书法成就，在他们父子二

---

① 萧元，编著.初唐书论[M].长沙：湖南美术出版社，1997：77.

② 同上：77－79.

人在世时就得到社会公认了,但对父子二人成就的高下评价不一。唐太宗李世民则极力推崇王羲之。为了确立王羲之的书圣地位,李世民做了两件事:一是在史馆编纂《晋书·王羲之传》时,亲自为其写传论,这篇传论与其说是传论,还不如说就是一篇对王羲之的赞词。在中国两千余年封建社会的历史上,帝王为书法家亲自写传论是十分罕见的。李世民在《传论》中历数各家书法家之短,独赞王羲之,开创唐一代的尊王书风,为确立王羲之在书法史上的正宗地位奠定了基础。二是在贞观初年下诏,出内府金帛征求王羲之墨迹,并命魏征、虞世南、褚遂良加以鉴赏编目,又御选拓书人精工拓模,使广为流传。据传说,王羲之的《兰亭序》成了李世民的随葬之物,因而《兰亭序》之真伪也就成了永恒之谜。① 宋米芾《书史》云:"太宗力学右军不能至,后学虞(世南)行书,欲上攀右军,故大骂子敬。"宋朱长文《续书断》列李世民书为妙品,曰:"翰墨所挥,遒劲妍逸,鸾凤飞翥,虬龙腾跃,妙之最也。"评价甚高。传世书迹有《晋祠铭》《屏风牌》《温泉铭》等。②

（一）心正气和,则契于玄妙

在李世民看来,书法活动与人的心境密切相关,因此在书写前一定要在心理上有所准备。在书写前要在心理上做哪些准备呢? 李世民说:

> 夫欲书之时,当收视反听,绝虑凝神,心正气和,则契于玄妙。心神不正,字则敧斜;志气不和,书必颠覆。其道同鲁庙之器,虚则敧,满则覆,中则正。正者,冲和之谓也。③

李世民的意思是,当一个人准备书法创作时,应当停止观看或倾听,要平心静气,集中精神,这样才能心平气和,与玄妙的境界相通。心神不端正,字就会偏倒歪斜;心气不平和,运笔也就不平稳。这个道理,如同鲁庙中敧器,里面空虚就倾斜,里面装满水就倾覆,必须容量适中才能保持端正。"正"就是元气淡泊平和的意思。④ 这几乎是对东汉蔡邕观点的复述。

（二）"吾之所为,皆先作意"

不同于其他书法家的意在笔先,李世民的"意在笔先"是他从军事作战中迁

① 萧元,编著. 初唐书论[M]. 长沙:湖南美术出版社,1997:80-81.
② 同上:80.
③ 同上:83-84.
④ 同上:88.

移获得的。李世民在《论书》这一名篇中,以自己作战的经验类推书法创作,他认为自己作战之所以屡战屡胜就是因为每次作战前,自己都能对敌我力量的强弱进行准确判断,为什么能准确判断呢? 就是在事前进行了深思熟虑。所以,他认为,书法创作也与带兵打仗一样,要"皆先作意",才能取得好的效果。用他的原话说就是:"今吾临古人之书,殊不学其形势,惟在求其骨力,而形势自生耳。吾之所为,皆先作意,是以果能成也。"①这一观点在中晚唐时期书法家窦蒙那里得到进一步发挥。窦蒙说:

> 虽兴《兰亭》,墨临池水。《武》未尽善,《韶》乃尽美。犹以为登泰山之崇高,知群阜之迤丽。逮乎作程昭彰,襃贬无方。秾不短,纤不长。信古今之独立,岂末学而能扬。②

其意是说,唯兴致酣畅《兰亭》,墨临池水尽情书写。如《武》乐未尽善,《韶》乐才尽美。犹已是登上泰山之高大,知道众山的曲折连绵。到了立法度显著,赞扬它无与伦比。丰满不为短,细巧柔弱不为长。真是古今超俗与众不同,岂浅薄学者能够称扬。③ 唐太宗李世民在《论书》中涉及书法心理的两个方面:一是前人已经备述过的下笔之前"皆先作意";二是书写过程"惟在求其骨力",这体现他崇尚阳刚之美的书法创作。这两个方面对一名书法创作者来说是最重要的方面。

(三)"病在心力懈怠,不能专精耳"

李世民认为,书法创作必须专心致志,聚精会神。书法在一代帝王唐太宗看来那是小道,不是他的正业,所谓"书学小道"。同时,他又认为书法和任何技艺一样,都是可以学会的,所谓"凡诸艺业,未有写学而不得者也",但必须专心致志,聚精会神才行。那些学不好的人其"病在心力懈怠,不能专精耳"。①

(四)书法的关键是要关注"笔意"

唐太宗还有一篇《指意》的文章,较为全面地论述了书法创作的问题。在唐太宗看来,书写过程又如一个生命创造的过程,需要精魄、筋骨与皮肤。他说:

> 夫字以神为精魄,神若不和,则字无态度也;以心为筋骨,心若不坚,则

①④　萧元,编著.初唐书论[M].长沙:湖南美术出版社,1997:90.
②　　潘运告,编著.中晚唐五代书论[M].长沙:湖南美术出版社,1997:31.
③　　同上:36.

字无劲健也；以副毛为皮肤，副若不圆，则字无温润也。所资心副相参用，神气冲和为妙，今比重明轻，用指腕不如锋芒，用锋芒不如冲和之气，自然手腕轻虚，则锋含沉静。夫心合于气，气合于心；神，心之用也；心必静而已矣。①

　　《指意》亦是唐太宗论书的名篇。这是一篇难得的深刻论述书法笔意的文章。李世民认为，"笔意"是"神""心""副毫"三者的有机结合。"神"——精魄，决定字的气势或气度，精神不平和，写出的字就缺乏气势或气度。"心"——筋骨，决定字的强健程度。心毫不坚韧，写出的字就不够遒劲强健。"副毫"——皮肤，决定字是否温润，副毫如果不圆满周全，写出的字就缺乏润泽。心毫与副毫要相互参用，神气以淡薄平和为好。三者虽然都很重要，但主次轻重不同。

　　李世民进一步认为，初学书法者与进入悟境者对笔意的体现有很大差异。"故其始学得其粗，未得其精"，在用笔时要么"太缓"，要么"太急"，要么"钝慢"，要么"干枯"。"太缓者滞而无筋，太急者病而无骨，横毫侧管则钝慢而肉多，竖笔直锋则干枯而露骨。"练习进入悟境之后则"心动而手钧，圆者中规，方者中矩，粗而能锐，细而能壮，长者不为有余，短者不为不足，思与神会，同乎自然，不知所以然而然矣"。②在李世民看来，达到悟境的书法创作能够极为自然地表达笔意。

三、孙过庭的书法创作与欣赏心理

（一）孙过庭的书法创作心理

1. 书法创作的心理条件

　　唐初书法家孙过庭（约648—703）认为，书法创作有合适的五种条件与不合适的五种条件。合适的五种条件，孙过庭称为"五合"，不合适的五种条件，他称为"五乖"。这"五合""五乖"具体如下。其一，心神安逸，无俗务干扰，所谓"神怡务闲，一合也"。③与此相反的不合适的条件是内心仓促，神不守舍，所谓"心遽体留，一乖也"。其二，感受恩惠，酬谢知己，欣然命笔，所谓"感惠徇知，二合也"。与此相反的不合适的条件是违反心意，受外来情势所迫，所谓"意违势

①② 萧元，编著.初唐书论[M].长沙：湖南美术出版社,1997：92.
③ 同上：125-128.

中国文艺心理学思想史

屈，二乖也"。其三，天气晴和，气候宜人，所谓"时和气润，三合也"。与此相反的不合适的条件是天气炎热，干燥难忍，所谓"风燥日炎，三乖也"。其四，有好的纸张笔墨，诱发人的兴致，所谓"纸墨相发，四合也"。与此相反的不合适的条件是纸张笔墨质地低劣，不能称心应手，所谓"纸墨不称，四乖也"。其五，忽然之间，灵感冲动，所谓"偶然欲书，五合也"。与此相反的不合适的条件是精力疲惫，手腕无力，所谓"情怠手阑，五乖也"。他认为，书法优劣悬殊就是由这五种"乖和"的差异造成的。所谓"乖合之际，优劣互差"。这五种条件对书法创作的影响程度并不相同，而是有合适的天气，不如有合适的笔墨纸张等器物，有合适的器物，不如有好的精神状态。如果是五种不合适的因素集中在一起，那就必然神情不开朗，手腕就不灵便；如果五种合适的条件齐备，就会神情交融，运笔流畅。用他的原话说就是"得时不如得器，得器不如得志。若五乖同萃，思遏手蒙；五合交臻，神融笔畅，畅无不适，蒙无所从"。①

2. 书法创作是创作情感的表达

书法作为一种艺术，不仅仅可以满足使用，还是一种情感的表达。书法家在书写的过程中要根据书写内容的不同和变化流露出不同的情感。孙过庭在论及王羲之的书法创作时就说："当王羲之写《乐毅论》时，就心情不舒畅；写《画赞》时，就进入了珍贵奇特的意境；写《黄庭经》时，就心情愉悦，思想空灵；写《太师箴》时，就感念世态的起伏纷争；到了兰亭集会的时候，就思绪飘逸，神采飞扬；写《告誓文》时，因为是向人家告誓，就心情压抑，神志惨淡。"这就是人们所说的涉及欢乐才能欢笑，谈起悲哀的事情就要叹息。不仅仅是凝思于流水，才能留下柔和舒缓的美妙乐曲；向往着睢涣，才能想出错杂华丽的文采修饰。虽然悟性极高，目光一接触便知"道"之所在，却也有内心迷乱，莫知所从的时候。有的人硬把书体分开来学习，其实哪里知道书法是感情的表达，其抒发情感的语言和《国风》《离骚》一样，都发自人的内心。书法用笔的舒缓和收蹙，与人的心情舒畅宽松或愁苦压抑一样，都源于天地之间阴阳二气的交互作用。②

（二）孙过庭的书法欣赏心理

孙过庭认为，书法欣赏存在很大的差异性，主要是因为在见识、修养、权威性以及精神境界方面存在差异。孙过庭以自己的切身经历探讨了这一问题。有一次，孙过庭很用心地写了一幅字，自认为写得不错，遇到自称对书法有见识

---

① 萧元，编著.初唐书论[M].长沙：湖南美术出版社，1997：125-128.
② 同上：138.

的人,就拿给他看,料想不到的是,其中写得很巧妙的地方对方一眼就瞟过去了;有错误及不足之处,反而受到对方赞赏。"其中巧丽,曾不留目;或有误失,反被嗟赏。"孙过庭认为,这是欣赏者缺少见识的缘故。还有一些自恃官位不小或年纪比自己长的人,看到作品后随便指责。于是孙过庭做了一个试验,他将自己的书法作品用绢帛装裱成卷,上面题署古人名号,结果大人先生们见到都改变了看法,一般愚鲁之辈也随声叫好,大家争着赞美欣赏细微末节的奇巧,很少谈论笔势的缺点。原文是:"余乃假之以缃缥,题之以古目,则贤者改观,愚夫继声,竟赏毫末之奇,罕议锋端之失。"这种状况用今天的眼光来看不就是由托古人名号形成的权威造成的从众心理吗?孙过庭感叹指出,为什么伯牙叹息高山流水知音难觅,在钟子期死后不再弹琴正是这个缘故。孙过庭也认识到,上述这种状况遇到真正具有极高欣赏水平和修养之人就瞒不过去了。蔡邕不轻易赏识良材,伯乐不随便称赞良马,因为他们的鉴赏水平达到极高的境界,不会被假象蒙蔽。所谓"夫蔡邕不谬赏,孙阳不妄顾者,以其玄鉴精通,故不滞于耳目也"。①

四、欧阳询论形象思维与创作技法

欧阳询(557—641),字信本,潭州临湘即今湖南长沙人,他的书法成就以楷书为最,笔力险峻,结构独异,世称"唐人楷书第一",后人称为"欧体",代表作为《九成宫醴泉铭》。欧阳询也是中国古代楷书四大家之一。在中国,书法习惯上分为"正草隶篆"四体。正书不仅指楷书,还指魏碑。草书则指以张旭、怀素等为代表的狂草,也指大草,还指比狂草规范一些的草书,称小草。另外,还有一种隶书的急写,称谓章草正之间的则是行书。隶书产生于秦末汉初,开始主要用于抄写公文,以求简便,后来也用于书写碑刻与摩崖石刻。篆书则是甲骨、钟鼎、石鼓及小篆的总称。在中国历史上,楷书在欧阳询之后,还有唐代的颜真卿。颜真卿(709—785),字清臣,京兆万年人,祖籍唐琅琊临沂(今山东临沂)。在书法史上,他是继二王(东晋王羲之、王献之)之后成就最高、影响最大的书法家。其楷书端庄雄伟,气势开张,世称"颜体",代表作为《多宝塔碑》。柳公权(778—865),字诚悬,唐朝京兆华原(今陕西耀县)人,官至太子太师,世称"柳少师"。其楷书轻健遒劲,结体严谨,笔法精妙,笔力挺拔,世称"柳体",代表作为

① 萧元,编著.初唐书论[M].长沙:湖南美术出版社,1997:146-149.

《玄秘塔碑》和《神策军碑》。元代的赵孟頫(1254—1322)，字子昂，号松雪、松雪道人，湖州(今浙江吴兴)人。他善篆、隶、真、行、草书，犹以楷、行书著称于世，其楷书圆润清秀，端庄严谨，又不失行书之飘逸娟秀，世称"赵体"，代表作为《玄妙观重修三门记》。①

欧阳询不仅在书法创作实践方面达到当时历史的高峰，而且对书法心理理论作出了自己的贡献。

形象思维是艺术思维的一个重要而基本的特征。书法作为一门艺术，与普通的实用书写的不同之处就在于，它用形象的方法表达抽象的符号，或者说它将符号赋予形象，因此书法的创作必须依赖形象思维。这在欧阳询的书法创作的《八诀》中得到具体体现。与一些空洞论述形象思维的书论家不同，欧阳询的形象创作是通过具体技法实现的。请看他的《八诀》：

、(点)如高峰之坠石。

乀(横戈)似长空之出月。

一(横)若千里之阵云。

丨(竖)如万岁之枯藤。

乚(竖戈)劲松倒折，落挂石崖。

㇆(折)如万钧之弩发。

丿(撇)利剑截断犀、象牙角牙。

乀(捺)一波常三过笔。②

《八诀》内容与晋卫夫人的《笔阵图》基本一致。在欧阳询看来，书法创作要用心专一，性情闲适，涤除一切杂念，使自己的操行归于正直，使容颜端庄，执笔时已构思成熟，作书时神志超逸闲适。用其原话说就是：

澄神静虑，端己正容，秉笔思生，临池志逸。虚拳直腕，指齐掌空，意在笔前，文向思后。分间布白，勿令偏侧。墨淡则伤神彩，绝浓必滞锋毫。肥则为钝，瘦则露骨，勿使伤于软弱，不须怒降为奇。四面停匀，八边具备，短长合度，粗细折中。心眼准程，疏密㪚正。筋骨精神，随其大小。不可头轻

---

①　楷书四大家[J].新周报，2010 - 08(32)：22.

②　萧元.编著.初唐书论[M].长沙：湖南美术出版社，1997：3.

尾重，无令左短右长，斜正如人，上称下载，东映西带，气宇融合，精神洒落，省此微言，孰为不可也。①

这一段话是欧阳询对书法写作时动作技能的表达。从这段话中我们可以看出，欧阳询要求书法创作一定要心身和谐、心手相应，力量匀称，动作与心智协调，动作要能够表达书写者的气度和风骨，书写过程就是生命力表现的过程。他在《传授诀》中也再次谈到心理与动作技能的协调问题。他说："每秉笔必圆正，气力纵横重轻，凝神静虑。当审字势，四面停均，八边具备；短长合度，粗细折中；心眼准程，疏密欹正。最不可忙，忙则失势。次不可缓，缓则骨痴；又不可瘦，瘦当形枯；复不可肥，肥即质浊。细详缓临，自然备体，此是最要妙处。"②

欧阳询对书法的理解还远不止于此。他在书法名篇《用笔论》中指出，在技法的运用中要使用联想与想象不断创造优美的意境。在《用笔论》中，欧阳询模仿汉赋作者假设其人，一问一答申说己意。一问一答的对话者，他假设为善书大夫和无名公子，最终以无名公子之言为用笔之正论。且看二人的对话：

（大夫曰）："夫用笔之法，急捉短搦，迅牵疾掣，悬针垂露，蠖屈蛇伸，洒落萧条，点缀闲雅，行行眩目，字字惊心，若上苑之春花，无处不发，抑亦可观，是余用笔之妙也。"③

公子曰："幸甚！幸甚！仰承余论，善无所加，然仆见闻异于是，辄以闻见便耽玩之。奉对大贤座，未敢抄说。"大夫曰："与子同寮，索居日久，既有异同，焉得不叙？"公子曰："向之造次，滥有斯言，今切再思，恐不足取。"大夫曰："妙善异述，达者共传，请不秘之，粗陈梗概。"公子安退位逡巡，缓颊而言曰："夫用笔之体会，须钩粘才把，缓绁徐收，梯不虚发，斫必有由。徘徊俯仰，容与风流。刚则铁画，媚若银钩。壮则嗢吻而嵸嶙，丽则绮靡而清遒。若枯松之卧高岭，类巨石之偃鸿沟，同鸾凤之鼓舞，等鸳鸯之沉浮。仿佛若神仙来往，宛转兮似兽伏龙游。其墨或洒或淡，或浸或燥，遂其形势，随其变巧，藏锋靡露，压尾难讨，忽正忽斜，半真半草。唯截纸棱，撇捩窈绍，务在经实，无令怯少。隐隐轸轸，譬河汉之出众星，昆冈之出珍宝，既错落而灿烂，复逶连而扫撩。方圆上下而相副，绎络盘桓而围绕。观寥廓兮

①

414

① 萧元，编著.初唐书论［M］.长沙：湖南美术出版社，1997：3.
② 同上：49.
③ 同上：36.

似察，始登岸而逾好。用笔之趣，信然可珍，窃谓合乎古道。"①

欧阳询借无名公子之口将自己书法创作中的用笔技法与思维淋漓尽致地表达出来了。无名公子表达的观点是：大凡用笔之道，必须用中指钩牢把住不放，好像骑在马上要握住缰辔放松，然后不急不慢地收拢，就像嫩芽不会凭空长出来，一点一曳要笔落到实处，笔触所至，都有目的，这样才能做到一举一动从容不迫，风流潇洒。点画刚劲遒媚像铁画银钩，强劲有如高山耸立，秀丽有如罗绮轻飘，又好比千年古松仰卧高山之上，万钧巨石倒伏鸿沟之侧，如同鸾凤鼓起翅膀翩翩对舞，如同鸳鸯戏水沉浮自如。仿佛是神仙御风来往，宛转流动像龙游云中，又像是兽虫伏而欲动。用墨有时浓有时淡，有时湿润有时干燥，形势不一而足，顺应自然，随意变化，逾见灵巧。下笔处笔锋藏而不露，收笔处笔锋难以寻觅，一忽儿正，一忽而斜，一半是真，一半是草。截住纸棱，运笔回旋幽美而舒缓，务求矜实，不能缺少。隐隐地闪烁发光，就像群星列于银河，珍宝出于昆山，既错落，又灿烂，像是连缀不断，又像是任意抛掷。方圆上下，彼此相称，接连不断，相互围绕。虽空旷深远漫无边际，但一一可睹。放乎如不系之舟，登岸而更好。这就是欧阳询所认为的非常珍贵的用笔之道。

欧阳询以及中国古代所有的书论家都是用象征的方法来描述书法，其中用大量的自然景物、动植物、人物品性的文学意象来表现书法创作的动作技巧、构思过程，这些都是意象性的、非逻辑的，无法通过分析证明的。这种范型是书论产生的基础，也是民族传统的思维模式。但是这种类比思维、象征思维也遭到一些书法家的批评。批评最激烈的，在中国书法史上大概莫过于米芾了。米芾针对梁武帝萧衍的书评作出如下评论："历观前贤论书，征引迂远，比况奇巧，如'龙跳天门，虎卧凤阙'，是何等语？或潜词求工，去法逾远，无益学者。"②

在中国古代的书法评论中，这种"比况奇巧""遣词求工"的并不是萧衍一人，而是一类人，一种范型，甚至是一个时代的思维方式。绝大多数的书论家都持这种思维方式对书法进行评论。而米芾也生活在那个比喻类比、象征思维盛行的时代，但他却能够认识到这种思维方式的缺陷与不足，十分难能可贵。书法在于体现生命力，所以他们特别强调"字如其人""正斜如人"。唐代书法家欧阳询的《三十六法》中就贯穿着这一思想，他认为字体的结构与人体的结构一

415

---

① 萧元，编著.初唐书论[M].长沙：湖南美术出版社，1997：36-37.
② 同上：156.

样，要"上称下载"，不可"头轻尾重"。《三十六法》把生命的追求与字体的结构相联系。

五、李嗣真的"任胸怀"与"有规法"

唐代书法评论家李嗣真（？—696）著有《书后品》一文，将艺术家及其作品如梁山泊好汉排座次般罗列品评。南朝梁庾肩吾曾撰有《书品》一卷，将汉至梁真草书法家128人分上、中、下三等，每等又各分上、中、下三品，共为九品。李嗣真因袭了庾肩吾分等品评的方式，又在九品之上增设"逸品"，共为十品。在评价方式上《书品后》也是用了大量的"犹""如""若"等比喻、类比、象征的思维方式来描述书法作品。这些描绘都是象征性的、非逻辑的，无法通过分析来证明的，所以读者无法判断这种象征是作品的本来面目，还是李嗣真个人的联想。这种思维方式，在李嗣真之前的孙过庭早就对此提出过批评。他说："至于诸家势评，多涉浮华，莫不外状其形，内迷其理。"孙过庭的这段话可以说是对书法理论的自觉。用现在的眼光来看，《书品后》中，甚至整个中国古代绝大多数书法论中，文学意象"都是象征性的，不具备逻辑符号所要求的限制性、必要性和一般特征。相反，其符号体系的意义依附于表现，带有很大的随机性和任意性，人们可以临时赋予其各种不同经验解释和意义。这种符号体系近似于诗学编码，其在审美上的功能大于认识上的功能，更适合情感思维和形象思维。注意事物的表象联系，注意文章在语气上的贯通而不是逻辑上的一致，追求文章表面语句的华丽和文章的音乐性的美，给人以形象生动的审美享受，是书法美学中这种批评范型的特征。它的缺陷在于概念的不明确和逻辑陈述的匮乏，影响了思维的深度和精度。这是整个中国古代书法美学，包括李嗣真的《书后品》所带给我们的深深的遗憾"。①

中国古代书法家是如何看待"法度"与"胸怀"的，以及如何看待书法的客观标准与主观发挥的？有一种观点认为，书法就是表达性情的，书法应当适情顺意，而另一派观点则强调书法的法度。唐代书法评论家李嗣真就是法度派。他有这样一段话是我们将他归为法度派的根据。他在《书后品·中下品七人》中说：

> 评曰："古之学者，皆有规法；今之学者，但任胸怀，无自然之逸气，有师

① 萧元，编著. 初唐书论［M］. 长沙：湖南美术出版社，1997：156.

心之独任。偶有能者，时见一斑；忽不晓者，终生瞑目。"①

李嗣真认为，古代学习书法的人，都有规矩和法度，今天学习书法的人，只知道一味放纵自己的主观意愿，没有自然而超然脱俗的气概，只知道以心为师，自以为是。偶尔也有有才能的人，能够窥见一些书道的奥妙；但却未必觉悟，就像一辈子闭着眼睛什么都看不到一样。显然，在李嗣真看来，在书法创作中"任胸怀"，不顾客观法度，只知道以心为师的书法者，不可能摸到书法门径，进入书法大家的殿堂。

六、张怀瓘的"天资妙用"说

唐代在书画界有两大理论家，一是画论大家张彦远《文字论》一卷、《书诂》一卷、《书议》一卷、《六体书论》一卷、《评书药石论》一卷、《论用笔十法》和《玉堂禁经》各一卷。其篇幅之大、论述之广，资料之丰富，不仅唐代无人比肩，就是在中国历史上也非常少。再就是张怀瓘（生卒年不详，海陵即今江苏泰州人）是唐代开元年间书法家、书论家。历任鄂州司马、升州司马、右率府兵曹参军至翰林供奉。书擅真、行、小篆、八分，高自矜许。宋朱长文《续书断》引其自评语云："真、行可比虞、褚，草欲独步于数百年间。"②可惜的是张怀瓘书法作品今天已经失传，所幸的是书论流传至今。张怀瓘著有《书断》《书议》《书估》《评书药石论》等。《书断》三卷，凡三万余言，历经四年完成。上卷列古文、大篆、籀文等十体，叙述源流，并加赞文，对各种书体原委辩论精辟。中、下卷分神、妙、能三品，对自古以来一百七十四位书法家进行了有独立见解的品评，征引繁博，逸闻很多，是书学重要论著。《书议》不分卷，乾元元年（758年）成书，涉及范围有正、行、章、草四体，品议书法家有崔瑗、张芝、钟繇等十九人，品评标准为"论人才能，先文而后墨"，对后世书学评论影响很大。

张怀瓘还曾作《断书》，对文字的来历，具体说就是六书产生的历史进行过较为详细的叙述。据他的考察，大篆是先秦时期一种重要的文字或字体。它产生于周宣王时代，是周宣王的史官史籀所创造。篆是传的意思，就是传达事物的事理。甄丰定的六书，排在第三位的就是大篆。在《汉书·艺文志》中说《史

①　萧元，编著.初唐书论[M].长沙：湖南美术出版社，1997：189.
②　潘运告，编著.张怀瓘书论[M].长沙：湖南美术出版社，1997：1.

籀》十五，都是大篆。因为是史官创制的，用以传授给学生，又叫它"史书"，共九千字。秦朝的赵高善于篆书，还曾教秦始皇的小儿子胡亥六书之学。汉元帝、王遵、严延年都擅长"史书"，即大篆。秦始皇焚书，只有《易经》与此篇得以保留。东汉书法大家蔡邕在其《篆赞》说："体式有六种篆书，都巧妙入神；有的好像龟文，有的类似龙鳞；屈曲的体态放散的尾巴，长长的翅膀短短的身躯；伸长头颈背负羽翼，形状好像要升天。"史籀就是大篆的始祖了。

籀文据考察也是周朝史官史籀所创制的。与古文、大篆稍有不同，后人以人名称书，故称之为"籀文"。《七略》说：籀文是周朝时史官教六授的书体，与孔壁中发现的古文有不同的形体。甄丰定六书，第二的奇字就是这种文字。这种书迹还有《石鼓文》保存着。大约是为劝谏周宣王打猎的事所作。李斯的小篆兼采了它的笔意。史籀是籀文的始祖。

小篆是秦始皇的丞相李斯所创造。小篆是在大篆和籀文的基础上创建的。小篆又称秦篆。秦始皇亲政后，开始吞并六国，李斯为廷尉，看到各国给秦国的奏章文书字体差异较大，于是创造小篆，要求各国按此体例呈报奏章或文书，于是小篆得以流行。李斯虽是草创，但却获得极高成就，这在东汉书法家蔡邕的《小篆赞》中可见一斑。该书指出，小篆犹如龟背文采，细小的针一样排列，像梳齿、龙之鳞一样密集。坠下如黍稷之穗下垂，积聚如虫蛇错综盘旋。笔画之间四段若连，像露珠缘线旋曲下流，最后静垂在下端。远远看去，像一群鸿鹄在天空往来不绝，悠游徜徉。计研（生平不详）、桑弘羊（前152—前80，洛阳人），是西汉武帝时期的政治人物，专长为财政。这样善于计数的人也不能数出那笔势的曲折，离娄这样眼光明亮的人也看不出那字体结构的间隙。公输般、舜臣倕这样的名工巧匠对之也要推让而辞去巧名，史籀、沮诵这样创造文字的大师对之也要拱手搁笔。铺陈华美的文字在那洁白精致的细绢上，为书艺开创了典范的先例。李斯是小篆的始祖。张怀瓘还在《书断》中对行书和章草来历进行了探讨。"'行书'条云：'案行书者，后汉颍川刘德升所造也即正书之小讹。务从简易，相间流行，故谓之行书。'"①真书亦识而难速，草书流便而难认，行书斟酌其间，最为常用者也。其起于日常应用，而渐至为一体。《书断》还引王愔语云："晋世以来，工书者多以行书著名，昔钟元常善行押书是也；尔后王羲之、献之并造其极焉。"②行书又有真行、草行，真行近真而纵于真，草行尽草而敛于草。张怀瓘在《书断》中认为，章草是隶书的草写体，亦称隶草、急就、行章等。张怀瓘

①② 潘运告，编著.张怀瓘书论[M].长沙：湖南美术出版社，1997：98.

在《书断》"章草"条云："章草即隶书之捷。"①章草之名由何而起，诸说不一。一说因汉章帝爱好。唐韦续《墨薮》卷一《五十六种书》之四十一："因章帝所好焉。"一说因用于章奏。《书断》"章草"条有："至建初中，杜度善草，见称于章帝，上贵其迹，诏使草书上事。魏文帝亦令刘广通草书上事。盖因章奏，后世谓之章草。"②

张怀瓘在《二王书录》中说："夫翰墨之妙，多以身后腾声，二王之书，当世见贵。"这一方面是因为二王的书法的确不同一般，在当世就有很大影响；另一方面也因受到当朝宰相桓玄（东晋废帝、安帝时人）的欣赏得以迅速流传。桓玄十分钟爱二王的书法，不能释手，甚至将二王的书迹用细绢和名贵的纸张装裱后置于左右，即使是在生命受到威胁及狼狈不堪的逃难中都随身携带，即将败亡时，一并投入江中。③

从书法心理视角来看，张怀瓘十分看重天资在书法创作中的作用，同时认为书法创作要表现出深奥微妙的志趣。"夫翰墨及文章至妙者，皆有深意以见其志。"④如果仅仅是表层的义理和志趣，就是智力低下的表现，谈不上什么创造，也谈不上什么风格。他认为，深奥微妙之意，出于万物之外，幽隐深刻之理，伏于渺茫之中，这不是用通常的情理可以言说的，用世俗的见识所能推测的。他认为，书法创作就是书法家"妙用天资"的结果。⑤ 在他看来，具有天资的人，才能追寻捕捉到精微的事理而顺应其变化，连鬼神都不容其隐藏。张怀瓘甚至认为，"天质自然"，"固常人莫之能学"。

　　　　右千百年间得其妙者，不越此十数人。各能声飞万里，荣耀百代。惟逸少笔迹遒润，独擅一家之美，天资自然，风神盖代。且其道微而味薄，固常人莫之能学；其理隐而意深，故天下寡于知音。⑥

　　若心悟精微，图古今于掌握。玄妙之意，出于物类之表；幽深之理，伏于杳冥之间：岂常情之所能言，世智之所能测。非有独闻之听，独见之明，不可议无声之音，无形之相。夫诵圣人之语，不如亲闻其言；评先贤之书，必不能尽其深意。有千年明镜，可以照之不疲；琉璃屏风，可以洞彻无碍。

---

①　　潘运告，编著. 张怀瓘书论[M]. 长沙：湖南美术出版社，1997：94.
②　　同上：93.
③　　同上：1.
④⑥　　同上：17.
⑤　　同上：11.

今虽录其品格,岂独称其才能。皆先其天性,后其习学,纵异形奇体,辄以情理一贯,终不出于洪荒之外,必不离于工拙之间。然智则无涯,法固不定,且以风神骨气者居上,妍美功用者居下。①

张怀瓘认为,那些真正能够在书法界出类拔萃的人,就是"千百年间得其妙者",在历史的长河中也不过"十数人",这些人之所以能"声飞万里,荣耀百代",大自然赋予的天资是不能缺少的。因为有独特的天资,他们能"心悟精微",领悟"玄妙之意",探测到"幽深之理",洞察于"杳冥之间",他们往往具有"独闻之听""独见之明",这不是"常情之所能言,世智之所能测"的,这些人也往往是"寡于知音"的人,也是"固常人莫之能学"的人。张怀瓘将天性置于书法创作的第一位,将学习置于第二位,所谓"先其天性,后其学习",也从一个侧面告诉我们,天才的作品或天才人物,就是那些具有"独闻之听""独见之明"的人,即个性十分鲜明的人。换句话说,一个书法学者,只要善于发挥自己的"独闻之听""独见之明",又善于学习,成为一个"千百年间得其妙者"是有可能的。他的所谓"妙用天资"就是"独闻之听""独见之明"的妙用。张怀瓘认为,既出于天性又来自学习,是天性与学习的结合。张怀瓘同时认为,在天性与学习二者之中,应是"先其天性,后其学习"。他认为,无论意境多么出类拔萃,风格多么新奇独特,终究是人类情理贯穿其间。"终不出于洪荒之外,必不离于工拙之间。然智则无涯,法固不定,且以风神骨气者居上,妍美功用者居下。"②

此外,唐代是一个书法创新的时代,强调抒发感兴。这在张怀瓘的《文字论》中得到反映:"仆今所制,不师古法,探文墨之妙有,索万物之玄精,以筋骨立形,以神情润色……探彼意象,入此规模,忽若电飞,或疑星坠。气势生乎流便,精魄出于锋芒。"③书法是书法家的自我表现。书法家要表现自我,自我体验就必须解放自己,甚至放纵自己。放纵自己,让自己能够表现真性情的方式就是饮酒。正如东汉蔡邕所说:"书者散也,欲书先散怀抱。"所以,在盛唐时期,许多书法家都是通过饮酒将自己平日压抑的苦闷、忧郁释放出来,也就出现很多的酒后书法家。他们借助酒散去胸中一切"俗念"的羁绊。盛唐书法家注重自我表现,特别是醉酒之后显现的真我,因此他们许多人都选择草书这一形式表现自我。唐代的贺知章晚年自号"四明狂客",性好饮酒,醉则取笔,其笔纵横,醒

① 潘运告,编著.张怀瓘书论[M].长沙:湖南美术出版社,1997:17.
② 同上:18-20.
③ 同上:232.

后再写，已不可及。他是乘酒发狂，表现心中的郁闷。也是活动在盛唐时期的书法家窦臮《述书赋下》云："湖山降祉，狂客风流。落笔精绝，芳嗣寡仇。如春林之绚彩，实一望而写忧。"张旭也常常借酒助兴，进入陶醉境界，变得狂逸不羁。正如《述书赋下》所云："张长史则酒酣不羁，逸轨神澄。回眸而壁无全粉，挥笔而气有余兴。"其书如龙蛇飞舞，有纵横不尽之势。怀素作书与饮酒更是密不可分。他是一个酒豪，常常狂欢大醉，然后挥毫。他在《自叙》中引用窦御史冀的诗，形象地描绘了他最后作诗的神情："粉壁长廊数十间，兴来小豁胸中气。忽然绝叫三五声，满笔纵横千万字。"怀素（725—785），唐时人，字藏真，僧名怀素，俗姓钱，汉族，永州零陵（今湖南零陵）人。幼年好佛，出家为僧。他是书法史上领一代风骚的草书家，他的草书被称为"狂草"，用笔圆劲有力，使转如环，奔放流畅，一气呵成，与唐代另一草书家张旭齐名，人称"张颠素狂"或"颠张醉素"。怀素在《自述》引许瑶和戴叔伦的诗也谈到这一点。许瑶诗云："志在新奇无定则，古瘦漓㶏半无墨。醉来信手两三行，醒后却书书不得。"戴叔伦诗云："心手相师势转奇，诡形怪状翻合宜。人人欲问此中妙，怀素自言初不知。"①

在古代崇尚这样一种理论，即书法创作要有一种"虚静"的心态。这种借酒醉而放纵自我的创作与这种"虚静"的心态不是矛盾吗？其实并不矛盾，他们借助酒醉使自己"虚静"下来，饮酒不过是艺术家们达到"虚静"状态的一种特殊途径罢了。

七、窦臮的自然与忘情

如上所述，唐代书法强调自我表现，而要显现真正的自我就要自然与忘情。窦臮（生卒年不详）在《述书赋》中就提出"自然"的概念。要书法意象显得自然，不要有人工雕琢之痕，因此他对书法家又提出"忘情"的要求。述韦诞道："皆迹遗情忘，契入神悟。"述范宁道："去凡忘情，任朴不失。"应詹道："真衰天然，忘情罕逮。"他要求"忘情"，并非不要激情，而是要忘掉"俗念"，忘掉世俗的喜怒哀乐之情，有一个虚静的审美胸怀。这样才能使书法意象"契入神悟""真率天然"。

窦臮形象地描述了秦朝李斯的书法艺术，他将李斯、伯喈（蔡邕）等人的书法转化为若干形象，创造出优美的意境。他说：

421

---

① 潘运告，编著.中晚唐五代书论[M].长沙：湖南美术出版社，1997：1-2.

斯之法也,驰妙思而变古,立后学之宗祖。如残雪滴溜,映朱槛而垂冰;蔓木含芳,贯绿林以直绳。伯喈三体,八分二篆。棨戟弯弧,星流电转。纤逾植发,峻极层巘。①

其意是说,李斯的书法,展现精妙的构思而更变古法,确立后学的楷模。有如残雪一滴一滴往下坠,映照红色的栏杆似悬垂的冰柱;如细长的枝条包含着芬芳,贯穿的绿林像拉直的绳子。蔡邕三种书体,八分和大小二篆,似油漆的木把载呈弯弧,如流星飞逝闪电疾转。纤细胜过头发树立,峻险穷尽重叠的山峰……显然窦臮将李斯、蔡邕的书法艺术转化为残雪滴流、蔓木芬芳、绿林直绳、棨戟弯弧、星流电转、纤逾植发、峻极层巘等形象。这种论述方式在古代书法家那里不胜枚举。

八、韩愈:"外物不胶于心"

　　韩愈(768—824),字退之,唐代宗大历至穆宗长庆年间河南河阳(今河南孟县南)人。因郡望是昌黎,常自称昌黎韩愈,世称韩昌黎。官至吏部侍郎。谥文,后世称韩文公。同柳宗元一起领导了古文运动,为唐宋八大家之首。工书。书法有《送高闲上人序》和《石鼓歌》两篇短文名世。具有心理学价值的是《送高闲上人序》。在该文中,韩愈提出在书法创作中"外物不胶于心"的主张。所谓"外物不胶于心"就是书法者要全身心地投入到书法创作中,不被任何外物干扰。他说:"苟可以寓其巧智,使机应于心,不挫于气,则神完而守固,虽外物至,不胶于心。"②要想达到这种状态,他主张人应该一生只治一技。他认为,那些历史上的成功人士都是一生专心致志只做一件事而功成名就的。尧、舜、禹、汤治天下,养由基射箭,庖丁解牛,师旷治音乐,扁鹊治病,熊宜僚对于弹丸,弈秋对于下棋,刘伯伦对于酿酒,乐之终身不厌倦,哪里会有闲暇爱好其他事物呢?凡有其他爱好迁移学业的,都未达到应有的深度与高度。

　　韩愈认为,张旭就是一生专心于草书,不研究其他技艺。因为他心目中的一切情感都可以通过草书加以表达。韩愈说:"往时张旭善草书,不治他技。喜怒窘穷,忧悲、愉佚,怨恨、思慕,酣醉、无聊、不平,有动于心,必于草书焉发之。

①　潘运告,编著.中晚唐五代书论[M].长沙:湖南美术出版社,1997:8.
②　同上:250.

观于物，见山水崖谷、鸟兽虫鱼、草木之花实、日月列星、风雨水火、雷霆霹雳、歌舞战斗，天地事物之变，可喜可愕，一寓于书。故旭之书，变动犹鬼神，不可端倪，以此终其身而名后世。"（《送高闲上人序》）①因此，他从外物中观察到的一切，如山水崖谷、鸟兽鱼虫、草木花实、日月群星、风雨水火、雷霆霹雳、歌舞战斗，天地间的万物变化都寄托在自己的书法中。他体验到的各种情感，如忧悲、愉逸、怨恨、思慕、酣醉、无聊、不平，有动于心，也从草书中抒发出来。所以，张旭的书法变动如鬼神，不可窥测，以此终老他一生而著名后世。所谓"故旭之书，变动犹鬼神，不可端倪，以此终其身而名后世"。②

从短短一篇《送高闲上人序》中，我们可以看出韩愈的"外物不胶于心"包含着这样几层意思：一是一生全身心投入一种技艺，绝无旁骛；二是不受外界事物干扰，保持高涨的情绪；三是将自己经历的一切、体验到的一切都通过自己的艺技表达或表现出来。

九、蔡希综："意象之奇"与"因奇立度"

唐代书法家蔡希综在书论方面著有《法书论》一文，其中许多言论具有心理学价值。其中之一就是对书法中意象思维的论述。他认为，凡欲结构字体，皆须象一物："若鸟之形，若虫食禾，若山若树，若云若雾，纵横有托，运用合度，可谓之书。"③这与其远祖蔡邕《笔论》所论"纵横有可象者，方得谓之书矣"，可谓一脉相承。最可贵的是，他在阐述书须"象其一物"中提出了"意象"的概念。其论张旭曰："卓然孤立，声被寰中，意象之奇，不能一一全其古制。"显然，在蔡希综看来，书法创作追求"意象之奇"远比"全其古制"重要。他还具体描述张旭的书法是：乘兴之后，方肆其笔，或施于壁，或札于屏，则群象自形，有若飞动，议者以为张公亦小王之再出也。蔡希综充分理解了书法创作的真谛，将抽象的符号形象化，是书法艺术的不二法门。我国古代很多书论家认识到书法对形象思维的依赖，几乎所有书论家都认可形象思维或图画思维在书法创作中的作用，但能像蔡希综这样明确提出意象概念的却绝无仅有。

蔡希综还以钟繇的故事为例说明意象在书法创作中的重要性。钟繇临终前在袋子里取出书法笔记授与儿子钟会道："我精思三十余年，行坐未曾忘记此

423

①②　潘运告，编著.中晚唐五代书论［M］.长沙：湖南美术出版社，1997：251.

③　同上：153.

事物,都书写模拟它,如果停息一处,就画地上,周围宽数步;如果在卧睡休息,就画被子上,被子都为此穿透。"原文:"繇临终于囊中出授子会曰,'吾精思三十余载,行坐未尝忘此,常读他书未能终尽,惟学其字,每见万类,悉书象之。若止息一处,则画其地,周广数步;若在寝息,则画其被,皆为之穿。'其用功如此。"①

蔡希综在《法书论》中还指出,书法创作要"咸自我而作古,或因奇而立度"。② 书法创作皆由我而创新,要根据新奇而设立法度。主张法度要服从新奇,古法要服务于自我。

蔡希综在《法书论》中也强调了心境对书法创作的影响。他引用他的祖先蔡邕的话说:"蔡中郎云:'欲书先适意任情,然后书之。若迫于事,虽中山兔毫不能佳也。'次须正坐静虑,随意所拟,言不出口,气不再息,则无不善矣。比欲结构字体,未可虚发,皆须象其一物,若鸟之形,若虫食禾,若山若树,若云若雾,纵横有托,运用合度,可谓之书。"③

书法家的心态、意象最终要通过书法技能才能得以展现。我国古代书论家讨论技能的内容最为丰富。蔡希综在《法书论》中也讨论了书法技巧问题。他认为:"若欲书,先干研墨,凝神静虑,预想字形大小偃仰,平直振动,令筋脉相连,意在笔前,然后做字。"(准备阶段)④

右军云:"若作点,必须悬手而为之;若作波,抑而复曳。忽一点失所,若美女之眇一目;一画所失,若壮士折一肱。可谓难矣。"⑤

唐代何延之(生年不详),开元十年(722 年)官职方员外郎,钧州刺史。著有《兰亭始末记》一文,使我们今天还能够知晓《兰亭》真迹的诞生及命运。在《兰亭始末记》中,何延之认为,王羲之在晋穆宗永和九年(353 年)暮春三月三日宦游山阴时用蚕茧纸、鼠须笔乘兴挥写的《兰亭》"遒媚劲健,绝代更无"。特别能够体现王羲之创造力的是:"凡二十八行三百二十四字,有重者皆构别体。就中之字最多乃有二十许个,变转悉异,遂无同者。"⑥这似乎有如神助,及至酒醒之后他

①⑤ 潘运告,编著.中晚唐五代书论[M].长沙:湖南美术出版社,1997:159-160.
② 同上:155.
③ 同上:158.
④ 同上:159-160.
⑥ 同上:188.

日再书写数十百本,也没有能达到这种水平的作品出现。

十、颜真卿:"令每一平画,皆须纵横有象"

颜真卿(709—785),字清臣,唐代著名书法家,京兆万年(今陕西西安)人,祖籍唐琅琊临沂(今山东临沂)。他是北齐著名教育家,《颜氏家训》的作者颜之推(531—约595)的后裔,其曾祖父颜师古(581—645)是颜之推的孙子,也是唐初著名学者,颜师古的父亲为颜思鲁。

颜真卿在唐玄宗开元二十二年(734年)考中进士,历仕玄宗、肃宗、代宗、德宗四朝。安史之乱,抗贼有功,入京历任吏部尚书,太子太师,封鲁郡开国公,故又世称颜鲁公。唐德宗时,淮西李希烈叛乱,唐德宗想派一位有声望的大臣去劝说李希烈,他听信了与颜真卿有隙的大臣卢杞的话,派颜真卿去淮西劝降。李希烈是个反复无常、凶狠残暴的人,谁去劝降都凶多吉少,有人好心劝颜真卿以年老体衰为由推辞。颜真卿却对大家说:"我已经是年近八十的人了,有什么可怕的? 要是能说服李希烈投降,国家和百姓就可免受更大的灾祸。只要有一线希望,我就要去,就是捐躯,也在所不惜!"说完,颜真卿只带着一个家童,就向淮西进发了。结果,颜真卿被李希烈缢杀,[①]终年77岁。德宗诏文曰:"器质天资,公忠杰出,出入四朝,坚贞一志。"在书法史上,他是继"二王"(王羲之和王献之父子)之后成就最高、影响最大的书法家。其书初学张旭,初唐四家,后广收博取,一变古法,自成一种方严正大、朴拙雄浑,大气磅礴的"颜体"。他用正体书迹表现出他的刚毅、端庄、忠直的人格精神,这可谓"书如其人"。颜真卿书品高,人品更高。颜真卿之死,可以说是惊天地、泣鬼神,对后世影响巨大。他的书迹作品,据说有138种。楷书有《多宝塔碑》《麻姑仙坛记》等,是极具个性的书体,如"荆卿按剑,樊哙拥盾,金刚瞋目,力士挥拳"。行草书有《祭侄文稿》《争座位帖》《裴将军帖》《自书告身》等,其中《祭侄文稿》是在极其悲愤的心情下进入最高艺术境界创作的作品,被称为"天下第二行书"。米芾《书史》云:"《争座位帖》有篆籀气,为颜书第一,字相连属,诡异飞动,得于意外。"他秉性正直,笃实纯厚,有正义感,从不阿谀权贵,屈意媚上,以义烈名于时。他一生忠烈悲壮的事迹,提高了其在书法界的地位。

颜真卿少时家贫缺纸笔,用笔蘸黄土水在墙上练字。初学褚遂良,后师从

---

① 余清楚.古代书法家的不同命运[N].环球人物,2010-08(32):22.

张旭，又汲取初唐四家特点，兼收篆隶和北魏笔意，自成一格，一反初唐书风，化瘦硬为丰腴雄浑，结体宽博，气势恢宏，骨力遒劲而气概凛然，人称"颜体"。颜体奠定了他在楷书领域千百年来不朽的地位，颜真卿是中国书史上最富影响力的书法大家之一。他的"颜体"，与柳公权并称"颜柳"，有"颜筋柳骨"之誉。

在书论方面，颜真卿有《述张长史笔法十二意》，主要是论笔法的，从心理学角度来看意义不大，但有两点值得珍视：一是他接受张旭的观点，强调书法创作要重形象思维，"令每一平画，皆须纵横有象"；二是他对妙境的追求。在他看来，书法只有"能妙"，才是属于自己独特的创造。这就是为什么，他在自己书法已经小有成绩后，还不辞辛苦地向张旭讨教笔法，目的就是"以冀至于能妙"。①颜真卿与张旭等人的狂草虽然在书写方式上有很大不同，但在通过意象来表现自我，抒发感兴这一点上，二者却是一致的。他们分别从不同角度诠释了始于初唐盛于中唐的注重表现自我、抒发感兴的书风。他们表现自我又是通过书法意象实现的。他们通过哪些书法意象来表现自我呢？自然很多，不胜枚举。但陆羽在《僧怀素传》中的一段话可以看作是他们书法意象特点的一家之言。陆羽云：张旭草书师"孤蓬自振，惊沙坐飞"；邬彤作草书"竖牵似古钗脚"；怀素学"夏云奇峰"，还学"壁拆之路"；颜真卿学"屋漏痕"。总之，他们通过感受外物形象，将其融化为书法意象。

颜真卿对于书法理论的贡献虽然并不多，但是他在书法实践方面体现出来的艺术心理特征却在中国书法史上产生了深远的影响，是中国书法史上艺术生命最为长久的书法大家。他的书法创作大致可划分为早、中、晚三个时期。

创作的早期阶段。这是颜真卿 50 岁之前的创作阶段。这一阶段主要是积累、学习创作的阶段，具体地说，是他吸收百家之长的阶段。他学习过王羲之、张旭或褚遂良以及北碑和篆隶，也从民间吸取大量养料。在此阶段，他的楷书代表作主要有《千福寺多宝塔碑》(44 岁作)和《东方朔画赞》(46 岁作)。特别是《东方朔画赞》得到宋代文坛领袖苏轼的高度赞扬："鲁公平生写碑，唯《东方朔画赞》为清雄，字间栉比而不失清远。其后见逸少(按即王羲之)本，乃知鲁公字字临此书，虽大小相悬，而气韵良是。"(《东坡题跋》卷四)②颜真卿创作的积累、学习时间跨度很长。

创作的中期阶段。50—60 岁的创作阶段，这是颜真卿刚健雄厚、大气磅礴

① 潘运告，编著. 中晚唐五代书论[M]. 长沙：湖南美术出版社，1997：208.
② 金开诚. 文艺心理学论稿[M]. 北京：北京大学出版社，1982：274.

的独创风格形成的时期。此时，他的楷书代表作是《鲜于氏离堆记》(54 岁作)、《赠太保郭敬之庙碑》(56 岁作)。脍炙人口的行书名作主要有《祭侄季明文稿》(50 岁作)、《争座位帖》(《与郭仆射书》,56 岁作)。近人马宗霍先生曾说:"唐初既胎晋为息,终属寄人篱下,未能自立。逮颜鲁公出,纳古法于新意之中,生新法于古意之外,陶铸万象,隐括众长……于是卓然成为唐代之书。"①也就是说,颜真卿是开唐代书风的创新人物,他继承了传统,又摆脱传统束缚,独辟蹊径,创作出属于自己,也属于时代的风格。其中《祭侄季明文稿》是颜真卿追祭从侄季明的文章草稿。众所周知,唐玄宗天宝十四年(755 年)出现历史上有名的"安史之乱"。藩镇军阀安禄山很快攻占东都洛阳。当时颜真卿在山东任平原太守,他的哥哥颜杲卿在河北任常山太守。颜杲卿的幼子则在平原与常山之间做联络工作。不久常山被叛军攻陷,杲卿父子被俘,先后被害。唐肃宗乾元元年(758 年),颜真卿派人到河北寻访杲卿一家的流落人员,结果由常山携归季明的首骨,所以颜真卿为文致祭。可以想见当时颜真卿倾巢卵覆、义愤填膺、慷慨悲歌的心情。行文一气呵成,不加雕琢,运笔长达果断,转折变换精巧自然,无拘无束地将自己长期的艺术积累尽情地发挥出来,书写气势豪迈,激烈情感一泻千里,达到东晋以来行草书法的一个新的高度。

《争座位帖》(《与郭仆射书》)中郭仆射即郭英乂,是唐代宗年间的一个谄媚之徒。郭英乂为了讨好宦官鱼朝恩,在两次隆重集会上指挥百官就座而任意抬高鱼朝恩的座次。为此,颜真卿在唐代宗二年(764 年)给郭英乂写了一封信对其行为严加斥责,说他"何异于情昼攫金(白昼打劫)之士"。颜真卿真是"字如其人",面对一个位高权重的宦官和一个谄媚拍马的仆射,颜真卿大义凛然、不畏权势,对那些骄横跋扈、朝野侧目的人物的嚣张气焰进行了理直气壮的痛斥和打击。所以全篇气势豪迈、劲挺豁达,许多字与行还写得豪放淋漓、姿态飞动。似乎临文之时并没有考虑个人安危与后果,如此心安理得,深刻显示了颜真卿忠厚刚直、淳朴敦厚的个性品质。

创作的后期阶段。这是颜真卿 60 岁以后的创作阶段,也是他艺术达到完全成熟时期的创作阶段。这一时期他的名作不胜枚举。如《大字麻姑仙坛记》和《大唐中兴颂》(63 岁作)、《右丞相宋璟碑》和《八关斋报德记》(64 岁作)、《刘中使帖》(67 岁作)、《玄靖先生李含光碑》(68 岁作)、《颜惟贞家庙碑》(72 岁作)等都是绝妙佳品。其中,《刘中使帖》是唐代宗大历十年(776 年)的作品。当时

① 金开诚.文艺心理学论稿[M].北京:北京大学出版社,1982:278.

颜真卿在湖州,听说两处战胜叛军获得胜利的捷报,十分欣喜,所以作此帖。全帖只有四十一字,其突出特点是此帖的字迹比一般的行书要大,笔画纵横奔放,苍劲矫健,大有龙腾虎跃之势。使人很容易联想到唐代大诗人杜甫,在听到安史之乱平定之后"漫卷诗书喜欲狂"的心情。可以说《刘中使帖》是书法版的《闻官军收河南河北》。元代书法家鲜于枢称此帖和《祭侄季明文稿》一样,都是"英风烈气,见于笔端";元代收藏此帖的张晏说:"如见其人,端有闻捷慨然效忠之态。"①

颜真卿的书法愈到后来,成就愈辉煌,终于完成了其具有高度美学价值而影响深远的"颜体"的创造过程。

"颜体"对唐以后的中国书法产生了深远的影响。唐代的又一书法家柳公权就是在学习颜体的基础上又自创一派。宋代四大书法家中苏轼、黄庭坚、蔡襄都受过颜体书法的深刻影响。米芾虽然不喜欢颜体字,但却对颜氏的《争座位帖》非常欣赏,并反复临摹。宋代的岑宗旦曾形象地比喻道:"真卿淳谨,故厚重如周勃。"宋代以后这种影响日益扩大。明代的李东阳、邵宝,清代的刘墉、钱沣、何绍基、翁同龢等众多书法家都受其影响。

十一、韩方明:"意在笔前,笔居心后"

韩方明(生卒年不详),唐贞元年间人,擅长八分书。著有《授笔要说》一篇,历述笔法渊源,认为自后汉崔子玉,历钟、王,至智永禅师,而至张旭始弘八法,传至东海徐峤、清河崔邈,最后传到韩方明。从心理学角度看,韩方明《授笔要说》这篇长文的最后一段话颇有心理学价值。这段话也不过是再一次论及前人"意在笔先"的思想。其原文是:

> 又曰:夫欲书先当想,看所书一纸之中是何词句,言语多少,及纸色目,相称以何等书令与书体相合,或真或行或草,与纸相当。然意在笔前,笔居心后,皆须存笔法,想有难书之字,预于心中布置,然后下笔,自然容与徘徊,意态雄逸,不得临时无法,任笔所成,则非谓能解也。②

韩方明强调"意在笔前,笔居心后",这似乎与前人没有什么大的区别,但是韩方

① 金开诚.文艺心理学论稿[M].北京:北京大学出版社,1982:280.
② 潘运告,编著.中晚唐五代书论[M].长沙:湖南美术出版社,1997:244.

明的所谓"意在笔前",不仅仅是针对具体某个字的书写,而是通篇的结构谋划。也就是,在写字之前,先要思考的不仅是某字的具体笔画,如点要写的像"高峰坠石",横要像"千里阵云",竖要像"万岁枯藤",而且要思考整篇书法在纸张上的布局。韩方明强调的是整体的"意在笔前"。他认为,在下笔书写之前先要考虑一纸之中有怎样词句,言语的多少,以及纸的种类名目,适合怎样写才能使书体相合,或者真书或者行书或者草书,与纸相当。整体构思在下笔之前,下笔在整体谋划之后。这样事先在心中安排好的书写,自然行笔从容,闲适徐行,神情姿态雄健飘逸,才能得到充分展示。如果是未经构思临时命笔,任笔所成,这样就不能将才能发挥出来。

十二、怀素:"豁然心胸,略无疑滞"

怀素(725—785),字藏真,僧名怀素,俗姓钱,湖南长沙人,故里零陵。生活在唐开元至贞元年间。他是张旭之后,中国历史上又一位著名草书家,被誉为"天下第一草书",是唐代中期书法创作浪漫主义的杰出代表。怀素为人疏放不羁,好饮酒,每当酒酣性发,任意挥洒,势如旋风骤雨,字字飞动,圆转之妙,宛若有神,世人称其为"狂僧"。怀素热情狂逸的书迹,在他活着的时候就在文化界产生了强烈的反响,引起当时许多文人的赋诗赞颂,赞赏的诗文之多"溢乎箱箧"。他为之专作一篇《自叙》,其墨迹称为《自叙帖》。《自叙》同其创作一样,主张乘兴而发:"豁然心胸,略无疑滞,鱼笺素绢,多所尘点。"窦冀描绘他尽兴而发:"粉壁长廊数十间,兴来小豁胸中气。忽然绝叫三五声,满壁纵横千万字。"[1]

怀素在《自叙》后附有一篇《草书歌行》。此诗记载在《全唐诗》第三函第四册,署名李白。朱文长《墨池编》卷一载录此诗,题为唐怀素《草书歌行》,并在诗后云:"此篇本藏真自作,驾名李太白,前人已有辩证。"无论是李白作的还是怀素自作后驾名李白,但怀素将其放在自己的《自叙》之后,我们都可以感受到一位老僧疏放不羁,信笔挥洒的雄逸神态:

429

　　　附李白《草书歌行》[2]
　　少年上人号怀素,草书天下称独步。

---

① 潘运告,编著.中晚唐五代书论[M].长沙:湖南美术出版社,1997:228.

② 同上:234.

墨池飞出北冥鱼，笔锋杀尽中山兔。

八月九月天气凉，酒徒词客满高堂。

笺笔素绢排数厢，宣州石砚墨色光。

吾师醉后倚绳床，须史扫尽数千张。

飘风骤雨惊飒飒，落花飞雪何茫茫。

起来向壁不停手，一行数字大如斗。

恍恍如闻神鬼惊，时时只见龙蛇走。

左盘右蹙如惊电，状同楚汉相攻战。

湖南七郡凡几家，家家屏障书题遍。

王逸少，张伯英，古来几许浪得名。

张颠老死不足数，我师此义不师古。

古来万事贵天生，何必要公孙大娘"浑脱"舞。

张旭的"颠"，怀素的"狂"都表明他们具有独特的创造性。唐人李舟曾说："昔张旭之作也，时人谓之张癫；今怀素之为也，余实谓之狂僧。以狂继颠，谁曰不可？"（见《自叙帖》）[1]因为这样一句话，"张颠素狂"遂成为书法史上的名言。宋人董卣说："书法相传，至张颠后，则鲁公得尽于楷，怀素得尽于草。"（见《广川书跋》）[2]"颠"与"狂"都是不按常理书写，追求新奇的表达，追求新奇是创造性的一个突出表现。尤其可贵的是，怀素对新奇的追求并非刻意，实出天然，是在酒醉后的"癫狂"状态中自然流露出来的，为什么会出现这种状态，连他自己也不知道，自然也说不清。当时的许御史瑶与戴御史叔伦的两段话最能体现对怀素创造性的评价。许御史瑶云："志在新奇无定则，古瘦漓渐半无墨。醒来信手两三行，醒后却书书不得。"戴御史叔伦云："心手相师势转奇，诡形怪状翻合宜。人人欲问此中妙，怀素自言初不知。"[3]显然许御史瑶所说的"新奇""无定则"，戴御史叔伦所说的"势转奇""诡形怪状"都是对怀素书法创造性特征的最好概括。尤其值得玩味的是，二人居然意识到，怀素的这些创造性特征都是在不经意中，在潜意识状态中获得的。他们似乎意识到潜意识或潜意识在书法创造中的价值。创造的核心特征是"新奇"，要"新奇"就要打破以往形成的各种规矩，要"无定则"。"无定则"才能出现"诡形怪状"。"无定则"不是一时兴起而能做到的，而是

① 金开诚.文艺心理学论稿[M].北京：北京大学出版社，1982：283.

② 同上：284.

③ 潘运告，编著.中晚唐五代书论[M].长沙：湖南美术出版社，1997：233－234.

与平日的个性与行事方式密切联系在一起。对此,中晚唐书论家陆羽(字鸿渐,唐玄宗开元至德宗贞元年间,复州竟陵,即今湖北天门人)在其所写的《僧怀素传》中有一段文字,颇能说明怀素的个性与行事方式:"怀素疏放,不拘细行,万缘皆缪,心自得之。于是饮酒以养性,草书以畅志。时酒酣兴发,遇寺壁里墙,衣裳器皿,靡不书之。贫无纸可书,尝于故里种芭蕉万余株,以供挥洒。书不足,乃漆一盘书之;又漆一方板,书至再三,盘版皆穿。"① 由此可见,书法家的创造性也与其他方面的创造性一样,是书法家真性情的自然流露,是自我毫无掩饰的自然呈现。

陆羽在《僧怀素传》中记载了颜真卿与怀素探讨书法创作的故事。他们都认为:"夫草书于师授之外,须自得之。"当年张旭是"睹孤蓬、惊沙之外,见公孙大娘剑器舞,始得低昂回翔之状"。当颜真卿问怀素的自得是什么时,怀素回答道:"贫道观夏云多奇峰,辄常师之。夏云因风变化,乃无常势;又遇壁拆之路,一一自然。"② 也就是说,怀素的草书从大自然变化无常的夏云中得到启发。夏云因风而变化,乃无常势。可以说,变化无常的夏云是他书法创作灵感的源泉。师法自然中某种形象是中国古代书法创作的一条重要的门径。如"点如高山坠石,横如千里阵云,竖如万岁枯藤"等都是师法自然形象的典型。但以多变的夏云为师法对象,却是怀素的自得之见。颜真卿听到怀素的回答后也禁不住地感叹与赞誉道:"噫!草圣之渊妙,代不绝人,可谓闻所未闻之旨也。"③

怀素的书法虽然继承于张旭,所谓"以狂继颠",但"狂"还是有别于"颠"的。狂与颠既是他们具有的创新之处,又是他们各自独特的艺术个性与风格。宋代文学家、书法家黄庭坚用"张妙于肥,藏真妙于瘦"概括了他们的区别。张旭偏于"肥",他的书法丰富多彩;怀素偏于瘦,他的书法单纯明朗。张旭偏于"肥",他的书法形象呈现横壮之势;怀素偏于"瘦",他的书法形象呈现纵拔之姿。张旭多用肥笔重墨,其书法结体茂密,使人感到沉郁而渊厚;怀素多用瘦笔枯墨,其书结体疏放而不空虚,字里行间留有空白,却显充实。正如怀素自己在《自叙帖》临近结尾处所云:"固非虚荡之所敢当。"

金开诚教授曾这样评价唐代的书法发展。他说:"在唐代的书法革新中,张旭得风气之先,继而颜真卿便在楷书行书的创作中把革新推向高潮,成为革新派的主帅。怀素则在草书领域继承发展了张旭的新开辟。以颜真卿为中心,前张后素,通过笔法传授和揄扬奖掖,三者之间发生了紧密的联系,先后在书法革

---

① 潘运告,编著.中晚唐五代书论[M].长沙:湖南美术出版社,1997:222.
②③ 同上:225.

新中起着骨干的作用。其情况正如诗之有李杜，文之有韩柳，在各自的创作领域中体现了时代风貌和文化艺术发展的历史要求。"①

十三、柳公权："用笔在心，心正则笔正"

柳公权（778—865），字诚悬，唐代著名书法家，楷书四大家之一。京兆华原（今陕西铜川市耀州区）人。官至太子少师，世称"柳少师"。柳公权书法以楷书著称，与颜真卿齐名，人称颜柳。他的书法初学王羲之，后来遍观唐代名家书法，认为颜真卿、欧阳询的字最好，便吸取了颜、欧之长，在晋人劲媚和颜书雍容雄浑之间，形成了自己的柳体，以骨力劲健见长，后世有"颜筋柳骨"的美誉。他一生作品很多，主要代表作有《大唐回元观钟楼铭》《金刚经刻石（金刚经碑）》《玄秘塔碑》《冯宿碑》《神策军碑》。另有墨迹《蒙诏帖》《王献之送梨帖跋》。在书法理论上，柳公权最大的贡献就是他提出对后世书法家影响极为深远的"用笔在心，心正则笔正"的观点，成为中国古代书法界将人品与书品并重的首倡者。柳公权生活在唐朝末年，其性格耿介独立，其字骨力遒劲，法度严谨，深受世人喜爱。有一次穆宗皇帝向柳公权咨询如何将书法写好的事情，柳公权回答说："用笔在心，心正则笔正。"唐穆宗马上变了脸色，以为是借笔法来向他提意见。这句有名的"心正则笔正"的说法因此一直流传至后世，成为书法的伦理标准之一。柳公权的这一观点之所以能产生如此大的影响，与我国历来就有"文如其人""字如其人"的观点相一致，与儒家学说重视道德，重视人品，尤其重视道德与行为的统一，提倡所谓的"德才兼备"的观点也并行不悖。他们认为人好，字就好，因人捧字，已是风气；人坏，字就坏，因人废字，自古已然。

在历代书法评价中，书品和人品都是血肉相连，密不可分。书法是人品的外在体现，人品是书法的外在延伸。因此，古代人很看重书法家的人品，高度追求人品与书品的统一。

在中国书法史上，的确有许多人品与书品交相辉映的书法家。唐太宗之所以极度推崇王羲之，亲执笔为其立传，评价王羲之的字"飘若浮云，矫若惊龙""尽善尽美"，很重要的一个原因，就是他在仰慕王羲之书品的同时，也敬慕其人品。王羲之生活在东晋时代，和与之几乎同时期的陶渊明一样，也有自命清高和出世逃避的一面。王羲之自称"素自无廊庙志"，担任过刺史，右军将军（人们

① 金开诚.文艺心理学论稿［M］.北京：北京大学出版社，1982：284.

也称他王右军)等职务,他勤于政务,爱民如子,为老百姓做了不少好事。王羲之到任会稽郡太守时,正直当地遭受旱灾,他开仓赈饥救济百姓,多次上书要求减免赋役。因为看不惯自己瞧不起的人做了大官,他毅然辞官,从此寄情山水,醉心书法艺术世界,为后人留下了许多空前绝后的书法艺术瑰宝。

颜真卿是继"二王"(王羲之和王献之父子)之后成就最大、影响最为深远的书法家。颜真卿书品高,人品更高。颜真卿之死,可以说是惊天地、泣鬼神。

其实在书法史上,人品极差而书法奇好的人是大有人在。宋代的蔡京(1047—1126)就是这样一位书法家。他被历史学家看成宋徽宗朝的"六贼"之首(其余五奸臣为王黼、童贯、梁师成、朱勔、李彦)。崇宁元年(1102年),蔡京任尚书右仆射(相当于第二宰相的权职)兼中书侍郎,半年后就任左仆射兼门下侍郎,成为当朝第一宰相。在此后的20多年里,蔡京与童贯等相互勾结,狼狈为奸,裹挟着宋徽宗将大宋王朝一步步拖下灾难的深渊。北宋之亡,很大程度上是由于宋徽宗宠用蔡京、童贯、高俅这些奸佞之臣所致。在20多年的时间里,由于他处处迫害忠良、中饱私囊,种种恶行,遭到上到朝廷大臣,下至黎民百姓的唾弃,先后四次被罢官,因为得到宋徽宗赏识,又四次被起用。后来宋徽宗、宋钦宗成为金兵的俘虏,80岁的蔡京被充军,在其充军发配的路上,百姓居然不卖给他一汤一饭,以致活活饿死,死后连棺木都没有。可见,蔡京在人们心中口碑之坏。

蔡京如此卑劣的品德,却写得一手自成一格的好字。他的字好到什么程度呢?就连当时非常享有盛名的书法家米芾都表示自己的字不如蔡京。一次蔡京问米芾:当朝书法何人最好?米芾答道:从唐柳公权之后,就得算蔡京与其弟蔡卞了,其次才是自己。

又据史书记载,有一年夏天,两个下级官吏,极为恭谨地侍奉蔡京,不停地用扇子为他扇凉,蔡京心中喜悦,于是要过扇子,在上面为他们题了两句杜甫的诗。没想到,几天之后,两个官吏都阔气起来,一问才知,他们的扇子被一位亲王花两万钱买走了。两万钱相当于当时一户普通人家一年的花销。这位亲王,就是登上皇位之前的宋徽宗。[①] 北宋书法界"苏黄米蔡"四大名家,其中之"蔡",原指蔡京,后因人恶其奸邪,祸国殃民,易以蔡襄,因而成全了蔡襄之名(当然蔡襄的字也很有名)。

秦桧(1090—1156)在中国也是臭名昭著的奸臣。客观地说,秦桧从政的前

---

① 庚晋.历史上三大奸臣才子:人品极差,书法奇好[N].新周报(文史周刊),2013,336(26):25版.

期还是一个好官。他在宋徽宗政和五年(1115年)进士及第并被点为状元,官至御史中丞。曾主张抗金反对割地求和。事情的转变是在金军攻占开封后,欲立张邦昌为帝,而秦桧则主张立宋宗室为帝,结果被金军俘虏北去,旋即投降被放回南宋后。回到南宋后的秦桧发生了根本性的变化,他得到宋高宗的信任而出任宰相。此时他的人格发生很大变化,由原来的主张抗金到主张议和,甚至代表宋高宗向金使跪接诏书。秦桧最令世人痛恨的是他以"莫须有"的罪名杀害了岳飞。1140年,金朝元帅完颜宗弼领兵南侵,岳飞等军大举北伐,屡破金军,进逼开封,而秦桧极不光彩地怂恿宋高宗迫令班师。又在次年解除了岳飞、韩世忠等大将的兵权,以莫须有的罪名相诬陷,并杀害岳飞,与金朝再次签订屈辱的合约。此后秦桧再次任宰相18年,独揽朝政,排除异己,大兴文字狱,极力贬斥抗金的官员,压制抗金舆论,篡改官史,制定一系列横征暴敛的政策,导致许多贫民家破人亡。秦桧自己也被永远钉在了历史的耻辱柱上。

但这个品德败坏的秦桧却是宋体字的创立者。秦桧是状元出身,博学多才,书法颇有造诣,为宋徽宗所宠爱,被破格任用为御史台左司谏,负责处理御史台衙门的往来公文。

据记载,秦桧在处理公文时发现这些来自全国各地的公文字体不一,很不规范,便在工作之余,潜心研究宋徽宗的字,在仿照宋徽宗"瘦金体"的基础上创造出了一种独特字体,工整划一,简便易学。这种字体逐渐演变为今天还在广泛使用"宋体"字。"宋体"字为汉字的普及和传播作出了巨大贡献。其实宋体应该称为"秦体",但因为秦桧是奸臣,后人才把这种字体叫作"宋体"。①

明代权臣严嵩,是文章圣手,他的诗词"清丽婉约",有很高的文学成就,书法也是一流,山海关的"天下第一关"是他的手书。在山东曲阜圣人阙里,孔府门额上两个流金溢彩的正书大字"圣府",也是严嵩的作品。什刹海、北海、故宫等地都有他的书法作品。

清代京城有个顺天府乡试的贡院,乃天下乡试第一,皇帝非常重视。这个贡院的大殿匾额上,"至公堂"三个大字,也是严嵩的手书。清朝时,很多人以奸臣书写的这个题匾为耻,乾隆帝想把它换掉,命满朝文武重写这三个字,但谁写的他都不满意,他自己也写了数遍,还是不如意。于是,只

① 余清楚.古代书法家的不同命运[N].新周报(文史周刊),2010-08(32):22版.

好让奸臣的字仍然高高悬挂。

　　严嵩的书迹中，"六必居"是嘉靖年间开设的一家著名酱园的店名，位于北京前门，严嵩应店主之请写了匾额。这块匾的书体堂堂正正，字体丰润，笔力强健，堪称精品。

　　不过，由于严嵩题额时并未署上自己的大名（当时题匾，多不署自己的名字），有人便否认这是严嵩所写——因为坏人写不出这么好的题匾。实际上，书法界大都认为"六必居"三字是严嵩手书无疑。①

明代著名书画家董其昌，因其字画好而致富。他因为有钱人写字、作画、鉴赏文物，其财富和社会地位不断攀升，他拥有良田万顷，豪宅千间，游船百艘，妻妾无数，可谓富甲一方。按他的艺术成就，他不仅能够得到当时人们的敬仰，也能够得到后世的尊敬。可是却因一件道德败坏的行径而大损其身前身后名。在他年过花甲之后，他竟然派儿子带人强抢民女给他做小妾。此事激起民愤，以至于发生了一场群众自发的针对董其昌的抄家运动，将董其昌家数百间雕梁画栋、朱栏曲槛的亭台楼榭和密室幽房尽付之一炬。董其昌惶惶如丧家之犬，逃之夭夭，直到事件完全平息，半年后才敢回家。董其昌的书法可以说是集古法之大成，连康熙、乾隆都以其为宗法，可见董其昌的书法影响之深。可是因为在人品上的瑕疵，导致许多学者对其进行抨击，其中最为激烈者，当属戊戌变法的代表人物康有为。康有为在《广艺舟双楫》中对其讽刺道："香光（董其昌）虽负盛名，然如休粮道士，神气寒俭。若遇大将整军历武，壁垒摩天，旌旗变色者，必裹足不敢下山矣！"②

　　由此可见，心正跟笔正并没有绝对的关系，但是，在中国书法界，人们已经将"心正则笔正"作为一种美学期待和要求，在现实中人们常常将这种期待作为标准，要求书法的学习者练习书法要从做人开始，书如其人。

十四、李煜："壮老不同，功用则异"

　　五代南唐后主李煜（937—978），字重光，初名从嘉，号钟隐，南唐中主第六子。亡国为宋所房，后被毒死。善诗文、音乐、书画，尤工词。留有《书述》和《书评》各一篇。在《书述》中他看到，同一个人在不同的年龄阶段，其书法用笔与意

---

①② 余清楚.古代书法家的不同命运［N］.新周报（文史周刊），2010－08（32）：22 版.

象上的差异。他的原话是：

> 壮岁书亦壮，犹嫖姚十八从军，初拥千骑，任陵沙漠，而目无全虏；又如夏云奇峰，畏日烈景，纵横炎炎，不可向迩，其任势也如此。老来书亦老，如诸葛董戎，朱睿接敌，举板舆自随，以白羽麾军，不见其风骨，而毫素相适，笔无全锋。噫，壮老不同，功用则异，唯所能者可与言之。①

李煜认为，人当壮年，其书法也威猛，这种威猛可以用两个意象来表达或形容：一是如霍去病十八岁从军，初拥千骑，横行沙漠，而不把敌人放在眼里；二是如夏云奇峰，炎热可畏的烈日，纵横灼热，不可靠近，其任意发挥笔势。

到老年阶段，其书法也老成。可以用诸葛亮带兵的意象来形容。朱睿迎敌，叫人抬着板舆跟在自己身边，用羽扇指挥军队，看不到那刚正的气概，而纸笔相匹敌，用笔之多使笔无完整的笔锋。壮老的不同，功用也不一样，只有擅长书法的人才可以和他言论这些。

在《书评》中，李煜认为，善于书法的人各学到王羲之的一部分而形成各自的风格：

> 善法书者各得其右军之一体，若虞世南得其美韵而失其俊迈，欧阳询得其力而失其温秀，褚遂良得其意而失其变化，薛稷得其清而失于拘窘，颜真卿得其筋而失于粗鲁，柳公权得其骨而失于生犷，徐浩得其肉而失于俗，李邕得其气而失于体格，张旭得其法而失于狂，献之俱得之而失于惊急无蕴藉态度。②

李煜认为，虞世南学到了王羲之的美好风致而失其雄健豪迈，欧阳询得其笔力而失其温和秀丽，褚遂良得其笔意而失其变化，薛稷得其清俊而失于局促窘迫，颜真卿得其字的点画笔锋而失于粗鲁，柳公权得其刚劲的笔力气势雄强而失于蛮横不驯，徐浩得其丰满有致而失于气韵额俗，李邕得其气派而失于体制格局，张旭得其法则而失于狂放，献之都得到，而失于笔势猛烈而急速，没有含蓄而不显露的姿态。

① 潘运告,编著.中晚唐五代书论[M].长沙：湖南美术出版社,1997：290.
② 同上：293.

第四节　宋元时期的书法心理思想

960年，赵匡胤发动"陈桥兵变"，五代最后一个王朝后周被推翻，北宋王朝建立。历史翻开了新的一页。但对于文化艺术，宋代却是继承了"晋唐遗风"，并在此基础上不断发展。在宋代的书法艺术上因出现"苏、黄、米、蔡"四大书法家而使成就堪比晋唐。苏轼、黄庭坚、米芾、蔡京（或蔡襄）的书法在继承晋唐书法风格的基础上又各自独创一派书风，对后世产生了巨大影响，在书法史上起到承上启下的作用。

宋代对书法的另一个重要贡献是使刻帖盛行。992年，也就是宋太宗淳化三年，宋太宗命翰林侍书王著将内务府历代所藏书法编次为十卷，勒刻于枣木之上，时称《法帖》，后世又称《阁帖》或《淳化阁帖》。此后翻刻之风风行于世，后世将之称为"帖学"。"帖学"直接影响宋以后数百年的书法艺术发展，对书法艺术的传播具有重要价值和历史贡献。"帖学"在为中国古代书法艺术传播作出重要贡献的同时，也带来了消极的影响，那就是书法在大量翻刻的过程中出现变形、失真。正因为如此，欧阳修明确提出，书法创作不能一味模仿古人，应当创新，应当自创一家之体。"苏、黄、米、蔡"就是在这样思想的影响下突破唐人思想的禁锢，直攀晋人风度神韵，形成宋代独有书风。①

宋代书法艺术，主要是在行草方面独步古人。因为楷书至唐代的欧阳询、虞世南、褚遂良、颜真卿、柳公权，基本上已经法度完备，成为后世必修的功课。宋"四家"在继承晋唐遗风的基础上锐意进取、努力创新，在行草艺术方面取得了巨大成就，也为后世的行、草发展开辟了新的途径。②

自唐后期至宋代，文人受禅宗的影响较大。在禅宗看来，一旦开悟，便可以放开手脚，随心所欲，一切外在束缚，一切权威偶像尽可打破，因而可"呵佛骂主"。在这股狂禅之风的吹拂下，禅僧或文人之绘画书法，大多强调心灵对外物的决定作用。心为物宰而不为物役，人通过直觉、顿悟而超越外物，进入绝对自由的人生境界。③因此，文人在进行书法艺术创作时会无意间从作品中流露出他的思想情感，而这种情感正是文人们巧妙地以书法为载体来反映的人生哲学。一个时代的文化走向会决定一个时代文人的审美价值取向，援禅入书，决

---

①② 　蔡维.宋元时期的书法（一）[M]//碑帖鉴赏.北京：地质出版社，2002：25－28.
③ 　陈俊堂.禅宗与北宋艺术精神[J].大同大学学报（社会科学版），2009：98－100.

定了一大批文人书法风格从之前的"尚法"转向"尚意",从受条框约束的"法"中解脱出来转向自由挥洒的"意"。通过这期间书法风格的转变,我们不难看出文人们人生哲学和审美观念的转变。苏轼、黄庭坚、米芾等文人书法大师也深受禅宗思想的影响,作品中无不流露出禅宗的审美情趣。

元代的历史不长,自公元1271年忽必烈将蒙古王朝改国号为大元(其时南宋尚未最后灭亡)算起,至公元1367年元亡,只有96年。自蒙古王朝灭金,统一北方到元亡,也只有133年。与前代文学相比,元代的艺术中最突出的成就在戏曲方面,后人常把"元曲"和"唐诗""宋词"并称。在书法方面,元代书法总的情况是崇尚复古。元文宗天历初建奎章阁,专掌秘玩古物。元文宗常幸奎章阁欣赏书法名画,书法一度出现兴盛局面。赵孟頫、鲜于枢等名家,是这时期书法的代表。他们主张书画同法,注重结字的体态。但元代书坛纯是继承晋唐,缺少自己风格,稍后于赵孟頫的康里巎巎还有些变化,奇崛独出于元代书坛。纵观元代书法,其成就大者还在真行草书方面。至于篆隶,虽有几位名家,但并不怎么出色。这种以真、行、草书为主流的书法,发展到清代才得到改变。元代书风,仍沿宋习盛于帖学,宗唐宗晋,虽各有其妙,亦不能以一家之法立于书坛。元代的另一特点是多民族文化的融合。元朝统治者用武力征服了汉族,而汉族却在文化上征服了少数民族。少数民族出现一定数量的书法家,其中比较出名的有辽代的耶律楚材,蒙古的文宗、顺帝,还有康里巎巎。元朝政府还专门设置了奎章阁等文化机构,所有这些都促进了书法的发展。再有,元代书体复兴以"诗、书、画"的结合为特点。元代书法家注重复古的同时,也使各种书体全面复兴。自从魏晋就少有人使用的章草再次兴盛,元朝出现大批的章草高手,而隶书和篆书也出现一些书法家。在此仅简略梳理宋元时期涉及的书法心理思想。

一、苏轼:"豁然心胸,略无疑滞"

苏轼(1037—1101),字子瞻,和仲,号"东坡居士",眉州人,北宋诗人、词人、宋代文学家,是豪放派词人的主要代表之一,也是著名书法家、画家。苏轼是中国文学艺术史上罕见的全能型天才,因其深受禅宗思想影响,在其人生道路和文艺创作上深深地打上了宗教的烙印。苏轼学识渊博,才气豪迈,其诗题材广阔,清新雄健;其词清空豪放,以诗入词,开豪放词派;书法自由灵动,肉丰而骨劲,态浓而意淡,出新意于法度之中,寄妙理于豪放之外,形成深厚朴茂之风格。

他主张"自出新意，不践古人"，开创"尚意"书风并奠定了他"尚意"新书风的领军地位。苏轼书法对后世影响很大，其行书最能体现他的"尚意"书风特色。提出"无意于佳乃佳"的观点。在思想上，早年苏轼怀有儒家积极入世的态度，并抱有"致君尧舜，此事何难"的豪情。中年后，仕途道路屡遭坎坷，此时苏轼年轻时的豪情壮志随之烟消云散，转而代替的是参禅问道、幽居默禅，成为一名文人居士。而禅宗视人生如梦幻，生死无别，宣扬随缘任运即解脱的人生审美哲学。对于苏轼来说，这无疑如一丸排遣愁苦、慰藉心灵忧伤的消愁丹。加之禅宗主张"呵佛骂祖"、蔑视权威、不为法缚和"直指人心""见性成佛"等独特思想，不仅激发他在书法上敢于挑战和批评先贤，而且还帮助他在书法创作构思时越来越自由无羁地发挥其审美创作特征。①

在苏轼之前的中晚唐时期，书论家窦臮曾评价魏晋时期"竹林七贤"之一的山涛(205—283，字巨源)，正书质朴狂野连续不尽，完全不是凭借手段和法度写字，而是凭借情感把字写出来。"巨源正书，朴略仍余。染翰忘筌，寄情得鱼。"写出的字好像披着坚固的盔甲在草泽中，隐藏锐利的兵器在草屋里。窦臮评价嵇康(224—263，字叔夜)的字是心境郁结怨愤的产物："叔夜才高，心在忧愤。允文允武，令望令闻。精光照人，气格凌云。力举巨石，芳逾众芬。"②

二、郝经："其书法即其心法也"

郝经(1223—1275)，字伯常，元初名儒，祖籍泽州陵川(今山西陵川)，生于许州临颍城皋镇(今河南许昌)。幼遭金末兵乱。金亡后迁居河北，家贫好学，被守帅张柔、贾辅延为宾客，教育诸子，得读两家藏书。曾从学赵复，研习程朱之学。公元1253年初，应召对忽必烈言治国安民之道，深得赏识，留在王府。公元1259年随忽必烈攻鄂州，建议与贾似道议和，北返争取汗位。公元1260年以翰林侍读学士充任国信使，奉诏使宋，被奸相贾似道拘于真州达16年。至公元1274年，忽必烈再次兴兵攻宋，郝经被释放。回归途中患病，回到元大都不久去世。作为政治家，郝经反对"华夷之辨"，推崇四海一家，主张天下一统；作为思想家，郝经推崇理学，希望在蒙古人汉化过程中，以儒家思想来影响他们，使国家逐步走向大治；作为学者文人，郝经通字画，著述颇丰，收于《陵川

---

① 吴江涛，汪爱平.从文人书法看禅宗的美学思想[J].赤峰学院学报(汉文哲学社会科学版)，2008(6)：85-86.
② 潘运告，编著.中晚唐五代书论[M].长沙：湖南美术出版社，1997：19.

集》中。

郝经在《陵川集》中对历朝历代的大书法家多有点评,颇为精到。"斯(指李斯)刻薄寡恩之人,故其书如屈铁琢玉,瘦尽无情,其法精尽,后世不及。繇(指钟繇)沉鸷威重人也,故其书劲利方重,如画剑累鼎,斩绝深险……羲之正直有识鉴,风度高远,观其遗殷浩及道子诸人书……其书法韵胜道婉,出奇入神,不失其正,高风绝迹,貌不可及,为古今第一。其后,颜鲁公以忠义大节,及古今之正,援篆入楷。苏东坡以雄文大笔,极古今之变,以楷用隶,于是书法备极无余蕴矣。盖皆以人品为本,其书法即其心法也。"

郝经本人也是一位高风亮节之士。他接受忽必烈"翰林侍读学士"的封诏,置生死于不顾,充任国信大使,于公元 1260 年 4 月赴南宋议和。南宋宰相贾似道怕败露他公元 1259 年冬在鄂州前线向蒙古方承诺纳币称臣的投降真相,因禁郝经一行达 16 年之久。郝经被后人称为"元代孙武"。

阅读材料

米芾:字狂人更狂的北宋书法大师

一个不会做官的米芾

米芾祖籍太原,后迁居襄阳,定居镇江。米芾的五世祖米信曾经是北宋初年的开国元勋。米芾的高祖、曾祖以上,多为武职官员,自父亲米在开始读书学儒。母亲阎氏,曾是英宗皇后高氏的乳娘。米芾出生于北宋仁宗皇祐三年(1015 年),出生时,当时还为太子的英宗,送来一只高 2 尺多高的玉珊瑚作为贺礼。

米芾本名黻(因同"福"),41 岁时,他自称是楚国芈(音同"米")的后人,"芾"与"黻"读音相同,形又似"芈",故改名为"芾"。米芾 6 岁熟读诗百首,7 岁学习书法,10 岁写碑。18 岁时,高后之子神宗即位,念及米芾之母阎氏旧情,"恩荫"米芾为秘书省校字郎,负责文书校对,订正讹误。

按理说,有母亲阎氏这层关系,神宗也很欣赏米芾的才能,米芾在官场上飞黄腾达应该没有什么问题,可是米芾却始终没能发迹。米芾混迹官场 18 年,辗转于广东、广西、河南、江苏、安徽等地,其中最高官职做到礼部员外郎,后人也因此称他为"米南宫"(南宫是礼部的代称)。

可是米芾在做官方面却一点也没有表现出什么才能。史书上说他"居官无官官之事,处事无事事之心"。他游戏官场,屡屡被人打小报告弹劾,仕途不顺。当时弹劾他的许多奏章都说他行为"癫狂"。

米芾的癫狂即使在皇帝面前也毫不掩饰。有一次,宋徽宗藏在帘子后看米芾写字,只见他反系袍袖,跳来跳去,落笔如云,龙蛇飞动,察觉到皇帝就在帘子后面,丝毫不觉难为情,反而大声打招呼。

一个有洁癖好奇装的米芾

据宋人笔记记载,米芾有很重的洁癖。他的身边总是放着一盆清水,他要时常洗手洗脸,而且洗后不用手巾擦拭,而是甩手晾干,以免手巾弄脏自己。有一次,他的朝靴被人碰过,他心里总觉不舒服,一洗再洗,直到将朝靴洗破不能再穿。

据记载,他连选女婿都是因为姓名干净才首肯的。他的女婿姓段,名拂,字去尘。他说:"即拂矣,又去尘,真是我的女婿呀。"

米芾还因洁癖而丢过官。一次由他负责太庙的祭祀礼乐,这是宗法社会最为盛大隆重的仪式。可是他却因洁癖,在清洗祭服时用力过猛而将祭服上的火焰图案洗掉了。火焰图案是宋朝王权的象征,据说宋朝开国皇帝赵匡胤是火德星君临凡,因此宋朝的祭服上都印有火焰纹样。幸亏宋徽宗素知米芾性情,没有拉出去斩首,而是将其罢官了事。

在服装方面,米芾特别喜爱唐装,这也招来许多人的议论。他经常带着唐人的帽子,穿唐人的袍子,仿效唐人走在街上,引来许多人围观。时间久了,在汴京(今开封)即使不认识他的人,也会从服装上辨认出他就是米芾。

一个对奇石奇砚有奇趣的米芾

米芾一生中除了爱奇装异服之外,还有两个爱好,就是对奇石奇砚的爱好。他在镇江的宅院里,收藏一个由他自己题名的"洞天一品石"。这块奇石上面有 81 个洞穴,秀润异常,动用了 100 多人才将其运到家中。此外,他家里还收藏了许多"磐石"。这是江苏涟水与安徽灵璧一带盛产的一种能敲击起来有金属声的石头。米芾常常在家中把玩这种石头,甚至终日闭门不出,将公务忘得一干二净。

米芾还留下了一个著名的"米芾拜石"故事。这是他在安徽做官时,有一天发现有一块石头形状十分独特,便命下属取出官袍,手执朝笏行起了跪拜礼,口里还称其为"石丈"。这件事传到许多官员的耳朵里,成了笑谈。

可是米芾自己非但不以为然,还十分得意,并作《拜石图》以示纪念。后世画家也很喜欢这个题材,许多画家都作《米癫拜石图》。

米芾还有一个嗜好,那就是酷爱奇砚。最有趣的是连宋徽宗的砚台他都要据为己有。一次宋徽宗请他写字。字写罢之后,他捧起徽宗御案上的端砚扑通一下跪在徽宗面前,说道:"这方端砚,臣下已经用过了,恐怕不好再供御前听用了……"徽宗哈哈大笑,将这方端砚赐给了他。

米芾自己也收藏过许多名贵的砚石。用"爱之如命"来形容米芾对砚石的热爱一点也不为过。一位友人曾向他索要一方砚石,他回信说,拿走了砚石就等于拿走了他的心。他甚至宁肯舍弃手中的名画也不愿舍弃自己的一方砚石。为了维护与朋友的交情,他将手中收藏的一幅徐熙(五代南唐著名画家)的《梨花图》权当一方砚石送给了这位友人。

一生最钟情于书画的米芾

在所有的爱好中,米芾最钟情的还是要算书画。这也是他作为一个书画家的必然。他对书画几乎到了手不释卷的程度。他有一个书斋,名叫"宝谱斋"。顾名思义,所谓"宝谱"就是在他的书斋里收藏了许多名画。据他儿子米友仁记载,米芾收藏的晋唐真迹最多。米芾天天将这些真迹摆满桌案,手不释笔,临摹学习,到晚上要放到箱子里,置于枕边才能入睡。

米芾对自己收藏的书画爱护备至,做到灯下不看书画,喝酒后不看书画,观看书画时必须在桌子上先铺上干净的纸张,净手后才能展开书画。与朋友一同观看时,米芾按照客人的要求展开和卷轴,客人只能动嘴,不能用手触摸书画。

米芾外出常常要带上书画。他到江南做官,在官船上要挂上"米家书画船"的牌子,宋代著名词人黄庭坚曾有诗相赠:"沧江尽夜虹贯月,定是米家书画船。"

为了书画,米芾不仅财钱散尽,甚至采取一些不正当手段强取、骗夺。

最有趣的是米芾在长沙做官时,在湘江边上有座祠庙叫道林寺,内藏一幅唐代著名书法家沈传师的《道林诗》字幅。米芾曾向寺僧借出来观赏,结果不看则已,一看则爱不释手,越看越喜欢,到了晚上竟带着沈传师的手迹飞奔而去。僧人不得已,只得讼之官府,最后才追讨回来。

米芾临摹古帖可以达到乱真的程度,甚至被许多名人当作真迹收藏。最有趣的是,他与著名科学家、艺术家沈括之间发生了一个故事。米芾曾临摹过王献之的一帖一卷,辗转落入沈括之手。在一次朋友的聚会中,各人都呈上书画,相互观摩。米芾看到沈括手中的王献之帖,惊讶地说:"这是我写的呀。"沈括还不信,勃然大怒说:"我已经收藏好久了,怎么会是你写的呢!"

因为擅长作赝品,米芾骗取了别人很多古书画,也因为善于作赝品,许多人都不愿意将珍藏的古帖借给他。

米芾晚年学禅。据传他在临终前的一个月,写信向亲朋好友告别,还造了一口楠木棺材,在棺材里吃饭、办公。临终前7天,开始吃素,更衣沐浴,焚香静坐。到了辞世的那天,遍请郡中同僚,当众念道:"众香国里来,众香国里去。人欲失去来,去来事如许。天下老和尚,错入轮回路。"合掌而逝。

有评论说,米芾是宋朝书法第一人。米芾的书法成就又以行书为最大。宋徽宗曾让他评价当时的书法四大家,米芾说:"蔡京不得笔(指其创作没有艺术性),黄庭坚描字,苏轼画字,臣刷字。"一个"刷"字将他的风格和特征活脱脱地展示出来:体势骏迈,沉着痛快。

米芾的书法作品传世的主要有《向太后挽辞》《苕溪诗帖》《虹县诗卷》《拜中岳命帖》《吴江舟中诗卷》《珊瑚帖》等。

米芾的书法,得到在他身后500年的明代收藏家、书法家董其昌的高度评价:"吾尝评米字,以为宋朝第一,毕竟出于苏轼之上。"米芾的长子米友仁,世称"小米",他秉承家学,发展了米芾的山水技法,以表现雨后山水的烟雨蒙蒙、变化空灵而见称。早年以书画闻名,南宋时官至兵部侍郎,敷文阁直学士。

资料来源:新周报(文摘版),2011,237(29):22.

三、郑杓的书法心理论

郑杓,生卒年不详,字子经,仙游(今福建省)人,元代书法家。著《衍极》,该著作论述了各字体的来源和代表人物,书体和碑帖的真伪,书法本身的邪正,品评历代书法家的优劣,崇尚古法,遵循"中庸之道",反映了元代书法的审美标准。陶宗仪在《书史会要》中评价郑杓能知"六书"之旨。所著《衍极》分为五篇,介绍了作者认可的13位元代以前具有代表性的书法家及六种字体的发展演变,介绍了如何辨别各种碑帖的真假和执笔之法。"其人亡,其书存。"①从郑杓对这些前代书法家的论述中,可以看出他的书法心理观点。

(一) 书法创作要有"奇趣"

郑杓通过评价张芝、钟繇、杜度等书法作品发现并认可,书法创作要在点画之间有异趣或奇趣。他认为,钟繇的书有三体:"三体皆世所推,自言最妙者八分,有隼尾之势,然其真书绝世,刚柔备焉,点画之际多有异趣,可谓幽深无际,古雅有余,秦汉以来一人而已。"②钟繇刚柔具备,点画之际多有奇趣,可谓深奥无边,古朴高雅。书法家的这种异趣或奇趣就会使书法家的作品有独特的个性和风格。张芝之章草"气脉通达"。"杜氏杰有气力而微瘦,崔氏甚浓而工妙不及。伯英重以省繁,饰之铦利,加之奋逸,首出常伦。"③杜度有气力而微弱,崔瑗浓而工妙不及,张芝重在省去繁复,饰之锐利,加之奔放,超越一般人。

(二) 书法创作要追求"言所不能尽"的境界

郑杓通过评价王羲之、李阳、张旭等书法家的作品认可,书法创作要追求"言所不能尽"的境界。王羲之"尽心精作,得意转深,有言所不能尽者"。④ 王羲之历经二十余年摹写书体,尽心精作,有言语所不能穷尽的。李阳"及见仲尼书,开阖变化,如虎如龙,劲利豪爽,风行雨集,遂极其妙"。⑤李阳冰独遵循孔子法则,潜心改作,开阖变化,如虎如龙,劲利豪爽,如风行雨集。张旭天分极深,浑然无迹,"自言始见公主、担夫争路而得其意,又闻鼓吹而得其法,又观公孙大娘舞剑器而得其神"。⑥ 自己说见公主、担夫争道而领会用笔意,又听见鼓吹而

① 潘运告,编著.元代书画论[M].长沙:湖南美术出版社,2002:4.
② 同上:18.
③ 同上:17-18.
④⑤ 同上:22.
⑥ 同上:22-23.

领会用笔法，看见公孙大娘舞剑而领会用笔的神韵。

（三）书法创作中的法度变化与心手相应

郑构评价了蔡襄、宋徽宗、苏子瞻（苏轼）等人的作品和言论，主张书法创作既要注重包藏法度，又要心手相应，变化无穷。蔡襄字雄健飘逸，"自言每落笔为飞草，但觉烟云龙蛇随手运转，奔腾上下殊可骇愕"。"宋徽宗曰：'蔡君谟书包藏法度，停蓄锋锐，宋之鲁公也。'""苏子瞻曰：'君谟天资既高，积学深至，心手相应，变化无穷，为宋朝第一。'"①每下笔作飞草，只觉烟雨龙蛇随手笔运转，书迹包藏法度，停留处积蓄凌厉的气势，天资高，积累的学问深厚，心手相应，变化无穷。"王右军书之，留意运功，特尽神妙。"②

（四）书法创作是自然天性的流露

字体的变化导源于字的形体和态势相互影响，出于天道自然，不是出于一个人的能力。"草本隶，隶本篆，篆出于籀，籀始于古文，皆体于自然，效法天地。""（蔡琰）曰：书肇于自然，自然既立，阴阳生焉；阴阳既生，形势立矣。藏头护尾，力在字终，下笔用力，肌肤之丽，故曰势来不可止，势去不可遏。""夫书禀乎人性，疾者不可使之令徐，徐者不可使之令疾。"③书字创始于自然，阴阳产生了，书的形体和态势成立了，势来不可止住，势去不可遏止。作书领受于人性，敏捷的人不可使其作书缓行，缓慢的人不可使其作书迅速。

（五）"欲书先疏散怀抱"

郑构十分赞赏蔡邕"欲书先疏散怀抱"的观点。蔡邕《笔论》曰："书者散也，欲书先舒散怀抱，任情恣性；次须正坐静思，随意取拟字体形势，若坐若行，若飞若动，若往若来，若卧若起，若愁若喜，若春夏秋冬形，若虫食木，若利刀戈，若强弩之末，若水火，若云雾，若日月，纵横有象，可谓书矣。"①作书是闲散的事，要作书先散心，放纵性情，其次静坐思考，随意取比字体形势，有可比拟的形象，就可以称之为书法了。

郑构通过对一些思想家和书法家的分析评价获得"笔意书骨头"和"字亦有德"的观点。他引萧相国、张留侯的话说："笔者意也，书者骨也，力也，通也，塞也，诀也。"⑤"真书则字终笔意不终，草书则行尽笔势不尽，乃得书法之意趣

①　潘运告，编著.元代书画论[M].长沙：湖南美术出版社，2002：30 - 31.
②　同上：66.
③　同上：77 - 78.
④　同上：78.
⑤　同上：83.

耳。""唯字亦然,亦书有德,亦言其字有德,九德既备,法自生矣。"①皋陶认为,人的行为有九德,郑杓曰书有德,字亦有德,九德都具备了,自然就有了法。"非自得者,不足与谈斯道。"②

第五节　明清时期的书法心理思想

一、孙承泽注重神采劲秀

孙承泽(1592—1676),字北耳,号北海,又号退谷,山东益都人。明朝崇祯年间进士,官给事中。李自成称帝后,在大顺政权中任四川防御使。入清后,官至吏部左侍郎。他在清朝任职十年,频繁调动,但并没有受到重用,几经起伏,于顺治十年辞官隐居。孙承泽在退官之前就开始了收藏活动,藏品非常丰富。他收藏的书画作品中,有的来自明朝内府,有的来自朋友相赠,而大部分为自己购得。作为一位书画鉴藏家,他在这方面是十分成功的。他在书法理论方面主要著作有《尚书集解》《庚子销夏记》。

《庚子销夏记》是孙承泽退居后所著的书画方面的专著,主要是记录鉴赏自己所藏及所寓目之书画。该书作于庚子年(1660 年),始著于四月,著成于六月,故名为《庚子销夏记》。书的前三卷记录的是晋代至明代的书画作品,第四卷至第七卷为古石刻,第八卷记录的是他见到的书画作品。《四库提要》认为《庚子销夏记》"有米芾、黄长睿之遗风"。③

孙承泽是一位风流儒雅之士,向往恬静安逸的生活,因此他极为推崇晋人富有神韵、潇洒脱俗的书风,这正符合他本人的心胸和情趣。而晋人之帖中又以王羲之为甚。他认为:"古人草书以右军为第一,神行官止。"在他看来,王羲之书法奔驰神速,运笔如飞,收笔知适可而止,恰到好处。因此在评价他人书法之时,他均以晋人作为标准,偏好神采翩然的书风。④ 而在评述碑学时,他突出的思想是对汉隶的肯定,认为其书体雄健飘逸,雅致古朴。他认为,史晨所书二碑"字复尔雅超逸,可为百世楷模,汉石之最佳者也"。⑤ 他非常欣赏这种文雅超脱的字体,认为其可以算是后世的楷模,代表汉碑石刻的最佳水平。后人

①② 　潘运告,编著.元代书画论[M].长沙:湖南美术出版社,2002:100.
③ 　桂第字,译注.清前期书论[M].长沙:湖南美术出版社,2003:1.
④ 　同上:1-2.
⑤ 　同上:43.

书法若采用汉隶笔意则对其加以肯定,因此也开启了清朝重隶书的学风。

学习书法,往往从临摹大师之作开始。孙承泽认识到,模仿他人的作品,单单追求外形的相似是不行的,更重要的是掌握其精髓。他在《陆东之书陆机文赋》中写道:"所书《文赋》,风骨内含,神采外映,真得《兰亭》之髓者,不独皮貌相肖也。"他认为,陆柬之所书《文赋》,笔力刚正雄健,同时又饱含神韵风采,真是掌握了《兰亭》之精髓,而不仅是学其皮毛,外表相似而已。唐朝初年,众人都好模仿王羲之,不过孙承泽认为那些作品"皆有蹊径可寻",模仿痕迹过重,唯独孙过庭所书《书谱》,"天真潇洒,掉臂独行,无意求合而无不宛合"。在他看来,超然脱俗,自由自在,不刻意求同但神韵宛然相合才是模仿的至高境界。① 同理,王羲之所临钟繇之书,是按照他自己的笔意临摹,并不仅仅拘泥于外形的模仿,因此"神韵俱全,信乎其为墨宝也"。②

除了注重神采之外,孙承泽还尤为崇尚清秀有力、天然超脱的书风。他晚年极喜柳书,在评价黄庭坚的《松风阁卷》时,他写道:"其诗清脱,妙不可言,字乃正书劲秀,全用柳公权法,他书所不及也。"③他认为,这部作品新颖雅致,不落俗套,全作均用柳书写成,字体遒劲秀美,这是其他作品所不及的。评宋僧希白所摹刻《潭帖》时,他说"字法清劲,不俗不媚,《绛帖》之下,屈指惟此帖耳"。④评周穆王《坛山刻石》"古刻瘦劲而有天然之致,非后人所能摹也"。⑤ 他认为,这种瘦劲有力而又天然的意态,可不是后人能随意模仿的。在《二王洛神赋》中,他说:"此石不知何时所刻,笔致古逸,真'翩若惊鸿,宛如游龙'。"⑥这石碑虽不知何时所刻,不过格调古雅纵逸,笔势真是"轻盈如惊鸿,婉转如游龙"。曹植在《洛神赋》中本就用"翩若惊鸿,婉若游龙"来描绘洛神的美态,在这里,孙承泽将"婉"改为"宛",用来形容笔势的轻捷柔婉。

二、宋曹从学习角度论书法创作心理

宋曹(1620—1701),字彬臣,号射凌,自号耕海潜夫,明泰昌年间生于盐城县北宋庄。明崇祯年间官中书,入清后因不满清政府的腐朽统治,不愿做官,过

① 桂第字,译注.清前期书论[M].长沙:湖南美术出版社,2003:6-8.
② 同上:46.
③ 同上:18.
④ 同上:27.
⑤ 同上:31.
⑥ 同上:28.

起了隐居生活,以诗书自娱,留下了许多精彩的作品。他的书法造诣颇深,在书法理论方面著有《书法约言》,对于书法写作之道以及行书、草书等的创作方法等都有非常独到精辟的论述,同时还略述了书体的演变过程以及关于书法的美学思想。曹溶评价该书:"是论如烂漫春花,远近瞻望,无处不发。"明代的宋曹在《书法约言》中亦说:"志专神应、心平手随。"这种剔除杂念、超越俗事的思想与刘勰《文心雕龙》中的"虚静观"是一致的,即"陶钧文思,贵在虚静,疏沦五藏,澡雪精神"。

(一) 强调运心与运笔

宋曹认为:"凡作书要布置,要神采。布置本乎运心,神采生于运笔。"[1]由此可见,他书法理论的主旨是布置和神采,强调运心以及运笔。关于书法布置的思想,他在《书法约言》总论中指出:

> 学书之法,在乎一心,心能转腕,手能转笔。大要执笔欲紧,运笔欲活,手不主运而以腕运,腕虽主运而以心运。[2]

其意是说,学习书法最重要的是下笔之前应在心中进行构思酝酿,对于整体布局有一个大体掌握,手腕是依心中巧思而运转的,而手中之笔则随手腕而动。握笔要紧,运笔要活,运笔应使用腕力而不是手力,但手腕又是随心而动的。王羲之曾说过"意在笔先",宋曹认为这句话是非常有道理的。他说"古人下笔有由,从不虚发",而与他同时代的人则是"任笔为体,恣意挥运",这样的作书之法显然是完全没有体会到古人的妙境,那也就更别指望进入魏晋书学之门了。[3]

(二) 关于书法的形质与神采

而关于书法之神采,宋曹论述道:

> 若一味仿摹古法,又觉刻划太甚,必须脱去摹拟蹊径,自出机轴,渐老渐熟,乃造平淡,遂使古法优游笔端,然后传神。[1]

他认为,如果一味临摹古人的书法,会过于刻意而不自然,因此在模仿的时候,应该有自己的构思和想法,通过不断的练习而逐渐熟练,久而久之使古人的运

① 桂第字,译注.清前期书论[M].长沙:湖南美术出版社,2003:65.
②③ 同上:48.
④ 同上:49.

笔之道、构思之法从容流露笔端，这样才能生动地表现神采。

以上宋曹的布置与神采之说其实讨论的是书法"形"与"神"的关系。书法是一种形神相合的艺术表现形式，布置、运笔只是手段，更重要的是通过这些手法来表现神采、意境。不过这并不意味着"形"就是不重要的。"神"是无形之物，必须通过"形"来体现。从作品的笔顺、力道、字形、结构之中才能看出作者想要表达的情怀。字体毫无规则，作品杂乱无章，就根本谈不上神采了。因此，宋曹认为："传神者必以形，形与心手相凑而忘神之所托也。"[①]只有形神心手契合，才能超越作品的外形，表现神韵。用宋曹自己的话总结来说就是："形质不健，神采何来？"

(三) 书法的学习心理

关于书法的学习，宋曹也提出一套自己的理论，主要有以下四个方面：

> 初作字，不必多费楮墨。取古拓善本，细玩而熟观之，既复，背帖而索之。学而思，思而学，心中若有成局，然后举笔而追之，似乎了了于心，不能了了于手，再学再思，再思再校，始得其二三，既得其四五，自此纵书以扩其量。[②]

他认为，初学书法之时，不必多费纸墨大肆练习。取一本古拓善本，仔细体味揣摩，重复，再把字帖背诵下来并加以思索。一边学习一边思考，直到心中已有预定的构思格局，再举笔模仿。一开始或许是心中明白，但运笔并不熟练，此时应该继续学习，更加深入思考，效仿字帖，最初或许只能学其一二，不久之后便能懂得更多，这时再放手书写，增加练习量，以不断熟练。

> 熟则巧生，又须拙多于巧，而后真巧生焉。[③]

勤加练习才会熟能生巧，不过练习时应注意保持质朴无华，踏踏实实地学习作书之法，而不是注重表面的虚华。只有这样，最后才能真正掌握书法技巧。

> 书必先生而后熟，既熟而后生。先生者学力未到，心手相违；后生者不落蹊径，变化无端。[①]

449

---

① 桂第字，译注. 清前期书论[M]. 长沙：湖南美术出版社，2003：49.
②③ 同上：52.
① 同上：53.

学习书法是一个从生疏到熟练的过程,之后再在熟练的基础上进行创新。初学者由于火候不够,不得要领,所以手不能随心动;熟练之后,才能脱离模仿的轨迹,不断创新。在《论楷书》中宋曹也指出:"习熟不拘成法,自然妙生。"在初学时期,他提倡临摹古帖,但在熟悉的过程中不要拘泥于章法,一味追求外形上的一致,需要"夫欲书先须凝神静思,怀抱萧散,陶性写情,预想字形偃仰平直,然后书之"。[①] 在写作之前,应集中精神冷静思考,同时端正态度,保持淡然的心情,在心中预想字形结构、整体格局,直到有把握之后再进行书写。书法写作过程本身也是一个修身养性的过程,心无杂念、充分酝酿都是必不可少的,如果受某些事情逼迫而匆忙完成,一定写不出佳作。写成之后,自己应仔细观察笔势布局,如果遵从古人的章法,再慢慢地思索体会,那么神采自然也就出来了。

宋曹提出的这些书法写作方法并非纸上空谈,都是他自己经过多年实践总结出的经验,因此非常具有指导意义。

(四)"四贵四不"

最能代表宋曹书法美学思想的是"四贵四不"。他认为:"笔意贵淡不贵艳,贵畅不贵紧,贵涵泳不贵显露,贵自然不贵作意。"[②]其意是说,笔意应崇尚素雅而非艳丽,应注重流畅而非紧缩,应重视内涵而非外显,意境应自然而不应刻意。从这句话能看出,宋曹推崇的是淡雅、自然、流畅的书风。

三、傅山:"作字先作人,人奇字自古"

傅山(1606—1684),字青主,号公之它、朱衣道人、石道人等,山西阳曲人。他在诗、文、书、画、医学等方面皆有建树,而且造诣极深。后人对他的评价是:字不如诗,诗不如画,画不如医,医不如人。在诸多技艺中,他的字被排在最末位,并不是因为他写得不好,他的书法被时人尊为"清初第一写家",而是因为在其他方面造诣更深,成就更大。撇开他的诗画不加评论,他的医术确实高得不得了,达到出神入化的境界。[③]傅山从小就受到严格的家教,博闻强记,后就读于三立学院,师从袁继咸。袁继咸是明末著名的耿直之臣,十分重视气节教育,傅山受他的影响非常之深。傅山也因学术精湛、志气高尚而受到袁继咸的青睐。入清之后,傅山一直不满清政府的统治,无意做官,即使被推举也多次称病

450

①②　桂第字,译注.清前期书论[M].长沙:湖南美术出版社,2003:53.
③　周友斌.心正则笔正[J].新周报,2011,228(20):16.

推辞。后来为表示对清廷的反抗,傅山拜师出家,因身着红色道袍,遂自号"朱衣道人",同时也暗含着自己对亡明的怀念;而别号"石道人",则是表示自己的信念如磐石般坚定,绝不会向清朝屈服。所以入道不久,他就写下"留侯自黄老,终始未忘韩"的诗句,表明自己效仿留侯张良,不忘故国,坚持反清复明的决心。① 傅山博览群书,"古今典籍,诸子百家,靡不淹贯",② 在书画、医学等方面都有很高的成就,一生著述颇丰,后人整理成合辑《霜红龛集》。③

傅山认为,书法的突出特点是表现人的性情,他继承了爱国主义传统,将与清朝对立的民族情绪带到自己的书法理论之中,主张书法应体现人格精神。在《霜红龛集》卷四《作字示儿孙》中,他写道:"作字先作人,人奇字自古。"④他认为,在写字之前应先学会做人,人格高尚、品性非凡之人所作书法必定是天然古雅之佳作。柳公权所言"心正则笔正"是应时刻牢记的。因此,傅山非常推崇颜真卿的书法,因为他是一位气节高尚之人。"未习鲁公书,先观鲁公诂。"⑤在学习颜真卿的书法之前,应先观察他的为人,学习他的道德情操。而与此相对的,傅山极不欣赏赵孟頫的书法。因为赵孟頫身为宋室皇族至亲,却入元出仕,傅山对此非常鄙夷,由此也痛恨他的作品。在《作字示儿孙》中傅山也提到,年轻时他大量临摹晋唐时期流传下来的书法作品,虽常习之,但都无法略微相似。偶得赵孟頫的《香光诗墨迹》,当时喜爱它的圆转流丽,于是临摹之,没过多久便与原作相差无几,甚至到了以假乱真的地步。对此他感慨道:

> 即如学正人君子,只觉觚稜难近,降而与匪人游,神情不觉其日亲日密,而无尔我者然也。⑥

这就正如学习正人君子,只觉分毫都难以接近;转而降格与行为不端之人交往,神情会不知不觉日渐相似,最终没有你我,不分彼此。由此可以看出,傅山是非常爱憎分明的,他将人的品性放在第一位,对他认为的高风亮节之士毫不吝啬赞扬推崇之情,而对他认为的人品卑劣之人则毫不掩饰鄙夷之气,他的爱国主义情操也深刻地影响了他对书法的鉴赏与评价。他认为,一旦选择了错误的作品学习、临摹,最终会导致自己的书法柔弱无力,毫无风骨可言。即使日后苦练

①② 段友文,张小丁.民间传说中傅山士大夫形象的多维构建[J].北京社会科学,2015(10):35-43.

③ 桂第字,译注.清前期书论[M].长沙:湖南美术出版社,2003:72.

④⑤⑥ 同上:84.

鲁公书法,但手法已然杂乱,再也无法像先人那般劲瘦挺拔了。这与做人的道理相同,想要像正人君子一般时刻保持高尚的道德情操是非常困难的,但模仿小人作为却可在朝夕之间。这种不羁放纵或许能带来一时的满足乐趣,但却是非常危险的,因为即使日后想走上正途也是难上加难了。

傅山的书法美学主张是:"宁拙毋巧,宁丑毋媚,宁支离毋轻滑,宁直率毋安排。"①拙是笨拙,丑是丑陋,支离乃破碎,直率则少蕴藉。"拙、丑、支离、直率"是傅山推崇的书风,意在扭转当时盛行的柔媚之风。傅山十分欣赏汉隶书法,他认为:"汉隶不可思议处,只是硬拙,初无布置等当之意。凡偏旁左右,宽窄疏密,信手行去,一派天机。"他喜爱的正是汉隶这种毫不矫揉造作、大巧寓于拙、支离硬瘦、苍劲硬挺、随性自然的风格。他相当认同"书贵瘦硬方有神"的观点,认为过于肥厚、轻滑的书体毫无灵性可言。欧阳修也评价说:"书之肥者,譬如厚皮馒头,食之味必不佳,而命之为俗物矣。"②

傅山在《家训·字训》中写道:

> 写字无奇巧,只有正拙,正极奇生,归于大巧若拙已矣。不信时,但于落笔时先萌一意,我要使此为何如一势,及成字后与意之结构全乖,亦可以知此中天倪造作不得矣。③

写字没有什么奇巧之处,只有正拙,正到极致则奇妙自生,真正的巧妙是蕴含在笨拙之中的。若是不信,在下笔之时先作一个预想,我要如何运笔,写出一个什么样的字,写成之后会发现与自己预期的结构完全背离,由此可知,写字天然之道是造作不得的。他在《杂训》中也指出:"俗字全用人力摆列,而天机自然之妙,竟以安顿失之。"④庸俗的书法均是刻意为之,天赋灵机、自然之巧妙,都因这种造作安排而破坏丧失了,所以他十分注重天然之道,反对一切刻意造作安排。他在《拾遗》中写道:"凡字、画、诗文,皆天机浩气所发。一犯酬酢请祝,编派催勒,机气远矣。"⑤字画、诗文等一切创作均由天然灵机、浩然正气而来。如果是为应酬拜谒而作,或是因分配强迫而作,则毫无灵机正气可言了,这样创作

① 桂第字,译注. 清前期书论[M]. 长沙:湖南美术出版社,2003:85.
② 同上:89-90.
③ 同上:73-74.
④ 同上:77.
⑤ 同上:88.

出来的作品也毫无生气神采可言。

　　傅山是一个"诗文书画奇"的人物,他还是当时著名的医学家。在绘画方面,傅山也是当时独树一帜的画家,被后世推重。王世祯在《池北偶谈》中评价他是"画人逸品"。友人毕振姬评价他:"来历奇,诗文书画奇。"傅山生前即被世人称作"奇人",后世在民间也将其塑造成"奇才绝世"的形象。他在艺术上追求"纯任天机"的自然本真,反对刻意为之。在民间有一个流传甚广的"傅山八月十五作画"的民间传说:傅山曾答应为一个朋友作画,但未立即执笔,而是等到八月十五月圆之夜,自己的感情足够丰富后才边饮酒边作画,他陶醉在激扬的情感氛围中,"手舞足蹈,或踊或跃,其状若狂"。朋友以为他是酒醉发狂,便上前一把抱住他。傅山从创造的氛围中惊醒,叹气说朋友打断了自己的画兴,便掷笔于地不再作画。传说也许只是个传说,但傅山"宁率真毋安排"的自由思想得到充分体现。[①]

四、冯班:"书法无他秘,只有用笔与结字耳"

　　冯班(1602—1671),字定远,号钝吟老人,江苏常熟人。少时与其兄冯舒并称"海虞二冯"。冯班一生潜心治学,博学多才,但仕途坎坷,空有满腹才学却无处施展,抑郁不得志。冯班精通书法,正草隶篆四书都非常擅长,小楷尤其出众。他著述颇丰,代表作有《冯氏小集》《钝吟集》《钝吟杂录》《钝吟书要》等。其中《钝吟书要》属于书法理论方面的著作,主要对前代书法家及其作品进行了评价,同时记录了一些自己学习书法的心得体会,有许多独到的见解。在书法写作方面,他重视字形结构与运笔。[②]

　　与傅山重视书法的抒情表意功能不同,冯班更加注重书法的写作规则。他认为,学习书法首先要学字形结构,掌握安排布置之法后再学运笔。"结字,晋人用理,唐人用法,宋人用意。"结字,就是字的间架结构,也可以是字的点画、走势布置。晋人是按书法自身规律来安排的,这样便能通过写字抒发胸怀而不逾越基本规矩;唐人因为晋人的书法规律而确定了字体间架结构的规矩,这使得作字陷入平凡常规的格调,不及晋人;而宋人作字是根据思想情绪而来,意在学习晋人。"间架可看石碑,用笔非真迹不可。"学习字形结构时,看石碑就可,但

① 段友文,张小丁.民间传说中傅山士大夫形象的多维构建[J].北京社会科学,2015(10):42.

② 桂第字,译注.清前期书论[M].长沙:湖南美术出版社,2003:100.

学习用笔则一定要摹真迹。① 在他看来,"书法无他秘,只有用笔与结字耳"。"用笔在使尽笔势,然须收纵有度;结字在得其真态,然须映带均美。"②他提倡学习古法,因为"结字古法尽矣"。有的人连古法都不懂,却说不学古法,他觉得这根本就不成书。唐人晋人虽然用法方式不同,唐人严谨,晋人潇洒,但都是依据书法规律而来的,"意即是法"。从以上这些论述可以能看出,冯班对于书法写作技能的重视。用他自己的话总结就是:

本领者,将军也;心意者,副将也。本领极要紧,心意附本领而生。③

王羲之在《题卫夫人〈笔阵图〉后》中写道:"心意者将军也,本领者副将也。"在这里,冯班将本领放到将军的位置,可见他对书法写作本领的重视程度。他认为,书写能力是最重要的,心意其次;心意会随着书写的技巧而出现。④"本领精熟,则心意自能变化。"⑤书写本领熟练精通之后,自然就能准确地表达出自己的所思所想。

在论述草书练习方法时,冯班强调了平日功夫的重要性。他认为,练习草书时一定要逐字书写,每一笔都要到位,不得马虎。他说古人在喝醉的时候写狂草,但仔细检查会发现毫无失误之笔,这就是因为平日功夫深。这也是写好草书的唯一诀窍。⑥ 其实我们在日常生活中做任何事情都是如此,想要获得成功,就必须勤学苦练,花时间花功夫,这是成功的唯一途径,别无他法。另外,他还说道"书至成时,神奇变化,出没不穷"。书法练到成熟时,依然是变化无穷的。若是功夫不深,学到一点东西就满足,那么一定就会退步。刚开始学习时感觉似乎不错,如不继续钻研练习,那以后写出来的就不能称为书法了。同样地,知识也时刻都在变化更新,如果我们不抱着谦虚好学的心态,那么过不了多久就一定会被时代淘汰。带着对知识的渴望,永不满足,才能使自己不落人后。因此,冯班的这些书法练习方法对于现在我们的学习来说也是非常有实践指导意义的。

454

① 桂第字,译注. 清前期书论[M]. 长沙:湖南美术出版社,2003:100.
② 同上:123.
③④ 同上:109-110.
⑤ 同上:113.
⑥ 同上:104.

姜宸英(1628—1699),字西溟,号湛园,又号苇间,浙江慈溪人,明末清初书法家、史学家,与朱彝尊、严绳孙并称"江南三布衣",开创了清以来"布衣修史"的先河。康熙三十六年(1697年)七十岁始成进士,以殿试第三名授翰林院编修。康熙三十八(1699年)年,任顺天乡试副考官,受主考官舞弊连累入狱,后服药自尽,卒于狱中。他的代表作主要有《湛园文稿》《苇间诗集》《湛园题跋》等。

《湛园题跋》一共有六十五则,主要是题碑帖书法,考证精确,评论也得当。姜宸英书论的中心是"神明"二字。他主张作者的精神性情在作品中自然流露,而不重视书法外在的气韵。[①] 他在《临乐毅论题后》中写道:"东晋诸贤书法,超越古今者,皆由其神明独妙。"东晋诸位大师的书法之所以远超古今,正是由于作品体现的精神性情格外美好。[②] 他主张写作时应心无杂念,澄净明澈,若是为凡尘俗事所扰,则会"堕落旧堑"。

六、笪重光对书法运笔着力的论述

笪重光(1623—1692),字在辛,号君宣,又号蟾光、逸叟、江上外史、郁冈扫叶道人,清朝书画家。晚年居茅山学道改名传光、蟾光,亦署逸光,江苏省句容人。顺治九年(1652年)进士,官御史,巡按江西。他为人正直,敢于直言,对江西分巡湖东道佥事李嘉猷贪酷不法,严词参劾。因李嘉猷有权贵作后台,笪重光反被革职。后罢官归乡,隐居茅山之麓,学导引,读丹书,潜心于道教。卒年七十。工诗文,擅书画,与姜宸英、汪士鋐、何焯并称"四大家"。著有《书筏》《画筌》。《书筏》一共二十九则,主要论述用笔、布白、墨法、风韵等几个方面,文辞简练精要。书中提出的一个主要观点是:"精美出于挥毫,巧妙在于布白,体度之变化由此而分。"清朝王文治题跋云:"此卷为笪书中无上妙品,其论书深入三昧处,直与孙虔礼先后并传,《笔阵图》不足数也。"[③]

笪重光也是重法之人,十分强调书写的规则章法。笔法合乎规矩,神韵才能显现出来。他详细论述了书法各种笔画对整体结构气韵的作用,以及它们的

---

① 桂第字,译注.清前期书论[M].长沙:湖南美术出版社,2003:125.
② 同上:130.
③ 同上:154,157.

书写要领。比如："笔之执使在横画，字之立体在竖画，气之舒展在撇捺，筋之融结在纽转，脉络之不断在丝牵，骨肉之调停在饱满，趣之呈露在勾点，光之通明在分布，行间之茂密在流贯，形势之错落在奇正。"①若是"横不能平，竖不能直，腕不能展，目不能注"，那么分布将不工，规矩也无法完备，那也就称不上是书法了。②他主张，用笔并不在于手腕力量的强弱，而是在于用笔的合力要得当。同时，他认为："筋骨不生于笔，而笔能损之益之；血肉不生于墨，而墨能增之减之。"因此，也能看出笪重光对书法运笔着力的注重。③

七、郑板桥："骨不可凡，面不足学也"

郑板桥（1693—1765），名燮，江苏兴化人。他是"扬州八怪"的主要代表之一，以其诗、书、画"三绝"闻名于世。应科举为康熙秀才，雍正十年（1732 年）举人，乾隆元年（1736 年）进士。先后任山东范县、潍县县令。在任期间，遭遇荒年，他采取了多种措施救济贫民，这引起了当地贪官污吏、恶豪乡绅的不满，后被陷害罢官。辞官之后在扬州靠卖画维持生活。他的书画作品多是对社会现实的反应，均是他真情实感的流露，具有独特鲜明的艺术特色。④

他的书论最突出的特点是表达自我，突出个性。他在《四书手读序》中说道："板桥既无涪翁之劲拔，又鄙松雪之滑熟，徒矜奇异，创为真隶相参之法，而杂以行草，究之师心自用，无足观也。"⑤他认为，自己的书法既无黄庭坚的遒劲挺拔，又不喜赵孟頫的圆滑熟练，仅仅只是注重奇特，自创楷书与隶书相互交错的字法，而兼有行草，只是凭自己主观所想而写，不值得观看。由此可以看出，郑板桥认为书写最重要的是表达自己的情感志趣，章法规则都是次要的。从他的题画诗中也能明显地感受到这一点。在他的画作中，题画诗并不是规矩地题于空白之处，而是真篆草隶融为一体，将诗题于画作之中，形成了一种奇妙的意境美，让画面充满诗意，诗作又更有画面感，二者完美交融，给人以至高的艺术享受。

他认为"书法与人品相表里"。他评价虞世南所书《庙堂碑》及《破邪论序》：

---

① 桂第字，译注.清前期书论[M].长沙：湖南美术出版社，2003：154.
② 同上：159.
③ 同上：160.
④ 同上：163.
⑤ 同上：167.

"介而和,温而栗,峭劲不迫,风雅有度,即其人品,于此见矣。"①作品既坚实又温和,既温润而又庄重,挺拔坚韧不窘迫,教化规范有法度,从中也能看出他的人品。他将自己的个性融入书法之中,也因此形成了独特的书风,他自称"六分半书"。

在《跋临兰亭序》中谈到书法临摹时,他说"骨不可凡,面不足学也"。想要写好书法,自身的气质不可平凡,但名作的外表形式也没有必要模仿。他说自己也是用蔡邕的字体,钟繇的笔姿写王羲之的《兰亭》,但其实表达的是自己的情感想法,这样哪还有《兰亭》的面貌呢? 古人的作品是出神入化、美妙脱俗的,但被反复翻刻之后原作的意趣已荡然无存。如果再依样画葫芦单纯模仿,即使是才德兼备之人也会落入不正之道。因此,他特意写此文以警戒后人,不要原封不动照搬古人书作,需要写出自己的情感意境。②

八、梁巘:"执笔功能十居八"

梁巘(1710—1788),字闻山,号松斋,安徽亳州人。清乾隆壬午年(1762年)举人,官至四川巴县知县,以工李邕书法而闻名于世,与梁同书并称"南北二梁"。

《评书帖》是他在书法理论方面的专著,主要是论执笔。他认为:"学者欲问学书法,执笔功能十居八,未闻执笔之真传,钟、王学尽徒茫然。"有求学者问如何学习书法,他认为执笔功力是极其重要的,如果未得真传,即使学习钟繇、王羲之的书法也是枉然;而若是学会执笔之法,即使临摹元明作品也能得佳作。"不得执笔法,虽极作横撑苍老状,总属皮相。得执笔法,临摹八方,转折皆沉着峭健,不仅袭其貌。"没有掌握执笔之法,即使竭力书雄健老练状,但也仅限于字形外表相似而已;反之若懂得执笔之法,就算是临摹八方作品,也可使自己笔势刚健有力,而不仅仅是沿袭了表面的形似。由此能看出他对执笔这一书写基本功的重视程度,因此他也花费了大量笔墨讲述执笔之法,包括握笔位置、握笔指法、下笔力道等。比如,"执笔大、中、食三指宜死,肘宜活""下笔宜著实,然要跳得起,不可使笔死在纸上",等等。③

---

① 桂第字.译注.清前期书论[M].长沙:湖南美术出版社,2003:165.
② 同上:168.
③ 同上:173-176.

梁巘在评价他人作品时着重考虑的也是书法家执笔之法。他评价褚遂良的书法："提笔空,运笔灵,硬瘦清挺,自是绝品。然轻浮少沉著,故昔人有浮薄后学之议。"评米元章书："空处本褚用软笔书,落笔过细,钩剔过粗,放轶诡怪,实肇恶派。"评董其昌书法"直接书统,卓然大家"。在书法风格方面,梁巘比较推崇的是踏实、苍劲、清健的书风,不喜肥软。由于明朝书风崇尚柔媚,梁巘非常不欣赏,所以他对王铎、张瑞图这两位书风劲健,试图扭转这种风气的书法家较为认同。他认为,"王、张二家力矫积习,独标气骨,虽未入神,自是不朽"。

谈到书法学习,梁巘也有一些独到的见解:"学书须步趋古人,勿依傍时人。学古人须得其神骨,勿徒貌似。"学习书法应当模仿古人,而不是同时代的人。学古人需要学得其神韵风骨,掌握其精髓,而不是只求外形相似。"学书如穷经,宜先博涉,然后反约。"学习书法也如同钻研经籍,先应广泛涉猎、研究模仿,然后再反过来归纳要点、吸取精华。这一条原则即使拿到当代也是非常适用的,可以推广到所有的学习之中。首先要打好广泛坚持的学科基础,再对某一特殊领域进行钻研。"工追摹而饶性灵则趣生,恃性灵而厌追摹则法疏。"如果善于模仿而又富有灵性,那么自己的作品也能散发出神韵趣味;如果因为自己的灵性而不去研究模仿前代书法家的作品,那么技法一定会生疏。因此,即使是天分高超之人,书法基本技能的学习也是必不可少的。不虚心临摹学习的话,技法始终得不到长进,空有满腹情怀也无法表达。"学书非谓得执笔法,书即造极,特已入门,由是精进甚易耳。"①虽然梁巘非常重视执笔之法,但是他自己也指出,执笔之法并不是书法的全部。想要达到登峰造极之境,掌握执笔之法仅仅是入门而已,只是在此基础上再精进自己的技法会相对容易一些。想要书艺精绝,达到完美的境界,还需要更多的努力。

"初时好以浅泥薄古人,及精深贯通,始知古人各据神妙,不可攀跻。"②梁巘也提到学习态度的问题。他说很多人刚开始学书法时,容易盲目自大,鄙薄古人,但等到自己学至精深,融会贯通之后,才明白古代每一位书法家都有自己的神韵特色,想要达到他们的高度谈何容易。所以,学习应该时刻保持谦虚的态度,不要轻易骄傲自满,应带着敬重之情向造诣高深之人学习,不断完善自己。

① 桂第字,译注.清前期书论[M].长沙:湖南美术出版社,2003:178-190.
② 同上:193.

九、钱泳:"一钩一点皆有义理"

钱泳(1759—1844),原名钱鹤,字立群,号台仙、梅溪,清朝江苏金匮(今无锡)人。长期担任幕客。工诗词、篆、隶,善书画,尤善篆刻,缩临汉碑、唐碑石刻数种。著有《履园丛话》《履园谭诗》《兰林集》《梅溪诗钞》等。

《履园丛话》是一本笔记体杂著,共二十四卷,涉及典章制度、天文地理、金石考古、文物书画、诗词小说、社会异闻、人物轶事、风俗民情等许多方面,包罗万象。其中有碑帖、书画各一卷,书画类的上篇主要杂论书体、流派及诸家书艺,分别介绍了小篆、隶书等书体的起源发展,南北书法的风格差异,并对不同朝代以及不同书法家的作品进行了品评。①

钱泳非常重视书法之源流,书体之正统,强调追踪溯源。他在《钟鼎文》中写道:"故读书者,当先读六经,为文章之源流;讲篆隶者,当先考钟鼎文,为书法之源流也。"②读书应先读六经,因为它是文章之源;而写篆隶之人,应先研究钟鼎文,因为它是书法之源。他认为,不同的书体各有各的规则,不可混为一谈。清朝吏部员外郎王澍以擅长篆书闻名,不过钱泳却不甚欣赏,认为他的作品"既非秦非汉,亦非唐非宋",而且在《说文解字》中有对隶书的详细阐释,可是王澍却未加钻研,不懂得隶书的本质源流,他说这是会被学者讥笑的。同样,对于郑板桥将篆隶行草交融一体的书风,他也认为"不可以为训也",后人不能将它的书风作为遵循之准则。由此也能看出他对书法本身法则的重视,那种随性独特的书风他并不太推崇。③钱泳推崇篆书,因其"一画一直、一钩一点皆有义理";而隶书虽生于篆书,却完全违背父法,致使六书之道绝尽,实属篆之"不肖子"。之后隶书生行楷,行书又生草书,再至往后的各种不合正体的俗字,钱泳认为它们已毫无篆隶"血脉",本质的特征已经消失了,因此他称这些书体为"隶书之蟊贼也"。④他认为让四五岁的孩童握笔随意书写,所写之字天然就带有古法,若一旦开始学习行楷,便离篆隶之道越行越远了。有学者将篆隶看作是一门失传的绝学,在钱泳看来这是有一定道理的。

钱泳也提到在不同场合应使用不同的书体,不可混为一谈,因此学书不可

① 桂第字,译注.清前期书论[M].长沙:湖南美术出版社,2003:213.
② 同上:214.
③ 同上:216.
④ 同上:223-224.

只学一家。这就如同读书一样，不可偏废，各个领域都要有所涉猎。①

　　在评价董其昌、米元章的书法之时，钱泳也提到天分和功夫之间的关系。他认为这二人的书法能纵不能收，能大不能小，能行不能楷，这是为什么呢？他说：

　　　　皆坐天分过高之病，天分高则易于轻视古人，笔笔皆自运而出，故所书如天马行空，不受羁束，全以天分用事者也。②

　　这都是因为他们天资聪颖，使得他们容易轻视古人，运笔着力皆随自己所想，作书如天马行空，不受规则章法约束，全靠自己的天分进行书写。其实，心高气傲也可算是天赋过人者之通病，正因为他们有先天的优势，所以很容易目空一切，随心所欲，不重视基本技能的学习，其实这样反而会阻碍他们的进步。

　　与许多书法家重神采轻外形不同，钱泳认为临摹大家之作，外形相似是极其重要的。在他看来，临摹他人作品，却用自己的书体，而不按原作的字形安排来写，这样充其量只能称作是抄录，哪儿算得上是临摹呢？

　　此外，他认为从一个人的书风来断定他的人品也是不可取的。他举例说褚遂良书风轻盈柔媚，但他为人忠诚正直，敢于直言。"岂在区区笔墨间以定其人品乎？""一人之身情致蕴于内，姿媚见乎外，不可无也。作书亦然。"书法的意境神采固然重要，但外形姿态也必不可少，因此他认为柔媚的书风并非不佳。这与其他评论家的观点是很不一样的。③

十、朱履贞论书法学习六个要素

　　朱履贞（1796—1820），字闲泉，号闲云，浙江秀水人。布衣，擅长书法，著有《书学捷要》二卷。上卷主要是总结前人书论，下卷则为自著，论述相当精到。赵魏《书学捷要·序》曰："闲云以布衣而工书法，尝纂《书学捷要》一篇，殚思古法，发挥意旨，于孙过庭《书谱》尤精研确核，辨析徽茫，发前贤秘奥，为后学津梁。"

①　桂第字，译注. 清前期书论［M］. 长沙：湖南美术出版社，2003：241.
②　同上：243.
③　同上：245.

朱履贞认为,书法有六个要素:①

> 一气质。人禀天地之气,有今古之殊,而淳漓因之;有贵贱之分,而厚
> 薄定焉。

第一是人的气质。人受领天地之气,古今各有不同,书风的淳厚与浮薄也顺应而生;人的品格有高低之分,书法的美丑也因此而确定。由此看出,朱履贞认为书法是可以反映人品的。学作书先要学做人,因为人格气质将会决定书法作品的优劣。

> 二天资。有生而能之,有学而不成,故笔资挺秀称粹者,则为学易;若
> 笔性笨钝枯索者,则造就不易。

第二是天赋。有的人天生就有此方面的才能,而有的人勤学苦练却也无法成功,所以若有作书的天资禀赋,笔势挺拔秀丽,精美纯粹,那么学起书法来将会比较容易;如果生性迟钝,作书粗糙乏味,想要学成则比较困难。

> 三得法。学书先究执笔,张长史传颜鲁公十二笔法,其最要云:"第一
> 执笔,务得圆转,毋使拘挛。"

第三是要掌握方法。学习书法先要钻研执笔,张旭向颜真卿传授十二笔法时强调,学书首要任务是学习执笔,致力使运笔圆转,不要拘谨窘迫。因此,研究古迹不能盲目,应将功夫用在关键之处。

> 四临摹。学书须求古帖墨迹,模摹研究,悉得其用笔之意,则字有师
> 承,工夫易进。

第四是临摹。与许多书法家一样,朱履贞也强调学书一定要临摹古帖,不断地揣摩研究,要明白古人用笔之寓意,这样才能一脉相承,也更加容易取得进步。他同时也指出:"临摹用工是学书大要,然必先求古人意指,次究用笔,后像行

---

① 桂第字,译注.清前期书论[M].长沙:湖南美术出版社,2003:303-304.

体。"临摹用工是学习书法的要旨，但必须先探求古人的意之所在，再深入研究用笔方法，最后模仿字形。他强调："学书要识古人用笔，不可徒求形似，若循墙依壁，只寻辙迹，则疵病百出。"也就是说，临摹书法要注意古人用笔之道，不可以只注意字的外形相似，如果只是跟随前人作品留下的痕迹，那么一定会毛病百出。许多书法大家也支持这一观点。唐太宗云："吾临古人之书，殊不学其形似，务在求其气骨，而形势自生。"孙虔礼云："盖有学而不能，未有不学而能者。"

> 五用功。古人以书法称者，不特气质、天资、得法、临摹而已，而功夫之深，更非后人所及。

第五是用功。古代能以书法著称之人，不光是气质出众、天资过人、方法得道、临摹古迹，他们所花功夫之深厚，更是后人难以企及的。"学贵专诣，不尚空谈。"学习一定要专心致志、脚踏实地，切忌纸上谈兵。执笔之法终究只是理论，因此将它们付诸实践非常重要。如果没有切实的付出努力，即使天赋异禀，也终究无法成家。[①]

> 六识鉴。学书先立志向，详审古今书法，是非灼然，方有进步。

第六是要懂得识别鉴赏。学书应当首先立下志向，详尽审察古今书法，学会评鉴是非优劣，这样才能有进步。

要具备以上这六个要素，才能成为大家。气质不佳，则学习能力有限；天资不够，则需要花费更多的精力，学习起来更加艰难；不得要领，将是浪费光阴，一切努力都是枉然；用功欠缺，则笔法生疏，难有成就；临摹不多，不懂古法，无法继承古代大师之技艺，字体书风必会粗糙丑恶；而不懂鉴赏，徘徊于古今之间，心中造诣不够深厚。

朱履贞也强调了作书的态度问题。他认为：

> 凡学书，须求工于一笔之内，使一笔之内棱侧起伏，书法具备；而后逐笔求工，则一字俱工；一字既工，则全篇皆工矣。断不可凑合成字。[②]

中国文艺心理学思想史

---

① 桂第字，译注．清前期书论［M］．长沙：湖南美术出版社，2003：285．
② 同上：308．

学习书法，下笔应当一丝不苟，一笔之中的力量、起伏均应达到要求；写好一笔之后，其他任何一笔也应如此，精确到位，这样就能写好一个字；若能如此写好每一个字，那么就可以圆满完成整篇书法了。书法一定要严肃对待，精益求精，切不可敷衍了事。

朱履贞认为书法的最高境界应用"遒媚"来形容，也就是遒劲而妩媚。书写应当"笔方势圆"，因为"不方则不遒，不圆则不媚"。遒劲是书法的风骨，妩媚则是书法的姿态，一幅优秀的作品应是这二者的完美结合，缺一不可。

十一、包世臣的书法心理思想

包世臣(1775—1855)，字慎伯，号倦翁，小倦游阁外史，安徽泾县人。嘉庆二十年举人，曾任江西新渝知县，后被弹劾去官。包世臣学识渊博，对政治军事、农业民俗、文学等均有研究。擅长诗文书画，著有《艺舟双楫》《清朝书品》《安吴四种》等。《艺舟双楫》是其书论著作之一，论书之精华均在其中。他对南北书学，大致是重北抑南，这也是当时北碑盛行的风气使然。①

包世臣年少刚开始学书法之时，学习提肘握笔之势，由于手肘悬空，气息急促手部颤抖，不能成字。练习一段时间后，手部逐渐稳定，但笔画终究是稚嫩迟钝。如此练习几年后仍无长进，于是放弃。后来他临摹了很多人的作品，"每日习四字，每字连书百数，转锋布势必尽合于本乃已"。经过如此苦练，他逐渐明白写字一定要运用全身之气力，从而感慨自己此前花费十年时间学会提肘运笔并不是白费光阴。其实我们现在也常常面临这样的困惑，学习某些知识技能真的有用吗？总是感到十分茫然。从包世臣学习书法的经历中我们可以看出，学习贵在坚持。掌握正确的方法，坚持下去不轻言放弃，或许暂时得不到收益，但在未来一定会对我们产生莫大的帮助。

包世臣在评价他人作品时也用形象评书法。他在评价唐朝至明朝书法有门径的二十人时写道："永兴如白鹤翔云，人仰丹顶；河南如孔雀皈佛，花散金屏；王知敬如振鹭，集而有容；柳诚悬如关雎，挚而有别……宗柏如龙女参禅，欲证男果。"②通过这样的描写，将每一位书法家的书学特征非常生动地展现出来了。

---

① 桂第字，译注.清前期书论[M].长沙：湖南美术出版社，2003：339.
② 同上：380－381.

包世臣将书法分成以下五个层次：

> 平和简净，遒丽天成，曰神品。
>
> 酝酿无迹，横直相安，曰妙品。
>
> 逐迹穷源，思力交至，曰能品。
>
> 楚调自歌，不谬风雅，曰逸品。
>
> 墨守迹象，雅有门庭，曰佳品。①

作品平和干净，刚健秀美，仿若天成，为神品。作书成熟，没有酝酿的痕迹，笔画横直相交安稳，为妙品。妙品上能承接古代贤人，下可援引后来学者，积累的功力已相当深厚，也可达到神妙之境了。追寻书迹，探求本源，思绪和笔力相交融，为能品。抒发自己的情怀，但又不违背风雅，为逸品。逸品注重个性情感的表达，若是能以古为师，也可达到精妙。严格临摹古迹，颇有师传的流派风格，为佳品。佳品虽然稍显刻板，不过它严守法则，刻苦之功力不可磨灭。②

关于作书，包世臣也强调心手合一，形神兼备。他在《答熙载九问》中写道："后人作草，心中之部分，既无定则，毫端之转换，又复卤莽，任笔为体，脚忙手乱，形质尚不备具，更何从说到性情乎！"③他认为草书自有其章法，笔力精熟，形质成才能性情见。但后来的人作草书，心中既没有既定的法则，笔端的转折又十分生硬粗俗，任笔成体，手忙脚乱，形体还尚不完备，又何谈性情呢！对于书法的形神关系，他也有如下一段精彩的表述：

> 书之形质如人之五官四体，书之情性如人之作止语默，必如相人书所谓五官成，四体称，乃可谓之形质完善，非是则为缺陷。④

形质与性情的关系。形质是最基本的标准，连形似这种最基本的标准都达不到就根本无法谈书法艺术，但形似只是最低标准，不是最高境，书法的最高境界是书法家对性情的表达。书的外形就如人的五官四体，书的情致意境则如人的行动举止、言语静默，所以书法必须五官成熟、四体相称，才可称作是形质完善，

①②　桂第字，译注.清前期书论[M].长沙：湖南美术出版社，2003：386－387.

③　同上：395.

④　同上：396.

否则的话是有缺陷的。他认为草书以平和为上,恣意奔放次之。因为有形无情不能称之为人,但性情乖戾也是称不得人的。①

这从他对王献之的草书评价中可见一斑。他说:"大令草常一笔环转,如火著划灰不见起止。然精心探玩,其环转处悉具起伏顿挫,皆成点画之势。由其笔力精熟,故无垂不缩,无往不处,形质成性情见,所谓画变起伏,点殊衄挫,导之泉注,顿之山安也。后人作草,心中之部分既无定则,毫端之转换又复卤莽,任笔为体,脚忙手乱,形质尚不具备,更何从说到性情乎?"(《艺舟双楫》)②这里说的两个问题,草书的最高境界是可以表达作家的性情的,但是首先要做到有形质,也就是说,形质是草书的最低标准,连形质都不具备自然就无法谈到表达性情了。同时也指出草书家绝不能以形质为最高鹄的,如果将形质作为最高追求目标,那就永远也无法表达书法创作者的性情,欣赏者也无法从书法中见到创作者的真性情。

包世臣认为,"学字如学拳"。拳术中的身法、步法、手法等都必须竭尽筋络所能到,使体内气息通畅而外在力气产生。学书也是如此。临摹古帖时笔画必须比原帖粗长过半,这样才能写尽转折形势而充分传达出意味,如此练习,才能学成运笔之道。

十二、周星莲与刘熙载论书法创作动机

周星莲(生卒年不详),道光二十年(1840 年)举人,以致习授知县。善书。同治七年(1868 年)著《临池管见》,以发明立法取势用笔行神之意。刘熙载(1813—1881),字伯简,号融斋,晚号寤崖子,江苏兴化人,道光进士,清代文学家,是我国 19 世纪的一位文艺理论家和语言学家,被称为"东方黑格尔"。他们二人从不同角度探讨了动机对书法创作的影响。心理学将动机界定为推动人从事某种活动的内在动因。中国古代虽然没有动机这个词汇,但有关动机的意识却是毋庸置疑的。中国古代书法家看到动机强弱对书法创作的影响,认识到动机过强或过弱都会影响书法创作水平的发挥。只有动机适当才能发挥最佳水平,这就是著名的耶基斯-多德森定律(Yerkes-Dodson law)。清代书法理论家周星莲在《临池管见》中的一段话可以说明这一点:"废纸败笔,随意挥洒,往

---

① 桂第字,译注. 清前期书论[M]. 长沙:湖南美术出版社,2003:396.
② 金开诚. 文艺心理学论稿[M]. 北京:北京大学出版社,1982:251-252.

往得心应手。一遇精纸佳笔,正襟危坐,公然作书,反不免思遏手蒙。所以然者,一则破空横行,孤行己意,不期工而自工也。一则刻意求工,局于成见,不期拙而自拙也。"再看动机太强对书法创作的不利影响。这可以清代书法家刘熙载《艺概·书概》中论述为代表:"信笔固不可,太矜意亦不可。意为笔蒙则意阑,笔为意拘则笔死,要使我随笔性,笔随我势,两相得则两相融,而字之妙从此出矣。"

第六节　近现代书法心理思想拾遗

　　林语堂(1895—1976),福建龙溪人。原名和乐,后改玉堂,又改语堂,1912年入上海圣约翰大学,毕业后在清华大学任教。1919年秋赴美哈佛大学,在文学系就读。1922年获文学硕士学位。同年转赴德国莱比锡大学,专攻语言学。1923年获博士学位后回国,任北京大学教授,北京女子师范大学教务长和英文系主任。1924年后为《语丝》主要撰稿人之一。1926年到厦门大学任文学院院长。1927年任外交部秘书。1932年主编《论语》半月刊。1934年创办《人间世》,1935年创办《宇宙风》,提倡"以自我为中心,以闲适格调"的小品文。1935年后,在美国用英文写《吾国与吾民》《京华烟云》《风声鹤唳》等文化著作和长篇小说。

　　林语堂认为,书法是最能看到中国人艺术心灵极致的艺术。[①]"通过书法,中国的学者训练了自己对各种美质的欣赏力,如线条上的刚劲、流畅、蕴蓄、精微、迅捷、优雅、雄壮、粗犷、严谨或洒脱,形式上的和谐、匀称、对比、平衡、长短、紧密,有时甚至是懒懒散散或参差不齐的美。"[②]书法艺术与其他许多艺术都有极为密切的关系:书法与绘画的关系最为密切,我国自古就有书画同源的观点,此外书法与音乐、建筑艺术的关系也非常密切。林语堂就发现"没有任何一种建筑的和谐感与形式美,不是导源于某种中国书法的风格"。[③]

　　中国的书画家从大自然中获得灵感。这毫无疑问与中国文化中天人合一的思想相吻合。一只蜻蜓、一只蚱蜢、一块嶙峋的怪石都可以成为他们的灵感源泉。

①　金开诚.文艺心理学论稿[M].北京:北京大学出版社,1982:251-252.
②　林语堂.中国人(全译本)[M].上海:学林出版社,1994:286.
③　同上:285.

本章小结

中国书法艺术是一门博大精深的艺术，是凝聚炎黄子孙无穷智慧的古老艺术，也是中国文人身心修为不能缺少的艺术。中国的书法源远流长，自从有文字以来，就有书法，但书法作为一门自觉艺术，是从东汉开始的，至今已有2 000多年的历史。

从对书法心理问题的探索来看，先秦时期是中国书法的萌芽阶段，李斯、赵高都是当时的书法高手，李斯还是小篆的创立者。在秦以前（包括秦代），对书法这门艺术的理论探索还没有出现。

到汉代，书法艺术进入一个自觉的时代，此时产生了一大批著名书法家，开始对书法创作与欣赏过程进行理论上的探讨，留下了许多真知灼见。汉魏六朝时期是中国书法发展的第一个历史高峰。从对书法心理的贡献来看，仅在两汉时期，许慎在著名的《说文解字》中就阐述了文字与形象思维的关系；崔瑗提出"方不中矩，圆不中规"的草书形象论；赵壹从反对草书的角度窥探到书写者的个性与才气的关系；东汉著名书法家蔡邕则提出"欲书先散怀抱"的心理准备和调适的思想，以及对草书形象思维和书法技能的阐述；著名书法家钟繇在《用笔法》中提出"用笔者天也，流美者地也"的观点，把书法同天地联系起来，以天比用笔，以地喻书法的流动之美。

到魏晋南北朝时期，随着书法艺术的繁荣，书法心理思想也得到前所未有的发展。这一阶段的代表人物主要有：卫恒与卫铄对形象思维及书法技能的论述，强调形象创造与技法的结合，卫铄在《笔阵图》中将形象的创造落实到七种具体的笔画，强调心手相应，意在笔前才是用笔的正确方法。王羲之首次提出以"意"论书这个具有重要心理学价值的命题。王羲之将"意"提高到前所未有的高度。在他看来，一切书法不过是书写者对自己情意的表达。他强调在书写中要"点画之间皆有意"。他认为，书法家之间的水平差异往往不在笔法，而是"不足在意"。不仅如此，王羲之进一步认为书法创作甚至要一字数意，这是对前人的一个创造性超越。羊欣首开评书法家之风，对上至秦代的李斯，下至东晋的四十余位书法家逐个评论。文字简练、重点突出。王僧虔第一次将情感和想象两个重要的心理成分添加到书法理论中来，这是他对书法心理的一个大发现，也是他对书法理论的一个大贡献；第二个大发现是他认为书法创作是内在的心理与外在的操作协同活动（即心手相应）的结果。此外，他还论述了书法

467

创作中"天然"与"功夫"的关系,认为书法创作是"天然"与"功夫"的结合;论述了"力"与"媚"的关系,认为二者都是不可或缺的;提出书法艺术的"神采"与"形质"的美学概念,主张书法一方面要追求笔力,同时也要追求妍媚,只有二者兼顾才是好的作品。袁昂则开创形象评书之先河。萧衍对书法审美情趣与用笔技法作出了自己的阐释,认为古今书法家的审美情趣不同,即不同时代有不同时代的审美情趣,所谓"古肥""今瘦",他还认为草书有不同于篆书与隶书的书体与情趣。在书法技法方面,萧衍主张应当体现抑与扬、肥与瘦、质与妍、骨与肉对立面的中和,中规合矩,不偏不倚,同时要富于"适眼合心""常有生气"的感性形象。萧衍的书评也与袁昂相似,大多采用形象评书法。庾肩吾对书法心理的贡献主要有:首先,他对书法创作的先天与后天的关系进行阐述,强调二者的统一;其次,他将书法创作分为神、妙、能三品;再次,他主张书法创作的变革图新。他认为,书法创作不能因循守旧,应当是一个"变通不极,日用不穷,与圣同功,参神并用"的发展过程。他还注重书评的通感特征。庾肩吾在品论各家书法时,特别专注书法对欣赏者各种感官的调动。

　　书法发展到唐五代,各个领域都有重大的开拓与创新。唐人以恢宏的审美气度,对前代的书法艺术和理论成果兼收并蓄,无论韵与礼与法,在唐代书坛均有着创造性的发展并臻于极致,其多元对峙而又相互交融甚至融为一体的格局,构成了中国文化史上的奇特景观。这一时期书法理论家对书法心理论述更加全面、深入、系统。在这一时期作出较大贡献的书法家虞世南强调"心正气和,则契于妙""达性通变,其常不主""心为君""手为辅""得之于心,应之于手""形书之体,略同于真""心悟非心,合于妙也"。李世民在赞成虞世南"心正气和,则契于玄妙"的基础上还强调"意"与"专精"在书法创作中的重要价值。孙过庭是唐初书法家,提出书法创作合适的五种条件与不合适的五种条件;书法作为一门艺术,绝不仅仅是用来满足实用,更重要的是一种情感的表达;此外,他还对书法欣赏的心理发表过一些独立见解。欧阳询与卫铄的观点相近,也是强调形象思维与创作技法的结合。唐代书法评论家李嗣真将艺术家及其作品如梁山泊好汉排座次般罗列品评。在南朝梁庾肩吾将历代书法家分为上、中、下三等,每等又各分上、中、下三品,共为九品。李嗣真因袭了庾肩吾分等品评的方式,又在九品之上增设"逸品",分为十等,并将"任胸怀"与"有规法"作为创作与评价的标准。张怀瓘则十分看重天资在书法创作中的作用,他认为书法创作就是书法家"妙用天资"的结果。在天资与功夫的关系中,他似乎更注重天资。窦臮强调自我表现,而要显现真正的自我就要自然与忘情。韩愈对书法心理思想的贡献是他突出"外物不胶于心"的观点,具体包含这样几层意思:一是一生全身心投入一种技艺,绝无旁骛;二是不受外界事物干扰,保持高涨的情绪;三是将自己经历的一切,体验到的一切都通过自己的技艺表达或表现出来。蔡希综提出"意象之奇"与"因奇立度",对形象思维与书法创造的关系表达得非常精辟。颜真卿一方面接受张旭的观点,强调书法创作要重形象思维,"令每一平画,皆须纵横有象";另一方面就是追求妙境。在他看来,书法只有"能妙",才是属于自己独特的创造。韩方明强调书法创作不仅仅是具体某个字的书写要体现"意在笔前,笔居心后"的理念,而是通篇的结构谋划,即整篇书法在纸张的布局也要体现这一理念。怀素的书法虽然继承于张旭,所谓"以狂继颠",但"狂"还是有别于"颠"的。狂与颠既是他们具有的创新之处,又是他们各自独特的艺术个性与风格。他创作与欣赏的基本准则是"豁然心胸,略无疑滞",强调自然随性。柳公权强调"用笔在心,心正则笔正"。虽然心正跟笔正并没有绝对的关系,但是在中国书法界,人们已经将"心正则笔正"作为一种美学期待和要求,在现实中人们常常将这种期待作为标准要求书法学习者或练习书法的人要从做人开始,书如其人。五代南唐后主、著名文学家、书法家李煜发现同一个人在不同的年龄阶段,其书法用笔与意象存在差异,所谓"壮老不同,功用则异"。

宋元书法艺术,主要是在行草方面独步古人,在行草艺术方面取得了巨大成就,也为后世的行草发展开辟了新的途径。宋代文人受禅宗的影响较大。在禅宗看来,一旦开悟,便可以放开手脚,随心所欲,一切外在束缚,一切权威偶像尽可打破,援禅入书。这决定了一大批文人书法风格从之前的"尚法"转向"尚意",从受条框约束的"法"中解脱出来转向自由挥洒的"意"。通过这期间书法风格的转变,我们不难看出文人们人生哲学和审美观念的转变。苏轼、黄庭坚、米芾等文人书法大师也深受禅宗思想的影响,作品中无不流露出禅宗的审美情趣。苏轼提出"豁然心胸,略无疑滞"的观点;郝经的"其书法即其心法也"的观点。

元代书法家郑杓阐释的书法心理思想有:书法创作的"奇趣"问题,"言所不能尽"的境界问题,书法创作的法度变化与心手相应问题,书法创作的自然天性以及笔意书骨之说等都颇有心理学价值。

明清时期的书法心理思想主要有:孙承泽对神采劲秀的注重;宋曹从学习角度论书法创作心理,如强调运心与运笔的结合,形质与神采的互动,以及书法的学习生熟拙巧等;傅山"作字先作人,人奇字自古"的观点;冯班"书法无他秘,只有用笔与结字耳"的观点;姜宸英的"超越古今者,皆由其神明独妙"的观点;

笪重光对书法运笔着力的论述;郑板桥的"骨不可凡,面不足学也"的见解;梁巘"执笔功能十居八"的观点;钱泳"一钩一点皆有义理"的观点;朱履贞对书法学习六个要素(气质、天资、得法、临摹、用功、识鉴)的论述;包世臣的某些书法心理思想;周星莲与刘熙载的书法创作动机观点。

近现代书法心理思想拾遗。林语堂认为,中国书法是中国人心灵极致的艺术,中国的书画家从大自然中获得灵感。这毫无疑问与中国文化中天人合一的思想相吻合。

第九章
中国诗歌心理思想

先秦时期的诗歌心理思想

汉魏晋南北朝时期的诗歌心理思想

唐宋时期的诗歌心理思想

元明清时期的诗歌心理思想

近现当代的诗歌心理思想

林语堂认为,在中国的各种文艺种类中,"诗歌被视为最高的文学成就,被当作测试一个人技能的最可信、最为便捷的方法"。"自唐朝以来,中国科举考试在测验重要的文学能力时,总是包括诗歌创作在内。"①中国诗歌有着十分悠久的历史,它是我们的祖先在集体劳动中有节奏的呼声或劳动号子被语言代替的成果。距今五千年左右,我国进入原始社会的后期时,诗歌已经产生了。从遗存的资料看,这时期的诗歌主要是原始人群在集体劳动中创作的劳动歌谣。鲁迅将其称为"杭育、杭育"派。

现在我们所知的、有文字记载的、最早的诗歌是一首远古时期的二言古歌谣:《弹歌》(全诗:断竹,续竹;飞土,逐宍——同"肉")。只有短短的八个字。此诗在《吴越春秋》里曾有记载,清代文人所编写的《古诗源》中亦收入这首诗。

上古歌谣是先民表达思想、抒发情怀的最早的文学样式,按题材内容可分为劳动歌谣、祭祀歌谣、图腾歌谣、婚恋歌谣、战争歌谣等。它们具有集体性、综合性和再现生活的直接性,词句简朴,节奏流畅,以赋为其主要表现手法。

先秦时期最具有代表性的诗作是《诗经》与《楚辞》。《诗经》是我国最早的一部诗歌总集,它收集了从西周初期至春秋中叶大约 500 年间的诗歌 305 篇,共分风、雅、颂三部分。《楚辞》是战国时期楚国文学总集,西汉刘向辑,东汉王逸章句。原收楚人屈原(约前 339—约前 278,名平)、宋玉及汉代淮南小山、东方朔、王褒、刘向等人的辞赋共十六篇。

此后历代都有大量诗歌和诗人流传于世,两汉时期的乐府诗,汉魏时期曹氏父子、建安七子、竹林七贤的诗。到唐代达到诗歌的创作高峰。清康熙四十四年,曹寅、彭定求、沈立曾、杨中讷等奉敕编纂,成书于次年十月的《全唐诗》,全书共九百卷,共收录唐代诗人 2 529 人、42 863 首诗作,是中国规模最大的一部诗歌总集。到宋代,诗歌出现新的形式——词。因是合乐的歌词,故又称曲子词、乐府、乐章、长短句、诗余、琴趣等。词始于唐,定型于五代,盛于宋。宋词是中国古代文学皇冠上光辉夺目的一颗宝石,在古代文学的阆苑里,她是一座芬芳绚丽的园圃。她以姹紫嫣红、千姿百态的风神,与唐诗争奇,与元曲斗艳,历来与唐诗并称双绝,都代表一代文学之盛。宋之后,中国诗歌理论得到较大发展,苏轼、黄庭坚等除了自己进行诗词创作之外,还留下许多关于诗歌创作与欣赏的真知灼见。元明清虽以戏曲、小说为主流,但也留下许多脍炙人口的诗篇。在现当代,中国的白话诗得到发展,其中有郭沫若、臧克家、郭小川等一大

---

① 林语堂. 中国人(全译本)[M]. 上海:学林出版社,1994:240.

批现代诗人，一直到 20 世纪七八十年代的朦胧诗。在数千年诗歌创作、欣赏中，我们的诗人和诗论家留下了许多颇具心理学价值的思想。诗歌是文学的一种重要形式，"诗言志，歌咏言"。中国古代最早的诗歌在北方是《诗经》，在南方是《楚辞》。诗歌的历史源远流长。那么，那些脍炙人口的诗歌是如何创作出来的？诗人在创作诗歌时要经历哪些心理历程呢？对此，历代的诗人和文论家为我们留下了一些十分珍贵的见解。本章试图从心理学角度探讨诗歌的欣赏与创作心理。

第一节　先秦时期的诗歌心理思想

　　我国先秦时期就产生了大量诗歌，其中《诗经》与《楚辞》成为先秦诗歌创作的两座高峰，可说是双峰并峙。《诗经》是中国最早的一部诗歌总集，共 305 首，此外还有 6 篇有题目无内容，即有目无辞，称为笙诗六篇，反映了西周初期到春秋中叶约五百年间的社会面貌。《诗经》（作者佚名，传为尹吉甫采集、孔子编订）分为《风》《雅》《颂》三类。《风》是周代各地的歌谣；《雅》是周人的正声雅乐，又分《小雅》和《大雅》；《颂》是周王室和贵族宗庙祭祀的乐歌，又分为《周颂》《鲁颂》和《商颂》。《诗经》内容丰富，反映了劳动与爱情、战争与劳役、压迫与反抗、风俗与婚姻、祭祖与宴会，甚至天象、地貌、动物、植物等方方面面，是周代社会生活的一面镜子。《楚辞》，其本义是指楚地的言辞，后来逐渐固定为两种含义：一是诗歌的体裁；二是诗歌总集的名称（在一定程度上也代表了楚国文学）。从诗歌体裁来说，它是战国后期以屈原为代表的诗人，在楚国民歌基础上开创的一种新诗体。西汉刘向在前人基础上将楚人屈原、宋玉的作品以及汉代贾谊、淮南小山、庄忌、东方朔、王褒、刘向诸人的仿骚作品，辑录成一部诗歌总集，称为《楚辞》。

　　从文艺心理思想的角度，最有代表性的观点是早在两千五百年前，孔子在对《诗经》的整理和研究中感悟到"诗可以兴，可以观，可以群，可以怨"（《论语·阳货》）。其意思是，诗可以激发情志，可以观察社会，可以交往朋友，可以怨刺不平。诗和其他艺术一样，主要是表达情感，是一种情感语言，因此不能用那些抽象的概念去表现。诗就其本质而言是欣赏的、鉴赏的，能使人得到一种快乐。[①] 诗是一种用语言表达的艺术，艺术还有许多种类。孔子的这个思想被后

① 蒙培元. 理性与情感——重读《贞元六书》《南渡集》[J]. 读书，2007(11)：20 - 30.

代许多文人继承。冯友兰先生在《新理学·艺术》中说，艺术的力量是使人"感动"。"所谓感动者，即使人能感觉一种境界，并激发其心，使之有与之相应的情。"感动就是指情而言的，但是能使人感到一种"境界"，这不就是所谓的情感。感觉不是概念认识，却能达到一种境界，并能激发人心而让人产生一种与此相应的情感，这种情感显然具有超越意义。这正是哲学要解决的，因为哲学就是提高人的境界。艺术不能使人知，但是能够使人觉。即他所说的"觉解"中的觉。人的自觉是非常可贵的，人有了自觉，不仅能成为道德高尚的人，而且能成为人格美的人，感受到生命快乐的人。[①] "诗缘情"是中国最为古老的思想，不断被历代思想家、文论家、诗人继承和刷新。我们的古人甚至相信，有诗必有情，有情亦必有诗。

中国古代以味论美的观念与传统就是在先秦时期形成的。日本学者笠原仲二在《古代中国人的美意识》一书中，通过对"美"字的字源学进行考证得出结论："中国人最原初的美意识，就起源于'肥羊肉的味甘'这种古代人们的味道的感受性。"《老子》曰："'道'之出口，淡乎其无味。"又曰："恬淡为上，胜而不美。"这种尚虚淡的美学思想尤其受到文人的应和，诗学中渐渐形成崇尚意境的审美倾向。"落花无言，人淡如菊"（《诗品·典雅》）、"神出古异，淡不可收"（《诗品·清奇》）、"浓尽必枯，换者屡深"（《诗品·绮丽》），此种境界为唐代诗人司空图偏嗜。《左传·昭公二十年》中就记载有以"味"比喻欣赏文艺作品而产生的感觉或认识的例子。晏子论述音乐，认为"音亦如味……君子听之以平其心，心平德和"。到东汉和魏晋南北朝，以味论诗渐为普遍。刘勰在《文心雕龙》中说："深文隐蔚，余味曲包。"（《隐秀》）"至根柢槃深，枝叶峻茂，辞约而旨丰，事近而喻远，是以往者虽旧，余味日新。"（《宗经》）要求文学作品含蓄深沉，意在言外，余味无穷。后来南朝钟嵘在《诗品序》中则明确以"滋味"论诗："五言居文词之要，是众作之有滋味者，故云会于流俗。"诗歌有"滋味"才会居文词之先而易被人们接受。[②] 许慎《说文解字》释"美"曰："美，甘也，从羊从犬，羊在六畜主给膳也。"同时，又以"美"露"甘"："甘，美也，从口含一。"

第二节　汉魏晋南北朝时期的诗歌心理思想

艺术创作与欣赏需要形象思维应当是一个没有争议的问题。中国古代的

---

① 蒙培元.理性与情感——重读《贞元六书》《南渡集》[J].读书，2007(11)：20-30.
② 朱恩彬，周波，主编.中国古代文艺心理学[M].济南：山东文艺出版社，1997：369.

文论家早已意识到这个问题,但形象思维作为一个概念是德国哲学家、美学家黑格尔在其《美学》中提出的。他说:"我们的艺术美所欣赏的正是创作和形象思维的自由性。"俄罗斯文艺理论家别林斯基也说:"诗歌不是别的什么东西,而是寓于形象的思维。"①南北朝文学家刘勰在《文心雕龙》中就有"联类感物""神与物游""写意以附意""飚言以切事"。② 西晋文学家、书法家陆机的"观古今于须臾,抚四海于一瞬"。这些都是对形象思维的肯定。

第三节　唐宋时期的诗歌心理思想

一、唐代的诗歌心理思想

唐代是中国古代诗歌发展的历史高峰,最能反映唐代诗歌发展全貌的《全唐诗》(清康熙四十四年即 1705 年编辑),记录了唐代诗人 2 529 人,诗作 42 863 首。说唐代的诗人灿若群星是一点也不为过的。在这灿若群星的诗人当中,有诗仙李白、诗圣杜甫、诗鬼李贺,还有 16 岁就写出"野火烧不尽,春风吹又生",以脍炙人口的《长恨歌》《琵琶行》而为人们乐道的白居易,有"诗中有画,画中有诗"的王维,有唐初四杰等,他们都是中国历史上最伟大的诗人。本章不奢求对唐代诗歌作全面的理论探讨,因为这方面的研究著作已经汗牛充栋,本章仅从文艺心理学视角加以梳理和归纳。

(一) 王昌龄论诗的意境

1. 从"立意"到"境生"

盛唐时期著名边塞诗人,有"七绝圣手""诗家天子"之称的王昌龄(约698—约756),不仅是一个著名的诗人(尤其擅长边塞诗),而且还在意境的探讨方面留下许多真知灼见。唐代日僧遍照金刚编撰的《文镜秘府论·南卷·论文意》中记载了王昌龄关于"意"与"境"的几段论述:

　　　　凡作诗之体,意是格,声是律,意高则格高,声辨则律清,格律全,然后始有调。用意于古人之上,则天地之境,洞焉可观。

　　　　夫作文章,但多立意。令左穿右穴,苦心竭智,必须忘身,不可拘束。

---

①　转引自:吴家荣.文学思潮二十五年[M].合肥:安徽文艺出版社,2013:25.

②　刘勰.文心雕龙解说[M].祖保泉,解说.合肥:安徽教育出版社,1993:89-102.

思若不来,即须放情却宽之,令境生。然后以境照之,思则便来,来即作文。如其境思不来,不可作也。①

王昌龄认为,作诗首先是立意,意不立不能为诗。因为不立意,格调、品位就立不起来。只有在立意上超越前人,才可能获得前所未有之意境。"用意于古人之上,则天地之境,洞焉可观。"从"立意"到"境生"是一个"左穿右穴,苦心竭智,必须忘身,不可拘束"的过程。在王昌龄看来,境与思是相互引导、相互促生的过程。在写作没有思绪,意没有立起来时,应当放松心情,"即须放情却宽之,令境生",当意境生出后,又可以为作者进一步思考照亮道路。在王昌龄看来,写诗作文的过程是一个境与思相互引导、相互生成的过程,因此他说"如其境思不来,不可作也"。

怎样获得境界呢?王昌龄认为:"夫置意作诗,即须凝心,目击其物,便以心击之,深穿其境。"(《文镜秘府论·南卷·论文意》)要作诗,首先"须凝心",即凝神结想,将精神全部集中起来,然后指向所思考的事物,所谓"目击其物",并用心思考所描述的事物,就可以获得意境。

王昌龄借鉴"唯识论"的"共相"与"不共相"之说,指出意境中"意"的独特性:"意须出万人之境,望古人于格下,攒天海于方寸。诗人用心,当于此也。"(《文境秘府·南卷·论文意》)"万人之境"即属于"共相",天地、山海之景,古今骚人墨客皆感之,于共相之中求"不共相",就必须"用意"高于他人:"兴发意兴,精神清爽,了了明白,皆须身在意中。若诗中无身,即诗从何有?""凡属文之人,常须作意。凝心天海之外,用思元气之前,巧运言词,精炼意魄……"(《文境秘府·南卷·论文意》)王昌龄突出"我"在诗中的非"共相"性,把有"我"之"内识",即"意"看作诗的灵魂。

2. 三境观:物境——情境——意境

王昌龄还在《诗格》(也有人认为是托王昌龄之名)中提出见解独到的"三境"说:

诗有三境:一曰物境。欲为山水诗,则张泉石云峰之意。极丽艳秀者,神之于心,处身于境,视境于心,莹然掌中,然后用思,了然境象,故得形似。二曰情境。娱乐愁怨,皆张于意而处于心,然后驰思,深得其情。三曰

---

① 朱恩彬,周波,主编.中国古代文艺心理学[M].济南:山东文艺出版社,1997:345.

意境。亦张之于意而思之于心,则得其真矣。①

这是从诗学角度最早使用"意境"这一概念。王昌龄将诗歌创作分为三个层次,也就是三种境界。最低境界是"物境"——只能获得"形似",就是能够非常逼真地、栩栩如生地描绘出"泉石云峰",能够给人一种身临其境的感觉,即"处身于境""视境于心""莹然掌中""了然境象"的效果。如果连"形似"还未达到的诗人,那只能是写诗的门外汉。第二个境界是"情境",就是诗作者能够在"物境"中融入创作者的情感,所谓"深得其情"。最高境界是"意境",就不仅是简单地在物境中植入作者的情感,其中"意"不仅有情而且有理等,简单地说就是"情""理""境"水乳交融的"神似"境界。三境由"形似"到"得其情",再到"得其真",是最高的美学理想。物镜,以写物见长,故得其形似;情境,以表达情感见长,与读者产生情感上的共鸣,以情动人,感染力强;意境,则触及审美主体即诗人的联想及想象,审美之维已延伸到实境之外。

(二)杜甫《春望》与李白《月下独酌》的移情效果

"诗圣"杜甫(712—770),字子美,自号少陵野老。汉族,祖籍襄阳,河南巩县即今河南省巩义人。杜甫一生创作诗歌 1 500 多首,很少见到他有关诗歌创作心理的论述,但在创作中涉及的移情问题却被后人津津乐道。所谓移情作用是把自己的情感移到外物身上,觉得外物也有同样的情感,好像自己欢喜时看到的景物都像在微笑,悲伤时景物也像在叹气。

诗人将自己的感情投射到自然景物上,迫使自然与自己生死相依,共享人间的欢乐与悲伤,这就是移情。如杜甫《春望》中的"感时花溅泪,恨别鸟惊心",以及《漫兴·其五》中的"癫狂柳絮随风舞,轻薄桃花逐水流"就是移情,花如何会"溅泪"? 鸟如何会"惊心"? 柳絮如何会"癫狂"? 桃花如何会"轻薄"? 这分明是诗作者自己心情的写照,是人类与自然物产生的情感共鸣。

李白的"暮从碧山下,山月随人归"也是一种移情效果。再看他的《月下独酌》:

> 花间一壶酒,独酌无相亲。
>
> 举杯邀明月,对影成三人。
>
> 月既不解饮,影徒随我身。

---

① 朱恩彬,周波,主编.中国古代文艺心理学[M].济南:山东文艺出版社,1997:343.

暂伴月将影,行乐须及春。

　　我歌月徘徊,我舞影零乱。

　　醒时同交欢,醉后各分散。

　　永结无情游,相期邈云汉。①

　　这是一篇极为经典的移情诗,诗人不仅将"明月"拟人化,而且将明月投放出的"月影"也拟人化,所谓"对影成三人"。还不止于此,更重要的是作者将自己寂寞孤独的情感投射到"明月"和明月的"影子"之中,诗人与月光、月影相邀对饮、徘徊共舞更加凸显出诗人内心的孤独与寂寞。这是情感投射达到的效果。

(三) 刘禹锡关于隐喻暗示与"境生于象外"的观点

1. 关于隐喻暗示

　　唐代诗人刘禹锡(772—842,字梦得,唐朝洛阳即今河南洛阳人)借助隐喻,暗示一度曾是王谢(晋朝宰相王导、谢安)府第乌衣巷的衰败:

　　　　朱雀桥边野草花,乌衣巷口夕阳斜。旧时王谢堂前燕,飞入寻常百姓家。②

　　隐喻是一种比喻,是用一种事物暗喻另一种事物。隐喻是在彼类事物的暗示之下感知、体验、想象、理解、谈论此类事物的心理行为、语言行为和文化行为。隐喻就是把未知的东西变换成已知的术语进行传播的一种方式。隐喻是 20 世纪80 年代以来认知语义学研究的焦点,被认为是一种重要的人类认知方式。从结构上看,隐喻由本体、喻体和喻底组成。在话语层次中,许多成语、谚语也是隐喻性的,如守株待兔、对牛弹琴。隐喻就是建基于两个意义所反映的现实现象之间的某种相似,进而引申的方式。在诗歌中,常常突破词句之间的习惯联系,把一些似乎毫无关联的事物联系到一起,把相互之间似乎缺乏联系的词句结合在一起,来更好地表达诗人的思想和感情。如在诗句中经常看到的"闲花""悲风""怒雀",等等。隐喻常常需要作者情感的投射,花如何会闲? 风如何会悲? 雀如何会怒? 分明是人将自己的情感投射到自然事物之上的缘故。

　　诗人刘禹锡就是运用这种暗示技巧描写宫女的香味:"新妆宜面下朱楼,深

---

① 林德保,等注. 详注全唐诗(上)[M]. 大连:大连出版社,1997:619.

② 同上:1411.

锁春光一院愁。行到中庭数花朵,蜻蜓飞上玉搔头。"宫女的艳丽和香味使蜻蜓都产生了错觉,真伪莫辨,以为宫女就是花朵,而飞到她的头上来。

诗的妙处就在于富于暗示,能使人产生许多想象,得到许多意思。中国诗画同源的特点,无论是对于诗歌还是对于绘画都有相互促进的作用。"诗歌常常给人留下一种风韵,一种无法确切表达的感觉。它唤起读者的思索,但又不给他问题的答案。中国诗歌在出神入化、启发联想和艺术含蓄上达到完美的境地。"①这真正做到王维所说"诗中有画,画中有诗",也真正做到"言有尽,意无穷"。中国人通过巧妙运用暗示手法游刃于诗歌与绘画之间。最为人们称道的就是"踏画归来马蹄香",这是非常美妙的诗句,但对气味,画家则运用暗示的方法巧妙地激发人们去联想,即在马蹄的旁边画上几只翩翩起舞的蝴蝶,达到极佳的艺术效果。

2. 关于"境生于象外"

刘禹锡《董氏武陵集记》中说:

> 诗者文章之蕴耶? 义得而言丧,故微而难能;境生于象外,故精而寡合。千里之谬,不容秋毫。非有的然之姿,可使户晓;必俟知者,然后鼓行于时。②

"境生于象外"就是意境产生于意象又超越意象之外。文学作品中的"象"已不是客观事物的纯粹之象,而是融入情感因素之象。意象与意境都是虚境与实境的统一。但意象仍停留于"象",偏于"实";意境已超然象外,偏于虚。由象而境的过程,是一个由实向虚的过程。也就是,刘勰所说:"目即往还,心亦吐纳……情往以赠,兴来如答。"(刘勰《文心雕龙·物色》)刘禹锡"境生于象外"命题中"故精而寡合……非有的然之姿,可使户晓;必俟知者,然后鼓行于时"的断言。

(四) 李贺通过意象表达情感

情感是通过意象传达出来的,诗的微妙就在于意象的微妙。中国诗歌在这方面尤其擅长。且看被誉为"诗鬼"的唐代诗人李贺(约 791—约 817,字长吉,唐代河南福昌即今河南洛阳宜阳县人)的《正月》:

① 林语堂. 中国人(全译本)[M].上海:学林出版社,1994:246.
② 朱恩彬,周波,主编.中国古代文艺心理学[M].济南:山东文艺出版社,1997:362.

上楼迎春新春归,暗黄著柳宫漏迟。薄薄淡霭弄野姿,寒绿幽风生短丝。锦床晓卧玉肌冷,露脸未开对朝暝。宫街柳带不堪折,早晚菖蒲胜绾结。①

短短的八句诗将早春景象描绘得淋漓尽致。透过一个个精心设计的意象,我们更能感受到诗人对早春的喜爱之情。诗歌、小说、绘画、戏剧等造型艺术都是用意象传达情感,只有音乐除外,音乐的高妙在于作者的情感除了用意象传达之外,还可以通过旋律与节奏进行传达。优秀的诗歌、小说、散文、戏剧和绘画本身也具有音乐之美。在本诗中,暗黄、淡霭、寒绿、短丝、刚刚发芽的柳枝、露脸未开的花蕊和还未能打绾结的菖蒲,皮肤感到的幽风,晓卧时的清冷和淡薄雾霭等意象组合起来的意境,将诗人对早春的喜爱之情淋漓尽致地表现出来。

(五)韦庄、元稹对象征与隐喻的运用

借用某种具体形象的事物(象征体)暗示特定的人物或事理,以表达真挚的感情和深刻的寓意,这种以物征事的艺术表现手法叫象征。象征的表现效果是寓意深刻的,能丰富人们的联想;耐人寻味,使人获得意境无穷的感觉;表达真挚的感情,能给人以简练、形象的实感。在中国古代诗歌中,这种象征手法比比皆是,最古老的《诗经》中的"比兴"就是象征思维或方法的产物。唐代诗人韦庄(约836—910,字端己,诗人韦应物的四代孙,杜陵即今陕西省西安市附近人),在《台城》一诗中就用象征手段歌咏南京逝去的荣耀:

江雨霏霏江草齐,六朝如梦鸟空啼。

无情最是台城柳,依旧烟笼十里堤。②

韦庄借用绵延十里的柳堤这一具体形象的事物,暗示和引起人们对陈后主昔日盛况的联想和回忆,以表达作者对已经逝去的繁华的深切怀念。"无情柳"涉及的不仅是象征而且有移情,"台城柳"本来是自然的景物,无所谓"无情"还是"有情",是作者将自己的情感投射其中,使其带上某种情感色彩。唐代的另一位早于他的诗人元稹(779—831)也运用象征技巧表达对唐明皇与杨贵妃昔日荣耀的伤感。他只描绘了几个青丝白发的宫女在一片旧宫颓址上闲谈的图画,就将

---

① 林德保,等注.详注全唐诗(上)[M].大连:大连出版社,1997:1502.

② 同上:2762.

这种伤感活灵活现地表现出来："寥落古行宫,宫花寂寞红。白头宫女在,闲坐说玄宗。"[①]

(六) 司空图的"韵外之致""味外之旨"

晚唐诗人、诗论家司空图(837—908,字表圣,自号知非子,又号耐辱居士),虽然没有直接使用"境界"或"意境"的词汇,但从他的论述中也可以看出他对"意境"的追求。

> 戴容州云:"诗家之景,如蓝田日暖,良玉生烟,可望而不可置于眉睫之前也。"象外之象,景外之景,岂容易可谈哉!(《司空表圣文集》卷三《与极浦书》)
>
> 文之难,而诗之尤难。古今之喻多矣,而愚以为辨于味而后可以言诗也……贾浪仙诚有警句,视其全篇,意思殊馁,大抵附于寒涩,方可致才,亦为体之不备也,矧其下者哉!噫!近而不浮,远而不尽,然后可以言韵外之致耳!……今足下之诗,时辈固难色,倘复以全美为工,即知味外之旨矣。(《与李生论诗书》)

在司空图上述的引文中,虽然并没有出现"境界"或"意境"的词汇,但他的"象外之象""景外之景""韵外之致"和"味外之旨"就是对"意境"的具体描绘。

到中唐,皎然也以"味"诗曰:"夫诗工创心,以情为地,以兴为经,然后清音韵其风律,丽句增其文采。如杨林积翠之下,翘楚幽花,时时间发。乃知斯文,味益深矣。"(《文境秘府论·南卷·论文意》)皎然认为,诗的审美价值在于作为感性因素的景物、韵律、丽句和作为理性因素的情、意、识的统一,这样的诗文才味深意远。

司空图提出"味外味",独得悟诗之妙,意境理论由此有了质的飞跃。与"味外味"的审美感觉密切相连的,是味觉快感的不可言传性。味觉感受较之视觉对颜色及形状等的感受,听觉对声音强弱及远近等的感受,更为抽象,更难以言宣。在一定程度上,酸、咸、苦、辣、甜等固然可以用语言表达,但人对各种味觉体验的深浅则很难明确具体地诉诸语言,只能是"个中滋味"自心知。诗文中韵外之致的只可意会、不可言传与味觉的这种特性甚为相似,舌端与心际的灵犀之通,自然而然地给诗论家以绝妙的启迪。司空图继承前人的滋味说,提出

---

① 林德保,等注.详注全唐诗(下)[M].大连:大连出版社,1997:1557.

> 愚以为辨于味，而后可以言诗也。江岭之南，凡足资于适口者，若醯，非不酸也，止于酸而已；若醝，非不咸也，止于咸而已。华之人以充饥而遽缀者，知其咸酸之外，醇美者有所乏耳……近而不浮，远而不尽，然后可以言韵外之致耳。
>
> 盖绝句之作，本于诣极，此外千变万状，不知所以神而自神也。岂容易哉？今足下之诗，时辈固有难色，倘复以全美为工，即知味外之旨矣。（《与李生论诗书》）①

司空图在提出"辨于味，而后可以言诗"后，以食物为喻指出诗歌艺术的味应在"咸酸之外"，具备味外之味。在中国古典诗学，味外味以淡为贵。此种境界为司空图偏嗜。"冲淡"在司空图《诗品》中亦独列一品：

> 素处以默，妙机其微。饮之太和，独鹤与飞。犹之惠风，苒苒在衣。
> 阅音修篁，美曰载归。遇之匪深，即之愈稀。脱有形似，握手已违。②

"含蓄"在司空图《诗品》中独列一品：

> 不著一字，尽得风流。语不涉难，已不堪忧。是有真宰，与之沉浮。
> 如滤满酒，花时返秋。悠悠空尘，忽忽海沤。浅深聚散，万取一收。③

只有作为理性因素的情、意、识统一，诗文才味深意远。清代诗人袁枚也在《随园诗话》中强调诗中之味："味甜自悦口，然甜过则令人呕，味苦自螫口，然微苦耐人思。"

二、宋代的诗歌心理思想

宋代涌现了许多诗人，尤其是词人，他们不仅作诗填词，而且对诗词创作与

---

① 朱恩彬，周波，主编. 中国古代文艺心理学[M]. 济南：山东文艺出版社，1997：370.
② 同上：373.
③ 同上：372.

欣赏提出许多理论上的见解,其中不乏具有文艺心理学思想的见解。

(一) 欧阳修、苏轼、杨万里等论意境

欧阳修(1007—1072),字永叔,号醉翁、六一居士,汉族,吉州永丰即今江西省吉安市永丰县人,北宋政治家、文学家,在政治上负有盛名。他在《六一诗话》中引梅尧臣的话说:"必能状难写之景如在目前,含不尽之意见于言外,然后为至矣。"苏轼《题渊明饮酒诗后》中说:"'采菊东篱下,悠然见南山',因采菊而见山,境与意会,词句最有妙处。"词人姜夔曾引苏轼的话说:"语贵含蓄。东坡云'言有尽而意无穷'者,天下之至言也……若句中无余字,篇中无长语,非善之善者也;句中有余味,篇中有余意,善之善者也。"(《白石道人诗说》)姜夔所引苏轼"句中有余味,篇中有余意"都是依赖意境才能创造出来的。

苏轼(1037—1101),字子瞻,又字和仲,号东坡居士,自号道人,世称苏仙,北宋眉州眉山即今四川省眉山市人。苏轼在《书黄子思诗集后》云:"韦应物、柳宗元发纤秾于简古,寄至味于淡泊。非余子所及也。"同样推崇淡泊诗风,淡中寓以"至味",方为淡而不寡。"大抵欲造平淡,当自华丽中来,落其华芬,然后可造淡之境。"(葛立方《韵语阳秋》)正所谓"澹然无极而众美从之"(《庄子·刻意篇》)。吴可《藏海诗话》则以四时之序为喻:"凡文章先华丽而后平淡,如四时之序。方春则华丽,夏则茂实;秋冬则收敛,若外枯中膏是也,盖华丽茂实已在其中矣。"

南宋诗人杨万里(1127—1206),字廷秀,自号诚斋野客,吉水南溪即今吉水县黄桥乡湴塘村人。他以"饴"之"酸"、"茶"之"甘"喻诗之"味外味":"……然则去词去意,则诗安在乎? 曰:去词去意,而诗有在矣。然则诗果在焉? 曰:尝食夫饴与茶乎? 人孰不饴之嗜也,初而甘,卒而酸;至于茶也,人病其苦也,然苦未既而不胜其甘。诗亦如是而已矣。"(《颐庵诗稿序》)

(二) 严羽《沧浪诗话》诗歌心理思想

严羽的《沧浪诗话》是宋代一部重要的文艺理论著作,是宋代诗歌理论中的一颗明星。它在力挽宋代诗歌议论和散文的颓风,追求唐诗劲骨雄风方面的贡献,是学术界一致公认的。当代学者蓝增华认为:"南宋严羽的《沧浪诗话》是一部贯穿着形象思维理论的著作。在诗歌创作中,形象思维的作用是形成意境。"[①]《沧浪诗话》约成书于南宋理宗绍定、淳祐年间。它的系统性、理论性较强,是宋代最负盛名,对后世影响最大的一部诗话。全书分为《诗辨》《诗体》《诗法》《诗评》《考证》五册。从文艺心理学视角分析,如下一些见解非常重要。

① 燕国材.唐宋心理思想研究[M].长沙:湖南人民出版社,1987:407.

1. "诗有别趣,非关理也"

宋代是理学昌盛的时代,因此也出现"以理入诗"的观点和诗词创作的实践,出现所谓"理趣"说。"理趣"说在拓宽诗词所表达的内容和领域方面有一定的贡献,具有一定的审美价值,但不是诗词艺术的主流倾向。它可以为"穷理"者增加某些兴趣,使"理"不那么枯燥,但是"以理入诗"终非上乘。针对"理趣"说,严羽(生卒年不详,约 1192—1197 年至约 1241—1245 年,字丹丘,一字仪卿,自号沧浪逋客,世称严沧浪,邵武莒溪即今福建省邵武市莒溪人)提出"兴趣"说。他认为,诗词吟咏的应当是自我的情趣,自我的兴致。他批评那种"以文字为诗,以才学为诗,以议论为诗",是"其所作多务使事,不问兴致"。他在《沧浪诗话》中明确提出:

> 夫诗有别材,非关书也;诗有别趣,非关理也。然非多读书,多穷理,则不能极其至。所谓不涉理路,不落言筌者,上也。诗者,吟咏情性也。盛唐诸人惟在兴趣,羚羊挂角,无迹可求。故其妙处透彻玲珑,不可凑泊,如空中之音,相中之色,水中之月,镜中之象,言有尽而意无穷。①

其中"空中之音,相中之色,水中之月,镜中之象"完全是意境的创造。"诗有别趣,非关理也。""所谓不设理路,不落言筌者,上也。诗者,吟咏性情也。"诗词创作的关键就是"吟咏性情",怎样吟咏性情? 是要通过"情景交融而莫分"的形象或意象来表达自我。艺术说到底就是用形象显示自我,不是"穷理"来显示自我,不是用"学问""议论"来显示自我。就像范晞文所说:"景无情不发,情无景不生,情景交融而莫分。"这就是宋代著名的情景合一论。苏轼提出的"诗中有画,画中有诗",其实也是情景合一之意。画者形也,景也,诗者情也。诗画合一与情景合一,实一而二,二而一也。"②如司徒空《实境》一品中曰:"情性所至,妙不自寻。遇之自天,泠然希音。"

2. 诗歌创作"以识为主"

学习诗歌创作要"以识为主",用严羽的话说就是要有"金刚眼睛",要"具一只眼"。他曾说:"看诗须着金刚眼睛,庶不眩于旁门小法。"怎样才能做到"以识为主"呢? 严羽认为要做到两点:一是入门要正;二是立志要高。其原文是:

---

① 严羽,撰.沧浪诗话[M].北京:中华书局,1985:6-7.
② 张世英.中西文化与自我[M].北京:人民出版社,2011:121.

> 夫学诗者以识为主：入门须正，立志须高；以汉魏晋盛唐为师，不做开元、天宝以下人物。若自退屈，即有下劣诗魔入其肺腑之间，由立志之不高也。行有未至，可加工力；路头一差，愈骛愈远；由入门之不正也。①

首先，"入门要正"。要入门正一开始就要以历史上的名人名著为师，即"以汉魏晋唐为师"，不仅要阅读历史上优秀作家的作品，而且要体验他们做人的境界和思维方法，"不做开元天宝以下人物"，要"博取唐宋名家，酝酿胸中，久之自然悟入"，这样才可能学有所成。否则，入门不正，就会失之毫厘，谬之千里。其次，"立志要高"。如果立志不高，"有下劣诗魔入其肺腑之间"，形成了不良的心理定势和写作习惯，就永远也创作不出好作品。

怎样才能做到"入门正""立志高"，也就是如何才能做到有见识呢？为此严羽提出著名的"熟参"的概念。他主张要熟读和借鉴上乘的诗歌作品，以提高自己的品位和境界以及从中吸取和领悟创作的方法和技巧。他写道：

> 试取汉、魏之诗而熟参之，次取晋、宋之诗而熟参之，次取南北朝之诗而熟参之，次取沈、宋、王、杨、庐、骆、陈拾遗之诗而熟参之，次取开元天宝诸家之诗而熟参之，次独取李、杜二公之诗而熟参之，又尽取晚唐诸家之诗而熟参之，又取本朝苏黄以下诸家之诗而熟参之，其真是非自有不能隐者。②

总之，严羽告诫诗歌创作者，从学习诗歌创作开始就要有次序地学习上乘作家的作品，要长时间地反复阅读与借鉴上乘作家的作品，达到耳熟能详，从而走进优秀作家的精神家园，对这些优秀作品的思想内容、思维方式进行较长时间的领悟，就可能创作出好的诗歌作品来。严羽以读《离骚》为例，生动形象地解读他的"熟参"概念。他说："读《骚》之久，方识真味；须歌之抑扬，涕夷满襟，然后谓识《离骚》。"

从严羽的论述中，我们可以看出，获得见识的方法并不神秘，只要反复阅读优秀作家的作品，能够与原优秀作家产生感情上的共鸣，就能识别出作者的精妙之处，增长自己的见识和水平，同时提高自己的精神境界。学习者也可以由此获得独立的见解，乃至真知灼见。

① 严羽，撰.沧浪诗话[M].北京：中华书局，1985：4.
② 同上：3.

3."悟"与"妙悟"

想象属于形象思维。与之前文艺理论家有所不同的是,严羽借助禅道之悟来解释想象,在他看来,想象的过程就是"悟"的过程,创造想象就是进入"妙悟"的境界。他在《沧浪诗话·诗辩》中说:

> 然悟有浅深、有分限、有透彻之悟,有但得一知半解之悟。汉魏尚矣,不假悟也。谢灵运至盛唐诸公,透彻之悟也。他虽有悟者,皆非第一义也。

严羽认识到,虽然人人都能"悟",但是这种"悟",人与人却是有差异的。有人是"一知半解"的"悟",有人是"透彻之悟"。事实上,也有人在此件事上是"一知半解"的"悟",而在彼件事上却是"透彻之悟"。还有人在此时是"透彻之悟"的"悟",而在彼时却是"一知半解"的悟。据此,严羽将"悟"划分为"悟"与"妙悟"两种水平或境界。

"悟"是想象产生的第一阶段,也就是初级阶段或低级阶段。在此阶段,各种形象千头万绪,纷纷涌现,不知如何捕捉,如何表达方好。这是文艺创作(包括诗歌创作)开始阶段出现的一种特殊心理状态。这种心态就是刘勰在《文心雕龙·神思》中所说的"神思方运,万涂竞萌……方其搦翰,气倍辞前,暨乎成篇,半折心始"。唐代诗人王昌龄在《诗格·论意》中也说:"境象,虚实难明,有可睹而不可取,景也;可闻而不得见,风也;虽系我形而妙用无体,心也;义贯意象而无定质。"在这一阶段的"悟",实际上是心灵中一个不可言说的、与特殊形象显现结合在一起的、尚未定型的模糊形象。

"妙悟"才是想象的高级阶段,其实就是创造想象。"诗能通过形象写出它的意蕴和境界的就是妙悟。"[①]严羽在《沧浪诗话·诗辩》中认为:

> 大抵禅道惟在妙悟,诗道亦在妙悟。且孟襄阳学力下韩退之远甚,而其诗独出退之之上者,一味妙悟而已。惟悟乃为当行,乃为本色。然悟有浅深、有分限、有透彻之悟,有但得一知半解之悟。汉魏尚矣,不假悟也。谢灵运至盛唐诸公,透彻之悟也;他虽有悟者,皆非第一义也。[②]

---

① 王达津.论《沧浪诗话》[M]//文学评论丛刊.北京:中国社会科学出版社,1982.
② 古清杨,冯丽,任平君,主编.沧浪诗话[M].呼和浩特:远方出版社,2005:7.

严羽将孟浩然与韩愈的诗文相比较，认为论学问，孟浩然远不及韩愈，但在诗的创作方面孟浩然却在韩愈之上，其原因就是在"妙悟"，即在创造想象方面，孟浩然略胜韩愈一等。因为作诗的关键在于形象思维，在于创造想象，而与学识的关系却没有那么大。严羽所说的"妙悟"，有极高明的想象力，有移情入景，即景生情的本领，能令心物交融，形成难以言语讲述的境界。① 达到"妙悟"境界的特征是："羚羊挂角，无迹可求。故其妙处，透彻玲珑，不可凑泊，如空中之音，相中之色，水中之月，镜中之象，言有尽而意无穷。"（《沧浪诗话·诗辩》）② 钱钟书先生不仅对严羽的"妙悟"感同身受，而且还有所发展。他说："夫悟而曰妙，未必一蹴即至也。乃博采而有所通，力索而有所入也。学道学诗，非悟不进。"然后，他引用陆桴亭《思辨录辑要》中的话说："人性中皆有悟，必工夫不断，悟头始出，如石中皆有火，必敲击不已，火光始现。然得火不难，得火之后，须承之以艾，继之以油，然后火可不灭。故亦必继之以躬行力学。罕譬而喻，可以通之说诗。"③ 钱钟书与严羽的观点是一致的，即由悟进入妙悟不是"一蹴即至"的，必须经过"博采力索"才能逐步形成。钱钟书比严羽略胜一筹的地方，在于他看到在妙悟形成之后还必须"躬行力学"。

（三）方回的《心境记》

宋末元初的著名诗人、诗论家方回（1227—1305，江西诗派殿军，字万里，别号虚谷，徽州歙县即今属安徽人）写了一篇《心境记》，提出"心即境"的观点。他认为，诗人在日常生活中有什么心情就有什么意境，意境不需要刻意去追求，诗人不要为求诗境而"喜新厌常"。他反对"慕夫空妙超旷以自为高"，认为平常人的"人境"就是诗境。他在《心境记》中还以陶渊明的"心远地自偏"为例进行阐释：

> 其诗曰："结庐在人境，而无车马喧。"有问其所以然者，则答之曰"心远地自偏"。吾尝即其诗而味之：东篱之下，南山之前，采菊徜徉，真意悠然，玩山气之将夕，与飞鸟以俱还，人何以异于我，而我何以异于人哉？"盥濯息檐下，斗酒散襟颜"，人有是我亦有是也；"相见无杂言，但道桑麻长"，我有是人亦有是也。④

---

① 王达津. 论《沧浪诗话》[M]//文学评论丛刊. 北京：中国社会科学出版社，1982.
② 古清杨，冯丽，任平君，主编. 沧浪诗话[M]. 呼和浩特：远方出版社，2005：7-8.
③ 钱钟书. 谈艺录[M]//郭绍虞. 沧浪诗话校译. 北京：人民文学出版社，1983：24.
④ 朱恩彬，周波，主编. 中国古代文艺心理学[M]. 济南：山东文艺出版社，1997：346.

方回认为,陶渊明的智慧就是能够将人有我也有,我有人亦有的相同的环境写进自己的诗中,形成自己独具一格、超然世外、恬淡自然的诗风。在东篱之下,南山之前采菊,意气悠然,"玩山气之将夕,与飞鸟以俱还"的人大有人在,为什么偏偏只有陶渊明能够写出这种美妙的意境来呢? 方回在《心境记》中认为,这是因为诗人陶渊明具有独特的"方寸之心":

> 顾我之境与人同,而我之所以为境,则存乎方寸之间,与人有不同焉者耳……然则此渊明之所谓心也。心即境也,治其境而不于其心,则迹于人境远,而心未尝不近;治其心而不于其境,则迹与人境近,而心未尝不远。①

在方回看来,诗人与常人面临同样的情境,但心之不同,因而意境不同。也就是说,面对同样的生活环境,诗人的主观感受与一般人不同。陶渊明所处的环境不是"地偏",而是"心远"。因为"心远",虽身居闹市,也能耳根清净,所以诗人的关键是"治心",即提高"心"的格调与境界是最关键的。如果舍本逐末,治境而不治心,即使身处偏远,仍不能摆脱人迹喧嚣之声。心异则境异,客观外物人人可感,但人人所感不同,心念各异,构成的意境就不同。方回的"心即境"强调意境中主观因素,即"心"的决定作用。②

第四节　元明清时期的诗歌心理思想

一、元明时期的诗歌心理思想

(一) 以"无味之味"为"珍"

元代在中国历史上只存在九十多年,因时间短,留下的诗词及探讨诗词的理论也较少,所以宋末元初文学家,被称为"东南文章大家"的戴表元(1244—1310,字帅初,一字曾伯,号剡源,庆元奉化剡源榆林即今浙江班溪镇榆林村人)的一个主张就弥足珍惜了。戴表元主张杂咸酸甘苦于无味,并以"无味之味"为"珍":

---

①　朱恩彬,周波,主编.中国古代文艺心理学[M].济南:山东文艺出版社,1997:346.
②　同上:346－347.

酸咸甘苦之于食，各不胜其味也，而善庖者调之，能使之无味。温凉平烈之于药，各不胜其性也，而善医者制之，能使之无性。风云月露，虫鱼草木，以至人情世故于诸物，各不胜其为迹也，而善诗者用之，能使之无迹。是三者所为，其事不同，而同于为之之妙。何者？无味之味食始珍，无性之性药始匀，无迹之迹诗始神。（《许长卿诗序》）①

戴表元认为，作诗填词要像烹饪师、药剂师调味道一样，将各种不同性情、味道加以调和，才能达到出神入化的境界。

（二）李贽强调诗歌对情感的宣泄

明代思想家、文学家，泰州学派的一代宗师李贽认为，文学家并不是天生就会写文章，最初也并没有写文章的目的。文学家写文章是平日积累的情感在某种特定条件下的宣泄。李贽在《焚书·杂说》说：

且夫世之真能文者，比其初皆非有意于为文也。其胸中有如许无状可怪之事，其喉间有如许欲吐而不敢吐之物，其口头又时时有许多欲语而莫可所以告语之处，蓄极积久，势不能遏。一旦见景生情，触目兴叹，夺他人之酒杯，浇自己之垒块，诉心中之不平，感数奇于千载。既已喷玉唾珠，昭回云汉，为章于天矣，遂亦自负，发狂大叫，流涕恸哭，不能自止。宁使见者闻者切齿咬牙，欲杀欲割，而终不忍藏于名山，投之水火。②

李贽认为，艺术创作是一个情感宣泄的过程，这个过程包括情感的积累、情感的酝酿、情感的艺术表现、情感的外化和情感的客观心理效应几个阶段。这种有感而发、忧愤而成的诗文，是情感的自然流露。这也一定是李贽个人的创作体验和他对文学创作的要求。这里绝对没有矫揉造作，没有无病呻吟，没有牵强附会，完全是作者情感的自然流露。

（三）王嗣奭重亲身感受

杜甫的诗世称"史诗"，就是说他的诗真实地反映了他那个时代的社会生活，使人"读之可以知其世"。③ 明文学家王嗣奭（1566—1648，字右仲，号于越，浙江鄞县人）在《杜臆》卷三谈到杜甫的"三吏"（《新安吏》《石壕吏》《潼关吏》）

---

① 朱恩彬，周波，主编.中国古代文艺心理学[M].济南：山东文艺出版社，1997：374.
② 李贽.焚书继焚书（全五册）[M].北京：中华书局，1974：271-272.
③ 冯健男.创作要怎样才会好[M].北京：文化艺术出版社，1983：11.

"三别"(《新婚别》《垂老别》《无家别》)时说过这样一段话:"上述章诗,非亲见不能作,他人虽亲见亦不能作。公往来东都,目击成诗,若有神使之,遂下千年之泪。"

(四)陆时雍论诗歌的"露"与"藏"

明代陆时雍(生卒年不详,字仲昭,桐乡人)《诗镜总论》曰:"善言情者,吞吐深浅,欲露还藏,便觉此衷无限。善道景者,绝去形容,略加点缀,即真相显然,生韵亦流动矣。"言情而言内不以情尽,道景而内隐景之天然真相,内涵外蓄,令人唱叹之余而遗音不绝如缕。

陆时雍所说的"露"与"藏"是诗歌创作或诗歌作品中情感的"露"与"藏",要做到"欲露还藏"才能吸引读者,才能韵味无穷。

(五)曹佺论含蓄

明代曹佺(生卒年不详)在《吴汤日诗序》中说:"古人之诗,含以蓄,而常得言外之趣。今人之诗,务欲言其胸中之所欲言,而唯恐其有所不尽。"所以,在他看来,"今人之诗,皆传注乎古诗者也"。古人之诗,能不尽则不尽,言外蓄意,纸外传情。而今人之诗,倾尽胸中之言,咸则咸极,酸则酸极,含而不蓄。曹佺主张作诗要给读者留有余地,留有空白,即为读者留有联想和想象的空间,不能把话说尽。

(六)祈彪佳的"词以淡为真,境以幻为实"

明代政治家、戏曲理论家、藏书家祈彪佳(1602—1645,字虎子,一字幼文,又字宏吉,号世培,别号远山堂主人,山阴即今浙江绍兴梅墅村人)在《远山堂朗品·唾红》中说:"叔考匠心创词,能就寻常意境,层层掀翻,如一波未平,一波复起。词以淡为真,境以幻为实,《唾红》其一也。""境以幻为实",而幻自寻常境生,亦必从实处得,实而虚之,虚而实之,层层掀翻,风水沦涟,于波折起伏中境生象外。

(七)谢榛"情景相触而成诗"

明代布衣诗人谢榛(1495—1575,字茂秦,号四溟山人、脱屣山人,山东临清人)在《四溟诗话》卷三论述"景乃诗之媒,情乃诗之胚"的同时指出:

> 夫情景有异同,模写有难易,诗有二要,莫切于斯者。观则同于外,感则异于内,当自用其力,使内外如一,出入此心而无间也。[1]

---

[1]　谢榛,撰.四溟诗话[M].北京:中华书局,1985:41.

谢榛看到情与景不同与相同之处。诗人在对景色进行观测时,一定要反映客观事物的全貌,要符合客观事物,所谓"观则同于外";但当客观景物进入诗人们的内心世界后,诗人们的感悟却是不同的,是独特的,所谓"感则异于内"。诗人的功夫在于使情与景融合,"使内外如一,出入此心而无间也"。他还说:"作诗本乎情景,孤不自成,两不相背……景乃诗中之媒,情乃诗中之胚,合而作诗,以数言而统万形,元气浑成,其浩无涯矣。""情景相触而成诗,此作家之常也。"有情无景不成诗,有景无情也不成诗,"孤不自成"。只有情景相合,"情景相触"才能成诗。

二、明清时期的诗歌心理思想

(一)李渔的情景交融说

明末清初文学家、戏曲家、学者李渔(1611—1680,初名仙侣,后改名渔,字谪凡,号笠翁,汉族,浙江金华兰溪人)在《窥词管见·第八则》中对意境问题说得十分直接。在他的视界中,"意境"无非就是由"情"与"景"两个要素构成的,意境的水平要看作者对"情"与"景"关系的处理功夫。他以作词为例说道:"作词之料,不过情景二字,非对眼前写景,即据心上说情,说得情出,写得景明,即是好词。"李渔这段话可谓一语中的,抓住了意境的关键特征,意境不能光有"意"——"情",而无"境",也不能光有"境"——"景"而无"意"。换句话说,无情无景根本谈不上意境,有情无景也谈不上意境,有景无情同样谈不上意境,意境一定是情与景水乳交融。李渔在《窥词管见·第九则》中也有很精彩的论述:"词虽不出情景二字,然二字亦分主客:情为主,景为客。说景即是说情,非借物遣怀,即将人喻物,有全篇不露秋毫情意,而实句句是情,字字关情者。"所谓"枝枝叶叶总关情"就是此意。"昔我往矣,杨柳依依;今我来思,雨雪霏霏"妙就妙在写的是景,抒的是情。在情与景的关系中,情是形成情景交融意境的灵魂,但情又不能独立表达,独立表达也就失去了意境,也就失去了美感。

(二)王夫之的诗歌心理思想

1. "形神合一"与"形神凑合"

明末清初杰出思想家王夫之(1619—1692,字而农,号姜斋、又号夕堂,或署一瓢道人、双髻外史,晚年隐居于形状如顽石的石船山),提出"形神合一"与"形神凑合"。我国古代诗论中,几乎所有的文艺理论家和诗人都意识到,诗歌创作不能靠概念思维,而要靠形象思维,因而也就产生了许多对形象思维的论述。

王夫之的"形神合一"与"形神凑合"的思想就是典型的形象思维。

所谓"形神合一"就是指作家或诗人在创作中描写的事物形象一定要与客观真实的事物相符合，相一致。王夫之说：

> 两间生物之妙，正以形神合一。得神于形，而形无非神者，为人物而异鬼神。若独有恍惚，则聪明去耳目矣，譬若画者，固以笔锋墨气曲尽神理，乃有笔墨而无物体，则更无物矣。①

艺术形象是怎样产生的？王夫之认为是形神合一的结果，也就是作家或画家的心灵世界与客观存在的事物相吻合的结果。艺术形象（形）是作家或画家的心灵（神）塑造出来的，"形无非神者，为人物而异鬼神"。譬如绘画，就是画家运用笔墨表达事物的特征与规律，人们只能欣赏到笔墨创造出来的形象，而不是真实的事物。王夫之对艺术形象产生的过程认识得非常深刻。

所谓"神理凑合"就是表象、联想等合乎规律的组合。王夫之对此在《夕堂永日绪论序》有一段话：

> 神理相取，在远近之间。才著手便煞，一放手又飘忽去……"清清河畔草"与"绵绵思远道"，何以相因依，相含吐？神理凑合时，自然恰得。②

王夫之的"神理凑合"的思想，在古今中外许多作家的创作中都得到验证。我国现代作家鲁迅在《我怎么做起小说来》一文中就谈到，他在创作中，人物的模特儿并不是专用一个人，而是"往往嘴在浙江，脸在北京，衣服在山西，是一个拼凑起来的角色"。③ 可以说，鲁迅是神理凑合、自然恰得的实践者。在王夫之看来，利用表象进行联想和想象就可以将本来没有什么关系的"清清河上草"与"绵绵思远道"联系起来，组合成新的艺术形象。

2. "名言之理"与"妙幻之理"

王夫之区分了名言之理与妙幻之理，认为不能用名言之理去求证妙幻之理。"不得以名言之理相求。"名言之理就是我们所说的逻辑推理之理，就是理性之理、物理之理，而妙幻之理是直观的、非理性之理。王夫之所谓"亦理亦情

---

① 王夫之.船山全书(第十四册)[M].长沙：岳麓书社，2011：1023.
② 王夫之.船山全书(第十五册)[M].长沙：岳麓书社，2011：823.
③ 鲁迅杂文全集[M].郑州：河南人民出版社，1997：422.

亦趣""规以象外,得之圜中",王夫之是中国历史上第一个从理性和非理性同一的角度发掘自我的深层内涵的美学家。①

冯友兰在《新原人》中专门写了《论诗》一章,他认为,诗也可以"进于道",就是进于形而上的哲学,但诗不是用逻辑语言即概念表达的。有一种所谓哲学诗或说理诗,是用哲学概念再押上韵写出来,其实这并不是真正的诗。诗的语言,没有概念,没有长篇大论的说理,没有长篇大论的逻辑推理,既不讲形而上学,也不讲形而下学。

3."诗之所至,情无不至"

明清之际学者王夫之,尽管自己没有留下很多为后人乐道的诗篇,但他对诗与情关系的认识却相当到位。他说:

> 诗以道情,道之为言路也。情之所至,诗无不至。诗之所至,情以之至……往复百歧,总为情止。②

> "诗可以兴,可以观,可以群,可以怨。"尽矣。辨汉魏唐宋之雅俗得失以此,读《三百篇》者以此也。"可以云者"随所"以"而皆"可"也。于所兴而可观,其兴也深;于所观而可兴,其观也审。以其群者而怨,怨愈不忘;以其怨者而群,群乃愈挚。出于四情之外,以生起四情;游于四情之中,情无所室。作者用一致之思,读者各以情而自得。(《夕堂永日绪论内编》)③

从王夫之上述两段引文中可以看出,在王夫之诗学理论中,诗与情已经达到难分难舍的状态,无情则无诗,诗之所至,情必至焉;有诗之处,必有情在。他充分肯定孔子认为诗可以兴、观、群、怨的价值,认为孔子的这个观点将诗的真谛表达得淋漓尽致。同时认为,兴、观、群、怨这四情是判断一切诗词雅俗得失的标准。王夫之不仅认识到诗歌创作要缘于情,而且进一步认识到,读者在欣赏诗歌时也离不开情感,仍然需要情感的参与。由于读者情感的不同,对同一作者或作品欣赏所得的结果也会不同,所谓"作者用一致之思,读者各以情自得"。

4. 王夫之"景以情合,情以景生"的观点

王夫之对于"意境"却提出一个艺术上超乎前人的命题——"夫景以情合,

① 张世英.中西文化与自我[M].北京:人民出版社,2011:123.
② 纳秀艳.王夫之《诗经》学"诗以道情"观的诗学贡献[J].衡水学院学报,2015,17(6):73 - 78.
③ 王夫之.船山全书(第十五册)[M].长沙:岳麓书社,2011:819 - 820.

情以景生"。王夫之不是一个严格意义上的诗人和艺术家,但他是从理论上真正厘清意境含义或情景关系的第一人。他说:

> 近体中二联,一情一景,一法也。"云霞出海曙,梅柳渡江春。淑气催黄鸟,晴光转绿蘋。""云飞北阙轻阴散,雨歇南山积翠来。御柳已争梅信发,林花不待晓风开。"皆景也,何者为情? 若四句俱情而无景语者,尤不可胜数。其得谓之非法乎? 夫景以情合,情以景生,初不相离,唯意所适。截分两橛,则情不足兴,而景非其景。(《姜斋诗话卷下·一七》)①

王夫之大概是中国历史上最早说出情景相生、情景不离的思想家。如果将情景"截分两橛""则情意不足兴,而景非其景"。

不过,情景不分,情景交融,并不是二者在创作或欣赏中就平分秋色,无分轩轾。在情景交融的意境中,一切景语皆情语。对此,王夫之有一段发人深省的话:

> 不能作景语,又何能作情语耶? 古人绝唱句多景语,如"高台多悲风""蝴蝶飞南园""池塘生春草"……皆是也,而情寓于其中矣。以写景之心理言情,则身心中独喻之微,轻安拈出。(《姜斋诗话》卷下·二四)②

景语即情语是王夫之对情景交融意境理论作出的一个巨大贡献。在王夫之看来,景语中一定要有情语,情语中也一定要有景语才能进入艺术的境界。这也可以说是艺术境界与非艺术境界的一个根本差别。但王夫之也指出,情语是寓于景语之中的。"以写景之心理言情",这是创造意境的不二法门。

王夫之在《姜斋诗话笺注》卷二说:"情景名为二,而实不可离。神于诗者,妙合无垠,巧者则有情中景,景中情。"在《唐诗评选》中他又说:"景中生情,情中含景,故曰,景者情之景,情者景之情。"

王夫之在《姜斋诗话》卷下说:"夫景以情合,情以景生,初不相离,唯意所适。截分两橛,则情不足兴,而景非其景。"③

王夫之全面深入分析了由情而引起的差异:

① 王夫之.船山全书(第十五册)[M].长沙:岳麓书社,2011:825－826.
② 同上:829.
③ 同上:826.

情景虽有在心在物之分,而景生情,情生景,哀乐之触,荣悴之迎,互藏其宅。天情物理,可哀而可乐,用之无穷,流而不滞,穷且滞者不知尔。"吴楚东南坼,乾坤日月浮",咋读之若雄豪,然而适于"亲朋无一字,老病有孤舟"相为融浃。当知"倬彼云汉",颂作人者增其辉光,忧旱甚者益其炎赫,无适而无不适也。(《姜斋诗话·诗译》)①

　　王夫之指出,"吴楚东南坼,乾坤日月浮"这两句,写吴楚之地好像被洞庭湖一分为二,整个天地也仿佛日夜浮浸于湖中,极言洞庭湖气象的壮阔,从中隐含着诗人年少时的壮志豪情。但是现实的黑暗、混乱与艰难又使诗人难以摆脱个人生活的困境,同时北方未息的战争也使诗人顿生忧国伤时的悲凉。诸种情感复杂纠结,前后诗境阔狭迥异,但情感的发生真实合理。王夫之认为,在日常生活和诗歌创作中,某一种景物并不仅仅引起某一种情感,它可能会引发一系列的相关情感,诸种情感又交织融汇为一种复杂但合情合理的心境。接着王夫之又以"倬彼云汉"为例,分析了同一景物在不同审美主体那里引发的不同情感状态。"云汉"指银河。"倬彼云汉"见于《诗经·大雅》中的《棫朴》和《云汉》第四章:"倬彼云汉,为章于天。周王寿考,遐不作人。"一般认为此诗是用银河浩渺,来称赞周文王的功德。显然,这是对银河的一种赞颂的肯定情感。《云汉》首章云:"倬彼云汉,昭回于天,王曰于乎,何辜今之人。天降丧乱,饥馑存臻。"这几句诗的含义是指银河在天,光辉普照,却意味着天不降雨,旱灾严重,饥荒遍地,民不聊生。这里表达的是对银河痛恨否定的情感,也表达了情感的复杂多变,表现在文学作品中,形成情景融合而构成了境界的多姿多彩。王夫之在《古诗评选》卷五评谢朓《之宣城郡出新林浦向板桥》云:

　　诗有全不及情,而情自无限者,心目为政,不恃外物故也。"天际识归舟,云间辨江树",隐然一含情凝眺之人呼之欲出,从此写景,乃为活景。(《古诗评选》卷五)②

"活景"即富有感染力的境外之景,它能在审美主体心中激起情感波澜,并调动审美主体的想象、联想等心理活动,使主体、客体在象外之境遇遥相呼应。"天

①　朱恩彬,周波,主编.中国古代文艺心理学[M].济南:山东文艺出版社,1997:357-358.
②　同上:365.

际识归舟，云间辨江树"，无一字言情，却字字有情环绕，实景之中，意绪飞动，隐然之中"凝眺之人呼之欲出"，但又无凝眺何人，何故凝眺之实事的拘泥，似等闲得来，点到为止，却足以让欣赏者竭尽艺术想象，于象外象、景外景之中流连忘返。清代文学家王永彬（1792—1869，字宜山，人称宜山先生，王氏后人称其宜山公）在《围炉夜话》中有："夫诗以情为主，景为宾。景物无自生，唯情所化。情哀则景哀，情乐则景乐。"他认为与情无关的叙景之作犹如"寒夜以板为被，赤身而挂铁甲"。无主之宾，亦必无景。

（三）蔡小石：读书阶段与方式不同，意境也不同

清代学者蔡小石（生卒年不详）将读书分为"始读""再读""卒读"，三种读书类别获得的意境也不同。他在《拜石山房词》序中说：

> 夫意以曲而善托，调以杳而弥深。始读之则万萼春深，百色妖露，积雪缟地，余霞绮天，一境也。再读之则烟涛澒洞，霜飙飞摇，骏马下坡，泳鳞出水，又一境也。卒读之而皎皎明月，仙仙白云，鸿雁高翔，坠叶如雨，不知其何以冲然而澹，脩然而远也。（顾翰《拜石山房词》，光绪榆园刻本，极初印）[1]

这种"始读""再读""卒读"获得的意境与审美效果是不同的。这是从欣赏角度或从读者角度探讨意境获得的难得见解。"始读"获得的是"一境也"，是初始之境，是他对直观感相的渲染，获得象内之象——就是文学语言构成的可视之象，与书法的笔墨表象（意境的表层）一样。"再读"获得"又一境也"，即活跃生命的传达，即诗之情之神之力的活跃，抽象把握，即获得象外之象——主体精神的抽象把握。"卒读"，是最高灵境的启示，无形大象，道体光辉，总之，由象内之象——象外之象——无形大象，步入最佳境界。无形大象——道体光辉，宇宙之气的传达（意境最高层）。象内之象"悦目"，象外之象"应心"，无形大象"畅神"。艺术欣赏要由形入神，由物会心，由景致境，由情到灵，由物知天，由天而悟。由有限的字句笔墨见无限的精神之道，由瞬间见到永恒。江顺贻评之曰："始境，情胜也。又境，气胜也。终境，格胜也。"[2]

（四）王士祯："不着一字，尽得风流"

清初杰出诗人、学者、文学家王士祯（1634—1711），字子真、贻上，号阮亭，

---

① 朱恩彬，周波，主编.中国古代文艺心理学［M］.济南：山东文艺出版社，1997：361.
② 顾翰，撰.拜石山房词钞［M］.清道光十四年（1834 年）刻本，序.

又号渔洋山人，人称王渔洋，谥文简。新城即今山东桓台县人，常自称济南人。他继承了前面几位文论家的观点。他在《带经堂诗话》卷三说："(司空)表圣论诗有二十四品，予最喜'不着一字，尽得风流'八字。"在《带经堂诗话》卷二又说："严沧浪诗话，借禅喻诗，归于妙悟，如谓盛唐诸家诗如镜中之花……乃不易之论。"王世贞《艺苑卮言》中"气从意畅，神与境合"与叶梦得《石林诗画》中"诗家妙处"就在于"无所用意，猝然与景相遇，借以成章"，也与袁宏道《序小修诗》中"情与境会，顷刻千言"异曲同工。[①]

(五) 乔亿："景中断须有意，无意便是死景"

乔亿(1730 年前后在世，字慕韩，江苏宝应人，生卒年均不详)《剑溪说诗》(卷下)："'意中有景，景中有意'姜白石语也。余谓意中有景固妙，无景亦不害为好诗。若景中断须有意，无意便是死景。"直抒胸臆的作品，把心中所感传达得真切鲜明，发挥得淋漓尽致，以情境胜，也不失为佳作。若把景物机械地描摹出来，纵使美景神笔，也难免兴味索然，呆板无趣。

(六) 龚自珍关于出境与入境的观点

出境与入境的观点最早见于清代诗人龚自珍(1792—1841，字璱人，号定庵，汉族，仁和今浙江杭州人)的《尊史篇》。龚自珍认为，一个作家既要"善入"，又要"善出"，应当二者兼备。他在《尊史篇》说：

> 何者善入？天下山川形势，人心风气，土所宜，姓所贵，皆知之；国之祖宗之令，下逮吏胥之所守，皆知之。其于言礼、言兵、言政、言狱、言掌故、言文体、言人贤否，如言其家事，可谓入矣。
>
> 何者善出？天下山川形势，人心风气，土所宜，姓所贵，国之祖宗之令，下逮吏胥之所守，皆有联事焉，皆非所专官。其于言礼、言兵、言政、言狱、言掌故、言文体、言人贤否，如优人在堂下，号咷舞歌，哀乐万千，堂上观者，肃然踞坐，眲眲而指点焉，可谓出矣。[②]

所谓"善入"，就是作者需要静观默察，钻进所描写的对象中去，仔细揣摩，使之烂熟于心，达到如数家珍的境地。"善入"，也就是刘勰所说的"心随物以宛转"。龚自珍认为："不善入者，非实录；垣外之耳，乌能治堂中之优也耶？则史之言，

① 朱恩彬，周波，主编.中国古代文艺心理学[M].济南：山东文艺出版社，1997：354.
② 龚自珍.龚自珍全集[M].上海：上海人民出版社，1975：80-81.

必有余咙。"也就是说,不善入就会脱离实际灵虚蹈空、流于向壁虚构。

所谓"善出",就是指作者钻进对象之后还要跳出来,表现为自己对对象的态度、看法和评价。善出才不至于见树木不见森林,眼光不拘泥于孤立的事物,才能统观全局,发现事物之间的联系,这就相当于刘勰所说的"物与心而徘徊"。龚自珍认为:"不善出者,必无高情至论,优人哀乐万千,手口沸羹,彼岂复能自言哀乐也耶? 则史之言,必有余喘。"也就是说,不善出就会拘泥现实,缺乏个性,陷于刻板模拟。

(七) 叶燮《原诗》中的诗歌心理思想

1. 诗歌创作"遇合"说

叶燮(1627—1703,字星期,号已畦,吴江人,清初诗论家)对中国古典美学又有新的突破,提出著名的人物"遇合"说。他认为,审美意象来自"造物"与"人"的遇合。他说:"天地之生山水也,其幽远奇险,天地亦不能一一自剖其妙,自有此人之耳目手足一历之,而山水之妙始泻。"叶燮在这里明确肯定美是自我与外物相结合("遇合")的产物。叶燮的遇合论已经超越中国原始的、简单的天人合一思想,实现了主体与客体的分化,认识到"造物"与"人"的区别,所以他的所谓"遇合"是物我有别的物我结合论,充分体现创造者的能动性,这是中国从前的哲学家和美学家没有达到的精神高度。叶燮还具体地区分了"在物者"和"在我者"。他在《原诗·内篇》说:"曰理,曰事,曰情,此三者足以穷尽万有之变态。""曰才,曰胆,曰识,曰力,此四言所以穷尽此心之神明……以在我之四,衡在物之三,合而为作者之文章。"①他认为,在物者有事、理、情三个要素;在人者有才、胆、识、力四个要素。这四者的关系是:"大约才、胆、识、力四者,交相为济……惟有识,则能知所从,知所奋,知所决,而后才与胆皆确然有以自信。举世非之,举世誉之,而不为其所摇。安有随人之是非以为是非者哉!"(《原诗·内篇》)天下美文就是来自客观三要素与来自作者主观的四要素的巧妙遇合。

2. 艺术创作是集众美的过程

叶燮认为,艺术形象是通过集众美而实现的。换句话说,艺术形象的创作过程或者艺术境界的创作过程,就是集众美的过程,也就是将散在各处的美有机组合起来的过程,"夕阳枯草寻常物,解用都为绝妙词"。叶燮写道:

---

① 朱恩彬,周波,主编.中国古代文艺心理学[M].济南:山东文艺出版社,1997:59-60.

凡物之生而美者,本乎者也,本乎天自有之美也。然孤芳独美,不如集
众芳以为美。待乎美,事在乎人者也。夫众芳各有美,即美之类而集之;集
之云者,生之美之培之,是天地之芳无遗美而美始大。(《滋园记》)①

　　这段话的意思是,生活中的美是零散分散的,是"孤芳独美",不容易引起人们的
注意,也不容易使人感动。艺术家的作用就是将这种零散分散的美"集"起来,
所谓"集众芳以为美"。这种"集"其实就是艺术创作中的典型化手法,从而使其
来源于生活又高于生活。但是这种"集",首先要在作家头脑中进行,也就是作
家、艺术家将平日的或当时出现的事物形象以表象的形式记载在大脑之中,然
后通过联想和想象将其联结起来,形成一个新的、前所未有的形象,最后才用语
言或图画等不同形式将其表达出来。叶燮还说:"及物之美者,盈天地间皆是
也。比待人之神明而慧见。"(《集唐诗序》)也就是,要"集众芳以为美",要将"盈
天地间皆是"之美"集"于自己笔下,形成美好的"意象""意境",必须依"神明而
慧见"。②

　　3. "作诗有性情必有真面目"
　　清代诗论家叶燮还具体分析了杜甫诗中的情感与自己欣赏杜甫诗时的情
感作用。他说:"如杜甫之诗,随举其一篇,篇举其一句,无处不可见其忧国爱
君,悯时伤乱,遭颠沛而不苟,处穷约而不滥,崎岖兵戈盗贼之地,而以山川景
物,友朋杯酒,抒愤陶情,此杜甫之面目也,我一读之,甫之面目跃然于前。读其
诗一日,一日与之对;读其诗终身,日日与之对也。故可慕可乐而可敬也。"③叶
燮不仅体验到杜甫的诗"无处不可见其忧国爱君,悯时伤乱"的情怀,而且认识
到读者在阅读他诗时也是与他进行情感上的沟通与交流。总之,"作诗有性情
必有真面目",④欣赏诗的人也要有真性情才有真面目。我国现当代诗人郭沫
若在《论诗三札(一)》中也谈到,诗是"不借重于音乐的韵语,而直抒情绪中的观
念之推移","诗之精神在其内在韵律","内在韵律便是'情绪的自然消涨'"。
《女神》中一些成功的诗作确实做到以感情统摄语言节奏,使节奏的疾徐抗坠与
感情的缓急升降谐和一致。⑤

———————————

①　江裕斌.试论叶燮的诗歌创作论——兼谈与王夫之的差异[J].重庆师范大学学报(社会
　　科学版),1990(1):74-79.
②　叶燮.原诗笺注[M].蒋寅,笺注.上海:上海古籍出版社,2014:263.
③④　同上:287-288.
⑤　郭沫若.女神[M].南京:南京大学出版社,2009,前言:2-3.

4. 诗中不独有情

我们的古人看到情感与诗歌难分难舍的致密关系,但在认识到有诗必有情的同时,也看到诗中不仅仅有情,诗中还有物,诗中还有形,诗中还有理。也就是说,诗除了与情关系最为密切以外,还与物、形、理有一定的关系。这些关系都在情的统领之下,只有情与物、情与形、情与理的有机融合才能创造出优美的意境。

首先看情与物的关系。叶燮认为,情是在外物作用下感动的结果。情与物是什么关系呢? 叶燮认为,诗人的情虽然是禀天而成,与性俱生,但在没有外物作用的条件下也不能被激发出来,只有在外物的刺激下才能被激发出来,所谓感物而动。用叶燮的话说就是:"必先有所触以兴起意,而后措诸辞,属为句,敷之而成章。"①叶燮所说的"物"不仅指自然之物,更多的是社会生活。所谓"人生与世接,要不能与世为漠然而不相关之人。既相关,则人不能忘乎我,而我亦不能忘乎人。"总之,在叶燮看来,情与物的关系是:"触类而起,因遇得题,因题达情,因情敷句。"

再看情与形的关系。情与形的关系就是情感与形象的关系。叶燮认为:"诗者,情也,情附形则显。"创作者只有将自己的情感附着在形象上才能显现出来,也就是情感只有通过形象表达出来才可成为诗。

最后是情与理的关系。叶燮认为,情与理是相通的,情中有理,理中有情。对此他有一段很精彩的言论。他说:"从来论诗者,大约申唐而绌宋。有谓'唐人以诗为诗,主性情,于《三百篇》为近;宋人以文为诗,主议论,于《三百篇》为远'。何言之谬也! 唐人诗有议论者,杜甫是也……宋人以文为诗,则李白乐府长短句,何尝非文?"②叶燮认为,"申唐绌宋"的谬误就在于,人们将情与理绝对分开,唐人以诗为诗,诗中也有议论。同样,宋人以文为诗,诗中也抒性情。因为情中有理,理中有情,只有"情理交至",才算好诗。

5. 叶燮以诗句为例对象外之境的分析

叶燮认为,诗人可以从"理"与"事"的领悟中获得诗歌的境界,获得"象外之境"。他在《原诗·内篇》以杜甫《船下夔州郭宿,雨湿不得上岸,别王十二判官》中的诗句"晨钟云外湿"句为例分析其中的象外之境曰:

---

① 叶燮.原诗笺注[M].蒋寅,笺注.上海:上海古籍出版社,2014:38-39.
② 同上:416.

又《夔州雨湿不得上岸》作"晨钟云外湿"句,以晨钟为物而湿乎?云外之物,何啻以万万计!且钟必于寺观,即寺观中,钟之外物亦无算,何独湿钟乎?然为此语者,因闻钟声有触而云然也。声无形,安能湿?钟声入耳而有闻,闻在耳,止能辨其声,安能辨其湿?曰云外,是又以目始(一作"治")见云不见钟,故云云外。然此诗为雨湿而作,有云然后有雨,钟为之湿,则钟在云内,不应云外也。斯语也,吾不知其为耳闻邪?为目见邪?为意揣耶?俗儒于此,必曰"晨钟云外度",又必曰"晨钟云外发",决无下"湿"字者。不知其于隔云见钟,声中闻湿,妙悟天开,从至理实事中领悟,乃得此境界也。①

杜甫不拘事理,运用想象将钟声和"湿"联系在一起,创造出声湿而人心更湿的诗歌境界。

叶燮也认为,理与事与虚实的结合就可能创造出优美的意境。他以《晚秋陪严郑公摩诃池泛舟》的诗句"高城秋自落"为例句分析了意境:

又《摩诃池泛舟》作"高城秋自落"句,夫秋何物,若何而落乎?时序有代谢,未闻云落也。即秋能落,何系之以高城乎?而曰高城落,则秋实自高城而落,理与事俱不可易也。以上偶举杜集四语,若以俗儒之眼观之,以言乎理,理于何通?以言乎事,事于何有?所谓言语道断,思维路绝;然其中之理,至虚而实,至渺而近,灼然心目之间,殆如鸢飞鱼跃之昭著也。理既昭矣,尚得无其事乎?②

叶燮在《原诗》中还评价了杜甫的《玄元皇帝庙》中"碧瓦初寒外"的诗句:

初寒无象无形,碧瓦有物有质;合虚实以分内外,吾不知其写碧瓦乎,写初寒乎?写近乎,写远乎?……然设身而处当时之境会,觉此五字之情景,恍如天造地设,呈于象,感于目,会于心。意中之言而口不能言;口能言之,而意又不能解。划然示我以默会想象之表,竟若有内有外,有寒有初寒,特借碧瓦一实相发之;有中间,有边际,虚实相成,有无互立,取之当前

① 叶燮.原诗笺注[M].蒋寅,笺注.上海:上海古籍出版社,2014:207.
② 同上:208-209.

而自得，其理昭然，其事的然也。(《原诗·内篇》下)①

在叶燮看来，形象的创造是一个虚实结合的过程，在杜甫的这首诗中是无象无形的"初寒"与"有物有质"的"碧瓦"结合的过程。也就是说，在诗歌创作中，无象无形的事物，必须与有物有质的事物相结合，或转化为有物有质或有象的事物，才能获得形象。只有"设身而处当时之境会"，去观察、捕捉、把握那些具体生动的形象，再通过联想与想象去结合、构造，才能创造出"恍如天造地设，呈于象，感于目，会于心"的诗歌艺术形象。

(八) 曹雪芹《红楼梦》中的诗歌创作心理思想

1. 作诗要"命意新奇，别开生面"

《红楼梦》第四十八回中有一个林黛玉指导香菱作诗的情节，在这个情节中，曹雪芹(1715—1763，名沾，字梦阮，号雪芹，又号芹溪、芹圃)借林黛玉之口表达了诗词创作的一个重要观点，即立意要新奇。在四十八回林黛玉对香菱说："若是果有了奇句，连平仄虚实不对都使得的。"②中国古典诗词非常讲究平仄对仗，这可以说是诗词创作必须遵循的基本法则，是不允许违背的。可是在林黛玉看来，也就是在曹雪芹看来，这些所谓的法则都没有立意重要，只要有了"奇句"，这些都可以不遵守。换句话说，当这些法则与立意——"奇句"发生冲突，妨碍到"奇句"的表达时，那就可以摒弃这些清规戒律。对此，曹雪芹借林黛玉之口进一步明确指出："词句究竟还是末事，第一主意要紧。若意趣真了，连词句不用修饰，自是好的；这叫作'不以词害意'。"③在《红楼梦》第六十四回中，曹雪芹又借薛宝钗之口称赞林黛玉《五美吟》说道："做诗不论何题，只要善翻古人之意。若要随人脚踪走去，纵使字句精工，已落第二义，究竟算不得好诗。……今日林妹妹这五首诗，亦可谓命意新奇，别开生面了。"④在《红楼梦》第七十回薛宝钗填《柳絮词》之前曾有一段表白："我想柳絮原是一件轻薄无根无绊的东西，然依我的主意，偏要把它说好了，才不落套。"⑤

作诗填词要有真意和新意在诗词创作史上并不是曹雪芹的创见，但是如果我们与曹雪芹所处的时代相联系就可以知道他是一位敢于冲破传统、大胆创新

---

① 叶燮. 原诗笺注[M]. 蒋寅，笺注. 上海：上海古籍出版社，2014：200.
② 曹雪芹，高鹗. 红楼梦[M]. 北京：人民文学出版社，2003：521.
③ 同上：522.
④ 同上：722.
⑤ 同上：792.

的伟大诗人。曹雪芹主要生活在乾隆中叶以前。虽然也处在康乾盛世，但是社会矛盾已经开始深刻激化，特别是文字之祸对封建文人束缚很大，文人们宁愿歌功颂德，也不愿正视和揭露社会矛盾。因此，在文章和诗词创作中，就出现千篇一律、千人一面的歌功颂德和装点升平。其中与曹雪芹差不多同时的沈德潜就标榜所谓"格调说"。要求作者作诗论学要以古法为宗，强调诗各使体，内容方面则强调要温柔敦厚，做到"理性情，善伦物，感鬼神，设教邦国，应对诸侯"。① 这种创作观成为那个时代的主旋律。在这样一种氛围中，曹雪芹却敢于发出不同的声音，走一条与世俗相悖，与主流相离的创作道路，真可谓"诗胆如铁"。他借《红楼梦》诸位角色之口吟诵出许多优美而富有哲理的诗篇，以自己炉火纯青的创作实践一反传统"诗教"。《五美吟》标新立异，与传统迥异其趣；《螃蟹吟》刺世深刻，毫无温柔敦厚之意，被大观园中人"赞不绝口"，或号为"绝唱"。林黛玉著名的《葬花诗》更是别开生面，是一个弱女子从灵魂深处迸发出来的对封建摧残的血泪控诉。而其中自然注入了作者发自内心的同情与共鸣。"《葬花诗》立意之真是有目共睹的，不必多说。同时它又因为确切地表现了当时具有新思想萌芽的人物在封建势力的包围和摧残下的敏锐感受而有着崭新的含义。所以，它在《红楼梦》全书中实际是体现了曹雪芹所强调的真意和新意的一篇典范之作。"②

在立意确定之后，剩下的就是紧扣主题，进行写作。比如，不能把"吟月"的主题写成"月色"的主题。在《红楼梦》第四十八回中，香菱学做《吟月》诗，第一次以失败告终，第二次进步不小，但确如薛宝钗所评论的："不像吟月了，月字底下添一个'色'字，倒还使得。你看句句倒是月色。"③可见，曹雪芹对写诗要求之高，不能将吟月的诗与月色的诗混为一谈。再以第三十八回众人所做菊花诗为例：在作诗之前，曹雪芹就安排了薛宝钗和史湘云有一个"炼题"的情节，因为菊花诗前人写得太多太多，很容易落入"俗套"，结果产生了一系列超越前人的警句。如《咏菊》中的"口齿噙香对月吟"，《问菊》中的"孤标傲世偕谁隐？一样花开为底迟"和《供菊》中"圃冷斜阳忆旧游"，等等。此外还有"'秋无迹''梦有知'，把个'忆'字烘染出来了"；"'短鬓冷沾''葛巾香染'，也就把个'簪菊'形容得一个缝儿也没了"；"'偕谁隐''为底迟'，真个把个菊花'问'的无言可

---

① 金开诚.文艺心理学论稿[M].北京：北京大学出版社，1982：226.
② 同上：226.
③ 曹雪芹，高鹗.红楼梦[M].北京：人民文学出版社，2003：525.

对"。① 正像金开诚先生在《文艺心理学论稿》中所评价的那样："整个写菊花诗的情节是可以当作一篇精彩的诗话来读的；而以上的警句与议论尤足以说明，诗句扣题与否，与诗歌形象在状物言志上是否准确生动、全诗是否有艺术上的完整性，都有很大的关系。"②

　　避免诗歌创作中的浅近和脱俗是曹雪芹致力追求的目标。他以林黛玉的口吻教导香菱，切莫为浅近风格所束缚，陷入其中走不出来。所以当香菱说："我只爱陆放翁的'重帘不卷留香久，古砚微凹聚墨多'"，并评价为"说得真切有趣"时，黛玉批评道："断不可看这样的诗。你们因不知诗，所以见了这浅近的就爱。一入了这个格局，再学不出来的。"③也就是说，在林黛玉或曹雪芹看来，学诗一定要在最初就选好、选准学习对象才不致落入浅近和俗套。所以，他主张要从读诗开始就选择那些不落俗套的诗人的作品进行揣摩阅读，如果一开始就被浅近庸俗的作品束缚，形成了心理定势或心理习惯就很难改变了。接着林黛玉就给正在学作诗的香菱开了一个读书的目录：熟读王维的五律一百首，杜甫的七律一百二十首，李白的七绝一二百首，"肚子里先有这三人做底子"，然后再看陶渊明、应、刘、谢、阮、庾、鲍等人的诗。这可以说是曹雪芹关于学诗进程的经验之谈。

　　香菱学诗，一共写了三首《吟月》。第一首，被林黛玉评价为"措辞不雅"。薛宝钗也说："这个不好，不是这个做法。"直到第三首诗，才得到众人首肯说："这首不但好，而且新巧有意趣。"为了方便比较，我们将三首原诗引述如下：

　　先看第一首：

　　　　月桂中天夜色寒，清光皎皎影团团。诗人助兴常思玩，野客添愁不忍观。翡翠楼边悬玉镜，珍珠帘外挂冰盘。良宵何用烧银烛，晴彩辉煌映画栏。①

林黛玉看了说："意思却有，只是措词不雅。皆因你看的诗少，被他束缚住了。把这首丢开，再作一首，只管放大胆子去作。"香菱毫不气馁，接着写了第二首《吟月》。

　　再看第二首：

①　曹雪芹，高鹗.红楼梦[M].北京：人民文学出版社，2003：411.
②　金开诚.文艺心理学论稿[M].北京：北京大学出版社，1982：227.
③　曹雪芹，高鹗.红楼梦[M].北京：人民文学出版社，2003：522.
①　同上：524.

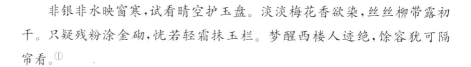

　　非银非水映窗寒，试看晴空护玉盘。淡淡梅花香欲染，丝丝柳带露初干。只疑残粉涂金砌，恍若轻霜抹玉栏。梦醒西楼人迹绝，馀容犹可隔帘看。①

　　这首诗被林黛玉"过于穿凿了"，所以还得另作。

　　最后看第三首：

　　精华欲掩料应难，影自娟娟魄自寒。一片砧敲千里白，半轮鸡唱五更残。绿蓑江上秋闻笛，红袖楼头夜倚栏。博得嫦娥应自问：何缘不使影团圆？②

　　显然，第一首诗立意平淡浅俗、幼稚，用语不含蓄，就月亮写月亮，思路狭窄，堆文砌辞，凑字成句。作者翻来覆去想将其写得生动一些，结果却是不断落入俗套。第二首，林黛玉说"过于穿凿了"，也就是说过于喜欢拉别的东西来比附。第三首就大为不同：首句起就有深意，恰似一轮皓月，破云而出，比喻自己才华终难埋没，自信学诗必能成功，寄情于景，含蓄表述。第二句就像是她身世的写照，顾影自怜，吐露了自己精神上的寂寞。颔联抒发内心幽怨，意象描写深邃。颈联则境界高远，情景并出。末联结句的感叹给了处境同样寂寞的嫦娥，诗意曲折，又紧扣咏月主题，最末"团圆"二字，将月和人和咏，自然双关，余韵悠长。

　　第三首的立意则深刻新巧得多，特别是将月亮的形象赋予人的情态，比如，"影自娟娟魄自寒"就比第一首诗中的"清光皎皎影团团"的拙直描写生动许多。再如第三首中的颔联"一片砧敲千里白，半轮鸡唱五更残"就比第一首中的"诗人助兴常思玩，野客添愁不忍观"的形象、意境深远得多。颈联"绿蓑"二句虽未直接写月而处处有一个月在，这月还被写得很吸引人；而第一首中"翡翠"二句则竭力写月，却将月写得呆板无味。

　　在曹雪芹看来，新意、深刻一定出自那些脱俗之人，那些为了功名利禄而生活的人就只能写出浅俗的诗文。《红楼梦》中的贾雨村就是一个典型。他追求的不是勾引邻家的丫鬟，就是在科举和官场上出人头地，所以出自他口的只能是庸俗不堪的诗句。什么"玉在匣中求善价，钗在奁内待时飞"，什么"天上一轮才捧出，人间万姓仰头看"之类的"诗谶"。

①② 曹雪芹，高鹗.红楼梦[M].北京：人民文学出版社，2003：525.

在曹雪芹的观念中,作诗要情感真切,不能过分雕琢,切忌生硬。在《红楼梦》第三十八回,林黛玉做菊花诗夺魁之后自谦地说:"我那首也不好,到底伤于纤巧些。"但李纨却说道:"巧的却好,不露堆砌生硬。"[①]在曹雪芹看来,在诗歌创作中含蓄浑厚的情意比"风流别致"的才华更为可贵。因此,在《红楼梦》第三十七回《白海棠诗》中,曹雪芹似乎故意设计林黛玉与薛宝钗二人比诗的情节,然后通过李纨之口加以评价,通过探春附和的方式成为定论:确定薛宝钗为第一,林黛玉为第二。理由就是林黛玉的白海棠诗写得"风流别致",但不如薛宝钗的诗"含蓄浑厚"。探春附和"评得有理"。林黛玉用"偷得梨蕊三分白,借得梅花一缕魂"来形容白海棠,构思新巧,比喻贴切,想象生动,但却不如薛宝钗的"淡极始知花更艳,愁多焉得玉无痕"情意更为深重。[②] 再看第七十六回"凹晶馆联句"中,史湘云即景所成的"寒塘渡鹤影"时,"黛玉听了,又叫好,又跺足说:'了不得! 这鹤真是助他的了!……'寒塘渡鹤',何等自然,何等现成,何等有景,且又新鲜,我竟要搁笔了。'"[③]自然、形象和新意是曹雪芹诗歌创作追求的目标。事实上《红楼梦》本身就是那样自然和现成,看不出任何人工雕琢的痕迹,一切都如在真实生活中发生过的一样,恰如作者在第一回中所交代的那样,"至若离合悲欢,兴衰际遇,则又追踪蹑迹,不敢稍加穿凿,徒为哄人之目而反失其真传者"。[①]

《红楼梦》也注重体裁的运用,但是体裁一定要服从立意、题目,根据立意和题目选择体裁是曹雪芹的一个重要创作思想。在《红楼梦》第七十八回,贾政命宝玉做《姽婳词》时,通过宝玉之口说出,通过众清客的肯定表达了这个思想。宝玉说道:"这个题目似不称近体,须得古体,或歌或行长篇一首,方能恳切。"宝玉的这个观点引得众人点头拍手道:"我说他立意不同。每一题到手,必先度其体格宜与不宜,这便是老手妙法,就如裁衣一般,未下剪时,须度其身量。"[⑤]根据立意、题目选择体裁和确定篇幅才能更好地表现主题,这是曹雪芹留给我们的一种重要的诗歌创作思想。

2. 论语言与形象的关系

曹雪芹不仅是一位伟大的小说家,也是一位大诗人,他在"批阅十载,增删

507

---

① 曹雪芹,高鹗.红楼梦[M].北京:人民文学出版社,2003:410.
② 同上:394.
③ 同上:870.
① 同上:4.
⑤ 同上:897.

五次""字字看来皆是血，十年辛苦不寻常"，利用"假语村言"写出的"悲金悼玉"的《红楼梦》中，为我们留下数百首诗词歌赋。这些诗词歌赋达到清代历史高峰，而且足可以和唐诗、宋词的顶峰之作相媲美。曹雪芹在诗词方面也像他的小说一样取得非常高的成就，可以说他的诗词成为他小说的重要组成部分，或者说他的小说之所以能取得那样大的成就与他诗歌在其中所起的作用密不可分。一个作家要创作，一个诗人要写作，特别是能够达到高度艺术境界的创作，作者一定在内心有某种先进的理念作支撑，为指导。当然许多优秀的诗词歌赋的作者，他们虽然有杰出的作品流传于世，我们却无法了解到隐藏在这些优秀作品背后的创作理念。曹雪芹与其他许多诗词作者一样，他是艺术创作者，而不是一个纯粹的文艺理论家，他没有像《文心雕龙》的作者刘勰那样留下专门的文艺理论专著，而是借《红楼梦》中的人物之口，表明了自己的诗词创作理念。他通过对《红楼梦》一些重要人物创作观念的肯定，表明自己的创作理想。

曹雪芹在《红楼梦》中将金陵十二钗中的女子个个都设计为吟诗作赋的高手，就连热衷于权术的王熙凤也能够与姐妹们联句步韵。自然林黛玉、薛宝钗的才华最高，林黛玉可以成为《红楼梦》中诗魁。贾宝玉在《红楼梦》中虽被描写为"纵然生得好皮囊，腹内原来草莽""潦倒不通世务，愚顽怕读文章"，不喜欢诗书，只喜欢脂粉，但是他仍然是一个诗词高手，我们从贵为皇妃的贾元春省亲，全家人陪她畅游"天上人间诸景备"的大观园时，贾宝玉每到一处便口拈一首诗出来，连一向怀疑他才能的大姐贾元春都另眼相看，赞赏不已中，可见一斑。其实贾宝玉不喜欢读书，并非真的厌恶读书，只不过是厌恶读孔孟及《四书五经》那样的经典，而对具有人文情怀的《西厢记》之类的书，却是爱不释手，因此他能写出好诗也是自然的。当然，这些所谓好诗其实都出自作家曹雪芹、高鹗之手。

在《红楼梦》中最能体现曹雪芹诗词创作理念的还是第四十八回香菱向林黛玉学诗的一段的情节：

> 香菱笑道："据我看来，诗的好处，有口里说不出来的意思，想去却是逼真的；有似乎无理的，想去竟是有理有情的。"黛玉笑道："这话有些意思，但不知你从何处见得？"香菱笑道："我看他塞上一首那一联云：'大漠孤烟直，长河落日圆。'想来烟如何直？日自然是圆的；这'直'字似无理，'圆'字似太俗。合上书一想，倒像是见了这景的。要说再找两个字换这两个，竟再找不出两个字来。再还有：'日落江湖白，潮来天地青。'这'白''青'两字也

似无理,想来必得这两字才形容得尽,念在嘴里倒像有几千斤重的一个橄榄似的……"宝玉笑道:"既是这样,也不用看诗。会心处不在多。听你说了这两句,可知三味你已得了。"①

香菱用"据我看来,诗的好处,有口里说不出的意思,想去却是逼真的;有似乎无理的,想去竟是有理有情的",表达出曹雪芹的思想,又借林黛玉和贾宝玉之口肯定的这一观点。口里能够说出的意思都必须经过语言,口里说不出的意思,那就是用语言表达不出的意思就是头脑中的情感形象。诗词通过语言表达情感形象,但是语言又不能完全表达情感形象。语言的高妙就在于它虽然不能完全表达形象,但却可以唤起形象。诗词是诗人通过凝练生动的语言唤起形象的过程。表达不出来却可以想象出来,这正是诗人的本事。同时作者还告诉我们,诗词创作不能完全符合逻辑推理的形式,往往是看上去"似乎无理,想去竟是有理有情"。当一个人在语言的运用上能够达到这种境界,那就是进入诗的创作境界了,也就是,他具备欣赏和创作诗词的能力和品位了。通过"香菱论诗"这一情节可以看出曹雪芹对语言与形象的关系,语言艺术对联想的作用,是有深刻感受的。② 曹雪芹借林黛玉与贾宝玉之口表达了"诗的好处,有口里说不出的意思,想去却是逼真的;有似乎无理的,想去竟是有理有情的"观点,也就是言有尽而意无穷的观点。

(九)赵翼的诗歌创作"天才"说

赵翼(1727—1814),字云崧,一字耘菘,号瓯北,又号裘萼,晚号三半老人,江苏阳湖即今常州市人,清代著名文学家、史学家、诗人,他晚年写了三首有名的诗,其中有一首:

> 少时学语苦难圆,只道功夫半未全。
>
> 到老方知非力取,三分人事七分天。③

他说,年轻的时候学讲话,讲不圆满,自己以为学问功夫没有到家。到年纪老了才知道,学死了也没有用,因为努力只有三分,天才就要七分。可见,赵翼在青少年时代将诗词创作,学问的大小主要归于人的个人努力,个人所下功夫。到

① 曹雪芹,高鹗.红楼梦[M].北京:人民文学出版社,2003:522-523.
② 金开诚.文艺心理学论稿[M].北京:北京大学出版社,1982:224.
③ 南怀瑾,著述.南怀瑾选集(第八卷)[M].上海:复旦大学出版社,2003:11.

老年后,在经历半生努力之后,他认为创作和做学问主要取决于人的天分或天资。心理学认为,遗传素质(天分)是能力、才能发展的自然基础和前提,环境(营养、家庭教育、学校教育、社会)为能力发展提供了后天的条件。遗传决定了能力、才能发展的可能的范围或限度,而环境则决定了在遗传决定的范围内能力发展的具体程度。遗传潜势较好的人,能力发展可塑的范围大,环境的影响也大,反之亦然。

(十) 清代其他诗歌心理思想

周亮工的虚实论。清初周亮工引述韩廷锡《与友人论文》说:"文有虚神,然当从实处入,不当从虚处入。尊作满眼觑着虚处,所以遮却实处半边,还当从实上用力耳。凡凌虚仙子,俱于实地修行得之,可悟为文之法也。"①(《尺牍新钞》)

许印芳的实境论。清人许印芳曾言:"诗家题目,各有实境。诗人构思,必按切实境,始能扫除陈言,独抒妙义。"(郭绍虞:《诗品集解·续诗品注》)

刘熙载对境界的描述。清人刘熙载《艺概》云:"山之精神写不出,以烟霞写之;春之精神写不出,以草树写之,故诗无气象,则精神亦无所寓矣。"

陈廷焯以实写虚,化情思为意象的观点。陈廷焯认为,虚处必须由实处出之,以实写虚,化情思为意象,以含义之象萌生虚境。比如姜夔《点绛唇》(丁未冬过吴淞作)词:

> 燕雁无心,太湖西畔随云去。数峰清苦,商略黄昏雨。第四桥边,拟共天随住。今何许?凭栏怀古,残柳参差舞。②

陈廷焯评这首词说:《点绛唇》(丁未冬过吴淞作)一阕,通首只写眼前景物,至结处云:"今何许?凭栏怀古,残柳参差舞。"感时伤事,只用"今何许"三字提唱;"凭栏怀古"下仅以"残柳"五字咏叹了之,无穷哀感,都在虚处,令读者吊古伤今,不能自止,洵推绝调。(《白雨斋词话》)情本为虚,却落为实景,景本为实,却处处言虚。中国古代绘画,讲究"无墨求染"。布彦图解释说:"所谓无墨者,非全无墨也,干淡之余也。干淡者实墨也,无墨者虚墨也。"(《画学心法问答》)③

---

①②③ 朱恩彬,周波,主编.中国古代文艺心理学[M].济南:山东文艺出版社,1997:363.

杨廷芝的妙境不自寻论。杨廷芝认为："情性所至，无非是实。妙不自寻，盖言妙境独造，非己所自寻也。自天，得之于天也。希音者，上天之载，寂然无声，实固尽出于虚耳。"①

王骥德的"是相非相"论。王骥德在《曲律·论咏物》中说："佛家所谓不即不离，是相非相，只于牝牡骊黄之外，约略写其风韵，令人仿佛中如灯镜传影，了然目中，却又琢磨不得，方是妙手。"

贺裳的实中带虚论。贺裳《皱水轩词筌》中举例说：

> 凡写迷离之况者，止须述景，如"小窗斜日到芭蕉，半床斜月疏钟后"，不言愁而愁自见。因思韩致光"空楼雁，一声远，屏灯半灭"，已足色悲凉，何必又赘"眉山正愁绝"耶？②

"小窗斜日到芭蕉，半床斜月疏钟后"，看似写景，处处是实，但实中带虚。诗人通过生动贴切的实景提炼，恰到好处地物化了一种无聊、烦闷、浮躁不安的情绪，写实之处虚境重生。

况周颐"意境缔构于吾想望之中"。况周颐在《蕙风词话》中说过："读词之法，取前人名句意绝佳者，将此意境缔构于吾想望之中。然后澄思渺虑，以吾身入乎其中而涵咏玩索之。"其中"想望"和"澄思微虑"的审美心理过程，与象外之境的创造同样是一个艰难的艺术发生过程。

袁枚论诗味。"味甜自悦口，然甜过则令人呕，味苦自螫口，然微苦耐人思。"（袁枚《随园诗话》）

清代诗论家薛雪(1661—1750，字生白，号一瓢，又号槐云道人、磨剑道人、牧牛老朽，江苏吴县人)在《一瓢诗话》中说：文人才子之外，更有"大本领，真超脱"之奇才："诗文家最忌雷同，而大本领人偏多于雷同处见长。若举步换影，文人才子之能事，何足为奇？惟其篇篇对峙，段段双峰，却又不异而异，同而不同，才是大本领，真超脱。"③高尔基："艺术家是这样一个人，他善于提炼自己个人的——主观的——印象，从其中找出具有普遍意义的——客观的东西，他并且善于用自己的形式表达自己的观念。"④

511

---

①② 朱恩彬，周波，主编.中国古代文艺心理学[M].济南：山东文艺出版社，1997：364.

③④ 同上：351.

第五节　近现当代的诗歌心理思想

一、近代的诗歌心理思想

（一）王国维及《人间词话》的境界论

国学大师王国维(1877—1927,字静安,又字伯隅,晚号观堂,谥忠悫,浙江嘉兴海宁人)是中国历史上,尤其是中国文学史上境界论的一位集大成者,他继承和发展了司空图、严羽、王士禛等人的思想,把"境界"看成是诗词创作的最高品格。王国维说:"古今词人格调之高,无如白石。惜不于意境上用力,故觉无言外之味,弦外之响,终不能与于第一流之作者也。"①王国维将境界看作一流作者必备的品质。王国维的《人间词话》在某种意义上是境界的专论。在此书中,王国维就境界问题提出以下一些重要观点。

1. 境界是诗词创作与欣赏的最高品格

王国维在《人间词话》中说:

> 词以境界为最上。有境界则自成高格,自有名句。②
>
> 严沧浪诗话谓:"盛唐诸公,唯在兴趣……余谓:北宋以前之词,亦复如是。然沧浪所谓兴趣,阮亭所谓神韵,犹不过道其面目,不若鄙人拈出境界二字,为探其本也。"③
>
> 言气质,言格律,言神韵,不如言境界。境界,本也;气质、格律、神韵,末也。有境界而三者随之矣。④

在王国维的美学视界中,"境界"是其最高品格。在王国维之前,尽管已有许多文艺理论家对此作出过突出贡献,如前面提到的东汉时期文学家、书法家蔡邕的"妙境"说,盛唐时期著名边塞诗人王昌龄的"三境"说,晚唐诗人、诗论家司空图"三境"说,宋代著名画论家郭熙的"三远"说,清代李渔的"情景"说等,但真正在文学中使用"境界"一词的却是王国维。王国维甚至认为,是他独自"拈出境

---

① 彭玉平,编著.人间词话[M].北京:中华书局,2014:111-112.
② 同上:1.
③ 同上:19.
④ 同上:223.

界二字"的。王国维在托名樊志厚而一般认为出自他本人之手的《人间词话乙稿序》中说："文学之事,其内足以摅己,而外足以感人者,意与境二者而已。上焉者意与境浑,其次或以境胜,或以意胜。苟缺其一,不足以言文学。"①不仅如此,王国维将"境界"看成是诗词的"最上"品格,并认为境界决定语言,有境界自有名句,这是其一。其二,王国维认为,前人的所谓"兴趣""气质""神韵"都不是诗词中最本质的东西,它们只是诗词的外在表现,"犹不过道其面目","境界"才是诗词的根本。王国维从理论上厘清了人类几千年都没有完全厘清的问题,抓住了诗词创作与欣赏中最根本的东西。王国维在《清真先生遗事》中,深化了前人的理论,触及诗人在意境创作过程中独特的心理生成。"山谷云:'天下清景,不择贤愚而与之,然吾特疑端为吾辈设。'诚哉是言!抑岂独清景而已,一切境界,无不为诗人设。世无诗人,即无此种境界。夫境界之呈于吾心而见于外物者,皆须臾之物。惟诗人能以此须臾之物,镌诸不朽之文字,使读者自得之。遂觉诗人之言,字字为我心中所欲言,而又非我之所能自言,此大诗人之秘妙也。'"②

2. 一切景语皆情语

王国维对中国古典诗词有精湛的研究,认为境界是真景真情的有机融合。他说:"境非独谓景物也,喜怒哀乐,亦人心中之一境界。故能写真景物、真感情者,谓之有境界,否则谓之无境界。"他还说:"昔人论诗词,有景语、情语之别。不知一切景语,皆情语也。"③有学者以秦观《浣溪沙》为例形象生动阐释这一观点:

> 漠漠轻寒上小楼,晓阴天赖似穷秋。淡烟流水画屏幽。自在飞花轻似梦,无边丝雨细如愁。宝帘闲挂小银钩。

> 这首词写的是早春晨景。六句似乎全为写景不关情事,但字里行间无不萦绕一种伤感无聊的意绪。虽是早春,词中却散发出阵阵轻寒,充塞着所有感觉空间。"漠漠"二字似写轻寒,实是写人对轻寒的感觉,渲染了楼上的孤寂气氛。词落笔为清晨,却以"晓阴"推出浓云密布的"穷秋"之色,床头画屏,淡烟流水,整个环境静寂无趣,楼上之人无所寄托、百无聊赖的心情跃然纸上。飞花似梦,细雨如愁,本应是梦似飞花,愁如细雨,作者巧

513

① 朱恩彬,周波,主编.中国古代文艺心理学[M].济南:山东文艺出版社,1997:353.
② 彭玉平,编著.人间词话[M].北京:中华书局,2014:11.
③ 同上:11.

用反比，以情喻景，情景浑然玉成。①

王国维虽然没有给"境界"下一个明确具体的定义，但从其系列论述中可以清楚地了解境界的含义，那就是境界是情与景两个要素的融合，但以情感为主导，景为情所设，为情所用，所以一切景语皆情语。怎样判断有无境界？王国维给出的答案是写真景物、真感情的作家与作品就是有境界，否则就是无境界。他在《人间词话》中说："境非独谓景物也，喜怒哀乐，亦人心中之一境界。故能写真景物、真感情者，谓之有境界；否则谓之无境界。"②王国维在《人间词话》中论纳兰容若(1655—1685，名纳兰性德，字容若，叶赫那拉氏，号楞伽山人，清朝初年词人)时说："纳兰容若以自然之眼观物，以自然之舌言情。此由初入中原，未染汉人风气，故能真切如此。北宋以来，一人而已。"对纳兰容若如此推崇，是因为在王国维看来，纳兰容若的词本真自然，不加矫饰，以真面目示人，以真情感人。

3. 境界有大小，境界可创造

王国维从古典诗词的创作中体会出境界有大小、深浅的差异，"意境有深浅也"，但是这种大小并不是优劣，而是对不同情感表达的需要。且看所引用的几首古诗词及其解释：

境界有大小，不以是而分优劣。"细雨鱼儿出，微风燕子轻斜，合遮不若落日照大旗，马鸣风萧萧！""宝帘闲挂小银钩"，何遽不若"雾失楼台，月迷津渡"也?!③

"明月照积雪"，"大江流日夜"，"中天悬明月"，"黄河落日圆"，此种境界，可谓千古壮观。求之于词，唯纳兰容若塞上之作如《长相思》之夜"深千帐灯"，《如梦令》之"万帐穹庐人醉，星影摇摇欲坠"差近之。④

"枯藤老树昏鸦，小桥流水平沙[人家]，古道西风瘦马。夕阳西下，断肠人在天涯。"此元人马东篱《天净沙》小令也。寥寥数语，深得唐人绝句妙境。有元一代词家，皆不能办此也。⑤

①　朱恩彬，周波，主编．中国古代文艺心理学[M]．济南：山东文艺出版社，1997：355．
②　彭玉平，编著．人间词话[M]．北京：中华书局，2014：11．
③　同上：16．
④　同上：132．
⑤　同上：167．

稼轩《贺新郎》词"送茂嘉十二弟",章法绝妙,且语语有境界,此能品而几于神者,然非有意为之,故后人不能学也。①

　　怎样创造出有美学价值的境界呢? 王国维认为,第一,要见之真,知之深,要有真情实感。他说:"大家之作,其言情也必沁人心脾,其写景也必豁人耳目,其辞脱口而出,无矫揉妆束之态。以其所见者真,所知者深也。诗词皆然,持此以衡古今之作者,可无大误矣。"②叶嘉莹在《王国维及其文学批评》一书中写道:"作者对其所写之景物及感情须有真切之感受,这是欲求作品中'有意境'的第一项条件……一个作者必须首先对其所写之对象有真切的体认和感受,又须有将此种感受鲜明真切地予以表达之能力,然后才算是具备了可以为一篇好作品的基本条件。"

　　第二,可以通过巧用动词获得情境交融的艺术境界。他对古典诗词中巧用"动词"而创造意境的手法极其欣赏。王国维《人间词话》中:"'红杏枝头春意闹',著一'闹'字而境界全出。'云破月来花弄影',著一'弄'字而境界全出矣。"③王国维所谓"境界全出",其实即指境界全"活"。景本只为无生命、无情趣的景,但一"闹"字,自然幻化出"红杏枝头"之外更多的春天景色,在审美主体眼中,不只是"红杏枝头",而是整个生机盎然的、活力勃发的春天。他通过对大量诗作的鉴定与评述,展示了他对境界的理解。

　　4. "造境"与"写境"

　　王国维将"造境"与"写境"(即理想派与现实派)统一起来。对此,他有如下几段话:

　　　　有造境,有写境,此理想与写实二派之所由分。然二者颇难分别,因大诗人所造之境,必合乎自然,所写之境,亦必邻于理想故也。

　　　　自然中之物,互相关系,互相限制,然其写之于文学及美术中也,必遗其关系,限制之处。故虽写实家,亦理想家也。又虽如何虚构之境,其材料必求之于自然,而其构造,亦必从自然之法则。故虽理想家,亦写实家也。④

---

① 彭玉平,编著.人间词话[M].北京:中华书局,2014:14.
② 同上:148-149.
③ 同上:13-14.
④ 同上:2-9.

"造境"是作家在头脑中想象出的、自然中没有的情景交融之境,"写境"是对自然实际存在之物的描述,由此分出理想派与写实派。但是,究竟是造境还是写境在大诗人身上是难以区分的,因为他们的"造境"已经与自然无分轩轾,他们的"写境"也能充分表达理想。他认为"造境"与"写境"或写实家与理想家是完全可以统一的。在大诗人那里,写实家无论怎样遵循实际存在的事物,而一旦表现在文学及美术中时,就会抛弃现实"关系限制"。同样,理想家又是写实家,因为不管理想家如何虚构想象,"其材料必求之于自然""构造必然合乎自然之法"。

5. "有我之境"与"无我之境"

在王国维的境界说中,"有我之境"指的是以我观物的理想派,"无我之境"指的是以物观物的写实派。"无我之境",我为被动,一心澄然,因物而动,故写物之妙境,而吾心闲静之趣,亦在其中,虽曰无我,实亦有我。"有我之境",我为主动,万物自如,缘情而异,故虽抒人之幽情,而外物声采之美,亦由以见,虽曰造境,实同写境。是故纯境固不足以谓文,纯情亦不足以称美,善为文者,必在情境交融,物我双会之际矣。也就是说,以物观物的无我之境并不能把我完全排除在外,以我观物的有我之境也不能把物完全排除在外,那种纯情与纯境的描写都不足以成为文学,也不可能达到美的境界,所以境界一定是情与境的交融,物与我的双会,情中有境,境中有情,物中有我,我中有物,物我交融才是艺术创作的理想境界。所不同的是,"有我之境",我为主,物为次,我为主动,物为被动;"无我之境",物为主,我为次,物为主动,我为被动。前者称为理想派,后者称为写实派。

在王国维之前,人们只是将有无境界、境界的模糊与清晰和境界层次的高低看成是艺术,特别是诗词创作的一个特征,而王国维将其看成是艺术质量至高的甚至是唯一的标准。如前所述,"词以境界为最上,有境界自成高格,自有名句,五代北宋之词所以独绝在此",为此王国维使用了"隔"与"不隔"这两个概念来评价艺术境界的高低。所谓"隔"就是形象不够鲜明、情意不够真切、语言不够生动。与此相对的则是"不隔"。在他看来,"语语都在目前,便是不隔"。他在《人间词话》中举例说:"生年不满百,常怀千岁忧,昼短苦夜长,何不秉烛游,服食求神仙,多为药所误。不如饮美酒,被服纨与素。写情如此,方为不隔。'采菊东篱下,悠然见南山,山气日夕佳,飞鸟相与还。''天似穹庐,笼盖四野。天苍苍,野茫茫,风吹草低见牛羊。'写景如此,方为不隔。"[①]1912年为日本友人

---

① 彭玉平,编著.人间词话[M].北京:中华书局,2014:66-67.

所写的《隅田画顾记》中,王国维以"有我"来强调主观感受的独特性:

> 夫绘画之可贵者,非以其所绘之物也,必有我焉以寄于物之中。故自其外而观之,则山水云树竹石花草,无往而非物也;自其内而观之,则子久也,中圭,元稹也,叔明也,吾见之于情而闻其謦颏矣。且子久不能为仲圭,仲圭不能为元稹,元稹、叔明不能为子久、仲圭,则以子久之我,非仲圭之我,而仲圭、元稹、叔明三人者亦自有其我故也。画之高下,视其我之高下;一人之画之高下,又视其一时之我之高下。①

在《文学小言》中,王国维以屈原、陶渊明、苏轼诗为例,又论及"意"的独特性。他认为屈原之所以为楚辞之冠,在于其"感自己之感,言自己之言",而宋代以后有苏轼"感自己之感,言自己之言",黄山谷则只"可谓能言其言矣,未可谓能感所感也",所以仍在东坡之下。②

6. "诗人之境界"与"常人之境界"

王国还将"境界"分为"诗人之境界"与"常人之境界"。常人的境界也是诗人的境界,因为"一切境界,无不为诗人设,世无诗人,即无此种境界"。而诗人的境界却未必是常人的境界。"境界有二:有诗人之境界,有常人之境界。诗人之境界,惟诗人能感之而能写之⋯⋯若夫悲欢离合、羁旅行役之感,常人皆能感之,而惟诗人能写之。"③在王国维看来,诗人与常人都能"感之",不同的是诗人"能写之",具有非凡的表达能力,而常人不具备。我们认为,王国维的说法具有一定的道理,但是也有明显的不足。虽然都能"感之",但诗人之"感"与常人之感还是不同的。诗人对待生活往往具有比常人更高的感受性和敏感性。我们常说某人具有诗人气质,就包括他对事物高度的敏感性与感受性在内。

7. "客观之诗人"与"主观之诗人"

王国维还提出客观之诗人与主观之诗人。所谓客观之诗人必须深谙世事,阅历越丰富深厚,写出的作品越形象生动,真实可见。而主观之诗人却则不需要涉世太深,也不需要阅历太丰富,要保持"赤子之心"才能写出好的作品。他在《人间词话》中说:"词人者,不失其赤子之心者也。故生于深宫之中,长于妇

---

① 朱恩彬,周波,主编.中国古代文艺心理学[M].济南:山东文艺出版社,1997:352.
② 同上:353.
③ 彭玉平,编著.人间词话[M].北京:中华书局,2014:8-9.

人之手，是后主为人君所短处，亦即为词人所长处。""客观之诗人，不可不多阅世，阅世愈深则材料愈丰富愈变化，《水浒传》《红楼梦》之作者是也。主观之诗人，不必多阅世。阅世愈浅则性情愈真，李后主是也。"

8. 境界可出可入

王国维在《人间词话》中有这样的见解："诗人对宇宙人生，须入乎其内，又须出乎其外。入乎其内，故能写之；出乎其外，故能观之。入乎其内，故有生气；出乎其外，故有高致。"①所谓"入"是说我入物内，以物为主，故我为被动。所谓"出"是说我出物外，以我为主，故我为主动。② 不仅诗人创作必须既能入又能出，其他许多艺术创作，如戏剧、小说、音乐等也需要既能入又能出。只有能入能出，才能在不断的出入中创造出新的境界。

9. 诗词创作与欣赏的三重境界

三重境界是王国维境界论的精华之所在，也是王国维境界论中影响最大、最广的观点。

王国维说："古今成大事业、大学问者，必经过三种之境界：'昨夜西风凋碧树。独上高楼，望尽天涯路。'此第一境也。'衣带渐宽终不悔，为伊消得人憔悴。'此第二境也。'众里寻他千百度，蓦然回首，那人正在灯火阑珊处。'此第三境也。此等语皆非大词人不能道。"③他巧用晏殊、柳永、辛弃疾的三句诗建构的三重境界，不仅是诗词创作与欣赏的境界，也是一切学习、创作、鉴赏必经的境界，也是人生一切事业成功必经的境界。事实表明，王国维的三重境界论早已被迁移到人生学习、生活和事业的多个领域。

（二）梁启超、林纾的境界论

梁启超（1873—1929，字卓如，一字任甫，号任公，又号饮冰室主人等）说："境者，心造也。一切物境皆虚幻，惟心所造之境为真实。"（《自由书·惟心》）近代文学家、翻译家林纾（1852—1924，字琴南，号畏庐，别署冷红生，福建闽县即今福州市人）在《春觉斋论文》中也有类似的观点："文章唯能立意，方能造境。境者，意中之境也。""意者，心之所造；境者，又意之所造也。"梁启超在《自由书·惟心》中有一段话道明了相同物境下的不同心境，因而构成不同的意境："'月上柳梢头，人约黄昏后'与'杜宇声声不忍闻，欲黄昏，雨打梨花深闭门'，同一黄昏也，而一为欢憨，一为愁惨，其境绝异。'桃花流水杳然去，别有天地非人

① 彭玉平，编著. 人间词话[M]. 北京：中华书局，2014：159.
② 同上：4.
③ 同上：66.

中国文艺心理学思想史

间'与'人面不知何处去,桃花依旧笑春风',同一桃花也,而一为清净,一为爱恋,其境绝异。'舳舻千里,旌旗蔽空,酾酒临江,横槊赋诗'与'浔阳江头夜送客,枫叶荻花秋瑟瑟,主人下马客在船,举酒欲饮无管弦',同一江也,同一舟也,同一酒也,而一为雄壮,一为冷落,其境绝异。然则天下岂有物境哉! 但有心境而已。"①

二、现当代的诗歌心理思想

(一) 林语堂的诗词创作与鉴赏心理思想

1. 诗歌能够净化灵魂

西方通过宗教来使灵魂得到净化和升华,中国人特别是中国的文人更多是通过诗歌使灵魂得到净化和升华。林语堂认为:"诗歌在中国已经代替了宗教的作用。宗教无非是一种灵感,一种活跃着的情绪。"②诗歌是怎样起到净化和提升中国人灵魂的作用的呢? 林语堂认为:第一,诗歌可以医治人们心灵的创伤。"诗歌通过对大自然的感情,医治人们心灵的创痛。"第二,诗歌可以使人们获得或保持圣洁的理想。"诗歌通过享受俭朴生活的教育,为中国文明保持了圣洁的理想。"第三,诗歌使人获得悲天悯人的意识。诗歌以及谚语深切地渗入社会,给予中国人一种"悲天悯人的意识",使中国人"对大自然寄予无限深情,并用一种艺术的眼光来看待人生"。③第四,诗歌可以帮助人们克服劳动的辛苦和单调无聊的生活,获得情感的升华。通过"艺术返照来净化人们的心灵",④林语堂对此有一段十分精彩的论述:

> 它教会他们静听雨打芭蕉的声音,欣赏村舍炊烟缕缕升起并与依恋于山腰的晚霞融为一体的景色。它教人们对乡间小径上朵朵雪白的百合要亲切,要温柔,它使人们在杜鹃的啼唱中体会到思念游子之情。它教会人们用一种怜爱之心对待采茶女和采桑女、被幽禁被遗弃的恋人、那些儿子远在天涯海角服役的母亲,以及那些饱受战火创伤的黎民百姓。最重要的是,它教会了人们用泛神论的精神和自然融为一体。春则觉醒而欢悦;夏则在小憩中聆听禅的欢鸣,感受时光的有形流逝;秋则悲悼落叶;冬则"雪

519

---

① 朱恩彬,周波,主编.中国古代文艺心理学[M].济南:山东文艺出版社,1997:350-351.
②③④ 林语堂.中国人(全译本)[M].上海:学林出版社,1994:240.

中寻诗"。①

因为诗能够起到进化灵魂的作用，正是从这个意义上，林语堂主张"应该把诗歌称作中国人的宗教"，甚至认为，如果没有诗歌"中国人就无法幸存至今"。②

2. 诗词具有透视的效果

中国的诗歌具有立体感，这是中国诗歌与绘画关系密切的缘故。林语堂认为，中国的诗歌，在神韵和技巧上与绘画息息相关，在景物透视上尤为明显，在这里中国诗与中国画几乎合而为一。他举李白（701—762）的诗句："山从人面起，云傍马头生。"这不就是作者用文字在我们面前展现的一幅图画吗？作者通过近景中的某些实物（"人面"与"马头"）去衬托远景，从而掩盖着一种透视技巧。"通过透视的手法，这些文字画为我们提供了一个用其他办法所不能获得的生动鲜明的形象。"③我们不能说中国古代诗人已经有了关于透视的理论，但他们运用这一技巧的实例却是成百上千。如王维（699—759）"山中一夜雨，树杪百重泉"。所谓视觉的透视效果就是在一幅平面的画幅上，通过构图的比例、着色的轻重、上下的位置表现出大小、远近的立体效果。诗人与画家的不同就在于，诗人是通过语言达到这一效果的。再如唐代诗人刘禹锡（772—842）曾有"青光门外一渠水，秋色墙头数点山"。山峰看起来只是墙头的几个"点"，给人一种立体感和距离感。

3. 诗歌"是饰以情感的思想"

林语堂认为，中国人是艺术与文学的天才，这使他们能用充满激情的具体形象进行思维，因此"非常合适作诗"。中国人工于渲染气氛，"他们颇具特色的浓缩、暗示、联想、升华和专注的天才不适合于创作具有古典束缚的散文，反而可以轻而易举地创作诗歌。"④形象思维是一种情感思维。林语堂说："诗歌基本上是饰以情感的思想，而中国人又总是用情感来思维，很少用理性去分析。"⑤

（二）郭沫若的创作"冲动"说

现代著名诗人郭沫若（1892—1978，四川省乐山县铜河沙湾人，毕业于日本九州帝国大学，现代文学家、历史学家、新诗奠基人之一）就是冲动型创作的典

---

①　林语堂.中国人（全译本）[M].上海：学林出版社，1994：240-241.
②④⑤　同上：241.
③　同上：245.

型。他曾说:"我写的一些东西,只不过分享我一时的冲动,随便的乱跳舞罢了。"①与鲁迅写小说时的厚积薄发,通过长期大量的痛切的体验和冷静的思索不同,郭沫若的诗歌创作则如火山喷发。郭沫若的《女神》是中国现代文学史上公认的经典之作,最能体现"五四"的时代特色,代表着新诗创作初期的最高成就。② 正如郭沫若自己所说,他写《女神》中那些代表性诗作时,如同奔马,十分冲动,写完后则像只死海豚。灵感到来时,他激动得连笔都抓不住,浑身发烧发冷。③ 郭沫若自己曾经这样叙述自己的写诗过程:"诗人的心境比如一湾清澈的海水,没有风的时候,便静止着如一张明镜,宇宙万汇底印象都涵映在里面;一有风的时候,便云翻波涌起来,宇宙万汇底印象都活动在里面。这风便是所谓直觉、灵感。起了波浪便是高涨着的情调。"④郭沫若就是这样一位冲动型创作的诗人,因此他在文艺观上也特别追慕天才和灵感。《女神》中许多充满激情的篇章都是他在冲动的心理状态中"依赖灵感去构思,充溢着绮丽多彩的想象和情绪流,不一定深刻,却真切感人;可能粗糙,却别有活力"。⑤ 这种浪漫主义的创作心态,反过来可以证实郭沫若那种容易冲动、多变的文人性格。

有学者运用弗洛伊德的观点,分析郭沫若的"天才的、文艺型的心理性格",认为这种性格表现为"才子气""浪漫、叛逆、爱别出心裁"。这种心理性格与少年期的某些挫折和生理状况有关。郭沫若小学时曾经历一场"考试风波":就是小学毕业考试的成绩,郭沫若本来是名列榜首,结果张榜时却被教师私下改为第八名。这在成人看来可能是一件小事,但却给郭沫若幼小的心灵造成了极大的创伤,使郭沫若第一次感受到人生的恶浊面,也由此培植了他叛逆的性格。用他自己的话说就是"我恨之深深,我的叛逆性格也由此培植起来了"。郭沫若的另一人生挫折就是包办婚姻曾使他一度陷入心理危机,甚至想自杀,后来还是从歌德的诗作中吸取了力量,才振作起来,开始追求个性解放、实现自我的生活目标。研究者认为,郭沫若的这些经历不断作为"情绪原型",或隐或现地反

---

① 郭沫若.郭沫若文集·第15卷·三叶集[M].北京:人民文学出版社,1990:339.
② 温度敏,赵祖谟.中国现当代文学专题研究(第二版)[M].北京:北京大学出版社,2013:20.
③ 同上:29.
④ 郭沫若.郭沫若文集·第15卷·三叶集[M].北京:人民文学出版社,1990:343.
⑤ 温度敏,赵祖谟.中国现当代文学专题研究(第二版)[M].北京:北京大学出版社,2013:30.

映在他的创作中。① 研究者还认为,郭沫若本人的生理状况也影响着他浪漫主义心理性格的形成和创作实践。根据郭沫若自传所提供的资料:郭沫若是一个生理发育早熟的少年,在七八岁就提前进入青春期。由于性意识的过早觉醒,所以他很小就喜欢浪漫主义的作品,这养成了他热情、敏感、多变的心性。此外,郭沫若15岁时就患上了中耳炎,留下了耳聋的后遗症,这反而强化了他其他感官的功能,激发了他"超验"的想象力。②

(三) 朱自清关于"诗言志"与"诗缘情"的辨析

诗歌究竟是"言志"还是"缘情",在历史上有两种观点。现代著名作家、诗人朱自清(1898—1948,原名自华,字佩弦,号秋实。原籍浙江绍兴,生于江苏东海,长大于江苏扬州,中国现代诗人、散文作家)曾作过辨析:

> "诗言志"一句虽经引申到士大夫的穷通出处,还不能包括所有的诗。《诗大序》变言"吟咏情性",却又附带"国史……伤人伦之废,哀刑政之苛"的条件,不便断章取义,用来指缘情之作。《韩诗》列举"歌食""歌事",班固浑称"哀乐之心",又特称"各言其伤",都以别于"言志",但这些语句还是不能用来独标新目。可是"缘情"的五言诗发达了,"言志"以外迫切地需要一个新目标。于是陆机《文赋》第一次铸成"诗缘情而绮靡"这个新语。"缘情"这词组将"吟咏情性"一语简单化、普遍化,并概括了《韩诗》和《班志》的话,扼要地指明了当时五言诗的趋向。(《诗言志辨·作诗言志》)③

"诗言志"和"诗缘情"是诗歌表达思想的两个方面,也是古代诗人的两种追求。诗言志,在先秦的诗学理论中就已经是一种强势存在,同时诗缘情的思想在先秦诗学理论中也得到一定程度的反映。但直到汉代陆机的《文赋》出现后,诗缘情的观点才逐渐开始占优势。事实上,诗可以言志,也可以缘情,二者并不冲突、矛盾,完全可以结合起来,在缘情中言志,在言志中缘情。诗歌若有志而无情,这样的诗歌就无法感人;同样诗歌若有情而无志,其境界也会缺乏应有的高度。孔子在删定《诗经》的过程中发现了诗经中保持的哀乐之情。《毛诗序》中一方面强调"诗言志",另一方面也强调"情动于中":"诗者,志之所之也。在心

①② 温度敏,赵祖谟.中国现当代文学专题研究(第二版)[M].北京:北京大学出版社,2013:30.
③ 朱恩彬,周波,主编.中国古代文艺心理学[M].济南:山东文艺出版社,1997:211.

为志,发言为诗。情动于中而形于言,言之不足故嗟叹之,嗟叹之不足故歌咏之,咏歌之不足,不知手之舞之,足之蹈之也。"

(四)毛泽东:"诗要用形象思维"

毛泽东(1893—1976)不仅是伟大的政治家、革命家、军事家、思想家、中华人民共和国的缔造者,而且是伟大的诗人、书法家。现在所能搜集到的毛泽东创作的诗词有150余首。毛泽东的诗词气势恢宏、境界高远,浪漫主义与现实主义的结合达到前所未有的高度。他的许多脍炙人口的诗句已经成为中国人生活中的名言警句。如"四海翻腾云水怒,五洲震荡风雷激""数风流人物,还看今朝""自信人生二百年,会当水击三千里""一万年太久,只争朝夕"等名句,对一代又一代中国人的心理生活产生了巨大影响。不仅如此,毛泽东还留下了一些对诗词的理论见解。毛泽东多次以书信和谈话的形式表述了他对诗词创作的观点与态度:1957年1月12日他写给诗人臧克家的信中,以及两天后的1月14日,他与诗人臧克家、袁水拍的约谈中,谈到他对新体诗与旧体诗的看法。毛泽东认为,诗当然应以新体诗为主体,旧体诗可以写一些,但不宜在青年中提倡。因为这种体裁束缚思想,又不易学。1957年1月14日,他在约臧克家、袁水拍谈诗时提出,新诗的发展,要顺应时代的要求,一方面要继承优良诗歌的传统,包括古典诗歌和"五四"以来革命诗歌的传统;另一方面要重视民歌。诗歌的形式,应该是比较精炼,句子大体整齐,押大致相同的韵,也就是说,具有民歌的风格。1958年3月22日,毛泽东在成都会议上也谈到中国诗的发展问题。他提出,中国诗的出路恐怕是两条:第一条是民歌,第二条是古典。这两面都提倡学习,结果要产生一个新诗。现在的新诗,不成型,不引人注意,谁去读那个新诗。将来我看古典同民歌这两个东西结婚,产生第三个东西。形式是民族的形式,内容应该是现实主义与浪漫主义的对立统一。1965年7月21日,毛泽东在给陈毅的信中谈到,民歌中倒是有一些好的。将来的趋势,很可能从民歌中吸引养料和形式,发展成一套吸引广大读者的新体诗歌。

从毛泽东上述几封书信和谈话中可以看出,首先,毛泽东注重诗词的创新,他之所以认为不宜在青年人中提倡写旧体诗,就是担心这种体裁会束缚人的头脑,不能很好地表达思想。从他的话语中我们可以看出,在毛泽东看来,凡是束缚思想的创作形式就不应提倡。其次,毛泽东注重传统与民歌的结合,即形式是民族的形式,内容应该是现实主义与浪漫主义的对立统一。他对新诗创作的形式与内容的问题,对艺术领域长期存在的写实派与理想派的争论问题作出具有独立见解的回答。

从心理学角度看，毛泽东最有文艺心理学价值的观点是 1977 年 12 月 31 日在《人民日报》发表的致陈毅谈诗的一封公开信。这封信虽然不长，但既谈到旧体诗词的创作，也谈到白话诗的创作。其中最为突出的是他谈到诗词创作与散文的不同——诗要用形象思维，不能如散文那样直说，所以比、兴两法是不能不用的。赋也可以用，赋是敷陈其事而直言之也，赋是用来陈述事件的，他还举杜甫的《北征》为证。在写诗中需要铺陈事实时需要用到"赋"，但毛泽东认为，在诗词创作中更能体现形象思维的是"比、兴"，即使是在铺陈事实中也要有"比、兴"。比者，以彼物比此物也。兴者，先言他物以引起所咏之词也。在毛泽东看来，"比、兴"是实现诗词创作使用形象思维的两种必备方法，也是诗与文创作的不同方法之所在。他认为，韩愈等"以文为诗"的散文家就不能在诗词创作中很好地使用比兴方法而获得形象思维。毛泽东以作诗词是否用形象思维为标准评价宋诗谈到，宋人多数不懂诗是要用形象思维的，一反唐人规律，所以味同嚼蜡。毛泽东认为，不仅做古体诗要用形象思维，写白话诗也同样需要形象思维。要作今诗，则要用形象思维方法。

(五) 宗白华、李泽厚论艺术境界

美学家、诗人宗白华（1897—1986，原名宗之橅，字伯华，江苏常熟虞山镇人）在《中国艺术意境之诞生》中说："在一个艺术表现里情和景交融互渗，因而发掘出最深的情，一层比一层深的情，同时也透入了最深的景，一层比一层更晶莹的景；景中全是情，情具象而为景，因而涌现了一个独特的宇宙，崭新的意象，为人类增加了丰富的想象，替世界开辟了新境，正如恽南田所说：'皆灵想之所独辟，总非人间所有！'这是我所谓的'意境'。"①

李泽厚（1930— ，湖南长沙宁乡人）等在《中国美学史》中这样分析味觉与人类早期审美意识的发展关系："味"同人类早期审美意识的发展有如此密切的关系，并一直影响到以后，绝不是偶然的。根本的原因在于味觉的快感中已包含美感的萌芽，显示了美感具有的一些不同于科学认识或道德判断的重要特征。首先，味觉的快感是直接或直觉的，而不是理性的思考。其次，它已具有超出功利欲望满足的特点，不仅仅是要求吃饱肚子而已。最后，它同个体的爱好兴趣密切相关。这些原因，使得人类最初从味觉的快感中感受到一种和科学的认识、实用功利的满足以及道德的考虑很不相同的东西，把"味"和"美"联系到一起。

① 朱恩彬，周波，主编.中国古代文艺心理学[M].济南：山东文艺出版社，1997：355-356.

本章小结

在中国的各种文艺种类中,诗歌被视为最高的文学成就,早在上古时期就以歌谣的形式存在于人们的生产劳动之中。《诗经》与《楚辞》是先秦时期诗歌发展的最高成就;汉代的乐府诗、三国时期曹氏父子的诗,魏晋南北朝时期"建安七子""竹林七贤"的诗以及一些文艺理论家刘勰、陆机的诗论都非常富有学术价值。唐诗、宋词代表了中国古典诗歌发展的高峰。宋之后,中国诗歌理论得到较大发展,苏轼、黄庭坚等除了进行诗词创作之外,还留下了许多关于诗歌创作与欣赏的真知灼见。元明清虽以戏曲、小说为主流,但也留下了脍炙人口的诗篇。在现当代,中国的白话诗得到发展,出现郭沫若、臧克家、艾青、郭小川等一大批现代诗人,一直到 20 世纪 70—80 年代朦胧诗的出现。在数千年诗歌创作和欣赏中,我们的诗人和诗论家留下了许多具有心理学价值的思想。

1. 先秦时期。在远古时期就出现古老的歌谣《弹歌》,《诗经》与《楚辞》成为先秦时代诗歌的两座高峰。从诗歌心理思想的角度:一是孔子"诗可以兴,可以观,可以群,可以怨"的观点,认识到诗歌对表达和影响人的情感以及调节人际关系方面的作用。二是形成以"味"为美的审美意识和传统。《老子》首论:"'道'之出口,淡乎其无味。""恬淡为上,胜而不美。"《左传·昭公二十年》所记载的以"味"比喻欣赏文艺作品而产生的感觉或认识的事例,对后世诗歌产生了巨大影响。

2. 汉魏晋南北朝时期。这段时期出现两汉时期的乐府诗,汉魏时期曹氏父子、建安七子、竹林七贤的诗。从诗歌心理学思想角度,这一时期主要有:刘勰《文心雕龙》中"联类感物""神与物游""写意以附意""飏言以切事"的观点;陆机的"观古今于须臾,抚四海于一瞬"的观点。这些观点是对形象思维的肯定。

3. 唐宋时期。诗歌创作在唐代达到高峰。《全唐诗》全书 900 卷,共收录唐代诗人 2 529 人,42 863 首诗作,是中国规模最大的一部诗歌总集。涌现出一批中国历史上最伟大的诗人,李白、杜甫、白居易等都产生在唐代,唐代的诗歌心理思想也达到空前繁荣。边塞诗人,有"七绝圣手""诗家天子"之称的王昌龄对诗歌意境的探讨,主张从"立意"到"境生",认为作诗首先是立意,意之不立不能为诗。只有在立意上超越前人,才可能获得前所未有之意境。杜甫《春望》与李白《月下独酌》的移情效果。刘禹锡关于隐喻暗示与"境生于象外"的观点。李贺通过意象表达情感的观点。韦庄、元稹对象征与隐喻的运用。司空图强调诗歌创作"韵外之致""味外之旨"的观点。这些构成了唐代诗歌心理学思想的基本内容与成就。

4. 宋代诗歌出现新的形式——词。因是合乐的歌词,故又称曲子词、乐府、乐章、长短句、诗余、琴趣等。词始于唐,定型于五代,盛于宋。宋词是中国古代文学皇冠上光辉夺目的一颗宝石,代表一代文学之盛。宋代诗歌理论得到较大发展,涌现出一大批诗词以及对诗词理论探讨的大家。从诗歌心理思想的角度看亦不失为真知灼见。有欧阳修、苏轼、杨万里等对诗歌意境的论述,尤其是系统论述诗歌创作与鉴赏心理的文艺理论大家严羽和他的《沧浪诗话》。严羽的观点可以归纳为:第一,"诗有别趣,非关理也",诗词创作的关键就是"吟咏性情",即通过"情景交融而莫分"的形象或意象来表达自我。诗歌是用情感、形象显示自我,而不是通过"穷理"或"学问"来显示自我。第二,诗歌创作"以识为主",为确保"以识为主",他主张入门要正,立志要高。强调"悟"与"妙悟"。"悟"是想象产生的第一阶段,也是初级阶段或低级阶段,是心灵中一个不可言说的、与特殊形象显现结合在一起的、尚未定型的模糊形象;"妙悟"是想象的高级阶段,也就是创造想象。宋末元初诗人、诗论家方回在《心境记》中提出"心即境"的观点。他认为,诗人在日常生活中有什么心情就有什么意境,意境不需要刻意去追求,认为普通平常人的"人境"就是诗境。

5. 元明清时期。元代在中国历史上只存在九十多年,因时间短,留下的诗词及探讨诗词的理论也较少,我们所了解的有诗歌心理思想价值的主要有戴表元的以"无味之味"为"珍"的观点,认为作诗填词要像烹饪师、药剂师调味道一样,将各种不同性情、味道加以调和才能达到出神入化的境界。明代李贽认为,艺术创作是一个情感宣泄的过程,这个过程包括情感的积累、情感的酝酿、情感的艺术表现、情感的外化和情感的客观心理效应几个阶段。王嗣奭认为,好的诗文必亲身感受才能获得。陆时雍对诗歌创作中情感的"露"与"藏"的论述。曹伞对含蓄的论述,强调"言外蓄意,纸外传情",主张作诗要给读者留有余地,留有空白,即为读者留有联想和想象的空间,不能把话说尽。祈彪佳的"词以淡为真,境以幻为实"的观点。谢榛"情景相触而成诗"的观点。

明清时期有明末清初李渔的情景交融说;王夫之的诗歌心理思想,包括"形神合一"与"形神凑合","名言之理"与"妙幻之理"的区分,"诗之所至,情无不至""景以情合,情以景生"的观点。蔡小石认为,读书阶段与方式不同意境也不同。"始读""再读""卒读"而得之的意境的审美效果不同。王士禛强调"不着一字,尽得风流"的意境。乔亿关于"景中断须有意,无意便是死景"的论述。龚自珍关于出境与入境的阐释。尤其值得称道的是叶燮《原诗》中的诗歌心理思想，这是自宋代严羽之后又一部系统探讨诗歌创作与鉴赏的理论著作，主要观点有：诗歌创作"遇合"说，认为天下的美文美诗都来源于作者才、胆、识、力四因素巧妙遇合；艺术形象是通过集众美而实现的，或者说艺术形象的创作过程，就是将散在各处的美有机组合起来的；"作诗有性情必有真面目"的观点；诗中不仅有情，还有物、有形、有理。叶燮以诗句为例对象外之境的分析。曹雪芹《红楼梦》中的诗歌创作心理思想，提出作诗要"命意新奇，别开生面"。他同时借香菱之口表达"诗的好处，有口里说不出的意思，想去却是逼真的；又似乎无理的，想去竟是有理有情的。"他又借林黛玉和贾宝玉之口阐述了诗词是通过语言表达形象的，但是语言又不能完全表达形象。语言的高妙就在于它虽然不能完全表达形象，但却可以唤起形象。诗词是诗人通过凝练生动的语言唤起形象的过程，表达不出来却可以想象出来，这正是诗人的本事。赵翼的诗歌创作"天才"说，认为诗歌创作三分靠努力，七分靠天才。

6. 近代的诗歌心理思想。王国维的《人间词话》，是中国文艺思想史上最系统、最深刻论述诗词创作与欣赏中境界问题的专著。具体观点包括：境界是诗词创作与欣赏的最高品格，他将"境界"看成是诗词的"最上"品格，并认为境界决定语言，有境界自有名句。王国维认为，前人的所谓"兴趣""气质""神韵"都不是诗词中最本质的东西，它们只是诗词的外在表现，认为一切境界，无不为诗人设，世无诗人，即无此种境界。"境界"才是诗词的根本，王国维从理论上厘清了人类几千年都没有完全厘清的问题，抓住了诗词创作与欣赏中最根本的东西。一切景语皆情语的观点，认为境界是情与景两个要素的融合，但以情感为主导，景是为情所设，为情所用。境界有大小，境界可创造。要成就"大家之作"一要有真情实感，二要善于巧用动词。"造境"与"写境"。"造境"是作家在头脑中想象出的、自然中没有的情景交融之境；"写境"是对自然实际存在之物的描述。二者在大诗人那里是无分轩轾的。"有我之境"与"无我之境"。以物观物的无我之境并不能把我完全排除在外，以我观物的有我之境也不能把物完全排除在外。境界一定是情与境的交融，物与我的双会，情中有境，境中有情，物中有我，我中有物，物我交融才是艺术创作的理想境界。所不同的是，"有我之境"，我为主，物为次，我为主动，物为被动；"无我之境"，物为主，我为次，物为主动，我为被动。前者称为理想派，后者称为写实派。"诗人之境界"与"常人之境界"。常人的境界也是诗人的境界，而诗人的境界却未必是常人的境界。在王国维看来，诗人对事物、人生的敏感性、感受性比常人更高，同时又具有非凡的表达能力。"客观之诗人"与"主观之诗人"。境界可以出入。"诗人对于宇宙人生,须入乎其内,又须出乎其外。"所谓"入"是说我入物内,以物为主,故我为被动。所谓"出"是说我出物外,以我为主,故我为主动。诗词创作与欣赏的三重境界。梁启超、林纾也对境界提出自己的见解。

    7. 现当代的诗歌心理思想。林语堂的诗词创作与鉴赏心理思想。林语堂认为,诗歌能够净化灵魂。西方通过宗教来使灵魂得到净化和升华,中国人特别是中国的文人更多是通过诗歌使灵魂得到净化和升华。他也认为,诗词具有透视的效果。中国的诗歌具有立体感,这是中国诗歌与绘画关系密切的缘故。他还认为:"诗歌基本上是饰以情感的思想,而中国人又总是用情感来思维,很少用理性去分析。"郭沫若的创作"冲动"说。郭沫若以自己的经历叙述写诗过程:"诗人的心境比如一湾清澈的海水,没有风的时候,便静止着如一张明镜,宇宙万汇底印象都涵映在里面;一有风的时候,便云翻波涌起来,宇宙万汇底印象都活动在里面。这风便是所谓直觉、灵感,起了波浪便是高涨着的情调。"朱自清关于"诗言志"与"诗缘情"的辨析。诗言志,在先秦的诗学理论中就已经是一种强势存在。陆机的《文赋》出现后,诗缘情的观点逐渐开始占优势。他认为,二者并不冲突、不矛盾,完全可以结合起来,在缘情中言志,在言志中缘情。诗歌若有志而无情,这样的诗歌就无法感人;同样诗歌若有情而无志,其境界也会缺乏应有的高度。毛泽东提出诗要用形象思维的观点。毛泽东的诗词气势恢宏,境界高远,浪漫主义与现实主义的结合达到前所未有的高度。毛泽东多次以书信和谈话的形式表述了他对诗词创作的观点与态度。诗要用形象思维,不能如散文那样直说,所以"比、兴"两法是不能不用的。"赋"也可以用。他提倡诗词应当创新。宗白华、李泽厚论艺术境界。宗白华强调,在艺术中情和景交融互渗,因而发掘出一层比一层深的情,同时也透入了一层比一层深的景;景中全是情,情具象而为景,因而涌现了一个独特的宇宙,崭新的意象,为人类增加了丰富的想象,替世界开辟了新境。李泽厚提出"味"同人类早期审美意识的发展有密切的关系。首先,味觉的快感是直接或直觉的,而不是理性的考虑。其次,它已具有超出功利欲望满足的特点,从而把"味"和"美"联系到一起。

第十章

中国戏剧心理思想

先秦时期中国戏剧的萌芽

汉唐时期中国戏剧的雏形

宋元时期中国戏曲的成熟

元明清时期的戏剧心理思想

近代的戏剧心理思想

现当代的戏剧心理思想

第一节　先秦时期中国戏剧的萌芽

在中国古代光辉灿烂的历史文化中，有一颗璀璨的明珠，那就是中国古代的戏曲艺术。

中国的戏剧起源于先秦时代的装扮表演，装扮表演来源于人类的模仿本能，而模仿本能作为人类的一种天性，与人类的起源共生。《墨子·耕柱篇》："童子之为马，足用而劳。"就是说儿童"戏效为马"的现象。人类最早的模仿是劳动过程的延伸。如先民对狩猎与战争等教习演练。"戏"字从"戈"，本意为战斗演习。这种模仿虽然还不具有戏剧的因素，却是戏剧发生的基础。

当这种模仿发展到娱乐性歌舞和宗教性祭祀等纯精神活动时，就具有戏剧的因素。

先秦时代还没有真正意义的戏剧，但是已经有戏剧的萌芽，是戏剧的孕育阶段，按照时间顺序先后为宗教和俳优。

歌舞是最早具有戏剧因素的表演形式。原始宗教，如祭祀，在早期主要是巫术活动。专司人神之间对话的神职人员叫巫觋，巫为女性，觋为男性。巫觋具有双重身份，一种是代人向神祷告祈福，一种是代神发言，给人以指示警诫。后一种身份就是代言体的化身表演。《楚辞·九歌》就是屈原改写楚国传统祭神歌而成，保留的原始巫术歌曲的一种类型。先秦最热闹的是一种叫"蜡"的祭典，是在年终为酬谢八位农神而举行的祭祀，故又名"八蜡"。据传是伊耆氏所创，一种说法认为伊耆氏就是神农氏。"蜡戏"被称为"三代之习礼"，一直流传到春秋时期还是一个全国的狂欢节。《孔子家语》中记载子贡对老师谈观感，有"一国之人皆若狂"的话。

俳优是商周之际在宫廷中出现的一种专供贵族娱乐的滑稽表演的艺人。俳优、倡优、优伶都是宫廷艺人。他们有所分工，倡优、优伶专司器乐演奏和声乐歌唱，俳优的职能主要是以滑稽言行逗笑取乐。一般说来，优人大多多才多艺，通晓音乐歌舞等多种伎艺，后代统称为倡优或优伶。与后代戏剧演员不同，倡优在当时多为一些生理发育不良的畸形人，他们利用身体与语言的双重滑稽使君主开心，有时还寓讽谏于滑稽调笑中。《史记·滑稽列传》中就有这样的记载：秦二世嫌自己的都城不够漂亮，打算用油漆把都城涂刷一遍。一个优人说：好主意！陛下不提，我正要向您建议呢。漆城虽然让老百姓花点钱，发点愁，弄成之后可太棒了。那样的漆城一定非常光滑，让敌寇爬不上来。不过刷

531

漆不费事，晾干可不容易。上哪里去找那么大的晾室呢？秦二世听后，一笑了之，再也不提漆城这件事了。这是一则典型的优谏。①

第二节　汉唐时期中国戏剧的雏形

从汉代到唐代近千年的历史中，出现中国戏剧的雏形——汉代百戏。在这一漫长的历史进程中，演员与观众队伍不断壮大，装扮人物、表演故事，出于审美娱乐的戏剧自觉意识越来越明确，民间与宫廷互相借鉴，到唐代已经出现融歌舞于戏剧之中的戏剧表演形式，作为综合艺术的戏剧雏形已经形成。戏剧的发展脉络大致是：

在前2世纪的西汉之初，出现从装扮人物到表演故事的戏剧的雏形。汉武帝时期又从民间征集了一批杂戏到京都汇演，史称汉代百戏。百戏，顾名思义就是种类杂多的艺术。汉代百戏经历魏晋六朝，一直绵延到唐代。先秦时期的俳优戏到魏晋时期也有发展。据《隋书·音乐志》记载，到隋炀帝杨广时，百戏中的散乐得到高度发展，"总追四方散乐，大集东都"，一下子聚集到洛阳三万多艺人，"绵亘八里，列为戏场"，可见其盛况。

第三节　宋元时期中国戏曲的成熟

在十二三世纪，也就是宋元时期，中国的南北方分别涌现出南戏和北杂剧这两种戏曲形式。它们无论在思想内容和艺术表演形式上都脱离了中国早期戏剧那种稚嫩的痕迹，而趋于成熟。一般认为，它们是中国戏曲最早的成熟形式。

在中国，戏剧最早叫戏曲。"戏曲"最早出现在元代刘埙的《水云村稿》卷四《词人吴用章传》，后见于夏庭芝《青楼集》之"龙楼景、丹墀秀"传。元末明初陶宗仪在《南村辍耕录》之"杂剧曲名""院本名目"中也提及"戏曲"，但所指均为南戏（北宋末至元末明初，约200年间在中国南方地区最早兴起的汉族戏曲剧种，中国戏剧的最早成熟形式之一）。

产生于中国南方一带的南戏，又被称为"温州杂剧"或"永嘉杂剧"。明代学者祝允明在《猥谈》中认为："南戏出于宣和之后，南渡之际。"当时他曾经见到旧

① 张燕瑾.中国古代戏曲专题[M].北京：高等教育出版社，2008：14.

牒中有赵闳夫榜禁,"颇述名目",有《赵贞女蔡二郎》等南戏。明代另一位学者徐渭的观点则与祝允明略有差异。徐渭在他研究中国古代戏曲南戏的重要专著《南词叙录》中提出:"南戏始于宋光宗朝,永嘉人所作《赵贞女》《王魁》二种实首之。"这就比祝说"南戏出于宣和之后"的年代要晚 80 年左右。目前比较一致的观点是主张南戏出于南渡之际一说。周贻白的《中国戏曲发展史纲要》虽分别列举了以上两种观点,但从他首先肯定"宋光宗赵惇时期便产生了温州杂剧"这一说法来看,他比较倾向徐说。张庚、郭汉城主编的《中国戏曲通史》则将祝说和徐说的意见统一起来,形成一种折中的观点:宣和之后南渡之际出现南戏的前身,宋光宗朝使南戏趋于成熟。理由是,祝说虽然不见得没有根据,但是他亲见的榜禁中的赵闳夫,据考察是宋室的宗族,实际上是宋光宗赵惇时代的人,那么赵闳夫榜禁的名目可能就是宋光宗时代的东西。这样,所谓南戏出于南渡之际的说法就有些靠不住。而徐渭所说"始于宋光宗"显然就有些道理。但是,从温州一带"尚歌舞""多敬鬼乐祠"、社火、说书等民间艺术盛行的情况来看,南戏出于南渡之际也属可能。徐渭是明代嘉靖时人,出生年代比祝允明晚,他的观点本来就有些含混,在他提出"南戏出于宋光宗朝"后,又在同书中补充了另一种说法:"或云宣和间已滥觞,其盛行则自南渡。"可见,他也不否认南戏出于南渡的可能。

与此同时,钱南扬在他的《戏文概论》一书中又提出另一种观点。他认为,南戏在宋光宗时代已有《王魁》这样成熟的戏文出现,并已从村坊小戏进入城市,流传到赵闳夫当时可能做官榜禁的杭州,那么南戏的真正产生,当还在宣和之前。由于早期南戏的资料,历史上的记载非常少,以致我们目前基本上只能根据祝说和徐说来推断南戏的大致产生年代。而祝允明和徐渭毕竟都是明中叶人,离他们推断的南戏产生的年代已有数百年之久,他们对南戏产生年代的论说又如此简略、含糊,这就使人对二者之说产生种种疑问。因此,有人根据南宋初期缺乏南戏的任何有关记载和当时南方一带宋杂剧盛行的情况,提出南戏可能产生在南宋末的观点。

另外,日本著名戏剧家青木正儿对南戏的概念也提出截然不同的看法。他在《中国近世戏曲史》一书中提出,南戏即南宋杂剧的别称,因欲与北方杂剧相区别,乃更新以戏文之名,而不是对温州戏的狭义称呼,元以后之南戏,才是真正的南戏。这就将南戏和南宋杂剧混为一谈,从而将南戏的产生年代推后到元代去了。

有关南戏形成年代的问题相当复杂,各家之说难以统一。而对于北杂剧产生年代的看法,同样也很不一致。一般说来,有这么两类:一些人认为,北杂剧形成于金末元初。也就是说,金代是北杂剧的孕育演变时期。不过,至迟在金代末年已出现杂剧这种形式,只不过当时还掺杂在金院本中没有独立出来,到元代则脱颖而出,形成了成熟完整的戏剧样式。所以,他们不同意明人朱权在《太和正音谱》中将关汉卿列为"杂剧之始"的说法。因为元代初期关汉卿剧作已相当成熟,元杂剧已很兴盛,这中间应有个发展成长的时期。但是北杂剧在金院本中怎样脱胎演变,现在仍缺乏有力的论证。

另有一些人则认为,北杂剧的产生年代应在元初。顾肇仓在他的《元代杂剧》一书中就提出,宋金两代虽然有杂剧,但包括的内容都不是纯粹的戏剧,到了元初,各种条件具备和成熟,才正式形成北杂剧。还有很多学者对中国戏剧的起源与形成发表了各种见解。其中任二北在专著《唐戏曲》中提出"中国戏剧起于春秋、完成于唐代"的观点;许地山在《梵剧体例及其在汉剧上底点点滴滴》一文中提出"中国戏曲受印度梵剧影响而形成"的观点;王国维在《宋元戏曲考》中提出"中国戏曲起源于古巫,宋元时期形成真正的戏剧"的观点。

第四节　元明清时期的戏剧心理思想

一、元代戏剧家纪君祥《赵氏孤儿》的悲剧意识

《赵氏孤儿》是元代戏剧家纪君祥的作品。纪君祥,生卒年不详,一作纪天祥,大都即今北京人。作杂剧六种,今仅存《赵氏孤儿》一种。

《赵氏孤儿》是元杂剧中最优秀的历史悲剧之一。清学者王国维将其与关汉卿的《窦娥冤》并列,认为其"列于世界大悲剧中,亦无愧色"。

阅读材料

18 世纪的欧洲百年：向中国学习高雅

18 世纪前后欧洲中国文化热的流行,最集中体现在中国戏剧的风靡上。

1735 年,法国的马诺瑟神父翻译并发表了法文版《赵氏孤儿》,开创

了史无前例的中国戏剧热。伏尔泰又进一步改编,并取名为《中国孤儿》在巴黎上演,在民众中引起巨大轰动,一连演出了很多场。随后,英国、意大利也先后上演了这部中国戏剧。据统计,仅在 18 世纪,《赵氏孤儿》在欧洲至少有 4 个改编本和 3 个英文译本。

资料来源:新周报,2012(29):12.

《赵氏孤儿》的故事梗概:晋灵公佞臣屠岸贾,进谗言将忠良赵盾家族 300 余口,满门杀绝,仍不放过公主与驸马赵朔所生赵氏孤儿。草泽医生程婴将赵氏孤儿带出宫门,守门将军韩厥放程婴出宫而自尽。程婴投奔老臣公孙杵臼,用自己的儿子换了赵氏孤儿。屠岸贾逼公孙杵臼交出赵氏孤儿,公孙杵臼撞阶自尽,屠岸贾将假赵氏孤儿程婴之子连剁三剑杀死。屠岸贾收留程婴为门客,并将程婴假子真赵氏孤儿收为义子,取名屠成。20 年后赵氏孤儿长大,武艺超群,屠岸贾想依仗屠成弑了灵公,夺了晋国。赵氏孤儿得知家仇,杀死屠岸贾,为赵氏报仇雪恨。赵氏孤儿复姓赵,朝廷恢复赵氏爵位,并封赠程婴、韩厥、公孙杵臼等保护赵氏孤儿的死难忠良。

二、元代戏剧家王实甫《西厢记》的冲突制造与语言艺术

(一)《西厢记》的冲突制造

《西厢记》被称作是"天下夺魁"的戏剧。作者王实甫(生卒年不详),约生于 13 世纪 30 年代的元初,卒于 1324 年之前,名德信,字实甫,大都(今北京)人。他应与关汉卿同时而略小。王实甫共创作杂剧 14 种,完整的仅存 3 种,包括《西厢记》,另存片段 2 种,此外还有散曲小令残套传世。《西厢记》无疑是他的代表作。

《西厢记》的故事最初来源于唐代元稹的传奇小说《莺莺传》,又名《会真记》,后在民间流传为多种版本。宋金戏曲中有关"西厢"的故事有很多。如宋杂居有《莺莺六幺》,金院本有《红娘子》,宋元南戏有《莺莺西厢记》。特别是到金代说唱中产生了一部五万言的董解元的《西厢记诸宫调》,简称《董西厢》。王实甫就是在《董西厢》的基础上,对流传了几百年的崔莺莺与张生爱情故事进行的再创造。

故事梗概：唐朝崔相国病逝，老夫人郑氏携女儿莺莺和丫鬟红娘扶灵柩回故乡博陵（今河北定州）安葬。途中停灵于河中府（即蒲州）普救寺内，暂时寄居在西厢院中。一天莺莺与红娘到佛殿散心，偶然遇到赴京赶考路经此处的张生，张生与莺莺一见钟情。张生以温习考试为名借居寺中，想方设法接近崔莺莺。事有凑巧，恰遇河桥守将孙飞虎叛乱，兵围普救寺，欲抢莺莺为妻。情急之下，老妇人悬赏：不论僧俗，只要能退得孙飞虎兵，解救莺莺者，便许配为妻。张生自告奋勇，请来好友白马将军解围。兵退身安之后，老妇人却变卦悔婚，引起莺莺不满，张生亦痛不欲生。因有红娘在其间撮合玉成二人，二人背着老夫人私下结合。事情最终还是让老夫人知道了，她只有认可这门婚事，但又节外生枝，以相门不招白衣女婿为由，逼迫张生赴京赶考：结果是张生及第，与崔莺莺喜结连理，以大团圆结束。

《西厢记》被明代文艺理论家称为元杂剧的"绝唱"或"压卷之作"。《西厢记》的确可以说是中国古代追求真挚自由爱情的"绝唱"。明末清初的著名点评家金圣叹将其称为中国文学的"第六才子书"。

《西厢记》的心理学价值在于：通过两条线索来表现心理与行为的冲突。一条是以老夫人为一方和以崔莺莺、张生、红娘为另一方的心理与行为的冲突，也就是老年守旧派与青年叛逆派之间的心理与行为冲突。这是贯穿全剧的主线。另一线索是青年叛逆派内部因身份、教养或脾气秉性差异产生的心理与行为冲突。两条线索时分时合，交错展开，曲折跌宕，波诡云谲，从而制造出强烈的戏剧效果。

（二）《西厢记》的语言艺术

中国诗歌的语言精巧优美，富有韵律与节奏，可是戏剧中的语言由于题材的限制，"叙述和描写常被限制在一定的字数之内"，因此缺乏巨大的表现力。而在戏剧中由于"以白话入诗，打破了文言的束缚，因而获得了以往完全难以想象的自由、自然与雄浑。"戏剧中的语言直接取材于人们的日常口语，经作者加工成为诗化的有韵律、有节奏、有美感的语言。戏剧语言的韵脚也较宽，宽泛的韵脚和句式的可长可短也利于行文中方言的介入，拉近了与观众的心理距离，使观众更乐于接受。因此，戏剧可以将"人类的情感上升到一种绝句律诗所难以达到的高度"。①

且看《西厢记》中对崔莺莺的几段描写便可对韵律使用的宽泛程度有一个

① 林语堂.中国人（全译本）［M］.上海：学林出版社，1994：259-260.

一般的了解：

> 未语人前先腼腆，樱桃红绽，玉粳白露，半晌恰方言。
>
> 偏，宜帖翠花钿。只见他官样眉儿新月偃，斜入云鬟边。
>
> 恰便似呖呖莺声花外啭。[①]

这种三三两两错开的用韵方式显然比绝句律诗韵律宽泛自由得多，表达的意思也丰富得多。

《西厢记》语言风格的突出特征是将传统诗词骈文的语汇、语法及表达手法熔炼入曲，优美工细。如："雪浪拍长空，天际秋云卷；竹索缆浮桥，水上苍龙偃。""系春心情短柳丝长，隔花荫人远天涯近。"王世贞在《曲藻》中，将骈文中语言分为"骈俪中景语""骈俪中情语""骈俪中诨语"时，就从《西厢记》中举出大量的例证。诗词语言的特色是情景交融和含蓄蕴藉，《西厢记》正是运用这样的语言进行创作。同时《西厢记》还能根据人物的身份和性格，将富有诗意的雅语与口语、俗语融合其间，用雅俗兼备的独特语言风格塑造人物，使人物更加传神突出。

三、明代学者臧晋叔的戏曲二度创作论

戏剧是一种表演艺术，因此它是一个二度创作的过程：一度创作是完成剧本。完成剧本实际上只完成戏剧的一度创作，戏剧还需要二度创作，那就是将剧本付诸演出的过程。戏剧是最难的制作的艺术，原因就在于此。这也是戏剧家与小说家和诗人不同之所在。小说家和诗人相当于案头之作，也就是到了戏剧剧本创作阶段就算完成，而戏剧不同，它还将案头之作——剧本变成实际的演出，即真实的表演。在二度创作中，戏剧家还要面临三大难题。请看下面这段文字：

> 关汉卿辈争挟长技自见，至躬践排场，面傅粉墨，以为我家生活，偶倡优而不辞者……曲本词而不尽取材焉，如六经语、子史语、二藏语、稗官野乘语，无所不供其采掇，而要归断章取义，雅俗兼收，串合无痕，乃悦人耳。

---

① 林语堂. 中国人（全译本）[M]. 上海：学林出版社，1994：260－261.

此则情词稳称之难。宇内贵贱、妍媸、幽明、离合之故，奚啻千百其状，而填词者必须人习其方言，事肖其本色，境无旁溢，语无外假。此则关目紧凑之难。北曲有十七宫调，而南止九宫，已少其半；至于一曲中有突增数十句者，一句中有衬帖数十字者，尤南所绝无，而北多以是建才，自非精审于字之阴阳、韵之平仄，鲜不劣调；而况以吴侬强效伧父喉吻，焉得不至河汉？此则音律谐叶之难。总之，曲有名家，有行家。名家者，出入乐府，文采烂然，在淹通闳博之士，皆优为之；行家者，随所妆演，无不模拟曲尽，宛若身当其处，而几忘其事之乌有，能使人快者掀髯，愤者扼腕，悲者掩泣，羡者色飞，是惟优孟衣冠，然后可与于此。故称曲上乘首曰当行。（《元曲选·序二》）①

这是明代学者臧晋叔（1550—1620，名懋循，字晋叔，号顾渚，浙江省长兴县人，万历八年进士，官至南京国子监博士）对戏曲二度创作即表演阶段难度的论述。他认为，戏剧在表演阶段有三难：一是情词稳称之难。一个演员要能乐人耳目，就要做到熟练运用经、史、子、集中的语言与掌故，官话俚语，做到雅俗共赏，这是很难的。二是关目紧凑之难。能做到紧扣主题，又符合人物性格来表达事件、刻画人物是一件很不容易的事情。三是音律谐和之难。无论是北曲还是南曲，都有众多的曲调，取得长短不一，韵律平仄不一，音调优劣也有差异，要纯熟表演出来，没有破绽是很难的。如果这三个方面都很纯熟，就可以成为"行家"。"行家"的演出才能引人入胜，收到感动人心的艺术效果。这种表演创作不完全在于学问的淹通闳博，而在于舞台的实际操作。像关汉卿那样既有舞台演出经验，又文采飞扬、学问宏富的人，则被看成剧作家的榜样。

四、明末清初李渔《闲情偶寄》中的戏剧心理思想

（一）李渔关于戏剧道德规劝作用的观点

李渔（1611—1680），初名仙侣，后改名渔，字谪凡，号笠翁，别署笠道人、湖上笠翁，祖籍兰溪（今浙江金华），生于雉皋（今江苏如皋），明末清初文学家、戏曲家。他在《闲情偶寄·词曲部·结构第一》中说："窃怪传奇一书，昔人以代木铎。因愚夫愚妇识字知书者少，劝使为善，诫使勿恶，其道无由，故设此种文词，借优人说法，与大众齐听，谓善者如此收场，不善者如此结果，使不善者如此结

---

① 张燕瑾. 中国古代戏曲专题［M］. 北京：高等教育出版社，2008：10-11.

果,使人知其所趋避,是药人寿世之方,救苦弥灾之具也……以之劝善惩恶则可,以之欺善作恶则不可。"同时戏剧还教会了人们辨别善恶忠奸的道德标准,解决了人们日常生活中的困惑。通过戏剧为人们提供了许多生活的榜样。所谓忠臣、孝子、贤妻、贞女、烈女和伶俐的女仆。"在剧中人物身上,他们看到自己,看到自己所喜欢的和厌恶的人;在观剧的同时,他们也深深地陷入了道德与良心的沉思。曹操的奸诈、闵损的孝顺、文君的浪漫、莺莺的痴情、杨贵妃的豪奢、秦桧的卖国、严嵩的贪婪残暴、诸葛亮的智谋、张飞的暴躁、日莲宗教意味的圣洁,都在人们心目中同伦理道德的传统联为一体,成为中国人评判善恶之举的具体观念。"①譬如《琵琶记》,它有42出,情节延续数年的一个宣扬家庭节孝的故事。它没有《牡丹亭》那样绚丽的想象,没有《西厢记》那样优美的词曲,也没有《长生殿》与《梁山伯与祝英台》那样强烈的感情。但《琵琶记》取胜的地方在于宣扬了家庭恩爱忠贞的观念,"从而在中国人的心灵里找到温暖的地位"。②戏剧家可以诗意地创造艺术时空,"乾坤万里眼,时序百年心"(杜甫《春日江村五首》其一)。作家、戏剧家创作时万里乾坤尽收眼底,百年时序齐聚心头,只要有利于营造氛围,抒写心绪,可以打破时间和空间的限制,选择景物进行描写。《西厢记》中就有写景"不问四时"的例子。③

(二) 李渔对悲剧题材的喜剧性结果的论述

中国戏剧的特点之一就是中国悲剧题材的喜剧性结果,所以中国没有西方那种典型的悲剧和喜剧类型。中国的戏剧是"哀而不伤",喜则"乐而不淫",悲喜互藏,这种合度、类型化的美学特征十分明显。不同作家有不同的创作风格,不论哪一种风格,都有一个共同特点,那就是大团圆结尾。李渔是一个全才,他对诗、文、小说、戏剧无所不擅,对书法、绘画,甚至园林建筑、百戏游艺样样精通。④他一生著述甚多,仅戏剧创作就有《笠翁十种曲》等。不仅如此,因为长期的创作实践,使他积累了丰厚的戏曲理论资源,使他成为中国古代戏曲理论史上极具里程碑意义的人物。⑤

李渔的戏曲理论主要收录在《闲情偶寄》中,其中"词曲部"和"演习部"是专论戏曲的,后人将此二部合订成《李笠翁曲话》或《笠翁论剧》。"词曲部"是论述其创作技巧,包括戏剧的结构、词采、音律、宾白、科诨、格局六个方面;"演习部"

①② 林语堂.中国人(全译本)[M].上海:学林出版社,1994:262.
③ 张燕瑾.中国古代戏曲专题[M].北京:高等教育出版社,2008:9-10.
④ 同上:172-173.
⑤ 同上:173.

从表演的角度论述戏曲艺术的价值，包括选剧、变调、授曲、教白、脱套五个方面。"在中国古代戏曲理论史上，如此全面而系统地论述戏曲创作和表演的，李渔可说是第一人。"①

李渔认为戏剧要追求娱乐，而不是寻找痛苦。他有一句著名的话，可以说是他的创作动力，那就是"为我填词不卖愁，一夫不笑是吾忧"（《风筝误》下场诗)，表达了他对戏剧娱乐功能的追求。李渔的戏剧虽然思想格调不是很高，但情节新异奇巧，又注意舞台调度，善于用插科打诨制造喜剧气氛，便于演出，故在当时影响颇大。"天下妇人孺子，无不知有湖上笠翁者。"（包璿《笠翁一家言全集叙》)②

李渔在《闲情偶寄·词曲部》论"格局"之"大收煞"时，谓之"有团圆之趣"。李渔就曾在他的《风筝误》的剧末诗中明确表达了这一思想："传奇原为消愁设，费尽杖头（指杖头钱，阮修常认为，百姓的钱常挂在杖头）歌一阕。何事将钱买哭声？反令变喜成悲咽，惟我填词不卖愁，一夫不笑是吾忧。举世尽成弥勒佛，度人颜笔始堪投。"③这是说，老百姓花钱看戏原为消愁解闷的，而不是买哭声悲咽的，因此创作要顾及观众的心理，要迎合观众的需要，当然也要对社会负责任，要劝诫人们为善，而不能助长人们作恶，要惩恶扬善。

（三）李渔的戏剧创作构思论

李渔认为，戏剧创作最重要的是构思，并明确提出"结构第一"的思想。在他看来，构思、布局犹如"工师之建宅"，应谋划于先。剧作家于"引商刻羽毛之先，拈韵抽毫之始"，应对戏剧有通盘考虑，"袖手于前，始能疾书于后"，他认为，"填词首重音律，而予独先结构"。怎样才能达到良好的构思效果呢？用李渔的话说就是怎样"独先结构呢"？李渔认为，要在五个方面下功夫：（1）确立结构的主线。用李渔的话说就是"立主脑"。凡结构都要有一条主线，就像中国古代园林的中轴线。按照李渔的说法，就是将"一人一事"确立为一部喜剧的枢纽、焦点，其他一切人物、事件都围绕着这条主线展开。（2）围绕主线安排情节。用李渔自己的话说就是"减头绪"，"一线到底，并无旁见侧出之情"。千万不要超出主线要求而安排情节，画蛇添足。（3）承接周密。用李渔的话说就是"密针线"。情节紧凑，有照应、有埋伏，"无断续之痕"，"承上接下，血脉相连"，细针密线而无破绽，构成有机的艺术整体。（4）注重创新。用李渔的话说就是"脱

---

① 张燕瑾.中国古代戏曲专题［M］.北京：高等教育出版社，2008：173.

② 同上：175.

③ 同上：6.

窠臼"，也就是说，戏剧的创作要从构思过程体现出来，不能落入前人或他人的俗套。要有创意，要推陈出新。李渔主要借用误会、巧合编织风情趣剧。他的《笠翁十种曲》包括《怜香伴》《风筝误》《意中缘》《蜃中楼》《奈何天》《玉搔头》《比目鱼》《凰求凤》《巧团圆》《慎鸾交》十部传奇。这些剧作的情节基本上都是借助误会、巧合编织而成的。其中《风筝误》是李渔的代表作。剧情以放风筝为机缘，表现了才子韩世勋和佳人詹淑娟、纨绔子弟戚施和丑女詹爱娟之间的种种误会与巧合，最终以才子配佳人、笨男偶丑女的结局结束。作品虽然未能免俗，甚至间杂低级趣味，但因李渔构思巧妙、细针密线、天衣无缝、语言通俗而富有机趣，从而营造出一个虽巧误丛生却不失真实的喜剧世界。(5) 切忌编造荒诞不经的故事。用李渔的话说就是"戒荒唐"。强调戏剧创作构思要有生活基础，不能脱离生活任意编造。戏曲和小说是姊妹艺术，戏曲无论在题材上、叙事手法上，都有小说影响的痕迹。若从神韵视之，戏曲受诗歌的影响尤为明显。①

（四）李渔对人物创作个性化的阐释

在李渔的戏剧创作理论中还涉及人物创作的个性化问题，尽管他在这方面的论述并不多，但可以看出他已经意识到这个问题。他曾说戏剧创作要"说一人，肖一人"，"说张三要像张三，难通融于李四"。这样的见解即使在今天看来也是弥足珍惜的。

《西厢记》中主要人物的刻画往往采用两极对立、相反相成的手法实现。崔莺莺是"真假"对立，张生是"精傻"对立，红娘是"言行"对立。崔莺莺明明爱张生，表面上却装出相反的样子，表现出大家闺秀的矜持与羞涩。但是其中"真"为主，"假"为辅；外为"假"，内为"真"，正是通过外在的假，更加深刻地透视出她内在的真，最后真假在崔莺莺身上达到和谐与统一。张生的性格也有对立的两极性：一方面他书生气十足，有"傻"的一面，所以被红娘称为"傻角"；另一方面，他在恋爱中也非常精明。他对莺莺的体察细致入微，从第一次，他与莺莺仅仅打了一个照面，他就从莺莺的眼神和脚印中看出她对自己一见钟情，你看这是何等精明！再有从他请求附斋追荐先人、写信退贼的关目，都可以看出他精明机灵等性格特征。

（五）李渔对戏剧表演技能的论述

李渔以自己的创作实践深刻认识到戏剧是表演艺术，因此演员的表演才能在戏剧演出中十分重要。他说"词坛之设，专为登场"，戏剧剧本创作是一种创

541

---

① 张燕瑾.中国古代戏曲专题[M].北京：高等教育出版社,2008：173 - 174.

作,是一种创造,戏剧表演又是一种创造。这种创造还可以矫正剧本构思中的不足。他认为,作为剧作家不仅要"通文字三昧",还应通"优伶搬弄之三昧",要有"手则握笔,口却登场"的本领,这恰恰是小说家不具备的,是戏剧创作和表演的独特要求。

戏剧是表演活动,这不同于诗歌和小说中动作的描写,诗歌由于篇幅所限,描写人物以及动植物的动作都是片段性的,而且人们不能直接感受到,只能通过欣赏者的想象力而间接感受,这对于缺少历史和文化背景知识的人们来说,其形象就缺少清晰度,人们只能产生一种雾里看花的感觉,甚至很难在头脑中形成真正的形象。同时,由于欣赏水平和背景经历的差异,在欣赏者想象中的动作和形象与真实的动作相去过远。小说虽然对人物的肢体语言都是经过精心设计的,不同角色有不同的动作设计。为了提高视觉上的效果,小说中的动作并不完全等同于人们在日常生活中的动作,小说在描写动作和情节的完整性方面优于戏剧,但与诗歌一样,阅读者也只能透过文字加以想象,而缺少直接具体的感受。唯有戏剧才能使观赏者直接感受到,所以在这一点上戏剧独占鳌头。它有小说较完整的、富有情节的动作,又有诗歌具备的诗化语言,同时又可以将其表演出来。在《西厢记》中,对崔莺莺的行为动作有这样一段描写:"恰便似呖呖莺声花外啭,行一步可人怜。解舞腰肢娇又软,千般袅娜,万般旖旎,似垂柳晚风前。"①这段文字是通过唱词来唤起观众的想象,从这个意义上如中国民间的一句老话——"看戏不如听戏";同时崔莺莺的行为步态又可以通过演员的表演直接呈现在观众的视觉之内,收到更直观的艺术效果,将观众视听与想象的双重心理潜能发挥到极致。为了提高观众的视觉效果,在古代没有现代电影、电视这种蒙太奇镜头的条件下,戏剧往往用夸张性的动作来提高观众的视觉效果。所以,我们现代电影人或电视人在看古代戏剧的时候,总觉得不够真实,动作甚至语言都过于夸张,甚至影响到情节的发展,其实这是出于当时表演的需要。

中国传统戏剧正是通过运用这些综合手段使观众的感官得到愉悦,情感得到升华。

(六) 李渔对观众接受心理的关注

李渔认为,戏剧创作一定要考虑观众的接受心理,特别强调戏剧语言一定要为观众所理解。李渔说:"戏文不比文章。文章作与读书人看,故不怪深。戏

---

① 林语堂.中国人(全译本)[M].上海:学林出版社,1994:261.

文作与读书人与不读书人同看,故贵浅不贵深。"要求用老百姓喜闻乐见浅切直白的语言表达戏文:"话则本之街谈巷议,事则取其直就明言。凡读传奇而令人费解,或初阅不见其佳,深思而后得其意之所在者,便非绝妙好词。"①

五、明末清初李玉的情绪宣泄论

李玉(1611?—1677?,本字玄玉,因避康熙玄烨讳而改字元玉,自号一笠庵主人,江苏吴江即今苏州人)与李渔是两位由明入清的戏剧代表。李玉关注现实人生的戏剧创作,李渔对戏剧表演与创作进行了系统的理论总结。一重创作,一重理论,相互辉映,各有千秋。②

李玉主要从事创作,后人有两段介绍他的文字,足可以看出他的创作动机。一段是吴伟业为李玉《北词广正谱》所作序:

> 李子元玉,好奇学古士也。其才足以上下千载,其学足以囊括艺林,而连厄有司,晚几得之,仍中副车。甲申以后,决意仕进。以十郎之才调,效耆卿之填词。所著传奇数十种,即当场之歌呼笑骂,以寓显微阐幽之旨;忠孝节烈,有美斯彰,无微不著。③

另一段是清代著名哲学家、数学家、戏曲理论家焦循(1763—1820,字理堂,一字里堂,江苏甘泉人,即今江苏扬州黄钰人)在《剧说》卷四中一段话:

> 元玉系申相国家人,为申公子所抑,不得应科试,因著传奇以抒其愤,而"一人永占"尤盛传于时。其《一捧雪》极为奴婢吐气,而开首即云:"裘马豪华,耻争呼贵家子。"意固有在也。④

这两段文字,在李玉的身世描述上尽管不尽一致,但在肯定李玉戏曲创作的心理动因上却十分一致——"歌呼笑骂,以寓显微阐幽之旨""著传奇以抒其愤"。意在说明,李玉的特殊身世和遭遇是其戏剧创作的动力。李玉一生创作的戏剧,学界确认的剧本有 30 余种,现存的有 20 余种,都是以此为动力写成的。按

---

① 张燕瑾. 中国古代戏曲专题[M]. 北京:高等教育出版社,2008:174.
② 同上:161.
③④ 同上:162.

照焦循的说法,"《一捧雪》极为奴婢吐气"。下面我们就来看一看《一捧雪》的故事梗概:

> 《一捧雪》写汤勤逢迎权奸严世蕃,献计谋夺莫怀古的玉杯"捧雪"致使莫怀古家破人亡。汤勤原本是一个裱褙匠,流落江湖,几乎饿死,幸亏遇到宽厚的莫怀古给予救助,将他尊为座上客。但汤勤"险千般,存心刻毒",为了攀结严世蕃谋取荣华富贵,竟不惜出卖恩友,以怨报德,并处心积虑地为严世蕃献计"搜邸""遣尉""审头",必欲将莫怀古置于死地而后快。莫怀古的仆人莫诚替主赴死,莫的侍妾雪艳将汤勤刺死后自尽。后莫怀古由戚继光救护,冤屈终得以昭雪。剧中着力刻画了卖友求荣的汤勤、替主代戮的莫成、刺汤复仇的雪艳等人的形象,热情歌颂了义仆莫成的代主而亡、婢妾雪艳的杀贼自尽和友人戚继光的为友仗义,严厉鞭挞了奸诈小人汤勤的忘恩负义、损人利己,从而形成全剧"义"与"不义"两种伦理观念的激烈冲突,强化了作者劝善惩恶、拯救世风的创作意图。[①]

此剧历来盛演不衰,至今《搜杯代戮》《审头刺汤》等出仍是昆曲常演的保留剧目。

六、清代戏剧家洪升与《长生殿》的悲剧意识

《长生殿》的悲剧意识与洪升的经历有莫大的关系。洪升(1645—1704),字昉思,号稗畦,又号稗村,浙江钱塘即今杭州人。洪升是清代剧作家中成就最高的二人之一,另一位是孔尚任。时人称"南洪北孔"。二剧一经问世,便轰动全国,所谓"两家乐府盛康熙,进御均叨天子知。纵使元人多院本,勾栏争唱孔洪词。"[②]洪升是个智能早慧者,15岁时就能"鸣笔为诗",19岁时被誉为"骚坛领袖",24岁时赴京得入国子监,第二年有幸拜见前来"视学"的康熙帝的"圣容",受宠若惊,并写下"儒生一何幸,得问圣躬劳"等许多"抽笔颂丰年"的诗作。可是,洪升并没有得到康熙的提拔和重用,因此他在京城度过了一年寂寞的国子监生活后又回到家乡。

① 张燕瑾.中国古代戏曲专题[M].北京:高等教育出版社,2008:163.
② 同上:177.

此后洪升又经历了一系列的灾难。首先是父母受到谗言挑唆与他产生矛盾，甚至断绝对他的供给，后再次进京。随后便是父亲因事获罪"被诬谪戍"的消息，两年后爱女又不幸夭折，令洪升悲痛不已。1679年，洪升因父亲"罹难远戍"而赶回杭州奉亲北上，在回杭的路上写下"长途四千里，一步一沾衣""莫道回车路，朝歌亦旧京""征途怀古意，寂寞向谁云"的悲切诗句。此时洪升的悲凉心境既对家难的感叹，也有对国难的忧愁，这是在"三藩之论"后，"国殇与家难，一夜百端忧"。正是在这种心境下，洪升呕心沥血创作了《长生殿》。作者通过李隆基与杨贵妃的帝妃之恋的错综纠结表达了深层的悲剧意蕴：人生不永、情缘易逝、世事沧桑的人生幻灭感。①

由于个人的人生遭际，所以洪升对《长生殿》的创作赋予特殊的情怀："余览白乐天《长恨歌》及元人《秋雨梧桐》剧，辄作数日恶。南曲《惊鸿》一记，未免涉秽。从来传奇家非言情之文，不能擅场；而近乃子虚乌有，动写情词赠答，数见不鲜，兼乖典则。因断章取义，借天宝遗事，缀成此剧。凡史家秽语，盖削不书，非曰匿瑕，亦要诸诗人忠厚之旨云尔。然而乐极哀来，垂借来世，意即寓焉。"②

《长生殿》一问世："一时朱门绮席，酒社歌楼，非此曲不奏，缠头为之增价。"1689年8月，洪升与友人赵执信等宴饮观《长生殿》，此时正值孝庄皇太后逝世刚一个月，"国孝"未除，为人告发，结果友人赵执信被罢官，洪升被免去国子监学籍。这就是著名的"演《长生殿》之祸"。到1704年，曹雪芹的祖父，身为江宁织造的曹寅集南北名流，演《长生殿》剧三昼夜，"长安传为盛事，士林荣之"。也就是在这一年的六月初一，洪升自南京返杭州的途中，酒后登舟，失足落水而死。

《长生殿》故事梗概：《长生殿》写的是唐玄宗和杨玉环的爱情故事。描写唐玄宗宠幸贵妃杨玉环，终日游乐，将其哥哥杨国忠封为右相，其三个姐妹都封为夫人。但后来唐玄宗又宠幸其妹妹虢国夫人，私召梅妃，引起杨玉环不快，最终两人和好，于七夕之夜在长生殿对着牛郎织女星密誓永不分离。为讨杨玉环的欢欣，唐玄宗不惜耗费大量人力物力从海南岛为杨玉环采集新鲜荔枝，一路踏坏庄稼、踏死路人。

由于唐玄宗终日和杨玉环游乐，不理政事，宠信杨国忠和安禄山，导致安禄山造反，唐玄宗和随行官员逃离长安，在马嵬坡军士哗变，强烈要求处死罪魁杨国忠和杨玉环，唐玄宗不得已让杨玉环上吊自尽。

---

①②　张燕瑾.中国古代戏曲专题[M].北京：高等教育出版社，2008：185.

杨玉环死后深切痛悔，受到神仙的原谅，织女星说："既悔前非，诸愆可释。"

郭子仪带兵击溃安禄山，唐玄宗回到长安后，日夜思念杨玉环，闻铃肠断，见月伤心，对着杨玉环的雕像痛哭，派方士去海外寻找蓬莱仙山，最终感动了天上织女，使两人在月宫中最终团圆。

第五节 近代的戏剧心理思想

一、王国维《宋元戏曲史》中的戏剧心理思想

（一）王国维对戏曲的界定

在中国历史上虽然有戏剧，但始终没有学者给戏剧或戏曲下一个明确的定义，直到清末，国学大师王国维才对戏曲的含义作出了科学界定。他认为，中国人所说的"戏曲"就是后人所说的"戏剧"。他在《宋元戏曲史》之四的"宋之乐曲"中说："然后代之戏剧，必合言语、动作、歌唱，以演一故事，而后戏剧之意义始全。"①在《戏曲元考》中，他也说："戏曲者，谓以歌舞演故事也。"②

王国维准确地表述了戏剧这种独特的艺术形式具有高度综合性的特点，也就是戏剧是言语、动作、歌舞等表演手段的综合运用。按照我国当代著名美学家宗白华的观点，"戏曲的艺术是融合抒情文学和叙事文学而加之新组织的，他是文艺中最高的制作，也是最难的制作。"（《美学与意境·戏曲在文艺上的地位》）③

（二）王国维"始于悲者终于欢"的戏剧情节

王国维在《红楼梦评论》之第三章"红楼梦之美学上之价值"中说："吾国人之精神，世间的也，乐天的也，故代表其精神之戏曲小说，无往而不着此乐天之色彩：始于悲者终于欢，始于离者终于合，始于困者终于亨；非是而欲餍阅者之心，难矣。"④因此，戏剧家的创作就要满足老百姓的"找乐"心理，让观众通过看戏获得心理的愉悦，精神的享受。中国普通民众生活非常艰辛，戏剧使他们有幸可以排遣这种由生活带来的困顿与困苦，在辛勤劳动之余获得心灵的安慰和平衡，中国的戏剧家大都产生于底层社会，他们深知民众的疾苦，因此他们不忍心在老百姓茶余饭后的戏曲观赏中，将痛苦的结局再留给民众。戏剧家试图通

---

① 王国维.宋元戏曲史[M].北京：中华书局，2010：39.
②③ 张燕瑾.中国古代戏曲专题[M].北京：高等教育出版社，2008：2.
④ 同上：7.

过戏剧表演的形式，给辛勤劳作的人们增添一点欢乐的气氛，使他们减轻劳作带来的压力和痛苦。这也是中国戏剧家悲天悯人情怀的表现。

（三）王国维评价关汉卿《窦娥冤》"其最有悲剧性质者"

关汉卿（约1225—约1302），名不详，字汉卿，号已斋，大都即今北京人，是中国13世纪一位伟大的戏剧家。据记载，其一生创作了杂剧66种，今存18种，散曲套数13篇，小令57首，残曲2套。关汉卿"生性倜傥，博学能文，滑稽多智，蕴藉风流，为一时之冠"。（《析津志》）关汉卿的个性使他激烈反抗传统，不畏环境的压力，坚持走自己的人生之路，形成至死无悔的、刚硬倔强的人格特征。被清代著名学者王国维称为"其最有悲剧性质者"的《窦娥冤》，就是关汉卿愤世嫉俗情绪与人格的宣泄。

《窦娥冤》的故事梗概：主人公窦娥三岁丧母。其父窦天章，是个穷秀才，因要上京赶考，没有路费，借了寡妇蔡婆高利贷二十两银子，翌年后变成四十两，无法还债，便将七岁的窦娥卖给高利贷主蔡婆为童养媳。十年后与夫成婚，不到两年夫死守寡。一天蔡婆出门讨债，欠债人将其骗至郊外，图谋杀人赖账，被路过的张驴儿父子撞见救下。张氏父子以救命之恩胁迫，要霸占蔡氏婆媳，在逼迫窦娥就范的过程中，张驴儿试图毒死婆婆，再逼窦娥成亲，于是在窦娥为蔡婆做的汤里投下毒药，不料却被自己的父亲喝下丧命。张驴儿又以此相要挟逼迫窦娥婆媳屈从，不成功后告到官府。楚州太守贪暴昏聩，对窦娥采取严刑逼供的方式，窦娥致死不招。贪官又拷打蔡婆，为救护婆婆，窦娥屈招是自己药死张驴儿之父，被判死刑。在刑场上，她对天立下血溅旗幡、六月飞雪、大旱三年三桩誓愿，以证明自己的不白之冤，结果一一应验。最后由她已经做了肃政廉访使的父亲为她复审，终于使奸邪受惩，冤案得以昭雪。

王国维在《宋元戏曲史》中认为，关汉卿的《窦娥冤》和纪君祥的《赵氏孤儿》完全可以列入世界大悲剧之行列。他说："其最有悲剧之性质者，则如关汉卿之《窦娥冤》、纪君祥之《赵氏孤儿》。剧中虽有恶人交构期间，而其赴汤蹈火者，仍出于主人翁之意志，即列于世界大悲剧中，亦无愧色也。"[①]《窦娥冤》达到中国悲剧意识的高峰。鲁迅在《再论雷峰塔的倒掉》中对悲喜剧有两句至理名言："悲剧将人生的有价值的东西毁灭给人看，喜剧将那无价值的撕破给人看。"[②]窦娥就是用自己生命毁灭的形式将人类最有价值的反抗违背真实、正义、公平

---

①　张燕瑾.中国古代戏曲专题[M].北京：高等教育出版社，2008：43.
②　朱德发，韩之友，选注.鲁迅选集·杂文卷[M].济南：山东文艺出版社，1990：63.

的意志和精神力量展示给世人观赏。关汉卿用窦娥生命毁灭肉体可能消失的方式向世人展示女性的智慧和才能，女性对社会不公的强烈反抗的意志，是中国文学史上最早的女性意识的觉醒者。①

戏剧比小说更"近人情"。从王国维对关汉卿的评价中可见一斑。王国维说："关汉卿一空倚傍，自铸伟词，而其曲尽人情，字字本色，故当为元人第一。"②

（四）王国维评价马致远《汉宫秋》情、景、事高度融合的观点

《汉宫秋》是马致远的代表作。马致远（约 1250—1321 以后），大都即今北京人，元曲四大家之一。作杂剧 15 种，今存 7 种，散曲存 130 余篇。《汉宫秋》是元杂剧中"五大历史剧"之一。

其故事梗概：汉元帝命中大夫毛延寿遍行天下挑选美女入宫，并画像以进，供元帝按图选择临幸。毛延寿则乘机大索贿赂。秭归（今湖北）美女王嫱字昭君，以绝色入选，由于家境贫寒，无力行贿，被毛延寿绘画时加以丑化，以致打入冷宫。一次元帝偶然被昭君弹奏的悦耳的琵琶声吸引，于是得以召见。元帝在见到昭君后才真正感到昭君美丽绝伦，因封为明妃，并传旨捕杀毛延寿。毛延寿得知此事后，携昭君美人图逃亡匈奴，唆使匈奴王侵入汉朝，索要昭君。汉朝文武无力退敌，昭君为保江山社稷，挺身和番，元帝亲到灞桥送别。昭君行至边界，举酒杯向南浇奠，然后投黑水而死。元帝陷入对昭君的苦苦思念之中，以致秋夜成梦，惊醒后只听孤雁哀鸣，备感凄凉。匈奴王感于昭君之义，绑送毛延寿归汉，以求和好。元帝斩杀毛延寿以祭献昭君。

这个故事情节显然与真实历史有很大出入。如在汉朝与匈奴的关系上，在汉朝时期是汉朝强大而匈奴弱小；再有在历史史实中，根本就没有毛延寿逃亡匈奴的事件。这在《汉书》与《后汉书》中都有记载。因此，作者完全是根据自己表达的需要虚构了许多故事。

《汉宫秋》从艺术上说是一部典型的抒情诗剧，它的最大特征就是用诗的语言和意境来抒发人物内心的情感。集中笔墨展示人物的内心世界、内在情感，是这部戏剧最成功的地方。所以王国维在《宋元戏曲史》中评价《汉宫秋》："真所谓写情则沁人心脾，写景则在人耳目，述事则如其口出者。"③从王国维的评价中我们可以看出，戏剧创作一定要将情、景、事高度融合，才能收到好的艺术效果。

① 张燕瑾. 中国古代戏曲专题[M]. 北京：高等教育出版社，2008：46.
② 同上：48.
③ 同上：62.

二、梁启超：戏剧是最能动人感情的艺术

梁启超(1873—1929,字卓如,号任公,别号饮冰室主人)是从提倡"小说界革命"而介入戏曲研究的。他曾在《论小说与群治之关系》一文中说:"欲新一国之民,必先新一国之小说。"在论及小说的重要性时涉及戏剧,他说"戏剧则有声有色,无不乐观之,且善演者淋漓尽致,可泣可歌,最是动人感情","故戏剧者,一有声色之小说也",所以可以认为,梁启超在提倡"小说界革命"的同时,也在提倡"戏曲界革命"。为了体现这一革命的价值,梁启超还亲自动手创作了《劫灰梦》《新罗马》(原计划写 40 出,实际完成 8 出)、《侠情记》等三部传奇题材的戏剧。从梁启超的论断中可以看出,他心目中戏剧的最大价值就是它通过有声有色的表演达到"最是动人感情"的目的。梁启超试图借助戏剧改良群治启发民智。梁启超创作的三部戏剧,无论在内容选取还是在形式设计方面,都突破了中国戏剧史的传统。在内容上,《新罗马》以中国戏剧演绎西方历史;在形式上,传统戏剧中总是按正生、正旦第一、第二的顺序出场,而在《新罗马》中的正生玛志尼到第四场才出场。这些都是在中国戏剧史上前所未有的。自梁启超三部传奇戏剧问世后,古典戏剧的体制、格律,已不再是不可逾越的鸿沟,"既创新格,就不得依常例"的作品日益增多。

自梁启超三剧问世后,戏剧变革已经是大势所趋。1904 年,陈去病、柳亚子、汪笑侬等联合创办《二十世纪大舞台》杂志,正式打出"戏剧革命"的大旗,公开提倡"梨园革命":"戏曲者,普天下人类所最乐睹、最乐闻者也,易入于人的脑蒂,易触人的感情……由是观之,戏园者,实普天下人之大学堂也;优伶者,实普天下人之大教师也。"(三爱:《论戏曲》)因此,"欲无老无幼,无上无下,人人能有国家思想,而受其感化力者,舍戏剧末由"。(王钟麟《剧场之教育》)[1]

第六节　现当代的戏剧心理思想

一、林语堂的戏剧心理思想

549

（一）戏剧能深入渗透到人们的心灵

戏剧是中国人的一种重要的艺术形式。"中国的戏剧由歌唱和日常口语的

---

① 张燕瑾. 中国古代戏曲专题[M]. 北京：高等教育出版社,2008：214.

对话结合而成。这种对话通常很容易为大众所理解,唱词则带有明显的诗的特征。"①中国戏剧有丰富的心理学价值,还在于中国的戏剧不像西方的歌剧是上流社会的专利品,而是"劳苦大众的精神食粮",因此"它比任何其他艺术形式更加深入地渗透到人们的心灵"。②

色彩、韵律、语言、动作,这些元素在戏剧中是综合在一起的。中国各地的戏剧都是在戏台上演出的,每一种戏剧都有特定色彩的服装、面具、脸谱,在京剧中还有旦角、青衣着装的不同,在英雄戏中忠臣和奸臣的脸谱就不同,曹操就是一位花面的奸臣,也就是忠臣有忠臣的脸谱,奸臣有奸臣的脸谱。总之,在戏曲舞台上从头到脚的穿着都与平常的人不同,用戏剧化妆的行话来说就是各个角色都有不同于其他角色的"行头"。这些足以给观众带来新鲜的刺激。再有,中国戏剧使用的是一种诗化的语言,是一种介于白话与律诗之间的语言,唱词和对话普通人都能听懂,同时也遵循一定的韵脚,是押韵的,只是韵脚比较宽泛,由于唱词比较长,因为要表现故事的情节,在唱词中还可以转韵,因此它比诗词的表达更灵活,更能完整地反映人们的心声。林语堂曾说:"从纯文学的观点来看,中国戏剧作品中诗化的内容所包含的力度和美感远胜于唐诗。""中国某些最伟大的诗篇还得到戏剧和小调中去寻找。"③

(二) 戏剧能够增进人们的知识和想象力

在中国古代识字的人比较少,至少百分之九十是文盲。人们特别是普通老百姓的知识大都来源于戏剧,所以中国的戏剧对中国老百姓历史知识、文化观念和礼仪的普及是有很大贡献的。繁难的方块字在中国除少数读书人能够懂一点外,许多的百姓都不懂,所以利用文字获取知识的人只是一小部分,对许多人来说,即使一部情节精彩、故事感人的小说放在他们的面前,他们也无法读懂。可是,他们能够听懂戏剧。《红楼梦》的贾母也未必看得懂小说之类的读物,但是她会听戏,并且很懂戏。像关羽、刘备、诸葛亮、曹操、薛仁贵、薛丁山、杨贵妃、杨六郎、佘太君、穆桂英、孟姜女等人的历史与命运,就连一个极普通的老妈子都能了如指掌。他们是从哪里获得这些知识的呢?他们大都从戏剧中获得。可以说,戏剧是中国人历史和文学的教科书或中国历史的教学课程。戏剧也告诉中国人许多礼仪和观念。下级见到上级、小辈见到长辈,以及婚丧嫁

① 林语堂.中国人(全译本)[M].上海:学林出版社,1994:256.
② 同上:258.
③ 同上:259.

娶、恋爱等礼仪和观念在戏剧中都有反映。

二、朱光潜论悲喜剧

在戏剧这个百花园中,有两种典型的戏剧类型最受观众青睐,即悲剧与喜剧。从心理学角度说,这是一种体现人类情感两极性的戏剧。古往今来,人们对这两种极端情感表现或表达的戏剧情有独钟。这是为什么? 这里边又有哪些心理现象值得研究呢?

(一)朱光潜对悲剧的心理分析

悲剧源于古希腊酒神祭祀仪式当中礼赞酒神的酒神颂和献祭酒神的山羊之歌。最初的主题是悲悼酒神狄奥尼索斯在尘世受难、死亡和赞美他的再生,后来成为一种乡社歌舞。歌队由五十个"羊人"组成,其中一人为歌队长,他回答歌队的问话,讲述狄奥尼索斯的故事。这种回答最初只是一种临时的"口占",后来忒斯庇斯将一个演员安排在歌队当中,轮流扮演几个人物,可以和歌队长谈话。这就是古希腊悲剧的最初原型。① 其实人类最早的悲剧意识可以追溯得更加久远,它和人类的生命意识密切相关。古希腊人已经意识到生命的无常和痛苦,他们将那种无法言说的痛苦通过表演的形式宣泄出来,并苦苦寻求生存的理由。他们在内心呼唤生命的觉醒,并憧憬美好的未来。尼采将古希腊的精神支柱归结为酒神和太阳神。尼采认为,酒神狄奥尼索斯暴风骤雨般的洗礼和太阳神阿波罗融融日光的渗透,二者恰到好处的结合,催生了古希腊的悲剧美和古希腊悲剧。② "酒神艺术和日神艺术都是悲剧的手段。酒神艺术沉浸在不断变动的旋涡中以逃避存在的痛苦;日神艺术则凝视存在形象以逃避变动的痛苦。"③

古希腊的悲剧在前 5 世纪达到登峰造极的地步,当时的悲剧诗人可谓群星璀璨,创作作品之多令人瞠目结舌,后因雅典民主政治的衰落,在 4 世纪悲剧也就衰落下来。除了三大悲剧家外,还有"戏剧之父"之称的忒斯庇斯;曾写过160 个剧本的科里洛斯;曾写过 50 个剧本的普拉提那斯;第一个在剧中引进女演员的诗人佛律尼科斯;写过 120 个剧本的涅俄佛戎;曾写过 40 个剧本的依翁。当然最著名的还是古希腊的三大悲剧:埃斯库罗斯的《被缚的普罗米修

①② 赵凯,王贤波."生命"意识——古希腊悲剧的重要特征[J].理论建设,2006,101(1):
72-74.
③ 朱光潜.朱光潜全集(第 2 卷)[M].合肥:安徽教育出版社,1990:358.

斯》、索福克勒斯的《俄狄浦斯王》和欧里庇得斯的《美狄亚》。此"三大悲剧"的产生过程就是悲剧由幻想向现实转变的过程,在戏剧领域内有着不可磨灭的艺术成就。首先,它把悲剧重在写神逐步转到写人,把写理想化的英雄转变为写现实中的人,这是其最大的一个成就,亦是悲剧走向现实的标志之一。

我国现代作家、文学评论家舒芜(1922—2009,字重禹,学名方硅德,本名方管)在《口述自传》中认为《红楼梦》是中国古典文学中最富有人性的一部书。用聂绀弩的话说就是一部真正"写人的书"。按照舒芜先生的观点,《红楼梦》之所以最富有人性,就是它写了三个层次的悲剧。

第一个层次的悲剧是宝、黛、钗的爱情悲剧。这个层次的悲剧几乎是所有研究者都公认的,也是《红楼梦》中最明显的。

第二个层次的悲剧是一群青年女性的普遍悲剧,也就是"千红一哭,万艳同悲"的悲剧。舒芜认为,说《红楼梦》写了宝、黛、钗的爱情悲剧这是对的,但说它"只写了或主要写了宝黛钗这个中心,就不对了。除了宝黛钗,作者还写了其他许多女孩子,对她们'无论着墨多少,都是一笔不苟地写出了她作为'人'的价值"。可是,这些具有人的价值的美丽女孩子,最后都以悲剧告终。曹雪芹(贾宝玉)十分悲痛、深为不平。如果缺少了对她们的关注,去掉了她们的悲剧,不仅无法构成"千红",《红楼梦》的气象、其伟大意义,也缩小了一半。这就是越剧《红楼梦》令人感到单薄不过瘾的原因,它没有反映出"千红、万艳"悲剧的深广厚重。①

第三个层次的悲剧是曹雪芹(贾宝玉)眼中的大悲剧。贾元春省亲本是贾府的第一等大喜事,可是在曹雪芹笔下,一切都截然不同。修建大观园时的欢乐在元春——这位皇妃娘娘到来后荡然无存,从始至终都是凄凄惨惨生离死别的哭声,这是历代文学作品中前所未有的。舒芜所说的"千红一哭,万艳同悲"不是别人眼中的悲剧,仅仅是曹雪芹(贾宝玉)眼中的悲剧。即使是那些悲剧女孩自己所感受的悲剧也远没有曹雪芹(贾宝玉)所感受到的悲剧深切、沉重。正如鲁迅在《中国小说史略》中所说:"悲凉之雾,遍被华林,然呼吸而领会之者,唯宝玉而已。"②舒芜说:"《红楼梦》与其说是写青春女性的大悲剧,还不如说整个

① 方竹.读舒芜先生的《红楼说梦》[M].北京:生活·读书·新知三联书店,2013:112 - 119.
② 鲁迅,撰.中国小说史略[M].上海:上海古籍出版社,1998:165.

就是写贾宝玉的大悲剧。"①贾宝玉是集千红万艳之悲于一身的人物。之所以如此，是因为他对女性的"敬"与"爱"。他对女性的敬和爱有多深，他的悲痛就有多深。

作为《红楼梦》女性主角的林黛玉可能仅仅将自己的悲剧看作是爱情的毁灭，而在贾宝玉的视界中，林黛玉的死不仅仅是爱情的毁灭，而且是人世间最高价值的毁灭。贾宝玉的悲剧意识已经超越性别，超越了男女恋情而上升到对人的价值看法。在贾宝玉的观念中，女性是最能体现人类美好价值的一类，所以他常说："女儿是水做的骨肉，男人是泥做的骨肉，我见了女儿便清爽，见了男子便觉得浊臭逼人。"这是用自我否定的方式来反衬和肯定女性的价值。而林黛玉又是女性中的佼佼者，因此在贾宝玉的心目中也最能代表人类美好价值。正如舒芜所说："（贾宝玉）由爱慕而尊敬，由同情而抱不平，这就足够使他把一切青年女性尽量美化了。""他所美化的女性形象，其实就是他所理想的完美的'人'穿着女装的形象。他对女性的尊重，实质上就是对人的尊重。"②

在舒芜看来，《红楼梦》的线索是，宝黛钗的悲剧——扩大到所有青春女性的悲剧——深刻到贾宝玉的悲剧——最终是从贾宝玉眼中看到的人的价值毁灭的大悲剧。③

与许多红学家的观点一致，舒芜也认为，后四十回无论在思想深度还是在艺术功力方面都不如前八十回，但是舒芜同时认为，后四十回不可磨灭的功绩就在于他仍然将曹雪芹的悲剧意识贯彻到底。他说："中国有那么多瞒和骗的文艺作品，有那么多'私定终生后花园，落难公子中状元'，只有一部《红楼梦》，只有《红楼梦》后四十回写出了一个伟大的悲剧结局，总算把瞒和骗的罗网冲破小小一角。"他还说："整个宝黛钗故事，整个大观园故事，整个《红楼梦》故事，正因为有了这么一个悲剧结局，正是要由这个结局来回顾整个故事，才会显出它是一首凄厉的长诗，一阕悲怆的交响乐。否则，如果像专家所论证的，说曹雪芹原意只是要写黛玉因病早死，宝钗于是自然而然与宝玉结了婚，如果结局是这样，读起来真不知道整个故事有什么意义，干什么要写这一大篇故事了。"④

因为有悲剧的存在，也就自然产生了对悲剧心理的探索。中国著名美学家朱光潜先生依据西方的研究将悲剧心理观点概括为以下八种。

553

①②③④　方竹.读舒芜先生的《红楼说梦》[M].北京：生活·读书·新知三联书店，2013：112－119.

1. 幸灾乐祸说

这是柏拉图的悲剧心理观。柏拉图虽然称赞过"荷马的确是悲剧诗人的领袖",[①]但他同时认为悲剧家之所以创作悲剧,是为了逢迎了人性的弱点,利用灾祸罪孽的幻象来激励和滋养人性中的卑劣癖——怜悯和悲愁。他认为,悲剧家的行为是不道德的行为,并认为人性中这种怜悯和悲愁的弱点应当利用理性的力量加以压制,应当由政府来限制,而不能由悲剧家来渲染。卢梭(Jean-Jacques Rousseau)也持这种观点,他曾为此向有关人士上万言书来阻止悲剧的演出。更有甚者,法国批评家法格(Émile Faguet)认为无论是喜剧还是悲剧都是描写别人的灾祸。这些灾祸如果是可笑的,就是喜剧;如果是可怕的,就是悲剧。在他看来,悲剧和喜剧产生的愉快程度虽有深浅,但作家的幸灾乐祸之心却是一样的。他甚至从人类的演化角度提出假设:"他以为人的祖先是两只猴子,一只凶恶,一只狡猾,人还没有完全变形。爱看喜剧是狡猾的猴子,爱看悲剧是凶恶的猴子。"[②]

显然,幸灾乐祸说是建立在性恶论人性观基础之上的。朱光潜举例说:我们读《刺客传》,读到图穷匕见,秦始皇绕柱而逃时,我们固然十分兴奋,真可能有一种"幸灾乐祸"的情感流露出来,可是当读到最后刺客荆轲最终失败毙命时,不免扼腕叹息。读热烈悲壮的故事,我们总是期待一个圆满的收场,甚至在不知不觉中替故事中的人物臆造一个圆满的结局。所以有《红楼梦》就有使宝黛终成眷属的《续红楼梦》。18 世纪莎士比亚的《李尔王》本是一个悲剧,但是也有人将其改过,终于有人替李尔王报了仇。这些都不是"幸灾乐祸"说可以解释的。

2. 同情心说

这是朱光潜介绍博克(Edmund Burke)的观点。博克认为,社会是靠同情心维系的,而最需要同情心的境遇就是悲痛苦恼之时。人们同情不幸者,境界愈悲惨,对同情心的需要愈大,因而引起的美感就愈强烈。他认为,如果一个人见到悲惨愁苦而产生痛感,同情心便不易发生。博克的错误在于,他忘记了灾祸罪孽确实可以使人产生痛感。不仅亲身经历灾祸罪孽的人会产生痛感,就是旁观者也会哀痛。朱光潜对此评价道:"人性是善的,也是恶的。只见到恶的方面便说看悲剧是幸灾乐祸,只看到善的方面便说看悲剧是由于同情心。这对于

---

① 朱光潜.朱光潜全集(第 12 卷)[M].合肥:安徽教育出版社,1990:60.
② 朱光潜.朱光潜美学文集(第一卷)[M].上海:上海文艺出版社,1982:246.

人生的真面目和悲剧的真面目都是没有看得清楚。"①

3. 消遣说

朱光潜先生在《文艺心理学》中论及,消遣说是 17 世纪学者杜博斯(Jean-Baptiste Dubos)在《诗话评论》中首先提出的。他认为,悲剧的功用就是满足人们强烈刺激的需要。人心好动,一遇闲散,就会感到无聊,因此消遣是人生的一大需要。消遣有两种方法:一种是观心冥想,一种是感受外来印象的刺激。观心冥想只有少数人可以享受,而多数人都沉溺于感官刺激。刺激愈强烈,喜感愈浓厚。最强烈的刺激莫如悲哀苦恼,悲剧之能动人,即由于此。悲剧好比强烈的饮料,是帮助排遣烦闷的。国外很早就有学者认为,寻求痛苦、悲惨和危险是一种发泄心理能量的力量,常常胜过寻找赏心悦目的乐事。因为痛苦、悲惨和危险能给人的心灵以强烈的震撼,引起生命中情感的高度兴奋。死亡是人类最大的灾祸,是人类最恐怖的事件,因此也是艺术家用来激发想象最强烈的磁石。② 朱光潜认为,消遣说道出了一定的真理性,但是该学说遭遇的困境是没有将现实的灾祸和想象的灾祸区分开来。人们在现实中经历灾祸时往往是痛苦的,只有想象中的灾祸才能唤起人的美感。早在 17 世纪就有学者认为,痛感和喜感尽管是两种不同的情感,但在本质上是相同的,只是程度上的不同而已。这就像搔痒一样,搔得太重,就会感到疼痛,搔得轻缓一些,就会产生喜感。人心遭遇痛苦、悲伤之后,有一件东西能够将其力量减轻一点就会产生喜感。在剧场中乃至在艺术中遭受的痛苦悲伤虽然栩栩如生,历历在目,如临其境,但毕竟不是实境。观赏者的知觉与想象尽管也会被这些虚幻的现实蒙蔽,但这种蒙蔽不会十分彻底,人们在内心深处还是知道这是"虚幻"的,即使这种念头很薄弱,但足可以与现实拉开一定的距离,从而减轻观赏者看到无辜受祸所带来的痛苦,将其一直减轻到变为喜感的程度。将现实中的悲剧和想象中的悲剧区分开来,这是一个创见。③

4. 幸福冲突说

据朱光潜先生的研究,幸福冲突说是德国大诗人席勒(Friedrich Schiller)的悲剧心理观。席勒认为,人类以追求幸福为旨归,凡是与这个目标相符的事件就会产生喜感,凡是与这个目标相冲突的事件就会产生痛感。悲剧之所以能

---

① 朱光潜.朱光潜美学文集(第一卷)[M].上海:上海文艺出版社,1982:248.
② 同上:248-249.
③ 同上:249.

引起最大的喜感，就是因为他描写了冲突和奋斗，它能表现最高的道德意识。他认为，有许多情境，尽管局部很悲惨，而就人类的目标和宇宙的全体来说，却是一种理性的和谐。他认为，悲剧的结局常常描写生命的牺牲，而"生命的牺牲是一种矛盾，因为有生命然后有善；但是为着道德，生命的牺牲是正当的，因为生命的伟大不在它的本身，而在它是履行道德的必由之路，我们就应该放弃生命"。这种放弃成为悲剧之美。

5. 理想冲突说

朱光潜认为，理想冲突说是黑格尔（Georg Wilhelm Friedrich Hegel）的悲剧心理观。黑格尔从他的理性主义哲学出发，认为悲剧产生于理想冲突。例如，做忠臣的往往不能做孝子，做孝子的往往不能做忠臣。因为有理想，因而有冲突，冲突是理想的一个缺点。因为有缺点，所以不能在完美的宇宙中实现。他认为，悲剧主角大半象征一种有冲突的片面理想，他陷于灾祸时，在表面看好像命运的冤屈，而就宇宙整体来说，实在是"永恒公理"的表现。我们看悲剧时见出这"永恒公理"，见出完满宇宙中不容有冲突的理想存在，所以觉到喜感。换句话说，悲剧的喜感就是"永恒公理"胜利的庆贺。①

席勒和黑格尔的共同弊病是过度看重理性。如果每个人都能具备哲学家的思维，这种观点诚然具有可取之处，但作为一般人不可能时时记得"永恒公理"，因此他的理想冲突说最终只能是一种理想。

6. 生存退让说

朱光潜认为，生存退让说是哲学家叔本华（Arthur Schopenhauer）的悲剧心理观。叔本华认为人类因为有"生存欲"而产生无休止的竞争，因为这种无休止的竞争而使人类遍尝灾祸罪孽。"生存欲"钳制了人类的自由，成为人们的枷锁。只有像释迦牟尼那样的少数人才能摆脱"生存欲"，直接达到涅槃。人生的最高法门就是"退让"（resignation）。叔本华所说的"退让"就是知其不可而不为。悲剧最高的艺术价值就在于它能教人"退让"。悲剧的主角一定经历过与命运的搏斗，但是当他知道自己在与命运的搏斗中无法取胜时，就会主动摆脱"生存欲"的束缚，就会缴械投降。"退让"就是他的胜利。

朱光潜认为，叔本华的悲剧心理观虽然对于克服黑格尔的泛理性主义具有价值，但是并非完全符合事实。连叔本华自己都承认，古希腊三大悲剧家的作品并没有表示"退让"的态度。莎士比亚作品中，麦克白和奥赛罗临死时也曾怨

① 朱光潜. 朱光潜美学文集（第一卷）[M]. 上海：上海文艺出版社，1982：252.

天尤人,表现出某种不甘心。历史上许多悲剧人物虽然可以毅然地抛弃自己的生命,但却并没有抛弃自己的"生存欲",因此也绝不是叔本华所说的"退让"。①

7. 苦闷意象说

朱光潜认为,苦闷意象说是著名哲学家尼采(Friedrich Nietzsche)的悲剧心理观。尼采曾写过一部《悲剧的起源》,试图纠正叔本华的偏见。其实尼采对生命的看法与叔本华具有一致性,那就是他也认为,生命是罪孽的苦恼。因此,他认为悲剧是艺术家从心坎里迸发出苦闷的呼号与热烈意象的结合。从心坎里迸发出苦闷的呼号,像音乐、舞蹈一样是动态的,热烈的意象则像雕刻、图画一样是静态的。他认为悲剧的雏形是古希腊狄奥尼索斯神坛前祭奠者的合唱。音乐象征的苦闷借阿波罗的意匠经营成为具体的形象,就产生了悲剧。他认为,俄狄浦斯、普罗米修斯等悲剧主角都是狄奥尼索斯神的变形。尼采认为,悲剧的最大使命就是在个体生命的无常中显出永恒的不朽。这也是悲剧使人产生美感和快意的重要原因之一。人们在庄严灿烂的意象中,窥见惊心动魄的美,霎时间脱开现实的压迫,忘却人生的苦恼,沉浸到美的享受之中。在悲剧中个体生命的牺牲不过是一点一滴的水归原到无边无际的大海。他认为,叔本华的错误就在于他只看到一点一滴的水的坠落,而没有看到大海的金波荡漾。②

8. 欲望宣泄说

朱光潜在其《美学论文集》中也译介了心理学家弗洛伊德(Sigmund Freud)的观点。弗洛伊德认为,人的内心深处充满着原始欲望,这是人的本能,尤其性欲或性本能。这些原始欲望因为不能容于文明社会中的道德与法律,因而被压抑到潜意识中去,形成所谓的"情结"(complexes)。这些"情结"因受到意识的检查,无法发泄,常常酿成迷狂症或其他精神病。要医治这些精神疾病,就要使郁积在潜意识中的"情结"得到正常宣泄,就是所谓"宣泄疗法"(cathartic method)。有时被压抑的欲望并不一定酿成神经病,它们可以化装的形式躲过意识的检查而获得满足。弗洛伊德认为,梦、幻想、神话之类都是原始欲望的化装。他认为悲剧也是如此。现代人们所熟知并津津乐道的"俄狄浦斯情结"(Oedipus complex)就出自索福克勒斯的一部悲剧。弗洛伊德认为,杀父娶母是一种强烈的原始欲望,他在《俄狄浦斯》这部悲剧中赤裸裸地流露出来并得到满足。弗洛伊德认为,每个人都有"俄狄浦斯情结",看这部悲剧时,不自

---

① 朱光潜.朱光潜美学文集(第一卷)[M].上海:上海文艺出版社,1982:255.

② 同上:255-256.

觉地就进入了俄狄浦斯角色，被压抑的欲望就会得到间接的满足，因此而产生悲剧的美感。

（二）朱光潜对喜剧的心理分析

1. 幸灾乐祸说

朱光潜在《文艺心理学》中写道：柏拉图认为，不仅悲剧来源于幸灾乐祸的心理，喜剧也同样来自幸灾乐祸的心理。柏拉图认为，观众不仅在看悲剧时"泪中带笑"，在看喜剧时也是"悲喜交集"。这种情感产生于妒忌："不美而以为美，不智而以为智，不富而以为富，都是虚伪的观念。这三种虚伪的观念弱则可笑，强则可憎。"如果有人存在这些虚伪的观念又无损他人，这种情况下，剩下的就是可笑了。柏拉图说过这样一段话："我们笑朋友愚蠢时，快感是和妒忌相连的。我们已承认妒忌在心理上是一种痛感，然则拿朋友的愚蠢作笑柄时，我们一方面有妒忌所伴的痛感，一方面又有笑所伴的快感了。"在柏拉图看来，一方面妒忌是喜剧的动机，一方面悲剧也与喜剧相关联。①

2. 鄙夷说

朱光潜在《文艺心理学》中阐释，鄙夷说也可称为"突然荣耀"说。这个观点最早见于亚里士多德的《诗学》。亚里士多德认为："喜剧所模仿的性格较我们自己稍低下，并非全指凶恶。可笑性只是一种丑。""鄙夷说"的重要提倡者是英国哲学家霍布斯（Thomas Hobbes）。他说："凡是令人发笑的必定是新奇的，不期然而然的。人有时笑自己的行动，虽然它并不十分奇特。人有时也笑自己所发的'诙谐'……""人有时笑旁人的弱点，因为相形之下，自己的能干愈易显出。人听到'诙谐'也发笑，这中间的'巧慧'就在自己的心里见出旁人的荒谬。这里笑的情感也是由于突然想起自己的优胜。若不然，借旁人的弱点或荒谬来抬高自己的身价……""所以我可以断定说：笑的情感只是在见到旁人的弱点或自己过去的弱点时，突然念到自己某优点所引起的'突然的荣耀'感觉。人们偶然想起自己过去的蠢事也常发笑，只要他们现在不觉到羞耻。人们都不喜欢受人嘲笑，因为受嘲笑就是受轻视。"②因此，鄙夷说也可以称为突然荣耀说。该学说确实可以解释许多"笑"的事实，也得到西方许多学者的附和，但是鄙夷说或突然荣耀说并不能解释所有"笑"的事实。比如，儿童的笑是天真的流露，同情的笑是亲善的表示，在风和日丽对着花香鸟语微笑是生存欢乐的表现，绝

① 朱光潜. 朱光潜美学文集（第一卷）[M]. 上海：上海文艺出版社，1982：263－264.
② 同上：264－265.

不是因为"鄙夷"或"突然的荣耀"。霍布斯的错误在于他以偏概全地将"鄙夷"看成一切"笑"的来源。

3. 生气的机械化说

朱光潜认为,如果说霍布斯认为"笑"是由发现他人的缺点和优点两个方面引起的话,那么,柏格森(Henri Bergson)则只注重对别人缺点的发现。他认为"笑"有三个特点:第一,笑的对象只限于人,只有人才有可笑之处,自然景物有美有丑,有可爱有可恶,却没什么可笑的,而只有人才有可笑的。第二,"笑"是一种理智活动,与情感绝不相容。第三,笑须有回声,须有附和者。单独一个人很难发笑。笑须有同情的社会推波助澜。

正是从上述三个方面寻找笑和喜剧的来源,柏格森提出"生气的机械化"说。什么叫"生气的机械化"呢?柏格森认为,人的生命是有生气的,有生气的东西是瞬息万变的,可是一旦有生气的东西失去变化,就变成机械化,机械的活动就缺少弹性。凡是惹人发笑的情境都是某人在特定活动中因一时和经常缺少变通或弹性而引起的。朱光潜先生举例说:比如某人在走路中猛然跌倒,是一件可笑的事,表示他遇见障碍物时,仍然"心不在焉"地机械使用原来的步法,缺少变通。丑角模仿别人的动作姿势,越逼真就越惹人发笑。我们周围的环境是千变万化的,而应付的方式却没有变化,这就是"生气的机械化"。按照柏格森的观点,无论是个人的行为,还是社会的风俗制度,一旦到了呆板不合时宜的程度就会成为笑柄。许多引人发笑的情境虽然在表面看来不能纳入"生气的机械化"的公式,但仔细分析又符合这一公式。喜剧家的本事就是用这种情境和人物来引人发笑。莫里哀所描述的医生、律师、守财奴以及绅士气的暴发户等种种喜剧角色,都带有几分木偶气就是这个道理。①

为什么说生气的机械化可笑呢?因为在柏格森看来,生命的本质就是变化。要使生命美满,我们的心灵一要紧张,二要有弹性,才能随机应变。柏格森认为,如果缺乏这两种要素,纵然不被生存竞争淘汰,也免不了言行的笨拙与丑陋。这种笨拙丑陋的言行就是戏剧。这种笨拙丑陋的言行虽然不是生命的危机,也是生命的缺憾。

柏格森与霍布斯一样企图将复杂的心理活动"笑"简单地纳入一个公式之中。他试图用"笑"来证明他的"生命就是变化"的哲学命题。因此,他也像霍布斯一样不能解释婴儿的微笑。不仅如此,柏格森的学说只能解释笑的起源和作

---

①　朱光潜.朱光潜美学文集(第一卷)[M].上海:上海文艺出版社,1982:266-267.

用,不能解释笑为什么能够产生快感,特别是情感与笑的关系。这是有违生活实际的。

4. 乖讹说或失望说

据朱光潜先生的介绍,亚里士多德在《修辞学》中就曾提及乖讹说或失望说,近代附和者颇多。乖讹说(incongruity theory)或失望说(nullified expectation theory)认为,可笑的事物往往是不伦不类的配合,我们期望如此,而结果却并不如此的事物常常引起我们发笑。换句话说,笑是期望消失的表现。康德(Immanuel Kant)是这一学说的大力提倡者。他在《美感判断的批判》中说:"一种紧张的期望突然归于消失,于是发生笑的情感。"他同时也认为,期望的消失本身并不能直接引起快感,快感是体力恢复平衡的结果。他曾举过一个形象的例子:

> 假如有人谈这样一个故事:一个印度人在苏拉镇上的英国人家看见一瓶啤酒打开时蒸发成泡沫流出,不禁连声惊讶。英国人问:"有什么奇怪的事?"印度人答道:"它流出来我倒不觉得奇怪,我所惊讶的是原先你怎样把它装进瓶子里去?"我们听到这个故事就发笑,并且觉得有很大的快感。这并不是因为我们想到自己比这位无知的印度人聪明,也并不是因为理智能够发现其他愉快的理由,而是由于我们的期望涨到极点时突然消失于无形了。①

叔本华对康德的观点加以引申,也认为,笑缘起于期望的消失,而期望的消失则起于"感觉"和感觉所依附的"概念"理解上的乖讹。叔本华也举过这样一个例子:

> 巴黎某戏院的观众,有一晚要求奏《马赛曲》,经理不允许,大家就扰闹起来。一位警察站在台上维持秩序,说照例凡是没有登在节目单里面的东西都不能演奏。听众之中有一个喊着问:"警察先生,你自己呢?你登在节目单里面么?"全场听到这句话都轰然大笑。②

在叔本华看来,这个笑话利用大前提的不周延("警察的解释不在节目单里"),

---

① 朱光潜.朱光潜美学文集(第一卷)[M].上海:上海文艺出版社,1982:269.
② 同上:270.

小前提出乎意外的解释，利用一个貌似正确的理由，因此制造出一个全场轰动的笑话。

法国心理学家杜蒙（Léon Dumont）用实验证明笑起源于失望和惊讶。美国心理学家马丁（L. L. Martin）女士运用内省法研究过 69 名被试，同时让被试听有关笑的学说，结果大多数被试都乐意接受叔本华的学说。但是，该学说也存在一些致命缺陷：第一，笑固然起于意料之外的惊讶、乖讹，但并非意料之外的惊讶、乖讹都能引人发笑。如一切欺诈暴戾行为非但不能引人发笑，反而令人愤怒。第二，有时意料之中的事情也会引人发笑。《红楼梦》中《王熙凤毒设相思局》的故事就是一个典型，王熙凤如何引诱贾瑞"上当"，如何"入彀"，如何落入"陷阱"，都是读者能够意料的，但是当我们阅读到这段内容后仍然禁不住发笑。第三，朱光潜先生认为，康德和叔本华的学说揭示了笑或喜剧的部分真理，但他们过分强调理智的作用，并非每个人发笑时都存在康德所说的"预期"或叔本华所说的将"感觉"纳入"概念"去思考，许多笑是突如其来的、自发的，因此对他们的学说不能全盘接受。

5. 精力过剩说

朱光潜先生介绍说，精力过剩说是斯宾塞（Herbert Spencer）的观点。何为精力过剩说？所谓精力过剩说是指动物界和人类除了维持生存所必须消耗的精力之外，还有一部分剩余的精力，称为精神过剩。只有消耗或宣泄掉这部分过剩的精力能量才能获得机体平衡。如何消耗或宣泄掉这部分过剩的精力呢？斯宾塞认为，这部分过剩的精力能量会向反抗力最小的方向寻找出口。什么地方反抗力最小呢？也就是什么地方最容易感受情感的变化呢？斯宾塞认为：一是语言器官，一是呼吸器官。口部肌肉最细小，所以最便于运动，情感稍有变化，口部肌肉就会立刻将其表现出来，所以语言器官成为消耗或宣泄精力过剩的一个重要出口。其次就是呼吸器官。情感变化时需要的血液和氧气较平静状态时要多，因此呼吸就比较急促，这也是抵抗力最小的地方，因此也就成为过剩精力消耗或宣泄的另一个出口。这种消耗和宣泄就展现出了笑的容貌，发出笑的声音。在斯宾塞看来，一些动物身上已经存在这种过剩精力，他们的精力在维护生存之外，还有剩余时，面向山谷和大地发出咆哮或吼声等。

为了清楚解释为什么精力过剩会导致人们发笑，斯宾塞使用了"下降的乖讹"（descending incongruty）和"上升的乖讹"（rising incongruty）两个概念。所谓"下降的乖讹"就是我们正全副精力期待某种事件发生，结果实际发生的情况却远远低于我们的期待，也就是我们为此所准备的精力无所用而剩下来，这就是所谓"下降的乖讹",是引起我们发笑的原因。还有一种"上升的乖讹"正好相反,实际发生的事件远远高于我们的期待,也就是我们准备的精力不够应付实际发生的事件,这时我们产生的不是笑而是惊奇。

斯宾塞的学说对近代美学,特别是对利普斯和弗洛伊德产生了重大影响。如果说斯宾塞主要是从生理层面解释笑的产生,那么利普斯(Theodor Lipps)则是从心理层面解释笑的产生。利普斯试图将康德和斯宾塞的理论整合起来。具体说,利普斯的观点可以用两个命题概括:一是"期大"而"得小";一是"期小"而"得大"。所谓"期大"而"得小",就是斯宾塞所说的准备的期望较大,而得到的却较小。就是当人们正将注意力集中于"大"时,猛然跳出"小"来,利普斯认为这就是笑和喜剧的来源。准备的心力多而花费的心力少,心中却有一种"绰绰有余"的快感。可笑的情境就产生于这种"大""小"的悬殊。喜剧的情境都源于"大""小"的对比。但一定是"大"在先而"小"在后的对比,而非相反。所谓"期小"而"得大",就是准备的期望较小,而得到的却很大。他认为,虽然大人戴小儿帽和小儿戴大人帽都可笑,但理由却不同。前者可笑的是"帽",而后者可笑的是"人"。前者是期待大,而得到小,后者是期望小,而得到大。

斯宾塞的学说对于解释"笑"的生理层面有一定道理,但是他将"笑"仅仅归结为"下降的乖讹"是不够的,事实上"上升的乖讹"也同样可以引起"笑"意。利普斯所说的期望的大小都能引起笑意是有道理的,但他对大人戴小帽和小儿戴大帽的理由分析是站不住脚的,因为一切笑意都是整个情境或情境中各个要素整合的效果,这也符合认知心理学解释,单纯将笑看成是情境中某个要素引起的观点是违背心理学研究的。

6. 自由说

朱光潜指出,自由说(liberty theory)的代表是法国的彭约恩(R. Penjon)和英国的培恩、美国的杜威和克来恩(Kline)。自由说的基本观点是,笑是严肃约束的解脱。人突然摆脱某种束缚时就会开怀大笑。所谓摆脱束缚包括众多的内容,如摆脱某种繁杂的礼节、仪式、制度、法则的约束等。所以在自由说看来,笑是自由的爆发和恢复。许多幽默大师之所以能够说出许多令人发笑的话语或作出许多令人发笑的动作,就是他们具有自由爆发的能力。但是,我们每个人都生活在一定的文化氛围之内,文化代表着文明,同时文化也标志着某种束缚。文化愈进步,生活愈繁复,约束也愈紧张,自由就愈不容易呈现。维持紧张状况须费大量心力,因此是一种苦差事。只有在嬉笑戏谑时,才能暂时将面具摘下或抛开,享受到一刹那自由的欢乐。正如彭约恩所说:"笑是自由的爆发,是自然摆脱文化的庆贺。"①

笑的确因自由而爆发和恢复,但并非所有自由状态都会发笑。笑是一种社会性活动,就像柏格森所说,笑不能离开社会成分,有紧张而松弛的变化是笑的必要条件,但不是充足条件。

7. 游戏动力说

朱光潜认为,英国学者萨利、法国学者杜嘉(Dugas)和美国学者莎笛斯都属于游戏动力说的学者。萨利认为,人在发笑时与游戏时的心理成分是相同的,游戏是笑的原动力。同样主张游戏动力说却又有所不同的谷鲁斯(Karl Groos)主张游戏恶意说,依斯特曼(M. Eastman)主张游戏善意说。在谷鲁斯看来,笑是本能争斗见诸游戏的产物。依斯特曼则认为,笑是亲善的表示。他认为,除了语言之外,笑是将社会联络在一起的最重要的媒介。表示合群是人的天然活动,也是人的极大快乐。"微笑是普遍欢迎的符号,大笑是向碰到的朋友致敬礼,它们都是一种确定的亲善的表示。"②依斯特曼的观点显然与霍布斯和柏格森的观点是不相容的。

游戏说是一个得到广泛认可的学说。笑是一种游戏的观点之所以被广泛认可,在于它能很好地体现美感艺术效果。它之所以能体现美感艺术效果恰恰在于它能够与实用目的相分离。笑是一种游戏,但与游戏又不完全是一回事。笑是一种进化程度很高的游戏。真正的笑是突如其来的、不假思索的,是直觉形象的结果。游戏则大半是有意的、主动的,随时可以进行和停止的。

8. 心力节省说

这也是朱光潜介绍的弗洛伊德的观点。朱光潜先生认为,该学说是"精力过剩说""自由说""游戏说""鄙夷说"的合并。③弗洛伊德并没有系统研究戏剧心理的全部问题,他只是在《诙谐与潜意识的关系》中讨论了诙谐的心理问题,因此心力节省说也只能据此展开。

弗洛伊德把诙谐分为无伤的诙谐和倾向的诙谐两种。"无伤的诙谐"(harmless wit)就是利用字面技巧所实现的诙谐。所谓言在此而意在彼,一个字可以包含几个意义,因此它"节省"了心力。当我们的快感是由这种字面技巧节省而来时,这种诙谐就叫"无伤的诙谐"。当我们嗜好这种诙谐时,实际上已经"退回"到婴儿游戏时的心境。"倾向的诙谐"(tendency wit)是指潜意识的欲

---

① 朱光潜.朱光潜美学文集(第一卷)[M].上海:上海文艺出版社,1982:275.
② 同上:277.
③ 同上:278.

望在意识中寻求满足。这种诙谐又可分为"性欲倾向"的诙谐和"仇意倾向"（hostile tendency）的诙谐两种。"性欲倾向"（sexual tendency）的诙谐，是针对异性，用意在挑拨性欲。如现在在手机中流行的"黄段子"就应当归类到"性欲倾向"的诙谐当中去。"仇意倾向"（hostile tendency）的诙谐，主要以压倒别人来取乐。"我们嘲笑仇人时惹起旁观者发笑，他的失败就是我们快感的来源。"这两种倾向是和礼俗制度相冲突的，因此在平时很难直接出现。因为一出现就会被意识的检查作用压抑下去。当然这种压抑要耗费不少心理能量。诙谐的价值在于它可以用一种技巧——游戏的态度使两种倾向既能得到宣泄，又不失礼法、道德，从而获得双重节省的快感。弗洛伊德将其称为"移除快感"（removal pleasure）。被节省下来的精力可以自由发泄，见诸颜面而为笑。

弗洛伊德将潜意识引入笑，准确地说是为诙谐增加新的解释，但心力节省说在解释诙谐时是存在问题的，这问题就是究竟诙谐是不是由心力节省引起的。游戏常常都是在表现剩余精力，而并不是节省心力。诙谐中的技巧是否就是节省心力，这是很有疑问的。

以上介绍了悲剧与喜剧心理学说的一些富有代表性的观点，远不是全部。关于悲喜剧心理学说和言论有数百种之多，无法一一介绍。上述这些是20世纪初由朱光潜先生介绍到国内来，并对国内文艺心理学产生较大影响的一些理论，这些理论观点之间往往是相互冲突、相互抵触的，应该说每一种观点都从一个侧面或角度讲出了一部分真理，但是每一种观点又都是有缺陷的，甚至是以偏概全的，因此，我们应当采取批判的态度，因时、因地、因情境不同灵活运用，并在运用中加以检验。

三、余秋雨的《戏剧审美心理学》

中国当代著名文化史学家、散文家余秋雨（1946—　，浙江省余姚县人）于1985年5月在四川人民出版社出版了《戏剧审美心理学》（又名《观众心理学》）。2005年，该书经修订由上海教育出版社再出版时直接命名为《观众心理学》。

该书从观众心理入手，系统地研究戏剧家如何了解观众、适应观众、征服观众、提高观众等问题。该书熔戏剧理论、美学、心理学于一炉，鲜明地提出应当重视、研究观众的审美心理。余秋雨先生基于古今中外大量经典戏剧（也涉及小说、电影）事例，从观众接受视角探讨心理学问题，或者说他用心理学的观念来观照观众对戏剧的接受问题。

余秋雨认为,艺术心理分析有三个层次:一是对作品内角色的心理分析;二是对创作心理的分析;三是对接受心理的深入分析。显然,余秋雨先生的《戏剧审美心理学》或《观众心理学》是研究观众接受状态下心理活动的程序和规则的学问。余秋雨主要探讨了观众在戏剧接受过程中的系列心理问题。

(一)心理需要与观众接受的关系

1. 人类一切艺术形式都对应着人们不同的审美需要

余秋雨认为,从心理学角度看,观众就是一系列心理因素的存在,但这种存在不是像物一样是一种宁静的存在,而是群体生命化的存在。在这种群体生命化的存在中蕴藏着无法估量的个体的与公共的"期待视域"。观众的需要导致观众产生"期待视域"。[①] 观众对艺术门类和样式的选择,对艺术表现手段的要求都取决于心理需要。前者他称为观众心理需要的"第一度对象化",后者他称为观众心理需要的"第二度对象化"。"人类所拥有的一切艺术样式,都对应着人的不同审美心理需要。最原始的艺术样式就对应着人类感知系统最简单的需要。以后的发展,也可看成是这种心理需要的发展。"[②]余秋雨赞同席勒的一切艺术的基本形式是由接受者的需要决定的观点,认为几乎所有的艺术表现手法,都能在审美心理上找到原因。戏剧所有因素无一不与观众的心理直接相关。每一种表现手法,也直接对应着观众的心理需要。

2. 戏剧、电影、电视对应人综合性审美心理需要

戏剧、电影、电视与人们全方位的综合性审美心理需要相对应。戏剧、电影、电视是综合的艺术形式,有音乐、有画面、有语言、有行为、有情境、有故事情节,可以唤起观众或调动观众多种感官,因此它是综合的艺术。综合艺术是满足人们综合性审美需要而产生的。在电影、电视没有出现以前的传统社会,戏剧是最能满足人们综合需要的艺术门类。戏剧通过多种艺术形成一种整体性情境,来对应综合性的心理需要。余秋雨引用黑格尔《美学》第一卷中的观点:"艺术的最重要的一方面从来就是寻找引人入胜的境,就是寻找可以显现心灵方面的深刻而重要的旨趣和真正意蕴的那种境。"[③]黑格尔通过反复比较,认为只有戏剧,才能最完满最深刻地表现出这种"引人入胜的境"。他还引用歌德在《歌德谈话录》中的事例与观点:在看戏的时候,"一切在你眼前掠过,让心灵和感官都获得享受,心满意足。那里有的是诗,是绘画,是歌唱和音乐,是表演艺

565

① 余秋雨.观众心理学[M].武汉:长江文艺出版社,2013:31-34.
② 同上:35-36.
③ 同上:36.

术……这些艺术和青年美貌的魔力都集中在一个夜晚,高度协调合作来发挥效力"是"无与伦比的盛筵"。①

3. 观众的心理需要常常以审美定势的方式表现

余秋雨认为,由第一度对象化成果(艺术的门类和样式)和第二度对象化成果(艺术的表现)所积累和塑造的审美心理习惯,也可称为审美心理定势。虽然审美定势或审美习惯是一度对象化成果和二度对象化成果积累而来,但它的确是比一度对象化成果和二度对象化成果更大的对象化成果。

观众的审美心理定势是长期审美经验、审美惯性的内化和泛化。所谓内化,是指审美经验、审美惯性的内向沉淀,成为心理结构。期待视域就是这种内向沉淀的结果。所谓泛化,是指这种心理结构的普遍化。第一普遍于同类观众,由个人期待视域扩展为公共期待视域,甚至成为民族性、地域性的审美心理定势;第二普遍于其他审美对象,即由单向审美习惯伸展为整体审美态度,例如,由欣赏戏剧的偏好伸展为对音乐、舞蹈、绘画的近似选择。这种内化和泛化,使得观众与作品的一次次偶然相遇,沉积为长期的审美倾向,既造就了一部艺术史,又造就了一部心灵史,而且使两部历史互相蕴含。

余秋雨先生引用史雷格尔(Johann Elias Schlegel)的观点,对英国人和法国人在戏剧审美心理定势上的明显差别进行阐述,认为英国人喜欢错综的迷惑,而法国人却喜欢平直清楚;英国人偏爱思维、理解、揣度、推测、区别人物的性格,法国人偏爱情感、谛听、感受、关注人物的命运;英国人更多地在描写绝望、自杀的强烈感受中获得审美快感,法国人则更多地在爱的描写中获得审美快感。由此,史雷格尔在《关于繁荣丹麦戏剧的一些想法》中指出,"每一个民族,都是按照自己的不同风尚和不同规则,创造它所喜欢的戏剧,一出戏,是这个民族创作的,很少能令别的民族完全喜欢",所以"在建立一种新型的戏剧的时候,必须考虑民族的风尚和特殊性格"。②

余秋雨认为,中国艺术家常常偏好将悲欢离合熔于一炉。这也是西方不同的社会心理的体现。他引用王国维在《〈红楼梦〉评论》中的话说:"吾国人之精神,世间的也,乐天的也。故代表其精神之戏曲小说,无往而不著此乐天之色彩,始于悲者终于欢,始于离者终于合,始于困者终于亨。"③中国古典悲剧常以大团圆结尾,使观众的审美心理过程有一个安慰性的归结,这是戏剧家对观众

566

---

① 余秋雨.观众心理学[M].武汉:长江文艺出版社,2013:38.

② 同上:48－49.

③ 同上:49－51.

意愿的一种满足。

余秋雨在总结不同民族有不同心理定势的基础上进一步探讨观众的心理定势和剧作的结构定势之间的密切关系。如有学者认为,同样是悲剧,中西方审美心理定势不同。中国的悲剧是喜→悲→喜→悲→大悲→小喜的审美定势,而西方却是喜→悲→大悲的审美定势。余秋雨说:"审美心理定势是一种巨大的惯性力量,不断地'同化'着观众、艺术家、作品。但是,完全的'同化'又是不可能的,因为观众成分复杂,而艺术家中总不乏开拓者。在正常情况下,审美心理定势都会顺着社会的变化和其他诸多原因而不断获得调节。"[①]他认为,这种调节可分顺势和逆势两大类。顺势靠潜移默化之功,逆势靠强行拗转之力。无论顺势、逆势,都可能是积极的,也可能是消极的。

顺势调节天天在发生,良莠并存、多方牵扯,很难构成一个明确的趋向。逆势调节,是对观众已有心理定势的挑战,趋向明确,效果明显,不管这种调节是出于艺术家还是别的力量,都表现了人们在审美领域的可塑程度,也展示了群体心理的强韧和脆弱。

人类艺术史上的诸多大事都与观众审美心理定势的调节有关。因此,艺术家面对的各种对手中,最大的对手就是这种心理定势。

(二) 反馈:演员与观众双向心理交流与互动

1. 剧场反馈在戏剧生存中具有不可替代性

现代电影、电视、广播已对戏剧构成了严重挑战,但是这些通过电子技术表现的艺术与戏剧相比,它们的演出没有可能获得当场反馈。所以余秋雨认为,当场反馈是戏剧在这场时代性争夺战中唯一可以与对手匹敌的独家武器。戏剧要继续生存,就要设法证明自己的不可替代性。

余秋雨认为,在摄影棚和播音室里,电影、电视、广播剧的演员们表演时虽然也要有互相交流,但却很难获得真实的观众的当场反馈。有时摄影棚里也会组织少数"观众",但这些"观众"其实已成了另一个表演成分。总之,电影、电视、广播剧的演员们不必像舞台演出那样进行双层次的心理活动:既顾剧情又顾观众反应,不断进行调节,下次演出还要调节。因此,年轻的演员往往较多地在银幕上取胜成名,而很少在舞台演出中获得巨大成功。

反馈在空间上表现为两个实体之间的往返关系,在时间上则表现为前一步和后一步的上下承续关系。观众的反应,是对演员的上一个动作出的,而当这

① 余秋雨.观众心理学[M].武汉:长江文艺出版社,2013:51.

个反应送达演员后,演员要进行自我调节的是下一个动作。于是,前一步的果成了下一步的因,表演便进行下去了。在剧场中,所谓果,见之于观众,所谓因,出自演员,所以这条因果承续线在来回往返之间得到延伸。在反复的空间转移中达到时间的延伸,无空间转移便不能达到时间的延伸,而没有时间的延伸,两个空间实体的静态对应也没有意义。戏剧的过程性,即存在于舞台与观众之间的不断递接中,这种递接一刻也不能停歇。

2. 反馈是演员与观众、台上与台下共同进入一种集体心理体验

余秋雨认为,戏剧表演中的反馈就是演员与观众、台上台下共同进入一种集体的心理体验。演员与观众联成一体,共同感受,共同领悟。演出的内容,也就是为这种感受和领悟提供一种活动方式,为触及集体心理体验提供一种机缘。于是,戏剧与仪式有接近之处。

在余秋雨看来,"一切戏剧在根本上都带有仪式的性质",因为戏剧在它的起源时期,与古代的宗教礼仪活动有很密切的关系。古希腊早期戏剧形态就是在宗教仪式中脱离而出的。

3. 舞台格局的不同会使观众产生不同的反馈效果

余秋雨引用法国戏剧理论家德尼·巴勃莱在《二十世纪的舞台设计革命》中的观点,认为现代的导演们为改变观众的被动状态,想方设法引导观众去参加一种仪式、典礼和节日欢会。

与这种意图相呼应,出现伸出型舞台、中心舞台、可变舞台等各种新格局。伸出型舞台,顾名思义,是在一般舞台前向观众座池的中心部位伸出一大块表演区,使观众可以三面看戏,大大地缩短了与舞台的距离。中心舞台是把舞台置于观众席的中心,观众四面包围住表演区,关系更亲切了。"中心舞台"缩短的不只是视觉距离,也是心理距离;拉近的不仅是物质空间,也是精神空间。可变舞台没有严格规定,大抵根据演出需要,机动灵活地改变观众与表演区的相对距离,也随之改变观众座席的基本形状。多次扮演过莫里哀《吝啬鬼》中阿巴贡的中国演员李家耀,与观众的反馈关系达到新的高度,李家耀演这段戏的时候还直接来到观众席里,把甬道当作街道,把观众当作看热闹的人,他乱窜乱找,不断地根据身边观众的反应作出各种即兴表演。观众看到的,是一个发了疯的吝啬鬼角色,但在剧场中进行着灵敏而快速的心理递接的,则是演员和观众。

无论是伸出型舞台、中心舞台、可变舞台,都或多或少地带有试验性质。比较突出的共同问题是产生心理交融的范围太窄,观众全方位的观赏角度与演员

在表演方位上的限制有矛盾。即使能够克服这些障碍，在多样化展开的现代生活中，也很难期望哪一种表演方式可以像过去镜框式舞台那样长久处于优势的地位。它们的意义在于，显示了戏剧家们越来越关心戏剧审美的集体心理体验。

4. 观众的审美可促进创作也可干扰和损害创作

余秋雨认为，观众的审美心理过程一旦被引导出来就具有自觉性和延续性，这种自觉性和延续性既可辅佐创作的完成，也可极大地干扰和损害创作。因为这关系到观众与演员的相互信赖问题："如果演员的表演失去了观众的信赖，那么观众的这种不信赖也会呈现为一种心理过程。一般的情况是，演员的失度引起观众的不满，而观众的不满又进一步反射回舞台，构成一种恶性循环式的消极反馈。演员在舞台上产生了差错，常常要比作家写文章时写错几行更加危险，原因就在于这种恶性循环式的消极反馈。"反之亦然。观众的自觉心理过程一旦调动起来，剧场中就出现一系列奇迹。中国现代著名演员石挥在演《秋海棠》时，有一段戏的处理曾获得过这种最佳反应，连京剧大师梅兰芳、程砚秋前往观看时也曾为之垂泪。

5. "虚实相间"是演员与观众你进我退、互相弥补的反馈

余秋雨认为，在演员与观众这对反馈关系中，凡是想让演员多交付一点给观众的地方，在艺术表现上可称之为"实"；凡是想让观众多发挥一点主动而演员稍稍作出让位的地方，在艺术表现上可称之为"虚"。这种虚实关系就是演员的创作心理与观众的审美心理之间你进我退、互相弥补的搭配关系。心理学认为，只有设法使人们的被动心理状态转化为主动心理状态，他们才会有饱满的情绪，发挥出极大的积极性。

没有"实"，观众对戏剧的自觉心理过程就不会发生，即使发生了也会偏离轨道，因而也就无所谓"虚"；但是，如果没有"虚"，只有"实"，观众完全处于被动状态，审美心理过程被创作过程吞噬了，看戏成了一种疲倦而乏味的接收。只有二者你进我退、我进你退的主动的互补搭配才能收到好的效果。

6. 演员与演员之间的反馈也会影响到演出效果

演员与演员之间也存在反馈。余秋雨认为，演员之间的心理递接也会构成反馈，这甚至不是演员本身所能完全掌握的。这种反馈一是取决于剧本创作安排，例如，剧本中角色关系处理的疏密，在根本上决定了演员间的关系。很多高水准的演员特别喜欢在那种人物关系看似疏松的剧本演出中大显身手，因为这样的剧本为他们的现场反馈提供了较大的自由空间。契诃夫的剧本就曾经为

莫斯科第一流的演员们的心理默契和心理递接创造了条件。演员与演员之间的反馈也可能起到消极的互相损害的作用。如果有一个演员由于某种特殊原因破坏了已造成或正在制造过程中的戏剧情境，那么，应该对他直接作出反应的演员先就失去了反应的分寸，而第二、第三个反应者也会变得手足无措；反过来，这个出问题的演员本身也是上一个演员的行为的反应者，当他失度的时候，上一个演员也会因此而产生疑惑，失却自信。英国著名演员劳伦斯·奥利弗曾真切地描述过这种可怕的景象：假如一个演员在演出中走了神，忘了一句台词或一个字，就会把别的演员扰乱了，也乱了自己。而且肯定是这样：有一个演员忘了台词，另一个也跟着忘，一个一个跟着忘，在整个一出戏里形成连锁反应，就像得了一种可怕的传染病。

除剧本外，演员们的自身气质也影响着他们在台上的关系。余秋雨引用布鲁克在《即时戏剧》中的话说："每当属于同一类型表演风格的演员同台演出时，就会出现这样的情况：老演员在一起演得很好，青年演员在一起也演得很默契；可是一旦他们合在一起演出，无论他们如何小心翼翼，如何相互尊重，结果通常还是一片混乱。"于是，导演必须花费大力气，"使这群混杂的人凑在一起，共同寻求相互直接呼应的途径"。① 演员与演员的交流以及演员与观众的交流是同步进行的。这对演员心理资源的分配的确是一种考验。

7. 观众与观众之间的反馈也会影响到演出效果

观众与观众之间的反馈被余秋雨称为剧场内第三组反馈（前两组，一是演员与观众之间，一是演员与演员之间）。余秋雨认为，尽管观众的心理是复杂的，但并不妨碍他们能够形成一致的欣赏效果。观众之间的反馈有两种情况：观点上的接近或一致；观众与观众互相传染、互相影响。

其一，观点上的接近或一致。如对暴虐的仇怨和对反抗的赞颂，对自由、平等，对妇女社会命运的共同关注等，大多数观众的态度十分接近。这种剧场心理气氛，古今中外曾一再出现过。观众情绪的集体性，不仅表现在显而易见的地方，而且也表现在"最出人意料的地方""最微小的关于自由的暗示"的所在。

其二，观众与观众互相传染、互相影响。余秋雨认为，这个问题越来越引起艺术家们的注意。他以演出中观众的笑为例来阐释观众与观众的相互传染和影响，他说："戏中可笑的内容，总有几个观众先感应到并发出笑声。尤其那些微妙的笑话，最早领悟的观众总是少数。他们的笑声提醒了邻座，使更多的人

① 余秋雨.观众心理学[M].武汉：长江文艺出版社，2013：76.

获得了理解,爆出笑声。即使有一些并未真正理解的观众,也被周围的笑声所融解。这一来,那几个最早引出笑声的观众又会有新的兴奋表现加入,借以表达对自己'先觉'的满足。就是在这种互相递接中,观众间取得了一种平衡和统一。"①他还以引述史雷格尔(August Wilhelm Schlegel)在《戏剧性与其他》中的话说:"这时每一个人看见周围的人和他自己同样受到感动,彼此原来素不相识,一下子变成莫逆之交了。"②史雷格尔认为,在这么多的同感者之中,观众会感觉到自身的强大,因为所有的心灵与精神汇合成了一条不可抗拒的洪流。1939年春天,挪威国家剧院到瑞典的斯德哥尔摩访问演出,演出的也是易卜生的戏剧——《玩偶之家》。当时当地并没有太明显的社会政治触剂,但观众席里的景象竟是如此:观众不仅疯狂地喝彩,还用脚跺地板,并且把椅子摇得嘎嘎作响。显然,一种对妇女社会命运的共同关注,被演出提挈起来了。

观众与观众之间的传染性,既可以促进演出效果也可以干扰演出效果。因为观众在情绪感染的情境中容易从众、轻信,甚至产生集体激动。"一个在生活中像顽石一样坚定而木然的人,一旦置身于剧场中,就会发生很大的变化。邻座一声轻轻的抽泣可以使他的心弦也微微颤动,而邻座发出的不信任的一哼,也可以在他的审美目光中蒙上一层疑虑。即使是那些对所演的剧目极有信心的人,也很怕与那些审美趣味迥异的人一起看戏。这本身就表现了人们在审美心理上的脆弱性。"③

8. 创作群体与观众之间的反馈

创作群体与观众之间的反馈,也被称为戏剧的宏观反馈,主要是指出现在由剧作家、导演、演出制作人组成的创作群体与观众之间的反馈。

一个戏剧作品是否上演,不仅取决于作家、导演、演出制作人所组成的创作群体,而且取决于观众的接受能力与偏好,取决于民族心理与社会大众艺术修养的程度。所以,剧作者必须比其他作者更能博得人们的喜爱和赞扬。

观众的接纳程度决定戏剧作品的社会命运。古希腊的几位剧作家就是从全民参加的戏剧大赛中评选出来而流芳百世的。中国明代昆曲兴盛之时,也曾出现过苏州虎丘山曲会,万千观众一年年在千人石前评选着唱曲家。观众的评定并不一定公平,后来清代戏剧家李渔就曾对此写过"曲到千人石,惟宜识者

571

---

①② 余秋雨.观众心理学[M].武汉:长江文艺出版社,2013:79.
③ 同上:80.

听，若逢门外客，翻着耳中钉"（李渔："虎丘千人石上听曲"，《笠翁一家全集》诗集卷七）的诗句，[①]指出演唱的水平与观众的水平之间有可能产生的落差；然而，一个作品的命运，毕竟主要还是以广大观众的接纳程度为标尺。

契诃夫的剧作《海鸥》最初在彼得堡演出就不成功，彼得堡的官僚和商人根本看不懂这出深沉的戏，彼得堡的观众不理解和不欣赏的信息传到契诃夫那里，使他很伤心，以致抑郁成疾。可是，这出戏在莫斯科艺术剧院的演出却相当成功。

观众的需求历来不是凝固的，他们的审美口味在不断地变化，艺术家必须了解眼下的时间和空间中观众审美心理的新需求。

观众经常会对艺术创作群体作出不公平的消极反馈，这是公共期待视域造成的。在这种情况下，艺术家应该与观众重建一种积极的反馈关系，而不能听命于观众的消极反馈而采取奉迎态度。一味奉迎，会使整个反馈关系下滑直至沉沦。

9. 剧作家与演员之间的互动与反馈

演员是剧作家与观众之间的中介。怀尔德（Thornton Wilder）形象地将剧本比作"一张空白支票"，当然并非完全空白。他认为，几乎全部表演学和导演学的基本学问就是看演员如何"填写"那张并非完全空白的"空白支票"。导演和演员绝不能做剧本的奴隶，要做剧本的主人，积极主动地体现剧本的构思。演员的演出是对剧本的再创造。剧作家要为观众扩大想象提供机会，首先就要为演员提供这样的机会。作为剧作家既要为演出提供足够的依据，又要为演出提供足够的余地，因此在写剧之时应该不忘演出之时。这一点，深有舞台经验的清代戏剧家李渔说得特别生动，他在《闲情偶寄》卷一自述道："笠翁手则握笔，口却登场，全以身代梨园，复以神魂四绕，考其关目，试其声音，好则直书，否则搁笔，此其所以观听咸宜也。"[②]

剧本写作不好，演员很难演好，剧本写得好，演员可能演得好，也可能演得不好。当然演员和导演仍然可以通过互动对剧本进行修改和调整。导演和演员以"演出需要"的名义来改动剧本，实际上也就是为了把剧本接纳进剧场内的即时反馈之中。这样做，在很大程度上也体现了观众的要求，是让剧本在直接承受观众反应信息的冲击前，先受到积贮在演员和导演身上的习惯性反应信息

①　余秋雨.观众心理学[M].武汉：长江文艺出版社，2013：82.
②　同上：86.

的洗刷。这是整个戏剧宏观反馈循环圈(即剧作家——导演——演员——观众的循环反馈流程)中必不可少的一个关节。余秋雨引用法国剧作家吉罗杜(Jean Giraudoux)的观点,认为剧作从剧作家心头走出,先去占据导演和演员的心理,然后又和演员的艺术创造融合在一起,去占据观众的心理。越是成功的剧作,越具备占据力,因而离剧作家个人也就越来越远。

（三）感知与观众接受的关系

1. 剧场感知与日常生活中的感知

余秋雨认为,审美活动与感觉和知觉密切相连。感觉是人们对事物个别属性的反应,知觉是人们对事物整体属性的反应。因为二者关系密切,所以我们通常将二者统称为感知。那么在余秋雨的认识中,感知是如何发挥审美作用的?

余秋雨认为,剧场感知与日常生活中的感知有很大不同。首先,剧场感知与生活感知的强度不同。他以有着丰富剧场经验的清代戏剧家李渔一段话作论据,李渔在《连城璧》卷一说：

> 戏场上那一条毡单,又是件作怪的东西,极会难为丑妇,帮衬佳人。丑陋的走上去,使她愈加丑陋起来；标致的走上去,使她分外标致起来。常有五六分姿色的妇人,在台下看了,也不过如此,及至走上台去,做起戏来,竟像西子重生,太真复出,就是十分姿色的女子,也还比她不上。[①]

审美感知一旦产生,审美过程便自然开始。感知领先,产生映象,然后才会吸引长久的注意力,触动想象,获取理解。因此,我们需要对剧场感知作较多的理论关注。剧场感知与一般的生活感知很不相同。

其次,剧场感知常常比日常生活中的感知更敏感。在剧场里,观众的视觉和听觉特别敏感。心理学实验证明,在感官刺激延续较长时间的情况下,人们的触觉、嗅觉会因渐渐适应而减弱,而视觉反而会因适应而加强。眼睛注视表演区域的时间越长,也就愈容易看得清、看得真。听觉,在一个长过程中会呈现为稳定状态,未必加强,也不会像触觉、嗅觉那样削弱。既然戏剧主要作用于观众的视觉和听觉,两相叠加,理应是感知的强化而不是感知的削弱。但是,这还不是剧场感知强度的主要依据。现实生活的许多方面也是以视觉和听觉为主

573

---

① 余秋雨. 观众心理学[M]. 武汉：长江文艺出版社,2013：90.

被人感知的。

2. 剧场感知是一种舒展状态的、浓缩性的感知

首先,剧场感知是一种舒展状态的感知。剧场感知是观众的心理处于舒展状态时的感知。观众来看戏,一般总是解除了生活中许多无形的架势和种种设防,整个心理感受器官处于一种柔和的状态。观众的感知比任何组成这个共同体的个人的感知都灵敏。"当心灵本身舒展着迎受这打击的时候,就更准确更有力地打动人心深处。"(狄德罗《论戏剧艺术》)①这种由心理的舒展状态而导致的强烈效果,使观众自愿进入的一种轻信状态。

其次,剧场感知是一种浓缩性的感知。观众的心处于一种舒展的、准备接纳的状态,而戏剧家为之提供的却是强烈的刺激,两相叠加,造成感知的特殊强度。强烈的刺激,来自作用观众感官的艺术手段的浓缩性。

当剧场感知的浓缩性成为一种约定俗成的习惯,观众在进入剧场之时自然就更换了感知预期。黑格尔在《美学》第一卷说:"观众一进剧场,看到许多准备、灯光和打扮得很漂亮的人们,就指望看到一些不平常的东西。"②

在生活中,人们并不会对一切入眼的线条、形式和色彩都细加辨析,但当这一切出现在舞台上,观众就会判断它们不可能是平凡的,因而感知变得特别灵敏和主动。

3. 剧场感知是一种联动性感知

所谓联动性,就是善于利用多种感官的联合作用达到震撼人心的艺术效果。余秋雨引用罗丝·克琳的例子加以论证:"当一个演员要说出重要的台词之前,他可以举起他的手,表示请别人注意和安静。""他可以敲桌子以示注意。""他可以叫别人离远一点,以使自己有较大的空间而引人注意。""他可以伸出他的手指或拳头以示强调而引人注意。""如果是坐着——说话之前,这个演员可以突然站起来。""如果是站着——说话之前,他可以突然坐下去。"东方戏剧在这方面是有特色的:"它们不仅在某个方面震撼你,而且立即从多个方面作用于你的精神。"(安托南·阿尔托《戏剧及其替身》"东方戏剧与西方戏剧")③

视觉和听觉交相并用的时候,感知的强度确实远远超过视觉或听觉单项。剧场感知的这种联动性,比其他任何艺术样式都要明显。

---

① 余秋雨.观众心理学[M].武汉:长江文艺出版社,2013:91-92.
② 同上:93.
③ 同上:98-100.

4. 剧场感知是以心理经验为基准的感知

剧场感知，也就是以心理经验为基准的感知，带有明显的相对性。在现实生活中，人们以客观或公认的时间和空间坐标作为感知的主要内容和衡量标准，在戏剧中，观众感知的是"主观感受时空"，其标准既不客观也不稳定。意大利文艺复兴时期的学者卡斯特尔维特洛曾在《亚里士多德〈诗学〉诠释》中说："在明明只有几小时的演出时间里，不可能叫观众相信剧情已过了几昼夜；他们拒绝受骗。"[①]但在剧场里，人们愿意在几小时里看到几昼夜以至更长的事态发展。有时候对你来说几个钟头变成几个瞬间，几天变成几个钟头，反之，也有时候几个钟头变成几天，几段值夜时间变成几年。赫尔德(Johann Gottfried Herder)认为，莎士比亚的戏剧是主动掌握心理时间标准的典范。莎士比亚许多剧作的开头部分，事件的发展十分缓慢，就像弹簧尚未动，一切还很费力。事件本身花费的时间也许不多，但观众在心理上还有陌生感和阻隔感，非要耗费一些摩擦、等待、引导的时间不可。此时的剧场时间，就须化快为慢。但是，随着事件的发展，前进速度、变化频率越来越快，话语越来越短，动作和激情越来越迅捷奔放，及至戏的末尾，一切风驰电掣急转直下，许许多多本该要在很长时间逐一发生的事，都一并涌现于顷刻之间。

莎士比亚的这种剧场时间处理方式，经过长期争执才被欧洲剧坛承认。而在中国传统戏曲舞台上，从来就不太拘泥客观时间（即"怀表时间"），更多地服从心理感受时间。梁山伯、祝英台的一次缠绵送别，可以比"三年同窗"演得更长，似乎理所当然；寇准值夜，从一更到五更，更声衔接十分紧密，谁也不认为这里用"暗转"更好一点；秦香莲向包公揭露陈世美借刀杀人，陈世美抵赖，包公即命随从到现场去取回罪证，现场不应很近，但罪证转眼便取了回来，谁也不觉得这里快得有点离奇。

为了适合观众感知的变异规律，艺术家们创造了一系列有规律的变形手段。这种变形手段经历一定的时间筛选凝结为某种固定化、普遍化的艺术规范，那就是所谓的程式。程式以一系列约定俗成的方式作用于观众的感官，是艺术家和观众这两方面对于剧场感知的变异的一种肯定。程式是变异了的感知的一种物化形式。

总之，为达到更好的剧场感知效果而变形，为包罗更大的观众感知范围而定型，构成一种定型化的变形，这便是程式产生的心理学依据。

---

① 余秋雨. 观众心理学[M]. 武汉：长江文艺出版社，2013：100.

戏剧家以艺术手段来铸造观众审美感知的变异,有着各种目的。有人希望通过变异,给观众带来一些陌生感和阻隔感,使他们兀然惊起,获得在平时熟视无睹的人生要旨;有人希望通过变异,筛去不美的杂质,扩大美学色素,由净化而达到美化;有人则希望通过变异,把某些更能体现本质的外象加以突出,使生活形态更深刻地呈现在观众面前。

如果不是为了适应变异了的感知,程式也就无由产生。骑马真像骑马,喝酒真像喝酒,开门真像开门,那么表演也就成了模拟,不需要特殊的程式了。但是,人们偏偏不要看真马上台,偏偏不要看热酒下肚,只想看略表其意的骑马姿势,只想看聊举空杯而又节奏优美的喝酒动作。于是,留下了"只求其意、不求其真"的程式。

总之,为达到更好的剧场感知效果而变形,为包罗更大的观众感知范围而定型,构成一种定型化的变形,这便是程式产生的心理学依据。

5. 心理真实比客观真实更重要

历代理论家大多承认,在艺术中,真实感比真实重要,感觉上的"自然"比真实重要,感觉上的合理也比真实重要。一个真实的事件到了剧场里,极有可能变成"不真实的真实事件"。即使是历史学家或社会学家来看戏,当他们以观众的身份坐下来的时候,审美感知立即会笼罩一切,丰富而确实的历史知识并不能代替他们的剧场真实感。史诗和剧诗的目的在于使听众或观众得益,只有用近理的事而非实事才能达到这个目的。观众并非永远要求真实。当他认假作真的时候,可以历几百年而不觉察,可是他对天然的事物还是敏感的;而他一旦获得印象,就永远不会把这种印象丢掉。(狄德罗《论戏剧艺术》)真实不能使观众感到真实。

莱辛(Gotthold Ephraim Lessing)在《汉堡剧评》中说,剧作家之所以有时也需要利用一段真实的历史,"并非因为它曾经发生过,而是因为对于他的当前的目的来说,他无法更好地虚构一段曾经这样发生过的史实","为此而花费许多时间去翻看历史书本,是不值得的"。[①]

艺术家看中的不是这件事本身,而是这件事产生的方式。但是,即使是以最佳方式发生的真实事件,艺术家仍要进行加工改造,使之具有更内在的可信性。

有一位剧评家看了京剧艺术家荀慧生演出的《勘玉钏》和《元宵迷》之后曾

① 余秋雨.观众心理学[M].武汉:长江文艺出版社,2013:109.

有这样一番议论：

> 两出戏，传奇性都很强，孤立地读剧本，甚至会产生如何才能合情理的杞忧，担心那些乍看上去未免轻巧的桥，承担不了许多破空而来的开阔驰骤。但，只消进入剧场，只消荀先生一出现在舞台上，他的人物塑造立即吸引了你，一切看上去迂徐曲折的转角，尽皆畅通，一切偶然在他血肉丰满的性格刻画之下，都化着了必然。(邱扬《学戏礼记》"入微面生变")①

幻觉，是真实感的全面积贮状态，是真实感的最高形式。1822 年 8 月，法国巴尔梯摩剧场上演莎士比亚的悲剧《奥赛罗》，演到第五幕奥赛罗要动手扼杀被冤枉了的妻子苔丝德蒙娜的时候，一个正在剧场值勤的士兵朝台上开了一枪，打伤了扮演奥赛罗的演员的手臂。这种事，世界上许多地方都发生过。如果剧场真实感以产生幻觉为目标，那这个开枪士兵就算是最好的观众了，因为他完全进入了幻觉。

观众在剧场处于一种双层次的重叠感知之中。巴尔梯摩剧场演奥赛罗的那位演员的演技不得而知，但像意大利女演员爱列昂诺拉·杜丝那样善于制造幻觉的表演艺术家确实是存在的。据记载，1891 年杜丝曾到俄国演出，当时一位俄国观众说，从她上台的第一分钟开始，"女演员一下就消失了，一个地地道道的女人施展着女性的一切威风"，"仅在出场的几分钟之后，就能迫使您忘了您主要是来看看名人的，或者说，就能把您吸引到所扮演的人物的生活里去，而把一切评论性的分析、想法通通撇在一边。至少对我来说，这种表演直到剧本末了(只有不多几处例外)都留下这种印象的"(彼·温堡《爱列昂诺拉·杜丝在彼得堡的舞台上》)。② 司汤达在《拉辛与莎士比亚》中借这件事得出结论：戏剧即使能给观众造成某种幻觉，那也是一种不完全的幻觉。忘乎所以的完全幻觉万一产生，也只是转瞬即逝。绝大多数观众完全清楚他们自己坐在剧场里，在看一件艺术的演出，而不是在参与一件真事。

6. 戏剧力度的感知

在审美感知中，仅次于真实感的，是力度的感知。有电影镜头的放映，有刺耳的音乐和声响，更有金属结构矗立在舞台上，便于演员大幅度地活动。演出

---

① 余秋雨.观众心理学[M].武汉：长江文艺出版社，2013：110.
② 同上：112-113.

人员可从观众席旋风般地冲上舞台,也可从舞台上潮水般地倾泻到观众席中。总之,一切显得强烈,充满力度。

将演员的动作组合成一个完整的力学结构,关键在于导演。仅仅是舞台上的不同位置,就能产生不同的力度感知。如果我们把舞台分成六个区位——前中、前右、前左、后中、后右、后左,它们的力度序列应该是前中、前右、前左、后中、后右、后左。其间大致的规律,服从观众审美时的生理心理特点:前台靠近观众,靠近者当然显得更为有力;中间部分是整个舞台的重心所在,当然要比左右有力;舞台右边比左边有力,那是因为观众无论是看书还是看其他事物总习惯于自左至右,而观众的自左至右,恰是舞台的自右至左。

不同的舞台区位对观众的感知所起的作用不仅是力的大小强弱,而且还关涉到力的习惯性感知格调。

演员在区位间运动的速率与力度大有关系,一般是迅捷运动显得有力,但如果过于迟缓沉重,也会显出特殊的力度。其他种种区位和行动方向上的故意拗逆,也会在观众心中构成一种拗逆之力。

就人物调度和舞台布景的线条而论,三角形线条的顶点最显力度,曲线、平行线、垂直线、连续线、破断线的力度和效能也各不相同。正如罗丝·克琳在《戏剧导演的艺术与技术》中所说:"在加冕的场合,最好用垂直线;在市场的景里,最好用平行线;表现军队出发,最好用连续线;表现军队归来,最好用破断线。"

进一步研究整体力学结构的组合状态和组合原则。导演们对于舞台上平衡、重心、强调、层次、节奏的种种考虑,实际上也就是为了达到力学结构的整体组合。层次和节奏的问题也是这样。层次、节奏,是力的展开和延伸方式,充满了现实世界,也使观众从小就有了这样的适应,因而必然以此来要求舞台。

但是,平衡、层次、节奏等方位的要求,只是对整体性力度的调节和整理,整体性力度的原动力却在剧本。剧本的力度,外显于结构布局,内蕴于情节冲突。其中最直接的体现,是主角与环境的冲撞。

《窦娥冤》的力度人所共知。这出戏的力学结构,是狂暴的外力对于一种柔弱之力的反复威压。柔弱之力没有处于主动地位,没有采取积极行动,但是当狂暴之力的威压一次次降临时,柔弱变成了柔韧,显示出了撞击的力量,并在撞击中迸出悲剧美的火花。倘若柔弱之力在第一次撞击中就被粉碎,或者反过来,柔弱之力由于某种特殊因素竟一下子化弱为强,压过了强暴之力,那么这出戏的力度就远远不逮了。

另一种力学结构与之相反,不是强暴的外力反复侵凌柔弱之力,而是强暴的外力遭到刚毅之力的主动进攻。《赵氏孤儿》便是一例。尽管血流成河、尸横遍野、家破人亡,如果强暴的外力未遇撞击,在戏中仍然显不出力度。于是,我们看到,强暴之力长高一寸,刚毅之力也长高一寸,强暴到了极点,刚毅也到了极点。两方面都拼尽自己的全力来进行最高等级的撞击,因此响声特别震耳,火花特别耀眼。[①]

一般说来,强暴外力反复欺凌处于被动状态的柔弱之力,观众的感受重于悲;反之,强暴外力遭到刚毅之力的抗击,观众的感受重于壮。因而《赵氏孤儿》总的说来要比《窦娥冤》壮烈。

《桃花扇》中正、邪、内、外两种冲撞力量都非常深厚而典型。让一个复社名士既代表正义,又带出了一个上层社会;让一个秦淮名妓既代表美好,又带出了一个更广的社会面。既让他们恋爱相与,又把美好和正义之力集合到一起,同时也把冷漠和邪恶之力集合到一起。总之,孔尚任把两种牵连硕重的大力拉到撞击的最近点上,成了大规模的历史冲撞的象征和具体化。正义美好之力一时不及时地坚硬,于是伤残流血——这正是悲剧性的力学结构的典型体现。如果有兴趣替上述这些戏剧画出力学结构的图谱,那么,也许会出现这样一些线条:《窦娥冤》以好几条粗硬的外力线冲击着一条细软而有韧性的主力线;《赵氏孤儿》的主力线和外力线都是直线,主力线的箭头昂然指向外力线;而《桃花扇》,则是两个上尖下阔、包含深厚的箭头的宁静对峙。因此,一台戏最终留给他们印象的不是主题思想和艺术细节,而是力学结构和人物形象。没有力度感知的作品,以及不被人们感知的"力度",没有理由出现在千万观众之前。

(四) 注意力与观众接受的关系

审美心理活动开始产生积极的指向和集中,这就是心理学上所说的注意。吸引观众的注意力,这对艺术来说是起码的要求,但又使多少艺术家为之煞费苦心。余秋雨认为,戏剧家的一生,要花费很多精力与观众的注意力周旋。一个长达数小时的戏剧,要吸引住成百上千、各种各样的观众,是一场艰辛、激烈的心理搏斗。

一定要有一种力量,足以使不同的观众都能摆脱种种干扰。更重要的是,这种力量一定要尽可能早地挥出来,即力求在戏一开幕就把观众的注意力吸引住。剧作家和演说家一样,必须一开头就凭强烈的感染力使观众心移神驰,要

---

① 余秋雨.观众心理学[M].武汉:长江文艺出版社,2013:121-122.

像控制实体一样控制他们的注意力。(奥·威·史雷格尔《戏剧性与其他》)戏的开场,就成了戏剧家吸引观众心理的突破口。中国京剧表演艺术家盖叫天也曾在《粉墨春秋·〈武松〉的表演经验》中通俗地述说过这个道理:"有句行话说'演戏要打头不打尾',就是说一出戏,一个人物,一出场就要给观众一个很深的印象,使人有兴致往下看,越看越觉得好,不要前面演得平淡乏味,使人不想往下看,即使后面再好,观众也总觉得差点劲。"①黑格尔也曾像盖叫天一样嘲笑过以酒店闲聊开头的戏剧,他说歌德的《葛兹·封·伯利兴根》就是一个突出的例证。

1. 戏剧家毕生都要与观众的注意力周旋

第一,注意要贯穿戏剧演出的始终。一切不足以引起观众注意的交代,都是无效的。在戏的开头部分,引起观众注意是第一位的,人物关系交代是第二位的。

剧本的开头应该有点什么暗示,把观众的注意力吸引住。到了剧本的中间,应该出现一个震动人心的戏剧场面。在剧终之前,则应该降温,先松弛下来。以后怎么处理,就无关宏旨了。

第二,观看戏剧以无意注意为辅,以有意注意为主。余秋雨认为,在戏剧中以突然的刺激引起偶性的注意,则不同于追索性的注意。在心理学上,偶然注意被称为无意注意,追索性注意被称为有意注意。

一个没有伏笔的新角色突然上场,引起观众的无意注意;观众的眼睛紧紧盯着舞台中央的那扇门,剧情预示,那里将会有一个重要人物出现,这是有意注意。

无意注意虽然也能起到有效地震慑观众的作用,但是,无意注意一多,全戏就会出现热闹而疲乏、紧张而肤浅的倾向。有意注意与此相反,是一种以观众的自觉性为前提的注意,这种注意一旦产生,观众就会主动地调动自己的意志,排除种种干扰,集中精力追索事态的前景。戏剧没有这么多时间,它要使突然出现在舞台上的人和事引起全体观众由衷的关注,主要取决于浓缩型的心理接触程序。

戏剧免不了要引起一些无意注意,但应该以有意注意为主。在开头部分,则应尽快地把观众从无意注意引入有意注意。余秋雨引用清代著名戏剧家李渔在《闲情偶寄》卷一的话说:"与其忽张忽李,令人莫识从来,何如只扮数人,使

① 余秋雨.观众心理学[M].武汉:长江文艺出版社,2013:126-127.

之颇上颇下，易其事而不易其人，使观者各畅怀来，如逢故物之为愈乎？"①李渔所说的"忽张忽李"的戏在观众席里引起的"令人莫识从来"的怅惘，其实也就是一种无意注意，而他欣赏的"各畅怀来、如逢故物"，则近于有意注意。

2. 特殊的舞台技巧可以唤起观众的注意力

余秋雨认为，导演和演员可以利用一些特殊的舞台技巧来唤起观众的注意。比如，让重要人物在音乐和灯光的伴奏下出现在引人注目的舞台区位上。现代影视节目普遍利用这一技术。每当重要人物上场，就会在一段特殊的灯光照耀和音乐伴奏下，在舞台上出现一块引人注目的舞台区位。我们经常在电影、电视上看到人物从楼梯上下来，从窗户里爬进来，甚至从气球上吊下来。这些技巧应该都来源于戏剧。这种技巧的反向使用就是让人物在一个平常最不引人注目的区位上出现。这些技巧，对于引起观众的无意注意，大致有效。但无论如何，观众是在比较被动的情况下被唤起注意的。

一切能充分吸引观众注意的上场技巧，不仅仅引起观众的无意注意，而且还迅捷、巧妙地把观众的有意注意一并唤起。

如果人物既急促又直露地突然上场，导演会让他在适当的区位停顿一下，这个停顿也是给观众被动性的无意注意一个喘息的机会，并在其中潜入有意注意的因素。

其实，人物上场是如此，戏剧中其他一切需要引起观众注意的所在也都是如此，即都应该尽快地担负起激发有意注意的职责。

在观众没有思想准备的情况下，突然出现一个新的戏剧因素，或突然出现一个转折，使观众大吃一惊，这就是巧妙运用无意注意的典型。

假如灯光、音乐和场面上的观众反应，不是与主角同时出现，而是稍稍出现得早一点，让观众先见到一块无人的区位上出现反常的光亮，听到具有某种预示性质的声响，或目睹台上的群众在殷切期待，在屏息翘首，在让出区位，那么观众对将上场的角色的注意，便快速地变成一种有意注意。

3. 设置悬念是保持观众注意力的重要策略

余秋雨认为，观众注意力的持续，比引起更加重要。注意力引起之后，如果处置不当，很快就会松弛。倘若无力使观众的注意力保持下去，那么开头时的声势反而会成为一种自我嘲弄。要使观众的注意力长时间地保持住，在戏剧文学上最常用的办法是设置悬念。悬念，往往被看作是一种戏剧技巧，与"巧合"

① 余秋雨.观众心理学[M].武汉：长江文艺出版社，2013：130.

"转折"之类相提并论。其实,戏剧家设置悬念,纯粹是为了对观众心理的收纵驾驭。其所"悬"者,乃观众之"念"。严格说来,这应是审美心理学中的名词,为编剧学和导演学所用,只是一种借用。

为了造成悬念的效果,才采用悬置的技巧。在一般情况下,这种技巧要求把问题的提出和解决拉开距离,从而使观众的注意力在这个距离内保持住。清代戏剧家李渔在《闲情偶寄》卷二说:"使人想不到、猜不着,便是好戏法、好戏文。猜破而后出之,则观者索然,作者赧然。"①日本古代戏剧家世阿弥在《风姿花传》第七篇说:"将某些东西保密,就会产生重大效用。"②西班牙民族戏剧创始人维迦在《编写喜剧的新艺术》中说,"观众一知道结局,就会掉头走出戏院",因而要常使他们猜测不到,"戏里暗示的一些事情远不是下面要演出的事"。③这些古典戏剧家都认识到一览无余对戏剧的危害,都不谋而合地谈到剧情弯曲荫掩的重要。多一层弯曲荫掩,让观众多一层猜想,不断引起观众解谜的兴趣。所以,"猜不着",是悬念的一个重要特征。

越来越多的戏剧家认为,悬念的设置,不能使观众完全猜不着。其实,李渔和维迦说要让观众猜不着,而他们自己的剧作却还是经常给观众以可信的路标。他们只是为了强调一点,没能把此间的微妙关系分析清楚。

一出戏,如果全力引导观众去猜想,就会把观众审美时其他可以调动起来的心理机制遮盖掉、损耗掉。为猜而猜,审美享受就会被逻辑推理剥夺,情感上的浸染就会被紧张替代,对人物性格的感受就会被等待驱逐。本来,悬念只是吸引观众注意力的一种手段,如果把手段作为目的,那就背离了健全审美的正途。因此,对于极有魔力的悬念,既不可舍弃,又不可沉溺,尤其不宜在猜测、推理上耗费观众太多的精力。

狄德罗曾把一出希腊悲剧中姐弟相认的情节与伏尔泰写的一出悲剧中骨肉相认的情节作了比较。他说,希腊悲剧把观众早已知道而剧中人并不知道的姐弟关系,到最后一幕才揭穿,这便使观众保持了五幕之久的渴念;而伏尔泰的悲剧在剧中人和观众全不知道的情况下终于宣布一组剧中人的骨肉关系,这只能造成吃惊的效果和短暂的感动,如果观众早就知道他们的骨肉关系,必将以极大的注意倾听他们吐出来的每一个字眼,眼泪早在剧中人相认之前就已经流出来了。

对于悬念,戏剧家们有不同的理解,奥利芬夫人认为悬念的手段是保密,悬

①②③　余秋雨.观众心理学[M].武汉:长江文艺出版社,2013:135.

念的效果是让观众产生惊讶。马修斯认为悬念是一种期待。正是因为悬念一出,戏剧才能激发观众重复看戏的兴趣,使观众处于一种兴奋状态和满足状态。

悬念通过多种功能作用于观众的注意力:一是,对不知剧情的观众来说,剧作家运用保密和透漏相结合的办法能够激发观众猜测的长久的兴趣和注意力。二是,对粗知剧情的观众来说,剧作家要想长时间吸引观众的注意力,主要依据对剧中人种种反应状况的设想和期待。三是,对于熟知剧情的观众来说,悬念常常与自己洞察剧中人所不知的种种秘密的优越感同时产生,并借以延续有关。

但是,设计悬念需要防止两种倾向:一是一览无余;二是彻底保密。如果陷入这两种倾向之中,就无法吸引和保持观众的注意。中国传统戏曲花映月掩,曲径通幽,反对直露简陋就是要达到吸引观众的效果。

盖叫天在《粉墨春秋·〈武松〉的表演经验》中又是数语道破:"不好的戏,演员上场一抖袖,一念引子,下面的看戏观众已经料到了八九分。这样的戏,观众就自管自抽烟喝茶去了。好的戏,观众不知后事如何,随着演员,随着戏的变化,一步步、一层层地深进去,看得津津有味。最好的戏,是故事情节,观众全都知道,甚至自己也会唱,但每次看,每次都感到新鲜,总像第一次看一样,戏能演到这样才算到家。"①

中国戏剧常常是用看似无悬念,实则最大的悬念的方式表达悬念的。"看来似乎没有悬念,其实这正是最大的悬念。"(范钧宏《戏曲结构纵横谈》)②这是中国戏剧家对于以悬念吸引和保持观众注意力问题的独特理解。

戏剧家常常用两种方式加固观众的注意力。悬念的设置,原则上为观众注意力的持续创造了条件,但是,一个很长的演出依凭着一个总悬念,是否能保证观众的注意力自始至终不松懈呢?这就牵涉到注意力加固的问题。怎样才能加固观众的注意力呢?余秋雨提出两种可操作的策略:一是小悬念的连缀;二是节奏的调节。

小悬念的连缀:一出戏要有一个大的悬念,即一个总悬念,没有这个大的总体悬念,观众注意力的方向就会随意晃动,甚至会使整个戏剧失去最终目标而导致观众注意力涣散。观众心头埋伏着大悬念,但他们的注意力所面对的却是一个个接连不断的小悬念。一波未平,一波又起,波涌浪迭,峰回路转,最后抬头一看,原来已到解决大悬念的时分。在特别复杂的某些戏中,小悬念又可

583

---

①② 余秋雨.观众心理学[M].武汉:长江文艺出版社,2013:140-141.

由更小、更精细的微型悬念构成。西方戏剧家曾描画过这种珠联式悬念系列的示意图：那是一个弧形曲线,表示着全剧的总体悬念;细一看,这个弧形曲线是由许多小弧形构成的,恰似一个弯弯曲曲的花边;再细看,小弧形更由密密层层更小的弧形组成。这个示意图表明,为了紧紧地牵住观众的注意力,悬念的组合会达到粗中有细、间不容瞬的地步。如果任取一出结构严密的大戏进行分析,人们即可看到,在大开大阖之间,每件事,每个场面,每个纠葛,都有新的问题提出和解决,一环紧扣一环,直通结尾。焦菊隐曾把这种加固观众注意力的办法称为"连环套"。他在《豹头·熊腰·凤尾》中说:"剧情的发展,最好能一环套一环、一扣套一扣。像个九连环。作家用合乎生活情理的偶然事件与必然事件,把故事编织起来,在这中间又把主要的事件突出强调起来,就能吸引观众……《四进士》的情节安排,就是这样。从杨春买妻,引出杨素贞与他的矛盾,遇上毛朋私访,发现了冤情,替素贞写状。杨春撕毁了婚书,与素贞结为兄妹,愿意帮助她去申冤告状。路上兄妹分散,素贞遇上流氓,流氓又遇上爱打抱不平的宋士杰……这样发展下去,事件越来越复杂,人物越牵涉越多,矛盾越来越大……"[①]

4. 节奏的调节也是保持观众注意力的重要策略

余秋雨认为,引起观众的注意不能仅仅依赖悬念的设置,还可以利用节奏的调节。节奏的调节、变换和穿插对于保持观众注意力有重大意义。

余秋雨以拳击比赛为例形象地说明这一问题。在拳击比赛中有两种节奏安排:一是,在一次拳击比赛中,一个年轻运动员被一个彪形大汉一次次打倒,他爬起来,又被打倒,被打得血流满面,还是毫无获胜的希望,眼看就要被打死。二是,年轻运动员被打倒了,但他马上跳起来,反把大汉打倒;观众一见势均力敌,立即提起了兴趣,果然,"砰!"年轻人又被打倒,而且这次还受了伤,观众为他捏一把汗;但是他又站起来了,扭住大汉,狠揍一顿,大汉又反击,各有胜负,一次又一次直到年轻人已被打得不能动弹,裁判员对他数数,看来已经无法挽回了;但他还是摇摇晃晃地站了起来,一拳把大汉从赛台上打了下去,于是观众欢呼……

余秋雨引用威·路特的观点,认为不能把悬念之弦向着同一个方向、以同一种方式来绷,因为这样会使观众因重复而厌倦,结果只能是注意的松懈;但如果采用上述第二种节奏安排,全剧的每一个段落都会被观众密切注意。环环紧

① 余秋雨.观众心理学[M].武汉:长江文艺出版社,2013:143.

扣、层层叠加的注意,也容易使观众产生疲倦。作为一种拖延时间很长的过程性艺术,只知加重刺激的分量而不知调节,会起到适得其反的作用。在戏剧中,要使观众的注意和期待心理一直保持到剧终为止,必须经常变换速度和节奏,克服任何一种单调,包括分量很重的单调,因为任何单调都会使观众的注意力消失。

余秋雨以《苏小妹三难新郎》为例:苏小妹给新婚丈夫秦少游连出三个题目,考试合格方得进入洞房。对于戏剧家来说,未必采取爬坡式,即一题难似一题,而是依据节奏调节的需要,不妨让第二题容易一点。秦少游面临第一道难题,动了脑筋回答出来了,欣喜中还有不少紧张,等待第二题。而第二题却相当容易,于是他得意了,观众与他一起松了一口气,不再为他担忧了。正是这时,第三题宣读出来,一下子把秦少游推入了难以脱出的困境。由于答第二题之后他曾轻松,于是此时又使观众在有趣的对照中加强了注意。尤其重要的是,一题难似一题的爬坡式,观众当然也未必会松懈注意,但注意力主要集中在考题本身,比较狭隘;而中间让秦少游松一口气,观众的注意力必会集中到秦少游乃至苏小妹的人物性格,兼及舞台上的气氛变化。这就是说,一经调节,观众的注意力更弘广、更深入、更细致了。

余秋雨提出调节节奏的"点线法"。他认为在戏剧中,凡是需要浓墨重彩地加以刻画的地方,最好设法把"点"拉成"线",延长观众对这种地方的注意时间;而只要懂得调节,就可以使注意力有效地延长。余秋雨以周信芳演出的京剧《天雨花》为例,进一步阐释调节对保持观众注意力的策略。《天雨花》写到一个势利可笑的知县与八府巡按左维明的周旋,可以作为有效延长注意力的例证。照理,把知县对下倨傲、对上诣媚的态度进行短距离对比,已经可以有效地刺激观众的感知,但戏剧家不满足于此,而是在这一"点"上拉出了一条几度起伏的长"线"。知县不认识左维明,于是仍依惯例,命令来者报出身份,但当来者报出"左维明"的名字,知县大吃一惊,连称死罪,恭敬跪拜——这已构成节奏的第一度变换;但在此时,知县听到真的巡按来到的消息,于是立即又把座上客打成阶下囚,重新声色俱厉起来——这是节奏的第二度变换;然而,原先那个被认为冒充左维明的人并非骗子,而的确是左维明派出的随从,于是,当真的左维明登堂下视,看见跪绑之人,知县又一次陷入了难堪之境——这是节奏的第三度变换。这些变换,耗费的时间不短,刻画的只是一个焦点,但观众并不感到厌倦,注意力始终非常集中,原因就是这种处理很像上述拳击赛之例,在一来二往的更替中获得了心理调节。

余秋雨引用德国思想家席勒《论悲剧艺术》中的观点,指出戏剧诗人不能单靠刺激来加深观众的印象,"因为我们的感受功能受到的刺激越猛,我们灵魂为了战胜这种印象而出的反作用也越强"。如果要使观众的心灵持续在某种感受上面,"就必须把这种感受非常聪明地隔一时打断一下,甚至用截然相反的感受来代替,使这种感受再回来的时候威力更大,并且不断恢复最初印象的活泼性。感觉转换是克服疲劳、抵抗习惯影响的最有力的手段"。① 席勒的这一论述,是观众心理学的重要原理之一,他所说的"感受"并非局限于注意力一端,却也包括注意力在内。

5. 如何把观众注意力分配到主要目标上

如果注意的保持或持续是从时间维度上关注观众注意力的问题,那么注意的分配则是从空间维度上关注观众注意力的问题。注意力分配的中心课题是如何把观众的注意力集中在主要目标上,即如何把握观众注意力分配的重心。怎样才能把握这种重心呢? 余秋雨认为,可以通过以下三种方法来分配注意力。

其一,剧本创作之初就要减少头绪。余秋雨引用李渔《闲情偶寄》卷一中的观点,认为在剧本创作时就要注意减少头绪,千万不能"令观场者如入山阴道中,人人应接不暇"。② 对于如何减少头绪,李渔的主张是"一线到底,并无旁见侧出之",做到"文专一""一台无二戏"。这与欧洲古典主义戏剧家对于剧线索精简的严格要求异曲同工。余秋雨形象地将观众的注意力比喻成乐队指挥的注意力。"乐队指挥的注意力的分配既重点突出又全面顾及,哪一个演奏员的小疵也逃不过他的听觉。他不仅注意到音量渐大、渐小的乐器,而且还注意到那些暂时停歇着的角落。总之,这是一种极为复杂又极端灵敏的注意状态。"③

其二,"留扣子""抖包袱"。他认为,中国戏曲界老艺人喜欢用的"留扣子""抖包袱"这两个术语,形象地表明了注意力的隐伏和再分配的关系。一出戏在进入的部分,似乎很不经意地交代了一些人物关系和事态线索,在以后的剧中不再提起,但是,在一个意想不到的地方又突然出现那一点因缘,观众至此才知原来貌似不经意的提及,实为留下的"扣子"埋下的伏笔。观众的注意力有时间上的贮存功能。《连升店》有一个喜剧性片段:穷苦举子王明芳赶考投店,店主人是一个势利小人,见他衣衫褴褛,极尽讥讽凌辱之能事。等到王明芳

①② 余秋雨. 观众心理学[M]. 武汉:长江文艺出版社,2013:147-148.
③ 同上:150.

中国文艺心理学思想史

得以高中,店主人摇身一变,阿谀奉承不一而足。王明芳为解被辱之恨,故意重复当初的对话,店主人同话异说,判若两人,使观众不断地爆出会心的哄笑。

其三,角色轮番进行中心表演。除了对注意边缘和注意中心进行分配外,观众还需同时对一台之上的角色、演员、性格、语言、服饰、化装、布景、音响等各种因素进行注意的分配。余秋雨认为,中国传统戏曲中习惯用"搁置""轮推""背供"等诸法,在众多角色在场的舞台上大胆地把需要此时此地表演的角色轮番地推举出来进行中心表演,暂时把其他角色搁置一边,这种主动调配的注意圈,又可用灯光来轮番照亮,让注意圈外的一切,处于黑暗之中。采用"搁置""轮推""背供"等办法可以防止注意的边缘无端地升格为注意的中心。

6. 叙事能力是艺术家对观众注意力的许诺和践约

心理学认为,注意并不是一种纯粹独立的心理过程,它伴随着感知、情感、理解等心理活动。因此,当注意以不同的心理活动为重点内容的时候,结构方式也会相应而异。要求戏剧整齐划一地推行某种"最佳"结构方式,完全违背了人们心理活动过程的丰富性。

其中叙事能力决定着其他能力的激活程度。叙事能力,是连贯其他艺术能力的基础能力。具有叙事能力,其他能力都能被激活;缺少叙事能力,其他能力都提挈不起来,成为未经串络的散珠碎玉。叙事能力即讲故事的能力,也就是根据对观众注意力的预测而营造、结构的能力。离开了这个心理学依据,也就无法真正明白艺术作品中故事、情节、结构的由来。故事结构的完整性,是艺术家对观众注意力的许诺和践约。

(五) 观众审美最终以情感感受状态呈现

1. 剧作家在假定的情境中体验和创造

美学家李泽厚在《美学的对象与范围》中认为:"情感不但是审美的动力,而且审美也最终呈现为一种特定的情感感受状态。"[1]普希金在《论人民戏剧和波哥亭的剧本〈玛尔法·波沙特尼察〉》中写道:"在假定情境中的热情的真实和情感的逼真——这便是我们的智慧所要求于戏剧作家的东西。"[2]

余秋雨认为,写诗是情感的直接流泻,但写剧本时,情感的确是隐秘地渗透在作品中,作品呈现的是各个剧中人在各个假定情境中的情感形态。他引用契

---

①② 余秋雨.观众心理学[M].武汉:长江文艺出版社,2013:157.

诃夫《对剧作家进一言》中的话说:"要把别人写成别人,不要写成自己。"①再引用清代戏剧家李渔《闲情偶寄》卷一的话说:"说何人,肖何人。""言者,心之声也,欲代此一人立,先宜代此一人立心。若非梦往神游,何谓设身处地? 无论立心端正者,我当设身处地,代生端正之想;即遇立心邪辟者,我亦当舍经从权,暂为邪辟之思。 务使心曲隐微,随口唾出,说一人,肖一人,勿使雷同,弗使浮泛。"②(李渔《闲情偶寄》卷二)剧作家或演员不是演自己,而是代角色说话、行动,因此要使所写或所扮演的角色立得住,剧作家或演员就"必先代角色立心",即使是剧作者或演员所不认同的角色,也要"暂时为之设身处地"。

用李渔话说,剧中所写的"坏人",剧作家在写作或演员演出这个角色时也要"暂为"坏人。此时的剧作家或演员就是坏人的代言人,否则无法使坏人的心曲隐微,随口唾出。如果代不像其人,那么代体的戏剧样式也就无以成立了。

因此,戏剧家的情感需要随着角色的转换而转换,写某个角色情感就要进入该角色,戏剧作家就是在各种角色之间来回转换,这是一个原则,莎士比亚和契诃夫两人的全部戏剧作品都建立在这个原则之上。因此余秋雨认为,戏剧创作需要"无可比拟的才华"。这需要戏剧创作者不断"扩展自己对人的情感共鸣的理解范围"(彼得·布鲁克《僵化的戏剧》)的能力。③

2. 演员在剧作家规定的情境中体验和创造

剧作家是在自己假定的情境中进行体验和创造,演员则在剧作家已经规定的情境中进行体验和创造。剧作家需要一身数任,分别体验各个角色,演员的情感体验则比剧作家单一、集中,但也有其特殊的难处。倘若演员所扮演的角色与演员本人的基本情感完全悖逆,演员就需要更隐秘地把自己的情感潜藏起来。剧作家在各个角色的情感转换中,能获得一种大体的平衡,演员却不能。因此,与剧作家相比,演员的情感体验更加带有异己的性质。演员自身情感的复归,在于戏剧的整体效果。

例如,京剧演员裴盛戎在演《姚期》一剧的时候,即便是到后台休息,也保持着角色的身份,不大跟人说话,像王爷回府休息似的。在台上,每当演郭妃的演员递酒给他的时候,总能听到他嘴里轻轻地念着"不敢,不敢"。这是观众听不到的,全是他体验角色的自然结果。照裴盛戎自己的话来说,"我演他我就是

①② 余秋雨.观众心理学[M].武汉:长江文艺出版社,2013:158.
③ 同上:160.

他,总在琢磨他是怎么想的,我就怎么想"。[①] 在其他戏曲演员谈艺术经验的文章中,也不难找到类似的观点。

3. 演员含蓄的情感表达更受观众欢迎

《西厢记》中张生为接近崔莺莺而借佛事假哭,《空城计》中孔明内心紧张而外显潇洒,《群英会》中周瑜与孔明内心嫉妒而外显欢笑,都是如此。演员含蓄的情感表达更受观众欢迎,在西方如此,在中国也是如此。

在中国戏剧中,一个驿丞沉陷在一种无法启齿的内心矛盾之中,观众看到,演员的纱帽翅在慢慢地抖动,暗示着紧张的内心活动。这边抖了那边抖,暗示他这么想想又那么想想,内心斗争十分激烈。猛然间,两个纱帽翅全停了,观众立即便可断定,他已作出了决定。(指晋南蒲剧名演员阎逢春在《杀驿》中的表演,参见张庚《戏剧艺术论》第四章)

面具的使用就是情感含蓄表达的一种手段。尤金·奥尼尔在《关于面具的备忘录》中说,"面具是人们内心世界的一个象征","那些怀疑它的人尽可以研究一下日本戏剧中的面具、中国戏剧中的脸谱或非洲的原始面具"。[②]

4. 高度意志化了的情感才能吸引观众

一个优秀的艺术作品可以使读者或观众的情感腾飞起来,使盲人见形,聋人闻声,就是刘勰在《文心雕龙·夸饰》中所说的"信可以蕴而飞滞,披瞽而骇聋矣"。[③] 艺术作品的核心心理素质就是情感问题:一方面它能最充分地表达作者的情感,另一方面它又能最充分地唤起读者或观众的情感。在某种意义上讲,不能唤醒读者或观众情感的作品不可能是优秀的艺术品。

在戏剧中要唤醒观众的情感,演员必须向观众敞开心灵,必须使观众"认识到他情感的真实及其表露的形体真实"。[④] 真情才能唤起真情,真情才能与真情产生共鸣。

但是艺术家的情感与一般的自然情感是有差别的。"艺术家所需要的情感,是意志化了的情感。"因此,在余秋雨看来,艺术家的情感与意志密不可分。"情感的依据,使意志变得合理;而意志的持续,又使情感变得浓烈而又具有明确方向。""艺术家所需要的意志,是情感化了的意志,艺术家所需要的情感,是意志化了的情感。缺少情感依据的行动过程,再顽强不屈,也很难入戏;同样,

---

① 余秋雨.观众心理学[M].武汉:长江文艺出版社,2013:162.
② 同上:165.
③ 刘勰.文心雕龙[M].王志彬,译注.北京:中华书局,2012:423.
④ 余秋雨.观众心理学[M].武汉:长江文艺出版社,2013:168.

与意志行为相脱离的情感抒发,再淋漓丰沛,也于戏不宜。"①

余秋雨认为,汤显祖的《牡丹亭》虽然"十分明确地把情感作为中心旨趣",但是汤显祖所说的情感并不等同于心理学中所说的情感,而是一种意志化了的情感感。《牡丹亭》长达五十余出,从第十出游园"惊梦"开始剧作的情感把观众的情感紧紧地吸引过来了。此时杜丽娘高度意志化了的情感把观众深深卷入其中,结果,连她后来为"情"而出入生死的奇特情节,观众也能接受欣赏了。只有以行动意志相贯穿的情感,观众的情感才能被紧紧地吸附住。

《西厢记》也充分体现了这种意志化的情感。无论是张生还是崔莺莺,对于幸福爱情的追求从未消退,但他们的意志强度却都不够。于是,王实甫在观众眼前推出了既有意志强度,又有行动力度的丫鬟红娘。观众赞同她对张生的嘲笑,对崔莺莺的揶揄,对老夫人的诘责,欣赏她为促成男女主人公的结合而采取的一切行动,钦佩她为承担行动后果在严刑威胁下的镇定和雄辩⋯⋯总之,她不是爱情的主角,却是意志的主角、行动的主角,结果,统观全剧,在情感上与观众交融得最密切的,反而是这位爱情圈外的小丫鬟。这种以红娘为最高代表的意志组合极为重要,因为这种意志组合引导了观众情感移注时的流转与合并。

舞台上的这些形象是经过戏剧家严格处理的,处理到连真正的吝啬鬼们也会对之产生厌恶和嘲笑。戏剧家进行处理的武器,正是人类正常的情感和意志。因此,在这些丑恶而滑稽的形象身上,已沉积着戏剧家的情感和意志,而且体现了这种肯定性的情感和意志对否定性的情感和意志的战胜。对于滑稽而丑恶的主角,戏剧家们为了透彻地揭示他们的负面感,也常常给他们设置一个不太弱的意志行动,让他们为了某种负面价值而固执地追求。

5. "误置"可以引起观众情感逆反效果

什么是"误置"? 余秋雨认为,误置就是戏剧家故意布置的可以导致观众正负情感倒置体验的艺术手段。一出戏主人公的情感本来是正面的,但戏剧家可以通过滑稽、戏谑、嘲弄等手段,使观众在一段时间内好恶倒置。同样,一出戏主人公的情感基调是负面的,戏剧家也可以通过一些艺术处理使"观众的情感也又迷失道路",从而以负为正,产生"反逆效果"。戏剧家有意使"观众的心理归向背逆了戏剧家的预先安排",从而增加戏剧性效果。② 这与席勒的"两种迥然不同的情感不可能同时高强度地存在于同一个心灵之中"(席勒《论悲剧艺

---

① 余秋雨.观众心理学[M].武汉:长江文艺出版社,2013:169.
② 同上:175.

术》)的观点不谋而合。

6. 把不同的情感色素拼成"互耗结构"有助于吸引观众

余秋雨赞成启蒙主义者和浪漫主义者将悲、喜因素混合的主张,"提倡戏剧的情感色素应该像生活中一样绚丽斑斓,而绝不能单调划一",提倡把不同的情感色素拼接成"互耗结构",也可称为"互惠结构",相反相成,互悖互生,完全融为一体,根本不存在可让萨赛担忧的一丝空间。

余秋雨以京剧《杨门女将》和滇剧《牛皋扯旨》为例详细分析了"互耗结构"的作用。

先看他对京剧《杨门女将》"互耗结构"的分析。京剧《杨门女将》一开始,天波府杨门大宅庆寿,喜气洋洋,但突然报知前线凶耗,大喜即成大悲,寿堂顿成灵堂。此后,杨门女将挺身而出,以柔韧之肩担起民族命运,满台豪壮。在不长的演出时间中,喜、悲、壮这三种情感体验急剧转换,但并不使人感到承受不了,观众的情感能够有效地被吸引过来并与剧融为一体。这是因为,几度转换都沿着同一路途:由喜转悲,以悲为主,使悲更悲;由悲生壮,仍不离悲,使壮动人。

再看他对滇剧《牛皋扯旨》"互耗结构"的分析。滇剧《牛皋扯旨》的情感转换非常之大,但观众不仅不感到喜怒无常之苦,反而在转换中把自己的情感越贴越紧。岳飞屈死之后,战友牛皋在宋廷和金兵的夹攻之中占山为王,结拜兄弟陆文亮上山来转呈朝廷要他抗金的圣旨。一开始,处于险境危地的牛皋听说有一个红袍官上山,凶吉难卜,舞台气氛可概之一字曰惊;后听寨门外呼唤接旨,牛皋即转而为怒;见到来者是结拜兄弟陆文亮,旋即变怒为喜;手足情怀,荒山重逢,牛皋自然要诉说岳飞被冤之事,喜已成怨;未想到结拜兄弟今天就是来做自己的怨恨对象朝廷的说客的,牛皋猛然醒悟,由怨至恼;陆文亮见圣旨被扯,路已断,懊丧间随口说到此来还拜访过岳家村,这竟使牛皋态度大变,吩咐端椅倒茶,迅捷转恼为恭;再听得陆文亮还带着岳夫人的书信,赶紧设香案供奉,自己迈着苍老的步子,由人搀扶着叩行礼,表现出无限之敬;待将书信读毕,牛皋决心听从劝说,身赴大义,出山抗金,此时满台情感复杂而丰盈,既悲且壮,观众无不为之动容。

短短一段戏,舞台上的情感流程竟是那样曲折多变,但观众完全跟得上。

7. 戏剧家与观众的情感共鸣

任何艺术家都不会全然无视观众的共鸣。情感共鸣一直是文艺心理学中的一个核心问题。余秋雨运用狄德罗的一个比喻,认为当剧发展到一定时候,戏剧家所拨动的艺术琴弦与观众的心弦以近似的频率一起颤动,这就是情感共鸣。

余秋雨认为,情感共鸣是作品中的情感与观众情感"互相趋近的必然结果",由于相互趋近的程度不同,就产生不同程度的情感共鸣。他引用斯坦尼斯拉夫斯基在《斯坦尼斯拉夫斯基论文讲演谈话书信集》"体验艺术"中对情感共鸣的形象描述:"观众被吸引进创作之后,已经不能平静地坐在那里了,而且演员已不再使他赏心悦目。此刻观众自己已沉浸在舞台,用情感和思想来参加创作了。到演出结束,他对自己的情感都认识不清了。"①

余秋雨认为清代戏剧家李渔的一段话触及产生情感共鸣的一个重要条件:戏剧感情的普通化和普遍化。"戏文作与读书人与不读书人同看,又与不读书之妇人小儿同看",因而无论什么艺术措置,都要"雅俗同欢,智愚共赏"。②

余秋雨认为,艺术家不可能随心所欲地引起观众的情感共鸣。它有一个积累或聚集的过程,即使已经引起的共鸣也会因为"失去了收纵的限度"而失去共鸣。他认为,当观众的情感被引起共鸣之后,"却没有挪出足够的时间和空间让它流转,它仍然没有存身之地,因此仍然无法存在。在这种情况下,也就没有产生情感共鸣的丝毫可能。"强迫观众共鸣只能获得适得其反的效果。"只有恭敬地敏感于这个巨大的情感实体的存在,它才有可能给舞台以共鸣。"③

(六)观众的理解和想象

余秋雨说:"观众的审美主动性,还明显地表现在理解和想象之中。""审美理解,是一种在感知的基础上探求审美对象内部联系的理性认识活动。"

1. 理解是艺术家与观众的相互要求与期待

在余秋雨看来,理解是艺术家与观众的相互要求与期待。一方面,理解是艺术家对观众的一种要求,一种期待,同时理解更是观众对艺术家的一种要求,一种期待。"理解是观众的义务,也是观众的权利。观众渴求着理解。"④可是,许多艺术家常常无视观众理解的渴求。处处怕观众不理解,结果反而剥夺了观众对理解的享受。他以曹禺为例,认为剧作家留给观众理解的空缺,很难用逻辑语言概括清楚,而只要把剧情背景弄明白,一般观众都能获得理解。没有创作经验的人总是不大珍视,也不大信任观众的理解,因而总是说得太多。反过来,也有一些戏剧家不考虑观众理解的可能性,不顾及戏剧作为流动性的时间性艺术在演出过程中观众理解的紧迫性,为观众设置了过多、过难的理解题,结

---

①② 余秋雨.观众心理学[M].武汉:长江文艺出版社,2013:182.

③ 同上:182.

④ 同上:186-188.

中国文艺心理学思想史

592

果成了审美的障碍。余秋雨认为,戏曲中过多的典故或诗以及唱词过于曲折等都会影响观众的理解;话剧中专业性太强的内容,历史剧中过度的历史学知识,侦探剧中难于理清的案情,史诗剧中超越中等程度观众的理解水平,现代哲理剧中使多数观众茫然不解的象征意蕴……这些,都会造成与观众审美的隔阂。戏剧家也能使观众养成思索的习惯。旧戏新演,在很大程度上也是要为观众提供新理解的可能。

以米霍埃尔斯对《李尔王》的重新理解为例,他认为,这出戏不是写女儿对父王忘恩负义的家庭悲剧,也不是揭露封建帝王轻率玩忽政权的政治悲剧,而是一出人生悲剧。他说,李尔王作为一个明智的政治家远没有昏聩到对三个女儿也忠奸不辨的地步。他颠倒黑白的分配办法是出于他对真诚和奸刁之间的界线的蔑视。封建社会顶峰的政治生涯使他漠视善恶真伪,但他不能容忍当面顶撞,哪怕他明知冲撞者的忠诚。(参见米霍埃尔斯《我创造李尔王形象的体会》)直到备受艰辛之后,他终于看到人和非人的区别:"我可找到了,找到了人,人是存在的"——于是他从一个被封建观念扭曲了的人,复归为人文主义者心目中的人。在莎士比亚的时代,能这样理解的人也许不多,这可能正是历史上许多天才作家终生寂寞的原因;而到现代,这样的理解可能更合莎士比亚的原意,也更合观众的心意,因此莎士比亚有了更多的知音。

2. 戏剧审美中理解的三个层次

余秋雨将戏剧审美中的理解分为三个层次:一为背景理解;二为表层理解;三为内层理解。

背景理解包括观众对作品中所表现的社会观念,所运用的历史知识的认知,也包括对作品中所采用的手法及技巧的领会。背景理解可以为整体审美提供方便,也可能成为整体审美的障碍。

真正值得注意的是观众的表层理解和内层理解。表层理解是对特定事物的认识。对戏剧来说,主要是用于对故事情节、人物行动、戏剧语言的理解。表层理解也要设法发挥观众的主动性,让他们时时作一些判断和概括。一个优秀的艺术作品,它的每一寸肌肤都应该是有吸引力的,即便是无关宏旨的地方也要对观众产生理解的诱惑。表层理解是理解的起点,为了完成理解的审美使命,不应该把起点堵塞。

余秋雨以湘剧《琵琶记》中一个细节为例:蔡伯喈上京赶考久未回归,饥寒交迫的蔡公、蔡婆互相扶持着遥望着大路,儿媳赵五娘借米回来,边劝慰边把二老搀扶回去,但就在二老不注意的当口,她自己也偷偷回过脸来向大路望了一眼。乍一看,她这一望,与她刚才劝慰二老不必再望的话语是正恰矛盾的,但观众一下子就理解了这一望的含义。她何尝不焦急呢,但她又不能不掩饰自己的焦急,因此,她必须望,又必须偷着望。这一小小的细节,当然属于表层理解的范围,但观众只有把此前的情节、赵五娘的性格以及她目前的处境全都概括在一起,"万虑一交",才会理解这一望,并在这么短促的理解中产生快慰。

深层理解是一般概括,是对事物的类化认识。对观众来说,摆脱了对剧情细节的依附,开始对剧作的普遍性旨趣作出思考,这便进入一般概括阶段。

对于内层理解,观众需要花费一定的心力。但是,这种心力呈现为"顿悟"式。李渔很反对那种"深思而后得其意之所在"(李渔《闲情偶寄》卷一)[1]的理解方法,因为这就违背了戏剧作为一门时间性、过程性的流动艺术的本性。内层理解,是对一层层自扰性因素的排除,是对各种思维离心力的摆脱,是在排除和摆脱之后遇到的当头棒喝。正因为如此,内层理解总带有很大的神秘性。

3. 想象的最基本任务是充实舞台形象

戏剧审美中理解以想象为枢纽。理解为想象指路,想象为理解鼓翼,一起飞向歌德所说的整片印象。观众整片印象的产生,就是对舞台形象的修补。心理学家们把这种想象称为再现性想象。

在戏剧审美中,想象的最基本任务是充实舞台形象。余秋雨引用让·保罗《美学入门》中的观点:"想象力能使一切片段的事物变为完全的整体,使缺陷的世界变为完满的世界;它能使一切事物都完整化,甚至也使无限的、无所不包的宇宙变得完整。"[2]

余秋雨赞赏歌德将想象看作观众最主要的内在感官的观点,认为莎士比亚完全诉诸人们内在感官,通过人们内在的感官幻想力,整个形象世界也就活跃起来,因此就产生了整片的印象。余秋雨对歌德的观点加以发挥道:"想象力的作用,是在观众脑海里造成整片的印象。整片印象一旦形成,反过来会使外在感官产生错觉(幻觉)。面对片段恰如面对全体,面对缺损恰如面对完满。"[3]

他以盖叫天戏曲表演为例:"青山、白云、乱石嵯峨的山峰和崎岖不平的山路,都要靠演员的身段给表现出来,让观众随同演员身历其境地一起生活在这幻景中。"(盖叫天《粉墨春秋》"戏曲表演艺术中的身段")[4]

① 余秋雨.观众心理学[M].武汉:长江文艺出版社,2013:200.
②③ 同上:201 - 202.
④ 同上:205.

想象中的景物也能比实际景物更加扩形，或者更加显微。梅兰芳在《贵妃醉酒》中把杨贵妃所赏之花的形、色、香，全都描摹得淋漓尽致。嗅觉、味觉、触觉，本不属剧场感知的范畴，但通过想象，它们却可补充和强化剧场感知。

和表演一样，戏曲舞台美术也特别强调观众的想象力在演出中所起的重大作用，它尽量用最少的东西，最大程度激发观众的想象力，使观众通过他们活跃的想象，参与到舞台生活中来，补充丰富台上的一切，承认台上的一切（焦菊隐《焦菊隐戏剧论文集》"略论话剧的民族形式和民族风格"）。

在焦菊隐看来，调动观众的想象是中国戏曲艺术的重大奥秘。不仅优秀的剧作家期待着观众的创造性想象，优秀的导演也有这种期待。他们甚至更迫切地希望能用一些创造性的艺术细节来激发观众的创造性想象。因此，余秋雨主张戏剧家要想方设法扩大观众想象的范围，一定要给公众想象的机会。

（七）如何克服观众的心理厌倦

1. 心理厌倦标志着观众审美选择的新期待

心理厌倦，说到底，也就是当代观众的隔膜。观众的这种厌倦，标志着他们在审美选择上产生了某种期待。观众的厌倦，曾把无数艺术家推入失败的深渊。

初登舞台必然经历的内心振奋，使他们的神经处于震荡与兴奋之中，因此他们不用特别费力就能充满激情。后来，在公众面前露面已习以为常，这固然解除了他们过于激动的心情，但也使他们降回到自己固有的平庸（弗朗斯瓦·约瑟夫·泰马《论演员的艺术》）。

剧坛新星的黯然失色，除了他们对观众的习以为常之外，更由于观众对他们的习以为常。在这个关口上，观众在演员身上寻找着更多的潜能，而演员则在观众身上寻找着再度的鼓励。结果，有的观众失望了，有的观众点头了，而这些信号又立即传递到演员身上。于是就构成了两种循环：互相激励是一种良性循环，竞相厌倦则是一种恶性循环。演剧艺术中最使人们丧气的，莫过于这种竞相厌倦的恶性循环了。

2. 抗拒心理厌倦的方法之一：输入对比性的心理程序

输入对比性的心理程序，来抵抗观众的心理厌倦，这不仅仅是剧作家的事情。当年法国著名作家雨果就认识到这一点。他在《莎士比亚论》中说："天才与凡人不同的一点，便是一切天才都具有双重的返光……在一切天才身上，这种双重返光的现象把修辞学家称为对称法的那种东西提升到最高境界。也就是说,成为从正反两个方面去观察一切事物的那种至高无上的才能。"①"越是逗乐的喜剧,越要演得严肃。"(阿·格拉特柯夫辑录《梅耶荷德谈话录》)②在莎士比亚的剧作中,有"明暗交织的光辉""喜剧在眼泪中发光,呜咽从笑声里产生"。"莎士比亚的对称,是一种普遍的对称;无时不有,无处不有;这是一种普遍存在的对照,生与死、冷与热、公正与偏倚、天使与魔鬼、天与地、花与雷电、音乐与和声、灵与肉、伟大与渺小、宽广与狭隘、浪花与涎沫、风暴与口哨、自我与非我、客观与主观、怪事与奇迹、典型与怪物、灵魂与阴影。正是以这种现存的不明显的冲突、这种永无止境的反复、这种永远存在的正反、这种最为基本的对照、这种永恒而普遍的矛盾,伦勃朗构成他的明暗、比拉奈斯构成他的曲线。"③(雨果《莎士比亚论》)盖叫天在《粉墨春秋·表演艺术纵横谈》中说:"一个善良的人,哪怕在自己最悲痛的时候,有时候也还要顾念别人,不仅不肯当着别人放声痛哭,而且还要强颜欢笑;可是这种笑,比哭更使人难过。演员要打心里演出来,效果是:角色在笑,观众却哭了。"④对比性的心理程序能解决的只是观众审美过程中的心理形式问题,并不能太多地兼及其间所沉积的内容。因此,有些能在剧场中给观众以较强的心理感受的戏,观看过后,仍在总体上感到厌倦;相反,有些心理程序比较单薄的戏却也能因内容新鲜而有力地吸引观众。

3. 抗拒心理厌倦方法之二:剧目轮转和片段式保留

世界各国的戏剧家都求助于以剧目轮转的方式来调节心理厌倦。在欧洲历史上真正能够久演不衰的戏剧也是寥寥可数的。据统计,1947年到1957年的10年间,莎士比亚36 979场次;席勒24 988场次;萧伯纳19 126场次;布莱希特17 901场次;莫里哀17 088场次。戏剧的保留必须克服心理厌倦,戏剧人是如何克服观众心理厌倦的呢?余秋雨认为,就是片段式保留。在长长一部戏中将某些可以构成一个独立的完整故事的剧目保留下来。演出一部完整的剧太耗费时间,很容易使人产生厌倦,可是只选取其中最典型、最精彩一段戏,观众不会觉得疲劳厌倦,或者说当观众还没达到厌倦的阈值时,表演已经完成。这是一个很好的方法。中国的折子戏就无形中有助于克服心理厌倦。余秋雨说:"中国传统戏曲有一种独特而又成功的片段性保留方式,那就是折子戏。折子戏选自名剧,维持了原剧的名声和技巧对观众的吸引力,又避免了原剧的冗长所必然引起的心理厌倦。"因此,折子戏,是戏剧家与观众进行巧妙的心理周

①②③　余秋雨.观众心理学[M].武汉:长江文艺出版社,2013:215-217.
④　同上:218.

旋的产物。

当然剧作家的名声对戏剧的保留或对克服观众的心理厌倦也有一定帮助。但名声也有两重性。它能够在一定程度上帮助人们克服厌倦心理，同时它也可能使那些喜新厌旧者的心理厌倦"成倍地加深"。

本章小结

在中国，戏剧最早叫戏曲。"戏曲"一词最早出现在元代刘埙的《水云村稿》卷四《词人吴用章传》。王国维认为，中国人所说的"戏曲"就是后人所说的"戏剧"。他在《宋元戏曲史》之四的"宋之乐曲"中说："后代之戏剧，必合言语、动作、歌唱，以演一故事，而后戏剧之意义始全。"他在《戏曲元考》中也说："戏曲者，谓以歌舞演故事也。"王国维准确地表述了戏剧这种独特的艺术形式具有高度综合性的特点，即是言语、动作、歌舞等表演手段的综合运用。

中国的戏剧起源于先秦时代的装扮表演，装扮表演来源于人类的模仿本能。《墨子·耕柱篇》对此有记载。《尚书·尧典》中的"予拊石击石，百兽率舞"，就是尧的乐官夔记录的先民披着兽皮或戴着兽头面具跳舞的场面。歌舞是最早具有戏剧因素的表演形式。

俳优是商周之际在宫廷中出现的一种专供贵族娱乐的滑稽表演的艺人。俳优、倡优、优伶都是宫廷艺人。他们有所分工，倡优、优伶专司器乐演奏和声乐歌唱，俳优的职能主要以滑稽言行逗笑取乐。

从汉代到唐代近千年的历史中出现中国戏剧的雏形——汉代百戏。在前2世纪的西汉之初，出现从装扮人物到表演故事的形式。汉武帝时期又从民间征集了一批杂戏到京都汇演。百戏，顾名思义就是种类杂多的艺术。汉代百戏经历魏晋六朝，一直绵延到唐代。在这一漫长的历史进程中，演员与观众队伍不断壮大，装扮人物、表演故事，出于审美娱乐的戏剧自觉意识越来越明确，民间与宫廷互相借鉴。到唐代已经出现融歌舞于戏剧之中的戏剧表演形式，作为综合艺术的戏剧雏形已经形成。

在十二三世纪，中国的南北方分别涌现出南戏和北杂剧这两种戏曲形式。它们无论在思想内容，还是在艺术表演形式上都脱离了中国早期戏剧那种稚嫩的痕迹，而趋于高度成熟。一般认为，它们是中国戏曲最早的成熟形式。

戏剧理论研究主要从元代以后开始，对戏剧心理思想的探讨也是如此。元代戏剧家纪君祥的《赵氏孤儿》与洪升的《长生殿》已经体现出悲剧意识。元代戏剧家王实甫《西厢记》在冲突制造与语言艺术方面成就巨大。在冲突制造方面，《西厢记》主要运用两条线索表现心理与行为冲突。一条是以老夫人为一方和以崔莺莺、张生、红娘为另一方的心理与行为冲突，也就是老年守旧派与青年叛逆派之间的心理与行为冲突，这是贯穿全剧的主线。另一线索是青年叛逆派内部因身份、教养或脾气秉性差异所产生的心理和行为冲突。两条线索时分时合，交错展开，曲折跌宕，波诡云谲，从而制造出强烈的戏剧效果。戏剧中的语言直接取材于人们的日常口语，经作者加工成为诗化的有韵律、有节奏、有美感的语言。这拉近了与观众的心理距离，使观众更乐于接受。

明代学者臧晋叔的戏曲二度创作论。一度创作是完成剧本。完成剧本只是戏剧创作中的一度创作，戏剧表演还需要二度创作，那就是将剧本付诸演出的过程，所以说戏剧是最难制作的艺术。臧晋叔对戏曲二度创作（即表演阶段）的难度进行了论述。他认为，戏剧在表演阶段有三难：一是情词稳称之难。一个演员要能悦人耳目，就要做到熟练运用经、史、子、集中语言与掌故，官话与俚语，做到雅俗共赏是很难的。二是关目紧凑之难。能做到紧扣主题，又符合人物性格来表达事件、刻画人物是一件很不容易的事情。三是音律谐和之难。创作过程就是克服这三难的过程。

明末清初李渔《闲情偶寄》中的戏剧心理思想包括：对戏剧道德规劝作用的观点；对悲剧题材的喜剧性结果的论述；李渔的戏剧创作构思论，在他看来构思、布局犹如"工师之建宅"，应谋划于先。李渔认为，戏剧构思要在五个方面下功夫：第一，确立结构的主线。用李渔的话说就是"立主脑"。凡结构都要有一条主线，就像中国古代园林的中轴线。第二，围绕主线安排情节。第三，承接周密。用李渔的话说就是"密针线"。情节紧凑，有照应、有埋伏，"无断续之痕""承上接下，血脉相连"，细针密线而无破绽，构成有机的艺术整体。第四，注重创新。用李渔的话说就是"脱窠臼"，也就是说，戏剧的创造要从构思过程体现出来，不能落入前人或他人的俗套。要有创意，要推陈出新。李渔主要借用误会、巧合编织风情趣剧。第五，切忌编造荒诞不经的故事。用李渔的话说就是"戒荒唐"，强调戏剧创作构思要有生活基础，不要脱离生活任意编造。

李玉在戏曲创作的心理动因上十分一致："歌呼笑骂，以寓显微阐幽之旨""著传奇以抒其愤"。意在说明，李玉的特殊身世遭遇是其戏剧创作的动力。

近代的戏剧心理。王国维《宋元戏曲史》中的戏剧心理思想包括：对戏剧的界定，认为"戏曲者，谓以歌舞演故事也"；提倡"始于悲者终于欢"的戏剧情节；对关汉卿《窦娥冤》"其最有悲剧性质者"的评价；对马致远《汉宫秋》情、景、事高度融合的评价,认为《汉宫秋》:"真所谓写情则沁人心脾,写景则在人耳目,述事则如其口出者。"梁启超认为,戏剧是最能动人感情的艺术。"故戏剧者,一有声色之小说也",正式打出"戏剧革命"的大旗。

现当代的戏剧心理思想。林语堂认为,戏剧能深入渗透到人们的心灵,戏剧能够增进人们的知识和想象力。中国的戏剧对中国老百姓历史知识、文化观念和礼仪的普及有很大贡献。朱光潜先生在其《文艺心理学》中对西方有关悲剧、喜剧的心理思想进行了很有价值的提炼。他认为,西方悲剧心理的观点主要有:幸灾乐祸说,这是古希腊柏拉图和法国批评家法格等人的观点。同情心说,这是博克的观点。消遣说,这是17世纪学者杜博斯的观点。幸福冲突说,这是德国诗人席勒的观点。理想冲突说,这是黑格尔的悲剧观。生存退让说,这是叔本华的悲剧观。苦闷意象说,这是尼采的悲剧观。欲望宣泄说,这是弗洛依伊德的悲剧观。

朱光潜认为,西方喜剧心理的观点主要有:幸灾乐祸说,灾祸如果是可笑的,就是喜剧;如果是可怕的,就是悲剧。鄙夷说,最早见于亚里士多德的《诗学》。生气的机械化说,来源于柏格森的观点。乖讹说或失望说,亚里士多德在其《修辞学》中即有所提及,康德、叔本华都持这种观点。精力过剩说,这是斯宾塞的观点。自由说,法国的彭约恩和英国的培恩、美国的杜威和克来恩的观点。游戏动力说,英国学者萨利、法国学者杜嘉和美国学者莎笛斯都属于游戏动力说观点的学者。心力节省说,这是弗洛伊德的观点。

余秋雨的《戏剧审美心理学》(又名《观众心理学》)是一部到目前为止最为系统地研究戏剧心理的专著。该书从观众心理入手,系统地研究戏剧家如何了解观众、适应观众、征服观众、提高观众等问题。该部著作系统研究了以下七方面戏剧审美的心理问题:(1)心理需要与观众接受的关系。人类一切艺术形式都对应着人们不同的审美需要;戏剧、电影、电视对应人综合性审美心理需要;观众的心理需要常常以审美定势的方式表现。(2)反馈:演员与观众双向心理交流与互动问题。剧场反馈在戏剧生存中具有不可替代性;反馈是演员与观众、台上与台下共同进入一种集体心理体验;舞台格局的不同会使观众产生不同的反馈效果;观众的审美可促进创作也可干扰和损害创作;"虚实相间"是演员与观众你进我退、互相弥补的反馈;演员与演员之间、观众与观众之间、创作群体与观众之间、剧作家与演员之间的互动与反馈都会影响到演出效果。(3)感知与观众接受的关系。剧场感知与日常生活中的感知;剧场感知是一种舒展状态的、浓缩性的感知;剧场感知是一种联动性感知;剧场感知是以心理经验为基准的感知;心理真实比客观真实更重要;戏剧力度的感知。(4)注意力与观众接受的关系。戏剧家毕生都要与观众的注意力周旋,注意要贯穿戏剧演出的始终,观看戏剧以无意注意为辅以有意注意为主等;特殊的舞台技巧可以唤起观众的注意;设置悬念是保持观众注意力的重要策略;节奏的调节也是保持观众注意力的重要策略;如何通过减少头绪、"留扣子""抖包袱"以及角色轮番进行中心表演等方式把观众注意力分配到主要目标上;叙事能力是艺术家对观众注意力的许诺和践约。(5)观众审美最终以情感感受状态呈现。剧作家在假定的情境中体验和创造;演员在剧作家规定的情境中体验和创造。演员含蓄的情感表达更受观众欢迎;高度意志化了的情感才能吸引观众;"误置"可以引起观众情感逆反效果;把不同的情感色素拼成"互耗结构"有助于吸引观众;戏剧家与观众的情感共鸣要通过积累实现,不能随心所欲。(6)观众的理解和想象。理解是艺术家与观众的相互要求与期待;戏剧审美中的理解分为背景理解、表层理解和内层理解三个层次;想象的最基本任务是充实舞台形象。(7)如何克服观众的心理厌倦。心理厌倦标志着观众审美选择出现了新期待,抗拒心理厌倦的方法有二:输入对比性的心理程序;剧目轮转和片段式保留。

第十一章

中国小说心理思想

古希腊哲学家、思想家柏拉图，为了实现他对哲人王的梦想，把诗人逐出了他的理想国。两千年后，捷克小说家米兰·昆德拉（Milan Kundera）在他的诗学王国中毫不犹豫地将思想加以放逐，将小说推向了一个至尊荣誉的席位，将其看成是欧洲现代文明的母体之一。他说："在我看来，现代纪元的奠基者不仅包括笛卡儿，还包括塞万提斯。""当黑格尔坚信自己已经掌握了宇宙历史的绝对精神之时，福楼拜却发现了愚昧。"在他的视界中，小说家是欧洲文明的主要塑造者，所以他还引用法国哲学家乔朗（Emile Michel Cioran）的话，把欧洲社会命名为"小说社会"，把欧洲人称为"小说的儿子"。① 在昆德拉的视界中，科学的兴起将人推入一条专门化训练的隧道，人越在知识方面有所进展，就越看不清自己，于是就进一步陷入海德格尔（Martin Heidegger）所说的"存在的遗忘"。人一旦被技术主义的幻想超越，存在就被遮蔽和遗忘了。在昆德拉看来，只有小说才能将存在廓清，才能克服对存在的遮蔽和遗忘。他认为，小说是对被遗忘的存在的勇敢探索，从而将生活世界置于不灭的光照之下。他认为理性和思维的批判品质一直伴随令人眩晕的简化过程——对存在的简化。②

昆德拉还说："小说家则不制造种种观念的重大问题，他是一个探索者，致力于揭示存在的某些尚不为人知的方面。他不醉心于他的声音，而是醉心于他正在寻找的形式，只有那些和他梦想的要求相符合的形式才能成为他作品的一部分。"福楼拜（Gustave Flaubert）是昆德拉最为推崇的 19 世纪的小说家之一，昆德拉十分欣赏福楼拜的一句话："小说家是一个力求消失在作品背后的人。"昆德拉道出了小说是一种文艺创作的独特形式，小说有其独特的价值。英语里的"小说"一词"fiction"，强调它是虚构的文学作品。巴尔扎克（Honoré de Balzac）说："小说是庄严的说谎。"③那么，这种具有独特价值的艺术形式在中国是怎样发展的呢？它有哪些心理学意义？

第一节　先秦小说论的文艺心理思想蕴含

在中国"小说"一词最早见于《庄子·外物篇》："饰小说以干县令，其于大达，亦远矣。"④还有荀子的一段话："故知者论道而已矣，小家珍说之所愿皆衰

---

① ②　朱文信.昆德拉与上帝的笑声[J].读书，2013(4)：15-20.
③　王蒙.奇葩的故事[J].读书，2015(6)：60-64.
④　王先谦，集解.庄子[M].方勇，校点.上海：上海古籍出版社，2013：326.

矣。"①无论是庄子所说的"小说"还是荀子所说的"小家珍说",都是指不能与"大道""大达"等相提并论的琐屑之言论。对此鲁迅曾有精彩的诠释。他认为,庄子所谓的"小说","案其实际,乃谓琐屑之言,非道术所在,与后来所谓小说者固不同"。② 也就是说,在先秦时代,人们是将论述"道""理"之外的那些琐屑之言统称为小说。可见,那时的"小说"一词与我们今天的小说根本就不是一回事。可是,先秦思想家毕竟为后人留下了"小说"这一理性的概念。

一、庄子的虚实观对后世小说艺术思维的影响

小说以及一切艺术创作都要解决的一个问题,就是写实与虚构的问题。在西方有所谓写实派和理想派之争。写实派注重"实",主张艺术要完全反映真实的客观世界;理想派强调"虚",即艺术不必顾及客观真实,完全可以通过想象和虚构来表达艺术家的思想。早在两千多年前,中国的庄子就开始探讨虚实问题。可以说,庄子是中国艺术虚实论的始创者,对后世的影响极大。庄子以自己超凡的想象力告诉人们,艺术创作要超越现实之实,而达乎无限之虚,即虚实结合。对于艺术创作而言,虚比实更根本、更原始。对于科学,实可能更重要,而对于艺术,虚则更不可少。只有实而没有虚的艺术,就等同于科学,就不能称之为艺术。根据我国哲学家张世英先生的观点,庄子的"虚",犹如海德格尔的"林中空隙",没有这空隙(虚),即使有阳光(实),也照不亮万物。《庄子·人世间》:"瞻彼阕者,虚室生白,吉祥止止。"又如《庄子·外物》:"室无虚空,则妇姑勃谿。"张世英认为,正是这个"虚"字,才产生了万千事物之和,之美,才产生了人的精神自由。"中国传统的审美观,在诗文、绘画、书法等方面都注重虚实结合,尤其是强调'虚'的首要意义,其源盖出于庄子。"③

二、《左传》《战国策》《史记》对人物特征化性格的刻画

特征化性格论是中国古代小说早期所持的一种性格理论。中国的小说最早是脱胎于历史文学——"史说同源、同体、同质",早期的文学是讲历史上真实

中国文艺心理学思想史

---

① 安继民.注译.荀子[M].郑州:中州古籍出版社,2006:371.
② 鲁迅.中国小说史略[M].上海:上海古籍出版社,1998:1.
③ 张世英.中西文化与自我[M].北京:人民出版社,2011:117.

的故事。因此，在刻画人物时，首先要关注的是人物的性格的真实性和性格的典型性，只有将人物的典型特征刻画出来才能给人留下深刻印象，同时也可以寄托作者对人物的褒贬。历史著作《左传》写了很多特征鲜明的人物：郑庄公野心勃勃、工于心计，既蔑视理法秩序又不能不服从传统规范；齐桓公善用人才、屡成霸业，又经不起女色和小人的诱惑；晋文公在 19 年的流亡经历中逐步练成目光远大、气量恢宏的性格。再有，人们为了从历史的"实录"中获得某些具有普遍意义的经验和教训，就需要对丰富的历史材料进行精选、提炼，有意突出历史人物的某些典型特征，从而揭示这些特征与人物命运以及功败垂成的关系。有时为了使某个历史人物特征得到凸显，作者会在一连串事件中反复刻画。从传说和历史故事衍化而成的《琐语》《逸周书》《战国策》就吸收和继承了这种人物性格刻画的方法。《逸周书》中《太子晋》篇，叙述晋平公先后派叔誉和师旷二人见太子晋的故事。先写叔誉见太子晋"五称而三穷，逡巡而退"的无能与退缩的狼狈形状；再写太子晋见师旷时的情景。太子说："吾年甚少，见子而慑，尽忘吾其度"的敬畏心情，接着详述两人交谈甚欢的情景，甚至穿插"师旷蹴其足曰：'善哉善哉'！王子曰：'太师何举足骤？'师旷曰：'天寒足跔，是以数也。'"一段戏言细节，最后师旷为晋观气色，晋自言"三年将上宾帝所""师旷归，未及三年告死者至。"这是一篇依据王子晋早夭史实和智者师旷传说而编撰的一篇创作，全文 1 200 余字。《左转》"郑伯克段与鄢"只有 700 余字，其中郑庄公的阴险、姜氏的偏狭及在一场生死权力斗争前后母子关系的戏剧性变化和人物性格都刻画得栩栩如生。

对人物性格特征的刻画在《史记》人物传记中得到高度发展。司马迁不愧是人物性格特征刻画的大师，他运用"互见法"，将突出人物特征与展示人物复杂性格完美地结合起来，真不愧为鲁迅评价的"史家之绝唱，无韵之离骚"。主要表现在：一、写出了人物性格的成长史，如《高祖本纪》《项羽本纪》《留侯世家》《淮阴侯列传》《李斯列传》等；二、突出人物的典型性格特征，如《魏公子列传》《李将军列传》《廉颇蔺相如列传》等；三、在群体人物传记中写出了人物性格的个体表现特征，如《酷吏列传》《刺客列传》《游侠列传》《滑稽列传》等。这些虽然只是停留在历史的纪实描述而非小说的形象塑造阶段，但却为后来的小说创作提供了经验原型和性格刻画的范式。①早期的文言小说，包括唐传奇大都依据这样的范式进行创作。小说家所持的范式，根据真如刘知几在《史通·采

---

① 刘上生.中国古代小说艺术史(修订本)[M].长沙：湖南师范大学出版社,1993：112.

撰》中所说"史文有阙""补其遗逸",当时的小说家多以历史记载和现实传说为主要题材,"得其兴废,谨按史书;夸此功名,总依故事"(罗烨《醉翁谈录》)。①

第二节　汉魏六朝小说论的文艺心理思想蕴含

汉魏六朝是一个漫长的历史时期,但这一时期对小说理论有所涉及的思想家却很少,值得称道的主要是桓谭(?—56)和《汉书》的作者班固(32—92)。二人是真正将小说定位于一派之尊的汉代思想家、文学家。他们已经使用了"小说家"的概念。桓谭的原话是:

> 小说家合残丛小语,近取譬论,以作短书,治身理家,有可观之辞。(《文选》卷31李善注引《新论》)②

中国的小说理论是一个由自发到自觉的过程。早期的小说理论主要探讨小说的地位问题,认为小说是与正统的经典著作不可同日而语的"小道"。先秦的孔子、庄子等也同时看到小说虽为"小道",为"街谈巷语、道听途说",为君子所不为,但它们具有一定的可观性,"或一言可采",有存在的必要性。汉代的桓谭和班固将小说列为诸子十家的最后一家,此时小说终于成了一家之言。

一、班固将小说看成民心、民情的反映

班固依刘歆《七略》将小说家正式列为诸子十家的第十家,即儒、墨、道、法、名、农、杂、纵横、阴阳、小说十家,并阐述了小说的功能:

> 小说家者流,盖出于稗官。街谈巷语、道听途说者之所造也。孔子曰:"虽小道,必有可观者焉,致远恐泥。是以君子弗为也。"然亦弗灭也。闾里小知者之所及,亦使缀而不忘。或一言可采,此亦刍荛狂夫之议也。(《汉书·艺文志》)③

① 刘上生.中国古代小说艺术史(修订本)[M].长沙:湖南师范大学出版社,1993:112.
② 同上:2.
③ 班固.汉书[M].杭州:浙江古籍出版社,2000:594.

从班固的这段话中，我们至少可以领会出这样几层意思：其一，小说家所表达的内容不是所谓圣人之言的大道理，只是"街谈巷语、道听途说"的内容，这些内容属于社会底层的现实，并不一定真实可信，但也并非完全虚构，有真实的成分，也有在传递过程中虚构的成分，是良莠相杂的。其二，按照孔子的观点，这些"街谈巷语、道听途说"虽然为"君子弗为也"，但却具有一定的"可观者焉"。其三，这些小说家的言论具有一定的生动性，往往使人"缀而不忘"，同时尽管是"街谈巷议、道听途说"的内容，其中也包含一定的道理，所谓"或一言可采"。

概括地说，桓谭和班固所说的"小说"有这样几个特征：内容是"街谈巷议、道听途说"；形式是残从小语集合而成的短书；具有某些认知和教化的功能。[①]班固无意识地意识到，小说是民心、民情、民众心理的反映。

中国古代的史家小说观就肇始于班固。从班固到纪昀一千六百余年所论及的都是"史家"小说观，这种小说观视小说为史学的补缺，故小说又称"稗官野史"或"稗史"。文言小说文体，主要是在史家小说观念的影响下发展起来的。它的早期形态包括具有文学因素的杂史、杂记，后发展为笔记体小说；它的成熟形态包括具有文学性质的由杂传发展起来的传奇体小说。由此可见，班固对中国小说理论的历史贡献。

中国古代小说的发展还有一个来源，那就是在民间伎艺的通俗语体基础上形成的，民间讲短故事的伎艺文体，包括三国时代就有的"俳优小说"，唐代的"市人小说""人间小说"，宋朝的"小说话本"。此时，"小说者，能讲一朝一代故事，顷刻间捏合"。这种民间伎艺的突出特点是叙事与虚构的成分明显。这种小说距离现代小说越来越接近。

二、《人物志》《世说新语》对人物性格多样性的关注

类型化性格论是三国魏晋南北朝时期出现的性格理论。笔者认为，中国古代小说对人物个体的理性认知是从类型化性格论开始的。三国时期魏国刘劭的《人物志》一书可以说是中国历史上第一部人物心理学专著，也是最早对人的才能、性格进行类型研究的专著。《人物志》将人的才能分为八种，将人的性格分为十二种。军事家诸葛亮也用分类法把将材分为九类，又按才能大小把将器分为六级。作为文学标志的《世说新语》是南北朝时期（420—581）一部记述东

---

① 刘上生. 中国古代小说艺术史（修订本）[M]. 长沙：湖南师范大学出版社，1993：2.

汉末年至东晋时期,豪门贵族和官僚士大夫言谈轶事的书。刘宋宗室临川王刘义庆(403—444)撰写,梁刘峻(字孝标)注,记述自汉末到刘宋时名士贵族的逸闻轶事、清谈玄言和机智应对的故事。《隋书·经籍志》将它列入小说。《世说新语》的一个重要标志就是按德行、学问、才干,特别是气质、性格将人分成三十六种类型。这是魏晋以来对"人"的自我认识水平所达到的一个理性高度。书中的许多标题都是按性格标定的:"雅量""方正""豪爽""任诞""简傲""忿狷""捷悟""巧艺""尤海"等。如《任诞》篇记载刘伶的性格是诞而狂:"纵酒放达,或脱衣裸形于屋中";阮籍的性格是诞而豪:"从邻家妇饮酒,阮醉,便眠妇侧";毕茂世的性格是诞而颓:"拍浮酒池中,便足了一生";王子猷的性格是诞而雅:雪夜访戴逵,乘兴而往,兴尽而返。上述这些人物都属于"任诞"这种性格类型,但同中有异;[1]同时,《世说新语》也关注到人物性格的多样性。比如,对王羲之轶事和性格的描写则分属在十七个类型中。总之,到三国、魏晋南北朝时期,文学家、小说家更注重对人物类型或类特征的描述和刻画。通过这种类特征的刻画,充分展示人物的正邪、善恶、忠奸、勇怯、贞淫、智愚等相形对立的格局:"说国贼怀奸从佞,遣愚夫等辈生嗔;说忠臣负屈衔冤,铁心肠也会下泪。"(《醉翁谈录》)[2]

第三节　唐宋传奇的"幻设"与"虚构"

唐代传奇的出现使小说创作步入自觉的时代。"假小说以寄笔端""著文章之美,传要妙之情",是唐传奇作者主体意识的基本内容。也正是到"传要妙之情"之时,小说理论才有了心理学的价值。真正将唐传奇看成小说的是北宋末南宋初的洪迈。在洪迈之前北宋初年的学者李昉曾将宋以前的小说变成一个总集《太平广记》,在《太平广记》中还将一些优秀的唐传奇列到"杂传记"中。在《新唐书·艺文志》"小说家"的类目中,也只将三篇唐传奇列到小说类中。唐传奇虽然是唐代人创立的文体,但真正将其认可为小说的则是北宋末南宋初年的洪迈。

唐人的小说有两种文体:一是传统的纪闻性质的杂记小说,即六朝志怪、轶事小说;二是新奇的传奇小说,即具有文学文体性质的杂传体小说。晚唐时

---

① 　胡应麟.撰.少室山房笔丛[M].上海:上海书店出版社,2001:424.
② 　李天华.世说新语新校[M].长沙:岳麓书社,2004:407-429.

期的裴铏将自己的小说集命名为《传奇》(约成书于 860—873 年间),正式从概念上与传统小说相区别。明代学者胡应麟说:"唐所谓'传奇'自是小说书名裴铏所撰。"[①]这是唐人创作意识更新的标志,可是唐人自己并没有意识到这一点,有大量的例证表明他们仍然将许多属于传奇小说的篇目列入史笔的范畴。直到北宋末年的赵令畤和南宋初年的洪迈才有所改变。这可谓"不识庐山真面目,只缘身在此山中"啊!

真正使小说从听(即记故事的实录纪闻)阶段转变为编(即写故事的"幻设")阶段是唐传奇的出现。尽管在先秦,庄子及一些策士也很会编故事,但可以作为一个时代的标志却是唐传奇的出现。就像明代学者胡应麟所说:"至唐人乃作意好奇,假小说以寄笔端。"[②]小说发展到唐传奇阶段,可以说中国小说开始进入了创作自觉的时代。尽管当时史家小说观或"稗史小说观"仍有相当强的势力,但大批庶族知识分子登上文坛,特别是以文才自负的科举士子们,带来了新的思想突破。[③]恰如沈既济《任氏传》所云,这些士子"揉变化之理,察神人之际,著文章之美,传要妙之情"。[④]这些庶族知识分子已不满足于对街谈巷议、道听途说的实录,他们要挣脱传统历史的羁绊,发挥自己的想象力和创造力。此后小说的虚构因素不断增加,虚构意识逐渐形成。虚构的心理成分就是想象。当然这种虚构成分或想象成分的增加也不是突然而至的,有一个发展过程。早在六朝后期,杂记体志怪小说对杂传体散文想象叙事经验的吸收和发展,为向传奇虚构叙事的飞跃准备了条件。传奇从体制上说,仍属于杂传体。鲁迅曾在《中国小说史略》中说:"传奇者流,源盖出于志怪。"[⑤]

唐传奇小说与从前小说的一个根本差别就在于它突破了事件原型的限制,想象与虚构成为小说创作的自觉意识。用鲁迅的话说就是"乃在是时则始有意为小说"(《中国小说史略》)。[⑥]

据刘上生先生《中国古代小说艺术史》的研究,唐传奇的艺术虚构方式主要有以下三种。

其一,对志怪题材的改造。唐传奇前期,大多数作品创作都是对志怪题材的改造。标志唐人"有意为小说"的第一篇完整的传奇文《补江总白猿传》就是在志怪小说的原型基础上创造出来的。这篇传奇文对汉魏以来猿猴盗女生子

---

① 刘上生.中国古代小说艺术史(修订本)[M].长沙:湖南师范大学出版社,1993:114.
② [明]胡应麟.撰.少室山房笔丛[M].上海:上海书店出版社,2001:371.
③④ 刘上生.中国古代小说艺术史(修订本)[M].长沙:湖南师范大学出版社,1993:47.
⑤⑥ 鲁迅.中国小说史略[M].上海:上海古籍出版社,1998:44.

的传说进行加工改造,倡导品行恶劣的人将遭到世人嘲谤的艺术创作观念,它明白无误地宣告唐人"作意好奇,假小说以寄笔端"的创作开始了。

其二,以现实题材为想象创造的原材料。以现实人物和事件为创作材料,这本身说明作家面向人生、参与现实的积极态度。一些作家甚至以自己的亲身经历或假托自己的经历为基础进行小说创造。此时想象的成分大大增加。作家们不拘泥于现实,当然就更不拘泥于历史,在现实的基础上,作家们努力"征奇话异",充分发挥想象力与创造力。士子和官员们常常相聚而"话"(说故事),或者举行以"话"为中心的宴游聚会,成为传奇创作的重要来源。所以,在唐传奇中,许多都是集体创作,是集体想象力和创造力的结晶。对此许多作家都有论述。如沈既济《任氏传》云:"昼宴夜话,各征其异说。"李公佐《庐江冯媪传》有:"宵话征异,各尽见闻……公佐之为传。"李公佐《古岳渎经》有"泊舟古岸,淹留佛寺,征异话奇。"[①]这些语言中都强调"征异话奇","异"与"奇"都是强调想象与创造。可见,在唐传奇创作中,想象与创造已经成为一种自觉的活动。甚至出现直接写梦的小说,如《南柯太守传》,其作者甚至将通过想象虚构的故事披上真实的外衣,将其说成煞有介事,在故事开篇前故意交代:"贞元十一年八月,自吴之洛,暂泊淮浦,偶觐淳于棼(小说主人公),询访遗迹,翻复再三,事皆摭实,辄编录成传。"[②]

其三,有意设幻,公然虚构。寓言的勃兴是唐传奇文幻设的产物。在先秦时代中断的寓言故事又接续下来。《枕中记》《南柯太守传》都是寓言小说的杰作,也是当时幻设之杰作。唐代著名思想家柳宗元,不仅创作了寓言体的杂文《三戒》《起废答》《衰溺文》等,还创作了《河间妇传》《李赤传》等。唐宋八大家的韩愈也曾创作《毛颖传》。当时著名诗人张继批评该小说"尚驳杂无实之说""有以累于令德"(《与韩愈书》)时,柳宗元引用《诗经》中的话说"善戏谑兮,不为虐兮"为韩愈辩护。[③]对此鲁迅先生在《中国小说史略》中有精彩的评价。他说:"其文虽与他传奇无甚异,而时时示人以出于造作,不求见信;盖李公佐李朝威辈,仅在显扬笔妙,故尚不肯言事状之虚。至僧儒乃并欲以构想之幻自见,因故示其诡设之迹矣。"[④]鲁迅所谓的"构想之幻"和"其诡设之迹"是极见真谛的见解,充分表明此时作家对想象、幻想在创作中的价值与作用的重视。

总之,中国的小说发展到唐代是一个分水岭。第一个给小说以崇高地位的

①②③④　刘上生.中国古代小说艺术史(修订本)[M].长沙:湖南师范大学出版社,1993:50-51.

是宋代的洪迈,他在《唐人说荟·凡例》中说:"唐人小说,小小事情,凄惋欲绝,洄有神遇而不自知者,与诗律可称一代之奇。"[①]他把历代学者视为"小道"的小说抬到与诗文并列的高度。

第四节 明清小说论的文艺心理思想蕴含

我们或许可以说,在唐代小说成熟之前,凡是那些不本经典的杂说的集合都称作"小说"。明代学者胡应麟(1551—1602),字元瑞,号少室山人,别号石羊生,兰溪县城北隅人,明朝著名学者、诗人和文艺批评家,在文献学、史学、诗学、小说及戏剧学方面都有突出成就。他在《少室山房笔丛》中评价班固所说的"小说"时说:"汉《艺文志》所谓小说……盖亦杂家者流,稍错以事耳。"翟灏在《通俗编》中对此有精辟见解:"凡杂说短记,不本经典者,概比小道,谓之小说。"[②]现代作家鲁迅在考察班固著录十五家时指出:"诸书大抵或托古人,或记古事,托人者似子而浅薄,记事者近史而悠缪者也。"[③]按鲁迅的理解,当时的所谓"小说"无非是记人与记事,但是他们的记人记事都没有传记那样的深度,因此显得"浅薄",也没有正史那样准确,常常含有许多"悠缪"。小说就是这些"浅薄"而"悠缪"的文字集合,但是这种"浅薄"而"悠缪"的文字在普通百姓那里又有一定的"可观"性,甚至还可以告诉人们某些生活的道理,于是就成了小说终于没有灭亡的原因。

胡应麟在《少室山房笔丛》中将小说分为志怪、传奇、杂录、丛谈、辨订、箴规六类,这大概是中国历史上第一次详细的分类。胡应麟分类的最大贡献是将真正有文学意义的"传奇"列入了小说之列。清代学者纪昀在《四库全书总目》中将小说划分为三类:一类是叙述杂事,如《西京杂记》《世说新语》等;二类是记录异闻,如《山海经》《搜神记》等;第三类是缀辑琐语,如《博物志》《述异记》等。从心理学角度分析,我们认为明清时期关于小说的观点,下列几个很有价值。

一、明清时期关于小说创作的"抒愤"论

"抒愤"论也称"泄愤"论,是以明代思想家李贽(初姓林,名载贽,后改姓李,

① 刘上生.中国古代小说艺术史(修订本)[M].长沙:湖南师范大学出版社,1993:40.
②③ 鲁迅.中国小说史略[M].上海:上海古籍出版社,1998:2-3.

名贽,字宏甫,号卓吾,别号温陵居士,明代官员、思想家、禅师、文学家,泰州学派的一代宗师)为开端。李贽将司马迁"发愤著书"的观念运用到小说评论。他在《忠义水浒传序》中说:"古之贤圣,不愤则不作矣。不愤而作,譬如不寒而颤,不病而呻吟也。虽作何观乎?《水浒传》者发愤之所作也。"在李贽看来,小说,至少《水浒传》是作者借助叙事对情绪加以表达的产物。李贽把他所持的"童心说"与小说评论结合起来,提高了小说的主体地位。① "童心说"是李贽的一篇散文,他在文中提出"童心"的文学观念。"童心"就是真心,"一念之本心",实际上只是表达个体的真实感受与真实愿望的"私心",是真心与真人得以成立的依据。李贽将认知的是非标准归结为童心。他认为,文学必须真实坦率地表露作者内心的情感和人生的欲望。

李贽之后,"泄愤"论成了小说创作的主导思想。如西阳野史《新刻续编三国志引》中就有:"今是书之编,不过欲泄愤一时,取决千载。"汤显祖《点校虞初志序》称:"窃谓兰陵笑笑生作《金瓶梅传》,寄意于时俗,盖有谓也。"张竹坡《竹坡闲话》:"《金瓶梅》,何为而有此书也哉?曰,此仁人志士孝悌,不得于时,上不能问诸天,下不能告诸人,悲愤呜咽,而作秽言以泄其愤也。"金圣叹在批《水浒传》第十八回回首中认为,作者泄愤之情往往通过创作的人物之口表现出来:"此回前半幅借阮氏口痛骂官吏,后半幅借林冲口痛骂秀才,其言愤激殊伤雅道,然怨毒著书,史迁不免,不稗官又奚责焉。"② 陈忱在《水浒后传论略》中也说道:"水浒愤书也……后传,为泄愤之书。"天花藏主人《合刻七才子书序》:"不得已而借乌有先生以发泄其黄粱事业……凡纸上之可喜可惊,皆胸中之欲歌欲哭。"蒲松龄在《聊斋自志》中也说道:"集腋为裘,妄续幽冥之录;浮白载笔,仅成孤愤之书。寄托如此,亦足悲矣。"《红楼梦》的作者曹雪芹又何尝不是如此呢?《红楼梦》原题《石头记》甲戌本题诗即是"字字看来皆是血,十年辛苦不寻常",曹雪芹不是发愤之所作吗?李百川《绿野仙踪自序》云:"人过三十,何事不有,逝者如斯,惟生者徒戚耳,苟不寻一少延残喘之路,与兴喧废食者何殊?……总缘蓬行异域,无可遣愁,乃作此呕吐生活耳。"③ "多情最是小说笔,枉为人间类千行!"怀才不遇是下层封建文人的普遍心理,小说作者一般遭际更为落魄。借小说创作以显示自己被压抑埋没的才能学识,也是他们"泄愤"的一项内容。现代作家的作品又何尝不是"泄愤"之作呢?鲁迅的小说不也是对国民"哀其不

---

① 刘上生.中国古代小说艺术史(修订本)[M].长沙:湖南师范大学出版社,1993:85.
②③ 同上:85-86.

幸,怒其不争"的作品吗? 他在《呐喊自序》中不是说"有谁从小康坠入困顿么,我以为在这途路中大概可以看见世人的真面目"。① 他的小说不就是他"看到世人真面目后"的愤懑之情的宣泄吗?

二、明清时期关于小说创作的"心闲"论

与"泄愤"论相反,在我国小说或文艺创作和欣赏史上还有一种"心闲"论,②认为艺术或小说的创造需要作家有良好的心境,尤其需要有闲情逸致。明代著名点评家金圣叹就推测施耐庵创作《水浒》的心境是"只是饱暖无事,又值心闲,不免伸纸弄笔,寻个题目,写出自家许多锦心口"(《读第五才子书法》),在《西厢记读法二十二》中又猜想王实甫创作《西厢记》"无非佳日闲窗,妙腕良笔,忽然无端如风荡云"。这两段话表明,金圣叹主张文学或小说以及戏剧创作都需要作者有闲心,也就是有一个悠闲良好的心境。一句话,在金圣叹看来,"心闲"是文学艺术家进行创作的最佳心境。

按照哲学家叔本华和心理学家考夫卡的解释,心闲、宁静能使人产生更多的幻想,而作家、艺术家创作最需要的就是这些幻想。叔本华说:"吾人发现幻想之强正,与吾人感觉之未受外界刺激成比例。长时期之僻静,如在监狱或在病室中,静寂、朦胧、幽暗,诸如是等,皆能引起幻想。"③考夫卡曾从心理场的角度这样解释,"设想你闲坐在山麓下或海滩上晒太阳。在这个时候,万籁无声,心旷神怡。你无所事事,你的环境也好像一件软绵绵的外衣包围着你,这时,你的场(按:心理场)是纯一的,你的心意是单纯的,你和你的场合而为一了,不动作,不紧张"。④

三、明清时期关于小说创作虚实问题的探讨

"实"与"虚"的问题,也就是小说创作中的"真实"与"想象"的问题,并不是那么轻而易举就能解决的。这个问题即使在今天仍然存在争论。在明代,随着

---

① 朱德发,韩之友.选注.鲁迅选集·杂文卷[M].济南:山东文艺出版社,1990:46.
② 尹绪熙,肖卓平.金圣叹的文艺创作心理学思想初探[J].心理学报,1989(3):261-265.
③ Arthur Schopenhauer,T. B. Saunders(Trans.).悲观论集[M].萧赣重,译.上海:商务印书馆,1934:63.
④ 考夫卡.格式塔心理学原理[M].傅统先,译.北京:商务印书馆,1936:47.

历史演义和传奇小说的涌现,这种争论又以稗史小说和文学小说对立的形式表现出来。务实派认为小说要"事纪其实,亦庶近乎史"(庸愚子《三国志通俗演义序》,弘治七年,即1494年),还有"羽翼信史而不违"(修髯子《三国志通俗演义引》,嘉靖元年,即1522年)。务虚派则认为,小说为"野史之余意","史书小说有不同"(熊大木《新刊大宋演义中兴英烈传序》,嘉靖三十一年,即1552年),"虚实不必深辨,要自可喜"(天都外臣《水浒传叙》,万历十七年,即1589年)。明代的王圻(1530—1615,字元翰,号洪洲,上海人,祖籍江桥,时属青浦县)、胡应麟(1551—1602)、谢肇淛(1567—1624,字在杭,号武林、小草斋主人,晚号山水劳人)、李日华(生卒年及生平事迹无考,约生活于正德、嘉靖前后,明代戏曲、散曲作家,字实甫,江苏吴县人,以剧作《南西厢记》闻名)都是虚实论的代表。如何处理和对待"实"与"虚"的问题是小说创作中的一个实质性问题,也是一个创作心理的实质性问题。"实"是指真实,"虚"是虚构,需要想象和幻想。在小说创作史上,在小说的早期主要是纪实,因为最初的小说或小说家还深受儒家历史意识的传统观念影响,那时的小说虽然是以"街谈巷语、道听途说"为内容,但尽量符合街谈巷议和道听途说的实际情况,虚构的成分较少。从两汉到六朝的小说大抵都是如此。

这期间最有代表性的是明代的胡应麟和与其同时代的王圻。胡应麟将唐传奇概括为"纪述多虚""尽幻设语""假小说以寄笔端"。王圻明万历三十五年(1607年)在《稗史汇编》中就对通俗小说创作提出著名的"惟虚故活"的著名论点,将虚构想象提到小说创作前所未有的高度。此后这一思想得到许多作家、点评家的继承和发展。李日华在《广谐史序》中提出"虚者实之,实者虚之"的小说创作原则,认为:"实者虚之故不系,虚者实之故不脱。不脱不系,生机灵趣泼泼然。"冯梦龙《警世通言序》中云:"人不必有其事,事不必丽其人……事真而理不膺,即事膺而理亦真。"袁于令《隋史遗文序》说:"传信者贵真……传奇者贵幻。"金圣叹(1608—1661)《读第五才子书法》云:《史记》是以文运事,《水浒》是因文生事。"一个"运事"与一个"生事"将历史与小说的不同表达得淋漓尽致。金丰在《新镌精忠演义说本岳王全传序》中发挥了李日华的观点,认为:"从来创说者不宜尽出于虚,而不必尽由于实……实者虚之,虚者实之,娓娓乎有令人听之而忘倦矣。"直到曹雪芹《红楼梦》问世,提出并实践了"将真事隐去,用假语村言"的创作原则,终于将古代小说创造提到一个前所未有的高度,即小说创作是在真实生活的基础上完成的想象虚构。① 艺术家,具体说是小说家,是在想象

① 刘上生.中国古代小说史(修订本)[M].长沙:湖南师范大学出版社,1993:90-92.

中再现生活真实。对此,我国现代作家鲁迅表达得最为精辟。他说:"所写的事迹,大抵有一点见过或听到过的缘由,但决不会用这事实,只是采取一端,加以改造,或生发开去,到足以几乎完全发表我的意思为止。人物的模特儿也一样,没有专用过一个人,往往嘴在浙江,脸在北京,衣服在山西,是一个拼凑起来的脚色。"①

清代学者刘廷玑《在园杂志》明确区分史家小说观和文学小说观的差异。他说:"小说之名虽同,而古今之别,则相去天渊。"这反映的是来自统治阶级上层以诗文为正统的雅文化和下层社会以小说戏剧为代表的俗文化的对立。这造成了中国古代小说两种文体递代和并存的丰富、复杂的特殊的文化景观。

四、明清时期关于小说人物性格刻画的理论与实践

小说一定要有人物和人物群体以及人物与人物之间的关系,有人物必有性格,人物的语言、行为、活动都必然带有性格的色彩。弗洛伊德将众多人物的塑造看成是创作者通过自我观察而将他的自我分裂为许多部分自我的倾向。他说:"通常心理小说的特性无疑在于现代作家通过自我观察而将他的自我分裂为许多部分自我的倾向,结果就将他自己精神生活的冲突趋势表现在几个主角身上。"②在中国,对小说创作中的人物性格进行关注和评论以明代著名点评家金圣叹为代表。小说艺术的中心是人物艺术,而人物艺术又主要体现在人物形象与人物性格上。关于人物形象,我们在"虚实论"中已有涉及,现主要对人物性格的刻画作些论述。对于人物性格,恩格斯早有精彩论断。他认为,人物性格不仅表现在人物做什么,而且表现在他怎样做。在英语中"性格"(character)一词源于希腊语,意思是特点、特色、记号、标记。在现实生活中,性格既被用于标志事物的特性,也被用于标志人物的特性。心理学界一般把性格定义为:表现在人对现实的态度以及与之相适应的、习惯化的行为方式方面的个性心理特征。在小说中就是人物对现实的态度以及与之适应的、习惯化的行为方式。中国的小说对性格的刻画早已有之,但关于性格的论述是由明代著名点评家金圣叹真正提出的。

金圣叹在对中国古典小说《水浒传》的阅读中体会出,小说最吸引人的地方

① 朱德发,韩之友.选注.鲁迅选集·杂文卷[M].济南:山东文艺出版社,1990:312.
② 西格蒙德·弗洛伊德.论文学与艺术[M].常宏,等,译.北京:国际文化出版公司,2001:105.

是作品中的人物具有鲜明的性格，因此他将人物性格创作置于小说审美特性的中心地位。这从他对《水浒传》的点评中可见一斑。他在《读第五才子书法》中说："别一部书，看过一遍即休。独有《水浒传》只是看不厌。无非他把一百八个人性格都写出来。"①这比黑格尔"性格就是理想艺术的真正中心"②这句名言要早近两百年。

人物的个性或性格是怎样表现的呢？金圣叹的论述远比黑格尔具有心理学意义。他在《水浒传·序三》中说："《水浒》所叙，叙一百八人，人有其性情，人有其气质，人有其形状，人有其声口。"③人物的个性如何体现或如何加以表现呢？金圣叹给出的答案非常具体，也非常具有心理学价值：那就是通过人物性情、气质、形状（外貌）和言语加以表现的，也就是说，无论对于创作者，还是对于欣赏者都可以通过这四个方面对人物的个性或性格加以把握，创作者可以通过这四个方面的描写创作出鲜明生动的人物性格，欣赏者也可以通过这四个方面的鉴赏准确把握人物的性格特点，从而更深刻地理解人物。

那么怎样才能刻画出具有鲜明性格特征的人物形象呢？金圣叹认为：一要生活积累；二要设身处地地亲身体验。他特别强调心理体验。用他自己的话来说，就是"亲动心"和"现身说法"。④

所谓"亲动心"，金圣叹在《水浒传》第五十五回回首总评中集中加以阐发。他说：

> 非淫妇定不知淫妇，非偷儿定不知偷儿也。谓耐庵非淫妇，非偷儿者，此自未临文之耐庵耳。夫当其未也，则岂惟耐庵非淫妇，即彼淫妇也非淫妇；岂惟耐庵非偷儿，即彼偷儿亦实非偷儿。经曰：不见可欲，其心不乱。群天下之族，莫非王者之民也。若夫动心而为淫妇，既动心而为偷儿，则岂惟淫妇、偷儿而已。惟耐庵三寸之笔，一幅纸之间，实亲动心而为淫妇，亲动心而为偷儿。⑤

所谓"现身说法"，金圣叹在《水传浒》第二十二回回首总评中引用赵松雪画马的故事说：

①③⑤　严缉熙，肖卓平.金圣叹的文艺创作心理学思想初探[J].心理学报，1989(3)：261 - 265.
②　黑格尔.美学(第1卷)[M].朱光潜，译.北京：商务印书馆，1996：300.

传闻赵松雪好画马,晚更入妙,每欲构思,便于密室解衣踞地,先学为马,然后命笔。一日管夫人来,见赵宛然马也。今耐庵为此文,想亦复解衣踞地,作一扑、一掀、一剪之势耶?①

在《西厢记·赖简》的批语中,金圣叹分析剧作家何以能逼真贴切地展现出崔莺莺复杂的心理活动及心理流程,何以能活灵活现地描绘出人物的行为动作,金圣叹说:

非作者笔墨之精致而已,正即观世音菩萨所云,应以闺中女儿身得度者,即现闺中女儿身而说法。盖作者提笔临纸之时,真遂现身于双文闺中也。②

"亲动心"和"现身说法",其实质就是作者在构思时就要对人物进行心理体验,"动心"为笔下的人物,"现身"于人物的情境中。创作者此时所用的不是逻辑推理的思维方式,而是直觉的思维方式,将自己移情于所描写的对象,所描写的人物与景物,与所要描写的对象或人物融为一体,达到物我不分、人我不分,这样才能真切地体验到所要描写人物的心灵。这就像美国著名文艺批评家克罗齐所说的,我要描写但丁,我就是但丁了。这样才能真切地体验到所要描写人物的心灵,了解他们行动的心理根据,并设身处地地以他们的眼睛去观察,去思考,去行动,与笔下所创造的人物感同身受。这时,笔下的人物成了自我,想象中的现实代替了真实的现实。③

在这一过程中,创作者既需要投入高度的想象,也需要投入强烈的情感,还要有生活经验的投入,才能产生切合实际的体验。李博说:"诗人、小说家、剧作家、音乐家甚至雕刻家和画家都能感受到自己所创造的情感和欲望与所创造的人物完全融合为一,这是一个众所周知的事实,几乎也是一条规律了。"④高尔基更明确地指出:"科学工作者研究公羊,用不着想象自己也是一头公羊,但文学家则不然;他虽慷慨,却必须想象自己是个吝啬鬼,他虽毫无私心,却必须觉得自己是个贪婪的守财奴;他虽意志薄弱,但却必须令人信服地描写出一个意

①②③　严缉熙,肖卓平.金圣叹的文艺创作心理学思想初探[J].心理学报,1989(3):261 -265.
①　外国理论家、作家论形象思维[M].北京:中国社会科学出版社,1979:186.

志坚强的人。"①列宾在绘制《伏尔加纤夫》这幅名画时，他觉得自己似乎也是那群纤夫中的一员，心情十分沉重，在炎热的夏天拉着沉重的驳船，受着灼人的酷热和疲劳的折磨，纤绳紧紧地"咬"着胸脯，"磨出血"的双脚陷入滚烫的沙土里。也就是说，"亲动心"和"现身说法"是文学艺术家全身心投入的过程，是想象、情感、生理反应合而为一的过程，是创作者走进描述或表达对象的过程。一个艺术家只有真正走进所描述或所表达的对象，成为描述对象或所刻画的人物，"动心"为作品中的人物，才能真正把握所描写人物的性格、真切地体验他们的心灵，以及他们在不同场合的视听言动。这样就能做到"说一人，肖一人"，绝不是千人一面，而是一人千面。金圣叹在评点作品时就毫不留情地指出作品违反人物性格、人物心理的写法。金圣叹虽然非常赞赏《水浒传》对人物性格的刻画，但是也毫不留情地指出，有些地方仍然存在人物性格刻画上的败笔。如"浔阳楼宋江吟反诗"，金圣叹就认为"写宋江心事，令人不可解。既不知其冤仇为谁，又不知其何故乃在浔阳江也"。在他看来，宋江在浔阳楼吟反诗，缺乏心理、行为依据，因而有不真实之嫌。他甚至"亲动心""设身处地"进行再创作。②《水浒传》第五十八回写鲁智深只身到华州城刺杀贺太守，不成，反被太守抓住审问。贺太守居主动进攻地位，居高临下地喝骂审问鲁智深，而鲁智深则被动应付，消极辩解，毫无怒气。金圣叹批评这段文字是"奄奄欲死的文字，乌焉成马令人可恨"。第五十八回眉批"无理可笑"，同上回夹批。究其原因就是违反了鲁智深的性格逻辑。于是，金圣叹"亲动心"进行修改。先把太守的勘问，改为智深的大怒。尔后，又写智深向太守提出释放史进，交还玉娇枝和要他辞官不干三个条件，警告他"若依得此三事，便是佛眼相看，若道半个不的，不要懊悔不迭"。金圣叹认为，只有这样才能符合鲁智深蔑视贪官权贵的胆识，显示他天不怕地不怕的性格特征。金圣叹的批评是正确的，他的改写也是高明的。在《西厢记·听琴》中，原作写了"得空，我便欲来"等句，金圣叹批道："直写作欲私奔然。恶，是何言也。"而他自己修改后则说："当时若是身作双文，自然必为此文，自然必为此言。"③金圣叹的批注告诉我们，不仅文艺创作需要"亲动心"，需要"现身说法"，就是文艺欣赏也同样不能缺少"亲动心"和"现身说法"。

中国古典小说发展到明嘉靖、万历年前后出现一个分水岭，那就是出现从

① 高尔基.论文学[M].北京：人民文学出版社，1979：317.
②③ 尹绪熙，肖卓平.金圣叹的文艺创作心理学思想初探[J].心理学报，1989(3)：261-265.

特征化、类型化性格论向个性化性格论转变的趋势。而且人物的"性格"一词也是由明代点评大家金圣叹首先使用。这一分水岭在小说创作上的标志就是《三国演义》和《水浒传》(百回繁本)。前者代表特征化、类型化的高峰,后者是个性化的典型。在《水浒传》之前的小说,包括《三国演义》,在人物性格的刻画方面无论是特征化性格论还是类型化性格论都有这样两个明显特点:性格单一;性格结构稳定。

其一,性格单一。所谓性格单一是指人物性格的元素单纯,没有内在冲突。刚烈者自刚烈、大胆者自大胆、畏葸者自畏葸。小说只展示人物性格的某一个侧面。这种单一性格的优点就是容易使人物形象突出,而且容易通过性格的矛盾展开情节,激化冲突,产生令人感奋的艺术效果。这是小说艺术初期形象魅力的主要来源。[①] 比如,唐传奇《任氏传》中任氏的性格——美艳钟情;《柳毅》中龙女的性格——感恩戴德;《霍小玉传》中霍小玉的性格——痴心沉痛;《莺莺传》中莺莺的性格——持重深婉;《步飞烟传》中步飞烟的性格——勇敢刚烈。宋元话本中,《闹樊楼多情周胜仙》中周胜仙的性格——真率执拗;《快嘴李翠莲记》中李翠莲的性格——伶俐尖刻。

这种性格的单一性在《三国演义》中也得到体现。毛宗岗(1632—1709,字序始,号子庵,生于明崇祯五年,中国清初文学批评家)评《三国演义》时提出的"三绝"说最恰当地说明这种性格的单一性。他说曹操是"奸绝",为"古今奸雄第一奇人";关羽是"义绝",为"古今勇将第一奇人";孔明是"智绝",为"古今贤相第一奇人"。

其二,性格结构稳定。单一性格同时也是稳定的性格。其特点是同一性格在不同的情境中反复表现。人物性格在第一次出场时就已经定格,以后无论情境如何变化都不会改变,所以有学者将其称为"单一的丰富"或"丰富的单一"。比如,《三国演义》中曹操的"奸雄"性格不会因环境的改变而改变,一直稳定地贯穿始终。同样,关羽的"忠义"、孔明的"智慧"也是从开篇到最后一以贯之,始终如一。所不同的是,在《三国演义》中,作者已经能够通过细节或情节冲突展示人物性格:曹操与刘备,一以暴,一以仁;曹操与孔明,一以奸,一以忠;曹操与关羽,一以利,一以义;曹操与吕布,一以谲,一以愎,等等。由此也可看出,在《三国演义》中,人物性格以单一性为主,但也开始兼顾到性格的复杂性,这一方面是历史人物本身具有复杂性,另一方面也是作家自觉从单一向复杂描写过

619

---

① 刘上生. 中国古代小说艺术史(修订本)[M]. 长沙:湖南师范大学出版社,1993:121.

渡。比如,上文说到曹操的性格就是以奸雄性格为主,同时也兼顾到他英雄性格的一面。

但是到了《水浒传》的写作,或可以说中国古代小说是以《水浒传》为标志,人物刻画越来越具有个性化的特征。在《水浒传》百回本出现后不久,托名李贽,实际是叶昼的评价:"《水浒传》文字妙绝千古,全在同而不同处有辨。如鲁智深、李逵、武松、阮小七、石秀、呼延灼、刘唐等众人,都是急性的。"然而作者对其形容刻画却"各有派头,各有光景,各有家数,各有身份,一毫不差,半些不混,读去自有分辨,不必见其姓名一睹事实,就知某人某人也"(《第三回回末总评》)。① 尤其值得关注的是,点评大家金圣叹在《读第五才子书法》中点评《水浒传》时第一次使用"性格"一词:"别一部书,看过一遍即休。独有《水浒传》,只是看不厌,无非为他把一百八人性格都写出来。""《水浒传》一百八人性格,真是一百八样。若别一部书,任他写一千个人,也只是一样,便只写得两个人,也只是一样。"② 小说对人物性格的刻画到明代出现的明显的个性化倾向,在《西游记》中也得到反映。这从明代的睡乡居士的评价中也可见一斑。他在《二刻拍案惊奇序》中说:"《西游》一记,怪诞不经,读者皆知其谬。然据其所载,师弟四人,各一性情,各一动止,试摘其一言一事,遂使暗中摸索,亦知其出自何人,则正以幻中有真,乃为传神阿堵。"③

与特征化性格和类型化性格比较,个性化性格有这样四个明显的标志:性格的复合性;性格成长的过程性;心理与行为的非线性动态同一;一人多面的性格特性。

其一,性格的复合性。性格的复合性是指性格的丰富性和复杂性,也就是人物的性格不只是单一的,而是多个侧面和多个层次组成,是多侧面、多层次的统一体。《水浒传》中的李逵与《三国演义》中的张飞比较,二人都是粗莽型性格的人物,但张飞的粗莽,主要表现在刚烈急躁,他鞭督邮、挞曹豹、古城会,直到最后因挞范疆、张达而遇害,都是同一种性格在类似情境中的反复呈现。而李逵的性格则要丰满得多。他不只是粗鲁、莽撞,他还直率、纯朴、真诚甚至单纯,即真率。如果说,粗莽是他言行方式的特征,真率则是其情感表现的特征。粗莽是头脑简单,不善思考,缺乏理性修养,真率则表现出内心单纯,不加掩饰,充满真诚淳厚;粗莽更多地显示出对环境的厌恶和愤恨,真率则更多地流露出内

①②③　严绯熙,肖卓平.金圣叹的文艺创作心理学思想初探[J].心理学报,1989(3):261-265.

心的同情和挚爱，李逵探母和他对谎称为养老母而拦路抢劫的"假李逵"的原谅与资助就是生动表现；粗莽表现着李逵不顾一切的勇猛，真率则表现着誓死靡它的忠诚，李逵喝了宋江给他的药酒，追随他的大哥做了义士忠臣。

《西游记》则以另外一种方式来塑造人物性格的复合性。在《西游记》中，每个人的性格都是单一的，但是作者通过群体互补的方式实现了人物性格的复合性。在每个人物身上也都有正反两个方面的简单复合。孙悟空是理想英雄的化身，同时也存在浮躁、恶作剧等缺点；猪八戒则是有理想追求，又经常动摇，喜欢夸口，有贪欲和种种私心杂念的人物；唐僧是一个对理想执着、心地慈善、意志坚定，不为任何诱惑和威胁所动去实现自己既定理想的人，同时又是一个不辨是非、容易被假象迷惑，甚至有时作出"对敌慈悲对友刁"的典型；沙僧则是能力平常，但忠于职守的人。《西游记》中的这几个主要人物都以肯定和否定二元对立的简单性格和喜剧形象，通过互补方式实现人物性格的集体复合性。鲁迅在《我怎样做起小说来》中非常形象地谈到自己是如何组合性格的。他说：

> 所写的事迹，大抵有一点见过或听到过的缘由，但决不全用这事实，只是采取一端，加以改造，或生发开去，到足以几乎完全发表我的意思为止。人物的模特儿也一样，没有专用过一个人，往往嘴在浙江，脸在北京，衣服在山西，是一个拼凑起来的脚色。[1]

其二，性格成长的过程性。《三国演义》与《水浒传》《西游记》的一个重要区别就是它们都是写"英雄"，前者在一开始就将人物性格特征确定下来，并一以贯之到最后，因此它缺少对人物性格成长历史和环境的交代，因此显得简单，缺少变化；《水浒传》的不同如金圣叹所指出："乃开书未写一百八人，而先写高俅者……乱自上作也。"这是一个大的社会环境，也是每个梁山好汉生存的共同背景。不仅如此，《水浒传》的作者施耐庵在写每一位"英雄"时，还具体交代了他（或她）的出身、地位、遭遇（尤其是目睹和经历社会不平的遭遇）、社会关系等。最典型、最精彩之一的妙文就是林冲被"逼上梁山"的过程。林冲怎样遭受高俅父子连续不断的迫害，他又如何忍气吞声、委曲求全，最后不得已铤而走险上了梁山。梁山泊一百零八位"英雄"（"天罡地煞"星）各自都有不同的成长历史、成长环境，他们最终的性格不是一开篇或人物一露面就固化好的，而是在不同的

---

① 朱德发，韩之友，选注.鲁迅选集·杂文卷[M].济南：山东文艺出版社，1990：312.

境遇中逐渐成长起来的。这种写法同时影响到作者的构思心理、情节的安排，而且也深刻影响到读者的阅读与欣赏心理。这种人物性格的刻画也导致作品情节起伏跌宕，引人入胜。

其三，心理与行为的非线性动态同一。人物的性格是通过人物内心的活动和外在的行为表现以及他的语言风格表现出来的。这三者是可以同一的。这种同一有两种情况：一种是简单的静态同一。所谓简单的静态同一就是"英雄"就应该是雄壮高大、仪表堂堂，用现在流行的语言就是"帅呆了"，他们从外在相貌、行为举止到内心独白都应当高度一致，甚至与众不同。《西游记》中的人物刻画就属于这种简单的静态的形神同一。而《水浒传》则不同，对此点评家金圣叹有一段非常精彩的评价。他说：《水浒》中"人有其性情，人有其气质，人有其形状，人有其声口"(《水浒传》序三)这里所说的"性情""气质"是个体的内在本质("神")，而"形状""声口"则是性格的外在表现("形")。① 我们认为，《水浒传》在刻画人物性格方面的最大突破之一就是性格的内在本质和性格的外在表现的非线性动态同一，也就是"形与神"的非线性动态同一。宋江并不是高、大、全式的形象，而是面黑身矮，刘唐之鬓搭朱砂，杨志面皮青记，张顺一身白肉等。他们的相貌与他们的性格并不直接发生关系，而恰恰相反，正是这些特殊的、富有标记性的相貌，使他们的个性更加鲜明、生动，活灵活现。这就是性格的内在本质和性格的外在表现或形与神的非线性同一。这就像法国著名作家雨果《巴黎圣母院》中的卡西莫多，他外形极其丑陋、地位低下，可是他的心灵却是最善良、最纯真的，他丑陋的外貌更加衬托出他心灵的美丽。这种非线性同一还包括富有个性化的语言配合。如写宋江第一次见李逵时的情景：戴宗"引着一个黑凛凛大汉上楼来，宋江看见，吃了一惊"。对此金圣叹批到"黑凛凛三字，不惟画出李逵形状，兼画出李逵顾盼，李逵性格，李逵心地来"。金圣叹说，《水浒》写鲁智深打人"文中皆用只一掌，只一脚，写鲁达阔绰，打人亦打得阔绰"(第二回金批)。金圣叹在《读第五才子书法》中，对《水浒传》中人物的个性化语言作了这样的评价："一样人，便还他一样的说话。"他还说，"是鲁达语，他人说不出"，"(阮)小七语，天然不从小二小五口中也"，"如此妙语，自非李大哥(指李逵——引者注)，谁能道之"。② 现代作家鲁迅在《花边文学·看书琐记》中也指出：《水浒》和《红楼梦》的有些地方，是能使读者由说话看出人来。"③ 再有《水

① 刘上生.中国古代小说艺术史(修订本)[M].长沙：湖南师范大学出版社，1993：140.
② 同上：140-141.
③ 朱德发，韩之友，选注.鲁迅选集·杂文卷[M].济南：山东文艺出版社，1990：430.

浒传》中人物的绰号对人物的性格刻画也起到画龙点睛的作用，如霹雳火、黑旋风、小李广、赤发鬼、青面兽、浪里白条、病关索等都是形象、气质和能力的表征。这种非线性动态同一，还表现在人物的性格在不同情境中会有不同表现。用金圣叹的评价是，《水浒传》是"写极骇人之事，却用尽极近人之笔"（第二十二回金批）。① 鲁迅曾在《中国小说的历史的变迁》中对《红楼梦》人物性格描写作过这样的评价："于说到《红楼梦》的价值，可是在中国的小说中实在是不可多得的。其要点在敢于如实描写，并无讳饰，和从前的小说叙好人完全是好，坏人完全是坏的，大不相同，所以其中所叙的人物，都是真的人物。总之自有《红楼梦》以后，传统的思想和写法都打破了。——它那文章的旖旎和缠绵，倒是还在其次的事。"②

其四，一人多面的性格特性。人们对性格的认识以及作家们对性格刻画的深度和丰富程度是有鲜明时代特征的，特别是与每一个时代对人的觉醒程度密切相关。在中国古代历史上有三次对"人"的觉醒。第一次是先秦时代对"人"的觉醒，完成了人与自然的理性分离。比如，将人看成是天地间的"三才"之一。第二次是魏晋时代对"人"的觉醒，完成了对人精神本体的确认并区分了群体与个体的关系。对人的"自我"有了更深刻的认识，出现一大批具有"魏晋风度""越名教而任自然"的知识分子和自觉描写人物性格特征的《世说新语》一类的小说。第三次对"人"的觉醒开始于晚明时期，是以肯定个体对群体的分离，肯定个体需要，包括物质欲望和精神自由的合理性。在文艺理论界也出现了一些著名的点评大家。金圣叹就是其中最著名者之一。"性格"这一概念就是他第一个引进到小说评价中来的。他还明确地指出，性格塑造是小说艺术成败的关键。他说："《水浒传》文字妙绝千古，全在同而不同处有辨"（容与堂本第三回批）。"别一部书，看过一遍即休，独有《水浒传》，只是看不厌，无非为他把一百八个人性格都写出来。"（《读第五才子书法》）张竹坡在点评《金瓶梅》时也说道："从一个人的心中讨出一个人的情理。"（《金瓶梅读法》）③

《红楼梦》第二十三回，宝玉推荐《会真记》给黛玉看。黛玉"从头看去，越看越爱"。因为黛玉"但觉词句警人，余香满口"。宝玉跟她开玩笑说："我就是个'多愁多病身'，你就是那'倾国倾城貌'。"黛玉听了满脸通红，带怒道："你这该死的……把这些淫词艳曲弄了来，说这些混帐话，欺负我。我告诉舅舅舅母

① 刘上生. 中国古代小说艺术史（修订本）[M]. 长沙：湖南师范大学出版社，1993：142.
② 同上：146.
③ 同上：145.

去。"弄得贾宝玉连连向她道歉。对于《会真记》，黛玉真实的内心感受是"词句警人，余香满口"，但口头上的评价却是"淫词艳曲"，由此可以看出林黛玉性格的多面性。因为黛玉在宝玉面前要表现出贵族小姐的矜持、羞涩、文雅的一面，而将自己与崔莺莺感情共鸣的真实的一面埋葬在心灵深处。这在性格上就出现表现自我和真实自我的矛盾，而这也正是一人多面性格特征的表现。

中国的古典小说从传奇题材向世情题材的转变是在16—17世纪，其代表作是《金瓶梅》（成书于16世纪）和《三言》《二拍》（成书于17世纪）。所谓世情小说就是展示："朝野之政务，官私之晋接，闺闱之媟语，市里之猥谈，与夫势交利合之态，心输背笑之局，桑中濮上之期，尊罍枕席之语，驵侩之机械意智，粉黛之自媚争妍，狎客之从谀逢迎，奴怡之稽唇淬语，穷极境象，骋意快心。"（谢肇淛《金瓶梅跋》）"极摹人情世态之歧，备写悲欢离合之致。"（《今古奇观序》）①随着题材的变化，作家将探索的触角不断深入到他们非常熟悉的普通人的生活和心灵世界，因而使人物性格的刻画更加细致和深化。细节写实和心理写实成为这一时期的主要手段。出现西门庆、潘金莲、杜十娘、玉堂春等世情小说和戏剧的典型形象。也出现除上述《金瓶梅》和《三言》《二拍》外，如《好逑传》《金云翘传》和长篇世情小说《醒世姻缘传》以及"用传奇手法，而以志怪"的蒲松龄的一代奇书《聊斋志异》等塑造了众多人物性格的作品。

当然，将人物性格塑造推向古典小说最高峰的还是成书于18世纪的曹雪芹的《红楼梦》。据夏志清《中国古典小说导论》评价："就写世态的现实主义水平和写心理的深刻而言，（《红楼梦》）堪与西方传统最伟大的小说相比美的作品。"②曹雪芹曾对人物性格刻画中"千篇一律""千人一面"的现象十分鄙视，从《金瓶梅》到《红楼梦》，在人物性格的刻画上一个重要特点就是，让一个人物具有多种社会角色，在错综复杂的环境中展现人物的多个侧面。也就是说，作家已经直接或间接地意识到人物的个性是由多个侧面构成的，在不同的环境中展示不同的侧面。用"一人多面"或"一人千面"来概括这个时代的个性化人物性格是非常合适的。在《水浒传》中仅仅是一个通奸、谋杀的凶手西门庆，在《金瓶梅》中则成了从破落财主到恶霸、淫棍、富商、官僚、丈夫、情夫、父亲的人物。一人多面的性格特征是由人物在错综复杂的社会环境中担任多种角色决定的。以《红楼梦》中的王熙凤为例，她承担着多种角色：首先，她是贾府最高统治者

① 刘上生.中国古代小说艺术史（修订本）[M].长沙：湖南师范大学出版社，1993：147.
② 同上：146.

史太君的宠孙媳妇,京营节度使王子腾的侄女,贾政夫人、王氏和皇商寡妇薛姨妈的侄女;第二,她是四大家族"联络有亲"的体现者,又是四大家族内部矛盾纠葛的焦点;她也是荣国府实际的掌权者和女管家;她也是贾政正妻王夫人和赵姨娘矛盾斗争的焦点;她也是淫荡成性的贾琏的嫡妻,她还是"金陵十二钗"中居于大观园之外的唯一的成年女性,是宝玉、黛玉、薛宝钗等同辈的姐妹和嫂子;她还是残害尤二姐的罪魁祸首。在这些众多的角色和环境中,她的性格的多面性得到充分的展示:聪明、能干、贪欲、野心、善于玩弄权术、见风使舵、两面派,等等。她被贾琏的小厮兴儿评价为"心里歹毒,口里尖快""嘴甜心苦,两面三刀,上头一脸笑,脚下使绊子,明是一盆火,暗是一把刀"(第六十五回),是典型的坏女人。可是在秦可卿的眼里,她可是个"连那些束带顶冠的男子也不能过你"的"脂粉队里的英雄"(第十三回)。事实上,王熙凤的性格是多面性的。她既是权势炙手可热、威风凛凛的贾府统治者、贾琏家庭中的"母夜叉",又是必须接受从老祖宗、公婆到丈夫的伦理统治的年轻媳妇,这种双重社会地位就使这位"自幼假充男儿教养"、聪明能干的贵族女性的性格包含着智慧、贪欲和防卫等多重心理机制,由此组成了王熙凤一人多面的性格结构。① 当然这种一人多面的性格结构又是一种整体动态融合的结构。正如黑格尔在《美学》第一卷中所说:"如果一个人不是这样整一的,他的复杂性格的种种不同的方面就会是一盘散沙,毫无意义。"②

　　总之,到乾隆时期,除《红楼梦》外,《儒林外史》《歧路灯》《绿野仙踪》等都成为人物刻画高峰的标志。到这一阶段,人物的性格已经不能简单地用"好坏""正邪"来定性了。就像金圣叹评宋江这个人物:"骤读之而全好,再读之而好劣相半,又再读之而好不胜劣,又卒读之而全劣无好矣。"(第三十五回批)③人物的性格随着情节和环境的变化而变化,只有总观全书才能把握宋江性格的各个侧面。在《红楼梦》中,曹雪芹借贾雨村之口评价贾宝玉的性格是:"正不容邪,邪复妒正,两不相下"的"正邪两赋"同时存在的一种复杂模糊的性格特征。"男女偶秉此气而生者,在上则不能成仁人君子,下亦不能为大凶大恶。"(第二回)曹雪芹的合作者脂砚斋在庚辰本第十九回批中评价贾宝玉性格特征时也说:"听其囫囵不解之语,察其幽微感触之心,审其痴妄委婉之意,皆今古未见之人,亦是未见之文字。说不得贤,说不得愚,说不得不肖,说不得善,说不得恶,说不

---

①　刘上生. 中国古代小说艺术史(修订本)[M]. 长沙:湖南师范大学出版社,1993:148.

②　同上:153.

③　同上:150.

得正大光明,说不得混帐恶赖,说不得聪明才俊,说不得庸俗平凡,说不得好色好淫,说不得情痴情种,恰恰只有一颦儿可对,令他人徒加评论,总未摸着他二人是何等脱胎,何等骨肉。""恶则无往不恶,美则无往不美。"①

中国古典小说的性格论是由性格特征论到性格类型论再到性格个性论发展,也是由缄默性格论或内隐性格论向外显性格论发展,再是从单一性格论到组合性格论或复杂性格论的静态性格论向动态性格论发展。这是中国小说性格理论发展的三条基本脉络和线索。

总之,中国古典小说这株潜滋暗长的野花在没有人可以培植的情况下,却慢慢繁衍生长,到后来竟然成了一个百花园。色彩品种在繁衍的过程中也越来越繁复,越来越令人眼花缭乱了,发展到后来竟然成了主流文艺。如果按品种分类竟有八种之多:(1)狭义小说,如《水浒传》;(2)神怪小说,如《西游记》;(3)历史小说,如《三国演义》;(4)爱情小说,如《红楼梦》;(5)淫秽小说,如《金瓶梅》;(6)社会讽刺小说,如《如林外史》《聊斋志异》等;(7)理想小说,《镜花缘》《浮生六记》;(8)社会现实小说,《二十年目睹之怪现象》《官场现形记》等。这些小说对中国人的心理世界产生了重要影响,对中国人的传统文化观、历史观、世界观、人生观的形成具有不可估量的历史作用与价值。

第五节　近现代小说论的文艺心理思想蕴含

小说这种文体,到明清时代已经成为文学作品的主流,到近代,小说更是获得前所未有的地位,此时由于国外小说与白话小说的兴起,小说已经具有"文学之最上乘"的地位,与此相应,小说理论也得到进一步发展。下面仅选取梁启超、鲁迅、潘光旦等几位名家有关文艺心理思想的观点进行探讨。

一、梁启超的"新小说"论及其文艺心理思想

真正认识到小说具有开发民智,改变"天下之人心风俗"的还是近代改良主义提出"小说界革命"之后,最早是梁启超(1873—1929,字卓如,一字任甫,号任公,又号饮冰室主人)1902 年发表的《论小说与群治之关系》一文。1897 年,严复、严曾佑认为小说在教化"天下人心风俗"方面的作用在经史之上,并认为"欧

---

① 刘上生.中国古代小说艺术史(修订本)[M].长沙:湖南师范大学出版社,1993:152.

美东瀛,其开化之时,往往得小说之助"。1898 年,梁启超作《译印政治小说序》,其中引用康有为的话说:"仅识字之人,有不读经者,无有不读小说者。故六经不能教,当以小说教之;正史不能入,当以小说入之。"梁启超在 1902 年发表的长篇论文《论小说与群治之关系》中,不仅全面论述小说的艺术特征,还得出"小说乃文学之最上乘"的结论。从文艺心理学的角度说,最有价值的是他对小说影响人心的"熏、浸、刺、提"四种力进行阐释,并疾呼:"故今日欲改良群治,必自小说界革命始;欲新民,必自新小说始。"①梁启超还对阅读与欣赏小说提出了自己的理论见解。他说:"凡读小说者,必常若自化其身焉,入于书中,而为其书之主人翁。读《野叟曝言》者,必自拟文素臣。读《石头记》者,必自拟贾宝玉。读《花月痕》者,必自拟韩荷生若韦痴珠。读'梁山泊'者,必自拟黑旋风若花和尚。虽读者自辩其无是心焉,吾不信也。夫既化其身以入书中矣,则当其读此书时,此身已非我有,截然去此界以入于彼界……文字移人,至此而极。"②梁启超所说的"自化其身,入于书中"就是文艺欣赏的移情与心理距离问题。对此,在文艺理论界是有争论的。有的学者认为,只有阅读者、欣赏者将自己的情感投入到欣赏对象之中,感同身受,才能进入深度的欣赏状态。也有学者认为,这种"自化其身,入于书中"的情感会因距离过近而停留在功利层面。但无论如何,梁启超的观点都不失为一家之言。

新小说之新主要新在:小说获得了前所未有的地位,它已经不是当年的"小道",而是"文学之最上乘""具有不可思议之力",在观念上彻底更新,促使我国近代文学与传统文学范畴分离。标志以审美形式为基本特征的纯文学(小说)观念取代了以实用功能为基本标准的杂文学(小说)观念。从此中国有了独立发展的小说观念,为中国小说融入世界创造了条件。1902 年,梁启超在《中国唯一之文学报新小说》发刊词中,首引"泰西论文学必以小说首屈一指",完全抛弃了视小说为"稗史"的传统观念。1904 年,国学大师王国维在《红楼梦评论》中,第一次运用西方美学思想评论小说,称"美术中以诗歌、戏剧、小说为其顶点"。1910 年,管达如在《论小说》中明确指出:"文学者,美术之一种也,小说者,又文学之一种也。"还有学者说:"小说者,殆合理想美学、感情美学而居其最上乘者。"(徐念慈《小说林缘起》)小说的美学价值得到前所未有的肯定。③

在实现从传统文学观念向近代文学观念转变的基础上,中国小说和域外小

①③　刘上生.中国古代小说艺术史(修订本)[M].长沙:湖南师范大学出版社,1993:98.
②　　伍蠡甫,胡经之.西方文艺理论名著选编(下卷)[M].北京:北京大学出版社,1987:627.

说的比较与沟通也逐渐提上日程,一个假国外小说之长补中国小说之短的浪潮开始席卷中国大地。

新小说在社会地位、审美观念、创作内容和方法等方面都有新的面貌,但从文艺心理学的视角来说,最引人注目的是对心理描写的发展。尽管古典小说中也有心理描写,但未成为风气,也未成为小说家的自觉。在新小说时代,这种对心理的描写已成为小说家们的一种自觉行为,突出表现在第一人称的心理自白,将心理自白与性格刻画结合起来,代表作是苏曼殊的《断鸿零雁记》和周树人(鲁迅)的《怀旧》。《断鸿零雁记》是自传体小说,以哀感顽艳之情打动人心。《怀旧》以儿童之眼观察世态人情,视角和感受独特。长篇小说《老残游记》续集遗稿中有第三人称人物对话,亦有长篇心理自白描写。当然在中国古典小说中,第三人称叙述人对人物的心理剖析在红楼梦中达到一个高峰,但在新小说中得到进一步发展。特别是新小说后期的写情小说中,在质和量两个方面都取得前所未有的进步。

二、鲁迅的白话小说论及其文艺心理思想

鲁迅(1881—1936,原名周樟寿,后改名周树人,字豫山,后改豫才)在《我怎么做起小说来》中说:"当我留心文学的时候,情形和现在很不同:在中国,小说不算文学,做小说的也决不能称为文学家,所以并没有人想在这一条路上出世。我也并没有要将小说抬进'文苑'里的意思,不过想利用他的力量,来改良社会。"[①]林语堂先生也说,中国的小说,最初如"路边的野花,只能对孤独的路人投以一瞥,以期取悦"。[②] 它是潜滋暗长起来的,它没有期待回报的愿望。所以,它的创作更多取决于创作者的心灵冲动,与利害的关系其少,没有人想通过这条路成名成家,为官为相,因为为官为相要走科举之路。鲁迅在《中国小说史略》中也曾专列"以小说为庋学问文章之具"一节,并列举《野叟曝言》(夏敬渠)、《禅史》(屠绅)、《镜花缘》诸书为例加以说明。

中国的白话小说在鲁迅手里开始,在鲁迅手里成熟。鲁迅不仅将小说"抬进"了"文苑",而且让其成为改良社会的重要工具。

中国的小说理论主要是在通俗小说创作实践基础上产生的,但是对于小说

---

① 朱德发,韩之友,选注.鲁迅选集·杂文卷[M].济南:山东文艺出版社,1990:311.
② 林语堂.中国人(全译本)[M].上海:学林出版社,1994:266.

的理论探讨,在鲁迅的《中国小说史略》之前,可以说没有系统的理论专著。中国的小说理论主要以序跋、点评等方式存在。

(一) 早期记忆是创作小说的由来

弗洛伊德认为,作家的创作,首先源于对现实的强烈体验,这种体验诱发了作家早期的记忆,创作是为了满足记忆中没有得到满足的愿望。他的原话是这样说的:"我们应该期待:一种强烈的现实体验唤起了作家对先前体验的记忆(通常属于童年期),从这个记忆中产生了一个在作品中获得满足的愿望。作品自身展示为最近的诱发场合和旧时的记忆两种因素。"①

弗洛伊德将创作心理解释为新旧两种记忆,新的记忆诱发旧的记忆,特别是童年记忆的结果。这种观点似乎可以解释鲁迅先生对《呐喊》的创作。鲁迅先生在他第一本小说集《呐喊》的自叙中曾说:

> 我在年轻的时候也曾经做过许多梦,后来大半忘却了,但自己也并不以为可惜。所谓回忆者,虽说可以使人欢欣,有时也不免使人寂寞,使精神的思绪还牵着已逝去的寂寞的时光,又有什么意味呢,而我偏苦于不能全忘却,这不能全忘却的一部分,到现在便成了《呐喊》的由来。②

弗洛伊德不是一个作家,他一生没有创作过文艺作品,当然,我们也不能要求他非创作文学作品不可。他是从他创立的精神分析心理学的立场来分析作家的创作。没想到远在中国的鲁迅以其自己的创作体验为弗洛伊德的理论作出了生动诠释。对于《阿Q正传》的创作,鲁迅也说过"阿Q的影像,在我的心目中似乎确已有好几年,但我一向毫无写他出来的意思",是因为受到《晨报副刊》编辑孙伏园的邀请才开始写作。表面上看,鲁迅创作《阿Q正传》似乎只涉及旧有记忆,与现实的触动和诱发无关,鲁迅本人也没有直接谈到现实触发的问题,可是从《阿Q正传》发表之后的反应来看,显然鲁迅是受到现实的触发,对现实强烈的感受唤起了他已经在心目中存在几年的阿Q。因为当《阿Q正传》一段一段陆续发表的时候,"有许多人都栗栗危惧",疑心是骂自己。"等到他打听出来《阿Q正传》的作者名姓的时候,他才知道他和作者素不相识,因此

---

①　西格蒙德·弗洛伊德.论文学与艺术[M].常宏,等,译.北京:国际文化出版公司,2001:106.

②　朱德发,韩之友,选注.鲁迅选集·杂文卷[M].济南:山东文艺出版社,1990:46.

才恍然大悟,又逢人声明说不是骂他。"①试想,如果鲁迅对现实没有强烈深刻的体验,他旧有(早年)记忆中的阿Q无论如何也不会获得如此大的社会反响。

(二) 小说创作的心理资源准备

任何艺术创作都需要心理上的准备,所谓心理准备就是创作心理资源的积累,因为创作往往是创作者依据当前需要利用已有的心理资源通过艺术情节和形象表达创作者思想和感情的过程。小说创作尤其如此,但是很少有作家论及自己创作的心理资源的准备。鲁迅先生在谈及他的小说创作时曾说过,他开始写小说,"大约所仰仗的全在先前看过的百来篇外国作品和一点医学上的知识,此外的准备,一点也没有"(《南腔北调集·我怎么做起小说来》)。② 鲁迅还曾在《鲁迅书信集》中对青年作者说过:"如要创作,第一须观察,第二是要看别人的作品。""中国作家的新作,实在稀薄得很,多看并没有好处,其病根:一是对事物不太注意,二是还因为没有好遗产。对于后一层,可见翻译之不可缓。""不可专看一个人的作品,以防被他束缚住,必须博采众家,取其所长,这才后来能够成立。""留心各样的事情,多看看,不看到一点就写。""模特儿不用一个一定的人,看得多了,凑合起来的。""看外国的短篇小说,几乎全是东欧及北欧的作品,也看日本的作品。"③鲁迅在《且介亭杂文末编·〈出关〉的"关"》论及中国画家画人物时往往是"静观默察,烂熟于心,然后凝神结想,一挥而就"。④

(三) 虚构与现实相映成趣

鲁迅认为,历史文学历来可以分为两类:一类是"博考文献,言必有据";另一类是"只取一点因由,随意点染,铺成一篇"。鲁迅在1922年至1935年陆续写成的历史小说集《故事新编》就属于后者,所以自问世以来一直因其艺术表现的"先锋性"而受到文学界的极大关注。虽然《故事新编》中的许多人物和主要事件有严格的历史记载和依据,这样做的好处是可以避免信马由缰式的"演义"所导致的"世无信史""过于诞妄"的弊端,但如果"事事考之正史""事事太实,则过于平庸",其结果就会使历史小说限于呆板,迹近史著,灵动飞扬的艺术想象和概括现实的哲思精神无法显现。《故事新编》"打破了古今界限森然有序的传统经典范式,创造的古今杂糅杂陈、幻象与现实相映成趣的艺术路数,历史在这里已经变成一种镜像,许许多多的生活现实都可以在这里找到现实乃至未来的

① 朱德发,韩之友,选注.鲁迅选集·杂文卷[M].济南:山东文艺出版社,1990:143.
② 同上:312.
③ 鲁迅.鲁迅杂文全集[M].郑州:河南人民出版社,1997:376-377.
④ 同上:754.

规约、借鉴和暗喻。这就使历史与现实变成密不可分的统一体",①达到艺术"比历史更真实"②的效果。比如,在古代传说中,后羿是一个曾经射落九日、拯民于水火的英雄,而鲁迅在《奔月》中则顺理成章地将后羿写成一个末路英雄。射日的时代已经成为昨日黄花,现在当年的射日英雄只能将强弓利箭对准月亮,"这一瞬息,使人仿佛想见他当年射日的雄姿"。当年连射九日的英雄,现在连射月都不成了,无奈之下只好奔月,拯世成了弃世。在鲁迅的《奔月》中,"羿作为古代英雄的精神终于被世俗性社会所消解,表现出某种人生的错位"。③鲁迅作为现代最痛苦的灵魂,他也品尝过像羿一样的孤独感,也看清了英雄在对世俗反抗中的无可奈何。《奔月》通过神话故事的"再叙述",将历史与现实融合为一体,使人们从后羿的英雄末路的历史印痕中感受到"五四"运动后中国的现实和作者的心态。④《故事新编》这种跨越时空、古今杂陈、虚实结合的特点,曾经引起许多学者对其问题的争议:有人认为,这本小说集是现实主义和浪漫主义高度结合的产物,特别是浪漫主义的艺术想象为作者在古与今的精神漫游中插上翅膀;有人则认为这是表现主义的作品;还有人认为,这是"寓言式的小说",象征意义上的"寓言性"是它的主要特点。⑤

总之,将"虚"——想象的观念植入小说创作,不仅使小说摆脱历史与现实的局限性,而且产生了一系列的艺术心理效果。第一,使小说艺术个性多样化。每一个作者都可以根据自己的生活阅历独自发挥自己的想象力,创造出个性化的作品来,想象的介入为小说创作者提供了广阔的创造空间。第二,贵虚即重视小说创作中的想象虚构成分也为小说的表现功能——"泄愤"与再现功能——"求真"有机结合找到有效途径。第三,出现通俗小说与文言小说全面繁荣的局面。这种局面在明末清初形成了一次创作高潮。对于虚构——想象在小说及艺术创作中的价值,19世纪奥地利著名精神分析心理学创始人弗洛伊德站在精神分析的立场用愿望满足论和"白日梦"论回答了这一问题。

弗洛伊德乐于用"白日梦"解释作家的创作,他认为,作家的创作不是什么神秘的事情,而是一种复杂的心理活动。其复杂性在于许多作家虽然已经创作很多优秀的文学作品,可是他们自己也说不清自己创作过程中的心理活动。作家们都有很优美的文字表达能力,可是他们对自己如何取材,如何利用所选取的素材使读者产生强烈深刻的印象,如何激发读者的想象与情感,常常也说不

---

①③④⑤　姜振昌.《故事新编》与中国新历史小说[J].新华文摘,2001(8):101-106.
②　　　余秋雨.艺术创造论[M].上海:上海教育出版社,2003:18.

清楚。关于创作过程的心理活动,对于作家自己来说,也常常是一种"日用而不知"的"缄默知识"。弗洛伊德从精神分析的视角发现了这一点。

> 我们这些门外汉总是急切地想要知道——正如那位向阿里奥斯托提出类似问题的红衣主教一样——不可思议的作家从什么源头提取创作素材,他如何用这些素材使我们产生了如此强烈的印象,在我们心中激起我们自己根本无法想象的情感。如果我们问作家本人,他也给不出令人满意的解释,这个事实只会使我们的兴趣愈发高涨。[①]

大概就是这种"愈发高涨"的兴趣,引发了弗洛伊德对作家创作心理过程的分析与思考。也正因为如此,弗洛伊德发现了将自己的精神分析理论运用到文学创作心理研究中来的机会。"白日梦"就是文学与艺术创作的重要观点之一。

按照弗洛伊德的观点,一切的创造活动,自然也包括作家、文艺家的创作活动,都源自童年时期的玩耍和游戏。"孩子构造出属于他自己的世界,或者更进一步,他以自己高兴的崭新方式重新安置他的世界中的事物……"弗洛伊德认为,这种处于玩耍和游戏中的孩子以"类似于作家的方式行动"。[②] 他进一步说道:

> 作家与玩耍中的孩子做着同样的事情。他构造了一个幻想的世界,对此他是如此严肃对待——他在这个幻想的世界上付出了极大的热情——同时他又将其与现实严格地加以区分。语言保留了孩子的玩耍和诗歌创作之间的这种关系。它将想象的创作形式命名为"游戏",这些创作形式需要与可触知的事物相联系,它们富有表现的能力。[③]

弗洛伊德运用他自己创造的理论在孩子的玩耍和游戏中发现了作家创作的源头和雏形。在弗洛伊德看来,"愉快的游戏"是"喜剧"的源头和雏形,"悲伤的游戏"是"悲剧"的源头和雏形。弗洛伊德"虚构的游戏"比真实的现实更能给人们带来乐趣,更能制造出感人的事情。

按照弗洛伊德的观点,到成年以后,从表面看人们放弃了游戏,而"实际上,

① 西格蒙德·弗洛伊德.论文学与艺术[M].常宏,等,译.北京:国际文化出版公司,2001:98.
②③ 同上:99.

我们根本不能放弃任何事情",特别那些曾经体验过的快乐的事情,只是这种游戏转换成另外一种方式(即以幻想的形式)出现在成人的世界。游戏是满足儿童愿望的形式,幻想则是满足成人愿望的形式。不同的是,儿童的愿望比较简单、单一。他们唯一的愿望就是期望长大成人,所以他们总是扮作"成人"的样子,在游戏中模仿自己所知道的年长者的生活。而成人的愿望则复杂得多,因而其幻想也就愈加复杂。再有儿童不会也不需要掩饰自己的愿望,而成人则因为现实的需要,特别是羞耻感的介入常常会掩饰自己的愿望。这就为我们了解作家的创作增加了难度。

弗洛伊德将这种来自成人的幻想称作"白日梦"。作家是通过幻想,也就是白日梦来满足自己的愿望。从这里可以看出,幻想是与指向未来的愿望相联系的,所以弗洛伊德说:"心理活动创造出一种与未来相联系的情境,它代表着愿望的满足,心理活动如此创造出来的东西就是白日梦或幻想,它带着从激发它的情境和记忆中而来的踪迹。这样,过去、现在和将来便被串在一起,正如愿望贯穿之线。"①他举例说:

> 让我们以一个贫穷的男孤儿为例,你给了他某位雇主的地址,在那儿他或许可以找到一项工作。在路上他可能陷入白日梦之中,这个白日梦适应于产生它的情境。他幻想的内容或许是这样一类事情:他找到了工作,得到雇主的赞许,他在行业里占据了不可或缺的位置,他被雇主的家庭所接纳,与主人的美艳女儿结了婚,然后他成了行业的董事,开始时是雇主的合伙人,后来便成了继承者。在这个幻想中,做梦者重新获得了他在幸福的童年期所拥有的东西——保护他的家庭,热爱他的父母和他最初钟爱的对象。从这个例子中你可以看出,愿望如何利用现在的情境,以过去的模式建构出未来的图画。②

从弗洛伊德的眼光看,创作可以简单地概括为:愿望利用现在的情境,以过去的模式建构出未来的图画。所以,创作离不开作家的幻想,也就是离不开白日梦,创作过程就是幻想的过程,就是做白日梦的过程。这种幻想或白日梦受愿望驱使,要利用现实情境和过去的记忆。创作需要幻想,但是弗洛伊德认为:

①② 西格蒙德·弗洛伊德. 论文学与艺术[M]. 常宏,等,译. 北京:国际文化出版公司,2001:103.

"如果幻想变得过于丰富,过于有力,神经症和精神病发作的条件便具备了;而且幻想是我们的患者所抱怨的痛苦症状的直接心理征兆。"①这就是凡事都有利有弊的原因吧。

(四) 写性格常取类型

鲁迅的小说《阿Q正传》发表时,许多人都以为是写了自己的隐私。对此鲁迅在《〈阿Q正传〉的成因》一文中曾引述当时在《现代评论》上看见的涵庐(即高一涵)的《闲话》中的一段话:

> 我记得当《阿Q正传》一段一段陆续发表的时候,有许多人都栗栗危惧,恐怕以后要骂到他的头上。并且有一位朋友,当我面说,昨日《阿Q正传》上某一段仿佛就是骂他自己。因此,便猜疑《阿Q正传》是某人作的,何以呢? 因为只有某人知道他这一段私事。……从此疑神疑鬼,凡是《阿Q正传》中所骂的,都以为就是他的隐私;凡是与登载《阿Q正传》的报纸有关系的投稿人,都不免做了他所认为《阿Q正传》的作者的嫌疑犯了! 等到他打听出来《阿Q正传》的作者名姓的时候,他才知道和作者素不相识,因此才恍然自悟,又逢人声明说不是骂他。(第四卷第九十八期)②

鲁迅就是写性格常取类型。鲁迅不仅在小说中常取类型,他还将这种类型法运用到他的杂文创作中来,所谓"论时事不留情面,砭痼弊常取类型"。

鲁迅笔下的阿Q就体现出不断随事件变化而变化的性格特征。阿Q的心理是流动的、变化的,因此常常表现出矛盾的状态。他既自尊,又自卑;既自负,又自轻;有时蔑视权贵,有时又想攀附权贵;对革命党,既深恶痛绝之,又热烈向往之;他受制于"男女之大防",又迫切地憧憬女性。但阿Q的心理在变异中有同一,各种变化、各种矛盾的要素都统一于"精神胜利法"这一性格的核心。阿Q的精神胜利法是长期自我压抑的结果。他本应获得普通人的正常生活,可是现实将他剥夺得一无所有。他没有家,甚至连自己姓什么也不知道。他要姓赵,却被赵太爷打了一记耳光。他不知道自己的父母是谁,也没有妻子儿女。他要恋爱,却遭到一顿毒打。未庄的人也从来没有把他当人看。但阿Q毕竟是人,他会像其他人一样要求人的生活,人的尊严。对于威胁他、迫害他的强大

① 西格蒙德·弗洛伊德. 论文学与艺术[M]. 常宏,等,译. 北京: 国际文化出版公司,2001: 103.
② 朱德发,韩之友,选注. 鲁迅选集·杂文卷[M]. 济南: 山东文艺出版社,1990: 143.

外在环境,他无力反抗,只有退回到自己的内心,在幻想中得到些许的自我安慰,这就是所谓的"精神胜利法"。阿Q正是依靠精神胜利法来化解生活中的种种痛苦和压力。每当挨了打,阿Q就借助想象出的意象,就当是"儿子打老子了",于是便得意起来;每当看见有钱人,阿Q就会想"老子从前比你阔多了""我的儿子阔多啦",于是便开心起来了。他觉得自己是"第一个能够自轻自贱的人",除了"自轻自贱",剩下的就是"第一",状元不也是"第一"吗?阿Q挨了假洋鬼子的文明棍,却伸手去戏辱小尼姑,从更弱者那里讨回便宜,以补偿精神损失。他听说革命党使百里闻名的举人老爷很害怕,便忽然觉得自己就是革命党,未庄的人都是他的俘虏了。居然梦幻般感到"我要什么就是什么,我喜欢谁就是谁"。阿Q通过白日梦的方式满足了他在现实中无法得到满足的愿望。"周围环境的奴役、压榨和侮辱,严重地损伤了他的人格,将他推到心理崩溃的边缘;心理自卫的本能使他从苦难的现实逃回精神世界,在幻想中抚慰遍体鳞伤的灵魂,得以苟活于人世。"①

三、潘光旦的人格自恋论

我国著名学者潘光旦(1899—1967,字仲昂,原名光亶)早在20世纪20年代就运用弗洛伊德的精神分析理论,分析中国明代万历年间一位女诗人冯小青的创作心理。冯小青是明万历年间的一位才女,因遭遇婚姻不幸,年仅18岁便病逝了。身后留下一卷诗作广为传诵,那些凄厉哀婉的诗句,也成为人们对她进行心理分析的文本。

潘光旦正是从这些诗句入手,对其创作进行心理分析的。他曾著有《小青心理分析》,后改为《冯小青:一件影恋之研究》《冯小青性变态心理揭秘》等。潘光旦认为,冯小青人格特征的突出特点是具有自恋情结。他认为,冯小青是"比较纯粹之自我恋,即以整个之自我为恋爱之对象",认为她具有纳西斯临池顾影的情态,"我辈姑译之曰影恋现象。影恋无他,自我恋之结晶体也"。②潘光旦认为,冯小青的自恋情结又主要是"影恋",即爱恋自己的影像。这可以从她一系列的诗句中看到,如"瘦影自怜春水照,卿须怜我我怜卿","人间亦有痴于我,不独伤心是小青","妾映镜中花映水,不知愁思落谁多"。潘光旦通过小

---

① 钱谷融,鲁枢元.文学心理学[M].上海:华东师范大学出版社,2003:332-336.
② 潘光旦.冯小青性变态心理揭秘[M].北京:文化艺术出版社,1990:26-29.

青的诗中多次出现的"镜"与"水"的意象,分析小青常常临池自照,对镜怜影的心理症结,认为这种现象受自恋情结的困扰,属于性心理变态。下面我们引一段潘光旦对冯小青影恋的分析:

> "新妆竟与画图争,知在昭阳第几名?瘦影自怜春水照,卿须怜我我怜卿。"(七绝九之三)小青既感疾,不能"临池自照",以与其爱恋对象聚首,则有一更较轻便之媒介,以代池水。小青尝自述曰:"罗衣压肌,镜无干影;朝泪镜潮,夕泪镜汐。"(《与杨夫人永诀书》)是以镜为通款曲之媒介也。向者临池,则"眉痕惨然",今者对镜,则泪如泉迸,甚至罗衣湿透,且夙夜环流,有若潮汐:小青之变态盖愈深一步矣。小青病,亦即其对象病;小青或不自觉其病,而惟知其对象病;或知而不自悲,所可悲者,镜中之人日即于支离憔悴耳。既悲则安可不啼:小青啼,而镜中人亦啼,情感相生,啼乃弥甚;如此而欲啼泗之不滂沱,乌可得哉!止水与明镜为小青之二大恩物。小青尝于一诗中并及之。诗曰:"脉脉溶溶滟滟波,芙蓉睡醒欲如何?妾映镜中花映水,不知秋思落谁多。"(七绝九之七)诗中芙蓉非灌木之芙蓉,而为水芙蓉,即莲花。小青盖引莲花相比拟,莲花之对象在水底,而小青之对象则在镜中也。奈煞西施之后身为水仙花。而小青之良俦为莲花,抑何诗镜之相似也。至言"秋思落谁多",则更进而比对象憔悴之程度矣。①

潘光旦先生一方面通过小青影恋的事实,主要是通过小青的传记,如《小青传》,另一方面通过小青的作品来分析其心理。

据《小青传》记载,冯小青曾多次在池边怜影流泪:

> 又时时喜与影语。斜阳花际,烟空水清,辄临池自照,絮絮如问答;女奴窥之即止,但见眉痕惨然。②

自恋有很多形式,在潘光旦看来,冯小青的自恋是恋自己在水中和镜子中的影子。"瘦影自怜春水照"和"妾映镜中花映水"都是表达具有"影恋"情结的典型

① 潘光旦.冯小青性变态心理揭秘[M].北京:文化艺术出版社,1990:30.
② 同上:29.

诗句。她"时时喜与影语","临池自照,絮絮如何问答",可见她一个人在池水边对着自己的影子絮絮叨叨地问答已经不是偶然为之的事情,而是一种习以为常的现象。冯小青的"影恋"是通过池水和明镜两个标志性意象实现的。她曾作有《天仙子》一词,从词牌选择即可看出,她是以天仙自况的:"原不是鸳鸯一派,休猜做相思一概。自思,自解,自商量,心可在?魂可在?"①一连用了三个"自"字,可见其自我影恋心理之深。即使在病中也不能改变自恋情结。在病中她也努力保持美好的形象:"明妆靓服,未尝蓬垢偃卧。"到了病危时刻,一般人根本无心自己的形象,可是冯小青独不然,她专门聘请化妆师为自己画像,而且要求必须画得形神俱似不可。画的对象是自己,自己是自己情爱的对象。据《小青传》记载,冯小青在临终前还十分郑重地为自己的画像设奠而哭,自呼:"小青,小青,此中岂有缘分耶?"然后抚几而泣,泪与血俱,一恸而绝,真达到舍命自恋,"以身殉情"的程度。对此,潘光旦评价道:"镜花水月,慰藉三分,影零形单,闲愁万丈。小青不以瘵死,亦必以悲苦郁结无可告语死。"②

　　冯小青为什么如此自恋?这显然与她失败的婚姻以及相关经历造成的巨大心理创伤密切相关。当对另一个人的爱遭遇挫折,又无力挽回时,她将爱转向了自己。我们可以设想,当初冯小青对恋人的爱一定是极其刻骨铭心的,当这种刻骨铭心的爱不能实现时,她转向了对自己刻骨铭心的爱,这就是所谓的自恋情结。

第六节　当代小说论的文艺心理思想蕴含

一、王蒙关于小说创作"心闲"论与"虚构"论

　　我国著名作家王蒙(1934——　)以自己的小说创作指出,在小说中"无限的人生命运的叹息,无数的悲欢离合的撩拨,无数的失望与希望的变奏,无数的自有其理的常态与变态,温馨与寂寞,手段与挣扎,尤其是女性彩图,以及中老年的过渡,生老病死的忧伤,爱情的缤纷色彩与一往情深,还有永远的善良万岁……触动了空间、时间、性别三元素的纠结激荡,旋转开了个人、历史、命运的万花筒"。③

①　钱谷融,鲁枢元.文学心理学[M].上海:华东师范大学出版社,2003:334.
②　潘光旦.冯小青性变态心理揭秘[M].北京:文化艺术出版社,1990:32-38.
③　王蒙.奇葩的故事[J].读书,2015(6):60-64.

（一）王蒙关于小说创作"心闲"论

王蒙也曾在回忆自己创作《海的梦》的心境时说："写时空前放松，真是信手拈来，全不吃力。"事实上，"心闲"最重要的心理价值就是能够使创作者获得精神上的自由，而"没有精神上的自由驰骋就没有文学"。① 作家们在写作时"心闲"，有利于贮存在大脑中的各种信息活跃起来，让形象记忆和情绪记忆，联想和幻想等心理功能，能动地发挥作用，让人物形象和整个作品的构思在脑海中变得更加明晰。这样，文思就能如江河之水滔滔不绝，自由自在地流动。同时，"心闲"的心境，有利于回味和体验，以及再现灵感的内容。我们知道，创作活动并不是都在灵感状态下进行的，更多的是在灵感过后进行写作的，特别像长篇小说之类。"心闲"就可以满腔热情地去回忆、体验灵感的内容，更好地"捉住"它，然后加以艺术再现。而且，"心闲"还有利于创作主体对人物进行心理体验。如果心不"闲"，杂念困于心，审美注意也就不会集中，甚至会受到消极的心理定势的左右，这还怎么能进行心理体验呢？金圣叹认为，作家要获得这种难得的"心闲"，可以通过对创作环境、创作时间的选择来实现。它主张作家创作要选择"佳日""闲窗"，而创作主体又"饱暖无事"，这样清静的环境，排除了外界的刺激，才能保证创作主体的良好心境。而如果天晦、窗闹、人嘈杂，创作主体饥寒多事，就会干扰创作心境。

因此，作家在创作的时候，必须选择一个良好的环境，以保持心理的平衡状态，让思想感情得到净化，达到一种娴静的心理境界，这样，作家、艺术家就能统观全局，烛照万物，思虑清明，心神专一，才能进入高效率的创作状态。

"心闲说"与"抒愤论"是不是矛盾呢？笔者对此持否定态度。其理由有二：其一，作家、艺术家由于各自的人生经历和想要表达的内容不同，创作的动机是非常复杂的，我们不可能要求，事实也不存在每个作家、艺术家都抱着同样的心态进行创作。这也正是创作心理的复杂性所在。每个作家、艺术家只要真实地表达了自己的感受，并将这些感受传达给读者，又能被读者接受，他就是一个好的艺术家。其二，同一个作家，他既可以是"抒愤论"者，也可以是"心闲"说的持有者。一个作家、一个艺术家他表达的内容可以是愤世嫉俗的，他也许就是抱着愤世嫉俗的动机进行艺术创作，但是他在具体写作时则需要有比较自由的时间，有闲情逸致的心态，避免喧嚣、嘈杂，这是完全可能的，甚至是必要的。

---

① 王蒙.奇葩的故事[J].读书,2015(6):60-64.

（二）王蒙关于小说创作"虚构"论

王蒙认为，散文不能虚构，"报告文学虚构就更不道德"，只有小说与读者间才存在"那种允许虚构的默契"。① 他说："小说家有时候像魔术师一样，从空中抓来一只鸟，两副扑克，然后从大衣下端出一玻璃缸金鱼。"因此，"它的精神活动领域是无垠的。十八般兵器——写小说而不是写别的体裁都用得上，都远远不够用"。② 王蒙认为，在所有的写作艺术中，小说的精神活动领域是最宽广的，他几乎可以用到所有的体裁的写作方法，更重要的是它可以将虚构发挥得淋漓尽致。

二、刘再复关于人物刻画的"性格组合论"

我国当代著名人文学者刘再复（1941— ）提出性格组合论的观点。他认为："人的行为方式千变万化，心理特征也千差万别，因此人的性格本身就是一个复杂的系统。每个人的性格，就是一个构造独特的世界，都自成一个有机的系统，形成这个系统的各种元素都有自己的排列方式和组合方式。"但同时他又认为："任何一个人，不管性格多么复杂，都是相反两极构成的。"我们认为，人物的性格的确是一个复杂的系统，同时也是一个变化的系统，其性格表现常常随情境变化而变化。前面所举阿Q的性格特征就是如此。同时，将人复杂的性格系统简单地归为两极也未免过于武断。事实上，真正属于两极的人是极少数，许多人的性格都是一个多极系统。比如，《红楼梦》中的艺术典型林黛玉就不能将其性格归为爱与恨这两极，除了爱与恨之外，她还有自尊、自强、自恋（孤芳自赏）、智慧、敏感、悲伤等因素。这众多变化发展的因素组成了林黛玉的多极的性格系统。我们以《红楼梦》第三十二回为例：当黛玉听到宝玉在众人面前赞扬她后，"黛玉听了这话，不觉又喜又惊，又悲又叹。所喜者：果然自己眼力不错，素日认他是个知己，果然是个知己。所惊者：他在人前一片私心称扬于我，其亲热厚密竟不避嫌疑。所叹者：你既为我之知己，自然我亦可为你之知己矣；既你我为知己，则又何必有金玉之论哉；既有金玉之论，亦该你我有之，又何必来一宝钗哉！所悲者：父母早逝，虽有铭心刻骨之言，无人为我主张"。③因而每觉神思恍惚，病已渐成，纵然你我为知己，奈何薄命何！

---

①②　王蒙.奇葩的故事[J].读书,2015(6)：60-64.
③　曹雪芹,高鹗.红楼梦[M].北京：人民文学出版社,2003：341-342.

仅在一种情境中，林黛玉的情感就有喜、惊、叹、悲的交织与转换，可见一个人，特别是一个代表一类人的艺术典型人物，其性格特征往往是一个多面体，而很难用正反二原色概括。在此之前，用现代心理学的话说，有关性格论，在作家身上还是以内隐知识或缄默知识的形态存在于小说家的知识结构中。如果将这种内隐和缄默的性格论计算在内，中国古代小说的创作可以说经历了一个从特征化、类型化向个性化不断进步的具有民族特色的发展道路，终于以创造出高度个性化的《红楼梦》为标志，登上了世界小说艺术的高峰。①

三、汪曾祺的"小说应有思想"

中国当代作家、散文家、戏剧家、京派作家的代表人物汪曾祺(1920—1997)说："小说当然要有思想。我以为思想是小说首要的东西，但必须是作者自己的思想，不是别人的思想。一个小说家对于生活要有自己的感受，自己的思索，自己的独特感悟。对于生活的思考是非常主要的，要不断地思索，一次比一次更深入地思索。一个作家与常人的思索不同，作家对生活思索得更多一些，看得更深一些。"②

世界著名的短篇小说之王莫泊桑，在青年时代，曾在七年时间里，写过许多不成功的作品，包括诗歌、小说、剧本。他的老师，法国著名作家福楼拜看过后，对他指点道："对你所要表现的东西，要长时间很注意去观察它，以便能发现别人没有发现过和没有写过的特点。任何事物里，都有未曾被发现的东西，因为人们用眼观看事物的时候，只习惯于回忆起前人对这事物的想法。最细微的事物里也会有一点点未被认识过的东西。让我们去发掘它。"福楼拜还给他出了题目：教他去观察一个坐在门口的杂货商，一个吸着烟的守门人，一个马车站，然后把他们写出来，在写那两个人物的时候，要写出他们的"包藏着道德本性的身体外貌"，写得不和其他杂货商、其他守门人混同，还要用一句话写出马车里一匹马的特点来，表现出这匹马和它前前后后五十来匹马不一样。(莫泊桑：《小说》，《文艺理论译丛》1958年第3期)③显然，思想来源于对事物的细心观察与体会。

---

① 刘上生.中国古代小说艺术史(修订本)[M].长沙：湖南师范大学出版社,1993：85.

② 陈思和,李平.当代文学100篇[M].上海：学林出版社,2006：684.

③ 冯健男.创作要怎样才会好[M].北京：文化艺术出版社,1983：6-7.

四、钱谷融、鲁枢元等的自卑超越论

我国当代学者钱谷融(1919—2017,原名钱国荣,江苏武进即今常州武进区人,现当代文艺理论家)、鲁枢元(1946—　　)等曾用精神分析的方法分析《红楼梦》中林黛玉,认为林黛玉是继冯小青之后文学史上又一个自恋形象。在《红楼梦》第二十七回中,林黛玉初入大观园不久所作的著名的《葬花词》便是一首自恋诗。诗中"红消香断有谁怜"正是以花自比。林黛玉不仅在作者心里和读者心里是一朵娇美可爱的花,她在自己心里也是一朵最娇美可爱的花。她出生在花期,即农历二月十二日,与百花同生日。她是花的精英,花的香魂。在《葬花词》中她独自咏花、怜花、恋花。她将自己作为心心相印的恋人置放在诗中。她把花称为"尔",葬花人称为"侬"。"尔今死去侬收葬,它年葬侬知是谁?"谁怜花? 惟有闺中葬花人;谁怜闺中女儿? 唯有花儿"怪侬底事倍伤神"。花因"一年三百六十日,风刀霜剑严相逼"受到葬花人的怜悯,而葬花人也深为花"质本洁来还洁去,不叫污淖陷泥沟"的出淤泥而不染的高贵气质所叹服。其实,这里的"花"与"葬花人"都是林黛玉自比。自己以葬花人的身份怜悯同情花,同时又以花的身份怜悯同情葬花人,这是一种自我以自我为对象展开的怜悯与同情,作者正是通过这种将自我分裂开来又合而为一的双重的情感互动来充分表达林黛玉深度自恋的情结。

在《红楼梦》第八十九回又进一步描写了林黛玉顾镜自怜的情景,并且借用了冯小青的诗句:

> 那黛玉对着镜子,只管呆呆地自看。看了一回,那泪珠儿断断连连早已湿透了罗帕。正是:瘦影正临春水照,卿须怜我我怜卿。[①]

这是对林黛玉的自我行将毁灭前自恋情结的描写,这是在和她无限眷恋的不愿舍弃的自我告别。可以想见,在这样的自我告别中有着无穷的惋惜,无穷的眷恋,无限的情思,无限的感慨,永远无法诉说的无奈!

钱谷融、鲁枢元等认为,这是一种东方式自恋,它不同于西方神话纳西斯的自恋。东方式自恋的特点是不排斥异性之恋,而恰恰是因为异性之恋遭遇挫折

---

① 曹雪芹,高鹗.红楼梦[M].北京:人民文学出版社,2003:1019.

而产生一种转向，即使转向之后也仍然在自恋的同时还深恋着异性知己。林黛玉在自恋的同时，也仍然一往情深地恋着宝玉。当然如果她和宝玉的恋爱成功的话，或许可以在某种程度上减轻她的自恋情结，但自恋作为她人格的一个重要组成部分仍然会存在在她的身上。她的自我追求、自我欣赏、自我恋爱的人格特征是在长期经历中沉淀下来的，因此也不会消失得无影无踪。更何况林黛玉并不是一个爱情至上主义者，她有鲜明的自我意识和独立人格。她爱宝玉，把宝玉看作自己的知己，但她不依附于宝玉。她孤高自诩，目无下尘，她不是靠宝玉，也不是靠外祖母，而是靠自我怜爱、自我欣赏、自我追求来获得些许的心灵慰藉。所以，钱谷融、鲁枢元等认为："《葬花词》是一支自恋之歌，凄婉地唱出了黛玉自尊自爱、自怜自我的痴情，得到广大读者的认同和怜悯。"①

钱谷融、鲁枢元等还依据个体心理学创立者阿德勒(Alfred Adler)《自卑与超越》的观点分析《红楼梦》中另一个人物探春。他们根据阿德勒的自卑定义："当一个人面对一个他无法适当应付的问题时，他表示他绝对无法解决这个问题，此时出现的便是自卑情结。"②依据这个定义，钱谷融、鲁枢元等认为，《红楼梦》中的探春是一个受到双重自卑困扰的女性代表。一是性别自卑的困扰。这从探春与其生母赵姨娘的一番话中可以清楚地体现出来："我但凡是个男人，可以出得去，我必早走了，立一番事业，那时自有我一番道理；偏我是个女儿家。"③渴望像男子一样建功立业而又绝无实现的可能是封建社会富有理想和才华女性的一种"自卑情结"的表现。二是出身自卑的困扰。探春是个"才自清明志自高"的才女，她的才干令"都知爱慕此生才"的王熙凤都敬重和畏惧。可是这样一位难得的才女却偏偏是庶出，是赵姨娘所生。这样的出身也是她绝对无法改变的。同样，二姐迎春等人也有这样的自卑感。这种自卑情结可以导致两种结果或朝两个方向发展：一是朝着精神病症的方向发展，心灰意懒，万念俱灰；二是使人产生克服心理障碍的推动力。一个人由于感到自卑才推动他去完成某种事业，超越自卑，达到人格升华，自我实现。按照钱谷融、鲁枢元等的分析，探春就是这种类型的女性。她的内心有一种强烈的超越自身弱点的补偿意识和"男性反抗"意识。

论起才干，探春不让须眉。从理家一节中可以看到，她以一个改革家的形象担起了"补天"的大任。她不仅成功地制服了欺主的刁奴，压住了纠缠不清的

---

① 钱谷融,鲁枢元.文学心理学[M].上海：华东师范大学出版社,2003：337.
② 阿德勒.自卑与超越[M].黄光国,译.北京：作家出版社,1986：43.
③ 曹雪芹,高鹗.红楼梦[M].北京：人民文学出版社,2003：604.

生母赵姨娘,还提出前所未有的兴利除弊的改革方案,在大观园实行承包制,让园中的花枝、柳条、竹笋之类物尽其用。她的精明强干不仅远在众姐妹之上,在见识谋略上超越女强人凤姐,就是荣宁二府的公子老爷也无法和她相比。

论其胆识和人格力量,可以从反抄检大观园的壮举中略见一斑。在《红楼梦》中有这样一段描述:那就是荣宁二府的统治者为挽救日渐颓废的形势而采取的一次通过迫害丫鬟等下人为突破口的嫡庶政治力量的大较量。胆敢公然反对这次大围剿的只有晴雯和探春两位女性。晴雯作为一个下人,她所能做的就是掀空自己的箱子表示抗议。探春所做的不仅是证明自己的清白,而且是以一个小姐的身份挺身而出保护秋爽斋的丫鬟们不受抄检之辱。她指挥丫鬟们打开大门,秉烛而待。抄检大队一路袭来,势如破竹,没有遇到任何反抗,就连怡红院、潇湘馆都未能幸免。可是在探春的秋爽斋遭遇到滑铁卢。探春的做法是先命人将自己的箱子打开,这一举动使所有抄检人员惊呆了,就连一向被人们称为"凤辣子",连鬼都不怕的抄检队队长王熙凤都不得不连忙赔笑解释,命平儿替她把箱子关上。王熙凤平日里"在这些大姑子小姑子里头,也就单怕她五分",这次果然撞上了。面对众人都惧怕的王熙凤,探春威严地宣告:"要想搜我的丫头,这不可能!……要搜,只来搜我。你们不依,只管去回太太,该怎么处治,我自会去领。"她由抄检说到抄家,忧患之极,不觉流泪。这时王善保家奴才(邢夫人家的)老不知趣,觉得有机可乘,偏要触摸一下玫瑰花上的刺,故意掀起探春的衣襟,却被探春狠狠地掴了一个耳光。探春这一掌打出了红楼巾帼的英雄本色,为大观园里被抄检的奴婢们出了一口气。从这样一个情节中我们不难看出,探春才干、胆略和人格的力度。她敢于在危难面前救助下人,说明她具有同情心,不仅维护了自己人格的独立和尊严,也维护了他人或奴婢的人格与尊严。我们不禁要问:探春为什么要这么做?她这么做的动力从哪里来?这就可以用阿德勒的自卑与超越的理论来解释。如上所述,探春虽然遭遇到性别自卑与出身自卑的双重困扰,但探春并不甘心于这种困扰,而是要运用自己的才干,通过自己的努力对这种自卑进行反抗和超越,最后终于实现了这种超越。这就是探春与其他姐妹如迎春不同的地方。总之,在探春身上成功地完成了从自卑到超越的过程。

643

五、余秋雨的人生历程论与深层心理论

(一)余秋雨人物性格的过程意识论

余秋雨认为,艺术中的人物形象、人物性格不是一个静态结构,而是一个动

态发展过程,是一个人生历程。因此,他认为艺术"不是一般地谈论人,而是在强调人生"。"鲁迅并不是预先精确地设定这个性格系统再进行写作的,而是把这么一个人投放到社会历史之中,让他走完人生历程,然后才完成对他生存本质的确定。在文艺史上,一切写成功了的人物形象,虽然都有被静态解析的可能,但总是明显地体现了艺术家的过程意识,即人生意识。"①

(二) 余秋雨小说创作的深层心理论

余秋雨在《艺术创造论》一书中运用弗洛伊德的精神分析与荣格的集体潜意识观点对艺术尤其是小说创作进行了分析。他认为:"艺术家只要把自己的潜意识释放出来,便能在深入的层次上接通人类。"②人类在表层生活、性格、习俗方面可能有很大不同,但在深层心理层面(即潜意识层面)上却是相通的。人与人是通过艺术的媒介,在深层心理层次(即潜意识层面)"聚合、融合、交汇"。"艺术家的要务就是穿透表层而抵达深层,让在深层中躲藏已久的自我来创造艺术。这种自我艺术也便是超我艺术。"③余秋雨认为,弗洛伊德所理解的艺术创作,"就是穿过表面生活习俗,在下意识领域里找到并唤醒本能,让它创作"。④在他看来,创作是本能的意识化。同时余秋雨认为,弗洛伊德用潜意识解释艺术创作有很大局限性,这种局限性表现在,作家与普通人一样,潜意识中夹杂着大量的偶发因素,这些偶发因素一旦从潜意识中被唤醒进入创造,往往缺乏"普遍可感性"。⑤他认为许多作品,特别是意识流等小说不能被读者普遍接受就是因为缺乏"普遍可感性"。

因此,余秋雨认为,相比弗洛伊德的理论,荣格的集体潜意识对艺术创作具有更加令人信服的可塑性。荣格的价值在于他将弗洛伊德的个体心理扩展到种族心理,"这就使深层心理获得了空间和时间上的两度开拓,从而保证了这种深层心理的社会历史价值"。⑥荣格与弗洛伊德的差别在于弗洛伊德所理解的潜意识或深层心理只是个体的本能与冲动,当这种偶发的本能或冲动升华到艺术层面成为艺术作品时,很难为多数人所接受。荣格则不同,荣格认为人的潜意识或深层心理储藏着种族遗传下来的集体潜意识或民族潜意识。因此,当这种集体潜意识或民族潜意识升华为艺术作品时就能被读者广泛接受,因为集体潜意识或民族潜意识是一个民族共有的心理沉淀物,是人类同一民族"自古以来一直存在的普遍意象"。这种意象存在于不同文化背景的人的脑海里。每个

① 余秋雨.艺术创造论[M].上海:上海教育出版社,2003:29.
②③④⑤ 同上:100.
⑥ 同上:103.

民族都有相似的神话和祭祀仪式就可以说明这一点。每个民族在心灵深处都有"艺术的普遍性意蕴"。因此，他引用荣格的观点认为，"不是德国人写不出《浮士德》和《查拉斯特拉如是说》"，"不是美国人写不出《老人与海》和《海鸥乔纳森·利文斯顿》"。①

余秋雨运用荣格的集体潜意识观点分析了日本平安时期的几位作家及诺贝尔文学奖获得者川端康成等如何"从不同角度触摸了日本民族的集体深层心理"。印度诗人泰戈尔诗中流泻出的印度民族"神奇悠远、独特厚重的宗教凝结成的民族的集体深层心理"。②

在此基础上，余秋雨运用荣格的集体潜意识观点分析了中国经典作家的作品，尤其是鲁迅的《阿Q正传》《祝福》和《狂人日记》等。他认为《阿Q正传》之所以能够产生巨大的社会影响，就是因为"它空前地体现了一种集体的深层心理，使许多中国人本能地感到自身心灵深处的影子"。"鲁迅在自己的创作目的中不知不觉地溶入了自己长期体察、历史郑重交付的近代中国人的集体心理图谱，而使作品的实际重量大大超过了创作意图。"所以，从这个意义上说，"不是鲁迅创作了阿Q，是阿Q创作了鲁迅"。③

余秋雨先生也用同样的方法分析了鲁迅的《祝福》与《狂人日记》。在余秋雨看来，《祝福》也同样包含着普遍的意蕴，因为它反映了旧中国妇女受到封建族权、父权、神权、夫权四大绳索的普遍压迫，同时作品中也有对人物的心理刻画，但从对读者深层心理进入的程度来看与《阿Q正传》还存在着较大距离。余秋雨认为，鲁迅的第一篇白话小说《狂人日记》可视为20世纪中国现代文学艺术较早进入人的深层心理的作品，但是它比《阿Q正传》所揭示的深层心理"更具有时代性而少种族性，更接近弗洛伊德而不是荣格"。④

此外，余秋雨还对巴金《家》中的高觉新、《三国演义》的诸葛亮、《西游记》的主要人物形象所揭示的深层心理作了一定程度的分析。

本章小结

本章对中国的小说心理思想进行了梳理。

---

① 余秋雨．艺术创造论[M]．上海：上海教育出版社，2003：106．
② 同上：107．
③ 同上：108．
④ 同上：110．

先秦小说论的文艺心理思想蕴含。在中国,"小说"一词最早见于《庄子·外物篇》。荀子将小说称为"小家珍说",指不能与"大道""大达"等相提并论的琐屑之言论。其中,对小说创作最有心理学价值的:一是庄子"虚实"观对后世小说艺术思维的影响;二是《左传》《战国策》《史记》对人物特征化性格的刻画。

汉魏六朝小说论的文艺心理思想蕴含。汉代学者桓谭和班固将小说定为一派之尊,二人还使用了"小说家"的概念。桓谭和班固所说的"小说"有这样几个特征,内容是"街谈巷议、道听途说";形式是残从小语集合而成的短书;具有某些认知和教化的功能。其中班固将小说看成民心、民情的反映,《人物志》《世说新语》对人物性格多样性的关注颇有文艺心理学价值。

唐宋传奇的"幻设"与"虚构"。中国具有真正意义的小说始于唐代传奇。真正将唐传奇看成小说的却是北宋末南宋初的洪迈。唐传奇的出现使小说创作步入自觉的时代。"假小说以寄笔端""著文章之美,传要妙之情",是唐传奇作者主体意识的基本内容。唐传奇小说与从前小说的一个根本差别就在于它突破了事件原型的限制,想象与虚构成为小说创作的自觉意识。唐传奇的艺术虚构方式主要有三种:一是对志怪题材的改造;二是以现实题材为想象创造的原材料;三是有意设幻,公然虚构。寓言的勃兴是唐传奇文幻设的产物。

明清小说论的文艺心理思想蕴含主要有:明清时期关于小说创作的"抒愤"论。"抒愤"论也称"泄愤"论,以李贽、汤显祖、金圣叹、兰陵笑笑生、张竹坡、陈忱、蒲松龄、曹雪芹为代表。李贽将司马迁"发愤著书"的观念运用到小说评论方面。李贽之后,"泄愤"论成了小说创作的主导思想。明清时期关于小说创作的"心闲"论,以明代文艺理论家圣叹为代表,他主张文学或小说以及戏剧创作都需要作者有闲心,也就是有一个良好的心境。明清时期关于小说创作虚实问题的探讨,以王圻、胡应麟、谢肇淛、李日华等为代表,强调小说创作是在真实生活的基础上完成的想象虚构。中国古典小说发展到明嘉靖、万历年前后出现一个分水岭,那就是出现人物性格刻画从特征化、类型化向个性化转变的趋势。而且人物的"性格"一词也是由明代点评大家金圣叹首先使用。这一分水岭在小说创作上的标志就是《三国演义》和《水浒传》(百回繁本)。前者代表特征化、类型化的高峰,后者是个性化的典型。《水浒传》之前的小说,包括《三国演义》,在人物性格的刻画方面,无论是特征化性格还是类型化性格,有几个明显的特点:第一,性格单一,指人物性格的元素单纯,没有内在冲突。刚烈者自刚烈、大胆者自大胆、畏葸者自畏葸。第二,性格结构稳定,其特点是同一性格在不同的情境中会反复表现。人物性格在第一次出场时就已经定格,以后无论情境如何变化都不会改变。《水浒传》之后的小说在性格刻画方面有了一些新特点：第一，性格的复合性，性格的复合性是指性格的丰富性和复杂性，也就是人物的性格不只是单一的，而是多个侧面和多个层次组成，是多侧面、多层次的统一体；第二，性格成长的过程性；第三，心理与行为的非线性动态同一，人物的性格是通过人物内心的活动和外在的行为表现以及他的语言风格表现出来的；第四，一人多面的性格特性。

总之，中国古典小说的性格论是由性格特征论到性格类型论再到性格个性论发展，也是由缄默性格论或内隐性格论向外显性格论发展，再是从单一性格论到组合性格论或复杂性格论的静态性格论向动态性格论发展。这是中国小说性格理论发展三条基本的脉络和线索，即性格特征论——类型化性格论——个性化性格论。

近现代小说论的文艺心理思想蕴含。主要有三：其一，梁启超的"新小说"论及其文艺心理思想。中国的小说理论是一个由自发到自觉的过程。真正认识到小说具有开发民智，改变"天下之人心风俗"还是近代改良主义提出的"小说界革命"之后，最早是梁启超 1902 年发表的《论小说与群治之关系》一文。从此，中国进入了新小说时代。新小说在社会地位、审美观念、创作内容和方法等方面都有新的面貌。其二，鲁迅的白话小说论及其文艺心理思想。中国的白话小说自鲁迅开始，在鲁迅手里成熟，鲁迅不仅将小说"抬进"了"文苑"，而且将其变为改良社会的重要工具。其三，潘光旦的人格自恋论。这是我国著名学者潘光旦在 20 世纪 20 年代运用弗洛伊德的精神分析理论，分析中国明代万历年间一位女诗人冯小青的创作心理时提出的。

当代小说论的文艺心理思想蕴含。主要有五：其一，王蒙关于小说创作"心闲"论和"虚构"论。其二，刘再复关于人物刻画的"性格组合论"。其三，汪曾祺强调小说应有思想，认为作家与常人不同，作家对生活思索得更多一些，看得更深一些。其四，钱谷融、鲁枢元等的自卑超越论。他们用精神分析的方法分析《红楼梦》中林黛玉，认为林黛玉是继冯小青之后文学史上又一个自恋形象；他们还依据个体心理学创立者阿德勒《自卑与超越》的观点分析《红楼梦》中另一个人物探春，认为探春是一个受到双重自卑（性别自卑与出身自卑）困扰的女性代表。其五，余秋雨的人生历程论与深层心理论。所谓人生历程论，余秋雨认为，艺术中的人物形象、人物性格不是一个静态结构，而是一个动态发展过程，是一个人生历程。所谓深层心理论，就是运用弗洛伊德的精神分析理论与荣格的集体潜意识观点对艺术尤其是小说创作进行分析。

参 考 文 献

(一) 中文部分

阿恩海姆. 艺术与视知觉[M]. 滕守尧, 朱疆源, 译. 成都: 四川人民出版社, 1998.

艾莉森·利·布朗. 福柯[M]. 聂保平, 译. 北京: 中华书局, 2004.

安继民, 注释. 荀子[M]. 郑州: 中州古籍出版社, 2006.

柏格森. 时间与自由意志[M]. 北京: 商务印书馆, 2002.

班固. 汉书[M]. 杭州: 浙江古籍出版社, 2006: 594.

布洛克. 现代艺术哲学[M]. 滕守尧, 译. 成都: 四川人民出版社, 1998.

曹雪芹, 高鹗. 红楼梦[M]. 北京: 人民文学出版社, 1972.

曹雪芹, 高鹗. 红楼梦[M]. 北京: 人民文学出版社, 2003.

陈澔. 礼记[M]. 上海: 上海古籍出版社, 1987.

陈俊堂. 禅宗与北宋艺术精神[J]. 山西大同大学学报(社会科学版), 2009, 23(1): 98-100.

陈明, 校点. 列子[M]. 上海: 上海古籍出版社, 2014.

陈奇遒, 校注. 吕代春秋(上下)[M]. 上海: 学林出版社, 1984.

陈戎国. 礼记校注[M]. 长沙: 岳麓书社, 1992.

陈如. 试析康德"美的分析"四命题的独创性[J]. 湛江师范学院学报, 2008, 29(5): 16-19.

陈思和, 李平. 当代文学100篇[M]. 上海: 学林出版社, 2006.

陈育民, 刘凡渝. 曾国藩手迹精选(家书)[M]. 长沙: 湖南人民出版社, 2016.

董玉祥. 梵宫艺苑: 甘肃石窟寺[M]. 兰州: 甘肃教育出版社, 1997.

恩斯特·卡西尔. 论人——人类文化哲学导论[M]. 刘述先, 译. 桂林: 广西师范大学出版社, 2006.

方竹. 读舒芜先生的《红楼说梦》[M]. 北京: 生活·读书·新知三联书店, 2013.

费迪南·费尔曼. 生命哲学[M]. 李健鸣, 译. 北京: 华夏出版社, 2000.

冯健男.创作要怎样才会好[M].北京：文化艺术出版社,1983.

弗洛伊德.弗洛伊德论美文选[M].北京：知识出版社,1987.

高尔基.论文学[M].北京：人民文学出版社,1979.

高诱.吕氏春秋[M].毕沅,校.徐小蛮,标点.上海：上海古籍出版社,2004.

龚自珍.龚自珍全集[M].上海：上海人民出版社,1975.

辜鸿铭.中国人的精神[M].海口：海南出版社,1996.

古代书法家的不同命运[N].环球人物,2010-08(32)：22 版.

古清杨,冯丽,任平君,主编.沧海诗话[M].呼和浩特：远方出版社,2005.

顾翰,撰.拜石山房词钞[M].北京：中华书局,1985.

顾翰,撰.拜石山房词钞[M].清道光十四年(1834 年)刻本.

顾建华.中国传统艺术[M].长沙：中南工业大学出版社,1998.

顾迁,译注.淮南子[M].北京：中华书局,2009.

桂第字,译注.清前期书论[M].长沙：湖南美术出版社,2003.

郭晋稀.文心雕龙注释[M].兰州：甘肃人民出版社,1982.

郭沫若.郭沫若文集·第 15 卷·三叶集[M].北京：人民文学出版社,1990.

郭沫若.女神[M].南京：南京大学出版社,2009.

郭绍虞.沧浪诗话校释[M].北京：人民文学出版社,2005.

郭绍虞.中国历代文论选(上册)[M].北京：中华书局,1962.

郭彧,译注.周易[M].北京：中华书局,2006.

海德格尔.人：诗意地安居[M].郜元宝,译.上海：上海远东出版社,2004.

海涅.论德国[M].北京：商务印书馆,1990.

韩愈.韩昌黎文集校注[M].马其昶,校注.上海：上海古籍出版社,2014.

何志明,潘运告,编著.唐五代画论[M].长沙：湖南美术出版社,1997.

黑格尔.美学(第一卷)[M].北京：商务印书馆,1979.

亨利·柏格森.材料与记忆[M].北京：华夏出版社,1999.

亨利·柏格森.创造进化论[M].北京：华夏出版社,1999.

胡文波,校点.国语[M].上海：上海古籍出版社,2015.

胡应麟,撰.少室山房笔丛[M].上海：上海书店出版社,2001.

黄寿祺,张善文,撰.周易译注[M].上海：上海古籍出版社,2004.

黄雅莉.李渔《窥词管见》浅析[J].新竹教育大学语文学报,2005(12).

贾涛.中国画论论纲[M].北京：文化艺术出版社,2005.

江裕斌.试论叶燮的诗歌创作论——兼谈与王夫之的差异[J].重庆师范大学学报(社会科学版),1990(1)：71-79.

姜振昌.《故事新编》与中国新历史小说[J].新华文摘,2001(8).

蒋凡.叶燮和原诗[M].上海：上海古籍出版社,1985.

蒋勋.艺术概论(第二版)[M].北京：生活·读书·新知三联书店,2015.

金开诚.文艺心理学论稿[M].北京：北京大学出版社,1982.

金良年,撰.论语译注[M].上海：上海古籍出版社,2004.

绝版太监：史上臭名昭著专权宦官赵高[N].新周报,2011(24)：21版.

楷书四大家[N].新周报,2010-08(32)：22版.

康德.判断力批判[M].宗白华,译.北京：商务印书馆,1996.

考夫卡.格式塔心理学原理[M].傅统先,译.北京：商务印书馆,1936.

雷纳·威莱克.西方四大批评家[M].林骧华,译.上海：复旦大学出版社,1983.

李天华.世说新语新校[M].长沙：岳麓书社,2004.

李晓峰,等.契丹艺术史[M].呼和浩特：内蒙古人民出版社,2008.

李贽.焚书继坑儒(全五册)[M].北京：中华书局,1974.

梁启超,撰.清代学术概论[M].上海：上海古籍出版社,1998.

列夫·托尔斯泰.论创作[M].合肥：安徽人民出版社,1982.

列夫·托尔斯泰.艺术论[M].北京：人民文学出版社,1958.

林德保,等.详著全唐诗[M].大连：大连出版社,1997.

林语堂.孔子的智慧[M].黄嘉德,译.南京：江苏文艺出版社,2009.

林语堂.中国人(全译本)[M].郝志东,沈益洪,译.上海：学林出版社,1994.

刘利,译注.左传[M].中华书局,2007.

刘上生.中国古代小说艺术史(修订本)[M].长沙：湖南师范大学出版社,1993.

刘勰.文心雕龙[M].王志彬,译注.北京：中华书局,2012.

刘箴.中国书法楷书最盛[N].环球时报,2010-07-30：23版.

楼宇烈.欧阳建(言尽意论)正读[N].市政协报,1997-02-16.

卢前.明清戏曲史·读史小识[M].北京：中华书局,2014.

鲁迅.鲁迅杂文全集[M].郑州：河南人民出版社,1997.

鲁迅.中国小说史略[M].北京：中华书局，2010.

鲁迅.中国小说史略[M].上海：上海古籍出版社，1998.

美国《人文》杂志社，编.人文主义：全盘反思[M].多人，译.北京：三联书店，2003.

米水田，译注.图画见闻志·画继[M].长沙：湖南美术出版社，2000.

纳秀艳.王夫之《诗经》学"诗山人道情"观动诗子贡献[J].衡水学院学报，2015(6).

南怀瑾，著述.南怀瑾选集(第八卷)[M].上海：复旦大学出版社，2003.

聂锋，祁淑虹.敦煌历史文化艺术[M].兰州：甘肃人民出版社，1996.

潘光旦.冯小青性变态心理揭秘[M].北京：文化艺术出版社，1990.

潘运告，编著.汉魏六朝书画论[M].长沙：湖南美术出版社，1997.

潘运告，编著.清人论画[M].长沙：湖南美术出版社，2004.

潘运告，编著.元代书画论[M].长沙：湖南美术出版社，2002.

潘运告，编著.张怀瓘书论[M].长沙：湖南美术出版社，1997.

潘运告，编著.中晚唐五代书论[M].长沙：湖南美术出版社，1997.

彭玉平，编著.人间词话[M].北京：中华书局，2014.

彭玉平.王国维《文学小言》研究[J].河南师范大学学报(哲学社会科学版)，2006(1)：160－165.

钱谷融，鲁枢元.文学心理学[M].上海：华东师范大学出版社，2003.

钱理群.与鲁迅相遇：北大演讲录[M].北京：生活·读书·新知三联书店，2003.

钱钟书.谈艺录[M]//郭绍虞.沧浪诗话校译.人民文学出版社，1983.

沈括.梦溪笔谈[M].候真平，校点.长沙：岳麓书社，1998.

叔本华.叔本华文集[M].钟鸣，等，译.北京：中国言实出版社，1996.

苏东坡.苏东坡全集[M].北京：中国书店出版社，1986.

谭戒甫，编著.墨经分类译注[M].北京：中华书局，1981.

谭戒甫.墨辩发微[M].北京：科学出版社，1958.

汤显祖.牡丹亭[M].邹自振，董瑞兰，评注.南昌：百花洲文艺出版社，2014.

外国理论家、作家论形象思维[M].北京：中国社会科学出版社，1979.

汪凤炎.中国心理学思想史[M].上海：上海教育出版社，2008.

王弼.王弼集校释(上下)[M].楼宇烈，校释.北京：中华书局，1980.

王达津.古代文学理论研究论文集[M].天津：南开大学出版社,1985.

王达津.论《沧浪诗话》[M]//文学评论丛刊.北京：中国社会科学出版社,1982.

王夫之.船山全书(第十四册)[M].长沙：岳麓书社,2011.

王夫之.船山全书(第十五册)[M].长沙：岳麓书社,2011.

王光谦,集解.庄子[M].方勇,校点.上海：上海古籍出版社,2013.

王国维.人间词话新注[M].滕咸惠,校注.济南：齐鲁书社,1981.

王国维.宋元戏曲史[M].北京：中华书局,2010.

王耀华,杜亚雄.中国传统音乐概论[M].福州：福建教育出版社,1999.

王元化.读文心雕龙[M].北京：新星出版社,2007.

王元化.文心雕龙创作论[M].上海：上海古籍出版社,1959.

维特根斯坦.逻辑哲学论[M].北京：商务印书馆,1996.

维特根斯坦.文化和价值[M].黄正东,唐少杰,译.南京：译林出版社,2014.

温度敏,赵祖谟.中国现当代文学专题研究(第二版)[M].北京：北京大学出版社,2013.

吴国钦.论中国戏曲及其他[M].长沙：岳麓书社,2007.

吴家荣.文学思潮二十五年[M].合肥：安徽文艺出版社,2013.

吴江涛,汪爱平.从文人书法看禅宗的美学思想[J].赤峰学院学报(汉文哲学社会科学版),2008(6)：85-86.

伍蠡甫,胡经之,主编.西方文艺理论名著选编(下卷)[M].北京：北京大学出版社,1987.

西格蒙德·弗洛伊德.论文学与艺术[M].常宏,等译.北京：国际文化出版公司,2001.

萧元,编著.初唐书论[M].长沙：湖南美术出版社,1997.

谢榛.四溟诗话[M].北京：中华书局,1985.

熊志庭,刘城淮,金五德,译注.宋人画论[M].长沙：湖南美术出版社,2000.

修海林.中国古代音乐教育[M].上海：上海教育出版社,1997.

徐元诰,撰.国语集解[M].王树民,点校.北京：中华书局,2002.

徐中玉.论苏轼的创作经验[M].上海：华东师范大学出版社,1981.

许慎,撰.说文解字注[M].段玉裁,注.上海：上海古籍出版社,1988.

荀况.荀子新注[M].北京：中华书局,1979.

雅斯贝尔斯.什么是教育[M].邹进,译.北京：三联书店,1991.

亚里士多德.诗学[M].北京：人民文学出版社,1962.

严羽.沧浪诗话[M].北京：中华书局,1985.

燕国材.汉魏六朝心理思想研究[M].长沙：湖南人民出版社,1984.

燕国材.明清心理思想研究[M].长沙：湖南人民出版社,1988.

燕国材.唐宋心理思想研究[M].长沙：湖南人民出版社,1985.

燕国材.王充的教育心理思想研究[J].心理学探新,2003(2)：5-11.

燕国材.先秦心理思想研究[M].长沙：湖南人民出版社,1981.

燕国材.心理学思想史(中国卷)[M].长沙：湖南教育出版社,2004.

燕国材.中国心理学史[M].台北：东华书局,1996.

燕国材.中国心理学史资料选编(第二卷)[M].北京：人民教育出版社,1990.

燕良轼,陈健,王雅倩.中国古代文论中的想象论[J].心理科学,2003(3)：251-254.

燕良轼,曾练平.现代视野中的中国古代若干学习策略[J].湖南师范大学教育科学学报,2012.

燕良轼.教学的生命视野[M].长沙：湖南师范大学出版社,2010.

燕良轼.生命之智——中国传统智力观的现代诠释[M].济南：山东教育出版社,2011.

燕良轼.试论曾国藩的文艺创作心理思想[J].船山学刊,1996(1)：206-215.

杨天宇,撰.周礼译注[M].上海：上海古籍出版社,2004.

杨鑫辉.心理学通史(第一卷)[M].济南：山东教育出版社,2007.

姚淦铭,等.王国维文集(第一卷)[M].北京：中国文史出版社,1997.

叶嘉莹.叶嘉莹说阮籍咏怀诗[M].北京：中华书局,2007.

叶嘉莹.叶嘉莹说陶渊明饮酒及拟古诗[M].北京：中华书局,2007.

叶舒宪.文学与治疗[M].北京：社会科学文献出版社,1999.

叶燮.原诗笺注[M].蒋寅,笺注.上海：上海古籍出版社,2014.

叶燮.原诗·一瓢诗话·说诗晬语[M].霍松林,校注.北京：人民文学出版社,2005.

尹绪煕,肖卓平.金圣叹的文艺创作心理学思想初探[J].心理学报,1989

（3）：39－43.

印浚.大学衍义补[M].林冠群,周济夫,校点.北京：京华出版社,1999.

余清楚.古代书法家的不同命运[N].新周报（文史周刊）,2010－08(32)：22版.

余秋雨.观众心理学（原名戏剧审美心理学）[M].上海：上海教育出版社,2005.

余秋雨.观众心理学[M].武汉：长江文艺出版社,2013.

余秋雨.艺术创造论[M].上海：上海教育出版社,2005.

庾晋.历史上三大奸臣才子：人品极差,书法奇好[N].新周报（文史周刊）,2013,336(26)：25版.

袁晓薇.神韵说与王维诗歌的阐释[J].合肥：合肥师范学院学报,2009(2).

岳仁,译注.宣和画谱[M].长沙：湖南美术出版社,1999.

云告,译注.明代画论[M].长沙：湖南美术出版社,2002.

云告,译注.清代画论[M].长沙：湖南美术出版社,2003.

云告,译注.宋人画评[M].长沙：湖南美术出版社,1999.

运告,编著.明代书论[M].长沙：湖南美术出版社,2002.

张涵.艺术生命学大纲[M].郑州：河南人民出版社,2005.

张怀瑾.文赋译注[M].北京：北京出版社,1984.

张晶.世纪的哲思——读张世英新著《中西文化与自我》[J].读书,2012.

张觉,校注.荀子校注[M].长沙：岳麓书社,2006.

张少康.文赋集释[M].上海：上海古籍出版社,1984.

张世英.中西文化与自我[M].北京：人民出版社,2011.

张双棣.吕氏春秋[M].北京：中华书局,2007.

张燕瑾.中国古代戏曲专题[M].北京：高等教育出版社,2002.

张燕婴.论语[M].北京：中华书局,2006.

钟贤巍.国宝档案：“天下第一行书”《兰亭序》[N].新周报,2011,231(23)：24版.

周敦颐.周敦颐集[M].梁邵辉,徐荪铭,等,点校.长沙：岳麓书社,2007.

周冠生.新编文艺心理学[M].上海：上海文艺出版社,1995.

周振甫,译注.周易译注[M].北京：中华书局,1991.

朱德发,韩之友,选注.鲁迅选集·杂文卷[M].济南：山东文艺出版社，1990.

朱恩彬，周波，主编. 中国古代文艺心理学［M］. 济南：山东文艺出版社，1997.

朱光潜. 艺术杂谈［M］. 合肥：安徽人民出版社，1982.

朱光潜. 朱光潜美学文集（第一卷）［M］. 上海：上海文艺出版社，1982.

朱文信. 昆德拉与上帝的笑声［J］. 读书，2013（4）：15－20.

朱希祖. 中国史学通论［M］. 上海：上海古籍出版社，2013.

朱自清. 文艺长谈［M］. 北京：中华书局，2012.

庄锡华. 袁宏道说情趣［M］. 北京：生活·读书·新知三联书店，2014.

左丘明. 左传［M］. 长春：吉林大学出版社，2001.

Arthur Schopenhauer，T. B. Saunders（Trans.）. 悲观论集［M］. 萧赣重，译. 上海：商务印书馆，1934.

（二）英文部分

Blue，Shawn L. *The Psychology of Beauty: Creation of a Beautiful Self*. MD：Jason Aronson，2014.

Butler，C. *Psychology of Beauty: Discover The Pleasure of Contemplating the Arts，Nature and Great Ideas*，2013.

Forsythe，A.，Williams，T.，& Reilly，R. G. What paint can tell us：A fractal analysis of neurological changes in seven artists. *Neuropsychology*，2017，31（1），1－10.

Jan E. Eindhoven，& W. Edgar Vinacke. Creative Processes in Painting. *Journal of General Psychology*，1952，47（2），139－164.

Koops，W. Historical Developmental Psychology：The Sample Case of Paintings. *International Journal of Behavioral Development*，1996，19（2），393－413.

Meilakh，B. The Psychology of Literary Creation. *Soviet Review*，2014，1（4），13－30.

Oatley，K.，& Djikic，M. Psychology of narrative art. *Review of General Psychology*，2018.

Vladimir J. Konečni. Emotion in Painting and Art Installations. *The American Journal of Psychology*，2015，128（3），305－322.

后　记

几度寒来暑往,几度春华秋实,这部 70 万字的《中国文艺心理学思想史》终于在层林尽染的岳麓山脚下,在漫江碧透的湘江之滨呱呱坠地了。我也因此可以松一口气了。

几年前,当我从丛书主编燕国材教授那里接受这一任务时,心中充满了焦虑和犹豫。虽然我青年时代曾得到过一点文学上的训练,但那已经是很遥远的事情了,不能与今天的文学专业人士相提并论。但因有这样一段经历,也使自己常常有意无意地留心这方面的信息,尤其是以心理学教学和研究为终身职业后,我常常乐于带着心理学这副眼镜去看待文学,又加之几十年来一直耕耘在中国心理学史和中国文化心理学这片肥田沃土上,中国文艺心理学思想史无疑是其中重要的组成部分,因此也增加了我尝试探索的兴趣。再有弗洛伊德(Sigmund Freud)和荣格(Carl Gustav Jung)等心理学大师对文学创作的许多独到思考和著述,这使我感觉到心理学与文学艺术并不遥远,心理学能帮助我以一个新的视角来审视文学艺术。

我最初读到的是老前辈朱光潜先生的《文艺心理学》,朱先生行云流水的文字以及对文艺心理学不同寻常的理解深深吸引了我。不过,朱先生主要介绍的是来自西方的文艺心理学思想,而且多是从美学的角度,但无论如何,他的文章和著作都给了我许多振聋发聩的震撼与启示。在改革开放的 20 世纪 80 年代后,中国最早并系统研究中国文艺心理学的要数北京大学金开诚教授,金教授在北京大学开设本科生选修课,之后讲稿以《文艺心理学论稿》的名称出版。

此后陆续出版了许多文艺心理学方面的论著,但以中国文艺心理学思想史命名的著作却始终没有出现。本书是燕国材教授主编的"中国应用心理学思想史研究丛书"之一,既是丛书编排之需要,也是值得开发的学术领地。我不揣才疏学浅承担了这一具有挑战性的任务,不能不感谢先前许多学者所做的工作。这些工作为我的研究与写作提供了宝贵的资源,也为本书框架的搭建和特色的形成提供了重要的借鉴与启示!

本书可以划分为两大组成部分:前五章是探讨文艺心理学的基本理论,主要阐释了中国文化背景下文艺的心理功能,文艺创作的心态与动力,包括虚静、情与辞、情与理、性灵以及游戏心态在创作中的作用；探索了情感、联想、想象、灵感、才性、学问、言、意以及气势、识度、情韵、趣味等文艺创作心理要素的作用；考察了创作心理历程及相关问题，包括文学创作心理阶段论、创作中"意新""语新""字句新"问题，形似与神似、心手相应、模仿与创造、创作个性与风格以及"大团圆"情结等问题；探讨了心理距离论、移情作用论、知音论、境界论以及心物交融论在中国文艺鉴赏中的价值与作用。从第六章至第十一章探讨了具体艺术领域的文艺心理学思想，按照先秦、汉魏六朝、唐宋、元明清以及近代、现当代的顺序依次探讨了中国音乐心理思想、中国绘画心理思想、中国书法心理思想、中国诗歌心理思想、中国戏剧心理思想、中国小说心理思想等。

　　研究中国文艺心理学思想史是一项巨大的系统工程，因为中国文学艺术是一个巨大的宝库，有数不尽的奇珍异宝，本书仅仅是在这个巨大宝库中采撷到的一点吉光片羽，还有许多值得进一步深入探索的问题，尤其是对现当代文艺心理学思想史的研究，由于时间和精力的限制还显得很薄弱。在书稿校对过程中自己又有一些新的发现，但由于出版时间的限制，这些资料并未能完全吸收到书中，这是本书的遗憾之处。也就是说，本书的出版并不是我对中国文艺心理学思想史研究的结束，也许这仅仅是一个开始，更多、更深入的探索仍需继续。

　　本书之所以能顺利完成并出版，除深切感谢燕国材教授外，还要特别感谢上海教育出版社的陈人雄先生、谢冬华编辑和王蕾编辑，陈人雄先生十分认真地阅读了全书，并对每一章都作了详细批注，他作为一位资深编辑的强烈责任心使我很受感动；谢冬华编辑为此书出版的具体事宜多次不厌其烦地与我进行沟通、交流、切磋，使我深受感动！请允许我在此对他们表示真诚感谢！

　　我的研究生刘苏、许磊(现已博士毕业)、李海亮同学为我整理了第七章绘画心理思想中关于明清时期绘画心理思想的部分资料并提供初稿，徐昊、邓洁、孙颖硕士和卞军凤博士(现为长沙理工大学教师)在我校对书稿过程中帮我查找部分中外文资料。在最后一轮校对中，有下列研究生参与：第一章，第三章：邓浩；第二章，第六章：杨矗；第四章：孙梦婷；第五章，第八章：卿芝芳；第七章：邓洁，杨矗；第九章：刘芽妃；第十章：李芊维、孙颖；第十一章：卿芝芳、刘芽妃、邓洁、杨矗。李芊维和孙颖还负责校对全书人物的生卒年与生平。在此一并感谢！

最后还应感谢我的妻子马秋丽女士,是她不计代价地承担了家庭的一切,才使我能安心研究和写作!我的儿子燕冀飞也在我写作的过程中给了我许多鼓励,一并感谢!

燕良轼

2019 年 5 月 12 日

于湖南师范大学文化心理与行为研究中心

中国文艺心理学思想史